中国新古典武侠小说

无间传

王新港 著

上

人民文学出版社

图书在版编目(CIP)数据

无间传：上下／王新港著．—北京：人民文学出版社，2022
ISBN 978-7-02-016547-6

Ⅰ．①无… Ⅱ．①王… Ⅲ．①侠义小说-中国-当代 Ⅳ．①I247.5

中国版本图书馆 CIP 数据核字(2020)第 132826 号

责任编辑　朱卫净　张玉贞
封面设计　陈　晔

出版发行　人民文学出版社
社　　址　北京市朝内大街 166 号
邮政编码　100705

印　　刷　山东新华印务有限公司
经　　销　全国新华书店等

字　　数　788 千字
开　　本　890 毫米×1240 毫米　1/32
印　　张　30.5
版　　次　2022 年 1 月北京第 1 版
印　　次　2022 年 1 月第 1 次印刷

书　　号　978-7-02-016547-6
定　　价　128.00 元(上下册)

如有印装质量问题，请与本社图书销售中心调换。电话：010-65233595

目录

上册

第一章　笑相逢　/ 3

第二章　从此逝　/ 17

第三章　揽月听风　/ 30

第四章　慢捻拂衣事　/ 41

第五章　古城夕阳莫相许　/ 55

第六章　花开花祭　/ 68

第七章　一鸩生平系　/ 81

第八章　蝶恋花　/ 94

第九章　倾心意　/ 108

第十章　梅解一支　/ 122

第十一章　笑纳忘年义 / 135

第十二章　懵懂落拓相安在 / 148

第十三章　苦茶青灯 / 163

第十四章　雪霁长天碧 / 178

第十五章　机心难断鬼不休 / 193

第十六章　天意续前由 / 208

第十七章　铁骨可碎 / 223

第十八章　常心可魅 / 238

第十九章　朴素大江流 / 253

第二十章　轻舟过尽波千荡 / 268

第二十一章　镜花水月休 / 282

第二十二章　俯仰空空 / 296

第二十三章　似曾相识 / 311

第二十四章　一梦落千愁 / 325

第二十五章　真情错解鸳鸯 / 338

第二十六章　平川难入天上 / 351

第二十七章　笑我红装似儿郎 / 365

第二十八章　天籁声里秋花凉 / 378

第二十九章　谁知意惶惶 / 392

第三十章　相弃不能相忘　/ 407

第三十一章　相与难尽衷肠　/ 422

第三十二章　一苇可度平生恨？　/ 436

第三十三章　青石冈上泪千行　/ 449

第三十四章　水天两茫茫　/ 462

第三十五章　扬州城里　/ 475

下册

第三十六章　千层洞中　/ 493

第三十七章　闲花流水无忌　/ 509

第三十八章　须臾何必计中计　/ 524

第三十九章　长生但向斜阳里　/ 537

第四十章　竹林之下　/ 550

第四十一章　离弦之陷　/ 564

第四十二章　谁解桃花仙子　/ 578

第四十三章　浮生若似烟花雨　/ 592

第四十四章　囹圄亦可归如意　/ 604

第四十五章　真作假时　/ 618

第四十六章　真情无计可消受　/ 632

第四十七章　梦明梦灭　/ 645

第四十八章　旧恨添新仇　/ 661

第四十九章　相知对筹　/ 674

第五十章　相思难绸缪　/ 687

第五十一章　着心迹　/ 701

第五十二章　痴情化酒　/ 714

第五十三章　相离胜相守　/ 728

第五十四章　彩云失色　/ 742

第五十五章　执心如昨　/ 756

第五十六章　似与似夺　/ 769

第五十七章　都道机心难卜　/ 783

第五十八章　戏手足亦能反目　/ 797

第五十九章　花明柳暗前设　/ 810

第六十章　宿缘轮回过　/ 824

第六十一章　香魂一缕断心结　/ 839

第六十二章　青灯一盏淡离别　/ 852

第六十三章　心着无影有痕些　/ 865

第六十四章　登高绝岂止望眼阔　/ 878

第六十五章　花烬不解蹉跎　/ 891

第六十六章　都付与浮云烟波　/ 904

第六十七章　秋水如天　/ 917

第六十八章　引青梅蜂舞蓝关雀　/ 930

第六十九章　迷乱还因多傲骨　/ 944

第七十章　浪影且行歌　/ 957

上册

第一章
笑相逢

　　已是第三日上，大雪依然纷纷扬扬，势头不减。天地一色，一丝风也没有，停下脚步，簌簌的落雪声便轰然而至，而背后那种无边的沉静，又让眼前这片莽莽苍苍显得愈发浩荡。该是正午刚过，可是因为这雪，天色便如同黄昏一般，浮着一层莫名的黯然。无间一大早出门，走了两个多时辰，所猎却不过三只野兔，想来好生不尽人意，他也是有些累了，看不远处有一棵枝桠纵横的老树，便走过去生起一团火，歇了下来。阴云越来越重，几乎要压上眉毛，他烤些饼子吃来充饥，心下则禁不住感慨，看这情形，还真是到了走回头路的时候。

　　再抬起头，南面的天际隐约现出一片灰影，来势迅疾，不多时轮廓显现，原来是一头鹿。他又惊又喜，上到树顶观望一会儿，随即弯弓搭箭，只待它走得再近一些，便行射杀，只是目光掠出去，不禁又吃一惊，那鹿的身后还有七八条灰蒙蒙的影子，看样子竟是一群野狼。草原狼残忍嗜杀，而且极有耐性，一匹也还罢了，这样成群结队，断非他一人所能应付；当此情形，射鹿无异于与虎谋皮，射狼则近乎于自寻死路，他手上痒得无以复加，却还是老老实实蹲下身，再也不敢动了。

那鹿早已筋疲力尽，堪堪奔到树下，脚下一软，"扑哧"一声跪倒在积雪之中。群狼立定步子，稍作观望，继而分散开来，从四面封住了去路。那鹿口吐白沫，喘息不住，可又像是心有灵犀一般，一双泪汪汪的眼睛直望了过来。无间与它目光一触，不知为何，心弦竟像是被拨了一下，忽然多出一层莫可名状的况味。说时迟那时快，一匹白狼猱身往前一扑，在一团飞溅的雪花里咬住了那鹿的后腿，那鹿吃痛，陡然长几分力气，忽地一下站起身来。积雪两尺多厚，它本就举步维艰，再拖着那狼，走没多远复又扑地倒下；后腿血肉模糊，弄得雪地上一片殷红，而另外几匹狼低吼一声，也一起扑了上来。无间脑中一片空白，却再也顾不得了，弓弦响处，三箭齐发，一匹灰狼当即毙命，一匹被射中前腿，而那只白狼就地一滚，避了开去。那鹿得了自由，低叫一声，退到了树根处，而群狼则轰地一下散到十余丈之外，只是并不逃离，而是呈环伺之势，向树上打量过来。

　　那白狼体格异常魁伟，目光清湛，这时也看到了无间，跳一跳，忽然引颈长嚎。过得一瞬，群狼也加入进来，嘶嚎之声此起彼伏，颤抖凄切，与雪花纠缠在一起，教人由外而内，复又由内而外生出一层又一层的寒意。无间心中不忿，立在树权之间虚射一箭，弓弦响处，白狼猛地一窜，他则忍不住哈哈大笑起来。那狼恼怒至极，却又似有所思，逡巡几个来回，掉头便走，余狼略一迟疑，还是随着去了。

　　无间心下不解，却也连呼侥幸，跳下树先打量那头鹿。它体骼奇骏，气宇伟岸，而鹿背上又有一道道白色的细纹，乍一看便如同流动的水波一般，而鹿角又一丛丛的，像极了一道道层叠的山脊。他做个手势，小心翼翼地走近些，那鹿像是全都明白，不仅没有逃开，反而又向他凑近一些。无间用雪水为它清理一下伤口，包扎好，又剥些树皮喂给它充饥，而那鹿仿佛早就认他做了主人，再不见半点违逆之意。

无间收好箭,又手脚麻利地将那匹死狼剥了皮,心下也便越发畅快。雪又下了起来,和着夜色,一片稠浓绵密,而雪原上摸黑走路万万取不得,今晚也就只好歇在这里。那鹿恢复不少力气,四面走一走,觅些枯草为食,无间则砍些枯枝,将火弄得旺旺的,又从狼腿上割下两块好肉烧烤起来。肉香荡开,他一边咽下口水,一边从葫芦里倒些小酒烫在一处,如此饱餐一顿,腹中暖暖的,倦意便泛了上来;铺开狼皮,待要睡倒,那鹿却又凑到近前,他稍稍一怔方才领会,不由得又哈哈一笑,靠着它,半是自言自语,半是聊着天儿,睡了过去。

过了不知多久,无间猛地睁开眼睛,睡梦中那些暖洋洋的炉火随之一收,尽皆化为天际冷冷的辰星。天色放晴,寒气剔透,呼吸之间似乎也带出一层细密的脆响。身畔篝火将熄未熄,而那鹿立在身后,正不住地磨蹭他的脸颊;周遭不知何时聚起数十匹野狼,低吼声与呜咽声结成串漫成片,夹杂了种种惶惶不安,而一双双寒泠泠的眼睛泛着绿光,几乎凑到了不足一丈的地方。无间将一大堆枯枝推到火上,跟着猛吹一口,那火忽地一跳,在一片哔啵的响声里又变得明晃晃的。狼群受了惊吓,轰地一下退开不少。

无间拔刀在手,倚火而立,一颗心却失控一般怦怦怦跳个不住。目光探索,果然在不远处找到了那团白花花的影子,既如此,难不成是日间那只白狼带援兵寻仇来了?他不由得好生懊恼,日间原本可以从容走脱,却得意忘形,结果竟落入这等境地!囊中羽箭不过一十九支,即便箭无虚发也不足以解围,可若是按兵不动,草原狼耐性极佳,坐耗三两日也毫不稀奇,更何况身畔这一团大火又能支撑多久?再抬头望望,或者可以躲到树上去,可那终究是权宜之计,而且他苟且一回,便留下那鹿被群狼宰割不成?

他苦笑一声,终于知道今日除了硬闯,再无良策,而那鹿竟像是明白他的心思,赶几步凑了过来。他又好似得了慰藉,漫空里豪气陡生,腰刀挥处,一大段枝桠应声而落,"砰"地砸在火堆之上,溅出好大一片火星。他趁乱扯出囊中的野兔可劲儿一抛,继而射倒就近的几匹野狼,翻身上了鹿背。那鹿接连几纵,突出重围,随即撒开四蹄,肆意奔行。群狼虽则阵脚大乱,可呜嚎数声,便又结成了一串儿追了上来。它们忌惮无间弓箭了得,并不过分逼近,走了有一炷香的工夫,依旧维持着十余丈的距离。狼蹄践踏在深雪之中,噗噗有声,而此刻听来,又似多了一股蚀骨的从容。无间面目僵硬,手足冰冷,几乎再没有力气伏在鹿背之上,而那鹿早一日便几乎油尽灯枯,如今又负着一人如此狂奔,不多时也变得难以为继。群狼越靠越近,有些胆子大的几乎掩到无间身侧,被无间接连射倒几匹,才又退开些许。

再行一阵,那鹿脚下踉跄,越来越慢,却又冷不丁一个转折,奔向右前方的山岭。一条灰色的河流自北面而来,依着山脚绕半个圈子,复又向西而去。群狼不知看出了何种苗头,一时间呜嚎不断,加快步子包抄上来。无间再射倒数匹,可这一回它们再不退缩,而那白狼猛地一蹿,几乎与鹿并肩而行。离水边越来越近,地面开始变得高低不平,再一瞬,那鹿一脚踏入深雪之下的暗坑之中,身子一沉,几乎将无间直掀下来,与此同时白狼腾空而起,张口欲咬他肩膀,他向后一缩,堪堪避过,那鹿却惨嘶一声,被另外一匹黑狼咬住了左腿。他提刀一撩,迫得黑狼就地滚开,那白狼却又凌空扑向鹿颈;挥刀再砍,不想臂上一凉,被黑狼撕掉好一大片皮肉。冷风直灌进衣衫,又好似灌入骨肉之间,心意间如同裂瓷一般,似乎整个人随时会化为一地碎片,可胸臆间又腾地窜起一股热血,死则死矣,无论如何也该拼个鱼死网破才好——可也恰在此时,身子一震,竟然腾空而起!这一跃掠出去何止丈余,再落地,"扑通"一声,跌进了河里。

河水刺骨,夹杂着许多碎冰,一直漫到胸口;有一瞬那鹿似乎僵住了,直挺挺要沉入水底,可腿上忽然一蹬,便又游了起来。一人一鹿被水流冲翻数次,漂出去不知道多远,才终于挣扎着上到对岸。无间从鹿背上滑下来的一瞬，只好似一根跌落的冰挂，应该断成数截才对，这样哆哆嗦嗦拢些枯枝，又折腾了好一会儿，才终于生起一团火来。群狼在对岸徘徊，有几匹跳进近岸的水汪里试探数次，可终究不敢过河，如此盘桓足有半个时辰，才长嚎数声，怏怏地去了。无间偎着那鹿，虽则冷得打晃儿，还是指一指，嘎嘎地笑了起来。

待到天光大亮，他们才终于恢复了一些力气，那鹿踱进树林里觅食去了，无间则套上烘干的衣服，又烤些饼子吃了起来。余悸渐去，再回味这一场经历，又好一番感慨，而性命交关的一瞬，那鹿腾空一跃，有如神助，还真是有些亦幻亦真的况味。他们磨蹭到午后才又上路，而无间根本说不清身在何处，便由着那鹿顺着河向下游走去。这样不慌不忙的，便多了些消遣的意味，一人一鹿呼号嬉闹，不时地在雪地里滚作一团，也就变得越发熟稔。而那鹿或走或停，或急或徐，无间想到哪里，它便做到哪里，这等心神领会，即便是家养的猎犬也不能比拟；再一层，它在山岩峭壁之间奔行，竟比平地上来得还要轻快，转折腾挪，无不随心所欲，真若是在这里与群狼周旋，应该不费吹灰之力便可以走脱。无间又是惊讶，又是快活，当仁不让，给那鹿起了一个名号唤作"鹿无间"——人是范无间，鹿是鹿无间，同名不必同姓，同命不必同源，不是兄弟，胜似兄弟，每想到这一层，他便禁不住要哈哈大笑一回。

再一日，白雪皑皑，碧空朗朗，那条大河居间而卧，蜿蜒无声，一切精致至极，却又层层叠加，生出一种耐人寻味的辽阔。那鹿自一片极陡的斜坡上一口气奔下来，忽然立住了脚，脖颈耸起，四面望个不停。雪地上赫然有一串巨大的足印，清晰完整，正该是有虎刚刚从此处走过。无间手心沁汗，再不敢大意，拔刀在手，侧耳倾听。头顶有松柏掩映，天光在枝头流动，一切静到了极处，却也将心神拿捏到了极处。他轻拍鹿颈，示意它走向左边的山坡，不想正前方一声脆响，紧接着又是"噗"的一声，有羽箭撞上前胸，又弹起来，落在了积雪之中。

他胸口剧痛，却也顾不得了，横刀在手，叫一声："什么人！"箭杆乌黑，箭羽是淡淡的青色，惟箭头被拗掉了，可见偷袭之人无意取他的性命。他平添三分恼火，可一口气不等透出来，耳际"嗖"的一响，又有一支竹箭破空而来，这次瞧得清楚，鹿背上向后疾仰，谁承想那箭是一前一后的两支，前一支贴面而过，后一支结结实实撞在肚皮之上。他疼得泪水直流，好不容易坐起身来，眼前又不禁一亮，不远处的树杈之间坐着一位白衣少女，少女双腿悬空，来回晃荡，手里则挽着一张弓，笑得正欢。

那姑娘不过是十六七岁的年纪，一张白生生的瓜子脸掩在貂皮帽子下面，别样的神清骨秀。不等无间开口，她抢先问道："你是谁？好大的胆子，敢闯我家后山！不过你这鹿儿不错，又是从哪里偷来的？"无间强压怒火，道："这里如何便是你家后山？哪里立着牌子，划了地界？"那姑娘眯起眼睛，道："你没什么本事，脾气倒是不小，我饶你不死，不感激也就罢了……"无间更是气不打一处来，道："我应当感激你什么？！"那姑娘道："可以取你的性命却没有取，便是有恩于你，再说了，你死了，你那鹿儿名正言顺就是我的了！"

无间只觉此人不可理喻到了极处，再不愿意纠缠，这就想走，可那鹿却身子一挫，忽然间向后方跳去。他全无防备，"啊呀"一声栽了下来，口中吃一团雪，而一只小山一般的大虫也扑到了身前。虎口之中那股血腥气直透鼻息，推一把，却满手都是钢针一般的胡须。无间心知避无可避，双眼一闭，只等皮开肉绽的一瞬，可后领处又猛地一紧，人便腾空飞了起来。这样晃晃悠悠，像是过了好久，再稳住身子，竟然已经到了树头，身侧安安稳稳还坐着一位，正是适才那位姑娘。

那虎不承想这一口也会咬空，兜个圈子，有些无所适从，那鹿却从树后转了出来，不仅不害怕，而且抬头顿足，隐隐然有挑衅之意。那虎一扑,跟着再一扑,那鹿全轻轻巧巧避了过去,再跳几跳,便踪影全无。那虎愈发怒不可遏,连吼数声,跟着追了出去。无间透出一口气,却也明白这一回他的性命不折不扣是那位姑娘所救,跳下树来,又冲她拱拱手,道:"我谢过你便是。"那姑娘道:"你要怎样谢我?"无间不料她会有此一问,道:"你想要怎样?"那姑娘转而道:"你的鹿不会死罢?"无间道:"当然不会。"那姑娘道:"你怎知道?"无间道:"我自然知道。"他懒得再做纠缠,回身又要走,那姑娘却轻轻一跳,拦在了身前。无间道:"你做什么?"那姑娘道:"你要去哪里?"无间道:"去听不见、看不着你的地方。"那姑娘咯咯一笑,道:"我猜你是着急去寻你的鹿儿。"无间凭空多了一丝得意,道:"它自会来找我,才不用我去找它。"

他迈开步子,那姑娘也迈开步子,无间怒道:"你跟着我做什么?"那姑娘道:"我在你前面半步,怎么就跟着你了?"无间低头瞅瞅,无可置辩,想一想,返身又走。这时树丛间传来一片轻响,鹿无间便钻了出来,那姑娘"呀"了一声,无法相信眼前的情形,上前一步想伸手摸一摸,那鹿退开些许,可不知为何,又停住了。无间愈发恼火,招手要那鹿走开,那姑娘却笑吟吟地道:"它天生便和我有缘,你送与我罢。"

这时树后又走出来两位,一老一少,一看便是父子二人。老的有五十多岁年纪,身材瘦削,穿一身灰衣,戴着一顶黑色的皮帽。年轻的也就二十多岁,身材魁梧,火气逼人,大雪天里只穿一件单衫。那老者模样甚是无奈,冲那姑娘叫一声"大小姐",便不再说话。那后生却没有这等涵养,道:"大小姐让人找得好辛苦,你若真是有个三长两短,我们可怎么向老爷交代?"那姑娘却指一指鹿无间,道:"你们来看看,这是不是个稀罕物?"

那老者瞅一眼,像是吃了一惊,转而打量无间一回,道:"小哥尊姓大名?"无间只觉着这两位亲近,于是报上姓名,再寒暄下来,他们原来是附近落雪山庄的仆从,老子叫作于未田,儿子唤作于雄鹰，而那姑娘则是山庄主人林有方的独生女儿，叫作林微。再问起回范家庄的路，于未田指点一番，又掰着手指头算一算，竟然差不多要两日行程，他继而道："你这路迷得可是大了，如今天色不早，而我家山庄又离此不远，便过去歇息一晚，明日再走如何？"无间明白这是极好的安排，瞅一眼林微，可还是点头答应下来。

四人当下行在一处，而那鹿无意再见生人，和无间厮磨一阵子，独自去了。于未田口上不说，却一直留意着它的一举一动，神情之间好一番莫可名状。转过山坡，一座宅院从密林深处透出来，占了足有半个山坳。进来正门，院子四四方方，一面种着几株大树，白雪盈枝，墙角又有几枝梅花，红蕊掩映，当真如画儿一般。林微吵着要见爹爹，转眼便没了踪影，于家父子则引着无间进到客房，安置妥当，又叫来一位小厮供他差遣。他自小孤零，哪里受过这等款待，一时间也是诚惶诚恐。于未田道："我家主人隐居在此，已有二十余年，他虽然自闭于世，却仍是古道热肠的人物，这里太过寒冷，素无宾朋，你是稀客，当然更是贵客，不必拘泥，自在就好。"

无间饱餐一顿，一觉睡到天亮，人便精神许多。室内陈设不见半点奢华，但是墙上字画，架上古玩，一器一具自有一分古意雅韵，他随便走走看看，心下也便愈发好奇；此处这等偏远，却有这样一片洞天，这些人又该是什么来头？到了午间，于雄鹰来请，无间随他穿过几片庭院，进来客厅，再抬头，居中坐着一位书生模样的中年男子，正是林有方。他着一袭蓝色长衫，眉毛极淡，双目细长，再衬以下巴间一捋黑须，显得平和又疏朗。无间行礼问讯，在下首坐了，有小厮送上饭菜，几个人也便漫无边际地聊了开去。他免不得要将雪原上的经历再讲一遍，林有方和林微一样，有许多出其不意的问题，尤其那鹿的样貌，问得最为详细。他进而道："既然那鹿召之即来，挥之即去，你能否让它来山庄小住几日？"无间犹豫一下，道："召来可以，它愿不愿意留下，可由不得我。"

林有方分明有些急不可耐，当下便站起身来，无间有些不自在，也只好从命。出来山庄，他爬上一棵大树打了几声呼哨，那鹿果然便从林子里转了出来，只是远远地便站住了，俨然对其他人颇为提防。无间迎过去和它拍拍打打地玩一阵子，打发去了，再走回来。林有方的神情有些古怪，惊喜有之，释然有之，不安有之，怅然亦有之。过了好一会儿，他才向无间拱了拱手，道："恭喜少侠，得了一只让天下人都会羡煞的灵物！"

无间本拟第二日便走，不想林有方诚意挽留，一来二去便住了七八日。他自幼父母双亡，随遇而安，再加上为人宽厚快活，不多时便与一众僮仆打成了一片；清扫庭院，砍柴喂马，能帮上手的地方一点也不计较。于未田看在眼里，便直言问他愿不愿意留在山庄里做个小厮，他满口答应，从此也就落下了脚。如此忽忽数月，每天忙碌半日，清闲半日，过得甚是消遣，而林有方也好，于未田也好，从不曾真的将他当下人看待，此外还有林微，每隔三两日便要找他玩耍一回，两人共骑一鹿，在山野间纵横驰骋，亦是好一番惬意。

林有方学识渊博，书房内除了各类正经典籍，还有许多野史佚事、奇闻怪谈、奇门遁甲之类，几乎无所不包。林微早间读书，午后由于未田督导练功，黄昏时分则去爹爹的书房里乱翻乱看。无间本来胸无点墨，还多亏她半是指教半是作耍，认了许多字。于武功一道，林微毫无用心，只凭着天资聪颖，半心半意地应付，实在不成了，便撒娇耍赖，弄得于未田也毫无办法。倒是无间，时不时在边上比画，一副津津有味的样子。于未田疏远江湖，早就看开了门户门规，这会儿不仅不恼，反而像是从他这里求取慰藉一样，会常常正儿八经地指点几下。林微看在眼里，便例行要招呼他试试拳脚，而且例行要弄得他鼻青脸肿才肯罢休。好在他半点也不介意，如此种种乱七八糟，种种啼笑皆非，肤浅是肤浅，他还是渐渐摸索到了一些见招拆招的习武之道。

天气回暖，雪势消减，那风也换了方向，夹杂着无限温适的生机自南面徐徐而来。待野草泛出淡淡的青色，原野变得坚实，马匹马车可以轻松穿越，也便到了于雄鹰等人南下中原的时候。这在林家一年一度，卖掉头一冬积累的野物皮毛、稀缺山珍，再买回又一年隐居山外的种种必需品。林有方与林微早有约定，说是要一同前往，可不知何故，事到临头又变了主意。林微央告两日，毫无转机，待送走于雄鹰，愈发闷闷不乐，一连三日足不出户，谁也不见了。

一晃又是数日，再一早，春寒料峭，碧空如洗，林微似乎心情好些了，便拉着无间出了门。二人在山里玩一阵子，被啁啾的鸟鸣声带到了一棵大树下面，树下三分是泥，七分是早一年累积的落叶，枝头绿芽冒了尖角，树桠间则有一只新筑的鸟巢。林微叹一口气，没来由地又有些恼火，拍拍树干，道："走啦，走啦，回去啦！"说话的工夫一阵风吹来，一只鸟蛋从巢里滚落下，无间眼疾手快，一把接住，呈给林微去看。鸟蛋也就拇指大小，青灰色的壳上夹杂着许多褐色的斑纹，薄脆得让人捏一把汗。林微瞅一眼，了无兴趣，无间耸耸肩膀，想着还放回去，可手脚并用攀着树干爬上几步，又"扑通"一声跳了下来，学着于未田的模样深吸一口气，忽地一跃而起。他那点不是轻功的轻功粗浅至极，离鸟巢尚有数尺之遥，便手忙脚乱地落了下来。林微不由得扑哧一乐，也学着于未田的模样叹一口气，道："孺赖，孺赖，不可教也！"她顺手取过鸟蛋，轻轻跃起，在一根低垂的枝条上踏一下，借力转身，稳稳坐在了鸟巢边的树干上。无间道："你中间歇一次脚，便是耍赖，作不得数的。"

他依样画葫芦，可也跳了三次，才轰然落在林微身边，弄得树枝颤个不住，整个鸟巢几乎要散了架。林微将鸟蛋摆好，两只雀儿也飞了回来，而且居然并不怕生，落在她指尖上，翅膀一振一振的，摇首弄姿。林微道："你有没有想过去中原走一走？"无间道："去那里做什么？那里很好玩么？"林微撇撇嘴，道："那你觉着哪里好玩？落雪山庄？"无间哈哈一笑，不回答，林微便又说道："爹爹本来说好要带我去福建的。"无间道："福建便是中原？"林微道："你若在中原，福建便不是中原，在这里，福建便是中原。"无间并不明白，挠挠头，道："去那里做什么？"林微道："我娘是福建人。"

无间"哦"一声，却不知道该怎样接话。林夫人早亡，系林有方一人将女儿带大，这一层山庄上下尽人皆知，却甚少有人愿意提及。过了一会儿，无间才道："你这是要去见你娘家里的人？"林微却转而问道："你说我是不是应当嫁人了？"无间不由得笑了起来，道："你还没长成姑娘呢，便想嫁人了？"林微道："我才不想，是爹爹说我该嫁人了，还说我总在山庄里无所事事，也不是个办法。"无间便转过头上上下下打量她，道："你哪里像个嫁人的样子。"林微道："那嫁人该是什么样子？"无间道："要知书达理，慢声细气的，就差不多了。"林微"呸"一声，道："你木头脑袋，又懂得什么，那个不是长成的，也不是学成的，是装成的。"无间道："那你想嫁个什么样的人？"林微道："我也不知道，但总要文采风流，有点风骨才好。"无间双臂一展，道："我有没有风骨？"林微伸手扒拉一下他的脑袋，道："你模样还凑合，算是半个绣花枕头，不过，风骨么，你以为一堆臭骨头堆在一起，便是风骨？"无间平日里总受她揶揄，半点也不在意，道："你聪明且刻薄，便是蛇蝎心肠。"林微道："你这绣花枕头，还不就是用来刻薄的？"无间甚是不屑，道："中原便那么了不起，遍地都是你的如意郎君？"

林微却"嗯？"一声，不再接话了，转而又伸手一指，道："你看——"雪原之上不知何时多了一行人，皆是青衣，身法迅捷，像是在比试脚力，不多时便到了山脚下。周遭上百里没有人烟，这些人出现在这里，便只能冲着林有方而来，林微心下忽然多一丝忐忑，过去十余年间，林家又何尝有过宾客上门？而这时无间却又惊呼一声，叫道："那不是于大哥么?!"

走在最后面的一位果然是于雄鹰的模样，他功力像是逊色不少，竭力施为，步法仓促，却还是被落下好远。林微愈发不解，道："往年南下，他少说也要两个月才会回来，可现今才走了十几日——"说着自树头一跃而下，快步往山庄赶去。这一路尽是小道，费了些周折，及待进来院门，那些人已经落座在客厅里，正和林有方说话。林微迈过门槛，忙不迭地叫一声"爹爹！"，可话音未落，劲风拂面，竟然有人抢先劈出一掌。

她斜走几步避开，才发现出手的是一位大胡子，而使向她的不过是一记虚招，使向无间的才是实招。无间又哪里见过这等阵势，双目圆睁，霎时愣在了当地。这时当庭灰影一晃，有人出掌拍大胡子肋下，他伸手去挡，却挡了个空，而那灰影则一抹而过，一手揽过林微，一手揽过无间，逆行疾退，还回正中间的太师椅上坐下。林微不胜惊讶，叫道："爹爹，你会武功！"

林有方历来是一副儒生模样，所知无非是奇门遁甲与正史野史之类，谁承想一进一退，迅不可挡，竟像是一位不可多得的大高手。这会儿林微问题也结成了串儿，道："你为什么从来不说？为什么你不教我，却要于师傅教我？"继而又笑了起来，伸手一指，道："那这些恶人便不足与惧了？"接下来却又眼神一亮，道："是你的功夫好些，还是于师傅的好些？"不等林有方回答，又开始不住地摇头，道："你对江湖上的事情了如指掌，许多武学上的道理也说得头头是道。嗯，还是我糊涂，你不会武功才怪呢！"适才出手的大胡子凶巴巴地道："小姑娘，你果然不知道你爹爹是谁？"林微转头再瞅一眼林有方，道："爹爹，你是谁？"

来人除了大胡子之外，还有三位，上首坐着的模样最老，瘦似一段枯木，另外两位鬓角斑白，却仍然魁梧结实。那大胡子有些不耐烦，道："林兄，你这里好歹算是书香门第，为何养个闺女这等聒噪？"林微横他一眼，道："你这个夜叉，不在阴间躲着，跑到青天白日的地方做什么?"那汉子生得丑恶,又因为门规所限,不得不常年穿一身青衣,久而久之便得了一个让他深恶痛绝的绰号——"青夜叉",林微一无所知,却一句话戳到了痛处,他气得面色赤红,高声喝道:"林兄,你再不管教管教,可别怪我李某不客气!"

林有方呵呵一笑,道:"微儿,这四位可是江湖上赫赫有名的天乙四杰。"他闲来无事,撰有《武林轶话》一册,记录诸多江湖轶事,林微当作故事书,一直读得津津有味,这会儿略一回想,便对上了号。天乙门总坛在山西太行山,掌门人是行简大师,座下共有四位弟子,大师兄叫作郑也恭,该是上首的那位,老二钱也敬老三孙也惠,该是下首的两位,而这大胡子想来便是老四李也义了,林微作出一副恍然大悟的样子,道:"天乙门?就是在太行山和官府勾勾搭搭的天乙门?"

此言一出,天乙四杰不由得勃然大怒;早年行简大师的师父做过勾结官府出卖武林同道的事情,弄得声名狼藉,很长一段时间抬不起头来,如今一晃数十年,天乙门算是洗脱个差不多了,不想这小姑娘张口便揭了出来。林有方面含微笑,佯装责备,道:"微儿,不得无礼。"林微道:"爹爹,我不待见这些人,你赶他们走罢。"林有方却伸手一指于未田,道:"爹爹还要给你引见一个人。"林微莫名地心下一沉,道:"于师傅,你——"于未田低了头,闷声闷气地道:"大小姐,我于某人对不住你爹爹。"林微道:"你是于师傅,又能做什么坏事?"林有方道:"行简早年收过一名弟子,叫作于百临,可他不久之后便销声匿迹,再不曾露面,而天乙门也如同从来没有过这个人一样,一直奉这位郑兄为大弟子。这些事情耐人寻味,我却不曾用心捉摸,嘿嘿,谁承想行简心机至深,到头来算计的是我林某人!"

林微再瞅瞅于未田,道:"你便是于百临?"一旁的郑也恭哈哈一笑,转个话题,道:"家师对林兄一直推崇备至,他多次提及,天下若有人能找到三十二皇子的下落,非你莫属。"林有方道:"郑兄，行简身体多恙，早已经不问俗务，你代行掌门之职多年，可曾想过何时才会有扶正的一日？"这话正好说中郑也恭的心病，好在他极为老到：只眉头一皱，道："林兄索居关外，原来对江湖上的大小事情也没少操心么！"林有方道："置身事外，隔岸观火，操心可是犯不上。"林微心思极快，道："不是说大弟子继承掌门之位才是天经地义？"又指指于未田，道："那你们天乙门的掌门之位该是他的才对。"于未田神色为之一变，道："大小姐说话可当心些。"林微还是有些不甘心，道："这么多年在落雪山庄，你当真是为了算计我爹爹？"她继而再瞅瞅郑也恭，道："那他算不算立了奇功一件？若是那样，他来做掌门人岂不更名正言顺？"

郑也恭嘴唇微颤，神情便有些扭曲，于未田诚惶诚恐，高声道："师弟千万不可多虑，待此事了结，我于某人闭门谢客，再不问江湖之事。"继而又苦笑一声，道："林有方智谋无双，你如今可是见识了？而他这位宝贝闺女更是不遑多让！"林微嘻嘻一笑，道："于师傅，你究竟图谋些什么？"于未田摇摇头，再抬起双眼，却望定了范无间。

第二章
从此逝

无间瞪大了眼睛,一脸的不解,于未田道:"你随我们走一趟中原如何?"无间道:"去做什么?"于未田道:"面见家师。"无间道:"无缘无故的,他为何要见我?"林微更觉着难以置信,道:"于师傅,你在落雪山庄这么多年,等的是范无间?可你又如何知道他会找上门来?"她继而又瞥一眼无间,道:"你难道也有什么事情瞒着我?八成在中原做过什么坏事,要么这些人千里迢迢,顶风冒雪地找了来——嗯,横竖都是招摇撞骗!"林有方不由得呵呵一笑,道:"微儿,这事和他全无关系,他们要的是那头鹿。"

无间好生惊讶,道:"鹿无间?"郑也恭道:"不错。"无间道:"要它做什么?"郑也恭道:"不便相告!再说了,这些事情知道的太多只会招来杀身之祸,还是糊涂一点为妙。今日便听我良言相劝,乖乖地带那头鹿给我们,之后就当什么都没有发生过,回范家庄过你的日子就好。"无间道:"杀身之祸?为什么会有人杀我?"分明有些不忿,又道:"凭什么糊涂着就好?你们几位鬼鬼祟祟的,最不像好人。"郑也恭面上一寒,却又忍住了,道:"我明白你与那鹿交情非比寻常,不过我等也没有什么恶意,到时候只会精心伺候,不让它受半点损伤。"无间越发地不待见,道:"不成,鹿无间才不要跟你们去。"

林有方在一旁不由得哈哈大笑，无间转而望他一眼，道："林伯父，咱们就此别过。"林有方道："这又是何故？"无间指指天乙门诸人，道："他们来寻我的不是，总不至于连累落雪山庄。"郑也恭在一旁不住点头，道："林兄，这小子在理得很，此事和你全无关系，我们便带他先行一步，如何？"林有方道："他人也好，鹿也好，既然在落雪山庄的地盘上，便与我有千丝万缕的关系，我不点头，呵呵，谁也别想离开！"钱也敬像是再也听不下去了，猛地一拍桌子，道："林兄，你这是敬酒不吃吃罚酒？"林有方一捋颔下长须，淡然道："罚酒？你也罚得起才好。"

郑也恭嘿嘿一笑，道："林兄是何等样人，我天乙四杰又怎会罚你的酒，敬你一杯还差不多；不过我还正想问一问呢，林兄今日午后小酌，那滋味还算不错？"林有方一怔，心下不由得"咯噔"一声，早先于未田烫了两壶小酒，二人聊好一会儿方才散了，之后丹田之内便有些不太通畅，可他一直未作它想；适才与李也义过那一招，腹中火辣辣的，有万般不是，难不成是因为于未田在酒里做过手脚？林微察言观色，轻轻叫一声"爹爹——"，李也义却禁不住哈哈大笑，道："无色无相，七步断肠！林有方，你若不老老实实的，明年此时便是你的祭日！"

天乙门有独门毒药称为"七步散"，味道极淡，融入酒中，几乎没有痕迹可寻，而药性又极霸道：一旦发作，须臾之间可以取人性命。林微身子颤抖，道："爹爹，你中了毒？"林有方早就听人说起过七步散，稍加印证，心知不假，不想点头，却还是点了点。林微再说话便带出些哭腔，指指于未田，道："你都做了些什么？爹爹对你不薄，当你是好兄弟，我从记事的时候起，便一直当你是亲叔父，可你又究竟做了些什么？"于未田面色赤红，抱拳深施一礼，低着头，再不发一言。

林微抱住林有方，道："爹爹，你还好？"七步散的药劲这时也泛了上来，他腹内痛如刀绞，虽则努力不动声色，可额头上还是渗出一层细细的汗珠。郑也恭好不得意，道："林兄，我等都是江湖汉子，小节上有什么不周的地方，还请多多担待。不过二十年前你剑法上出神入化，便是一等一的高手，如今这样深居简出，武学上应该更加深不可测才对。你尽可以笑话我等卑鄙，可不出此下策，又如何制得住你？七步散绝非浪得虚名，再耽搁下去，备受煎熬不说，一旦伤了经脉，即便我奉上解药，你也不见得能够复原如初。所以，听我一言，好自为之，即便不吝惜自己，看在你这位宝贝闺女的面上，也该掂量掂量。再者，我也不是真的要你做些什么，什么都不做便好，待范无间随我走出山庄，我天乙门再不相扰！"林有方摇头苦笑，望一眼于未田，道："未田，大家兄弟一场，我的心思你应当最清楚不过，即便我早年的确有所图谋，如今也早已经瞧得淡了——"于未田道："师命难违，更何况他老人家于我还有救命之恩，我无可奈何，左右为难，既然不能对不起他，便只好对不起你。这件事情万死莫赎，你即便一刀杀了我，我也不会有半句怨言。"

这时无间走上一步，伸出手，道："那你拿来罢。"郑也恭道："你要什么？"无间道："解药啊，你要我走，我跟你走，又没有什么可含糊的，何苦非要害人不成。"林有方道："无间，在他们那里，事情不是这样做的。"他摇摇头，又道："当初我一意孤行，非要将你留下，可真是错了。"无间道："是我自己想要留下。"林有方道："你性情耿直，心思单纯，而江湖之上尔虞我诈，险恶万分，实在不应该是你的归宿，可天命如此，或者本是有缘之人，尽可以逢凶化吉？"他长叹一声，又道："今日即便我不想让你跟他们走，嘿嘿，只怕也由不得我呢。"顿一顿，忽而咳了起来，进而愈演愈烈，不久竟哇的一声，吐出好大一口鲜血。

林微禁不住哭了起来，扶着他的肩膀，轻搔后背，道："爹爹，他们想怎样便怎样好了，你可不能有个三长两短。"天乙门四人相互望一望，均有些喜不自胜，李也义忽地一下站起身来，道："林有方，你当年纵横四海，风光无限，可曾想到会有今日？"林有方神色木然，举目望向门外，道："人算又怎如天算？"

说着话，他忽然一掌拍在了身前案几之上，数只茶盏一震，齐齐跳了起来；而他袍袖再挥，那些茶盏便如离弦之箭一般分射天乙门诸人。那几位眼见林有方先是同于未田叙旧，再向无间道别，最后又咯血不止，还道他功力半失，有意就范，不想他虚晃一枪，说出手时当即出手。他手臂又是一抬，一只茶碟激飞向天，"铛"的一声竟没入横梁之中，而众人脚下跟着一震，接着又是"喀嚓"一声巨响，厅堂深处居然现出一方黑漆漆的洞口。林有方无丝毫停顿，一手揽过林微，一手拉住无间，一跃而下。天乙门大吃一惊，抢步过来，那洞口却已经闭合如初；地面平整，坚硬如铁，竟然连一丝缝隙也找不见。

落脚之处颇为狭窄，可壁上燃着两盏油灯，还算不上黑暗。林微叫一声"爹爹"，不等站稳，先伸手去扶林有方。林有方拍拍她的手掌，走到墙根处抓住一只铁把手拗了几下，再转过身，神情里便有几分得意，道："机栝从里面锁住了，天乙门即便一把火烧掉落雪山庄，你我依然毫发无损。"

话音未落，他又咳了起来，林微与无间搀着他走过一条长长的通道，进了一间居室。室内纤尘不染，地面上有几只蒲团，迎面壁上挂着两幅小画，转过来的墙上则是满满一架子书，而另外一面的拐角处又有一只水缸；此处在地面之下数丈，可不知何故，仍然有阳光照进来，正好扑在水面之上。一株睡莲开得刚刚好，紫瓣黄蕊，异样地含蓄，却也异样地醒目。无间点起几支蜡烛，柔光之下，林有方脸色蜡黄，唇边沾满血渍，眉目之间似乎有黑丝缠绕，果然是一副病入膏肓的样子。林微又哭了起来，道："爹爹，又哪里去找七步散的解药？"林有方抚一抚女儿的头发，道："无妨，无妨。早年我颇有防人之心，这里的机关密道都是亲力亲为，即便你于师傅也不知道。后来我心思淡了，谈话间数次提及，还好没有合盘托出，今日莫说他们天乙门，即便是天下能工巧匠尽集于此，也不见得能够进来。"

他在蒲团上坐下来，调匀呼吸，望着无间又道："不是说我走投无路，非要拉你垫背；不让你跟他们走，实是出于好意，你可明白？"无间道："那些人耍奸使诈，一点也不讨人喜欢，我只是想，这些麻烦还都是因我而起——"林有方道："但教我早有个决断，也不至于落到今日这步田地，有些事情，不该瞒着你才对。"他稍稍理一理思绪，转而道："人云'北有汗血宝马，南有社稷神鹿'，你可曾听说过？"

无间老实地摇摇头，不明白生死关头，为何要提起这些。林微道："那些都是轶闻，作不得数的。"林有方微微一笑，道："你如何知道作不得数？"林微道："因为爹爹亲口说过作不得数。大汉武帝为了汗血宝马，不惜赔上成千上万条性命远征大宛国。可真的将宝马弄到手了，才发现它远没有传说中的神骏，什么日行千里，夜行八百云云，都是以讹传讹，一场笑谈而已。"林有方道："可是还有人说，大宛族极有血性，拼着将宝马杀绝，也不愿意它们落入他人之手，所以，汉武帝得到的究竟是不是真的汗血宝马，历来存疑。"继而转向无间，又道："社稷神鹿生于高悬之畔，奇峰之上，莫说是崇山峻岭，即便是万仞绝壁，也能步履如飞，进退自如呢。"无间一头雾水，道："这又有什么用处？行军打仗应该用不上，上山砍柴该是不错了。"

林有方不由得哈哈大笑，无间则继续说道："若是由着我挑一样，我挑汗血宝马。"林有方道："你果然舍得？"无间道："又有什么舍不得的？"林有方道："社稷神鹿'鹿角似山，白纹如水'，以山水喻社稷，由此得名。"无间念叨一遍，瞅瞅林微，反而被她一脸的讶然吓了一跳。她似笑非笑，道："你明白了？"无间道："明白什么？"林微道："木头脑袋晃晃，木头脑袋荡荡。"无间这才恍然大悟，道："鹿无间是社稷神鹿？！"

林有方不住地点头，道："正是，正是，那鹿你召之即来挥之即去，想怎样它便怎样，又岂是山间随便一头野鹿做得到的？——集天地之灵秀，方可尽通人性！"无间仍然半信半疑，道："它是社稷神鹿又怎样？天乙门不远万里赶来这里，做这些叫人不齿的事情，便因为它是世上少见的灵物？因为这个，于师傅便不惜在山庄里坐等十余年？"林有方道："你所言极是，若只是为了这鹿，本也犯不着如此。可是既所谓'南有社稷神鹿'，它应当出没于藏南崇山峻岭之间才对，而落雪山庄在北疆之北，这些，是不是很蹊跷？"他叹一口气，又道："这鹿的背后实则隐藏着一则近百年来无人能解的大秘密，而一旦解开这个秘密，想称霸武林也好，想富甲天下也好，想运筹帷幄决胜千里之外也好，无不易如反掌！"

他忆起往事，胸口起伏不定，过好一会儿才又缓缓说道："当年金人狼子野心，南下中原，俘获徽钦二宗，高宗赵构则逃过长江，在临安落下脚来，之后他偏安一隅，与金国屈辱讲和，俯首称臣，维持了大约有二十年的和平。再后来金国海陵王完颜亮继位，复又挥兵南下，有心一举拿下南宋。那时节金兵势如破竹，无往不胜，看情势天下终将会是他们的天下，又哪里还会有赵家的容身之地？大兵临江，临安城里乱作一团，而宫中许多仁义之士，也便不得不开始筹划如何能为赵家保留一份血脉。危急时刻，终于有人酝酿出一个有胆有识的主意，他们从武林志士与九州派侍卫当中选出一十二名顶尖高手，乔装打扮，护着徽宗的第三十二子赵相悄然北上……"无间不由得"啊"了一声，道："北上？这岂不是自寻死路？"

林微却已经明白过来，连连点头，林有方会心一笑，道："兵法上常言实则虚之，虚则实之，有时看似最危险的地方可能是最安全的所在，全天下都以为赵家会南走避祸，又有几人料得到他们反其道而行之，在那种关口北上大金国？"无间挠挠脑袋，依旧似懂非懂，林有方则继续说道："他们一行人悄悄地从金兵眼皮子底下溜过去，一路向北，到了疆外……"林微低呼一声，道："他们到了这里？爹爹将落雪山庄修在这里，莫非……"林有方呵呵一笑，道："他们最终潜踪于何处，天下没有人知道。"

林微秀眉一蹙，约略有些释然，林有方喝一点水，才又说道："众人都以为大宋不日便会土崩瓦解，之后赵相便无异于一介草民，想东山再起，比登天还难。着眼于此，他们一十三人携带了七件大宋国的镇国之宝，其中四件是珠宝玉器，价值连城，却乏善可陈，而另外三件则大有讲究，这第一件么，便是'九蚺子'……"林微吃了一惊，道："韩信的兵法奇书？它不是早就失传了么？"林有方道："那是平头百姓的说法，而真正的兵书一直静悄悄地在御书房里积累灰尘。"说着他神色之间也便多一丝义愤，又道："但教它早一日落在有识之士手中，我大宋又如何会让女真人践踏到这种地步？赵家昏庸，由此可见一斑！"

无间道："那第二件呢？"林有方道："宝剑'湛卢'。"林微更为惊讶，道："岳飞的湛卢剑？说什么岳将军死后，那剑便再无踪影，也是平头百姓的讹传了？"林有方苦笑一声，道："微儿，岳飞又死在谁人之手？他死后这宝剑落在宫里，还不理所当然？"继而望一眼无间，又道："湛卢系铸剑鼻祖欧冶子穷三年之力在福建湛卢山炼成，'剑之成也，精光贯天，日月争耀，星斗避彩，鬼神悲号'，不折不扣，乃是天下第一名剑。此外，它还是仁道之剑，无坚不摧，却不含半点杀气……"出神半晌，才又续道："殊不知，'君有道：剑在侧，国兴旺。君无道：剑飞弃，国破败'，这剑离了南宋，悄悄北上，岂不正应验着赵家朝廷的失道？"

他长叹一声，又道："其实这书与剑也还罢了，真正让武林人士动心不已的，是第三件宝贝。那是一本武林奇书，名为《长乘真经》，所谓'长乘'，源出《山海经》，原本是一种怪兽，'神状如人而豹尾'，行动如电，奔逸绝尘，乃是至轻至速之兽。于习武之人而言，若轻功修习到登峰造极的境地，其情状便与之有所相似。此

无间传　23

书认定，天下武功终极之境既非内功外功，亦非兵器拳法，嘿嘿，而是轻功！这听起来大违常理，可我未读经书，而且修为不到个中境界，也就不得而知，可无论怎样，有缘修习真经者，称霸武林几乎是易如反掌的事情！"他望着墙上那盏油灯，心思又转到了别的地方，道："过去数百年，这本经书从未现身，众人还道早已失传，不料竟然也在宫里。朝廷，朝廷，你以为远在天边，实则却无处不在，日后你们行走江湖，可千万要谨记在心。"

他有些累了，闭目养一会儿神，方又说道："三十二皇子一行昼伏夜出，轻骑北上，可谓人不知，鬼不觉，可是……"忽而微微一笑，"与他们随行的，还有两头鹿。"无间道："社稷神鹿？"林有方道："正是，只是这鹿是由藏南藩国进贡而来，而那里四季酷暑，濡湿难当，是以它们当习南方水土才对。"无间道："对啊，对啊，三十二皇子等人去的是冰寒之地，这鹿不仅毫无用处，说不定不等出关，便被冻死了……"只是自己忽然就说不下去了，晃晃脑袋，道："后来呢？"林有方道："不错，当时江湖人士十有八九都是这种想法，所以也就非常不以为然，更有人说若社稷神鹿果然随行，那北上避祸便是虚晃一枪，他们该是南下去了藩国才对。当年我被这件事情吊足了胃口，实在不能释怀，便只身南下，进了藏滇深山。"无间不由得又打量他一眼，只觉此人还真是处处出人意表。林有方则自顾自说道："藏南风物奇诡，幽谷与雪山相继，天湖与绝壁相依，我在其中摸索了足有三个月，却一无所获！正自懊恼，却在澜沧江畔碰上了一位舟子，说起当地的风物，他用了十个字，所谓'一山有四季，十里不同天'！这句话犹如醍醐灌顶，教我恍然大悟。那里幽谷之内可以繁花似锦，温暖如春，可若是攀援而上，又一步冷似一步，待到高崖绝顶，尽可以滴水成冰，一片肃杀！社稷神鹿虽则生在西南，但它游走于峭壁之间，上可达雪山之巅，下可达幽谷之涧，当然当得酷暑，也耐得酷寒，所以那鹿随三十二皇子北上，断断不会因为水土不服死在路上，相反，那正是他们未雨绸缪、深谋远虑的明证。由此我更相信北上一说断非虚言，不仅如此，这还意味着他们筹划中的落脚之处应该是在塞外深山之中！"

无间脑中空空荡荡，却又不禁有些神往，林微则道："可完颜亮兵败采石，被自己人所杀，这些都是同一年的事情，之后双方停战，南宋苟延残喘，渐渐又得了些元气。论下来，三十二皇子这一趟是不是走得有些尴尬？后来又怎样了？他们按理可是应当南归才对。"林有方道："论胆识，论智谋，赵相在一干皇子心中首屈一指，北上的事情会落在他的头上，原因也正在于此。大宋与大金之争，当然关乎生死存亡，殊不知宫中内斗，险象环生，实则来得更为惨烈，人说他早就看得透了，得以脱身，自然再不会回去。"林微道："他终老塞外？"林有方道："不错，他不回去，可那些随行的侍卫依然需要复命，是以其中有六人南归中原，而且他们还绘有一张地图，详细标注了三十二皇子的行程与最终的落脚之处。为了稳妥起见，那地图一分为六，由六人分别携带，而且是为了稳妥起见，并没有在宫里复原。"

林微颇有感慨，道："那些地图又去了哪里？"林有方道："自然流落到了江湖之上，所以之后的几年间，武林中便失了安宁，名门正派也好，三教九流也好，一个个患得患失，再难淡定。只是无论怎样折腾，始终没有人找到像样的线索，久而久之，事情也便慢慢淡了下去。"林微道："那爹爹你呢，你也患得患失？"林有方哈哈一笑，道："我算不得功利之人，却是偏执之人，当然不能幸免。那南归的六人究竟是谁，极少有人能说得清楚，但其中至少有少林寺的思明大师与武当派的行易道长，所以啊，爹爹我曾经在少林寺当过一年和尚，在武当山装模作样修习了七个月的道法呢。"林微不由失笑，道："那你找到些什么？"林有方道："一无所获！"

他唇边浮起一丝浅笑，续道："当年江湖之上众说纷纭，有一些还算靠谱，说什么要找到皇子的藏宝之处，地图与神鹿缺一不可，依地图可知方位，但真的到了那里，单凭人力是不成的，需要有神鹿相助方可。我苦思良久，忽而摸索到一些常人忽略的道理，要知道那鹿乃是至灵之物，知方位，知时节，知寒暑，知人意，所以，若是能找到神鹿，由它引路，即便没有地图，便真的找不到皇子的落脚之处?!"林微道："那爹爹是对了，还是错了？"林有方双眉一挑，道："一言难尽，一言难尽！"

他继而道："当年我因为悟到这一节，喜不自胜，自以为普天之下，便没有我林某人不能为之事，也因为此，也才悄悄北上，在此处修起这一座落雪山庄。外人都道我看淡世事，退隐江湖，实则我却以之为依托，来寻找社稷神鹿的下落。"声音里忽而添一分黯然，继续道："那时候我便如同着了魔道一般，每日里如琢如磨，如癫似狂，如此年复一年，几多寒暑，主意打尽了，意气也消磨光了，低头看看，嘿嘿，依然两手空空，两手空空！我自负聪明绝顶，天下无人能及，谁承想聪明反被聪明误，到头来，竟是最愚不可及的一个！"他神情凝滞，眼眶里渐渐有泪花掩上来，林微好生不忍，轻声道："爹爹，这不挺好么？大智与大愚本来便差不了多少，难得的，还不就是这一份了悟？"

林有方呵呵一笑，道："我便说你比爹爹聪明十倍，像你这般年纪的时候，我哪里有这等心境？只是爹爹愚蠢，并不在于光阴虚抛，一事无成，嘿嘿，说什么人生苦短，譬如朝露，都是屁话，世上之人十有八九无所事事，还不都是因为活得太久？"他狂狷之态一现即收，眼神里继而泛起一层柔怜，盯着林微轻声又道："爹爹愚蠢，是因为对不起你娘——我原本有幸和她过一世神仙眷属般的日子，却糊涂透顶，非要找什么破烂地图，她受了冷落，渐渐也便心死如灰，生下你之后的第二年，说是要南下回娘家看看，从此一去不回。"

林微一张俏脸刹那间变得如同白纸一般，道："你不是说娘早就过世了么？"林有方叹一口气，道："微儿，是爹爹对你不住，你哭着闹着要找娘，我没法交代，便只好寻这样一个干净彻底的托词。"他心中伤痛，忽然间又咳了起来，接连吐出好几口鲜血。林微哭几声，忍住了，抱着林有方，道："爹爹，爹爹，你该如何是好？女儿又该如何是好？"林有方道："那一年你不足周岁，在我怀里嘤嘤而啼，也才让我如梦方醒，终于想通了无常世事中究竟何为得，何为失，何为成，又何为败！纵然如此，可笑我还是撇不开那一份孤傲，不愿南下去寻你娘回来。再之后我与你相依为命，慢慢体会到究竟情为何物，由此向平淡处用心，也才明白了隐居山林的种种乐处。咱们说好今年一同南下，一来你可以见识一下中原的风土人情，二来我冥顽不化十余年，终于解脱了些，真心想着接你娘一起回来呢。嘿嘿，只是人算不如天算，平白无故的一日，你便带着无间回了落雪山庄！"

一切历历在目，便如同昨日之事一般，他望一眼无间，又道："那一日我见到社稷神鹿，才真是方寸大乱！我估算着神鹿在左近，它果然就在左近，这是一层欣慰不假，可恨足足晚了二十年！彼时心愿又岂是此时心愿，所谓造化弄人，还不就是这般情形？我留你在山庄久居，当然是因为你耿直温厚，甚得我心，并且还是小女难得的玩伴，可私下里，我纵然再不会去寻找三十二皇子的下落，可是有你这样一个看得见摸得着的线索，又是多大的慰藉！"无间似懂非懂，道："鹿无间可不像是年过百岁的样子……"林有方不由得微微一笑，道："当年那两头鹿本是一雄一雌，有后嗣延续至今，殊不为奇。"

他神情略显释然，又道："早年你于师傅与我一见如故，再后来他不远万里找到这里，教我感动之余，也难免有些惊讶。可是一晃十余年，又有什么不能消磨！我真的以为他有心一起做个终老山林的兄弟，谁承想只是行简布的一局棋而已。当年我打造这几间密室，用了不少心思，你们若是愿意留在这里，莫说十天八天，便是十个月八个月，天乙门也不会有任何办法。可是经过这一番变故，无论他们怎样小心，社稷神鹿重现江湖的事情终究会传出去，到了那个时候，天知道会有多少人赶来这里，而你们再想脱身，可就没有那么容易了。再者，那神鹿召之即来挥之即去，看似心有灵犀，实则是因为嗅觉敏锐，即便是在十数里之外，依然可以分辨出你们的气息，也正因为此，它肯定不会走得太远，久而久之，难免会被人撞到，所以依我之见，你们还是尽快出去，带上那鹿远走高飞为妙。"林微不住摇头，道："爹爹，你都说些什么呢？你先养好伤，咱们再说要去哪里。"她转而望望无间，又道："那鹿若是不想让人见到，不想让人抓到，那天下便没有人看得到它，捉得到它，是不是？"

林有方不由得苦笑一声，道："人心诡诈，又岂是一头鹿所能体会？"目光转向屋角，伸手一指，又道："那里有一道暗藏的机关，连扣三次，会有密道出现，密道长有三里，出口是北山一个极为隐秘的所在。你们脱身以后，带着神鹿只管向北即可，走差不多七日，会有一条大河出现，水色乌黑，名为'缁水'，顺着缁水再走二十日左右，便入了深山。那里是酷寒之地，绝无人迹，于鹿无间而言，不失为一个绝佳的藏身之处。"林微略感好奇，道："爹爹，你去过那里？"林有方唇边牵出一丝笑意，道："去过，去过，北疆塞外纵横千里，又哪里有我不曾到过的地方？"神情之间又变得颇为神往，继续道："如果天意眷顾，你们或者会找到一座奇峰，那峰意境柔婉，即便被大雪覆盖，也还是有一层难言的暖意。月明星稀时分，长空与清泉辉映，皓月与瀑布比邻，此等仙境，何似人间！当年我等在冰寒山水之间游走，见过种种稀世美景，惟此峰冠绝所有！"他似乎想放声大笑，结果却只发出长长的一声叹息，道："可惜那里我只到过一次，后来再也不得其途而入了。"

他望定林微，忽然间泪水横溢，道："当年我在山野间流连忘返，而你娘肚子里却怀着你，日夜盼着我回去。此等落寞，此等孤寂，我也是多年之后才明白是何等伤人！我平生磊落，不行不义之事，孤标傲世，自以为天意人意两不相负，嘿嘿，如今回头看看，罪莫大焉，罪莫大焉！与世无补，与人无益，此非庸碌，又何为庸碌？"沉默一会儿，忽然又低声吟道："揽月且行乐，谁为座上客？谓我唐突者，影对月与月。"

林微心头被一股寒意攫取，身子抖个不住，道："爹爹，你不要胡思乱想，就静下心来养伤，好不好？"林有方却又望一眼无间，道："你本来可以置身事外，却被拖进这样一场天大的是非当中，说到底，还都是因为我优柔寡断。我林某对你不住，只是垂死之人，无以谢罪，偏偏还有一事相求。"无间道："林伯父不要这样说话，有什么吩咐，我竭力而为便是。"林有方道："你便陪微儿走一遭，送她南下中原如何？"无间双目含泪，使劲点了点头，林有方这才转向林微，又道："你们便去福建龙泉，龙泉陆家，那是赫赫有名的武林望族，也是你娘的娘家。她姓陆，名字是'嫣如'二字，你见到她，一定要代爹爹赔个不是，若我早年走火入魔还有情可原，过去这十几年混混沌沌，无论如何也说不过去的。"苦笑一声，又道："隔壁的密室之内有两具石棺，我本拟日后与你娘长眠于此，不想今日先走一步。微儿，如果她愿意，百年之后，还要烦劳你将她带来此处安葬。"

说话间他的眼光再度锁定林微，无限爱恋，溢满眉间。林微心意在明灭之间，泪水滂沱，却又不能放声大哭，只不住口地叫着"爹爹，爹爹"。林有方轻抚她的脸庞，柔声道："微儿，从今以后，你可要记着自己保护自己。我师出暮山，当年以一套截云剑法行走天下，罕遇敌手，而我又沉迷于史学，读千年书，知纵横之事，是以人称'武太史公'。我流落此间，算是自江湖远游，可'游必有方'，所以才取了一个别名叫作林有方，而爹爹的真名，乃是'剑无'二字。"

说着，他双手一松，就此辞世。

第三章
揽月听风

  日夜交叠，晨昏无序，似乎一切都落入混沌之中，无从分辨，亦无从理会。林微守着林剑无哭了整整一日，待尸身被葬进石棺，便一个人在墙角坐着，眨一眨眼睛，又是一腮的泪水。无间几句安慰话反反复复说过几遍，也知道毫无用处，便转了心思，开始准备行程。密室隔壁还有一间书房，内里所藏多为各门各派的拳经剑谱，其中一册《截云剑法》，却是林剑无亲笔誊写。此外壁上还挂着五把长剑，至长至重者五尺有余，名为"辞乡"；至轻至薄者不足一尺，名为"若木"。无间想一想，将那本剑谱连同若木剑，一同打进了包裹里面。

  书房一角还有一只方形的盒子，内里有一面镜子，镜子中的影像居然是地面上大厅之外的庭院，而且诸种声响也隐隐约约地能够听到；无间琢磨不出其中又是何种门道，惟对林剑无的匠心更为推崇。头几日天乙门众人进进出出，沿着屋角檐边细细查看，之后则渐渐地失去了耐心，开始高声咒骂，拆墙掘地，又打又砸。这样又有七八日，外面忽而清静了许多，再行观望，原来早一晚许多人离了山庄，只留下于雄鹰与孙也惠看守庭院。

  林微终于好一些了，开始稍稍吃点东西，有一句没一句地和无间商量来日的行程。如此又是四五日,那剩下的两位也不知所踪,院子里也就再没有什么声响。林微一直说要走,却总是不忍动身,惟这一日精气神上有些不同;到了黄昏时分,她又去林剑无的石棺前呆立半晌,再出来,擦掉眼角的泪痕,道:"走吧,这就走罢。"无间等的便是这句话,先过去给林剑无磕个头,继而该背的背上身,该拎的拎在手,望一眼林微,掰开了机栝。墙壁上无声无息地打开一扇铁门,一股泥土的潮腥气息扑面而来。密道狭窄深邃,不动声色地向暗处延伸,二人各自点起一支火把,刚刚走出来,那扇铁门便又悄悄地闭上了。

　　道路干燥平坦,笔直一条线,走了一盏茶的工夫,上来一段缓坡,离地面越来越近。两侧泥土之间开始有或粗或细的树根出现,最后则有好大一块自头顶探了出来,再躬身走过去,密道也便到了尽头。迎面墙上立着一架木梯,爬上没几步,寒气便变得颇为厚重,周遭仍然一团暗黑,却已经颇为通透,风声阵阵,如同翻卷的水花,亦细细密密地渗了进来。无间有些奇怪,伸手摸一摸,四壁不知何时变成了木质,他们也便如同走在一根空心的柱子里面。上到顶端,压在头上的是一只厚重的木板,他琢磨一会儿,才找到其中的关窍;拨开暗锁,又熄掉火把,再着力一推,木板便翻了过来。长风鼓荡,混杂着泥土野草树叶残雪的种种气息,凉飕飕的扑面而来,再四面望望,忽而明白他们是在北山那棵老树的树杈之间。那树枯死多年,可新枝自根底一丛丛地生出,渐渐遮住老干,从外面几乎无从分辨,林微自幼便在此间玩耍,却万万没有想到林剑无会将它掏空作为密道的出口!皓月当空,落雪山庄在数里之外的山坳里显得凄凉又委婉,一切似乎触手可及,却又遥不可及,林微胸口一痛,又有泪水流了下来。

　　山间积雪刚刚消融,地面湿软异常,两人生怕留下足印,不敢落地,在树头高纵低跃,走不多久,便累得气喘吁吁。他们有所期待,不自觉地对望一眼,而风声稍住的一瞬静寂里,忽然传来一串隐微的蹄声。二人低低欢呼一声,目光寻出去,不远处一片空旷的草地上,立着的果然是鹿无间。上了鹿背,林微搂住鹿颈,情难自已,又哭一场。无间胯下稍一用力,那鹿随即放开四蹄,径直向北奔去。丛林之中本就崎岖不平,再加上一层层的枯枝败叶野草新泥,几乎无路可走,可是那鹿落脚自有一份异样的分寸,只教二人耳畔生风,身子却轻飘飘的,没有半点意外的颠簸。这样他们又记起林剑无之言,心中感慨,亦是一丛又一丛。

那鹿奔得兴起,足不点地一般直走到天色微明,方才放慢了步子。这一阵跋涉,足够寻常马匹走一日了,二人不再担心天乙门众人还会尾随而来,便寻一处干燥避风的所在小睡了片刻。之后再行上路,莫名地便从容了许多,想发呆的时候发呆,想看景的时候看景,想烧制野味的时候烧制一顿野味,可因为鹿无间,脚程依然快得非比寻常。这样又是五日,山岭被抛在身后,脚下则变成了茫茫草原。已是仲春时候,大地回暖,和风荡漾,接天碧草,摇曳如海。两人朝看彩云,暮看晚霞,午看云舒云卷,夜看一天星月,自有一番快活,也自有一番感伤。

这一日午后时分,香风拂面,黄花遍野,那鹿走在前面,二人则并肩跟在后面,林微忽然轻声唱了起来,"敕勒川,阴山下,天似穹庐,笼盖四野,天苍苍,野茫茫,风吹草低见牛羊",曲调苍凉,可是她喉音清脆,便也添一层意外的细腻。无间道:"这是哪里的调调,这般好听,可是你爹爹所作?"林微道:"词是北齐的杜祖安所作,调调却早已失传了,爹爹自己谱的曲子,小时候常唱给我听的。"说罢又轻声唱道:"候馆梅残,溪桥柳细,草薰风暖摇征辔。离愁渐远渐无穷,迢迢不断如春水。寸寸柔肠,盈盈粉泪,楼高莫近危阑倚。平芜尽处是春山,行人更在春山外。"这一次低回宛转,含着无限怅惘,不待无间开口相询,自己先说道:"这更不是爹爹作的啦,一首小曲而已,不过里面的景致便是江南的景致。"无间"哦"一声,道:"江南在何处?"林微道:"中原之南。"无间道:"那是江南好,还是中原好?"林微微一怔,忽而不知该如何作答,无间又道:"听你爹爹和天乙门的那些坏人说话,中原乱哄哄的,江南倒好像是一幅画儿一样。"这会儿又瞅瞅林微,眼前的人儿修眉杏眼,肌肤胜雪,又是那样一袭杏黄色的衫子,衬着湛蓝的天色,无尽的碧草,真是说不尽的适意。他不由得心下一动,忽然道:"江南可能便是你这副模样。"

　　未来数日,他们走得波澜不惊,偶尔能遇上牧养的牛羊,时不时也会和成群的野马擦身而过,其间还有两匹野狼跟了上来,可无间自忖拳脚功夫今非昔比,不仅丝毫不以为意,所猎野物有所剩余,还大大方方都丢给它们享用。一来二去,两匹狼对二人生出不少亲近之意,开道的时候开道,断后的时候断后,既殷勤又驯顺。无间有意将它们留在身边,怎奈鹿无间始终颇为排斥,这样耗了几日,该是出了某一片地界,那狼不再跟随,盘桓片刻,还掉头去了。除此之外,野鹿一头也好,一群也好,但凡看到他们,几乎从不逃散,反而会相继迎上来,恭立在侧,多有致敬之意,而每当这种时候,鹿无间定然走得昂首阔步,俨然是一副王者之相。

　　不一日便到了缁水河畔,那河果如其名,水色如墨,如同一条黑色的绸缎,向天际蜿蜒而去。逆江而上,周遭景致又有不同,大大小小的沙洲拢在如烟的绿树之间,再加上粼粼的波光和<u>丝丝缕缕</u>的白雾,好一番迷离缥缈。水中多<u>鱼</u>,不时地会跃出水面,猛不丁的便"扑通"一响。无间取树枝削成投枪,试几次,不多时便捕起来两尾。那鱼鳞为青色,泛着黑光,头却大得异乎寻常。林微不会烹饪,却没来由地记得许多食谱,便指点无间裹上泥巴去烤,制出来居然鲜美至极。这一下二人来了兴趣,每日里捕了鱼,或者垫上石头去烧,或者切片儿晾晒,又或者掺入江边的野草乱煮一通,弄出无穷无尽的法门,而无间本就是嘴馋之人,大快朵颐之余,于烹饪之道也生出不少兴趣,一路走,一路琢磨,一路尝试,如此吃尽诸多野味,厨艺精进之余,林微也得了调理,心思开解不少。

无间传

又行几日,天际开始有山峦出现,风物里亦渐渐添一层雄浑,林微则诚心真意,开始老老实实地修习截云剑法。那剑法一共七十二式,恢宏大气却又绵密繁复,饶是她聪明绝顶,所能明白的也不足五成。她对武学毫无兴趣,可是爹爹大仇未报,便不得不强迫自己多用些心思,而无间则正好相反,每日里练功不遗余力且津津有味,只可恨天资一般,费尽九牛二虎之力仍然糊里糊涂。林微一开始还指点两句,只是三说两说说不通,便变得比谁都要恼火,少不了要凶上一顿。好在无间甚是知足,每日里精进多一些少一些,练得通畅些困难些,并不怎么在意。这一日林微帮他练会一招"浮光掠影",依旧气势汹汹,道:"你这样卖力地学功夫做什么?"无间道:"难道不应当么?"林微道:"再有个十日八日,就能到爹爹要咱们去的地方了,你那鹿兄弟有了归宿,你回范家庄就好,大可不必陪我南下。"无间道:"是你爹爹教我去,不是求我去,这便是遗命,遗命嘛,就是个有来无回的命。"林微道:"我爹爹是你什么人?你若是不想怎样,他想让你怎样又怎样?"无间被绕了进去,念叨一遍,道:"你舍得让我走呀。"林微道:"你是我什么人,我凭什么不舍得?"无间哈哈一笑,道:"你也不是我什么人,可是真要走,我就不舍得。"

林微不再说话,转身大踏步向前走去,无间气喘吁吁地追上来,道:"我好好练武功,也是想着帮你报仇啊;我虽然也练不出什么名堂,但多一人总好过少一人。"林微望一眼天上浮云,道:"爹爹让你陪我去找我娘,又哪里提过报仇的事情?"无间拧着眉毛想一想,还真是不差,林微又道:"爹爹生前常说,江湖无情,生死随缘,冤冤相报大可不必,他这么说,也肯定希望我这么做……"轻轻叹一口气,又道:"更何况爹爹是被于师傅害死的,他们兄弟一场,也不能说没有半点情分。于未田无义,却也是师命难违,身不由己,爹爹若真是活着,才不会与他计较。"无间还是有些难以置信,道:"你果然这样想?"林微点点头,又摇摇头,道："我也不知道，这应该是爹爹的意思，可是我又总觉着都是自己的托辞。"抬起一双泪汪汪的眼睛，又道："我心里总是恨不起来，是不是便已经错了？"无间对这句话颇有感触，叹道："许多事情我也恨不起来。"林微继而轻声道："可无论怎样，咱们总该上天乙门讨个说法才对。"

无间若有所悟，道："你爹爹让你去福建，会不会是想让你娘替你做主？龙泉陆家是武林望族，真想灭了天乙门，应该不是什么难事。"林微道："这与她又有什么关系？"无间愣一下，想说"她是你娘啊"，却又咽了下去。林微神情里添一丝冷淡，道："这些日子我也总在想，她可以抛下我和爹爹十六年不管不问，那就不是真心在意我们的人。"无间几乎要点一点头，可最终还是说道："或者不是不在意，而是受了伤，生了病，腿脚不便呢？"林微道："那总还可以带一封书信过来，可是就这样，没有只言片语，鱼沉雁杳，又算什么？"无间道："那她会不会……"无间住了口，林微却没有什么禁忌，道："你是说她死了？也只有死了，才情有可原。"

他们继续西行，不久又进了山。山尖上白雪皑皑，似乎让阳光也温吞许多，显得分外脆弱。地势拔高，脚下的路也不再平坦，眼界里密密麻麻全是松树，一株株挺拔至极，高得不能仰望，却又洁净至极，几乎不带半点疤痕。在山腰处再看缁水江，它自两片断崖之间冲波逆折，奔腾而出，虽则壮阔依旧，却已经不再摄人心魄。再走，松柏渐少，代之以大片大片的绿草，山阴处则不时会有尚未消融的冰雪出现。又行半日，绿草也看不到了，只剩下遍地的石块，中间偶尔夹杂着几丝灰青色，原不过是一些无精打采的青苔地衣。缁水江此时犹似一条纤细的绳索，细致地系在山脚之下，而日头原本还在山脊上，低头抬头的工夫，便隐匿不见了，四面为之一暗，夜色轰然而至。

二人随便歇一晚，再上路不久，便被一道石壁挡住了去路。那石壁光溜溜的，凭空拔起十余丈，无间摩拳擦掌，说要先上去探探路，可是攀上不足两丈，便难以为继，抓紧一块石头，上下两难。这时一串清脆的蹄音在耳边响起，再抬头，那鹿居然上到高处，正俯身瞅着他呢。他惊呼一声，有些摸不着头脑，寻常山路鹿无间应付起来自然不在话下，可此处直上直下，与飞檐走壁无异，是为走兽，又如何能够？那鹿似乎看穿了他的心思，在石壁上连踏两踏，忽地窜起一丈多高，竟就上到了顶端。林微远比他看得明白，招招手，一跃而起，那鹿会意，猱身冲下来，半空里承起她，斗折蛇行，转眼间又上了绝壁。无间目瞪口呆之余，又变得快活无比，哈哈大笑声里不由得手上一松，摔了个鼻青脸肿。

那鹿意兴盎然，带着林微一跃而下，让无间也坐了上去，继而将身一挫，放开四蹄，就着石壁奔了起来。断岩兀立，乱石嶙峋，脚下越来越陡，可那鹿向匪夷所思之处落足，无中生有之处借力，看似随心所欲，分寸与时机却拿捏得妙不可言。他二人腾云驾雾一般，起初还揪着些儿心，渐渐则安之若素，开始指指点点，饱览天光山色。这样走了不知道多久，那鹿身上热气流转，鼻息不乱，似乎后力无穷，再不会有困乏的时候。有一阵子四面云雾缭绕，一重重，一片片，让人头晕目眩，全然失了方位，可再一瞬，又如同脱颖而出一般，那鹿已经驻脚在一块巨岩之上。眼前豁然开朗，又还原为一片清明，碧天压身，似乎伸手可触，白云苍狗，却尽在足下，他们心神大振，亦欢喜，亦豪迈，当此绝顶，有神鹿相依，天下英雄数不胜数，可又有几人有此种造化？

跳下鹿背，放眼望去，二人又禁不住同声欢呼；群山磅礴，一脉厚重的苍灰色里，毫无来由地伫立着一座青山。那山一片苍翠，浓得几乎滴出水来，在氤氲的雾气之下，是一派格格不入的温和婀娜。半山腰里又有一潭池水，盈盈润润，恰似一颗蓝宝石嵌于碧玉之间，而池水之上又有一挂瀑布，白浪飞溅，清新可人。此等天地造化，此等鬼斧神工，毋庸置疑，林剑无所指的奇峰只能是这里。林微凝望半晌，忽然轻声说道："爹爹说什么'揽月且行乐'，那咱们就叫它'揽月峰'好了。"

又走一个多时辰，方上得峰来，而此处却是一副盛夏光景，鸟鸣啁啾，水声淙淙，各色花草浓墨重彩，浸得人心里也湿漉漉的。那一汪潭水清澈到无迹可寻，却又柔滑无比，自指间流过，似乎还带着一丝暖暖的香气。潭底细沙一面白得晃人眼睛，一面又细致入微，一粒粒的，几乎能数得清楚。那一挂瀑布宽有丈余，孤悬于石壁之上，毫无来由地自岩缝之中现身，又毫无来由地落回岩缝，遁形而去。两人走走看看，慨叹不尽，不知不觉便到了向晚时分。苍穹浩渺，映入那一方潭水，均变得蓝莹莹的，一弯细月缓缓升到半空，也便缓缓沉入了水底，交相辉映，又是一层出其不意的别致玲珑。林微心下起伏，忽而想起"沧海月明珠有泪，蓝田日暖玉生烟"之句，白日里雾气缭绕，是暖玉生烟的意象，而这潭水亦有涯亦无涯，可不正如同月亮的一滴眼泪？——既然这峰是揽月峰，那这泉便叫作"玉烟泉"好了。

二人便在泉边安顿下来，每日里习武练剑，一晃三月有余。这一日，那鹿在树下闭目养神，无间则歪在鹿身上，如同靠着一只大枕头一般，昏昏欲睡。林微坐在泉边，看着潭水里的云影，道："你闷不闷？"无间道："有些闷，不过也没什么不好，这便是神仙的境界。"林微道："神仙又是什么境界？"无间道："耐得寂寞，耐得仓皇。"林微咽下打趣他的话，道："鹿无间落脚在一个能让神仙留步的地方，你总也放心了？"无间道："放心是放心，可舍不得照样舍不得。"林微道："舍不得你可以不走。"无间道："你走我当然要走。"林微道："那是你自以为是。"无间"嗨"一声，道："你聪明是聪明，为何总啰里啰唆？"林微撇撇嘴，道："你不啰唆，是因为你无所用心。"无间仍然闭着眼睛，悠悠地道："我不啰唆，是因为我安之若素，比如说鹿无间罢，我叫它，它答应，你叫它，它也答应，所以你和我之间就是想分个清楚，也分不清楚的，我的事情你可以不管，可是你的事情历来是我的事情。"林微皱着眉头打量他一眼,道:"你是不是太高估自己了?"

她进而叹一口气,又道:"那好,再七日,七日之后咱们就走。"无间忽地一下坐起身来,道:"说走就走?七日之后便走?"林微道:"你不是不啰唆么?七日还不够你啰唆?"无间心思却又转回来,笑道:"那样也好,早去早回哩!"继而一拍巴掌,道:"江南会不会比这里更好?"林微道:"爹爹说江南温适灵秀,意蕴悠悠,不见得比这里更美,却肯定比这里好玩,永远也不会闷的。"无间道:"书读得多了,看那些山呀水呀的,会不会是另外一种样子?"林微不禁莞尔,转而道:"爹爹说有了社稷神鹿,即便没有地图,也能找到三十二皇子的落脚之处。你和鹿无间有这样大的缘分,便再没有别的念想?"无间道:"要什么念想?"进而"嗯?"一声,道:"难道你有什么念想?"林微道:"称霸武林啊,天下第一啊,你不喜欢?"无间站起身来,将手一拢,道:"你说呢?"林微道:"人不可貌相,再说了,身不由己,不小心当了天下第一呢?"无间不由得哈哈大笑,道:"那玩意儿也能无意为之?这什么宝剑啊,兵书啊,什么长尾巴豹子啊,都是不搭边的事情,鹿无间便是鹿无间,它顺便是社稷神鹿,妙之极也,不是社稷神鹿,也同样妙之极也。"

二人又练一会儿剑,便到了傍晚时分。无间肚子饿得咕咕直叫,可他早就有了主意,拉林微跨上鹿背,一起向峰下的密林中寻去。走不多远草丛之中"咕咕"两声响,一群山鸡优哉游哉地走了过来,他掷出石子打翻了其中至为肥胖的一只,之后一番洗剥,一番腌制,便生火烤了起来。过不多时肥油渗出,落在柴火之间"嗤嗤"有声,再将早早备好的味料一道道加上去,一股厚实的肉香也便席卷山林。这等洞府,这等天地,如此施为实在唐突了些,林微有些哭笑不得,目光从青山之外回到红彤彤的火苗之上,忽而问道:"你拿的是什么?"无间瞅一眼手里拨弄干柴的木棍儿,随口应道:"还能是什么?"可随即又"啊呀"叫一声,抬手丢开了。那木棍儿一尺长短,白森森的,中间却又泛黄泛乌,竟然是一根骨头。林微道:"你自小打猎,什么都见过的,这该是何种走兽?"无间探头端详一会儿,愈发不能相信,道:"这是人骨,大腿骨。"这也正应着林微所想,她声音便有些发紧,道:"这些干柴你又是从何处捡来的?"

二人起身寻到一棵大树之下,地面上碎石颇多,混杂着经年积累的枯枝败叶,一片凌乱,无间指着其中一处,道:"便是这里了,随手划了一捧。"林微前前后后看一遍,走到树根处,不由得又"嗯?"一声,捡起来一根短棒。那短棒一尺多长,表面平滑,显见是打磨过的,中间又有一大片污渍,正该是年深日久被雨露侵蚀所致;其中一端是一个整齐的斜面,像是利器所断,切面处透出细密的年轮,而外缘一圈甚是奇特,好似一只翅膀收拢的蝴蝶。林微摩挲一下,轻声道:"这是兵器。"无间便有些透不过气来,道:"难道除了你爹爹,还有别人来过这里?"林微却答非所问,道:"爹爹使剑。"无间道:"那便是有人与他争斗,死在这里了?"林微横了他一眼,道:"这死人为何一定要和爹爹有关?"

那只烤鸡依然香得令人忘乎所以,只是吃在口中,少了一层滋味;林剑无既然放心让他们来这里,那就肯定不知道死人的事情,而此人若死在他落脚揽月峰之后,那一切便远不似料想的那般稳妥,可若是之前,他又何以一无所见?不过转念再想,爹爹来的时候积雪满山,没有什么发现,也正常不过,而且她和无间住了这样久,不也今日才鬼使神差寻到这里?只是不论怎样,除了林剑无范无间与她自己之外,这世间居然还有人到过揽月峰,死的人死掉了,那行凶的人又流落到了何处?想到此间,不由得又心下一跳,他会不会仍然在这里?可若真的如此,玉烟泉边又为何没有半点人迹?

如此思前想后,可她又琢磨不出哪里能是鹿无间更好的去处;她自幼便对晨昏时令方向方位别有体会,无论走到何处,心头总是一片清明,可是来此间的路上,有一阵烟雾蒙蒙,一团混沌,竟然始终记不起如何到的揽月峰。这样便又想起林剑无的话来，好像他早先也是误打误撞，再后来留了意，却又什么都寻不见了。这样论下来，有人来过这里又怎样，若爹爹都找不回来，天下便没有人能找得回来，想到这里，心中又多几许释然。

之后数日，一切归于平淡，只是林微有所思，在练剑上不自觉便多下几分功夫。这一日，二人还练那一招"浮光掠影"，剑诀言道："罗袜生尘，飘忽如风，漫天剑花，似光如影。"林微跃起空中，一口气能挽出五六个剑花，无间累得一身大汗，却顶多挽出三个或者四个。堪堪日暮，林微道："好啦，就这样啦。"无间道："今日收工？"林微道："又何止今日？截云剑法七十二式，有十招我们练得颇具神韵，有十招徒具其形，剩下五十多招，连依样画葫芦也算不上，不过这是一等一的功夫，有这十招，应付江湖宵小便绰绰有余。"无间才明白这是要启程南下的意思，一面有些兴奋，一面便扭头去瞧鹿无间。那鹿似乎什么都明白，竟然已是满眼的泪水，林微不由得也红了眼眶，搂住那鹿的脖子，道："即便是顶尖的武林高手找到这里，也奈何你不得，对不对？"

第二日一早，那鹿便负着二人直下揽月峰；取道向南，跋涉三日，出了雪域群山，身前又化为远接天际的大草原。是离别时候，二人搂着那鹿洒了好多眼泪，方才重新上路。这样挥手又挥手，走出好远，走得什么都看不见了，却又一次情不自禁地回过头去；视线的尽头一片天光云影，可再一瞬，鹿无间的身影竟如同水波一般荡了回来，原来它不知何时攀上一片高岩，一如他二人，正引颈凝望。

泪花四溢，便又一次冲花了一切。

第四章
慢捻拂衣事

　　一路南下，目力所及，唯有一成不变的广袤寥廓。这样一连十余日，风物才渐渐有些不同，一座小丘，一树幽花，或者一条暗溪会时不时落进视线里，带出一些琐碎的惊喜。而夏末光景，一切又有一层难言的慵懒，甚至那些成群的牛羊，亦安闲如天际的浮云。地势走低，不知何时身畔出现一条大河，水色如墨，与缁水河好有一比，如同一条黑龙一般流得肆意堂皇。这样又两日，远处又现出一条河，烟雾氤氲，热气腾腾，如同一条白龙一般自西向东而来。过午时分，二人到了大河交汇之处，那水一黑一白，一冷一暖，却并不立即交融，而是盘旋往复，缠斗许久，才向南缓缓流去。林微驻足观望，感慨良多，轻声叹道："天下居然还有这等景观。"

　　走得更近一些了，忽然看到一位胖胖大大的汉子，正坐在石头上发呆。不远处有不少木桩，一根根均是一丈长短，碗口粗细，一看便是费了好多工夫才打造而成，而且足有数百根之巨，堆在一起，如同一座小山。那汉子披头散发，脸面掩在拉碴的胡子之下，只露出一双圆溜溜的眼睛，身上则湿漉漉的，看不出是河水还是汗水所致。他瞅无间林微一眼，并不理会，摇摇脑袋，还想他的事情。无间从边上绕过去，忽而多出些说不清道不明的忐忑，道：

"好生古怪。"林微笑道："哪里古怪了？"无间道："我也说不明白，横竖有些不对。"林微道："是不是太安静了些？"无间心下一亮，一路走来，水流始终潺潺不绝，而此处两条大河拧在一处，耳中却空荡荡的，几乎听得清草叶间细虫儿的低鸣之声。他伸长脖子四面望望，道："这又是为何？"林微伸手划个圈子，道："这两条河本就生得奇巧，若是方位对了，时节到了，水势刚刚好，水温又刚刚好，便是这种情形，天地造化，无奇不有呢。"

无间一点也不明白她说些什么，那汉子却抬起头，意味深长地打量了一眼。他继而站起身来，拎过一根木桩，"扑通"一声跳进了河里。那木桩少说也有百余斤，可他如同拎着一根竹竿一样，不费半点力气。水流湍急，瞬间没到胸口，可他双腿生了钉子一般，深一脚浅一脚，走得稳健至极；到了旋涡之中，则力贯双臂，将木桩缓缓地杵进河底淤泥里，只剩下不足两尺的一段在水面之上。无间看得目瞪口呆，更佩服他功力了得，不住点头。那汉子回到岸上又取一根桩子，如法炮制，紧挨着第一根立定了，如此来来回回走了一十六趟，便在水中筑起两组木墙，每八根桩子一组，严丝合缝，而两组中间则留了大约一尺的空当。不知何故，水流声忽然清亮了许多，零零星星，不停地撞击耳鼓。

那汉子并不收手，而是在内圈一尺的地方，又立起十六根木桩，只是这一次并无间隔，是一道完整的长墙，之后则变得轻车熟路，动作越来越快，不多时在内层又搭起两组短墙。他这样忙碌，流水声居然也随着变化，渐渐地多了轰鸣之势，几乎便要喷薄而出了。那汉子继而变换方位，走去正对面又开始筑墙，这一次从内圈开始，一面长墙两组短墙，随后又是一面长墙，而每插入一根木桩，水声便减弱些许，最后则归于澎湃与喑哑之间，又变得若有若无。他停下来侧耳听听，像是非常不满意，绞尽脑汁地想一会儿，又不得其解，急得抓耳挠腮。这时林微呵呵一笑，道："这两条河均是天成，所以你不必太纠结于方位，既然黑水河属阴，那坎位应正对黑水河口，白水河属阳，震位应当正对白水河口，论下来，你所有的木墙都向东平移两个柱身也便差不多了。"

那汉子大吃一惊，抬起头望着她，可思绪又被她的话抓走了，变得有些恍惚，不多时又猛地一拍巴掌，进到水里，真的依着林微所言将木桩调整了一番。再收手，水声竟然消失得干干净净，一脉死寂里，虫鸣声便透了出来，长一声、短一声、远一声、近一声。

那汉子不由得哈哈大笑，冲林微深施一礼，道："在下李实，可真是要谢过这位姑娘呢！"有了这几面墙，便定下了方位，他再不犹豫，健步如飞，将剩余的木桩相继安插入水，一座八卦阵也便蔚然成形。水流为之一变，原本纠结回旋的黑白两色河水被一道弯弯的水线隔开，泾渭分明，俨然化为一只偌大的太极，转得生生不息，而大大小小的河鱼也着了魔一般，前赴后继地游进来，可一入阵中，又变得呆若木鸡，浮在水面之上荡一圈，还随波而去。无间看得嘴巴也合不拢了，落雪山庄走廊里挂着几片铁八卦，他还以为是些不伦不类的饰物，谁曾想大有讲究，这会儿再也按捺不住，问道："你这是在做什么？"

红日西沉，阵中忽然水花四溅，一条一尺多长的大鱼"哗啦"一声跃了起来；尾尖是一抹夺目的红色，背鳍足有半尺多长，便像是在空中飘行一阵子，才又落入水中。它左突右突，取抗衡之势，可也正因为此，八卦阵中诸多力道起了呼应，此消彼长，环环相扣，反而将它困在了其中。李实眉开眼笑，跃上其中一只木桩，伸竹罩去捞，不想那鱼一个急转，躲了开去，如此连试三次，均无功而返，再试，足下便用上了轻身功夫，而那鱼被带出水面，却翻身在罩缘上打一下，还逃了回去。林微不由得轻叹一声，道："阵法是活的，嘿嘿，无奈人心是死的……"李实停手琢磨一下，忽而一揖到底，道："事关重大，还请姑娘再指点一二。"林微道："你在震位右三星的位置再加一根木桩如何？"

李实神色之间略显迷茫，随即又恍然大悟，走步如风，取回木

无间传　43

桩,依言杵了进去。水流又是一变,多绕半个圈子,向正东方向的三排木墙流去,而那鱼竟变得有些六神无主,来回游几趟,便安静了下来。林微道:"去艮位。"李实也看出了名堂,抢过去再伸出竹罩,那鱼便一脉温顺地游了进去。他拉起来,小心翼翼地倒进木桶之内,再端详片刻,忽然转过身,"咕咚"一声给林微磕了一个响头。林微吓一大跳,道:"你做什么?"李实笑呵呵地道:"你救家师一命,乃是天大的恩情,我李实不拜天,不拜地,但恩人总是要拜一拜的。"林微摆摆手,道:"费这样大的力气,为的便是这一尾鱼?"李实不住点头,道:"姑娘有此一问,那就不知道这鱼的讲究。"

那鱼苍文斑尾,扁吻长鳍,名为子非,其中又分为黑尾与赤尾,黑尾生于正北雪疆山,游走于黑水河,系至寒属性,赤尾生于正西赤阳山,游走于白水河,系至阳属性,而李实所得正是赤尾。子非鱼每年洄游千里,经此处向南至乘仙湖过冬,到早春时节,便又逆流而上,还回山里去。如此辗转,得至纯之水滋养,又得五行之气浸润,体息温而厉,缓而沉,对修习内功的人大有裨益。不过此鱼系凤毛麟角之物,即便在当地,也极少有人见过,再加上它气血冲旺,刚烈暴躁,普通渔人奈何它不得,是以数十年来,从不曾有人捕起过一尾。无间听他讲完个中典故,笑道:"这鱼又是怎样一种吃法?是不是沐浴更衣、三跪九叩之后,才能架锅烧水?"李实道:"非也,非也,练功之人不过取它些精气而已,不伤性命的。"说着走进河里,先将八卦阵拆了,继而去歇息之处换了一身干衣服,再出来,手里拎着一只酒葫芦、一块酱牛肉,招呼无间、林微坐了,从容攀谈起来。

林微报上姓名,李实低头琢磨一会儿,道:"我还真是想不出哪位林姓高人能调教出这等神通的宝贝闺女!"林微不愿提及身世,转而问道:"你师父患了何种病症,要用子非鱼来调养?"李实长叹一声,道:"他不好可是有一阵子了,体虚神乏,气息瘀滞,连自己也说不出个所以然来；管它呢，既然能用子非鱼补一补，不论实症还是虚症，对症还是不对症，都能冲了去。"林微笑道："诸葛先生在天之灵，若知道你用他的阵法来做这种事情，又该作何感想？"李实道："这其实也不是我的主意，多少年了，这鱼别说捕到，见都没有人见过，所以我也一直以为都是些市井奇谈而已。前阵子师父提及这事，说此间水流浩荡，却息息无声，是因为两条河的走向暗合五行之变，所以这一片水得天地灵秀，乃是个天造地设的设伏之所，若能用一些八卦上的道理，不见得不能拿住子非鱼。这些日子他的身体状况越来越糟糕，我便想起这一层来，既然不失为一种法门，当然要试一试。"无间愈发好奇，道："你师父是何门何派？"李实道："说来你们不信，我也不知道他是何门何派。"

无间拧着眉头瞅他一眼，道："你不知道自己习的是哪门子的武功？"李实啜一口酒，道："师父便从不曾提起过，而且他还一再叮嘱，我可以习武防身，习武消遣，但是决计不能涉足江湖之事。"无间道："他是什么名号？"李实道："久居虚怀谷，自号虚怀子。"林微冲无间道："你见多识广，想必知道他是谁了？"无间嘿嘿一笑，还追着李实问道："他便从来没有和什么人交过手？你也没有？"李实道："当然没有，师父有命，又岂能违背？再说了，这里偏远得紧，就没有什么像样的江湖门派，而我师父不问俗事，和谁都没有过节。"他想一想，又道："我总觉他早先是一位武林奇人，看尽风尘，隐居在此，所谓'虚怀子'，不过是随意取的一个名号，掩人耳目而已。"

林微道："你这些奇门遁甲的本事，也是跟他学的？"李实道："他有许多藏书，我看着有趣，花了不少时间钻研，他看在眼里，偶尔指点几句，却没有正经教过。我这点道行，不足他十之一二，林姑娘倒是可以和他切磋切磋。"说罢又叹一口气，道："我在此间可是有些时日了，也不知道他如今究竟怎样。"无间道："他不会是练功岔了经脉，才弄成这个样子的吧？"李实道："不然，他心思

无间传 45

早就不在武学上了。"沉吟一下,又道:"病,是他自己这么说,我总觉着那是伤。"林微来了兴致,道:"你不是说他和人从来没有过节么?"李实道:"他精通医理,时不时会有人上门找他看病,前些日子来过一位农夫,我引他进门便出谷办事去了,再回来,师父便有些不对,之后一日不如一日,渐渐竟咳起血来。我想来想去,总忘不了那一会儿的情形,尤其是那位农夫,处处透着古怪。我土生土长,当地人的神态、气度一看便知,他分明是个异乡人,却扮成当地人的模样,这就蹊跷得很。"进而又叹一声,道:"师父深明药理,却治不好自己,只这一层,便让人揪心不已。"林微愈发好奇,道:"那我们随你去见见他好不好?"李实喜出望外,不住点头,道:"妹子说不定与他一见如故呢!"

这时河面上忽然"咕"地响了一声,似蛙鸣,却来得更为深沉,三人一怔,侧耳再听,身后居然也响一声,竟是木桶内的赤尾有所应和,跟着叫了起来。再来到岸边,月色之下水花溅动,竟然又有一条子非鱼,看尾鳍的暗光该是一条黑尾,急不可耐却又无心离去,与赤尾一声长一声短,你应我答,鸣个不住。林微率先明白过来,道:"这莫非是同生共死的一对儿?"李实将信将疑,可竹罩不等探过去,那鱼自行便钻了进来;再将其丢进木桶,两条鱼相簇而游,欢畅无比,俨然真就是久别重逢的恋人。

第二日天不亮,三人便投虚怀谷而来。那谷说是谷,实则更像是山间的一片空地,周围是两座敦厚的小山,黄土中间点缀着不少灰黑色的石头,看上去了无生机,而谷底绿草丛生,间杂以不少横生逆长的野树,还算有一些亮色。林微道:"你师父为何在这里落脚?"李实道:"我也不知道:好像是师祖爷先来的。"他说罢,点点头,又道:"我明白妹子在想些什么,这里平平无奇,毫无趣味,不像一个遁世的所在,不过话说回来,这算不算更加不露痕迹?"

山腰向阳处有一座灰白色的小院,门板之上写有"虚竹居"三个淡淡的大字,"无竹有心,可以自守"八个淡淡的小字。进得门来，李实喊两声师父，小心翼翼地从肩上卸下装鱼的木桶，直奔正屋而去。东墙外有一棵老树，绿枝浓荫，几乎遮住半个院子，地面是青色的石板，纤尘不染，花架上摆放着清一色的兰花，有几株含苞待放，空气里则飘着一股极淡的茶香。不远处有一张实木茶桌，两边各有一把竹椅，桌上有一只茶壶、两只茶盏，杯中尚有残茶，泛着淡淡的黑色。这时李实又叫一声"师父！"，声音里已经满是惊惶，无间、林微心下纳闷，快步穿过厅堂，后屋房门大开，李实却哭倒在禅床一侧。床上躺着一位清瘦的老者，头发斑白，面目安详，只是双目紧闭，早已没了呼吸。

那老者正是虚怀子，他唇边胡须和胸前衣服上布满斑斑点点的暗痕，可见临死之前咳血咳得一塌糊涂；身子那样瘫着，有着说不出的古怪。李实依次摸过来，腿骨、臂骨、肋骨、髋骨都碎得不成样子，一节节没有半点完好之处，他不由得低吼一声，脸色转为赤红，显见愤怒到了极点，实难想象虚怀子死前受了怎样的苦楚，而行凶之人又会有何种仇恨，才会下这等重手？林微轻声问道："你师父隐身此间，会不会是为了躲避仇家？他不许你涉足江湖，会不会也是同样的原因？"说着话，目光不自禁地落在虚怀子的左手之上，他人如同一摊烂泥，惟食指颇为古怪地微微勾起，顺着手尖的方向望出去，对面墙上却是一幅寻常的山景画。

李实在虚怀子身旁守了一夜，直到第二日才将尸身葬了。坟址选在山脊之上，两棵柏树之间，虚怀谷山景也算是尽收眼底了。之后他又自院内西墙墙根处撬出一块方方正正的石板，一笔一画刻下师父的名号，背去墓前立好，之后在坟前半跪半坐，又是一夜。他再回来，已是黎明时分，推开院门，无间和林微便一起迎了上去，他不由得苦笑一声，道："家师从来教诲要看淡生死，我却始终做不到，真是见笑了。"无间道："你想哭便哭一场，又何必跟自己较劲？"李实道："师父对我恩重如山，却如此惨死，若查不出个究竟，我又何以在人间立足？"林微道："你要从何处查起？"李实道：

"他该是死于阳刚指力。"林微摇摇头,道:"若骨头是被捏碎的,皮肉之间应当有瘀血才对,可他没有什么外伤。"李实像是被这话刺了一下,转而道:"难道他是被人用摧心掌之类的手法震死的?"

江湖之中走阳刚路子的武功固然不少,但是这样摧于内而不形于外,必须有极深的内功为根基方可。他思索片刻,又道:"据我所知,只有少林寺的降魔掌法、昆仑派的伏龙拳法或者西域青海派的蚀骨掌才有这等威力,不过少林和昆仑都是名门正派,他们即便和师父有过节,也不至于下此重手,而青海派历来颇为诡秘,亦正亦邪……"林微道:"你这是有心走一趟青海了?"无间便探头过来,道:"要不要我们也一起去?"李实赶紧摆摆手,道:"兄弟的心意我领了,师父常言,江湖是祸,事外为福,你们又何必牵涉于此?再说了,二位定然还有要事在身,大可不必因此耽搁行程。"这话颇教林微回味,无间却没有那么多的念想,仍然道:"江湖上那些门道,你不会比我们知道的更多,做个伴儿,岂不最好?"李实道:"我与江湖无涉,却不见得不懂江湖之事,有自知之明便好,便没有去不得的地方。唉,你我一见如故,还真是有些不舍得。"转而望望林微。"你们明年会不会参加武林大会?"

江湖之上门派林立,鱼龙混杂,不过大的架骨正所谓六派三帮:六派即少林派、武当派、昆仑派、峨眉派、天山派与崆峒派;三帮指的则是江北丐帮、江南三宝会与西南神农教。丐帮帮众多为乞丐,行侠仗义,名声最好;三宝会总舵在扬州霖湖,跨商道与武道,行正义之事却不尽不实,偶有作恶却又有所不为,口碑上也便毁誉参半;神农教则源出滇西神农谷,使毒用毒出神入化,教天下谈之色变,而生为异族,善恶、是非之辨又常常与中原大相径庭,久而久之,便落下一个邪教的恶名。年复一年,门派之间冤怨相生,是非不断,是以每隔一年的清明节前后有武林大会,轮番在少林寺、浙江嘉兴和武当山举行。每届大会,群豪汇集,由三大盟主领衔裁决纠纷,消弭仇冤,但求大事化小,小事化了,维系一个相安无事的江湖局面。而这三大盟主之中又以少林寺掌门人为首、武当派掌门人为辅，第三席则由群豪比武产生，每六年一换。从前这一位盟主均来自六大门派，可数年前在嘉兴秋水台华山派异军突起，掌门人丁否以四十七招胜出昆仑派玉龙子，抢下一席。群雄始料不及，轰动一时，而玉龙子引以为奇耻大辱，竟从此绝足中原。

林微道："你有心让几位武林盟主主持这件事情？"李实道："若查不出个所以然来，便只能如此，不过即便真的找到凶手，我也不至于将人一刀杀了了事。"无间道："带去武林大会，先审个是非曲直？"李实呵呵一笑，道："少林寺明净方丈心怀方正，德高望重，我还真是宁愿他处置这件事情，唉，迂腐归迂腐，总不至于冤枉好人。不过……"又叹一口气，"师父讳莫如深，许多事情连我这个唯一的弟子也一无所知，其中会不会还有别的牵连，我可是一点儿底儿都没有。"无间稍加思索，道："若凶手是他少林寺的人呢？"李实甚是肯定，道："不会。"无间并不罢休，追着问道："凭什么不会？"

李实摆摆手，换了话题，道："先师常说造化属意有缘人，这次捕鱼，撞上你们两位，可谓巧之又巧。我还以为这是师父的造化，唉，到头来原来是你二人的造化。"无间道："这话又是何意？"李实道："二位若不用子非鱼，未免辜负天意。"无间吃一惊，道："又何必一定要用，放它们回河里不就成了？"李实道："人体奇经八脉与十二正经遍布全身，循环交错，丹田之气游走其间，如江河之水，若不能畅行无阻，是为内息淤滞，若不小心涌入枝杈，则为走火入魔，而内功修习之难，根本原因正在于此。子非鱼中的赤尾可助人贯通督脉，黑尾可助人贯通任脉，其效果正如同清淤疏浚，汇川入海，不仅可以使内力大增，来日修行更有事半功倍之效。"无间道："那又怎样？"李实道："你们可以借子非鱼打通任督二脉。"无间道："这岂不是投机取巧？"李实哈哈一笑，道："还是家师那句话，造化属意有缘人，你若有此种机缘，自然也会有常人难以想象的难处,二者相抵,取巧是算不上的。"林微道:"你要为你师父报仇,前途凶险,何不借此机会打通自己的经脉?"李实道:"我本无缘,刻意为之,只会为其所累。"呵呵一笑,又道:"我这样做,既非谦让,亦非厚道,只不过是本分而已。"

林微仍然犹豫不决,李实又道:"若没有林姑娘,这鱼也到不了我的手上,我虽说救人心切,可大咧咧地将鱼据为己有,还是不够地道,如今正好物归原主。"林微抬头瞅瞅无间,道:"你不是想做天下第一么?让李大哥给你打通经脉好了。"无间道:"谁想做天下第一?再说了,即便是百脉皆通,也还是木头脑袋一个,糊涂人可要不得本事。"李实像是颇为感慨,接过话来,道:"古往今来,两脉贯通的便没有几位,而即便是明净大师这样的绝顶高手,也不过一脉贯通而已。二位资质尚浅,内力不到火候,全凭外力疏通,实则也不足取,依我之见,与其一人勉为其难,不如量力而行,各通一脉,而这里还有一层好处,日后你们若联手御敌,刚柔相济,相辅相成,又是别样的防不胜防。"说到这里,他自己变得大为兴奋,又道:"便这样好了,林姑娘用赤尾,赤尾属火,可女子天性为柔,如此内息里会多一层阳刚之力,无间兄弟便用黑尾,而黑尾属水,内息之中会多一层阴柔之气。"说着更有些乐不可支,又琢磨一会儿,道:"你们可能明白?"

无间老实答道:"不明白。"李实挥手比画一下,道:"物遇硬力,抗之,譬如以石击树;遇柔力,顺之,譬如风摆杨柳。可你若是刚柔合击,对方是应当抗衡,还是应当顺受?又或者一人柔中带刚另外一人刚中带柔,二者再合在一处,对方又该如何应付?"越说越得意,哈哈大笑一阵,又道:"又何必做什么天下第一?二位联手,天下第一也不必放在眼里!"

他一面说话,一面将两条鱼分开在两只桶里。无间守着黑尾,林微守着赤尾,各自盘膝而坐,李实又教几句运气的口诀,便让他们将手掌探入了水中。水花响动,子非鱼各自叫几声,便磨磨蹭蹭凑到了掌畔，二人依着法门将些许内息引至掌上少冲、关冲、中冲三穴，指尖微微一麻，一股柔和无比的气流便涌了过来。那气流细而不弱、绵绵无尽，在经脉间不受约束，却又似有路径可循，走走停停，不多时便汇入丹田之内。乾坤为之一变，无间如同置身夏日溪水之畔，暖风拂面又清凉滋润，林微则如同在秋日远山之间，疏朗快意又和煦温适，如此足有小半个时辰，二人只觉浑身清爽通达，说不尽的挥洒如意。李实拍拍肩膀，唤醒他们，再看木桶里面，黑尾已经转为淡淡的灰色，而赤尾鱼鳞之间则多出些白色的淡纹，再没有了适才那股鲜活的神气。

李实将两尾鱼收在同一只桶里，道："是时候了，再不放生，可就坚持不住了。"说完站起身，又道："二位内息通透不假，却不见得得心应手，还是在此间静心修习几日为妙。咱们——就此别过！"林微道："你是主，我们是客，哪里有主人走了，客人留下的道理？"李实四壁望一圈，道："说是这样说，可何处不是借居，谁是主人，谁又是客人？虚竹居是我师祖亲手所建，他有言在先，这院子有缘则在，无缘则散，若在，须维持旧貌，不得擅动一物，不在，则任其湮灭即可，二位想走的时候尽管一走了之，院门也不必关的。"林微心下诧异，道："这又是何道理？"李实道："心无挂碍，听之任之就好，妹子不必解读太过。"林微稍一琢磨，还是问道："你师父屋子里的那几幅画又是哪里来的？"李实叹一声，笑道："'不得擅动一物'，自然都是师祖爷留下的。师父说那幅梅花画很了不起，乃是高人所作；而另外一幅山景画，嘿嘿，是师祖自己所画。"林微欲言又止，李实却哈哈一笑，道："那画不敢恭维，我知道，师父也知道，不过将它丢开，可就有违祖训呢。"

无间心下不舍，走上前和李实抱了一抱，李实拍拍他的肩膀，眼中忽然泛起些泪水，道："你我萍水相逢，相处不过几日，但是意气相投，教人心下好生珍惜，江湖险恶，二位可要多多保重才好。"无间道："明年清明时节，咱们少林寺再见？"李实道："两位能去便去，不能去便不去，一切随缘，不必勉强。"说着话挑起水桶，可走出几步又情不自禁地转过头来，冲林微道："我还是心痒难搔，想知道你是谁家的千金。"林微一怔，话到嘴边，还是忍住了。李实哈哈一笑，道："妹子无须介怀，咱们后会有期！"说话间迈步出了院门，一人一担，不多时，便走得看不见了。

两人回到院子里，心中空荡荡的，难免冷清。墙边的青石板被李实撬走一块，黄土裸露，尤其扎眼，无间指一指，道："这算不算有违师训？"林微却是一副若有所思的样子，抬脚进了虚怀子的卧室。那张禅床在居中的位置，临窗还有一张书案、一个柜子。此外壁上还有不少挂饰，东面是一幅太极图，西面是一幅四象图，南面是一只盘子大小的木八卦，北面则是林微问及的两幅画。那两幅画一幅上面画了梅花，年代久远却生动依然，落款处题有"李嵩"二字；另外一幅便是虚怀子师父的山景画，画中是一位老者的背影，正站在城墙上极目远眺，城外近处是一片树林，远处则是一座山，那山骨架里颇有几分清俊，可又说不出的别扭，此外右上角还有一首题诗，"举步东南隅，拾阶七十行，东西南北方，寥落余晖中"，题款处又有一行小字，"秋凉日暮临空城有感"。

无间道："这些挂饰，太极八卦什么的，你爹爹的书房里也有不少。"林微道："在奇门遁甲上用心的人都喜欢盯着这些东西发呆。"她转而又道："你知道李嵩是谁？"无间两手一摊，道："你说呢？"林微撇撇嘴，道："他的画都是皇室藏品，居然会出现在这里。"她踱到南墙，指着那只木八卦，又道："这是南海银丝木所制，说不上价值连城，可也难得一见。"无间道："听起来李大哥这位师祖爷非富即贵嘛。"林微道："其实最古怪的还是这幅'临空城'的破画，粗制滥造，像是市井之徒所作，而且题诗更歪得不折不扣，连韵都用得不对，所以啊——"四面又望一圈，"这屋子里的布置一面精致到极处，一面又粗糙到极处，就好比一个有洁癖的人养了一群嗡嗡乱飞的苍蝇，实在难以理喻的，便是这样——"无间应一声,道:"还有先师遗训,什么都不能动!"林微道:"不错,不错,所以这还不是无心,而是有意为之。"

她目光落回到那幅画上,又开始发呆,无间伸手在她面前晃晃,耸耸肩膀,便一个人踱到了院子里,无所事事,便找来一根竹棍儿,又开始练那一招"浮光掠影"。经脉之间因为子非鱼而一片敞亮,他再腾空一跃,竟然能挽十几个剑花才从容落地,个中妙处不可言传。他得意非凡,便开始这一招那一招的乱试。这样不知道过了多久,再抬眼,林微不知何时到了院外,正笑眯眯地瞅着他呢;她扑哧一笑,道:"高手无间,明日我们启程去华山。"无间一愣,道:"去那里做什么?"林微道:"小时候爹爹说起名山大川的典故,常给我看一幅五岳图,华山有萧史弄玉的故事,最为有趣,还说什么'势飞白云外,影倒黄河里',更教人向往得紧。"无间道:"这是去游山玩水?"林微指一指屋内,道:"画里的那座山是华山。"无间双眉一皱,道:"老头儿远望的是华山?这你都看得出来?"林微道:"我总觉着有些熟悉,待想到华山了,便怎么看都是华山了。那里又不算远,走一趟费不了多少时日,你我正好去瞧瞧——华山脚下的城只有一座,叫作固安,所以我猜着画里是固安城头的景象。"无间还是不以为然,道:"八竿子打不着的一幅画,因为画的是固安,你便去固安,若画的是揽月峰,你便掉头回去?"林微撇撇嘴,道:"你爱去不去,横竖我去,无中生有又怎的,还能游一游西岳呢,你木头脑袋又懂得什么?"

余下半日静好安详,可是入夜时分,风声扯动,雷声大作,忽然下了好大一场雨。早间醒来,阳光刺过窗棂,又是碧空如洗的好天儿,青石板上仍有淡淡的水印,算是一场大雨留下的唯一一点痕迹。到了院内,西墙下有亮光一闪,将二人的目光同时拉了过去。李实弄出的那个四方坑洞经过雨水冲刷,浮土尽去,竟然露出一段黄澄澄的把柄,长有寸许,纹饰环绕,顶端还嵌着一颗乌黑的珠子。无间满心惊讶,清清周围的泥水,握着把柄缓缓拔了起来。那是一把小剑，比若木还要短上三分，剑鞘用黄金打造，上面文有一只虎、一只雀，正中则刻有"御赐拂衣"四个字；个中雕工纤巧精致，笔画之间欲断还连的牵扯也一清二楚。剑柄上另有一个机栝，用力一按，剑身弹出寸许，寒光微漾，冷韵如水，乃是一把罕见的好剑。林微不由得轻叹一声，道："这也是宫里的东西。"

无间道："你又如何知道？"林微道："御赐，自然是皇上所赐，拂衣，所谓'事了拂衣去'，乃是归隐的意思。刻这样几个字，一层意思是说这剑叫作拂衣剑，还有一层意思是说剑的主人退隐江湖，可是皇上御批的。"无间道："那虚怀子是宫里的人？"林微道："虚怀子的师父是宫里的人。"无间眼前一亮，道："那杀虚怀子的人会不会是为了这把剑？"林微道："剑没找到，却把人杀了，说不通的。"

两人前院后院、屋里屋外又细细看一遍，却再没有别的发现。无间意犹未尽，道："要不要撬开所有的石板瞧一瞧？"林微道："你若留一些意，这里的石板都不是什么像样的形状，唯有李大哥撬走的那一块方方正正，或者就是先人留下的记号呢。他歪打正着，帮咱们撞破这层玄机，可相同道理，院里应该不会再有别的什么了。"无间琢磨一会儿，还是心有不甘，便找来一根竹棍儿，这里敲敲，那里打打，敲打了好一阵子，方才罢手。两人又收拾一下，将拂衣剑包裹严实，背上身，再出得门来，已经是过午时分。林微稍一犹豫，还是关上了门，又想一想，将那一把铜锁也一并扣上了。

第五章
古城夕阳莫相许

固安依山而建,一半城墙在山影里,一半城墙在云影里,一脉平实安闲。华山充塞视野,其中几片山峰果然与画中极为相似,惟个中风骨,那画半分也不能描摹。一条青石大道穿城而过,贯通南北,店铺鳞次栉比,行人熙熙攘攘,甚是热闹。两人均未见过这等景象,目不暇接,兴奋得有些不知所措。又走不远,一座酒楼出现在左手边,门面颇大,有上下两层,入口处有一副楹联,上联是"西面祁连北望天狼",下联是"一著中原半壶江南",当中横匾上则题有"华山酒楼"四个字,此外里面墙上还挂着一条红绸,上书"西北第一酒楼"。林微不知为何便来了兴致,抬步走了进去。

二人拣靠窗的座位坐下,小二便忙不迭地迎了过来。林微道:"你们酒壶里装的是哪门子的江南?"小二道:"我们这里有女儿红,不远万里从绍兴运来的,味道最是正宗,自然也贵一些,此外还有酒楼自酿的女儿红,工序上没有半分差别,只是所用为华山的雪水,味道也就略有不同。"林微道:"那就真的假的各来一壶罢。"小二道一声"姑娘取笑了",去没一会儿,便端了酒饭上桌。无间又哪里见过这等场面,也不择粗细,风卷残云,吃得一头汗水,林微却将两种酒各尝一口,道:"以前于师傅南下,每年都要带一坛女儿红回来，爹爹不让我饮酒，所以我只能求于大哥偷一些让我尝尝，那余香烙在舌尖上，好几日都不去。"无间道："既然是偷的，又哪里有不香的道理？所以说，你也尝不出个所以然来。"说着各喝一碗，又道："这个真的不过尔尔，假的么，还真的有点意思。"

这时街对面轰的一声，传来一片喧哗。那里设有一座擂台，一直有人走马灯般地比试拳脚，而台下还聚着数百看客，高一声低一声一直叫个不住。两人生出些兴致，招呼小二过来询问，原来擂台是华山派所设，他们每年招收七十二名弟子，当下是一次，初春再一次，每次收三十六人；从前倒没有什么，可自从丁掌门晋升武林盟主之后，华山派声名大振，来拜师的人多如牛毛，收不下，也才设一座擂台较量一番。无间道："他们还没开始学武呢，又能较量些什么？"小二道："也不尽然，擂台就在酒楼对面，我们也见得多了，这些人之中有三成想改换门派，功夫已经练得相当不错，还有三成算是无师自通，胡乱会一些门道；其余的才和咱们差不多，什么都不懂。不过华山派自有他们的考虑，擂台上打赢了不见得就成，打不赢也不见得不成，反正打来打去，热闹得很，连带我们酒楼生意也好了不少。"林微伸手一指，道："后面坐着的红衣姑娘便是考官？"小二道："那是丁掌门的千金，名字叫作丁汀，年纪不大，可功夫是跟着爹爹学的，所以算是华山派的一代弟子，辈分高得很。"努努嘴，又道："看到头发花白的那两位没有？他们老大不小，却是二代弟子，要管她叫师叔呢。"那姑娘面容姣好，笑嘻嘻的，不停地指手画脚，没有半点正经严肃的样子，那小二居然是一副看不惯的样子，又道："以前是丁掌门的二弟子主持这类事情，一切中规中矩，如今换作这丫头，有点儿乱七八糟。那些考生总来我们这里吃酒，怨声载道：不过埋怨归埋怨，这里总归是华山派的地盘。"

二人又看半日的热闹，直到向晚时分，才从酒楼里出来。林微早有计较，一路向东，继而向南，走到城墙拐角的地方才停下来。

那里有上城的阶梯，下半段依着南墙，中间有一片平台，再过去则转个方向依着东墙上到垛口。林微边走边数，跨上平台，正好七十阶，再往上走到城头，又是七十阶。无间满腹狐疑，道："你这是做什么？"林微呵呵一笑，道："'举步东南隅，拾阶七十行'呀。"

无间只觉一切不伦不类，认认真真打量她一番，她却停下步子，极目向远处望去。城墙差不多有五丈多宽，笔直地向北、向西伸展。既无战事，也便没有多少戒备的兵士，三三两两，都是些平头百姓结伴游逛。从垛口看过去，华山横亘天边，是一派浓郁的青黛色，那情形果然与画中极为相似。林微忽然道："从东往西，我要找第二千四百八十五个垛口。"无间吓一跳，道："那可要数到天明去了，你早说，也带些好酒好肉上来。"林微瞪他一眼，道："说什么你就做什么，偏有这么多废话。"

城上每两座敌台之间刚好有五十片垛墙，数到第四十九座，也便到了城墙西南角。林微放慢步子，再数到第三十五座垛口，望一眼转弯处的角楼，俯身向城墙上望去，这样琢磨一会儿，犹疑不定，生怕错了，便走回来又数一遍。夕阳西下，满天彩霞，她目光追着一群飞鸟走出去好远，终于难掩懊恼，低低嘟囔了一句，"寥落余晖中"。那太阳毫不领情，转眼间坠下了角楼，四面为之一暗，更多了些淡淡的凉意，她跟着轻叹一声，道："走罢，走罢，都是我，疑神疑鬼。"无间莫名地有些得意，咂咂嘴，好歹把想说的话咽了回去。

走开几步，眼前却忽然一亮，一束阳光透过角楼东西两侧的窗口明晃晃地照了过来。林微一怔，吸一口气，俯身再看城墙上面，一片亮亮的金黄色刚好打在垛口的正下方。她拍拍手，便笑了起来，道："就是这里了。"无间道："就是哪里？"林微道："从地面基石往上数，这一片亮黄应该刚好照在第七十块城砖的上面。"无间半点儿也不相信，道："你怎么知道？你数过了？"

太阳落下了山，夜色渐沉，风大了些，又添一丝清寒，四面静悄悄的，喧闹的市井声也遁去不少。林微跃出垛口，踩着城砖上的缺口，一步步向下攀行。适才阳光照着的地方看不出什么异样，几块石砖凉凉的，又腻腻的，透着一层古旧的粗糙。她摩挲一会儿，指尖下的纹理忽而冷了些，也细致了些，再敲一敲，居然是金属之声。无间跟着也攀了下来，眼睛瞪得浑圆，道："难不成这块砖是铁制的？"林微手指抠进上方的空隙再稍一用力，但听"咔嗒"一响，那块砖便如同抽屉一般探了出来。无间不由得惊呼一声，恨不能抽出手来捂住嘴巴；铁砖中间有一个凹槽，里面躺着一只半尺长的铁盒，林微取了，还将那块砖推回原处，再纵几纵，便又回到了城墙之上。

她变得兴奋异常，步履轻快，恨不得早一刻赶回客栈，无间亦步亦趋地跟着，不住口地问道："那究竟是什么？"林微道："我哪里知道？"无间道："是虚怀子藏在这里的？"林微道："我猜是他师父。"无间道："这和那画又有什么相干？"林微道："木头脑袋，说了你也不明白。"无间道："那你说说看。"林微因为快活，也便多了些耐心，转而道："那首歪诗说什么'步出东南隅，拾阶七十行，东西南北方，寥落余晖中'，配在画里，好像是说老头儿彷徨无依的心境，可仔细想一想，这里面全是方位和数字。'步出东南隅'，自然是以东南为基点，'拾阶七十行'，那便是往上走，东西南北呢？你可记得虚怀子的屋子里，四壁都是什么？东墙有一幅两仪太极图，西墙有一幅四象图，南墙有一件木八卦，北墙则是李嵩的梅花，每一件东西均含一个数字，东西南北合起来，正好便是二千四百八十五，其实早先我也不知道它究竟指的什么，等着上了城墙，也才明白说的该是垛口。还有什么'寥落余晖中'，自然指的就是夕阳照着的地方了。"

无间依然一头雾水，转而道："这些李大哥竟然不知道？他师父便没有告诉他？"林微摇摇头，道："他不解丹青，所以体会不到那幅破画挂在那里是怎样的格格不入。你可记得虚怀子死时的样子?他手上指着的,又是什么?"无间挠挠头,道:"这乱七八糟的,一点儿也不高明,若不是你,谁又猜得出来?"林微道:"隐晦不隐晦,要看你用心不用心,再说了,这谜是虚怀子的师父所设,也该是几十年前的事情,一个秘密守这样久,或许早已经无关紧要,所以才有什么'有缘则在,无缘则散'的话。其实要我说,这便是凑趣儿,隐晦又怎样,没什么大不了。"

进了客房,拨亮蜡烛,林微取出那只铁盒细细端详。盒子是用精钢打造,不见一丝缝隙,唯顶面上有一个阳文雕刻的符号,有横有竖有撇有捺,像是一个字,又分明不是一个字。她揣摩半天,一筹莫展,无间道:"若木剑削铁如泥,将它劈开不就成了?你若是不舍得,那就用拂衣剑。"林微不以为然,道:"不成,其一,你以为这是一个盒子,若不是呢,劈开不就毁了?再者,既然要解谜,便应当按部就班,解不开就硬来,那怎么行?"无间只觉这个"再者"最没有道理,道:"你怎知道用强便不是办法?"林微道:"用强当然不是办法,心思一系一解之间,趣味无穷,又岂是你这木头脑袋能够明白的?"无间"嘿"一声,变得气呼呼的,道:"冠冕堂皇,还不都是彼此消遣。"林微道:"这叫作心有灵犀,你就更不明白了。"无间道:"你与谁心有灵犀?与虚怀子的师父?"林微道:"不成啊?"无间道:"糊涂着迂腐也就罢了,偏还有这种明白着迂腐的。"林微不由得"扑哧"一笑,无间便又探头过来,道:"我说的是不是也有些道理?"林微道:"是有些道理。"无间道:"那便劈一劈试一试?"林微道:"谁说有道理的事情就要去做?"

无间一觉醒来,已是中夜时分,林微依然在灯前坐着,只是神情略显疲惫,而那把拂衣剑不知何时也到了桌上。无间道:"你想明白啦?"林微摇摇头,他又道:"兜这样大一个圈子,最终还是要用剑劈一下?"林微道:"才不要,我只是想这把剑和这个盒子应该有些关联才对。"无间起身到桌边坐下,听她继续说道:"我们误打误撞,在虚怀子的院子里找到这把剑,但是仔细想想,如果以院子东南角为起点,向东走差不多七十步,不,七十块石板,应该正好会到埋剑的地方,这就暗合了那首诗的前两句,'举步东南隅,拾阶七十行'。再者,那石板是院子里唯一形状规矩的一块,四四方方,所以李大哥才会撬起来做墓碑,而四四方方,不就是'东西南北方'?"无间听到这里,忽然间变得颇为心折,而林微又道:"最后一句'寥落余晖中',你可记得虚竹居后院西墙上有一扇漏窗?傍晚时分,夕阳透窗而过,其实正好会照在埋剑的地方,李实大哥走的那天,我在院子里亲眼见过这种景象,只是心中未作他想。"无间叹道:"世上还真有人喜欢用这种心思。"林微道:"既然这首诗同时隐喻着两件东西的方位,它们之间肯定是有关联的。"

无间想一想,又道:"那画里画的是华山,算是提示你来固安,可虚竹居又有什么线索,让人知道有宝贝藏在院子里,要找一找?"林微道:"在当时,我是无论如何也猜不出的,可如今回头推算,就容易很多。你记得虚竹居院门之上有八个字?"无间道:"什么有心竹子无心院子的?"林微呵呵一笑,道:"'无竹有心,可以自守',这句话表面上是说院子里没有竹子,却有竹子一样的心,可竹子是什么样的心?虚心!所以老老实实去想,整句话便是虚心坦荡,守着自己过日子的意思。"无间道:"那不老老实实去想呢?"林微道:"一则,虚心为空;二则,依墨子所言,'城者,可以自守也'。所以这两句话暗含着一个'空'字和一个'城'字。"无间道:"就是说虚竹居乃是一座空城?"林微道:"那幅画上的题字你可还记得?"无间若有所悟,道:"'秋凉日暮临空城有感'?"林微点点头,又道:"秋凉日暮临空城',可不就是夕阳照进院子的意思?这'秋'字我从未过心,其实一年四季,五行变化,太阳的方位是不一样的,若非秋日,夕阳不会透过角楼照在城墙上面,同样道理,在虚竹居,也不会照在埋剑的地方。你我走到这里,正当时令,才误打误撞解开许多谜团,嘿嘿,一时之差,或者一念之差,便有可能大错特错,两手空空呢。"无间颇为感慨,道:"这便是你爹爹说的一个'缘'字。"林微道:"有缘人是你,不是我。"无间道:"因为你有缘,我才有缘。"林微道:"有缘人得来全不费工夫,这个不费工夫的是你,还是我?"

无间哈哈一笑,取铁盒在手里把玩一阵,道:"其实乍一看,我还以为是你爹爹书房里的印章,就是个儿大了些。"林微眉尖一蹙,"嗯?"一声,咬着嘴唇,真就取那盒子有纹刻的一端蘸些茶水,按在了桌上。那水迹果然更像一个字,却仍然不是一个字,她唇角的笑意褪去,发一会儿呆,待水印干掉了,便蘸水再印一个。这时周遭一黯,却是灯芯烧尽,湮进了油里,无间拿竹签挑起来,火光一跳,映在拂衣剑上,金光随之一闪,剑鞘上的纹饰与刻字在明暗之间有所浮动,忽然间便多了些许似曾相识的意味;林微凝视片刻,笑生双靥,道:"奥妙在这里了。"

她取过拂衣剑置在一侧,略一调整,那水印仿佛跳一下,渐渐变得清晰异常,原来是"拂"字的下半部分和"衣"字的上半部分,那情形便好比用剑鞘上的阴文作为模具,制出了铁盒上的符号。林微将盒子扣在"拂"字和"衣"之间,微一用力,内里"咔嗒"一响,底座上现出一道平整的细痕,再抬起剑鞘,外壳便被拉起来,留下一条白亮亮的内芯立在桌上。端详片刻,倾过内芯,一片黄色的锦缎滑到桌上,异常古旧,却柔软密致;摊开来,一横一竖的两条短边颇为光滑,斜着的一端却参差不齐,有许多断裂的布纹,面上布满弯弯曲曲的黑线,标注着河流湖泊山峦峡谷,原来是一幅地图的残片。二人对望一眼,不约而同想到了同一件事情,无间道:"会不会是三十二皇子的地图?"林微道:"从虚竹居开始,许多事情便和宫里息息相关,若真是这样,也说得过去。"无间道:"虚怀子被杀,该是因为这个了?"林微若有所思,不置可否,无间又道:"那咱们要不要再回虚怀谷看一看?"林微道:"那倒不必,虚怀子的师父处心积虑,藏的便是这一片锦缎,咱们找到了,虚竹居也就没有什么意义了。"她将地图还放回盒子里,套上外层,恢复原状,又道:"这些都是李大哥的,我们路过,顺便玩一回游戏而已,明年见到他,物归原主,一了百了。"进而伸个懒腰,又道:"好生无趣,不过也好,心无挂碍,明日正好畅游华山。"

西岳华山果然名不虚传,群峰兀立,壁下千仞,苍松依云,瀑布挂枝,再辅以许多文人墨刻,旧史轶事流连其中,好一派意兴盎然。而山水间的开阔处又总能见到练剑的华山派弟子,多为青衣或者白衣的小辈,好整以暇,半点也不避嫌。华山剑法与西岳的气象一脉相承,大气不失灵秀,恢宏不失清快,二人看在眼里,不自觉地再与截云剑法印证一番,也算是别有体味。

回来固安,日头偏西,他们还去华山酒楼吃酒。华山派擂台上下依然热闹非凡,走到当街,不由得循着轰叫声多看了一眼。台上一左一右站着两位后生,都是二十岁上下的年纪。左边一位面皮白净,模样俊美,一看便是富家子弟,穿一身白衣,手拿折扇,摇来摇去的,弄出一副落拓倜傥的架势。右边一位皮肤黝黑,穿一身粗布衣服,看眉眼是少年人的眉眼,可看精气神儿,又有一层和年纪不太般配的老成持重。丁汀还是居中而坐,这回是一袭淡粉衫子,胸前交领处绣着偌大一朵荷花,更显得明艳无比。她举着手,待台下安静下来了,才道:"华山派在此设擂,一共要招收三十六名弟子,如今还差一人,诸位都明白这里的规矩,我看的是资质,不是一场比试的胜负,你打赢了,我不见得瞧着顺眼,打输了,我不见得不能要你。"目光收回来,还看看台上的两位,又道:"二位若早一日来这里,我定然一并收下,皆大欢喜,可如今也没有办法,只能挑一个,弃一个,可无论怎样,遂了心愿的莫要得意,遂不了心愿的也莫要丧气,最差明年再行来过,好不好?"那二人同时抱一抱拳,道:"在下明白,一切由丁姑娘定夺。"

那白衣少年姓张名蕴,本就是个八面玲珑的主儿,这时又呵呵一笑,道:"我们这点微末功夫,在你眼里都是花拳绣腿,见不得人的,只是在下有几句话,不知道当讲不当讲?"丁汀道:"你尽管说。"张蕴道："我早就听说丁姑娘秀外慧中，今日得见，实在比传言中的还要姣好百倍。姑娘应该比在下还小着几岁，可是主持这种阵仗，从从容容不说，一双慧眼，提携英才，不偏不倚，以理服人，这等见识，这等判断，教人称奇，也教人佩服得五体投地。我若有缘能和丁姑娘同门学艺，或者能拜丁姑娘为师，那便是天大的幸事。今日这一场比试，结局难料，可这一席话不吐不快，若有什么不当之处，还请丁姑娘多多担待。"丁汀横他一眼，道："你倒会讨巧。"嘴上这样说，可始终笑吟吟的，显见颇为受用。

　　台下有人叫道："大庭广众之下你这般溜须拍马，不害臊么！"张蕴只当没听见，还恭恭敬敬冲丁汀行一礼，这才向那位布衣少年点点头，道："你进招吧。"这位布衣少年唤作周西峰，在华山脚下砍柴为生，为人忠厚木讷，又没见过什么世面，这会儿觉着被压一头，想说点什么，又实在不知道说些什么才好，便涨红了脸，愈发手足无措。张蕴轻摇折扇，一副客随主便的模样，也便愈发受用。周西峰忽然间不再犹豫，道一声"承让"，挥拳打了过来。张蕴待拳头堪堪及身，身子弹开去，站定了，还摇他的扇子。周西峰稍稍一愣，再使一招"扫堂腿"，张蕴则腾空而起，跃过对方头顶，又多翻两个跟头，才款款落地。人群中响起一片叫好声里，他笑得更为从容，道："兄弟，那我可就不客气了。"

　　他平日里随当地镖局的祝师父习武，还算是有些底子，这会儿脚下一点一点的，化作一团灰影，绕着周西峰转了起来，而招式则花哨至极，这里拍一掌，那里绊一脚，一时间竟连连得手。只是他虚多于实，力道不大，而周西峰皮糙肉厚，下盘扎实，场面上吃亏，人却并无大碍。这样斗了片刻，他怯意渐去，严守门户，将一套长拳打得中规中矩，而张蕴久攻不下，渐渐焦躁起来，接连行险，下盘也就变得更为虚浮。周西峰看准时机，忽地使出一记"黑虎掏心"，张蕴打个趔趄，撤步疾退，周西峰却不依不饶，接连三拳，将他一直逼到擂台边缘。张蕴再无处可去，胸口结结实实吃了一记，摇摇晃晃便要栽倒。周西峰自觉胜负已定，怕他受伤，一弓身，想拉他回来，可张蕴是何等心机，左手搭上他手臂，一拗一震，腾空而起。周西峰全不料对方会如此施为，被那股巧劲一带，跌出台外，"扑通"一声摔在了地上，张蕴则轻飘飘落回擂台正中，先向丁汀行一礼，道："胜得侥幸，可真是献丑了。"继而转过身来，一脸得意，浑没有半点偷袭得逞、胜之不武的愧怍。

周西峰满怀愤懑，却又拙于申辩，在众人搀扶之下站起身，一瘸一拐还回到台上。众看客一片哗然，有人冲张蕴叫道："你小小年纪，就这样耍奸使诈，果然不知羞耻？"张蕴冷笑一声，道："胜负本就在一念之间，周兄自以为是，以至于门户大开，一败涂地，嘿嘿，既不知人又不自知，输了还不理所当然。再则，我随机应变，不拘一格，这等资质，学是学不来的！尔等又懂些什么，都给我少说几句！"众人更加不以为然，纷纷叫道："请丁姑娘明断！"丁汀挥挥手，是一副沉吟不决的模样，继而和身边的人嘀咕了几句，其中一位二代弟子便走到台前，拉起张蕴的手望空一举，道："第三十六位弟子，华山派选的是张蕴！"

台下静悄悄的，没有半点声响，惟张蕴欣喜若狂，叫一声"太师叔"，冲着丁汀便跪了下去。有人叫道："散啦，散啦，热闹看完了，各回各家咯！"摇头的摇头，感慨的感慨，还各走各的路。无间这才像是明白过来，道："就这样了？"林微扑哧一笑，道："你还要怎样？她偏心那个姓张的，谁还瞧不出来？"无间道："她偏心由得她偏心，可大庭广众之下，总要有个像样的交代才成。"林微道："这弟子是华山派的弟子，地盘是华山派的地盘，她人是丁大掌门的千金，你要她向谁交代？"无间胸脯一挺，道："向我交代啊！"

他继而提高些声音，冲台上叫道："丁姑娘，这个姓张的卑鄙无耻，你看中他什么了？"众人一愣，都住了脚，林微禁不住快活，跳开两步，也学着其他路人，上下打量这个胆大的。丁汀不胜恼火，道："谁胡说八道呢？"无间举举手，道："在这儿呢。"丁汀瞥他一眼，略感诧异，道："你是做什么的？"无间有些糊涂，道："过路的。"丁汀道："既然是过路的，那固安城的规矩你是不懂了？"无间道："这和固安城的规矩又有什么干系？"丁汀道："华山派收徒，是我说了算，还是你说了算？"无间道："你摆这样大一个阵势，允许天下人看，还不允许天下人说了？"丁汀冷笑一声，道："不错，就是说不得。"

　　无间拍拍手，道："华山派好歹算个名门正派，却笼络这等卑鄙小人，再折腾几年，山上山下便全是你的马屁精了。"他自己不觉得什么，周围却有人忍不住笑出声来。丁汀火冒三丈，道："你姓谁名谁，又是何门何派？华山派得罪你了还是怎的，来寻我的不是？"无间比比胸口，道："世上有公道二字，你不公道。哈哈，得罪的又岂止是我？"丁汀一按扶手站起身来，道："那你上来吧。"无间道："上去做什么？"丁汀道："你我比试三招如何？你赢了，我带周西峰回华山，不过若是输了，这件事情前前后后，可得给我交代清楚！"

　　无间有些糊涂，瞅瞅林微，可她是一副幸灾乐祸的模样，不给任何暗示。他修习截云剑法日久，可顶多和林微比画比画，这会儿再想到子非鱼，便有些心痒难耐。丁汀察言观色，又道："不过你若是一招也接不住，被打死了，可休怪本姑娘无情！"无间再瞅她一眼，却无论如何不相信这也能闹出人命，便走上两步，双手攀住台面爬了上去，继而掸掸身上的尘土，道："那你来吧。"

　　丁汀看在眼里，好生不屑，此人气概不小，却不像有什么武功的样子，既如此，究竟什么来路，更教人好奇。她忽而又觉着有些滑稽，摇摇头，使一招落雁掌法中最为花哨的"小扇扑萤"，径直攻了过来。她身形俊逸，举手投足之间又有三分卖弄的意思，也便越发飘飘似仙，赚得台下众人大声叫好。无间借子非鱼调养，内力一夕之间蔚为小成，可论及运气驭气，所学粗浅，想随心所欲，又谈何容易？这时心下一急，脑中更是一片空白，什么都没有看清呢，便吃了一掌，扑腾腾退开几步，一屁股坐在了地上。好在丁汀无心伤人，所以他样子狼狈，人却并无大碍，丁汀愈发如释重负，道："就你这点道行，还打抱不平呢？"无间呼呼喘几口气，翻身爬起来，道："说的是呢，便好似肉包子打狗，全喂给了邪气！"

他似乎也奇怪自己并未受伤，伸伸手脚，道："你不是三招么？"丁汀气又不打一处来，她手下留情，此人全不感念，仗着皮糙肉厚，还真要蹬鼻子上脸？身形一晃，转而使一招"鹰心雁爪"，一手为掌，一手为勾，直取他咽喉。无间这次有了计较，既然躲不过，便以攻为守好了，双眼一闭，依着截云剑法中的一招"游云惊龙"，忽地劈出去一掌。丁汀一声低叱，滑开数尺，而无间则忽然间成了一只大陀螺，原地转十几个圈子，才跟跟跄跄跌在地上。他一脸茫然，不明白究竟发生了什么，可颈下火辣辣的，原来被划出一道数寸长的口子。

林微忽而有些害怕，走上两步，叫道："你还好？"这次无间依旧不济，可好在是主动的一方，气息不乱，远比适才来得舒坦。他回望一眼，心下不甘，双臂一撑，便又站起身来。丁汀却不由得暗暗吸一口凉气，适才使有六成力道，本拟将这臭小子打下台去，不想他没头没脑拍出一掌，居然险些反客为主，而那一招看似不成章法，又隐隐然气象非凡，不像是一介无名小辈的手段。她再不敢怠慢，低低喝一声，双掌一并，使出一招"朗月清风"。这一招朴实无华，却威力极大，乃是落雁掌法中的上乘之作，殊不知无间应付不来虚虚实实的变化，于这一式却看得明明白白。他不做细想，铆足劲，使一招再寻常不过的"黑虎掏心"迎了上去。四掌相交，"砰"的一响，无间张牙舞爪地飞至半空，又张牙舞爪地直撞了下来，丁汀退开数步，面色微红，不过还是颇为释然，此人内力这点火候，实在不足于惧——怎奈转念间子非鱼的柔劲转了出来，毫无来由地扯一下，让她一屁股坐在了地上。

台下原本有人大声鼓掌，忽然便收住了，再不敢发出半点声响。一众华山弟子相互望望，吃惊之余，手足无措。林微闪身跃上擂台，一把拉起无间，道："走啦，快走啦！"无间仍然不明所以，依旧冲丁汀道："这是你赢了，还是我赢了？"丁汀羞愤交加，手上一挥，一支小剑激射而出。那剑名为"弧光小剑"，亮似雪光，形若弯月，却是丁否为爱女亲自打造的绝杀暗器。它在空中划半个圈子，再绕回来，竟直取无间后心。林微扯着他向前一扑，堪堪躲过，可不等站起身，又有两支小剑分袭二人胸口，这次再也无能为力，无间不由得大叫一声，一把将林微拉进了怀里，可与此同时"铛铛"两声脆响，台下飞来两颗石子，将小剑撞了开去。丁汀忽而放声大哭，道："哥哥，你为什么要放过他们？"

一位矮胖的年轻人快步走上擂台，搂住丁汀的肩膀低声安慰。无间站起身来，明白性命乃是此人所赐，挺挺身子，想道一声谢，林微却再容不得半点耽搁，连拉带扯，拽着他快步向街角走去。

第六章
花开花祭

　　无间不觉得有什么，林微却丝毫不敢大意，待到天色全黑，才答应他一起回到客栈。这一日跌宕起伏，让人意犹未尽，可种种兴奋也颇为耗人心神，无间还这个那个地嘀咕着，头一歪，便睡了过去。林微也说不出为什么，总有些不宁，便泡一杯茶，在灯前翻起了闲书。差不多中夜时分，林微眼皮也变得沉甸甸的，而周遭又好似多出一股香气，腻腻的，好闻是好闻，又有说不出的别扭，心中一动，隐隐觉着不对，张口叫一声"无间"，可那声音好像不是她的，轻飘飘的，无所着落。一股无可抗拒的慵懒泛上来，让她不由得叹一口气，不对就不对罢，又有什么大不了？

　　再睁开眼睛，她不由自主打个寒噤，腕间亦随之"叮当"一响，目光寻出去，左手锁在一根铁链之上，而链子绕过一根石柱，还锁着兀自呼呼大睡的范无间。处身之处原来是在一个山洞之中，青石一片片的，泛着幽幽的暗色，天光在十余丈之外，探进洞口，收束为怯生生的一拢。略一思索，她忽然明白过来，他们该是中了迷药，被人抬到了这里，昨夜那一股甜香犹在鼻尖，或者便是那个时候？不过她又好生不解，除了丁汀，他们便没有和别的什么人打过交道，可堂堂华山派，竟然会使这等下三滥的手段对付两个名不见经传的小辈?

她又拍又打,还踢两脚,无间才慢慢张开眼睛,又过好一会儿,才像是真的醒了,忽地一下坐起身来。林微说一说前前后后,他愤懑半晌,嘀咕半晌,最后却拍拍肚皮,道:"饿死了。"林微哭笑不得,道:"你这个嘴馋的做个饿死鬼,便是报应。"无间不由得哈哈大笑,道:"你这聪明的却成全那些拙劣的,算不上报应?"林微撇撇嘴,道:"叫我猜,还都是因为华山派的那个丁姑娘恨你入骨。"无间道:"若真是她,一刀割掉我这颗脑袋不就成了,又关在这里做什么?"林微这才像是记起来了,道:"在擂台那里,你要帮我挡那支小剑?"无间道:"有何不可?"林微道:"你会死的。"无间道:"若是不死,还帮你挡个什么劲?"林微上上下下打量他一番,道:"凭什么啊?"无间道:"看你爹的薄面啊。"林微道:"若真的死了,你便是义薄云天的那种?"无间道:"我不死便不能义薄云天?"琢磨一下,又道:"看你还怪亲的,还没活呢,便死翘翘了,可教人不忍。"

话音未落,洞口处影子一闪,有人走了进来。他一身白衣,显见是刚入门的华山弟子,不由分说,先作一揖,道:"一切都是因我而起,真是委屈两位了。"无间一怔,忽然认出来是周西峰,不由得呵呵一笑,道:"瞧你这副打扮,该是如愿以偿了?"周西峰道:"二位走了以后,丁姑娘的哥哥丁岸主持大局,还是收我进了华山派。"无间道:"张蕴那小子呢?"周西峰道:"他拜在丁姑娘门下。"无间心下不忿,还要再说,林微先摆摆手,道:"我们何以会在这里?"周西峰叹一口气,道:"这个说来话长,丁姑娘身份高,心气也高,而且人又好看,在此间可是公主一般的人物。"他指指无间,又道:"这位小哥大庭广众之下胜她一招,又如何得了?在擂台上她被哥哥拦了下来,不能取你们的性命,便一直哭个不停,再后来张蕴便凑了上去,好一阵子嘀嘀咕咕的——那小子无所不用其极,名声坏到了极处,我害怕他用下作手段来对付你们,便一直悄悄地跟着,果不其然,他们几个人在客栈里迷倒二位,又辗转将你们弄到了这里。"林微道:"这里又是哪里?"周西峰道:"玉女峰,再往上差不多就是峰顶,往下,可直达一线峡。"林微道:"为何是这里?"周西峰道:"玉女峰是华山派禁地,平常人迹罕至,你们被关上十天八天——别说十天八天,即便三个月五个月,也不会有人发现。再说了,丁姑娘不用下山就能对付你们,省去不知道多少麻烦呢。"

周西峰走近摸摸链子上的铁锁,道:"这钥匙不在丁姑娘身上,就在张蕴身上,还真是棘手得很。"林微道:"我们有两把削铁如泥的小剑,应该还在客栈里,便烦劳你去取一趟?"周西峰挠挠头,道:"这里规矩好多,也不是说下山便能下山的,再说这几日新入门的弟子有许多过场要走,缺席不得,你容我琢磨琢磨,找个借口,名正言顺地走一遭。"他一面说,一面从怀里摸出三个馒头,又道:"我什么忙都帮不上,心中惭愧得很,只能偷一些吃的出来,送给两位充充饥。"

他不敢多作逗留,又说几句话,便告辞去了。无间有吃的落进肚子里,便安分许多。又是一个月夜天,一团清凌凌的银光在洞口盘桓不去,风声低沉,托出星星点点的虫鸣声,听起来一片清越。无间百无聊赖,横着竖着站着坐着,弄的铁链叮当作响,林微好生烦躁,凶一句,他才老实些了。又过不一会儿,他竟就眼观鼻、鼻观心地用起功来。林微略感意外,叹一口气,抱膝坐着,呆呆地出神。诸多烦乱如同风中的沙尘,翻滚着渐行渐远,而心意沉浮,随着溶溶的月光,开始向浩瀚恢宏里飘荡。不知何处有一滴水珠溅在岩石之上,带出一串扑簌的细响,可仔细再听,却又什么都没有,犹疑之间,水声又款款而至,那情形更像是滴在了脑海里,而不是耳朵里。如此一而再,再而三,她终于不耐烦乱,推推无间,道:"你可听到些滴水之声?"无间一脸茫然,道:"哪里来的水声?"

林微有些后悔弄醒了他,可一侧脸的工夫,耳鼓又微微一震,明白无误，那声音来自左侧，可左侧除了那根绕着铁链的石柱，再没有别的什么。她满腹狐疑，伸手拍一拍，继而又贴上去仔细倾听，耳际一片混沌，可无形之中一方空间又大浪淘沙一般被托了出来，再一瞬，果然又有滴水声，遥不可及却又轰然回响。无间凑上来也听一听，不久便恍然大悟，道："这柱子是空心的！"

林微变得快活许多，道："高手无间，你要不要试试自己的掌力？"无间并无自信，可还是站起身，吐纳几回，忽地一下推了出去。肉掌撞上凉冰冰的岩石，火辣辣生疼，怎奈柱子半点反应也没有。他说不出感应到什么，加三分内力再试几次，还是同样效果，而双掌一片赤红，几乎要渗出血来。林微琢磨片刻，摩挲着也拍一掌上去，忽然又道："李大哥不是说你我力道合璧，不同凡响么？"

无间想一想，再拍一掌，便收了些阳刚之力，林微一掌稍稍滞后，在他力道将消未消之际，给了一个斜逆的转折。石柱之内随之"喀"的一响，是一种别样的清脆。林微摸索到一些细微的脉络，再试的时候，方位与时机便有所调整。如此一连数次，石柱外面一无异状，内里却传来一连串闷响，像是有什么断掉了。二人同时欢呼，愈发得心应手，如此拍拍打打足有半个时辰，再一掌，却又什么声息都听不到了——一瞬茫然之后，石柱忽而又如同冰块一般，"喀拉拉"崩开一道长纹。无间陡长三分精神，没头没脑地连拍十余掌，那柱子终于不能承受，"哗"地一下错开一截。二人扯出链子，同声大笑，虽则仍旧被锁在一起，却尽可以随处走动了。

那石柱上接洞顶，下接地面，原本是一只沙漏的形状，如今中间断开，露出一大片空洞，几乎容得下一人通行。无间扒着边角仰头看一阵子，再说话，声音起一片回响，显见头顶还有更为开阔的空间。二人好奇心大起，便一前一后攀了上去，落脚之处颇为湿滑。虽则一团漆黑，却并非黏稠的滞重，相反，气息里透着些清润和一丝甜香，似乎还伴着水声不住颤动。欲罢不能，他们便点起一个火折子，逆着洞底的涓涓细流，寻了出去。

石洞时宽时促，向不知名的所在延伸，水流声清越异常，却又如同丝丝缕缕的笔画，将空间刻画得棱角分明。这样走了何止一炷香的工夫，眼界的尽头忽然跳出来一团天光，看似柔弱，却自有一份不动声色的从容。再走近些，便看到了洞口，上方有一挂瀑布，与帘子相当，瀑布下方又有一方水潭，一半在洞内，一半在洞外，深不见底，泛着淡蓝色的光芒。二人涉水走几步，随即深吸一口气，游了起来。有一会儿水花汹涌，压得人抬不起头，可天光滔滔，也从四面倾泻而来。上了岸，又过好一会儿，二人才敢睁开眼睛。瀑布一丈多高，白生生的甚是雅致，潭水潋滟，清澈里透着活泼，而那洞口隐匿在水花之后，又完全看不到了。

再望出去，他们不由得又吃了一惊，这一瀑一潭居然并非野外山景，而是被几面高墙围在了一座小院当中。那墙高得异乎寻常，白皮黑顶，依着地形有所起伏，右前方有一幢圆木搭建的小屋，朴素里透着精致，左侧则有山石筑建的小渠，将潭水引出去，曲曲折折，依次流经七片花畦。那些花畦均是六尺见方，整整齐齐如同裁出来的一般，每一片种一色花朵，依着水流的方向，正好是赤橙黄绿青蓝紫。花开到最好处，纯净如玉，浓郁欲滴，而花香又各自不同，红花有甜香，橙花有土香，黄花有暖香，绿花有雨香，青花有冷香，蓝花有茶香，紫花有檀香，诸种味道一道道一层层，相容亦相斥，随着微动的山风，交叠渗透，弄得整座院子香得离奇，又香得令人心旷神怡。无间一边走，一边感慨，到了尽头，才大声叫道："有人么？"

屋门紧闭，没有半点声响，林微瞥一眼横匾上"倚天居"三个略显斑驳的大字，不由得微微吸了一口凉气。无间就手一推，门"吱呀"开了一扇，一只白色的瓷瓶儿随之摔下来，"啪"地碎成了两半。林微轻叹一声，无间却浑然不觉，低头将碎片捡了起来，道："有心住在这里的，定然是清静散淡之人，到时候赔个不是就好。"

屋内迎面是偌大一只木架子，底下几层放的是书，上面几层则摆满了各种奇形怪状的瓶瓶罐罐。近旁还有一座泥炉、一张小凳，均收拾得纤尘不染。再远端有一扇窗，窗下是一张书案，正好对着那一帘瀑布，也便如同对着一幅流动的画儿。案上笔墨纸砚俱全，正中间平放着一本翻开的册子，边上打横里还有一把长剑。林微扫一眼，读出鞘身上"青冥"两个小篆，又道："华山派一掌一剑，名扬天下，掌是落雁掌法，剑是青冥剑法，有青冥剑法自然便有青冥剑，它算是华山派圣物，为历代掌门人所藏。"无间道："那倚天居的主人便是那个武林总盟主丁否，也就是丁姑娘的爹爹？"林微想一想，道："周西峰说山洞离华山禁地不远，难不成咱们摸到他的后花园来了？"无间嘿嘿一笑，道："后花园？这里越看越像老道士煎药炼丹的所在。"

青冥剑通体暗青，一片冷辉，无间拔出来试着一挥，扣在二人腕间的铁链应声而断。他欢呼一声，可林微却远不似他那般喜不自胜，道："你不害怕么？"无间道："有什么可害怕的？那位丁姑娘刁蛮无理，不见得丁老前辈也不辨是非，他是德高望重的武林盟主，肯定不是坏人。"林微道："那可说不准，这里到处阴森森的，谁知道他在搞什么鬼。"无间道："那些花儿是艳了些，可是奇花异草嘛，有些妖气理所当然。"林微道："那我问你，倚天居的院门又在哪里？"无间"哼"一声，忽然有些糊涂，想一想，抬脚便走了出来。阳光依旧暖暖的，却又异样地疏远，这一方所在惟天惟地惟我忘我，貌似舒朗，却又遗世自闭，哪里有什么院门？他忽然间便不自在起来，似乎有一丝凉飕飕的阴气附上了身，再也解脱不得。

案上那本册子像是一部书稿，上面写满蝇头小楷，而后面几页尤其不堪，有的被划得一塌糊涂，有的则被撕掉了，只剩下参差的页根。林微读几行，其中讲的似乎是内功心法，可又掺杂着医理药理，艰深晦涩，不知所云；再翻到首页，封面上赫然写有"海蓝若

无间传

心经"五个小字,她心下不由得一惊,海蓝若?这里何以会有海蓝若?由此翻到第一页,文字似乎是成稿,洁净异常,写道:

"海蓝若乃天下第一奇药,可使内息数倍于常人之速运行,如此真气无加增,奇经八脉之内却若有洪流,周而复始,奔腾肆意,威力不可同日而语。

"海蓝若乃天下第一毒药,沾身便为瘾,终生不可逆。唯定时服食,再辅以吐纳之法,可得数日缓释,否则经脉干涸,犹若槁木死灰,惨不可言。

"余幼时奇遇,得奇毒配制之法,此后数十年束之高阁,两相安然。怎奈近来心生魔道,难当诱惑,终至于一发不可收拾。

"或得虚荣,甘苦自知,既困于七隅花田,又何苦笑傲天下?"

林微不住地摇头,几乎不能相信真的读到了这些文字,海蓝若与散骨散并为天下奇毒,原是神农教两大震教之宝,它失传已久,又怎会出现在这里?!她虽则对武功兴趣不大,可自幼便得启蒙,于道理上融会,最是明白。内功修习一则讲究储养丹田之气,为有江海之量,绵绵不绝,二则讲究贯通经脉,为有江流之速,畅行无阻,如此再与人过招,内息澎湃又用之不竭,自然无往不胜。可海蓝若以药效疏通旁支斜岔,催动真气风驰电掣一般在经脉间游走,如此一招一式之间可资调动的内力陡增数倍,外在的功力也就陡增数倍,这虽则不能持久,但制胜之道多在一击一息之间,是以也不需要持久。她深入浅出地讲解一遍,无间却依然似懂非懂,道:"若有这等捷径,世人还练什么功夫?"林微道:"海蓝若一旦上身,再也摆脱不得,只能不停地用下去,否则会被它从内里榨干,人没死呢,便朽成一段枯木了。这一层神农教的人也束手无策,否则它又怎会失传?"无间却像是意犹未尽,道:"以前于大哥说什么'牡丹花下死,做鬼也风流',应该就是这个道理了?"

林微像是想打他一巴掌,却又完全没有开玩笑的兴致,望着窗外琢磨一会儿,又道:"你现在可害怕了?这个丁掌门断非清静散淡之人,说什么德高望重云云,更是你一厢情愿,要么世人不明白他能胜出玉龙子呢,原因也正在这里。他一世英名,全种在这七畦海蓝若之上,而他一旦知道你我来过倚天居,摸透了底细,便是追到天涯海角,也一定要杀人灭口的。"

经书再接下来的两章字迹迥异,而且纸页古旧,像是别的什么人多年之前写就。第一章讲的是海蓝若的养植之法,从播种出芽一直到成花采摘,涉及温度、湿度、阳光、水流,等等,不厌其详,没有半点含糊。第二章讲的则是海蓝若的配制之法,从研磨调制到晾晒储存,繁复到极处,却又条分缕析,细致到了极处。从第三章开始,经书才又变为丁否的字迹,讲述服食海蓝若之后经脉间的种种情状,又应当如何呼吸、如何吐纳、如何调理云云。到了第四章,行文便有些杂乱,该是他本人一边尝试,一边推敲,一边记述,许多地方拉拉杂杂,有始无终,而其中有一段话颇为浅显,言道:"海蓝若一色一畦,每年得七畦,可制七十二粒药丸,余初时每五日必用一粒,至年末则捉襟见肘,如今心法有小成,可十日服一粒,渐有盈余,可应不时之需。"

林微"嗯"一声,抬起头来打量架子上一排拳头大小的陶罐,罐上各贴一张布签,注明了年月,她取一只在手里,稍加犹豫,才拔开了塞子。海蓝若香气如许,药丸却没有什么特别的味道,倾一颗在掌心里,也不过小指肚大小,灰溜溜的,再普通不过。她摇摇头,道:"这海蓝二字又从何说起?"无间伸脑袋瞅一眼,却心有旁骛,指指屋角,道:"院门是不是在那里?"

屋角的地面上有一块盖板,从下面锁住了,但是隔着缝隙,仍然分辨得出几道青灰色的石阶。林微稍一琢磨,也便明白过来,这里是在华山绝顶,院墙之外应该就是万丈深渊,这样进倚天居便只能自下而上,入口在地面上也就理所当然。此种设计将此间天险借用到了极致,而来路隐于石洞之中或者巨岩之间,更是不露痕迹。她微微叹一口气,愈发觉着她和无间能找到这里,真是不可思议。

她从每只陶罐里面各倒出几颗海蓝若，包进帕子里带在身上，之后又将经书宝剑种种物件摆回原样，这才拍拍手，道："咱们走罢。"无间道："你这样便能骗过他了？"林微道："骗不骗是我的事，骗得过骗不过，是他的事。"无间一本正经道："既然海蓝若是天下第一邪教的第一邪物，咱们何不一把火烧了倚天居，免得它为祸人间？"林微不由得扑哧一笑，道："你这是要造福苍生呢？"无间道："力所能及，行正直之道而已。"林微道："正直之道？难道不是先下手为强？"无间道："下谁的手？"林微道："弄死这个老骗子，以绝后患。"无间"哦"一声，这才明白过来，若海蓝若真的没了，那丁否也就没几日可活了，他不由得嘿嘿一笑，道："那倒不必，他虽说欺世盗名，可口碑好像还不算太差。"林微道："口碑？你从哪里听来的口碑？"无间道："他其实没做什么，咱们自寻死路，是不是也怨不得人家？"林微盯着他叹一口气，一抬脚，先走了出去。

　　两人按原路返回，从山洞里出来，沿着山坡间一条若有若无的小径径直下峰。个中崎岖，自不待言，可他们也不敢多作休整，一直下到一线峡谷底，也才透出一口气来。夕阳西下，一天紫霞漫了上来，四面静谧，再间杂以几声清脆的鸟鸣，让脚步声亦多出一层回响。不多时东面的天际飘起一枚弯月，柔婉如水，中天则多出一颗极耀眼的星星，寒光若刺，转头望望，一线峡两侧的山刃几乎要叠在一处，而中间的一丝空隙为漫天紫霞映衬，宛如一根丝线，款款地结在那颗寒星之上。华山诸峰叫人流连忘返，而此等景色更是夺人心魄，二人还是逗留了好一会儿，才又奔固安而来。

　　天色已黑，他们从客栈里取出包裹，旋即上路；来日晨间，又从街肆之上置办两身衣服，再穿戴起来，无间便成了不像公子的公子，林微却成了不像小厮的小厮，二人相互指着好一番哈哈大笑。他们马不停蹄，再一日便到了潼关。又是正午时分，城楼远远地便能望见，在青色的天幕之下，还真是颇为雄浑。林微正自感慨，背后忽然有马蹄声传了过来，四匹骏马转眼间奔到身前，又一阵风一般去得远了，马上四人白衣白衫，赫然是华山弟子。林微瞅着他们的背影，心下愈发忐忑，就着路边一片林子歇了下来，可好半天，官道上一片宁静，再没有人影出现。阳光里多了一层令人恹恹欲睡的浑浊，秋蝉的鸣声却毫无来由地越来越响，差不多日头偏西，二人正想上路，马蹄声复又响起，居然又来了四位华山派弟子。

进来潼关，已近黄昏，几抹晚霞自天际拉拉扯扯，直飘到中天，街上依然热闹，许多吃酒之人大呼小叫的，闹成一片。正走着，数名华山派弟子忽然斜刺着窜了出来，无间吓一跳，这就想躲，他们却径直冲到前面去了。林微却一扯他的袖子，疾步跟上，那几位走了一盏茶的工夫，转身进了一家酒楼；酒楼共有三层，门面甚大，叫作什么"潼关落日"，其中二楼修成了一座面西的露台，探出来，一直伸到一棵大柳树的下面。几位华山弟子上到二楼，在露台一侧落坐，林微和无间则上到三楼，拣窗边的一张桌子坐下。那些人就在正下方，说话声也就一阵阵地飘了上来。

四人之中为首的一位也就二十多岁，个子高高的，尖嘴猴腮，一位瘦子冲他说道："方师兄，你确定那对男女不是咱们丁姑娘要的人？"方师兄道："他们说是乡下来的兄妹，应该不会撒谎。你没见那男的吓得裤子都尿湿了？咱们要抓的那小子功夫不弱，在擂台上不是还赢了丁姑娘一招么，再则，他说话没头没脑的，不像个没见过世面的人。"林微不由得抿着嘴笑，轻声对无间道："你又见过什么世面了？"又一位弟子问道："丁姑娘说他们私入华山禁地，偷窃武功秘笈，可倚天居在玉女峰绝顶，普通人上不去的。他二人能偷了东西又从容逃走，便不是等闲之辈，我猜着该是乔装打扮的武林高手，找上门与华山派作对！"方师兄像是颇为感慨，道："能走绝壁进倚天居，便不是普通的轻身功夫，唉，八成你我这辈子都练不到那种火候。"又一位弟子道："方师兄，你将他二人的画像再给我看一眼。"林微一怔，想不到还有这一层，再一位弟子口中却喷

无间传 77

喷有声，道："你是真的不记得，还是想多看一眼那姑娘？"先前那一位嘿嘿一笑，转而道："你们说是这姑娘漂亮还是咱们丁姑娘漂亮？"另一位道："咱们丁姑娘好看是好看，可是这妹子天仙一般，不一样的。"方师兄"嘿"一声，摆摆手，道："祝师弟，你胡说什么呢？"

其余三位同时干笑一声，不再说话。无间却挑起大拇指，在林微面前晃了晃，林微轻轻"呸"一声，有几分着恼，可还有几分欢喜。那方师兄果然取了两幅画像出来，几个人看一阵子，其中一位又道："这画是固安画坊里的匠人们画的？"方师兄道："可不么，事情是我亲手办的，连夜找了五位画匠带上山，丁姑娘说，他们画，折腾好半天，才算满意了，之后又摹了十几幅，派发给我们。"又一位弟子道："我只是想，咱们掌门人贵为武林盟主，为何不传书天下捉拿他们？那样的话，任谁都不会有容身之地！"方师兄道："李师弟，你奉命行事就好，别多问，也别多想，咱们掌门人是何等人物，他的考虑，又岂是我们这些小辈能够体会的？不过，话说回来——"他犹豫一下，压低些声音续道："这件事情好像不太光彩，有失华山派的面子。"李师弟道："啊，这一层我还真是没有想过。"他像是琢磨了一下，又道："丁姑娘每接一份线报就派四个人出来，几天下来，咱们也算是倾巢而出了。岳师哥他们组来的也是潼关，只是不知道现在怎么样了。"

天色完全黑了下来，那四人吃饱喝足，结了银钱，却叫小二又添一壶茶，开始聊些派内的琐事。不多时西方的夜空忽然升起一朵焰火，先是明晃晃的紫色，渐渐化为绿色，缓缓坠落，拉出一条好长的尾巴。那四人吃了一惊，齐刷刷站起身来，自露台上一跃而下，使出轻身功夫，直奔城西而去。林微无间稍稍一等，跟上去，他们这样前后脚出了城，又走不远，便到了一座小山的山脚之下。再走过一片小树林，便听到了高高低低的吆喝声，中间还夹杂着兵器撞击的脆响，却是一群人在山坡空地上斗得正紧。外围是八位华山弟子，其中四人正是方师兄一伙，另外四人想来便是岳师兄他们了，中间被围着的是一男一女，年纪都不大，男子比无间矮一些，瘦一些，女子面上遮一条黑纱，身材却颇为高挑。二人一个挥动肉掌，一个使一柄长剑，以少打多，处于下风，不过他们像是师出同门，彼此极为熟悉，数次遇险，两相接应，也便尽数化解。

又斗片刻，岳师兄变得颇为焦躁，吼两声，连出三招重手。那男子左支右绌，堪堪化解，却被逼到一株大树之下。华山八人以剑指地，围成一个半环，凝招不发，那男子叫道："你这是华山派青冥剑法。"岳师兄道："我们是堂堂华山派弟子，当然使青冥剑法。"那男子道："我二人与华山派往日无冤，近日无仇，尔等为何苦苦相逼？"岳师兄道："你偷入华山禁地的时候，怎么不想想会有今日？"那男子道："此言从何而来？我们便从来没有去过华山！"岳师兄道："没有去过华山？你在固安和我们丁姑娘比武，可是许多人亲眼所见，现在再想抵赖，嘿嘿，太晚了！我劝你多点自知之明，束手就擒就好，否则这苦头也不是你们能消受的！"那男子甚是无奈，转头瞅一眼那女子，道："妹子，你我费这样大的心力，才终于走出这一步，谁曾想会栽在这一群糊涂蛋手里，人算不如天算，还真是命中无缘不成？"那女子神色凄婉，道："冯大哥，一切由你做主，我——不后悔的。"

那男子长叹一声，一副悔恨交加的模样。他二人武功不弱，适才只是与岳师兄四人周旋，真要走脱，并非难事，只是他自己托大，加之有好勇之心，缠斗不休，结果方师兄等人一到，形势立转，成了这样一种局面。他一腔悲愤化为无名怒火，吼声连连，又与华山派众人斗在了一起，只是这一次心浮气躁，破绽更多，那女子舍身援手，先吃一掌，跌了出去，他心神更乱，脚下一绊，肩头腿弯连中两剑，鲜血崩流，也坐倒在地上。林微像是看够了，一扯无间，道："走啦！"无间道："这种关口，如何能走？"林微道："有他二人顶包，事情再好不过，当然要走。"无间道："他二人若

无间传　79

因此丢了性命,你于心何安?"林微道:"他们不是你我,又如何会丢了性命?"无间想一想,神情变得甚是决绝,道:"走不得。"林微忽而大为恼火,道:"你木头脑袋,什么都不明白,硬充什么英雄好汉?!"

这一句话一点都不迁就,清亮亮的,一干华山弟子均听到了,不由得大吃一惊。方师兄喝道:"什么人?"林微正在气头上,道:"一群笨蛋,打打杀杀的毫无用处,你们要找的人在这里呢!"说着话猛地一推,无间全无防备,撞出去两步,"扑通"摔一跤,好不狼狈。华山弟子训练有素,岳师兄四人长剑依然指着那一对男女,方师兄则带着其余三人转过身来。他打量一眼,道:"你们是做什么的?"无间爬起身来,道:"我到哪里都是个过路的,不过你们八个打人家两个,而且不问青红皂白,也太糊涂了些。"方师兄道:"既然是个过路的,就别受挑唆,弄什么打抱不平的勾当,到时候真的赔上一条性命,莫怪我丑话没有说在前头。"无间伸手一指,道:"他们不是你们要找的人。"方师兄眉头紧皱,道:"你何以知道?"无间虽然耿直,却并不愚蠢,张张嘴,没有说话,林微却在树后冷笑一声,道:"不长眼睛么!在固安擂台上摔你们丁姑娘一个跟头的不就是这小子?"

那四位又是一惊,长剑一转,呼啦一下将无间围在了当中。方师兄向林微所在的方向望一望,道:"敢问这位姑娘又是哪一位?"林微道:"你们丁姑娘要叫我一声师姐。"众人有些摸不着头脑,转念想想,竟然有些战战兢兢,林微又道:"你们先将那对私奔的男女放了,拿住这小子再说;他不过是换了身衣服,多长了两日的胡子,你们这些笨蛋便认不出了?"方师兄虽则将信将疑,可还是从怀里将画像摸了出来,比着火折子稍稍一看,便大喝一声:"果然是他!"那边岳师兄等人发一声喊,跟着也围了过来。

第七章
一鹞生平系

　　华山派八人长剑齐出，无间则就地一滚，捡一根枯枝连点十余朵剑花，正是一招练得不能再熟的"浮光掠影"。截云剑法比青冥剑法高明太多，华山众弟子为他气势所摄，心下生怯，长剑疾舞，各自退开了几步。无间全不料这一下会有此等威力，诧异之余，禁不住得意，按下想跑的念头，刷刷刷又攻出三剑。他内力不能收放自如，手上抓的又是一段树枝，再加之有些忘形，自然失于虚浮，岳师兄与方师兄看在眼里，有些摸不着头脑，同使一招"瀑落松风"，一左一右攻了回来。无间顿感吃力，勉强接了数招，手中枯枝"咔嚓"一声断为两截，心知不妙，一窜一跳逃开几步，同时大声叫道："微微救我！"

　　林微"哼"一声，照旧不闻不问，方师兄再一剑刺他小腿，却听"铛"的一声响，适才那位男子掷出一块石头，将剑刃撞开了。岳师兄勃然大怒，喝道："饶你一条小命，还真不知道好歹了？！"那男子朗声道："你若要和这位小哥过不去，先取我二人性命再说。"他肩头血流不止，却还是大踏步赶过来，挥掌向岳师兄拍去，那女子紧随其后，跟着也刺出一剑。无间指指林微，道一声"人心凉薄"，随之也攻了回来。三人合力，形势立转，而无间定了心思，内息贯通,剑上威力陡然增色不少。华山派众人无力抵挡,不住倒退,不多时手腕相继中招,长剑再也无法拿捏,"叮叮当当"落了一地。

岳师兄和方师兄神情甚是绝望,其他几位年轻弟子更吓得瑟瑟发抖,那男子却甚是干脆,挥一挥手,道:"都滚,都滚!"众人如蒙大赦,长剑也不捡了,扭头就走。那男子继而向无间深施一礼,道:"冯澜、陈思玉谢过义士搭救之恩。"无间呵呵一笑,道:"你也救过我一命,两不相欠。"冯澜转而向树后望去,道:"华山派那位姑娘,你若有心较量,我三人奉陪到底就是。"林微闪身出来,打量他一眼,又瞧一瞧陈思玉,并不说话。无间道:"她不是华山派的。"冯澜极为诧异,道:"你二人……"无间道:"她是我家大小姐。"冯澜更为不解,道:"适才……"无间瞪一眼林微,道:"我被他们一剑刺死,你便高兴了?"林微撇撇嘴,道:"想死?哪里有那么容易!"

冯澜道:"那这位姑娘是友非敌?"无间笑道:"她想不想要我死我不知道,但我不曾想过让她死。"陈思玉若有所悟,道:"你们小两口闹了别扭,是不是?"无间林微对望一眼,同声大笑,林微道:"他臭石头一般,谁会瞧得上他!"冯澜不禁摇摇头,道:"二位与华山派究竟有何过节,弄得他们如此劳师动众?"无间道:"说来话长……"林微道:"是啊,是啊,找个地方,喝杯小酒,细细说一说,等他们里里外外都明白了,华山派想杀的人也就不止我们两个了,大家黄泉路上还作伴,岂不快哉!"

无间颇为感概,向冯澜道:"不是我信不过,此事你还真是不知道为妙,不过,华山派又如何会和你们过不去?若是一场误会,又有什么说不清的?"陈思玉脸上一红,低了头,冯澜则苦笑一声,模样有些尴尬,不过略一迟疑,还是说道:"不瞒兄弟,思玉的爹爹是天山派歧字辈大弟子,也是我的师父。我和思玉青梅竹马,一起长大,早早便两心相许,也算私自定下了终身。前些日子,我一直想着怎样向她爹爹求亲呢,不料派内生变,师父无奈之下,只好举家脱离天山,回了琦山祖宅。我苦熬三个月,实在撑不住相思之苦,便偷偷下山找了过去。皇天不负苦心人,待我在琦山见到思玉妹子,她竟然答应我——随我一起跑了出来。"无间恍然大悟,又口无遮拦道:"感情是一对儿私奔的鸳鸯!"冯澜低头叹一口气,道:"我二人大逆不道,坏了那样多的规矩,早就没有回头的余地,可是那又怎样,若不能和思玉终身厮守,活着又有什么意思?!我们只想着隐姓埋名,寻一个周全的所在安安心心过几天日子,谁承想走到此间,那几位华山弟子便围了上来,口口声声说我俩偷了他们的武学秘笈,我们想争辩,却不敢暴露身份,想走脱,他们却死缠烂打,最后便弄成了这副样子。"

说话的时候,思玉为他包扎好伤口,这会儿则站立一边,暗暗垂泪。无间无拘无束,并不觉着有什么大逆不道的地方,倒是这一份真性情,难能可贵。林微想起爹爹,多少明白这位陈姑娘做了怎样一种受尽煎熬的抉择,心下一软,上前拉住她的手,也流下泪来。陈思玉颇为感动,摸摸她的脸庞,道:"妹子,你这个女扮男装不够地道,但凡姑娘家,都能瞧破。"无间探头过来,道:"她若是不曾开口说话,你也能瞧破?"陈思玉道:"她身上这女儿香,你便闻不见?再说了,天下又哪有这等秀气的儿郎?"无间凑过来吸吸鼻子,道:"明儿我找一条死鱼给你揣上。"林微伸手在他脑门上拍一下,道:"有你在我边上便足够了!"

四人起身往林子深处走,陈思玉和林微意外地投缘,叽叽咕咕说个没完没了。到临别时候,她拉起林微的手,道:"妹子,我有一事相求。"接下来便有些哽咽,"也不是相求,因为你也不用刻意做些什么,随缘就好。我爹爹姓陈名和,如今就在琦山,离此间不近,却也不远,妹子若有朝一日赶巧路过,便代我去见他一面,就说我对他不住,今生不能尽孝,只求来世托生还做他的女儿,侍奉一生。"她泣不成声,又过好一会儿,才抹去腮边泪花,挥挥手,随着冯澜去了。无间瞧着他们的背影，道："这种事情你可做得出来？"林微道："做不出来，天下便没有什么男人，值得这样倾心。"无间道："你才见过几个男人，便说这种大话？"林微忽然间来了兴趣，道："若是有女子对你倾心成这样，你会不会高兴得要命？"无间道："应该没有什么不好吧。"林微道："她哭是为了你，笑是为了你，活着为了你，死了也为了你，难得你不害怕？"无间不由得一怔，道："好像也不大好。"

他转而道："咱们要不要去琦山？"林微道："要去，当然要去。"无间道："因为思玉让你去？"林微道："也不尽然，她让我随缘，我便正好随个缘。华山派那些人肯定还会找过来，八成丁老骗子也会亲自出马，他们向东，嘿嘿，那咱们便向西，迎头赶过去，也学一学当年三十二皇子北上避祸的套路。"无间还正琢磨，却听背后有女子冷笑一声，道："你们这对狗男女，真以为能逃出我的掌心？"

二人心下怦地一跳，不想转身，却又不得不转过身来。不远处站着一胖一瘦的两位，瘦的是丁汀，胖的却是在固安擂台下救过他们一命的丁岸。林微四面望望，一时间好生懊悔，无间却没什么念头，笑呵呵地冲丁岸拱拱手，道："还不曾谢过义士救命之恩呢。"丁汀"嗤"地一笑，道："你们本事不小啊，被囚在玉女峰听音洞里，也能逃出来。"无间道："亏你还是武林盟主的女儿，伙同张蕴做出这等下三滥的勾当。"丁岸像是并不知情，微微一怔，问道："妹子，你又做了些什么？"丁汀嘴巴一撇，道："哥哥，这小子胡言乱语，你还真就信了，反过来责骂于我？"丁岸甚是无奈，转而道："妹子，你躲开些罢，爹爹有事情让我问他们。"丁汀一点也不情愿，却不敢违抗，走出好远，快要转过山坡了，又转身叫道："你先不要弄死他们，我还要慢慢折磨一番，一解心头之恨呢。"

林微道："既然你是丁姑娘的哥哥，那丁掌门便是你爹爹？"丁岸不置可否，问道："你们去过倚天居？"无间点点头，林微却摇摇头，道："哪里来的倚天居？"丁岸眉峰一皱，盯住无间，道："老实说话，莫要受那小妖女蛊惑，待会儿我留你一条性命便是。"无间道："你想要怎样？"丁岸道："你在倚天居都看到些什么？"林微道："那里是一个修身养性的所在，悠闲得紧，你爹爹种的那几畦花，可着实惊艳呢。"丁岸双目之中寒光一闪，道："少胡说八道！倚天居是我华山禁地，存放历代前辈手抄的武学秘笈，你道是什么人的后花园呢！"

  林微心下一怔，不由又打量他一眼，原来此人并不知道海蓝若的事情。无间咳一声，又想说话，林微在他背上拍一把，抢着道："扪心自问，你华山派的功夫比之昆仑派的究竟如何？就说你爹爹吧，将本门功夫练到极致，便真的能和玉龙子一较高下？"丁岸不动声色，心头却着实滚过一声闷雷，当年武林大会丁否与玉龙子交手，他就在台下观战，一招一式深印在心，而他修习落雁掌法十余年，对华山派内功极有心得，可那一战爹爹真气收放之道远远超出本门心法的极限，究竟又是怎样做到的，他时常揣摩，却始终不得其解，而丁否对此节一直讳莫如深，他自然也就不敢擅自去问。这些疑虑思之无益，弃之不甘，在心间起起伏伏许多年，如今让林微一提，思路不由自主便绕了进去，转而问道："你究竟想说些什么？"

  林微道："你爹爹说我们偷了华山秘笈，可他要你从我们这里讨回些什么？"丁岸道："你们还拿走了师祖爷亲手炼制的数枚如意丹。"林微笑道："他说是如意丹？哈哈，不错，他自己为什么不来？"丁岸道："他不时就到。"林微道："倚天居就没有什么秘笈，只有几颗破烂药丸。"丁岸忽而有些无言以对，爹爹一再叮嘱要讨回药丸，还真是不曾提及要将秘笈怎样。林微又道："这些药丸的故事你要不要听一听？有些事情你无论怎样都想不明白，可答案都在里面呢。"丁岸有所迟疑，丁汀却忽然远远地叫道："哥哥，你还啰唆什么？爹爹要我们点了他们哑穴，再废去武功，你为何迟迟不动手？"

林微貌似毫不经意，实则字斟句酌，多少拿捏住了丁岸的心思。这会儿他得了提醒，心下一惊，反而失笑，道："你这小妖女，年纪不大，蛊惑人心的本事倒是老到！"将手一伸，又道："拿来！"无间道："什么？"丁岸道："你说呢？！"他再不啰唆，一手为掌，一手为勾，使一招"鹰心雁爪"直抓了过来。无间俯身拾起一根树枝，挽个剑花，使"一行白鹭"点他肩头，而林微若木剑出鞘，以一招"归云几重"刺他眉心。丁岸全不料二人招式上有这等气候，吃了一惊，如猿猴一般进一步退一步，又滴溜溜转个圈子，自剑锋之间抹了过去。他神色转为凝重，森然道："二位究竟是什么来头，又受了谁的指使来寻华山派的麻烦？"

　　林微道："来头大得很，但叫我二人有什么三长两短，你吃不了兜着走！"她嘴上这样说，心上却知道今日情势凶险无比，半点怠慢不得。二人招式上虽则稚嫩，但是收放之间自有一种气象，再加上子非鱼带来的刚柔之变，一时间弄得丁岸也有些惊疑不定。华山派一掌一剑，掌为三十六式落雁掌法，招式质朴，却气势磅礴，剑为一百零八式青冥剑法，取快求繁，令人眼花缭乱。二者一拙一巧，前者修于内，后者发于外，相悖相从。丁岸在两方面造诣均属上乘，也正因为此，他不多时便摸索出若干脉络，渐渐变得胸有成竹。再一会儿，无间林微用尽了截云剑法中最为纯熟的几招，转而掂量着用不甚纯熟的几招，进退之间也便愈发生涩，丁岸似乎也见识够了，再不客气，使一招"拨云见日"分击二人。无间只觉呼吸一窒，仿佛有大浪打在胸口，喉头一甜，"哇"的吐出一口鲜血；林微滑开数尺，却还是被掌风扫中，纸鸢一般飘出丈余，软软地拍在了地上。丁岸冷笑一声，摇摇头，转身招呼丁汀去了。

　　无间挣扎着坐起身，拉林微在臂弯里，对望一眼，同声苦笑。林微道："这下可好，见不到我娘了。"无间道："你和你爹爹总说我这也有缘，那也有缘，瞧瞧，早早死在这里了！"林微道："我常想着爹爹过世时候的样子，谁曾想转眼间便轮到我了，还好，有你做个伴，比他孤零零的一个好多了。"说着话向夜空里望去，认命一般叹一口气，便没了动静。无间摇摇她身子，叫一声"微微"，说不出的懊丧，又说不出的委屈。半个时辰之前他们是那样与冯澜、陈思玉谈天说地，三个时辰之前是那样在潼关落日看红日西沉，六个时辰之前是那样在官道上并辔而行，一切是尚未开始的样子，何以便这样戛然而止？

天际有一枚暗黄色的残月，远处的山，近处的树，都如同剪影一般，似乎一触即碎。他将林微抱紧些，臂弯处却压上什么硬硬的物件，正是她在潼关得来的一只淡蓝色的瓷瓶——一个念头突地一跳，里面装的正是海蓝若！身子似乎便僵住了，抬头再望出去，丁氏兄妹正不紧不慢地走过来，而丁汀手边寒光一闪，原来握着一柄匕首。这一瞬混沌稍纵即逝，却又漫长得万劫不复，他忽然间再不犹豫，取出瓷瓶，拔开瓶塞，可劲儿往嘴里一倒。数颗药丸滚落肚腹，一股热流随之腾地一下泛了上来，丹田之内真气如沸水汩汩而动，经脉却如同琴弦一般，愈颤愈烈，渐渐肿胀，犹如纵横错节的草绳一般，干涩至极却也通透无比，错愕间内息如同决堤之水急泻而出，教他胸口巨震，再吐一大口鲜血，可周身也变得热腾腾的，极为受用。他不由自主长啸一声，放脱了林微，双手一撑，站了起来。

普通人服了海蓝若，功力可陡涨二至三倍，而无间得子非鱼疏通，经脉间了无障碍，药效更可谓石破天惊。丁岸不由得"嘿"了一声，正感慨此人筋骨结实，无间一招没头没脑的"黑虎掏心"也递到了面门。他略感恼火，更不留情，单掌探出，又是那一招威力极大的"朗月清风"；口边兀自带着笑意，心下却"扑通"一声，扑面而来的力道如泰山崩于前，摧枯拉朽，竟无半分空当可寻。他平平飞出数丈，尚未落地，便早已经闭过气去，而丁汀哪里见过这等阵势，吓得花容失色，一霎时甚至忘了该如何进招。无间化拳为掌，在她肩头轻轻一拍，那匕首也便"铛"的一声落在了地上。

一切如同梦里一般，他低头看看手掌，继而抱起林微，发足狂奔。真气鼓荡，活泼泼地极为受用，脚下迈开，每一步竟然跨出一丈有余；沟壑坑道大石高树一道道奔涌而来，又一道道飞掠而过，个中滋味亦可谓天马行空，快意生平。这样走了不知道多久，真气忽而如同潮汐漫过礁石，远远地去了，他则脚下一软，重重跌在地上，晕了过去。

　　这样又是好久，渐渐有水声在耳边荡起，一波又一波，远得似乎在天界之外，又近得几乎可以托起身体。无间缓缓睁开眼睛，雾气苍茫，原来是在大湖之畔，下半身浸在水里，头则枕在一块圆溜溜的石头上面，面前一张俏脸，却是林微喜极而泣，眼泪随之噼噼啪啪砸了下来。他伸手抹一把，道："你哭什么，是我死了，还是大家都死了？"林微不由得又笑了起来，道："我醒过来的时候，咱们就在湖边上，好的是两个华山派的坏蛋都不在了，坏的是你身子烫得像火一样，呼出的气几乎能燃着野草。我无计可施，只好拖你到湖水里浸着，这都好几个时辰了，一直害怕你再也醒不过来了呢。"无间皱起眉头想一想，却跟着哈哈一笑，道："若真死了，也是快活死的。"林微像是有些后怕，小心翼翼道："咱们又是如何逃脱的？"无间道："你说呢？"林微却又几乎哭出声来，道："你和丁老骗子真就是一根绳上的蚂蚱了？"

　　无间似乎这才明白过来，"哦"一声，不再言语。林微倒出瓷瓶里的药丸数一数，道："海蓝若一经沾身，终生不去，唯一活命的办法就是以毒攻毒，每七日再服一次，这里只剩下一十三粒，乘以七，便是九十一日，不过老骗子的心法还有些用处，可以将一粒分为两半儿来用，这样便还有一百八十二日的性命，正好半年。"无间依旧懵懵懂懂，道："半年之后我便如同臭石头一样，不吃不喝了？"想一想又道："还不如臭石头，我便什么都不是了？空荡荡的一团？"林微心中难过，不禁又啜泣起来，无间深吸一口气，拍拍她的肩膀，道："我只道只有昨日的命，不想还有今日的命，这还不够,翻来翻去,成了半年的命,这算不算喜上加喜?"林微不言语,还是抹眼泪,无间便又说道:"我现在可明白老骗子为何欲罢不能了,且不说称雄江湖、当个总盟主什么的,只这滋味便欲仙欲死。"继而将手一摊。"咱们还要回华山偷老骗子的心法?"林微摇摇头,道:"心经里的那些字,我虽然懂得不足一成,却还记得。"

  他在水里又躺了半个时辰,体内灸热方才慢慢消退,只是经脉涩如干柴,内息也成了涓涓细流,不能汇拢。林微让他服下半粒海蓝若,又逐字逐句讲一讲心经中吐纳的窍门,他依法施为,打坐半日,居然大有好转。林微也受伤不轻,却勉力能够行动,摘些野果,一起将就着吃了,也便到了入夜时分。夜空湛蓝,星光清透,风里添些闪烁不定的苍凉,水声里却多了一层莫名的恍惚。无间那张棱角分明的脸被胡须遮住大半,神采不再,却依然安好踏实,林微不由轻轻叹一口气,若是他真的不在了,一切又会怎样?

  二人休养数日,才恢复些元气,便往琦山而来。这会儿林微心中又多一层念想,海蓝若虽是世间奇毒,终究是人力所为,陈和是天山派大弟子,见多识广,总该可以指点一二。这一路山重水复,无穷无尽,到第四日上,才踏入琦山地界。正值细雨迷蒙,几缕炊烟慵懒地点缀其中,而草色则显得分外温暖。不多时山坡上忽然有马蹄声响起,来人灰袍灰帽,是书生打扮,没走几步,"嗖"地射出一箭,那箭力道极大,没入长草,再飞出来,竟然拖着一条狗,"砰"的一声将其钉在了树上。

  那狗后腿中箭,挂在树干之上狂吠不已,那书生翻身下马,从腰间摸出一把明晃晃的短刀,大踏步便走了上去。无间自小行猎,和猎狗最为亲近,这会儿吓好大一跳,叫道:"慢着,慢着!"那书生略感歉意,拱拱手,道:"对不住,吓着二位了。"无间道:"一条狗而已,又能做什么坏事?"那书生长叹一声,道:"二位有所不知,这狗本是我陈某所养,唤作无名,此外一窝生的还有两条,分

无间传 89

别唤作无己和无功,多少年来它们鞍前马后的,最是驯顺,只是不知为何,前些日子竟一起发了兽性,咬死庄上好多牛羊不说,还见人就扑,弄伤好几位家仆。我无可奈何,只好杀之以绝后患,无己和无功还好,无名却极为狡诈,周旋好几日,才总算拿住它。"无间凑近瞅瞅那狗,道:"前辈可否让我试试,看有什么解救之法?"那书生略一犹豫,道:"它若弄伤了你,我又如何过意得去?"无间道:"不妨,不妨,一条狗而已,还能怎样?"

他蹲下身,却又有些糊涂,望望林微,继而伸出手,在无名脑后一拍,那狗"呜"的一声,旋即晕了过去。那书生约略有些恼火,道:"你将它拍死了?"无间道:"它中了毒。"林微道:"你怎知道它中了毒?"无间却答非所问,道:"我瞧瞧。"说罢掰开无名的嘴巴闻一闻,又翻开眼睑瞧一瞧,道:"应该是这里。"

无名的眼珠裹在一圈紫晕之内,一面精光四射,一面又如同死鱼一般,没有半点生气。那书生分明吃了一惊,道:"果然中了毒?"无间道:"既然是中毒,那解毒就好,先捆起来,再作计较。"那书生点点头,走去坐骑那里取回绳索,又道:"你可有解药?"无间挠挠头,却转而问道:"你便说不出是什么毒?"林微扯扯他袖子,仍然问道:"你怎知道它中了毒?"无间嘿嘿一笑,低声道:"我也说不上为什么,自从吃了海蓝若之后,野地里的毒菇毒草,林子里的毒虫毒花,总能知道。"林微道:"凭什么就能知道?"无间吸吸鼻子,道:"那些味道闻起来——好舒服的。"林微仍旧半信半疑,道:"是闻出来的?"无间道:"也不是有意去闻,味道飘过来,一层层的,清楚得很。"林微道:"那无名中毒,你也是闻出来的?"无间点点头,林微却笑了起来,道:"单论名字,它该是你家兄弟,我还道是心有灵犀呢。"

那男子通报了姓名,果然如林微所料,正是陈思玉的爹爹陈和。无间将无名捆绑结实,又包扎好箭伤,才道:"无名平日里吃些什么?"陈和道:"从前吃的多是野物的内脏,这些日子一直在野地里，吃些什么喝些什么，我也说不清楚。"无间道："就近林子里可有什么毒物？"陈和道："不过是有些零星的毒菇而已，这狗就不会去碰，若真是误食了，七窍流血赔上一条性命，断断不会变成这样。"

三人一面走路，一面说话，不久便到了陈府。进客厅坐下，陈和吩咐一声，不多时便有家僮端着几样小菜送了进来。那小僮唤作小笃，也就十几岁年纪，面皮白净，只是不知何故，右边脸颊上有几道紫黑色的抓痕。无间伸手一指，道："这是怎么弄的？"小笃看一眼陈和，道："公子爷抓的。"陈和叹一口气，道："是幼子思义，他前些日子被无名咬了一口，之后便一直昏昏沉沉的，下不来床。我让小笃喂些防伤风的药，不想他又抓又挠，伤了这孩子。"无间道："这是什么时候的事情？"小笃道："昨日早间。"无间随即站起身来，道："我要瞧瞧贵公子。"

雨脚未收，天色阴沉，卧房之内只有两盏蜡烛，一跳一跳的，反而搅得四周愈发昏暗。思义还是孩子模样，一个人躺在帐子里，脸色发白，嘴唇干裂，眼睑处则透着一层怪异的乌色。无名一口咬在左边小腿上，如今并未包扎，血肉模糊，陈和道："总有血水渗出，这样晾着，反而好一些。"长叹数声，又道："我见过不少皮肉伤筋骨伤，也懂些药理，可办法都试尽了，伤口始终不见有愈合的迹象。"忽然间又若有所悟，道："他也中了毒不成？"无间点点头，道："是中了毒。"陈和心下一跳，道："那小笃也一样了？"

这时思义忽然坐起身来，震得木床"咔嚓"一响。陈和吃一惊，轻声道："思义，你好些了？"思义并不答话，呆呆坐一会儿，目光由远处收回来，空洞洞地扫过无间，落在了林微脸上。他哆嗦一下，双目之中忽然紫光大盛，双手一撑，身子便飞了起来。林微心中发毛，退开数步，可思义竟快得不可思议，五指如钩，径直抓她脸颊。陈和踏上一步，掌力轻吐，送他飞起两尺，半空里点了穴道；接住还放回床上。林微颤声道："这是哪门子的功夫？"陈和好生歉疚,道:"对不住,让林姑娘受了惊吓。"稍一犹豫,又道:"这是天山派长风拳,不过这等力道;这等阴森森的气象……"说到这里,忽觉脸上有些异样,伸手一摸,指尖居然有一片殷红的鲜血。

陈和不由得苦笑一声——脸颊竟然被思义抓出一道寸余的伤口。无间道:"你还好?"陈和道:"不痛不痒,凉凉的,好像也没有什么。"无间愈发不解,又瞅瞅思义,院子里却轰的一下乱了起来。一位家僮自柴房里夺门而出,一面狂奔,一面高呼救命,身后紧追不舍的正是小笃,他身材要矮许多,却和思义一样快得不可思议,没几步便将前面那位扑倒在地,张口便咬。陈和倒吸一口冷气,捡起桌上一只茶盏掷了出去,小笃被打中眉心,闷哼一声,软软地歪倒在一旁。另外一位吓得浑身哆嗦,谢一声,却好半天爬不起身来。陈和有些恼火,道:"这当口,你们胡闹些什么?"那家僮颇为委屈,道:"他在柴房睡着了,我怕他饿着,送过去两个馒头,谁承想他一睁眼便目露凶光,恨不得要吃人一样,又抓又咬。"无间若有所思,上前检视一番,不见什么伤口,也便让他去了。林微则望一眼陈和,道:"你害不害怕?无名不是咬伤了不少人么,他们都在哪里?"

陈和明白她的意思,身子禁不住颤抖,道:"还有三人,上山翻田去了。"略一思索,忽而转身向无间林微深施一礼,道:"如此看来,被无名咬伤也好,被思义抓伤也好,人迟早要发狂的;这一会儿是小笃,下一会儿弄不好便是我陈某人,此地不宜久留,二位还是及早上路为妙。"林微心下明白,话锋一转,道:"这样说思玉偷偷走掉,也算是因祸得福,没有那么糟糕了?"

陈和又吃一惊,盯着他二人,便有些手足无措。林微于是细细讲一遍冯澜、思玉的事情,陈和又是悲切,又是释然,不由得眼泪婆娑。他继而召集府上老小数十口,各自派发几钱银子,要他们远行暂避;人心惶惶,不足一个时辰,偌大一座院子便走得一派冷清。陈和点了思义与小笃的穴道,让他们各自睡下,而陈夫人独自守在儿子卧榻之前,哭得一塌糊涂。无间林微执意不去,陈和心下感激,忽然起意,便要和他二人义结金兰。林微不住推却,说她叫思玉一声姐姐,这又如何使得?陈和不由笑了起来,道:"下次见面她就叫你姑姑好了!"

他一再嘱托若有意外,无间林微一走了之即可,这还不够,又取出一根长绳,将自己腿脚缚在了木椅之上。他开一坛好酒,心下气苦,先给自己倒了一碗,道:"无间兄弟不妨直言,我和思义小笃都该是命不久长?"无间道:"我也说不出个所以然,这毒过个三五日自行消解,也说不定呢。"这话没有半点安慰的意思,可听在陈和耳朵里,全然是另外一番滋味。林微道:"你果然不知道这是何人所为?"无间眼睛瞪得浑圆,道:"人为?又怎么会是人为?"不料陈和呵呵一笑,道:"我和妹子同样心思,一切还都是因为那三条狗而起,个中手法——还真是像极了神农教。"无间道:"便是那个什么天下第一的邪教?"林微道:"你是天山弟子,又如何会得罪远在西南的神农教?"陈和道:"猜度而已,不过也是说来话长。"

第八章
蝶恋花

陈和喝一口酒，才缓缓说道："我师出天山，师父乃是天山派掌门人戚忘言，这几年他心性渐趋淡泊，将日常俗务都交给我来打理……"林微甚是明白，道："这是有意让你接任掌门之位了？"陈和点点头，道："那的确是他的意思，而且我是当家大弟子，若没有什么大的过错，依着规矩，也是理所当然。只是我还有一位师伯叫作陶忘机，他算不上是有野心的人，却不折不扣是个好胜的人，当时师祖一辈决定让我师父接掌天山，他大失所望，这过去多少年了，却依旧不能释怀——"喝一口酒，不住摇头，又道："这几十年，倚老卖老，无中生有的事情，天知道做了多少。他为人挑剔，平生只收过一位弟子，叫作常歧齐，而他又没有子嗣，也就一直将这位弟子视作亲生儿子，宠爱有加。常师弟小我五岁，入门也比我晚几年，可他在武学上悟性绝好，没过多久，修为便已经较我为高，系'歧'字辈当中首屈一指的一位。陶师伯自己没能做成掌门，一腔念想便全寄托他身上，常年在耳边吹风，而常师弟见有机可乘，也便和陶师伯一唱一和的，真的做起了打算。师父心知肚明，为了让他们死心，过去这几年便一直将我继任的事情挂在口边，所以无论在天山还是在武林之中，这早就不再是什么秘密。"

无间道："这样说来，你在天山叫作陈歧和？你师父早早将掌门之位传给你不就成了，为何这等啰唆？"陈和苦笑一声，却答非所问，道："因为这一层，我和常师弟难免越来越疏远，慢慢形同陌路。差不多一年之前，师父决意归隐，也便开始正式安排继任之事，而从那时候开始，天山也就失了安宁。先是师母，前一日还好好的，忽然便说头疼，再一日卧床不起，三日之后，人就过世了。师父这样开脱的一个人，一个月足不出户，也是心痛到了极处。不久之后他赴中原办事，唉，谁承想竟然带回来一名女子！"

无间"啊？"一声，有话要说，却被林微打一巴掌，生生刹住了。陈和绫道："那女子年轻尚轻，姿色甚美，我们还道是师父收的一个关门弟子，数日之后才明白竟是他续弦的妻子！师母尸骨未寒，他早先难过成那样，可转过头便这样，教人真是不知该作何感想。那女子冷若冰霜，对师父不怎么亲近，倒是和陶师伯师徒二人很快便处得熟稔有加。她熟知各类草药偏方，不时地会调配一些补药让常师弟服食。他吃了之后内功精进，武学上更加出类拔萃，口风也随之一变，说什么天山掌门之位由谁继承应当比武来定，若真是公平公正，他才是不二人选。"

他有所思忖，过了半晌才又说道："师父每年在起云观闭关百日，从前派内大小事务，都要事先和我议定，可这一次他入关三日，我才从常师弟那里听说。我心下犹疑，可也未作他想，孰料百日之后，他并无出关，我一等再等，转眼又是三个月，可他依旧音讯全无，我坐立不安，深怕他有什么不测，有一日实在不能自已，便悄悄溜进了起云观。要知道起云观是天山圣地，唯有掌门人才能出入，所以我也是犯了师门大忌。"无间道："什么忌不忌的，人最要紧。"陈和苦笑一声，续道："师父我终于见到了，可他整个儿变了一个人，白发苍苍，唯唯诺诺，问什么都不住地点头，甚至连我都有些不认识了。我忧心他的安危，忧心天山前景，离开的时候，忽然起意，取走了一样东西……"无间道："什么？"陈和道："梅花令。"无间道:"梅花令又是什么?"陈和道:"那是天山派掌门人历代亲传的信物,所谓'得梅花令者得天山'。"

无间"哼"一声,道:"这就不对了,这便是偷,偷总是不对的。"陈和神色略显尴尬,道:"难得兄弟说得这样直白,唉,我自忖为天山大局着想,问心无愧,可其中掺杂的若干杂念,又着实难以梳理。我算不上什么有野心的人,但是说不想做天山派掌门,也是自欺欺人。不过,论武功,论资历,论智谋,我自问也算是实至名归。再说师父也早有此意,否则的话,我又如何能拿到梅花令?"无间道:"这又是怎样一种讲究?"陈和道:"它藏在起云观一个极为隐秘的地方,师父着眼于交接,早就告诉了我。"林微道:"我倒不觉着有什么,若本来就是你的,那就不是偷。"陈和颇为感激,却又苦笑一声,道:"只是不等走出起云观,那梅花令便差点被人夺了去!"

无间甚是应景,一脸惊诧,道:"还有别的人在观里?难不成是你常师弟?"陈和摇摇头,道:"那人一上来便连射数枚毒针,之后动起手来,更是招招阴损,一心要取我的性命。她不是天山派,论功力应该略逊一筹,可不知为什么,我浑身上下便没有一处对劲的地方,若非侥幸,几乎不能全身而退。"林微双目之中微微一亮,道:"你知道那人是谁?"陈和道:"我一直猜着她是师父续弦的妻子苏萸。"无间道:"你那个貌美如花的新师娘?"他双眉一皱,又道:"她去起云观作什么?"陈和道:"我想是为了梅花令。"无间道:"难不成她也想做你天山派的掌门?"陈和道:"她想要梅花令,却不见得想做天山派的掌门,后来我静下心来想一想,她扶持陶师伯他们,目的或者正在于此,若常师弟真的做了掌门,于她,梅花令也就唾手可得。"林微笑道:"如今你被抓个现行……"陈和道:"不错,不错,师父被她软禁,心智尽失,而我又正中下怀,送上把柄,他们也便可以理直气壮地将我踢出天山了。"

他呵呵一笑,继而又道:"再一日,陶师伯便通告天山传书武林,说我私闯禁地,欺师灭祖,即日被逐出门墙,再不是天山派的弟子。"无间颇为愤懑,"啪"地拍一下桌上,林微则道:"之后你便无惊无险地搬离天山,来了这里?"陈和道:"不错。"林微道:"那苏黄知不知道你取走了梅花令?"陈和道:"知道,在起云观她低声说过一句'留下梅花令,饶你不死'。"林微眉头一皱,变得好生不解,陈和又道:"其实还有更蹊跷的,临别之前,常师弟还装腔作势地与我道别了一番。"林微道:"也就是说梅花令的事情苏黄知道,你陶师伯他们并不知情?"陈和点点头,道:"那令牌是何等分量,若天山弟子知道了,莫说陶师伯与常师弟,即便其他与我要好的师弟师妹也不会放过我的。"无间道:"既然如此,梅花令被你带回了琦山?"陈和稍一沉吟,还是点点头,道:"不错。"

林微道:"所以还是如你所料,苏黄来天山就是为了梅花令,若是可以绕过你陶师伯与常师弟,自然是上上策。"稍稍一想,又道:"这就对了,同样原因,等你回到琦山,她正可以从容下手,所以说,府上这一串咄咄怪事,或者都是她在幕后主使?"陈和不住点头,道:"正是,正是,林姑娘心思果然比一般人转得要快。"

无间却大为茫然,道:"你说她不想做天山派的掌门,那梅花令又有何用?"陈和道:"唯有用它,方可打开天问别院的'藏经岩'。"继而掰着手指继续道:"天山派武功以'奇脉心法'为根基,一代祖师创长风拳,四代祖师创云海剑,从此跻身六大门派之列,第十三代祖师创天寻刀法,第十九代祖师创天落掌法,而我师祖一辈又创'写意剑法七式',这其中除了写意七式,其他皆为不传之秘,而相应的拳经图谱,尽皆保存在藏经岩中。"无间不住地点头,道:"这就对了,她图谋的是天山派武学秘籍?"陈和不答,只摇了摇头,林微转而问道:"苏黄是神农教的人?"

陈和一拍桌子,道:"那正是我心中所想。常师弟蒙她赐药,内功突飞猛进之余,提起她医道药道上的造诣,更佩服得五体投地,此外,师父心智失常却又得以不死,脉象里有诸多隐微之变,断非普通的江湖手法所能做到,如此再想想过去几天里的这些怪事,说她不是神农教的人,嘿嘿,鬼才相信!"林微道:"神农教武功自成一统,又远在西南,数百年来相安无事,现如今会忽然眼馋天山派的武功心法?"陈和道:"这也正是我想不通的地方。"林微道:"那你和你这位师娘,又打过什么交道?"陈和道:"我们这一辈弟子住横笛院,师父一辈住瀚海院,两院相隔不远,从前师徒间一面辈分井然,一面又和睦随意,一家人一般,多有走动,可自从苏荑入住之后,瀚海院便多了一层阴森之气,大家也就不愿意去了。我与她见面的次数屈指可数,话更没说过几句,对她算是一无所知。"林微道:"那瀚海院还住些什么人?"陈和道:"除陶师伯之外,还有三人,一位是他的大师兄莫忘书,他在江湖上名气颇大,可是这几年云游四海,鲜有在山上的时候;还有一位叫作杜忘己,在他们那一辈当中排行第六,他的处世之道和师父不太合契,二人没有太多交情,但也没有什么嫌隙,苏荑去了之后,他很不自在,寄居天问别院,几乎再没有回来过;再就是小师叔褚忘尘,他年纪比我大不了多少,在那一辈当中排行居末,为人厚道,不善言辞,但是与师父最处得来,和我也是极要好的。他一直孤身一人,逍遥快活,可前些日子忽然说要走走看看,便下山而去,唉,我揣摩着,这其中还是一层避嫌的意思。"林微道:"这么说瀚海院便只剩下苏荑一个?"陈和道:"可不是么!"

无间转而问道:"你为何不回天山?"陈和道:"我是天山派的罪人,岂是说回去便能回去的?"无间道:"你扪心自问不是罪人,那就不是罪人,再说了,你不回天山理论,还指望谁为你出头理论?"陈和不想他说话这般直截了当,低头不语,无间却仍不罢休,道:"你师父不是受困起云观么,你不搭救,又谁来搭救?还有苏荑,她对天山派不利,你不揭穿,又谁来揭穿?"陈和被这几句话戳中痛处,惭愧得无以复加,这时一缕阳光隔窗透进来,正好照在面前的酒碗之上,他端起来一饮而尽,大声说道:"无间兄弟所言极是,我优柔寡断,实在太过苟且!"

三人这才意识到已经天光大亮了,而无名应景一般跟着"汪汪"叫了两声,无间也说不上究竟想到些什么,起身便走了出去。头一日回来之后,陈和给无名松了绳索,一直将它锁在铁笼子里面,这会儿那狗有些饿了,一边叫,一边瘸着后腿在笼子里逡巡。无间再走近一些,心下忽然变得好生诧异,它眼睛里的那一层紫韵已经消失不见,而神色转为安详,是一副俯首帖耳的样子。林微道:"好一些了?"无间道:"不是好一些,是好了。"林微道:"它中了毒,无缘无故便好了?"无间挠挠头,无言以对。这会儿那狗又凑近了一些,陈和伸出一个手指头,它随即站起身来,再加一个手指头,它便开始来回走动。林微笑道:"这是什么,一不坐二不休?"陈和嘿嘿一笑,道:"这是思义和无名常玩的游戏,如此来看,这狗还真是好了。"

无间伸手拨开笼门,无名跳出来,在陈和腿弯里磨磨蹭蹭,一团和气。三人相互望一望,心中渐渐升起一些模糊的希望,可与此同时小笃低低的吼声又传了过来。他一个人直挺挺地躺在门房的木炕之上,眼圈乌黑,眼睛却亮得异乎寻常,该是挣得狠了,裤腿上磨出好大一个口子,皮肉殷红,触目惊心。思义兀自睡着,唇角渗出粘连的血水,呼吸却浊重得如同风箱一般。陈和愈发不解,皱眉思索,无间见案上有吃剩的馒头,掰一块丢给无名,那狗啃两口,并不尽兴,望着陈和叫一声,转身便向院外跑去。林微说不出想到些什么,赶紧几步,跟了出去。

墙外是一片空地,绿草蔓生,深深浅浅地延伸到不远处的山脚下。无名脚下没有半点犹豫,一味向西,走一里有余,扑进了一片草丛之中。无间心下有些发紧,让林微与陈和稍等,率先一步走了过去。地面上有几株怪怪的花枝,半尺多高,外皮一层层的,鱼鳞一般,叶子是三角形,黄中带绿,周缘一圈却是紫色,叶片之间坠着几只果子,均裂开着口,露出黑红色的果仁,其间洋溢着的则是一股腐败的生肉味道。无名探头过去，有不少细小的飞虫一哄而散，它则扒一只果子下来，"喀"的一声咬碎外壳，开始大啖果仁。那些小虫儿在空中飞一阵子，陆陆续续，又落回到花叶中间去了。

无间满怀诧异，道："这是什么果子？"陈和端详半晌，道："不曾见过。"无间有所悟，伸手再拍无名，不想它吠一声，张嘴便咬了过来。无间早有防备，手腕一翻，顺势打它脑后，还拍晕了，陈和口唇发干，道："又不成了？"无间不言语，翻开无名眼睑，那一层紫韵果然又回来了。他嗅一嗅，又想一想，从林微那里讨来一条丝巾，罩在果壳之上；果壳外缘附着两只米粒大小的虫儿，如同两枚灰色的圆斑，随着呼吸一涨一缩，甚是有趣。他取草茎轻轻一拨，它们便相继跳了起来，撞在丝巾上，翻过来挂住了。那圆圆的一面原来是合拢的翅膀，另外一面则如同鬼脸一般，两粒黄澄澄的眼珠居上，一条细如钢针的长物居中，顶端红通通的，还粘着血迹。

林微看得心中发毛，道："这是毒虫？"无间点点头，继而指一指陈和的脸颊，道："你的伤口，小笃的伤口，还有思义的伤口都是这果子的气息。"陈和道："是这果子有毒？"无间道："有魔性，却不见得是毒物。"说话的工夫，一只小虫不知从何处飞过来，看样子想落在陈和脸上；挥手打开，不想它绕一圈，居然又飞了回来。陈和心下一动，忽然记起来小笃提到过有些极纤细的飞虫出没于思义的卧房，难不成便是此类？无名吃掉果子，失去常性，发疯咬伤思义等人，而果子中的气息渗入血肉，进而招来这些小虫啮咬，因此致人中毒，不知不觉也便丢了性命？这一切慢条斯理且不着痕迹，想来教人脊背发冷，不过另外一面，无名在笼子里熬过一夜，药劲消退，也就好了，如此推算，若是思义和小笃能有一片清静隔绝之地，躲开这些毒虫，或者也有自行痊愈的可能？

三人略作商议，多少有了计较。无间一心毁掉那些果子，踩几脚，却被草丛之间的一星亮光晃了一下，"嗯？"一声，捡起来，居然是一只珠花。珠花之上嵌着一只琉璃做的蝴蝶，在阳光下微微颤动，七彩交辉，一副翩然欲飞的样子。无间道："这会不会是苏荑的？"陈和摇摇头，道："她黑衣素颜，便从不曾戴过首饰。"无间转而将珠花递给林微，道："你要不要？"林微"呸"一声，道："随便什么人的破烂，便拿来送我？"无间不由得哈哈大笑，道："我尚不曾中意于你，这顶多算是体贴，可不是犯贱。"陈和道："这珠花好像大有讲究，不像寻常市面上的贩卖之物。"无间脑袋一伸，道："你听到没有？"林微道："那又有什么关系！"陈和又道："这像是云南地方的手艺，如此我便想到了一个地方。"林微眼前一亮，道："彩云谷？"无间道："彩云谷又在哪里？"陈和道："在云南与大理交界的地方，每年腊月间，那里有所谓蝴蝶节，彩蝶如云似海，覆盖整个山谷，是天下一景。"无间道："若那些蝴蝶都和珠花上的这只一般模样，我要去看一看。"林微笑道："你真的要去？果然要去？"无间道："你一惊一乍的作什么？不就是走走看看么。"陈和微微一笑，道："彩云谷与定风谷神农谷一起，并称神农三谷，是神农教的总坛所在。"无间"嘿"一声，皱着眉头想想，忽而不知该说些什么了。

回到陈府，他们将思义与小笃搬到卧房，封上门窗，又在边边角角的地方淋了许多烧酒，这样揪着心过一夜，第二日早间再去探视，二人果然有好转的迹象。陈和心知不差，松一口气，可转过头，又坐卧难安起来。再一日，他忽然便决了心意，即刻便回天山。一大早，先将小笃安置妥当，又将陈夫人和思义安置进马车里面，当即启程。而无间林微想着苏荑定然不会就此罢休，不顾陈和一再推脱，还是打马相随。

思义不耐颠簸，是以一行人走得极为缓慢，及至午间，也才刚刚出来琦山。秋日暖阳，托起一片又一片虚浮的静谧，让人有些恍恍惚惚的意味。无间在马背上一晃一晃的，几乎要睡着了，却又被一串马蹄声陡然惊醒。睁开眼睛，一匹骏马迎面赶来，马上之人个头不大,身材瘦削,脸被偌大一只斗笠遮着,只露出些许髭须。他转瞬而来,又转瞬而去,马蹄声几乎听不见了,却忽然间又转了回来。陈和伸着脑袋望过去,待那人又奔到近前,便从马车上跳了下来,就地一跪,叫了声"小师叔!"。

那人正是天山派"忘"字辈小徒褚忘尘。他将陈和一把拉起来,道:"你我兄弟一般,这些虚礼不讲也罢。"转而望望无间林微等人,又道:"你这是去哪里?"陈和道:"许多事情始于天山,还只能终于天山,不回去,又如何了断?"褚忘尘道:"我这回下山玩得久了一些,再回来,物是人非,师兄不似从前的师兄,徒弟不似从前的徒弟,你陈歧和被逐出门墙,他常歧齐居然要做天山派掌门!四周便没有一个能好好说话的人,无奈之下,我只好还来找你。"陈和长叹一声,于是从戚忘言闭关开始,将事情细细说了一遍,褚忘尘双眉紧锁,道:"那梅花令果然在你手里?"陈和黯然道:"小师叔尽可治罪。"褚忘尘却话锋一转,问道:"苏荑真的是神农教的人?"陈和道:"咱们和神农教可有什么我不知道的陈年过节?"褚忘尘一边思索,一边摇头,过了片刻,双眉一扬,又道:"你可知道这个月十五常歧齐便要正式接任天山掌门了?"陈和心中一沉,道:"早先不是定在三个月之后么,这样着急忙慌的,又为了那般?"

一路走,一路说话,陈和也慢慢问清了天山当前的情形。常歧齐已行掌门人之职,但他本就不得人心,如今为了立威,弄出许多不三不四的规矩,众弟子稍不留意,便受惩戒,自然人心惶惶。从前掌门继任礼都是天山派盛事,要全武林遍洒英雄帖的,可陶忘机与常歧齐唯恐有什么意外,竟然打算在派内草草弄一个仪式,就此了事。陈和颇为感慨,这两位谨小慎微,心怀戚戚,天山落在他们手里,又如何不教人揪心?

再一日上路不久,大雨即瓢泼而下,他们无处躲避,硬着头皮又走好久,才就着路边一家小酒馆歇了下来。他们全身都被浇透了，思义和陈夫人冻得瑟瑟发抖，陈和引他们去避风处落座，又吩咐小二去做些热汤面端上来。酒馆之内并无他人，一片清静，林微不知为何来了兴致，拉着无间单独坐在了窗边；视野里山峦重重，一派空蒙，在清脆的雨声里有一份迷离的酥润。二人烫些小酒，听雨看景，还真是颇为别致的消遣。

酒馆靠门的一边还有一只火炉，烧得正旺，那小二甚是热心，取过众人淋湿的外衣拿去烘烤。不多时大道上人影一闪，急匆匆地走过来一位书生；他身材高挑，戴着一顶斗笠，虽则大雨如注，身上的斗篷依然颇为蓬松。进来酒馆，小二照例地高声招呼，他却甚是安静，只是简单地点点头或者摇摇头；再摘下斗笠，露出白生生的一张脸，一双眼睛大得非比寻常，清透水灵，可长长的睫毛又平添一分朦胧，若不是下巴上一捋山羊胡，真教人以为该是一名女子才对。他于那件斗篷甚是爱惜，解下来，仔仔细细搭在一条长凳上，也凑去炉边烘烤。小二引他窗边坐下，端上来几样小菜、一壶热茶，他点一点头算是感谢，之后一转身，从包裹里取了一只手炉出来。

那手炉样子像是一只茶壶，黄澄澄的，满是镂空的花纹。里面放的不知是何物，泛着红光，看着便叫人心里暖烘烘的。思义脸色发白，不住哆嗦，可仍然禁不住好奇，问道："那是什么？"那书生打量他一眼，道："小兄弟身子不好？"陈和道："受了些风寒，应该没有什么大碍。"那书生犹豫一下，还是将手炉送了过去，道："这手炉温行如春，可以舒筋活血，你要不要捧一会儿？"思义有些兴奋，接过来双手拢住放在了桌上。陈和道声谢，有心攀谈几句，那书生却自顾自走回自己的座位，掏出一本书看了起来。窗外雨声又大了许多，空气里不知何时泛起一股淡淡的香气，近似于带着一点花香的酒香，却又泛着一丝土腥气，似近还远，似淡却淳，薄薄的极是受用。无间一口小酒下肚，不知不觉变得懒洋洋的，一些意念浮起散了，浮起散了，好生惬意。

无间传　103

天外响一声闷雷，平地里起一股旋风，扫起一片雨丝，正好扑在脸上，他回过一点神，瞧一眼林微，她似笑非笑，也是一副恹恹欲睡的模样。再望出去，陈和与褚忘尘等人不知何时趴在桌上睡了过去，那书生走过去一拍，红彤彤的手炉上打开一个小口，一条三寸长短、通体乌黑的小蛇便游了出来。那蛇三角脑袋，双眼之间有一块白斑，另有一颗白森森的毒牙扣在下唇之上，一看便是剧毒之物。无间不由得大吃一惊，想站起身，可腿脚都好像离开躯壳一样，软塌塌的不听指挥。他强敛一分精神，说不出是伸手拨了一下，还是身子撞了一下，总之桌上的茶壶"叮当"一响歪了过来。滚水流过指肚，烫得他打个激灵，趁着这一点精神，伸臂揽起林微，从窗户里一起翻了出去。雨丝清冷，击在眉梢，二人身子一震，同时清醒过来。

再抢回酒馆之中，那小蛇身子翻动，咬住了褚忘尘的小指。林微刷刷刷三剑逼开那书生，剑刃一翻，将小蛇斩为两截的同时，将褚忘尘手指也削下来一截。无间抽出长剑，抢前又一轮疾攻，那人功夫原来并不怎么高明，左支右绌，连连后退，不一会儿便到了酒馆之外。再走数招，他脚下稍慢，被无间刺中小腿，"啊"地叫了一声。无间更不留情，直刺肋下，他避之不及，眼见要身受重伤，却听"铛"的一响，不知从何处飞来一枚石子，正好撞在剑身之上。无间臂上巨震，失了准星，喝一声"什么人！"，再起式，不想又一颗石子飞来，震得长剑再也拿捏不住，直飞往草丛中去了。他立定了，四面望望，一片茫然，而那书生借机飘出十余丈，瞬间去得远了。

无间将陈和等人拖到酒馆之外，经雨水一浇，他们也便清醒过来，检视褚忘尘伤口，好在林微当机立断，毒液不曾蔓延，这时流出的尽是鲜血，痛不可当，性命却无碍。林微打开四壁所有的窗户，又细细看一圈，才明白那书生的斗篷之内暗置香料，经火一烤，透出来，进而将众人一一迷倒。她取竹竿挑着丢到后窗外烧掉，继而又捡起那只手炉审视一番。它轻得出乎意料，几乎没有什么分量，外壳镂空，刻的居然又是蝴蝶———一只合拢着翅膀，另一只则振翅欲飞，而第二只还是一个机栝，捏住身子微微一摇，敞开的小口便又悄无声息地合上了。外壳之内则是一层半透明的磨砂，里面装着清透的浆汁，稍稍一晃，浆汁转为淡淡的红色，透出些许暖意，再着力一摇，则转为赤红色，变得微微发烫。既如此，手炉随着人行走颠簸，通常会是温的，内里也便是一个湿热昏暗的所在，用来携带南方的毒虫最好不过。无间深为叹服，道："在陈府使坏的会不会就是他？"继而自顾自摇摇头，道："不对，不对，那是一位女子。"林微却点了点头，道："就是她，你刺那一剑，她叫了一声，分明是个女子。"陈和道："这样一说，我也越琢磨越是，那双眼睛和那捋胡子就不应该在同一张脸上。"想一想，又道："她眼睛大得很，该是西南异族的女子。"无间却又成了一副恍然大悟的样子，道："她不会便是苏荑吧？！"

接下来几日风平浪静，待进入天山地界，众人不由自主还是稍稍松一口气。天山七峰闻名天下，天问峰险峻，天语峰奇诡，天行峰雄伟，天妒峰精致，天寻峰灵秀，天意峰柔和，天落峰开阔，正可谓气象迥异，自成一格。其中天寻峰为天山派总坛所在，住有不少天山弟子，而天问峰有天问别院，高踞于寒冽之地，乃是苦修之所。蓝天丽日，风行云渡，诸峰相倚相携，行走其间，心内亦美不胜收。林微忽而问道："天山可有什么不得了的毒虫毒草？"褚忘尘明白她想些什么，道："天问峰顶有雪蚕，系冰寒之物，只是毒性甚微；林子当中还有一种蘑菇，食之滴水难进，暴病一场，忘三日之事，被人戏称为忘忧菇。除了这些，再没有别的什么了。"林微一指路边，道："那又是什么？"

路边大树树杈上高高低低地挂着许多蜂窝，小的如碗口，大的如酒桶，成群的马蜂进进出出，忙作一团，"嗡嗡"之声沉进背景里，平常不觉着什么，可稍一留心便轰然而至。那蜂差不多有核桃大小,一个个直愣愣地在空中飞过,叫人不自觉便有些害怕。陈和呵呵一笑,道:"这是大尾蜂,乃天山一霸,秋后时节,漫山遍野,几乎无处不在。若不小心闯入它们的地界,莫说飞禽走兽,即便是大活人,也难逃性命。"无间道:"那它可算是毒物?"陈和道:"算不得毒,只是凶得不可一世,而且一哄而上,即便是没有毒,谁又抵挡得住?不过住久些也便习惯了,你不招惹它们,它们是不会找人麻烦的。"

到了午后,天气暖和许多。思义复原得差不多,便与陈夫人共骑一匹马,和众人并辔而行。路面罕见地宽敞平整,原是到了一个称为快活川的所在,再往前便是奈何谷,则又是最为曲折难走的一段。谷口两块巨石远远便可以看到,在一团淡淡的雾气之中若隐若现,一阵山风吹来,雾气散开一些,一个身着淡绿衫子的人影忽而浮现出来。那人身材纤细,手里挽着一张弓,是一副若有所思的样子,这会儿像是被马蹄声惊醒,抬起头,看眉眼神态,正是小酒馆里女扮男装的那位书生。众人心下一惊,同时止步,她却微微一笑,弯弓"嗖"地射出一箭。陈和拔剑在手,不想那箭往半空里飞去,一根斜生的枝桠应声而断,原本挂着的一只灯笼一样的物件便"啪"的一声摔在了地上。无数白色的瓷片儿飞散,半空里则多出一片红云,先拢成一束,继而轰的一下,便到了众人身前。

那竟然是无数只通体赤红的小蜂,只有指尖大小,却快得异乎寻常。众人拨马就走,只是没走几步,陈和与褚忘尘便接二连三被蜇了数十下,疼痛难当。无间飞身跳到林微马上,护着她走出一段,才明白情形并不相同。那些小蜂只在他脑后飞行,并不叮咬,是以林微除了小手指上挨了一下,安然无恙。四面开阔,无所依凭,不多时那几匹马便累得口吐白沫,越行越慢,而陈和等人被蜇得太多,眼冒金星,摇摇晃晃,看样子随时便会栽下马来。

林微强自按捺心神,而马蹄声里,别一层"嗡嗡"的声响忽而被托了出来。她稍稍一怔,随即有了计较,当此关头,即便引火烧身，也只能一试。她拔剑在手，一跃而起，自树头削落一只大尾蜂蜂窝，继而反转剑身，打横里可劲一拍。那蜂窝足有酒坛子大小，"嗖"的一声便往红云里撞去，一团大尾蜂炸开一般倾巢而出，旋即与红蜂斗在一处。陈和等人不约而同刹住马，被眼前的景象惊得目瞪口呆。大尾蜂是偌大一团褐色的云，几乎完全裹住了那团红蜂，可是它们个头虽大，却远非对手，噼噼啪啪摔在地上，声音密如雨点。那团褐色的云眼看着变稀变薄，几乎无迹可寻了，不远处轰响一声，新的一群大尾蜂竟又加入进来。如此足有一盏茶的工夫，大尾蜂死得不计其数，却依旧源源不断，而那团红云一点点折损，终于变得无可分辨。地面上堆起厚厚一层死蜂，一股阴森森的气息随之搅入淡淡的草香，进而随着凉风直扑上众人脸庞。

  他们这才回过神来，细细想一想，又不由得万分后怕。陈和与褚忘尘受伤最重，肌肤间一片乌黑，钝疼如斫，无间为他们剖开皮肉，放出脓血，折腾好一阵子，才终于有所起色。几个人也是累了，或者席地而卧，或者打坐运功，再不发一言。林微却没有这等心性，包好小指，便抱腿坐着，不住手地摆弄那只手炉。无间昏昏沉沉，像是睡着一觉，再睁开眼睛，心上像是被什么牵着，不由自主便向右面山坡上望去。夕阳西沉，远山静寂，一切隐入一层光晕之中，那里不知何时多了一匹白马，而那位绿衣女子立在边上，正冷冷地望着他们。无间盯着她，既不惊讶，也不害怕，而心上怪怪的，竟说不出是何种滋味。这样有好一会儿，她似乎轻轻叹了一口气，进而一转身，消失在山石之后。

第九章
倾心意

再一日常歧齐便要接任掌门，可陈和心中起起伏伏，始终没有一个明确的算计。傍晚时分，众人进来天寻镇，那小镇在天寻峰脚下，乃是天山弟子上下峰的必经之地，也是派内供给的周转之地。陈和与不少人相熟，更不愿意抛头露面，便藏身帐内，改由褚忘尘驾车。过不多时，四五位大汉快马加鞭赶了过来，为首的一位满脸胡子，怒眉环眼，"哎呀"叫一声，滚鞍下马，叫道："褚师叔，天山派大喜的日子，你为何在这里慢条斯理地赶路？"褚忘尘呵呵一笑，道："祁老大，你这是要上山？"祁老大道："那是当然，此等大事，岂能错过？"褚忘尘点点头，不再说话，可祁老大却唠叨开了，道："陈歧和究竟犯了什么事，一转头的工夫，人就走了？！之前我还真的没想到常歧齐能做掌门人。"略一迟疑，又小心翼翼地问道："他人究竟怎样，是不是不太好说话？"褚忘尘低头苦笑，避而不答，祁老大却还不罢休，又道："我就说你们天山派不够仗义，要换掌门人，居然不发英雄帖，只想关起门偷偷摸摸行个礼完事。若问我祁老大，这就是不够仗义，不给面子，不曾将我们这些小帮派瞧在眼里！"他似乎也知道话说得有些过分，嘿嘿一笑，又道："话糙理不糙，师叔恕罪则个，唉，说来说去，我等要的还不就是一个表达心意的机会！"

他又啰唆一会儿，看褚忘尘始终淡淡的，甚是无趣，拱拱手，便带着人先行去了。陈和随即问道："可是长安镖局的祁老大？"褚忘尘道："正是。"陈和不由得连连摇头，长安镖局于天山派而言如同鞍前马后的小厮，书信往来、后勤供给等等杂务多交给他们办理，陶忘机与常歧齐居然连这些人都要回避，也真是心虚到了极处。无间忽然问道："你还能不能做回天山弟子？"褚忘尘道："依着天山派规矩，若有一位长辈三位同辈偕同推荐，再经掌门人首可，的确可以重归门墙。"无间明白这所谓的长辈无须担心，便又问道："平辈弟子当中可有人与你分外要好？"陈和道："天山歧字辈一共一十七人，有九人是在我师父门下。他老人家抱诚守真，言传身教，是以我们九人也分外要好，不过论脾气性情，二师弟歧林、七师妹歧雯和九师弟歧亦与我最为投缘。"说到这里，又像是意犹未尽，他继续道："天山派威震一方，能与中原各大门派分庭抗礼，其实不过是过去二十年间的事情，唉，还都是拜师父他老人家所赐。他武学修为极高，难得又极善为师之道，我们得他调教，真是幸运之至。此外，小十七师妹歧茵实则是比常师弟更好的一根苗子，师父说假以时日，天山武学第一人非她莫属。"

尽管天山派低调行事，就近的大小帮派听到风声，还是纷纷赶了来，镇上因此多出不少人，熙熙攘攘，难得地热闹。褚忘尘先走一步，上山打探消息，其余人则投一家偏僻的客栈，暂且歇下。又是一个七日之期，入夜之后无间便烦躁难当，没奈何，只好服些海蓝若，静坐用功。再睁开眼睛是中夜时分，从前这一阵子他最是耳聪目明，可今日不知为何，来得慵懒了些。烛火摇曳，林微伏在桌上睡着了，手里兀自攥着一只新近得来的九连环，他莫名地有些不安，推门望一眼，已是这般时候，对面陈和客房里仍然有烛火透出来。

他侧耳听一听，没有什么动静，正想关门，林微却醒了过来，问道:"怎么了?"无间道:"有些疑神疑鬼。"林微道:"这种时候,陈大哥睡得着才真的奇怪呢。"走过来敲敲陈和房门,继而试着一推,那门"吱呀"一声,竟然开了。一股浅浅的香气扑入鼻息,清楚分明,可刹那间又变得难以捉摸。陈夫人在炕上睡着,陈和却倒在地上,思义本来睡在窗边,如今一张小榻上却空空如也。二人大吃一惊,赶到窗边望一眼,夜色寥廓,又哪里有半点痕迹?

桌上一盏油灯蔫蔫地亮着,一股淡青色的细雾自顶端袅袅升起,凑近一些,香气又变得分外清晰。无间有所悟,张口吹灭了,又点上一只新的蜡烛,这才唤醒陈和与陈夫人。思义榻上留有一张纸笺,上面简简单单写着一行字,"思义在孤星峰顶"。陈和审视片刻,后悔不迭,还以为进了天山地界,便再没有后顾之忧,孰料对方依旧没有任何忌惮,而这一回又以迷香为引,手法与小酒馆中所用如出一辙,只能是那位绿衣女子所为。孤星峰在天寻镇西面二十多里的地方,众人展开轻功,不多时便赶到近前。那峰与其说是峰,不如说是一根石柱,高有百仞,矗立在一片凌乱的碎石之间。陈和一抱拳,朗声说道:"陈和在此,究竟是哪一位劫掠幼子,还请现身就好。"他连说三遍,不见回应,便率先攀缘而上。到了峰顶,一枚弯月缩到乌云里去了,也便显得愈发昏暗,山风刺骨,更教他不可抑制般地微微颤抖;周遭方圆不过十余丈,一览无余,当心空地上一位少年仰天而卧,正是思义。他走上一步,又退回一步,还是说道:"究竟是哪一位劫掠幼子,还请现身。"

思义惊喜交集,叫一声"爹爹!",兀自哭了起来。陈和强自镇定,道:"思义,你还好,受伤没有?"思义道:"爹爹,我冷得很。"陈和道:"可是被人点了穴道?"思义道:"我不知道,可是手脚不听使唤是真的。"陈和道:"那你又怎样到的这里?"思义道:"一觉睡醒,就在这里了,我又冷又怕,叫谁谁都不答应,还以为真的就要死了。"陈和道:"你便什么人都不曾见到?"思义道:"不曾。"陈和又道:"那没有人给你口信,或者字条之类的?"思义还是道:"没有。"陈和四面又望一望,忽然间不再犹豫,大踏步走了过去,思义又叫一声"爹爹",哭得更凶了,陈和俯身查看一番,握着他的手道:"你很冷?"思义道:"好像掉在冰窟窿里一样,骨头都快结住了。"无间这会儿凑过来吸吸鼻子,道:"他中了毒。"陈和并不意外,俯身抱起儿子,道:"咱们先回客栈,再从头计较。"

这时便听"嗒"的一声轻响,思义身下原本压着的什么东西弹了起来,陈和心下一沉,暗叫不妙,使天山派绝技"摘星纵",冲天而起。无数只钢针自山石之间激射而出,窜起数丈,继而如雨点一般飞洒而下。无间林微同步后跃,长剑疾舞,"叮叮咚咚"之声不绝于耳。陈和在空中稍驻,方才缓缓落地,而原本压在思义身下的一页纸片也随着飘落下来,伸手捏住,上面又是一行小字,"可携梅花令赴起云观交换解药"。

他双眉紧锁,道:"范兄弟,林姑娘,你们还好?"无间应一声,"肩头中一针",跟着又"嗯?"一声,"好像臂上还有一针"。陈和大为惊讶,道:"针上没有毒?"无间道:"当然有毒。"陈和略感慌乱,道:"林姑娘?"林微却答道:"我臂上麻麻的,像是有好多蚂蚁在咬。"无间便有些发憷,疾步赶过来,却见一支钢针刺入小臂寸许,周缘肌肤已是淡淡的黑色。他捏出来再嗅一嗅,道:"这和思义中的是同一种毒。"林微道:"你呢?你不也中了针?"无间道:"我好得很,前些日子被那些红蜂叮过几口,可一直不觉着怎样,今日也是如此,丁老骗子的药丸说不定教人百毒不侵呢。"

林微想不到海蓝若还有这等奇效,可心经里面并没有提起,再回到客栈,那一层淡淡的黑色沿着血脉上行好几寸,她也变得昏昏沉沉,几乎说不出话来。无间心急火燎,又束手无策,在屋子里来回踱步,陈和一脸肃穆,望着窗外发一会儿呆,忽然说道:"兄弟,做哥哥的心中惭愧得紧。"无间摆摆手,道:"这个怪不得你,咱们想想办法就好。"陈和道:"梅花令是天山圣物,即便是掌门人也不能私自处置,若只是思义,我还需要掂量一下,可林姑娘万万不能因此搭上一条性命。"无间像是得了鼓励，道："圣物不圣物的，你若问我，哪里有人命重要？"陈和苦笑一声，道："我已是天山弃徒，便再进一步，万劫不复，又能怎样？"无间道："你这是要拿梅花令去换解药？"陈和道："正是。"无间道："何时动身？"不想陈和长出一口气，道："梅花令不在我身上。"

无间吓一跳，道："如何就不在你的身上？"陈和道："无论是谁，无论有何种借口，但凡带它离开天山，便是欺师灭祖的死罪，我虽则糊涂，虽则胆大包天，可还不至于将自己逼上绝路。"无间道："那梅花令还在山上？"陈和道："在天问峰。"稍一犹豫，又道："于情于理，于时于势，我都应该走这一遭才对，可是山上没有不认识我的人，而我现在这种身份，一旦出些差错……"无间道："那我去成不成？"陈和道："为兄正是此意。"

他咽回口中几句感激的话，抖出一件末代弟子的服饰让他换上，又讲一讲上山的路径以及众弟子常用的口令，道："天山弟子一共七百多人，相互不认识的多了去了，你只管大胆走路，不会有人难为你的。"无间道："等我拿到梅花令，还回这里？"陈和道："我这就带林姑娘和思义上山，七师妹歧雯精通医理，或者能想些办法。等你天问峰下来，先去天寻峰瀚海院，就找忘尘前辈就好，他自然会带你去见我。"无间满口答应，再想想，该记住的似乎都记住了，这就要走。陈和又给他罩上一顶斗笠，拉着他的手道："这一行可要万分小心，你和那位女子交过手，应该知道单凭她一人之力，不足以将思义弄到孤星峰顶。"无间早先便从不曾想到过这一层，不由得吸一口凉气，进而又想起在小酒馆之外以石子撞开他长剑的高手，霎时变得好生忐忑。

他大步流星，闷头走路，不足半日工夫，便上了天寻峰。新掌门人继任在即，山上称不上张灯结彩，也还是点缀着不少花灯红绸。天寻峰"三院一观"，山腰处是临风院，住的多是小辈弟子，许多人进进出出，最是热闹，再往上是横笛院，线条简约轻快，人也少许多,瀚海院在山阴里,稍微多些雕梁画栋,但也是点到为止,不失朴实。瀚海院院南有一大片空地,是众弟子平日里练功的地方,空地当心有一座青石台,称为"磊落台",东面有一面平镜一般的大湖,称为"青衫湖"。天山派有所谓"风云长天,磊落青衫"一说,指的正是此地。而"一观"即起云观,在天寻峰绝顶,却是云雾缭绕、人迹罕至之处了。

过了磊落台,人迹渐少,偶尔遇到几位天山派弟子,他便依着陈和的交代,侧身让路,同时将拇指和无名指捏在胸前,点头行礼。对方多以同样的方式回礼,并无讯问。到了岔路口,折而向西,过一片大草坡,复折而向北。天问峰不知何时跳转到眼前,骨骼清奇,有出尘弃世之姿,与身后天寻峰的温柔恬静格格不入,却又遥相呼应,这一行一驻、一瞻一顾间的风物转换,果然别有一番况味。那路径蜿蜒向上,渐渐变得崎岖难行,他接连摔好几个跟头,弄得一身泥巴,半身淤青,才到了天问谷。日头偏西,照得谷内红彤彤清亮亮的,一条长索横跨高峡,这一端缚在一棵老树之上,另一端则结在石柱一般的一片山岩之上。山风猛烈,绳索不住地摇晃,他手脚并用,好半天才一点点蹭了过去。再往前再无路径可循,着眼之处尽是乱石枯树,他跌跌撞撞地又走许久,翻过一道石壁,身前化为一片平缓的斜坡,伏下去又升起来,遮住了大片青天。绿草在暮色里变得颇为浓重,几间茅屋稀稀落落地点缀其间,所谓天问别院,正是此间。

别院房舍一共一十八间,有意来此修行的弟子,随便挑闲置的一间居住即可。即便是盛夏时节,这里依然凉气逼人,入冬之后则长风蚀骨,滴水成冰,乃是不折不扣的苦修之地。天山弟子内力不到一定火候,不得上峰,是以在此住下来的,均非等闲之辈。无间不敢声张,依着陈和之言悄悄向东走一阵,果然看到一座八角小亭。那小亭名为"问天亭",以青石砌成,白花花的颇为醒目,亭子当心有一座六角形的石台,约有三尺见方,顶面右下角刻着三个小字,正是"藏经岩"。他爬上"岩"字最后一捺指向的柱子,柱子与顶檐交接的地方有一个凹槽,伸手进去,果然摸到一只硬硬的油布包,拆开来打量一眼,手中器物"三寸长短,铁枝铜花",还真就是梅花令。他松一口气,当即启程往回走;夜空浩荡,乌云此一朵彼一朵,月光有一时无一时,如此深一脚浅一脚,弄得狼狈不堪,却好歹到了天问谷。

他找避风的地方小睡片刻,待天色微明,攀着绳子过来峡谷,之后则提气疾奔,不久又到了那片大草坡。日上三竿,风里的暖意一点一点厚实起来,而岩边崖畔也多出一些练功的弟子,他生怕惹人起疑,收起心急火燎的样子,快步而行。山风轻送,吹得长草如同海浪一般,一片片倒下去又浮起来。再走,不远处的草丛间现出一片山石,上面有两位天山弟子正坐着说话,左边一位服饰与他的一模一样,也是末辈弟子,另外一位则是一身蓝袍,要高出一辈。他想避开,又害怕失之仓促,便深吸一口气,大模大样地走过去,还依样画葫芦,低头行了个礼。那两人一言不发,过了一会儿,忽然同时笑了起来,无间心下"咯噔"一声,抬脸瞅瞅,原来是一男一女,男的不认识,女的,却是那位绿衣女子。

她率先说道:"是你扮得像些,还是我扮得像些?"无间硬起头皮,道:"我不知道这位师姊在说些什么。"那女子又笑了起来,声如银铃,甚是好听,道:"你自己当真也就罢了,还以为我们也当真?"无间搓搓手掌,不再抵赖,开始细细打量他们:那女子眼睛极大,水汪汪的,再配上微微上挑的唇角,原是风姿绰约的一个人物;那男子三十多岁年纪,中等身材,窄脸盘,白面皮,总好像有点愁眉不展。无间道:"二位有何贵干?"那女子道:"你说呢?"无间话到口边又咽了回去,那男子确定他不再吭声,才道:"你去天问峰做什么?"无间道:"找人。"那男子道:"找谁?"无间道:"一位师叔。"那男子道:"哪位师叔?"无间想起歧雯,道:"七师叔。"那男子道:"哪一位七师叔?"无间道:"歧雯师叔。"那男子道:

"找他做什么?"无间道:"有医药上的疑难向他讨教。"他被对方牵着,全然不知抵赖最好的法门是一言不发,那女子终于忍俊不禁,又咯咯地笑了起来,道:"这谎乍一听还真是挺圆的,不过你是天山小辈,歧雯应该是师叔祖才对,又是谁给你长了辈分?"

无间一怔,暗叫糟糕,那男子声音却转为平和,道:"你不需要去起云观,交出梅花令,我现在就给你解药。"无间道:"当真么?"话一出口,忽然明白又着了道,转而道:"哪里来的梅花令?"那男子也笑了起来,道:"你说哪里来的梅花令?"他话音未落,跨上一步,紧跟着双手一翻,一掌劈了过来。无间不想他说动手就动手,急慌慌要躲,谁承想对方手上为虚,脚下才是实的,他被结结实实扫中脚踝,"扑通"一声坐倒在地,身子竟就变得软绵绵的,连动一动手指的力气也没了。那男子嘿嘿一笑,从他怀里摸出梅花令,稍作端详,道:"铁枝铜花,果然不错。"那女子走上前伸出手,道:"拿来。"那男子犹豫一下,还是递了过去,那女子漫不经心地瞅一眼,道:"就这么一块废铜烂铁,便能号令天山?他们中原武林这些乱七八糟的规矩可真是笑死人了。"继而又望望那男子,道:"王小酒,我这里谢过了,若不是你想出这样一个计策,我真不知道会为难成什么样子,在贵人使那里,我替你说几句好话便是。"

无间这会儿也明白过来,原来一切都是这个王小酒的算计,在天寻镇客栈里迷倒陈和,劫走思义,再在孤星峰刺伤林微,迫得陈和只好让他去取梅花令,一举一动他们都看在眼里,便在此处以逸待劳,专等他从天问峰回来。王小酒抱一抱拳,道:"殷姑娘不必客气,你下一步又作何打算?"那女子道:"还能怎样,自然是先回天寻峰,找贵人使交差。"继而轻轻叹一口气。"出来这么久,或许终于可以回去了。"王小酒走到无间身边,道:"这小子该如何处置?"那女子想了想,道:"他稀里糊涂撞进这件事情中来,其实并不知道什么,留他一命也罢。"王小酒呵呵一笑,道:"殷姑娘做事一贯决绝,为何这次要网开一面?"那女子双眉一蹙,像是有些着恼,道:"少胡说八道。"王小酒耸耸肩膀,蹲下身,在无间肩头一拍,道:"你小子命大,今日殷姑娘心情好,便留你不死。"

他转身去了,无间肩上却变得麻麻的,说不上刺痛,却又有一丝锋利的冰寒直透进来,稍一琢磨,忽然明白是王小酒暗中刺了他一针。再一会儿,血液上涌,脑中嗡嗡作响,眼前则变得花花绿绿,什么也看不清了。便在此时,那女子忽然也"啊"的一声,扑倒在地,迷迷糊糊之中,却听她说道:"王小酒,你犯上作乱,当真不要命了?!"王小酒随之狞笑一声,就此没了动静。

再睁开眼睛,扑进视野的是一方青天,贴地而行的山风多了一丝燥热,原来已经到了正午时分。无间挣扎着坐起来,五脏六腑均如同移了位置一样,没有一处服帖,而那位殷姑娘果然倒在不远处,死了一般一动不动。他爬过去瞅了瞅,她颈下有一丝血痕,一支银针没入肌肤,只剩些许露在外面,胸口随着呼吸略有起伏,气若游丝,差不多快到了弥留之际。他伸手去捏,试两次,那银针反而又进去一些,挠头想一想,摘下那姑娘的帽子,一头秀发果然是用一支簪子结在一起。他取过簪子,放平她的身子,挑开颈下皮肉,折腾好一会儿,才将针弄了出来。殷姑娘"哼"一声,一偏头,似乎更沉地睡了过去。他琢磨一会儿,终于不好意思看她怀里揣着些什么,不过她腰间系着一个不大的褡裢,无间便不客气地解了下来。里面有各种各样的瓶瓶罐罐,里面装着各种药粉、药丸,却无一字一句说明何为何物,扒拉一会儿,忽然想到林微和思义的解药也许就在其中。

这时忽听殷姑娘厉声说道:"你拿我的褡裢做什么?!"无间吓了一跳,转头瞧瞧,她不知何时已经醒了,一双大眼睛正亮亮地盯着他。他半点不隐瞒,道:"找解药啊。"殷姑娘道:"那你为什么还不走?"无间道:"不知道哪个是解药啊。"殷姑娘摸摸颈下,道:"我身上的针是你取出来的?"无间点点头,忽而有些过意不去,毛手毛脚的,弄得鲜血兀自流个不住。殷姑娘道:"就那么一根针,你便在我脖子上戳个窟窿,是真心救我,还是想弄死我?!"无间不由得哈哈一笑,道:"若真心救你,又不小心弄死了你,岂不两全其美?"殷姑娘瞪他一眼,道:"就知道你没安什么好心,有意无意的,横竖不用感激。"

其实那针若是还在体内,再有个一时三刻,她可就真的死过去了,只是无间于此一无所知,转而道:"那个王小酒不是和你一起的么,为何要加害于你?"殷姑娘道:"我也不知道。"无间指指手里的褡裢,道:"这里有没有你要的解药?"殷姑娘道:"没有。"无间道:"那又如何是好?"殷姑娘道:"就这样,多活一会儿。"无间道:"那是什么针,这等厉害?"殷姑娘道:"神农百花针。"无间道:"你们果然是神农教的?"殷姑娘微微一怔,不回话了。无间又道:"弄得眼前五颜六色的,原来叫作百花针。"殷姑娘"嗯?"一声,道:"你怎知道?"无间这会儿才想起来了,道一声"糟糕",随即扒开领口,去肩头摸索一阵,将王小酒拍进他肩头的那根针给捏了出来。

殷姑娘几乎不相信自己的眼睛,道:"你什么时候中的针?"无间道:"王小酒将我打倒在地,拍了拍我的肩膀……"殷姑娘道:"你该死,可为什么不死?"无间"嘿"一声,道:"谁该死?"殷姑娘扑哧一笑,道:"他做这种事情,当然不能留你的活口。"无间道:"我躺了好半天,不见得不死,或许只是不曾死。"殷姑娘皱起眉头,道:"我还不曾死自然有不曾死的原因,像你这样中了百花针,不出一盏茶的工夫便应该死得直挺挺的才对。"无间心上又多一层印证,道:"好像一般毒药奈何我不得。"殷姑娘笑得意味深长,道:"为什么?"无间叹一口气,道:"说来话长,总之我中了一种很不得了的毒药,自那以后,就这样了。"殷姑娘满怀好奇,道:"你那里又能有什么不得了的毒药?"无间犹豫一下,还是老老实实地答道:"海蓝若。"这下殷姑娘咯咯地笑了起来,道:"哪里来的海蓝若?"无间道:"山上。"殷姑娘道:"天山?"无间道:"华山。"殷姑娘道:"你就扯谎吧,你还挺喜欢扯谎的,就是扯不圆。"

你知道海蓝若是什么？"无间道："我不撒谎。"殷姑娘道："海蓝若是神农教的镇教之宝，失传不知多少年了，你胡乱编排，也不看看是谁在听。"

无间还要争辩，可她说话的声音越来越弱，而且因为这一会儿的乐子，眼睛里的神采似乎散得更快了些。他心下不忍，道："你还好？"殷姑娘叹一口气，道："我快要死了。"无间道："你是神农教的人，中的是神农教的毒，又怎会解不了？"殷姑娘分明觉着他蠢得有趣，道："解药当然有，可王小酒又怎会留给我？可惜我内力又不成……"无间道："这和内力又有什么关系？"殷姑娘道："内力若是够好，用些草药疏导一下，或许可以把毒引出来。"无间道："那我帮着你呢？"殷姑娘又笑了起来，道："你——？你比我好些，可也好不到哪里去，现在又在我颈下弄个窟窿，再加上从前刺的一剑，哼哼，你欠我两刀呢。"

无间"嗨"一声，想一想，盘膝在她身边坐了下来。殷姑娘道："你做什么？"无间道："我试试。"殷姑娘道："你救我做什么？我一路想尽办法要置你们于死地，你应该巴不得我死才对啊。"无间道："若你还想做坏人，也是日后的事。"殷姑娘眼睛一瞪，道："谁是坏人？"无间道："我不害人，当然不是坏人。"殷姑娘一咬嘴唇，看样子便要扇他一记耳光，可是半点力气也没有，身子一歪，竟软绵绵地靠在了他肩上。无间哈哈一笑，道："这便是害人先害己，把自己搭进来了不是？"殷姑娘脸色飞红，低低喝一声："你放开我。"无间道："为什么要放开？正好教你懂得什么叫作乘人之危。"说着话，无间扶正她，双掌同时抵上了后背。殷姑娘挣脱不得，多少有些恼火，可随即又"嗯？"一声，变得惊讶不已。

背后双掌之间蓄势待发，是一副山雨欲来的气象，个中境界竟然完全超乎想象。她不再言语，保持丹田虚空，只待真气到了，稍加引导，便可为己所用。怎奈无间比之在固安的时候没有多少长进，内息不弱，却并不由他调度，如此折腾一会儿，手法变来变去，可雷声大，雨点小，真气只如涓涓细流，不成气候。殷姑娘终于耐不住性子，道："你做什么？我又没有求你，你这般小里小气，磨磨唧唧，折腾些什么？"无间探头过来，道："你道都由得我不成？"殷姑娘看他满头大汗，又吓一跳，道："这都是些什么乱七八糟的？"

她伸手探探无间脉搏，略一思索，便明白了其中的道理，又是好奇，又是好笑，转而道："褡裢里面有一只盒子装的是蓝色药膏，还有一只装的是黄色药膏，我都要，此外你再取四根银针出来。"无间依言照办，她继而道："蓝色药膏涂在天突穴，黄色药膏涂在大椎穴，四根银针分别刺左右两手的尺泽穴和太渊穴。"无间掂一掂手里的针，道："刺你还是刺我？"殷姑娘道："你说呢？"无间道："我好好的，当然应该刺你。"殷姑娘柳眉一竖，道："你怎么蠢成这样？！"

无间这回听对了话音，不再置辩，自个儿涂好药膏，扎针进去，不多时左手臂变得凉飕飕的，如同浸在冷水里，右手臂则热腾腾的，如同浸在开水里，丹田之内真气盘旋几个来回，忽而得了引导，撞入经脉，流得极为通透。他身上冷热相抵，气息变得一派平和，双掌贴上殷姑娘后心再试，真气汩汩而过，畅如清泉，竟也十分快意。殷姑娘闭目用一会儿功，咳两声，吐出一口黑血，道："好了，你也歇歇吧。"无间扶她躺好，取下银针，仍然有些意犹未尽，殷姑娘望望四周，又道："咱们换个地方，撞上天山弟子还好，若王小酒找回来，可就真的活不成了。"无间道一声"好"，俯身将她抱了起来，她身子温软，柔若无骨，发梢透着一股淡淡的香气，甜丝丝的，无间多出些无可名状的快乐，禁不住使劲吸了一口。殷姑娘眉尖一蹙，道："你做什么？"无间想起陈思玉的话，道："留些女儿香啊。"殷姑娘腮上飞起一片红晕，可随即又冷笑一声，道："你和你那位神仙妹子每日里成双入对，却这样不正经，又如何对得起她？！"

西面坡下有一条小溪，无间走过去，踩倒厚厚的一片长草，放她靠在一棵老树的树根处，这才问道："谁不正经？"殷姑娘道："那林家妹子难道不是你的意中人？"无间眉角一扬，道："臭丫头如何会是我的意中人？"殷姑娘似乎颇为诧异，可稍一转念，又颇为释然，道："也是，癞蛤蟆不想吃天鹅肉，算你运气差。"无间却哈哈大笑，道："她做她的天鹅好了，为什么我偏要做癞蛤蟆？！"殷姑娘瞥他一眼，有话想说，却咽了回去，转而道："我需要几味草药，山坡上就有。"

她说一些花草的颜色形状，无间走出好远，一一找齐，带了回来，她微微一笑，道："多谢啦！"顿一顿，忽而又道："我单名一个茵字。"无间"哦"一声，道："你知道我叫什么？"殷茵道："当然知道。"无间道："你为何知道？"殷茵懒得理他，却指点他将那些药草摘叶的摘叶，去根的去根，之后磨碎了，又混入一些褡裢里的药粉，捏成了一块药膏。她服一点下去，轻声道："这条命是捡回来了。"无间不住地点头，样子是十二分的快活，殷茵抬起眼睛盯住他，半晌不说话，无间心中发毛，道："又哪里不对？"殷茵却叹一口气，道："你去褡裢里取那个青色的瓷瓶。"无间道："做什么？"殷茵道："你陪我这么久，难道不是为了长暝草的解药？"无间道："哪里来的长暝草？"殷茵道："你那神仙妹妹中的就是长暝草的毒。"

他想说不是，说不出口，想说是，仍然说不出口，殷茵似乎看穿了他的心事，撇撇嘴，忽而失笑，道："你走吧。"无间道："那你呢？"殷茵道："我没事，若是死不了，想死都死不了。"无间还要再说，殷茵却挥挥手，道："走吧，走吧，那毒在体内多一时会有一时的害处，到时候他们心智失昏，你可不要怪在我的身上。"无间"哦"一声，取那瓶儿出来，可心下有些不舍，便抓耳挠腮地站在那里。殷茵眼神亮亮的，道："又怎么了？我还道是个无心的，不想是个啰唆的。"无间道："我原本不是个啰唆的。"殷茵又扑哧一笑,道:"怎么,喜欢上我了不成?"这话却让无间心下一动,重重点点头,道:"说不定呢!"殷茵神色间多一丝轻快,又扫他一眼,道:"也好,喜欢就喜欢吧,无伤大雅,反正此生你再也见不到我,我再也见不到你了。"无间却哈哈一笑,道:"你怎知道?人心到了,自有缘法呢!"说着话一拍巴掌,行个礼,果然转身去了。殷茵怔怔的,说不上难过,可也说不上快活,而腮上忽然有些异样,伸手拂拭,居然是一滴眼泪。

第十章
梅解一支

无间爬上大草坡，走不多远，草丛之间隐隐约约多出两排足印，看草叶歪倒的方向，是有人去了天寻峰，等着风再吹一阵子，这些痕迹也就没了，所以该是不久之前的事情。殷茵还真是没有错，若不是躲到溪边，他们早就被人撞见了。这一回他更加小心，放慢脚步，一面走，一面观望，山风斜刺着吹来，身前长草伏下老大一片，中间灰影一闪，赫然有个人躺在那里。他心下一惊，蹲着身子蹑手蹑脚走近一点，又瞅一眼，那人胖嘟嘟的，也是着末代弟子服饰，像是睡着了，好半天一动不动。这种时候睡在这种地方，好生蹊跷，这样想着，一缕鬼森森的气息便飘了起来，再走近些，不出所料，那人早已死去多时了。

他右手一团乌黑，泛着一层油腻的光亮，是中毒的光景，无间不敢去碰，取一片石块扒开来，手指间却不见什么针眼或者伤口，心下感慨，世上居然有这等毒药，挂一些在手掌上，也能取人性命，正这样琢磨着，风里忽然有声音飘了过来，道："这位师兄——"

他不敢答应，探头望望，右前方居然还有一位末代弟子，背靠一块大石坐着，是一副困顿不已的样子。他大踏步走过去，又有所思，眼睛便往袖管方向瞄，那人打量他一回，道："我怎么从来没有见过你？"无间道："我刚上山不久。"那人道："你不在磊落台见证新掌门继任，跑来这里做什么？"无间一时语塞，那人却无心追问，转而道："我和师哥奉命去请天问别院的人，可惜谁都不见我们，紧着往回赶，可说不上为什么，到这里便走不动了。"无间道："怎么就走不动了？"那人道："乏，乏得要命，师哥该已经睡过去了吧？"说着话伸手捶捶眉心，道："我也撑不住了，一闭眼就能睡着。"

无间心下一叹，他竟然不知道那胖子已经死了，跟着又一叹，果不其然，他手掌一般无异，也是乌溜溜的。那人居然也才注意到，吓一跳，翻来覆去看一看，道："手怎么这样了？"无间道："你还好？"那人道："好像过来天问谷就有些不对，身体麻麻的，不过也说不上不舒服。"去怀里掏两下，摸出一样东西托在掌心之上，道："你看这是什么？"

那物件三寸长短、铁枝铜花，赫然便是梅花令。无间惊得下巴几乎要掉下来，那人却自顾自说道："师哥说这是天山圣物，可它为何会落在天问谷？"无间道："天问谷？"那人道："正是，有一名天山弟子躺在崖边，说不上是睡着了，还是死掉了，这东西就在他手边。"无间道："他什么模样？"那人道："瘦瘦的，该是师叔一辈，还背着好大一个包裹。"他一面说话，一面递上梅花令，又道："说这就是梅花令，我还真是不相信，你便替我带给咱们新掌门人瞧一瞧如何？"

无间接过来，手指一触，忽然明白这两位何以是这种情状——梅花令上竟然沾有一层剧毒！那人大力捶捶脑门，道："困死了，困死了——"就此合上了眼睛。无间心知他再不会醒来，好生不忍，放平他的身子，又撮一点土撒了上去，继而又扯下长袍一角，将梅花令包裹严实，揣进了怀里。王小酒暗算殷茵，逃之夭夭，可不知何故，居然会死在天问谷，而梅花令转一圈，竟然又回到自己手里，它虽则不如从前那般紧要，可于陈和而言，又是两全其美呢。

再转过一片山坡，磊落台即尽收眼底，台前有数百天山弟子，站成一个四四方方的阵仗，老弟子在前，新弟子在后，衣饰分明，就近的武林同道得了风声，不少还是赶来道贺，这又有一两百人。单看场上招展的旗子，除了峨眉派、四川青城派、平安镖局、福运镖局、走沙帮、乌龙会等，华山派赫然也混迹其中，此外，天寻镇还有许多赶来看热闹的百姓，黑压压地站在外围。他深恐再撞上丁氏兄妹，灵机一动，脱掉天山服饰，绕个弯子，混入人群，不声不响地做起了看客。

磊落台上立着两面褐色的天山派大旗，中间有一张香案，供着历代掌门人的牌位。右侧有一排椅子，头两把空着，第三把上面坐的正是戚忘言。他白发苍苍，眼神呆滞，众目睽睽之下，还照旧自顾自打盹儿。再过来是陶忘机，醒目地红光满面，同样是一头白发，却亮铮铮的丝毫不乱。最边上一人则是褚忘尘，他双眉紧锁，望着台下，若有所思。午时一到，青衫湖边砰砰砰三声炮响，陶忘机是一副急不可耐的样子，忽地一下站起身来，到台前向众人抱一抱拳，道："天山派第三十三代弟子陶忘机这厢有礼了！"台下应景地鼓噪一阵子，他则继续说道："天山一派自数百年前创立，经诸先师发扬光大，如今弟子数百，称雄西北，可谓风头无两，忘言师弟自从接掌天山派以来，二十八年如一日，呕心沥血，功不可没，而他有心归隐，亦是一番彻悟，水到渠成之事，我等以平常心评判十数名弟子，论武功修养才智谋略，常歧齐首屈一指，是以决意立他为天山派第三十四代掌门！"

常歧齐闻言，轻轻一纵，跃上高台。他一袭白衣，长身玉立，果然生得一表人才。台下随即有不少人高声喊道："新掌门人中龙凤，实至名归！"常歧齐拱拱手，笑得有些不能自已，而陶忘机胸口起伏不定，竟像是来得更为激动，望望台下，又道："我得常歧齐，乃平生之幸，君得常歧齐，乃天山之幸！你我从此便应当勠力同心，奉他为首，依我之见，依着他的资质，十年之内，武林总盟主一职非我天山莫属！"常歧齐心下明白，大踏步走到戚忘言身前，双膝一跪，道："常歧齐蒙戚师叔不弃，委以大任，实乃三生有幸，我定当竭心尽力，不负重托，百尺竿头，更进一步！"

众人屏息静气，等戚忘言说话，他却目光空洞地瞥一眼，别过头还继续发呆。常歧齐早有计较，磕三个头，随即站起身来。台下有不少人颇感意外，虽则怒力忍着，还是起来一片窃窃私语之声。陶忘机将手一挥，望向华山派，道："事出仓促，我不能尽邀天下群雄，可即便如此，丁盟主仍然派卢兄拨冗莅临，陶忘机委实感激不尽！"华山派接话的是一位中年男子，抱拳还一礼，朗声道："天山派上下同心，推举常少侠为掌门人，可喜可贺。丁盟主要事缠身，不能亲赴此间，是以叮嘱我星夜赶来，代当今三大盟主转达恭贺之意，此外，你我同处西北，数百年间患难与共，如今他掌管武林大局，诸多事务只会更加仰赖天山派的支持，可是真心期待着和常掌门共商大计呢。"常歧齐愈发喜不自胜，道："卢兄客气，来日我定当亲赴华山，拜谢丁盟主。"

陶忘机继而振臂一呼，道："拜见天山第三十四代掌门人！"话音一落，台下弟子齐刷刷跪倒一片。常歧齐热泪盈眶，环视一圈儿，缓缓说道："我十岁入天山，一晃二十余年，这上上下下前前后后，见得多了，也看得透了，有规矩没规矩的地方我都清楚。从今以后，许多事情慢慢会有变化，今日我不多说，只给大家提个醒，那些不清不楚的方方面面，还是收敛些为妙！"稍稍一顿，却又像是下了极大的决心一样，继续道："这些日子陈歧和的事情搅得人心不安，这当口我也把话摆在这里，他私入起云观证据确凿，个中狼子野心，诸多朋比为奸之事，更不足与外人道，此人系天山派之奇耻大辱，从今以后，尔等不得妄言，不得妄议，可都记住了？！"

他又等一会儿，见无人言语，才点点头，道："都起来吧。"众弟子站起身，低眉垂目，再无一人敢直视台上。场上变得安静至极，可其中又分明透着一层尴尬，似乎尽早散了才是最好。怎奈常歧齐仍然不肯罢休，望望陶忘机，做个古怪的手势，继而从袖子里掏出来一张字条，不待开言，西南角忽然有人长叹一声，道："狼子野心，朋比为奸？诸位和陈歧和同门数年或者数十年，他的性情做派有目共睹，果然便当得这八个字么？"

说话声里，陈和走上几步，除掉斗笠，缓缓抬起头来。天山弟子一片哗然，有的叫师哥，有的叫师父，有的叫师叔，惊喜之意溢于言表。常歧齐说不上是早有所料，还是出乎意料，竟转头去寻陶忘机，陶忘机脸色赤红，喝道："陈歧和，你知道你的身份？你知道你是天山弃徒？你知道天山派的规矩？"陈和道："痛于内，发于外，无时无刻不铭记在心。"常歧齐道："既如此，还涉足天寻峰，便是自寻死路！"陈和淡淡地一笑，伸手四面里一画，道："看热闹的都上得了天山，唯独我，你偏偏容不下？"说话间走到磊落台前，冲戚忘言恭恭敬敬磕一个头，叫了一声"师父！"。

陈和乃是信义之人，名声最好，系戚忘言亲定的下一代掌门人，也早已经不是什么秘密，他忽然间被逐出门墙，江湖上下始料不及，猜测纷纷，而常歧齐事情办得这等缩手缩脚，则更教人怀疑其中有不可告人之处。如今陈和现身，天山内外无不精神一振，而他似乎也有所体会，站起身，盯着常歧齐说道："不是有规矩没规矩的地方你都清楚么，那继任大礼的规矩又是什么？我且问你，梅花令又在哪里？"这时看客当中有人高声叫道："梅花令又是什么？"褚忘尘抬头打量一眼，张口答道："梅花令为掌门人信物，执梅花令者号令天山。"

常歧齐分明早有准备，冷笑一声，道："陈歧和，你那点算盘又如何逃得出师父的估算！也好，此事原本便不应该瞒着，今日便当着武林同道的面说个明白！我没有梅花令，戚师叔也没有梅花令，我怀疑，天山便没有梅花令！"此话一出，众弟子尽皆大吃一惊，陈和则不由得连连摇头，道："你没有，天山便没有？"常歧齐道："不错！梅花令早已遗失多年，论下来，嘿嘿，这与戚师叔心智失昏也不无关系。如今天山群龙无首，我临危受命，义不容辞，而追回梅花令，更是责无旁贷，不过这些，与你陈歧和又有什么干系？！"陈和丝毫不为所动，道："小师叔不刚刚说了么，执梅花令者号令天山，若是没有，你或者可以代行掌门人之职，却终究算不得天山派掌门。"

陶忘机愈发怒不可遏，道："不役于物，不役于物，我堂堂天山派，便这点魄力都没有？！"继而伸手一指，叫道："你一介弃徒，涉足天寻峰便是死罪，还由得你搅起这一摊浑水！"说话间竟疾掠数丈，使长风拳里的一招"风卷残云"，直取陈和面门。陈和于此烂熟于心，使天落掌法中的"退"式，从从容容避了开去。陶忘机变拳为掌，取天落掌法中的"探"式，九转连环，还压上来。陈和像是颇为矜持，脚下一点，搭掌风又退开一丈。天山派武功有容有度，他如此施为，仍是执秉晚辈对前辈的礼让之意。陶忘机"哼"一声，并不感念，以掌代刀，改为天寻刀法中刚猛无俦的"劈风斩浪"，陈和拔地而起，还以云海剑中的一招"白云苍狗"，自对方头顶一跃而过。陶忘机料敌机先，不等招式用老，脚下也取"退"式，抢在陈和身前，再使长风拳里的"云起龙骧"，封他下盘。陈和半空里身法一变，左手使天寻刀法中的"遮天蔽日"，右手却使天落掌法中的"引"式，与对方力道一撞，滑开去，随后一个翻身，安然落地。这几招兔起鹘落，却用了四种武功，众弟子识得每一种变化，却从未想过可以如此贯穿衔接，许多人大有融会贯通之慨，不由得跟着大声叫好。

陶忘机与陈和在天山共处多年，却极少有切磋的时候，依他之见，武学之外，都是末节，而陈和打理各类事务，费心费力，便是不务正业，想当然武功上便不可能有什么过人之处。他还道三十招之内便可以轻易胜出，如今来看，还真是小觑对方了。他是嗜武之人，更是好胜之人，因此反倒长一分精神，越斗越勇，堪堪过来七十招，忽而清啸一声，步走如风，使出了所谓的"连绵七式"。那是长风拳最后七招的总称，讲究所谓"掌风行，内力凝"，第二招到了，第一招的力道尤在，如此环环相扣，练到极处，第七招使完了，第一招的掌力犹在，如此便如同七人同使七招，威力非同小可。陈和识得其中利害，抢先机连退七步，可他快，对方更快，"砰"的一声，二人手掌还是粘在了一处。陶忘机神色间杀机乍现，真气如潮水一般直扑过来，而陈和内力本就偏弱，如今挣脱不得，勉力支持片刻，脸色早已是一片蜡黄。

恰在此时，斜刺里掌风拂过，有人出指点陶忘机肋下，他大为光火，却也不得不回身自救。陈和手上一松，咽下喉头一口鲜血，膝下一软，坐在了地上。陶忘机喝道："什么人坏我大事！"五尺之外站着的却是褚忘尘，拱拱手，一言不发，还退了回去。陶忘机大声道："迂腐迂腐！戚忘言心智失常，来日无多，梅花令一日不出现，我天山就一日守着这样一个痴呆之人？"这话刺耳得很，却也说中了许多人的心事，他进而又一指常歧齐，道："他继任掌门之职，本就是众望所归，有梅花令，如此，没有梅花令，照样如此！规矩都是人立的，今日便废了这梅花令的规矩，又能怎样！"褚忘尘道："师哥你忘了不成？梅花令代代相传，自有它的道理，新任掌门得人心最好，若不得人心，仍可以借梅花令立威，所谓'人心可惑，俊杰本真'，而这才是天山的立派之本。常师侄有意打理天山，其心可嘉，可歧和糊里糊涂被逐出天山，至今没有一个像样的交代，此等情形，非要我认一个新掌门，未免强人所难。唉——"长叹一声，又道："或者梅花令这条规矩，防的便是今日这等局面！"

他辈分在那里，说话自有分量，台上台下众人听在耳里，一时间变得鸦雀无声。这时天山阵中忽然有女子冷笑一声，道："他糊里糊涂被逐出门墙？是他糊涂，还是你糊涂？"褚忘尘望过去，不由得垂下头，低低叫一声"嫂嫂"。苏荑身份非比寻常，却一个人站在外围，显得落落寡合。她一身黑衣，更衬得肌肤胜雪，可那一股冷艳又有些摄人心魄，教人禁不住多看一眼，又不敢去看那一眼。她继而说道："我且问你，陈歧和私入起云观，所为何来？"褚忘尘道："坏了规矩自然不对，可他与师哥情同父子，无奈之下，也还情有可原。"苏荑道："情同父子？你便不曾想过，你戚师哥为何平白无故便失了心智？"褚忘尘明白她究竟何指，摇摇头，道："不会，歧和为人怎样，我比谁都清楚。"苏荑道："真的么？若是我告诉你，同样的话你师哥也向我说起过呢？"转而冷冷地扫一眼陈和，又道："戚忘言心智失常，还都是因为有人暗中下药所致，我一再告诫要提防这位大弟子，只可惜他宁死都不愿意相信，无奈之下，我才会劝他躲进起云观，那里是天山禁地，横竖多一道屏障，谁承想陈歧和毫无顾忌，还是不肯放过他！"

饶是陈和修养极好，这一会儿也不由得勃然大怒，道："苏荑，你莫要血口喷人！师父待我怎样，我又待师父怎样，天山上下有目共睹，无缘无故，我为何要加害于他？！"陶忘机道："这还用问么？你一日不坐上掌门之位，便一日不得安宁！"陈和道："师父有意让我接掌天山，早不是什么秘密，更何况过去这两三年，我一直代行掌门之职，我又何苦，我又何必？"陶忘机道："论武功，论心智，论谋略，你没有一样赶得上你常师弟，这种样子却硬要上位，嘿嘿，那种如芒在背的滋味不好受吧！？"陈和心中气苦，却不由得仰天而笑，道："我担心常师弟抢我的掌门之位，却反过来要加害师父？"陶忘机斩钉截铁地道："不错，你口口声声说什么戚忘言对你青眼有加，还不都是自欺欺人，他倒不止一次对我说过，歧字辈俊杰，非常歧齐莫属！"

陈和只觉一切不值一辩，可又百口莫辩，心潮翻涌，不禁喉头一甜，吐了一口鲜血出来。苏荑神色间仍然淡淡的，道："陈歧和，我还要问问你，梅花令究竟在什么地方？"常歧齐吃一惊，一张脸刹那间扭曲得不成样子，大声道："你知道梅花令的下落？你居然知道梅花令的下落？你又何以会知道梅花令的下落？"陶忘机则瞪圆了眼睛，道："陈歧和，歧齐说你狼子野心，又怎会有错？若教我猜，便是你监守自盗，私藏梅花令！"苏荑续道："你不要装聋作哑，梅花令原本就在起云观，具体在哪里，除了你师父，便只有你一个人知道，如今它却不翼而飞，你说我应该向谁问责？"陈和道："当日在起云观外和我交手的是不是你？"苏荑道："是不是我又有什么干系？我只问你一句话，你有没有将梅花令带出起云观？！"

陈和双目微闭，脸死如灰，谁承想当初一念之差，会将他拉入此等万劫不复之境？过了许久，终于深吸一口气，点点头，道："不错。"此言一出，莫说是陶忘机师徒，即便是歧亦等人亦不由大惊失色，苏荑冷笑一声，道："规矩，规矩，既如此，按照天山派的规矩，你又当处何罪？"

陈和转头再看一眼昏昏欲睡的戚忘言，忽而有泪花泛入眼眶，走上几步，双膝跪倒，道："师父，陈歧和私取梅花令，不得饶恕，依天山规矩，自刎谢罪便是。我十几年来坦坦荡荡，从无二心，今日一死，只求能洗脱若干清白！"常岐齐冷笑一声，"铛"的一声掷一把长剑在他身前，道："你倒果然作的戏！"陈和神色木然，再不犹豫，捡起长剑，果然便向颈下抹去，褚忘尘喝一声"不可！"，欺身而上，一拍一勾，夺过长剑，而这时台下亦有人高呼数声，道："陈大哥，使不得，万万使不得！"

无间挤出人群，三步并作两步抢到台前，又叫了一声"陈大哥"，常岐齐颇为恼火，喝道："阁下何人？"无间却转头望望褚忘尘，道："梅花令果然能号令天山？"褚忘尘道："那是当然。"无间道："若梅花令不在天山弟子手里呢？"说着从怀里摸出一只圆滚滚的布包，置于地上，一层层翻开，继而取一根树枝挑起那支梅花令，道："我有这个。"

常歧齐惊得目瞪口呆,道:"它如何会在你的手里?"无间道:"阴差阳错。"转而又喜滋滋地望望陈和,道:"解药也有了呢。"陈和有些如梦方醒的意味,一怔之间,常歧齐身形一晃,一掌先劈了过去。无间"嘿"一声,退开一步,不想常歧齐脚下一错,将梅花令高高挑起来,继而接到掌中,略作端详,大笑声里望空一举,道:"我常歧齐命中注定便是天山派掌门,还有哪一个不服?"

台下静悄悄的,无间却嘿嘿地笑了起来,道:"你攥紧些,可别让什么人给抢走了。"常歧齐道:"你送上梅花令,算是将功折罪,其余我不追究,这就下山去吧。"无间一副乐不可支的样子,眼睛眨了又眨,却不说话。常歧齐甚是不耐,道:"你笑什么笑?"无间道:"你手掌痒不痒?"常歧齐道:"我手掌为什么会痒?"口上这样说,可手指之间真就莫名其妙地跳了一下。无间又道:"你瞅瞅,是不是乌了一些?"常歧齐被这话给牵着,果然伸开手掌瞅了瞅。无间又道:"再一会儿会越来越黑,油亮亮的,到时候你就想睡,只是一旦睡倒了,可就再也别想醒过来。"常歧齐骂道:"信口开河,真当我是三岁孩童不成?!"可心上不能淡定,扭头向苏荑望去。苏荑难掩诧异,略一犹豫,终于说道:"梅花令上可能有极难缠的毒药。"

常歧齐大惊失色,"啪"的一声将小令摔在地上,跳了开去。陶忘机勃然大怒,走上两步揪住无间衣领,道:"你与陈歧和狼狈为奸,暗算天山派掌门人!"无间道:"是他自己抢了梅花令,笑得嘿嘿哈哈的,怎么便成了我暗算他?"这一会儿工夫,常歧齐手掌果然成了亮黑色,他脸色煞白,颤声道:"师父,这可如何是好?师父,你救我性命!"陶忘机手上加一把力气,道:"交出解药,饶你不死!"无间道:"你道我真的会有解药?"陶忘机抬手扇他一记耳光,又忙不迭转过身去打量常歧齐的手掌,略一思索,从怀里摸出数种天山派药膏敷了上去。谁承想药膏沾身,常歧齐便杀猪一般嚎了起来,皮肉瞬间转为赤红,进而"噗"地一下绽开来,脓血齐流。陶忘机气急败坏,推无间一个跟头,道:"你没有解药,那谁有解药?"无间伸手一指苏荑,道:"你便是什么贵人使了?"

他念头跳转,这句话问得糊里糊涂,连猜都说不上,可天山上下无不骇然变色。陈和若有所悟,不由连连点头,道:"怪不得,怪不得,神农教贵人使姓苏名荑,原是这一层渊源?"苏荑神色古怪,盯着无间好一会儿,才缓缓说道:"不错,我便是苏荑。"

她身边十余名天山弟子哗的一声散开来,进而又长剑齐出,如花瓣一般收拢,将她刚好困在正中。陈和道:"我天山派与傅长天两不相干,你来这里,又是为了什么?"苏荑道:"他的心思,又岂是尔等庸碌之辈所能猜度?"陈和道:"你处心积虑,拨弄是非,找的其实是梅花令,对不对?"苏荑目光落在无间那里,道:"你究竟是谁?"无间"嗨"一声,心思转开去,道:"殷茵还好,不过王小酒是个坏蛋,该是死在天问谷了。"苏荑微微吸一口凉气,常歧齐却哭了起来,叫道:"师娘你救我性命!"

常歧齐手摔梅花令,便教人心中不忿,如今又这样贪生怕死,则更教人不齿。有些天山弟子禁不住大声喝道:"她是邪教中人,你居然还当她是师娘!"常歧齐一张脸白得像纸一样,恶狠狠地瞪一眼,却"扑通"跪倒在地,还叫一声"师娘——"陈和踏上一步,紧盯苏荑,道:"我师父心智失常,该是拜你神农教所赐?"而这话又让无间得了启示,走到戚忘言身边嗅一嗅,竟而眉开眼笑,道:"他中的也该是什么长暝草之毒。"说着话,从怀里取出殷茵给的那只瓷瓶,倒出一些药粉,喂给了戚忘言。片刻之后,戚忘言坐直了些,缓缓睁开眼睛,目光探索,最终还凝在陈和身上,道:"歧和?"

陈和泪水迸流,跟着叫一声"师父!"。戚忘言进而四面望望,道:"这又是何种安排?"陈和不发一言,一伸手,居然将那支梅花令捡了起来。众人大吃一惊,他却淡定如常,飞身赶到青衫湖畔,将之清洗得干干净净,再走回来,复又双膝跪倒,道:"弟子一念之差，致使天山圣物受辱，还好，尚能完璧归赵，师父尽管治罪，我即便只有一死，也尽可以瞑目了。"

戚忘言一脸茫然，道："究竟发生了什么？"陈和道："若有小师叔与三位师弟师妹保荐，师父可答应陈和做回天山弟子？"戚忘言道："你是天山派待继任的掌门人，什么时候又不是天山弟子了？"陈和喜极而泣，却又坚定地摇摇头，道："近来天山多舛，弟子身在局中，一无洞明，二无先见，糊里糊涂，一错再错。我武学修为本就差强人意，如今更知道我或者可以为将，却断断不能为帅，天山掌门一职，弟子不配。"戚忘言心神倦怠到了极处，看着他，竟又有些恍惚，褚忘尘踏上一步，握住戚忘言的手，道："师哥，此事说来话长，再议不迟。"

与此同时，另一股倦意也悄悄爬上陈和眉梢，他低头看一眼乌黑的手掌，又像是颇为释然，缓缓瘫倒在地。磊落台下天山弟子心领神会，长剑齐出，直取苏萊。苏萊冷笑一声，在剑刃之间走几个来回，抬手撒出一把银针，众弟子或走或跃，纷纷躲避，她则身形一晃，早已经突出重围。这时磊落台上白影一闪，常歧齐从桌上抓过梅花令，叫一声"师娘救我"，又向台下抢去。陶忘机一生郁郁，蝇营狗苟，可是对天山并无二心，这会儿胸口如同受了一记重锤，闷喝一声，跟着拍出一掌。常歧齐后心中招，踉踉跄跄跌出几步，却还叫一声"师娘"，抬手将梅花令抛了出来。无间在磊落台边，想也未想，望空一跳，伸手便抓。

指尖捏住梅花令的同时，苏萊掷出的一支小箭也"噗"的一声钉上了肩头。那小箭黑漆漆的，名为"冷暗羽"，见血封喉，按理他应该即刻气绝身亡，摔在苏萊脚边才对。怎奈世事奇诡，他虽则极痛攻心，却神智不失，漫空里一个翻身，以令为剑，竟使出一招"浮光掠影"。苏萊全不料此人还能这等鲜活，更不料还有这样一手精妙绝伦的剑法，意念上连错两瞬，也就再没有挽回的余地，眼前一暗，梅花令上数点铜花早凝在双目之上，再稍稍一探，她即便不死,一双招子可也就废了。"

苏菜惊讶之余,又恼火至极,却也再不敢稍动。无间龇牙咧嘴地拔出小箭,又像是明白了什么,道:"梅花令上可是殷姑娘做的手脚?"苏菜道:"你如何会识得殷茵?"无间笑道:"你说呢?她差点要我小命,还不能刻骨铭心?"继而脸色一沉,道:"留下解药,我放你走便是。"褚忘尘心思快了许多,道:"先刺瞎她一只眼睛再说其他。"

无间听在耳里,可是对方眉黛青山,双瞳剪水,真要下手,又谈何容易?好在苏菜半点不能体会,略一迟疑,自衣袖间摸出一只淡绿色的瓶儿。无间接过来,捻开塞子闻一闻,温热辛辣,说不上为什么,又与梅花令上的气息丝丝相合,心知不差,转而问道:"怎样用才好?"苏菜道:"少许口服,少许溶在水中,浸泡手掌半个时辰即可。"无间点点头,道一句"也是",果然退开半步。苏菜更为诧异,又打量他一眼,忽而抛起一只蓝色的布囊,道:"这个也给你。"有白色的粉末飘出来,随风一扬,瞬间已是一天浓雾,雾气扑入鼻息,让人脑中一沉,而无间腕间随之一阵剧痛,梅花令便被苏菜勾了过去。他继而连吃对方两记耳光,胸口一震,直挺挺飞起丈余,再跌下来,青石板硬硬的,寒意则一片片的,瞬间由后背透至前胸,他不由得"嘿"一声,再就什么都不知道了。

第十一章
笑纳忘年义

　　无间再醒过来，人是在瀚海院，林微听见声响，探头进来瞅一眼，道："范少侠，你好些了？"无间依旧有些糊涂，道："我可是睡了很久？"林微伸出手指，道："三日，陈大哥说你受的箭伤非同小可，可你却并无大碍，苏蒅打那一掌，按说没什么大不了，却差点要了你性命。"无间道："海蓝若于人无补，于事却有大补，若是死了，算不算死得其所？"林微作势在他脸颊上打一下，转而道："你受了内伤，陈大哥还有褚忘尘他们围着你忙活好久，一个个愁眉苦脸的，还说什么人尽其力，听天由命云云，到最后了，才轮到我来试试，这一试，原来我比他们都管用。陈大哥说因为子非鱼，咱们内力相辅相成，因此我能激起你体内涣散的真气，让你自己给自己疗伤呢。"无间道："你害不害怕我就此一命呜呼啊？"林微道："他们怕，可是我不怕，你是有缘人，才不会死在这里。"听到这话，无间不知为何便想起了殷茵，道："有缘？和谁有缘？"

　　殷茵的解药不差，苏蒅的解药同样也不差，林微、思义、陈歧和甚至常歧齐均已经痊愈无碍。无间将天问峰这一遭前前后后说一遍，林微撇撇嘴，道："那个殷姑娘——"刹住话头，转而问道："你是不是喜欢上她了？"无间想一想，道："我也不知道。"林微

无间传　135

道:"这都不知道:还知道什么?"继而指指门外,道:"若是她就在这里,可以陪着你说说话,你会不会高兴得紧?"无间不自觉点点头,又道:"可是她凶巴巴的,才不会陪我说话。"林微道:"你懂什么,从前有人写过一首词,意思是说男子不要让女子惦记,喜欢你也好,恨你也好,被惦记了,就是坏事一桩。"无间不由得哈哈大笑,道:"她才不会惦记我,不过我有些惦记她倒是真的,那她算不算做了坏事一桩?"

他恢复得极快,中间褚忘尘来探望过一次,而陈歧和每日里或早或晚总会过来坐一会儿。又几日,差不多行走无碍,林微与陈歧和便带他到了一座独门独户的院子前面。那院子名为"幽篁",早先是苏萦的起居之处,如今人去楼空,平地上落十几只麻雀,叽叽喳喳,响成一片,而神农教手段防不胜防,是以陈歧和一直严禁任何弟子靠近此处。无间无所顾忌,嗅一嗅便推门而入。迎面是一间宽敞的厅堂,摆着偌大一个架子,上面有许多盒子袋子瓶瓶罐罐,装满各种说不出名堂的药草,架子前面有两只捣药的石臼,靠窗的地方则有三尊泥炉,炉边有一张方桌,上面又置有大大小小十余只砂锅。再一侧有一张书案,案上笔墨纸砚俱全,桌脚边则有一个火盆,里面干干净净,不见半点灰烬。再过去右首便是苏萦的卧房,被褥帷帐皆为浅浅的紫色,透出一种莫名的草香味道;里面几乎什么都没有,甚至不见衣服鞋子胭脂珠花等日常用品,直教人怀疑她是否真的在这里住过。

林微看了一圈,略显沮丧,轻声道:"雁过尚且留声,人过岂能无痕?"走到厅里,又检视一遍那些药草,叹一口气,在书案边坐了下来,目光流转,又"嗯?"一声,蹲下身,自火盆一侧的暗角里捡起一只纸团儿。展平了,上面有字,笔迹温婉,正是苏萦所书,言道"蜀僧抱绿绮,西下峨嵋峰。为我一挥手,如听万壑松。客心洗流水,馀响入霜钟。不觉碧山暮,秋云暗几重"。陈歧和点点头,迎着林微疑问的目光,道:"我师祖'闻'字一辈,方闻松行一,木闻钟行二,郑闻山行三,赵闻云行四,四人的名字均出自这首诗。"林微若有所悟,道:"他们都不在了?"陈歧和道:"木闻钟行二,却是年纪最小的一个。早年他寸步不离天山,可年过半百之后忽然有心游历天下,便走了出去,如今不知所踪,却不见得过世。除他之外,郑闻山英年早逝,赵闻云终老瀚海院,还有就是方闻松——"略一迟疑,才又说道:"这件事情江湖上知道的人不多,二位想必听说过三十二皇子北上的事情?"林微与无间对望一眼,一起点点头。陈歧和道:"方闻松是当年北上的十二位侍从之一,他后来回到中原,在天意峰一住数十年,创下一套写意剑法,再后来该是下峰去了,踪影全无,再没有人见过。"无间道:"这么说,三十二皇子的地图有一片在天山?"陈歧和摇摇头,道:"我从不曾见过,师父也从不曾提起过。教我说,地图这件事情多半是以讹传讹,有些人唯恐天下不乱而已。"无间并不罢休,道:"那方闻松可留下些什么?"陈歧和道:"有写意剑法的手稿。"林微心下一动,道:"可是在藏经岩中?"陈歧和道:"不错。"林微道:"苏荚想要的,可就是打开藏经岩的钥匙。"

　　陈歧和愈发不解,道:"神农教想要写意剑法?"自己也不能相信,不住地摇头,又道:"也罢,横竖经书已经不在了。"无间吃了一惊,道:"怎么就不在了?"陈歧和道:"那一日她在磊落台取走梅花令,我旋即让歧林与歧雯带人直奔天问峰,可到了那里,还是晚了一步,好多经书已经不见了。此事的确让人颇为费解,神农教武功有独到之秘,再辅以种种毒药暗器,千变万化,令人防不胜防,原就不输任何中原门派,更何况傅长天心高气傲,说他从不曾将天山派瞧在眼里还差不多,说他觊觎此间的武学秘籍,为此不惜派出贵人使这等人物,我自己都觉着牵强,更何况——"长出一口气,"天山武学的精华乃是奇脉心法,可心法终稿依旧好端端的在藏经岩里,她竟然没有带走。"无间道:"那她带走的都是什么?"陈歧和道:"那里的经书一半是手稿,系列位前辈亲手所书的经文要义与心得体会，另外一半是终稿，以千年墨誉写于缎金纸上，以作永久典藏。苏荥取走的都是手稿。"情不自禁摇摇头，又道："或者此事果然与方闻松有关？或者她真的是为了三十二皇子的地图而来？"

回来瀚海院，又说一会儿话，陈歧和便告辞而去。夕阳西下，天际是一片温和的深紫色，头顶则是一片温和的湛蓝色，苍穹弯弯，一枚早月如同剪纸一般贴在半空，一派静好。林微有所思，盯着苏荥写的那首诗发呆，无间无所事事，便信步走了出去。磊落台前一众天山弟子正在练功，呼喝之声响成一片，他听听看看，正觉着有趣，忽听有人叫一声："无间兄弟！"他认得那是陈歧和的九师弟歧亦，二人寒暄几句，不想越说越投机，便天空海阔地聊了起来。无间惦记着适才听到的话，问道："天山写意剑法是什么，很不得了么？"歧亦颇为兴奋，道："你要不要学？"无间道："我是外人——"歧亦道："闻松师叔祖早有嘱托，有缘人皆可修习，不必拘泥于门户之见。"无间心下不由得微微一动，这也能扯上一个"缘"字。

说着说着他便真的教了起来，无间跟着比画几下，也变得兴致盎然；那本就不是什么高深的功夫，如此有半个时辰，也便学个大差不差。再回来瀚海院，林微笑呵呵地问道："你现在是不是该称呼陈大哥一声师伯了？"无间嘿嘿一笑，取墙边竹棍挽个剑花，道："我现在可比你多会一门武功！"林微道："不就是什么写意七式？连你这个过路的都会，便不是什么正经功夫。"无间道："这是闻松前辈观摩好友泼墨山水心有所悟而创，讲究的是一个'准'字。"说着木棍直刺，触及桌上蜡烛的火芯儿，"还有一个'精'字。"说着连转三转，脚尖在地上画出一串圆圆的圈子，继而眉毛一扬，道："你学不？"林微道："我才不稀罕，从山水画里悟什么武学之道，牵强附会还自以为风雅，一点儿也不好玩。"无间道："你就是所谓无缘人，玄机在手，亦懵懂不知。"林微道："这又是什么乱七八糟的？只这半日，便走火入魔了不成？"

无间不由分说，厅堂当心里一站，道："看好了，第一式'雾锁天山'！"他出手如风，木棍望空虚点连连，接着又道："第二式，'批亢捣虚'！"一个转身，木棍斜批，脚下一转一折、一来一回踏出十余步；再一式所谓"高山仰止"，上下腾挪，纵跃七次；第四式"群山尽染"，则运剑飘飘，似挥似抹；接下来"层峦耸翠"最为繁复，手中木棍勾挑拨点，不一而足；到第六式"月明星稀"，则跃起空中，连劈连击，好一番气势；最后一式名为"怀宝迷邦"，脚下进退反转，左一绕，右一绕，最后双脚合拢，木棍斜斜刺出，凝在半空。过了好一会儿，他才缓缓收势，可眉目间仍然是一副如痴如醉的神情。林微笑道："过足瘾了？"无间道："既为泼墨，自然畅快。"林微道："这剑法指指点点，圈圈绕绕，虚招多，实招少，就是画画儿，临敌全无用处。"她有心取笑，拎起屋角的扫帚在水缸里浸些水，递给无间，道："你再耍一遍给我瞧瞧？"

　　无间撇撇嘴，大为不屑，不过抓着扫帚，忽而也多了些奇奇怪怪的念头，起手第一式使完，迎面墙皮上帚丝痕迹断续拈连，果然有些云雾的味道；第二式使完，水印成片，大有山势连绵的意象；第三式使完，他呆立当地，几乎不能相信自己的眼睛，墙上水迹一起一伏，依稀就是天山七峰。他叹一口气，道："果然是作画不成？"林微竟然也颇为惊讶，道："你继续，我要瞅瞅这位方老前辈究竟搞的是什么名堂。"

　　无间依言而为，第四式渲染，第五式点缀，第六式则勾出万里长空，活脱脱还是作画。只是到了第七式，变化全在脚下，转来转去，让人猜不出又是何种用意。林微道："这一招叫作'怀宝迷邦'？"说着自顾自摇摇头，"莫名其妙，早先那个有缘无缘的，又是怎么说的？"无间道："无缘人玄机在手，亦懵懂不知。"林微轻声重复一遍，又道："你收势的时候是何种模样？"无间再演一遍，扫帚尖儿凝住，顺着望过去，迎面墙上却是早先画就的天意峰。林微心下一动，道："陈大哥说方闻松从北疆回来之后便久居天意峰?"想一想,"那咱们就去瞧一瞧,看他究竟怀哪门子的宝,又迷哪一家的邦。"

第二天一早,二人便即告辞下山。于陈歧和而言,他们来得毫无来由,注定也会走得毫无来由,是以心下不舍,却并未多作挽留。洒泪别过,林微即辨明方向,奔天意峰而去。那峰是七峰中至柔的一峰,轮廓舒缓,一片青葱,其间山路弯弯,迂回却并不崎岖。这样走了差不多一个时辰,不远处出现一块巨岩,赫然刻有"天意徊峰"四个大字,往左是一条小径,斜斜地向坡上蜿蜒,往右则是一条山谷,转过弯便看不见了。无间道:"怎么走?"林微道:"左边。"无间道:"为什么?"林微道:"猜啊。"无间"嗨"一声,道:"这本事我也有,咱们走右边才对。"林微笑道:"我猜走左边是因为古人说'天意怜幽草',这里是天意峰,而山坡上绿草幽幽,所以走左边。"无间道:"那'怀宝迷邦'起式还是往右跨呢。"林微似笑非笑地瞅他一眼,道:"那就走右边。"无间莫名地有些得意,道:"我是不是比你更高明那么一点点?"林微道:"算你更靠谱那么一点点。"

两人走了半个时辰,山谷渐行渐高,分出三个岔口,林微道:"这回又怎样?"无间道:"走中间。"林微道:"这又是什么讲究?"无间道:"'怀宝迷邦'是右前一步,然后正前一步,所以走中间。"林微笑道:"也好,虽则是猜,也猜得有个章法呢。"如此再走,两侧山崖拔高,山风流动,牵出各种声响,差不多一个时辰之后,转弯处又分出一道支岔。林微道:"那这一回呢?"无间道:"走这岔口。"林微道:"还是一样的讲究?"无间道:"那是当然。"林微忽然来了兴致,道:"你将'怀宝迷邦'再走一遍给我看看。"无间道:"这一招全是下盘,讲究的是方位方向步伐步幅,一丝一毫也错不得的。"他一边说,一边演,谷底多细沙,一招使完,地面上足迹纵横转折清楚分明,林微盯着看一会儿,不由自主"哼"了一声。

无间也伸长脖子瞅着，道："你看出什么了？"林微道："你起始向右斜跨是半步，然后向前是一步，而我们到第一个岔口，用了差不多半个时辰，到第二个岔口，差不多一个时辰。"无间道："那又怎样？"林微道："这第三步是一个转身，你右足画个半圆，而咱们脚下正好也是弯弯的一条路，这些都是巧合，还是别有讲究？而且你跨的是一整步，或者意味着我们要走一个时辰？"无间皱着眉头想一想，似乎才明白了，可嘴巴却半天也不能合拢。

　　放开脚步，走出差不多一个时辰，却再没有岔路出现。无间比画一下，道："下一式是高高跃起，面向右侧落地。"林微望一望两侧石壁，展开轻功攀缘而上，几个起落，也便出了峡谷。眼前景象开朗许多，一层绿茵茵的浅草绵延到山脚下，隐入层层叠叠的松木之中，而右边不远处，隐隐约约的，竟然真的有一条小径。那路径年代久远，许多地方早已湮没，但坚持着走一阵子，它总会信守承诺一般重新出现。如此又两个时辰，二人不曾走到尽头，却已经置身于一大片密林之中。无间道："现在又怎样？"林微道："你收势又是何种讲究？"无间道："口诀中说的是'剑指北斗'。"林微望望天空，捡起一根树枝，斜斜指出去，道："北斗应该在这个方向。"

　　视线的尽头是一棵大树，树顶浑圆，叶子七片一组，乍一看如同手掌一般，显得既古雅又庄严，而树根处还有一个黄色的土包，光秃秃的，在一片碧草之间显得颇为醒目。无间走近一些，左右瞅瞅，道："这树好像只此一棵？"林微道："它叫作无忧树，爹爹从前讲佛经里的故事提起过的，也叫娑罗树，本是佛家圣树，在南方的样子还不尽相同。"想一想，拍拍额头，又道："你可知道'怀宝迷邦'讲的是一个圣人？它出自《论语》，是一个叫阳货的人说的，他说孔老夫子有一身本事，就好比怀里揣着许多宝贝，所谓'怀宝'；却不当官，任由国家乱糟糟的，也就是所谓的'迷邦'。方闻松这一招用这样一个不伦不类的名字，而我们圣人没有找到，圣树却见到一棵，所以牵强归牵强，寓意还不算太差。"无间一脸茫然，道:"那又怎样?"林微道:"你还不明白?树中藏着宝贝呢。"

无间满怀好奇,却并不相信,手脚并用,一边往树上爬,一边不住地敲敲打打,到了高处,上下看看,忽然笑了起来,道:"若这树是个圣人,那我现在差不多就在他怀里了?"话音未落,脑袋边上扑棱棱飞起来一只鸟,吓一跳,这才发现树皮中间有一个黑漆漆的窟窿,原来是一个鸟窝。他犹豫一下,伸手进去,先扯出两把枯草,再摸索,忽然触到一些冷冰冰的铁石之物,"哼"一声,指间再探,依稀握住什么把手,稍一用力,居然拉出一只四四方方的盒子,惊叫一声,再不能自持,一个翻身从树上跃了下来。

那盒子没有上锁,唯上缘有一个精巧的机关,用力一按,也便松了。翻开盖子,里面有一只油布包裹,再打开来,中间却是一本薄薄的册子,上书"天和掌法"四个字。林微说不上为什么,稍微有些失望,道:"不曾听说天山派还有这样一套掌法。"无间却颇为兴奋,搓搓手掌,道:"且看你我也弄个武林高手当当。"

经书页面微微发黄,可摸上去仍然柔软致密,掀开扉页,上面有四行小字,"有因有缘集世间,有因有缘世间集,有因有缘灭世间,有因有缘世间灭"。再下面又有一行题款,"闻松藏经,有缘者自取"。无间颇为慨叹,道:"这果然是方闻松的遗物?"林微点点头,道:"他还真是懂些佛学,否则也不会弄一个圣树的把戏在这里。"继而伸手拍拍无间肩膀,道:"但凡事情落在一个'缘'字上面,便逃不过你的掌心。"

再翻过一页,上面有一大段文字,起首写道:"绍兴三十一年,随皇子北出塞外,身背湛卢剑,方悟得世间功夫十有八九全无用处。"无间只觉这几行字对极了胃口,不由得一拍手掌,叫了声:"妙哉!"林微有些不以为然,瞥他一眼,可再一转头,泪水却无声无息地溢满了眼眶,林剑无在这件事上耗费半生,直到辞世之前,才终于摸索到一些似是而非的线索,而眼前这些文字言之凿凿,再不会有半点差错,若是他看到了,又会是怎样一番感慨?

经中继续写道:"天下武功林林总总,但细究个中套路,大多四分为攻,三分为守,两分为虚,其余则全无用处。湛卢剑之利,销魂蚀骨,是以一剑在手,无以为虚,无须为守,如此便仅余四分剑法可用,而这四分之中,一分繁复弄巧,作茧自缚,一分装腔作势,纯属雕饰,如此便只剩区区二分!千年武学,却无以匹配一把好剑,无地自容,无地自容!"无间一字一句读来,似懂非懂,却还是手舞足蹈,高兴得不成样子。林微莫名地有些恼火,道:"你都明白了?"无间道:"窥其心意,又何必明白?"林微道:"一柄利器而已,也能牵出这么多轻狂!"

经书另起一段,写道:"吾意并非仗剑欺人,只是由此了悟,武学之道一味讲究防人之心,未免入了歧途。两人交手,若是一人见招拆招,也还罢了,若是另一人也见招拆招,则因变而变,为变而变,又与嬉戏何异?人之为人,不役于式,即临敌,必制胜,一则心意坦荡,取君临天下之境,二则删繁就简,直截了当。我不拆招,我只递招,我不变招,迫你变招,个中意象,正可谓'静而圣,动而王,无为也而尊,朴素而天下莫能与之争美',由此,吾得天和掌法。"

无间禁不住哈哈大笑,道:"习武的时候我总是在想,有些招式究竟有什么用处,别人还不见得要攻呢,又何必处心积虑去守?为何便不能一心去攻,让对方来守?经书里的这些话,是不是这层意思?"林微不置可否,转而指着书页底端一行小字,轻声念道:"我心从佛,而这套功夫最无佛性,是以当传向善之人。"

接下来书中详解天和掌法,一共不过一十三招,招式平平无奇,意象却高远辽阔,回肠荡气。书页翻到最后,忽而有一片黄色的锦缎掉了出来,林微一愣,竟多出一丝难言的释然。那锦缎折在一起,四四方方,展开来,果然又是一副地图的残片。无间将固安城头得来的那一片也取出来,二者虽不能衔接,但是纹理质地笔迹画意均如出一辙。林微这才恍然大悟,道:"神农教暗算天山派,原来是因为这个——"思绪跳转,又道:"虚怀子被杀,会不会也是同样的原因?"无间道:"他也是神农教所害?"林微却变得有些神往,道:"当年三十二皇子北上,有人才有兵书有宝剑,还有至精至绝的武功,按说这些都是定国安邦的神器,怎奈都不能尽其为用,到头来便是大宋国忍辱蒙羞,'怀宝迷邦',嘿嘿,原来是这样一层意思!"

之后二人便在天意峰住了下来,开始一心一意修习天和掌法。无间天资有限,可也天性坦荡,浸淫其中,与掌法相互生发,个中快意,却也并非林微所能体会,而且正因为此,体内真气渐渐被激发出来,内外相辅,打下些吐纳的根基,也才有了收放自如的样子。可他功力突飞猛进之余,对海蓝若的依赖也一日甚于一日,有时候等不到七日,便要再服一次药丸。他心中无奈,口上依旧放肆,只说世间居然还有这等死法,醇厚如酒,无限回甘,林微却渐渐生出些挥之不去的念头,既然一切始于神农教,或者也该止于神农教?又数日,心意已决,就走一趟神农谷好了。

临行之前,他们取了那片地图,却将天和掌法原样包好,还放回到树洞之中。已是知寒时节,风中多出一丝阴险的清凉,满山草木为秋色浸染,一面如花绽放,绚烂异常,一面又让人有些心意萧索。他们走得颇为从容,数日之后,才出了天山地界,再往南,仍然是无穷无尽的崇山峻岭,村镇无多,罕见人迹,唯有日头一日比一日暖和。待进入云南,夏日光景便又被找了回来;地方湿热,毒虫毒草无处不在,无间行走其间,海蓝若带来的种种感应纷沓而至,亦是别一种滋味。异族风情的衣饰蜡染花绣手工,让二人大开眼界,而当地人说话时候的语音语调,又尤其让无间忍俊不禁。而那些人视毒为友,以之入药入酒入茶,手法窍门层出不穷。至为有趣的却是那些蘑菇,人言越毒的越是甘美,林微一直引为笑谈,说那都是死鬼耿耿于怀的遗言,到了这里,也才真的开了眼界;许多蘑菇毒性极强,单吃一种会赔上性命,可依着法门将数种混在一起,则毒素中和,惟余美味,只是有些道理即便说清了,她仍然颇为小心,不像无间,肆无忌惮,一味地大快朵颐。

神农三谷,定风谷居内,神农谷居中,彩云谷在外,彩云谷谷口有小镇名为秀墨,乃是一个风景如画、闲适清透的所在,人来人往,一片祥和。正逢蝴蝶节,蝴蝶无处不在,青山之上,峡谷之侧,一片片幻若彩云,如烟似雾,而孩子手里的玩具,街边小摊上的摆设,店铺里的布绣,灯笼上的纸饰,亦无一例外。再者,这是神农教的地界,街边路人说起神农谷,便如同提及城外的一座寺庙或者山里的一座道观,不惊不怵,平平淡淡。无间还道天下第一邪教该是在一个阴风肃杀、鬼火孤鸣的地方,可眼前偏偏是这等世外桃源一般的景象,亦是好生感慨。

正午时分,两人就着街边小店吃米线,林微道:"要不你就留在这里罢,加入神农教,养养毒物,一日三餐,煲些蘑菇长虫,炒炒蜘蛛蜈蚣什么的,岂不逍遥快活。"无间哧溜溜将一根米线吸进嘴里,道:"无有不可。"林微道:"还有你那个梦中情人殷姑娘,说不定哪天就能碰上呢。"无间念头转到这里何止一次,道:"可不么!此处可谓天上人间,那大家便都是神仙,说什么只羡鸳鸯不羡仙,嘿嘿,我也过过又是鸳鸯又是仙的日子。"话说到这里,心思周转,竟而多出些不似惆怅的惆怅,开始盯着窗外发呆。这时市面上忽然传来一片喧哗,好多人异口同声喊道:"沈姑娘来了!"

隔着窗户望出去,却见一位年纪不大的姑娘远远走了过来,一袭白衣,青丝如瀑,虽在闹市当中,那一股娴静仍然如同冰花一般,清凌凌的摄人心魄。路上行人纷纷躬身行礼,那姑娘却只是低头走路,进到对面茶馆里去了。无间口中唏嘘两声,眼睛便有些发直,林微伸手在他脑后拍一下,道:"你平日里还算本分,到了这个妖孽横行的地方,竟然也这般不知羞耻。"无间哈哈一笑,道:"这姑娘貌若天仙,不作观瞻,才是不敬。"林微"呸"一声,道:"别拿厚道做轻薄的本钱。"继而又撇撇嘴:"她像是一个有城府的狐狸精，一点儿也不讨人喜欢。"

对面茶馆名为"铭心"，匾额上另有两行标注，所谓"花香袭人，茶香有痕，十盏不饮，枉自为人"。林微生了趣味，拉着无间进门坐了。茶馆之内适才还空荡荡的，沈姑娘一来，忽然便聚起好多人。东面窗下有偌大一张书案，她正提笔作画，周围有十几位一声不响地看着。小二递上茶单，林微问道："你这'枉自为人'，又是怎样一种讲究？"那小二道："二位不像是本地人，有所不知，彩云谷向阳一面出的茶名为'沉碧'，茶色清绿，香气温而郁，背阳一面出的茶名为'玉蕊'，茶色浅黄，香气淡而远，就近画眉雪山有四花，冰寒处为'衣雪花'，温热处为'香笼花'，风行处为'醉云花'，雨浓处为'凝脂花'。沉碧和玉蕊本身已是茶中极品，但是花香入茶，又别具一格。衣雪属冷，香笼属温，醉云泛苦，凝脂味甜，两种茶是两种滋味，再各自与四种花匹配，便又是八种滋味，这十种滋味，嘿嘿，皆是人间极品，你不尽尝，便是白来这世间走了一遭！"林微道："你好大口气，江南龙井毛峰碧螺春，话也没有说得这样满。"那小二呵呵一笑，道："姑娘貌美如花，想来是江南人士，这样说话，便是嘲笑我们地方小，没见过世面，不过这块匾是数十年前一位江南的贵公子写的，所以这'枉自为人'也不是我们自己封的，我猜着，秀墨比之江南或有不如，也不见得逊色多少呢。"林微道："你这一套一套的，好像真的有么多讲究一样，我便十盏茶都尝一尝，也像模像样地做一回人如何？"

那小二领命下去，不一会儿便摆了茶上来。他先泡沉碧，后治玉蕊，再依次加入四花，林微无间一杯杯品来，果然不同凡响。林微又道："你们这位沈姑娘可真是个大美人儿。"那小二道："她姓沈，单名一个'湄'字，人好看，性情还最好不过，此外还画得一手好画。她是我家主人结义兄弟的千金，偶尔会来我们茶馆小坐，但凡有人求画，没有不答应的时候。"说话的工夫，有人捧着一幅欢天喜地地去了，沈湄又和另外一位说几句话，点点头，便又开始画新的。林微忽而问道:"我们慕神农教之名而来,你可知道怎样才能入教?"无间"嗯?"一声,几乎要叫出来,林微却在他手上一拍,道:"喝你的茶便好。"那小二丝毫不以为意,道:"你们这样的大有人在,只是千里迢迢从江南跑来,还真是不多。不过二位运气好,再巧不过,明天是蝴蝶节的第四天,也是神农教公开考试招收弟子的日子,正好可以去试试。"无间忽然来了兴趣,问道:"考什么?"小二道:"考武功武学,考医理药理,考毒虫毒草。"林微道:"在哪里?"小二道:"彩云谷。"

过不一会儿,那些求画的人散了,沈湄闲了下来,靠窗坐着,一面品茶,一面翻书。林微拉着无间走到她身边,浅浅地行个礼,道:"沈姑娘好,我也求一幅画。"沈湄没有起身,只是点了点头,林微又道:"你画画我吧。"沈湄有些惊讶,抬头打量她一会儿,道:"姑娘便如同画里的人一样,却还要入画,可是有心给我出难题?"林微指一指无间,道:"我这个傻哥哥要一个人去一个地方,你画好了他正好带上,也算有个念想。"沈湄这才看一眼无间,道:"她在你心里的样子可有些什么不同?"无间琢磨一下,还是不懂这话是什么意思,道:"难不成我心里惦记的还不是眼里看见的?"

沈湄微微一笑,提起笔,轻勾浅挑,画寥寥几丝线条,便收了手。画中之人连眉眼都没有,可林微的样子却跃然纸上,无间捧着,直到出来茶馆,还是赞不绝口。林微拍拍他肩膀,指指天边,无间跟着望过去,不想手上一松,画便被她捏了去。他甚是恼火,道:"你不是要送与我么?"林微道:"才不要送,让你保管几日而已,偶尔看一看,免得被迷了心窍。"无间一怔,这才记起来,道:"你说我一个人要去一个地方,什么地方?"林微道:"神农谷。"无间道:"去那里做什么?你就不去么?"林微道:"你命里和神农教有缘,它却不见得与我有半点干系。"

第十二章
懵懂落拓相安在

想起苏荬与王小酒等人,无间还是惴惴不安,好在当地不留发髻的大有人在,他索性便剃个光头,再换上一身短打服饰,活脱脱也变了个样子。第二日一早,人潮比前几日还多三层,他们也混入其中,向彩云谷走去。峡谷入口处路径狭长,却出其不意地平坦,而且走的人多了,寸草不生。这一行转过不知道多少弯儿,却仍然看不到尽头,人近乎有些百无聊赖了,再转身,眼前忽而成了一片广袤的绿地,而先前的诸多曲折此时又变得兴趣盎然,甚至有了些恍若隔世的意味。

绿地之上稀稀落落地点缀着许多树木,均是白枝白花,一派明净又一派幽然。周缘的山脉走势柔和,坡上则有八组宅院,每一组有九座院落,三纵三横,皆是白墙黑瓦。此外山脚处还有三条花带,一条紫色,一条黄色,一条红色,犹如水纹一般,绕山谷一圈。画眉雪山就在不远处,是一层朦胧的蓝色,峰顶积雪分外耀眼,衬得阳光也多一份别样的剔透。而青天丽日之下,碧草白树之间,又有成千上万只彩蝶翩翩游弋,云朵一般翻出不尽的斑斓奇瑰。如此风物,如此幻境,直教人心神俱醉,如在梦中。

不远处的山坡下聚有不少人,中间飘着五面大旗,居中一面为黄色,上有一把形状古雅的药锄,左边蓝色旗上有"百草"二字,红色旗上有"万灵"二字,右边紫色旗上有"尚武"二字,青色旗上有"和融"二字。旗子一侧有三张书案,坐着三位头面人物,再前面则排起长队,弯弯曲曲延伸出去好远。队尾是一个和无间年纪相仿的胖子,脸盘极大,下巴几乎贴在胸口上,而肚皮滚圆,托住一双蒲扇一样的大手。无间拍拍他后背,叫一声"这位大哥",他应一声,吸口气,似乎才攒足力气,慢慢转过身来。林微问道:"我这哥哥想入神农教——"那胖子道:"在这里排队就成。"转而打量她一回,道:"你呢?"林微道:"我没有那个修为,也没有那个造化。"那胖子又瞅瞅无间,道:"亲哥哥?"无间伸头往林微脸边一凑,道:"你说呢?她配得上我这个哥哥,我还配不上她这个妹妹呢。"那胖子也看不出个所以然,自顾自说道:"我也有个妹子,不过她总嫌我太胖,给她丢脸,人前便假装不认识我,可是——"哈哈地笑一番,"她也没有比我瘦多少。"进而又道:"你慕哪一门之名?"无间一头雾水,道:"什么门?"那胖子皱起眉头,道:"当然是神农四门——"林微灵机一动,道:"万灵吧。"

神农教以灵药行天下,教内四门,百草门专攻毒花毒草,万灵门专攻毒虫毒兽,尚武门专攻毒术武功,和融门则将其他三门融会贯通,门下人数极少,可每一位均是高手,地位实则也略高一些。那胖子名为牛进,当地瑞江人氏,自小便喜欢摆弄花花草草,这次正是冲着百草门而来。他又瞅瞅无间,道:"入神农教可不是儿戏,你们要是图个热闹,还是赶紧死了心为妙。"无间道:"这又能有什么大不了?"牛进正色道:"你可知道一旦入教,终生不能脱教?"无间道:"我想走就走,谁还追我到天涯海角不成?"牛进伸出三根手指,道:"神农教有三种毒药,揉心草、蚀脑丸,还有秋花露,这三种药制法与解法全然不同,但是作用大差不差,你一旦入教,便会被种上其中一味,之后每年必须服一次解药才行,否则毒发身亡,惨不可言的。"无间这也能听出乐子,哈哈大笑,道:"性命都典当了又如何卖命?"

牛进拧着眉毛看他一眼,道:"你小命若是不想被别人捏在手里,就不要乱凑热闹,而且这件事情上他们尤其讲究,不同的人会用不同的药,而即便是同一种药,还要看是谁人所制,谁人所种,解法也不尽相同呢。"林微在无间背上拍一掌,防他再胡说八道;转而问道:"那你呢,你不害怕?"牛进道:"我不会有二心,才不会害怕。"无间道:"若他们要你去做坏事呢?"牛进摇摇头,道:"神农教药毒心不毒,江湖上那些风言风语信不得的。"

无间便自称范阿七,随着牛进报上名,再接下来林微便不能陪着了,有些依依不舍,道:"这一别,可不知道什么时候才会相见。"无间浑不在意,指一指当空的日头,又画小半个圈子,道:"它到不了那里,我就出来找你。"林微道:"你才不明白——"无间摆摆手,道:"此间少说也有两百余人,一个个都是知草知药的,而他们只收二十四人,又如何轮得到我?"林微懒得置辩,便取出沈湄那张小画,塞进他怀里,有一会儿像是有些走神,忽然问道:"你若是和那个殷姑娘朝夕相处了,还会不会念着我?"无间开始皱着眉头打量她,俨然觉着这话荒诞无比,林微这就来了气,伸手推他一把,道:"去罢,去罢,没心没肺的,还能怎样?等你出来了,回铭心馆找我就行!"

牛进因为肥头大耳自小便招人挖苦,如今遇到无间这样一位无所计较的,一肚子热肠都翻了出来。二人席地而坐,说个不住,待到将牛进包裹里各类好吃的一扫而光,交情也便胜过兄弟了。不多时一声锣响,一位中年男子走到空地中间,一身黄袍,面容干瘦,腮上有几缕灰白色的胡须,四面抱拳各行一礼,道:"在下神农教付青池,诸位远道而来,我先行谢过,规矩年年都一样,废话少说,这就开始吧。"

无间心道这人倒是利索,这几句话和没说一样,全无用处。这时便有神农教的随从走上来,给每人派发了一只竹筐,那筐子里有几张纸，纸页中间夹有七种药草，第一道考题却是要他们写下那些药草的名字。无间一样一样看过来，不出所料，什么都不认得，这种情形思考也没有什么用处，便只好百无聊赖地站着。待众人都写得差不多了，付青池道："这七种药草，如果你全都认识，或者认识其中的六种，站去东边，认识其中三到五种的，留在中间，只认识其中一种或者两种的，站去西边。"众人乱一阵子，再静下来，有二十余人在东面，一百余人在中间，其他四五十人在西面，无间无可着落，只好硬着头皮问道："若是一棵草都不认识，该站在哪里？"众人轰的一下笑了起来，付青池颇为恼火，道："你一棵都不认识？"无间嘿嘿一笑，道："不认得。"付青池道："那你来彩云谷做什么？"

无间无可置答，付青池便挥挥手，让他去后面站了。众侍从检视一遍答案，有人因为错了，不得不换一个地方，这样又折腾一会儿，才算是尘埃落定。那竹筐之中另有四只竹笼，分别装有一只大红蜈蚣、一只灰蝎子、一只花蜘蛛和一只黑蜘蛛，而第二道题目却是要他们想一个法门，将毒虫从笼子里弄出来，逐一安置到竹筐里去。无间听着便不住摇头，这些虫子个个狰狞火爆，又如何能丢在一处？信手拎起一只小笼，在筐底一磕，倒出来的是一只大红蜈蚣。它抖索两下便来了劲头，开始摇头摆尾地来回走动，无间不由"哼"了一声，适才它在笼子里恹恹欲睡，可全没有这股精气神。

他不自觉地举起小笼闻了闻，掩入鼻息的是一股极细的酸味，竹筐里另有四只小瓶，装有四种不同颜色的浆汁，其中黑色的一瓶味道似乎与此相差不远。他若有所悟，捏起来，看那蜈蚣爬到竹筐一角，便淋了一些上去，再一瞬，那毒虫果然变得软塌塌的，拱进汁水里面，再也不动了。看这情形，那小笼所用的竹篾应该在黑汁里浸过，适才那只蜈蚣如此服帖，正是被药物镇着呢；想到此间，他不由得一拍巴掌，恨不能欢呼一声，另外三只小瓶应当各也自对应一只毒虫，如法炮制就好，易如反掌。

这会儿一名考生忽然叫一声"不得了!",跳起身来,却是花蜘蛛和灰蝎子在竹筐里一来一往斗到了一处。一名侍从快步赶过去,捻些药粉止住毒虫,那考生便哭丧着脸,离了考场。这就好像起一个头儿,呼叫声开始此起彼伏,那几位侍从忙得足不点地,二三十人也相继被请了出去。无间看在眼里,不无得意,不慌不忙地倾些黄色的浆汁,放那只灰蝎子进去,又倒出绿色的浆汁,泡住那只黑蜘蛛,最后再拎起那只花蜘蛛的小笼嗅一嗅,眉头一皱,又没了主意。

小笼掩在一层淡淡的香气之中,可那瓶白色的浆汁却有一股令人作呕的霉味。他不敢冒险,便捏着小瓶凑过去,那花蜘蛛原本蔫蔫的,这时忽然翻个身,跳将起来,可小瓶移开些许,便又消停下来。看这样子,白汁的作用适得其反,个中道理还不尽相同,拧着眉头想了又想,一筹莫展,而这时场上有不少人已经安置好毒虫,站起身,依着指示走到了最前面。

无可奈何,他只好拿起笼子再闻一闻,那味道有深有浅,这会儿似乎被剥离开了,隐隐约约的,又透出一层花香。那气息一面遥远得无法捕捉,一面又似乎无所不在,再熟悉不过,他眯起眼睛,望望天空,却又哑然失笑,正头顶一株白树,白花一簇又一簇,素净如雪,而其中流动着的,可不正是这种味道?地面上散着不少花瓣,他捡起几片,堆在竹筐一角,这时心下一动,又想起纸片里夹着的那些药草,其中一片银中泛白,尖月弯弯,原来就是白树的叶子。他不由得嘿嘿一笑,这无异于目不识丁,怪不得付青池适才那般恼火,将那片叶子也摘下来,一并搭在花瓣之上,这才倒出那只花蜘蛛。那毒虫略一迟疑,爬上两步,钻到花瓣之下,竟然再也看不到了。

这时付青池忽然说道:"时间差不多了,还不曾解开题目的,去场外就好。"那些仍然坐着的唉声叹气一回,各自垂着脑袋蹒跚而去,无间则惴惴不安,说不清到底算不算过关,而牛进站在最前面，看他留下来，乐呵呵地不停晃动大拇指。这一会儿，原本的三群考生又各自依着解开题目的快慢分成了前中后三组，除此之外便是无间，一个人孤零零地站在外缘。众侍从依次检查功课，付青池则环视一圈，问道："可有哪一位想说一说你的手段？"

场上有不少人同时举起手来，付青池随手指向东面的一位，那人一身灰衣，差不多三十多岁年纪，自报名头，系"长川文少敏"。他取一根树枝，俯身挑起那只黑蜘蛛，道："这是桦山黑蛛，顾名思义，生于广北桦山，入秋之后，出入于枯枝败叶之间，以腐肉为食。"他捏起那只绿色的小瓶晃一下，又道："这浆汁之中掺有腐肉，自然教它趋之若鹜，倾一些在竹筐一角，便是一道不可多得的大餐，它放肆享用，才不会生事。"

他继而挑起那只蜈蚣，又道："这是长岭龙蜈蚣，长可盈尺，奔行如风，所以这一个'龙'字断非浪得虚名——"这时人群之中一位青衣女子忽然摆摆手，道："你莫要啰里啰唆说这些废话，我们若不知道它是什么，现如今也不会站在这里。"文少敏一怔，再望一眼，便有些尴尬，那女子年纪不大，站在东面前排，模样还算可人，只是额头大得有些突兀。她唇角兀自带着冷笑，声音更显尖锐，道："你说完没有？这里不只有你，别人也要说话的。"文少敏咳一声，语速不自觉快了许多，道："龙蜈蚣嗜酸，在酸梅树下常能见到，而这些黑色的浆汁是用走兽的皮毛熬制而成，对它极具安定之效。还有，灰蝎子生于川南，栖居于朝天椒的根茎之间，而黄色浆汁里溶有大理辛草，与它最为相宜。"透一口气，左右望望，又道："只有最后这只花蜘蛛，我说不出它的名目，但是按照惯常的道理，色彩斑斓的毒虫多出入于向阳干燥的地方，而这一瓶白色的浆汁系由尸味菇制成，气息颇丧阴郁，花蛛应该避之不及，我在竹筐一角斜着浇了几条线，果然将它困住了。"

场内有不少人连连点头，唯有无间是一副恍然大悟的样子，白瓶之中的道理这等浅显，他居然不曾想到，也真是笨到家了。适才那位女子却又嗤地一笑,道:"这花蜘蛛虽则色彩绚烂,但是装它的小笼却始终凉冰冰的,所以推算下来,应该还是性寒之物。我等地处南方,阳光充裕却又偏于寒冷的地方唯有高山之巅,可普天之下出没于高山之间的蜘蛛就寥寥无几,在云南境内,我听说过的便只有大理仰佛山的仰佛蛛。"她抬起头,目光亮亮地望一眼付青池,道:"付先生,这就是仰佛蛛?"付青池略感惊讶,但是嘉许之意溢于言表,道:"不错,这正是仰佛蛛。"继而问道:"你叫什么名字?"那女子微微一笑,道:"秀墨孙芸。"

她继续说道:"我还有两种独创的变化,一是尸味菇用得多了,能困住仰佛蛛不假,但也有可能让桦山黑蛛变得极不安分,早先那七片药草之中有一片是绵草,最能吸味,我碾碎了,撒一些在尸味菇的外围,是一层不错的屏障。此外,药草之中还有一片是黑心百合,在长岭颇为常见,那里的黄蚁喜欢吃百合的花蕊,龙蜈蚣便常常藏身茎叶之间,静等它们送上门来,是以我在龙蜈蚣边上还遮了那片叶子,教它更安静不少呢。"

有人听得甚是佩服,肃然起敬,付青池也不住点头,连声道:"不错,不错。"这时牛进忽然举起一只胖手,道:"灰蝎子一下子能窜出好几尺,就靠那点辛草汁,还是有点儿悬,那七片叶子当中有玉廉槿,我将它和绵草混在一起,制成一剂还说得过去的迷药,涂在了灰蝎子身上。另外,草叶之中还有乱肠草与诛心葵,将二者加入黑汁,会多一层木质的腐败之气,那黑蛛更喜欢得紧呢。"付青池不由得呵呵大笑,道:"你又如何称呼?"牛进喜不自胜,深施一礼,道:"瑞江牛进。"

他一团高兴,不想孙芸在一旁冷冷地瞅着,竟好似恼恨到了极点。这时众侍从也查检得差不多了,略一商量,似乎才看到了无间。其中一位颧骨高高的女子走过来,低头瞅一眼,"嗯?"一声,道:"这是霜蝴蝶的花瓣?"无间一脸懵懂,道:"霜蝴蝶?"好在心思转了过来,指指头顶那棵白树,道:"这是霜蝴蝶?"那女子双眉一皱，不屑作答，无间则赶紧说道："花瓣是从地上捡的。"那女子像是有些恼火，转而冲付青池招了招手，他走过来审视片刻，似乎也才明白过来，问道："你认得仰佛蛛？"无间道："不认得。"那女子落井下石，插口道："他连霜蝴蝶都不认得。"付青池道："你说你七片草叶都不认识，那这些毒虫又认识几只？"无间道："我认得蜘蛛是蜘蛛，蜈蚣是蜈蚣，蝎子是——蝎子，而已。"众人听了，哄堂大笑，付青池却不动声色，道："那你的题目又是怎样解的？"

无间有些忐忑，嘿嘿一笑，道："蜈蚣笼子里有一股酸气，与黑瓶里的味道差不多，黑蜘蛛的笼子臭烘烘的，与绿瓶相近，灰蝎子是一股火辣气，与黄瓶相近。它们在笼子里都蔫得很，我猜便是这种种气息所致，相应地倒一些浆汁在竹筐里，让它们继续腻着就好。"付青池难掩讶异，道："那仰佛蛛呢？"无间道："这个才是凑巧。"他拎起那只小笼，递给付青池，道："这里面有霜蝴蝶的香气，对不对？"

众人一脸茫然，有几位还真的对那些小笼生了兴趣，捧起来使劲嗅一嗅。无间这些话印证在道理上平平无奇，可付青池听在耳中，却又完全是另外一种意味。这些小笼以特殊手法制成，种种药物互相弥补中和，不露痕迹，谁承想这少年竟然一闻便知。他转而望一眼那女子，道："装仰佛蛛的笼篾果然用了霜蝴蝶？"她摇摇头，道："没有，我们用的是桂梨花，霜蝴蝶的花瓣居然也有这等效用，我也是刚刚知道。"

无间心下一跳，不由得连呼侥幸，他隐约分辨得出二者气息不尽相同，却有心忽略，误打误撞，好在结果不算糟糕。付青池有所思量，似乎颇难决断，过好一会儿，才命人收起竹筐，转而道："适才此间有两百余人，如今却剩下你们四十二位，而你所处的方位，也是你药学修为的写照，若是在东边三组，说明你知花知草，更胜别人一筹，若是站在靠前的位置，说明你在毒虫毒物方面别有心得。"他望一眼东面最前排的孙芸和牛进等人，又道："你们几位表现最好，可以说一只脚已经跨进神农教的门槛，只是这第三轮，却不见得还能顺风顺水。"这时孙芸忽然大踏步走到前面，道："付先生，今日便由我设擂如何？"

考试第三轮比的却是武功，待比试完毕，从第一名到最后一名，要排一个毫不含糊的顺序出来。这听着复杂，实则不然，设擂者便是预设的第一，打擂者上前挑战，胜了便是新的设擂者，一旦有人交手，展露拳脚，其余人加以印证，大致便可以掂出自己的斤两，该进还是该退，也没有什么难以决断的。这样你来我往，不需要几轮便可以决出第一名，之后再如法炮制，决出第二名，继而第三名、第四名，依次类推，而且到了后半程，排名前两位后两位无关紧要，大多时候更进展得一团和气。不仅如此，任何一场比试还不得超过十招，如果十招之内不分胜负，一切便交由付青池定夺。

孙芸抱拳环视一圈，缓缓说道："我自幼追随星煞道人习武，一十三年间，火云掌已有中成，我明白入教之后大家都是兄弟，可今日过招，事关个人前程，所以你好自为之，莫怪我手下无情。"星煞道人在大理名气颇大，那火云掌讲究什么"掌风似火，掌势如云"，也算是颇为高明的武功。众人心下揣摩，过了好一会儿，竟然无人叫阵。付青池略感惊讶，望一眼孙芸，道："若是我猜得不错，你该是想进和融门了？"孙芸头一扬，道："我自忖医道药道武道无一不精，入和融门也是水到渠成。"付青池微微一笑的工夫，一位汉子接过话，道："我自不量力，便先试一试好了。"

那汉子叫作高启，面目黝黑，差不多二十多岁的年纪，向众人抱一抱拳，又道："在下从来没有正儿八经地练过武功，只是人在峭壁上长大，山路走得多了，筋骨还算结实，今日便向孙姑娘求教一回。"说着走到前场，拉一个平常不过的姿势，冲孙芸点了点头。孙芸却冷笑一声，道："我刚刚说过的话，你还真的都当耳旁风了？"

她身形一晃，抬掌拍向高启的胸口，高启有心撤开半步，孰料孙芸快得出乎意料，脚下一点，又转到他身后拍出一掌。他避之不及，身子撞了出去，而孙芸有心要他出丑，脚下跟着再使一个绊子，他"扑通"一声杵到地上，面目红肿，口鼻流血，当真狼狈至极。众人有些看不过去，窃窃私语一阵，文少敏便踏上一步，道："我也请教孙姑娘高招。"

孙芸甚是不屑，道："我露一手功夫，算是到了明处，你看得清楚，算计得明白？"文少敏有些不忿，道："秀墨是何等民风，如何会生出你这等刻薄之人？！"孙芸道："我所作所为，无不有言在先，光明磊落，你反倒消受不起？再说了，大家的心思彼此彼此，又何必道貌岸然？"说着话双掌齐推，一股热风直扑对方面门。文少敏不敢硬接，斜刺里跨出一步，去拿她右肩。孙芸身子一转，抬脚撩他下阴。文少敏翻身避开，心下亦不由得勃然大怒，转而疾攻三招，而第四招上孙芸又反客为主，攻了回来。两人功力本就在仲伯之间，转眼间斗有九招，不分胜败。孙芸心下焦躁，忽地腾空而起，使出了星煞道人的绝技"花影脚"。文少敏双掌交错抵挡，虽则不住后退，脚下却甚是稳健，不露败象。付青池看得明白，一拍双掌，示意二人罢斗。孙芸在空中随即一个转身，颇为优雅地飘了出去，文少敏也点点头，似乎想收势站好，只是不知为何，脚下又一个踉跄，摔在地上，晕了过去。

众人大吃一惊，牛进则"哎哟"叫一声，走上前去俯身查看。孙芸望望付青池，道："付先生，过十招没有？"付青池道："正好十招。"孙芸道："那你和我一样，也是心中有数了？"付青池微微一怔，忽而不知该如何作答，年复一年，也见识得多了，品行不端的人他不喜欢，可是个性张扬些的，其实并不介意，孙芸使完花影脚，空气里便多出一丝千叶槿的味道：可想而知她在鞋底暗藏毒药，踢起粉尘，暗算文少敏，这种手段在中原会招人唾骂，可在神农教这里，却并无不可。他稍稍等一会儿，问道："还有人叫阵么？"无间气呼呼的，道："你便这样主持公道？"

付青池循着声音望过来，不由失笑，道："又有哪里不公道？"

无间传　157

无间道:"此人这等张狂还这等心狠手辣——"付青池道:"张狂又有什么不好?你若有手段让她收敛一些,那便使出来就好,如若不然,那她张狂得理所当然。"无间道:"不通,不通。"还要争辩,牛进却瓮声瓮气地道:"孙芸胜之不武,还请付先生明察。"付青池隐约之中等的便是这句话,只是面上仍然淡淡的,问道:"此话怎讲?"牛进道:"看脉象,文大哥应该没受什么内伤,这样昏迷,实在蹊跷。"继而指指文少敏衣领。"这里有些极细的粉末,像是千叶槿,我猜着孙芸适才半空中一踢一踢的,该是偷偷地使了毒药。"

孙芸脸色红赤赤的,忽然间身形暴起,使一招"火流星"直取牛进肋下。付青池历来喜欢放任弟子们冲突,如此最能看明白每个人的修为秉性,这一会儿小吃一惊,却仍然无心阻拦。牛进拳脚功夫太过稀松,吓得惊叫一声,低头抱住了脑袋,无间嘴上骂一句"王八蛋",顺手从竹筐里捡起一只瓷瓶丢了过去。孙芸目光瞥见,还道是暗器偷袭,身子一转,取匕首可劲儿一拨,那小瓶"铛"的一声碎在空中,里面尽是黑浆,溅开来,泼了她一头一脸。她愈发怒不可遏,冲天而起,兜头撒下一把钢针,无间想不到转瞬间便成了这种比拼,稍一错愕,连中数针,脑中一声轰响,再想站稳,地面却晃晃悠悠地翻了过来,紧接着胸口一阵剧痛,便晕了过去。

无间再醒过来,人是在一张木榻之上,眼前则变成了牛进那一张喜不自胜的肥脸,他为孙芸所伤,虽则并无大碍,却还是迷迷糊糊睡了快一个时辰。牛进事无巨细,将后来的情形说一遍,原来他们连同孙芸文少敏高启等人均被录入神农教,无间还是觉着难以置信,道:"我排第几?二十四?"牛进哈哈一笑,道:"二十三,我是二十四。"无间道:"那孙芸第一?"牛进歪着脑袋道:"可不么!"

二十四人如今齐聚彩云八院中的兰花院,谈天说地,好不热闹;落落寡合的唯有孙芸,只是她心冷气傲,却也丝毫不以为意。不多时夜幕降临,众人早早歇下,无间依旧神困力乏,再想一想,才记起来又是一个七日之期。无可奈何,他服些海蓝若,用功完毕,也到了中夜时分;睡意全无,可又不敢随意走动,正没理会,院子里忽然有脚步声传了过来。凉夜寂寂,声音异常清楚,却是一位女子说道:"二十四个都睡过去了?"

无间热血上涌,忽的一下站起身来,那竟然是殷茵的声音!他一面有些慌乱,一面有些兴奋,一面又有些释怀,真是手足无措。接话的是兰花院的管家汪福,道:"不错,都睡过去了,今年这二十四个不如去年那二十四个,没有一个疑心饭菜里下了迷药。"无间心下"啊"一声,忽然明白过来,而汪福又继续说道:"不过今年付先生指定了要用极纯的迷药,说新人当中有一位鼻息灵异,大非寻常呢。"殷茵有些好奇,道:"哪一位?"汪福道:"范阿七。"殷茵像是琢磨了一下,转而道:"付师兄拟的单子,你都准备好了?"汪福道:"那是当然,他们十一个用揉心草,十一个用蚀脑丸,还有一个,就是那个范阿七,用秋花露。"殷茵"哼"一声,道:"有这等必要么?"汪福道:"这是付先生亲自嘱咐的,他说范阿七一窍不通,就靠着闻来闻去,硬过了今天的考试。这种人天赋异禀,要么一辈子效力神农教,要么便让他死了算了。"殷茵不再言语,过一会儿又道:"你这些加起来也才二十三个。"汪福道:"嗨,我都忘了,缺一个高启,早先有人捎信进来,说老娘病重,他便心急火燎地去了,我也说不清什么时候才会回来,没办法,只能麻烦殷姑娘日后再走一遭。"

他们先后走进对面厢房,过不一会儿,烛光便亮了起来。无间隔着窗棂间的缝隙,看得倒是清楚,榻上躺着的一位是文少敏,正睡得鼾声大作,殷茵从褡裢里捏出几根金针,在他臂上肩上反复刺几次,继而又喂一颗药丸,便转到另外一张炕上去了。他们依次施为,过好一会儿,退出来,又进了下一间厢房。无间记着牛进日间说过的话,看来秋花露果然大有讲究,还是千万莫惹上身为妙,而且这关口被认出来,也让人头疼得很。他悄无声息地溜出门,纵身一跃,在房脊上趴了下来。

无间传　159

过不多时，二人便到了无间卧房门口，殷茵却道："不急，种秋花露费时耗力，咱们先将其他人打发了，最后再收拾这个姓范的。"他们直接去了下一间，又差不多有一炷香的工夫，方才折回来。汪福推门而入，紧接着"嗯？"一声，道："人呢？"前后找找，又回到院子里，道："付先生有言在先，所以我还加倍留了意，他哈欠连天回的卧房，后来我还又专门看了一眼，装模作样地打坐呢，怎么就不在了？"殷茵道："迷药太纯容易致幻，会不会半睡半醒地走了出去？"汪福皱着眉头，道："若是那样，怎么都会弄出些动静，我不可能听不见的。"殷茵似乎并不相信他会这般仔细，转而道："他们吃了迷药，横竖走不远，野地里睡一觉，转天就回来了。"汪福道："往年倒是总有那么几个，要么舍不得爹妈，要么舍不得媳妇，伺机想溜，这个范阿七也有个小相好，两个人在彩云谷嘀嘀咕咕好久，才分开的。"殷茵毫无兴趣，道："现在该当如何？"汪福道："大半夜的也没法找，日后再说吧，我还问付先生要不要找人看住范阿七，他说不用，所以这事也怪不到我头上。"殷茵不再言语，窸窸窣窣收拾一阵，旋即告辞。汪福关了门，在院子里又找一圈，嘀咕一句"小杂种"，回房去了。

无间侧耳倾听，殷茵马蹄声踢踢踏踏，一路向西而去，于是展开轻功，疾步追了出来。兰花院与其他七院并称彩云八院，均在彩云谷面南的山坡之上。其中莲花院属和融门，梅花院、菊花院和兰花院属百草门，修竹院和牡丹院属尚武门，水仙院和芍药院则属万灵门。过了莲花院，路径向坡下延伸，马蹄铁敲在青石板上，愈发轻快。无间越追越近，好几次差点叫一声"殷姑娘"，好在还是忍住了。山谷收束，变为狭窄的一条，差不多要进神农谷了，那蹄声却忽然间消失得一干二净。无间心下诧异，紧赶几步，脚下却随之一软，踏入一片藤蔓之中。那藤蔓如同厚厚的一层垫子，夜色之下远远地绵延开去，同时一股浓香扑面而来，似花香却又带一点酒香，还泛着一丝土腥气，让人恨不得大吸几口，一醉方休。他有些飘飘然，可模模糊糊之中，又有一丝不安浮了上来；太白星寒光灼灼，冷冷地刺入眼界，心下一凛，陡然记起殷茵在小酒馆里用过的迷香——二者如出一辙，只是此处香气浩浩荡荡，浓出何止百倍，厚出又何止百倍！他惊出一身冷汗，不敢再走，屏住呼吸接连退出十余丈，才重新透出一口气来。

他略感失落，却只能依原路返回，殷茵说什么迷药致幻，便将计就计，索性直接去拍院门。汪福睡眼惺忪地看他一眼，还道真的梦游到野地里去了，并不多问，挥挥手便让他进了门。他志忐得一塌糊涂，又窃喜得一塌糊涂，回房里躺一会儿，天也就亮了。

来日里要确定每个人在神农四门的归属，那些有点念想的，难免坐立不安。神农教总教主傅长天，之下设文教主秦关、武教主韩及愚。三位教主之下又设两大尊者，麒尊者任千里，麟尊者张何萧。再之下便是四门，如今和融门掌门叫作云莫为，尚武门掌门叫作曹甚，万灵门掌门叫作吕霖，百草门掌门叫作尚一。此外与四门之首并立的又有十二使者，分别是青龙使、白虎使、玄武使、朱雀使、贵人使、螣蛇使、六合使、勾陈使、天空使、太常使、太阴使和天后使。苏萊即贵人使，而付青池实则是太常使，他们今日要等的人却是天后使吴双。汪福将这些都细细交代一遍，又道："过了今日，你们小辈经年累月也见不到这些高人，那些有野心的，该拍的拍，该吹的吹，最不用顾忌面子。"

不多时，院门处脚步声响，众人心下一紧，同时站起身来。来者果然是天后使，一身紫衣，面目姣好，看样子甚是温和。所有人都见过礼了，她才缓缓说道："付师兄挑出你们二十四位，也是费了好大一番工夫，昨日我和他商量到深夜，才最终定下各自的归属，我念名字，你们依次上来就好。"说着话从身后侍从手中接过一只布囊，从里面倒出一件三寸见方，药锄形状的雕饰。有人眼前一亮，难掩兴奋，道："神农药锄？"吴双道："不错，这是神农教教徒的信物，无论走到哪里，你们都要随身携带，切勿丢失。"说着又捏起一段两寸多长的木片，是淡淡的紫色，打磨得精致圆滑，可人如意。孙芸呼吸声分明急促了一些，道："断疴木？"吴双笑着点点头，道："神农教以灵药行天下，谷内药草无处不在，气息千变万化，有断疴木在身，可保你们不会糊里糊涂地在什么地方睡过去，丢了性命。"她随即从袋子里取出一张纸，看一眼，念道："孙芸，万灵。"

如此孙芸便是去了万灵门，她大失所望，怔好一会儿，才走向前去领了布囊。除她之外，还有七人去万灵，文少敏等六人去尚武，无间与牛进、高启等人落脚在百草，而去和融的则一个都没有。之后吴双便带着他们离开兰花院，向神农谷走去，一路谈谈说说，讲了不少有趣的掌故。不等到谷口，那一股浓浓的香气便又飘了过来，天光之下，一层藤蔓绿油油的，清润如雨，中间还点缀着不少白花，繁星一般。孙芸一直走在吴双身边，这会儿更大声说道："天后使，这可是天下闻名的惘神香？"吴双点点头，道："付师兄夸你博学，果然不错。"孙芸道："书上说，惘神香叶浓花腥，可致人失昏——"无间心中正发紧呢，这会儿也跟着不住地点头，吴双却微微一笑，道："那你怀里揣的又是什么？"

孙芸恍然大悟，呵呵一笑，率先大踏步走了上去。无间去怀里摸一摸，揣摩着她们说的该是那块断疴木，可仍然将信将疑，这小小一块木片又如何应付这等来去无踪的迷药？脚下忐忑，可那香气氤氲而来，复徜徉而去，头脑之中却始终一片清明，没有半点异样。这样走到惘神香深处，他不由自主掏出断疴木摩挲了一番，暗叹一声，此物果然大非寻常。

第十三章
苦茶青灯

又行不远,青石路复又出现,只是更为平坦宽阔。依着北山山坡修有五座府邸,中间一座最深,乃是神农府,另外四座则呈环拱之势,自东向西分别是万灵府、尚武府、和融府与百草府。众府邸皆以巨木搭建,并无雕梁画栋,亦非披金挂银,是一层朴实的暗灰色,安闲地矗立于碧草之外雪山之下。到万灵府门口,有侍从将孙芸等人接了进去,到尚武府,文少敏等人则告辞而去,众人在神农府与和融府未作停留,到了百草府,吴双则引着众人径直进了门。她轻车熟路,将他们一个个分别送下,牛进临行前还专门给无间一个熊抱,才一摇一摇地去了。到了最后,吴双身边便只剩下无间一个,他想着秋花露的事情,又深恐撞上殷茵或者苏荣,心中越来越没有底。吴双像是看透了他的忐忑,道:"付师兄说你大非寻常,委重任于你。"无间道:"我误打误撞,其实一窍不通的,又如何当得重任?"吴双微笑不语,却转弯抹角,走边门出了百草府。眼前一条小径探进一片纤细的峡谷之中,谷口处的石碑上却是"杵声谷"三个字。

转过谷口,视野开阔许多,山脉细如利刃,一片片自远处蜿蜒而来,又戛然而止,路径也随之变得芜杂,左一条又一条,如同水草一般。山叶之间有七座白色的小楼，檐角尖尖，斜斜地刺入空中。神农教草药一半来自定风谷，一半取自山野之间，二者均要先送到杵声谷，晾晒之后加以储藏，之后才在百草府被制成药剂。那七座小楼依山向阳，得天独厚，正是作晒药、储药之用。一行人走到山谷深处，拾阶而上，进了第五座小楼"清明阁"，吴双道："此处是清苦些，可是你若用心上进，三年之后应当知百草、明医理，到时候无论想做些什么都易如反掌，便说我们十二使当中，便有四人出自杵声谷呢。"

她复又嘱托几句，便带着两位侍从去了。无间站在石阶上，瞧着她们的背影渐渐消失不见，心头忽而不知该作何感想，大老远跑来神农谷，却又被发配到深山老林里离群索居，是不是也滑稽了些。好在他天性自在，不多时便安了心。阁楼一共五层，各有划分，药材林林总总，数不胜数。窗外斜坡上是一大片青石板，白亮亮的纤尘不染，正是作晒药之用。卧房不大，仅容转身，内有竹几一张、竹椅一把，案上则有一册《毒经》。那《毒经》乃是神农教前任教主曲关阳编纂，教内人手一册，详解天下奇花异草，尽述种种制毒用毒的手段。无间兴趣不大，但是转念再想，若是弄个药中圣手当当，谁说便解不来海蓝若？即便解不来，或者总还可以苟延残喘些时日？如此也便正襟危坐，一字一句地读了起来。

而接下来却也由不得他了，药草被源源不断地送上来，少的时候有十几种，多的时候则有几十种，如何处置，毒经之中各有说明。他只能临时抱佛脚，用到哪里，读到哪里，而行走于一排排的药剂中间，种种气息扑面而来，因为海蓝若的关系，又总能抽丝剥茧一般分辨出许多至为隐微的变化，由此再与经书印证，一来省了不知道多少力气，二来，其中神领意得之处，亦并非循规蹈矩之辈所能体会了。

如此忽忽月余，他在医理药理方面进境神速，虽则求解海蓝若愈发如同镜花水月，眼前的差事却应付得越来越从容。这一日泖一壶苦茶,在顶楼闲坐,山径之上不知何时多出一只毛驴,正不疾不徐地向清明阁方向走来。毛驴之上是一位绿衣女子,身材婀娜,稍显落寞,看模样便是殷茵。他心中"咯噔"一声,一面有些喜出望外,一面又想起了秋花露,如今熟读毒经,深知那是何物,一旦上身,这一辈子可再不得消停,前些时候他心神俱疲,晚间死睡如猪,会不会已经着了道儿?可转念又想,若真是如此,殷茵又怎会认不出他来?

这样想着,再一抬头,那毛驴仍然走得深一脚浅一脚,殷茵却不见了踪影,"哼"一声,左右望望,身后却忽然多出些窸窸窣窣的声响,不等回头,肩后微微一痛,早吃了两枚银针。他有海蓝若护体,不至于立即闭过气去,可脑中一荡,还是摔倒在地。一串细细的脚步声到了身前,殷茵绿色的裙裾旋即闪入眼角,她轻轻踢一脚,拔出针,便走了开去。无间伏在地上,口不能言,却还能看到对方的鞋子,她踱到架子边上,取下不少药材,随即转身而去。

再睁开眼睛,已是午后时分,四周静悄悄的,不觉着有半点异样,他这才恍然大悟,若不是因为海蓝若,这便如同大睡一觉,断断想不到殷茵来过这里。架子上的布置均是他亲力亲为,这会儿依着殷茵的步子稍作检视,差不多便知道她取了什么,其中一半还说得过去,另外一半却非比寻常,按着教内的规矩,没有百草门掌门人的亲笔信,万万拿不得的;思来想去,愈发不解,殷茵在神农谷地位非比寻常,断无必要这样行险,天晓得她在摆弄什么,居然到了这等不可告人的境地。

他对殷茵说不上朝思暮想,但是念头转到那里,再想开解,也并非易事,这时候门间人影一晃,高启竟然走了进来。他像是刚从山上采药下来,一头大汗,还背着老大一只竹筐。无间惊喜交集,大声招呼,他却指一指楼梯,拾阶而上,到了顶楼,一手搭上无间肩膀,道:"兄弟,近来可好?"说着话嘿嘿一笑,手腕一翻,竟冲着后心给了一掌。无间全无防备,一头栽倒,又差点晕过去。当天在彩云谷考试的时候,高启被孙芸打得全无招架之力,不像是有什么武功的样子,可是这一掌力道闪烁,当真非同小可。

高启上来又补一脚,看他昏昏沉沉,也便放宽了心思,卸下竹筐,揭开罩着的黑布,里面竟然坐着一位女子。他伸手解开对方哑穴,一个异常熟悉的声音便响了起来,道:"高启,你搞什么鬼,果真活得不耐烦了?"无间只觉这一回比适才来得还要天旋地转,殷茵兜一圈,竟然这样回来了。高启呵呵一笑,道:"殷姑娘,你帮我一个小忙就好,帮完了,我便送你回去,之后咱们就当什么都没有发生过,我不认得你,你也不认得我,各过各的日子,如何?"殷茵道:"在彩云谷你佯装不会武功,在兰花院又悄悄溜走,原来都是早有预谋?"高启避而不答,道:"这个忙你帮还是不帮?"殷茵道:"你居然趁我给你种揉心草的时候偷施暗算——"高启奸笑一声,道:"殷姑娘用药出神入化,年纪轻轻在神农教就秀出班行,我真是佩服得紧,不过这些日子你进进出出杵声谷,一趟又一趟的,可也蹊跷得很呢!"

殷茵一怔,跟着却冷笑一声,道:"我进出哪里还不都是我的自由,关你什么事?"高启道:"话是这样说,可你神不知鬼不觉地取走的那些药呢?"殷茵声音有些发紧,道:"你少胡说八道!"高启道:"但凡我将这些事情抖搂出来,依着神农教的戒律你会是何种下场?到时候我瞅着傅长天也救不了你!"殷茵半晌不语,可忽然间又笑了起来,道:"你去抖搂好了,大不了一死了之,谁还怕了不成!"

高启变得有些恼火,来回踱几步,再说话,又转了语调,道:"我实在不想伤了和气,才这样以礼相待,此处人迹罕至,你又是这样一位冰清玉洁的姑娘——嘿嘿,你是聪明人,应该明白我的意思。"殷茵"呸"一声,变得怒不可遏,道:"你以下犯上,果然不知道本姑娘是谁?若敢动我一根汗毛,我追到天涯海角也要将你碎尸万段!"高启道:"以下犯上?你还真当我是神农教的人了?"他狞笑一声，走上几步，殷茵则大声喝道："你不要过来！"两人相持一会儿，她忽然叹一口气，道："你要我做什么？"高启声音瞬间恭顺许多，道："小事一桩，小事一桩。"

殷茵穴道未解，在竹筐里动弹不得，高启便从怀里取出一张纸，展开给她看。殷茵道："这方子是从哪里来的？"高启道："这个你不必问，我也说不得，不过你应该知道这是什么。"殷茵道："这是秋花露的解药。"高启赞一句，又掏了十几包药出来，道："神农教秋花露独步天下，我不过是想借你一双巧手，制一剂解药而已。"殷茵道："你知道的，秋花露'解铃还须系铃人'，我不是种药之人，即便是制出解药，也不见得有用。"高启道："那个不用你操心。"殷茵道："教内身种秋花露的人寥寥无几，且多为位高权重之人——"她忽然闭了口，想一想，转而道："你药材尚没有配齐。"高启道："还缺四样，其中三样清明阁就有，唾手可得，剩下那一样，不好意思，还要拜托殷姑娘给想想办法。"殷茵道："你说的是姜心草？那个只有沈姑娘和陶大哥那里有，我想不出什么办法。"顿一顿，又道："你才不想让我去定风谷，在沈姑娘那里，不消三句话，她就会明白我图谋些什么。"高启道："所以你要去求你陶大哥——"殷茵道："那你放我去好了。"高启却哈哈一笑，道："去不得，你写一封信就好。"殷茵道："那你去？"高启道："我也去不得。"继而指指地上的无间，道："他去。"

他取来笔墨，却只解开殷茵腕上的穴道，让她写好了，还取黑布罩上竹筐，过了不一会儿，无间只觉背上一紧，被提了起来，齿间进而一凉，口中便多出两颗药丸。高启手掌托在他颌下，内力一送，药丸相继滚下咽喉，第一颗暖洋洋的，烫熨五脏六腑，让人胸臆之内平坦不少，正是神农教养气疗伤的"华灵丹"，第二颗却凉飕飕地直刺丹田，想来是用诛心葵制成的毒药；既如此，高启应该以为他身受重伤，是以续命在先，再以解药相挟，要他乖乖听从指令。无间吐纳几回，才勉强站直了，高启随即递上那封信，道：

"你走一趟万灵府,给陶不陶送过去。"无间道:"陶不陶是谁?"高启道:"陶不陶便是陶不陶,到了那里,一问便知。"

无间呆呆地站一会儿,丹田之内依然有万般不是,这一口真气提不上来,也就不敢轻举妄动。高启有些摸不到头脑,道:"你啰唆什么?"无间瞪他一眼,抬腿就走,高启却又变得有些忐忑,叫道:"你可知道你中了毒?若是两个时辰之内不能回来,会死得惨不可言!"无间置若罔闻,头也懒得回,只大踏步去了。

进了万灵府,稍作打听,陶不陶果然无人不知,依着指点,又走差不多一刻钟的工夫,到了西北角的一座小院。那小院独门独户,围有一圈篱笆,篱门外的地面上歪歪扭扭地画着"陶陶居"三个字。院内一面有几畦菜地,另外一面有两间茅屋,正中间则有一株亭亭如盖的霜蝴蝶,俨然一副田园居的景况。他在门外犹豫一会儿,心想既然殷茵称他为大哥,那此人应该年纪不大,清清嗓子,叫了一声"陶师哥!"院内静悄悄的,无人答应,等了一会儿,再叫两声,便推门走了进去。这时茅屋的窗户忽然"咔啦"一声开了,一只白花花毛茸茸的球儿探出来,叫道:"喊什么喊,死人了么!"

无间吓一跳,过了片刻,才分辨出那是个白发白眉白须的老头儿。他五短身材,比林微还矮一头,可脑袋却大得异乎寻常,在肩膀上一晃一晃的,似乎随时会滚下来,而眉毛又最为奇怪,弯弯的,几乎垂到口边。无间心知不妥,却还是忍俊不禁,抱着肚子哈哈地笑了起来。这一笑,那老儿反而对他生出些兴趣,道:"你笑什么笑?"无间深吸一口气,努力止住了,可眼光瞥见对方一颤一颤的眉毛,便又开始笑。那老儿道:"笑笑笑,笑你个大头鬼!""咔嚓"一声关上窗户,人便缩了回去。无间本来差不多了,可听到"大头鬼"三个字,禁不住又要打跌,可这时风里忽而多出些怪怪的气息,丝丝缕缕,便如牛毛一般,直扑进喉咙里面,嗓子随即变得又麻又痒,不想再笑,却止不住了。他心下一惊,记起来毒经里所谓"悄悄笑"便是这等滋味，一旦中招，大笑不止，不死不休。

他一咬牙，硬生生闭上嘴，可喉咙依旧颤个不住，人便憋得面红耳赤，眼珠子仿佛也要喷出来了。这时窗户"咔嚓"一响，那老儿又探出头来，一面手足乱摇，一面哈哈大笑。无间心下疾转，忽然间有了盘算，摸出断疴木，张口咬在了嘴里，一股淡淡的香气沁入咽喉，再吞一口唾沫，也便止住了。那老儿分明有些惊讶，眯起眼睛打量一回，道："你是谁，谁是你陶师哥？"无间道："你总该是殷姑娘的陶师哥。"陶不陶道："我是不是她师哥关你屁事！"无间的好奇心又转上来，道："你这样老，如何会是他师哥？"陶不陶道："我看她顺眼，她才是我妹子，你小子这副熊样，给我当孙子都不配。"无间火往上撞，却只能硬生生忍住，道："殷姑娘有一封信送给你。"

陶不陶的脑袋缩回茅屋，旋即又探出来，道："她来一趟不就成了，还真的当自己是大家闺秀，假模假式写开了信？"无间道："她不方便。"陶不陶道："她不方便？再不方便也比你方便。"无间懒得啰唆，走上几步，"啪"地一拍窗棂，将信递进去，道："她命悬一线——"

可人便呆住了，嘴巴大张，全忘了还要说些什么。陶不陶手里捏着一根五六寸长的桂梨花枝，正逗弄桌面上的一只仰佛蛛。那虫一跳起来，他便半空里截住，还送回桌面上，如此一来一往，眨眼间斗了七八个回合。陶不陶斜着眼睛问一句："谁命悬一线？"佛蛛又跳起来，只是这一次半空里一荡，居然绕过花枝，越窗而出。无间眼疾手快，捡起窗台上的一片霜蝴蝶抛了过去；那花瓣如同小舟一般，半空里承住仰佛蛛，飘飘摇摇落到地面上。陶不陶急得面红耳赤，跳脚骂道："小王八蛋，弄丢我的虫儿——"

他继而"嗯？"一声，按住了话头，仰佛蛛趴在花瓣之间，怡然自得，竟没有逃开的意思。他眼珠一转，忽然明白过来，"嘛里啪啦"拍一阵脑袋，道："这就对了，这就对了。"无间道："什么对了？"陶不陶眼睛一翻，道："你狗屁不通，误打误撞！"无间道："你是说霜蝴蝶能制住仰佛蛛？"陶不陶"咦？"一声，更瞪圆了眼睛，上上下下又打量他一回，道："你是谁？"无间道："范阿七。"陶不陶"砰"的一下从窗户里翻了出来，道："天下第二都不知道的事情你如何会知道？你既然知道，你便是天下第一，可你分明不是天下第一，所以你应当不知道才对，可你又如何知道？"

无间听得一头雾水，道："知道什么？你是说霜蝴蝶与桂梨气息相通？"他靠鼻子分辨，并不明白背后那些精致的道理，是以话说得尤其轻描淡写，陶不陶愣了一下，叫道："不得了，不得了！你入教几年了？"无间道："一个月。"陶不陶道："双妹子说今年考试的时候出了一个与众不同的，可是你？"无间道："孙芸与众不同，数不到我。"陶不陶眼珠子又转一圈，道："我陶不陶恭喜你入我正大光明神农教，来来来，用些餐饭再说其他。"

院内石桌上有四样小菜，两荤两素，只是不知道放了多久，早凉透了。陶不陶先坐过去，从每盘菜里夹一筷子吃了，然后道："该你了。"他一脸坏笑，不胜期待，而无间也着实饿了，稍一犹豫，还是夹起一片清炒的菜叶放进了嘴里。那菜叶绿油油的，嚼起来脆生生的，竟是一等一的美味，他不由自主点点头，可口中忽而一变，泛起来一股难言的酸苦，"啪"的一口吐出菜叶，可诸般滋味依然牢牢附在舌上，进而更变得臭烘烘的。陶不陶这会儿笑得浑身乱颤，缓缓从凳子上滑到地上，道："解药就在另外三盘菜里，你自己找，自己找！"

无间握着筷子，手悬半空，口中有诸般不是，心中却安静了许多。桌面上菜香交汇，有百般滋味，或者阴险，或者疏远，惟一息冷香，宛若游丝，却徘徊不去。他若有所悟，抓起饭钵扣在桌上，圆圆一团儿米饭上面，赫然有一片黄色的花瓣，呵呵一笑，取来含进嘴里，一刹时芳香四溢，舌尖的种种异味瞬间烟消云散。

陶不陶斜着眼睛瞅他一会儿,"咔嚓"一声踪影全无,可眨眼间又"咔嚓"一声,一张大脸便凑了回来。他身法如风,原来走窗户从茅屋里取出三株青草,一株叶子圆圆的,一株叶子尖尖的,还有一株则满是刺儿。他甚是得意,摇头晃脑地道:"你见过这草?"无间道:"没有。"陶不陶向前一杵,道:"你当然没见过,这可是我自己种出来的!"

几丝薄荷味道随之透了过来,圆叶的最重,尖叶的次之,带刺儿的那一株若有若无,可究其根本,三者并无差别。无间道:"这难道不是一种草?"陶不陶大脸一探,道:"你怎知道?"无间道:"气息相同,只是有浓淡。"默念毒经,指着圆叶的那一株,道:"这该是满月草。"陶不陶捋捋眉毛,一指尖叶的那株,道:"那这个呢?"无间道:"当然也是满月草。"陶不陶斜着眼睛,哈哈大笑,道:"蠢材蠢材,怎么能叫满月草!"无间道:"它本来就是满月草,当然能叫满月草。"陶不陶伸手扇他一巴掌,道:"这个叫作月牙草。"

无间好生恼火,腾地站起身来,陶不陶却又一指带刺儿的那株,道:"这又应该叫作什么?"无间顺着他的意思想一想,道:"月尖草?"陶不陶大摇其头,道:"不通,不通,哪里还有月亮,只剩一天星星,所以叫作星星草。"无间甚是不屑,道:"三株破草还就半个月了,都是什么乱七八糟的。"陶不陶却一味哈哈大笑,道:"你鼻子灵通,但是脑子不通,算是蠢材中的奇才。"

无间自怀里取出殷茵的信,陶不陶接过去瞅一眼,道:"傅长天让她配药,她没有萎心草,与我何干?"无间道:"这是她受人胁迫所写,不是真的。"陶不陶道:"你又如何知道?"无间有意讲一讲事情的经过,可陶不陶全无耐心,转而道:"你留下来做我的徒弟好不好?"这半日里算不上惊心动魄,却又无一处不是陷阱,每日里死上十回八回,可万万要不得,无间半点不含糊,道:"不成。"陶不陶道:"凭什么不成?"无间指一指脑门,道:"因为这里

无间传　171

不成。"又指一指嘴巴,"所以这里也不成。"陶不陶双眼一翻,道:"你可知道天下有多少人想做我的徒弟?"无间全然不为所动,道:"你就扯吧,生不如死的,谁稀罕做你的徒弟?"陶不陶搓搓手,居然并不着恼,道:"那升一辈,你做我兄弟好不好?"无间照旧脑袋一摇,道:"不做!"陶不陶瞪起小眼,道:"你道我当真求你呢?"无间道:"难不成还是我求你?"陶不陶道:"求人又有什么不好?"无间道:"求人又有什么好?"陶不陶道:"历来是求人的有好处,被求的什么都捞不着,你个木头脑袋,这也不明白?"他思绪不知被扯到哪里,转而道:"可你为何要救我茵妹子,你是她什么人,她又是你什么人?"无间心上一跳,便有些不知所措,道:"她不是我什么人,好好一个姑娘家,总不能平白无故地受坏人欺负。"陶不陶却捧着肚子笑了起来,道:"你看上我那茵妹子了,是不是?"无间一张脸涨得通红,道:"我和她算不得相识。"陶不陶道:"那又有什么相干?我又没有说她看上你!"

他忽然间像是得了底气,道:"没有办法,你只好求我收你为徒,也好成全对我那茵妹子的一番心意。"无间有些糊涂,却也懒得再作纠缠,道:"我在清明阁当差,又岂是想留便能留下来的?"陶不陶道:"你个蠢材果然不知道陶不陶是谁?我是天下第二,还有什么做不到的事情?"无间难耐好奇,道:"你是第二,那谁是第一?是不是傅长天?"陶不陶抬手扇扇,嗤之以鼻,道:"他那点小屁修为,哪里轮得着他?这天下第一么,是一位貌美如花的妹子,像你这样的傻瓜,一辈子都别想见到。"无间道:"她也如你这般张狂?"陶不陶道:"她冷冰冰,视人命如草芥,无聊得很。"无间道:"天下第一都不张狂,你张狂个什么劲儿。"陶不陶道:"错了,错了,这只说明她可以张狂,不说明我不能张狂。"继而一拍巴掌,道:"我那茵妹子究竟在哪里?"无间道:"清明阁。"陶不陶道:"哪一层?"无间道:"顶层。"

无间赶着说说那里的情形,可陶不陶听一半便不听了,走回屋，拎出一只布袋，继而摸出一颗药丸，置在无间掌心，道："你吃了吧。"无间毫不犹豫，丢进嘴里便咽了下去，陶不陶反而吓一跳，道："你便不问一问那是什么？"无间道："你们都是一般心思，若是我一走了之，便毒发身亡，对不对？"话说一半，喉咙忽然一哑，声音先变了，面上的肉继而垂下来，一下子好似老了几十岁。他好生恼火，道："这又是什么计较？"陶不陶捧着肚子又笑开了，道："你憨头愣脑的，不过模样还说得过去，添几分风霜之色，防止我那茵妹子——"忽然闭了口，递上布袋，道："这里面可有一件温顺无比的宝贝，你要是弄坏了，便掘个坑埋了自己再来见我。"

无间探头瞅瞅，不由得又吓一跳，里面竟然是一条黄灿灿的毒蛇。陶不陶继而又摸出一只葫芦，滴几滴汁液在他肩头，过不多时，漫空里飞来两只雀儿，绕两圈，便好整以暇地落了上去。陶不陶道："你去吧。"无间道："去哪里？"陶不陶道："杵声谷啊。"无间道："那萋心草呢？"陶不陶道："蠢货，要萋心草做什么？！"这会儿才像是意识到了，道："那个坏蛋要萋心草做什么？"无间道："殷姑娘说和秋花露什么的有关。"陶不陶道："废话，这还需要你说！"无间不再言语，等一会儿，陶不陶却双眼一瞪，道："你还待在这里做什么？"无间怒道："你说我做什么！"陶不陶老大不耐烦，道："你愿意在这里站着就站着好了，若是那丫头死了，可别怪我陶不陶见死不救！"

无间明白再没有纠缠下去的必要，拱拱手，说走就走。到杵声谷已是日暮时分，他不敢声张，蹑手蹑脚一直走到清明阁之下。四面一片静谧，肩上两只雀儿却先后叫两声，"嗖"的一下飞进了顶楼。他有些儿纳闷，想一想，又解开袋子放了那条蛇出来，它顺柱子爬上房梁，再一转眼，也看不见了。无间隐隐约约摸索到一些什么，可仔细想想，又糊里糊涂的，什么都不明白。这样手足无措地站了一会儿，忽听半空中传来一片惨呼之声，高启竟然从天而降。

他"砰"的一声撞在不远处的石阶之上，脑浆崩裂，竟就死了,面上一团模糊,一只眼珠脱出眼眶,另一只却不见了,看上去甚是恐怖。无间一颗心跳个不住,莫名便想到了那两只雀儿,毒经中尝言,有雀名为"匕喙","灵动如兔,凶残胜虎,成双入对,守三十丈方圆,食蚊虫,尤喜火烈鼠"。他有所依循,拧着眉头再想,清明阁顶楼藏有不少三弦草,此草"生江畔水渚,色温味烈,微苦,有疏气祛痛之效,草间多生火烈鼠,气息相宜,互为依托"。念及此,不由得倒吸一口凉气,那雀难不成便是匕喙?它们为三弦草所诱,凶兴大发,竟就啄死了高启?他陡然间对陶不陶大为折服,可心中跟着又是一跳,殷茵岂不是也凶多吉少?

他取一只竹筐儿罩在头上,快步上到顶楼,两只雀儿早已不知去向,殷茵却还在竹筐之内,一呼一吸,睡得正熟。他长出一口气,心下一松,目光凝在她的脸庞,不自觉生出好多爱怜。这时脚边忽然"咝咝"作声,那条金蛇不知从何处绕了出来,立起身子,信子吞吐,虽说不见得有伤人之意,却也绝不允许他再靠近半步。他不由"嘿"一声,一肚皮惊讶,又一肚皮释然,摆一摆手,悄悄退了出来。

他想不出那究竟是什么蛇,又何以会如此护住殷茵,不过这些都无关紧要,心悦诚服,还投陶陶居而来。到了那里,吴双居然在篱门外站着,看见他先笑了起来,道:"被你陶大哥喂了返老丹?"递上解药,又道:"也好,我与付师哥本就有心让你来这里呢。"无间大为惊讶,道:"难道不应当找一个小妖怪来伺候这个老妖怪?"吴双扑哧一笑,道:"陶大哥本来有一位帮手,叫作小谭子,他在这里待了三年,药学上成了一等一的高手,教里对他另有任用,派去了别处,之后我们找了好几个人来代他,可惜都不中陶大哥的意,弄出来那些千奇百怪的事情,可就别提了。我和付师哥一直在想,以你的资质,陶大哥没有不喜欢的道理,让你去杵声谷,也是为了先积累一下,不想你二人投缘,早早就撞上了。"无间仍然有些糊涂,道:"陶大哥究竟是什么人?"吴双道:"他可曾提过什么天下第二？"无间不住点头，吴双呵呵一笑，又道："他是不世出的奇人，按说该是天下第一的，只是生不逢时，定风谷偏偏还有一位妹子，处处高他一筹。"

她想一想，又道："再过几日，就是一年一度的不陶不陶会。"说到这里，又笑了起来，"不陶不陶会是个戏称，其实指的是神农教一年一度的毒虫大会，就是让各门各部的毒虫聚在一起，一决高下。"无间道："那胜出的不应该是万灵门？"吴双道："不尽然，天下毒物本不分家，其他三门的人触类旁通，也不遑多让。每年大会都差不多聚上百余种毒虫，其中一小半儿是新近的发现，一大半则是大伙为此专门喂养的毒物。这些分为三组，组内轮番厮杀，各决出一个第一名，便有了三只毒虫，再加上头一年毒虫大会的状元，便是四只。最后一阵则将这四只毒虫拢在一处，让它们交相争斗，最后活下来的一个，便拔得当年的头筹。"无间听得怦然心动，成了一副颇为神往的模样，吴双又道："过去一十六年，这第一名可都是陶大哥的，所以慢慢才有人说，毒虫会就是为了打败陶大哥才办的，打败他，陶不陶便不陶了，所以称为'不陶不陶会'。"笑两声，又道："这么多年了，陶大哥每次都会换一种毒虫，可每次都毫无例外地夺冠，这听起来好像没什么，可里面的讲究多着呢，非同小可。今年早些时候，有人从田间捧回两只普通青蛙给他，说什么以毒制毒，终究难脱桎梏，以无毒胜有毒，才真的前无古人。平心而论，这些都是戏言，一笑了之也就罢了，可是陶大哥偏偏信了这个邪，说什么极毒还是毒，有药可解，无毒才是真境界，无药可解。过去这几个月，他一直在侍弄那两只青蛙，通宵达旦的，快走火入魔了。他为人好胜，若是想做的事情做不成，天晓得会折腾些什么出来，你在这里，不见得能帮他多少，好歹可要看住人，莫要有什么闪失。"

吴双告辞而去，无间便推门进了院子。四周静悄悄的，唯有陶不陶的鼾声时高时低，唱小曲儿一般，没个止歇。他略感局促，便就着菜畦边的石凳坐了下来。菜地里一片绿油油的,一共六行,每行各种六棵菜,而第一行的六棵各不相同,有高有低,有大有小,有长叶有短叶,有圆叶有尖叶,第二行与第一行一般无异,而第三行又是六种新菜,第四行与第三行相同,第五行又是新菜,第六行则与第五行一样。算一算,青菜一共一十八种,可是比照毒经搜尽枯肠,还是一种都不认得。正琢磨着,其中一棵叶片翻动,一只紫色的虫子悄无声息地爬了出来,他"嗨"了一声,还道是整治不善,再定睛看看,不由得又吓一跳。原来每一株菜上均有一只毒虫,这会儿说不清是饿了还是时辰到了,慢悠悠地都现了身。他认得其中一只是仰佛蛛,所在的那一株菜绿叶白花,依稀是桂梨的模样,只是中间还插着一根霜蝴蝶的花枝,又是别样的合契。这时茅屋木门"咔啦"一响,陶不陶叫一声"开饭啦!",双手各握一只青蛙,一摇一摆地走了出来。无间赶紧站起身,叫一声"陶大哥。"陶不陶道:"你饿了?"无间饥肠辘辘,便老实不客气地点点头,陶不陶道:"那我说开饭了,你是不是高兴得要死?"无间隐隐感到不对,张张嘴,没有说话,陶不陶又道:"那我安排你与牵黄擎苍二将军同席如何?"

他走到菜畦边上,右手的青蛙放到第一行,左手的青蛙放进第二行。无间想起吴双之言,忽然明白了牵黄擎苍究竟何指。二位将军大小相同,通体碧绿,果然便是池塘里的普通蛤蟆;左边那只张口吞了一只蜘蛛,右边那只却费些周折,跳进菜心里,才吃了同样的一只毒虫。它们并不乱走,依次打扫完第一行六株菜里的虫儿,各自又跳到第三行与第四行,吃干净了,才又去第五行与第六行。不多时二位吃饱喝足,陶不陶弯腰捡起来,口里又"啊呀"一声,道:"如此不懂得客情,居然不给你们阿七兄弟留一些么!"一脸得意地摇到茅屋里,又一脸得意地摇回来,只是这一回手上变成了一根藤条,上面挂着六只装有毒虫的小笼。到了菜畦里面,他从每只笼子里取出两只,放在并排的两棵菜上,前后六次,弄好前两行,便进屋子又取六只小笼,周而复始,一共安置了一十八种毒虫。之后他先汲一大桶水,继而又端出一堆瓶瓶罐罐,每取一瓢水,便捡出一只或数只小瓶,倒出些汁液或者粉末,搅得匀匀的,仔仔细细地浇到菜叶上面;如此每浇一种菜,翻新一道手法,一来二去,自然又是一十八道花样。

第十四章
雪霁长天碧

　　无间在陶陶居留下来，菜畦里的事情自然一股脑落在了他的头上，其中有十八种青菜、十八种毒虫、十八种浇溉的配方，而那配方又分别由数种或者数十种药物制成，其间又有种种相生相克的道理，循环往复，不胜其烦。饶是他熟读毒经，又有海蓝若相助，也还是费了十几日的工夫，吃了不知多少苦头，才尽皆掌握。陶不陶作息不依常人之道：想吃就吃，想睡就睡，而他不睡的时候谁也别想睡，不吃的时候谁也别想吃，无间因此也过得黑白颠倒，茶饭无常，一面昏昏然无所用心，一面又无可奈何，不得不用心。陶不陶才没有什么良师益友的风范，有的时候宁可将事情弄砸，也要看他出丑取乐，因为这一层，他时不时便被药剂所迷，恍恍惚惚还算好的，眼前一黑一头栽倒的时候更是不计其数。好在他天性豁达，又心直口快，与陶不陶吵吵嚷嚷的，不存嫌隙，而陶不陶更好似凭空得来一件宝贝，言必称"好兄弟"，与他勾肩搭背，亲热无比。除此之外，他还给无间一本经书，名为《陶不陶曰》；曲关阳的毒经编纂甚好，有图有字，条分缕析，而这本经书却是陶不陶所著，而他文字功底本就稀松平常，所书又是艰涩无比的道理，再加上许多灵光乍现的痴话呓语，无间读来七荤八素，脑袋几乎要爆裂开来。

可也正因为此,他在药理医理方面的见识向偏僻隐微处生发,渐渐入了常人难以窥视的境界;而这之后,他也才知道殷茵在琦山所用的虫儿称作紫眸星,所用的草称作求鱼草,二者均出自于《陶不陶曰》。

转眼又是月余,这一日午间,陶不陶难得地呼呼大睡,无间喂饱那两只青蛙,浇溉完毕,坐下来也歇息片刻。神农府该是有什么聚众的活动,热闹非凡,从大清早开始,便有时高时低的哄闹之声传过来。再一抬头,吴双不知何时到了篱笆门外,他赶紧起身行个礼,吴双则道:"你们可准备好了?"无间道:"准备什么?"吴双道:"陶不陶会啊。"无间"啊?"一声,若有所悟,转而道:"陶大哥还睡觉呢!"吴双笑道:"不妨事,这是他故作高深的把戏,而且他是要大伙儿等的,否则可不够威风呢。这半日,三组的头名都决出来了,有万灵门的一条蜈蚣、百草门的一只蝎子,还有和融门的一只撞钟蛤蟆,就差你陶大哥了。"无间不禁笑了起来,道:"撞钟蛤蟆?神农教真是同和尚势不两立?"吴双道:"那是去年和融门的王小酒自画眉雪山的冰窟窿里得来的一只毒蛤蟆,起初只有巴掌大小,现在快赶上一个西瓜大了,声如撞钟,所以才得了这样一个名字。"无间心中"咯噔"一声,道:"王小酒?"吴双道:"怎么,你认识他不成?其实牵黄擎苍二将军也是他送的。陶大哥一门心思要赢这个赌,可是王小酒已经不在了,所以即便赢了,也难免有点兴味索然。"无间道:"王小酒不在了?"吴双只觉着他前言不搭后语,却还是道:"他出去办一件差事,死在外面了,那撞钟蛤蟆也就由他兄弟王小盅接手,一直养到现在。"

吴双先走一步,无间却不安起来,那二位将军无牙无爪,每日里不过优哉游哉,吃吃虫儿,从不曾被调教学些游走搏斗之术,又如何能应付一只西瓜大小的蛤蟆?这怎么想都像是一个圈套,更何况王小酒阴险狡诈,他早有见识——推门进屋,陶不陶还是呼呼大睡的模样,可是一张肥嘴却怪怪地咧着,似乎费好大力气才忍住没有笑出声来。无间摇一摇,他便腾地坐起身,道:"今儿将军们多一顿饭,你说该带牵黄去,还是带擎苍去?"无间道:"你还不两只都带去?"陶不陶道:"一个吃,一个看,这样厚此薄彼的事情,我可做不来。"说着,走到养青蛙的瓷缸面前,左左右右天地玄黄地嘀咕一会儿,捧了擎苍出来,又道:"走吧!"无间瞪大了眼睛,道:"这样就走,也不准备准备?"陶不陶道:"你要准备什么?屁大点事,你要准备什么?"

他趿着鞋出来院门,之后便再不转弯儿,走一条直线,有墙的时候翻墙,有屋的时候上屋,无论落在哪一座院子里,面不改色,照旧大摇大摆。无间拼尽全力,才堪堪追上,上气不接下气地道:"我有些担心。"陶不陶道:"你担心什么?"无间道:"天后使说有一只西瓜大小的撞钟蛤蟆,咱们不见得斗得过呢。"陶不陶忽地立住脚,脸色也变了,道:"有西瓜大小?"无间使劲点点头,陶不陶一边跺脚一边挠头,道:"糟了糟了,忘了这一出了!"无间又道:"那撞钟蛤蟆是王小酒捉的,你这二位将军也是王小酒送的,这其中会不会有诈?"陶不陶长叹一声,哭丧着脸道:"我早知道那小子没安什么好心,可怎么就未作提防?"

他仰脸望天,眉头几乎拧成一个疙瘩,无间更为不安,搓着双手,道:"这如何是好?这又如何是好?"这会儿他想起了林微,又道:"我有个妹子,若是她在这里,肯定会有法子。"陶不陶道:"你还有一个妹子?你的好妹子不是殷姑娘么?"无间道:"殷姑娘眼里又哪里有我。"陶不陶伸长脖子,道:"所以你不要殷姑娘这个妹子了,又弄了一个妹子?"无间"嘿"一声,转而开始打量陶不陶,那老儿眉宇间有一丝坏笑,渐渐不能控制,荡漾开来,变成了捧着肚皮的哈哈大笑。过好一会儿,他才说道:"好兄弟,你一脸天塌下来的样子,好玩至极,好玩至极!"

两人跳出万灵府南墙,眼前一亮,空地上聚了何止千人;众人望见他们,发一声喊,变得一片欢腾。陶不陶却谁都不理会,大步流星径直走向中间的空地。地面上有白线浇出的一座方阵,三个角上各坐着一位,唯有东北角空着,陶不陶一屁股坐上那里的一张小凳,道:"双妹子,今年你备的是什么酒?"吴双与其他数位头领坐在正前方的长几一侧,这会儿呵呵一笑,道:"前些日子有人去江南办事,我嘱托他们买回两坛绍兴花雕,就在我屋里放着呢。"陶不陶道:"双妹子,你好是好,就是太啰唆,想孝敬我两坛好酒就尽管孝敬好了,还非要弄个狗屁毒虫会庆功的噱头。"空地西南角坐的是万灵门尹云飞,他像是对这话颇为不屑,而且并不掩饰,"啪"的一声,响亮地吐了一口唾沫在地上。

他脚下小笼里是一条七寸长的蛇花蜈蚣;峨眉山有花蜈蚣,长不过寸许,却是极毒之物,有所谓"一寸花蜈蚣,十里风含腥"之语,海南则有噬蛇蜈蚣,长可盈尺,凶猛成性,常捕小蛇为食,蛇花蜈蚣正是由二者交尾而得,阴毒之至却又如狼似虎。方阵西北角坐的乃是百草门岳令,他手边有一只偌大的陶碗,里面则是一只取自藏南奇花谷的帚尾蝎子;那蝎子尾巴上毒刺不是一支,而是一排,状如扫把,由此得名。岳令在奇花谷候了七日七夜,折损五只公鸡,才终于捉了一只,之后费尽周折带回云南,又用独门的九花九草养了一年,弄得它毒性猛增不说,个头大了又何止一倍。而王小盅则坐在东北角,是一位白生生的胖子,面目与王小酒有三分相似;脚下有一只瓷缸,比脸盆还大一圈,里面不时"嗡"的一响,显见是那只撞钟蛤蟆。

那三人依着规矩各自说了说毒虫的来历,轮到陶不陶,他却打个哈欠,懒洋洋道:"我有小酒兄弟送我的两只蛤蟆,二位将军掷骰子,擎苍赢了,来吃顿饭。"没有谁明白他叨叨些什么,可也没有谁感到意外,吴双稍稍等一会儿,看他再没有说话的意思,便点了点头。有人提起一只大壶,走白色方格的对角浇出两条交叉的红线;那线里有神农教的聚灵丹在里面,引毒虫爬到中间,自然会斗在一处,而外围的白线里另有药剂,可以防止它们爬出场外。场外众人继而一起喊了起来,有人叫"百草",有人叫"万灵",有人叫"王小蛊",但节奏分明而且最为响亮的还是"陶？不陶！陶？不陶！"四人相继放出毒虫,尹云飞和岳令眼睛圆睁,身子微微颤抖,王小蛊不动声色,陶不陶则瘫在凳子上,成了一副昏昏欲睡的模样。

四只毒虫各自沿着红线爬动,擎苍一跳一跳走得最快,到正中央,西南方向的蛇花蜈蚣差不多在五尺开外,西北方向的帚尾蝎子在八尺开外,而东北方向的撞钟蛤蟆一摇一摆走得最慢,还差着一丈多远。擎苍毫不犹豫,向左一拐,迎着蛇花蜈蚣跳了过去；差不多相距一尺,两只虫同时停了下来,成为相持之势。这会儿那帚尾蝎子也到了中央,前后左右逡巡几步,向右一拐,竟也上了蛇花蜈蚣这条线。众人吸一口凉气,同时安静下来,只这一眨眼的工夫,擎苍将军竟就陷入了腹背受敌的境地。

那撞钟蛤蟆依旧在它那条线上,走得不疾不徐,而那些心思灵通的也恍然大悟,它看似迟钝,却无形中成了坐山观虎斗的一个,这一番以逸待劳,背后的算计可谓精明至极。无间几乎合不拢嘴,拍一拍陶不陶,他却鼾声大作,睡得愈发瓷实。擎苍一动不动,全神与那只蜈蚣对峙,那蝎子好似知道有机可乘一般,悄无声息地掩上来,尾巴反转,一排毒刺尽皆扎在蛙背上。擎苍吃痛,"呱"地叫一声,高高跳起,翻一个跟头,而那蝎子竟牢牢附着,没有被甩下来。与此同时那蜈蚣千足翻动,风一样地游走起来,忽地一下扑上了擎苍面门；它七寸多长,将小蛙的上半截完全覆住了,看上去有些毛骨悚然。三只虫儿相互角力,再没有半点动作,而那撞钟蛤蟆一扑一扑的,终于也凑了上来。

它停下步子,俨然小山一般,开始打量眼前的情形；过不一会儿,擎苍将军一摇一摆转过身,跳两跳,隐隐然竟有挑衅之意。那蜈蚣依然扑在面上,可这样一来,便完全晾在了那蛤蟆的口吻之下。众人"嗯？"一声,暗赞擎苍机灵,而那蜈蚣亦有所警觉,起身要走,可挣两挣,头尾不住摇动,却动弹不得,原来肚腹反而被擎苍咬住了。撞钟蛤蟆又走上两步,"咕"地大叫一声,长舌电光一般探出来,粘住蜈蚣收进嘴里,略加调整,咽了下去。那青蛙轻快许多,转过身来,开始一窜一窜地向前跳。那蝎子依然伏在背上,可如今竟也成了诱饵;那蛤蟆紧赶两步,长舌"啪"地一下便又攫住了它。那蝎子似乎知道事关生死,牢牢钳在青蛙背上,并不放开,那蛙则撑开双腿,卖命地向前挣去。一霎时三只虫儿僵在当地,而那蛤蟆粉色的舌头越绷越紧,先转为赤红,又转为暗红,紧跟着空中弓弦般一声轻响,那蝎子还是被扯了下来。它在空中转几个圈子,不知为何又得了自由,尾巴一挺,反而落到撞钟蛤蟆的背上,长螯高举,毒刺倒转,猛地便扎了下去。大蛤蟆背上毒泡"啪"地爆了一个,黑汁四溅,那蝎子被淋个透,身子一抖,摔在地上,只是还未就死,变得如同无头苍蝇一般,四处乱窜。这时擎苍纵身一跃,含住它送到撞钟蛤蟆腹下,复又转身跳了开来。那蝎子攀住蛤蟆肚皮,索命一般蜇上去,再不放松。

那蛤蟆奈何蝎子不得,"咕"地叫一声,转而开始追逐擎苍,擎苍一跳一跳的,不紧不慢,却渐渐脱离了红线。众人这才瞧出这小蛙的奇异之处,它与蛇花蜈蚣和帚尾蝎子缠斗许久,受了不知多少毒液,却依然脚步轻快,毫发无损,陶不陶的手段果然非比寻常。如此拖拖拉拉这一阵子,那蝎子早被揉搓成一摊肉泥,而蝎毒发作,大蛤蟆腹下也黑了一片;它似乎有些难以为继,越走越慢,最终伏在地上不动了。擎苍这才转过身,打量片刻,继而"呱"地叫一声,开始绕着它转开了圈子。这时陶不陶忽然打个激灵,睁开眼睛,道:"赢了?"无间手舞足蹈,正自点头,撞钟蛤蟆却也如同被唤醒了一般,"噗"地一跳,扑出三尺有余,张嘴叼住擎苍,一仰脖吞进了腹中。

众人只道擎苍胜局已定,谁承想形势急转直下,竟这样收场;撞钟蛤蟆一直慢吞吞的,可奄奄一息之际,那一跃又有流星赶月之势,其中的门道着实耐人寻味。年复一年,毒虫会变化莫测,而胜者能够胜出，正是因为有此等常人不能领会的手段。大伙儿回味片刻，欢呼声相继炸开，而陶不陶孤独求败一十六年，真的败下阵来，亦叫人唏嘘不已。那老儿面如死灰，又心有不甘，走到场上瞅瞅大蛤蟆，冲王小盅道："你这蛤蟆死了。"王小盅正自张狂，张口顶了回去，道："那又怎样？"陶不陶道："毒虫会赢的不死，死的不赢。"场上忽而嘘声大作，有人叫道："陶不陶，输了就是输了，大家看得一清二楚，莫要耍滑抵赖！"又有人叫："陶不陶不陶咯，不陶不陶咯——"吴双心下不忍，叫一声"陶大哥"，略一迟疑，还只能说道："今日——还真是撞钟蛤蟆赢了。"

　　陶不陶道："果然么——"再抬起头来，却又是一脸灿烂的顽皮。这会儿撞钟蛤蟆腹下全烂掉了，流出来不少红汁白浆，可不知为何，竟然又动了一下，王小盅喜不自胜，指一指陶不陶，道："是你说赢的不死？撞钟蛤蟆可没有死！"说话的工夫，那蛤蟆又接连动了几下，王小盅愈发兴奋，叫道："赢的不死，赢的不死！"话音未落，大蛤蟆忽地跳起半尺，却又如臭皮囊一般，"噗"地拍在地上，一声脆鸣传来，擎苍竟然自血污之中一跃而起，不偏不倚，正好落上陶不陶的掌心。陶不陶志得意满，哈哈大笑，与之对望一眼，扭头就走。

　　无间足不点地地跟在后面，身子飘飘的，几乎也要飞起来。他这时方才回过味来，那蛤蟆早就死透了，最后一动一动的，还都是擎苍破腹而出所致；此时再思量那十八棵菜、十八种虫，以及浇灌园子的种种配方，个中寓意忽然变得清晰之至——那两只小蛙原来早被调理得百毒不侵！陶不陶说什么无毒才是极毒，莫非便是这样一层道理？此外，那所谓的撞钟蛤蟆实则是福建武夷山的流星蛤蟆，行走如风，快捷无比，而王小盅事前该是给它喂了蚕丝草，与地面上的聚灵丹相互生发，才弄得它行动迟缓，老态龙钟，如此是一层障眼法，却又助它得尽渔翁之利；而最后追逐擎苍，它脱开红线，蚕丝草也就失去了效用，那一扑虽说是强弩之末，可依旧动若脱兔,尽显本色。这其中的算计一层又一层,断非无间所能领会,但是陶不陶高屋建瓴,出神入化,却又断非王小酒王小盅之辈所能揣度了。

当晚吴双果然送了花雕酒过来,陶不陶喝不过两杯,便面红耳赤,呼呼大睡起来。这等酒鬼模样,却又如此不胜酒力,让无间难免大笑一通。他放开心怀,吃喝一顿,再放下酒杯,已是午夜时分。四面俱寂,烛火摇动,想起林微,便摸出那副小画瞧了一眼,当日在铭心馆的情形一幕幕浮上心头,难免有些怅惘;不知她此时身在何处,又在做些什么,想些什么?

他似乎刚刚睡熟,便在一片稀里哗啦的声响里苏醒过来,睁开眼睛,陶不陶正上蹿下跳地收拾东西,扭头瞅瞅他,道:"就冲你这等死睡如猪的架势,便应该杀你七百八十回。"无间瞥一眼窗外,道:"大半夜的,你做什么?"陶不陶道:"上山。"无间道:"哪门子的山?"陶不陶道:"当然是画眉雪山。"无间道:"去做什么?"陶不陶道:"说不得。"无间道:"要去多久?"陶不陶道:"少则三日,多则三年,实在不成,便三百年。"无间懒得再问,翻身爬起来,不一会儿便将自己那点器物打进了包里。陶不陶一抬手,丢过来一只明晃晃的小罐儿,道:"这个你收好!"那是一只手炉,与殷茵在小酒馆里用过的那只如出一辙,只是镂花不同,而且大了一圈;无间"嘿"一声,道:"这是什么?"陶不陶道:"你堂堂神农教弟子,居然不认得瘾君子,丢煞人也!"无间道:"这叫作瘾君子?"陶不陶道:"有何不可?"无间不由笑了起来,道:"谁过瘾,谁又是君子?"可陶不陶不再理他,又翻出一只更大的瘾君子,将牵黄擎苍二将军一起装了进去。

天色一团漆黑,可他们依然脚程极快,不足黎明,便已经上到画眉雪山的山腰处。脚下是莽苍苍的大草甸,一望无际,神农五府依然能够看到,却一脉玲珑,如同一排精巧的玩物。再走,山阴里开始有成片的积雪出现,眼界里则变得雾蒙蒙的,到午间,天色转阴,冷雨飘摇,脚下却成了一片又一片的碎石。那雨渐渐化为鹅毛大雪,浸过衣衫,将一层别样的酷寒送入肌理,可是经过半日颠簸,瘾君子也亮了起来,红彤彤的如同暖玉一般,将二人胸前熨得一团妥帖。

瘾君子乃是以画眉雪山独有的焰火石溶在水银里制成,内里常温,装上毒虫,即便是极寒之地也去得,此外其中还有诸多悯神香之类的手法,弄得那些虫儿昏昏欲睡,即便一连数日不饮不食亦无大碍。又走一阵子,便到了仙界峡,眼前除了绝壁便是冰壁,颇有些走投无路的意味,陶不陶甚是明白,找避风的地方歇了下来。天色将暮,山影迷离,极远处青灰的云雾未能压住几缕橙色的晚霞,森然之中平添一分出人意料的柔美。无间还感慨了一番,陶不陶却全没有这等情怀,抱紧瘾君子,翻个身便睡了过去。

再上路,又是破晓时分;雪停风住,碧空压顶,画眉雪山秀丽的一面亦如冰花一样绽放开来。仙界峡对面绝壁高耸,没入云雾之中,这边崖畔则有一块巨石,斜斜探入半空,正是所谓登天岩。陶不陶跳上去,自包裹里取出一根长索,挥一挥望空一掷,挂上峡谷对面一棵老树,他则哈哈一笑,拽一拽,随即一跃而下。长索荡开,他横掠数十丈,晃晃悠悠落上对面山石之间,继而展开轻功,再几个起落,也便上了岸。他将长索抛回来,无间依葫芦画瓢,只是没有陶不陶的功力,"砰"的一声撞上对面山石,弄得头晕眼花。

再往上走,山岩也看不到了,目力所及,唯有一道又一道的冰川;这样又两个时辰,便到了一大片冰壁前面。陶不陶熟门熟路,径直钻进左下角一条狭长的缝隙。洞中初时还算清透,不多时便只剩下漆黑一团,气息古老却不陈旧,可那一份寂静庞然厚重,似乎沉淀了一层又一层,让人有些透不过气来。点起火把,深一脚浅一脚地又走好久,视线的尽头忽而现出一丝光亮,泛着淡淡的蓝色,安静得如同水晶一般,却又活泼泼的,似乎永远也不会消逝。脚下的冰层越来越厚,光滑异常,溜下长长一段斜坡,眼前竟又变得一片敞亮。四周满是姿态各异的冰柱,有的自洞顶垂下,有的从地面升起,有的一团浑浊,有的则晶莹剔透,封住许多大如手掌或者微如指尖的雪花。再往里走,地面上多出一个洞口,有氤氲的水汽断断续续冒出来,无间小心翼翼凑过去瞅一眼,那洞深达百余丈,底端火光融融,竟然是熔岩。

他满腹狐疑,道:"我们来这里做什么?"陶不陶嘿嘿一笑,道:"喂蛤蟆。"他瞅着无间一脸懵懂,甚是知足,神秘兮兮地又道:"你可听说过画眉山冰花蜻蜓?"不等无间回答,便又摇头晃脑地继续道:"世间毒药千奇百怪,但是顶尖的那么几种却像谜一样,最教人捉摸不定。冰花蜻蜓可以制冰花毒,无色无味,遇风可化,入水可溶,论及杀人无形,天下无出其右者,不过谷里的人从来不提这个,个中原因,嘿嘿嘿,哈哈哈,丢也丢死人了,神农教守着画眉雪山,又号称最会使毒用毒,可这么多年以来,便从没有抓到过冰花蜻蜓!"无间依旧似懂非懂,道:"你是说这里有冰花蜻蜓?"陶不陶指一指洞口,道:"那里有冰花蜻蜓。"无间道:"不就是蜻蜓么,怎么就抓不到?"陶不陶道:"那你捉一只给我看看。"无间道:"等着看见了,自然可以一试。"陶不陶道:"你知道冰花蜻蜓什么样子?"无间道:"蜻蜓还能是什么样子。"陶不陶伸手向空中一指,道:"冰花蜻蜓是那种样子。"无间顺着他指的方向望一眼,道:"哪种样子?"又凑过去打量半天,道:"这里什么都没有!"陶不陶笑得不能自已,道:"这就对了。"无间道:"什么对了?"陶不陶道:"冰花蜻蜓便是什么都没有的样子。而这个'什么都没有'可玄妙得很,其一,可能的确什么都没有;其二呢,可能你以为什么都没有,实则并不是什么都没有。"无间"嗨"一声,道:"哟唆,冰花蜻蜓是透明的?"陶不陶道:"那是当然。"无间道:"我看不到,难道你看得到?"陶不陶道:"我也看不到。"无间道:"那你乱指个什么劲?"陶不陶道:"我指给你看冰花蜻蜓的样子,又没指冰花蜻蜓给你看,难道还指错了?"

他取来一根长索,缚在冰柱之上,另一端丢进洞里,继而又搓搓手,喜滋滋地摸两张烙饼揣进怀里,便纵身溜了下去。无间想一想,也取两张烙饼,再加上一块腊肉,这才一跃而下。起初周缘皆是冰壁,不多久气息转为清凉,再不久更变得暖洋洋的;绳子到尽头,洞底依然遥不可及,不过四壁也成了凹凸的乱石,石缝之间多有涓涓细流,滴滴答答之声不绝于耳,而熔岩火光一闪一闪泛上来,还不算黑暗。他们展开轻功,辗转而下,周遭越来越闷,热气渐渐如同炉火一般,一股接一股地涌上来。无间只觉着眉毛头发快要烧着了,陶不陶才停下步子,落脚在一块还算宽敞的石台之上。他三下五除二除掉上衣,却又"啪"地一拍脑袋,道:"又忘了带些冰块下来。"无间"啊?"一声,道:"你来过这里?"陶不陶却眉峰一皱,食指啜在口边,道:"听——"

　　无间竖起耳朵听了听,道:"听什么?"陶不陶怒道:"呆子,你说呢?"无间若有所悟,心神随之一转,一层"嗡嗡"的声响旋即透了出来;那声响忽远忽近,忽高忽低,飘忽不定,却又逗留不去,再一瞬,眼前忽然有红光一闪,陶不陶随之大叫一声,道:"你看到没有?你看到没有?!"

　　那红光稍纵即逝,可个中影像活脱脱便是一只蜻蜓,而且又像是被一根丝线牵住,绕在了脑海之中。陶不陶摸出烙饼啃一口,道:"我花了十年才找到这个冰窟窿,又三年才找到这个无底洞,又两年才想出一个法子,又一年才养成二位将军——"无间大为惊讶,道:"你是说牵黄、擎苍?它们不是王小酒送的么?"陶不陶不由哈哈大笑,道:"你以为我养它们是为了狗屁不陶不陶会?王小酒无意之中帮我一个大忙,他若是明白过来,后悔也后悔死了。"他捏着手指,一张大脸又凑过来,道:"冰花蜻蜓只有一寸多长,通体剔透,看不见,摸不着,我想啊想,想破了脑袋,可还是想不出怎样才能将它们捉到手。"说着话,指指右边额角。"你看到没有?"那里亮亮的,秃了铜钱大的一块,不留心看不出,可一旦留心了，闭上眼睛也在那里晃悠。他冥思苦想的时候要么拉扯眉毛，要么一根根地拔掉额角的头发，久而久之便弄出这样一个印记，无间不由得嘿嘿地笑了起来，道："你陶不陶也会'想破头'？"陶不陶伸手扇他一巴掌，又道："那一日王小酒屁颠屁颠地送上两只青蛙，还放了一堆什么有毒无毒的厥词，嘿嘿，哈哈——"无间并不明白，道："他帮你什么了？"陶不陶道："你不明白？这样浅显的道理你不明白？青蛙吃蜻蜓，是——也——不——是？你看不到蜻蜓，不见得二位将军也看不到，是——也——不——是？"

　　无间这才恍然大悟，冰花蜻蜓无论怎样来无影去无踪，在两只小蛙那里仍不过是一只飞虫而已，一物降一物，难违天则。陶不陶又道："既然要捉蜻蜓，那总要'捉到手'才行，有二位将军，算是过了'捉'这一关，可真要'到手'，照旧棘手得紧。这蜻蜓虽则生在湿热难当的洞底，却仍然属于寒毒一脉，真的刺你一下，冷风罩身，奇毒攻心，真气凝滞，须臾丧命！"无间不住地点头，牵黄擎苍被养成百毒不侵，从药理上走阴寒的路子，果然是为冰花蜻蜓而设。陶不陶一吹胡子，道："你明白了？"无间道："明白什么？"陶不陶道："怎样'到手'啊？"无间道："不明白。"陶不陶连骂数声"蠢材"，却又难以自已，续道："我为人是不是厚道无比？"无间道："你凭什么就厚道无比？"陶不陶道："聪明人和聪明人打交道：尔虞我诈；聪明人和笨蛋打交道：苦大仇深。"无间似懂非懂，照旧甚是不屑，道："苦大仇深的又不止你一个。"陶不陶不由得哈哈大笑，道："二位将军防得住冰花蜻蜓的攻心阴毒，却防不住它的蚀骨寒毒，是以——"无间道："怎样？"陶不陶道："一旦咬住蜻蜓，它们会冻成冰的。"无间道："那岂不更糟？"陶不陶伸手在他脑门上弹一下。"蠢材，二位将军冻住了，吞不掉我的虫儿，可也不会放脱我的虫儿！"

　　填饱肚子，陶不陶摸出瘾君子，又递一支火折子给无间，道："待会儿放出两位将军，我看着牵黄，你看着擎苍，它们想去哪里

无间传　189

就去哪里,只管跟着就成。"进而又递上一颗药丸,道:"你血气浊污,冰花蜻蜓才看不入眼,可它们若是心情大好,叮你一下,你便吞了这颗药丸,能多活半个时辰。"他拍拍脑袋,再想不出别的什么可叮嘱的,便搓搓手,按开了瘾君子。二位将军甫一落地,即变得极为警觉,牵黄跳去左边,蹲在一块岩石之上,擎苍却向右走,沿着石壁跳下数尺,才停下脚。洞底火光翻动,寂静则如同一团丝线,越拉越紧,教无间额头湿漉漉的,仿佛能听到汗水滚动的声音。有"嗡嗡"声飘到近前,微微一震,散去了,可再一转瞬,便又飘了回来。这时擎苍猛地一跳,不等落地,身子便僵住了,石块一般向洞底跌去。无间纵身一扑,疾坠丈余,用袍袖拢住,继而伸脚向岩边借力,接连几个转身,才攀着一块石头立住脚。脸颊蹭伤好大一片,火辣辣生疼,而热浪如火,更炙得发梢透出一股焦味。他小心翼翼爬回来,陶不陶接过擎苍,翻开蛙嘴,火光之下,果然有一只透明的蜻蜓在不住地翻动。他用竹枝夹着,放进那只小的瘾君子里面,之后还用大瘾君子装好擎苍,席地一坐,大笑不止。无间道:"牵黄怎样?"陶不陶道:"先你一步,大胜而归。"说着话,忽然双膝一跪,冲瘾君子连磕三个响头,道:"你们可不要死啊,千万千万不要死啊!"

当晚就在洞边歇了,陶不陶一手抱一只瘾君子,左边拍拍,右边摸摸,手舞足蹈一番,求天告地一番,如此这般,一宿不得安宁。到晨间,无间背上大个儿的瘾君子,他则无限呵护地揣上小个儿的瘾君子,启程下山。这一路滑行居多,嘿嘿哈哈,不多时便到了仙界峡,陶不陶豪气冲天,望空一跃,借着山风横跨峡谷,晃晃悠悠向登天石飘去。无间在崖边稍驻,没奈何,深吸一口气,循着陶不陶的身影,也一跃而下。

山风鼓荡,云雾飘摇,陶不陶时隐时现,笑声却清亮亮得响彻峡谷。堪堪到岸边,他身子一攒,可两侧却微微一凉,一股疾风疾袭肋下;忽然明白这是有人藏在登天石之后偷施暗算,可身在半空，无可依凭，而一口真气堪堪用尽，再想变招，又如何能够？他闷哼一声，被打个正着，风中一荡，径直向崖下坠去。无间在空中看得一清二楚，叫一声"陶大哥！"，眼前却有光亮一闪，陶不陶竟然将瘾君子抛了上来。他伸手接住揣进怀里，脚上又是一紧，崖上之人竟然甩出长鞭，缠住他扯向登天石。他再没有思索的余地，没头没脑先劈出一招天和掌法中的"天雨潇潇"，对方全不料这小跟班有这等功力，吃惊之余，被掌风扫到，相继跌在一旁，而他双足落地，一枚金色的小镖也射到了胸口；再也避之不及，闭眼咧嘴的一瞬，只听"铛"的一响，小镖正好砸中怀里的瘾君子，弹起数尺，"啪"地落在了登天石上。

对面数人皆用黑布蒙住口鼻，手执长剑，并肩而立，还有一位远远地站在一棵苍松之下，而那一枚金镖正是由他所发。那人压着嗓子，道："留下瘾君子，留你一条性命。"无间好生惊讶，道："你知道瘾君子里是什么？"那人不再回答，就近的两位则心领神会，同时提剑刺了过来。无间无路可退，提一口气，双掌穿插，再使一招"一马平川"。天和掌法气象无两，推得对方又栽一个跟头，他则看看手掌，惊讶之余，又好生得意。殊不知这一招占得先机，正可以溜之大吉，而耽搁这一瞬，也就前功尽弃了。鬓角冷风扫过，远端的那一位移形换位，擎长剑直逼上来，无间使一招"潮水平"，再续一招"天行健"，逼得他接连退开两步，只是这一位极为老到，再起式，剑光缭乱，化为一天落英，纷沓而至。无间眼前一花，心下陡添一层怯意，殊不知天和掌法要旨正在于无忧无惧，洞若观火，这样一来，精气神打个折扣，再进招，便有些似是而非的意味。那人刷刷刷接连三剑，"嗤"的一声划破胸前衣衫，怀里的瘾君子也便"铛"的一声，摔在了地上。

那人抢出一步，先捡起来，无间心下着急，连拍数掌，可真气一滞，不由得断了一截，略一回味，不由得大叫糟糕，不早不晚，这当口海蓝若偏偏又要发作。丹田之内一股燥热搅动翻涌，弄得内息再不能聚拢，他不敢缠斗，虚拍一掌，转身就跑，对面几位相互望望，做个手势，一起追了上来。如此一前一后，走出一炷香的工夫，无间脚下虚浮，摇摇晃晃，看着随时便会栽倒；可后面一干人也愈发摸不着头脑，这少年掌法非同小可，明明可以逃走，却这样忽快忽慢，玩的又是什么名堂？他们深恐有诈，也就不敢逼得太近。这样又过一座小山，右首一条小径款款没入林间，正是来时走过的路，左首则是一片斜坡，疾落十余丈，消失在一片断崖之后。无间长叹一声，走右首断断没有活路，还只能走左边撞撞运气；只是溜出没几步，便跌一跤，滚了起来。一霎时天旋地转，五脏六腑几乎都呕出来了，四面却又空了，眼界里化为一片恒定的青天，原来是直挺挺向谷底坠去。等待在尽头的该是一声响亮的钝痛才对，可又始终没有到来，相反地，一片厚厚的草甸沉下去又弹起来，转而将他又送上一道斜坡；鼻息里有甜香袭来，教他不由得微微一怔，这一瞬头脑里依稀是林微的模样，再一瞬便一团漆黑，什么都没有了。

第十五章
机心难断鬼不休

耳际是叮咚的琴声，平淡委婉，似近还远，心思随着曲调漂浮，仿佛止水行舟，又似彩蝶飞舞，闲适到极处，也柔顺到了极处。与此同时一股香气沁入鼻息，凉凉的如春晨薄露，若有若无，却又清晰可辨。琴声住了，睁开双眼，原来是在一幢木屋的廊厦之下，头顶不远处挂着一只鸟笼，里面有两只雀儿，通体淡蓝，头上有一星白斑，极偶尔地会发出一声细鸣。再过去有一扇横窗，掩着一层白纱，那琴声正是从里面透出来，纱窗之下有一株淡绿色的盆栽，每一只叶片均不相同，望过去朦朦胧胧，仿佛在流动一般。他心下一动，想起陶不陶经书里提到过一种由一十四种香草配接而成的奇花，个中手法精绝妙绝，花成后有云水之意，旷谷之香，是以名为"水云"；陶不陶毫无讳言没有这等手段，那此间又是何人，竟如此高明？他翻身坐起来，周围是一圈圆圆的山谷，山色黛蓝，在阳光下略显迷离，四面遍布着五颜六色的花圃，一条条，一片片，纵横交错却又泾渭分明，一直绵延到山脚之下。而那木屋居于花海正中，仿佛一叶小舟，于绚烂的七彩之中独守着一份木灰色，反而更添一层别致的素雅。

不多时从木屋里走出一位身材微胖的丫鬟，脸儿圆圆的，眉毛淡淡的，看上去凶巴巴的。她上来先踢无间一脚，道："你醒了？"无间甚是恼火，想站起身却没有力气，只好缩一缩，靠着栏杆坐直了，道："这是什么地方，阴间不成？"那丫鬟冷笑一声，道："阴间会有这般晴好？"无间跟着哈哈一笑，道："不是阴间，如何会有夜叉？"那丫鬟勃然大怒，又踢他一脚，道："若不是我家小姐有计较，早送你见阎王去了。"

这一踢用了内力，直透骨髓，痛得他哇哇大叫，那丫鬟却蹲下身，搭搭脉搏，转身又进了屋。无间略作吐纳，内息平稳安定，若无人救治，定然不是这种情形，既如此，这条性命该是木屋之内的小姐所救？他清清嗓子，道："在下谢过姑娘救命之恩。"屋内有人低语几句，回话的还是那位丫鬟，道："你本来就不会死，所以也说不上谁救了你的性命。"顿一顿，又道："你何以会身中海蓝若？"无间心上怦地一跳，道："你又何以知道？"四面望望，愈发惊疑不定，道："这是什么地方？"那丫鬟推门又走了出来，忿忿地道："好歹在此间出入，不认得这是定风谷？"

无间"啊"一声，恍然大悟，道："你家小姐便是天下第一了？"那丫鬟道："哪里来的天下第一？"无间道："陶大哥说的，他是天下第二，天下第一是一位貌美如花的妹子——"那丫鬟皱着眉头瞅他一眼，道："你们这些浑人，好好的话也能说得没有半点可取之处。"无间道："我要和你家小姐说几句话。"那丫鬟扑哧一笑，道："想得倒美。"无间道："适才弹琴的是不是她？"那丫鬟道："是又怎样，她不和神农教之外的人打交道。"无间伸手将小药锄摸了出来，道："你看这是什么？"不想那丫鬟"呸"一声，道："恨的便是你这种半吊子，说要入教，却有二心，要是我，一剂毒药全送去西天！"无间道："你胡说八道什么呢？太常使录我入神农教，光明正大。"那丫鬟道："那你为什么没种秋花露？"无间心上又是一跳，道："你怎知道？"那丫鬟道："你那点伎俩如何瞒得过我家小姐，要么说你不是神农教的人呢。"无间"嗨"一声，道："那我

194

还有多少日子可活?"那丫鬟略感诧异,道:"你也知道大限将至?"无间道:"那是当然。"

　　他随后将华山倚天居的情形说了一遍,那丫鬟不再打断他,而木屋之内也变得极为安静,过了片刻,那小姐道:"你问问他,海蓝若心经他还记得?"那丫鬟双眼一瞪,道:"海蓝若心经你还记得?"无间只觉甚是好笑,可还是将经文背诵了一遍。那小姐听得颇为仔细,而且不时会指示那丫鬟询问一两句。背完了,无间道:"姑娘可有手段救我性命?"过了半响,屋内没有半点声响,那丫鬟却呵呵地笑了起来,道:"早先神农教有两大镇教之宝,你应该知道?"无间道:"散骨散与海蓝若?"那丫鬟道:"不错,一药一解,无解无药,你也知道?"无间道:"知道。"那丫鬟道:"海蓝若无解,否则又怎会失传?你死路一条,乖乖等死就好,还做梦做到定风谷来了!"无间又是一肚子气,道:"谁还不知道海蓝若无解?可是既然见到天下第一了,还不能问一问?"那丫鬟又冷笑一声,道:"曲老教主是百年难遇的旷世奇才,可是他都束手无策——"无间道:"你是说你家小姐不如曲老教主?"那丫鬟眉毛一竖,道:"贱嘴!我家小姐即便治得,也轮不到你!你可连神农教的人也不是!"

　　海蓝若在神农谷讳莫如深,散骨散在《陶不陶曰》里却多有提及,二者均为天下奇毒,却一正一反,前者由七花天然合成,可致内力虚增,后者则由百余种草药精调细配而成,可致真气消弭,最终骨脆如纸,再承不得半点外力。早先二者药性飘忽不定,神农教历三代教主,始终不能尽得掌握,再后来神农谷得奇人曲关阳,他耗十年光阴为散骨散定方制解,沿用至今,可是于海蓝若,穷尽余生,依旧无能为力,而其中种种奇诡之变,断非人心可以推演,以之为祸,后果不堪设想,正因为此,他才会立下"一药一解,无解无药"的规矩。海蓝若无解,自然不得传世,久而久之,也就再无踪迹可寻。曲关阳一生飘忽不定,至今无人知道仙逝何处,不过由此来看，他原来在华山绝顶住过不短的一段时间，而且海蓝若也因此留了下来。屋内那女子心思起伏不定，过得半晌，才对那丫鬟道："你且问问，他又何以会坠入定风谷？"

无间不由得哈哈一笑，站起身冲纱窗行了一礼，道："你这个样子，还不照样和我打交道？再说了，神农教之内怎样，之外又怎样，还不都是一纸标签？"木屋之内那姑娘依旧不声不响，那丫鬟却又恨得牙根痒痒，道："一纸标签？在我神农教，人人要押上一条性命，也就是你，无法无天，说这种大逆不道的话。"无间道："他押给你一条性命，便不做坏事了？"那丫鬟道："爱做不做。""教我说，这便是小人之心。"无间指指纱窗继而道："我倒想问问这位姑娘，你种了秋花露没有？"那丫鬟愈发怒不可遏，道："你知道这是什么地方，休要放肆，真若是不想活了，还怕我家小姐不愿意成全？！"无间却仍不罢休，还冲着纱窗说道："陶大哥说你视人命如草芥，可是真的？"

木屋之内还是没有声响，无间挠挠头，便又行一礼，道："那在下这就告辞了。"那丫鬟道："你要去哪里？"无间道："去仙界峡找陶大哥。"他像是忽然回过味来，将冰花蜻蜓的事情讲一遍，又道："瞧瞧，有人要做坏事，你扣着他一条性命也无济于事。"那丫鬟道："你那瘾君子里面便是牵黄与擎苍？"无间道："正是二位将军。"那丫鬟道："我家小姐取了你一颗海蓝若。"无间又不禁笑了起来，道："我命不久长，来神农谷撞一撞运气，不想续命不成，反而丢了七日性命。"

他拱一拱手，再不犹豫，大踏步下了台阶；身前的花圃是黄色的，左侧的一片却是粉色的，而右边过去的一片则交织着淡蓝色与深橙色，甚是养眼。他分辨一下路径，再走几步，衣角过处带起一些若有若无的粉尘，而一股雨水一般的郁香亦随之飘入鼻息。这一股香气意韵悠悠，一层层一叠叠夹杂着不知多少种滋味，他禁不住深吸一口，便有些如沐春风的意味，可回头再看，那丫鬟招招手，不知为何成了一副笑靥如花的模样。他心中咯噔一声，隐隐然感到不妙，再审视身前，不由恍然大悟，那四色花草分别是黄衣，粉尘，春水，秋烛，四香交会，便是教人神思恍惚的昏天散！断疴木明明还在，只是不知为何，在这里竟没有半点效用，他膝下一软，晃晃悠悠，终于一头栽倒在地上。

再睁开眼睛，他却并不觉着真的醒了过来，而天空黄澄澄的，分明是又一日的清晨时分。身前多出一张小桌，桌上备一碗药，颜色清透，浮着几片细细的叶子，他闻一闻，有所悟，不由得又抬头望望木屋。廊下两只蓝色的雀儿鸣得正欢，而窗纱似乎拉开些许，琴声琮铮两下，该是那小姐调调弦，却没有奏什么曲子。他不做他想，端起碗慢慢喝了下去，那药起初温淡如水，可是一过喉咙，便化作刀子一般，割得肺腑七零八落。他龇牙咧嘴，满头大汗，过得良久，才终于直起腰来。药理上不差，那位小姐果然是在尝试着化解海蓝若。他心下感激，冲着纱窗拱拱手，道："为了不死，要生不如死，是不是还不如死了的好？"

日头渐渐爬高，到了正午时分，更是火辣辣的没有半点遮拦。他一面被炙得好不难受，一面又像是脱出躯壳，远远地瞅着肉身受罪；经脉间依旧如故，那碗药宛如石沉大海，果然不是正解。日暮时分，那丫鬟才姗姗走来，探探脉搏，复又置一碗药在桌上，无间也懒得问，照旧喝下肚去，这一回腹内痛如刀绞，周身骨节便如同炸开一般，过有一炷香的工夫，方才好一些了。那丫鬟并不离开，就在边上笑呵呵地看着，甚是享受，无间道："你又捣什么鬼！？"那丫鬟道："你不是神农教的人，当然不能用神农教的药，我家小姐这是将你上午用的药尽皆化了去。"无间心知不差，可是这一番罪受得莫名其妙，火气便窜了上来，道："我又不曾求她，折腾我做什么？"那丫鬟道："谁也没有要救你，你就是个大药罐子而已，是死是活，我家小姐才不挂心。"无间忽然明白过来，心上气苦，却又禁不住笑了起来，道："也好，也好，两不相欠，正可以安之若素。"

之后每一日早间，那丫鬟便会送一碗药过来让他服用。那药每次均不相同，有时辛辣，有时温吞，有时五味杂陈，有时清香宜人；用完之后，他有时神清气爽，有时头痛欲裂，有时丹田内炸开一样，有时候周身骨血又如同被化去一般，坐都坐不住。那丫鬟每次都会细细询问体内的症状，回木屋告诉那小姐知道，而到了傍晚时分，定然会逼他再服一剂，将早先药效化得一干二净。如此一来二去，转眼便是月余，这一番煎熬锥心蚀骨，断非常人所能想象，好在他筋骨强壮，又天性豁达，虽勉为其难，却还是受了下来。当日摔下定风谷弄得一身伤痕，衣不蔽体，那丫鬟给他换了一件花农的服饰，到如今轮番暴晒，初现褴褛，而且脸色黑炭一般，更添几分潦倒。不过他人在花阵之中，清醒时望望看看，心中也自有一番领悟，花田林林总总，千奇百怪，有些让人心旷神怡，有些则让人昏昏欲睡，一些剧毒之物与几棵看似全不搭界的杂草长在一处，即可以信手拈折，沾惹些花粉无甚大碍，可若是不小心带入另一片花丛，又足可取人性命。种种花香交相侵染，这一瞬相调相应，平安无事，再一瞬却恶意交叠，草木皆兵，定风谷无风，原来也断断不能有风。

再一日，服完药，体内如同有千万只蚂蚁噬咬，站也不是，坐也不是，他在木桌一角蜷缩许久，可是丹田之内又微微一热，浑身经络忽然变得无比通透，展展手脚，不由得便笑了起来，叫道："今日最好，今日最好，这可是正解？"那丫鬟有些惊讶，把把脉，又回木屋问了问，转而道："顶多是初窥门径而已，离正解还差得远呢。"无间道："还差多远？"那丫鬟道："我家小姐也说不好。"无间道："我活不长，可是有你家小姐，也死不了，你且问问，若是她不愿意和我白头偕老，还放我去罢。"那丫鬟眉毛一竖，想要发怒，却听半空里扑棱棱一声，飞来一只鸽子；伸手让它落下，继而从腿上取下一只竹管，便进屋去了。不多时她又走了出来，不由分说，扣一顶花农的小帽在无间头上,道:"今日你也派上点用场。"

无间只觉脑门一凉,像是浇了一盆冷水,体内随即变得极为活络,吸一口气,便站起身来。那些花农每日里行走于花田之间,常让他捏一把汗,如今来看,这帽子里的文章更胜过断疴木。那丫鬟引他进门,指一指屋角一只两尺见方的铁箱,道:"你搬上这个随我家小姐走一趟。"无间半心半意,目光却去寻那位小姐;她一袭白衣,站在案边,黑纱掩面,看不出是什么模样,惟身材柔婉绰约,让人不知为何便想到了铭心馆沈湄。那丫鬟又叮嘱道:"箱子左右各有一个槽,你手指压住,千万松不得。"

无间答应一声,摸上去,那凹槽纹路奇特,似乎正好压着手上的穴道,说不出地别扭。他搬起铁箱,随着她们主仆二人横穿花圃,上了路边一辆候着的马车。车夫是一位侍从模样的青年人,黑脸盘儿,毕恭毕敬的。马车轻快,不多时便到了和融府,一位黄脸侍卫迎上来,带他们入内府,又过两重门,进了一座大院。门口一位中年人早已经恭候多时,呵呵一笑,道:"沈姑娘,好久不见!"无间心下不由琢磨,原来这姑娘也姓沈。

沈姑娘微微欠身,叫了一声:"李叔叔。"那人甚是和蔼,惟打量无间的眼神有些刻薄,道:"这一位就不必跟着了吧。"沈姑娘道:"鬼见愁机关诡异,不能换手。"那人略一迟疑,咽下想说的话,带他们还往里走。院子里松柏掩映,有假山流水、荷叶池塘,中间不时传来数声鸟鸣,有点摄人心魄。

进了厅堂,说不上为什么,身上便有些凉飕飕的,而身后大门则"吱呀"一声关上了。无间将铁箱放在当心一张木桌之上,取竹筷卡住两边的浅槽,便退到了屋角。厅里一共坐着九位,每人面前有一张长几,上面各有几盘菜肴,居中则是一位中年人,剑眉星目,骨重神寒,即便不言不语,也还是有一层迫人的霸气。那姑娘上前一步,叫了一声:"爹爹。"

无间心下陡然升起一串疑问,这姑娘不仅仅知草知药、天下第一，原来身份也非比寻常，寻思一遍，教内身居高位者好像无人姓沈，却不知这位中年人又是谁。那人苦笑一声，道："颀儿，你终于还是让云莫为给骗来了？"无间心下随之再琢磨一下，她原来叫作沈颀。

沈颀极为诧异，道："爹爹，此话怎讲？"继而望向左首一位模样精干的瘦子，叫了一声"云叔叔"。那人正是和融门掌门云莫为。他嘿嘿一笑，手掌翻开，掌心里赫然有一只石刻的印章，两寸多高，顶上镂有一只雀儿，乍一看没有什么，可其中又有一种难言的风骨，让人过目不忘。他进而道："没有六合使模仿你爹爹的笔迹，再加上这一枚丹雀印，又如何能哄得沈姑娘带鬼见愁出定风谷？"无间心下又解一个谜团，沈颀适才说什么鬼见愁，原来真的是指那只箱子。

沈颀神色里添一丝寒意，望一眼适才那位李叔叔，却直呼其名，道："李钧，那封书信果然是你所写？"李钧抱一抱拳，却没有说话，沈颀还望向云莫为，道："丹雀印为神农教历代教主亲传的圣物，如何会落在你手上？"云莫为笑道："你这也要问！？丹雀印在我的手上，自然是因为神农教教主在我的手上！"

无间不由得大吃一惊，再打量那位中年人，难不成他就是神农教教主傅长天？既如此，这位沈姑娘竟然是神农教教主的女儿！？可她又为何姓沈？傅长天左首是麒尊者任千里，右首是武教主韩及愚，再过来则是万灵门掌门吕霖与朱雀使高全；这几位均脸色凝重，双目微闭，嘴唇泛一层青色，发梢则结一层冷霜，呼吸之间，白气一团团的，竟像是置身于冰天雪地之中。再过来却是贵人使苏荬，伏在案上，昏迷不醒，她身后的地面上露出一段绿色的裙裾，让无间心上又是一阵狂跳，难不成殷茵也在这里？难不成她已经身受重伤？

沈颀不动声色，心下却一阵阵发冷，在座无一不是用毒的高手，可无一幸免，均遭人暗算，而世间寒毒至阴者有九，至寒者有七，可是无论哪一种，都没有这等威力，而云莫为胆敢向他们同时下手，更可见所用毒药非同小可。她望一眼韩及愚，道："韩伯伯，你还好？"韩及愚苦笑一声，道："寒毒蚀骨，又有冷气攻心，一阵紧似一阵，如今还能靠一口真气勉强护住心脉，再过一会儿，可就说不好了。"沈顾道："你说不出是什么毒？"韩及愚道："惭愧，这个你还要问云掌门。"沈顾走上一步，有心探探他脉搏，云莫为却摆摆手，道："沈姑娘，这里由不得你随便走动，会出人命的。"他坐直一些，手托下巴，又道："我明白你的心思，也明白你的手段，按理天下便没有毒药难得住你，不过，嘿嘿，今日略有不同，若不是时间仓促，我还真想让你放手一试——天下第一束手无策，眼睁睁看着自家老子惨死，是不是也有趣得紧？"

他得意扬扬，禁不住仰天大笑，韩及愚"呸"一声，道："你不用乱兜圈子，有胆量明说就好。"云莫为道："我有胆量说，你还不见得有胆量信呢，按理寒毒蚀骨，热毒攻心，但是寒毒之中却有一味能摧折心脉，你可猜得出是哪一味？"韩及愚略感迷茫，沈顾神色间却没有半点变化，道："你说的是冰花蜻蜓？"云莫为一跷大拇指，道："不错，是冰花蜻蜓。"这时吕霖"嗤"地一笑，道："你手里有冰花蜻蜓？"云莫为故作矜持，道："我手里便不能有冰花蜻蜓？"吕霖道："就你那点药学修为，即便再加上六合使与太阴使，照旧贻笑大方！"

云莫为眉毛一挑，叹一口气，道："吕掌门，你恃才傲物，目中无人，可根子里还都是些文人的小伎俩，不值一提。教我说，你枉自守着神农教第一大活宝，却不知道该如何为己所用，才是真的愚不可及！"这时任千里缓缓抬起头来，道："你指的是谁？"云莫为道："你说是谁？"任千里道："陶不陶？这与他又有什么干系？"云莫为手指轻巧敲案几，道："不错，我是捉不到冰花蜻蜓，可是——"转而望望沈顾，"沈姑娘，你说陶不陶成不成？"沈顾心下一片雪亮，却不发一言，任千里则大声说道："陶不陶捉到了冰花蜻蜓？"云莫为又一次哈哈大笑，道："不错，不错，我云某人在登天石候个正着，手到擒来！"

其他人并不明白他说些什么，可无间脑袋越埋越低，大气也不敢透了，原来在仙界崖偷袭陶不陶的正是眼前这些人，又或者与他过招的那一位便是云莫为？心下又不由得连呼侥幸，当时脸面摔得一片瘀黑，如今又稀里糊涂地套着一身花农服饰，否则怎可能不被认出来？沈颀道："前些日子有人出入杵声谷，劫持殷姑娘，图谋秋花露的解药，该是受了你的指使？"云莫为嘿嘿一笑，道："沈姑娘果然聪明。"任千里道："还真是蓄谋已久！不过你离开神农谷又怎样，不照样只有三年的性命？"云莫为淡淡地道："三年就三年，胜似在神农谷三十年！"

杵声谷的事情非比寻常，傅长天交给尤渊去查，可过去这么多日子，一直没有什么回音；他冷冷地望过来，尤渊却心有感应一般，忽然睁开眼睛笑了起来。傅长天心下一叹，道："太阴使，莫非这是你和云莫为联手演的一台好戏？"尤渊不再装作中毒的样子，伸个懒腰，双手枕在脑后，仰起脸悠悠地道："休言不报应，神鬼有安排。"他声音不大，却浑厚沙哑，说不出为什么，让人耳际有一缕袅袅的回响，好久不去。

任千里道："云莫为，你究竟想要些什么？这么多年大伙儿出生入死，什么事情没有经过？教主对你信任有加，就说今日，你说要吃酒叙旧，大伙儿抬脚便来了，没有半点犹豫。我就说你现在后悔还来得及，念着旧日的情分，教主饶你一条性命，这件事情也便一笔带过——"云莫为却"嗤"地一笑，道："千里兄，你我都是江湖老手，这一番话你自己都不信，又何必来糊弄我。教主野心有多大，你和及愚兄最清楚不过，说到底，大家还不都是棋盘上的棋子，该丢弃的时候，他可眉头都不会皱一下。嘿嘿，螳螂捕蝉黄雀在后，一代人杰傅长天也有遭人算计的时候，只此一层，便当浮一大白！"韩及愚道："云兄，咱们这么多年肝胆相照的一份交情，真的就一钱不值？"云莫为道："我战战兢兢如履薄冰，又岂是你能明白？"韩及愚道："没有二心，又何以战战兢兢？"云莫为鼻孔直喷冷气，道："笑话，试看神农教上下，哪一个不是战战兢兢？你韩及愚便真的例外？！"韩及愚摇摇头，转而望向李钧与尤渊，道："二位真的想清楚了？真就死心塌地跟着他犯上作乱？若有什么把柄捏在他手里，身不由己，教主日后给你们做主就是。"

李钧与尤渊相互望一眼，同时笑了起来，沈顾道："云掌门，你素来对毒经药理兴趣不大，而鬼见愁里面不过是曲老教主的几卷手稿——"云莫为饶有兴趣地盯着她，道："你是真的不知道，还是跟我虚晃一枪？"沈顾略感诧异，云莫为却指指朱雀使高全，道："你问他好了，人是他杀的，东西是他抢的，简单直接。"他像是意犹未尽，又道："贵人使弄得天山派七荤八素，教主则坐镇洛阳，由着朱雀使在骆家大开杀戒，二位可知道他葫芦里究竟卖的什么药？"苏莱依然昏迷不醒，高全却"呸"了一声，道："教主之命，遵领就是，为何要有这么多毫无来由的念头！"任千里居然也吃了一惊，道："河南骆家一案是你——与教主所为？"高全不置可否，云莫为却又好一番大笑，道："千里兄，原来你也被蒙在鼓里！这一回神农教教主信任谁，不信任谁，待见谁，不待见谁，总该心知肚明了罢？！"

沈顾依旧不明所以，道："鬼见愁里究竟有些什么？"云莫为道："有朱雀使从骆家带回来的一片地图。"沈顾道："什么地图？"云莫为道："当年骆建安从北疆带回来的地图。"任千里声音微微颤抖，道："当年随三十二皇子北上的骆建安？被称为'中原神通'的骆建安？"云莫为翻翻眼皮，不屑置答，傅长天却忽然抬起头来，道："你待怎样？"云莫为道："教主，但凡你交出地图，我保你这一辈子再不会看到我们几位。教主手段高得很，心气更高得紧，可是这冰花蜻蜓也玩笑不得，再耽搁片刻，大家都死在这里，神农教因此土崩瓦解，是不是也得不偿失？"紧盯傅长天，走上一步，又道:"大家得和气处且和气,不见血光最好,更何况贵千金还在这里,她即便不会赔上性命,可折损一只手一只脚,又或者让花容月貌落点瑕疵——"沈顾随即望过来,道:"难道你有冰花蜻蜓的解药?"云莫为道:"没有。"沈顾道:"那爹爹不交出地图,是死,交出地图,还是死,你又凭什么要挟众人?"云莫为阴笑着耸耸肩膀,道:"沈姑娘,你聪明绝顶,如何会说出这种话来?!我自然没有冰花蜻蜓的解药,可是我又何必要有冰花蜻蜓的解药?那不是我云某人的事情,是你沈姑娘的事情!你能不能救活他们,我管不了,也不在乎,但是你有没有机会救他们,可是我云某人说了算的。"

屋子里忽然安静下来,众人一呼一吸,或轻或重,均变得清晰可闻。又过片刻,傅长天忽然轻轻叹一口气,道:"顾儿,鬼见愁的口诀你还记得?"沈顾略显黯然,点点头,道:"记得。"傅长天道:"你说给他听。"云莫为却摆摆手,道:"不必了,我云某人从来不做自不量力的事情!这鬼见愁是曲老教主所制,我没胆子也没本事去碰它,沈姑娘,你打开箱子就好,至于如何打开,与我无关。"傅长天道:"顾儿不懂武功,力不能及,你那些出生入死的兄弟呢?让他们来好了。"李钧与尤渊同时低下头,多少有些不自在,云莫为则略一思索,高声叫道:"王小酒——"

无间心下又是一跳,偷眼望去,屋门响处,有人探头进来,窄脸盘、白面皮,真就是王小酒。众人吃惊之余,怒不可遏,韩及愚道:"你不是死在天山了么?"王小酒嘿嘿一笑,猫着腰蹩进来,道:"虚虚实实,兵不厌诈,我那点小伎俩,居然还惊动韩教主了。"韩及愚道:"虚虚实实?今日你主子要借你性命用一用,你再兵不厌诈一次试试?"王小酒见机极快,伸手一指苏荄身后,道:"云大人可是忘了,这里还有一位没有中毒的,咱们自己人上,沈姑娘乐得借鬼见愁弄死几个,可若是殷姑娘,呵呵,那才是两全其美。"

鬼见愁系曲关阳亲手打造,以夺天工之巧向险恶诡诈里设局,即便懂得口诀，打开箱子也断非易事，而它又深置定风谷，有花海奇毒作为屏障，想拿到其中所藏，比登天还难。云莫为在仙界崖暗算陶不陶，先取冰花蜻蜓，之后融毒药于酒水，困住傅长天，最后则用丹雀印赚沈顾带鬼见愁来到这里，这一番布置做得有条不紊，可背后殚精竭虑，费了不知多少心机。这会儿王小酒给殷茵解开穴道，她忽地一下坐起身来，怒道："还真是小瞧你了，中了乌青散，居然不死。"王小酒笑道："命大而已，命大而已，在天问谷躺那一日一夜，差点儿让秃鹫给活活吃了呢。"

无间头脑之中锣鼓齐鸣，忽然记起大草坡上那两位天山弟子说过的话，既然如此，他们看到的所谓尸首竟然是王小酒？沈顾转而望望殷茵，道："可难为你了。"殷茵并不害怕，径直走到鬼见愁一侧，翻开箱盖，道："应当的，沈姑娘不必介怀。"箱子第一层空无一物，惟底面有不少樱桃大小的红斑，沈顾道："口诀第一句，'梅花一缕香'，红斑之中有五片暗合梅花之形，找到了，五指各按一片，稍稍用一些内力即可。"殷茵略作端详，指着其中一处，道："是这里？"伸手按上去，箱内"咔嗒"一响，再试一试，木格便松了，取下来，第二层也便呈现在眼前。

底面有六道半寸多深的槽线，四横两竖，正好是一个"目"字。沈顾道："口诀第二句，'把盏泪两行'，泪从目、从水，还需要一杯清水。"王小酒取来一杯水，紧赶两步递给殷茵，沈顾又道："将水倾在字上，水满槽线即可，不要多，也不要少。"殷茵倒小半杯方才停手，箱内好一会儿没有什么动静，再一瞬却"啪"的一声，有水线自两侧的小孔之中喷了出来，箱内随之又是一响，第二层也开了。

第三层四边分别注有"东""西""南""北"四个字，底面之上则有许多色彩各异的圆点。沈顾道："口诀第三句'暮鼓催寒鸦'，既为暮鼓，西字一侧应当有鼓声才对，鸦为黑色，如果我记的不错，应该能找出十七个黑色的斑点。"殷茵数一遍，点点头，沈顾又道:"你两手各执一只竹筷,左手敲'西'字一侧,右手一气呵成,要击中十七个黑点才好。"殷茵面有难色,可还是取来竹筷,深吸一口气,左手先起一串细密的鼓音,右手跟着点出去,"叮叮咚咚"数声之后,却又猛不丁地一滞,她随之低低"哼"一声,退开半步,小臂上竟已是一片殷红。她脸色苍白,挽起袖口,接连捏出几根银针,沈顾轻声道:"还好?"殷茵苦笑一声,道:"没有毒,不妨事的。"抹掉血痕再试一次,可敲到第十四下,又迟些许,再退开,一只手腕成了淡淡的红色,另外一只却成了淡淡的蓝色。她脸色凝重,身子禁不住微微颤抖,从双手腕间各捏出一根细如发丝的银针,再摸一颗药丸含在嘴里,望一望沈顾,眼睛里便多了一层泪花。

在座尽皆知道她所中是极为难缠的冰火针,一时半会儿解毒绝无可能,只好先含一颗华灵丹暂行缓释。再走回来,鬼见愁之上弥漫的是一股淡淡的花香,密密层层,说不尽的清透,又说不尽的迷离,她思索片刻,终究猜不出再一轮又会是何种毒针,而曲关阳出神入化,沈顾是否有解也在未定之天。沈顾分明看透了她的心思,轻声道:"再来,可就是赌命了。"殷茵叹一口气,再看一眼手腕,莫名地又添一丝倔强,道:"还真是万死不辞。"

这样敲击,考校的是所谓"一心两用",若是内功到了一定火候,意念随心,倒也算不得极难之事,怎奈她武学修为尚未到火候,如此施为,实在勉为其难。这次左手鼓声敲起,可右手试几次,始终落不下去——淡定,淡定,可为何总是这般心意峥嵘?生死,生死,却原来只有此一瞬与彼一瞬的间隔!怎奈鬼见愁再容不得这份迟疑,暗响成片,俨然山雨欲来,如箭在弦,恰在此时一股暖风拂上脸庞,身侧忽然多出一人,握住她右手手腕,一掠而过。一串儿轻响密如疾雨,分毫不差地落在一十七只黑点之上,鬼见愁之内随之传来一声脆响,第三层便这样松了。

她满怀惊讶,缓缓侧过脸去,身边的这一位面目黝黑,遮在一顶布帽之下，原来是跟在沈颀身后的那位小花农，但是心上又禁不住微微一颤，那样的眉角，那样的脸庞，分明与当日靠在那人胸前望过去的时候一模一样。她"呀"了一声，不由得方寸大乱，立在当地，却也全然忘了究竟处身何地。

第十六章
天意续前由

　　云莫为腾地一下站起身来,可随即又变得颇为释然,还缓缓坐了回去。再下面一层又有数十条槽线,有疏有密,纵横交错,将底面切割为数百个大大小小交错重叠的方格。沈顾望一眼无间,道:"口诀最后一句,'淡影入宫墙',四壁为墙,盖下两格为'宫',上一层的一十七只黑点投射下来,刚好会落入这一层的两个方格之内,找出来就好。"殷茵应一声,并不觉着这是什么难事,伸出手指,潜运内力,依槽线划出第一个方格,再一个,一横一竖,并无不妥,折回来,心上却忽然多一层恍惚,那里有三条线挤在一处,似乎均无不可。这犹豫的一瞬,鬼见愁之内又是一片暗响,无间轻轻道一声"无妨",握住她右手,沿着中间那条线缓缓折过来,再推上去,返回起点。掌心那一层温热犹在,殷茵低头不语,泪水却夺眶而出。

　　取下木格,再下面有几本古旧的册子,中间则压着一片黄色的锦缎,锦缎之上布满弯弯曲曲的纹线,果然是一片地图。露出的一角画有两条山脉,一条平着,一条斜着,在断痕处相交,夹角处还有一个圈儿,歪歪扭扭,似圆似方,像是一片湖泊。云莫为走到近前,拎起来看一眼,继而又翻翻那几本册子,不由得仰天大笑,道:

"傅长天，人算不如天算，今日我云莫为一举两得，不留后患！"

说话间他双掌一错，直取沈颀，沈颀似乎并不意外，惟凄然一笑，还向傅长天望去。殷茵轻叱一声，指间弹出两枚毒针，同时抢上一步，将沈颀拦在了身后，而无间不及细想，双臂画圆，左掌压右掌，跟着推出一招"天行健"。众人只听"砰"的一声巨响，云莫为腾腾腾退开几步，面色赤红，是一副摇摇欲坠的架势，而殷茵那两只原本绵软无力的毒针借着掌风，寒光闪处，竟一前一后相继没进他的肩头。无间就地一滚，一手揽过沈颀，一手揽过殷茵，疾掠数丈，抢到了傅长天身侧。

这几下兔起鹘落，众人无不目瞪口呆，这位皮糙肉厚、黑不溜秋的小子分明是定风谷一介花农，何以会有这等武功修为？无间放脱二女，目光落在沈颀脸上，"嗯？"一声，便再也移不开了，一样的青丝如瀑香腮似雪，眼前之人竟然是铭心馆沈湄。

沈颀脸上隐隐泛起一丝红晕，又似有些恼火，道："你在铭心馆见到的是我的双生妹子。"无间想一想，恍然大悟，不自觉又哈哈一笑，道："你这算不算和我打交道？"沈颀不再言语，他却还不罢休，道："我就说是一纸标签，这个吃了药的犯上作乱，没吃药的忠心耿耿呢！"说着一扬头，笑呵呵地瞅瞅云莫为，道："你还记得我不？"云莫为细细打量一回，却仍然将信将疑，道："果然是你小子？"王小酒跟着"啊？"一声，道："你不是死在天山了么？"无间道："你不是死在天问谷了么？"

云莫为胸口气血翻涌，肩头却又如同扎进去一排锯齿，剧痛难当；整件事情他筹划了何止千遍万遍，从傅长天进和融府直至拿到地图，众人的一举一动、一言一行，甚至是面上的每一种神情，都不曾逃脱他的估算，可是这一瞬波澜横生，又所为何来？而无间还是一副若无其事的样子，去怀里掏一掏，摸出一颗药丸，递给傅长天，道："你试试这个。"傅长天只觉一切匪夷所思，这少年是友非敌，毋庸置疑，可作为小辈中的小辈，却这等大咧咧的，也着实蹊踆。他稍加分辨，那药丸味道温和，泛着淡淡的酸气，居然大有讲究，无间又道："这是陶大哥在画眉雪山上给的，他说防不得冰花蜻蜓的寒毒，却防得攻心之毒。"傅长天心思如电，再不犹豫，张口吞入腹中，丹田之内旋即升起一股暖流，热烘烘地顺着经脉发散开来。

云莫为在仙界峡与无间走过几招，似是而非，可今日这一掌，却半点也不含糊，这少年武功不弱，但是与他相比，依然差得甚远，更何况身边还有李钧、尤渊、王小酒等人，合力杀了沈颀，应当不在话下。而沈颀一死，世上便再没有人能救傅长天，如此一了百了，绝无后患。可这一瞬形势又急转直下，这少年偏偏是陶不陶的跟班儿，若说那老儿手中早有冰花蜻蜓的解药，再辗转到他的手上，却也让人不敢不信，而傅长天功力只消恢复三成，他们可就再也别想跨出身后这道门了。他尚自犹豫不定，无间却一兜一转，使一招"参回斗转"分拍四人。那掌法龙起云生，沛然无两，只这等气象，便教人心中再添一层黯然。云莫为终于明白今日之事不能尽如人意，退开一丈，恨恨地望一眼，随即带着众人闪出门外，快步而去。

沈颀稍加推演，便猜出那颗药丸乃是陶不陶借着喂养牵黄、擎苍的手法制成，而那些无间又最熟悉不过，如此交相印证，不久她便制出一剂缓释的方子，众人服了，算不得完满，却尽可以保住性命。之后沈颀又为每个人专门用药祛毒，这其中头绪多多，繁杂异常，即便有无间和殷茵援手，还是忙碌到午夜时分，方才罢休。之后沈颀陪傅长天回了神农府，殷茵护着苏荽回了百草府，其余人各行各路，到最后厅堂之内便只剩了无间一个。他也是累了，迷迷糊糊好像睡着一会儿，再醒过来，窗外风声飘渺，流水呜咽，便有些隔世之慨，挠头又想一想，该去何处安息才是正经？

房门处脚步声响，沈颀又走了进来，在暗影里站一会儿，忽然道："日后你多多保重。"无间愣一下才明白过来，道："我不用回定风谷了？"沈颀道："定风谷当然留你不住。"无间笑道："说得我好像黄袍加身一样——那我还有药吃？"沈颀道："我一共用药三十二剂，心智穷尽，再不会更进一步。海蓝若，我解不了的。"无间"哦"一声，难过之余，又有些释然，闷头想一想，又道："那日后我还能去定风谷看你么？"

沈颀微微一怔，不过在她面前，也从未有人这般放肆，稍一犹豫，还是说道："定风谷时日叠加，了无生趣，你才不会有心去那里。"无间心思却又转了开去，道："那我能去秀墨走一走么？"沈颀道："如今神农三谷再没有你不能涉足的地方，不过爹爹下令封了彩云谷，也封了画眉雪山，此外还有十几路人马在追查云莫为，你若想散散心，可能还要忍耐几日。"她继而抬起头，郑重说道："或者你并不在意，许多事情也还罢了，我——只谢你救了我爹爹。"无间哈哈一笑，道："误打误撞，作不得数的，再说了，用药三十二剂，算不算已经谢过了？"沈颀摇摇头，道："我救不了你的性命，便答应你一件别的事情好了，你想一想，日后告诉我。"说着一转身，径自去了。

当晚有人引着无间去一座深宅之内歇下，卧房里暖衾香枕，兰膏明烛，甚是奢华，弄得他反倒有些手足无措。早间饱餐一顿，左右看看，正无所事事，文教主秦关带着两位随从走进门来。寒暄几句，秦关道："兄弟，教主有心让你做一件事情，让我来和你商量商量。"无间道："他是教主，我听他差遣，还有什么可商量的？"秦关道："兄弟功成不居，泰而不骄，这等修养，着实让人佩服。"无间不明白他说些什么，便问道："教主要我做什么？"秦关道："接掌和融门。"

无间手一抖，一杯茶差点倾在胸前，抬头再看一眼秦关，笑道："你说什么？"秦关道："教主想让你接掌和融门。"无间站起身，指指脑袋，道："你瞧我这个样子，哪里像个掌门？"他头发根根直立，黑面皮，一身花农打扮，而且长袍之上大褶子叠着小褶

无间传　　211

子，样子甚是滑稽。秦关面上微笑，心下并不觉着好笑，道："你是什么模样，又有何妨？"无间道："就说你罢，果然相信我能统领偌大一座和融府？"秦关道："兄弟你在毒药方面的修为如何？"无间道："如何？"秦关道："沈姑娘说你得陶不陶真传，有他六成的本事。"无间大为兴奋，道："她这样说过？"秦关又道："你在武学方面的修为又如何？"无间道："如何？"秦关道："教主说你功力与云莫为相差不远，可入高手之列。"无间变得更加快活，道："教主果然这样说过？"秦关道："更何况你年纪轻轻，前途不可限量，接掌和融门，又有何不可？"无间"嗯"一声，点点头，紧跟着又大摇其头。

秦关又道："昨日之事，你立下一件不世奇功，是神农教不折不扣的恩人，你可明白这有多大的干系？"无间道："恩人？这帽子也忒大了些，人在局中，秉性而为，算不得什么。"秦关道："还有一层，为何今日里是我来这里和兄弟说话？"无间道："为何？"秦关道："云莫为是教主一手提拔的亲信，却做出这种事情，你能体会这对他震动有多大？"无间忽然想起林剑无与于未田，不住点头，道："你以为是个好兄弟，他却是个大坏人，最糟糕不过。"秦关道："如今教内谁还有二心，教主自己也有些吃不准，按说昨日在和融府的人都没有问题，可是冰花蜻蜓乃天下奇毒，没有两个月的工夫，他们不能复原，其余人等，教主真正信得过的，也就只有两位。"无间道："哪两位？"秦关道："我是一位，究其原因，多年来我随他出生入死，若有二心，尽可以做出更坏的事情，还有一位，你道是谁？"无间道："沈姑娘？"秦关忽然有些恼火，道："那个不算，她是自家千金，当然信得过。"无间按捺不住，转而问道："为何教主姓傅，沈姑娘却姓沈？"

秦关眉头微皱，道："她随娘家的姓。"无间道："铭心馆画画的沈姑娘也是教主千金？"秦关道："她们姐妹双生，长相一模一样，可性情大不相同，妹妹不问神农教事物，寄情书画，为人平易,最有仁爱之心,姐姐则久居定风谷,是百年不遇的药学奇才,直追当年曲关阳曲老教主。不过她为人冷淡,甚至有些孤僻,因为妹妹的关系,从来不愿意以真面目示人。"无间若有所悟,道一声"怪不得",也明白扯得远了,还找回来,道:"教主还信任谁?"秦关思量好的话被弄得失了条理,说不出的别扭,不过还是耐住性子,道:"你。"无间"哦"一声,想一想忠心耿耿什么的,自己也算不上,于是挠挠头,道:"谢过教主了。"

秦关原以为这少年定然会受宠若惊,不想他淡淡的并不怎么当回事,犹豫一下,还是说道:"论毒药,论武功,你修为均臻于上乘,如今又立下大功,深得教主信任,接掌和融门,又有何不可?"无间这才明白还在绕这件事情,又笑了起来,道:"我胜任不了,又没有野心,真去做掌门,我头疼,弄砸了事情,教主头疼,这才是得不偿失。"秦关道:"这些你且想一想,不见得现在决定,教主还要做一件事,只怕你不答应也要答应。"无间道:"什么?"秦关道:"和我一道查一查和融府。"

云莫为居所称为亮剑阁,现如今人去楼空,他无妻无子,孑然一身,住在偌大一座院子里面,连个仆人也没有。屋内陈设简单,甚至有些清苦,走一圈,并不见什么可疑之处。再过去是一片厅堂,乃是云莫为习武的地方,靠墙一边有一座两人高的架子,挂满各种兵器,对面墙上则有同样高的一排书架,满是武学典籍,一本本都平摊着摆放。无间扫过一眼,少林派的罗汉拳法与降魔掌法、杨家的杨氏长枪、武当派的太极剑法与清风掌法、崆峒派的四方拳法、华山派的青冥剑法与落雁掌法等均赫然在列。秦关道:"云莫为嗜武如命,再说了,练不练尚在其次,能找来这些秘笈摆在这里,便是不得了的能耐。"无间答应着,又瞅一眼,天山派除了长风拳、天落掌法、天寻刀法、云海剑与写意七式之外,居然还有一本奇脉心法。

陈歧和可说过奇脉心法乃是天山派的不传之秘——他取下来翻

一翻，书页崭新，墨香犹在，像是刚刚誊抄完毕，思绪跳转，天山藏经岩里的经书不翼而飞，而王小酒又一度将梅花令据为己有，人死了也就罢了，可又并非如此，或者这中间有什么关联不成？经书翻到末页，左下角有一行蝇头小字，"彩云谷郎小豪抄撰"，他于是问道："郎小豪是谁？"秦关道："他是此间首屈一指的抄匠，写的一手好字。"无间道："能找他来一趟么？"秦关愈发觉着这少年着三不着两，只是他涵养极好，尽管心下不快，还是派人去了。过不多久，一位青年书生走进门来，一身白袍，面容清瘦，先冲秦关行一礼，叫了声"秦教主"。无间拿起奇脉心法，道："这是你抄的？"郎小豪接过去瞅一眼，道："正是。"无间道："什么时候？"郎小豪捏着手指算了算，道："差不多一个月之前。"无间道："你还记得当时的情形？"郎小豪道："一般抄誊之事多送到我们书院去做，唯有这一次，云掌门点名让我上门。他这里简朴得很，和料想中的一点都不一样，所以我记得异常清楚。我写了整整一日，完事告辞，他赏我不小的一锭银子。"无间道："你是比着一本经书抄的这本经书？"郎小豪稍稍一怔才明白过来，道："不错。"无间道："那原稿又是什么样子？"郎小豪道："是手稿，像是一件古董，勾画得甚是凌乱，有些地方费我不少工夫，才弄清楚究竟写的是什么。"无间道："那原稿去了哪里？"郎小豪耸耸肩膀，道："我又哪里知道，该是云掌门自己收起来了吧。"

无间意犹未尽，却不知道该如何问下去才好，挠头想一想，又道："你抄书，便没有和云掌门说说话什么的？便一切都好，没有出半点差错？"郎小豪道："话是说过几句，不过无关紧要，无外乎纸啊墨啊字体啊时辰啊之类的事情，若说差错，还真是有一点。"翻到其中一页，指着继续说道："原稿上落了些青心玛瑙的花瓣，我吹一口，有些落在墨里，我却不曾留意，再后来蘸墨的时候带进笔毫里，写坏了几个字，对我来说，这算是大纰漏，好在云掌门并不在乎，也就过去了。"无间道："什么瑙？"郎小豪伸手一指窗外，道:"青心玛瑙,这院子里就有一株。"

　　无间"嗯"一声,迈步走了出来。西北角果然有一棵一人多高的青心玛瑙,枝叶间还有不少指尖大小的花朵,有些已经蔫了,一阵风来,窸窸窣窣往地上落。花盆乃是木制,漆成古铜色,中间修饰着一些横向的纹线,看上去颇为古雅。秦关这会儿忽然多了一丝好奇,道:"兄弟,你在想些什么?"无间道:"心法原稿上的花瓣,只能从这里来。"秦关心下一叹,走一圈,挨个儿踩过就近的石板,可目光最终还落到花盆之上,审视片刻,伸手扒一下,想一想,又稍稍一按。纹线之间原来隐着一条细如发丝的空隙,这时"啪"的一声翻开了,露出一个三寸多高的窟窿。他拉无间退开一步,稍稍等一会儿,才命人点起一支蜡烛,凑上去细细端详。那是一只浅浅的抽屉,拉出来,里面有几本经书和一些杂物;秦关望一眼无间,惊讶之余又颇感惭愧,教主说这少年非比寻常,果然不差。

　　那几本经书均是天山秘笈的手稿,正是取自天问峰藏经岩。依常理推断,方闻松的地图应该与其他手迹一同存放在藏经岩之中才对,也正因为此,苏荙才会为了梅花令煞费苦心。王小酒黄雀在后,在大草坡拿到令牌之后便直奔天问峰,得以收尽藏经岩中的旧物,可最终还是没能扛过乌青散,昏倒在天问谷。那两位天山弟子从他身边经过,取走了令牌,却全不曾留意他身后包裹里尽是珍本秘籍,而他被尤渊所救,得以不死,再回来神农谷,经书自然也就到了云莫为的手上。云莫为一番大喜,又一番失落,还好有奇脉心法,算得上些许慰藉,也才会让人誊抄整齐,陈列在书架之上。秦关翻看那些杂物,忽然间吸一口凉气,神情便凝住了;抽屉内角赫然有一支神农药锄,系纯银所制,只是锈迹斑斑,还泛着一层古怪的紫蓝色。他端详片刻,眼眶湿润,自顾自说道:"如此说来,勾陈使已经不在人世了。"无间也知道十二使的药锄与众不同,仔细瞅瞅,道:"是被云莫为所害?"秦关道:"他赴中原公干,一去不回,原来是这样的结局!"

抽屉最下面还有一封信，上书"傅长天亲启"五个小字，秦关心下诧异，小心翼翼拆开，里面居然还有一只信封，只是这一只纸片薄脆，是一件旧物，上面则有"思慎亲启"四个字。无间道："思慎是谁？"秦关道："少林寺上一辈方丈大师。"再里面则是一封短信，写道：

思慎师弟，汝见此信时候，吾当已圆寂多时。吾身入空门，却贪恋尘缘，难化心中戾气，不能戒杀，不能戒盗，终与佛法擦肩而过。师弟尽可将吾除名，冥冥之中，可洗刷几多少林清誉，于垂死之人，实为又一层慰藉。天净沙白，樱花满山，葬身此间，但求莫污了一隅海岛。因果报应，嘿嘿，此生得脱，又何必再修来世！

思明于乙未年一月末

无间不禁问道："思明又是谁？"秦关脸色凝重，有些心神不属，着人取来一只木盒，将经书药锄书信尽皆装好，匆匆而去。无间瞧着他的背影，心头却怪怪的，这位秦教主一起初头头是道；最后却神神叨叨，真是毫无缘由。自从进了神农谷，他未有片刻清闲，可这一会儿，时光忽然多得打发不尽；回到昨日歇息之处，却又想到可以去百草府瞧瞧牛进等人，及至抬脚要走，内息又提不起来了。又是七日之期，无可奈何，只好服一些海蓝若，回卧房老实用功。

来日早间，屋里屋外几位小厮嘀嘀咕咕，说什么百草府牛进被押去了听天石，他吓一跳，盘问一番，原来是牛进一组四人出了纰漏，被秦教主抓个正着——这让人好生纳闷，秦关头一日和他一直在和融府，何以又跑去百草府查这些八竿子打不着的事情？那小厮进而小心翼翼地道："他们说牛进还是小事，罪不至死，出了大事的是殷姑娘。"无间脑中嗡的一声，道："哪个殷姑娘？"那小厮道："殷茵姑娘，贵人使身边的丫头。"

听天石指的是画眉雪山山脚下的七根石柱，系神农教按律执法之处；伏法之人被锁在石柱之上，少则一日，多则十日，死便死了，死得其所，可若是能熬过来，则罪责抵消，来去自由，所谓听天，正是听天由命的意思。那里是一片山谷，南面阴湿，北面干燥，神农谷毒物十之六七在此间出没，而其中又尤以毒蛇为众，而因为这一层，想熬过时日，谈何容易。过去百余年，便没有人在听天石上活过七日，这其中被毒虫咬中瞬间毙命的算是幸运，那些遭蜈蚣、蜘蛛啮噬，蝙蝠、蚊虫吮血，苦撑数日慢慢死去的，所受煎熬尤甚于凌迟剥皮之类的酷刑。无间心头一团乱麻，所能想到的便是殷茵在杵声谷做的事情露了馅儿，可那又能是多大的罪过？而她冒死打开鬼见愁，便不能将功折罪？

那几位小厮带着他出来神农谷，走北坡过山脊，再经一条弯弯曲曲的石缝，便到了听天石。七根石柱浑然天成，两根直立，四根弯曲，还有一根状如桥拱，自有一份阴森森的风骨。柱子下面押着五个人，其中三位无间并不认得，再一位是牛进，最后一位果然是殷茵。她一袭绿裙，孤零零地守在远端，神色间是一副无所萦怀的样子，正望着天际的流云发呆。

周缘洼地里好多人一直议论纷纷，这时忽然安静不少，却是傅长天引着秦关与麟尊者张何萧一起走了过来。殷茵转头望望，叫了一声，"傅叔叔。"傅长天道："小茵，你可知错悔过？"殷茵道："错是从一开始就知道的，只是不后悔。"傅长天声音里添一丝冷峻，道："你自小在神农谷长大，我待你如同亲生女儿一般，可你如何会与云莫为等人搅在一起？"殷茵颇为诧异，道："我和云莫为搅在一起？谁说我和他搅在一起？"秦关道："执法之人到你那里，你未有一句抗辩，束手就擒，如今反倒要改口？"殷茵道："我错是我的错，和云莫为又有什么关系？"顿一顿，又道："那我明白为何要绑我七日了，我原想三日也就够了，不过三日也好，七日也好，都是要死，没有什么可计较的。"

秦关眉头紧皱，字斟句酌地道："在天山你本应助贵人使一臂之力，可你为何串通王小酒，偷走经书带给云莫为？回了神农谷之后，你四处散布王小酒的死讯，更是别有用心——"殷茵道："我与王小酒串通？才不会！他用百花针暗算我在先，无奈之下，我只好用了一回乌青散。我还道取了他的性命，谁承想他居然扛了过来。"秦关道："既然如此，贵人使为何一无所知？"殷茵道："我不曾告诉她，她当然不会知道：错，或者就错在这里。"秦关道："那你又是何居心？"殷茵叹一口气，道："她若知道了，定然会让我学她的样子去骗人，我才不要骗他。"

她声音柔和，惆怅的女儿情怀历历如画，听得人心下轻颤，却又一头雾水。无间同样似懂非懂，天山大草坡一番遭遇，她竟然没有告诉苏荽？秦关道："过去一个多月，你进进出出百草门与杵声谷，一面鬼话连篇，一面恃宠欺人，弄得牛进等人置教规于不顾，任你取走数十种奇花异草，这又是为了什么？"殷茵望一眼牛进，道："牛哥，是我连累你们啦！"牛进叹一口气，并不言语，秦关又道："勾陈使外出公干，一去不回，而他的药锄却出现在云莫为那里，那药锄沾染污迹，色彩古怪，我拿去定风谷，沈姑娘说是清静散所致。清静散化尸消骨，不留痕迹，由此推算，他应该早已经不在人世了。我着人查了查，教内清静散并无丢失，所以化去他尸骨的，只能是新近所制。天下有这等手段的人屈指可数，除了沈姑娘与陶不陶，勾陈使本人算一个，你殷茵算一个，可云莫为算不得一个，而李钧尤渊王小酒等人更是数都数不上——"殷茵忽而扑哧一笑，道："你是说我偷药制出清静散，害死了勾陈使？"秦关神色肃穆，道："难道不是么？配制清静散需要三十二味草药，你从百草门取了其中的一十七种。"殷茵一怔，略一思索，似乎才明白过来，进而轻轻叹一口气，道："这个我还真的没有想到。"

秦关声音缓和了一些，道："殷姑娘，你究竟在做些什么，又图谋些什么，还是老实交代为妙，教主感念旧情，或者会饶你不死。"殷茵望一眼傅长天，道："傅叔叔，我只不过是贵人使身边的丫头，历来与云莫为无涉，也从不曾将他放在心上，无缘无故的，我为何要为他效力？"傅长天道："你取那些草药，又作何之用？"殷茵道："我想解一个人身上的毒。"秦关道："何人？"殷茵摇摇头，道："我不想说。"秦关道："那他中的又是什么毒？"殷茵道："天下奇毒，你不会信的，他早先说给我听的时候，我也不信，不过若你们都信了，他可就再也走不掉了。"

无间脑中"嗡"的一声，难不成她说的是自己？只是他懵懂多于感动，愈发不明所以。傅长天道："小茵，秦教主说你还有一桩过错。"殷茵道："那个我也知道，是那封信，对不对？"傅长天点点头，殷茵便又叹一口气，道："这件事我早该告诉教主，可心下总想取巧，结果还是露出了马脚。我每月初七会出彩云谷采办器物，差不多一个月之前，回来的路上在兰花院撞上汪福，他说有一位老和尚来过，有一封信要交给教主，既然我顺路，也就带上了。回到万灵府天色已晚，我想着隔天送过去就好，谁承想第二日信就找不到了。我着急了两日，后来想一想，汪福也没说那有什么大不了的，他不问，教主不问，这件事就不会有人知道：所以才一直瞒了下来。"秦关并不相信，道："果然这样简单？果然便是这样巧之又巧？他云莫为与你两不相干，漫空里便知道这封信事关重大，不早不晚又从从容容地偷了过去？"殷茵"嗯？"一声，道："那封信到了云莫为那里？"继而明白过来，又道："你是说我将那封信交给了云莫为？"秦关道："难道不是么？"殷茵道："信里写些什么？"秦关道："你问你自己好了。"殷茵撇撇嘴，道："好无聊，我问自己做什么，问自己就能知道了？"

傅长天略显踌躇，不过还是望一眼张何萧，道："若小茵所言不虚，该处何罪？"张何萧道："听天石三日。"傅长天道："若秦教主所言不虚，便是七日？"张何萧道："不错。"傅长天道："既然如此，那就五日好了。"他注视殷茵片刻，忽然身形微动，踏上听天石,抬手在她肩上拍了两下,道:"小茵,你保重。"殷茵嘴一瘪,叫一声"傅叔叔",便哭了起来。傅长天再没有别的表示,飘身而退,挥挥手,转身要走,这时忽听有人叫了一声:"黄麻紫!"

一条小蛇不知从何处钻了出来,攀上殷茵衣袖,又不紧不慢地游上了肩头。那小蛇二尺有余,脑袋是蜡黄色,上面鼓起一个拇指大小的紫包,看上去甚是狰狞,所谓"黄麻紫",正是由此得名。殷茵本是弄蛇高手,即便手脚被困,一般毒蛇也不会伤她,只是黄麻紫非比寻常,性情捉摸不定,而且蛇毒见血封喉,即便是万灵门也至为头痛。场上鸦雀无声,数百双眼睛齐齐盯着那条小蛇,它从左肩游到右肩,复从右肩回到左肩,信子吞吐,咝咝有声,殷茵屏息凝气,虽则努力忍着,但是胸口起伏,依旧极为紧张。再一瞬,忽然有一颗石子破空而过,"啪"的一声打在小蛇的脑门之上,一片紫色的汁液溅上殷茵衣衫,小蛇则摔在地上,死了。

众人无不倒吸一口凉气,听天石乃是神农教执法圣地,所谓"视而不见,生死在天",百年来从不曾有人坏了规矩,如今有人出手射杀毒蛇,可是犯了大忌。张何萧脸色铁青,喝道:"谁人所为?"无间老老实实踏上一步,先冲傅长天行一礼,叫了声,"教主"。殷茵循着声音望过来,一霎时又惊又喜,身子颤抖,几乎要晕过去了。牛进精神一振,道:"是阿七?"无间道:"可不么!"牛进道:"听说你立了大功,做哥哥的欢喜得紧。"无间叹一口气,道:"这不正将罪折功呢。"秦关眉头紧锁,道:"阿七,有些规矩你不明白,不要乱来。"张何萧却道:"既然是神农教的人,又怎能不懂规矩!"无间半点也不含糊,道:"你罚我便是,可是殷姑娘不能不救,牛大哥也不能不救。"张何萧近乎怒不可遏,道:"不能不救?你道听天石果然在乎你这些儿女性情?"无间道:"大不了一起死,可心意总要成全,再说了,我又不是不认罚,也算不得坏了你的规矩。"

秦关是心细之人,这会儿多少看出些苗头,道:"阿七,你难道属意于殷姑娘?"无间不想他大庭广众之下有此一问,略觉尴尬,扭头望望殷茵，忽而又哈哈一笑，道："还真是未尝不可！"秦关却再无怀疑，道："你立下大功，教主又有意栽培，我劝你好自为之，千万不要因为儿女情长，自毁前程。"无间却从这话里得了提示，转而对傅长天，道："秦教主说你有意让我执掌和融门，可是真的？"

傅长天一怔，心下不由得勃然大怒，此类事情议而未定，便是不宣之秘，这少年如此相询，要么全然不通世故，要么便是愚不可及。无间却浑然不觉，仍然自顾自说道："我一直就说胜任不了，他让我想一想，可是想一想又不会长本事，所以还是胜任不了。若教主也认为我立了大功一件，那不赏我做和融门的掌门也罢，便饶过殷姑娘和牛大哥他们的性命如何？"傅长天脸色铁青，怒火更炽，若这一切均如同交易一般，可以讨价还价，那此人目空一切，也是张狂到了极处。他低低喝一声："拿下！"张何萧身形一晃，提掌便拍了过来。

无间哪里有这样多的体会，"啊呀"一声，斜跨三步，使"天行健"接了下来。张何萧道一声"好小子！"，再出手，还是同样一招。他不变招，无间自然也不变招，只是这一回气血翻涌，退出去足有六步方才站稳。张何萧喝一声"再来！"，居然还不变招，无间无奈，再接一掌，一屁股坐到地上，再也站不起来了。

天和掌法参透临阵御敌进招拆招的种种机变，其中有八招以拙胜巧，甚是明了，另有五招以拙胜拙，意念之间却远为玄妙。无间绝少与人交手，对后一层的体会极为有限，而其中返璞归真且睥睨天下的心界，更不得其门而入。张何萧系神农教两大护法之一，武学修为与傅长天相去不远，虽则不认得天和掌法，但一起手，便瞧出了其中大巧若拙的精要所在，如此不宜取巧，便化繁就简，硬碰硬抗衡，这一手果然奏效，三招下来，胜负立决。

这时殷茵先哭了起来，道："教主手下留情，我在听天石受罚便是，他没心没肺又快人快语，却从来没有什么恶意，求你念他头一日的功劳，网开一面。"秦关掂量一下，也低声道："教主，他是楞了些，却并非目中无人。"傅长天丝毫不为所动，道："既然不能为神农教所用，自然要早些废掉，免生后患。"秦关低声道："不见得。他对殷姑娘这份情意，还真不是装出来的。"傅长天摇摇头，又无法置若罔闻，不由得便向殷茵望去，而殷茵目光里更似多一分痴然，冲无间说道："你可知道从天山回来，我无时无刻——不惦记着你。"她断非扭捏之人，而且西南民风也远较中原来得淳朴坦荡，可是大庭广众之下流露心迹，还是让人不胜羞涩。秦关道："阿七，你得殷姑娘垂青，难能可贵呢。"无间叹一声，道："既如此，大家都下听天石，去和融府喝喜酒好了。"秦关正色道："你若有心迎娶殷姑娘，今日之事还真不见得没有出路。"无间道："你待怎样？"秦关望傅长天一眼，道："将功折罪，找回云莫为取走的东西，殷姑娘呢，教主自然可以暂且不杀。"无间扭着眉头想一想，再望望殷茵，在天山大草坡她一嗔一笑的模样忽然画儿一般映上心头，胸口一热，道："你给我多少时日？"傅长天道："一年。"无间伸出手指，道："三年。"

他身中海蓝若，命不久长，说的久些，当然殷茵他们便活得久些，到时候让林微将尸骨送回来，或者一切既往不咎，也说不定呢。傅长天神色之间添一丝厌憎，道："你只有一年。"无间道："那就两年好了。"张何萧喝道："你小子果然不识抬举？！"无间哈哈一笑，再懒得计较，道："也好，一年就一年。"

他大踏步走到殷茵身侧，自怀里摸出在琦山捡到的那只珠花，道："这个还你。"殷茵眼前一亮，道："我一直不能释怀，原来它落在了你的手里。"她双臂被缚，不能接过，无间想一想，伸手插在了她鬓角之上；珠花里的那一层剔透映着腮边的泪痕，更衬得她肤如凝脂、目如秋水，万千可人之处无可描摹，只教人恨不能抱她一抱。殷茵低声道："你真的还会回来？"无间并不含糊，一字一句道："那是当然。"

第十七章
铁骨可碎

　　出了彩云谷，到秀墨的时候正值午间，他一怀心绪，颇多惘然，有些不知该何去何从。铭心馆依然如旧，探头瞅一眼，那小二居然还记得他，乐呵呵地招呼。打听下来，林微早先常在这里消磨时光，后来便来得少了，至今有十余日不曾现身，之后又找去客栈，还是同样情形，同样离开好一阵子。他当街一站，忽而有些后怕，这只言片语都不曾留下，可千万别遇上什么不测。清风拂动，将大街对面的一条布幅吹进眼帘，上面是一行张牙舞爪的大字，"密萝岭佣工一月，今日白吃米线"。

　　布幅之下有一间草棚，里面横七竖八摆着些桌子板凳，几条大汉正埋头吃饭，或者是因为米线太烫，弄得满头满脸都是汗水。无间也是饿了，腹中叫得厉害，可摸一摸怀中，竟然一文钱也没有。草棚外面长凳上坐着一位油光满面的胖子，全看在眼里，笑眯眯地道："你年纪轻轻却这等游手好闲，便是不知羞耻，也罢，赏你一顿饱饭，随我去密萝岭做点正事如何？"无间道："密萝岭在哪里？"那胖子道："由此向南十里便是。"无间道："做什么事？"那胖子道："去密萝岭，自然是摘菠萝蜜。"说着话，变戏法儿一般擎出一只金灿灿的果子，又道："你要不要尝一尝？"无间被那香气勾得不能自持，接过来咬一口，大声叫好。

　　他到草棚之内，连吃四碗米线，方才停下筷子，这时就听对面"咣当"一声响，一位黑脸汉子重重地将饭碗扣在桌子上，推开一直和他嘀咕的伙计，气冲冲地叫道："胡老妖，你欺人太甚！"棚口那胖子蹩进来，道："李九，拿人手短，吃人嘴短，你叫什么叫？！"李九道："你说的是白吃米线，又如何有脸让人拿工钱去抵饭钱！一日的工钱只抵一碗米线？你活剥人皮呢！"胡老妖道："谁说的可以白吃米线？"李九一指那布幅，道："上面写的是什么，你欺负我不认得？"胡老妖念道："今日白吃米线——一碗，哪里不对了？"那"一碗"二字小如蚕豆，不经意才不会看到，李久不由又跳了起来，道："胡老妖，你个奸诈之徒不得好死！"胡老妖面不改色，道："你吃我三碗，便是欠我两日工钱，蠢得像猪一样，没出息得也像猪一样，上来就吃，还吃那么多，你能怪谁！"

　　李九恨恨的，却分明有点儿害怕，不敢甩手就走，抬头撞见无间的目光，竟而开口骂道："你这饭桶，看什么看，何不再吃他二十碗，将你一个月的工钱全折进去？"无间只觉此人窝囊到极处又无理到了极处，不等回嘴，胡老妖先皮笑肉不笑地望了过来，道："你又欠我多少银钱？"无间道："你这取巧都算不上，不折不扣便是耍赖。"胡老妖头眉毛一扬，道："你待怎样？"无间无心与他计较，道："不怎样，吃人嘴短，我做工还你饭钱就是。"

　　那胡老妖便领着他们几位到不远处的树荫里歇下，过不多久，上当的便又来了几个，其中两位年纪甚轻，蔫蔫的，谁也不搭理，还有一老一少的两位，一直骂骂咧咧，停不下来。胡老妖领着他们出了秀墨，沿着弯弯曲曲的山路向南走半个多时辰，便到了密萝岭。那岭是一座小山包，正好落在另外两座青山的犄角处，得天时地利，菠萝蜜长得又大又多又甜。香气被暖风拉扯，温熏熏的充塞山谷，让人头脑昏昏沉沉，有些起腻。山脚处支起偌大一座帐子，旁边空地上菠萝蜜一筐筐堆得小山一样。帐下有一张长榻，铺一排光秃秃的席子，足可睡下二三十条汉子。有人迎上来寒暄几句，又稍作讲解，便给每人派发一只竹筐，赶上山干活去了。这不过耗些体力而已，无间并不觉着怎样，可是上上下下走十几趟之后，也不得不感慨胡老妖的米线果然贵得离谱。

到了晚间，起来几片云朵，凉快不少，众人用些餐饭，借着天光冲个凉，便要睡下。这时胡老妖带着一高一矮两个伙计走过来，抬手丢给无间一只布包。无间不胜诧异，解开一看，里面是一件浅色的衫子，揪住衣领一抖，"啪"的一声掉出一本册子，蓝皮儿，留白处写着四个大字，"落雁掌法"。他吃一惊，赶紧塞进怀里，转而问道："这是从哪里来的？"胡老妖道："我哪里知道，莫名其妙出现在我榻上，上面有张字条，写明要交给范阿七。"无间若有所思地套上长衫，右手伸进袖筒，忽然摸索到一张纸片，展开瞅一眼，正是林微的笔迹，"经书大方翻看，置于枕下即可"。

他心下狂喜，乐呵呵地去席子上坐好，端起册子读了起来。里面的文字与武功全不相干，尽是些君子小人修身养性之类的古语，弄得脑袋沉甸甸的，困倦不已。不多时，长榻之上鼾声响起，众人一个接一个睡了过去。地面上有十余只陶制的火盆，里面熏着驱赶蚊虫的艾草，这时亮起来，燃得津津有味。无间伸个懒腰，将册子塞在席子下面，一歪头，也入了梦乡。

再睁眼，凉风轻送，已是中夜时分，他略感诧异，意识里不过打个盹儿，如何便成了香甜一觉？苍穹混沌，云海浩瀚，不时有星光自缝隙中间滴出来。周遭火把都还燃着，只是有些萎靡，透出一层古怪的淡蓝色。一片静谧之中，远远的似乎有女子的呼救声，弱不可闻，却又像是投在心上，清楚分明。所有人依旧死睡如猪，他无可印证这些判断，可既然倦意全无，便翻身下地，寻了出去。

迎面是一片树林，进去不多久，四面即变得一团漆黑，那女子的呼救声没来由地清楚许多，而且还多出一丝拿捏之意。他不敢点火折子，硬着头皮再走一阵子，身边忽然响起一串细碎的脚步声，吃一惊，想要跳开，掌心里却又多出一只温软的小手。耳边随即有人嘻嘻一笑，直教他心花怒放，几乎要叫出声来。

林微引着他小绕一个圈子，还回到帐子边，找隐蔽处躲了起来。不多时和无间同来此间的那两位年轻人从榻上坐起身来，其中一位身法极快，到无间枕边摸索一阵，取了那本经书出来。另外一位低声道："咱们的落雁掌法如何会落在他的手里？"先前那位像是看清了里面的文字，不住摇头，道："不对，不太对。"这样又嘀咕几句，便一起进了林子。周遭又安静下来，借着些许光亮，无间凑近打量一眼，又差点笑出声来——胡老妖早先带在身边的矮个儿随从原来是她所扮。这时长榻上那一老一少的两位也坐了起来，那少年道："你都听见了？他们原来是华山派的。"那老者满脸困惑，道："范阿七手里居然有落雁掌法，难道他也是华山派的？"挠挠头，又道："你可听到有女子的呼救声？"那少年道："我正纳闷呢，四周总是有些奇奇怪怪的声音，可真的竖起耳朵去听，又什么都听不到。"那老者想一想，带着那少年也进了林子，林微又等一会儿，才拉着无间跟了进去。

早先二人离开天山，一路走到神农谷，谁承想华山派锲而不舍，仍然寻了过来。林微察觉有异，不得已才销声匿迹，她躲到密萝岭，刚好撞上胡老妖横行霸道，便出手制住他，又逼他在秀墨搭起棚子，专等无间现身。无间出了彩云谷，那两位华山派弟子瞧在眼里，自然跟了来，可秀墨是何种地界，华山派出入其中，神农教又怎会不知？那一老一少正是教里的暗哨，于是追着华山派，同样到了这里。无间林微走出不远，便看到了神农教的两位，一个伏在长草之间，另一个隐在大石之后，再前面的空地上有一丛跳跃不定的篝火，一位女子披头散发，席地而坐，而手脚均被缚住了，动弹不得。这样有一阵子，那老者沉不住气，先站起身来清了清嗓子，那女子吃一惊，抬起眼睛，变得不胜惶恐，那老者四面又望一圈，道："姑娘何以会流落到此处？"

那女子摇摇头，显见被点了穴道，说不出话来。那老者想一想，忽然间飞身而起，可是双足落地的一瞬，草丛里忽然传来一串细响，两片白刃各自滑出一道弯弯的弧线，如同长了眼睛一般，一左一右同时钉进他小腿。他惨叫一声，扑倒在地，而留在后面的那位少年又惊又惧，叫一声"刘老大"，也赶了过来。这时地面上又一声脆响，一根长索卷住他脚踝荡起来，晃晃悠悠，挂在了树上。

数名华山弟子随即从树后转出来，为首一人又矮又胖，竟然是丁岸。他样子颇为恼火，道："尔等是什么人，坏我大事。"那老者见机极快，道："我们是胡老妖的帮佣，走失了两位兄弟，稀里糊涂寻到这里，还请这位兄台高抬贵手，饶过我们性命。"丁岸不置可否，一位年轻弟子却走上前，刷的一剑，挑开了那少年胸口的衣衫；许多物件噼里啪啦落在地上，他弯腰捡起一把木制的小药锄，像是微微吸一口凉气，道："他们是神农教的。"丁岸盯着那老者问道："那你又如何会是胡老妖的帮佣？"那老者并不慌乱，道："秀墨人士，入教平常得很，可即便入了教，不还要讨口饭吃么。"那少年在空中跟着不住点头，道："我神农教与华山派往日无冤近日无仇，你也好自为之，莫要因此结下梁子才好。"

这话一出口，场上忽然变得静悄悄的，那老者望他一眼，不由得长长叹一口气。丁岸神色僵硬，道："谁说我等是华山派？"那少年依旧含混，道："这是秀墨地界，神农教又岂是吃素的？"丁岸双眉紧锁，忽然挥一挥手，先前那位弟子会意，提剑便向少年咽喉刺去。那老者大吼一声，撒出一把钢针，同时飞身而起，一刀斩断吊着那少年的长索，喝一声"快走！"数名华山弟子同时中针，相继倒地，丁岸跟着劈出一掌，那老者哼也没哼一声，仆地而亡。

那少年吓得脸色苍白，踉踉跄跄跑出没几步，四名华山弟子便迎头赶上，提剑直刺后心。无间深悔没能救下那老者的性命，这时再不犹豫，抬手掷出一把石子。那四人大吃一惊，各自躲避，他则向前一扑，在那少年腰间着力一推，送他远远地飞了出去。丁岸惊怒交集,一掌劈过来,无间回转身,双掌擎天,合而为一又一分为二,接一招"天行健"。掌力相撞,"砰"的一声响,他退开几步,丁岸却退出一丈有余,扶住一株大树方堪堪稳住。无间好生得意,嘿嘿一笑,道:"都这么久了,你还惦记着呢。"

可与此同时,颈上微微一痛,背后有人跟着"扑哧"一笑,道:"可不么,没有一日不惦记着呢!"他心知不妙,斜跨三步,避开连环三剑,再站住脚,颈上那一缕利刃般的刺痛也蔓延到了整个脊背。偷袭之人却是适才坐在火堆一侧的女子,惟这一会儿眼神亮亮的,笑靥如花,原来是丁汀。林微又恨又恼,轻叱一声,使一招"蹑云逐月"先攻了上来,丁汀咯咯娇笑,还一招"云起太华",再继一招"冷云抱石",双剑相交,"叮叮当当"几声之后,她倏然而退,站到了丁岸一侧。

丁汀偷袭无间,所用毒针称为"九节蛛",那本是极为霸道的毒药,若非无间有海蓝若护体,又哪里还有命在?他心下明白,左右望望,抬手摘一片树叶含进嘴里,再俯身左边右边的拔几颗野草,分别涂在伤处和几处要穴之上,一霎时便精神不少。林微颇为诧异,道:"这是新学的妖法?"无间道:"我可是堂堂神农教弟子,搞不好还是天下第三呢。"哈哈一笑,随即与林微一前一后,同时递出一招"一马平川"。

那兄妹二人目瞪口呆之余,更显力不从心,丁岸直撄其锋,砰的一声撞在一棵树上,好半天才一摇三晃地直起腰来。林微不知为何心下一软,摆摆手,拉着无间这就要走,丁岸却轻轻咳一声,道:"二位留步,家父要我传个话。"说着递上一只布囊,又一字一句地道:"尔等三缄其口,一年之后,还可以有药相赠。"

林微满腹狐疑,可稍一琢磨,便明白过来;既如此,丁否该是知道无间服了海蓝若,此举自然是要他恪守秘密,保全武林总盟主的名声,作为回报,这会儿先送他一年的性命。她想一想,道:"这话是你爹爹教你说的?"丁岸脸色铁青,只是道:"你们答应还是不答应?"林微转而瞅一眼无间,道:"他捏着你的命,你捏着他的梦,哈哈,交易不交易,你决定好了。"无间这才明白过来,不由哈哈大笑,道:"他最差还能做一回行尸走肉,我可不想只一场春秋大梦。"丁岸似懂非懂,不过还是抬手将布囊丢了过来。

无间林微这一番久别重逢,心中滋味不尽相同,可分明又亲近许多,似乎唯有朝夕相处,一切才平安放心。无间将神农谷所历一五一十地讲一遍,说到冰花蜻蜓,林微不胜神往,又翻出那只小手炉摩挲一阵,道:"言念君子,原来是这样讲究。"说到鬼见愁一节,她心旌动摇,却又将信将疑,"为了区区一片地图,傅长天果然灭了骆家满门?"到听天石一节,她不禁哈哈大笑,道:"范无间,你这便是私订终身,日后可要规矩些才好!"可笑完之后,又有些不忿,伸手在他脸上拍了一下,道:"你还真是有讨女孩子欢心的本事,为何在我面前深藏不露?!"

"中原神通"骆建安鼎鼎大名,林微早就有所耳闻,林剑无说他与宫里"过往甚密",果然不差。一晚上她前思后想,忽然便来了兴致,非要走一趟洛阳不可。"中原"二字魅力无穷,说服无间不费半点周折,而且定风谷之后,他又好似黯然里添一层通达,既然短命若斯,那就走马观花,愈发无有不可。如此二人便择路向北而来,这一行不紧不慢,最为消遣,等着过了长江,冬雪渐消,又到了春寒料峭的时节。

中原腹地这一番繁华却又非西北或者西南边陲之地所能比拟,再辅以名胜古迹,佳肴佳酿,只这胸臆间的陶醉,便教二人不胜感慨。到了洛阳,垂柳泛青,花枝见彩,中间又掩映着几多玉楼金阙园苑长陌,个中意境,又是别样的韵味悠悠。他们沿街看景,不多时便到了府衙门口,两侧的高墙上贴满各类捉拿凶嫌的告示,最显眼处的几张都与骆家命案有关,其中还配着一副粗糙的画像,乍一看,还真是与朱雀使有三分神似。

骆式形意拳名震江湖,骆家也便当仁不让地号称中原第一武林世家，除此之外，他们还是中原第一生意世家，单论家产，便占了小半个洛阳城。灭门一案震动极大，如今过去这么多日子了，街巷间那一层灰蒙蒙的仓皇之气依旧挥之不去。二人走不远，信步进了一家酒楼。那酒楼名为"古都"，略显破败，但是贩夫走卒进进出出，仍然热闹非凡。又等一会儿，才得一张空桌坐下来，可那小二甚是马虎，随便上来几个菜便再也不管不问了。东面一桌有两位书生在讨论科考之事，西面则有数个貌似风雅的闲人在编排一名青楼女子，南面有一男一女一直嘀嘀咕咕，北面则是父子二人，老头儿喋喋不休，长篇大论地讲些做人的道理。过不多久，那两名书生起身而去，新来的两位满脸胡髭，颇有风霜之色。那年轻一点的便没什么好气，甫一落座便问道："我走了两个月，今早刚回来，你居然让我后日又走？"

那年长的一位不慌不忙地喝一口茶，道："这不骆家镖局没了，咱们才多了些生意？你年纪轻轻，便多跑几次，挣点银子，又有什么不好？"那年轻的道："话是这么说，可谁又舍得下家里两岁的娃儿？"叹一口气，转而问道："他骆家真的就没了，被人连锅端了？"那年长的一位道："可不么，即便是现在，大伙儿也怕得很，晚上不等上灯，大街上就没了人，尤其那些大户人家，更是战战兢兢，既然堂堂骆家都会摊上这种事，就没有谁真的平安。"那年轻的似乎还是不能相信，道："骆家四代同堂，一共几十口，便死得一个不剩？"那年长的道："不知何故，他们最小一辈的两个娃娃被掳到城外去了，却也因此躲过一劫，第二天早间有人在野地里看到他们，送回家，也才发现死了那么多的人，也才报的官。"

那年轻的一位叹一口气，又道："我们镖局虽则一直被骆家压着，可是说老实话，他们行事还算厚道，而且打点方方面面，出手尤其大方，真是想不出什么人会和他们结这样大的梁子。"那年长的道："说的是呢，坊间猜着这是骆澎坤老爷子年轻时候落下的仇家，终于还是找上门来，正应着那句话，'君子报仇，十年不晚'。

不过事情也蹊跷，骆家形意拳再加上三十六路打穴扇子功，都是不得了的功夫，而且老爷子的四个儿子都得了真传，都是响当当的角色，可到头来却这样不堪一击，连点声响都没弄出来，便丢了性命。"那年轻的道："既然这样，那骆老爷子岂不死得最惨？"那年长的不住摇头，道："这才是最邪乎的地方，官府出动上百衙役，掘地三尺，硬是没找到骆老爷子的尸首！"那年轻的"啊？"一声，道："难道他没有死？"那年长的道："谁又说得清楚！唉，这种情形，活着还不如死了呢。"那年轻的道："那官府又查到些什么？"那年长的道："连根毛也没有！不过这等江湖仇杀的案子，天知道他们有几分认真，再说，也不见得敢查，搞不好惹火烧身，吃不了兜着走！"这时小二上来饭菜，二人狼吞虎咽地吃一阵，那年轻的又道："骆家那两个娃娃如今在哪里？唉，可真是举目无亲了。"那年长的道："在少林寺呢。"那年轻的道："这事惊动了少林寺？"那年长的道："这还用说么！明净大师从罗汉堂派过来四位高僧，查了一番，好像也没查出个所以然来，不过为了稳妥起见，走的时候，将那两个孩子一并带上了。"

他们叽叽咕咕开始说些别的，无间林微无心再听，稍微吃点东西，便走了出来。当街有六名公差，正晃晃悠悠，不知要去往哪里，林微一琢磨，拉着无间远远地跟在了后面。那六人穿街走巷，不多久便到了骆街；骆街堪比洛阳城的中轴大道，两侧尽是骆家的产业，起始处是一座光彩熠熠的牌楼，再过去有"骆家镖局""骆氏武馆""骆家当铺"，如是等等，此外还有一座唤作"满庭芳"的酒楼。牌楼之外有不少行人，之内却冷清得很，那六位公差看样子是去骆府，径直走了进去。

林微不敢再跟，停下步子四面望望，骆府在酒楼与当铺后面，向北延展出去好大一片。二人沿着院墙走到拐角处，进一条东西向的巷子，到僻静处，轻轻一纵，越墙而入。落脚之处是一片小花园，有一方池塘，几树垂柳，和一座孤零零的亭台。沿着游廊，慢慢走入深宅，果然是大富之家，规整之余添一层森严，森严之余又添一层安闲，让人恭敬恭敬，还不失自在。

阳光温吞，懒洋洋的，但是流动的风里又渗着一股凉飕飕的气息。命案是不久前的事情，可宅子里已经有了破败的迹象，房门坍塌，窗棂散落，财物多被洗劫一空；地面再无人打扫，经过几场风雨，落满枯枝败叶，泥痕俨然。进了内宅，四面开始有血迹出现，墙上、地上、门边、床边，一片又一片，黑乎乎的，触目惊心。尸首被收殓了，可骨血渗入地面，轮廓依然清楚，一个个横七竖八，或坐或卧，从每一个角落侵入眼帘。一路走来，心头震颤，渐渐地呼吸也不能自主了。

骆府西北角有一幢两层小楼，房门少了一扇，另一扇则斜斜地坠在框上；走进去，迎面香案上积了厚厚一层浮土，供奉香果的盘子却碎在地上，瓷片到处都是。南窗之下有一棵盆栽，早已经枯死了，东面墙上原本该挂有不少饰物，如今却只剩下一些形状不一的白印儿。香案上尚有两块牌位，一块立着，上书"先祖骆建安之位"，另外一块歪在一旁，写的是"先父骆朝明之位"，后面墙上对应挂着两幅画像，右边的骆朝明脸盘微胖，衣饰华贵，像是一位一本正经的乡绅，左边的骆建安该是四十多岁时候的样子，面容清瘦，持一把折扇微笑而立，显得颇有城府。这左边一副画笔要精致许多，上方题款处写有"乙未阳春小婉作"，再下面又有一首小诗，笔迹不同，却更为舒展，道："江湖归不易，京邑计长贫。独夜有知己，论心无故人。一灯愁里梦，九陌病中春。为问清平日，无门致出身。"林微若有所思，盯着看了半晌，再低头，香案之下还有一本册子，却是骆家族谱，捡起来又翻一翻，这才上到二楼。房内堆有好多木箱，里面多是衣服鞋帽书册纸张之类，此外还有一幅画轴，打开一半，丢在了地上；画面上是一位样子威猛的青年，题有"澎坤而立"四个字，无间道："这就是骆澎坤？"林微道："三十岁时候的骆澎坤。"

便在此时,院门处"吱呀"一响,有脚步声传了过来。二人吃一惊,蹲下身,透过阁楼向阳的小窗,看着一位和尚和一位黑衣红帽的公差并肩走了进来。那和尚道:"这是骆家的先人堂?"那公差说话的声音有些沙哑,道:"说不上,里面只供着让骆家光宗耀祖的两位先人。"他们跨进门,声音便从楼梯口传了上来,那和尚分明指的是墙上的两幅挂像,问道:"这就是骆朝明和骆建安?"那公差道:"正是。"那和尚道:"这个'小婉'又是谁?"那公差道:"穆小婉,骆建安的夫人。"那和尚道:"可有人死在这里?"那公差道:"不曾见到,这里平时无人居住。"那和尚道:"楼上都是些什么?"那公差道:"骆家先祖的遗物,被翻得乱七八糟,好像有人在找什么东西。"那和尚"嗯?"了一声,提步上了楼梯。

无间林微心头怦怦乱跳,望一眼小窗,这就想走,这时那公差忽然说道:"你看这是什么?"那和尚的脚步声随即从楼梯口移开了,半晌没有动静,那公差继而又小心翼翼地问道:"觉尘师父——?"那和尚犹豫一下,道:"这是神农教的药锄。"

无间几乎不相信自己的耳朵,一脸惊讶地瞅瞅林微,朱雀使居然如此大意,将铁证留在了此处。那公差道:"你是说云南的那个神农教?我早有耳闻,他们心狠手辣,无恶不作,乃是天下第一邪教。"觉尘道:"是有此一说。"那公差道:"这药锄又是什么讲究?"觉尘道:"这是信物,教众人手一个。"那公差的声音忽然变得极为兴奋,道:"这岂不意味着命案是神农教所为?若是这样,我们也可以交差了!"过好一会儿,觉尘才说道:"此事干系重大,万万不可妄下结论。"那公差似乎充耳不闻,仍然说道:"这里没有死人,是以我们一直不曾好好查看,不想今日竟找到这个!觉尘师父不愧为有道高僧,只这半日工夫,便查了个水落石出!"

这时窗外"咚咚咚"一阵鼓响,接着喇叭唢呐响成一片,原来是有人迎亲,正好走过墙外大街。机不可失,无间林微趁机跃上房顶,再翻过几道院墙,也便出了骆府。无间皱着眉头,有好半天

无间传　233

一言不发,林微笑眯眯地道:"怎么,神农教让你大失所望?"无间叹一口气,转而问道:"觉尘是谁?"林微道:"他是少林寺的和尚,在江湖上名气大得很呢。"无间道:"那他便是罗汉堂的人了?"林微摇摇头,道:"好像也不是。"过了片刻,却又变得愤愤不平,道:"凭什么我就没看到那只小药锄?"无间眉尖一挑,道:"你没看到,我还没看到呢!不过几寸长的物件,漏过了,还不正常?"林微撇撇嘴,道:"你木头脑袋,看到了才是奇怪!"无间道:"那位公差的说话音我好像在哪里听到过。"林微转而盯他一眼,道:"这才是疑神疑鬼。"

过了一会儿,无间道:"那现在呢?现在又去哪里?"林微道:"卧虎山。"无间道:"卧虎山是哪里?为何要去卧虎山?"林微道:"那是他们骆家祖坟所在的地方。"无间道:"你怎么知道?"林微道:"那本族谱上写得明明白白,也就你,除了殷姑娘,什么都看不进眼里。"无间不由得哈哈大笑,道:"你高高在上,又怎能埋怨别人看不见你——咱们去做什么?"林微道:"还能做什么,去瞧瞧骆建安。"

从北门出城,走不多远便看到了卧虎山;一条碎石小径从大路岔开来,弯弯曲曲向山顶蜿蜒,从山腰处便开始有一座座的坟茔出现,果然葬的都是骆家先人。山顶将至,又有一大片墓冢,正前方的石碑一丈多高,赫然写着"骆建安　穆小婉之墓"。白日偏西,天空湛蓝,冷风里有一群雀儿掠过,莫名地多出几分悲凉。无间心中有感,念叨几句,向着墓碑深施一礼,目光垂下,又不由得"咦?"了一声,墓碑底座上有一粒圆圆的珠子,泛着暗光,捡起来瞅瞅,又呈给林微,道:"这是什么?"林微摩挲一下,道:"念珠?"无间道:"这里为何会有念珠?"林微却答非所问,道:"骆澎坤是向佛之人,骆府可是供了不少佛像。"

低头慢慢看过来,居然又找到不少,其中一颗裂开了,刚好嵌在墓碑与底座之间,原本严丝合缝的地方也便多出一条略可分辨的空隙。无间禁不住好奇,手上不自觉便去推那石碑,试两次,也说不出究竟摸索到什么,慢慢地便使出了天和掌法中"移山徙日"的力道。那石碑随之一震,居然缓缓移开些许,地面上也便露出一个黑漆漆的洞口。

一股鬼魅之气随之荡起来,让人不由自主打个冷颤,点亮火折子照一照,目光所及,不过是一段又窄又陡的石阶。二人挤进去,摸索着走出七八步,火折子的那点光明变得愈发微弱,再一脚,无间像是踢着什么软绵绵的物件,"噗噗"数声,坠下台阶去了。踏上实地,摸索到墙边,接连点起数支碗口粗细的蜡烛,目光也便随着灯火铺了开去。墓室当心有两具石棺,一具还好,另外一具的盖子却被移开了,石棺之前有一片浅浅的石台,前方置有一张石案,有人伏在案上,已经死去多时。再走,脚下"咔啦"一声,原来地面上有不少细碎的琉璃片儿,踩上去响成一片。林微捡起来略作端详,又向石棺内打量一眼,一具骷髅身着红袍,仰天而卧,右手虚握,置于胸前,左手则平放在一柄长剑之上,那剑的剑柄处嵌有一颗翡翠,在烛光下散出一片冷晕。

石案之上的那一位一头白发,样子英武,与骆家一些厅堂里的挂像一般无异,正是骆澎坤。他神情里有三分讶异,栩栩如生地刻在脸上,竟好似刚刚死过去一般。林微只觉难以置信,转头去瞅无间,无间道:"云莫为说他是被朱雀使毒死的——"有心检验一下尸身,谁承想手指一触,骆澎坤便如死肉一般,瘫倒在石案一侧;而指间探过,竟然摸不到一处完好的骨头,仿佛都化掉了,只剩下皮肉。他挠挠头,道:"这与虚怀子的死法相去不远。"林微道:"那他也是被人重手所杀?"随即又恍然大悟,道:"虚怀子是你们毒死的?"

石棺底脚处另有一把折扇,扇坠系琉璃所制,原本该是一个核桃大小的圆球,却摔碎了,满地残片正是由此而来。扇骨是生铁打造,扇面非纸非布,亦非皮质,一面题有一首诗,"南枝才放两三花,雪里吟香弄粉些。淡淡著烟浓著月,深深笼水浅笼沙",字是狂草,汪洋恣肆,名字署的是"行易拙笔,玷染四弟铁骨扇";另外一面是一幅画儿,淡云数抹,青山几刃,山脚下有一座红墙碧瓦的寺院,题字写的则是"即从弱云涂鸦七弟乡愁之境"。林微略一思索,道:"不错,这就凑在一处了。"

无间道:"什么凑在一处了?"林微道:"当年随皇子北上的十二名随从当中有一位武当派的道士,便是行易,如今来看,其一,他写的一手好字;其二,画的一手好画;其三,他们一十二人该是撮土为香拜了把子,而他年纪偏大,排行前三;其四么,铁骨扇是骆建安的,所以他肯定是老四;其五,这位七弟不知道是谁,不过画里既然是一座寺院,那就应当是一位和尚,而且这山也越看越像嵩山,所以八成便是少林寺思明——"无间一怔,道:"哪个思明?给思慎写信的思明?他究竟是什么人?"林微道:"爹爹说过,前推数十年,江湖上武学造诣最高的一共有四人,所谓'北离南魅,一昇一明'。'北离南魅'指的是虞念离与李天魅,都不是什么好人,为一点芝麻大的私情挟持整个武林,无聊得很;'一昇'指的是九州派莫禾昇,可能还没有死,只是极少现身江湖,都说他乖僻邪谬,最讨人嫌,也不知道是真是假;而这'一明'指的就是思明,他出身少林,该是四人当中最教人相敬的一位,少林七十二绝技,极少有人精通两门以上,他却身兼十一门,所以单论武学修为,可能比其他三位还要高上一点。思明随三十二皇子北上,南归之后在少林寺住过一段,再后来便不知所踪,若是你在神农谷看到的那封信所言不虚,该是死在海上了。"

她举起铁骨扇,又指一指扇坠的残片,道:"那片锦缎原来就藏在这里。"无间道:"你怎么知道?"林微道:"你可记得骆家先人堂里那幅挂像?骆建安手里抓的便是这把扇子,那扇坠儿带一抹黄色,可这里满地碎片都是透明的,那黄色又从何而来?所以,里面肯定是装了东西的。此外,骆家三十六路扇子功高明得很,对他而言,这扇子既是玩物,也是兵器,生不离手,死不离身,所以将锦缎放进扇坠里就是一个绝佳的主意,随身携带,却又不着痕迹。"继而又叹一口气。"这也是为何骆澎坤会死在这里的原因,朱雀使强索那片地图,他无可奈何,只好带他们来此处找铁骨扇。"

她若有所思,目光探索,落在暗处的一只鞋子上面;那鞋子五六寸长短,面上绣着一只虎头,像是殷实人家的孩童所穿,而适才被无间从石阶上踢落的,正是此物。她捡起来翻来覆去地看一会儿,好半天不再言语。无间心头戚戚,整理好骆澎坤的尸身,不等站起来,却听"嗒"的一声轻响,一颗珠子从右手掌心里滚了出来。那珠子有铜钱大小,中间有一个小孔,挂着些断开的丝线,看样子该与地面上那些念珠同属一串儿;他捡起来,凑在烛光之下端详,又不由得微微吃了一惊,这一颗清润剔透,纹线流溢,如云彩一般变幻不定,原是不可多得的宝物,此外,暗泽之下还有一丝极淡的纹刻,稍加分辨,原来是"雨痕"两个小字。

第十八章
常心可魅

说不上为什么，林微对骆家两个孩童莫名地牵挂，再加上一个月之后便是武林大会，二人稍作计议，便取道向东，奔少林寺而来。走了一日，嵩山的轮廓渐渐清晰起来，再一日在曙光里上路，更像是一脚踏入翠微之中，峰峦峭立，云雾缭绕，松柏与寺院掩映，高岩与塔林呼应，好一份葱茏古雅。待到能望见寺院了，那景色果然与骆建安扇面所绘相去不远，而双目一闭，心中的意象又似乎与画中更为接近。

赫赫声名之下，少林寺依旧朴实无华，庭院坦荡，石板清净，有不少香客来往，却没有什么声响。他们入山门，过天王殿，再进大雄宝殿，四面高香氤氲，肃穆之中多出几分震慑之意。林微在蒲团上跪下来，冲华严三圣磕了三个头，无间乐呵呵地问道："你求什么？"林微忽而有些恼火，道："你说求什么？"无间想一想，指指那几尊塑像，道："我小命不保的时候，他们便真的能助我一臂之力？"林微"呸"一声，道："你敬，而远之，就好。"无间却又笑了起来，道："我若是恭恭敬敬的，又何必躲得远远的，我若是躲得远远的，又何必恭恭敬敬的。"林微再懒得理他，只伸手在他脑后扇了一巴掌。

寺内当然算不得戒备森严，可即便宽庭敞院，空无一人，也还自有一股内敛沉静，让人不敢轻举妄动。他们随着其他香客走一圈，也便下了山。山脚下的镇子只有十几户人家，连个名目也没有，沿街走走看看，抬脚进了一家杂货店子。店内坐着一个婆子，差不多五六十岁年纪，满脸皱褶，一口黄牙，看见他们，自顾自先笑成了一朵花。无间在神农谷剃了个光头，现今头发仍然扎不成发髻，加之面目黝黑，活脱脱像个刚从田间回来的长工。林微明眸皓齿，又一片冰雪聪明，即便是大户人家的千金亦不能比拟。那婆子想不明白这样全不搭界的两个人何以会凑在一处，可偏偏是个自作聪明的，只道不更事的大小姐跟着伙计私奔来的，张口便道："你们小两口可是来求个吉利签儿，父母早些认下这门亲事，也就能回去了？"

林微稍稍一怔才明白过来，不由又好气又好笑，那婆子看她那副样子，还以为自己猜得没错，又道："我守着少林寺，可是见得多了，前些日子就有一对儿，是个富家公子喜欢上自家丫鬟，偷偷跑出来结了亲。他们想着木已成舟，当爹妈的还真的不肯原谅？不想那老两口硬气得很，死活不让进门儿！后来还不靠我支招，才万事大吉。"林微笑道："你支了什么招儿？"那婆子道："隔代亲，隔代亲，我让那小两口先生个娃儿，再一日，抱着在门前一跪，那做爷爷奶奶的心便化了，哭哭啼啼，皆大欢喜。"眼睛连眨几下，又道："这一招儿，你们是不是也该想一想？！"

她越说越不像话，林微却不知为何板不下脸，无间仍然似懂非懂，道："你求告半天，菩萨把她给送来了？"那婆子这会儿抓住林微的手，口中啧啧有声，道："这媳妇儿是怎么出落的，我王婆活这么久，还从来没见过这么标致的姑娘。"压低声音，又道："你看上那黑小子，真的没走眼？"无间恍然大悟，哈哈大笑，道："小心我家小姐掌你嘴！"林微瞥他一眼，道："这个黑炭头是我们家一个不中用的伙计，改日可能还要劳烦你寻个老大嫁不出的丑女给说和说和。"那婆子听得一愣,林微却已经换成一副笑眯眯的模样,道:"婆婆,有没有像样的我能穿的衣服?"那婆子忙不迭道:"有——当然有!前日李家媳妇刚拿了一件棉袄过来,她可是镇上一等一的女红。"

她转到柜台后面,取出一件黑底碎红花的薄袄,林微试一试,居然大小合身。小店里乱哄哄的,可是衣服鞋子、珠花首饰、铁锹锄头,各类杂货一应俱全。靠角的架子上放着几件春牛、摩合罗、蹴鞠、风筝之类的玩具,林微心下一动,指着问道:"这些卖得可好?"那婆子长叹一声,道:"不好,不好!前年有个商人到我这里,花言巧语,拿这些骗了我好多银钱,这不放了快两年了,也没有人要,也是怪我自己,一时糊涂,忘了这里是和尚的地界,又能有几个小孩子!"林微道:"便一个也不曾卖掉?"那婆子道:"那倒也不是,半个月之前来过一个大和尚,买走两只春牛。"林微多少等的便是这句话,问道:"哪个和尚,你可认得?"那婆子道:"便没有我不认得的和尚,那是达摩院的觉尘师父,最是慈眉善目。他们平日都是化缘的,也不知道他从哪里弄来些碎银子,买东西还不好意思,拿了就走,余零也不要找;我一直还奇怪呢,他买那些做什么,寺院里又没有小孩子。"林微道:"果然是觉尘师父,你不会认错?"那婆子有些不以为然,道:"怎么会!!"

林微道:"身上这件棉袄我要啦,你给我这哥哥也找件像样的衣服罢,一起结算。"那婆子答应着,钻到柜台下面翻找,林微又道:"婆婆,你怎么称呼?店里就你一个人打理?"那婆子道:"我姓王,人都叫我王婆,我有一个儿子,跑去洛阳,在他舅舅的酒馆里面当个伙计,我那死老头子说是想看看儿子,背上包就走了,招呼也不打一个,我正这儿怄气呢!"站起身,手里拿一件皂色的袍子,招手让无间进到柜台里面,亲手给他穿上,口上还不住唠叨,"这头发怎么弄成这样,会不会是个庙里的和尚?"说着话还真的扒拉着脑袋找找香疤,才放脱了。她走开两步,上上下下又打量打量，口中忽而"啧"一声，道："虽说黑得跟碳一样，这不收拾收拾，还挺周正的小伙子，我就说这么一个如花似玉的姑娘，总不至于找个忒丑的！若不收拾利索，休怪别人说你坑拐大家闺秀！"

林微道："婆婆，你只有一个弟弟在洛阳？"王婆道："还有一个妹妹，我弟弟在洛阳做的是小本生意，仅能立足，这个妹妹才是真的有福气，嫁到大户人家里面去了。当年媒婆说媒，人家指明要我，可是我鬼迷心窍，一心要和那个没用的相好，爹妈就把我妹子许了出去。这不，妹夫飞黄腾达，去了洛阳，瞧瞧我，还在这里寒酸。"她开了话匣子，开始叨叨什么有福没福有缘没缘的废话，林微打断她，又道："你和你这弟弟妹妹还有来往？"王婆道："和妹妹有几年没见了，她人富贵，就不爱认我们了，和弟弟还时常走动一下。"林微道："你弟弟家可有子嗣？"王婆道："他有两个儿子，老大和你这哥哥差不多年纪，还有一个女儿，过年过节，可比我这里热闹多了。"

林微眼珠转一圈，想不起还有什么要问的了，于是道："婆婆，你送这店面给我们经营两天好不好？"那婆子只道没听清楚，道："姑娘你说什么？"林微又说一遍，王婆说话的声音便有些儿颤，道："你这是何意，抢劫不成？这里可是少室山，少林寺脚下！"林微道："嗯，还真是抢劫。"那婆子发一会儿呆，又慌里慌张打量二人一眼，撒腿就跑，林微抢上一步，点了她穴道；继而又扑哧一声，自顾自乐笑了起来。无间道："无缘无故的，你为何和她过不去？"林微道："她说我和你私奔，呸，鬼才和你私奔。"无间道："她还说我拐卖人口呢，是不是可以折抵些罪过？"林微道："她那是夸我呢，还是骂你呢？你这样说，又是骂谁呢？"

无间将那婆子扛起来，安置到卧房炕上，再出来，林微丢给他一本烂乎乎的册子，道："王婆认得几个字，这是她的账本，其中自有道理，你可别卖出亏空。"无间道："你当真要在这里做买卖？"林微道："那是当然，若有人问起，就说她去洛阳了，你是她弟弟的儿子,帮着照看几天店面。"无间道:"她说的那个觉尘会不会是我们在骆府撞上的觉尘?"林微道:"少林寺还能有几个觉尘?"无间道:"他一个大和尚买小孩子的玩物做什么?"话说出口,眼前一亮,"哈"一声,道:"难不成是买给骆家的两个娃娃?"林微道:"你说呢?他们接了人过来,可少林寺如何养得了小孩子,况且还是大户人家的小孩子?平常吃饭穿衣凑合凑合也就罢了,可总不能什么玩具都没有,所以他只能到这里碰碰运气。"无间道:"那咱们又怎样?"林微道:"等着。"无间道:"就近盯着不就成了,非要把那婆子吓成这样。"林微笑道:"只能这样,否则不等你前脚出门,范无间拐卖人口的事情就天下皆知了!"

再一日暖洋洋的,碧空如洗,春意盎然。林微窗前一坐,思绪扯开,不由得又有些怅然,这等时节,落雪山庄不也是同样的风物?那些叽叽喳喳的欢笑声犹在耳边,那样的雀儿,那样的柳絮,那样的草与那样的山——目光流转,寻到墙上挂着的几只风筝,正自惘然,门帘一暗,一位胖胖大大的和尚走了进来。看到无间,他像是吃了一惊,道:"王婆不在么?"无间道:"她去洛阳看兄弟去了。"那和尚点点头,道:"贫僧与这位小施主素未谋面?"无间谨记教诲,道:"我是她弟弟的儿子,帮她照看几天店面。"林微听了这话禁不住要笑,还好那和尚并不起疑,犹豫一下,从怀里摸出一张纸,道:"你看这些店里有没有?"

无间接过来,只见上面写道:"红头绳一束,八岁男童鞋子一双、单衫一件,六岁女童鞋子一双、褶裙一件,泥人两个,陀螺一个。"林微每一样取出数件摆上柜台,那和尚挠挠头,于大小颜色都有些拿不定主意,叹一口气,又取出一块碎银子,道:"若是都买走,这些够不够?"林微道:"够,足够了。"觉尘道:"那就好,不用找零了。"将东西包起来,背上身,这就要走。林微指一指墙上那只燕子风筝,道:"觉尘师父,这等天气放风筝最好不过,你给的银钱太多,就将它一并带上罢。"那和尚"嗯"一声,像是很喜欢这个主意,又谢一遍,取了风筝,转身而去。

无间瞪大了眼睛,道:"你如何便知道他是觉尘?"林微嘿嘿一笑,拉着他出门,径直往山上走去。在山腰处一坐,小镇子尽收眼底,过不多久,那只燕子风筝居然一振一振地飘到了空中。无间咂咂嘴,忽然明白过来,随着追到南面山坡,远远便看到了觉尘。他笑呵呵的,负手而立,不远处一男一女两个孩童大呼小叫,正玩到兴头上,而身上穿的正是刚刚买走的新衣。

山风紧了些,扯着那风筝向南面飘去,两个孩子也便紧一步慢一步溜下了山坡。这时一位灰衣人忽然从岩后转出来,手中寒光一闪,分明握着一把短剑;觉尘大吃一惊,叫一声"小缨,小红——",可是不等迈开步子,斜刺里冷风扑面,另有两位黑衣人各执长剑直刺了过来。他心下叫苦,连使伏虎拳中的三招重手,可对方武功不错,且战且退,是一副纠缠不休的架势。那两位孩童被吓到了,待在原地,张开嘴要哭,那灰衣人却毫不手软,挥剑直刺那男童的胸口。

林微一跃而起,人在半空,先摸出觉尘给的那块碎银子掷了出去;那灰衣人听到风声,回剑一封,"铛"的一响,眼前跟着又是一花,簪子珠花铜钱儿如是等等,结成一串儿,相继袭来。他一挡再挡,被逼得连退数步,而无间借着这一瞬移步换位,双掌穿插,一招"一马平川"也推了过来。那灰衣人颇为诧异,不敢硬接,就地一滚避到一旁,林微顺势一手抱起一个孩子,无间则一招"潮水平",一招"天行健",继续没头没脑地招呼。那灰衣人连连后退,不由地大为光火,道:"足下何人?"无间却更为恼火,道:"你个王八蛋还有脸问我是何人?"

说话间二人"砰"地对了一掌,那灰衣人退出一丈有余方才站稳脚跟,再抬头望一眼,打声呼哨,转身就走。那两位黑衣人会意,连出数记杀招,逼得觉尘退开少许,亦齐齐后撤。觉尘并不追赶,转而大踏步走向林微,林微放开手,那两位孩童扑到觉尘怀里，放声大哭。觉尘稍作抚慰，站起身高呼一声"阿弥陀佛"，向着无间林微深深行下礼去。这会儿两名少林弟子从坡顶的小院一起窜出来，齐声叫道："师父，出了什么事？"

那两位孩童果然是骆家遗孤，男童唤作骆缨，女童唤作骆红。林微心中自有算计，先取了那只自骆家墓室捡到的鞋子出来，骆缨眼前一亮，叫一声"我的虎头鞋！"，跑过来一把抓在了手里。他摩挲一会儿，忽而冲其中一名少林弟子做个鬼脸，道："谁说找不回来？这不，不用找，它就回来了！"继而又拉住林微的手，道："你从哪里得来的？"林微拍拍他脑袋，有些话想问却不忍问出口。觉尘更为诧异，道："姑娘手里何以会有这只鞋子？"林微道："说来话长，不过——这两个孩子可还记得些什么？"觉尘明白她的意思，摇摇头，道："那一晚他们早早便睡下了，再醒过来已是早间，人却是在城外野地里，骆缨只知道丢了一只鞋子，一直念叨呢。"又望一眼无间，"你果然是王婆的外甥？二位能救下骆家两个孩子和贫僧的性命，应当算不上偶然了？"

一行人进院子，叙礼完毕，林微只说自己姓陆，无间也便还用"阿七"为名。她继而道："适才偷袭大和尚的是什么人？"觉尘毫不犹豫，道："神农教的人。"无间道："你又如何知道？他们又为何和你过不去？"觉尘道："他们不是和我过不去，是和骆家过不去，屠戮骆府满门还不够，居然连这两个孩子也不放过！"他义愤填膺，过好一会儿才平静下来，又道："神农教武学尽走旁门左道，旗下和融门有两大祸害武林的独创，一个是腥风掌，一个是鸩锋剑，鸩锋剑剑刃淬毒，而且那毒药还随剑气挥发，防不胜防，适才与我交手的那两位用的正是这一手功夫，再者——"犹豫一下，还是从怀里摸出那把小药锄，道："前些日子我奉方丈之命再赴洛阳查访命案，不想在骆府找到这个，唉，这件事情也就再没有什么疑问了。"他双眉紧锁，是一副忧心忡忡的模样，又道："中原武林与神农教一战只怕在所难免——"无间吓了一跳，道："你们要做什么?"觉尘道:"其实方丈大师还有些犹豫不决,可若是问我,此事速战速决,便杀去神农谷,一举灭了这支西南邪教!"

无间接过小药锄看看,还真是神农教之物,并无造假。林微试探着问道:"神农教为何要和骆家过不去?"觉尘道:"这里有不少内情,还恕贫僧不便相告,不过,骆澎坤是死是活,至今无人知晓,这些谜团终究还要着落在他身上。"林微道:"骆老爷子死在卧虎山骆建安的墓室之内了。"觉尘大吃一惊,忽地一下站起身来,道:"你又如何知道?"林微道:"我们在洛阳游玩,听人说起骆家惨案,心下好奇,便去骆府看了一圈,也才知道骆家先祖里有骆建安这样一位赫赫有名的人物,之后当然要去他们祖坟瞧瞧,不想找到了骆澎坤的尸首。"她将卧虎山的情形大致讲一遍,觉尘变得更加坐立不安,道:"如此说来,贫僧应当亲自去看一看才好。"林微便又取出那颗珠子,道:"这是什么?"觉尘端详片刻,道:"这是浙江普陀山的流云珠,说不上价值连城,却还是一件稀罕物。"无间道:"'雨痕'二字又作何解?"觉尘摇摇头,道:"贫僧不知。"

林微转而道:"你大和尚由善生爱,由爱生情,在王婆那里进进出出的,可是算不得清静。"觉尘心下惭愧,低首道:"善哉,善哉,我护着两个孩子躲在这里,本来是一件极为隐秘的事情,姑娘不费吹灰之力便找上门,可真叫人汗颜。"无间道:"极为隐秘?找上门的可不止我们,神农教的人不也来了么?"觉尘像是刚刚意识到这一层,思索片刻,又道:"骆家命案之后,方丈大师让明易师叔与觉心觉难觉方同赴洛阳,探查究竟;此事武林上下尽人皆知,他们算是落在了明处,费许多工夫,一无所获。再后来我暗地里接手,悄悄带两个孩子来此间安置,按说这些都是十分妥善的安排,谁承想竟这样漏洞百出!"林微道:"那知道此事的人应该没有几个?"觉尘道:"方丈大师知道;明易师叔与觉难知道;明灭师叔也知道——"这会儿忽然明白过来,提高了声音,道:"姑娘是说寺里有人将我们的行踪泄露给了神农教?"来回踱几步,搓搓手,又道:"此事应当尽快面禀方丈大师才对,而且这两个孩子也应该暂且回寺才好。"

这时房门轻响,他的亲随弟子慧末探头进来,道:"师父,方丈派人传话,要你即刻回山,说是什么东海沧浪峡十八岛岛主来访。"觉尘皱起眉头,道:"沧浪峡十八岛岛主?"慧末道:"他们说是要一个人。"觉尘道:"何人?"慧末道:"少林寺留了快一个月的人,方丈说提起来你就能明白。"觉尘迷惑之中又添三分惊诧,转而望望无间与林微,道:"二位可愿意随贫僧走一趟少林寺?"

众人不敢有丝毫大意,可是这一程却平安无事,骆缨骆红与林微分明有些一见如故的意味,一左一右随在她身侧,叽里咕噜说个不住。上得山来,山门外的空地上站着许多人,其中一边有数十名和尚,居中一位老僧,披一件灰色的袈裟,面目清癯,神态慈和,正是少林寺方丈明净大师。他身边几位均着黄袍,再后面几位则和觉尘一样,穿灰袍,最后一排都是年轻弟子,着黑袍。对面阵中也是数十人,高矮胖瘦,样貌迥异,有些人衣饰华贵,风度雅致,有些人却蓬头垢面,衣不蔽体,居中的则是一位白衣公子,眉若柳叶,目如秋水,俊逸潇洒,光彩照人。他笑呵呵道:"老方丈,你终于出来了?"明净合十行了一礼,道:"少林寺待客不周,还请恕罪则个。"

旁边的空地上有两位知客僧倒地不起,正有数人围着救治,那公子伸手一指,道:"你们店大欺客,小小的门僮半点眼色也没有,我随手打发了,也帮你一正视听。"少林众僧心下冒火,却也暗暗吃惊,倒在地上的两位均是觉字辈弟子,在江湖上算得一等一的好手,不想竟这样不堪一击,这一位沧浪峡十八岛岛主名不见经传,看样子还真是有些来头,而且这样大咧咧地指点老方丈,也真是见识了。

明净道:"善哉,敝寺与沧浪峡十八岛并无来往,还问诸位今日有何贵干?"那公子扑哧一笑,道:"这十八岛是我编排了哄你玩的,你居然也信以为真?"明净并不动怒,道:"敢问施主高姓大名?"那公子道:"我姓杨,单名一个倾字。"明净所知既广且杂,却从不曾听说有这样一号人物,略一沉吟的工夫,杨倾又道:"老方丈,你交了人,我们即刻下山,再不相扰。"明净道:"你们要的究竟是谁?"杨倾道:"你又何必装聋作哑?一个多月之前太行山有人走漏风声,结果死的死,伤的伤,乱得如同一锅粥一般。那人逃到少林寺,若不是你方丈大师亲自点头,谁又敢将他留下?这回,我说得可够清楚了?"明净依然不动声色,林微却心弦震颤,忽然间再也无法淡定,太行山是天乙门总坛,难道此事与于未田有关?明净身后一位老僧忽然大喝一声,道:"少林寺墙内之事,你何以知道得这般详细?"杨倾微微一笑,打量他一眼,道:"你是明易?"

那老僧正是明字辈关门弟子明易,他为人豪爽耿直,在江湖上朋友最多,名声也极为响亮,这会儿双目一翻,道:"你认得我,那就对了,出家人不好争斗,我劝你好自为之,莫要自取其辱。"杨倾口中啧啧有声,转而望一眼明净,道:"老方丈,此人真的是你师弟?不都说少林寺高僧处之泰然,为何这一位与江湖野汉子没有多少分别?"明净淡淡一笑,道:"向佛之人,本真就好。"杨倾甚是不屑,道:"你让他去洛阳办事,他弄得一塌糊涂,不是说应该思过七日么,为何又跑来这里招摇?"明净不禁又吃一惊,道:"这位施主何以对少林寺内务这般熟悉?"杨倾笑道:"不是向佛之人,本真就好么?机心全无,院墙再高,又能有什么秘密可言?!"

明净道:"也好,你要的人是在少林寺,只是老衲何以要将他交出来,还愿闻其详。"杨倾道:"他可是少林寺的人?"明净道:"不是。"杨倾道:"那我带他走又有何不可?"明易道:"难道他是你的人?"杨倾道:"他又何必是我的人?我不过是说我带他走也好,他留在少林寺也好,都是一样的合情合理。"明易道:"那还要看他愿不愿意跟你走呢!"杨倾冷笑一声,道:"他想怎样又有什么要紧?你少林寺便真的在乎他想怎样?"明易"嘿"一声,道:"你究竟什么来路,小小年纪却这般霸道!你可记着,他皇帝老子在少室山也要收敛三分呢!"杨倾不由笑了起来,道:"我霸道?那就对了,我霸道,别人就不霸道了。"明净轻叹一声,道:"杨施主之言,老衲恕难从命。"杨倾道:"老方丈,你可想想明白——"伸出两只手作势掂量一下,"少林寺弟子的性命,于未田的性命,究竟孰轻孰重?"

"于未田"三个字便如同利刃一般刺进林微心里,她膝下微微一软,几乎站也站不住了。明净望一望杨倾身后,道:"杨施主座下众人为此赔上性命便值得了?"杨倾哈哈一笑,道:"值得值得,他们的性命轻如鸿毛,最算不得什么。"明净一怔,竟而不知道再说些什么才好,杨倾又道:"天下人都知道老方丈慈悲为怀,也好,我便送你一个慈悲的法门。少林寺武学名扬天下,今日我正好领教领教,咱们比试三场,你胜两场,我即刻下山,我胜两场,于未田由我带走,如何?"明净自然明白他有恃无恐,可是如此叫阵,少林寺也断无规避的道理,于是点点头,道:"阿弥陀佛,切磋一下也好,大家点到为止,莫伤了和气。"杨倾道:"刀剑不长眼睛,点到未止,也在所难免,你们弄死我的人,我不会计较,嘿嘿,若是有和尚丢了性命,你也不要纠缠不休才好。"

明易再也按捺不住,踏上一步,道:"我正要瞧瞧你究竟是什么道行!"他天生大力,人又耿直,与大开大阖的外家硬功格外合契,而少林寺外家硬功的极致正是降魔掌法,他勤修二十余年,早有大成,行走江湖,几乎从不曾遇到对手。明净略一沉吟,论及老到机变,他打这一阵还真是恰如其分。杨倾道:"人说你降魔掌法练得还算凑合,不过你爱走刚猛的路子,好像拳脚弄得铿锵有声,便是练到家了,殊不知任何一门功夫都有内向虚柔的一面,这个你若是想不明白,再练二十年,也还是一个凑合。"回头望一眼,张口叫道:"王不喜——"一位面目枯黄的老者踏上几步,抱拳问道:"公子有何吩咐?"杨倾道:"不是说他们少林寺有一套广为流传的罗汉拳么？还说若是内外兼修，练到极致，顶的过半吊子降魔掌法，今日你就用罗汉拳与他比画比画如何？"王不喜竟然丝毫不以为意，耸耸肩膀，道："公子要我多少招胜他？"杨倾伸出两根手指，道："二十。"王不喜还抱一抱拳，道："二十就二十。"

罗汉拳圆融贯通，的确并非普通的入门功夫，可将它与降魔掌法相提并论，还说什么二十招便能胜出，可未免有些荒唐。少林众僧只觉这些人狂妄到了极处，也无知到了极处，有些小辈禁不住便鼓噪起来。而明净心中却又是别一番滋味，降魔掌法以快见长，掌法精义正所谓"降魔如魔，大道忘我"，而忘我之境与魔境本就没有多少区别，是以"大道"二字至关重要；浅一层它指的是掌法凛然之道，深一层指的却是心中佛道，明易一味好刚好勇，少一层从容，到头来在掌法上便总差着一隙，不能圆满，这些道理能明白的寥寥无几，而杨倾却一语中的，道出了明易武学修行的大限所在，着实耐人琢磨。可明易全没有这些念想，大吼一声，使一招"平地惊雷"，猱身攻了上来。王不喜不慌不忙，单拳递出，果然是罗汉拳中普普通通的一招"铁臂伏虎"。众僧对此烂熟于心，并不觉着有什么不同之处，只是不知怎地，他后发先至，不等明易近身，拳头已经递到了对方胸口。明易吃一惊，身子一转，双臂摇动，使"醉步行癫"，合击他太阳穴。王不喜化为"垂云擎天"，向后一仰，踢明易下颌，而这一次居然又是后发先至，逼得对方再变一招。转瞬之间，两人各出五招，只是王不喜一再抢得先机，竟逼得明易连一招也不能使得完满。

明易连连倒退却又步步惊心，无论如何也想不通降魔掌法会不济到这种地步，杨倾忽而咯咯一笑，道："好了，十九招了，你还啰唆什么。"王不喜口中应一声，呼地又击出一拳，明易变招后撤，对方却如影随形，追出十余丈，"砰"的一声，还是打上胸口。他一跤坐倒，神情又是不解，又是惭愧，又是难以相信。杨倾不住摇头，道："盛名之下，其实难副，老方丈，我可赢一场了。"明净闭口不答,心下却倍感蹊跷,想不出究竟哪里不对,却又分明有些不对。

既如此,第二阵也就再也输不得了,他有心亲自接招,身畔的明灭却低低道一声:"师兄,我来。"明净与明灭均幼时便在少林寺出家,同门数十年,那一份手足之情断非普通师兄弟所能比拟。明净天性淡泊,最具佛性,以佛学融汇武学要义,触类旁通,二者均入化境,明灭却是性情中人,优柔善感,论佛学,与师兄相差极远,可论及武学,天赋绝佳,又极为用功,是以在技巧上反而胜出半筹。他缓缓踏上几步,不等开言,杨倾便饶有兴趣地打量了一番,道:"你是明灭。"明灭点点头,道:"贫僧明灭。"杨倾道:"人说你年轻的时候一表人才,有潘安之貌,只可惜是个和尚,如今老了,风采清俊,只可惜还是个和尚。"明灭淡淡地道:"施主说笑了。"杨倾道:"你若是再输一阵,丢了于未田也还罢了,少林寺颜面无存,岂不难堪得很?"明灭道:"少林武功博大精深,输一阵,只说明我修行浅薄,全无必要多做文章,再者,出家之人本应以佛学为本,武功一道,终究是末节而已。"杨倾不由扑哧一笑,道:"武学是末节?且问问身后的师兄师弟徒子徒孙,又有几个人做得到?就说你自己,又果然做得到?"明灭静默不语,杨倾进而提高些声音,叫道:"胡不瘳呢?你来讨教一下他的般若掌好了。"

明灭精通七十二绝技中的四门,其中般若掌又至为精纯,杨倾如此叫阵,竟然没有半点取巧之意。她身后一位矮冬瓜应一声,便站了出来,他双腿极短,胳膊却极长,小脑袋,秃头顶,鼻翼右侧有一枚铜钱大小的黑痣,看上去好生猥琐;小碎步走到场地中央,道:"老和尚,你我打一架。"语音尖锐,咋一听便如同老妇人一般。明灭道:"老衲孤陋,不曾听说过施主大名。"胡不瘳道:"我家公子让我找你打一架,打架就是,何必有这样多的废话!"说着就地一滚,长臂探出,径直攻向明灭下盘。明灭颇感无奈,摇摇头,撤一步避了开去。胡不瘳却并不起身,在地面上如同皮球一般围着他越转越快，明灭则严守门户，或拍或挡，一一拆解。二人一静一动，一个站着，一个蹲着，乍一看像是明灭在抽打一只硕大的陀螺，甚是滑稽，只是他心中明白，对方虽则没有什么仪态可言，但个中身法高明之至，几乎找不到任何破绽。他观望许久，才终于有所计较，右掌翻转，缓缓拍出一招"卷云风"。

这一招亦实亦虚，掌力雄浑却又飘忽不定，几乎完全罩住了胡不瘳周身大穴，可胡不瘳又好似浑然不觉，肉团儿一般猛地一弹，脱出掌风不说，竟还有暇伸手去点明灭脚踝。明灭撤开一步，心头茫然多于惊讶，实在想不出他何以能应付得这般从容，心中一些模模糊糊的念头因此又泛了上来，此种局面，是对手太过高明，还是自己不够高明？周身况味难以名状，仿佛偶感风寒，又似一夜辗转之后的清晨，说不上内息不畅，却也难以舒展；他不由得心下一叹，这几日忧心太过，未免失了条理。二人你来我往，堪堪斗过五十招，胡不瘳滚得如同泥球一般，却不露败象，而明灭看似从容，却渐渐有些力不从心；再有四十招，真气难以接续，这一阵可真的悬了。

无间凝神观战，渐渐瞧出些与天和掌法的相通之处，交相印证，不由得大为兴奋。这会儿林微却打个哈欠，脑袋一歪，靠在了他肩上，道："懒风暖香，偏你不觉着半点困顿。"无间"嗨"一声，并不在意，可不知为何，这句话又挥之不去，如同字幅一般在脑海里挂了起来。再一股风来，那一丝若有若无的气息分明浓了些，有花香似酒香，更兼有一星儿土腥气，教他心中突地一跳，忽然便想到了惘神香！伸手入怀，断疴木凉凉的，依然安在，转而再瞅一眼林微，再瞅一眼明净，便有些不知该如何是好。恰在此时胡不瘳身子一转，又点明灭脚踝，这是他第三次使相同的一招，明灭一如既往，撤步闪避，胡不瘳看似要一抹而过，却须臾间兜了回来，暴喝声里身形暴长，从不足三尺的一只球儿陡然化为一条七尺多高的大汉，双掌齐出，直拍明灭胸口。

明灭早已经神困力乏，而这一变防不胜防，这一掌又正好打在意念的空当之处，他心知躲挡不开，一挺身，居然再不守门户。胡不瘳心下狂喜，舍身而上，而明灭等的也正是这操之过急的一瞬，胸口受一记重击的同时，左掌一抓一放，连点对方三处穴道。胡不瘳闷哼一声，软塌塌跌了出去，再也动弹不得。明灭眼前一黑，几乎也要坐倒，可一旦坐倒，这就再不是少林寺的胜局，他强吸一口气，有心站稳，可丹田之内一片虚空，鲜血却几乎涌到了喉头。恰在此时有人伸手扶住了他，一股真气进而透过太渊穴缓缓涌了过来；他心下一怔，有心挣脱，可那股真气舒舒然，汩汩然，好一派坦荡平和，只片刻的工夫，胸口烦乱尽去，眼前复又是一片清明。他这才转头望望，身边不是少林弟子，而是一位浓眉大眼的灰衣少年，脸膛黝黑，并不认识。

第十九章
朴素大江流

  明灭心头感激，问道："少侠何人？"无间答一句"范阿七"，又有些心不在焉，躬身行一礼，走了开去。敞庭宽院，微风吹送，惘神香究竟从何而来，仍然无法分辨，而其中的分量恰到好处，让人困顿却不昏睡，功力打些折扣却不明所以。他目光最后还落在杨倾那里，道："你使诈。"杨倾不动声色，心下却不胜恼火，道："你是何人？"无间却又转身冲明净行一礼，道："晚辈参见方丈大师。"

  明净大为愕然，转头望望觉尘，觉尘也有些摸不着头脑，道："师父，他随弟子一起上山，此前刚帮了我一个大忙——"明净似乎便信了这少年是友非敌，道："老衲琐事缠身，有违待客之道：还请少侠见谅。"无间摆摆手，道："院子里为何会有惘神香？"明净暗吃一惊，可心下稍加印证，也变得将信将疑，还望向杨倾，道："恕老衲孤陋，敢问施主是神农教的哪一位？"杨倾目光亮亮的，道："你们嘀咕些什么？谁又是神农教的？"这时明易大声叫了起来，道："怪不得，怪不得，原来都是你们这些妖怪弄的手脚！"杨倾冷笑一声，道："傅长天卑鄙小人，你道我会与他为伍？"随即又扫一眼身后众人，道："哪里来的惘神香？我不曾闻到什么，你们呢?"有人高声答道:"公子,你这还看不透么?这些和尚明知不敌,便搭一台戏,给自己找台阶下呢,想不到吧,说什么武林第一大门派,真是笑煞人也!"

众僧不想他们不仅推个一干二净,还要倒打一耙,饶是明净修养好到极处,也不由得心下动怒;不过说到傅长天,对方这样直呼其名,而且没有半点恭敬之意,倒也的确不是神农教的做派。杨倾又道:"老方丈,你东拉西扯,第三阵到底比还是不比?"山风一荡,那香气又变得无从分辨,明净心下好生为难,可箭在弦上,又如何收得回来?他轻叹一声,踏上几步,道:"阿弥陀佛,是非成败,还是由老衲一肩担当好了。"

无间道:"他做套儿,你还要伸脑袋?"杨倾愈发恼火,道:"老方丈,你少林寺怎么半点规矩都没有,这当口,也由得这些市井闲人指指点点?又或者这样正中你下怀,有人搅局,乐得做个缩头乌龟?"一干僧人怒火中烧,同声斥责,惟明净依旧淡淡的,冲无间点点头,道:"少侠美意老衲心领了,还请暂且退下。"无间挠挠头,终究移不开步子,道:"不好。"明净道:"哪里不好?"无间道:"即便是淡看输赢,也不能纵容坑蒙拐骗呢,适才若不是胡不瘳操之过急,少林寺可是已经输了。"明净心下不由轻声一叹,明灭看似胜得不着痕迹,实则赌上了一条性命,而这少侠居然瞧得明白,难不成是一位深藏不露的大高手?他望一眼觉尘,又禁不住向林微望去,林微嘻嘻一笑,道:"老方丈,你让他替你接这第三阵好了。"杨倾却不住摇头,道:"我不曾羞辱少林寺,自有人羞辱少林寺。"

明易明白个中利害,大声叫道:"使不得。"林微道:"老方丈,佛心无碍,你反倒没有这点胸怀?"明易道:"我少林寺千年盛誉,又岂能押在这小子身上?"杨倾道:"说得是呢,他输了,可不是少林寺输了,两不相干。"林微指指无间,还冲明净道:"那你收他做个弟子罢。"无间吃一惊,使劲摆摆手,道:"我才不要做和尚!"

林微道:"你不舍得殷姑娘啊?"无间道:"没有殷姑娘,也不要做和尚。"林微道:"那你便是舍不得天下的姑娘。"无间不由得哈哈大笑,道:"若是天下的姑娘舍不得我呢?再说了,还要喝酒吃肉呢。"林微道:"那你就求老方丈收你做个俗家弟子罢,打个心中有佛的幌子,为所欲为。"明易越听越摸不着头脑,冲觉尘一摊手,道:"这两位是做什么的?"林微又呵呵一笑,道:"老方丈,我这哥哥宅心仁厚,而且天性里便有些没心没肺,按照你们佛家的说法便是了无挂碍,若是问我,他和佛法可是别有契缘呢!"

明净只觉一切毫无来由,可是不知为何,又偏偏有一层水到渠成般的妥帖坦然,他本来便是洒脱之人,这会儿忽然再不犹豫,朗声道:"范阿七,你可愿意拜在老衲门下?"无间如同梦中一般,指指自己,又指指老方丈,道:"我拜在你的门下?"明净微微一笑,点了点头,无间道:"那觉尘师父便是师兄了——"转念一想,又不由得喜出望外,"扑通"一声跪倒在地,磕了老大一个响头。明净走上几步,扶他起来,心头怪怪的,有些恍惚,却莫名地还有不少欣慰,杨倾则冷笑一声,道:"老方丈,你这出戏可演完了?"

无间转过身,赶巧又一阵风扑面而来,他若有所悟,一步一步走到杨倾身侧,拧着眉头瞅瞅,道:"你原来是个姑娘家。"杨倾双目之中寒光一闪,道:"胡说八道!"无间却又吸吸鼻子,道:"女儿香满满的,又骗谁呢?"这话他说来一派坦荡,可即便是明净,听来也尽是调笑之意。杨倾勃然大怒,却只低低唤了一声"祝不夷!",身后有人雷鸣一般应一嗓子,一位一丈多高的汉子便站起身来。他膀大腰圆,走起路来地动山摇,之前从未有人留意,竟然是因为一直坐在地上,这会儿低头问道:"公子有何吩咐?"杨倾一指无间,道:"我要他项上人头。"

祝不夷再应一声,转而开始认认真真地打量无间;二人一高一矮,一大一小,那情形有似于大树边上站着一只猴儿,相映成趣。祝不夷道:"我家公子让我来教训教训你。"无间道:"是你家公子,还是你家大小姐？"祝不夷答非所问，道："今日你会死的。"举起酒坛子一般的拳头，忽的一下便砸了过来。无间明白这股蛮力硬碰不得，只好退开一步，祝不夷则变拳为爪，再横扫一下，无间无可奈何，只好再退一步。大块头跟着跨上一步，又是同样的一砸一扫，逼得无间再退两步；如此接连八下，一个进，一个退，套路一模一样，似乎再不会有任何变化。祝不夷忽然蹲下身来，道："所有的人和我打架都是这个样子，你会输的。"无间笑道："他们输得无聊，可你也赢得无聊，是不是有些得不偿失？"祝不夷被这话绕得有些糊涂，晃晃脑袋，双手支着膝盖要站起来，无间心下一动，趁机双臂画圆，忽地使出一招"潮水平"。祝不夷"嘿"一声，双手一拢接下这一掌，可也禁不住打个趔趄，而无间一旦占得先机，再不停手，"一马平川""天行健""移山徙日"，如是等等，闷头连攻八招。祝不夷同一种姿势接八掌，退八步，最后只听"砰"的一响，他终于站住了，无间却被震退了一步。

　　无间适才连退一十六步，少林众僧一面叫苦，一面暗叹老方丈糊涂，这会儿神驰目眩，又开始暗赞老方丈慧眼独具，可即便是明净明灭，也有些难以相信眼前的情形。祝不夷点点头，又好似一副过足了瘾的样子，道："不错，不错，好久没有人能逼我后退，你这是什么掌法？"无间内息不济，呼呼喘气，说不出话来，祝不夷复又嘿嘿一笑，道："你既然攻不动了，可就该我了。"提起大拳头，忽的一下又从头来过。无间无奈，只好再退，而这一退，又是一十六步方才停下。

　　祝不夷体格魁伟，天生巨力，即便不习武，内力平平的人也奈何他不得，而他偏偏又天赋极佳，内外兼修，一身功夫使出来，气吞山河。身大不灵，力大不巧，他自然并非没有破绽，怎奈对阵之人起手便是弱势，想攻击他的短处，又谈何容易？而究其实，二人武功多有相通之处，若说不同，一个乃是真拙，另外一个却是大巧若拙，而以拙胜巧，无间还算驾轻就熟，以拙胜拙，却始终不得其门而入，明净提纲挈领，心下了然，似乎又颇为感慨，道："阿弥托福，你拜在老衲门下，还真是委屈了。"

无间倒是老实，道："哪里委屈？就这点功夫，已经用到头了。"明净道："你这一套掌法宛如鸿鹄凌云，足可俾睨天下，招式上老衲无可指点，但其中的道理，还是可以说一说的。"无间半点不客气，盘腿一坐，道："敬请师父指点。"祝不夷大为好奇，伸着脑袋问道："你们要做什么？"无间道："学功夫。"祝不夷对他的掌法饶有兴趣，道："我能听听么？"于天和掌法，无间所缺不过是画龙点睛般的一点参悟，而这一层道理若不与招式印证，终究毫无用处，明净心无禁忌，笑道："你愿意听，自然可以听。"祝不夷分外快活，一屁股也坐了下来，道："老和尚，你说。"

二人适才还斗得不可开交，这会儿却又肩并肩的，如同亲兄弟一般了。少林方丈讲解武学，难得一遇，即便是杨倾，略一迟疑，终于还是没有出声阻挠。场上变得鸦雀无声，却又让明净心下一叹，看这情形，还真是机缘到了，遂朗声问道："掌法精要何在？"无间依着经文答道："静而圣，动而王，无为也而尊，朴素而天下莫能与之争美。"明净道："因参而悟，因悟而破，因破而立，立于长风，心怀天地，他强他弱，我自为王，他巧他拙，何须锋芒，此等，你可明白？"无间双目微闭，一字一句默诵一遍，而那"我自为王"与"何须锋芒"八个字滴进心里，又好似滴在止水之上，轰鸣回响，他继而问道："静而圣？"明净道："心静为静，意圣为圣。"无间道："动而王？"明净道："势如破竹为动，君临天下而王。"无间道："无为也而尊？"明净道："不攻不守，俨然有度。"无间道："朴素而天下莫能与之争美？"明净道："删繁就简，以利内息，大巧若拙，批亢捣虚！"

无间良久不语，十三式掌法在脑中一掠而过，刹那间清晰如画眉雪山的青天，透彻如揽月峰的清泉，细腻如落雪山庄的瘦梅。他不由心满意足，哈哈大笑，爬起身来，道："弟子明白了。"明净点点头，道："你要几招制住祝不夷？"无间想一想，道："七招成不？"明净道："再想。"无间略一沉吟，道："那五招罢。"明净道："再想。"无间忽而眉开眼笑，道："三招，三招就好。"

祝不夷也站起身来，大脑袋摇个不住，道："你这是哪门子的武功？"无间笑道："师父让我三招胜你。"祝不夷道："瞎说，瞎说，除非你作妖法——"一如既往，忽的一拳又砸了过来。无间内力无增，招式无改，可是一经明净指点，心界判若云泥；身在绝顶，才可以觉尽群山，而这一层君临之气，正是天和掌法精要中的精要！这一会儿他襟怀浩荡，只觉天下之大，无不尽在掌握，而对手出招收招发力变力的种种变化，亦变得一目了然；长笑声里使一招"旷日引月"，抱臂半个转身，左手反转，右手虚握，于祝不夷内力将收未收之际，一牵一带，"咔"的一声，竟将他右臂打脱了臼。祝不夷心卜骇异，却又暴怒不已，抡起左臂又砸了下来。无间跃起空中，使一招"天雨潇潇"，掌风细密，尽皆切在祝不夷腕间，而大块头像是被扯了一下，跌出数步，"扑通"一声跪在了地上。他仍然不能相信发生了什么，大喝一声，冲天而起，如同小山一般压向无间头顶。无间则还一招"参回斗转"，轻飘飘在对方脚踝，腰间，肩头各拍一掌；巧劲为引，实劲为续，拨得那大块头在空中呼啦啦连转十余个圈子，再轰然落地，头晕眼花，鼻青脸肿，兀自哇哇大叫，却再也爬不起来了。

无间看一眼自己的双掌，仍然不能相信这一切都是真的，可又不禁心花怒放，"扑通"一声又给明净磕了一个响头。明净却也有些喜不自胜，道："这些还都是你自己的造化，我不过顺水推舟而已。"这时觉尘走了上来，在无间肩头一拍，递上一束香，道："你入门入得不伦不类，好歹也上一炷香。"无间接过来，满口答应着向山门走去。

山门之上"少林寺"三个金字泛着柔和的光芒，门侧则有两只半人高的香炉，三尺高香燃得正好，紫烟袅袅，随着清风四面吹送。他心中一动,再走几步,便笑了起来——原来古怪是在佛香里面!早先那些该是在悯神香里浸过,再燃起来,气息随风而走,若有若无且不着痕迹,个中手法与当初殷茵在小酒馆之内所为好有一比。他颇为叹服,转头冲杨倾竖竖大拇指,继而拔起佛香,丢进了墙角水缸里。风再起时,众僧精神为之一振,也便明白过来,明净道:"这些香是谁人所治?"觉尘道:"平日里多是香客所留,偶尔冷清了,山门处的小沙弥才会上几炷。"无间却指指杨倾,道:"若不是她干的,才真是奇怪呢。"杨倾不置可否,只冷冷地道:"你果然叫作范阿七?"无间道:"你果然叫作杨倾?"杨倾道:"百日之内,我定当取你的性命。"无间笑道:"百日之后若还有杨公子,范阿七的性命他尽管拿去!"又好似来了兴致,继续道:"若是你不得不走一趟阴曹地府,可别嫌麻烦才好。"杨倾是何等身份,而此人大大咧咧,也真是放肆到了极处;她隐隐然似要发作,却咽下嘴边的一句话,一转身,带着众人疾步而去。

　　明净道一声"阿弥陀佛",不待再开口,目光却又被山坡上一段身影给抓了过去。那是一名僧人,像是受伤不轻,踉踉跄跄却依然全速奔行,到了近前,再也支持不住,脚下一软,摔倒在地。众僧认得是慧通,七手八脚救治一番,他吐出一口血痰,才算透过一口气来,明净心知不妙,好在不失镇定,道:"何事惊慌?"慧通带着哭腔大声叫道:"方丈大师,于未田被人劫走了!"明净道:"怎么会?明殊又在哪里?"这时身后有人应了一声,道:"师兄,我在这里。"明净更为诧异,道:"你为何会在这里?"明殊道:"不是你专门差人叫我来的么?"明净道:"哪有此事?传话的又是何人?"明殊道:"是一名晚辈,具体名号我也说不上。"慧通道:"明殊师叔祖刚走,就有人攻上断意峰,我中了一剑,跌下山涧,若不是被一棵老树托住,又哪里还有命在。"明灭道:"那其他人呢?"慧通便哭了起来,道:"我不知道,我不知道——"

　　明净心下烦乱,带领众人直奔断意峰。那峰在少林寺西北方

无间传　259

向,高有百余丈,多苍石峻岩,古树行云,本是正心意去杂念的清修之处。山峰半腰里有一挂瀑布,瀑布之上一片平台称为清微台,之下一片平台称为越衡台,清微台没有路径相通,只能走越衡台逆瀑布流水攀援而上,正因为这一层天险,将于未田安置在那里,便算得万无一失。众人一口气上了越衡台,入眼处只有一间孤零零的茅屋,屋外空地上死了一名少林弟子,被人一剑穿胸,另有一位肩上挨了一刀,血流好大一片,那血泛着腥臭之气,显见凶手刀刃上淬有剧毒。屋内还有一位,名为慧月,横卧榻上,脸色乌青,眼神迷离,已是奄奄一息,觉尘喂他几颗药丸,又输一些真气过去,好歹算是保住他一条性命。

那瀑布高有十余丈,远看甚是纤细,走近了,水自半空里直坠下来,气势还是颇为惊人。明净明灭等人不作停留,飞身而起,单手探进水花里,连续借力,节节拔高,再一翻身,也便上了清微台。无间与林微端详片刻,也才明白水流之中有暗藏的山石,想一想,四手相握,借子非鱼之力贯通内息,随即同时跃起到半空之中;无间振臂抛起林微,继而伸手进水花里借力翻个跟头,赶上她再一带一送,又一起升起丈余。二人蝴蝶一般,接续数次,这才双双踏上高台,明净明殊觉尘等人看在眼里,不予置评,心下却啧啧称奇。

瀑布的源头是一方潭水,清澈到极处,却又深不见底。再过去有几棵枯瘦的老树,树根处伏着一位觉字辈弟子,后背之上一片血肉模糊。树下另有一幢茅屋,门槛之上还躺着一位,像是被人重手震死,双目圆睁,可不知为何,眉心处又有一丝淡淡的血痕。明净端详片刻,伸掌在颅上一拍,寒光闪处,一根弧形的细针自眉间跳了出来。那针是由鱼骨制成,血迹斑斑,却依旧泛着淡淡的紫色。觉尘道:"这是神农教的梨花针?"明净望一眼明殊,点了点头,觉尘道:"如此说来,这是杨倾声东击西,还是神农教的人乘虚而入?"明净报一声苦笑,摇了摇头。

梨花针所用系画眉雪山天方谭梨花鱼的骨刺，细如牛毛，内心却是空的，如此便可以用来蓄药，也就比简单的淬药多了数不清的变化。无间捏过来嗅一下，叹口气，还真是神农教的手段。林微道："于未田一直被囚在清微台？"明净道："囚是算不上的，于施主万般无奈，投奔少林寺，是老衲安排他在此处暂且休养。"林微道："神农教的人又如何会找到这里？"明净无可置答，林微转而望向觉尘，道："我猜着，他们能找到骆家那两个孩子，自然也能找到这里？"明净吃了一惊，听觉尘将事情略讲一遍，不由双眉紧蹙，道："寺里难道有他们的内应不成？"

明净继而提纲挈领，将于未田的来龙去脉说了说：天乙门数人在落雪山庄逗留多时，一无所获，无奈之下，只能回太行山。他们明白此事非同小可，一起始都捏着一把汗，谁也不敢大意，可日子久了，平安无事，心思难免怠慢，而天乙四杰中的李也义又偏偏是个爱出风头的，某一日小酒馆里喝得多了，居然全盘说了出去。他一觉醒来，还有些战战兢兢，可过些时日，似乎也没有什么，便完全丢在了脑后。岂不知这消息不胫而走，等少林寺有所耳闻，天乙门已经遭了灭门之灾。无间道："这又是谁人所为？"明净毫不含糊，道："神农教，他们夜袭太行山，只留下于未田一个活口，还逼着他服了揉心草，要递往神农谷面见傅长天。神农教行事历来周密，只是这一次不知为何，竟让他逃了出来。他狂奔一日一夜，上来少室山，昏死在天王殿前，于情于理于势，老衲都没有将他拒之门外的道理，更何况佛法无边，又有谁度不得？"无间道："他中了揉心草？"明净道："不错，而且还不是每年发作，是每日发作，一过正午，体内真气逆行，经脉如炙，求生不能，求死不得，少林寺不谙药道：按说救不了他的性命，好在——"伸手一指那挂瀑布，"揉心草属燥热之物，可这水是深山隔年的雪水，有奇寒之性，明殊于是想出一个主意，毒发时候便让他浸在水里，镇住心魔，明殊与其他三人再同时运功助他护住心脉，如此举步维艰，却也苦苦支撑了一个多月。"无间点点头,心想这果然有些道理,不过于未田受尽煎熬,而且每日里一个轮回,更甚于人间极刑了。林微一直言不语,这时忽然开口问道:"他——可有悔过之心?"明净叹道:"他早有寻死之心,所以这样苟延残喘,按照他的话说,是希望来日有人可以亲手杀了他,以解心头之恨。"林微身子轻颤,略一迟疑,还是问道:"他等的是谁?"明净道:"林剑无的女儿,林微。"

下了清微台,一名少林弟子正等在路边,这时赶上几步,道:"方丈大师,华山派丁盟主到了。"无间与林微心下一惊,当即止步,明净略感意外,道:"二位这是要去了?"无间道:"老骗子来这里做什么?"明净一脸茫然,道:"何出此言?"无间不由哈哈一笑,道:"但凡不妥帖,肯定不地道。"明净道:"这一段时间江湖上极不平静,是我修书请他前来商议一些事情,再过几日,可就是武林大会了。"林微道:"今日这一番阅历好玩得紧,只是我们是随遇之人,既然方丈有事在身,那就暂且别过。"明净点点头,道:"范少侠心怀方正,陆姑娘聪明绝顶,今日之事,老衲应当道一声谢才对。"林微指指无间,道:"你称他为范少侠?你不让他走,他又如何能走?"明净呵呵一笑,冲无间说道:"拜师之事不过是权宜之计,你当真亦可,不当真亦可,不必拘泥。"

二人当晚还回王婆那里歇下,过了中夜,无间仍然毫无睡意,在灯下一而再再而三地比画天和掌法。林微几乎睡着了,却又忽地坐起身来,问道:"你可解得了揉心草?"无间吓一跳,想一想,道:"不见得。"林微跑去拍醒王婆,道:"此间可有水路?"那婆子哆哆嗦嗦不肯说话,林微笑道:"你莫害怕,真要取你的性命,才懒得费工夫往河里丢。"王婆道:"有一条大河叫作素水,说是有支流直通长江,你要去的话,往南走三十里,有个镇子叫作长店,在那里租船就成。"林微略一思索,拔腿就走,无间慌不迭好一番收拾,只是他出门,林微却又折了回来,解开王婆穴道,还丢给她好大一锭银子。这一回那婆子从害怕至极到释然至极,再到惊讶至极，最终又快活无比，天上地下地下天上兜过好几个圈子，双目圆睁又笑意膨胀，真的要晕过去了。

到了长店，天色刚刚放亮，二人便在街边小摊上坐下来吃点馄饨。素水绕而城下，算不得一条繁忙的水路，每日里来往的行船不足百艘，多是去江南做生意的。林微问那小二，道："既然做的是小本生意，应该都是些小船了？"小二道："不错，都是些普通篷船而已。"在话头上，自顾自便扯了开去，道："还说呢，前日不知从哪里来了一艘大船，从上面下来几十号人，领头的是一位白衣公子，模样真是英俊得很，只是那些随从要么五大三粗，要么奇形怪状，怪吓人的。"无间烫馄饨含在嘴里，差点噎着，道："是杨倾？"林微不搭理他，还问小二："那他们什么时候走的？"小二道："昨日午后，差不多是我这摊子最忙的时候。"林微琢磨一下，似乎也不必不着痕迹，道："这回该是多了个病人？他们是抬着还是背着？"那小二甚是惊讶，道："你怎么知道？是有一位，用竹架抬着上的船。"

无间忙不迭道："是于未田？杨倾还真是声东击西？"继而冲林微一抱拳，道："敢问军师，你又是怎样算出来的？"林微笑道："杨公子姑娘一看便是江南女子，走素水过来顺风顺水，何乐不为？再则，于未田若想活命，离不得水，所以也只能走水路。她说少林和尚全无机心，根本便没有什么隐秘可言，这话一点都不错，寺里的事情她还真是一清二楚。"无间依旧一脸困惑，道："越衡台的事情只能是神农教所为，难不成她受了傅长天指使？"林微伸手在他脑门上弹一下，道："你个木头脑袋，她若是神农教的，又怎么会不认识傅长天与沈姑娘眼中的红人范阿七？"无间哈哈一笑，道："我虽说声名在外，可是有幸一睹芳容的还不就那么几个？"林微"呸呸呸"好几声，道："走一趟神农谷，胡说八道里开始见恶心，还真是吃多了蜘蛛、蜈蚣不成？"

无间道："可梨花针作不得假的。"林微道："那针是不是见血封喉?"无间道:"那是当然。"林微道:"我且问你,那和尚是死于梨花针,还是被人重手所杀?"无间皱眉想想,忽然便有些糊涂,林微又道:"若是死于梨花针,又如何会被人重手震死?若是被人重手震死,如何眉心里会再吃一针?教我猜,他是死于胸口所中的一掌,眉心那一针是后来补上去的,为的便是嫁祸给神农教。"无间道:"既如此,梨花针从哪里来,悯神香又从哪里来?"林微道:"你们杵声谷不还混进去一个高全?偷两剂药而已,又有什么大不了?"

两人租了一条乌篷船顺水而下,撑船的是个唤作二喜的后生,胖脸膛,小眼睛,始终笑呵呵的,憨态可掬。他甚是周到,从舱里搬出一只泥炉,烧些水,冲了两杯清茶;二人迎风而坐,看一天光景,听着竹篙出水入水的声响,倒也惬意。船走得又快又稳,不多时便到了白沙镇,江面开阔,如同一面大湖,再加上成千上万只白莎鸟出没其间,蔚为当地一景。江边有酒楼名为行云楼,白墙黑瓦,重檐飞角,又是观鸟的不二去处,远近闻名。相距还远,鸟群便一片片地飞来,几乎要盖住江面,而这时望过去,行云楼楼下一艘挂着三面白帆的大船也便来得尤其醒目。

二喜分明也认得,指着道:"这船昨日还在长店呢,领头的那位公子可真是俊得很。"说话的工夫,船上走下来三位,居中的白袍玉带,是一位公子哥儿,左边的像是王不喜,右边的瘦得跟竹竿一样,他们并不认得。三人走往行云楼方向,不时停停看看,甚是随意。这时不知从何处转出来一位大胖子,身上背着两只面袋,擦肩而过的当口,脚下一个趔趄,"扑通"摔了个跟头。那袋子随之砸到了地上,白面扑得到处都是,再被江风一吹,沾染那三位一头一脸。王不喜骂一句,那胖子连连作揖,赔半天不是,还捡起面袋,一摇一摆地走掉了。无间一脸惊诧,扭头去瞅林微,林微则点点头,道:"没错的,那是牛进。"

行云楼二楼环廊探入江中,本来便是一座观景台,置身其中,浪涛声与鸟鸣声相应，一张一弛，一沉一荡，别有一番趣味。这会儿廊上坐着二三十位，各自饮酒谈笑，不时会有人将各种吃的抛向空中，引得鸟群争食，一片片被拉扯得乱了章法。不多时那位公子哥儿到了环廊之上，凭栏而立，不知在琢磨些什么，另外两位则侍立身后，不发一言。水花翻动，一艘尖尖的篷船从二喜身后缓缓驶过，船上是位女子，头上扎着一块蓝巾，无间不经意瞥一眼，又差点摔个跟头，断无差错，那人竟然是孙芸。篷船行到对岸，隐入一众泊船之中，又一会儿，便开始有白莎鸟从里面飞起来，一只，两只，三只，四只，断断续续，却源源不绝；水鸟在舟楫之间起起落落本是常事，也便始终无人留意。

那些鸟盘旋一阵子，混入鸟群，再无从分辨，可行云楼外那一片祥和又隐隐然变了滋味。再一瞬，漫空里响起一串尖利的鸣声，数百只白莎鸟忽然箭矢一般向环廊上扑去。众人轰叫一声，四散奔逃，可走没几步，又各自住了脚；那些鸟于他人视而不见，只着了魔一般围住那公子哥一行啄咬。王不喜与那瘦子或拍或捏，将之一片片自空中扫落，可鸟群猝不及防又数不胜数，那位公子还是被啄中脸颊，鲜血长流。

不多时群鸟死伤殆尽，王不喜二人为那公子检视一下伤口，护着他快步而去，其他人心有余悸，转眼间也走得一干二净。有几位伙计大着胆子，用扫帚将死鸟推入江中，弄出一片扑扑通通之声；浮尸不久便成了白花花的一层，顺着水流，向岸边飘去。无间俯身捞起来数只，不错，白羽黄喙，小巧精致，正是白莎鸟，只是手里的这些眼睛鼓起来老高，似乎随时会爆裂开来；再嗅一嗅，也便恍然大悟，它们该是被人喂了鸷心粉。

鸷心粉乃是以褐鸷草制成，可致人暴虐无常，忽忽如狂，喂给鸟禽，只会变本加厉；这样推算下来，牛进袋子里的粉尘该是用尸味菇做过手脚，扑进那三人的衣衫，生发腐糜之气，最终诱发群鸟作恶；那公子被啄伤，也便中了鸷心粉，若不及时用药，十日之后七窍流血，必死无疑。正这样琢磨着，孙芸又上了江面，混入其他行船，向下游飘去。而差不多相同时候，一条黑影忽然从大船之上一跃而下，掠过数只小舟的棚顶，再一个翻身，便上了左近的一只画舫。那人提起铁锚，忽的一下掷出来，正中孙芸的小船，再一拉，便扯着篷顶冲天而起。舱内聚着的几位瞬间变得一览无余，一个是孙芸，一个是牛进，还有一个是五短身材的后生，无间并不认得。那人再次掷出铁锚，又是"咔嚓"一响，在右舷砸出一个大洞，流水直灌进来，小舟打着转儿便往下沉。牛进等人相继落入水中，挣扎几下，复又被那汉子掷出的缆绳卷住脚踝，抛起来吊在了岸边树杈之上。

那艘大船这才缓缓行过来，船头站着一位身材高挑的红衣女子，正是换回了女装的杨倾。她仰头望望，忽而指着牛进笑了起来，道："好在有你，胖得这般离谱，让人瞅一眼便恶心许久，忘也忘不掉！"牛进心中懊丧，叹一口气，几乎要哭出来；杨倾似乎在等他说些什么，却又死了心，抬手掷出一只小镖，"嗖"的一声直扎进他右肩。牛进全不料她这般心狠手辣且全无征兆，疼得大叫不止，而鲜血进流，亦如同断了线的珠子一般向河面上落去。杨倾又略略等一会儿，道："都哑巴了是么？也好，那我就先一镖一镖将这个大胖子扎成窟窿再说。"

孙芸稍一犹豫，终于说道："大家萍水相逢，还请问这位姑娘为何与我们过不去？"杨倾冷笑一声，道："你心知肚明，又何必说这些废话，今日谁先交出解药，谁便有一条生路，剩下的两位，莫怪我手下无情。"孙芸道："谁中了毒？你讨的又是哪一门子的解药？"杨倾道："我哥哥中的是鸳心粉，你道我真的瞧不出来？"说着手上一抬，又一枚小镖"嗖"的一声还钉进了牛进右肩。

这时不知从何处游来几尾鲤鱼，开始在血水之间吞吞吐吐，咕噜有声；杨倾有滋有味地观赏片刻，似笑非笑地再抬起头，手里便又扣了一枚小镖。不远处的江面上忽然有人长叹一声，道："杨姑娘行事不让须眉，在下可真是见识了。"一艘小船越众而出，船头那人一身青衣，面容干瘦，正是付青池。杨倾扫一眼，淡淡地道："原来是太常使。"付青池略感诧异，不过还是拱一拱手，道："还请杨姑娘放过他们，我奉上解药便是。"杨倾扑哧一笑，再抬手，那小镖居然直奔付青池而去。付青池接在手里，道："这可不像是有求于人的表示。"杨倾道："谁说我有求于你？"

说话间祝不夷纵身一跳，单脚倒挂在船舷之上，往水面上猛地拍了一掌。一团水花如同大鱼一般游出丈余，继而化为一道大浪，"哗啦"一响，竟然将付青池的小舟掀了起来。付青池脚下一点，跃向船头，胡不瘳却嘿嘿一笑，扬手撒过一把钢针。付青池反应极快，身子一仰，转而向岸边飘去，适才那位黑衣汉子却踏上一步，忽地掷出一只木浆。那浆不早不晚不偏不倚，正好砸在付青池腰间，撞得他斜飞数丈，"咔嚓"一声跌进了岸边一棵垂柳的枝杈之间。这三人事先并无演练，但是心意默契，一气呵成，饶是付青池武功不弱，竟也没有避开。他半身酸麻，再也动弹不得，可目光落在黑衣人身上，又禁不住暗吸一口凉气，道："云莫为，居然是你？"

第二十章
轻舟过尽波千荡

那黑衣人一直低眉垂目，隐身在众人之后，这时终于抬起头来，果然便是云莫为。他拱拱手，道："付兄别来无恙？"付青池却笑了起来，道："云莫为，感情看人脸色的日子比你在神农谷来得舒坦？给人做牛做马比兄弟义气来得爽利？"冲着杨倾一扬下巴，又道："这恶女便是你的主子了？"云莫为不再言语，杨倾却轻笑一声，道："你交出两样解药，我便放你一马，到时候你若还想算算旧账，他陪你便是。"付青池道："你居然向我讨解药？神农教出尔反尔，卑鄙无耻，你不怕我借机毒死你上下一窝？"又瞅一眼云莫为，道："云兄，你这位主子大小姐宁可同十恶不赦的神农教打交道，也不向你伸手，又是何意？"

林微却也是同样的疑问，悄声道："他是和融门掌门，居然制不出揉心草和鹭心粉的解药？"无间道："他在药道上不过尔尔，解鹭心粉可能差不多，解揉心草，想也别想。"这时杨倾呵呵一笑，道："人说付青池是寡言之人，原来肝火旺成这样。唉，早知如此，前些日子看住于未田，又如何会弄成这等局面？不过你也想想清楚，今日得逞又怎样，傅长天便真的会放过你？所以呀，识些时务，还是听我的安排，事后给你找个稳妥的地方养老就是。"付青池仰天打个哈哈,道:"白日做梦!我付某顶多和兄弟们一起死在这里,不枉今生,不愧来世,谁还怕了不成?"杨倾道:"也好,一起死,又有什么难的?"

胡不瘆闻言提起一张弓,搭箭在弦,先瞄准了那位矮个儿后生。他丝毫不惧,凛然向付青池道:"太常使,弟子先走一步。"付青池眼角含泪,道:"也好,且在黄泉路边等我片刻。"胡不瘆右手一松,"嗖"的一声,竹箭射穿那人胸背,他身子一紧,"嘀嘀"叫两声,便再没了动静。胡不瘆再换上一支箭,转而瞄向孙芸,付青池轻叹一声,道:"孙姑娘,付青池有幸与你相识一场,你我来生再会。"孙芸却没有说话,目光从杨倾身上转到云莫为那里,继而落在胡不瘆手上,摇摇头,像是自言自语,又像是在质问付青池,"怎么会这样?不是说这一回万无一失么,怎么会这样?"

付青池心下一震,脸色转为肃然,喝道:"孙芸——!"孙芸却是一副心意已决的样子,道:"杨姑娘,你要的可是鹫心粉与揉心草的解药?"杨倾点点头,道:"不错,你可解得?"孙芸道:"鹫心粉的解药我身上便有,于未田的揉心草是我亲手所种,自然也能救他的性命。"付青池怒不可遏,又骂几声,云莫为却不动声色地抛出长绳,卷起孙芸,带上了船头。这时牛进忽然间大声叫道:"孙芸,我早就知道你不是信义之辈,果然不差!贪生怕死,你活过今日又怎样,神农教照样会取你的性命!"杨倾道:"这大胖子倒提醒我了,既然她不死,嘿嘿,你们便不能不死。"胡不瘆心神领会,手上一松,又一支竹箭直奔他咽喉而去。牛进双目圆睁,几乎要喷出火来,眼看着箭尖由模糊转为清晰,复又清晰转为模糊,似乎近在咫尺了,一只茶碗却晃晃悠悠兜过来,扣着它掉进了水里。与此同时一只小舟疾掠而过,无间林微一跃而起,一个拎起牛进,一个携过付青池,飘行数丈,还落回船上。再一眨眼,那小舟撞入疾流,被夹裹着冲过行云楼,径直向下游奔去。

素水过了行云楼便入远啸峡,河面收拢,风高浪疾;一过远啸

无间传

峡，却又一分为二，北边的一支还称作素水，南边的一支却直通令人谈之色变的愁杀荡。按照二喜的说法，那愁杀荡从前称为清武湖，向南直到武当山，方圆足有数百里。前朝湖西连峰山出过一位叫作李天目的山大王，专劫湖上水路，杀人无数，弄得鬼气森森。人迹少了，芦苇便一层层一丛丛蔓生起来，渐渐地接天蔽日，再进去便走不出了，如此才有了愁杀荡这样一个名字。而素水甫出远啸峡的一段尤其难走，稍不留意便会被卷入南向的疾流，一泻千里，再不能回头。林微胆敢现身救人，赌的也正是杨倾大船难以掌控，断不会追过远啸峡。

二喜惊魂未定，可也无暇多想，除了紧紧撑住小舟，再没有别的办法。牛进失血极多，早已经不省人事，付青池也受伤颇重，只能靠着船舷打坐用功。水花铺天盖地，小船被一个浪头吞没，又被另外一个浪头吐出来，起起伏伏，却也快得异乎寻常。过了远啸峡。水道笔直，两侧的石壁几乎接在一起，水声轰轰然沛沛然，是教人肝胆俱裂的阵仗。二喜神色间愈发郑重，借着水流，将小船一点点地向北岸靠拢，可再一转瞬，众人又不由得大吃一惊，杨倾的大船宛若离弦之箭，呼啸而来，眨眼间竟抢了过去。

一排大浪袭来，抛起小船，向一片巨大的漩涡里砸去，船身兜半个圈子，几乎失控的当口，又被一股激流推着，蹿出丈余，才"砰"的一声落回水面。再抬头，不远处现出一座小山，水流也因此一分为二，南面的一条浩浩汤汤，依旧湍急，北面一条却转入又一片山谷，缓和不少。杨倾的大船在激流与巨岩之间游刃转折，不知为何，竟慢了不少，而小船被风浪夹裹，不由自主便靠了上去。不多时，祝不夷和云莫为双双来到后梢，大喝一声，各自甩了一条长索出来。长索末端连有一只铁钩，"砰砰"两声扣住小船，大船随即风帆一展，陡然加速，拖着它向南岸甩去。林微暗叫不妙，拔剑去削长索，不想浪花之中寒光一闪，一串儿银镖流星赶月一般急袭而来，无奈之下，她使一招"浮光掠影"——拨开，可双脚再落地,长索却又松了。小船荡开来,瞬间被激流攫取,无可挽回地撞向南边的岔道;而大船则风帆一转,横切水流,向北而去。

小船被冲出百余丈,却依然势道不减,河道转弯,右首是直上直下的石壁,左首却没来由地多了一片浅滩。林微心头一动,无暇细想,取缆绳交到付青池手上,与无间同时出掌,送他腾空而起。付青池掠出数丈,堪堪要落进水里,子非鱼之力一起一合,竟又扯着他斜向里冲出两丈,跌在浅滩之上。再抬头,空中暗影一闪,牛进竟也被送到了空中,他重得如同小山一般,走出不远便无以为继,付青池心下领会,聚起所余功力,抛缆绳缠上他腰间,继而双臂一振,将人扯进了岸边水坑里。他深吸一口气,再次如法炮制,将二喜也拉下来的同时,心下又不禁微微一痛——那小舟在浪花里现身复又隐身,晃几晃,早去得远了。

无间撑住小舟,那些山崖石壁急弯缓弯一道道擦肩而过,又一道道扑面而来,似乎是过了很久很久,却依旧没有穷尽的迹象。可是再一转眼,一切又好似疲了倦了一般,倏然隐入背景,小船便从从容容地慢了下来。寂静宛若苍穹,无声无息地坠入四野,一丛丛芦苇缓缓掠过,又好似牵动了月光,带出一串喑哑的金属之声。便是这神思惘然的一瞬,呼吸声与心跳声接踵而至,鱼在水底翻身,星芒在波心荡漾,夜色向苍茫里流动,一切的一切,竟似乎都有了声响。二人泛舟于平湖之上,又仿佛泛舟于天与地的混沌之中,所谓愁杀荡,原来是这样一派勾魂摄魄!

他们筋疲力尽,索性放开心怀睡了过去,再醒来天已破晓,小舟却并未漂开多远。风起成片,忽左忽右,眼界里则除了芦苇还是芦苇,一层层漫无边际。无间顺着其间隐约的水路走出一段,可是兜兜转转,最终又像是回到了出发的地方。他乐得死心,转而取小泥炉烧些水,开始泡起茶来。林微颇感好笑,道:"你死到临头,还顾着逍遥?"无间道:"我修炼来去,修炼的不就是'死到临头'这四个字?"说着话,取细绳结住早先落在船头的一只银镖,甩出

无间传　271

去再收回来，扑腾腾，拉起一条大鱼。

林微皱着眉头，道："若是被困在这里，再也走出不去，还不如死了好呢。"无间头一摇，道："不见得。"林微道："你可就再也见不到你的殷姑娘了！"无间像是想了想，还是道："不见得。"可转头又笑了起来。"这样你岂不要和我厮守终身？"林微"呸"一声，道："鬼才和你厮守终身，木头脑袋，无聊也无聊死了。"无间指指天，又指指地，道："这算不算天造地设？"林微道："天造地设又怎样，也还要你情我愿才好。"无间捏着下巴，好似深思了一番，道："讨你做老婆，除了看着高兴，看着爱惜，还真是没有什么好处。"林微作势要打，却又不知想到些什么，道："其实你还不算讨厌。"无间脑袋便探了过来，道："你还真要嫁给我不成？"林微不由笑了起来，道："这样罢，若是你和我在这里三年都出不去，我便嫁给你好了。"

无间口上说笑，手上却没有闲着，片刻的工夫，便将那条鱼洗剥得干干净净。二喜船上油盐酱醋甚是齐全，他就着那只小泥炉烧制半晌，再信手扯一些水草野果相佐，这一番滋味竟也妙不可言。如此忽忽数日，二人鲜鱼野味吃了不少，出去的路径却始终不能找到。再一日又是夕阳西下，芦苇间像是结了一层淡淡的金色，他们说不出这一行又到了何处，惟水路显得有些森然，像是一条山涧，幽幽的通往不知名的所在。无间撑着船，每次觉着该到尽头了，那水道便转个弯儿，又远远地延伸了出去。二人多出几分好奇，一门心思往下走，最终视线的尽头现出一片沙洲，方圆数丈，间杂着有几片绿草，再一侧却停着一只小船。无间忽而变得有些紧张，叫道："有人没有？！"

四面静悄悄的，只有风吹过篷舱，弄出一些断断续续的声响。二人对望一眼，双双跃上沙洲，那船泊了不知多少时日，早已破败不堪，只是船帮上的油漆尚未完全剥落，仍可分辨出中间的四个小字，所谓"周记制舟"。舱内还有一些零散的铁钉，落座之处也缺了两条横木，看情形这船还没有造好，便忙不迭被撑到了这里。再走进去，舱尾有一具白森森的尸骨，掩在一件不曾完全蚀掉的道袍之间；他右侧断了数根肋骨，却又以高明至极的手法接续完好，但其中两根之间又有一个奇怪的缺痕，像是被人刺过一剑——又或者正因为这一剑，他才会死在这里？

无间扯扯那件道袍，道："愁杀荡南接武当山，他会不会是那里的道士？"林微端详片刻，取木棍儿从褶皱中间夹出一根黑乎乎的木片，道："你告诉我他是不是道士？"无间接过来就着湖水清洗干净，忽地一下站起身来，道："这是断疴木！"林微道："那他是神农教的人？"又挑起那件道袍，"小药锄又在哪里？"

二人船上船下边边角角查看一遍，却一无所获，无间漫地里一拍脑袋，将断疴木递了过来，道："这个送你，揣怀里就不怕惘神香了。"林微"呸"一声，道："死人的东西，我才不要。"无间嘿嘿一笑，道："那将死之人的东西你要不要？"呈上自己的那一片，转而又道："勾陈使来中原公干一去不归，这会不会是他？"林微道："他的小药锄不是被云莫为得了去？"无间一拍手掌，大为兴奋，道："这就对了！"林微道："可你们天下第一的沈姑娘说药锄上有清净散，所以他的尸身该被化掉了才对。"无间便又怔住了，好半天无言以对。林微转而道："你是天下第三，教你说，他是怎么死的？"无间捡起数根骨头端详一会儿，却还是拿不定主意，道："他该是被人毒死的。"林微道："这才对了呢。"无间道："哪里对了？"林微道："他是死于揉心草、蚀脑丸，还是秋花露？"无间忽然明白过来，道："你是说他受困愁杀荡，最终被自家的毒药取了性命？"

沙洲当心处有一根孤零零的木桩，是用抽下来的船板捆扎而成，埋进土里好几尺；林微端详片刻，挥剑斩断缆绳，木片散开，竟露出一只灰色的油布包。无间满怀惊讶，一层层翻开，最里面却是一只折起来的纸包，墨迹洇透纸背，显见另一面有字，再翻开，二人又不由得齐声惊呼,中间居然夹着一片黄色的锦缎。展开锦缎,首先映入眼帘的却是一只耳坠,耳坠里面嵌有一只琉璃做的蝴蝶,小如米粒,栩栩如生,外层说不出是何种质材,七色交织,流光溢彩,无论用心之奇还是做工之巧,均绝无仅有,显而易见与殷茵的那只珠花属于同一套件。无间"呀"了一声,捏在手里,半晌说不出话来,林微笑道:"想到你的心上人了?"无间道:"可不么!"林微转而道:"勾陈使叫什么名字?"无间道:"章寒溪。"林微道:"他又有什么神通?风流成性?"无间摇摇头,道:"不曾听说,不过论及用药高手,他算一个,差不多仅次于沈姑娘和陶大哥。"林微道:"你这样说,他才是真正的天下第三?"接过耳环也端详一会儿,又道:"或者这不过是看着稀奇而已,实则并没有什么大不了?"

那锦缎是三角形,两边平滑,一边参差不齐,显见又是一片地图。林微摩挲一下,却又好生困惑,他们已经有的两片绸料均属上层,沉甸甸的,这一片却像是从寻常市井得来,质地普通,颜色也浅一些;比着天光照照,又轻轻一抖,便丢给了无间,道:"这是假的。"无间揉搓一阵,又取出另外两片比一比,还是有些将信将疑。林微嫌他啰唆,目光瞥过,忽然又笑了起来,继而将布片横过来一些,道:"这些纹线弯弯曲曲,拉拉扯扯,可是这样看过去,是不是'造化'二字?造化弄人,骗的就是你。"

那张纸上同样画满纹线,说字不是字,说画不是画,说是地图却也不像,林微瞅一眼,随即陷入沉思,再一会儿,便索性回船头坐下,盯着开始发呆。无间将那道士的尸骨埋了,自个儿唏嘘一番,又去破船上搜罗一阵,居然找出来一卷丝线和几支钢针弯成的鱼钩,早先掷镖捉鱼,尝尽浅水处的美味,如今有这些家什,正可以向湖底探索。他手舞足蹈,放饵进去,不多时真就拉上几尾红彤彤的鲫鱼。

林微赞一口他奉上的烤鱼,笑道:"你在这里养老罢,地方可以改个名字,叫作乐杀荡。"无间道:"那纸上画的是什么?"林微道:"走出愁杀荡的路线图。"无间不由得哈哈大笑,道:"愁不如笑,笑不如呆,在你身边做个呆子就好。"林微伸手在他脑门上弹一下,道:"不过呀,这路线图也是假的,依着它,正好撞入死门,万劫不复。"无间"啊?"一声,黯然不少,道:"这两张图一张是假的,一张是坏的,臭道士死了还要设套,肯定不是善茬。"

林微却又呵呵一笑,道:"不过这张纸也提醒了我,此间的芦苇丛还真是依着五行之变而生,不仅如此,四季更迭,潮涨潮落,其中变化多多,亦可谓曲尽其妙呢。"无间道:"莫非也是天成?"林微摇摇头,道:"这里的一切均是人为,如今这些水路似是而非,正是因为年深日久,失了维护,你还记得二喜说起过湖边有一个叫作李天目的山大王?他实则是武当宗师张三丰的隔代弟子,于五行八卦一道,尤得老道士真传,爹爹说起来,也推崇得很呢。人说他桀骜不驯,疾恶如仇,没有办法不问世事,便下山去了,自那之后,极少有人说得清他的去向,如今来看,还真是做起了杀富济贫的勾当。"无间并不明白,道:"那又怎样?"林微道:"他将偌大一口清武湖变成了愁杀荡,这些水路,这些芦苇,原本便是他布的阵法,普通人想走出来,又谈何容易?"

接下来一日,林微渐渐变得胸有成竹,或走或停或转或绕,稍加思索,旋即明白。现成可走的水道不过七成,另有三层他们不得不拨开芦苇丛,强行通过,到了向晚时分,着眼处仍然烟水茫茫,可是气象上却焕然一新。再一日,雨一早便淅淅沥沥地飘了起来,又走一阵子,二人便又扎进一大片无边无沿的芦苇丛里。细雨蒙蒙,是一层密致的混沌,可雨声的背后分明还有一层水声,更为低沉,有一股说不出的磅礴之势。再无路径可循,无间只好运起内力,撑船硬生生碾过去,这样又一个时辰,饶是他内力不弱,还是弄得筋疲力尽。雨住了,那水声却更加清晰,愈发像是有一座瀑布就在左近,休息片刻,再走,天际开始有山峦出现,湖水里亦多了一分流动的意味,又一篙下去,那小舟没来由地挤进一条水道,晃几晃,被水花推着,越行越快,进而眼前一亮,竟然自芦苇丛中脱颖而出。

好一份空旷开阔倏然掉回到视野里,青山自两侧的天际蜿蜒而来,却不曾合拢,缺口处果然是一挂大瀑布,水汽氤氲,飘入半空灰色的雨云之中。那小船并没有慢下来,而是被暗流拥着直冲了过去,二人并不惊慌,待小船被抛出数丈,才笑哈哈地同使一招"蹑云逐月",轻飘飘向崖下水面上掠去。那瀑布状如半环,不算高却宽阔无比,远远望过去,长天如画,白浪翻涌,竟还有一份别样的文静。

稍事休整,出了山谷,已是日暮时分,算一算,再一日竟然就是武林大会了。他们不敢耽搁,隔天起个大早,直奔少室山。天色晴好,走在半路上,林微忽而来了兴致,找来一身古董衣服,穿戴好,继而头发一盘,再扑一层黄粉在脸上,便有了三分王婆的样子,之后她又在无间脸上涂抹一番,修成了一副中年农人的模样,这还不尽兴,又剪些头发给他做一捋假须,弄得极为猥琐。二人笑够了,重新上路,走过山腰,转上大道,也就开始看到一群又一群的武林人士,一个个持刀佩剑,神色肃然,静悄悄的不发一言。无间想到李实与陈歧和,进而又想到丁岸丁汀,心下忽然便忐忑起来。

寺外的开阔地上聚了何止千人,除了武当峨眉天山诸大门派,还有上百个小帮会,各色旗子飞扬,分外热闹。少林众僧居于北面正中,领衔的正是明净,武当派居左,为首的是一位面容清瘦,略显愁苦的老道,却并非寻一,华山派居右,立起一面紫色的大旗,迎风招展,旗下站着一位中年人,身材稍胖,却又沉稳儒雅,这会儿白袍在风中一荡一荡的,平添一份从容泰然。无间想不到丁否是这样一副尊容,说不上为什么,忽然好生不屑;如此目光转到天山派那一面褐色的大旗之下,心头又不由得一热,当前站着的一位正是陈歧和。

过了没一会儿，从崆峒派阵中走出一位大个子，生得膀大腰圆、浓须豹眼，大步流星到了场地中央，先冲着明净行一礼，道："段开德参见老方丈。"明净赶紧站起身来，双手合十，道："段施主不必多礼。"段开德挥挥手，道："老方丈，那些不三不四的小门派不过是来凑个热闹，我看你就不用等了，这阵子江湖之上乱哄哄的，我没有耐心，想听你先给大家说道说道。"明净微微一笑，尚未开口，丁否却抢先说道："你心急火燎的，最没规矩，你崆峒派大些又怎样，他们天狼帮小些又怎样，老方丈一视同仁，就没有多少区别。"段开德皱起眉头，横他一眼，想理论，又闭了嘴，转头还问明净，道："骆家命案，老方丈可查出个所以然了？"丁否却将话头又抢了过去，道："少林寺达摩院觉尘何在？"

觉尘大为惊讶，不过还是踏前一步，道："丁盟主有何指教？"丁否道："方丈大师着你追查骆家惨案，你应该最清楚不过，我且问你，骆家一共死了多少人？"觉尘道："六十七人。"丁否道："骆老爷子的尸首可找到了？"觉尘望一眼明净，稍一犹豫，还是如实答道："找到了。"丁否道："在何处？"觉尘道："卧虎山骆家祖坟。"丁否道："你亲自见到了？"觉尘道："正是，前些日子我为此专门走了一趟洛阳。"丁否道："他是怎样死的？"觉尘道："他看似被外家硬功震死，可是尸身不腐，有中毒的迹象。"

说话的工夫，丁否一步一步踱到了场地中央，觉尘心下却更为忐忑，想不清他这样盘问是得明净授意，还是别有所图。丁否又道："江湖传言，骆家命案是神农教一手所为，依你之见呢？"觉尘道："传言不虚。"丁否道："何以见得？"觉尘道："在骆家，我找到了这个——"说着从怀里取出小药锄，高高举了起来。段开德大声问道："那是什么？"觉尘道："神农药锄。"段开德不由得"哼"一声，道："如此说来，这便是铁板钉钉的事情了。"丁否却又问道："骆家两位遗孤如今还好？"觉尘道："为了周全起见，明易师叔专门将他们带回了少林寺。"他仍然有些悲愤难抑，深吸一口气，才又说道:"谁承想神农教心狠手辣,光天化日之下居然找上少室山,要将他们赶尽杀绝!"段开德颇为诧异,道:"还有此事?他们胆子居然这样大?"觉尘道:"我亲身所历,又怎会有假?"段开德道:"你可有证据?"觉尘道:"他们与我过招,用的是鸩锋剑,而且此事与骆家命案一脉相承,除了神农教,又会有谁一心要置两个孩子于死地?"

丁否转而高声叫道:"华山派丁岸可在?"丁岸上前一步,道:"总盟主有何吩咐?"丁否道:"太行山天乙门命案一共死了多少人?"丁岸道:"二十四人。"丁否道:"又是何人所为?"丁岸道:"他们乍一看是死于内伤,可是又不见半点打斗的痕迹,教人好生不解,再后来有华山弟子误饮了灶间水缸中的水,瞬间毙命,我们也才恍然大悟,这原来又是神农教的人做的手脚。"丁否点点头,转而望向明净,道:"方丈大师,屠戮天乙门的真凶究竟是谁,你应当最清楚不过了?"明净道:"不错,此事的确是神农教所为,他们只留下于未田一个活口,还逼他服了揉心草,再后来于施主侥幸脱困,一度藏身少林寺,老衲就此与他多有商榷,一则,他明明白白指认神农教,二则,那揉心草断断不会有假,他受的诸种煎熬,老衲也真是见识了。"丁否道:"那于未田如今又在何处?"明净略一迟疑,还是说道:"十余日之前,神农教声东击西,将他掠下少室山了。"

群豪不想少林寺也会栽在傅长天手里,不由一片哗然。丁否转而望望天山派阵营,道:"歧和——?"陈歧和应道:"丁盟主有何吩咐?"丁否道:"天山派内耗可是因为神农教背后挑拨?"陈歧和道:"傅长天觊觎天问峰藏经岩里的经书,派人潜入天山,害得我师父一病不起,之后又唆使陶师伯和常师弟抢夺掌门人一职,天山上下因此受了不少委屈。"丁否道:"你又如何知道这是神农教所为?"歧和道:"他们来天山的人谎称苏黄,实则是神农教贵人使苏莱。"

群雄越听越是心惊，只觉神农教这一盘棋大非寻常，果然要与全天下为敌不成？丁否还转向明净，道："方丈大师，我明白你有许多顾虑，但是傅长天野心之大，谋划之深，断非你我所能猜度，如今谣言四起，人心惶惶，依我之见，你还是将真相公布天下为妙；大家心知肚明，也才能筹措一个应对之策。"群雄听了这话，愈发诧异，又是段开德抢先叫道："老方丈，你有什么事情瞒着大伙儿？"

明净望着丁否，不由得摇头苦笑，在他看来，所谓真相同样会搅得人心惶惶，真的说出来，不见得是件好事，早先二人各执己见，谁料对方会如此相逼？他三言两语，将三十二皇子北上避祸的事情说了一遍，群雄于此并不陌生，区别只在信与不信之间，有人高声叫道："老方丈，这件事情原来是真的？"明净道："不错，当年北上的侍从一共一十二人，其中有六人最终还回了中原。他们各携一片锦缎，拼在一起是一幅地图，注明了皇子最终的落脚之处，自然，也就注明了那本武林秘籍的所在之处。"段开德道："那此事与傅长天又有何干系？"明净道："回来中原的六位侍从之中，有一位是天山派的方闻松，还有一位是'中原神通'骆建安。"

群雄恍然大悟，却也不由得倒吸一口凉气，陈歧和道："神农教图谋的是闻松前辈的遗物？"明净道："那正是丁掌门和老衲的推断。"陈歧和若有所悟，道："藏经岩里的经书还真是被人偷走大半。"段开德道："那方闻松的地图已经到了傅长天的手上？"陈歧和叹口气，摇了摇头，段开德便又瞅瞅明净，道："那此事与太乙门又有何关联？"明净道一声"阿弥陀佛"，又将社稷神鹿与落雪山庄的事情讲了一遍，群雄一番唏嘘之后，丐帮帮主叶乘宗问道："既然傅长天图谋的是三十二皇子的地图，那在下便不得不问，当年回到中原的另外四人又是谁，傅长天便不曾对他们下手？"明净道："叶帮主所虑正中要害，另外四人分别是少林寺思明大师，武当派行易道长，还有两位是宫中九州派的人，具体名号，老衲却说不出了。"

林微立于人群之中，心头况味无可名状，一切如同故事一般，可是故事里的一点一滴又是亲身所历，思绪震颤，几乎便想大哭一场。她被叶乘宗的话刺了一下，又想到虚怀子那里，如此说来，他被傅长天所害也算得顺理成章？叶乘宗又道："明净大师，寻了道长，恕在下无礼问一句，贵派依然安好？"武当派那位老道正是寻一的师弟寻了，他点点头，道："多谢叶帮主惦记，武当山还算稳妥。"明净则长叹一声，道："老衲不便明言，但是少林寺近来的确出了不少纰漏——"这时泰山派的掌门人洪方虬忽然走上几步，接过话来，道："老方丈最好还是说说看，大伙总是被蒙在鼓里，我泰山派第一个就不喜欢，你虽说是武林总盟主，但是泰山派的运命还得泰山派说了算，对不对？"明净双眉微皱，不明白他这话又从何而来，不过此人历来不通世故，也便没有什么计较的必要，谁承想洪方虬掰着手指头数落开了，道："骆家那两个娃娃差点丢了性命，是不是该追究你少林寺的疏忽之罪？于未田那厮自然不是什么好东西，可他干系武林命脉，青天白日的，也能让人给抢了去，是不是该治你一个无能之罪？"

明净心下不由得微微一惊，这几句话说得放诞至极，却又句句切中要害，此人粗鄙不假，但是从不僭越，如此行事，难不成得了什么人的指点？洪方虬却没有心思等他回话，进而又道："若是此事出在我泰山派，你老方丈又如何饶得过我？即便是你饶过我，"伸手一划拉，"天下群雄又如何饶得过我？没二话，这掌门人横竖是没脸做了。"少林众僧渐渐听出了他话里的意思，异口同声喝道："洪方虬，你唯恐天下不乱么！泰山派没有能耐作此种担当，就不要妄议是非！"洪方虬白眼一翻，道："我泰山派是做不来这种担当，我没担当砸小锅，你有担当砸大锅，这还不是同样道理。"耸耸肩膀，又道："是个错，总要问个责，走到哪里都是如此，也就是你少林寺，拍拍巴掌一团和气，没事人一样，既往不咎。"

明净本就心中惭愧，只是不曾想洪方虬会这样不留情面，长叹一声，望望寻了，又望望丁否，道："老衲引咎，辞去总盟主之职也无不可。"群雄略感恍惚，想不出为何议题便到了这里，可明净所提又实在是不能想象的事情。只是洪方虬依然不依不饶，道："那你还啰唆什么？"明净道："老衲哪里啰唆了？"洪方虬道："傅长天心怀叵测，视我等为眼中钉，如今骆家死绝了，天乙门也死绝了，天山派被弄得七荤八素，于未田这事么，便是他们在你头上撒了一泡尿。"他三角眼一瞪，又道："我等认你做总盟主，便是要你为中原武林撑腰，可你这里要慈悲，哪里也要慈悲，这里要稳妥，那里也要稳妥，等你啰唆完了，刀也架到我们脖子上了，若要问我，时不我待，咱们这就走一趟神农谷，杀他个片甲不留，以绝后患！"

此言一出，除了几位少林弟子出言呵斥，场上居然一片安静。明净脸色惨淡，道："阿弥陀佛，老衲最该有自知之明才对，力有不逮，却妄居要职，委实惭愧——"叶乘宗连连摆手，道："方丈大师，此事还须三思而后行，不过，你大可不必将罪责都揽在自己身上。傅长天断非等闲之辈，而且人在暗处，棋走先手，我等失于被动，在所难免。再说了，除了方丈大师，又还有谁能胜任总盟主一职？若是中原武林落下一个群龙无首的局面，岂不正中傅长天下怀？"明净沉吟不答，段开德却问道："寻一老道士呢？这当口，他做什么去了？"寻了道："他卧病在床，无法前来。"段开德道："他也得病？他能得什么病？老道士武功这般高明，有什么病能困得在他？"寻了道："体虚气短，纠结反复，可是有一段时间了。"段开德嘿嘿一笑，道："难不成你武当派已经被神农教算计了？"这话说得众人心中一凛，寻了却分明有些恼火，道："你口下留德，不会有什么坏处。"段开德道："要他拿个主意呢，他却不在，这样论下来，总盟主什么的，他也无力担当了？"洪方虬冷笑一声，高声道："那便由丁掌门接任总盟主之职好了！"

第二十一章
镜花水月休

丁否连连摆手,道:"使不得,使不得,还是如叶帮主所言,此事从长计议为妙。"洪方虬道:"计议计议,都计议这般久了,还要死多少人才算计议完毕?"段开德却上上下下打量丁否一番,道:"若老方丈不做总盟主了,我看寻一老道士还算顺眼,你丁老儿未免不尽人意,不过话说回来,我崆峒派对老方丈本来就没有什么意见,一切照旧也没有什么不好。"他话音一落,有不少门派齐声赞同,却也有不少门派不以为然,场上吵吵嚷嚷,乱成一团。明易这会儿再也按捺不住,惊雷一般大吼一声:"都给我住嘴!"走上几步,又道:"尔等果然忘了少林寺是何门何派,方丈大师又是何许人也?今日你想换掉武林盟主是不是?也好,先过了我的降魔掌法,再说其他!"

场上静了一瞬,紧接着有人"嗤"地一笑,恒山派掌门包横一摇一晃走了出来。他斜目望天,道:"你是少林派又怎样?我怎么听说你偌大一个寺院跟纸糊的差不多,事无巨细,全能落到傅长天的耳朵里?"他话不中听,声音又极为尖锐,再加上阴阳怪气的,愈发可恼。明易怒道:"你此言何意?"包横道:"你问你家老方丈好了,他可比我清楚。"明净一怔,尚未答话,一名僧人忽然从后排走了出来,到场地中央,回身跪下磕一个头,再仰起脸,众人才看清那是慧通。他在清微台身受重伤,一直卧床不起,不想这会儿也来了这里。明净一脸不解,道:"你好些了?"慧通道:"多谢方丈挂念,弟子好多了。"明净道:"你有何事?"慧通左右望望,忽然放声大哭,道:"无心之过,无心之过,说得倒是轻巧,方丈一时失察,结果是我兄弟数人在断意峰惨遭屠戮!"

一干少林弟子不想他会说出这种话来,几乎同声叫道:"慧通,有话回寺里说,这等场合,你莫要添乱!"慧通全然不为所动,续道:"其实这也罢了,觉尘说下不为例,弟子也姑且信了,可是少林寺今天这种样子,也是积重难返,若是没有壮士断腕的气概,大力整治一番,我瞧着也支撑不了多少日子。"觉尘大为恼火,道:"你究竟在说些什么?"慧通伸手一指,道:"四面望一望,你以为这些人是你情同手足的师兄师弟?错了,错了,不定谁一刀便能捅了你!少林寺鱼龙混杂,早已经被江湖宵小渗透,也就是咱们夜郎自大,还以什么天下第一门派自居。"觉尘心下震动,喝道:"少林弟子佛心有容,才被小人利用,其中的大是大非你难道想不明白?!"慧通却伏在地上,磕下头去,道:"方丈大师,真的追责问罪,你说应该怎样?"

明净半晌无言,继而苦笑一声,忽然有了些老泪纵横的意味。他双手合十,朗声道:"阿弥托福,慧通所言不错,老衲愧对少林寺,愧对少林弟子。"说着伸手去解袈裟,竟果然要卸去掌门之职。明易觉尘等人一起跪倒在地,道:"方丈,不可,万万不可!"可这一会儿,又一位和尚缓步走了出来,指着慧通道:"慢着,慢着,老方丈,他说你少林寺鱼龙混杂,你何不先问问他究竟是鱼还是龙?"

这一位穿一件褐色的僧袍,身材胖胖的,满脸胡子,头发也有半寸长短,显得分外邋遢。他袖子高高挽起,身上有一大片水迹,一大片灰土,看样子该是灶间做杂役的僧人,而无间林微对望一眼，恨不得欢呼一声——那人竟然是李实！明净打量他一眼，道："阁下可是少林弟子？"李实道："假的，我在灶间烧水，平日里进出自由，少有人管我，慧通说寺内甚是松散，还真是没错。"明易脸色一沉，道："那你又是何人，潜伏少林寺又有何图谋？"李实道："我姓李，单名一个实字，我师父是西北虚怀谷谷主虚怀子。"明净略一思索，道："老衲孤陋，并无耳闻。"李实道："无妨，我们原本也算不得武林中人；师父他被人用阳刚掌力震死，浑身骨头碎得一塌糊涂，为了追查凶手，我走了许多地方，前不久才落脚到这里。"明净心下一凛，道："难不成凶手是少林弟子？"李实道："至阳至刚的功夫本就不多，能将我师父打成那样的，算来算去也就只有昆仑伏龙拳法、青海蚀骨掌，还有就是你少林寺的降魔掌法。"昆仑派自从玉龙子落败丁否之后便绝足武林，这会儿只有青海派的弟子高声吆喝："我等不认识什么虚怀子，你不耍诬陷好人！"明易则大踏步走上前来，道："那首当其冲，你要查的就是我了？"

李实甚是坦荡，点点头，道："不错。"明易道："那你查出什么了？"李实道："什么都没有查出来，不过寺内练降魔掌法的人除了你，还有觉字辈的觉心觉非，再有，便是慧字辈的这个慧通。"明净更为不解，道："难道你师父是慧通所杀？"李实道："他还没有那份功力。"这时慧通忽地站起身来，冷冷地道："你今日里若是颠倒是非，无中生有，小心我现在就送你去见你师父！"李实丝毫不惧，道："你数次三番，偷偷摸摸溜去虚怀谷，翻翻找找的，图的又是什么？"慧通脸色铁青，道："虚怀谷？我就没有听说天下还有什么虚怀谷！"李实摆一摆手，道："我悄悄随着你走了两趟，才不会有错。"继而望一眼明易，又道："你这大和尚有时明白，有时糊涂，慧通不过是你徒孙，你却大小事情都找他商量，你可知道人后他又多少次进进出出你少林寺的高墙？"

慧通大踏步走上前来，道："你居心叵测，血口喷人，少林寺一团浑水,正是你这种人所致,今日我便杀一儆百!"说着双掌一划,使一招降魔掌法中的"惊雷",兜头劈了过来。李实无可奈何,三步交叠,取对方两掌间的空当,伸指点他眉心,慧通双臂横扫,改为"倒海",李实则一跃而起,袍袖甩出,进而左掌一探,搭上了慧通胸口。他这样一个胖胖的和尚,身法却这等轻灵,看得人啧啧称奇;慧通大穴被拿,不敢稍动,李实真力收而不放,问道:"你去虚怀谷到底为了什么?"

慧通面色赤红,忽然间大叫一声,一口鲜血从口鼻里直喷出来。李实本就无意伤他,这会儿吃了一惊,心下犹疑,手上也便松了,谁承想慧通不过是咬破舌尖,纯粹使诈,这时右掌一翻,跟着连点七下。李实"嘿"一声,腕间顿时鲜血长流,待到明白对方手指中间暗藏钢针,数点微芒也到了颈下。明净道一声"阿弥陀佛",左掌轻挥,隔空将慧通推得直摔了出去,进而踏上几步,问道:"你究竟是谁?为何会使百疮针这等阴毒的功夫?"

他缓步走到李实身侧,查看一下伤口,继而递上两颗药丸;李实接过来服了,心下感激,行了一礼,转而还望望慧通,道:"你弄这虚虚实实的一套,倒让我想起来了,于未田被劫走的那一日,你午后被人抬回禅房,是一副死多活少的模样,可子夜不到,便又变得身轻体健,悄悄去寺外转到凌晨方才回来;那一出戏,又演给谁看呢?"明净禁不住怒从心起,再望过去却又悚然一惊,慧通面色乌黑,口唇发青,抽搐几下,扑地而倒。李实将信将疑,走到近前先踢一脚,再俯身看看,果然不差,他竟就服毒自尽了。明净道一声"阿弥陀佛",许多疑团却也迎刃而解,杨倾何以会知道觉尘的下落,进而找到骆家遗孤,又何以知道于未田投奔少林寺,隐身清微台,还都是因为慧通,而慧通所以知道这许多内情,还都是因为明易对他信任有加,大事小事和盘托出,全无顾忌;如此再回想断意峰,弄不巧有些少林弟子还是他亲手所杀。明易这会儿一头汗水,瓮声瓮气地叫了一声:"师哥——"明净只摇摇头,还转向李

无间传 285

实，道："尊师是何门何派？"

李实叹一口气，道："说来老方丈都不信，我也不知道他是何门何派；家师于此讳莫如深，而且严禁我涉足武林之事，今日我这一番所作所为，可是已经有违先师遗愿了。"叶乘宗却冲着明净点点头，道："这就对了。"李实道："哪里对了？"叶乘宗，"适才你与慧通交手，用的又是什么招式？"李实略作回想，道："你说的是'上三步'与'平一指'？"叶乘宗一怔，不由哈哈大笑，还望向明净，道："如果我记的不错，他一上来用的那一招应该叫作'虚步碧霄'，点向慧通的那一指应该叫作'幻蝶指'，袍袖甩出的那一式应该叫作'一袖风云'，对不对？"

李实先笑了起来，道："你这文绉绉的，又哪儿挨哪儿？"明净却点点头，道："叶帮主果然见识不凡。"段开德使劲摆摆手，道："你二人嘀嘀咕咕些什么，为何我一句也听不懂？"叶乘宗道："段兄，有一门派武功博大精深，几乎可以与少林武当比肩，却又绝足江湖，无涉武林，它是哪一派？"段开德愣了一下，道："你是说宫里的功夫？"叶乘宗道："正是。"段开德伸手一指李实，道："他是九州派？"叶乘宗道："他适才那些招式均是由九州派云台剑法化来——"李实却半点也不相信，道："我师父是九州派？不会，不会，他是个闲散道人，几十年来几乎从未出过虚怀谷，又怎么会是宫里的人？"叶乘宗道："那你师父的师父呢？"李实道："师父从来没有说起过。"叶乘宗忽而"啪"地一拍双掌，道："老方丈说回来中原的六个人当中有两位是宫里的？"明净不由得微微吸一口凉气，道："莫非虚怀子死在这当口，原因还在于此？"段开德又大声叫了起来，道："你们又嘀咕些什么？"叶乘宗这一次置之不理，踱出几步，道："慧通在虚怀谷翻翻找找，寻的便是地图？"

洪方虬心思极快，向李实拱了拱手，道："这位兄弟，虚怀谷在什么地方？"段开德一挥手，道："说不得。"洪方虬瞪他一眼，道："这关你什么事？崆峒派就你一个人带了嘴巴来？"段开德道：

"你问明白虚怀谷在何处,是不是还想问一问落雪山庄在何处?我瞧你这老儿便没安什么好心,八成也想找找地图,做个春秋大梦!"洪方虬极为恼火,道:"我开口问问便是居心不良?你且问一问在座的哪一位不是同样的心思?"他继而冲着崆峒派掌门人孟开悟拱了拱手,道:"孟掌门,你们崆峒派历来令严如山,众弟子一个个循规蹈矩的,最让人佩服,如今这是怎么了,出了这样叽叽喳喳、胡搅蛮缠的一位,你也不管一管?"孟开悟是段开德的师弟,为人谦和方正,而且不善言辞,师哥多嘴多舌,常常叫人头疼不已,可平心而论,今日却没有什么不妥之处;他微微一笑,道:"此事不提也罢,若大家果然一哄而上,去虚怀谷或者落雪山庄寻什么地图或者神鹿,岂不自乱阵脚,反而给了傅长天可乘之机?"洪方虬"嘿"一声,恨恨地道:"丁盟主早便说过,当今武林如同一盘散沙,若要和神农教一决高下,还需要用些军法军纪才好,到那个时候,且看这些信口雌黄,唯恐天下不乱的角色还有没有好日子过!"

这话他说得无心,却教明净等人心下一凛,段开德并不愚蠢,道:"洪老儿,丁盟主这话什么时候说的,我怎么不知道?"洪方虬脑中"嗡"的一声,明白说漏了嘴,转而道:"丁盟主文韬武略,当今武林便没有第二个人比得上他,我没事的时候拜听他谈讲天下大事,怎么,还要你段开德许可不成?"段开德道:"拜听他谈讲天下大事?说得好听!我瞧着,你们这是结党营私,狼狈为奸!"洪方虬冷笑一声,道:"你爱怎么说就怎么说好了,若我挂念的是全武林的福祉,自然问心无愧,不过话还说回来,总盟主之位,我看只有丁掌门做得!"段开德"呸"一声,道:"华山派那点道行,他作盟主便差强人意,还要作什么总盟主!我瞧着你们这几位都不地道:莫非早就串通好了,今日铁了心要和老方丈过不去?"丁否面上变得极为难看,冷冷地道:"段兄,我华山派对你历来没有什么不敬的地方,你口下留德,憋不死的!"段开德耸耸肩膀,道:"你不用对我客气,你客气了,我也不感激。"

这会儿包横却气得捶胸顿足,吼一声,竟就攻了上来。段开德不避不让,使崆峒四方拳里的一招"齐头并进",泼剌剌击对方胸口。包横身子一矮,足下使一招"秋风扫落叶",段开德嘿嘿一笑,跳开半步,转而伸脚尖去戳对方曲泉穴。二人以快打快,你退我进,三十余招一过,不知不觉便到了天山派阵前。包横终究略逊一筹,渐渐只剩下招架之功,再走数合,忽而使出"狡兔走"的功夫,一拧一转,逃了开去。段开德哈哈一笑,抢上数步,去抓他后领,包横就地一滚,抬手竟将折扇掷了出来;那扇面外缘暗藏利刃,在空中"啪"地一下打开来,转得如同一团白花一般,直取段开德颈下。段开德万不料这种场合此人竟然会痛下杀手,心神晚一步,脚下便晚两步,再想躲避,已是万万不能。这时便听"铛铛"两声脆响,陈歧和掷出石子撞开折扇,继而长剑顺势一绕,将之从空中摘了下来。他还掷给包横,道:"包兄,大伙儿都是武林同道,可不要弄出人命才好。"段开德抹一把额上的冷汗,先冲陈歧和施了一礼,继而一指包横,道:"你个王八蛋真是和我有仇不成?!"

洪方虬站在远处,却意味深长地打量了陈歧和一番,道:"你武林之中人望不错,有一件事情我正想问问你的意见。"陈歧和神色冷淡,道:"洪掌门有何指教?"洪方虬道:"我便说总盟主应该换作丁掌门才对,你又意下如何?"陈歧和双眉紧锁,缓缓说道:"明净大师乃是有道高僧,从无利欲之心,或进或退,自有分寸,你又何必如此相逼?再者,许多事情错综复杂,断非三言两语说得清楚,将许多无妄之祸也归罪在他的头上,未免有失公允。"他转而望望明净,又道:"方丈大师,今日无论结局怎样,罪己之心适可而止,可千万莫被小人利用了才好。"明净像是被这话点醒了一些,点点头,道:"多谢歧和善意。"

洪方虬却还是似笑非笑地盯着陈歧和,道:"也好,你先玩八面玲珑的把戏,然后呢?"陈歧和神色间莫可名状,又过许久,才缓缓说道:"论及神农教,我天山派首当其冲,深受其苦,诸位若有心诛灭邪教,我绝无异议。平心而论,今日中原武林这等局面是有些不堪,若要和傅长天一较高下,或者真的应当下重手做一些事情才对,所以,由丁掌门执掌总盟主之位,在下以为——也并无不妥。"

天山派系武林六大门派之一,而且陈歧和历来心怀方正,颇具声望,他说出这样一番话,分量又自不同。明净面上一暗,没有说话,丁否却抱一抱拳,道:"多谢歧和抬举,老朽深感愧怍,若在座多数都是同样的心思,那我也义不容辞,再做推托,是不是反而矫情了?"段开德像是还不曾回过味来,指指陈歧和,道:"你果然高看丁老儿一眼?"陈歧和有些心神不属,抬眼向天际望去,而天山阵中歧雯却忽然大声说道:"师哥,平日里说话,你可没有这一层意思。"

她踏上几步,又道:"天山派偏居西北,可也正因为此,很多事情比中原这些人看得清楚一些。你从来不偏不倚,而且也极少瞒着我们什么,可今日里这一番主张又是从何而来?与洪方虬包横之流为伍,我一百个不愿意!"洪方虬不由得怒气勃发,道:"你胡言乱语,也不看看这是什么地方,也就陈歧和由得你这般猖狂,若是在泰山派,早废你不知道多少遍了!"歧雯干净利索,脆喝一声,使"落天一叶",兜头撒来一片剑花。洪方虬不料她武功这样高明,想躲却慢了半拍,便听"嗤"的一声,长袍从左肩至右肋给划开长长一道口子,伤及皮肉,鲜血迸流,看上去着实惨烈。包横大叫一声"放肆",扇子一挥,也攻了过来,怎奈他功力比之洪方虬犹有不如,不出三十招,便败下阵来。

这时丁否缓缓走上几步,道:"歧和,蔑伦悖理,目空一切,依着天山派的规矩,当处何罪?"陈歧和明白这话的意思,闭口不答,丁否又道:"我明白你心怀仁厚,只是律令所在,该用铁腕的时候终究还是要用的。"说着缓缓起式,以落雁掌法中的一招"拨云见日",拂向歧雯。歧雯丝毫不惧,转而以长风拳法应对,她一起始还有三分礼让之意，可是数招一过，心下已是一片冰凉。丁否看似有所不为，可内力却毫无保留，一道道密不透风地直绕上来。歧雯渐渐再没有回旋的余地，进不得亦退不得，只能硬碰硬抗衡，汗水挥发，头顶白汽蒸腾，脚下也变得越来越慢。再三招，但听"砰"的一声巨响，二人对了一掌，丁否面含笑意，歧雯却脸色煞白，再三招，又是"砰"的一声，丁否依旧神定气闲，歧雯却跌出去一丈有余，再三招，又一回疾风扑面，丁否一招"捧月轮"犹如泰山压顶，竟有心要废掉歧雯一身武功。这时有灰影一晃，陈歧和抢先迎了上去，只是丁否力道之大断非常人所能想象，他被撞得连翻数个跟头，不等双足落地，"哇"的一声，竟喷出一口鲜血。

丁否出招收招，一直不疾不徐，群雄还道是长辈出手教训晚辈，可如今看到这副情形，也不由得面面相觑。这时华山派阵中轰的一下，闪出一大片空当，却是后排一位四代弟子不知何故栽倒在地，晕了过去。周围众人一个个神色古怪，却没有谁出手相助，而歧雯从人缝中望过去，说不上是看清了还是心有灵犀，忽然间一跃而起，越过一众华山弟子，拎住了那人的衣领。丁岸如梦方醒，喝一声"哪里走！"，挥掌取她肋下，歧雯一咬牙，受下这一击的同时，却也借力疾退数丈，摔倒在天山阵前。歧茵等人长剑齐出，抢前先护住人，低头再看，那名华山弟子身材瘦削，容颜俊俏，面上泪痕纵横，竟然是陈思玉。

她被人点了穴道，口不能言，手脚亦动弹不得，歧茵稍作推拿，她方才醒过来，望望四周，放声大哭。陈歧和心弦震颤，抚一抚她的头发，却只觉着一切如同梦里一般，不知该从何说起。陈思玉转而拉住他的手，哭道："爹爹，你还好？都是女儿的错——"继而欠欠身子，又道："歧雯小师叔呢？小师叔还好？"

歧雯受伤颇重，却不至于丢了性命，服下几颗天山派灵药，便沉沉睡了过去。思玉自小便常得这位小师叔照料，后来年纪渐长，二人却更为要好，而歧雯于间不容发的一隙能想到她，也正该是因为这一层心契了。段开德这会儿是一副幸灾乐祸的模样，瞅瞅丁否，道："丁老儿，陈歧和的宝贝闺女怎么会在你那里？"丁否神色极为难看，隐隐然怒火如炽，一拂袖子走了开去。段开德便又瞅瞅陈思玉，道："你这小姑娘，不好好地在天山派做个千金宝贝，非跑去华山学那些三脚猫的功夫？"陈思玉听见这话，哭得更难自已，段开德有些手足无措，便冲明净做了个请的手势，明净轻叹一声，道："陈姑娘不必害怕，若是有什么难言之隐，老衲为你做主便是。"

陈思玉站起身，望一眼丁否，又望一眼爹爹，终于说道："前些日子天山乱得很，爹爹没有办法，只好带我们搬回琦山，可是冯澜师哥自小便和思玉要好，耐不住思念，便找了来——"她声音变得细不可闻，可头一扬，又淡定许多，一字一句地道："于是我便背着爹爹，随他私自走了出来。"

武林之中对这一类事情看得淡些，可群雄还是小吃一惊，更何况陈歧和的身份非比寻常。她则继续说道："那天在潼关，几位华山派弟子无缘无故便围了上来，说我们偷了华山武学秘籍，要押我们去玉女峰。我二人得贵人相助，侥幸脱身，可无论怎样，和华山派算是落下了过节。再后来我们辗转到洛阳，师哥在当地豪门骆家谋了一件差事，也便安顿下来。"众人听到这里，不由得心下一紧，她似乎也意识到了，续道："骆家遭灭门大祸的那天，师哥幸好不当差，躲了过去，可是自那之后，日子也再难消停，先是官府的人叫去问话，一轮又一轮，转过天，各大门派查案的人也到了，络绎不绝地找上门探问内情。师哥在天山的时候人脉还好，生怕被什么人认出来，就别提有多紧张了。我们想走，可又害怕真的一走了之，会落下嫌疑，正这样纠结呢，华山派的人便进了门，说巧不巧，来的那几位就是在潼关和我们交过手的几位，说没几句话，便将我们抓了起来。"

她轻轻叹一口气，又道："他们押我俩回了华山，之后我便再

无间传　291

没有见过冯师哥，我在一座小山洞里待了好久，再一日便来了一位书生模样的人，我姓谁名谁，何门何派，他全都一清二楚，讲了一番道理，总之我必须给爹爹写一封信，要他推举丁否做总盟主，否则我身败名裂不说，爹爹在江湖上也再不能抬起头来。"听到这里，群雄轰的一下乱作一团，段开德口中啧啧有声，又一指洪方虬包横等人，道："我就瞅着今日像是一出戏，果然不假，你们一群虾兵蟹将，是儿子孙子也被掳了去，还是许给了金银财宝？"继而斜着眼睛还望望丁否，道："丁老儿，你做出这种事情，比旁门左道还旁门左道，我瞧着这盟主也不要做了，先回华山修行几年，明白什么叫'学为好人'，再出来招摇！"丁否一直眯着眼睛，这会儿却精光一闪，冷冷地道："我还有一件事情要问问天山派。"陈歧和道："何事？"丁否道："范无间在哪里？"

群豪又一回一片哗然，陈歧和却更为不解，道："我又如何知道？"丁否道："天山内讧的时候，他与林微双双现身天寻峰，乃是众多武林人士亲眼所见，可自那以后便踪影全无——"意味深长地望望四周，便截住了话头。陈歧和道："你此话究竟何意？"丁否道："你我尽知，社稷神鹿终究还要着落在范无间身上，而你天山派早已经手握一份方闻松的地图——"陈歧和怒道："你道我陈某人也图谋前朝皇子的秘籍？"丁否冷笑一声，道："这类事情大家都喜欢装聋作哑，可谁又不是心知肚明？"陈歧和道："他二人的确去过天山，不过那是半年之前的事情，而天乙门和落雪山庄是就近的才有的消息，我也是因此才知道范兄弟与神鹿还有这样一层契缘。"丁否道："他们小小年纪，了无机心，被你套出神鹿的底细，还不是易如反掌？"陈歧和气得双手直抖，道："空穴来风，一派胡言！"包横却阴阳怪气地插嘴说道："你陈歧和行掌门之实，却不居掌门之名，下了黑手，得了好处，还不着痕迹，这等老谋深算，真是少有人胜得过你。"

洪方虬继而喝道："陈歧和，你先将范无间和林微交出来，再说其他。"段开德紧跟着摆摆手，叫道："慢着！慢着——"指着丁否干笑两声，又道："你丁老儿当我等是傻子么？又搭台演戏！我们原本说什么来着，说你拉帮结派，图谋不轨，这和范无间又有什么相干？"丁否鼻孔里直冒冷气，道："要么说中原武林没有卓见果敢之人，你活脱脱便是又一层见证，教我来看，无事不与范无间相干！你找到他，他便不会落入神农教手中，如此傅长天便得不到社稷神鹿，也便无法染指当年三十二皇子留下的宝物，自然也就不能更进一步为祸武林。若林剑无所言不差，你我便应该押着他走一趟北疆才对，釜底抽薪，先取了秘笈，只这一层，天知道会消弭多少祸患，挽救多少生灵！"他言辞慷慨，群雄之中有不少人为他所动，不住点头，段开德似乎也有些糊涂，"哼"了一声，叶乘宗却摇了摇头，道："丁掌门，敢问你说的这些与你刁难陈姑娘又有何关联，与你胁迫陈歧和又有何关联，与你处心积虑想做总盟主又有何相干？"

丁否双眉一扬，道："不错，若说我丁某人没有半点野心，只怕诸位也不会相信。扪心自问，在思玉姑娘那里，我的所作所为并不光彩，但是大行不顾细谨，大礼不辞小让，若是我借此制衡陈歧和，并进而找到范无间，你说值得还是不值得？我丁某人如此施为是迫不得已，也是义不容辞，诸位明白也好，不明白也好，赞同也好，不赞同也好，敬请自便，我问心无愧，皆无不可！"

群豪回想这一番话，有一大半儿还是说不出心中是何种滋味，这时峨眉派掌门人了寂师太长叹一声，道："阿弥陀佛，善即是善，恶即是恶，难道你为恶反倒成了行善不成？"丁否躬身行一礼，道："师太，何为末节，何为大义，即便是出家人，心头也该有杆秤才对。我等从不曾刁难陈姑娘，而且冯澜也好端端的，就在山下客栈之中，华山派一身清白，并没有做什么令人不齿的事情。"明净朗声道："丁掌门，还恕老衲不能苟同，恶即是恶，大恶为恶，小恶为恶，因善而恶亦是恶，何为大行，何为细谨，何为大礼，何为小让,人在局中,又如何说得清楚?"丁否昂然道:"我虽不修佛,但为善为恶,胸中了然,老方丈佛心通达,可是看待武林中的事情,非善即恶,又或者非恶即善,未免太过局限,傅长天机变百出,无所不为,又无所不能为,你如此应对,便是作茧自缚,再不会有翻身的时候。"明净道:"你这等善恶之辨,无所不用其极,与傅长天又有什么区别?"他叹一口气,似乎心意已决,又道:"丁掌门,老衲实在不能将这总盟主之位交托给你,若上上下下数百门派随你误入歧途,为祸只会更甚于傅长天。我服众也好,不服众也好,既然今日不曾让位,便责无旁贷,该当治你失职、妄为、蛊惑三宗大罪;你若有心请辞,不伤和气,自是最好,如若不然——"长出一口气,便顿住了。丁否冷笑一声,道:"你待怎样?"明净道:"我只好罢黜你盟主之职。"丁否道:"也好,也好,既如此,我便领教一下老方丈的无相掌好了!"

少林武学博大精深,又是区区华山派所能比拟?群雄心下愕然,又好生不解,丁否道貌岸然也就罢了,还真的会这等自不量力?明净似乎也略感意外,却并不犹豫,道:"便容老衲见识一下华山派绝技。"丁否走上几步,挥手做一个请的表示,隐隐然却是一招"朗月清风",明净袍裾一震,扬了起来,他微微一笑,还一招"大象无形",一派安闲之下,长袍复又平整如初。丁否道一声"好掌法",继而右手为掌,左手为勾,使出一招"鹰心雁爪",明净望空连出三指,带出三声钝响,将对方前赴后继的三层力道尽数消解。丁否足下换步,双掌抱圆,转而使"捧月轮"取明净左肋,明净内力应和,以"劈空见月"化解,丁否撤开几步,再使"弄辰星"攻他右肋,明净以不变应万变,仍然以同样一招消解。接下来丁否并无新的招式,还是重复适才所用,一左一右,各攻两次,二人瞬间对过六掌,丁否不动声色,明净心中却略感释然。

他苦思多时,一直不能明白当年丁否何以能击败玉龙子,是以起手时极为谨慎,如今数招一过,对方的武学修为却又变得清楚明白，此人或者较觉尘为高，但比之任何一位明字辈高僧应该均有不如。第七掌，丁否转攻中路，左掌擎，右掌平，正是落雁掌法中至为简洁的一招"摧刚为柔"，明净则不紧不慢，双手抱圆，使出一个"蓄"字诀。无相掌与佛法精要一脉相承，遇强不惧，遇弱不取，强时能摧三山五岳，虚时又可容四海之水，这其中的变化绵绵密密，又岂是华山派一掌一剑所能比拟？他心下暗叹，第七招上便拿下堂堂华山派掌门人或者有些不近人情？只是这念头刚刚浮起，扑面而来的力道便为之一变，一霎时犹如海啸巨浪，横飞暴涨，个中气象，又岂是人力所能为？

　　惟这心下巨震的一瞬，无相掌层层防设也已经土崩瓦解，而丁否双目之中寒光如剑，竟一心一意要废去他一身武功！

第二十二章
俯仰空空

恰在此时，人群之中灰影一闪，有人飞身直取丁否后背。再消一瞬，丁否便得偿所愿，惟这一瞬却求之不得；掌风拂上鬓角，他也撤步滑了开去，再转身，眼前是一位模样猥琐的中年人，自己并不认识。他怒气勃发，跟着再拍一招"摧刚为柔"，而这时却又有一位飘身而上，与先前那人同使一招"参回斗转"，承前启后，两面截住，"砰"的一声巨响之后，退出丈余方才站定了，人却毫发无损。丁否面上没有半点表示，心下却狂跳不已，片刻之前他偷服海蓝若，这一会儿内力当世无匹，可这两位何以能直撄其锋？场上有一瞬安静至极，渐渐却又响起一片唏嘘之声，原来掌风犀利，弄得那两位脸上一片斑驳，这会儿他们抹掉一层层的涂料，露出的却是少年人的面目，向陈歧和与李实则同声叫道："无间兄弟，林姑娘，真的是你们？！"

丁否又惊又惧，却也愈发欲罢不能，双手平划，又一招"月满西楼"便推了出来。林微飞身而起，使一招"天雨潇潇"，无间则左手反转，右手虚握，使一招"旷日引月"，阴柔里冲力横生，阳刚里阴柔暗蓄，环环相扣，接续而至，丁否身子一晃，竟不由自主退开了三步。他暗吸一口凉气，心下一片黯然，论修为这两位都不能与他比肩，但是合在一处，相生相应防不胜防，竟没有什么像样的破解之法——而这时林微做个鬼脸，先笑了起来，道："咱们打过不少交道；可这还是头一遭会面；我倒要问问，你是想百尺竿头更进一步，再身败名裂一些呢，还是依着蜜萝岭约定，好自为之？"

无间在潼关打飞丁岸，用的是最普通不过的"黑虎掏心"，事后回想起来，海蓝若药效之下，内息澎湃，难以自主，似乎唯有这等朴素至极的招式才了无挂碍。丁否用"摧刚为柔"，教人似曾相识，心知不妙，旋即出手。丁否脸色赤红，隐隐然怒火如炽，忽然间一拂袍袖，转身就走。华山众弟子好生诧异，过得片刻，才相继快步跟上去，一阵踢踢踏踏的脚步声之后，偌大一片方阵竟走得干干净净。天下群豪相互望望，半点摸不着头脑，无间林微名动江湖不假，可说这样两句莫名其妙的话，堂堂丁大掌门就败走少室山了？

明净逃过一劫，却依然受伤颇重，无间搭一搭脉搏，先摸出一颗华灵丹让他服了，又从陈歧和那里要来两粒天清散，从崆峒派那里要来一枚祁花果，从丐帮弟子手里讨过几份草药，之后又略一思索，道："此间可有三宝会的九还丹？"群豪均不由得啧啧称奇，这少年不显山不露水，居然是一位药中圣手，看那情形，于各类伤药竟比本门本派的弟子还要熟悉。三宝会领衔的乃是四大护法之一的李云阁，他一直是一副置身事外的样子，这会儿一挥手，道："那是自然。"说话声里，一位灰衣人低头走到叶乘宗跟前，递上一大一小两只瓷瓶，道："早间服小瓶，一匙，晚间服大瓶，两匙。"说完拱一拱手，转身便走。

无间听在耳里，心下一动，再望过去，不自禁低低"哼"了一声，已是暖春，那人却仍然戴着一顶帽子，遮着大半张脸。他清清嗓子，叫道："这位仁兄留步。"那人充耳不闻，还是埋头走路，无间提高些声音，又道："三宝会这位兄台请留步。"可是那人步子反而更快了些，晃得几晃，便去得远了。无间摇摇头，从叶乘宗那里接过瓷瓶嗅了嗅，道："大瓶里是毒药。"

众人大吃一惊，叶乘宗道："你怎知道？"无间道："里面有诛心葵，若是服了，十日之内没有什么，十日之后肺腑渐损，闭气而亡。"明易火冒三丈，高声叫道："李护法，你究竟是何居心？"李云阁一双小眼瞪得浑圆，道："说什么呢，哪里来的毒药？"明易道："适才送药的那人是谁？又是受了谁的指使？不说清楚，今日休想再下少室山！"李云阁似乎也有些糊涂，与身边的几位随从嘀咕两句，继而双手一摊，道："我也不认得他。"

他颠儿颠儿地自己走过来，送上两只瓷瓶，道："那这个呢？"无间接过来稍加分辨，这一回还真是没有什么差错。李云阁挠挠头，望一眼明易，道："武林中的这些事情我三宝会历来兴趣不大，来这里还都是因为敬重老方丈，捧个场，我昏了头么，要加害武林总盟主？此事你且容我查一查，这一阵子是非不断，难不成有人挑拨离间？"明易依旧怒冲冲的，道："也好，也好，今日暂且罢了，改日我定当亲自走一趟海棠山总舵，问问清楚！"

无间配好药，喂给明净，片刻之后，他丹田回暖，脉象回力，终于透出一口气来。无间又跪下磕个头，叫了声"师父"，明净面带微笑，道："如此说来，范阿七就是范无间，陆姑娘原来是林姑娘？"二人同声道："情势所迫，不得不隐瞒身份，还请方丈见谅。"无间心有不甘，转而瞅瞅觉尘，又指指场外，道："那人，三宝会送药的那个坏人，你见过的。"觉尘好生诧异，道："师弟何出此言？"无间道："在骆家陪你说话的公差不是他么？"继而望一眼林微。"听说话声，我总觉着便是太阴使。"觉尘心头突地一跳，道："你这样一说，果然不差。"却又愈发糊涂，道："他是神农教的人？"林微道："他是神农教的仇人。"不过她双眉一皱，竟好似得了一份意外之喜，道："不过这就对了，在骆家，那只小药锄你是怎样找到的？"

觉尘道："林姑娘何以有此一问？"林微道："当时我们也在骆

家那座小楼里面。"觉尘又吃一惊,道:"怎么会?"林微道:"墙外街上有娶媳妇儿的,吹吹打打好半天,是不是?"觉尘记忆犹新,道:"不错,不错——"林微又道:"那小药锄是你找到的,还是他找到的?"觉尘忽然明白了她究竟何指,道:"是他,他从供桌下面找到的。"林微道:"早先那里每一寸地方我都看过,可是什么都没有的。"叶乘宗心思极快,再不能淡定,道:"你是说适才那位仁兄私置药锄,嫁祸神农教?"

段开德不由大摇其头,道:"乱来,乱来!大伙儿一直计议着怎样向神农教讨个说法,你这小姑娘轻轻巧巧几句话,便都撇清了?"眉头一皱,又道:"你果然是林剑无的闺女,不是神农教的什么人?"林微道:"骆澎坤系神农教所害,原是不错的,可说什么将骆府上下赶尽杀绝,却不见得。"望一眼觉尘,又道:"骆澎坤死在骆建安的墓室之内,在那里我们捡到了一只虎头鞋,后来找到大和尚,也才知道鞋子的主人是骆缨。"段开德道:"那又怎样?"林微眼望明净,道:"骆建安铁骨扇的扇坠儿系琉璃所制,亮晶晶黄澄澄的,乍一看是一件不可多得的玩物,可是内里却藏着一片人人求之不得的宝物。"明净心下一亮,道:"是他从北疆带回来的地图残片?"林微道:"不错,我们到那里的时候,扇坠儿已毁,墓室之内满地都是琉璃碎片,自然,那片地图也被人取走了。"

明净道:"阿弥陀佛,如此说来他们还是得逞了?"林微道:"不错,但是骆缨骆红也去了那里,是不是很蹊跷?"叶乘宗摇摇头,道:"不蹊跷,一点也不蹊跷,骆老爷子硬气得很,受尽百般酷刑,也不见得会说出一个字,他们硬的不成,只好来软的,弄去两个孩子作为要挟。"林微道:"可那两个孩子安然无恙,是不是有点蹊跷?"叶乘宗道:"鉴于骆府之内无一人幸存,是有些蹊跷,或者——是一念之仁?"林微道:"若真是那样,难不成过去好几个月了,又心生反悔,不惜冒着天大的风险来少林寺赶尽杀绝?地图拿到了,骆府的人也差不多死光了,他们还要什么?若说是为了灭口,那不过是两个不更事的孩童,又懂得什么?而且过去这样久,该说的话早就说了,又有何口可灭?"

觉尘像是被绕了进去,道:"那他们图谋的又是什么?"林微微微一笑,道:"让你看到鸩锋剑法。"觉尘道:"嫁祸给神农教?"林微道:"不错,之前将神农教与骆家命案联系在一起的,不过是一只小药锄,说是证据确凿不假,说是毫无端由,也不为过。而他们走这一趟,正可以坐实神农教的恶行,如此与杨倾少林寺三战一前一后,嘿嘿,可也费了不少心思呢。"叹一口气,又道:"其实我一直想不通神农教为何要杀骆家六十余口。"段开德道:"你这也想不明白?不杀六十余口,骆老爷子又如何服软?"林微道:"那他们便是杀人给骆澎坤看了?换作你,你会怎样杀?"段开德有些糊涂,道:"还能怎样杀,一个一个地杀!"林微道:"可在骆府多数人是被一刀劈死,而且散在各个院子之内,所以,我始终想象不出当时是怎样的一种情形,他们便推着骆澎坤四处乱走,一面走,一面杀,一面要他交出地图?"段开德挠挠头,道:"不对么?——好像是有些不对。"林微道:"骆家是中原武林第一世家,这等情形,便不曾有一个人走脱?"叶乘宗道:"姑娘忘了行凶者是神农教的人,若是下毒在先呢?"林微道:"那就更不对了,既然可以毒杀,为何还要刀杀?"叶乘宗道:"掩人耳目?"林微道:"若为了掩人耳目,他们不留痕迹的法门多的是,可这般血淋淋的,只会弄得满城风雨。"

林微略一沉吟,又道:"还有一层,他们既然拿骆缨骆红做文章,便是有机巧之心,实则一干人也去了卧虎山,这是上上策,而且大功告成,既如此,又何必行那下下策,满院子杀人?"叶乘宗道:"依姑娘之见,骆家命案与神农教无涉?"林微道:"将几十条人命都算在他们头上,未免牵强。"叶乘宗仍然将信将疑,道:"我还有一事不明,凶手若真的有心嫁祸给神农教,在杀人现场留下一把小药锄岂不最为直接,又何必舍近求远,等到事后才大费周折?"

林微隐隐约约之中等得便是这句话，不由望定他，轻轻点了点头。

她在这一层上亦纠结多时，却始终不能自圆其说，这时心下盘算，思绪亦随之扯了开去。在骆家假扮差役，如今又试图毒死明净的正是太阴使，由此推算，骆家命案便只能是云莫为所为，可云莫为为何要等这几十天，而这几十天里又究竟发生了什么？回溯二十余日，她和无间是在去往洛阳的路上，再之前，一个人在秀墨无所事事，再之前呢？无间入神农教，随着陶不陶上山去抓冰花蜻蜓——嗯，冰花蜻蜓，云莫为黄雀在后，巧取豪夺，最终却是为了在和融府拿下傅长天。那再之前呢，傅长天苦心布局，而云莫为身居高位，自然一清二楚，他既然可以派王小酒去天山暗算贵人使，当然就可以派人去洛阳暗算朱雀使，朱雀使在卧虎山杀人，他们则在骆家大开杀戒，二者搅在一处，虚虚实实，傅长天又如何置辩？可他为何不现场栽赃？若是那样，中原武林一早便会找上门来，而那时候他却不见得能拿到鬼见愁里的地图！那数十天之后又怎样？计谋得逞，逃之夭夭，此时再让中原武林缠上傅长天，他可以高枕无忧不说，若神农教因此土崩瓦解，那更可谓永绝后患了！她轻拍额头，暗笑自己迟钝，可云莫为究竟是什么人，那个杨倾又是什么人？

叶乘宗见她茫然若失，轻声叫道："林姑娘？"林微呵呵一笑，道："我想明白啦，只是说不得。"继而还冲明净说道："老方丈，从少林寺抢走于未田的，仍然不是神农教，我和无间追着他们一直走到远啸峡，神农教在白莎镇行云楼设伏抢人，只是并未成功。"明净吃了一惊，道："此事可是杨倾的主谋？山门三战果然是声东击西？"叶乘宗道："这位杨倾究竟是什么来路？"林微道："丐帮弟子遍布大江南北，叶帮主何不帮着查一查？骆家命案我看与她也不无干系。"

日薄西山的时候，武林大会也便散了，这一日如同一场大戏一般，精彩是精彩，可到头来一切仍然毫无着落，而且又似乎山雨欲来，教人惴惴不安。无间林微李实均随着陈歧和回了天山驻地，这一番久别重逢，自然有说不尽的话题。陈歧和备些薄酒，又招来不少天山弟子，直到掌灯时分，仍然聚得甚是热闹。过不多久，觉尘与慧末带着骆家两个孩子也寻了来，究其原因，却是骆缨骆红大哭不止，闹着要找林姑姑。

因为他们，场面上轻快许多，而慧末又寻来一只蹴鞠，邀集几位天山弟子一起作耍。诸位均是习武之人，脚法非比寻常，逗的两个孩子欢呼不已。再一瞬，骆缨一脚踢得大了，那球飞出好远，刚好滚到李实脚下。他哈哈一笑，搓起球来，头上颠一下，跨出一步，肩上颠一下，跨出一步，进而胸口、左腿、右腿、外脚背、内脚背，一步一颠，最后踢的那球高高飞起，他则滴溜溜转个圈子，用脚背接住了。众人轰然叫好，骆缨则张大了嘴巴，道："胖叔叔，你什么时候教我这个？"李实道："当下如何？"又像是颇为感慨，自顾自叹道："即便是作耍，我这点儿花架子也不及师父十一，你们真该看看他如何把玩蹴鞠才对！"

来日晨间，李实先行一步前往虚怀谷，而陈歧和别有要事，也率领众弟子告辞而去。再一会儿，方丈着人来请，林微与无间也便还回少林寺。明净正和明灭觉尘在禅房内说话，看到他们，一起迎了出来，待各自就坐，他掂量一下才道："老衲有一不情之请。"无间道："师父明言就是。"明净道："三十二皇子的地图无论被傅长天得了去，还是被杨倾得了去，都不尽如人意，所以依老衲之见，与其坐等，不如你我也有所动作。二位和社稷神鹿有缘，占得不少先机，如果愿意用些心思，不见得找不到那些宝物，若是真的大功告成，据为己有自然可以，付之一炬，也无不可，无论怎样，都会是一件消弭祸端的善事，只是不知二位意下如何？"林微笑道："这事凭的是造化，刻意为之不见得会有多少助益，不过老方丈既然说了，我们尽力就是。"无间转而问道："真的武功天下第一，又有什么好？"明净呵呵一笑，道："你拿这些来问佛门中人，可是错问了。"无间道:"师父是武林总盟主,难道还不是天下第一?"明净道:"人外有人,天外有天,老衲如何敢以第一自居?昨日你亲眼所见,华山派丁掌门的修为较我高出不少呢。"无间心痒难搔,却只能说道:"那个不算。"明净道:"老衲明明一败涂地,又怎能不算?"

无间挠挠头,又道:"那当今谁的武功最高?"明净道:"还是上一辈了,武林之中有四位奇人,所谓'北离南魅,一昇一明',你可曾听说过?"林微道:"你说的是虞念离、李天魅、莫禾昇和思明?"明净道:"不错,再之前百余年武林之中相对沉寂,然后便是他们四人横空出世,将武学推到了世人难以企及的高度。算下来莫禾昇或者还在人世,真要追究谁是天下第一,应当非他莫属。"无间道:"他是什么派?不是少林派?"明净道:"思明是少林弟子,他是九州派。"无间颇为惊讶,道:"他和李大哥是同一派?九州派居然有这等神通?那李天魅与虞念离又是何门何派?"明净道:"李天魅面若桃花,姣若洛神,世人多称她为'桃花仙子',而她也人如其名,出身玄都派,可虞念离究竟是何门何派,至今无人知晓。"无间愈发好奇,道:"这又是为何?"明净道:"若是你修为到了出神入化的境地,不想让人瞧出根底,总是做得到的。"长叹一声,又道:"李天魅一十七岁的时候孤身来过少林寺,与达摩院众僧切磋一十三场,完胜一十三场。"无间听得瞠目结舌,道:"那思明呢,他在哪里?"明净道:"他那时候功力尚未完全贯通,独自在笑忘峰修行,待后来声名鹊起,却又随着三十二皇子去了北疆,先师说他有心要会一会李天魅的,只可恨二人一生从未谋面。"无间想一想,又道:"那个李天魅,她会不会是吃了药或者使什么手段,欺世盗名?"明净颇为无奈地瞅他一眼,可不知为何,又来了些许兴致,从书架上取下一本经书,翻开来,里面竟夹着一张棋谱。他望一眼林微,道:"林姑娘天资聪颖,当世少有人及,再加上家学渊源,于黑白子一道应当颇为精通了?"

林微不置可否，接过棋谱看一眼，"咦？"一声，便再不说话了。无间道："这又是什么道理？"明净道："这张棋谱名为'离弦'，是当年李天魅离开少室山的时候专门留下的。她说少林寺后继无人，贻笑大方，我等不能胜她，是因为寺里没有人真的领会至高至尚的攻守之道；相同道理，也不会有人解得开这一局'离弦'。"无间道："这岂不是太小瞧人了？"明净苦笑一声，道："非也，非也，自那之后，'离弦'便成了少林寺的一块心病，这过去多少年了，历任方丈，数百高僧，在这一局棋上不知耗费多少心力，却始终一筹莫展！所以说，今日的少林寺，依然不见得能胜过十七岁的李天魅，而她不费吹灰之力，便拿捏住少林寺数代僧人的心神，即便仙逝多年，情形依然如此，桃花仙子之为桃花仙子，你可多少有些见识了？"无间像是颇为敬服，想一想，却又问道："会不会这局棋根本就没有解？"明净转而望向林微，道："依林姑娘之见呢？"林微有些神不守舍，却又有些沮丧，道："不会无解。"无间道："那当年李天魅便是当之无愧的天下第一？"明净呵呵一笑，道："她与虞念离论剑，连输数阵。"无间愈发欲罢不能，道："那个虞念离会不会吃了药或者使什么手段，欺世盗名？"

　　明净不由得失笑，林微却接过话来，道："那一年重阳节的时候，他们在华山又比一场，桃仙子心高气傲，打不过便自己寻死，自玉女峰一跃而下，谁承想鬼使神差，这样她都活了下来。自那以后，事情便有些说不清道不明了，转年二人琼花岛再比，三十招上，她断虞念离左肋三根肋骨，六十招上，又断对方右臂，到一百招左右，接连三掌，全中心口，便将人给打死了。"无间"啊"了一声，道："他们这些神仙一样的人物，偏就这样不可理喻。"林微笑道："不可理喻么？若问我，儿女性情，尚可理喻。"无间有些糊涂，道："哪里来的儿女性情？恨成这样，还做得了冤家？"林微道："可不么，人死了，李天魅也才明白喜欢人家喜欢得要命，之后便失了心性，无所事事，只好杀人玩儿。"无间眼睛瞪得浑圆，道：“她喜欢人家，她倒不知道？”林微笑道：“你喜欢殷姑娘不？”无间一愣，道：“你莫要打岔，不过——因为这个，便大开杀戒？”林微道：“要么说是个大魔头呢，而且她杀人，不是说杀一个两个，而是来了兴致，会将一派上上下下尽皆屠灭，所以江湖之上有一阵子人人自危，一提桃花仙子的大名，便吓得浑身发抖。”无间道：“那后来呢？”林微道：“没有后来，她杀得腻了，销声匿迹，再没有人知道去了哪里。”

这时她转而望望明净，道：“有人说琼花岛一战，虞念离其实没有死，命悬一线，最终还是被她救了回来，可是真的？”明净道：“据老衲所知，还真是如此，之后二人归隐海棠山落英峰，过了一段神仙眷属一般的日子，而李天魅大开杀戒，还是因为虞念离不辞而别，令她伤心欲绝，才会迁怒天下。”林微道：“人说虞念离还有一位红颜知己，是不是也是真的？”明净呵呵一笑，道：“再说下去便有齐东野语之嫌，不说也罢。”林微冲无间摆摆手，道：“你师父不让说了，你老打岔儿，日后我再给你讲故事罢。”

她继而直入正题，道：“方丈大师，少林寺随皇子北上的人只有思明？”明净道：“不错。”林微道：“他也回了中原？”明净道：“正是。”林微道：“十二名随从当中他排行第七？”明净一怔，道：“老衲不知，此话又从何说起？”林微道：“我们在骆家祖坟见到骆建安的铁骨扇，扇面上画的是少林寺，还写什么'即从弱云涂鸦七弟乡愁之境'，少林寺只能是少林和尚的乡愁之境，所以我猜思明排行第七。”明净道：“言之有理。”林微道：“当年武当派随行的道士叫作行易？”明净点点头，道：“不错，他写得一手好字，画得一手好画，我猜着那扇面该是他的手笔。”林微道：“后来呢，思明回到中原，后来又怎样？”明净道：“他们六个人分六路各自回来，而思明是最后一个，不过，他在少林寺只住了三个月，便外出云游，从此踪影全无。”林微道：“这样说，他死没死，又死在哪里，你也不知道？”明净摇摇头，道：“他走后四十多年，才写了一封信回来,意思是他罪孽深重,不配再回少林寺,客死荒岛,也算是一个不错的结局。"林微心下一动,道:"信是写给谁的?"明净道:"我师父思慎,当年他们二人情同手足,却结局迥异,也是让人不胜唏嘘的事情。"说着话站起身来,道:"随我来。"

众人随他进了卧房,禅床之上挨墙角有厚厚的几摞经书,明净道:"来世间虚妄里走一遭,最难的是了然无痕,师父圆寂的时候,身旁空无一物,只有一卷他手书的《金刚经》,老衲从那时起便将它留在身边,不时地诵读,弹指数十年了。"说着话自枕边捡起一本经书,翻一翻,再转身,神情却变得甚是迷惑。觉尘道:"师父,怎么了?"明净道:"不见了,思明写来的那封信一直夹在卷经之中,为何不见了?"林微道:"信上写些什么?"明净一字一句诵道:"思慎师弟,汝见此信时候,吾当已圆寂多时。吾身入空门,却贪恋尘缘,难化心中戾气,不能戒杀,不能戒盗,终与佛法擦肩而过。师弟尽可将吾除名,冥冥之中,可洗刷几多少林清誉,于垂死之人,实为又一层慰藉——"稍作停顿,似是尽力回忆,林微却接口诵道:"天净沙白,樱花满山,葬身此间,但求莫污了这一隅海岛。因果报应,嘿嘿,此生得脱,又何必再修来世!"

明净身子大震,颤声道:"林姑娘,你——?"林微道:"老方丈,有些事情恕我不能如实相告,不过这封信现今在神农谷。"明净愈发不明所以,道:"这话又从何说起?"林微道:"杨倾有慧通在这里,傅长天自然也会有人在这里,而且这也就对了,有人去天山,有人去骆家,有人来少林寺,他这一盘棋的确大得很。"明净双眉紧锁,过了半晌才又说道:"阿弥陀佛,失察之罪,老衲还真的甘愿受领。"无间道:"师父卧房也任人进出自由?"明净道:"少林寺无防人之心,房门从不落锁,自然进出自由。"林微道:"谁还知道有这样一封信?"明净道:"这事情日常无人提起,可也算不得什么秘密,无心的明字辈弟子不见得知道,有心的慧字辈弟子不见得不知道,老衲也说不清的。"

林微转而道:"思明的佛学修为是不是也不怎么样?"明净淡淡一笑,转头望一眼明灭,道:"不错,信中所言也算不得自谦,师父说他唯有习武的时候才如琢如磨,物我两忘,而一旦论及佛学,便不见半点灵性,常常因为悟不透一些普通道理,被罚面壁思过。此外他能咏善歌,恃才傲物,所以师父说他来少林寺出家,或者一开始便是错的。"叹一口气,又道:"有名无名,惠誉清誉,本是一场空,而他到头来还惦记着少林寺的名声,想来也不曾真的解脱。"林微道:"'不能戒杀,不能戒盗',又是何指?"明净道:"幼年时候他父母为人所杀,他孤苦无依,才来少林寺做了一名僧人。佛门最忌冤冤相报,可他念念不忘父母之仇,我猜离开少林寺之后,想杀的人他还是杀了,所以暮年才会忏悔不已。"无间道:"你可见过他真人?"明净道:"有过数面之缘,却一句话也不曾说过,我知道这些还都是因为先师时常提起;他二人虽则要好,却又如同一物的两面,一位好动,一位好静,一位张扬,一位淡定,思明是少林寺数百年来武学上造诣最高的一个,我师父却是佛学上的一代高僧。"无间道:"那块地图,会不会就在寺里?"明净道:"师父从不曾说起过,我也就不得而知,不过偌大一座寺院,置于塔林一隅,佛堂一角,或者藏经阁的书页之间,百年来众僧无缘得见,也算不得意外,二位若是有意,尽可以在四处找一找,不必忌讳。"

　　林微倒也不客气,点头称是,觉尘便带着他们出了门儿。寺里寺外走走看看,无间无所用心,而林微似乎也纯粹为着消遣,问的话大多毫不相干。过午时分,进来藏经阁,阁内没有多少僧人,一片幽静,沿墙是一排又一排的书架,摆满佛经卷册,有点浩如烟海的意味。无间伸伸舌头,道:"你这要从哪里找起?"林微却分明来了兴致,一面翻看,一面问道:"思明最擅长的武功是什么?"觉尘道:"拈花指,无相掌和般若掌。"无间道:"很不得了么?"觉尘道:"无相掌和般若掌均非同小可,过去这么多年,寺里身兼两大神功的就他一个,不过论境界,拈花指艰深之至,更胜一筹。"他若有所思，跟着叹一口气，又道："那指法我早先试着读过几页，心灰得很，唉，天资有限，勤学苦练是弥补不来的。"

"拈花指"的经卷并不难找，而且不止一册，寺里每一本经书维系十册副本，但凡某一本有所破损，藏经阁的僧人便会着人誊抄一本新的，同时烧掉旧的。觉尘道："虽说寺规禁止，但总有人喜欢在书页上写写画画，所以每次烧书之前，阁里会着人翻看一遍，真知灼见，或者前辈高僧的真迹手札，都会留下来的。"无间道："思明有没有信手涂鸦的恶习？"觉尘笑道："那个我可说不好，做这种事情的人又不会署上名字。"

林微翻开一本样子最为古旧的"拈花指"，内里却干干净净，不像有人动过，好在她并不着急，一册册找过来，不时还用心读上几页。傍晚时分，觉尘带他们进了顶楼禅房，墙角有一只竹筐，放着不少待烧的经书，有的缺角少页，有的像一蓬乱草，有的书页尚新，却被涂抹得一塌糊涂。林微坐下来翻一会儿，到了最后，筐底赫然现出一本《明空指》。那经书一看便是旧物，前面没有什么，最后一页的留白处却写道："妙哉妙哉，偌大少林寺，空空如也！"此外还有小诗一首，"身在佛门中，心头百丈冰。不入尘缘不临风，怎言皆是空"。

林微轻声念一遍，招手让无间过来，道："这可是思明的字迹？"无间瞅一眼便大摇其头，道："不是。"林微并不意外，却又若有所思，道："我倒瞅着它和骆建安画像里的那首题诗有三分相似。"继而冲觉尘道："这书上字迹老旧，少说也有几十年了，为何早不曾烧掉？"觉尘接过来翻翻，道："我等不会刻意去找破旧的经书，一般是弟子们看到了，交到这里由专人过目，再行处理。少林武学以内力为根基，朴拙威猛，明空指却是例外，有些故弄玄虚，属于偏门，修习它的人本来就少，再加上有十册副本，若说几十年甚至上百年没有人动过这一本，也算不得意外。"林微道："既然如此，这是谁交过来的，应该一问便知？"觉尘道："不用问，应该是慧清，他前些日子来罗汉堂，得明虚允准修习明空指，当时我也在场，你们稍等，我找他过来。"

他将经书递给无间，转身去了。经书开篇处写道："弹指空空，雅音淙淙，心意明明，刀剑弥形。"无间看在眼里，心下好奇，不由便读了几行，果然不差，那指法七分为虚，三分为实，耐人寻味之余，的确有刻意弄巧之嫌。他贯通天和掌法，于虚实之道最有心得，如此一目十行，不一会儿便翻了四五页。再接下来的经文之间多出一首不伦不类的歌诀，写道："一山四季半点星，四更茶，五更钟，七夕一望十年空，幽谷草正青，十二纵，十三横，四手一握泪两行。"不明所以，却又朗朗上口，他看在眼里，不知不觉便印在了心里。又过一会儿，屋外脚步声响，觉尘走了回来，他不好再看，合上经书，还放到桌上。

觉尘找好大一圈，不想慧清就在藏经阁二层。那里极为宽敞，摆着上百张书案，案上一盏油灯，案前一只蒲团，有二三十位僧人正在研读经书，鸦雀无声。觉尘唤慧清出来，道："是你送了明空指过来？"慧清道："正是，师父说过去二十年，我是唯一一个修习明空指的，他让我翻翻副本，若是有损毁的，交上去便好。架子上另外十本都干干净净，惟有那一本，不知让谁给扔到了《拈花指》的后面，我能看到，也是凑巧。"觉尘又问几句，却都没有什么紧要，便让他去了。林微撇撇嘴，还是有些不甘心，道："为何我总觉着那些字就是思明所写？什么空空如也，什么心头百丈冰，这等性情，你们少林寺又能有几个？"不等觉尘回话，无间先连连摆手，道："才不会，这与那封信里的字迹天差地远，你想什么呢？！"

要离开了，觉尘忽然又道："差点忘了，还有个地方你们还应该看一看。"大厅北面有一串儿隔间，每一间均有一丈见方，众僧参阅武学典籍，免不了要比画演练，而这些正是作此之用。走进东南角的一间，觉尘道："这里便是当年思明练功的地方。"他仍然感慨良多，长长透一口气，又道："他天资绝佳不假，可在武学上废寝忘食的程度，亦不是普通僧人所能想象。方丈说他在这里往往一待就是七日七夜，久而久之，寺里僧人知道了他的习惯，便刻意留出这间禅房，从不打扰。"林微看一圈光秃秃的四壁，并没有多少兴趣，轻声道："咱们走罢。"

回到明净那里，他先递上一封信，信是李实所书，字迹潦草，道："林姑娘，先师尸身几乎化为乌有，所余不过几块骨节碎片，你曾说骆澎坤尸身不腐，如此看来，可不尽相同。"信封里硬硬的，竟然夹着一片碎骨，骨片白中泛乌，又带一丝淡淡的紫色，看上去甚是诡异。无间接过去摩挲一会儿，又闻一闻，还是不太信服，道："怎么会？二人死后的情状可是一模一样。"而林微却话锋一转，道："三宝会究竟什么来头？"明净道："林姑娘何以有此一问？"林微道："武林大会之上，太阴使终究是从他们阵中走出来的，那一关李云阁过得也太容易了些。"明净道："他不似妄言之人，老衲还等他回话呢。"林微道："他果然会给你回话？"明净不置可否，转而道："三宝会在江南势力极大，论商道，会里有不少商人，论官道，与官府之间历来不清不楚，他们虽则出席武林大会，可并不受盟主调遣，而且一直不是很容易交道。"林微道："他们总舵主可是张双久？"明净道："不错，他深居简出，无为而治，即便是老衲，也从未谋面，会里主持日常事务的一位是李云阁，还有一位是一个叫作于奇的副总舵主，老衲倒见过，是个城府极深的人物。"林微道："那我们便走一趟江南好了，且看看他们究竟做些什么勾当。"

第二十三章
似曾相识

下了少室山,二人径往东南而行,这一路青山碧水,百花争妍,好一番姹紫嫣红,到了长江,又改走水路,租了一艘小舟顺流而下。江上船只来来往往,十有八九挂着一面紫旗,旗上有一只圆环,环内又分为三个间隔,内里各有粗线勾勒的一只陶俑,一头耕犁和一座石山,旗子下方则无一例外地写着"三宝行船"四个小字。到了建康,温婉香艳的江南景致也正值佳处,秦淮河上清波溶溶,河畔芳草迢迢一碧,再点缀以凤楼龙阁与袅袅不绝的丝竹之声,正可谓人间天上。林微在江边小伫,心中的江南是那样一副情形,眼前的江南却是这样一副情形,再想起落雪山庄,也便有些恍若隔世的意味。无间心下戚戚,走上前拥她在怀里抱了一抱,林微拍拍他的胸脯,道:"你好像也不全是没心没肺。"无间道:"那是因为你与众不同。"林微伸手推他一把,道:"你的殷姑娘才与众不同。"无间笑道:"在愁杀荡,你我可私定终身了!"林微不由得也笑了起来,心思转换,道:"你可知道今天是端午节?"无间道:"怪不得街上这么多人。"过了片刻,又恍然大悟一样,道:"会不会有赛龙舟的?"

向北走出一段,江面上果然有龙舟出现,锣鼓之声越来越响,人也越来越多。再行不远便到了闻名遐迩的"水月楼",那酒楼修在长江与秦淮河夹隙之间,画栋雕梁,飞檐斗拱,而且高得鹤立鸡群,宾客推杯换盏的同时又可左顾右盼,望尽江上一舟一楫,久而久之,也便成了建康城独一无二的览胜之处。当此情景,这里自然是看龙舟的绝佳去处,早早的便已经座无虚席。

无间探头瞅一眼,那小二却翻好大一个白眼,道:"看什么看!"无间来了兴致,道:"一座酒楼而已,怎么就看不得了?"那小二道:"我这里平日里只招待有钱的,今日这等风物,只招待极有钱的!你这副穷酸模样,想都不要想。"无间半点不气恼,道:"怎样才算有钱?怎样又才算极有钱?"那小二指指自己的眼睛,道:"我这里看着顺溜了,便是有钱。"他又指指心口,"这里看着也顺溜,便是极有钱。"无间不由得哈哈大笑,道:"你这等走狗,是走眼的时候多些,还是走心的时候多些?"那小二勃然大怒,道:"滚滚滚,我哪里有工夫和你在这里嚼舌头!"

无间偏偏不走,问道:"里面还有没有空座?"那小二伸开五指,道:"且不说酒菜,想上楼,先要交这个数。"无间道:"五钱银子?"那小二笑得冷气汹涌,道:"五两!"无间便去怀里掏一掏,左一块右一块全是碎银子,凑起来满满一捧,差不多十两有余。林微一直一声不响地听着,这会儿扑哧一声笑了起来,那小二瞅一眼,心下一跳,这看着全不搭界的两位难不成是一伙的?若真是这样,这黑不溜秋的臭小子该是这位大小姐的随从?他忽然间便有些后怕,收敛不少,道:"有钱就好,有钱就好,坐在我们这里看龙舟,再辅以清茶好酒、珍馐美味,可是想买都买不来的滋味呢。"

上到顶楼,迎面是一面八扇的折叠屏风,绘的是秦淮街景,连绵的楼阁店铺,不尽的芸芸众生,一个个惟妙惟肖,教人几乎能听到其中的市声。四壁挂有好多字画,多为官宦子弟的手笔,却还夹杂着几幅上乘之作。空座没剩下多少,不过一切井然有序,不似楼下那般乱哄哄的。二人窗边坐了,又一位小二端上两杯碧螺春,在边上垂手站着,专供差遣。望望窗外,林微不由得喝一声彩,长江自北面恣肆而来,浩浩汤汤,秦淮河则从南面蜿蜒而至,娉婷旖旎,两者凑在一处,真是壮阔亦柔媚,无情也多情。

大江之上并排泊有三十余艘龙舟,其中十三艘均为红色,挂三宝会紫旗,其余却不尽相同,旗帜也五花八门。有四条长索横跨江面,由近及远,分别挂着蓝旗红旗黄旗和紫旗。江岸上人声鼎沸,密密麻麻站了何止万人。那小二略作讲解,赛龙舟原本只是三宝会帮内的盛事,十二个分舵各出一艘,再加上总舵,一共一十三艘,后来看的人越来越多,声势越来越大,便有些帮派、大户人家,甚至是官府衙门来凑热闹,三宝会图个喜兴,并无不可,于是龙舟也便一年年多了起来。会内所用的桨手多为有些内力的江湖汉子,再加上训练有素,胜出并不意外,而究竟哪个分舵夺魁,才是悬念所在。此外,普通赛龙舟只看谁划得更快,谁先到达终点。此处却又有许多讲究,龙舟自挂蓝旗的长索处出发,一过红旗便可以相互干扰争斗,过黄旗之后又须各自约束,而率先过紫旗者便是赢家,相应的,每一艘龙舟上有二十四人,除了十对桨手、一位领桨、一位鼓手和一位舵手之外,另设一位护旗。这些护旗大多功夫不弱,心思机敏,种种你争我夺、尔虞我诈之事多在他们之间展开,而三宝龙舟引人入胜之处正在于此。

不多时那些龙舟依着蓝旗排开,各就各位,猛不丁的一声锣响,龙舟之上随即鼓声大作,持续一阵子,再一声锣响,众桨手齐声呐喊,诸龙舟也便箭一般地窜了出来。岸上众人欢呼雀跃,响彻云霄,震得人耳朵几乎要聋了。三宝会龙舟果然不同凡响,转眼的工夫便领先不少,而中间三艘又尤为迅捷,齐头并进,互不相让。居左的一艘属江南分舵,除了三宝会紫旗之外还挂一面青色的三角旗,桨手亦全是青衣,居中一艘属淮南分舵,挂红旗,均着红衣,居右的则属荆湖分舵,挂黄旗,着黄衣。那小二一面指点,一面说道:"这三个分舵都依着长江,最会弄舟,往年夺魁的差不多总是他们。"

三艘龙舟转眼间便过了红旗长索,而淮南分舵鼓点越赶越快,渐渐领先了半个船身。岸上百姓有所期待,哄闹之声更一浪高过一浪。再一瞬,右首荆湖分舵的黄衣护旗忽然飞身而起,使一招"泰山压顶",拍向淮南龙舟的舵手。淮南护旗跨上迎敌,双掌反转,使一招"徒手托天",将人打横里推了出去。荆湖护旗眼看要落入江中,自家两位桨手伸桨在他脚下一垫,人便借力又扑了回来。他身在两只龙舟之间,看似无可着落,可每踏出一步,必有一位桨手伸出木桨以供垫足,这一番协作天衣无缝,玄到极处,却也稳妥到了极处。这样翻翻滚滚斗了片刻,淮南龙舟没受多少阻碍,荆湖桨手却一心二用,渐渐落下得更多。居左的江南护旗当机立断,清啸一声,飞身抓向淮南龙舟的鼓手,同在船头的淮南领桨伸桨绊他足下,他则身子一缩,几乎要撞入江中了,又伸展猿臂,搭在船舷上兜回来踢出一脚。淮南领桨与鼓手受他纠缠,有些手忙脚乱,右舷首桨跟着大喝一声,啜起嘴唇吹开了哨子。那哨音在一片喧闹声中清晰可辨,一高一低,一长一短,代替了鼓声,引领桨手,奋勇向前。

又斗片刻,淮南护旗大吼一声,连劈三掌,荆湖护旗脚下不着实地,不敢硬接,往高空里跃去。淮南护旗身法一变,单手在船舷上一按,使出"无影脚"的功夫,接连踢倒数位荆湖分舵的桨手,荆湖护旗忽然再没有落脚之处,变招不及,"扑通"一声掉进了水里,荆湖龙舟随之一片大乱,瞬间被抛在了后面。淮南护旗继而一跃而起,挥掌拍向船头的江南护旗,江南护旗以一敌三,未出三招,便被扔了出来,砰的一声摔落自家船头,带着数位桨手一并跌进了江里。江南龙舟顷刻失速,斜刺里直撞了出去。

淮南护旗立在船头,哈哈大笑,可笑没两声,便又哑了下来;另有一只龙舟不知何时贴着南岸掩上来,这时候竟领先了近半个船身。那龙舟通体乌黑,众桨手均着白衣,而船头一面猎猎招展的白旗更是十分刺眼，再一瞬，领桨手上一扬，一面黑色的布幅吃饱了风，啪的一下展开了；布幅之上五个白色的大字，"莫怀刑冤死"，泼剌剌触目惊心。淮南护旗不由得大惊失色，这些人别有用心，再由得他们胜出，三宝会又颜面何在？他一跃而起，踩着一干龙舟横跨江面，天神一般落上对方船头，可黑船之上众人分明无意争斗，不等他站定，便一起停了桨。淮南护旗稍一犹豫，才挥出一掌，将那面布幅扫了下来。

淮南龙舟风一般赶超过去，越过黄旗长索，直奔终点，再无悬念，而与此同时，数十艘小船围住那艘黑龙舟，引着它往岔道上行去。江面上依旧锣鼓喧天，可不少人的心思都给拿捏住了，呐喊声里也多出一层心不在焉。无间原本便是看热闹来的，这会儿好似得了便宜，问道："莫怀刑是谁？"那小二道："三宝会两浙分舵的副舵主。"无间道："这冤死又是怎么一回事？"那小二道："前些日子他和莫夫人忽然间便没了踪影，众人觉着蹊跷，问到分舵舵主张寿年那里，张寿年起初吞吞吐吐，一直不肯给个像样的交代，可转过天来，却又说他为三宝会捐躯了。莫怀刑平日里甚得人心，他那些兄弟们连尸首都没见到，又如何肯罢休？吵着要查，可张寿年硬是给按下来不说，还将他们统统逐出了三宝会；叫我猜，今日黑龙舟上闹事的，八成就是这些人。"林微道："你为何知道得这般清楚？"那小二嘿嘿一笑，道："水月楼最多流言蜚语，话往耳朵里钻，不想听都没有办法。"林微道："那依着你的耳朵，莫怀刑又是怎么死的？"那小二道："我可以说，你可不能当真才行。"他压低些声音，又道："莫副舵主虽则在江湖上没有多大的名声，可为人低调和气，又有才能，大伙都敬重得不得了，而张寿年是个粗人，肚子里没什么计较，每日里就知道喝酒吃肉，人说他二位一直不是很合契，还说总舵有意要拿掉张寿年，让莫怀刑取而代之——"左右望望，便有些不敢往下说了。林微道："莫非是张舵主先下手为强？"那小二不住点头，道："是有人这么说，所以我猜着，这些闹事的人是趁

无间传　315

这当口,要将事情捅到总舵那里。"

二人吃饱喝足,结了饭钱,给了赏钱,也剩不下几文了,无间有些忐忑,林微却全无挂心,走走看看,依旧消遣。到了薄暮时分,她街边摊上一坐,又要两杯大碗茶喝了起来。无间有些后悔平日里大手大脚,这会儿遍翻口袋,开始算计银钱。过不一会儿,一队人马肩挑背扛着大大小小的礼盒,匆匆而过,林微眼前一亮,拉一把无间便跟了上去。这一路走街串巷,直到所谓的"周府"门口才停下来,那些送礼的和侍卫交代几句,一名家丁便引着他们进了门,林微却也毫不犹豫,大踏步还往里走。那侍卫喝一声,"干什么的?!"林微一指前面,道:"礼单错了一点,这都追一路了!"那侍卫一怔,居然并无怀疑,挥挥手便让他们进去了。

又走出十余丈,无间还是不能相信,道:"这些侍卫是不是也忒糊涂了些?"林微道:"他们防心虚的,不防胆大的。"无间道:"咱们来这里做什么?"林微笑道:"劫富济贫啊。"二人追着那几位的背影又走好一会儿,沿途撞上几个家丁,可他们连眼皮也不曾翻一下,无间便又开始唏嘘,道:"这周府像个大户人家,怎么这等松散?"林微道:"管闲事也要胆子呢。"

那些人进了一间屋子,他们也便闪身到了窗下的黑影里;说话声清晰可闻,是有人拿着礼单正一样一样的与实物核对,听话音,其中一位是周府的账房,被称为"祁老爷子",那引路的原来是他的儿子,唤作祁豹。核对完了,客套几句,祁家父子说要送一程,便一起出了门。林微看他们去得远了,大大方方站起身,径直走了进去。无间一颗心怦怦乱跳,道:"你可不要乱来。"林微道:"你木头脑袋,在我边上站桩就好,一句话也不要说。"她灯前一坐,开始翻看案上的账本,不多时脚步声响,祁家父子走进门来,不由大吃一惊,喝道:"什么人?!"

林微头也不抬,压着嗓子道:"周大人让我来查几笔账,正等你们呢。"祁老儿仍然将信将疑,却还是客气许多,道:"我可从来没有见过二位。"林微冷冷地道:"没见过就对了,否则的话,哪里还由得你再进周家的门!"手指翻动纸页,弄得沙沙作响,那老儿像是被拿捏住了,不自在到了极点。祁豹双眼一瞪,想上前理论,老儿却拉住他,转身关上房门,问道:"敢问周大人要查什么账?"林微道:"周府过去这三个月收的黄金白银,他让我和礼单核对一下,弄个明细出来。"祁老儿像是打个哆嗦,道:"这个周大人直接找我不就成了,何必要劳烦两位?"林微道:"你问我?你怎么不去问他?"说着拎起账本,啪地一下甩到祁老儿脚下,道:"还是你自己说吧,我也省点事,若是心情好一些,说不定会放你一马。"

祁老儿再也没法故作镇定,双腿抖得筛糠一样,"扑通"一声跪倒在地,道:"还请姑娘明示!"祁豹上下瞅瞅,脸色发白,跟着也跪了下来。无间立在边上,本来有些手足无措,这会儿好奇之余,看开了热闹。林微不紧不慢地道:"官商这些事儿,礼金一送一收之间,大有文章,说送礼的心虚,可收礼的其实也心虚,按说这些便不该拿到明面上,可偏就有这么一位,问周大人他那几百几千两礼金的下落,周老爷没有什么印象,却越想越觉着不对,才要我来查查。"她面上一寒,又道:"祁老爷子,这账本里的文章可是做得很足哪!"祁老儿磕头如捣蒜,道:"我一辈子兢兢业业,也没攒下什么,这不要告老了,想弄些养老钱,才会做出这等糊涂事,还请姑娘网开一面,网开一面呢!"

他一面说,一面哭,眼泪鼻涕流了一脸。林微淡淡地道:"你也是个老账房了,你说该怎么办吧?"祁老儿何等机灵,听见这话先偷偷瞅她一眼,继而从怀里摸出一张纸,双手呈了上来。林微接过来一瞥,转手递给无间,道:"看你这么老了,又是初犯,饶你一次,下不为例。"祁老头是一副喜不自胜的样子,又磕两个头,道:"不敢了,可再也不敢了。"林微道:"那我该如何回复周大人才对?"祁老儿嘿嘿一笑,道:"这个简单,这个老儿有数。"接着猫着腰走到桌边,从一摞纸下面又摸出一叠账本,道:"姑娘拿这个给周大人过目就成，万无一失，万无一失。"林微翻了翻，随即站起身来，祁豹赶紧开了门，垂手而立，目送他们而去。

落在无间手里的是一张五百两的银票，他兀自不能相信这是真的，就着墙头的灯笼，一面打量，一面问道："这位周大人到底是谁，来头好像大得很哩。"林微道："我也这样想，那些礼单动则数千两银子，否则祁老儿小小一位账房，又怎敢随手抽一张五百两的银票据为己有？"说话间又有脚步声响起，一行人匆匆赶了过来，其中两位抬着一块木板，上面还躺着一位，像是受了伤，而白花花的一团，正是日间黑龙舟上那些人的打扮。林微说不上是好奇还是不安，转身便又跟了上去；那些人转几个弯，拍门进了一间大院，林微四面望望，便和无间一起上了墙头。厢房开着门，灯火通明，一位白衣公子正俯身查看木板上受伤的那位，口中则轻声唤道："小丁子，小丁子。"

小丁子受伤极重，一团又一团的血迹在白衣服上显得尤其刺眼。他身边一位瘦子叹一口气，道："他脚筋被挑断了，疼痛难当，我刚给他服了些麻药，可能还要睡一会儿。"那公子道："怎么说都是三宝会的人，他们居然不留半点情面！"他身边一位蓝袍书生转而问道："你们是如何找到他的？"那瘦子道："龙舟上二十几个人都在江边呢，其他人断了腿骨，唯有小丁子断了脚筋，那断骨的还能接续，断筋的可要终生残废了。"那书生道："在总舵那些人看来，他是挑头的一个？"那瘦子道："不错——"似乎知道那书生究竟何指，又道："他只说他们从前都是莫副舵主的手下，走投无路，才借此机会喊冤，这在情理上完全说得过去，是以总舵那边也没再多问什么。"那公子颇为释然，可是嘴上却道："都是我不好，一念之差，酿成这等大祸。"那瘦子赶紧说道："周公子千万不必太过自责，大伙儿都知道会有这一天，这不早就豁出去了么。"

那书生似乎还想问些什么，斟酌一下，又闭了口。那瘦子道："杨师爷不用担心，我们万分小心，绕城走了好一大圈才回来这里，没有人跟踪的。"这时小丁子醒了过来，看样子想起身行礼，却又动弹不得，那公子手搭在他肩膀上，安慰了几句，而那书生又道："处置你们的果然是总舵的人？"小丁子神色变得极为沮丧，道："还都是两浙分舵的人，挑我脚筋的是张寿年的亲信李大奎。"

周公子差人将小丁子抬了下去，那瘦子才又问道："你我这一计是成了，还是败了？"那书生道："现在下结论为时尚早，不过事情既然闹大了，若莫怀刑果然系张寿年所害，总舵肯定不会放过他的。"周公子似乎有些心神不属，过好一会儿，才又问道：道："冯大哥，莫姑娘现今怎样？"那瘦子摇摇头，道："不好，非常不好，世态炎凉，她爹爹一死，莫府就冷清许多，如今又有这些传言，好多人对她便有些避之不及。"周公子道："那你去过莫府？"那瘦子道："昨日午后我还陪她说过几句话，她看上去还算平静，只是憔悴得很，眼睛红红的，私下里不定哭成什么样子。"他叹一口气，又道："不足二八的姑娘，父母就这样没了，又该如何生受？"周公子真心不忍，颤声道："那她又作何打算？"那瘦子道："她爹爹一死，家也就散了，只有一个老仆和一个贴身丫鬟留了下来，莫府偌大一座宅子，她也无心再住下去，想搬到城外，我去的时候，她正收拾家当，啊，对了，她说她要去一趟福建龙泉。"周公子道："龙泉？去那里做什么？"那瘦子道："她没说，我自然也不好意思追着问。不过那个老仆是黎叔，莫副舵主的贴身侍卫，有他在，应该不会有什么闪失。"

周公子仍然怅然若失，呆呆的，不知道在想些什么，林微却再没有听下去的兴趣，和无间悄悄溜了出来。她像是多了些心事，闷闷不乐一整晚，再转天置办了两身男僮的衣饰，和无间穿戴起来，一大早便跑去水月楼，还找那小二打探。原来周家殷实百年，是建康府富甲一方的商人，抗金的时候祖上出钱出力，得皇上赐了一个可以世袭的四品名分，当今的周大人叫作周保泰，是个在商界官场都四通八达的人物，周公子乃是他的独子，叫作周案玉，而那位莫

无间传　319

姑娘叫作莫彤裳，是莫怀刑的独生千金，也是一位远近闻名的美人儿。林微一边听他说话，一面又可劲儿加些油腻的菜肴，弄得肉香氤氲，却又一口都不肯吃。那小二嘴长胆大，忽然眯起眼睛开始打量她，道："还别说，你和莫小姐有三分相像呢！"

出来酒楼，直奔莫府，无间好生糊涂，道："去那里做什么？"林微道："我要瞧一瞧这位远近闻名的莫姑娘。"无间道："若是我猜得不错，她该是那个周公子的意中人了？"林微道："木头脑袋，这也要猜。"无间道："那位周公子文采风流，想来这位莫姑娘也该风华绝代？"念头乱转，又道："江南公子便是这副德行，可对你的胃口？"林微转过身在他脸上轻拍一掌，道："你本无心，便本本分分做个无心之人。"无间道："我虽说无心，你那点小心思不见得瞧不出来。"继而扯着林微的袖子闻一闻，道："一身酒肉之气，会不会唐突佳人？"林微扑哧一笑，却将那僮仆的小帽往头上一扣，道："就要这样。"

莫府门面不大，只挂着巴掌大小的一块门牌，院门紧闭，高墙肃立，在闹市之间圈起一方泾渭分明的冷清。林微道："这回我做你的跟班，待会儿敲开门，就说是周公子派来帮忙的就成。"无间心下没底，却也无所忌惮，伸手便拉了拉门环。过不一会儿，那门"吱呀"一声开了半扇，一位头发灰白的老头儿探出半个身子，道："二位有何贵干？"无间猜着他便是黎叔了，赶紧行个礼，道："周公子差遣我们来打个下手。"黎叔道："是周案玉？"无间道："正是。"黎叔道："你们是周府的人？我怎么从来没有见过？"无间道："周府那么大，你谁都见过才奇了怪了。"黎叔一怔的工夫，他又灵光一闪，补上一句，"冯大哥昨日里来过，说莫姑娘要搬去别的宅子，周公子说她应该需要人手，就派我们来了。"黎叔"哦"一声，神情放松不少，道："那你们进来吧。"

穿过厅堂，直接进到后院，正房里面散放着几只柜子，都开着盖儿，两位姑娘正在收拾细软器具。那小姐模样的一位瓜子脸儿,黛眉弯弯,眼睛极大,温婉里带几分落寞,果然是个少见的美人儿,而无间"嘿"一声,不由便瞪大眼睛去瞅林微。黎叔稍作交代,莫彤裳是一副受了触动的样子,冲无间点点头,道:"那先谢过你家公子了。"无间道:"他让我们来做些力气活,莫小姐尽管吩咐就是。"莫彤裳道:"不过是收拾一些字画书籍,算不得什么力气活。"

四壁之上挂着的许多字画已经被取了下来,留下一块块淡淡的痕迹,仅余的几幅不像是名家手笔,境界上却别有一层温适疏朗。院子里另有不少盆栽花卉,也布置得别有匠心,尤其是沿墙一排绿油油的竹子,让那些无绪的风也多出些轮廓。几个人各忙各的,没有谁说话,无间数次打量林微,她总低着头,竟然真的在一心一意地整理书籍。日暮时分,看看差不多了,莫彤裳站起身,取出一小块银子递给无间,道:"有劳二位了,这点银钱,你们买点酒喝。"无间也不客气,老实接过来,这就要走,莫彤裳犹豫一下,低低道一声"等一等",脸上却蓦地起来一层红晕。她从脚边的柜子里取出一支卷轴,道:"麻烦你们将这个交给周公子。"无间接过来,挠挠头,莫彤裳却更显局促,道:"周公子素爱丹青,这卷轴是我爹爹收藏的一幅旧画,送给他,聊表我感激之情。"

出来莫府,林微若有所思,是一副格外怅惘的样子。无间道:"这位莫姑娘和那个周公子彼此有意,为何却这般扭扭捏捏的?"林微道:"才子佳人,当然要扭扭捏捏。"无间掂一掂手里的卷轴,道:"这画又怎么送给周公子?"继而又回过味来,道:"要送么?"林微道:"不送不好,可怜莫姑娘了。"说着话解开丝线,展开画轴,身子却猛地一震,一霎时脸色煞白,眼泪便流了下来。无间吓一大跳,伸头瞅一眼,却也惊得几乎一跤跌倒。画里远处是层层叠叠的雪山,近处则是一汪潭水,潭水上方另有一挂平滑的流水,一轮圆月斜倚天际,映在流水之上,复又投射在水潭之内,一切清泠剔透,可又透着一层别样的雄奇,且不说画工好坏,只这三月辉映的景象便是说不尽的鬼斧神工；无间心怀激荡，大声说道："这难道不是玉烟泉？"

画中景象正当隆冬，正因为此，瀑布平滑如织，镜子一般，也才会出现这等景象，而他们在揽月峰的时候是夏日光景，水流激越，反倒与此无缘了。画面右上角另有一首题诗，言道："揽月且行乐，谁为座上客？谓我唐突者，影对月与月。"落款处写的则是"隆冬日闲妄描陈年梦境"。无间一字一句读下来，脑袋晃得如同拨浪鼓一般，道："这首诗难道不是你爹爹所作？"林微道："我一直以为是他所作。"无间道："那这画会不会是他所画？"林微道："此画一等一的高明，可爹爹不擅丹青。"叹一口气，又道："果然不差，他当年去揽月峰的时候，有个伴儿。"

无间"嗯？"了一声，道："你怎知道？"林微道："你可记得他临终前说过的话？'那峰骨骼清奇，四季青碧，山腰处有一袭瀑布，一汪清泉，明月当空时候，水月辉映，恍如仙境，美不胜收。当年我等在冰寒山水之间游走，见过种种绝世美景，但此峰冠绝所有'。"无间道："那又怎样？"林微道："他说的不是'我'，是'我等'。"无间皱着眉头道："会不会是你听错了？"林微道："我一直以为我听错了。"无间道："那这画该是那人所画？"林微神色木然，却还是点了点头，无间道："我们还去莫姑娘那里，岂不一问便知？"林微这回却摇摇头，道："她一无所知。"继而苦笑一声，又道："但凡稍微明白一些，也不至于将这个送人，我算不得懂画，可这一幅再明白不过，乃是登峰造极、价值连城的稀世之作。"无间低呼一声，道："真的？"林微若罔闻，转而道："这也没有什么不好，又有什么不是身外之物？"可神情里又多出些游离，续道："可这画若是她爹爹的手迹呢？"

回到客栈，林微在画前整整坐了一宿，第二日一早，先去周府，还是让侍卫将画送了进去。林微更显恍惚，漫无目的地走一阵子，再抬头，到了一个叫作"茶画相如"的地方。那店横匾上另有两行小字,"茶香如画,只是丹青难描;画意如茶,未教玉川能调"。林微一字一句地看好一会儿,似乎才明白过来,想一想,抬腿走了进去。

那里既是一家画馆,亦是一家茶馆,馆内四壁挂的全都是画,南面还有一方台子,也是专供人讲画之用。二人在门边不远处落坐,要一壶清茶,开始听那些闲人高谈阔论临安城的什么欧阳公子。过不一会儿,门帘一响,一位高瘦的书生走了进来,肋下夹着两支卷轴,行色匆匆,抬头看一圈,转而问那小二:"周公子呢?不是每月逢七他都来这里么?"那小二道:"今日还没见他的影子,我家掌柜也奇怪呢。"那书生想一想,掉头便往外走,这时宾客之中忽然有人叫道:"梁明清,你这是什么意思?"

那书生肩膀一垂,冲着门外轻轻叹一口气,才缓缓转过身来,冲说话的那位行了一礼,道:"方公子居然在?我是路过,匆匆忙忙进来瞧一眼……"那方公子一身黄袍,跷着二郎腿,松松垮垮地坐在太师椅上,不等对方说完,便摆摆手,道:"你肋下夹的是什么?"梁明清道:"没什么,两幅旧画而已。"方公子道:"我想看看。"梁明清道:"羞于示人,不敢让公子过目。"方公子道:"你不让看,还是看不上我?"梁明清躬身道:"岂敢,岂敢。"

他闭目站一会儿,按下满腔的不情愿,走到台前,展开其中一支卷轴,挂在了身后墙上。画里是一株牡丹,色彩绚烂,娇艳欲滴,座中有人高声称赞,叫道:"你这画卖不卖?"梁明清迟疑一下,道:"卖得,有好价钱当然卖得。"几个人随即站起身来,走到台上细细观赏,进而问道:"多少钱是好价钱?"梁明清道:"不低于五十两。"叹一口气,又道:"这是我的得意之作,本打算一直留着,可是世道多艰,偏遇不测,急需银子,只能割爱。"座中一位老者点点头,道:"我看这幅画一百两也值得。"梁明清冲那人拱一拱手,道:"多谢老杜褒奖。"方公子这会儿咳一声,阴阳怪气地道:"慢着,要我说,你这幅画也就值二十两银子。"

馆内一下子安静下来，众人相互瞅瞅，却再不敢说些什么。梁明清似乎早就料到会是这种情形，低头站一会儿，终于还是不甘心，大声问道："公子何出此言？"方公子道："你这画看似可以乱真，却浓墨重彩，失了意境，本就不值几个钱。"梁明清道："依方公子之见，这意境该如何描摹才对？"方公子嗤地一笑，道："你有此一问，就足见你修为不够，意境只可意会，又怎可描摹？这其中有高下之分，又哪有对错之分？"他自以为这话高明至极，眯着眼看看四周，专等众人恭维。梁明清变得更加局促，涨红了脸，想从台上走下来，却又移不动步子。方公子又道："二十两，你卖还是不卖？你要知道，这二十两已经是抬举你了。"

这方公子本就是个纨绔，父辈行商致富，花钱捐了个官儿，他便仗着家里势力，专门欺负梁明清一类的画匠。今日这类事情时常发生，他半买半抢将画弄到手，再倒卖到临安府，轻而易举便可赚上几十两甚至上百两银子。林微看梁明清眼泪快流出来了，心中有气，一拍桌子，道："这才是胡说八道，意境只有对错之分，又哪里有高下之分？"方公子忽地站起身来，喝道："谁在说话？！"林微照旧自顾自说道："只有穷鬼夸你的画好，可就错了，若有钱有势的人都说好，那才是正经。梁兄，你这幅牡丹偏就对了我的胃口，我出五百两银子，你卖给我吧。"梁明清吃了一惊，像是有些后怕，不由得连连摆手。方公子这会儿看清了林微的模样，道："你又是做什么的？你可知道此处乃大雅之堂？"林微噗哧一笑，道："有你在，哪里又有大雅之堂？"方公子愣了一下，继而骂道："小王八羔子，再嚼舌头，小心我打你出去！"说着话啪的一声将二十两银子拍在桌上，一指梁明清，又道："我就不信今儿你敢不收我这锭银子！"

第二十四章
一梦落千愁

　　梁明清自然知道此后若还想在建康立足,这画只能卖给方公子,冲林微拱一拱手,道:"多谢姑娘抬举,只是我这画即便当得起你的价钱,也当不起你的心意,今日可对不住了。"林微笑道:"他欺负你,你便顺茬儿欺负我?"说着话就手捡起一只茶杯便掷了出去。方公子全无防备,咚的一声被砸中后脑,一杯茶尽皆泼在脖颈之间,烫得哇哇大叫。众人全不料这小姑娘胆子这样大,虽说心下畅快,可着实也捏一把汗。方公子身侧的一名护卫叱一声"放肆!",也抓起一只茶杯掷了过来。他内力不弱,那杯子夹着风声,直扑面门,林微呵呵一笑,捡起茶匙一拨一转,再续一点刚劲,将之又送了回去。那护卫不想她有这等功夫,再不敢怠慢,站起身来扎个桩,使擒拿手法一抓,杯子给扣住了,里面的茶水却不尽然,猛地一窜,还扑方公子一头一脸。他大叫一声,砰地一脚踹翻桌子,正要撒泼,门帘儿处一响,又有人走了进来,道:"我不过迟了一会儿,便闹成这个样子了?"

　　门边那人长袍锦带,儒雅俊朗,正是周案玉。方公子横林微一眼,转头换作一副笑脸,向他拱拱手,道:"案玉兄,你迟到了可不是一点半点,梁明清自以为是,正和我在这里较劲呢。"周案玉

无间传　325

就着居中的一张空桌坐了,看一眼台上,道:"梁兄,今日便是为了寻你我才来这里的。"梁明清略感惊讶,道:"周公子有何指教?"周案玉却指指他身后那幅画,道:"你这牡丹还真是画得不错!"梁明清道:"公子谬赞,方公子要买这画呢。"周案玉转而道:"方兄,你出多少银子?"方公子讪讪一笑,道:"二十两。"周案玉心下明白,说道:"依我之见,你未免太小心了些,我做保,你出五十两好了。"方公子自然不敢不答应,瞪梁明清一眼,道:"你小子今天运气,有贵人抬举,五十两就五十两。"

梁明清道一声谢,还望向周案玉,道:"今日我也正想求见周公子呢。"说着将另外一幅画也挂了起来。画轴展开,茶馆里一下子安静了许多,周案玉同样神色凝重,道:"这是莫行侧的《清明翠山图》?"方公子咽一口唾沫,道:"好小子,你手里有镇日闲君的画,为什么刚才不拿出来?"梁明清目不斜视,只安安静静地盯着周案玉,这样有好一会儿,周案玉忽然笑了起来,道:"梁兄,这是你仿的?"梁明清哈哈大笑,道:"公子眼力绝佳,在下着实佩服!前些日子临安欧阳公子府上以画会友,那幅《清明翠山图》就挂在堂前,我在画前坐了两个时辰,回来之后又画了三日三夜,才有此作。"方公子道:"你这幅画我也要了!"梁明清不理会,仍然向周案玉道:"周公子精研镇日闲君画作,我有心向你讨个意见呢。"周案玉道:"虽则笔意稍逊,但画境或可乱真,不可多得,若是落入宵小之手,瞒天过海,卖上一千两纹银,也不为过。"那方公子听着这话,抓耳挠腮,更加坐立不安。梁明清道:"在下急需银钱,但此画除了周公子,不能卖给别人,你出个价,我绝不还口。"周案玉道:"这样,画我先替你收着,明日你去周府支五百两银子应急就好。"梁明清喜上眉梢,一揖到地,高声道:"多谢周公子!"

他二人又窃窃私语几句,梁明清便告辞而去。林微不耐烦听那些人围着周案玉吹吹捧捧,不多时也离开了茶馆;走没几步,梁明清便从巷口转了出来,深施一礼,道:"适才这位姑娘仗义执言,梁某感激不尽。"林微摆摆手,道:"没什么的,大可不必放在心上。"梁明清道:"他们方府打手无数,横行一方,我劝二位还是尽快离开此地为妙。"林微道:"好,我记下啦,不过既然你在这里,我正好问一问,这位莫行佩是谁?镇日闲君又是谁?"梁明清吃了一惊,道:"姑娘是知画之人,竟然不知镇日闲君莫行佩?"林微有些答非所问,道:"爹爹从来不曾提起过。"梁明清道:"他的画直追唐人吴道子,前溯数十年后推数十年,无人能望其项背,是以还有'画仙'这样一个名号。"林微道:"他的画好在哪里?"梁明清道:"画笔奇峻,气象清远,人说他是武林中人,运笔时候有剑意剑式融会其中,是以我们这些画匠们是仿不来的。周公子适才说在下'笔意稍逊',正是这层意思。"林微道:"剑意剑式?那他又是何门何派?"梁明清道:"武林中的事情我知之甚少,不过人都说他是什么暮山派折梅剑法的传人。"

林微耳中不啻响一声惊雷,半晌不语,梁明清又道:"莫行佩名噪大江南北,可差不多二十年前,忽然间便没了踪迹,时至今日,也没有人说得出他是死是活还是遁世而去。他的画本就千金难求,自那之后,更有钱无处买了。"林微道:"二十年前?可是整二十年?"她这样一问,梁明清反而有些吃不准,道:"差不多吧,或者不足二十年?"林微道:"这二十年间真的再没有新作面世?"梁明清道:"那是当然。"林微道:"他的画传世的又有多少?"梁明清道:"一共一十九幅。"

他来了兴致,拉着二人去街边馄饨摊前一坐,如数家珍一般,将那些画一一讲了一遍。他告辞而去,林微却入定一般,再不言语,无间伸手在她眼皮底下晃晃,道:"你爹爹有这样一位大名鼎鼎的师兄弟,却从来没有向你提起过?"林微道:"事情就蹊跷在这里。"无间道:"颠来倒去的,莫怀刑会不会就是莫行佩?"林微却道:"莫姑娘送给周案玉的那幅画是莫行佩所作。"无间吓一大跳,道:"你怎么知道?梁明清说的一十九幅画作,可没有什么《陈年

无间传　327

梦境图》。"忽而又若有所悟,道:"难不成那是第二十幅?你说那画价值不菲,便是这样不菲了?"继而又开始唏嘘,"莫姑娘便这样稀里糊涂送给了周公子,而且经你我之手送给了周公子?"林微道:"那画的题款处什么'隆冬日闲妄描陈年梦境',这'日闲'二字可以说是无所事事,却也可以说是他署的名号。"

傍晚时候,还去莫府,一切正如林微所料,差不多天色尽黑,周案玉带着两位随从沿墙边大步流星地走了过来。他戴一顶帽子,遮住半张脸,拍开门便闪身而入。林微无间则绕到院后无人的地方,越墙跳了进去。府内一团漆黑,唯有两间屋子有烛光透出,走近些,周案玉的说话声便传了过来,道:"莫姑娘,那幅画是你爹爹的藏品?"莫彤裳道:"应该是吧——那画好不好?我什么都不懂,只是觉着好看,才想到送与你。"周案玉道:"你爹爹果然不会画画?"莫彤裳有些纳闷,道:"你怎么会想到这个?我可从未见过他画画儿。"似乎是想了想,又道:"爹爹平日里也没有什么讲究,家里的摆设装饰都是随手采办,不过细心琢磨一下,还真是妥帖得很。"顿一下,又道:"那幅画很好?爹爹是不是很有眼光?"周案玉道:"那画——不失为上乘之作。"莫彤裳像是松了一口气,道:"那就好,可以拿得出手,否则真教周公子笑话了。"周案玉道:"哪里,哪里,画好不好都是其次,莫姑娘能想到我,我便感激得很。"

屋子里静了下来,莫姑娘那里也便多出一分拘谨,可周案玉并不体会,道:"你可知道那幅画是谁画的?"莫彤裳道:"没有落款么?——哦,好像是没有。"周案玉道:"你爹爹不曾说起过是谁画的?"莫彤裳道:"没有,我从来没见过那幅画,收拾爹娘的遗物,还奇怪家里会有这个——他还有别的画呢。"周案玉"哦?"了一声,变得大为兴奋,道:"姑娘可否让我看一看?"莫彤裳轻声道:"好的。"语气略显生硬,似乎不明白何以总揪着这件事不放。屋子里传来一阵响动,像是开箱取画,过不多时,周案玉道:"就这些了?"莫彤裳道:"就这些了。"周案玉道:"都是好画,你爹爹的眼光真是好得很。"莫彤裳迟疑一下,道:"要是有喜欢的,你尽管拿去好了。"周案玉道:"岂敢,岂敢?姑娘送我的那一幅,已经是最好的了。"

过了一会儿,周案玉又道:"冯大哥说你要去福建龙泉?"莫彤裳低低说一声"是"。周案玉道:"为何要去那里?"莫彤裳道:"爹娘不辞而别,再转过天,便过世了——"稍稍哽咽一下,又道:"我心里追溯从前的情形,有一日忽然想起来他们提到过龙泉,我娘好像还说过那是她的伤心地。自那以后,我便有了去看一看的念头,而且无论如何也放不下,真的去了,去做什么,能看到些什么,找到些什么,其实都在其次——或者我只是想让自己解脱一点罢了。"周案玉道:"那你何时动身?"莫彤裳道:"新居安顿下来之后便走。"周案玉道:"黎叔和小倩都去么?"莫彤裳道:"都去。"周案玉道:"我派几个人送你一程,路上有个照应。"莫彤裳轻轻叹一口气,道:"如果说爹爹在世的时候,我还算个大家小姐,现在可什么都不是了,普通人家的女子出行,如何要得许多随从?周公子的好意我心领了就是。"

周案玉怔住了,欲言又止,莫彤裳复又说道:"既然你来了,有些事情我还是想问问,若是不方便,也不必告诉我。"周案玉道:"莫姑娘尽管问。"莫彤裳道:"坊间传言说我爹爹和张舵主不和,正因为这个,他和我娘才被人设计陷害,这可是真的?"周案玉斟酌词句,缓缓说道:"你爹爹是文人风骨,可张舵主却是一介武夫,他们之间有些分歧是真的,算不上朋友,可不是朋友也不见得就是仇人,若说张寿年有心害死你爹娘,还是有些不靠谱。"莫彤裳道:"那为什么他不让追查?还将爹爹从前的兄弟们都赶出了三宝会?"周案玉道:"这是有些蹊跷,不过据说总舵不让查,他也没有办法。"莫彤裳道:"昨日龙舟会出的事情,你都知道了?"周案玉道:"听说了。"莫彤裳道:"黎叔说那些事是小丁子领头做的,可是真的？除了他之外，还有谁？他们都还好？"周案玉稍作沉吟，道："这些我就不知道了，要不我回头查一查再告诉你？"莫彤裳"嗯"一声，道："那就有劳周公子了，他们都是爹爹的朋友，可不要遭殃才好。"

二人又说一会儿话，周案玉便告辞而去。无间随着林微出了莫府，气得呼呼喘气，道："这个周案玉白日是一副君子模样，怎么在心上人面前一句真话都没有？"林微道："心眼多的人看不透世事，都是大笨蛋。"无间回味一下，道："这么说木头脑袋反倒聪明了？"林微不由轻声一笑，道："还好，你傻得刚刚好。"说着话，又转上了周府门前的大路，这会儿夜色已深，整座府邸黑乎乎的，唯有门口还亮着几盏灯笼。堪堪要转过墙角，大路上忽然有"嘚嘚"的马蹄声传了过来，一位驿卒疾驰而过，在周府门口跳下马，很响亮地摇了几下门环。那门悄无声息地开一道缝，那驿卒递上信件，便又打马而去。林微忽然间疑窦丛生，拉着无间越墙而入，一名侍卫抱着一只木盒，正从大门方向跑过来，她缩身暗影里，无声无息地在他肋下一拂，摔得那一位人事不知。无间打开盒子，里面不过是一支卷轴，一封书信，信中写道：

  案玉贤弟，《陈年梦境图》一画确为莫行彻所作。临安天工画院三位画师言之凿凿，再无半点异议。该画价值连城，由驿卒传递，难免闪失，明日我会派人专程送回。贤弟有机缘得此宝物，可喜可贺。

  又及，前日市肆购得小画一幅，极富趣味，一同附上，聊博一笑，也不枉驿卒一番奔波。此颂近祺。兄，欧阳胥。

展开卷轴，画里是一盘炒菜和几只苍蝇，画工精湛，传神至极，却也无聊至极。她将画和书信收回盒子里，还塞在那家丁怀里，拍开穴道，便跳了开去。那家丁"哼"一声醒过来，却全然不知道发生了什么,自言自语骂一句,再看一眼烧得烂乎乎的灯笼,踢一脚,便抱着盒子一摇一摆地去了。

　　回来客栈,林微却半点睡意也没有。这一夜昏昏沉沉,莫怀刑,莫行侗,暮山派,爹爹,揽月峰,玉烟泉,落雪山庄,娘,福建龙泉,莫彤裳,种种念头浮起又按下,不想去想,却又禁不住去想。辗转反侧之中,天光透过窗纸,渐渐亮了起来,似乎睡着了片刻,可浑身上下又全是不安分的疲乏;说不上是不安还是惦念,忽然就想看再一眼莫彤裳,便拍醒无间,还回莫府。

　　天色仍早,风里带着一星儿寒气,一切一如既往,只是大门之上无缘无故落了一把铁锁,林微愈发不安,再也顾不得了,越墙直接跳了进去。院内空空当当,别说人影,头一日散落各处的箱子、家具、字画、杂物,甚至院子里的种种盆栽石饰,也全都一无所见。无间高一声低一声地感慨,道:"一夕之间便搬走了?"林微道:"不过短短几个时辰,如何能清理得这等干净?这可不是他们主仆三个做得来的。"无间道:"那就是有周案玉的人帮忙?"林微道:"不像。"无间道:"可我总觉着是周案玉做的手脚。"林微道:"那又为了什么?莫姑娘已经将画给了他,他还想要什么?"无间道:"担心张寿年会加害莫姑娘?"林微道:"张寿年真要害她,又何必等到现在?"无间挠挠头,道:"周案玉会不会和我们一样,猜着莫怀刑就是莫行侗?"林微道:"不论是谁,都会这样想的。"无间道:"莫行侗是你爹爹的师弟。"林微道:"那又怎样?",可心下又不由砰地一跳,道:"难道此事和落雪山庄有关,和社稷神鹿有关?"无间吸一口凉气,分明比她还要惊讶,道:"你说什么?"

　　再去周府,可那里只有一些普通家丁进进出出,不见半点异常。林微灵机一动,大踏步走到门口,冲其中一位侍卫拱拱手,道:"我们是临安欧阳公子府上的随从,他要我们送一样东西给周公子,还说了,要亲自交在他的手上。"那侍卫听了,肃然起敬之余,还有些惊讶,道:"这样早,周公子说你们午后才会到呢。"林微道:"欧阳公子郑重其事,我们也就不敢怠慢,昨天夜里就出来了。"那侍卫道:"有劳了,有劳了,不过周公子吩咐说你们将东西原封不动地带回去就好,到时候他自会上门去取。"林微"嗯?"一声,道:"周公子不在府上?"那侍卫道:"昨晚就出门了。"林微道:"那何时才会回来?我们辛辛苦苦走一遭,最好还是见见他,也好复命。"那侍卫道:"他说一时半会儿回不来的,让你们务必按他的指示去办,再有,他还特意叮嘱过,要我们在水月楼招待你们一顿餐饭。"林微呵呵一笑,道:"饭是不必了,既然这样,我们还是及早回去为妙。"

她带着无间转身离开,轻声道:"周案玉办事滴水不漏,还真是不能小觑。"无间道:"他去了哪里?"林微道:"我猜是临安,不过无论怎样,去欧阳府候着就成。"无间莫名地多一些兴奋,道:"那我们也去临安?"林微心头乱乱的,想了想,道:"去吧,找不到周案玉,就找不到莫姑娘。"无间道:"莫姑娘会不会就在周府?"林微抬头又望望那些侍卫,道:"他若真的将莫府端回周府,动静肯定不小,这些人不会不知道,你我夜里回来,捉一个一问便知。"

入夜之后,再探周府,别说莫彤裳,连周案玉、杨先生、冯大哥等人也都不见了踪影。二人死了心,不等天明,便打马往临安而来。这一路春色尽在花枝,江南无尽招摇,怎奈林微心事重重,一切只如不见。进了临安,稍作打听,原来这位欧阳公子乃是当朝丞相欧阳洎的长子,名字叫作欧阳胥,如此欧阳府便是相府,不费吹灰之力便找到了。那府邸修在繁华之处,门外大街上人流如织,走一圈,心下却多一层沮丧,偌大一片地方,人来人往又戒备森严,说是静候周案玉,可又该从哪里候起?

相府西墙外是一条窄巷,林微图个清静,信步走了进去。深处行人渐少,只有几位老汉在墙根处打盹儿。墙内一株大树亭亭如盖,枝桠伸出来,多出好大一片荫凉,便在此时,墙头树枝晃动,一位白衣公子砰的一声跳了出来。那人身形挺拔,戴着偌大一顶斗笠,遮住眉眼,似有意似无意地四面望望,掸掸身上的灰尘,疾步而去。无间目瞪口呆,指着那人的背影,道:"这——他——会不会是个贼?"林微却一脸茫然,道:"这个人我见过。"无间道:"那他是谁?"林微下巴一扬,似乎想起来了,却又摇摇头,道:"怎么会?"无间道:"什么怎么会?"林微道:"那是杨倾。"无间不由哈哈大笑,伸出手指头在她眼前晃一晃,道:"这是一,还是二?"

林微才不理他,紧赶两步,追了上去。那公子毫无察觉,走街串巷,不多时便到了一处极繁华的所在。正中好大一片广场,名为"北望庭",这会儿场上有人正在耍弄蹴鞠,头顶脚踢,又是翻跟头,又是拿大顶,围观的人里三层外三层,大呼小叫,吵成一片。那公子三转两转,忽然间便看不到了,林微找两圈,有些恼火,转头望望,场边两侧各有一道长亭,顶上也坐着不少人;便和无间挤到跟前,学着别人的样子攀檐角爬了上去,再望北望庭,不由相继哼了一声,那位公子原来在蹴鞠场上。

场上共有三十多人,一组人在东边半场,均着白衣,另一组人在西边半场,俱着黑衣,看样子是有一场比赛要踢,这会儿活动活动筋骨,弄些花哨取乐。那公子乃是白衣一方,扎一方黄头巾,从发际到眉毛,几乎完全遮住了,脸膛黑黝黝的,和无间差不了多少,惟唇边多一捋八字须,说不上是添一层老到,还是添一层古怪。不知何时林微身边又坐下一位尖嘴猴腮的后生,手里攥一只酒葫芦,每喝一口,便从脚边的荷叶包里拎一片牛肉丢进嘴里,语音含糊地跟着起哄。无间道:"这位兄弟,扎黄巾的那一位你可认得?"那瘦子眼睛瞪得浑圆,道:"你不知道他是谁?你来看球却不知道他是谁?"林微撇撇嘴,道:"不知道就不知道;有什么大不了的。"那瘦子嗤地一笑,却又异常地不甘心,一字一句地道:"那是踏云社大名鼎鼎的小鸥哥——杨小鸥,'临安第一脚'——杨小鸥,你现在知道了?"无间愈发好奇,转而问道:"踏云社是干什么的?"

临安有蹴鞠六社,分别是踏云、青云、凌波、逐日、快马、长空,这六社每月捉对厮杀,乃是临安城的盛事,而六社当中,最所向无敌的便是踏云社,究其根本,正因为他们的当家球头是杨小鸥。杨小鸥一年前横空出世,之后踏云社再无败绩,而他因此广受追捧,几乎到了万人空巷的地步。可另外一面,他清高孤僻,甚至有些不近人情,莫说普通百姓,即便是临安有些身份地位的公子哥儿和他也说不上话。无间道:"今日他们踢哪个社?"那瘦子道:"徐家军!"伸手划拉一下,又道:"今日可有讲究呢,否则如何会有这么多人!"无间道:"哪里又来一个徐家军?"那瘦子不屑得无以复加,却又毕恭毕敬地望天拱拱手,道:"徐树将军的徐家军!"

徐树将军戍边多年,前不久才回到临安,他手下不缺爱踢球的将士,可头一位却是二公子徐蒙。临安本来有三大公子,相府的欧阳胥,蒋员外的四公子蒋济,和大商人施启星的三公子施鼎声;欧阳胥鉴画藏画天下第一,蒋济书法可与怀素媲美,施鼎声棋艺冠绝江南,而徐蒙自诩球技无人能及,便弄出一个四大公子,将自己也算了进去。他在父亲身边,耳濡目染,于军法中的攻守之道、进退之道、张弛之道均略有所知,将这些道理融汇到球场之上,再经过一番操练,几个人居然无往不胜,也便有了所谓"徐家军"。到临安之后,他笑话六社都是花拳绣腿、散兵游勇,真撞上徐家军,定然不堪一击,那六社自然不会示弱,谁承想一轮轮比下来,连战连败,若今日踏云社再输了,可真就是全军覆没了。那瘦子伸手一指北面的酒楼,道:"看到没有?三大公子这会儿都在北望楼上呢。在他们眼里,徐蒙不过是浑人一个,而那位欧阳公子偏偏还是个言语无忌的,谁知道说了些什么,弄得徐公子恨他入骨,两人较劲,一来二去,在这场球上赌了一万两银子呢!"无间道:"这徐公子又是哪一个?"那瘦子又伸手一指,场上那一位身长八尺,满脸胡须,着黑衣扎红带,果然威猛无比。林微道:"那欧阳胥呢?"那瘦子冲着酒楼方向努努嘴,道:"你乡下人么,他都不认得!?"酒楼二楼窗口坐着一位青衫白巾的书生,距离既远,面目并不清楚,可林微还是心下一动，想起了在行云楼被神农教算计的那位公子。

场上众人摆开阵势，一声锣响，比试开始。林微从前常常和林剑无、于未田等人踢球取乐，其中门道全都懂得，确如那瘦子所言，徐家军一十六人恪守位置，由徐蒙居中调动，起承接应，攻守有据，隐隐然还真是有些阵法的意味。踏云社全无这等严谨，但是一个个脚法精湛，走位飘忽，一传一递，信手挥来，多有神来之笔。杨小鸥乍一看有些落落寡合，却进退如风，轻灵似魅，有球时传带，无球时跑位，尽皆犀利之至。双方势均力敌，踢了一炷香工夫，杨小鸥独进四球，比分则是六比六平。易地再战，徐家军变得更加硬朗，断球铲球使了蛮力，常将对手撞得人仰马翻，踏云社相应则加快了节奏，触球即传，行云流水，几乎让对手无从下脚。待杨小欧再进一球，场上比分变为十比十，第二炷香却也烧得不足半寸了。徐蒙心下倍感焦躁，此前与其他五社交手，摧枯拉朽，这时候早已胜券在握，而杨小鸥果然了得，居然凭一己之力能维系这样一个相持不下的局面。再一瞬，他中场拿球，抬脚就射，那球流星一般飞出来，却偏了一隙，砰的一声撞上球门木圈，弹了回来。踏云社一名球员高高跃起，伸脚将球垫给杨小鸥，在节节拔高的呐喊声中，他甩头将球顶起来，跨出一步，进而在肩上颠一下，再跨一步，接下来前胸、左腿、右腿、外脚背、内脚背，各颠一下，复各跨一步，这七步看不出有多快，只是一转一折，方位妙到毫巅，也就连过七人。他进而脚尖一搓，那球转得如同陀螺一般，在空中划出一道弯弯的弧线，长了眼睛一般径直漂进徐家军的球门，与此同时，铜锣一响，比试结束，踏云社这一阵也便胜了。

无间与林微几乎不能相信自己的眼睛，在少林寺李实逗弄骆缨时耍的那一脚球，虽远不如杨小鸥如鬼似魅，但模样身法毫无二致，他那一招系虚怀子所授，可杨小鸥又是从哪里习得？难不成他也是九州派？数千看客一窝蜂拥进场内，欢呼雀跃，而杨小鸥却分开人群，向场外走去。徐蒙心头恨恨，忽而高声叫道："杨小鸥，北望庭是你的地盘，众人都为你助威，于我徐家军不公，改日到我临江府栖梧山庄再比试一场如何？"杨小鸥充耳不闻，还自去了，北望楼上欧阳胥却哈哈大笑，高声道："踏云社孙总管可在？"人群里一位头发灰白的老者走上几步，抱拳行个礼，道："老朽在此，公子有何吩咐？"欧阳胥道："据说徐家军不在自家门口，输了也不算输，果有此事？"孙总管一时语塞，只能干笑一声，欧阳胥又道："他有心输个心服口服，你可有胆量应战？"孙总管道："那倒是求之不得。"欧阳胥双眉一蹙，居高临下望一眼徐蒙，道："也好，那就临江府再比一场好了。"

他继而笑呵呵地还冲孙总管道："我不缺银子，奈何有人可劲儿送银子过来，就这一会儿的工夫，账面上又多了一万两，兵法，兵法，若是用兵用成这样，真不如告老还乡。孙总管，你明日着人到我这里支上两千两，让大伙儿可劲儿耍耍。"孙总管大喜过望，道："欧阳公子历来瞧得起踏云社，我等受宠若惊，这里谢过了！"欧阳胥又道："你再取一千两给杨小鸥罢，他若是不收，你们分了就是，此外——"望一眼北望庭上黑压压的人群，又道："今日愿意在酒楼喝酒吃肉的，都算在我的账上！"

众人欢声雷动，一起拥向北望楼，徐蒙脸色铁青，一挥手，带着徐家军大步流星地去了。林微说不出为什么，又望一眼欧阳胥，才逆着人群挤了出来。杨小鸥去得远了，他们追出几条街，才又看到他的身影，随着走一段儿，他便闪身进了一个叫作"清平书院"的地方。林微稍作盘桓，去斜对面一家茶馆里面坐了足有半个时辰，书院门口才有人影一晃，两位家丁抬着一顶小轿走了出来。林微稍一犹豫，还是跟了上去，这一路曲曲折折，尽是窄弄小巷，可是再一转弯，市声轰然而至，居然到了相府门口。那家丁并不停留，冲着侍卫点点头，大踏步直接走了进去。无间满腹狐疑，道："小轿里是杨小鸥？"林微以手指轻叩脑门，学着他的腔调，道："这又是什么乱七八糟的？"

回来客栈，林微翻出在莫府穿过的两身僮仆衣服，又找来几尺白布，剪下四个圆片，在前胸后背各贴一片，然后提起笔，老实不客气地写下"欧阳"二字。无间不由哈哈大笑，道："你可知盗亦有道：难不成要靠这身行头闯荡相府？"林微嘿嘿一笑，也不答话，抬手丢过来，逼他先穿上身。天色暗了，二人还去相府西墙外的巷子，一路摸到早先那一株大树之下，侧耳听一会儿，确定无人，便相继跳了进去。里面是一座花园，近处的石山拱桥尚可以分辨，远一点的游廊角亭则一片影影绰绰，再过去有好大一幢阁楼，横窗大开，烛光透出薄纱，显得尤为安闲；再走近一些，渐渐能看到沿窗的书案和一排排的书架，原来是相府的书房。

　　二人在黑影里守一会儿，不闻什么动静，便跃窗而入。室内烛火通明，有淡淡的墨香，还有一层陈年书页的味道，中间宽敞处有一只不小的香炉，几炷香烧得正旺，蓝烟缭绕。这时院子里忽然有脚步声传了过来，二人赶紧向书房深处走去，屏住呼吸，再不敢稍动。四面暗了许多，书架的阴影打在墙上，如同庞然大物，平添几分森然。两串足音进门，一位女子的声音随即响了起来，道："爹爹怎么回来的这样早？"那分明是杨倾的声音，无间又是惊讶，又是感慨，不由得伸手在林微肩头捏了一下。回话之人嗓音颇为低沉，道："今日皇上身子不太好，有些事情不能议完便散了。"林微心下随之扑通一跳，皇上，皇上，难道此人便是当今丞相欧阳泊？而脑中又电光一闪，既如此，那杨倾便是丞相之女？杨倾，杨倾，原来她的真名叫作欧阳倾，可这念头不等落下，杨小鸥三个字又跳上心头，嘿嘿，哪里有什么杨小鸥，分明是一个小欧阳！这时杨倾复又说道："周公子来过了？"欧阳泊道："不错，昨日早间他送了一个人到这里。"杨倾道："什么人？"欧阳泊道："我正要和你说这件事呢。"走开几步，在书案间窸窸窣窣找一阵子，取了不知什么在手里，又道："青青，我给你看一样东西。"

　　林微心中又是一叹，不是欧阳倾，而是欧阳青青。

第二十五章
真情错解鸳鸯

欧阳青青随即低声念道:"揽月且行乐,谁为座上客?谓我唐突者,影对月与月。"无间和林微对望一眼,忽然明白欧阳泊给她看的正是《陈年梦境图》。青青道:"这幅画看着不错啊,哥哥又从哪里得来的?"欧阳泊道:"这画是案玉的,交由你哥哥过目,他看了一眼便如痴如狂,不可终日。"青青"嗯?"了一声,道:"这画很不得了么?"欧阳泊道:"你可猜得出这是谁的画?"青青道:"我不懂画,才不要猜。"继而又低声念道:"隆冬日闲妄描陈年梦境——"欧阳泊随即轻声道:"日闲,日闲?"青青道:"镇日闲君?"欧阳泊呵呵一笑,道:"不错。"青青吃了一惊,道:"莫行徊只有一十九幅画传世,哥哥手里已经有两幅,再加上这一幅,真可以傲视天下了,不过,周公子可舍得转手给他?"欧阳泊道:"不尽然,这是莫行徊的第二十幅画。"

青青声音里多了一丝不解,道:"怎么会?周公子又是从哪里得来的?"欧阳泊道:"三宝会一名舵主那里,可巧那人也姓莫,叫作莫怀刑。"青青道:"莫怀刑?两浙分舵副舵主?"欧阳泊道:"正是。"青青略作沉吟,道:"莫行徊,莫怀刑,这其中莫非有什么关联?"分明不能相信,又道:"不会,不会,画仙二十年前销声匿迹,是因为悄悄加入三宝会,做起了莫怀刑?"欧阳泊却答非所问,道:"这位莫副舵主前些日子偕夫人莫名其妙地死掉了。"青青"啊?"一声,道:"怎么死的?"欧阳泊道:"你可知道莫行徊是暮山派传人,实则是落雪山庄林剑无的师弟?"青青若有所悟,应一声,不再言语。

欧阳泊犹豫一下,似乎有所顾忌,可最终还是说道:"案玉送来的人是莫怀刑的独生爱女莫彤裳。"青青道:"那他又是何用意?"欧阳泊道:"一则,如今有莫怀刑,二十年前有莫行徊,再有落雪山庄、林剑无、范无间与社稷神鹿,顺着这条线索追查起来,这位莫姑娘,还有莫家的字画典籍、书信文章,每一样都不能轻易放过。"青青"嗯"一声,道:"爹爹派人去莫家查过了?"欧阳泊道:"案玉办事滴水不漏,将整个莫府都搬来了。"青青道:"那二则呢?"欧阳泊轻叹一声,道:"案玉对这位莫姑娘甚为眷顾,送来这里也是为了保护她周全。"青青语气便有些异样,道:"那她被安置在哪里?"欧阳泊道:"清风院。"

过了片刻,青青转而问道:"云莫为和爹爹究竟是何种交情?他果然可靠么?"欧阳泊道:"他是徐将军的人,徐树说他智谋武功均数一流,亲自举荐给我追查三十二皇子的下落。"顿一下,才又说道:"你何以有此一问?"青青道:"云莫为从牢里提走了于未田,销声匿迹——"欧阳泊颇感无奈,道:"我是不是该问一问徐将军?"青青道:"其实我是担心他们合伙算计相府;于未田藏身少林寺的事情是他透漏的,按说是立了大功一件,我对他也便深信不疑,可如今来看,或者是借相府之手,坐收渔翁之利——"欧阳泊深吸一口气,道:"按说不会。"青青道:"人说徐树和三宝会过往甚密,爹爹真要找他理论,可要小心为妙。"

欧阳泊应一声,转而道:"青青,有件事情我一直没有告诉你,算不得有意瞒着,只是想着多一事不如少一事而已。"青青道:"你是说你从宫里抱回来的那个盒子?"欧阳泊一怔,随即笑了起来,道:"你早就翻看过了?"不待青青回话,庭外脚步声响,一名家僮跑了进来,道:"老爷,徐将军和徐公子来访。"欧阳泊随即站起身来,道:"这么快就到了。"青青道:"哪个徐公子?"那家僮道:"二公子徐蒙。"青青道:"他们来做什么?"欧阳泊不回答,青青继而又叫一声"爹爹——",欧阳泊才道:"徐将军有意为二公子提亲。"青青声音一下子着急许多,道:"爹爹,我不嫁。"欧阳泊轻声道:"从长计议,从长计议。"说着话,便随着家僮出了书房。

青青没有半点好气,在书桌前噼里啪啦翻弄一会儿,忽而高声喊道:"瑞宝!"庭院里一名家僮应一声,小碎步跑进来,道:"大小姐有何吩咐?"青青道:"你随我去清风院。"瑞宝道:"公子爷说谁也不要去清风院。"青青道:"这和我哥哥又有什么干系?"瑞宝道:"小的也不知道,反正话是这样传的。"青青"啪"地一拍桌子,道:"少废话!"瑞宝再不敢说什么,先行引路,两串脚步声一前一后,也去得远了。

四周还原为寂静,可林微却托着腮帮靠在书架上,不像有动身的意思。过不一会儿,又有脚步声响了起来,这次还是两个人,其中一位进来之后脚下不停,将一串儿窗户全关严实,才低声道:"杨先生,这回我可全没了主意!"无间、林微眼前一亮,原来是周案玉到了。杨先生颇为惊讶,道:"公子历来淡定,处变不惊,为何这一次沉不住气?"周案玉叹一口气,似乎下了很大的决心才道:"欧阳公子对莫姑娘甚是钟情。"杨先生"啊?"了一声,道:"怎么会这样?他不知道莫姑娘是公子的意中人?"周案玉在心里组织了一下措辞,才又说道:"我一直没有机会向他提起,不过谁又承想他第一眼看到莫姑娘便倾倒不已,之后便三番五次去清风院献殷勤,我有苦说不出,心头乱糟糟的,可什么都想不清楚了。"杨先生道:"那莫姑娘呢?她历来不是对公子青眼有加么?"周案玉道:"欧阳公子本就风流倜傥,再加上是丞相之子,普通女子不动心也难。"杨先生道:"那莫姑娘可是普通女子?"周案玉一时无语,低头不答,杨先生又道:"公子有经纬之才,若能过儿女情长这一关,前途不可限量。"周案玉有些不耐烦,可还是没有说话,杨先生继而压低些声音,又道:"公子对欧阳大小姐作何感想?"周案玉道:"你是说青青?"杨先生道:"不错,青青大小姐。"周案玉道:"她胆识过人,不让须眉,我视她如同妹子一般,"继而呵呵一笑,"有的时候更如弟弟一般。"杨先生道:"大小姐的心思,你当真一无所知?"周案玉茫然道:"什么?"杨先生道:"她可不是仅仅将你当作兄长看待。"周案玉"哦"一声,过不一会儿,又道:"昨日丞相还问我有没有意中人呢。"杨先生道:"你说什么?"周案玉道:"我说对莫姑娘颇为倾慕,这——是不是错了?"杨先生道:"不太好,不过也无大碍,相爷通达得很,应该能明白年轻人的心思。"

过得片刻,杨先生又道:"公子是聪明人,很多事情不需要我来点破,你总该知道,小辈当中相爷最器重的便是你和欧阳大小姐。"周案玉略一迟疑,道:"有的时候我也这样想。"杨先生道:"现在便是所谓的关口,事情做好了,海阔天空,做不好,一无所获,切记切记,千万不可意气用事。"周案玉若有所思,人也安静许多,杨先生又叮嘱几句,便一起往外走,前脚跨出门槛,他忽然又道:"差点忘了,不过也不见得有什么关系,莫姑娘不是要去福建龙泉么,你可知道这龙泉又有什么讲究?"周案玉道:"什么?"杨先生道:"莫行佩的师哥是林剑无,林剑无的夫人叫作陆嫣如,当年这一对才子佳人是让江湖羡煞的神仙眷属,而陆嫣如系一代名门闺秀,正是出身于龙泉陆家。"

林微又等好一会儿,瞅一眼无间,道:"咱们也去清风院。"无间道:"你认得路?"林微摇摇头,却还是大踏步了出来,一名家僮正侍立在门边灯笼底下,她劈头说道:"大小姐要你去清风院。"那家僮一愣,道:"去做什么?瑞宝不是跟去了么?"林微道:"我哪里知道,她只说有急事,要我回来叫你。"那家僮不敢怠慢,道一声谢,撒腿就跑,无间快步跟在后面,心下笑个不住,如此转几个弯，再过一条长长的石径，感觉有些偏僻了，清风院才出现在眼前。那家僮叮叮当当拍半天门，听不到半点回音，挠挠头，变得好生为难，林微心下却陡然起一丝不安，拉一拉无间，越墙而入。

院门之后躺着一位家僮，像是瑞宝，当庭还有一人伏在地上，却是黎叔。林微心思如电，叫一声："有刺客！"门外那家僮吓得魂飞魄散，一路高呼，飞奔而去。无间和林微跃上屋顶，不远处三个人影飞檐走壁，往西南方向走得正急，居中的一位瘦小佝偻，左边的一位高得如同竹竿儿一般，背着一人，像是青青，右边的一位则圆滚滚的，扛着一人，正是莫彤裳。无间林微提气直追，那矮子听到声响，率先回过身来，低低喝一声："不要命了！"迎面拍出一掌。无间还一招"潮水平"，林微则拔出若木剑，在他肩头一按，凌空祭出一招"浮光掠影"。那胖子一霎时手忙脚乱，将肩上的人一丢，摸出一根短棍，叮叮当当一番，方才化解，而莫彤裳却身不由己，一直滚到檐角，方才停下来。

林微复又一跃而起，无间则在腰后一推，送她如离弦之箭一般直奔那大竹竿儿而去。她身子一拧，再使一招"瀑落千仞"，刺对方头顶，那人扛着青青，斜刺里走开几步，转身劈出一掌，这时无间也赶了上来，迎着便是一招"一马平川"。那佝偻的一位鬼魅一般抹到大竹竿儿身前，硬碰硬接下这一掌，砰的一声之后，依旧从容，竟还有暇淡淡地说了一句"不错"。

那声音低沉沙哑，但毫无疑问是个婆子，而她单手如勾，又闪电一般划向无间咽喉。无间吃了一惊，不及细想，闷头再拍一招"潮水平"，那婆子如同纸鸢一般随掌风一荡，可眨眼的工夫又鬼影一般贴了回来，手法变幻，奇招迭出，用的像是小擒拿手法，却又远为高明，而真气之中寒意闪烁不定，刺得无间不时地便打个激灵。不多时那一高一矮的两位便缠上了林微，而二人合力，有所应和，拳脚之间威力竟大了何止三成！林微生怕伤了青青，多一层制掣，缩手缩脚，也就不住地倒退。不多时相府墙头人声鼎沸，一群侍卫抢了出来,那婆子变得极为恼火,稍一犹豫,引着那一高一矮的两位转身便走。无间还要再追,却被林微拉住了,再回头望望,一些侍卫护住莫彤裳,另有一些却大呼小叫地直冲了过来,她轻叹一声,旋即和无间展开轻功向暗夜里奔去。

回了客栈,差不多是子夜时分,林微灯下一坐,心下愈发不安;周案玉将莫家搬进相府,动静不小,走漏风声在所难免,欧阳青青刚好在清风院,对方临时起意,将她掠走,也算是顺理成章,可莫彤裳在建康孤苦无依,平安无事,如今到了这里,却有人不惜夜闯相府来抢她,又是何种道理?知道《陈年梦境图》的人寥寥无几,猜着莫怀刑就是莫行徊的人更是屈指可数,而且要么是周府的亲信,要么是相府的亲信,难不成这一层隐秘也会泄露出去?而那些人掳走她,又能做些什么?又或者她身上还有别的不为人知的秘密?长夜寂寂,思路终于难以为继,有一瞬略感恍惚,再睁开眼睛,却又天光大亮了。

再回相府,那里变得异样地森严,连街道上的行人也少了许多。林微有些无所适从,便去街口的茶馆,要一间二楼的雅座,守着窗户看相府进进出出的人马。周围没什么人,说话几乎能带出回声,无间也就不敢胡言乱语,守到日头偏西,正昏昏欲睡,楼梯上忽然有说话声传了过来,他"嗯?"一声,忽地便坐直了——来人居然又是周案玉。

有数名随从守在楼下,周案玉和杨先生则进了拐角处的房间,无间林微运起内力,说话声也便听得清清楚楚。周案玉先约略讲了讲昨晚的情形,杨先生极为惊讶,道:"什么人有这种胆量,居然夜闯相府?救下莫姑娘的那两位又是谁,不是咱们自己人?"周案玉道:"这个姑且不谈,今日午间,欧阳府收到对方书信,让相爷用莫姑娘去换青青大小姐。"杨先生"哦"一声,道:"这应当算不上什么意外。"

周案玉道:"莫姑娘一夕之间父母双亡,本就孤苦伶仃,昨日受了惊吓，不胜可怜，相府安置她去玉衡院，我在那里陪了许久，她才稍稍好一些了。"杨先生道："相爷作何打算？"周案玉道："他什么都没有说，不过他知道我和莫姑娘之间的事情，所以我猜着，有些话也不方便当面讲。"杨先生道："那欧阳公子呢？"周案玉道："欧阳公子闭门不出，谁也不见。"杨先生道："这个换人又是怎样一种换法？"周案玉道："他们要莫姑娘后日带那幅《陈年梦境图》去平川谷瞻马台，她到了，青青自然会回相府。"杨先生极为惊讶，道："他们如何知道有这样一幅画？"周案玉道："我也想不明白，但是递来的书信白纸黑字，写得清清楚楚，吕师爷猜着是周府或者欧阳府有人泄露了机密，可是我们将知道这件事情的人一个个数过来，又说不出谁有可疑之处。"杨先生又道："是要莫姑娘一个人去么？"周案玉道："信里不曾明说。"杨先生道："是了，平川谷一马平川，旧时本是宫里养马之处，最是坦荡，带一队人马进去也好，带一两个人进去也好，均无可遁形，更何况大小姐在贼人手上，他们有恃无恐。"略一沉吟，转而道："公子，有一席话，不知道当讲不当讲？"

周案玉像是有些灰心，道："先生直言便是。"杨先生道："莫姑娘留不下，这一点你可明白？"周案玉并不意外，只叹了一口气，杨先生又道："既然不可为，公子不如顺水推舟，若是应对得当，足可以一举数得。"等了等，看周案玉没有什么表示，才又说道："公子愿不愿意自荐陪莫姑娘去平川谷？"周案玉吃了一惊，颤声道："你要我去平川谷？"杨先生道："不错——"周案玉道："那些贼人可都是杀人不眨眼的大魔头！"杨先生呵呵一笑，道："莫姑娘通情达理，你陪她前往，是成全你二人之间的一份情意，她肯定明白，而在相爷眼中，你舍身谢情，又舍情取义，为了欧阳小姐甘冒奇险，定然高看你一眼，来日也就更不会亏待与你。"周案玉道："说是这样说——可欧阳公子那里呢？"杨先生道："这件事情由不得你做主，也由不得他做主，是相爷做主，他还能怎样？况且他也怨不着你什么，要救的人毕竟是他亲妹子。"周案玉"哦"一声，深吸一口气，却不见有答应的意思，杨先生跟着又呵呵一笑，道："公子莫会错了意，我只不过是让你自荐一下而已。"

周案玉道："此话怎讲？"杨先生道："老臣又怎能置公子于险境？若是那样，周大人又如何饶得过我！"轻笑一声，又道："我只不过是教公子该如何说话而已，至于平川谷，即便你真心想去，也轮不到你的。"周案玉像是宽心不少，道："这又是为何？"杨先生道："你于事无补。"周案玉被说到了心坎上，连声道："我也是这样想。"杨先生继而又道："再说了，相爷对你历来颇为器重，又何必让你去冒这种风险，不过于事无补的事情可以不做，但是于事无补的话却不见得不说，这些，你可明白？"

天色擦黑，杨先生先行去了，周案玉一个人又合计半晌，才慢吞吞地自单间内走了出来。这会儿林微也到了廊上，嘻嘻一笑，叫一声"周公子——"，不待他有什么反应，上手推他一个跟头。他吓得脸色煞白，张开嘴待要呼救，林微手掌搨上来，内力一吐，送一颗小石子入他腹中，继而闪身跳开去，道："你想喊就喊，想跑就跑，让楼下的那些跟班儿来找我麻烦也成，只是，我若是不答应，你搬来神农教的傅长天，也解不了你肚子里的毒药！"周案玉早就料到是这种情形，像是受了多大的苦楚一般，颤声道："姑娘饶命，有什么吩咐我照做就是。"无间莫名地大为恼火，伸腿踢他一脚，他吓得浑身乱颤，缩在墙角，冲着林微不住口地叫"饶命"。林微似乎也颇为意外，恨恨地道："莫姑娘才不要嫁你！"

他二人还换上欧阳府服饰，携着周案玉自窗口一跃而下，由他引路，还去相府。侍卫并无阻拦，点点头便让三人进了门。到了黑暗处，林微拍晕了周案玉，丢在假山之后，便直奔清风院。这一路倒是消停，连一名侍卫也不曾撞上，院子里依然有前一日打斗留下的痕迹，房门也没有锁，应手而开。林微一个人走进去，好半天没有动静，无间等得有些不安，轻轻叫两声"微微"，里面无人应答，却响起一串细碎的脚步声；烛光晃动，再定睛一看，却又惊得几乎栽个跟头——灯影里款款走来的赫然是莫彤裳！他一声"莫姑娘"没叫出来，便又止住了，转而道："搞什么鬼！"

那人自然是林微穿戴起莫彤裳的衣饰所扮，她扑哧一笑，却又叹一口气，道："连你都骗过了，你说我是开心才好，还是伤心些儿才好？"无间道："我睁着眼睛被你糊弄一会儿，闭上眼睛就知道不对，你说你该开心，还是伤心？"林微琢磨一下，忽然说道："怪不得殷姑娘那样，你还真是挺会讨人欢喜。"无间哈哈一笑，却又有些糊涂，道："这和殷姑娘有什么相干？"林微道："所以啊，什么都不妨碍你这木头脑袋！"说着手上一抬，丢过来一只包裹，当前引路，还去玉衡院。

院外一片肃静，站着不少侍卫，里面却昏沉沉的，连烛光也没有。他们在黑影里稍稍一等，确认没有什么访客，便闪身出来，径直走了过去。众侍卫同声喝道："什么人?！"可待到门厦下的灯笼朦朦胧胧照见人了，又变得一脸惊讶，赶紧行一礼，叫了声"莫姑娘"。林微只是点点头，没有说话，那领头的侍卫小心翼翼地道："莫姑娘什么时候出的院子？"林微道："趁你们走神的时候。"那人一时语塞，涨红了脸，低声道："小的失职，还请姑娘担待。"林微还是点点头，提步往前，两名侍卫赶紧开了门，让他二人走了进去。

无间禁不住要手舞足蹈，却只能低着头眉飞色舞。院子里只有侧面一间厢房里还透着些微弱的烛光，林微三步并做两步，推门而入。莫彤裳坐在书案边，支颐蹙眉，正盯着蜡烛发呆，这会儿大吃一惊，站起来往墙边躲。林微道："莫姑娘别出声，我娘是福建龙泉陆家的人。"这句话果然有效，莫彤裳站定了，仔仔细细打量她一番，却越看越是惊讶，道："姑娘，你——究竟是谁？"林微指指无间，道："他，你还认得？"莫彤裳眼中一亮，"呀"一声，道："你是周公子的随从，那日帮我收拾书箱的是不是你？"人忽然兴奋了许多,又道:"他要你们来救我出去?"不等林微说话,无间先气呼呼地道:"你那周公子心眼儿不正,才不会救你出去。"莫彤裳心中不解,又极不情愿,道:"你不是周府的人?"无间道:"不是。"莫彤裳道:"那你们是什么人?"继而又"嗯?"了一声,还盯着无间,道:"昨日夜间救下我的,也是你?"

林微道:"坏人抢走了欧阳大小姐,要相爷拿你去换人呢。"莫彤裳身子轻颤,低声道:"那周公子呢?"无间更没有好气,道:"你问他做什么?一则他保不住你,再则,即便保得住,他还不见得有这份心思呢。"莫彤裳脸色发白,道:"这位小哥为何这样说话?"无间道:"说得委婉些,不照样还是同一个意思?"莫彤裳忽而多了些底气,道:"你又不是他,如何知道他在想些什么。"无间道:"他说的话全落在我的耳朵里,我还不知道他想些什么?"莫彤裳道:"那他说了什么?"无间还要再说,林微推他一把,道:"横竖此地不宜久留,你还是早点离开为妙。"莫彤裳不由苦笑一声,道:"我又如何做得了主?"

她缓缓坐了下来,道:"昨日夜间那些人好像是冲我来的,只是不知为何欧阳大小姐也在清风院,误打误撞,落在了他们手里。"林微道:"那只能怪她自己。"莫彤裳道:"他们要的是我,又何必让她跟着受牵连,我若真的走了,会不会害她搭上一条性命?"无间不由肃然起敬,道:"那个周公子真是给你提鞋都不配。"莫彤裳摇摇头,道:"这本来就是我的事情,都算不上急人所难。"林微道:"急人所难也还罢了,舍身饲虎可犯不上,你既然什么都不做主,那便由我做主;你先跟我们走,日后你若是实在过意不去,还想回来,我们才不勉强。"莫彤裳盯着林微,道:"跟你们走,又怎么走?这里是相府,戒备森严,谁又走得出去?"

林微呵呵一笑,道:"那才不是你的事情。"打开包裹,让莫彤裳换上自己原本穿的那身家仆衣服,道:"我送你们两个到门口。"继而又望向无间,道:"出了相府,你们去城北十里一个叫作'慈心庵'的地方等我即可。"无间一派糊涂,道:"便这样往外走?"林微道:"就这样往外走。"无间眯着眼睛再打量她一番,道:"那你呢?"林微道:"他们可想不到玉衡院里的大家闺秀一夕之间成了能上房揭瓦的野姑娘,我走脱的机会多得是,才不用你挂心。"说着话,一推门先走到了院子里。无间无奈,引着莫彤裳跟出去,又依着林微指示,缓缓拉开了院门。那些侍卫略感糊涂,想不起来什么时候进去两名家仆,不过既然莫姑娘好端端在院子里站着,也便没有什么可担心的。院门开启复又闭合,无间与莫彤裳一重一轻两串脚步声不疾不徐,渐渐去得远了。林微回到房里,心下一动,自墙上摘下古琴,调调弦,引商刻羽地弹了起来。那一曲《有所思》意念委婉,弄得沉沉夜幕里尽是怅惘,院外一干侍卫凝神细听,亦不由好生痴然。她这样弹一阵,停一阵,弹一阵,又停一阵,猜着无间二人差不多出了相府,方才停了手。又过一会儿,月牙偏西,正琢磨着要不要走,院外忽然响起来一串脚步声,再一瞬,有人轻叩房门,一位男子的声音随即透了过来,道:"莫姑娘,在下欧阳胥。"

林微心中一震,后退一步,落座在烛光暗影之间的榻上,道:"夜已深,不便相见。"欧阳胥道:"莫姑娘,事出仓促,请务必赐见一面。"林微不知该作何思想,咬一咬牙,终于道:"那你进来。"欧阳胥推门而入,深施一礼,道:"谢过莫姑娘。"来人一身白衣,剑眉薄唇,一面温文尔雅,一面萧疏俊逸,果然不愧为三大公子之首;他解下背上布囊,从里面掏出三只卷轴,一幅一幅摊开放在了案上。林微却越看越是心惊,第一幅她亲眼见过,乃是《陈年梦境图》,既如此,周案玉还真是转手给了他;第二幅她见过梁明清的摹本,乃是《清明翠山图》;第三幅却是第一次见到,绘的是一树梅花,一弯淡月,虽只有寥寥数笔,但个中意境勾魂摄魄,让人欲罢不能。青青说欧阳胥手中有莫行仰的真迹,莫非就是这些?而他深更半夜背着这些宝贝跑来这里,又意欲何为?

她又仔细打量欧阳胥一回,道:"公子这是何意?"欧阳胥道:"物归原主。"稍稍一顿,又道:"姑娘有所不知,令尊乃是大名鼎鼎的画仙莫行佃。"林微无力故作惊讶,淡淡地道:"公子说笑了。"欧阳胥道:"莫行佃一共有一十九幅画作传世,我都见过,由早年至青年再至中年,他笔下意蕴越来越沉静,而其中境界最高的一幅原本是《清明翠山图》。"伸手指一指,转而捧起《陈年梦境图》,又道:"可是这一幅,笔力笔意更胜一筹,只能是他归隐江湖之后的画作,所以,藏画之人定然是作画之人。"哈哈一笑,他狂态乍现,又道:"谈及赏画论画,纵横百年,又有几人比得上我欧阳胥!"

　　林微眼含笑意,道:"你要将这三幅画都送给我不成?"欧阳胥双手一拢,缩进袖口,瞬间还原为谦谦君子的姿态,道:"那是自然。"林微听闻此人倜傥张狂,但是此种风范,又断非常理所能度之。她摇摇头,道:"即便这些是我爹爹所画,可既已传世,便当随缘流转,小女子不敢唐突,更受之不起。"欧阳胥道:"你受得起。"林微道:"那又是因为什么?"欧阳胥道:"因为我说你受得起,你自然便受得起。"林微不由失笑,道:"公子又说笑,我不过是市井间一名弱女子,而你贵为丞相之子,又何苦在我身上用这般心思?"欧阳胥道:"富贵富贵,烟云而已,不得姑娘芳心,我不过是世间一副无因无缘、愁苦哀怨的躯壳,不死不活的,有什么趣味?"林微不由得心下一动,这人行事怪诞,但不知为何又处处符合自己的脾性,心意流动,莫名地多一丝玩笑之意,道:"你要怎样,成亲不成?"欧阳胥一怔,忽然大喜过望,道:"姑娘之言当真?如若当真,正可解我不忠不义之窘境。"林微道:"这话又是何意?"欧阳胥道:"爹爹要拿你去换我妹子。"林微道:"名正言顺,有何不可?"欧阳胥道:"可是我想放姑娘走掉。"林微道:"你舍得你妹子,却舍不得我?"欧阳胥道:"所以啊,我会背负一世骂名。"林微学着他的腔调,道:"骂名骂名,烟云而已,那又怎样?"欧阳胥不由哈哈大笑,道:"也不怎样,不过你若真的和我成亲,那我不答应你去换青青便是天经地义，岂不两全其美？"

　　林微扑哧一声笑了起来，欧阳胥手舞足蹈，道："姑娘这是答应了？"林微道："没有。"欧阳胥道："为何不答应？"林微道："我做不得主。"欧阳胥迟疑一下，还是道："令尊令堂已经不在了。"林微道："可我还是做不了主。"欧阳胥垂头道："那又如何是好？"林微低头瞥见榻上一只手镯，认得是莫彤裳之物，想来人走得急了，遗落在此，于是捡起来轻轻一抛，给了欧阳胥，道："日后你若有缘撞见这只手镯的主人，她答应你，莫彤裳便答应你了。"欧阳胥神情之间又是不解，又是沮丧，道："这手镯不是你的？"林微摇摇头，道："不是。"欧阳胥有些无所适从，可还是小心收好，躬身又行一礼，道："莫姑娘保重，小生暂且告退，三更时分，自会有人带你出去。"林微道："那你在你爹爹那里又如何交待？"欧阳胥道："没有交待，相府受制于人的时候便这等低三下四，不惜送你这样一个弱女子入虎口，为何不说他欠我一个交待？"说着一拂袖子，转身而去。

　　林微有些怅然，只觉一切如同一场梦一般，惟书案之上三幅画真真切切，又没有半点差错。欧阳胥早去得远了，可他的影子还在眼前晃动，而真的闭上眼睛，那副样子，那副神态又会从心里浮上来；念叨一句，这是怎么了？面上随之微微一红，忽而便多一丝后怕。她找出一件欧阳府家仆的衣服换上，再将画囊背上肩，便开门走了出来。夜色如水，一枚弯月在老树之后，显得分外凄清，四周一派寂静，可隐隐约约又有些鼾声，想来墙外那些侍卫都睡了过去。她轻轻一纵，上来墙头，再轻轻一纵，也便出了玉衡院，这一回径直向西，走小径取道书房，不多时翻过花园里的那株大树，也便无声无息地离了相府。

第二十六章
平川难入天上

　　无间与莫彤裳在慈心庵外面的大石上几乎坐了一整夜，看到林微，欢喜得无以复加。莫彤裳拉住她的手，道："你究竟是谁，为何要冒这么大的风险救我出相府？你娘果然是福建龙泉人氏？"林微转而问道："你可知道你究竟是谁？"莫彤裳道："我还能是谁？范大哥说我爹爹是大名鼎鼎的画仙莫行佩——"林微点点头，道："你送周公子的那幅画是你爹爹的手迹，价值连城。"莫彤裳却还是不相信，道："可周公子说那幅画也没有什么大不了，若真是你说的那样，他会告诉我的。"无间道："他早就将画送来临安鉴定过了，确认无疑，可还是不曾告诉你！"

　　二人早先说及此事，便闹得很不愉快，这会儿莫彤裳眼泪又流了出来，林微道："他让你从建康搬到临安，为的又是什么？"莫彤裳道："他说龙舟会出了纰漏，会有人对我不利，搬来这里是为了保护我周全。"林微道："那他又何必将莫府的一草一木都弄来？"莫彤裳又红了眼圈，道："那正是他的体贴之处，尽量保留旧居的模样，我也能有个念想。"无间道："说得好听，他那是讨好欧阳泊呢！"林微瞪他一眼，还想说些什么，可心中一酸，又有些不忍，顺其自然便好，又何必强求？周案玉在她面前的确不尽不实，可这其中又何尝没有真情？莫行侗，林剑无，三十二皇子，社稷神鹿，如此种种，她又何必介怀？轻轻叹一口气，解下肩上布囊，递了过去，道："这是欧阳公子送你的。"莫彤裳愕然道："他总是神神叨叨胡言乱语的，这回又送些什么？"林微道："他一片烂漫，用心可比周案玉好多了，不过这些你的确应该收着，算是物归原主。"无间探头问道："他送的什么？"林微道："莫行侗的三幅藏画。"无间惊得几乎跳起来，再看一眼莫彤裳，好一番唏嘘。

莫彤裳接过布囊，道："这等厚礼我受之不起，日后还他便是。"望望无间，又望望林微，道："自从爹妈过世以后，对我好的人没有几个，你我相识不久，唉，即便是现在也不能说是真的相识，可不知道为什么，我总觉着你们是真心为我好。"林微心中况味难以名状，轻声道："应当的。"莫彤裳道："你娘果然是福建龙泉人氏？我想去那里看看，你们——"林微摆摆手，道："我们不去龙泉，你也不去龙泉，就在慈心庵安心住上几日，相府内外，好人坏人的，你可知道有多少都在找你呢。"莫彤裳道："欧阳小姐那里又怎样了？若她有什么不测，我又如何过意得去？"林微道："你若有些个不测，便是应当的？"莫彤裳摇摇头，道："不一样的。"忽而又望定林微，道："你们去救她出来好不好？范大哥武功高强，姐姐你——我见过的人当中便没有一个及得上你一半聪明，若是你们出手，她肯定不会死的。"林微一时语塞，无间却道："不救，她一直惦记着这颗脑袋呢，若是救她出来，我再赔上性命，岂不相当于她栽跟头都能拣一块金元宝？"莫彤裳不明白他说些什么，又变得眼泪汪汪，林微叹口气，道："也好，可你务必在庵里好好住上几日。"

莫彤裳答应一声，迟疑一下，终于还是转身向庵门处走去，到了半途，回身挥挥手，眼泪又扑簌簌地落了下来，道："你们还会回来找我么？"林微道："当然会的，等这些事情过去了，咱们再一起去龙泉好不好？"莫彤裳在泪花里绽出一丝微笑，道："一言为定?"林微点点头,再抬起眼睛,身子却禁不住微微颤抖,道:"莫姑娘,你娘可是姓陆?"莫彤裳摇摇头,道:"我妈妈姓于,名字叫作于渐鸿。"林微神情一暗,隐隐然站也站不住了,却只挥挥手,让莫彤裳去了。无间拍拍她的肩膀,道:"你还好?"林微看他一眼,胸口一起一伏,忽然间放声哭了起来。无间揽她在怀里,拍拍脑袋,道:"这是怎么了?"林微道:"莫姑娘的娘姓陆。"无间"嗨"一声,道:"你没听清楚么?她娘姓——于!"林微凄然一笑,轻声念一句"鸿渐于陆",就此咽住了,再不言语。

那平川谷东北西南走向,被雁字山与雁回山所夹,便如同一条长廊,一头接着临安府,一头接着临江府,而瞻马台是一座青石砌成的台子,差不多在山谷正中,原本是宫里来的人挑马的地方。青天淡淡,绿草漫漫,谷内舒缓坦荡,别说一队人马,即便是一只兔子,一只飞鸟也无所遁形。雁回山山坡上有一条似是而非的小道,虽说崎岖难行,但总比走在谷底来得隐秘一些,二人黄昏时分上路,走出一段,乌云渐起,淅淅沥沥下起雨来。

山脚下每隔五六里便有一幢原木钉砌的小屋,尖顶阔窗,样子别致,早先都是养马人的起居之所,时过境迁,许多已经破败得不成样子。两人不能再走,便躲进就近的一间木屋里歇脚。屋内还算干净,零星地生有一些杂草,中间散着一张断了腿的方桌和几只黑乎乎的木凳儿,再过去的墙角还有一张木炕,南向另有一扇大窗,足有五尺见方,可不知为何,被木板覆住,从里面钉死了。有雨滴不时地自屋顶漏下来,落在此处或彼处,带出一片片的闷响。

无间升起一团火,荡开的暖意将潮溽之气驱散不少,又是一个七日之期,无可奈何,只好服些海蓝若,老老实实在炕上打坐运功。再睁开眼睛,已是深夜时分,雨下得正紧,绵密的雨音里有一层苍凉的空旷,林微不知何时睡了过去,而那团火却在将熄未熄的边缘,起身捡一些破木片儿丢进去,火苗跳几跳,便又旺了起来。空气里渐渐多出一股淡淡的香气,让他不由得"嗯?"一声,变得分外诧异。那气息清冽如雨，分明是冷雨木，可此木生于画眉雪山，又怎会出现在这里？火光里赫然有一根长有尺许的圆木，正是适才丢进去的，他抽出来端详片刻，还真是不差，既如此，难不成这里也有神农教的人出没？风过檐角，"喀拉拉"一声轻响，将他的目光抓过去，一瞥间，钉在窗上的木板似乎跳了跳，透出些纵横的痕迹，摇摇头，自恍惚里捕捉到一些意向，定睛再看，上面还真的有字。

那些字并不清楚，尤其是右上方的一大片，早已经无从分辨，右下角几行均是药名，每一种均注明分量，断断续续写的是"美人泪，二钱，玄沉子，四钱，蜂慕竹花，一钱，断肠草，一钱，冷雨木，四钱"，如此等等，足有十几味，再过去又模糊许多，惟中间的"鹿茸"二字尚可分辨，而且边上还重重画了一条线，下边先是注有"二钱"，划掉了，又改为"一钱"。最左边是一首歌诀，又看又猜，说什么"一指兰花手"，还说什么"美人泪，竹花凉，断肠一枝以火烫"，最后一句则在左下角，只看得清"风吹折"三个字。这似乎是某种毒药的配制之法，但是细细想来，若干配材的用法用量又大违常理，说不通。

写下这配方的这一位要么聪明绝顶，要么糊涂透顶，可个中用意纵横睥睨，还是非神农教的人莫属。除此之外，仙界峡下生丹阳花，花色黑红，花汁如墨，用它写字干了以后了无痕迹，但是点燃冷雨木加以熏烤，则复又现形，这在神农教是弟子们暗中联络常用的手段，而木板上这些字也正是以这种手法写成。无间再琢磨一会儿，又莫名的有些恼火，这一切不伦不类，又是怎样一种讲究？是有人设的局，还是开的一个玩笑？雨脚收了，林微不知何时也醒了过来，无间将所见所知细细讲了一遍，她一面不胜惊讶，一面又有些无所用心，蹊跷归蹊跷，终究还都是些无关紧要的事情。

此处距离瞻马台不远，早些赶过去，正可以以逸待劳；二人当即上路，又走一段儿，天才慢慢亮了起来。不远处的谷底有一座破败不堪的石台,是一团沉闷的青灰色,西北角则立有一块矮墩墩的石碑,上面写的正是"瞻马"二字。他们不敢乱走,四面望望,溜进一堆乱石之间藏了起来。这样又是好久,日头挂上树梢,又爬到头顶,继而又蔫蔫地坠了下去。无间睡着又醒来,睡着又醒来,一张饼子啃成弦月,又啃成月牙儿,那无边的寂静才像是被轻轻撞一下,散开了,继之传来一串清脆的马蹄声。

两名灰衣人各骑一匹骏马,从临江府方向疾驰而来,他们都用黑布蒙着口鼻,到了瞻马台一跃而上,继而又各自取出一只皮囊,将里面的水洒在了台面上。待一切收拾停当,二人往雁回山方向走出几步,又改了主意,转而走上雁字山山坡,转几转,也便不见了踪影。四处恢复原状,就好似那两个人从不曾出现过一样;日头依旧火辣,炙得人好不难受,两只雄鹰在极高处盘旋,成群的飞鸟则时不时撞进眼帘,无间再不敢犯困,又摸出一块饼子咬在嘴里,林微则是一副有所思的样子,盯着天际变幻的云朵发呆。这样差不多有一个时辰,无间变得有些疑神疑鬼,悄声道:"那个杨先生便不曾提起过相府的人应当几时到这里?"林微摇摇头,无间又道:"会不会空等一场?别人不知道,咱们还不知道莫姑娘早就不在相府了?"林微道:"那他们也应当派人传个话罢,毕竟千金大小姐在人家手上。"

无间点头的工夫,又有马蹄声响了起来,这次是一人一骑从临安府方向过来,马上一位女子,一身紫衣,身形瘦削,咋一看还真就是莫彤裳的模样。她四面望望,翻身下马,沿着石阶走上瞻马台,过不一会儿,忽然张口说道:"有人没有?在下莫彤裳。"这样叫几次,不见人回应,她变得有些手足无措,向着来路张望片刻,脚下忽然一个趔趄,竟就扑地而倒。无间这才恍然大悟,先前那两位撒在台面上的该是悯神香一类的迷药,如此不费吹灰之力,便拿下了相府来人?果不其然,对面山坡上身影一晃,那两位灰衣人便走了出来,而且像是颇为得意,一摇一晃的,还哼着小曲儿。他们掩上口鼻，将那女子绑起来，打横放到马上，随即投临江府而去。林微看着他们的背影，好生困惑，道："这就是相府的对策？"不能说服自己，也就不敢贸然现身，正犹豫的工夫，又有马蹄声从临安府方向传了过来。

这次共有六位，当先一人身材干瘦，面目枯黄，正是王不喜，紧跟在他后面的是周案玉和那位冯大哥，断后的则是三名相府侍卫，除此之外，另有两条狗当前引路，一路嗅，一路吠叫不已。林微略一思索，也便明白过来，那位紫衣姑娘冒充莫彤裘来到此间，实则不过是诱饵而已，而她一旦被带走，那两条狗循着气息追下去，自然能查到对方的落脚之处。到了瞻马台前，其中一只狗纵身跳上去，只是转不到两个圈子，也一头栽在了地上。王不喜吃了一惊，抛出一条绳索，将它扯了回来，而这会儿另外一条狗像是闻到了什么，忽然间蹿出丈余，吠个不住。众人会意，便又打马往临江府而去。

无间林微又稍稍一等，才展开轻功跟了上去，这样有半个时辰，平坦坦的原野之上忽然多出两匹马，风行如水，一丝血腥气也随之隐隐约约透了过来。二人停下脚步，目光再寻出去，野草与山石之间赫然现出一具尸首，正是适才两位灰衣人中的一位。他仰天而卧，胸前插着一把明晃晃的匕首，而右手掌心贴在把柄之侧，竟像是自尽而死。再过去十余丈，地面上鲜血淋漓，沥沥拉拉，延入一丛半人多高的长草之中。林微取树枝儿拨开少许，不远处躺着的正是另外一名灰衣人；他头发灰白，该是四五十岁的年纪，小腿处血肉模糊，一看即知是恶狗所伤，而口中鼻中眼睛里耳朵里一片殷红，依旧有鲜血不停地渗出来。无间伸手出去，自他领口之间扯出一只白色的小袋子，嗅一嗅，叹一声，道："这个也是自尽而死——服毒自尽。"

林微道："还有救么？"无间稍一琢磨，道："活是活不了，或者能续一口气。"四面望望，拔起数根草茎，掐头去尾，继而略施内力,分别刺进那人七处穴道之中。不一会儿,有黑血渗出来,那人则低哼一声,缓缓睁开了眼睛;他目光涣散,掠过无间脸庞,未作丝毫停留,可到了林微那里,却忽然间凝住了。无间续一些真气过去,叫一声"老伯?",他却只盯着林微,口中忽而挤出三个字,"莫姑娘?"林微心念如电,轻声道:"我不愿意欧阳小姐有什么风险,便自己找了来,要怎样才能换她回相府?"那人眼神一亮,张张嘴,分明是说了"栖梧山庄"四个字,便头一偏,就此身亡。

林微心下一惊,栖梧山庄,那不是徐蒙约了杨小鸥再行比试的地方么,既如此,那与相府作对的难不成是徐将军?而徐蒙对欧阳青青颇为爱慕,或者这不过是虚惊一场,再没有担心的必要?眼前此人分明认得莫彤裳,在瞻马台却没有将那紫衣女子一刀杀了,可真是大错特错,而他们都是自尽而死,可想而知,王不喜等人定然一无所获,而这不知又是谁的主意,可未免有些操之过急。只是无间没有这样多的心思,道:"周公子居然也来了,还算不上完全没有良心。"林微撇撇嘴,道:"就你?再修炼一辈子也猜不出他的心思。"

待进了临江府,又是向晚时分,此处比不得临安府繁华,但小桥流水,依河成街,清风习习,舟橹吱呀,反而更多一层江南小镇的温适。寻客栈歇一晚,第二日早间,无间打开窗户眺望街摊,正琢磨有什么好吃的,一股清风扑来,不知从哪里搬来厚厚一团臭气,卸了他一头一脸。那味道经久不散,渐渐更有些掘心挖肺的意味,他再也忍耐不得,抬脚从窗口跳了下去。隔壁是一家包子铺,里面空空荡荡,只剩下掌柜的守在灶台边上发呆,再过去几家宅子,一位白发老儿在街边连扇带吹地捣持一只泥炉,而炉子上面座有一只砂锅,嘟嘟作响,那股臭味正是由此而来。

那掌柜的看见他们,摆摆手,叹道:"这什么时候才是出头之日啊!"无间指指那老儿,道:"这是做什么呢?"那掌柜的道:"那是张老伯,他儿子一病不起,每日里要服一剂药,可每次煎药,都是这样的臭不可闻。街坊邻居几十年了，他们又可怜，我们也不能怎样，可是弄得生意都没的做，想平心静气都难啊。"无间道："他儿子得的什么病？"那掌柜的道："他父子二人开一家小本的药铺，不算富裕，可也衣食无忧。几个月之前，栖梧山庄说是要找一些懂药理的人去种花，一个月给天价十两银子作酬劳，张老伯贪图饷钱，便将儿子张旺送了过去。刚开始他得意得不行，逢人就吹儿子如何如何了得，凭木事挣得白花花的大锭银钱，只可惜人算不如天算，没多久栖梧山庄的人便一扇门板将张旺给抬了回来。他浑身浮肿，口不能言，之后一直卧床不起，差不多是废人一个了。"无间道："便没有看过郎中？"那掌柜的道："看了不知多少呢，药也吃了不计其数，却一直没有什么起色。唉，张旺挣的那点银子，应该早就搭进去了。"林微道："张旺是在栖梧山庄病倒的？"那掌柜的道："像是如此。"林微道："那山庄的人便不管不问了？"那掌柜的道："这个你要问他们，不过应当也怨不得人家吧，他被抬回来头一天夜里，又刮风又下雨的，我心里还说这不像什么好兆头，不想应验在他的身上。"

林微斟酌一下，道："栖梧山庄可是徐将军的？"那掌柜的道："不错，他祖籍在此地，园子是祖上留下来的，不过他常年戍边在外，山庄一直由他儿子打理。"无间道："哪个儿子？是不是临安四大公子之一的徐蒙？"那掌柜的道："就是他，徐将军的大儿子一直跟在徐将军身边，在边外吃了许多苦，徐蒙是次子，说得不客气些，有些不务正业，骑马、射箭、捶丸、蹴鞠，样样玩得开，那园子也被他弄成了一个十足的嬉戏游乐之所。"无间愈发好奇，道："栖梧山庄在哪里？我们能去瞧瞧不？"那掌柜的道："去瞧瞧？哪有这么容易！那山庄在城西十里，被层层叠叠的梧桐树林包围，所以才起个名字叫作'栖梧'。人说那林子甚是古怪，若是无人引路，三日三夜也绕不出来，平头百姓说起来都有些害怕，所以当初张家父子为了银子拼上胆子，也让人吃了不小的一惊呢。"

说到这里，张老伯端着砂锅进屋去了，街上的臭气随之淡了不少。林微又道："这臭药管不管用？"那掌柜的道："那是张老伯费了九牛二虎之力才找到的偏方，早晚各一剂，吃了半个多月，好像有些效果。他还说那药只能在当街敞亮的地方熬，若在屋里，会出人命的。"林微便扭头去看无间，无间笑呵呵地道："那是猪吻花。"林微不由得也笑了起来，道："你是说那花长得像猪嘴巴呢，还是说只有猪才会去拱？"无间道："它开花的时候，方圆数丈之内臭得固若金汤，猪都不会去拱。"林微道："可你们还将它当成宝？"无间道："非也，非也，这个在神农谷也不招人待见，不过它抑得住惘神香，可以用来防毒，至于解毒，功效了了。"林微道："那张老伯便是药不对症？那你可救得了张旺？"

二人说着话便往张家药铺走，可那臭气越来越盛，林微一跺脚，便停了下来，皱着眉头瞅瞅无间，道："你鼻息比别人灵敏十倍，这在我来说是闻些儿臭气，在你便是吃——了！"无间不由哈哈大笑，道："人在江南，你便不能学些大家闺秀的做派？"说着话从背包里取出冷雨木，切一小片就着火折子点着了，往药铺地面上一丢，那木片烧得啪啪作响，屋内气息则为之一变，瞬间变得无比清透。那张老伯看这两位探头探脑的，正不耐烦，这会儿吃一惊，一下子便恭敬许多。林微笑着说道："天下排名第三的神医来了，你还不赶快伺候。"那张老伯也说不出究竟信她什么，寒暄两句，便将二人带了进去。

卧房榻上有一位后生，睡在一床薄被之下，双目紧闭，呼吸时轻时重，而手上臂上脸上像是在水里泡了太久，一片煞白，还肿得老高。张老伯掀起被子，指一指张旺双脚，道："症结应该在这里。"两只脚早没了形状，入眼是一片触目惊心的黑紫色，张老伯又道："那猪吻草是我花大价钱从一位江湖郎中手里买来的，用了不少时日了，好像也不太有效。"无间道："你可给他洗过脚？"张老伯道："用清水冲过一次，一触水，他就撕心裂肺地喊痛，我也

无间传　359

就不再敢了。"无间伸手捏一捏，不由得便想到了定风谷——西甘南三的花圃中有蜂慕竹花与晚妆云，二者都不算毒花，相辅相成，长得最好，可花浆若是溶在一处，又会成为剧毒之物，浸入肌肤，能慢条斯理地取人性命；张旺双脚中的紫色分明是晚妆云的紫色，而蜂慕竹花的淡黄色沉入其中，却有些瞧不出了。

他让伙计端一桶滚水上来，扶张旺坐在塌边，不由分说，搬起双腿直杵了进去。张旺不料他这等粗鲁，疼得惨呼一声，那张老伯坐不住，蹿上来便打。无间也不在意，受他几下，却一直死死按着张旺；两种花汁遇滚水则散，张旺哭号一会儿，忽然明白过来，瞅一眼爹爹，开始连连点头。过了片刻，他脚上脱了不知道几层皮，变得红赤赤的，可紫气也因此去了大半。无间随口点几味药，让那伙计去配，而张老伯听在耳朵里，恨不得将他供起来拜上一拜。用完药，他又让那伙计打开门窗，拿掉帘子，弄得屋子里一片通透，张老伯却又不断摇头，道："这几日蚊虫肆虐，我刚刚换一层窗纸，你这种样子，不出两个时辰，张旺便会被吸成一具干尸的！"无间道："那就对了，早放手让蚊子来咬，病早就好了！"

卧房里蚊虫肆虐，究其实还是花汁入血，滋生腐气所致，可张老伯又哪里能明白这一层道理？无间将张旺身上能除掉的衣服尽皆除掉，赤条条的晾在那里，青天白日，本来一片清静，可不多时"嗡嗡"声便响了起来。那蚊子一片片的，也不理会别人，全扑到张旺身上，仅一只胳膊上便落下几十只。众蚊子吸饱了血，一个个变得紫莹莹的，摇摇晃晃飞不多远，便一头栽下来，死掉了。不多一会儿，地面上便铺起一层死蚊子，张老伯看得瞠目结舌，却也多少明白了其中的道理，要么这些蚊虫被勾了来，还是因为它们与花毒有相合之处，而如此吮血，实则又与祛毒无异。无间继而嘱咐道："待会儿你打扫了这些蚊虫，还要埋进土里才好，免得惹出事端。"

张老伯转而将二人带到客厅，亲自泡些茗茶招待，林微道：

"这栖梧山庄又是怎样的讲究？"张老伯道："没去过的人觉着高不可攀，真去过了，也没什么，当初我送张旺的时候在里面走过一圈，坊间说的不差，就是一个游乐之所，楼台亭榭不说，还有一个十窝的捶丸场，一座射圃，一片赛舟的水面，一片马球场和一片蹴鞠场。"林微道："这样一种地方，他们怎么会想到种药种花？"张老伯道："这个我可说不清楚，栖梧山庄地势起伏有致，那花圃开在最低洼处，好大的一片，几十种上百种花草，分别标着号，具体是什么名字，却不让张旺他们知道；此外他们还有一本册子，讲解哪些该种在哪里，该如何施肥，如何浇水云云，有图有字，详尽至极。张旺在那里待了不少时日，每天刨刨种种，可是究竟在做什么，又为什么那样做，却始终说不出个所以然来。"无间道："他不知道那些花草有毒？"张老伯道："他说那些花开起来透着些妖冶，看着是教人生疑。"叹一口气，又道："被送回来之后，他醒的时候少，睡的时候多，事情说得断断续续，我也弄不太清楚，总之出事头一天下了一夜暴雨，风也很大，张旺早上醒来眼前便一片昏黄，身上软绵绵的，几乎下不来床，可是给人当差，不去花圃看看也不成，这样昏昏沉沉走出来，不知怎么便踩到了花丛里，之后便成了这副模样。"无间挠挠头，不自觉又想到了定风谷，心下便有些儿不安，林微道："其他人呢，难道被毒到的只有他一个？"张老伯道："张旺说其他人都是午后才去的花圃，那时候就消停多了。"无间道："山庄的人又怎么说？"张老伯变得大为恼火，恨恨地道："他们只说我儿子得了病，送回来调养调养，丢下人便扬长而去，这才是良心都让狗吃了！"

他越想越是愤懑，呼呼喘气，林微等了一会儿，才又问道："你说我们能不能去栖梧山庄做个花匠？"张老伯吃了一惊，道："我劝你们还是不要自找麻烦，那个地方透着邪气，想想还真是教人后怕。"林微道："一个月果然有十两饷钱？"张老伯道："得不偿失，得不偿失的。"不过再转念，又道："可话说回来，依着小哥在药学上的修为，这定然不是什么难事，而且他们人手不足，也是真的。"继而又瞅瞅林微，像是得了些确认，道："我和他们好歹还混个脸熟，你们一定要去，我倒可以送一程。"

只这一会儿，张旺气色便好了许多，而且有了胃口，说要吃面。无间为他又配两服药，张老伯一字一句记下，千恩万谢，之后三人稍作休整，便直奔栖梧山庄。那梧桐林一出城便能看到，枝繁叶茂，绿油油的像一大片凝固的云，张老伯带着他们向南走出好远，又绕回来，这才上了一条林间小径。绿荫遮天蔽日，鸟鸣声此起彼伏，一方寂静又清爽又厚实，实在是不像是一个阴森森的所在。

无间不觉着什么，张老伯却一直战战兢兢，不住口地唠叨此地如何如何防不胜防。空气之中不知何时多出一层温淡的香味，无从分辨，却又挥之不去。无间略感惊讶，目光寻出去，树下密密麻麻的全是灌木，几乎没有落脚之处，黯淡的阴影里却又散着一些小指大小的白花，带出些含蓄的亮色。此花名为烂柯莲，气息搅扰肺脉，按说足可致人窒息而死，要么张老伯走得呼哧呼哧，原因原来在这里。

不多时小径变成三条，张老伯毫不犹豫，大踏步走上中间一条，一股极淡的酸味随即透过来，教他长出一口气，挺挺胸脯，忽而精神许多。无间心中早有计较，于路边树根处果然看到几根半黄半紫的草茎，那草名为雪草，有辛酸之气，可清脑提神，算是烂柯莲的克星，而这些应验在张老伯身上，没有半点出入。这样再走一段，烂柯莲的气息复又转浓，待张老伯引他们折上一条新路，雪草便又款款而至。过来五六个岔口，相同的情形周而复始，无间林微拜断疴木所赐，不受半点侵扰，而张老伯坏一些又好一些，反反复复，却也安然无恙。无间口中慨叹，道："好生蹊跷。"张老伯完全不能领会他的意思，道："这路四通八达，又不知所终，若是自己乱走，到死也不见得能走出去。"

无间又是一惊，早不曾留意，原来这其中还有一层山重水复的况味，教人全然不知身在何处；心下叹服，却也更加领会这林子的凶险之处，路走得对了，雪草与烂柯莲两相中和，不留丝毫痕迹，可一旦错了，过不多久，可就一命呜呼了。又走一阵，小径的尽头现出一间茅屋，两个仆从模样的人正就着一张方桌喝茶，其中一位抬头看见他们，吆喝一声，随即又认了出来，道："这不是张老伯么？"张老伯应一声，道："大富，大贵，好久不见。"

他略作引见，只说无间林微通晓药理，有心去山庄做个花匠。那两位并无怀疑，引着他们便进了茅屋；屋内空无一物，唯有一扇门，却开在地上。掀开门，有台阶通向暗处，大富遂带着三人拾阶而下；再踏上实地，眼前又是一亮，一座灯火通明的长廊笔直的向远处延展，却是从地下穿越梧桐林，直达山庄。那地面系巨石铺就，一片平坦，并排跑得数匹高头大马，走到尽头，迎面是两扇厚重的木门，一人多高的地方又有一只铜镜，隐隐有光亮透过来。大富拉一下门边的铃铛，那铜镜随之一暗，有人张望一会儿，道："是大富和张老伯？"两人同声答应，那人又道："另外两位呢？"张老伯道："我举荐来做花匠的。"那人"嗯"一声，转而道："张老伯，你儿子好些了？"

张老伯道："多谢崔总管挂念，好多了。"继而指指无间，又道："还多亏这位小哥，否则我真是不知道怎么办才好。"崔总管像是打量了一番，道："你叫什么名字？"无间道："范阿七。"崔总管道："张旺得的是什么病？"无间老实答道："被蜂慕竹花和晚妆云的花汁浸入肌肤，中了毒。"崔总管吃了一惊，道："你又如何知道？"无间想一想，道："我去过云南，耳濡目染，懂些草本之理，这些病症在那里其实再普通不过。"崔总管甚是满意，转而又问了林微几句。她所知庞杂，应付起来毫不费力，崔总管又道："你们怎么会想到来栖梧山庄？"林微笑道："银子多啊。"崔总管呵呵一笑，道："可记着，一旦进来，再想出去可没有那么容易。"

"咔啦"一声响，崔总管开了门，大富和张老伯告辞而去，无间林微则拾阶而上，又穿过一片门廊，眼前才又转为一片晴天丽日。栖梧山庄尽收眼底，最外面是梧桐林，中间是护城河般的一圈池水，最里面才是园子。射圃、马球场、蹴鞠场均在北面，南面地势起伏，是一连串捶丸的亭子，此外还有弯弯绕绕的长廊将各处连接起来。这其中再间以绿柳白杨、红花碧草，一切堂皇到极处，却也雅致到了极处。林微一面啧啧称赞，一边道："崔总管，若是人间仙境，便应当来去自由，这等机关重重，是不是有点儿煞风景？"崔总管笑道："那要看奉的是哪一路的神仙。"无间跟着也笑，道："正常神仙哪里会有这等机心，教我猜，八成是落草的一个。"崔总管不想此人这等放肆，拧着眉毛看他一眼，林微赶快岔开话题，道："是不是为了给皇上做耍，才修成这样？"崔总管道："皇上还真的来过，徐大人三世为官，相应的，这园子修了足有五十年，尤其过去七八年，二公子可费了不少力气。"林微道："听说徐公子蹴鞠玩得极好？"崔总管道："若问我，当世无匹！而且不止于此，他马球和捶丸上的身手也非同小可呢。"

走过一片假山，地势一沉，右边洼地里忽然跳出来一片色彩斑斓的花圃，方圆十几丈，还真是颇有气象。无间观望片刻，内里果然有些耐人寻味的地方，同样讲究花草间相依相辅相生相克的道理，虽则手法颇为粗浅，甚至略显牵强，但思路却是从定风谷花海衍生而来——这无论是谁人所制，和神农教必定大有渊源。崔总管引他们与其他花匠相见，便有人递上一本厚厚的册子，无间记起张老伯所言，信手翻一翻，里面讲的正是诸种花草的种植之法，一切早就了然于胸，自然也不必放在心上。

第二十七章
笑我红装似儿郎

余下半日，两人开始在花田里做些杂活，林微脑中将事情回溯一遍，忽然多出些说不清道不明的滋味，只因为那灰衣人在平川谷的一句话，他们便辗转到了此间，可欧阳青青真的会在这里么？再抬头，一位干瘦的婆子不知何时走到了近前，一袭黑衣，身形佝偻，橘皮脸，三角眼，鼻孔朝天，面呈死灰，阴森森的不说，走起路来竟就没有半点声响，纵是天光亮亮的，也还是教人疑心是不是撞了鬼。林微心下微微一跳，掠走青青的一共三人，其中一位不正是这副形容？

她赶紧低下头，可那婆子却无丝毫怀疑，张口问道："崔总管呢？"无间全没有这些念想，接口道："刚才还在呢，这会儿不知道踱去哪里了。"那婆子道："你们是新来的？我怎么从来没见过？"无间道："今日才到山庄，你可有什么吩咐？"那婆子冷笑一声，道："那你们便全无用处。"说着话摸出一张纸片，又道："你让崔总管备好了，申时之前务必给我送过去。"无间接过来，只见上面写道："断肠草，叶子，二钱；千寻花，花片，四钱；晚妆云，叶子，四钱；腥草，根茎，六钱。"林微探头过来瞅一眼，不住摇头，无间有所领会，忍了又忍，终于没有移动步子。那婆子转身离开,无间瞅着背影,"嗯?"一声,又"啊!"一声,这才明白过来。林微道:"她打的什么算盘?"无间道:"腥风掌,这婆子要练腥风掌。"林微略感惊讶,道:"她功夫好得很,居然也要练你们神农教十恶不赦的妖法?"无间道:"腥风掌说是掌法,可也不尽然,淬掌所用的腥风汁和相应的法门才是精要所在,其实只要依着运功,不论何种掌法,都可以带毒的。"林微道:"那淬一次要多久?"无间道:"半个时辰。"林微道:"淬好了,又管多久?"无间道:"一到两个时辰。"林微看看天色,道:"难道这婆子有架要打?"这时崔总管不知道从哪里又冒了出来,无间递上纸片,将事情说了一遍,林微道:"她是什么人?"崔总管道:"她不久前才来的园子,姓卢,人都称她为卢嬷嬷,据说是徐将军的亲信,武功深不可测的,只是不人不鬼的,着实寒碜着呢。"

夜色渐深,月是半弯,从树枝头慢慢升上中天,林微和无间在高处的凉亭里候了好一会儿,西北方向有门闩声隐隐响几下,三条人影随即从一间小院里走了出来,一高一矮一佝偻,再无差错,正是夜袭相府的三位。他们径直向西走到河边,相继飞身而起,在水面上一点一纵,上到对岸,再转几转,便走得看不见了。那河宽有十余丈,这等蜻蜓点水般的轻身功夫,也当真了得。到了近前,涟漪仍在,无间正自感慨,林微却飞身而起,足尖在涟漪中心处一点,也跳了过去——原来水面之下居然藏有一片暗台。

沿岸边走出一段,二人才找到一条小径入了林子。林微始终领先一步,该直行时直行,该转弯时转弯,没有半点犹豫,无间好生惊讶,还道她也悟到了烂柯莲与雪草的道理,询问两句,才明白全无关系。那林子原是依着五行之变修成,林微随张老伯走没一会儿,便心下了然,可即便是她,也不曾料到这其中向险恶里用心,还有一层药理上的布置。又走不久,呼喝之声便传了过来,放慢些脚步,再行观望,月光下有三人斗得正紧;其中一位正是卢嬷嬷,而另外两位却是王不喜和在平川谷冒充莫彤裳的女子。二人招招狠辣，疾风骤雨一般，恨不能立时取了卢嬷嬷的性命，可她却好整以暇，甚至有些存心相戏的意味，又走数合，居然隐入树后，踪影全无。那两位仗剑而立，呼吸声清晰可闻又浊重异常，天知道他们在林子里绕了多久，要么想速战速决呢。不多时卢嬷嬷便又绕了出来，双掌一合，卷起一股疾风扫向王不喜，王不喜退开数步，满面怒容，道："老妖婆，你占尽天时地利，还要做此等妖法！"卢嬷嬷身子一缩，看似隐入黑暗之中，那女子却跟着"啊"的一声，被斜刺里拍过来的一掌击中肩头，晕了过去。王不喜愈发怒不可遏，道："神农教自傅长天之下无一不是奸邪妖孽之辈，有种便与我面对面比画比画如何？"卢嬷嬷冷笑一声，忽然改为大开大合的路数，不出十招，一掌拍上王不喜前胸，他跌倒在地，低哼数声，却再也动弹不得了。

那一高一矮的两位一直在边上观战，这会儿同声问道："腥风掌果然有些用处？"卢嬷嬷没有言语，俯身捡起一颗石子，嗖的一声弹了出去。不远处的树影里有人跟着叫一声，软塌塌倒在了地上，卢嬷嬷走过去踢一脚，道："你是不是叫作周案玉？"那人闷头不语，可片刻之后又哇哇地叫了起来，原来是被捏住了手腕。卢嬷嬷道："你一个公子哥儿，最好有什么说什么，别扮什么硬骨头的江湖汉子，这苦头才不是你能吃的。"那人果然是周案玉，他不住点头，道："你放手，我说就是。"

卢嬷嬷道："你们来临江府做什么？"周案玉道："办些私事。"卢嬷嬷道："何事？"周案玉叹一口气，道："来找一位姑娘，在下心仪的姑娘。"卢嬷嬷道："你心仪的姑娘怎么了？"周案玉道："走丢了。"卢嬷嬷道："如何便走丢了？"周案玉道："她头一晚还好端端的在院子里弹琴，第二日便不知所踪了；府上府下，临安内外，我都找遍了，却什么都没有找到，转天有人报信说在临江府看到过她，我才会赶过来瞧一瞧。"卢嬷嬷道："那你找到她没有？"周案玉道："没有。"卢嬷嬷道："你走哪一条路过来？"周案玉道："自然是走官道过来。"卢嬷嬷道："平川谷坦坦荡荡,为何不走?"周案玉声音没有半点变化,道："想到了,只是不曾走。"

卢嬷嬷冷笑一声,道："那为何有人亲眼看到你们从平川谷出来?"周案玉仍然不动声色,道："人说那姑娘在平川谷谷口出现过,我当然要去看一看。"卢嬷嬷道："有人还死在那里呢,你可曾看到?"周案玉道："没有。"卢嬷嬷忽而纵声长笑,道："尔等在平川谷做的事情,以为我果然不知道?"王不喜忽然大声说道："既然如此,那引诱我们来此间的,也是你的人了?"卢嬷嬷不置可否,复又扣住周案玉的手腕,厉声道："你在我手里最好识相一些,我且问你,莫彤裳究竟在哪里?"

周案玉疼得又大叫起来,道："我不是说了么,她走丢了。"卢嬷嬷多出一丝惊讶,道："你意中人居然不是欧阳青青?"手中寒光一闪,持匕首抵在周案玉喉间,又道："不交出莫彤裳,明年今日便是你的祭日。"周案玉道："她不在我的手上,你杀我一千遍也好,一万遍也好,交不出还是交不出,再说了,在相爷那里她不过是一介民女,用来换大小姐,又有什么可犹豫的?"卢嬷嬷道："说得轻巧!若是一介民女,尔等为何要偷偷摸摸将她弄到相府?"继而手上一伸,道："拿来!"周案玉道："什么?"卢嬷嬷道："《陈年梦境图》。"周案玉道："什么陈年梦境图?"卢嬷嬷道："这一切还不都是因为那一幅画而起?"周案玉道："莫姑娘人走丢了,我交不出,现在你又要什么梦境图,我听都没有听说过,自然还是交不出,既如此,求饶也不会有什么用处,要杀要剐,悉听尊便。"

卢嬷嬷忽然间不再说话,望天想一阵子,忽然嘟囔一句："还真是高估了这些人不成?"说着又伸手在身畔的梧桐树上拍了三下,两长一短,箜箜地传出去好远。有应和之声从南面传过来,不多时脚步声到近前,两名家丁从树后转了出来,听她交代几句,随即押着周案玉三人去了。她依旧是一副百思不得其解的模样,来回踱几步,还带着一高一矮的两位回了山庄。林子里又归于一片死寂,这次倒是无间，心中七上八下的再难消停；相府丢了大小姐，又丢了莫姑娘，如今再丢了周案玉，天知道会是怎样一种情形，好的一面，欧阳青青八成就在山庄里面，可不好的一面，卢嬷嬷将堂堂相府千金捏在手里，却换不来莫彤裳，也换不来《陈年梦境图》，有这样一肚子火，可不要做出什么要命的坏事才好。

再接下来几日却出人意料地平静，一切慢吞吞的，弄得人心也懒洋洋的，而卢嬷嬷足不出户，他们也就不能过去一探究竟。可是再接下来，园子里忽而添一层别样的喜兴，原来转天就是徐家军和踏云社比赛的日子。刚过正午，崔总管和一众花匠聊天儿，道："你们可知道徐家军百战百胜，却在临安输过一场？"有人道："教我猜是输给了杨小鸥的踏云社？"崔总管道："不错，因为这个，咱们公子输给欧阳公子一万两银子——"有人接过话去，道："银子这事儿，为何在这些公子哥那里总是这么容易？"崔总管嘿嘿一笑，道："这次他们还要赌，而且赌的是——五万两！"一群人愈发瞠目结舌，又有人又道："老崔，依你之见，咱们公子胜算几何？"崔总管道："说不好，不过徐公子回来这里，占尽天时地利不说，不还有两个高手助阵么。"有人道："你是说普明普乐？"崔总管道："正是。"无间道："谁是普明普乐？"崔总管道："卢嬷嬷的两个随从，到时候你就知道了，一个高得要命，一个胖得要命，他们耍弄蹴鞠，都是绝无仅有的高手，我猜徐公子将球约在这里，就是想让他们上场！"有人又道："难道这两位比得过杨小鸥？"崔总管道："不管怎样，杨小鸥是一人，普明、普乐，还有徐公子可是仨人。"

第二日不到午时，徐蒙便引着徐家军到了山庄，数十人吵吵嚷嚷，演练半晌，弄得大伙儿干活的时候都有些心不在焉。再一日自大清早开始，便有人陆陆续续来到山庄，前前后后足有数百人，几乎云集临安府与临江府的富贾显贵。午时不到，所有的人便全去了球场，挤得水泄不通。这次徐家军着红衣，单看精气神儿，就比在北望庭的时候高亢不少。普明、普乐果然在场上，而卢嬷嬷居然也走了来，在不起眼的一隅站定了观望。再一会儿，踏云社的人才上了场，他们俱着白衣，看上去还算从容，只是没有杨小鸥，总显得有些六神无主。林微无所念想却又有所念想，视线最终还是寻到球场北面的敞亭之中，软椅之上坐着几位公子哥儿，中间一位一身淡蓝色的长袍，洒脱里略显落寞，正是欧阳胥。

看看差不多了，她去近旁小亭里扯了一身踏云社的衣帽，便和无间直奔卢嬷嬷的小院。这一路半个人影也不曾看到，到了那里，却有两个小厮正伸头探脑地站在门边；她径直走过去逗他们说话，无间则绕到侧面，越墙而入。正面房门没有落锁，一推即开，迎面墙上有一幅水墨画，绘的是烟雨江南，水淋淋的颇有意境。球场上的喧闹声淡去不少，而一串儿铁链撞击的脆响则从里间传了出来，掀开帘子，一股温润的香气扑面而来，让无间心头一晃，模模糊糊浮起些念头，未及沉淀，便又飘开了。书案之前坐着一名红衣女子，长眉如黛，眼波如水，正是欧阳青青。她一手握一卷书，另外一只手却被一根极长极细的铁链锁着，结在了身后一根柱子上面；听到声响，并未抬头，只懒懒地说道："老妖婆，茶都没有颜色了。"

在白莎镇行云楼欧阳青青重伤牛进等人，无间始终无法释怀，这会儿心头照旧没有什么好气，想一想，退后一步，打散头发盖住半张脸，才又走了进去。青青不闻回应，抬头扫一眼，道："你是谁？老妖婆又去了哪里？"无间有些糊涂，道："是老妖婆锁住了你？"青青"嗯？"一声，有些奇怪，开始凝目打量他，无间则道："你若想回相府，可以随我走。"青青这才吃了一惊，道："你是谁？老老实实将头发弄利索了，让我瞧瞧。"无间道："我这个样子，自然是不想让你瞧见。"青青目光变得火辣辣的，道："可你不是相府的人——"略一思索，转而道："我有一把削铁如泥的匕首，被老妖婆拿了去，应该就在卧房里。"无间走进去，靠墙的长几之上果然有一把匕首，手柄处还刻有"青青"两个字；取回来，起手去削铁链,却又停住了,道:"让我来救你的人要你答应一件事情。"青青道:"何事?"无间道:"今日不做杨小鸥。"

青青身子微微一震,眼神之中疑云大起,想问些什么,又摇了摇头,只轻声说了一句"也好"。无间削断链子,继而奉上那一身踏云社的衣帽,青青抖开来看一眼,也懒得问,径直穿戴起来。她身材高挑,那袍子不过略微肥些,长短则刚刚好,再拢起长发,戴上帽子,刹那间便成了一副玉树临风的小生模样。无间引着她走到院门口,那两名小厮早已不知去向,而林微正笑呵呵地在台阶上站着呢;看见青青,眼前一亮,道:"你知道这是什么地方?"青青摇摇头,道:"我从未出过这个院子。"林微道:"临江府栖梧山庄。"

青青微微吸一口气,却又将信将疑,道:"徐将军的栖梧山庄?"林微道:"正是,你出了院子,只管向南,自会找到正门,到时候说是踏云社的人就好,不会有谁难为你。"青青目光不离她的脸庞,道:"我可曾在哪里见过你?"林微道:"见过,却不见得看在眼里。"说着话摆摆手,拉着无间还回球场。青青盯着二人的背影,心上莫名地一跳,张口叫了一声"范阿七!",无间脚下拌蒜,却没有停下,还大踏步地去了。

回到场边,比试仍未开始,众人正卖弄脚法作耍;徐家军一边是普明站住场上,出脚搓起一只球,送它窜起来四五丈高,继而伸腿出去,稳稳妥妥接在了脚背上,踏云社一边是一位叫作张方的后生,如法炮制,半点不落下风。普明随即将球撩起来,在大腿上颠一下,肩头颠一下,又用脑袋接住了;他本就圆滚滚的,如此便如同一只大肚子葫芦一般,引得众人一边鼓掌,一边大笑。张方毫不示弱,将球也顶上脑门,同时又搔首弄姿,左顾右盼,亦赢得满堂喝彩。普明一低头,待球滚过胸脯,肚子一挺,送它飞起来老高,继而又结结实实给了一脚;那球砰的一声撞上一棵大树又弹了回来,他则转过身,一撅屁股,拱得它直飞上天,再落下来,还安安稳稳停在脑门之上。张方面无惧色,依样而为,只是到最后一步,拿了个一字马的架势,用右脚脚底将球接了下来;这一手难了三分不说,又分明嘲笑普明身材臃肿,便带了些挑衅之意。普明歪头瞅一眼,抬抬手,示意张方将球垫过来,他则微微一蹲,来球便稳稳地搽在了头顶那颗球的上面。众人轰然叫好的当口,他又道一声"该你了",头一扬,将上面那只球高高地送了回去。张方全神贯注,准备耍一个把式,不想普明一低头,卸下第二只球的同时又给了一脚,"砰"的一声正好砸中张方脑门。张方全无防备,头晕眼花,一屁股坐在地上的同时,第一只球也落了下来,刚好还砸在脑门之上。徐家军哄然大笑,普明则拍拍巴掌,道:"你以为老子真和你玩呢。"

他转身往回走,可走没两步,场上忽然变得鸦雀无声,习武之人心生感应,不自觉稍稍转头,一只蹴鞠转得如同陀螺一般,慢悠悠飘到了侧前一丈的空中,继而又好似被扯了一下,流星一般直撞了过来。他心下一惊,就地一滚避开了,算不上狼狈,可身材在那里,依旧滑稽无比,而与此同时踏云社欢声雷动,杨小鸥不知何时竟到了场边。

她面上带着一块黑巾,可隐隐然还是有一层难言的光彩,而适才那一脚球自然是出自她的脚下。徐蒙神色之间先是掠过一丝愕然,继而又变得喜出望外,道:"杨兄,我还道你也被人掠了去,正好,正好,虽则姗姗来迟,不至于枉费我一番心血。"继而转过头,似乎寻半天才终于看清楚了,冲着楼上叫道:"欧阳公子,你近来可好?""嗨"一声,自顾自又摆摆手,道:"罢了,罢了,你好不好我才不在乎,我想问的是,令妹近来可好?"

欧阳胥也不正眼瞧他,道:"好不好与你何干?"徐蒙嘿嘿一笑,道:"我怎么听说她被人掠走了?"耸耸肩膀,又道:"堂堂相府连自家千金都保不住,是不是因为那些侍卫太过脓包?你有需要言声就好,我随时可以派一队人马过去。"欧阳胥冷笑一声,想说些什么,却又失了兴趣,索性闭口不言。徐蒙并不罢休,道:"我徐府耳目遍地,莫说在临安找一个人,即便是找一根针,也算不得什么难事。"仰脸向天,变得愈发得意,续道:"老相爷万般无奈,不还是求到我爹爹那里去了?"欧阳胥于此并不知情,剑眉一扬,啪地拍了一下桌子,徐蒙又道:"欧阳公子,我对令妹倾慕已久,早些时候爹爹还上门向老相爷提过亲呢——"欧阳胥道:"他若答应你,才真是奇了怪了。"徐蒙道:"他没有答应,不过也没有不答应。"继而呵呵地笑了起来,道:"如今他有求于我,亲自找上门来,你说旧事重提,还有比这更好的机缘么?"

欧阳胥不由得勃然大怒,道:"你爹爹好歹也是一朝将军,你再怎么不济,也算得出身豪门,怎的行事总是一副市井做派?!"徐蒙浑不介意,道:"你可知道老相爷说些什么?"按住话头,望望左右,又道:"他说青青大小姐长这么大,最听两个人的话,一个是相爷本人,还有一位,嘿嘿,是你这哥哥!相爷说他点头还不成,你也答应,她才会真心照办。"欧阳胥像是遇到了可笑至极的事情,道:"徐蒙,你要我将妹子嫁给你?!"

徐蒙双臂一抱,斜视天际,道:"有何不可?"又装模作样地点点头,"欧阳胥,我还听人说这妹子是死是活你其实并不怎么在意,倒是相府走丢的另外一位姑娘叫你五内俱焚?"欧阳胥不屑得无以复加,道:"相府家事,难得你这般在意,我欧阳胥一些没来由的心怀,更有劳你惦记着。"徐蒙四面望望,道:"前些日子三宝会死了一位分舵副舵主,可传言纷纷,都说他便是画仙莫行偂?"一指欧阳胥,又道:"你欧阳大公子将莫府从建康连锅端到相府,打的又是什么主意?嘿嘿,清高清高,这又是哪门子的清高?"欧阳胥哈哈一笑,却又戛然而止,转而低头去品他的清茶,徐蒙又道:"莫副舵主的闺女国色天香,原本便是名震一方的美人儿,而她爹爹既然是莫行偂,那莫府理所当然会有一些未见天日的藏画,兼得,兼得,那点小算盘,你道我真的看不出来?"耸耸肩膀,又道:"不过你若是不能兼得,又会怎样?"

欧阳胥道："你絮叨半日，可我实在不觉得有什么不堪，倒是你，八尺男儿，鸱鹆弄舌，与燕春园的妇人又有何异？！"徐蒙"哼"一声，神色间似是有些恼火，可随即又安静下来，伸出双掌，接连拍了三下。一名小厮捧着一只布囊快步呈了上来，欧阳胥不由微微一怔，徐蒙却似笑非笑，从中取出一支卷轴，道："欧阳公子，人都说你鉴画天下第一，我凑巧得了几张旧纸片儿，你便过目一下如何？"

卷轴打开，欧阳胥脸色刹那间变得一片苍白，断无差错，徐蒙手中正是那一幅《晴明翠山图》。无间同样大吃一惊，转头望望林微，道："难不成他真的找去了慈心庵？"林微难掩一丝烦乱，却只是摇了摇头，欧阳胥站起身，手扶栏杆，道："她人在哪里？"徐蒙道："画在哪里，人就在哪里！"欧阳胥道："信不信明日我便拆了你的栖梧山庄？！"徐蒙口中啧啧有声，道："强抢民女，还真抢到我徐府头上来了？"继而又一字一句地道："你们这些公子哥儿，一个个装腔作势叽叽歪歪，又岂止我瞧着不顺眼，她同样瞧着不顺眼！我大可不必入你的法眼，可那又怎样，她喜欢的，还是那些有铮铮铁骨的汉子！"

场上场下极少有人明白他说些什么，可这副行径，也真是放肆到了极点，欧阳胥半晌不语，却忽然骂了一句："腌臜泼才！"徐蒙毫不介意，笑眯眯地道："那姑娘细皮嫩肉，嘿嘿，花烛之下，可又是另外一副光景呢。"欧阳胥目光如炬，身子却抖得不成样子，忽然抬起手，在脑门上连拍数下，道："你想要怎样？"徐蒙得意扬扬，道："自然是要你成全我和青青的好事。"欧阳胥道："我百无一用，不及青青十一，答应也好，不答应也好，在她那里没有半点分量。"徐蒙道："你只要点点头就好，其余便是我和她的事情，和你无干。"欧阳胥双目微闭，缓缓坐了下来，道："我答应了你，那莫姑娘呢？"徐蒙道："那她便是你的人，八抬大轿，今日便送去相府！"

过得良久，欧阳胥终于长叹一声，道："罢了，罢了。"徐蒙搓搓手掌，像是没有听清楚，道："你这便是答应了？"欧阳胥挥挥手，再不想说话，徐蒙却一脸坏笑地向杨小鸥望去，道："欧阳公子答应了我和青青大小姐的婚事，你是不是也应当恭贺一下？"杨小鸥目光清冷，一言不发，欧阳胥似有意似无意地望过来，不由微微吸了一口凉气，伸出手去，道："你——"这时徐蒙却又拊掌大笑，道："这位小鸥哥神龙见首不见尾，最教人好奇，可是在临安城，又有什么瞒得了我徐蒙？！"踏上数步，力贯右腿，猛地踢起一只蹴鞠，啪的一声，正打在球门右侧的高杆之上，将什么沉甸甸的物件撞开了，一挂布幅随即缓缓地垂下来，上书七个大字，"欧阳胥糊迷心窍"。他脚下一转，再起一只蹴鞠，撞开左侧球杆上的布幅，上面写的却是"杨小鸥荒唐欺世"。球门后侧的敞亭之上有一块横木，上面赫然蒙着一块灰布，他复又伸手一指，笑道："这横批大家要不要看一看？"徐家军高声回应："要看，要看！"他故意卖弄，翻一个跟头，将球搓起来老高，横着再给一脚，那蹴鞠划出一条弯弯的弧线，眼看要撞到匾上了，不想斜刺里又飞来一只，砰的一声将之撞开了。

　　出手之人自然是杨小鸥，而这又像是正中徐蒙下怀，他笑呵呵地望一眼，道："你现在怕了？你出尽风头的时候可知道会有今日？"说话间身子一转，再出一脚，而杨小鸥不动声色，跟着也出一脚。两只蹴鞠相继飘起，一只如流星赶月，另一只却迅如闪电，在距离横匾不足三尺的地方还撞在一处。徐蒙低低吼一声，脚下收放，搓起一串儿蹴鞠，连珠炮一般又砸了过去，可这一次杨小鸥却只踢了一只起来，亦沉亦飘，亦疾亦徐，从稀奇古怪的方位兜过来，将徐蒙那一串儿蹬得尽皆失了准星，噼里啪啦各自落在毫不相干的地方。徐蒙扭头再瞅一眼，心下不由得微微一跳，今日步步为营，眼看要旗开得胜，难不成竟会栽在这一丝末节之上？

　　他双臂一震，普明普乐同时抢上，三人步伐交叠，合而分，分而合，转瞬间拨起十余只蹴鞠，状如长蛇，疾袭小亭。杨小鸥接连跨出七步，七只蹴鞠应声而起，有前有后，有快有慢，却又起承转合，相衔相应，正好似在空中布起一方北斗大阵。碧天之下诸多力道冲撞交织，无声无息，却又拿捏的人透不过气来；而再一转瞬，一切又似尘埃落定，蹴鞠一只接一只落回地面，敞亭之上那块横匾却依旧毫发无损。

徐蒙低低吼一声，盯着杨小鸥，双目之中几乎能喷出火来，杨小鸥则轻轻摇了摇头，继而缓缓除去帽子，再一伸手，揭开了黑纱。青丝如水一般扑上肩头，却又有些许在风里扬起来，直衬得她冷绝艳艳，又英气逼人。踏云社孙总管打了个哆嗦，走上几步，小心翼翼地问道："这位姑娘——？"青青微微一笑，道："孙伯，是我。"这时欧阳胥也才叫出一声："妹子——？"

孙总管更人吃一惊，扑通一声跪在地上，张张口，却说不出话来，青青道："我复姓欧阳，名字是青青二字。"孙总管磕一个头，道："踏云社若有怠慢的地方，还请大小姐多多担待。"青青却望向徐蒙，道："徐公子，你这样苦心经营，是取笑相府千金流连市井没有规矩，还是一门心思要让我哥哥难堪？我也想知道那块横匾上究竟写些什么，要不要我帮你打开？"

徐蒙心神溃乱，几乎要炸裂开来，这一刻费尽揣摩，何以贻笑大方的反倒是他一个？青青又道："我哥哥本就是要美人不要江山的性子，更何况我这个妹子，他要我嫁，随他，我愿不愿意嫁，随我，你还想做什么文章？"徐蒙道："父兄之言，重于泰山，你张狂不驯，是欧阳府的笑柄，与我又有什么干系？！"青青道："那就对了，我欧阳府的事情，用不着闲杂人来操心。"

她继而脸色一沉，道："徐蒙，你将我囚在栖梧山庄，用意何在？"徐蒙竟然也吃了一惊，道："我将你囚禁于此？我为何要将你囚禁于此？你可知道为了找你，费了我多少工夫！"青青并不相信，道："你这会儿装糊涂，可栖梧山庄又是谁的山庄？"伸手一指卢嬷嬷,又道:"即便是家奴作乱,这账还不一样要记在你的头上?"徐蒙一脸茫然,道:"卢嬷嬷,她说的可是真的?"

卢嬷嬷只饶有趣味地望着青青,再一瞬,竟然鬼魅一般疾掠而上,又开五指便去扣她手腕。青青全不料到此人大庭广众之下也这等无法无天,而她拳脚功夫本就稀松平常,一怔之下,又如何避得开来?林微轻喝一声:"老妖婆,看招!"一只蹴鞠应声而起,看似袭向卢嬷嬷后背,却绕个弯子,直扑青青面门。青青面对蹴鞠,忽而又变得驾轻就熟,趁着卢嬷嬷略一分神的空当,斜斜踩出数步,错愕间居然躲开了对方疾如旋踵的一击。与此同时无间也大跨步奔上前来,一招"天行健"起式时还在场外,双掌拍出,便到了卢嬷嬷身前。她再不敢怠慢,回身接下这一招,林微则趁机揽起青青,向水边奔去。

普明、普乐大喝一声,也攻了上来,而卢嬷嬷却闪身退到一旁,俨然要兄弟二人收拾局面。普明身矮臂短,走前一步,普乐身高臂长,滞后一步,二人同使一招,便如同一个人长出四只胳膊一般,变得防不胜防。无间从不曾见过这等情形,接连中了两拳,且战且退,不多时也便到了水边。这时卢嬷嬷冷笑一声,道:"你们既然有胆子和我作对,那也要有胆子受死才对!"林微"呸"一声,道:"不就是多一层接应,谁还真的怕了你?"做个鬼脸,呵呵一笑,忽而与无间同时使出一招"参回斗转"。普明普乐叫一声"来得好!"汇起十成功力同出一拳,还真是要硬碰硬试试他二人的修为——力道迎面而来,一脉磅礴之下却又分分合合,横流逆折,那兄弟忽然间便有些糊涂,心下打个激灵的空当,也如同被劈开的干柴一般,各自跌了开去。无间林微则身法一变,化为截云剑法中的一招"蹑云逐月",携青青一跃到水面中央,再脚下一点,也便好整以暇地落上了对岸。

第二十八章
天籁声里秋花凉

水面之下藏有暗台,这在栖梧山庄是极为隐秘的事情,谁承想他二人这也能知道:卢嬷嬷脸色阴鸷,身形甫动,却又站定了,道:"尔等且消遣片刻,咱们今晚再见如何?"林微自然明白她究竟何指,蹙起眉毛,学着她的口气,道:"也好,那你便候着罢。"转而望一眼徐蒙,笑道:"徐公子,这里有家奴作乱,你回头可想想清楚,该怎样依家法伺候?!"

三人进了林子,而这一日景象与上一次又有不同,路径交叠,盘旋往复,一层层似乎再无止境,好在林微早就了然于胸,或走或转,没有半点犹豫。如此便只苦了青青,她内力平平,又走得有些着急,被烂柯莲气息沁染,累得气喘吁吁。待出来梧桐林,又是夜色初上,无间低低欢呼一声,青青却脚下一软,坐到地上。她禁不住打个哆嗦,道:"好冷!"林微略感好奇,道:"冷么?"这江南初夏光景,风中一团团的全是溽热之气,又如何会冷?青青却抱着肩膀又抖一下,道:"你不冷吗?"

无间却丝毫不以为意,道:"相府千金,不耐风寒,在所难免。"青青冷笑一声,想要反唇相讥,可脑中昏昏沉沉,又全然失了兴趣。无间眯着眼睛瞅她一会儿,才过来探了探脉搏,只是这一探，心下不由得"咯噔"一声，便有些六神无主。他想度一些真气过去，不想青青手腕一翻，打在他胳膊上，道："不要碰我。"无间大为恼火，忽地站起身来，道："毒死你，又丢不了我的性命，谁还真的在乎？"林微听出些苗头，道："卢嬷嬷可对你做过什么手脚？"青青道："怎样才算是做手脚？"无间道："喂你毒药，点你穴道，刺你筋脉？"青青道："不记得。"无间更没有好气，道："那你记得什么？"青青道："我记得暮鼓晨钟，四书五经，你要不要听啊？"

无间思绪牵扯，心上轻轻一颤，道："是那香——"青青声音忽然亮了不少，道："又是哪门子的香？"无间道："你以为你很香啊？"林微伸手在他脑门上戳了一下，道："胡说什么呢？"无间道："我是说卢嬷嬷房里熏的香——温温润润的，还清透。"若有所悟，转而再探青青脉息，那一丝极为飘忽的轻寒忽而变得清晰异常；林微道："她真的中了毒？"无间道："秋花露。"

秋花露在江湖上名气极大，即便是青青亦有所耳闻，她吃一惊，却并不相信，道："老妖婆是神农教的人？"无间却想起来卢嬷嬷讨要腥风掌配药的情形，摇摇头，道："不像。"林微道："你可解得秋花露？"无间道："其一，我配不出解药；其二，即便配得出解药，也不知道大小姐身上的毒药种在哪里；其三，即便配得出解药，也知道毒药种在哪里，嘿嘿，我还不想配呢。"

他嘴上这样说，可还是拟出一个保命的方子，林微记下了，便独自先去临江府抓药。青青靠在大石之侧，愈发昏昏沉沉，而体内寒毒又如同冰花一般，旋生旋灭，漂移不定，刺得她抖个不住。无间于个中煎熬一清二楚，闷头坐一会儿，终于不忍，升起一堆火，又从怀里取一粒华灵丹递了过去。青青神智并不糊涂，伸脚将药丸踢到地上，道："你爱救不救，我又没有求你，冒充什么好人？"无间火气又窜了上来，道："你横竖一死，谁也救不了你！"青青道："那你假惺惺的又是何意？我生不如死，多受几日煎熬，你看着才快活？"无间道："你想早点死又有何难？"青青道："那好，你范少侠便一掌拍死我好了！"无间咬咬牙，又记起卢嬷嬷说的什么晚间再会的话来，有所悟，转而叹一口气，道："那我还送你回栖梧山庄好不好？有老妖婆伺候着，没有性命之忧，还可以品茶读书的，正可以逍遥快活。"青青眉毛一竖，怒道："你敢？！"

无间不知想到些什么，忽然又探过头来，道："这就对了！"青青隐隐有些不安，低声喝道："你又打什么主意？"无间哈哈一笑，道："孤男寡女的，你又美貌若斯，你说我打什么主意？"青青心下更无怀疑，反手想甩他一记耳光，不想无间一把抓住，反而凑在袖口上嗅了嗅，道："你每日里高高在上，可知道任人宰割的滋味？"青青羞愤难当，几乎便要晕过去，可无间分明从她衣袖间摸了什么物件出来，继而一转身，躲了开去。

神农教有沁衣香，若秋日远山，既清且暖，可温心抚肺，融祛寒毒，于秋化露多有缓释之效，而卢嬷嬷房内所用，正是此香。她如此施为，恶毒之至，却也周密之至，直教青青深受其害却一无所知，而且沉浸其中，还一心只觉着受用。那香料瓶儿平日就置在桌面之上，青青离开的时候顺手取了来，想着回到相府着人依样去配，谁承想无间鼻息灵敏，这也嗅得到。他找来一块薄薄的石片，倾上一些香料，拿到火上烘烤，片刻之后，香气飘散，青青通透许多，也便沉沉地睡了过去。无间松一口气，盘腿一坐，却也变得好生为难，秋花露可种于三穴，可种于五穴，亦可种于七穴，由此生出种种变化，最难捉摸，论及解毒，五穴比三穴要复杂数倍，七穴却又比五穴麻烦数倍，可若不知道毒药究竟种在何处，则根本无从下手。除此之外，种毒之人功力手法各不相同，这中间又会有所出入，所以真彻底解毒，还是要找种毒之人，正所谓"解铃还须系铃人"。他实在想不出栖梧山庄何以会有秋花露，而给青青种毒的又是何人，不过看她的症状，所种该是三穴，而且手法并不怎么高明，或者便是卢嬷嬷所为？

待林微取药回来，他制出几颗药丸，让青青服了，之后还走平川谷,直奔临安。进了相府,青青依旧昏昏沉沉,而迎接他们的却只有管家吕文厚一个。林微道:"老相爷呢?千金宝贝回家,他居然不来瞧一眼?"吕文厚道:"相爷不在,今日一早便让徐府的人给请去了。"林微隐隐觉着不对,道:"果然是徐府的人?"吕文厚道:"他们有徐将军的亲笔信,不会错的。"林微道:"那相爷该是在徐府了?"吕文厚却又摇了摇头,道:"不像,徐府在城东,可他们出门打马向西去了。"林微道:"什么时辰?"吕文厚盘算一下,道:"差不多巳时刚过。"林微道:"又有谁跟着他?"吕文厚道:"费侍卫他们,还有柳先生。"林微道:"一行几人?"吕文厚道:"六人。"顿一顿,又道:"费侍卫后来还回来过一趟。"林微道:"回来做什么?"吕文厚道:"不曾讲,与他同行的还有一位,我并不认识,像是取了什么物件,走的时候背着一个四四方方的包裹,像只盒子。"林微道:"这又是什么时辰?"吕文厚道:"回来差不多是未时过半,之后过两刻钟才又走的。"

林微双眉紧蹙,道:"平日里相府主事的是谁?"吕文厚道:"大事相爷做主,日常事务由大小姐定夺。"林微道:"费侍卫和柳先生都是相爷身边的人?"吕文厚明白她的意思,道:"他们一文一武,跟着相爷可有年头了,柳先生大名是'成川'二字,和相爷是同乡,从小便认识,费侍卫单名一个'皖'字,历来忠心耿耿,不会有什么问题的。"林微转而望望无间,道:"你可有法门让大小姐清醒片刻?"

这倒的确不是什么难事;他取出冷雨木,削下薄薄的一片,做成三支木针,分别扎在青青百会,神庭和睛明穴上,过不多久,青青像是被冷水激了一下,忽然便睁开了眼睛。吕文厚这才明白过来,道:"大小姐受了伤?"青青转而道:"爹爹呢?"不等吕文厚回答,林微抢先问道:"你踢球的本事是从哪里学来的?"青青道:"这当口,你好奇这个?"轻叹一声,又道:"有天爹爹下朝,抱回一只木盒子,之后好几天便一个人躲在书房里,也不让人打扰。我心下好奇，晚间溜进去翻了翻，结果找到一本小册子，称作《弱云三式》，里面讲的便是踢球的法门。"

林微心下一紧，这"弱云"二字又作何解？"即从弱云涂鸦七弟乡愁之境"，可是同一个弱云？青青继而轻声一笑，道："册子里有字有画，字么，如同天书一般，我懂不了一成，可那些画却清楚明白，是一个惟妙惟肖的小人儿，一步一步地演示如何拿球，如何跨步，如何转身，等等。我踢球本就得心应手，可看这本小册子，还是惊讶得不得了，原来可以有这样的步法、这样的身法！我依样画葫芦，学了些第一式和第二式的皮毛，之后按捺不住小试牛刀的念头，一来二去，便成了杨小鸥。"林微道："这本册子又在哪里？"

青青勉强站起身来，引着众人进到书房，去窗边书案上找了找，不一会儿便从抽屉里拎了一本小书出来。册子是暗黄色，封面上画着一个玩蹴鞠的小人儿，连五官都没有，却依旧有些飘飘若仙的味道，右上角有六个小字，"弱云三戏天下"。青青又道："早先我偷偷看过，还原样放回去，后来懒了，便随手丢在这里，这也有些日子了，可爹爹从来没有问起过。"

林微翻开封皮，第一页分成四格，每只格子里有一幅画，画中是同样一个小人，或者脚下拿球，或者头上顶球，不一而足，其中有实线有虚线，详解脚下的步点方位，乍一看不知所云，稍一琢磨，又回味无穷。第二页续第一页，又是四格四幅画，算下来一共一十七步，下方则加注四个小字，"宓妃醉酒"。这一招她见青青用过一次，李实耍过一次，步伐姿势似曾相识，但不论是谁，均不如画中的小人更具风骨。再翻过去一页，还是同样的四个格子，画中小人踏的是七星方位，名字叫作什么"紫光抛砖"，而青青在栖梧山庄用的正是这一招。再接下来一招繁复许多，一共四页一十六式，尽管图画不厌其详，看着还是教人眼花缭乱，林微略作端详，忽然明白其中暗含五行八卦的变化，个中奥妙仿似雾雨天迥、平林烟暝，足可教人心神俱醉。这一招的名字称作"伏羲种田"，下方又另有一行小字，略有磨损，写的是"未有弱风三分闲，伏羲如何肯种田"。

放下书册，她脸上笑意浅浅，弱云三式该是弱云弱风合力而为，且不论究竟是谁，只看招式的名字，他们便应当都是恃才傲物、睥睨天下的一类，而且二人精通五行之变，造诣似乎还在爹爹之上；而这时思绪落到李实那里，心下又不由得微微一动，他既然会使"宓妃醉酒"，那就应该是弱云或者弱风的传人才对，而他是九州派，岂不意味着弱云弱风也是九州派？而且九州派历来精绝奇门遁甲，如此岂不又是一层佐证？明净大师言及南归中原的人有两位出身宫里，会不会便是他们？若真是那样，"御赐拂衣"也就顺理成章，而虚怀子为人所害，也就不是全无来由了。想到此间，她心下几乎再无怀疑，转而问道："大小姐既然翻看过相爷的木盒，那里面还有些什么？教相爷苦思冥想的，又究竟是些什么？"青青分明看透了她的心思，居然并不避讳，道："是三十二皇子的地图残片。"林微道："那弱风、弱云该是南归中原的宫中侍卫？"青青道："他们姓于，是兄弟二人。"林微道："哪一位留在宫中，哪一位又归隐关外？"青青略感诧异，道："留在宫里的是弟弟弱云，归隐的是哥哥弱风。"继而指指不远处的书架，道："盒子应该还在那里。"林微却摇摇头，道："你我晚了半日。"又望一眼一直候在门口的瑞宝，道："费侍卫早先来过？"瑞宝道："不错，还有一位像是徐府的人，说是来为相爷取什么物件。"

青青道："究竟出了什么事？爹爹又在哪里？"林微却又摆摆手，道："相爷还不曾回府，你若是乏了，先歇息一会儿就好。"青青的确精疲力尽，听见这话，莫名得了安慰一般，又睡了过去。无间心有不甘，去她指示的地方摸索半晌，果然不见有什么盒子，林微则招手让瑞宝进来，道："欧阳公子可来过这里？"瑞宝摇摇头，林微又道："不是说徐府有一封书信过来么，又在哪里？"瑞宝指一指相爷的书案，道："普通来往的书信都在那里。"

书桌是好大的一张，颇为凌乱，一侧有几摞经书，另外一侧则堆满奏折之类的文案。林微细细找过一遍，并没有什么新近的书信，叹一口气，想要走开了，却又被桌面上的亮光晃了一下；笔架的下方有几块琉璃的纸镇，有方有圆，极为精致，只是不知为何，中间混着一块红彤彤的石块。那石块乍一看颇为通透，几乎分辨得出内在的纹理，可底面上粘着些细碎的土尘，像是有人从路边捡起来，随手丢在了这里。她指着问道："这是什么？"吕文厚道："这是临安府城外天籁山独有的望心石，清透明亮，加之又是红色，所谓'望之如望心'，才有这样一个名字。"林微道："可算是稀罕物？"吕文厚道："在临安府算不上什么。"林微道："那这一块又有什么别样的讲究？"吕文厚捏起来端详片刻，摇摇头，道："此种品相，天籁山到处都是。"林微望一眼瑞宝，道："这块石头一直在这里？"瑞宝伸头看一眼，道："不记得。"吕文厚却又"哼"一声，道："这像是新近从山上捡回来的。"林微转而道："费侍卫是个什么样的人？"吕文清道："相爷说他'胆大心细，有勇有谋'。"

　　林微略一思索，道："天籁山又在哪里？"吕文厚道："天籁山是雁行山向西延伸出的支脉——"林微打断他，道："在城西？"吕文厚道："正是，走平川谷可以到临江府南门，走雁行山北坡，过天籁山，可以到临江府北门，只是不甚好走。那山说不上奇，也说不上峻，可是不知道什么原因，风声、雨声、水声种种天籁之音在山顶都异乎寻常地清楚，所以才得了这样一个名号。早先那里是夏日避暑的去处，可前些年江水漫堤，冲坏了一座桥，从临安府上山，要绕好远，去的人才渐渐少了。"林微道："可算是人迹罕至？"吕文厚摇摇头，道："也不是，西面依旧有临江府过去的游人，只是东面要荒凉许多。"林微道："山上可有什么富贵人家修的府邸、别院或者山庄什么的？"吕文厚道："不曾听说，不过庙倒是有一座，称作'淮庙'。"林微道："淮庙？"吕文厚道："是一座小庙，桥塌了之后，去的人少之又少，庙里香火一直难以为继。"林微道:"临江府的人不去那里?"吕文厚道:"从临安府上山,那庙就在路边,方便得很,可从临江府过去要走好多冤枉路,所以极少有人光顾。"林微道:"那路好走不好走?"吕文厚道:"还好,走得了马车。"

林微说走就走,出来相府,转而向西,到天籁山脚下的时候,又是日薄西山,山影拉出很长,有数片晚霞袅袅娜娜从天际一直辗转到头顶。又走不远,便到了吕文厚提到的断桥之处,桥是石桥,原本长有十余丈,中间塌掉了一段,浸在水中,好一派败落。从那里望出去,河道蜿蜒,时宽时窄,两岸则布满碎石,显得异常崎岖。二人逆流走到浅水处过了河,又行一段,左边现出一条小溪,而溪水中间的岩石上赫然多出几块湿乎乎的马粪,无间不由眼前一亮,道:"有人刚刚来过这里?"

林微道:"相爷书案上的东西看似不起眼,却都价值千金,而唯一例外的便是那块望心石,不值一钱,还脏兮兮的,教我猜,该是费皖回去取地图的时候留下的,是想教人知道相爷他们就在天籁山。"无间还是觉着牵强,可那些马粪分明又是一层佐证,指一指,道:"难不成刚刚从这里过去的是相爷一行?"林微道:"只能这样想,反正就这点线索,若是错了,回去歇着好了。"

日头坠过山脊,天色为之一暗,余下的光明也变得又薄又脆。小径渐渐走低,探入一道狭窄的山谷小道,四周开始有一块又一块的巨石出现,显得有些阴森。相爷巳时出门,而费皖回到相府是未时过半,这中间两个半时辰,从脚程上算,顶多也便走到此处。二人放慢脚步,更加倍留了些意,溪水中散布的石头大多乌溜溜的,布满深色的苔痕,但其中有一块又颇为醒目,泛着淡淡的微光。林微目光扫过,却又给牵回来,伸手指一指,无间踩着水瞅一眼,那石头像是受过撞击,掉了一片,露出一块新鲜的断痕;再搜寻片刻,一猫腰,从水里摸出一枚银色的小镖,一声慨叹不等离口,林微抢先问道:"若石头是这镖打坏的,它应当从哪个方向过来?"

二人目光齐齐落向不远处的两块大石，两者倚在一起，如同犄角，后面空空如也，但尘沙之间却有不少模模糊糊的脚印。不远处蓦地传来数声鸟鸣，几只老鸹从空中疾扑而下，他们对望一眼，转身走进林子，一群飞鸟随即冲天而起，扑剌剌一阵骚动之后，又还原为一片清静。再过去的地面上散着一些被利刃削断的枝桠，另有一棵小树从中折断，树下有黑乎乎的一团，果不其然，是一具尸首。那人身着相府服饰，胸口有一大片污血，而满身的山石泥草，像是被胡乱掩埋了，又被什么走兽扒了出来。无间吸吸鼻子，找一根木棍扒开旁边的泥土，下面居然还有一具死尸。这一位仍然是相府侍卫，只是衣饰完好，并无伤痕，无间端详片刻，道："此人死于腥风掌。"林微略感意外，道："是卢嬷嬷所为，还是你们神农教所为？"

天色尽暗，丝丝缕缕的响动也便有条不紊地透了出来，水流声变得更为纤细，而虫鸣声鸟鸣声，石块跌在草地上的暗响，树叶在微风里的颤抖，都有了些历历在目的意味。二人深一脚浅一脚又走好远，一座寺庙便影影绰绰地呈现出来，那庙缩在一起，还不如相府的清风院来得宽敞，主殿三层，更像是一座佛塔，兀立于围墙之内。墙外是一片宽敞的斜坡，密密的都是参天古树，当中又有不少马匹，蹄声杂沓，鼻息起伏，偶尔还会传出辔环撞击的轻响。二人不敢声张，便寻一片隐蔽的地方藏了起来。

天光转亮，寺庙的土墙屋脊石阶老树渐渐有了颜色，而大殿上方斑驳的横匾之上透出的正是"淮庙"两个大字。不多时院门处"吱呀"一响，两条汉子疾步走了出来，俱是轻装，翻身上马，转眼间去得远了。又过一会儿，门内又吐出一串人，当先三位一高一矮一佝偻，正是普乐普明与卢嬷嬷，再后面是一位蓝袍书生，长身玉立，竟然是周案玉，最后又有四位精壮汉子，吆喝几声，协力抬出一驾马车。车上有一个黑色的棚顶，两边拉着布帘，看不出内里究竟有些什么。套上马，众人又相互嘀咕一会儿，便不紧不慢地上了路,那四名汉子有两人走在最前,两人走在最后,普乐驾车走在中间,周案玉卢嬷嬷和普明则各乘一骑,追随左右,相互之间再隔开些距离,咋一看还真是像极了上山游玩的闲客。无间满腹狐疑,道:"马车里会不会是相爷他们?"林微摇摇头,起身进了山门。

庭角有一棵大树,枝桠伸展,几乎压着大殿的木门,所谓的大殿仅容转身,内里亦只有一座灰蒙蒙的佛像。沿墙的一间禅房木门紧闭,透着一股说不出的寒意,无间犹豫一下,推开来,里面躺着七八个灰衣僧人,早已经气绝身亡。他们胸口无一例外有或大或小的一只手印,一望即知系普明普乐所为,此外屋角还有一名黑衣老僧,像是主持,后背多出一只手印,正该是兄弟二人合力击毙。绕过主殿,入眼的是两畦菜地,再过去是灶间,门上却挂着一把铜锁,无间挥掌震开,喘口气,探头进去,里面又有两位,歪在灶台一角的是柳先生,蜷缩在干柴之下的则是费皖。

他们体温尚在,脉搏尚存,生死却只在一息之间。无间度些真气过去,柳先生那里没有半点回应,费皖却睁睁眼睛,又闭上了。林微站在边上,不由得打个寒噤,道:"你看到了?"无间点点头,伸手扒开眼睑,里面泛着一抹淡淡的绿色,略一思索,道:"是青海鹤髎散。"林微道:"那又是什么?"无间道:"那是石犀门的独门毒药,系由青海鹤的骨粉制成,鹤是罕物,毒药当然也不多见,再一日,眼中的绿色消失不见,也就没了痕迹。"

他嘴上说话,手上不停,取出冷雨木,削下一片剖成数支细针,在二人百会、人中、檀中、鸠尾、肩井五处穴道各刺一支,继而又去林间寻几味药草,碾碎了与华灵丹混在一起,喂他们服了下去。这虽则不能尽解鹤髎散,可延一日性命,应该无碍。林微若有所思,道:"普明普乐是青海石犀门的传人?爹爹说他们有一套'望月拳法',二人同使,一面讲究身材身法上相互弥补,一面讲究心意相通圆融相成,用得好了,可以与少林寺的降魔掌法一较高下。"无间记起在栖梧山庄与他们过的那几招,不住点头,而林微思绪扯开，又有些恍然大悟的意味。石犀门历来促狭，又地处偏僻，是以门下一直萧条得紧，数十年前掌门人找不到望月拳法合适的传人，便跑到中原来试试运气，不知怎么就看中一对尚未成年的兄弟，非要认人家做徒弟不可。对方家里不乐意，他便动了杀心，抢走孩子不说，还弄出好几条人命。之后十余年，这事情几乎没有人记得了，却又平地惊雷，石犀门一夕之间惨遭屠灭，而那一对兄弟也去向不明，这一直是武林中的一桩悬案，不想竟然全落脚在这里。

出了淮庙，已是艳阳高照，卢嬷嬷等人动身虽早，可是马车行得极慢，再加上山路盘旋，这一会儿居然又转回到视野里来了。两人弃大路，展开轻功，沿着山坡直下十余里，不多时便到了所谓的"亘街"。亘街在天籁山西坡，一边为山，一边为壑，缓缓转个浅弯，是个浑然天成的观景之地，再加上它极为平坦，颇有些"快活三里"的意味，是以临江府的游人常在此歇脚，久而久之便成了集市之所，多有酒馆、小吃、商铺与各类杂耍卖艺的摊子。而他们到了此间，脚程上也差不多领先了卢嬷嬷半个时辰。

走没几步，迎面撞上一个摊子，摊子打横写一行字，"提携山景归家，指使清风来去"，摊后则坐着一位愁眉苦脸的书生，拢着袖子，正打盹儿呢。无间稍一琢磨，才明白是个卖折扇的，不过那人还算个画匠，加一些银子，便可以即兴画你中意的山景。摆出来的扇面上都是天籁山，只是笔法生涩意向含混，要么生意惨淡，终究还是因为功力不济。林微走上前，笑道："这里清风荡漾，哪里用得着你这个卖风的？"那书生睁开眼睛，叹一口气，道："姑娘说得是，哪里用得着我这个卖风的。"林微道："那你为何赖着不走？不如便下山去罢。"那书生又叹一口气，道："下山？山下用不着我这个才疏的。"林微心想此人倒是豁达，便摸出一大块银子，道："我有幅画要卖，需要一个帮着吆喝的。"那书生道："什么画？"林微道："镇日闲君的《陈年梦境图》。"那书生双眉一皱，道："镇日闲君？你说的是画仙莫行侾？"林微道："正是。"那书生不由哈哈大笑，道："镇日闲君画作一十九幅，哪里有什么《陈年梦境图》？我不过是个卖风的，你这小姑娘要我卖疯不成！"

林微摊开手掌，道："十两银子买你疯，你疯不疯？"那书生目光落上去，又瞅瞅她，道："当真？"林微抬手将银子抛过去，道："你这就拿着好了。"那书生接在手里，强自忍耐，可还是禁不住眉开眼笑，一边摇头，一边自嘲，道："本就没有腰，自然要这五斗米。"转而又道："姑娘要我怎么吆喝？"林微道："你取一张大大的纸。"他便取一张大大的纸，林微道："你写五个大大的字，'陈年梦境图'。"他便写"陈年梦境图"五个大大的字。林微又道："下面再写十三个小小的字，'镇日闲君旧作，有缘者止步询价'。"他便写十三个小小的字，林微最后道："挂在最显眼的地方就好。"他便打横里张贴起来。林微看看，颇为满意，道："若有人询问，你送他去山顶'听云亭'即可，本姑娘姓莫，'莫须有'的'莫'字。"

二人继而在亘街尽头坐了下来，买些有趣的小吃充饥。这时过来一位慈眉善目的和尚，瞅瞅他们，犹豫着要不要上前化些斋饭，而无间心中早有计较，先招呼他吃喝一会儿，又道："淮庙有两个垂死之人，烦请大师去救一救。"那和尚吓一大跳，道："人命关天，小施主莫乱开玩笑。"无间转而从掌柜那里讨来纸和笔，将鹤髁散解药配方写下来，之后又取出一锭银子，交给那和尚，道："你去临江府药铺抓药，依法熬制好，上山救人即可。"那和尚仍然将信将疑，林微道："出家人慈悲为怀，这种事宁可信其有，不可信其无，即便真的被他捉弄一次，又能怎样？"这句话果然有效，那和尚忽然就变得心急火燎，疾步而去。

包裹里莫彤裳的长裙还在，林微转到山石之后换好，再取一条薄纱蒙在脸上，俨然便成了大户人家出行的小姐。又过一阵子，卢嬷嬷等人便缓缓走上亘街，望到卖扇子的摊儿，不由得便愣住了。她上前与那书生说几句，又和其他人嘀咕一会儿，原来走在前面的两位大汉便拉着马，返身往山顶走去。林微远远地瞅着，不由得嘻嘻一笑，道："还有六个。"

过了亘街是一段缓坡，马车不由自主便轻快许多，一路生尘先溜了下去，卢嬷嬷和周案玉不离左右，可断后的两名汉子却落下好远。林微旋即闪身出来，迎着他们直走了过去，无间则依着吩咐，在后面一面追，一面叫道："莫姑娘！莫彤裳姑娘！"那两位一个是花白胡须的老头，一个是四十多岁的胖子，这会儿同时"咦？"一声，瞪大了眼睛；那胖子道："她如何会在这里？"那老儿道："此事甚是蹊跷，先制住人再说其他。"说着翻身下马，由着林微从近旁抹过，却一抬手，推了无间一个跟头。

街边有一个杂耍的摊子，再过去是石砌的围栏，中间开一个小口，有石阶延展出去，林微过围栏，身子一矮，也便瞧不见了。那老儿叫一声"姑娘留步！"，紧赶着便抢了过去。石阶下去丈余，落在一片不大的草坪之上，再往前，则是又长又陡的一段斜坡。林微这会儿在草坪上转过身来，道："你们是谁？找我何事？"那老者道："我们是你父亲的旧交，前一阵子大伙儿还说呢，你一个人孤苦伶仃，日子肯定不好过，不想在这里便撞上了。姑娘若有些闲暇，咱们一起喝杯清茶叙叙旧如何？"嘴上说得一派平和，手上却不留半点余地，纵身一跃，直抓了过来。林微一脸惶恐，退开半步，可转而又扑哧一笑，左掌压右掌，忽地使出一招"潮水平"。莫彤裳应该不会武功才对，那老者又如何能料到这些？腰际中掌，沿着斜坡一路滚了下去。那胖子还在围栏边上，心知中计，转身要走，背后却有人嘿嘿一笑，还施彼身，也推他一把。那股力道大得非比寻常，他连滚带爬，带起一股尘烟，也直冲谷底而去。

无间冲着林微竖竖大拇指，道："还有四个？"林微走回亘街，转身见那两位的马匹仍在路边候着，心下一动，让无间牵着其中一匹还去下边候着。又过一阵子，普乐便找了过来，竹竿儿一般晃到街头，看到那匹马，吃一惊，过来检视一番，又变得好生困惑。他四面找一找，慢慢踱到街边，待看到草坪上另外一匹马，吸一口气，扑通一声跳了下来。无间紧跟着拍出一掌，口上则哈哈一笑，道："你要找这马的主人么？我送你去。"普乐全无防备，后背中招，哼也没哼一声，一头栽在了地上。林微这会儿自围栏内探出头来，笑嘻嘻地道："种些秋花露，让他也尝尝神农教的厉害。"

　　普乐分明知道秋花露为何物，一霎时吓得面如土色，无间早有准备，取一根结霜草，依着秋花露的道理，连刺他周身七处大穴。那结霜草并非毒药，却有寒凉之性，搅入经脉，弄得普乐连打几个寒噤，身子一挺，便晕了过去。林微笑吟吟的，一面竖起三根手指比画一下，一面踩着围栏，还往亘街下坡的方向望去，再一瞬，却又脸色一沉，牵着另外一匹马快步溜了下来，轻声说道："卢嬷嬷找上来啦！"

第二十九章
谁知意惶惶

　　无间心下一紧,这半日里只觉着好玩有趣,几乎全忘了其中的凶险之处。卢嬷嬷像是失了些定力,脚步匆匆,四面观望,飘飘地向峰顶而去。无间和林微牵马还回亘街,共乘一匹,将普乐打横搭上另外一匹,一路小跑溜了下来。人在高处,下山的路尽收眼底,而且那马车走得极慢,应该不难找见才对,可寻出去好远,却始终没有什么发现。前方不远处伸出一条岔路,盘旋着上了一片陡坡,林微略一思索,打马走上去,脚下崎岖许多,转过一个弯儿,又变得极为开阔,而不远处的高崖之畔,停着的正是那辆马车。

　　马车车尾探到崖外,在半空里悬着,车轮下面则各垫一块山石,挡住它不至于跌下去,左面车轮边上蹲着一位,乃是普明,右面车轮边上则坐着一位,却是周案玉;显而易见卢嬷嬷早有安排,若是情势危急,只需一人踢开石块,马车便会坠下高崖,任谁也无力回天。听见马蹄声,二人同时站起身来,周案玉吃了一惊,叫一声"莫姑娘",却又明白过来,便闭了嘴,普明则伸长脖子叫一声:"兄弟——"见普乐没有什么反应,火辣辣的目光便移到无间脸上,道:"你们是什么人——?"继而"嗨"一声,高声喝道:"又是你们两个!"无间笑道:"可不,就这么喜兴,说你长得像只四喜丸子呢，还偏偏有跟筷子一样的哥哥！"

普明愤怒至极，一张大脸涨得通红，可是并不移开步子，只恶声问道："我兄弟究竟怎么了？"林微道："以彼之道还施彼身，嘿嘿，我们不过是用了些你们对付欧阳大小姐的手段而已。"普明眉峰一皱，忽然笑了起来，道："胡说八道，你们如何能有卢嬷嬷的手段！"林微道："你井底之蛙，才总觉着那老妖婆不得了。"伸手一指无间，又道："我这哥哥天下第三，老妖婆的那点道行，给他提鞋都不配。"普明转而又打量无间一番，道："你是哪门子的天下第三？谁又封你做的天下第三？"无间道："当然是天下第一和天下第二封我做天下第三。"普明大为好奇，道："谁是天下第一，谁又是天下第二？"林微知道啰唆不得，摆摆手，道："那个你都不配知道，总之我这个天下第三的哥哥吃饱了无所事事，却又手心痒痒，而你这个筷子兄弟不凑巧，自个儿撞上门来，天下第三心道：既然如此，便种点秋花露要要罢，可不承想他身子太长，种二十一穴的都太稀，没有办法，只好种了四十九穴。"普明想骂她信口开河，可"秋花露"三个字听在耳里，又着实让人不敢怠慢，"哼"一声，转而又望望普乐，道："兄弟，你果然中了秋花露？"

普乐这会儿清醒些了，伏在马背上，像是点了点头，普明有些忐忑，冲林微说道："你们想要怎样？"林微道："容易得很。"伸手一指，又道："看样子你们也不想要这马车了，便送给我好罢。"普明横她一眼，目光却不经意向远处瞟去，林微嘻嘻一笑，道："卢嬷嬷可是回不来了。"普明大声道："你又胡说些什么！？"林微道："老妖婆武功再好，如何敌得过相府的千军万马？这会儿天籁山给围得铁桶一般，别说你拖着一辆马车，便是一身轻装，也休想走脱。"普明不住摇头，道："我才不信！"林微道："你不信啊？不信待会儿我让费侍卫亲自来教训教训你，早先他中了什么青海鹤髌散，现今也该大好了，我这天下第三的哥哥说那破烂毒药最没用处，从普通药铺里寻上几味破草，便能祛得一干二净。"

普明不由得冷汗直流，鹤髏散是石犀门的不传之秘，中原绝少有人知道，这小妖女居然张口便说了出来，再有，那毒药不留痕迹，救治之人往往无从下手，但是一经识破，解起来却并非难事，这一层她同样说得分毫不差。他不自觉又瞧无间一眼，愈发觉着所谓天下第三还真的并非噱头，林微手上一拍，那马驮着普乐走开几步，她继而又道："你要是想救你的筷子兄弟，扶他下来就是，我不难为你。"普明道："他身上的秋花露呢？"林微道："卢嬷嬷神通广大，还解不了秋花露？"普明点点头，却又摇了摇头，林微道："她若是治不好，我便让我这天下第三的哥哥帮你好了，还有什么比亲兄弟的性命更要紧？"普明"哼"一声，像是有些动心，可走出一步，又退了回去，道："不成，不成。"林微道："又哪里不成？"普明看看日头，道："卢嬷嬷说要我等到未时，若过了未时还不见她回来，将马车丢下山崖，走路便是——"不等他说完，林微道："马车既然可以丢下山崖，那就没有什么大不了的，用来换你兄弟的性命还不理所当然？！"这会儿普明又退了回去，脚踩在车轮下面的石头上，道："横竖要等到未时再作定夺！"

　　林微面上笑呵呵的，心下却着实焦灼，略一沉吟，望向周案玉，道："周公子，我猜你被老妖婆胁迫，定然吃了不少苦头，不过大家都说你是信义之人，无论如何，也不会做对不起相府的事情。"周案玉神色之间阴晴不定，转而问道："青青果然中了秋花露？"林微道："不错。"周案玉道："费侍卫他们果然活过来了？"林微心下转个弯儿，道："他和柳先生都还好，只是什么都不记得了，二人还说相府如今真是没有主事之人，若是你在，能顶起来不少事情呢。"周案玉微微吸一口气，道："他们果然这样说？"林微一指无间，道："他们的性命是我这哥哥救的，二人一醒过来，感慨的就是这个，不信你问他好了。"周案玉仍然半信半疑，道："你们又是何人？"林微道："你又何必挂心？这当口，有些事情你竟然还不明白？"周案玉道："我应当明白什么？"林微道："眼前有一个立大功的机会,就看你要不要了,这一出戏正可以叫作'天籁山忠良遇险,命悬一线,周案玉孤身救主,忠心赤胆'。你是聪明人,应该怎么做,还需要我指点不成?便用心想一想,相府千金,名字名画,锦绣前程,可不见得都那么不能企及呢。"周案玉"哼"一声,低头思索,可普明却伸手一指,道:"卢嬷嬷回来了!"

林微转头望望,卢嬷嬷佝偻的身影果然正飘过来,撇撇嘴,心下忽然懊恼得无以复加。卢嬷嬷在数丈之外立定,缓缓扫视一圈,最后才盯住林微,道:"这一路上都是你们捣的鬼?"林微嘻嘻一笑,道:"谁是鬼?"卢嬷嬷道:"你道行不浅,居然走得出栖梧山庄。"林微道:"栖梧山庄又有什么大不了,闭着眼睛闻着味儿也走得出。"卢嬷嬷眉头一皱,实是想不出这小妖女何以连这一层道理也会明白,冷笑一声,袖口却随之微微一动,无间一直全神贯注,这会儿骂一句"老妖婆",踏上几步,将数枚牛毛一般的钢针自林微身前扫了下来。这时卢嬷嬷却趁机疾掠数丈,拎着普乐衣领,落在普明身侧,干笑数声,又道:"你们乳臭未干,和卢嬷嬷叫阵,未免也太嫩了些。"林微笑生双颊,佯装打个冷颤,道:"好冷!"话音未落,普乐一屁股坐在地上,跟着也打个哆嗦,道:"好冷!"卢嬷嬷想不出这小妖女又弄什么古怪,普明却伸脑袋瞅瞅普乐,道:"你果然中了秋花露?"

卢嬷嬷心底暗流奔涌,伸手探探普乐脉搏,不能相信,却又不敢不信。林微笑道:"所谓一报还一报,嘿嘿,欧阳大小姐受的苦楚这么快便报应到这根大筷子身上了!"卢嬷嬷望一眼无间,手里忽然多出一把匕首,道:"普乐的秋花露种在哪些穴道?"林微道:"那欧阳大小姐的又种在哪些穴道?"卢嬷嬷瞪她一眼,道:"你这丫头有羞花之貌,一刀杀了太便宜,便应当在你脸上划几道口子,不人不鬼地过几年,到时候自己就不想活了!"林微道:"你不人不鬼的这么多年,还不照样活着?"卢嬷嬷厉声道:"信不信我这就一掌杀了你?"林微道:"我死了,大筷子也活不成,我横竖没有人心疼，死就死了，可大筷子还——"她本想说有亲兄弟，也爽利不得，可这一瞬被卢嬷嬷的神情刺一下，心中电光一闪，转而道："卢嬷嬷，你这样丑，也就只有你生得出这等古怪的儿子——"卢嬷嬷神情大变，黯淡的目光里骤然多出一层亮亮的杀机，可林微仍不罢休，道："血洗石犀门的是不是你？杀人不眨眼，杀人不眨眼，嘿嘿，你宝贝儿子要死了，你眨不眨眼？"

这话一多半是猜，可是猜错了也无甚大碍，自然才不会松口，而卢嬷嬷果然便是普明、普乐的亲生母亲。当年石犀门掌门人要带去青海的正是他们兄弟二人，卢嬷嬷坚辞不允，终于招来杀身之祸，丈夫当场毙命，而她九死一生，侥幸活了下来，之后因缘际会，竟习得一身功夫，成了难得一见的大高手。只是经历了丧夫之痛、离子之痛、濒死之痛，人早就变得捉摸不定，而修习这一身武功，也只让她在乖僻的心路上走得更远。后来她铲除石犀门，报仇雪恨，却又始终无法与那兄弟俩相认，其间诸多诡异种种煎熬远非常人所能想象，而林微浑然不觉，却揭开了一道血淋淋的伤疤。

普明极为诧异，瞅一眼卢嬷嬷，道："她究竟在说些什么？"卢嬷嬷闭口不答，身形一晃，手中匕首先刺了过去。林微使一招"裂石穿云"，可短剑刚刚递出，卢嬷嬷便转开去，黑云一般压向无间。无间并不意外，就地一滚，捡起一根树枝，也使一招"裂石穿云"。他慢着半拍，却与林微一鸣一和，环环相扣，截云剑法威力随之陡增何止三层。卢嬷嬷在栖梧山庄便瞧出来二人非比寻常，可个中默契向隐微处生发，竟比她所思所想更胜一筹；心下愈发惊疑不定，忽而低啸一声，化为一团暗影，几乎从四面八方同时攻了过来。无间林微并不惧怕，心中空明，剑气交辉，丝毫不落下风。

卢嬷嬷本以为三十招上下即可生擒二人，可一来二往，始终相持不下。这会儿普明扶起普乐，按住督脉大椎悬枢二穴，想着以滴水之式输些真气为他疗伤，道理上讲这确实是疏导平抚之法，只是他又哪里知道普乐根本没有中毒？真气向虚空处探索，而普乐却无知无觉,是以有一分便取一分,有两分便取两分,不见半点通融;普明心知有异,可一来不忍罢手,二来无从罢手,三弄两弄,无以为继,"嗬嗬"叫两声,一歪头晕了过去,普乐则被厚厚的真气催得头晕眼花,晃晃悠悠,也栽倒在地上。卢嬷嬷余光瞥见,又是不解,又是心疼,神思一乱,接连遇险,而这时周案玉忽然站起身来,抽出长剑,踏上几步,"唰"的一声直刺进普明后心。

这一下不仅是卢嬷嬷,林微与无间也不由得大吃一惊。那婆子大吼一声,于林微的剑刃之间强行抹过,砰地击出一掌,相距既远,周案玉连滚带爬抢出几步,也便避了过去。他仓皇至极,脚下却装有发条一般,一溜烟跑得看不见了。卢嬷嬷追出不多远便停下步子,转而在普明身侧跪了下来;几缕灰发垂在耳际,一张蜡黄色的脸亦被泪水侵染,显得又狰狞,又可怜;肋下被林微剑尖划伤,鲜血崩流,弄得岩石之上一片殷红,可是她全无顾忌,甚至忘了无间和林微尚在身侧,只伏着身子一心一意救治普明。剑刃离心室差了半寸,他不至于立时毙命,却足以教卢嬷嬷束手无策,无间伸头看一会儿,心下不忍,道:"你点他阳竹,伏泗两穴,再走阴维脉送些真气。"卢嬷嬷稍一思索,也才明白了其中的道理,依法施为,普明吐出哽在喉头的一块瘀血,果然平定不少。卢嬷嬷难掩诧异,又打量无间一眼,道:"你果然能解秋花露?"无间道:"你告诉我欧阳大小姐的毒药种在何处,我为普乐解毒就是。"卢嬷嬷道:"我卢嬷嬷岂能受人胁迫?"无间道:"这当口,还说这等胡话。"卢嬷嬷抬眼望天,声音里忽而多出一层凉飕飕的怨毒,道:"多少年前我便立下毒誓,此生再不会受人胁迫,今日大不了三人都死在这里,黄泉路上,嘿嘿,一个都不少呢!"

不等站起身,她袖中软鞭甩出,"啪"的一声将那马车的顶棚砸开一个窟窿,手上再一抖,便从里面带出一个人来,在大石上跌一下,弹起来,悬在了高崖之外。那人一身白衣,剑眉细目,居然是欧阳胥,而透过车棚上的窟窿,看得清里面还有一位,想来便是欧阳泊了。

只消卢嬷嬷手上一松,欧阳胥必定摔得粉身碎骨,可他分明被人做过手脚,在山风里摇摇晃晃,却依旧昏迷不醒。无间颇感意外,道:"是欧阳公子?"卢嬷嬷道:"他既然在栖梧山庄现身,又如何能逃过我的手心?"无间手上一摊,道:"我们不是相府的人,你难为他也不会有什么用处。"卢嬷嬷半点也不相信,道:"既如此,那我射瞎他一只眼睛,你也无可无不可?"无间嘿嘿一笑,道:"临安城那点风骨全在他身上,你便不能怜香惜玉一点?"瞅一眼林微,又道:"弄死他也就罢了,天下姑娘断了念想,一了百了,可弄得和你一样,不人不鬼,万千芳心又该如何安放?"卢嬷嬷不胜恼火,翻过手掌,指间一根细针在阳光下微微一闪,而这会儿无间目光却被林微牵住了,皱起眉头,"哼"了一声。她一双妙目盯着欧阳胥,又似全神贯注,又似心不在焉,只轻轻地叫了一声:"不要!"便再没有别的表示。无间若有所悟,卢嬷嬷却厉声大笑,道:"临安三大公子果然名不虚传,连你这小妖女也看上他了?"

自从欧阳胥现身的一刻,林微脑中便乱乱的,她明白不应如此,可是心意自主,竟完全由不得操控;这会儿面上一红,"呸"一声,道:"谁又会看上这种纨绔!"卢嬷嬷心细如发,莫名地有些得意,却有满满地尽生恶意,转而瞅一眼无间,道:"你与小妖女每日里成双入对,可知道她心中另有他人?"不想无间浑不介怀,"啊哈!"一声,道:"原来如此!"林微好生恼火,道:"你木头脑袋,又跟着扯什么皮?"无间双手各伸一根拇指,道:"别说,还真是般配得紧,你在落雪山庄里琢磨的如意郎君,可不就是这个样子?"说话间卢嬷嬷手上一抖,欧阳胥腾空而起,再落下来,额头撞上岩角,登时鲜血长流。林微身子一紧,咬住嘴唇,想说什么,却忽然间变得眼泪汪汪,卢嬷嬷狞笑一声,一字一句道:"你心疼了?你又何必自欺欺人?"

无间跨上一步,道:"你放过欧阳公子,我给普乐解毒就是。"

卢嬷嬷道:"我如何便信得过你?"无间道:"解铃终须系铃人,无论如何大竹竿也要着落在我的手上,嘿嘿,你信不过也要信!"卢嬷嬷心下明白,忽然再不犹豫,手上一扯,欧阳胥便凌空飞了过来,无间伸手接着,把一把脉搏,他原来只是被麻翻了,并无大碍。卢嬷嬷道:"普乐的秋花露究竟种在何处?"无间笑道:"我没有秋花露可以种,哄你玩玩而已。"走到普乐近前,在他关元、阳池两穴稍作推拿,普乐身子一挺,随即睁开了眼睛。卢嬷嬷将信将疑,再探脉搏,早先诸种温寒不定的症状果然一扫而空;她面上不动半点声色,心下却勃然大怒,普乐抬头看着,有所会意,手腕一翻,"啪"的一声将一支竹签拍进无间肩头,而卢嬷嬷掌风如刀,也同时拍到了腹下。无间大叫一声,身子飞出去丈余,却又被卢嬷嬷的软鞭卷住脚踝扯了回来,如此荡几荡,便如同欧阳胥一样,倒吊在了高崖之上。

卢嬷嬷嘶声长笑,道:"我活得这般久,再不觉着有什么有趣的事情,不过今日算是例外。"林微抢上几步,却再不敢稍动,瞅一眼无间,泪花迸流。无间受伤极重,咂咂嘴,吐一口血水,又歪着身子,拔出肩头的那支竹签;竹签绿莹莹的,所淬正是鹤髁散,这会儿药劲泛了上来,弄得浑身上下凉飕飕的。他禁不住长叹一声,道:"糟糕,糟糕,赔上性命,也没能成全什么。"林微道:"你要成全什么?我什么也不要你成全。"无间笑道:"残命半爿,是只蚱蜢也会成全,更别说你。"林微嘴一瘪,是一副想放声大哭的样子,道:"都是我不好——"继而望一眼卢嬷嬷,道:"你要怎样才能罢休?"卢嬷嬷道:"我罢休,究竟谁应该罢休?他乐得成全你,你便成全他一回好不好?——你从这崖上跳下去,我便留下他的性命。"林微指指无间,道:"他与我——毫不相干。"卢嬷嬷道:"毫不相干?那他究竟是你什么人?"

林微心意惶惶,说不清的缱绻,又有说不尽的懊恼,不禁重复一句:"他是我什么人?"她历来机变百出,可是这一会儿脑中一片

无间传　399

空白，竟然再没有半点主意。卢嬷嬷声音变得柔和许多，道："你跳不跳？纵身一跳，又何尝不是一种成全？"林微像是被这句话刺了一下，怔怔的不再言语，卢嬷嬷又道："人世孤苦，生又何依，死又何惧？"林剑无辞世之后的种种凄苦泛上心头，林微禁不住悲从中来，身子一晃，几乎站也站不住了。无间大呼不妙，接连叫几声"微微"，怎奈她置若罔闻，真就一步一步地向崖畔走去。

无间急火攻心，却也忽然间有了计较，借着山风荡几个来回，强敛内息，继而半空里一拧身，兜头向卢嬷嬷劈出一招"天雨潇潇"。他身中奇毒，又被普乐打个正着，这会儿苟延残喘还差不多，谁又能想到还有这等功力？错愕间只听"啪"的一声，卢嬷嬷肩头中掌，如同纸片儿一般跌了出去，普乐大吃一惊，趁虚而入，双拳一前一后，复又结结实实砸在无间肋下。无间孤注一掷，全无设防，受此重击，几乎心脉俱碎，身子横飞，径直向崖外跌去。这几下兔起鹘落，不过是一眨眼的工夫，可林微心上如同炸开一般，陡然清醒过来；无暇细想，纵身一跃，追着无间也扑了出去。

耳侧风声鼓荡，转瞬间疾落十余丈，无间就在身下数尺的地方，可她在岩石上数次借力，始终无法追及。峭壁之上藤蔓丛生，她忽而灵机一动，抛出一丛卷上无间腰间，自己则牵着另外一端打横里绕过一块凸起的大石，复又疾坠而下。再一瞬，身子巨震，二人同时被牵在了空中，她揽过无间，借着藤条的回荡之势，落到一块仅可容身的山岩之上，继而又顺着青藤古树溜下数十丈，再轻轻一跃，也便踏上了谷底的实地。

如此施为，亦是险到了极处，她拼着赔进去一条性命，不想除了有些神晕目眩，居然好端端的。无间在她怀里缓缓睁开眼睛，却又嘿嘿笑一声，道："我可真要死了。"他说得无比轻松，孰料林微再承不起这句话的分量，"哇"的一声哭了起来。无间伸手拍拍她肩膀，道："别哭，别哭，早一日晚一日，横竖有这一日。"他还想说些什么，可是再没有力气，头一歪，便晕了过去。山风轻吹，似乎将人也丝丝缕缕地带走了，只剩下一些清透的心意，似是要飞，似是要碎。林微只觉眼前灰蒙蒙的，一切的一切仿佛都在抽身而去，无论她抱得有多紧，无论她哭得有多凶。

这样过了不知道多久，她才终于站起身来；该去往哪里，一无所知，可无论如何，不应该是这里。山谷弯弯曲曲，绿得一片凄楚，她打横抱起无间，却又无法让他双脚离地，这样跌跌撞撞走一段儿，忽然脚下一软，又摔在了地上。恰在此时，忽然有一缕琴声传了过来，温语呢喃，似乎有一丝平抚之意，循着望出去，右首赫然有一条小径，穿过两片山石，复又消失不见了。

她心下升起若干希望，还抱起无间，走小径绕过几片巨岩，眼前忽然一亮，近处溪水潺潺，远处绿竹成片，竟然别有洞天。迎面有一支竹子，风姿隽逸，上面刻着六个淡淡的小字，"绿竹源平易居"。她放下无间，想一想，转身跪了下来，道："不知哪位高人在此隐居，还请救我哥哥性命。"说话的时候一片静寂，话音一落，琴声便又响了起来，这一次曲意飘然走高，有翔云飞鹤之势，原来是《霓裳曲》。等一会儿，不见回应，她便又说一遍，可这次琴声未停，对方毫不理会。

眼前竹林错落有致，溪水自林间穿过，弯弯绕绕，时缓时急，白石铺就的路径自脚下蜿蜒而去，时而没于溪水之中，时而失于竹林之后。她心下微微一动，或者这其中有什么五行八卦的道理？可是稍加印证，又全然不对。不多时曲调又是一变，婉转灵动，纤细清越，原来是"六幺"；她目光落在"绿竹源平易居"几个字上，不由便"嗯"了一声。溪水之中散布着一些石块，像是天成，却分明可做垫脚之用，踩着走出十余步，小溪一分为二，左边一支水流偏疾，其声嘈嘈如雨，右边一支水流偏缓，仿似窃窃私语。她心下忽然开朗许多，沿着右边溪水又走十余步，眼前现出一块高有丈余的巨石，流水自石面漫过，零零散散坠入下面的小溪，带出一片叮咚之声；点点头，果不其然，此情此景正应了白乐天《琵琶行》中的名句,"大弦嘈嘈如急雨,小弦切切如私语。嘈嘈切切错杂弹,大珠小珠落玉盘"。

她轻轻一纵,跃上大石,眼前是一方圆圆的潭水,静寂无声,周缘种着一圈兰花,花白如冰,翠叶如玉,正是所谓的"冰美人"。再外面是一层又一层的绿竹,其间有鸟鸣声升起落下,落下升起,带出一串串细腻的回响。诗文下一句是"间关莺语花底滑,幽咽流泉冰下难",此处与原诗或有出入,但是情景境俱臻上乘,却胜在别出心裁了。再前方便到了潭水入口之处,宽不过三尺左右,过去则又是一片圆圆的池水;此处更为静谧,目光所及,唯有青天淡淡,绿林葱葱,静静地站一会儿,是为无声,可莫名的心意萧疏是否正当得"幽愁暗恨"四个字?这时忽听"扑通"一响,却是一尾青鱼自水中跳了起来,涟漪层层荡开,潭中却又隐隐响起龙吟之声,再一瞬"哗"的一下,几股清泉竟同时绽涌开来。

两潭池水映着云影竹荫,是淡淡的银色,所寓正是原诗中的"银瓶"二字,如此青鱼翻身正可谓"银瓶乍破",而暗泉翻涌亦可谓"铁骑突出"了。她暗暗叫一声好,寻思"曲终收拨当心画,四弦一声如裂帛"一句又该如何?前方左侧有一间茅屋,坐落在几片山石之上,几根碗口粗细的竹木伸展过来,搭在水边,是桥也是径,不多不少,正好四根,恰在此时,茅屋柴门"吱呀"一声开了,隐隐然像极了裂帛之声,她恍然大悟,却又有些意犹未尽,不由轻声道:"这可算是曲终?"屋里的人稍稍一等,道:"水边何人?"那是一名女子的声音,听起来颇为苍老,林微浅浅地行一礼,道:"我姓林,单名一个微字。"那女子道:"缘何到此?"林微道:"缘《琵琶行》之句到此。"那女子"嗯"一声,又道:"哪一句最好?"林微道:"'银瓶乍破'一句。"那女子似乎颇为欣慰,道:"不错,聪明是够聪明,只是不知道功夫怎样?"

话音未落,一根红绸无声无息地自茅屋门内直探了出来,林微不由得吃了一惊,绸带柔软无骨,却可以如此行进,显见此人内力非同小可。她纵身急退，飘开一丈，那绸带一震，跟出一丈，她再退一丈，绸带却依然如影随形；背靠竹林，无可再退，脚下一顿，沿竹茎拔地而起，那绸带一收一放，跟着也跳起来，还撞胸口，她伸脚钩住竹枝，倒挂翻转，单掌横切，以柔制柔，引得那绸带转过来少许，再顺势以刚力一送，带得它"啪"的一响，向着茅屋回击而去。那女子"咦？"了一声，跟着叫一声"好"，红绸却微微一震，凝在了空中，再一瞬，"嗤嗤"数声细响传来，七枚亮晶晶的石块顺着绸带转眼间滑到身前。林微借竹茎一弹而起，而那七枚石块竟也同时跳起来，分击她七处大穴；她不假思索，顺手扯过一根竹枝，使一招"浮光掠影"，将石子一一点落，同时再一个翻身，还落在潭水之侧。

这时红绸一软，自空中缓缓落了下来，林微心下惊讶，却也知道对方并无恶意，否则自己又哪里还有命在？茅屋门内继而传来喀拉拉几声钝响，一位中年妇人推着一辆四轮车走了出来，车上坐着一名黑衣婆婆，头发灰白，却又自有一股婉约，一望即知年轻时候该是难得一见的美人儿。她道："既然你也姓林，那林剑无是你什么人？"林微不知道为什么，只觉她可亲可信，直言道："是我爹爹。"那婆婆道："他不是去了北疆么，归隐的日子还算快活？"林微想不到她于落雪山庄的事情居然一无所知，目中含泪，摇了摇头，道："他已经过世了。"那婆婆眉头微微一皱，"哼"一声，进而问道："那你这一身既柔且刚的内力又是如何练成的？"林微道："我早先得缘用过子非鱼。"那女子更感诧异，道："原来并非虚言。"

林微随即跪倒在地，道："求婆婆救我哥哥性命。"那婆婆道："他是你亲哥哥，还是你的情郎？"林微摇摇头，道："都不是——"那婆婆随即冷笑一声，道："既如此，你又何必介怀？"林微道："我也说不清，总之唯有在他身边，我才能为所欲为，他若不在，一切便都不对了。"那婆婆稍作回味，转而道："若因此你不得不赔上自己的性命呢？"林微并无犹豫，道："那才不是什么难事。"那婆婆道："那好，但是你要答应我三件事情才行。"林微道："婆婆请讲。"那婆婆道："第一件，你要跟我学一门功夫。"

林微心下纳闷，此人武功之高，世所罕见，别人求她还来不及呢，她居然反过来求自己；这其中定有机关，但是这一会儿也顾不得了，点点头，应一声"好"。那婆婆又道："第二件事，你要去杀三个人。"林微道："何人？"那婆婆道："他们均远在西南，一个叫作沈顾，一个叫作沈湄，还有一个叫作傅长天。"

林微十分惊诧，却不敢有所流露，只是问道："你说的可是神农教教主傅长天？"那婆婆道："正是，你学成之后，即刻去神农谷，要先杀沈顾沈湄，三个月之后，再杀傅长天。"林微不由得打个冷颤，如此施为自然是为了让傅长天尝尽心死如灰的滋味，个中用意可谓狠辣至极，她略一迟疑，还是禁不住问道："又何必如此？"那婆婆冷冷道："你不需要知道。"林微转而道："那第三件事情又是什么？"那婆婆道："事成之后，还回这里，自废武功即可，之后你我两不相欠，再无瓜葛。"林微知道多问无益，而且这一件事最没有什么难处，于是点点头，道："这个我也答应。"那婆婆稍作沉吟，又道："这件事你知我知，却断断不能让第三个人知道，包括你那哥哥。"林微心下苦笑，还是应一声"好"。她这等爽快，那婆婆反而生疑，道："你果然听清楚了，即便是你这哥哥，也不能知道这些事情。"林微道："我听清楚了，又有什么不清楚的？"

那婆婆伸出手，掌心里赫然有一颗绿色的药丸，道："那你服了这个。"林微道："这是什么？"那婆婆毫不隐瞒，道："自然是毒药，不过服了以后，体内不会有任何异样，要等上半年，它才会慢慢发作，到时候内息无所适从，有万般不是，一日甚于一日，个中煎熬，断非言语所能形容，待到一年之期，若是还不曾用解药，它自会取你性命。"林微还是道一声"好"，伸手去取，那婆婆却突然改了主意，冲身后那位侍女挥挥手，道："你去喂给竹林外的那个男子。"

林微身子一颤，叫道："不要！此事与他无关，又何必多一层纠结？"那婆婆冷笑一声，道："你道我瞧不出么，你舍得自己的性命，却不见得能舍下他的性命！"林微心口被撞一下，不由得轻声说道："是这样么？"抬头再看那婆婆，心下忽然好生畏惧。那侍女转身而去，不一会儿便拎着无间走了回来，"啪"的一声往地上一丢。红绸飘起，缠上手腕，那婆婆凝神听一听脉搏，神情又变得颇为不屑，道："尔等功夫不错，如何会被宵小所伤？"说话间红绸荡起，卷着无间倒挂在竹枝之上，手上连挥，将十三支竹签接连楔入他周身大穴，她继而以巧力带动红绸，或点或拍或压或揉，依次捋过奇经八脉，过了片刻，额头微微沁汗，神情亦远不如起初时候从容平淡，而这样又有一炷香的工夫，也才罢手。那侍女推她还回茅屋里去了，林微则放下无间，再探脉搏，虽则依然微弱，但是气息有所归，一呼一吸，已变得连绵沉稳。

　　再一日早间，那婆婆先为无间疗伤，之后便开始教林微背一篇武功心法。歌诀佶屈聱牙，艰涩生僻，可阴阳之变，五行之变，内力外功，身法意念，无不兼容，饶是林微，仍然用了大半日的工夫才记得一字不差。之后那婆婆便开始逐句讲解，其间包罗万象，又万象交叠，只听一听便让人头昏脑涨，好在林微有绝顶之智，入门费些揣摩，之后则触类旁通，进境神速，让那婆婆也颇为叹服。她心下一日比一日通透，更不时地有醍醐灌顶之慨，截云剑法求"变"，天和掌法取"势"，弱云三式似幻似真，但这些均不能与如今所学相提并论。她历来对武学不甚用心，唯此一次，如切如磋，乐此不疲，与幼年时候在林剑无书房里捧读奇门八卦，好有一比。

　　那婆婆有所回避，未有一句闲言，从不曾说起那是什么功夫，更不曾提及她究竟是谁，可二人在武学上你一言，我一语，斟酌印证，会心会意，实则甚为相得。林微亦渐渐明白，那功夫十分高明，却也断非什么人都能修习，那婆婆遇上她，也是幸运之至。无间大多时候昏睡不醒，但是脉象上一日好似一日，渐渐行走无碍，功力也恢复了一些。如此忽忽月半,再一日午后,那婆婆讲解完最后一句歌诀,沉默半晌,忽而挥挥手,道:"你们去吧。"那侍女便推她回了茅屋,"吱呀"一声闭了门,再无声响。林微早知道会是这样一种情形,可心下还是颇为怅惘,独自站一会儿,跪下来恭恭敬敬磕了三个头,再想一想,一切却又无从说起。

二人出了平易居,走出里许,在一片水潭边上歇了。林微又打些野味回来,由着无间烧烤一顿,大快朵颐。夜色初上,天光如水,就着潭水为他洗洗头,又将满脸的髭须修刮干净,他似睡非睡,难得这般闲静,脸庞的轮廓便好似月影里的树叶,清晰得教人不忍;出现在落雪山庄的时候就是这副模样,如今走南闯北,却仍然简单澄澈,未沾染多少风霜之色。她长长叹一口气,手上将他搂得紧了些,无间"嗯"一声,道:"你愁什么?那婆婆好像凶得很,其实也好得很,你是不是想她了?"林微不答,只呆呆出神,无间"呀"一声,又道:"也不知道欧阳公子怎么样了,咱们要不要去相府看一看?"林微却湿了眼眶,摇摇头,转而轻声唱道:"恨君不似江楼月,南北东西,南北东西,只有相随无别离。恨君却似江楼月,暂满还亏,暂满还亏,待得团圆是几时?"

第三十章
相弃不能相忘

无间一觉睡得极为香甜,爬起身,似乎也壮实好多,不似从前,皮囊空空荡荡。已是日上三竿时候,可周遭静悄悄的,偶尔的一两声鸟鸣,又恰如露珠落于止水之上,更衬得那份寂静绵绵无尽。他忽然间有些慌乱,叫几声"微微",再望出去,不远处一根竹子上面有什么闪一下,原来是一支林微时常佩戴的珠花;脑中"嗡"地一响,虽则完全不明所以,脚下却如同灌了铅一样,几乎迈不动步子了。

珠花下方有一行小字,写道,"明年此时此地再见",无间看了又看,才终于相信没有差错。周遭气息不知何时变得一团混沌,吸不进也呼不出,沉沉地将人压向没有着落的空虚之中。这样懵懵懂懂走一圈,竹林依旧,青山依旧,唯有平易居已经杳无人迹;站在水边,细细回想林微过去这些天的一举一动一言一语,却始终琢磨不出她为何要走,又会走去哪里,再转念,又有些糊涂,和这丫头难不成真有些卿卿我我,否则又怎会如此气短?他捶捶胸脯,想振作一些,却又无以为继,日光和煦,身影淡得几乎不能分辨,进而想到这会不会便是所谓的魂魄?天地之大,轻飘飘的,又该荡去哪里?

再一日，他自觉力气更足了些，便开始攀缘而上。这一路手脚并用，栽了许多跟头，可是直到过午时分，入眼的仍然是一丛又一丛的树木。他精疲力尽，喝点石缝间的泉水，一歪头便睡了过去，再醒过来，望着晴空发一会儿呆，目光落下，却被山坡上什么灰蒙蒙的物件给牵住了；爬过去看一看，原来是一只厚厚的信封，日复一日，它被露水濡湿复又晒干，早变得皱皱巴巴，可上面几个字仍然不难分辨，却是"欧阳丞相亲启"。他心下奇怪，拆开来，里面是一叠信笺，最上面一张单独折起，写道："丞相大人，青青为贼人掳掠，个中蹊跷，不能尽言，疑犯如今被困天籁山淮庙，务请速来面议。又，青青身中奇毒，切切耽搁不得。"信末署名乃是徐树，而且加盖有将军府的封印，他"哼"一声，皱着眉头想想，这会不会便是林微在相府寻而未得的那封信？

再下面一张纸也单独折起，却是徐树写给什么"陈总兵"的指令，说的是与粮草有关的事情，最下面几张则折在一起，每一张重复的都是给欧阳丞相的那几行字，像是写就了复又丢弃的草稿。他想不清这究竟是什么名堂，可心思从林微身上移开一些，落到了柳先生费皖与欧阳青青那里，过去这样久了，不知道他们是否还有命在？

再行一段，便看到了天籁山的道路，他记着吕文厚的话，辨明方向，一直走到临安府才投客栈歇了。这一晚睡得天昏地暗，来日早间，说不上为什么，心劲儿忽而如同花朵一般催生开来，而且身边没有林微，又好似自在不少。相府外面的街市一如既往，看不出什么异样，正自琢磨，人群轰的一声散开不少，一队人马从大门里走了出来。当先十几人系相府亲兵，骑着高头大马，一个个黑衣黑帽，扎着红色的腰带，又威武又喜庆，再后面是一顶八抬大轿，圆顶红披，四面各绣着一只金色的凤凰。轿子左边走着的是费皖，白衣白马，模样英武，右边的则是柳先生，灰衣黑马，神色淡然；无间心下莫名地快活，天籁山那和尚不曾食言，真的救了他们的性命。

　　他加入人群，随着那顶轿子闹哄哄地走一阵子，居然又到了北望庭。蹴鞠场上踏云社正与青云社做耍，而更多的百姓却聚在北望楼前，一派欢天喜地的模样。他拉几个看似嘴长的问一问，可打听来去，却越打听越糊涂，按照这些人的说法，前些日子欧阳父子在天籁山为贼人所困，竟然是周案玉挺身而出，救了他们的性命；如此周公子便立下奇功一件，周保泰趁热打铁，今日在此宴请欧阳丞相，要向大小姐提亲呢。

　　轿子到门前，楼顶"砰砰砰"响几声炮，周保泰便带着周案玉迎了出来，轿帘掀开，欧阳泊携着青青，由众人簇拥着进了北望楼。许多百姓涌到这里是为了瞧瞧欧阳青青，这会儿便一起叫了起来："求睹大小姐芳容！"这样哄闹一阵子，露台之上人影一晃，青青竟然真的走了出来。她还是一袭红裙，清隽如旧，只是瘦了些，倦了些，失了几丝神采。踏云社忽然有人叫道："小鸥哥，要不要来和我们耍几脚？"说着话真就搓起一只蹴鞠，垫了过来。青青抬腿卸下，转圈儿玩几个花样，再轻轻一送，那球款款落上围栏中间一只石狮子的头顶，滴溜溜转个不停。大伙儿喝一回彩，又有人高声问道："大小姐这是要嫁人了？"青青并不害羞，笑道："你们说我当嫁不当嫁？"众人异口同声喊道："周公子文采风流，与大小姐天生就是绝配，嫁得，当然嫁得！"又有人大声叫道："能找回欧阳公子和老相爷，还能救下费侍卫和柳先生，周公子是不是一位深藏不露的武林高手？"青青笑得更显快活，道："你们胡乱编排，可也不要太离谱才好，他哪里会什么武功？"

　　无间却愈发摸不着头脑，即便在欧阳胥和卢嬷嬷那里，周案玉有机可乘，可费侍卫与柳先生与他又有什么相干？林微早就说这小子不是信义之人，如今来看，还真有可能浑水摸鱼，揽了不少好处。不过话说回来，欧阳青青盛气凌人，也不讨人喜欢，二者凑在一处，自然并无不可。他和林微被牵扯进来，还是因为莫彤裳一句话，现在青青平安无事，也足以交代了，这样便又想起莫彤裳来，既然《清明翠山图》落在徐蒙手里，那她八成也凶多吉少；心下忽然便有些着慌，正想走，露台上又有人影一晃，却是周案玉走了出来。

他在青青耳边低语几句，继而抬起头，向台下拱了拱手。众百姓欢声雷动，有人叫道："周公子文武双全，一身是胆，不愧为人中龙凤！"周案玉呵呵一笑，道："我着实不懂什么武功，不过与那些贼人周旋，最终靠的还是心计与智谋。"台下又有人道："周公子和大小姐天造地设，珠联璧合，如今结为连理，也是应着天意呢！"周案玉却冲青青施了一礼，道："案玉一介凡夫俗子，百无一用，得大小姐垂青，三生有幸，三生有幸！"青青笑吟吟的，虽则也明白这些话多为应景，可心中还是颇为受用。这会儿无间差不多挤出人群了，却被这几句话弄得头皮发炸，牙根痒痒，禁不住便可劲儿嘀咕一句："你一直挂心的难道不是莫姑娘？"

说巧不巧，这话竟就落在喧闹的空当里，上上下下都听得一清二楚。青青一怔，目光寻过来，神色间腾地起一股火，周案玉却比她还要快，伸手一指，喝道："天籁山暗算相爷的贼子有他一个，格杀勿论！"众百姓刹那间乱作一团，呼啦啦躲开去，空出好一大片地方。一干侍卫腰刀出鞘，人挨人，将无间结结实实困在了当心。无间"嗨"一声，拍拍嘴巴，难不成平易居躺了月半，嗓门成了铃铛？不过他并不害怕，先冲青青拱拱手，道："看样子，欧阳公子也该没什么大碍？"青青道："他好不好，与你又有什么相干？"无间道："他心上人和我相干，他自然也就和我有些干系。"青青似乎知道此人说话全无来由，道："你果然是神农教的？"无间道："那又怎样？"青青道："傅长天派来临安的便是你？我身上的秋花露，也是你做的手脚？"

无间热血上涌，脑中轰的一响，道："这才是胡说八道。"青青冷笑一声，道："若非如此，你们前前后后的勾当又如何说得通？"

周案玉神情里愕然与释然交织，挥挥手，道："斩立决，不留后患，大小姐又何必与他啰唆不休？"说话间半空里起一声暴喝，祝不夷提着酒坛子大小的拳头真就攻了上来，无间忽然有些他乡遇故知的味道，叫一声"好"，与他连对两掌。

他重伤未愈，加之对方长进不少，这两掌下来，便有些气息不济。祝不夷有心要报上次的一箭之仇，半点不留情面，左一拳，右一拳，不多时便将他逼到了露台之下。这时"嗖"的一声，费皖又挥剑直取肋下，他退无可退，拔地而起，转身跳上了露台；费皖挥挥手，示意祝不夷退开，同时剑走连环，不多时便逼得他手忙脚乱；再一招，他小腿中剑，一屁股坐在了地上，心下却随之一转，张口道："你指尖的绿纹可褪尽了？"

费皖稍稍一怔的工夫，无间又伸手一指，道："老妖婆来了——"费皖再吃一惊，不由得便顺着手指的方向望了一眼，无间却嘿嘿一笑，忽地拍出一招"天行健"，同时当空横掠，劈手夺过一名侍卫的长剑，指到了青青颈下。费皖再不敢稍动，立在当地，懊恼得无以复加，青青却不动声色，道："你想要怎样？"无间依旧耿耿于怀，道："若是我，才懒得给你种秋花露，悄悄笑就好，笑死你。"继而伸手点了她的穴道，又冲费皖说道："你活过来了，老和尚又去了哪里？"

费皖更加摸不着头脑，道："你究竟在说些什么？"无间却又转了心思，指指青青，道："既然她身上的秋花露是我种的，你不应当求着我么？"费皖早就明白，恨恨地道："若不是因为这一层，又如何会留你活口？"无间分明得了提示，忽然便有些有恃无恐，道："今日里大小姐死，我死；我死，大小姐也死。既如此，你还啰唆个什么劲儿？"说着嘿嘿一笑，揽着青青一跃上了北望楼屋脊，继而高纵低跃，瞬间去得远了。

出得城来，红日西斜，他便又跳上街边一辆牛车，拣偏僻小道走了下去。因为秋花露，青青异常虚弱，挣扎没几下，便晕了过

无间传　411

去。无间拧着眉头打量半响,这种样子,再将她丢在路边,只怕不太地道;可是这恶女恨他入骨,又工于心计,留在身边,又实在是个祸害。而经过这一番折腾,他有些昏昏沉沉,这样来来回回盘算一番,意识里便有些含混,好像打了一个盹儿,再睁眼,竟已是午夜时分。那牛无人驾驭,信步由缰,早不知到了何处,目力所及,除了中天一轮圆月,其他全都雾蒙蒙的。再一瞬,一股锥心之痛直透肩井,他禁不住大叫一声,才算完全清醒过来;原来双手双脚均被捆住了,青青则在身边盘腿坐着,这会儿举起匕首在他胳膊上又划一刀,道:"教你再装死。"

他怒目圆睁,道:"你做什么!?"青青一伸手,道:"你还我吧。"无间道:"还你什么?"青青道:"相府的那片地图。"无间道:"我哪里有你们的破烂地图。"青青冷笑一声,道:"都道卢嬷嬷高明,实则又有谁比傅长大高明,你和你那小相好渔翁得利,还道我猜不出么?"无间道:"渔翁得利?渔翁得利的是你那待嫁的夫君。"青青忽然变得极为恼火,甩手给他一记耳光,爬起身,下车去了。

秋花露未解,她平日里熏些沁衣香,尚可以维持,适才硬撑着一口气捆住无间,人累得几乎虚脱,这会儿想拢些干柴,可是不等火燃起来,头一沉,便又晕了过去。她本就没有力气,用作绳索的不过是些草绳布条,无间慢慢调匀内息,稍稍一挣,也便得了自由;肩头一刀深入数寸,失血不少,他寻些草药,包扎好伤口,不由又心头火起,可劲儿踢了青青一脚,才慢慢走了出去。月光白花花的,入眼只有雾蒙蒙的原野,走没多远,那辆牛车便看不到了,可是一颗心也好像被拿捏住了,忽然间好生不忍;长叹一声,还折回来,抱青青上了车,再喂一颗华灵丹,探探脉象,也真是为难。秋花露早已深入肺腑,这样下去,她顶多几个月的性命,祛毒绝无可能,那还有什么可以让她多活几日?思绪荡开去,此地在临安左近,临安之南有怀玉山,怀玉山少风多雨,有暖有凉,杂生各类药材,素有"小画眉"之称,而怀玉山有怀玉参,乃是江南七珍之一，可疏通经脉，化滞祛瘀，于秋花露还真是有缓释之效；进而又想，虽说秋花露"解铃还须系铃人"，从何处入药，还从何处解药，可怀玉参内行疏浚，若是以之为本，或者能谋一个釜底抽薪的法门？如此他忽然间便多了些跃跃欲试的念头，于是调转牛车，往怀玉山方向而去。

不多时天光大亮，那牛车在清风鸟鸣里又走许久，日头才渐渐高了。青青不知何时醒了过来，却一言不发，无间转头的工夫，被她目光灼一下，吓了好大一跳。她冷冷地道："你这是去哪里？"无间道："深山老林啊，找个地方活埋了你，神不知鬼不觉。"青青半点也不害怕，转而道："这是怀玉山。"无间道："不错，是怀玉山，这里什么药都有，正好制一剂清静散，将你化得一干二净，埋都不用埋。"青青道："你放我走。"无间道："我凭什么放你走？"好似来了兴致，又道："你高高在上，当然可以霸道；抓着别人的把柄，也可以霸道；可这副模样，又凭什么？"

再一转头，漫空里一声嘶鸣，一只鹰忽然扑到了近前，利喙如刀，径直啄他的眼睛。因为鹿无间，各类飞禽走兽历来与他相得，今日这等情形，还真是少见；手上一翻，拍得它晕了过去，可与此同时风声再起，竟然又有一只扑过来，差点抓散了发髻。他抬手抛一颗石子出去，打个正着，那鹰和前一只一样，也一头栽进了车里。青青一下子便坐起身来，道："它们可都死了？"无间道："离死不远，留一口气，待会儿烧制起来火辣新鲜。"青青道："你放了它们。"无间道："恶有恶报，不放。"青青道："你放了它们，来日我不亏待你便是。"无间还是道："恶有恶报，不放。"青青十分恼火，却没有发作，转而道："下至金银财宝，上至名字名画，你说什么，我给你什么就是。"无间道："画饼不算，概不赊欠。"青青转而从腰间取下一块青色的玉器，道："那这个你要不要？"

那玉器上有"通行无禁"四个字，看上去又古雅，又敦厚，该是不可多得的一件宝物。无间低头瞅一眼，道："这是什么？"青青道:"这是方便行走的令牌,系——六皇子所赠。"无间道:"我要它作什么?"青青道:"有了它,上可达皇宫大殿,下可至官邸民宅,没有你不能去的地方。"无间道:"我去那些地方作什么?"青青道:"可以看堂皇,也可以看荒唐。"无间不由得哈哈大笑,道:"我不作走狗,也不作大盗,这东西便毫无用处。"说着话眉头一皱,想起沈颀来了,道:"不如你答应我一件事罢。"青青道:"何事?"无间道:"还没有想起来呢,待有一日想到了,自会告诉你。"青青并不犹豫,道:"也好,我答应你。"无间眼前一亮,又笑了起来,道:"那我让你嫁给我,你也嫁啊。"青青道:"若是做不到,我一剑刺死自己便是。"

无间"嘿"了一声,连叹数声"不厚道!"。那鹰原是青青与欧阳胥所养,但凡兄妹分散两地,便往返于二人之间,互报平安,如今偷袭无间,也还是得了她的指令。无间拎起来摆弄两下,它们便醒转过来,再逗弄一会儿,便开始耳鬓厮磨,变得好不亲热。他转过身,两只鹰跟着也转过身,学他的样子一起歪着头审视青青,青青愈发气苦,下嘴唇几乎咬出血来。无间道:"它们从哪里来?"青青道:"我哥哥那里。"无间心下莫名地一宽,道:"那他去了哪里?"青青道:"还能去哪里?自然是寻心上人去了。"无间又想起莫彤裳来了,道:"慈心庵?"青青略感惊讶,摇摇头,道:"福建,徐蒙为了要挟我哥哥,四处寻找莫姑娘,还真是去了慈心庵,好在他们晚了些许,莫姑娘早一日便走掉了,他人没有拿到,也才取了那些画回来。"无间心上一块石头落地,转头又去逗那两只鹰,口中则道:"正经事儿不瞧在眼里,只舍不得你们,正经人不瞧在眼里,只舍不得一个周案玉。"

青青不由得又勃然大怒,道:"你尘垢秕糠,便不要提周哥的名字!"无间哈哈一笑,和那两只鹰嘀咕几句,不一会儿左边的便成了"周案",右边的便成了"周玉",一呼一应,百呼百应。青青眼睛眨也不眨地盯着他,过了片刻,忽然别过头,低声哭了起来。

无间全不料她会这样，扭着头瞅半晌，确认她不是使诈，便掏了在天籁山山坡上捡到的那一叠书信出来，道："你瞧瞧这个。"

青青翻一翻，脸色忽然变得一片苍白；无间这才说了说他和林微在天籁山所历，又道："你那个如意郎君还找了回去，不算是完全没有良心。"青青依旧魂不守舍，三言两语讲一讲，原来全亏了周案玉，相府才得以在高崖之畔找到欧阳泊父子，之后相爷奉旨追查，将徐家父子都下了大牢，而徐树与三宝会的渊源也还是因为徐蒙而起，他一介纨绔，挥金如土，欠下对方巨资，最终授人以柄，云莫为卢嬷嬷等人也才得以乘隙而入。青青数次欲言又止，可最终还是说道："你去过建康，有没有听说大名鼎鼎的'案玉三绝'？"无间道："'如意郎君周案玉'的'案玉'？"青青道："要么说周公子文采风流，他藏画、临帖、篆刻都首屈一指，藏画也就罢了，还制得好印，刻得好章，此外，他临帖几可乱真——"无间道："那又怎样？"青青道："看一眼你的字，他便能分毫不差地写下来呢。"无间"嗯？"一声，忽然间若有所悟，道："难不成骗你爹爹去天籁山的书信是他写的？"

青青却再没有说话的兴致，和那两只鹰温存一会儿，还让它们去了。那牛车不紧不慢地走到山腰处，四面药草便渐渐多了起来，无间有所见有所想，随手制出些药剂让青青服了，虽则不能祛毒，却还是让人精神一振。她心思随之开解不少，道："你来这里，可是为了怀玉参？"无间道："那是当然。"青青道："你要怀玉参做什么？"无间道："我可是神农教的，经行怀玉山，如何能不取怀玉参？"青青道："那你带着我做什么？"无间道："若是官府来抢，便抬出丞相之女压压阵脚，若是贼人来抢，便卖给他们一个压寨夫人。"青青不禁莞尔，转而道："怀玉参能解秋花露？"无间道："你想得美，要是这么容易，秋花露便不是秋花露了。"青青道："怀玉参在怀玉山山巅，那里多有毒雾，飘忽不定，防不胜防，能取人性命的。"无间毫不在意，道："那个无妨，到时候再想办法。"青青道:"到时候想办法便会有办法?"无间道:"那现在想办法就会有办法?"青青撇撇嘴,道:"山上葫芦谷有个葫芦大仙。"无间禁不住又哈哈大笑,道:"你不信天下第三,要信一个卖野药的?"青青道:"据说那人的确有些本事。他弄一些草,研碎了拢在袋子里,人揣着上山,一日之内不受毒雾侵扰。那袋子有个名目,四个字,烟雾的雾,冰释前嫌的释,芳草的草,肉包子的包。"无间双眉一皱,道:"雾释草包?"这次改为青青哈哈大笑,道:"不错,你是草包。"

山路上原本一个人也没有,这会儿忽然有马蹄声响了起来,无间回身瞅一眼,心头"咯噔"一声,不由分说,将鞭子塞给青青,便往车篷里钻。青青道:"你做什么?"无间一时也说不清楚,只含含糊糊地道:"仇家寻上门了。"青青"啪"地一下将鞭子摔在路边,道:"这便是你有求于我了?"无间道:"那又怎样?"青青学着他的腔调说道:"那你答应我一件事罢。"无间道:"何事?"青青佯装思索,道:"你反悔了,再不会纠缠青青大小姐兑现她答应你的事情。"无间不由笑了起来,道:"依你,都依你便是。"

身子一缩的当口,那些人也到了近前,隔着布帘瞅一眼,果然不差,当前一位竟是神农教朱雀使高全。他打量青青一眼,未作停留,径直赶了过去。青青道:"他们是谁?"无间道:"不告诉你。"青青道:"叫我猜便是你做了坏事,才心虚成这样。"无间道:"为何便不能是他们做了坏事,被我刚好撞上?"青青撇撇嘴,还要再问,身后却又有马蹄声传了过来。

这次一共八人八骑,均是寻常路人打扮,当前领路的两位,男的胖些,一袭灰衣,竟然是华山派丁岸,女的一身黄裙,花枝招展,毋庸置疑只能是丁汀。无间心中发毛,往暗角里缩缩,拉薄被盖在身上,躺了下来。青青有些哭笑不得,道:"这也是仇家?"无间道:"刚才是还能通融的仇家,这会是挖心掘肺的仇家。"青青换上一副有滋有味的神情,道:"怪不得,原来乘人之危的事情做起来这等过瘾——"继而伸出手指晃一晃,道:"现在可轮到你欠我一件事情了。"

到了近前,其他人还好,唯有丁汀,歪着头不住打量青青。人过去好远了,她突然一勒马,又兜了回来,问道:"这位姑娘哪里人士?"青青淡淡地道:"临安。"丁汀道:"要去哪里?"青青道:"葫芦谷。"丁汀道:"去做什么?"青青道:"还能做什么?找葫芦大仙啊。"丁汀道:"你要怀玉参又为的什么?"青青火气上撞,却仍然不动声色,道:"远房表哥多年痼疾,总也治不好,前些日子看了一位有名的郎中,让我们找怀玉参试一试。"丁汀道:"你表哥就在车里?"青青稍一犹豫,点了点头。丁汀道:"那你掀开帘子让我看一眼。"青青再也淡定不得,道:"你与我素不相识,平白无故盘问一番也就罢了,还要搅扰病人,可未免欺人太甚。"丁汀冷笑一声,道:"你不清不楚的,肯定有羞于见人的事情,我天生好奇,偏要知道。"青青一甩鞭子,便要发作,可心下也明白自己一身打扮和这破烂牛车的确并不搭配,转念一想,改口道:"我和表哥私自走脱,赶来这里,这回你满意了?"丁汀不由得放声大笑,道:"私自走脱?说的好听,不就是私奔么,做得出来,还说不出来?"青青道:"随你怎样说。"丁汀道:"既然这样,那该是门不当户不对了?"青青道:"我家还算殷实,只是表哥那里有些不济。"丁汀这会儿像是遂了心思,转身要走,忽而又问道:"临安城里你们这些大小姐无所事事,每日里都琢磨些什么?"青青眉尖一蹙,道:"你说呢?不是有三大公子么?"

丁汀哈哈大笑,拨转马头,扬长而去,无间从车里钻出来,捂着肚子,也笑个不住。青青怒道:"也好,也好,下次干脆便卖了你,大家黄泉路上正好作伴儿。"无间却笑得更欢了,道:"你恨我入骨,活着的时候不堪其扰,死了还要纠缠不休,又是哪一门子的道理?"青青伸手想给他一个耳刮子,却定定心神,问道:"他们又是什么来路?"无间道:"华山派。"青青颇感好奇,等他说下去,他却竖起手指了指嘴巴——一片静谧之中，居然又有马蹄声传了过来。

这一回是浩浩荡荡的一行，足有二十余人，当前一位锦衣玉带，是一副公子哥的模样，后面除了一干仆从，还有骡子有马，背着驮着大大小小的包裹器具，干粮酒水，俨然一副游山玩水的阵仗。那公子瞥青青一眼，随即又瞥一眼，嘴里打声呼哨，道："想不到此处乡间还有这等国色天香的美人儿！"无间嘿嘿一笑，抱膀子边上一坐，只恨手边没有一碟瓜子儿了。青青似笑非笑，转而问道："这位公子哥相貌堂堂，器宇轩昂，敢问是哪户人家的少爷？"那小子愈发得意，道："我爹爹乃是怀玉府知府，这位妹子何不随我去富贵乡里见识见识？"怀玉府的折子青青帮着爹爹批过不止一次，稍一回想，道："那你是刘有品的儿子？"那公子一怔，道："好大的胆子，刘知府的名号也是你这等贱民随便叫的？！"青青道："刘有品字难安，附庸风雅的时候自称天光居士，阿谀奉承的时候又自称为'酒虫'，酒虫能有什么像样的儿子，差不多只能是酒糟了？"那公子并不知道"酒虫"一节，可除此之外，其他一字不差，说不上为什么，这女子平淡之中自有一份雍容，让人不由得便有些害怕，青青则继续说道："刘有品所以自称天光居士是因为他在怀玉山南面修了一座天光山庄，占地数十亩，房舍数十间，按说靠着知府的那点薪俸无论如何是不够的，这其中的讲究，西邻常平府知府明白，东邻吉安府知府也明白，他们不仅明白而且看不过，这就有些棘手，刘家的富贵可不就悬在刀口下面了？"那公子冷汗直流，颤声道："你——你究竟是谁？"

只是不待青青回答，他一拨马，先一溜烟逃得无影无踪。再往下走，路上清静不少，青青不耐颠簸，又睡了过去，无间也就乐得想他的心事。怀玉参滋养经脉，于海蓝若心经大有裨益，莫非丁否终于悟到了这一层，所以派那兄妹二人来了这里？可朱雀使呢？画眉雪山有眉尖参与怀玉参相去不远，又有什么不能将就，非要千里

418

迢迢走这一遭？这位刘公子应当不足挂齿，可是他都跑了来，那山上又该热闹成何种样子？

进了葫芦谷，天光一暗，日头便看不到了，惟头顶还有几缕紫色的云丝。又走不远，五六位江湖汉子从岔路上疾驰而来，为首一人五大三粗，一脸浓须，看到无间，劈头问道："你要去哪里？"无间道："都到这里了，还能去哪里？"那汉子道："你何门何派？"无间道："寻常百姓，无门无派。"那汉子道："上怀玉山需要葫芦大仙的草包，可是这草包不是人人都能有，你有了，我便没有，但是我不能没有，所以只好你没有，你识趣些，这就回去吧。"无间道："凭什么？"那汉子提起老大的拳头晃了晃，道："凭这个。"无间拧着眉头瞅瞅他，还自琢磨，那汉子又凶巴巴地凑上来几步，道："你回去，若是路上看到什么人，也教他们回去，就说黥花帮朱老三在这里，看有谁不服？！"说着猛地推了他一把，转身而去。

葫芦谷状如其名，两头开阔，中间狭窄，谷内正中有一间孤零零的茅屋，为篱笆环绕，上面立有八块木牌，各写一个歪歪扭扭的大字，凑在一起，正是"葫芦大仙修行之所"。朱雀使，丁氏兄妹，刘公子和黥花帮等人均在篱笆外面歇着，各占一隅，朱老三抬头看到无间，忽地站起身来，想一想，又缓缓地坐了回去。诸人各怀心事，好半天没有半点声响，夜影一丝丝泛上来，蜿蜒的小径之上忽然走来一个胖子。他浑身是泥，头上还肿起一个大包，口中呼哧呼哧骂骂咧咧，先踹开篱笆门，再踹开茅屋木门，蹩进去便没了动静。众人不约而同站起身来，朱老三抢着说道："葫芦大仙，黥花帮朱老三这厢有礼了。"那胖子恶声恶气地答道："老混蛋在山上呢。"朱老三"哦"一声，道："敢问你是他什么人？"那胖子道："我是他祖宗！"朱老三皱皱眉头，道："那他什么时候下山？"那胖子道："鬼才知道。"刘公子接过话去，一字一语地道："我等来此是为了——雾，释，草，包，还请前辈指点迷津。"那胖子道："你有多少银子？"刘公子道："二百两。"那胖子道："那你是要两个了?"刘公子道:"不错。"那胖子道:"那你进来。"

无间眼睛瞪得浑圆,想不明白一包草何以能卖出这等价钱,刘公子在众人愕然的目光里走到篱门外,一根竹竿儿随即自茅屋里探了出来,他恭恭敬敬将银票粘在顶端一团白花花的浆糊上面,杆子便缩了回去。过不一会儿,那胖子像是检视完毕,伸手一指,道:"看到没有?"刘公子依着指示走到那个写着"大"字的牌子下面,趑摸一会儿,抓出两个布兜儿,那胖子道:"你我银货两讫,滚吧。"刘公子不想事情这等容易,喜不自胜,行个礼,这就要走。朱老三像吃了亏一样,大声道:"我也要买你的草包!"那胖子仍然没有半点好气,道:"没了。"朱老三道:"怎么就没了?他只买两包,你就没了?"那胖子道:"本来就只有两包,他买了两包,你说还有没有?"朱老三道:"我一包出二百两银子,你卖不卖?"那胖子道:"你是蠢得要死,还是聋得要死,没了便是没了,你出一万两不还是没了?"朱老三仍不罢休,道:"五百两?"那胖子骂一句"蠢材!","啪"的一声关上了窗子。

朱老三强压怒火,道:"那你什么时候才会有新的?"那胖子道:"我哪里知道,你去问那个老混蛋好了。"朱老三道:"老混蛋究竟是谁?"那胖子道:"你说是谁?狗屁不通的,来葫芦谷作甚!"朱老三再也按捺不住,大踏步便要闯进去,可到了篱笆门口,竹篾间忽然传出一串儿"咝咝"的细响,两条蓝莹莹的小蛇不知从哪里窜了出来,上下游走,看架势随时会咬他一口。他打个冷战,退回来,转而冲着刘公子叫道:"兀那草包,你卖不卖?"

刘公子并不吃亏,道:"兀那草包,不卖!"朱老三道:"我出一千两。"刘公子道:"一万两都不卖!"朱老三发了狠,道:"我让你卖,你敢不卖?!"刘公子"嗤"地一笑,道:"也不看看这是谁的地界,我还怕了你不成?"朱老三气得冒烟,跨上几步,一拳便打了过去,刘公子身边一位随从抢过来接下这一招,不想连退三步,一屁股坐在了地上。刘公子喝道:"朱老三,你还有没有王法?"朱老三道:"好声好气向你买,你不干,没办法,只能抢。"

刘公子有些儿着慌,往那群随从后面躲,朱老三吐口唾沫在手心里,一摇一晃的,凶神恶煞一般直逼过来。这时丁汀呵呵一笑,道:"你规矩一点,这里还轮不到黥花帮撒野。"朱老三蛮不在乎,道:"你又是做什么的,放着大家闺秀不做,来这里撒野。"丁汀半点不客气,抬手便掷出一支弧光小剑,朱老三嘴上骂一句,手上则拔出腰间铁棒儿瞅准了一拨,殊不料那小剑微微一晃,绕开了,"嗤"的一声切断他头顶发髻,又飘悠悠飞了回去。他不由得大吃一惊,立在当地,却再不敢说什么了。

华山派率先生起一团火来,烤一些熟肉干粮供众弟子充饥,朱老三两名手下也想如法炮制,可拢起的树枝草叶湿漉漉的,噼里啪啦打半天火石,却只弄出一团浓烟。丁汀大为不屑,道:"这等不济,还有脸行走江湖。"说着掌上一拢,攒起拳头大小的一团火苗,往黥花帮方向送去。朱老三不敢怠慢,捡起一根树枝,一边卸下个中力道;一边承住那火,稳稳地移到了柴堆之上。待火势转旺,他忽然道一句"来而不往非礼也",也攒起一团火,推了回来。丁汀来了兴致,道:"你愿意玩,那就玩玩。"说罢掷出一块石头,撞得那火拐个弯儿,向刘公子飞去。刘公子身边一位随从站起身,一张口,将含在嘴里的酒水喷了出来,那火微微一暗,继而轰的一声涨大好几圈,变得杀气腾腾,另外一位随从心领神会,腰刀递出,截住那火球翻翻滚滚耍一阵子,继而打横里一拍,还推给华山派。丁汀不由得咯咯娇笑,双掌穿插,复推得它往神农教方向滚去。

第三十一章
相与难尽衷肠

神农教众人置身事外，不想这丫头仍会找上门来，高全一直在低头琢磨什么，这会儿只抬头望一眼，却并未起身。他身边一位侍从随即拍出一掌，送那团火往天上飞去，越蹿越高，看着便黯了下来。丁汀掷弄火球，看似作耍，实则是想试一试众人的功力，青青二人不足挂心，朱老三与刘公子不足与惧，剩下的便只有这边厢不声不响的几位，如今出手的不过是一位不起眼的随从，可信手化解火球中的诸多机巧，功力着实不容小视。她佯装恼火，道："好端端的，灭我的火做什么！"说着将地面上一只装着灯油的瓷碗踢了起来；那碗半空里不偏不倚刚好扣在火球之上，火苗随之轰地一下炸开了，晃晃悠悠还落到身前。她嘻嘻一笑，忽然起一丝恶念，手上一牵，引着火球向青青滚去，道："便宜你看了半天的热闹！"

热风扑上面门，青青大吃一惊，身子甫动，一招"宓妃醉酒"不曾使出来，却被无间从车棚里伸出的一只手给按住了。那火球不过是虚张声势，一掠而过，带得衣襟飘荡，人却毫发无损；无间瞧得明白，而青青不知就里，一脸惊骇反倒更为分明。丁汀心下愈发释然，这位不知羞耻的大小姐果然没有什么可让人介怀的。

一轮圆月自山后飘至中天，渐渐将那些山脊树丛的轮廓勾画出来，如同剪影一般，丝丝入扣。众人也都乏了，不多时，便有细细的鼾声从各处响了起来。青青也睡了过去，无间却不敢大意，在她身边盘腿坐好，留神听着外面的动静。这样过了不知道多久，他也有些昏昏沉沉了，耳边忽然有极细的声响绕了上来，先是一星，继而一片，进而绵绵不绝，臂上随之微微一麻，居然被虫儿咬了一口。他瞬间清醒许多，可身上又接连挨了几下，感觉温而痒，与其说是痛，不如说是舒坦得很。

透过布帘间的缝隙再望一眼，地面承着月光，亮堂堂的，几只瘾君子摆成一串儿，有小虫儿正源源不断地飞出来，再一思索，忽然明白这就是所谓的惺惺虫了。那虫小如针眼，却成群结队，遇有温血便一拥而上，虽则毒性不大，可咬你几百口上千口，人怎么也要睡上几日几夜才会醒过来。他体内有海蓝若，惺惺虫并不如何相扰，但青青睡得正沉，又几乎与俎上鱼腩无异。他取出冷香木，置在她身侧，又取出断疴木，放在头顶，可都没有多少用处，好一会儿抓耳挠腮，又不敢出声，便咬咬牙，在她身边躺了下来。青青被挤一下，醒了过来，吃一惊，抬手便想扇一巴掌。无间一把按住，跟着又点了她的哑穴，青青又羞又急，却又动弹不得，一霎时寻死的心都有了。可过了半晌，无间再没有什么动作，嘤嘤嗡嗡的蚊虫之声却轰然而至，她若有所悟，略感放松，心下稍感歉意的空当，无间温热的体息亦从从容容地透了过来。那份感触清晰得无可回避，随之而来的是一点羞涩，一点烦乱，心弦似乎被什么柔柔地拨了一下，进而却又有一丝后怕徐徐地蔓延开来。

无间真气流转，海蓝若气息渐盛，惺惺虫盘旋一阵，也便散了。车外变得一片死寂，连早先那些长长短短的鼾声也听不到了，高全问道："差不多了？"一位随从瓮声瓮气地答道："应该差不多了。"先去刘公子那里摸索一会儿，取了雾释草包出来，又道："待会天亮了我也瞧瞧里面是些什么，我就不信咱们配不出来。"又一位随从问道："那一位果然是黯花帮的朱老三？"高全道："不错，这些人没什么本事，却不知天高地厚，早晚会吃大亏的。"那随从又道："那姑娘是谁？好俊的功夫。"高全道："他们是华山派的。"那随从吃了一惊，道："华山派来这里做什么？"高全道："我也想不明白。"二人这样说着话，早先那一位迈开步子往丁汀等人所在的方向走去，有人叫道："老杜，你做什么？"老杜道："这姑娘生得俊俏，正好摸一把，回去也有的说道：堂堂华山派的妞儿不照样被我玩过了！"高全苦笑一声，却并未阻拦，另有一位道："若说生得俊俏，牛车上的那位姑娘和天仙一样，你是不是也要摸一把？"老杜奸笑数声，道："自然要摸，自然要摸。"

　　他哼着小曲蹲下身去捏丁汀的脸蛋，接下来却听"砰"的一声巨响，整个人忽地一下飞了起来，不等落地，竟就一命呜呼了。高全等人大吃一惊，刀剑出手，同时抢了过来。丁汀仍然昏睡不醒，丁岸却缓缓站起身来，森然道："你们究竟是什么人？"无间忽然间冷汗直冒，虽则说不出个所以然来，却明白事情有万般不妙——不多时众人便斗在了一处，丁岸闲庭信步一般在剑锋之间走几个来回，神农教众人便一个跟一个倒了下去。再一瞬，丁岸"嘿"一声，疾步而退，似乎是肋下中针，伸出手不住摸索，高全则仗剑而立，观望片刻，道："你我来生再见。"丁岸却又缓缓抬起头来，冷笑一声，道："不错，是来生再见！"

　　说话间他身形一晃，双掌齐出，正是一招威力奇大的"捧月轮"。高全几乎无法相信眼前的情形，胸口中掌，软塌塌拍在地上，眼见活不成了。无间暗吸一口凉气，却也再无怀疑，这世上服过海蓝若的人又多了一个！丁岸稍作吐纳，随即掌起掌落，将还不曾死绝的神农教弟子一一灭口，继而唤醒丁汀，又取了雾释草包，便一步步向茅屋走去。丁汀颇感忐忑，道："咱们一定要那胖子带路才成？"丁岸点点头，抬手扔出一只火把，"砰"的一声撞开窗户，落在了地上。里面随之亮了起来，院外闹成这样，那胖子却依旧白花花一团堆在炕上，睡得正香。丁岸取一根草绳，甩出去卷住脚踝，再一抖，带着他撞破窗户飞跃篱笆，重重摔在了地上，可即便如此，他竟然还是没有醒来。丁汀颇为感慨，道："神农教的手段果然了得。"丁岸"嗯"一声，又道："这样也好，刘公子朱老三等等，稀里糊涂捡回一条性命。"

说话间他提起那胖子，与丁汀一前一后向后山走去，无间心中凉飕飕的，却又有些茫然，神农教当然算不得地道；可他们无意杀人，否则又何必用惺惺虫？而丁岸是华山派的头面人物，却这等穷凶极恶，所谓的正邪之分究竟又在哪里？他悄悄下来牛车，先探视神农教众人，高全胸口骨骼寸断，心脉皆碎，情状之惨，实难相信是人力所为；单掌贴上他头顶百会穴，度一些真气过去，他喉头一动，缓缓睁开眼睛，进而"啊？"了一声，道："范少侠？"无间道："是我，范阿七。"高全道："沈姑娘命我来这里取怀玉参，属下无能，只能求你代办了。"无间颇为惊讶，道："定风谷沈姑娘？"高全点点头，又道："你可去关外落雪山庄与她会合，教主也在。"无间道："教主去了落雪山庄？"高全喉头一动，想回答，却又失了力气，过得片刻，眼睛忽而又睁开些许，道："殷姑娘让我转告，她甚是想念。"

无间心上微微一颤，高全已经气绝身亡。他呆呆站一会儿，天光也便亮了起来，走到篱笆边上稍作端详，原来柴门上盘桓的乃是七夕蛇。那蛇一雌一雄成双入对，虽然极毒，却是性情温和的一类，绝少伤人，如今雌蛇在左边门上，雄蛇在右边门上，两侧门框和中间门沿上则各扎着几束剑澜菊，而剑澜菊正是七夕蛇的克星，如此两条小蛇被困于一隅又有所呼应，有所呼应却又不能聚首，也就只能无休无止地在游走下去。他心下一叹，伸手取下菊枝，两条小蛇眨眼间凑在一处，缠绵片刻，随即爬下篱门，隐入草丛中去了。

推开门，眼前是一条石板铺就的小径，茅屋就在三丈之外，静好里透着些许阴险。石径两侧种着不少花卉，就近是几棵酸梅果，果子一串串的，有许多熟透的落在石板之上，一摊摊如同烂泥一般，再前面是几株玉廉槿，绿油油的一片盎然，接下来又有几棵黑心百合，紧邻茅屋，雪白色的花片落了不少，积在地上，厚厚一层。无间拍拍脑袋，不禁哑然失笑，这岂不正是在彩云谷做过的考题？此处既然有黑心百合，自然也会有龙蜈蚣，而玉廉槿足以镇住那凶神恶煞一般的毒虫，使之无处可去，可若有人脚下沾染了酸梅果的果酱，再走进它的地盘，又难免凶多吉少。他折一段缀满果子的酸梅枝，掷在黑心百合之侧，再一眨眼，数十只龙蜈蚣果然自花根处窜出来，扑上去咔咔嚓嚓好一番撕咬。青青吓一跳，虽则心中发毛，可是真的不去看，却又做不到了。

　　无间捡起门边的扫帚，将烂掉的酸梅果清扫干净，又折几支玉廉槿，抛在百合花瓣之间，便走了过去，青青始终将信将疑，等好一会儿，方大着胆子跟了过来。窗户如今是好大一个窟窿，里面的陈设一览无余，青青探头看一眼，有心跳进去，却被无间扯了回来。他扣扣门，又凑上去嗅一嗅，果然不差，那是西河枣木所制；毒经有言，此木质地虽佳，气息却可致人麻痹，不可为用的，不过"陶不陶曰"上还说过，中枣木之毒者，食一枚顶花脆梨可解。"脆梨，脆梨"，他念叨两句，再寻出去，不由得呵呵一笑，原来门框便是以脆梨木制成，如此两相中和，也才教人浑然不觉。除此之外，门边还有一行小字，写道："此门开不得"，他轻声念出来，青青却跟一句，"此门关得开"，他转头问道："你说什么？"青青指一指门环，道："这儿写着呢。"

　　无间也念一遍，稍一琢磨，又道："此门开不得是因为木料有毒，推开了，毒气散发，人会被迷倒的。"青青却自顾自说道："推门为开，拉门为关"，说着握住门环稍稍一拽，手上跟着一松，"咔啦"一响，当中一块板子掉了出来，那门上也便多出一个方洞，刚好容得一个人挤进去。与此同时一条布幅从梁上垂下来，上面歪歪扭扭写着几个字，"神农教的哪个？"无间不由得哈哈大笑，断无差错，那只能是陶不陶所书。

　　陶不陶坠下仙界峡之后便生死不明，林微便说他不会丢了性命，可直到此时，才总算有了一层印证。无间挤进门，快活得手舞足蹈，青青皱眉瞅着他，道："葫芦大仙是谁？难不成你认识？"无间道："是我大哥。"青青道："谁是你大哥？"无间却心中一亮，道："他是天下第二，八成能治你的秋花露！"青青无名火便蹿了起来，道："你又胡说些什么？谁又是哪一门子的天下第二？"无间笑而不答，却凑上前来吸吸鼻子，青青推他一把，道："你又做什么？"无间抓过她袖子，从上面捏起几片木屑给她看，笑呵呵地道："原来如此，原来如此。"

　　屋子里有一层淡淡的惘神香气息，可青青始终好端端的，着实教人奇怪。除了袖口，她肩头裙角也有不少木屑，而那实则是碾碎了的曲芫花，它虽不似断疴木那般神奇，但清目醒心，足以应付惘神香，陶不陶将之敷在门洞内缘，由此进屋的人不可避免会蹭在身上，无知无觉，却也安然无恙。青青这会儿看清了，伸手去掸，无间一把拦住，笑道："不要，此屑毒得解。"

　　二人找了半晌，却始终不见雾释草包的影子，心中不甘，却也无可奈何，出得门来，青青忽然指一指地面，道："这是什么？"蹲下身，吹一吹粉尘，石板上现出几个小字，"找雾释草包的不是？往左前一步"。她望一眼无间，依言向左前跨出一步，石板上又有几行小字，"葫芦大仙天下第二，不知道的向左一步，知道的向前一步"。青青道："我就不知道：这都是什么乱七八糟的！"说着向左跨一步，石板上简简单单写着八个小字，"葫芦大仙天下第二"。无间不明所以，青青却禁不住扑哧一笑，道："若是不知道，这就是告诉你呢。"无间道："可我是知道的。"说着向前跨出一步，石板上写的却是"神农教一统江湖"。青青脸色一变，道："胡说八道！"可那块石板下沿居然还有一行小字，"胡说八道的向右一步，不声不响的向前一步"。青青向右再走一步，不由啼笑皆非，石板上画的是热气氤氲的一坨屎，她瞅一眼无间，道："你这不声不响的看见了什么？"无间轻声念道："蠢材蠢材，草包草包！你怀里又是什么？"青青道："你怀里又是什么？"无间掏一把，手掌摊开，一堆杂物里面歪着一片断疴木，他不由哈哈大笑，道："蠢材蠢材，草包草包，原来我这木头正是草包！"

这话听在青青耳朵里，完全是另外一层意思，她似笑非笑地再看看无间，着实觉着不无道理。断疴木神妙无方，足可以应付怀玉山的毒雾，高全等人但求万无一失，才来了葫芦谷，而无间头脑混沌，竟从不曾想到这一层。这一会儿他喜不自胜，却也懒得多作解释，取了高全的断疴木交给青青，旋即上山。

怀玉山奇骏单薄，一弯一绕，便自成天地，其间烟雾缭绕，却多为瘴气，如此再与岩边树底诸多奇花异草相互浸染，也便多了些魔性，随风鼓荡，防不胜防。无间鼻息灵异，一面走，一面体会种种玄微诡异，亦禁不住暗暗心惊。青青本就虚弱，不多久便冻得嘴唇乌青，而且乱树断岩之间也无路可循，无间无奈，只好背着她攀缘而上。真气流转，他身子暖暖的，青青便如同靠着一只大枕头，再不觉着寒冷；眼前青天时隐时现，耳畔长风忽行忽住，她不知不觉中睡着一会儿，再醒过来，心头又变得乱乱的，让人好生烦恼。

上来山顶，万里无云，却又一丝风也没有了，转过去的山坡上有一柱白烟飘起，怅怅然凝在空中。怀玉山的意象总是湿漉漉的，如今一呼一吸便好似浸着薄薄一层露水，分外清凉。沿着山脊的阴影悄然而上，不多久便看到一间孤零零的茅屋，茅屋周缘种着八方花畦，规规整整，于漫山遍野的碧草之间，自有一份疏朗的醒目。此等手段，天下少有人及，那陶不陶果然就在此处了？无间步子轻快不少，可一丝不安也慢慢泛上心头，丁岸功力骇人而且百毒不侵，那陶不陶会不会凶多吉少？又行不远，长草之间赫然现出一具尸首，正是葫芦棚里的那个胖子，他肋骨皆断，心肺俱裂，显见死在华山茅屋门窗大开，一片死寂，无间叫几声"陶大哥"，便走了进去。四面与万灵府陶不陶旧居如出一辙，乱哄哄的，墙角有偌大一只架子，上面东倒西歪，堆满了瓶瓶罐罐，窗边有数只鸟笼，笼门都打开了，鸟儿也便不知去向，窗下还有一只泥炉，炉火未熄，透出一方单薄的温暖，再过来的桌子上则放着一只葫芦，下面压着一叠纸，最上面有"我去也"三个大字，占满整个页面，一望即知是陶不陶手书。无间悬着的一颗心放下些许，却又有数不尽的疑问同时升起，陶不陶又会走去哪里，是走在丁岸丁汀之前，还是之后？掀开一页，下面一张纸上写的却是"葫芦里是秋花露的解药"，无间眼前一亮，望望青青，愈发不解，难不成陶不陶未卜先知，不仅知道他会来怀玉山，而且知道来寻些什么？再下面一张纸上则写道："云莫为，老子许给你的八种花，都看清了？限你四十九日之内将欠我的宝贝送到葫芦棚内，到时候葫芦大仙自会去取，如若不然，哼哼哼，哼哼哼——"青青摇摇头，道："如若不然，那又怎样？"捏起那张纸，原来背面右下角另有一行蝇头小楷，"秋花露解药一共四十九粒，可葫芦里只有四十八粒，你猜最后一粒在哪里？"

无间道："会在哪里？"青青道："你说呢，自然是他那里。"转而又问道："这果然是云莫为？他会和葫芦大仙搅在一起？难不成他也中了秋花露？"无间心下却更为糊涂，看这情形，这两位竟好似没有半点嫌隙，而云莫为又有什么手段，能拿捏住这位肆无忌惮的天下第二？他挠挠头，道："云莫为是和融府掌门，论理应当种秋花露，而且该是傅教主亲手所种。"说着话倒出数颗药丸，托在手心里好一番端详，又道："沈姑娘说过，秋花露里用了些许澈叶枫，算是留下一隙破绽，如此便有可能绕过穴位，从经脉间谋一个根本的解法——"再瞅一眼那葫芦，自开口处抠出一团纸来，纸上密密麻麻写满了字，歪七扭八，有大有小，此外还有两幅画，绘得笨手笨脚。他读几行，明白是解药的服用之法以及相应的运气之法，只是文字偷工减料，不伦不类，饶是他通读《陶不陶曰》，仍然被弄得七荤八素，不过也正如他所料，那些药丸以怀玉参为引，浚清奇经八脉，五脏六腑，不仅可以尽除秋花露，更可以养身宜心，平添数年功力。

无间欢喜无比，而且这等坐收渔翁之利，又好似从云莫为那里讨回不少公道。青青服一粒丸药，又依言修习一会儿呼吸之法，便又睡了过去。无间出来茅屋，在阶前小坐，抬眼看到檐卜陶罐里有三只怀玉参，便老实不客气地揣了起来。四面一览无余，不见半点异常，想来丁岸丁汀早下山去了；一条弯弯的河流远道而来，在两片青山之间汇出一面波光粼粼的湖泊，而黛黑色的树林掩映于青天之下云雾之间，更多一层纤细的迷蒙。目光收回来，还落在几片花畦之上，紫叶白花的是香炉草，黄花红蕊的是金缕衣，绿叶如盖的是如意蕉，红叶蓝花略带狰狞的是玄沉子，再转过去一点，视线的尽头又有几丛蜂慕竹花，长茎似竹，花瓣则黑黄相间，一片一片如同飞舞的野蜂，这些花草多生于画眉雪山向阳通透的崖边，采摘不易，在神农教也是罕物，怀玉山风光水土果然甚为相似，能种出这些，亦不愧"小画眉"的称呼了。

他进而又一转念，云莫为要蜂慕竹花做什么？此花成活不易，养起来繁琐异常，而且药性霸道，极难中和不说，还随着季节生出种种变化，最为捉摸不定，论理，他是断断掌控不来的；思绪扯出去，将相关的毒药依次默想一遍，那不过寥寥几味，却又和眼前所见全不搭界，可心中又是一动，蜂、慕、竹、花，这四个字还在哪里见过？碧空如洗，心绪似水，平川谷残屋木板上的文字忽而大浪淘沙一般映入脑海，他默诵一遍，忽地一下站起身来，那药方之中提及的诸多花草，居然有五种都在眼前！云莫为究竟要做些什么？平川谷残屋里又是什么药方？而写下那些字的又是何许人也？

他毫无头绪，却明白这些花草一旦落入云莫为手中，后果不堪设想，纵然不忍，还是拎起锄头，将之连根刨掉，又一把火烧得干干净净。青青不知何时醒了过来，这会儿隔窗叹一口气，道："这算不算是暴殄天物？"无间道："艳压天下又心如蛇蝎的，难免是这种下场。"青青眉尖一蹙，道："你说谁呢？"无间稍一琢磨，笑道："说心虚的呢！"青青扫他一眼，道："难得不学好，也会阴阳怪气地说话。"这会儿无间乐呵呵凑过来，道："大小姐想回临安了？"青青一怔，道："你巴不得呢？"无间倒是爽快，道："还真是，等你走了，我便找陶大哥讨药丸去。"青青冷笑一声，道："你若无心费心，也不必费心。"无间给绕了进去，还自琢磨，青青又道："你的那位林姑娘去了哪里？"无间长叹一声，道："我也不知道：她不辞而别，只留下一句话，说是一年之后天籁山再见。"青青道："那你为什么不去找她？"无间道："她若是不想见我，又哪里找得到她？"青青道："找都不找，又如何知道找不见？"略一沉吟，又道："她难道不是你的意中人？"无间不由得哈哈大笑，道："谁说的？不过你哥哥可是她的意中人呢。"

　　二人在山顶小住，陶不陶的药丸立竿见影，不过几日的工夫，青青脆生生的神采便回来不少。心头阴霾渐去，可别一层烦扰又开始弄得她坐卧不安，欧阳胥早就应该有讯息过来，只是不知为何，那两只鹰迟迟不肯现身。再一日她远望天际，忽然道："那咱们也去龙泉好了。"无间一怔，道："你先回临安，再带着费侍卫他们耀武扬威地走一遭，岂不最好？"青青横他一眼，站起身，径直下山；相聚日多，无间早就明白她的做派，忙不迭从茅屋里拢些常用之物，便追了过去。

　　接下来几日，那鹰还是不曾出现，青青坐卧不安，脚程也便快得非比寻常。龙泉依山面海，一片苍翠依着一片汪洋，也算是别有风骨，而隔着好远，便能望到陆家大院，从山脚铺展到山顶，清一色的白墙黑瓦，而一条小溪贯通而过，又添许多出其不意的景致。陆家不愧为当地第一望族，四代两百余人，坐拥几十艘大船，做尽海路生意，称得上富可敌国。到了正门之外，无间不由得先喝一声彩：那门楼由巨石雕砌而成，有六根圆柱，两层吊顶，楼下朱门兀立，一个个铆钉黄澄澄的，比拳头还大一圈，两旁的石狮子有一丈多高，居高临下，威风八面，看一眼便教人气馁不少，而与之相比，即便是临安欧阳府也显得有些寒酸了。

　　青青早有计较，大踏步便往里面走。一位小厮伸手一拦，喝道："做什么的？"青青道："你让陆望北来见我好了。"陆望北乃是陆家当家老爷子，整个龙泉便没有人敢直呼其名，那小厮上上下下打量她一番，道："你是什么人？若是吃饱了撑的闹事儿，也看看清楚这是什么地方。"招招手，两位凶神恶煞一般的大汉便从门后转了出来，而他又好似意犹未尽，续道："卢知府今日也在这里呢，小心你吃不了，嘿嘿，兜一身官司！"青青却笑了起来，道："那你让卢三火来见我也成。"

　　这时门内起一片喧闹，一行人缓缓走了过来，当前一位身材高大，四十多岁年纪，乃是陆望北的长子陆云海，他身边一位五短身材，官府服饰，果然便是龙泉知府卢三火。那小厮面上一紧，低声冲青青喝道："真是不要命了么，还不退开！"青青却踏上一步，叫了一声"卢三火！"那两位大汉再不犹豫，挥拳齐齐打了过来，无间上前挡住，再顺势一带，将二人一并摔了个狗吃屎。陆云海等人听见动静，望一眼，老四陆云水面子上便有些挂不住，冲那小厮喝道："什么场合，便镇不住场子了？！"

　　他大踏步走过来，一伸手，道："小兄弟，咱们这边说话。"无间不明所以，还道他想握握手，便也做个同样的表示。二人手掌一触，陆云水拇指按上合谷穴，同时左手点出，去拿他肘下穴道。无间好生恼火，无奈何，只好推他一把，陆云水身不由已跌出去几步，可子非鱼巧劲儿环环相扣，竟就引着他转开了圈子；适才贪嘴，多吃了几块牛肉几杯小酒，这会儿一起漾过喉咙，哇啦啦全喷在了地上。陆云海脸色铁青，喝道："哪里来的鼠辈，刻意要抹煞我陆府的面子不成!"身形一晃,单掌直劈无间面门。

那卢知府却叫一声:"慢着!"瞅了瞅,说不上是没瞧清楚还是不敢相信,一溜烟赶过来再瞅瞅,便"扑通"一声跪到了地上,叫道:"大小姐什么时候来的龙泉,也不知会一声,让下官这脸面往哪里放?!"青青道:"他们陆家仗势欺人,你何不先整治整治?"陆云海仍然不明所以,可是堂堂知府跪了,便不能不跪,而他一跪,陆府上下也就不能不跪,如此一来,呼啦啦呼啦啦,里里外外跪倒了黑压压的一片。

青青却甚是坦然,挥一挥手,便算是还礼了,一干人寒暄几句,还回客厅里落座。她也不客套,开门见山地问道:"陆老爷子呢?"陆云海道:"家父身子不太好,现在避居海岛,有些日子没回府上了。"青青道:"那陆家的事情由你做主?"陆云海点头称是,又道:"大小姐若有用得着的地方,尽管吩咐,陆家无有不从。"青青道:"我哥哥在龙泉呢——"陆云海像是吃了一惊,卢三火却抢着说道:"有什么事情公子爷非要亲自去办,便不能给下官一些孝敬的机会?"青青道:"若是你孝敬,便轮不到他孝敬了——他来找一位姑娘。"众人都知欧阳胥风流倜傥,并不惊讶,陆云海想一想,道:"大小姐是要我们去寻这位姑娘?"青青道:"你将他们一并找来就好。"

青青取出一张欧阳胥为寻找莫彤裳所绘的绣像,陆云海接过去看一眼,又瞅瞅二弟陆云帆,道:"不曾见过。"陆云帆也看一眼,道:"大小姐放心就是,她若真的在龙泉,我陆家便没有找不见的道理。"青青道:"你要多少时日?"陆云海又望一眼陆云帆,道:"七日?"陆云帆道:"我看十日差不多。"青青道:"三日。"陆云海摆摆手,道:"大小姐恕我直言,龙泉水陆皆通,每日里来来往往的路人成千上万,你叫我找两个人出来,其实与大海捞针无异,三日是做不到的。"青青丝毫不为所动,道:"三日便是三日,这龙泉便如同你陆家的后院,他卢知府也不过是个帮衬而已,有人进了

无间传 433

门，你三日里找不出来？鬼才相信！"

　　陆云海威望极高，即便是卢三火也要看他的眼色行事，可青青适才接受跪拜，安之若素，如今又当众驳他的面子，也真是自大到了极点。他心中不忿，隐隐然便想发作，卢三火心下明白，赶紧圆场，道："大小姐，我与陆家兄弟相识多年，他们的为人最清楚不过，陆府只会将七日的事情赶在三日之内办完，断不会将三日的事情办成七日，他这样说也是往最坏里打算，我瞅着，一两日之后事情便会有个分晓。"青青神色间一如既往，道："三日便是三日，不要你一日办成便不错了，为何这等啰唆。"陆云海再也按捺不住，猛地一拍桌子，道："我陆云海一言九鼎，说几日便是几日，大小姐若是信不过陆家，来去自由，没人拦着！"青青道："我在临安找平头百姓办点事情，断断听不到半个不字，这里天高皇帝远，你日子过得滋润，还真把自己当成人物了？"陆家众人均不由勃然大怒，陆云海的大儿子陆关更腾地一下站起身来，道："你不要不识抬举，相爷千金又怎样，我陆家还真的怕了不成！"

　　这话说得放肆，却也说到了众人的心坎之上，大厅里一时间静悄悄的，居然没有人拦着。他一摇一晃走上几步，又道："你说你是什么相府千金，可这种做派，嘿嘿，还真教人起疑。"青青冷笑一声，道："你算什么东西——"陆关道："你说我陆家是平头百姓，我便是平头百姓？你权大势大，为何不见几个俯首帖耳的走狗给你壮壮人势？嘿嘿，我还真是不信了！"卢三火有些害怕，小声嘀咕一句："陆公子不得无礼！"可陆关又哪里听得进去，就手抓起门边一根竹棍儿，大喝一声，兜头冲着青青砸了过去。

　　陆家祖代相传的剑法称为龙泉剑法，族人无不修习，而他这一下正是扬威立万的一招"天横碣石"。青青扑哧一笑，浑不介意，转而端起茶盏慢悠悠地往嘴边送，无间虽则恼她咄咄逼人，可这会儿也无可奈何，见桌边有一把蝇甩，便捡起来打横里一扫。龙泉剑法讲究以实带虚，其意向好比在细绳的尽头缚着一块石头，细绳虽柔，可石块荡起来，又可聚千钧之力，陆关武功不算太弱，这一招也使得似模似样，怎奈在无间那里，力道承启之处一目了然。蝇甩到处，带得那竹棍绕一圈，"咚"的一声，正敲在自己脑门之上，他"哎哟"叫一声，一个红赤赤的大包也便吹气儿一般鼓了起来。

第三十二章
一苇可度平生恨？

陆关怒目圆睁，再使一招"萍踪浪影"，点青青眉心，无间跟着拂出蝇甩，带起一只茶壶盖儿，小老鼠一般顺着棒身溜上去，碾过陆关手指，痛得他大叫一声，丢开了棒子。那壶盖儿余势不减，飞至半空，陆云海一伸手接了过去，掌上再一发力，"咔嚓"一声竟捏成了一把碎片；他继而望空一抛，道："大小姐，所谓碎玉应该便是这层意思了？"那瓷片排成阵仗一齐砸下来，"叮叮当当"一片乱响，错愕间竟然将青青右臂袖口钉在了桌面之上。陆云海不由得哈哈大笑，道："大小姐不愧为名门之后，这等定力，着实让人佩服！"

他如此恐吓青青，赌的便是这位大小姐不会半点武功，不知躲闪也就不会受伤，此人胆子大到了极点，可是于瓷片方位的拿捏准之又准，也可谓自负到了极点。陆家众人得意洋洋，零星的笑声此起彼伏，青青气得身子发抖，可是袖口被钉住了，居然挣脱不得。无间原本还有些息事宁人的念头，这会儿也添一丝恼火，伸手拍在青青肩头，内力一透而过，激得桌面上那些瓷片同时跳起来，结成一条线儿，直取陆云海面门。陆云海始料不及，也顾不得难堪了，身子一缩，躲到了桌面之下，可那些瓷片又像是撞在一堵无形的墙上,在头顶相继凝住,继而噼里啪啦悉数落入茶盏之中。茶水依然滚烫,还溅陆云海一头一脸,青青忍俊不禁,"扑哧"一声便笑了起来。

无间记着林微在茶画相如捉弄方公子的情形,这是依样画葫芦,而效果亦不遑多让。陆云海忽地一下站起身来,桌子也掀了,一张脸红赤赤的,看不出是怒火过盛,还是被烫成了那副模样。青青却只是淡淡地望一眼卢三火,道:"卢知府,他陆家还真是离犯上作乱不远,是你管教管教呢,还是由我公事公办?"陆云海"啪"地吐口唾沫,甩开步子,往门外便走,青青摇摇头,忽而一字一句说道:"陆云海,咱们先说说十五年前定海湾的人命案子如何?"

陆云海不由得暗吸一口冷气,一只脚踏上门槛,却再也迈不动了。早先福建海面上作大的是海啸帮,陆家生意一直不愠不火,甚至有些难以为继,可后来海啸帮忽然在定海湾遭遇围剿,几乎全军覆没,陆家趁机接盘,这才得以翻身,渐渐有了今日这等局面。这案子死人太多,闹得动静极大,而龙泉府又查不出个所以然来,最终被捅到了相爷那里。欧阳泊派柳先生悄悄来福建暗查三个月,发现此事原来是陆云海纠集数个武林门派所为,若公事公办,陆家兄弟便要人头落地,可是海啸帮系东南一患,作恶多端,而陆家尚属正直之辈,亦公亦私,也算是为民除害。欧阳泊网开一面,案子也便不了了之,只是陆云海一无所知,还道这一番买卖瞒天过海,果然做得无懈可击呢。他心思老辣,不动声色地转过身来,道:"事情过去这么多年了,难道还不曾盖棺定论?"青青道:"我听听你的意思,便知道该不该盖棺定论了。"陆云海将手一挥,道:"也好,此案关系甚大,你我来日再议,找人的事情,大小姐既然要三日,那就三日,三日之后,我八抬大轿将他们送到你那里就是。"

青青当晚在府衙歇下,那知府百般逢迎,极尽殷勤,无间看不入眼,早早便回了卧房。入夜之后,窗棂轻响,青青居然找了来,她去掉头饰,盘起长发,再着一身夜行黑衣,流溢的神采便好似多出一层哑光,直教无间啧啧叹两声,道:"原来杀人也可以这样迷人。"青青瞪他一眼,道:"咱们去陆府。"无间道:"还说呢,你哥哥不见踪影,也怨不得陆家,你这样凶做什么?"青青道:"偏你在这里打抱不平,在怀玉山那鹰带哥哥的字条给我,明明白白说了要去陆府的。"无间"哼"一声,道:"你怎知道他一定去了?"青青道:"我不知道;可我也信不过陆家那些人,尤其陆云海,话大一半都是假的。"

跃墙出了府衙,走小巷深弄,不多时便到了陆府;夜深人静,那宅子如同一头黑黢黢的巨兽伏在山坡之上,有些阴森。二人径直上山,绕到后墙,见角门处尚有一星灯火,便摸了过去。不多时院门"吱呀"一声开了一扇,先后走出来两位小厮,前面一位举着一支明晃晃的火把,后面一位则挑着一副担子,一起向山顶走去。青青稍一琢磨,还是跟在了后面,那两位深一脚浅一脚,走了足有半个时辰,才在一片山包上歇下脚。挑担子的一位从筐里摸出一只包裹,凑到边上唤两声,便攀着什么爬了下去,青青却没有什么耐心,大踏步便走了出来,留在上面的那位吓一跳,只是不等叫出声,便被无间点了穴道。

一根碗口粗细的铁链子绕过一块巨石,垂在陡坡之上,底端则结有一只铁笼,早前那位小厮站在笼子顶上,这会儿听到动静,吓得连连摆手。笼内有人蜷缩在一角,一动不动,铁笼顶端却有一个滑门,被打开了,还没来得及锁上。青青却再无怀疑,叫一声"哥哥",便跳了进去,无间不想她这样大胆,没奈何,也只好一跃而下。青青抢出几步,又叫一声"哥哥",便去掰那人的肩膀,可手上硬邦邦的,原来是用木片儿做的一个假人儿。而这样一动,机关便松了,头顶的滑门"咔嚓"一声撞上了锁。无间心知中计,叫苦不迭,再抬起头,那小厮狞笑一声,跳了开去,铁笼子则晃几晃,直坠坡下。

这一坠无限短暂,却也漫长得不耐等待,铁笼落地的一瞬,无间抱起青青,使一招"天雨潇潇"一跃而起。下坠的巨力化去大半,青青毫发无伤,而他却被重重地拍在铁棂之间,周身剧痛,几乎完全失去知觉。铁笼弹起好高,继而顺着斜坡无休无止地滚了起来,二人被甩在笼壁一角,头脑里是一番天旋地转的光景,眼界里却只有一团暗黑。有海浪声隐隐约约撞入耳鼓,却又让青青心下一动,记起来陆府北面有所谓鬼门坡,直插入海,既如此,陆家这一计毫不含糊,就是要取他二人的性命。

无间一半清醒,一半迷糊,再没有力气说话,似乎着力抱了她一下,胳膊却渐渐松了。青青说不上为什么,泪花四溅的同时又多出一丝宁静,埋头在他怀里,轻声说道:"你和我死在一处,亏欠的又是谁?"话音未落,有火光一闪而过,紧接着砰砰两声巨响,铁笼便被藤蔓挂住了,缓缓又走一段儿,便停了下来。有人举着火把照过来,口中则不住声地叫道:"大小姐!大小姐!"青青缓缓睁开眼睛,一霎时惊喜交集——眼前之人竟然是费皖。

无间再睁开眼睛,一切安然静好,身前是一株大树,身下则是厚厚的一层野草,几只飞鸟倏然来去,而青天里的几抹淡云则凝固了一般不见半点变化。他伸个懒腰,只觉身心每一寸均被熨平了,好不舒坦,继而叫一声"青青",又不由得一惊,忽地一下便坐了起来。四周空荡荡,哪里又有她的身影?视线收回来,伸手可及的地方有一只葫芦,下面压着一张纸和一片卷起的荷叶,他吸吸鼻子,忙不迭翻开来,中间裹着一大块切好的牛肉,再打开葫芦,仍然不出所料,里面有郁郁醇醇数斤好酒;若有所悟,翻开那张纸,纸里包着的是青青那块"通行无禁"的令牌,此外还有两行小字,第一行写道:"你的大小姐安然无恙,不必挂心",再一行写道:"你去潮生岛一苇寺"。他认得字迹,口中叫一声"微微",站起身便望了出去;景色如旧,是疏离的温适,他不由长叹一声,便多了些泪水盈眶的意味。

无间传 439

潮生岛在东南方向的海上，不难找寻，他租一艘渔船，即刻上路。海天一色，船行如风，走差不多一个时辰，一座小山自天边浮现出来，山为黛色，其间散落着不少淡粉色的花丛，一片片明晃晃的，可凑在一起，又是一副似云如烟的光景。上了岸，踩着白花花的沙子走出不远，便看到一座灰蒙蒙的小庙，果然便是"一苇寺"。寺门洞开，一眼便能望到主殿，里面空空荡荡，竟然没有供着的佛像，而殿前也不是庭院，而是一片菜地，有一横一竖两条石径，将之分成齐齐整整的四块。一位白眉老僧正蹲着整治杂草，听到声响，抬头望了过来。无间先行一礼，叫一声"师父"，那老僧倒是直白，道："你有何贵干？"无间老实答道："有人留下一张字条，让我来这里，我便来了。"那老僧"嗯"一声，低头还去弄他的杂草，却又随口问道："你姓什么？"无间道："姓范。"那老僧道："牵黄擎苍是什么？"无间吓一跳，迟疑一下，道："是两只蛤蟆。"那老僧道："你喜欢殷姑娘多些，还是大小姐多些？"无间皱着眉头瞅他一眼，道："哪里来的大小姐？"那老僧道："你心心念念想着的大小姐。"无间道："谁教你问我这些？"那老僧道："心心念念想着你的小姑娘。"无间"嗨"一声，道："她觉着我会喜欢大小姐？"那老僧像是有些恼火，道："大小姐风华绝代，你还不能做一回白日梦？"无间不由得哈哈大笑，道："她那样凶，娶了便好比给皇上当差，不干，不干。"那老僧饶有兴趣地再瞅他一眼，转而道："你何门何派？"无间道："勉强算个少林寺俗家弟子。"那老僧继而挂着木棍儿慢悠悠地站起身来，道："你劈我一掌，刺我一剑。"

无间看他颤巍巍的，摇摇头，道："不成。"那老僧道："你果然蠢得像木头一样。"无间懒得再做计较，跨上一步，拍出一招"一马平川"。那老僧点点头，搭掌风荡了开去，无间惊讶不已，继而拾起地面上一根竹棍儿，再出一招"浮光掠影"。那老僧凝目而视，说一句"不错"，又飘开了。无间心下叹服，道："你从前可是纵横江湖的高人？"那老僧笑道："我不过是个侍弄菜园的瓜果和尚，纵横江湖？你又懂得什么叫作纵横江湖？"无间道："你问完没有，可信得过我？"那老僧像是颇为满意，道："倒是蠢得明白，出寺庙后门上潮花山即可，有人就在山顶。"

无间心头乱撞，忽而想到那会不会就是林微？不敢抱什么希望，可又不舍得丢开那点希望，如此一路疾奔，不多时便到了山顶。茂林之间有两间茅屋，与之对呼应的是一片巨岩，斜斜探入空中，一位女子抱膝坐在上面，正望着海面出神。无间百感交集，按下一怀失落，轻轻叫了一声"莫姑娘"，莫彤裳吃一惊，可转过头来，浅浅的微笑便爬上了唇角。无间道："莫姑娘，都还好么？"莫彤裳道："什么好不好的，爹妈过世之后，还不都是这个样子。"无间道："你还真是来了福建。"莫彤裳走到近前，打量他一会儿，转而道："还真的是你。"

莫彤裳引他进茅屋里落座，烧水沏上一壶新茶。她瘦了一圈，更增几分清秀，可眉目间除了忧伤，又添一层凄惶，让人看着好生不忍。她在慈心庵极不如意，终于失去耐心，便一个人来了福建，不过也正因为此，才没有落进徐蒙之手；叹一口气，道："来龙泉，还是因为我娘过世前提到过这个地方，便是这样一层念想，不来放不下，可真的来了，要找谁，又该做些什么，又没有半点头绪。陆家是龙泉第一世家，口碑又那样好，我想着总可以去问一问，讨个主意；等我到了那里，候没一会儿，便有小厮带我进去见一位老仆，那人眼睛不好，头上扎一块青布，遮着半张脸，他说了不少可怜我身世的话，后来便让我用些餐饭，他进去和陆家兄弟合计合计，看有什么可以帮忙的，可后来，不知道为什么，我便晕了过去——"无间气呼呼道："这便是算计你，八成餐饭里有迷药，这陆家，还真不是什么好人。"莫彤裳道："再醒来时候，我是在小轿里面，被点了穴道，说不出话，也动弹不得。那样走了好久，进了一座道观一样的宅子，我则被关在了一间小院里面。起初我害怕得很，又喊又叫的，流了许多眼泪，好在他们也没有怎样，好吃好喝地伺候着,只是不理我。这样有几日,再一晚,外面忽然乱了起来,打杀声响成一片,再抬头,林姑娘便进来了,是她救了我,送到这里。"

无间道:"那微微去了哪里?"莫彤裳摇摇头,道:"我也不知道:我有许多事情问她,她却什么都不肯说,只教我善待自己,静心休养就好。后来我又问起你,为什么你们没有在一起,难不成是闹了别扭?她说是她做错了事情,才弄成这种样子,还说日后你再也不会想见她,更有可能恨她入骨呢。"无间听得一头雾水,道:"这都是些什么乱七八糟的,她哪里又做错事了?"莫彤裳叹一口气,道:"我也不明白她说些什么,可是我毫无用处,甚至不知道该从何问起,而且她那样聪明的一个人,自然也没有必要凡事说给我听。"无间道:"那然后呢?"莫彤裳道:"没有然后,只过一晚,她便下山去了。"无间想了想,道:"那再然后呢?"莫彤裳面上忽然微微一红,道:"再然后欧阳公子便来了。"

无间一怔,道:"来了这里?来了潮生岛?"莫彤裳点点头,无间道:"他又是怎样来的?"莫彤裳道:"他衣服上尽是血污,身上也红一块紫一块的,问起来,原来是被陆家的人在山崖上囚了好些日子;再一晚,他便稀里糊涂被人救了出来,之后又稀里糊涂坐船,稀里糊涂上山,再一眨眼,就看到我了。"无间心头况味难以名状,林微属意欧阳胥,而欧阳公子念念不忘的是莫彤裳,可莫彤裳想着的人应该是周案玉,这乱哄哄的,实在无法梳理;呆呆地想一会儿,才道:"他不知道是谁救他出来?"莫彤裳道:"不知道。"无间道:"那他人呢?"莫彤裳神情一黯,不说话了,无间又道:"欧阳公子对你可是情有独钟。"莫彤裳眼泪便流了出来,却又咬着嘴唇笑了笑,道:"是么?"无间道:"又怎会有错?"莫彤裳道:"可是他一个人走了。"

无间"啊?"一声,道:"走了?走去哪里?"莫彤裳道:"我不知道。"无间道:"为何要走?"莫彤裳道:"我还是不知道。起初那几日他对我很好,虽然身上有伤,只能在床上躺着,可我走到哪里他眼神便跟到哪里,我冲他笑一笑,他便是一副恨不能手舞足蹈的样子;此外还尽说些海誓山盟的疯话,说就要在这里相守,什么富贵名利,什么名字名画都是烟云;他是临安三大公子之首,应该高不可攀才对,可在我面前偏偏是那样一副情状,可是比、比、周——公子对我好多了。"脸上飞过一丝红晕,过好一会儿,才又说道:"后来他好些了,出去走走散心,被路边荆棘扯破了长衫。我在灯下修补,他盯着我看了一阵子,自怀里掏出一只镯子,问道:'你答应么?'我说,'答应什么?'他说,'你不记得了?'我说,'又有什么不记得的?'他说,'这个难道不是你的?'那是我早先落在相府玉衡院的,真奇怪居然落到他的手里,我便说,'是我的'。可他却叹一口气,道:'我总觉着你不是你,你果然不是你。'我不明白他说些什么,问他,他却不回话了,就那样呆呆站一会儿,失魂落魄的,推门走了出去。"无间听得浑身不对劲儿,道:"那后来呢?"莫彤裳道:"我还道他回房休息去了,谁道竟走掉了,杳无踪影,再不曾出现。"

　　无间好生无能为力,道:"这又是什么乱七八糟的?"莫彤裳泪水肆意,一边拿帕子擦拭,一边勉强笑道:"可教范大哥取笑了,也说不上为什么,我看见你便好像看到亲哥哥一样;这些痴话,你听听就好,千万不必挂心。"无间心下忽而添一丝怒火,道:"这些公子哥,始乱终弃的,回头我找他算账!"莫彤裳听见这话,心中一片冰冷,泪水更流个不住,无间这才回过味来,使劲摆手,又道:"任性的人难免糊涂,等着想明白了,总会回来的,莫姑娘这等容貌,这等性情,天下又哪里寻去?!"过了许久,莫彤裳才道:"林姑娘早先还说你会来的,果然你便来了。"无间也说不上惊讶,只是问道:"她又如何知道?"莫彤裳道:"她说你心仪的姑娘在这里——"无间一愣,心思有一瞬转到殷茵那里,莫彤裳则问道:"你心仪的难道不是林姑娘?"无间道:"她是我的好妹子,半个大小姐，半个臭丫头——"莫彤裳道："可为何我觉着她一心一意念着的都是你呢？"

她转而又道："她还让我转告你，说陆家的事情你不要管。"无间道："这又是哪门子的道理？"莫彤裳道："她还说我想去哪里，求你就好，你会送我去的。"无间道："你想去哪里？"莫彤裳悠悠地道："我想去哪里？我哪里也不想去，这样就挺好，一个人无拘无束，闲着的时候看看海，就挺好。"无间道："微微送你来这里，难道不是暂时躲一躲？"莫彤裳摇摇头，语气变得异常坚决，道："我又能去哪里？回临安？回建康？那些地方和我究竟还有什么关系？"无间道："你可以去找欧阳公子。"莫彤裳道："他若是愿意在我身边，就不会走，既然走了，就是不想再见我，我又何必找他？"

二人又说了半日话，无间心中酸酸的，说不出的难过；起身告辞，莫彤裳依依不舍，一直送到山下，方才回去。再回龙泉，已是月上中天，他一路盘算林微说过的话，陆家行事阴狠毒辣，为何就不能管了？陆府远远就能望到，在月光下平添几分凌乱，忽然间便不能自主，寻到近前，越墙而入。落脚处是一条鹅卵石铺就的小径，身后有一片竹子，身前则有好大一丛芍药，四周分外寂静，偶有一两声狗吠鸡鸣，远得遥不可及。他走出几步，心头忽然便有些发紧，此处彼处应当飘着几盏灯光才对，此时彼时应该有一两声人语才好，可眼前景象莫可名状，说不出有什么不对，却又处处都不太对。

左首边院门虚掩，留有半尺的缝隙，他闪身而入，伸手推开厢房房门，里面有一张长榻，上面睡着四五个家丁，走近再探视一回，虽则不闻呼吸之声，但都热烘烘的，脉息平实，原来是中了迷药。他胆子大了些，一连走过数间院子，所见大同小异，有的人躺在地上，有的人歪在椅子里，有的人居然靠在架子上，仿佛还说着话做着事，忽然便闭上眼睛睡了过去，而偌大一座陆府，竟无一人幸免，尽皆着了道儿。仔细想一想，这只能是神农教所为，可是惘神香也好，惺惺虫也好，似乎都没有这等威力，更何况陆府在山坡之上，地势起伏有致，又该如何用药？

　　再走数步，进了花园，那条流经陆府的溪流听起来更添几分清越，不远处一位小厮靠着栏杆便睡了过去，无间蹲下身，拍拍他的脸颊，又想一想，取过他的灯笼，掏火折子点着了。灯油不太干净，噼里啪啦响两声，才跳出来一片浑浊的光明，发际是龙泉惯常的夜风，带一丝淡淡的海水腥气，那灯油腻腻的味道混进去，向四处从容蔓延，他心中不由得"咯噔"一声，凑到灯笼口仔细打量，翻动的油烟细不可辨，却又气势汹汹，不过是一瞬的工夫，体内种种黏稠的困乏便一起被搅了起来。他恍然大悟，原来是有人在灯油里做了手脚！怎奈为时已晚，身子发软发混，向后一歪，也睡了过去。

　　这一次吵醒他的是纷沓的脚步声，陆家有许多人被抬到花园里，横七竖八丢在各处，又不久，石亭之内忽然有声音传了过来，叫道："参见教主。"无间心下一紧，这分明是秦关的声音，既如此——果不其然，答话之人正是傅长天，道："不必多礼，你飞鸽传书，要我亲自走一趟，应当是有不得了的发现？"秦关道："属下得教主授意，在此专等林微，虽则她不曾现身，可是各色人等走马灯一般来了又往，真好比一出大戏。许多事情干系重大，我想着还是教主你亲自做个决断为妙。"傅长天"嗯"一声，道："陆家管事的人都在这里？"秦关道："不错，沈姑娘教我在灯油里用昏天散，一举拿下陆府上下数百人，这等心思，这等手段，全天下再不会有第二个，属下真是佩服得紧。"

　　无间却颇感释然，若非沈顾，又有谁能轻而易举拿下天下第三？不过他又暗叫侥幸，多亏有断疴木，早早苏醒，而且正好摔在盆栽之后，才没有被认出来。吴双勘查一番，指着地上的一位，道："这便是陆云海？"秦关说一声"是"，她便俯身弹了些药粉在对方口唇之间。不多时陆云海便坐起身来，四面望望，进而一指傅

无间传　445

长天,道:"尔等是什么人,胆敢和我龙泉陆家作对?!"傅长天冷笑一声,道:"陆家号称什么武林世家,骨子里却不过是些投机取巧的生意人,鼠辈一窝,不足挂齿。"陆云海勃然大怒,道:"你用下三滥的手段迷倒我陆家上下,还有脸说别人投机取巧?"傅长天道:"中原武林下三滥的行径多了去了,用些迷药又算什么?"

陆云海被他气势所慑,又仔细打量一回,道:"阁下究竟何人?"秦关道:"你不认得神农教教主?"陆云海脸色忽然变得一片煞白,道:"我陆家与神农教往日无冤近日无仇,你千里迢迢跑来这里,为的又是什么?"秦关道:"无非是打听几件事情,找几个人而已,你最好识相一些,莫要自讨苦吃。"陆云海手上一划拉,忽然亢奋许多,道:"我陆家上上下下都被你毒倒了,还要我交出哪一个?"继而"啪"地吐一口唾沫,又道:"都说河南骆家是神农教杀的,却还有人为尔等开脱,我就不信了!"傅长天淡淡地说道:"几十条人命而已,算在谁的头上,你道我当真在乎?今日你若想步骆家后尘,也由得你。"陆云海道:"这就对了!神农教是天下第一邪教,你傅长天便是天下第一恶人!我这条性命捏在你手里,想拿去就拿去,别以为我会怕了你!"吴双接口道:"最受不了中原武林这等做派,动不动便打什么正道邪道、好人恶人的幌子,教主,我先让他清醒清醒如何?"

她走上几步,从陆家人群中拎起一位男童,陆云海怒目圆睁,大声道:"你要做什么?"那男童也醒了过来,叫一声"爹爹!",抽抽搭搭哭个不住。陆云海道:"建儿莫怕,爹爹平日里教导你什么来着?!"吴双蹲下身,冲那男童道:"你叫什么名字?"他低声答道:"陆飞建。"吴双道:"建儿莫怕,有姑姑在,不会有人为难你的。"她容貌甚美,一双眼睛尽透着安慰之意,陆飞建果然止住哭声,拉住她的手,生怕她会走开一样。吴双又道:"你让你爹爹听话,拖家带口的,还以为自己是血气方刚的毛头小伙呢?"陆云海气得浑身颤抖,道:"尔等妖孽,连孩童也不放过,良心都被狗吃了不成!"他声如雷霆,反而将陆飞建吓得又哭了起来,吴双微微一笑,摸出一块彩云酥,抹一点在陆飞建唇边;那是神农谷冠绝一方的点心,寒甜清润,普通孩童又如何抵挡得住?他瞬间止住哭声,道:"姑姑,还要吃。"吴双递过去,道:"姑姑和你做个游戏好不好?"陆飞建咬一口彩云酥,点点头,吴双又道:"吃完了,姑姑这里还有,不过你要闭着眼睛站一会儿,若是有草叶儿来蹭你的脸,不许偷看,也不许出声才行。"陆飞建道一声"好",果然闭上了眼睛。

吴双微微一笑,闪身退开,一只五彩斑斓的花蜘蛛也同时落上了陆飞建袖口。那蜘蛛个头极大,不多时便爬上陆飞建的面颊,盖住了他白生生的半张脸。众人看得头皮发麻,他却浑然不觉,只闭着眼睛大嚼糕点。陆云海一双眼睛瞪得几乎爆裂开来,又深恐惊了孩子,不敢破口大骂,过得片刻,终于肩膀一松,垂下脑袋,道:"你们要什么,尽管说好了,但凡不违侠义,我尽力去办就是。"吴双微微一笑,收回那只蜘蛛,傅长天随即问道:"尔等将林微关押在何处?"

无间心头轰响,不明白这一问从何而来,陆云海更为诧异,道:"谁是林微?"秦关道:"你装腔作势,还有脸讲什么正道邪道,她是林剑无与陆嫣如的独生女儿,论下来是不是该叫你一声伯父?"有汗水顺着陆云海的鬓角直流下来,他声音带几分颤抖,道:"她来了龙泉?"秦关道:"我神农教有人亲眼看着她跨进你陆府的大门,却再没有出来。"陆云海明显哆嗦了一下,转而问道:"她是何种模样?"庭院之内稍稍静了一瞬,沈顾忽然说道:"我这里有她的一幅小画。"

无间当日匆匆离开神农谷,那幅小画也就留在了定风谷,不想竟辗转到沈顾手里。陆云海审视片刻,缓缓说道:"这果然是嫣如的女儿?"他不知又想到些什么,抬手在脑门上连拍数下,叫道:"可恼,可恼,可恨,可恨!"秦关道:"你又做哪一门子的戏呢?"陆云海深吸一口气,道:"不瞒你说,陆老爷子前些日子被人掳了去——"傅长天略感诧异,道:"果有此事?"秦关竟然也不知情,道:"是什么时候?"陆云海道:"他们给了我一幅画像,说画中的姑娘不日便会找上门来,到时候我拿了人送去城南观海居,他们自会放老爷子回来。"秦关略一思索,道:"那姑娘便是林微?"陆云海噙一眼的泪水,道:"不错!"秦关道:"这样说你将亲外甥女儿给送了出去?"陆云海伸手在脑门上又重重捶一下,道:"我只觉似曾相识,却始终未做他想——"秦关道:"他们可放了陆老爷子回来?"陆云海不住摇头,道:"他们言而无信,老爷子仍旧音信全无。"

无间心下"哼"一声,忽然明白过来,找上陆府的应当是莫彤裳,对方真的放人才怪呢。秦关道:"这样说来,林微如今在观海居?"陆云海道:"我的确将人送了过去,如今还在不在,我无从知道。"吴双道:"观海居又在哪里?"陆云海道:"在荡云山山顶,是一座道观,那里路途崎岖,平日里少有人迹,冷清得很,说实话,还真可以做一些神不知鬼不觉的事情。"秦关想了想,一挥手,两位大汉便推着一架木车走了进来,他转而望望傅长天,道:"教主,我们的眼线追着陆府的人还真是找到了观海居,那个地方横竖不对劲儿,大家伙稍作计议,干脆将里面的人全捉了来。林微我不曾见到,不过另有一位,教主还是应当见一见的。"说着话,从车上拉下一位身材干瘦的道士。那人一头灰发,满脸憔悴,这会儿四面望望,眼神里掠过一丝惶恐,道:"在下不过是观海居一位与世无争的道士,不知何时何地又怎样得罪了诸位?"秦关不由哈哈大笑,叫道:"太常使,教主他不认识此人,可你应当铭心刻骨才对——"付青池"嗯?"一声,继而又"嘿"一声,道:"教主,此人便是于未田。"

第三十三章
青石冈上泪千行

于未田目光掠过付青池，认命一般轻叹一声，道："尔等是神农教的人。"继而又望望傅长天。"既然他们称你为教主，你便是傅——长天了？"一张脸转为赤红，声音忽然拔高许多，叫道："神农教与天乙门不共戴天——"秦关不由得笑着摇摇头，肋下一拂，摔他一个跟头。他再也动弹不得，嘴上却愈发毫无遮拦，傅长天道："云莫为在何处？"于未田"呸"一声，道："无可奉告，我这条命你尽管拿去，其他想也别想！"吴双叹一口气，一抬手，将一枚骨寒钉拍进他肩井之中。

骨寒钉所淬为淬骨寒花花汁，遇血即溶，顺经脉蔓延，利如冰刺又纤如蚕丝，可谓锥心蚀骨又无微不至，不多时于未田便冻得瑟瑟发抖，可额头上又布满豆大的汗珠，由呻吟转为嘶嚎，继而在地上滚了起来。这样有好一会儿，他忽然缩着身子挥挥手，吴双会意，抛一颗药丸让他服了，他旋即安静下来，可也如同一摊稀泥一般，再没有半点力气。

傅长天复又问道："云莫为究竟在何处？"于未田道："我委实不知。"傅长天道："那尔等在陆家又是何图谋？"于未田道："林剑无的妻子陆嫣如出身陆家，而林微既然来到中原……"傅长天点点头,道:"你在此专等那丫头与范无间上门?"于未田道:"正是。"傅长天道:"可如愿以偿?"于未田道:"陆家送来的人不是林微。"陆云海怒气勃发,喝道:"我明明送了人过去,又怎会有错?"于未田道:"那丫头在我眼皮底下长大,难道我还认不出么?"叹一口气,又道:"你送来的是三宝会两浙分舵副舵主莫怀刑的千金,名字叫作莫彤裳。"陆云海并不相信,道:"可她明明是画里的姑娘。"于未田轻轻咳一声,道:"莫怀刑便是当年的玉剑画仙莫行偭。"陆云海道:"江湖所传并非虚言?"微微吸一口凉气,神色里陡然多了一丝不安,而傅长天心思更快得非比寻常,道:"难不成他是尔等所杀?"

于未田不由得低下头去,道:"我身中揉心草,若不是因为云莫为,断不会活到今日;知恩图报,也才会出主意,让他在龙泉静候林微与范无间。武林大会的事情诸位想必都知道:他二人声名大噪,而那之后不久,唉,我们便等来了三宝会的莫副舵主。一起始我还暗叫不妙,若是三宝会能想到这一层,天知道会有多少武林门派接踵而至……"秦关将信将疑,道:"你追随林剑无那么多年,他这一位师弟,你反倒不认识?"于未田道:"二十年间他形容大变,而且还领一个副舵主的头衔,即便是认得,也不敢认呢。"他感慨良多,双目微闭,又道:"林剑无剑史双绝,卓尔不群,莫行偭落拓不羁,貌比潘安,那才是真正的楚璧隋珍,说什么临安三大公子,可是给他们提鞋都不配!"他样子转为怅然,又过好一会儿,才缓缓说道:"不过还都是因为另外一个人,看到她,我才如梦方醒,嘿嘿,不只是林剑无鲠在喉的心事,困扰中原武林与江南画界二十年的谜案,原来都落脚在这里!"秦关道:"你说的是谁?"于未田稍稍转身,向陆云海望去,道:"莫夫人——"

便在此时,却听"嗖"的一声细响,不知从何处射来一支小箭,刚好插进他的咽喉,他微微一怔,可神色又转为释然,缓缓倒下去,就此毙命。与此同时傅长天身形飘动,径直向墙头扑去,耳际一声闷响,一位黑衣瘦子现身硬碰硬接了一掌,可他功力明显不济,吐出一口鲜血,转身就走。傅长天足不点地,跟着追了过去,秦关等人吃惊之余,相继也越墙而出。无间暗叫一声侥幸,就地一滚,借着树丛假山,同样出了院子。那瘦子对周遭地形熟悉之至,羚羊一般高纵低走,数次被傅长天追及,却又数次隐入石缝或者绕过树丛,化险为夷。不多时二人相继踏上崖畔一片巨岩,那瘦子回身说了一句什么,继而纵身向海面上跳去。这一跳直落百仞,他如同鸥鹭一般直插入水,过了好一会儿,才从翻涌的白浪之间冒出头来。一艘小舟从巨礁之后转出来,拉起他,风帆一展,也便消消停停地去了。

  傅长天远远地挥一挥手,吴双取出一只哨子轻轻一吹,半空里随即传来数声脆鸣,却是两只淡蓝色的雀儿款款飞到了头顶。它们绕两圈,便好似得了指令,转而向海上飞去。无间认得那是沈颀养在廊下的蓝关雀,略一思索,也便明白过来,蓝关雀目力惊人,茫茫海面之上,那瘦子想逃脱它们追踪,断非易事。

  傅长天等人还回陆府,两只雀儿则飞到极高处,又盘旋着落在水面与礁石之间,转而沿海岸向北而去。无间犹豫好一会儿,还是追了出来。蓝关雀时疾时徐,数次踪影全无,可最终还总会落到视线中来。这样走走停停足有一个时辰,也便到了城北青石冈,蓝关雀消失许久,忽而窜至高空,振翅向南而去,无间有所悟,沿着若有若无的小径再行一段,便到了一面石壁之下。那石壁是青灰色,高得看不到顶,面上千疮百孔,全是窟窿,小的与拳头相当,大的却与洞穴无异,足可进出自由。既然无路可去,也只能攀援而上,这样走到中段,便又看见了海面;山风强烈许多,扑进大大小小的洞口,带出各种稀奇古怪的声响,而他心下又不禁有些糊涂,那瘦子或者就在左近,可是左近茫茫,又应当寻去哪里?

  又一股山风扑在身上,隐隐约约竟带着一丝血腥气,他使劲嗅一嗅,逡巡片刻,落脚在一座还算宽敞的山洞之中。碎石之间赫然有一摊黑乎乎的血迹，尚不曾完全凝结，在斑驳的日光之下，透出些黯淡的亮色；那瘦子受伤不轻，这会不会是他留下的？再走，洞穴越来越窄，他最后不得不伏下身子，爬行前进，四面愈发黑暗，可气息依旧清透，还带着丝丝缕缕的花香，这样闷头又行一段，远处便有了清亮亮的天光。

四周宽敞许多，渐渐能站起身来，洞口处分明有一些纵横的绿荫，教他振奋不少；越行越快，再一步，脚下"嗒"的一响，有什么迎面直扫了过来，他暗叫不妙，抽身疾退，却忘了是在山洞之中，后背撞上石壁，疼得几乎要叫出声来。一大片银针接踵而至，相继刺入前胸，尖针淬毒，虽则比不得神农教的手段，却依旧麻痒难当，他费了半天工夫，才一根根捏出来，而脑中昏昏沉沉，亦有些力不从心了。

洞外不远处有一汪池水，上面漂着几片绿玉一般的睡莲，花开几支，黄蕊紫瓣，那一缕花香正是由此而来。池水之外有一棵巨树，亭亭如盖，阳光一束束透过来，弄得空间明暗交错，再过去则又是一面石壁，上面同样有大大小小的洞口，只是其中几处装着木门，看样子是有人居住。过不多时，其中一扇"吱呀"一声开了，一位老者走了出来。他身材高大，白发白须，看打扮是一位仆从，可模样又威猛得非比寻常，之后进进出出好一阵子，烧些饭菜，取食盒盛了，又拔出几只睡莲，结成一束，继而踩着木梯，一并送到高处的一间石洞之内。这时右侧一扇门也开了，适才那瘦子一摇三晃地走了出来，他受伤极重，一面咳嗽，一面就着池水浣洗那件血迹斑斑的长袍，无间这才得缘看个正脸，果然如心中所料，正是云莫为。

云莫为将袍子搭在一根草绳之上，拉起高处的树杈间晾晒，无间又不由得心下一动，这一株巨树罩在头顶，恍若一座绿色的山包，绝少有人能料到树下还有这等洞天，可他如此施为，血气散发，又几乎与竖起一面大旗无异，而蓝关雀鼻息灵敏之至，又如何会错过?不多时洞外又安静下来,无间努力想清醒一些,可懒洋洋的,还是迷糊着一会儿。再一睁眼,日影西斜,恍惚中忽然透过数声鸟鸣,教人心下一寒,汗毛便竖了起来;枝杈间随即传来一串轻响,那一束束的日光也便乱了次序,一瞥间,傅长天秦关与任千里从天而降。

与此同时水池周缘"砰"的一响,数百支竹箭激射而出,那三人身子疾转,复又如陀螺一般升至半空,石壁上灰影一闪,云莫为手中长鞭犹如一条乌龙直取傅长天。傅长天双手一拢,使雪云掌中的一招"风满楼",旋即与他斗在一处。云莫为功力本就不济,重伤之余,更难支撑,不多时胸口中掌,重重摔在地上,"喀喀"两声,腿骨也断了。他攀着山石好不容易坐起身,却依旧神色自若,道:"参见教主。"傅长天道:"你还有脸称我为教主?"云莫为道:"我早知道会有今日,只是不曾想到会是这里。"傅长天道:"该交代些什么,你都清楚。"云莫为嘿嘿一笑,道:"骆家的地图不在我手里,曲老教主的手稿也不在我手里,其他无可奉告,你若不死心,便也射我一枚骨寒钉好了,横竖一死,死在你手上,也算不上吃亏。"傅长天道:"骆家的人果然是你杀的?"云莫为道:"不错,朱雀使前脚带骆澎坤出骆府,后脚我便大开杀戒,嗨,这等天衣无缝的事情,居然也会被人识破。"傅长天道:"高全又是怎么死的?"云莫为略感惊讶,道:"朱雀使不在人世了?"傅长天冷笑一声,道:"你在怀玉山的勾当又如何瞒得过我?"云莫为道:"朱雀使去了怀玉山?"

二人各怀鬼胎,一个问得含糊,一个答得含糊,可个中意味还是领会个大差不差。这时高处那扇门忽然"吱呀"一声开了,一位白衣女子走了出来,她分明盲了双眼,在木梯口立住脚,颇为茫然;已入中年,却依旧满头青丝,肌肤胜雪,一张瓜子脸再配以弯眉杏目,丹唇皓齿,没有半点儿烟火气。先前那位老仆随即赶过去,搀着她一步一步走了下来,傅长天扫一眼,道:"来者何人?"

她则缓缓答道："于渐鸿。"

无间心下咯噔一声，脑袋里好一番翻江倒海，傅长天却不过微微一怔，道："是莫夫人？"于渐鸿道："不错，外子莫怀刑。"傅长天道："不是说你二人双双为三宝会捐躯了？"于渐鸿竟然颇为惊讶，道："还有此一说？莫师哥的确命丧宵小之手，而我毁了双眼，却命不该绝，被云大哥救出来，辗转到了这里。"傅长天道："你不知道莫怀刑是谁人所害？"于渐鸿摇摇头，道："福建地方帮派林立，高手众多，查起来又谈何容易？"傅长天道："谁在查？"于渐鸿道："云大哥。"傅长天一怔之下，哈哈大笑，道："为何有人说杀你莫师哥的就是你这位云大哥？"于渐鸿缓缓地道："不会。"声音不大，却异常坚决。

傅长天转而问道："你可认得于未田？"于渐鸿神色木然，道："哪里来的于未田？"傅长天道："还能是哪里的于未田？天乙门的于未田，落雪山庄的于未田。"于渐鸿摇摇头，道："不认得。"傅长天道："你不认得他，他却认得你！如今有歹人设伏，擒住陆望北，要陆家拿一位林姓的姑娘去换人呢。"稍稍一顿，紧盯于渐鸿，又道："据说前些日子那姑娘还真的找上门了。"于渐鸿身子微微颤抖，道："那她……？"傅长天似笑非笑，一言不发，这样又是片刻，于渐鸿抿住嘴唇，眼泪却夺眶而出。傅长天道："你名字果然是渐鸿二字？"于渐鸿目光空荡荡，是一副充耳不闻的样子，傅长天又道："你姓陆，原本便是陆家的人……"于渐鸿又似如梦方醒，凄然一笑，道："不错，我便是陆嫣如。"

无间身在山洞之内，一面如同五雷轰顶，一面又慌得不知无措，原来她便是林微的娘，可她还是莫彤裳的娘！傅长天依旧不动声色，转而问道："落雪山庄在什么地方？"陆嫣如道："北疆扼春山龙尾峰以北七十里。"傅长天道："林微的微字又从何而来？"陆嫣如拭去眼角的泪水，轻声道："剑无说起江湖轶事，常言'人心惟危，道心惟微'。"傅长天道："莫行佪过去二十年果然再没有动过画笔?"陆嫣如道:"他去过一次落雪山庄,与剑无外出游历,在冰天雪地之中见识了诸多绝世奇景,其中有一座山峰教他铭心刻骨,后来没能忍住,还是画了下来。若傅教主一日得见,不要毁了才好,那画上还有剑无的一首诗作,'揽月且行乐,谁为座上客?谓我唐突者,影对月与月'。"

傅长天道:"你既然是林夫人,又如何会是莫夫人?"陆嫣如沉默良久,终于说道,"我与莫师哥青梅竹马,虽然从不曾海誓山盟,但彼此早就知道:我非他不嫁,他非我不娶。再后来三十二皇子的事情传出来,江湖之上一片哗然,按说陆家远在东南,和中原武林没有太多瓜葛,可不知为何,爹爹竟然也会动心思。他谋划许久,不得其门而入,便有些走火入魔,开始打起林剑无的主意,继而便逼我嫁入了林家。我一度心灰意冷,本想一死了之,可不久之后剑无便带着我远赴北疆,在落雪山庄落下脚来。我心意之间因此平定不少,再加上他对我还好,慢慢地,也便转了念头,只想着此生认命,再不回中原,也就罢了。如此忽忽数年,虽则胸中抱憾,日子还算平静,及待后来有了身孕,心思也就更加简单。谁承想那一年——"稍稍哽咽,抹掉泪水,又道:"莫师哥竟然来了,他和剑无一如既往,谈天说地,参道论剑,中间还去极北冰寒之地游历过一番。那些日子莫师哥几乎没有和我说过话,可是一触到他的眼神,我便知道彼此的心意还和从前一样,半点也没有变。他走了,我这颗心也便跟着走了,那种自欺欺人的日子,可就再也过不下去了。"

她眼神亮亮的,却清透透的全是哀伤。过了片刻,又道:"生下微微之后,我说要回娘家看看,便一个人离了落雪山庄,只是我并没有回到龙泉,而是直奔暮山,找到了莫师哥。他是玉剑画仙,何等英名,何等风光,可是他半点也不犹豫,弃了长剑画笔,从此淡出江湖。人说大隐隐于市,我二人便去了建康,他在三宝会谋个文书的差事,就此安顿下来。再后来因缘际会,他居然成了两浙分舵的副舵主,不过那样也没有什么不好,谁又能想到三宝会一位手无缚鸡之力的文人会是大名鼎鼎的莫行徊?"她轻轻叹一口气,转而道:"傅教主,我知道你历来瞧不上世俗纲常,可这种行径,是不是依然坏得无可救药?"

傅长天冷冷地道:"不错,罪该万死。"陆嫣如凄然一笑,抹掉腮边一颗泪珠,又道:"早些年我一直觉着最对不住的人是林剑无,他是一个痴人,为剑而痴,为史而痴,在人情世故方面并不通达,正因为此,我和莫师哥之间的许多事情他才会视而不见,无知无觉,也正因为此,于未田骗得了他,爹爹骗得了他,我也骗得了他。可是再后来彤裳出世,我与莫师哥逗她牙牙学语,看她蹒跚学步,也才忽然意识到此生我最对不住的另有其人——是我弃之不顾、丢在落雪山庄的孩儿!"她低低哭两声,却又如同自言自语一般说道:"我从她那里究竟拿走了什么,为了一己私念,竟然没有给她叫一声'娘'的机会!"

她拭干泪水,才又说道:"武林大会之后,我才知道她也到了中原,和莫师哥计议许久,既然找不到她,便来龙泉等她好了……"神色转为黯然,她又继续道:"谁承想我们到了那里,便好似一脚踩进圈套之中,那一晚不过是在陆府周围稍作观望,居然也会受人伏击。"傅长天冷笑一声,道:"你到现在还不明白?"陆嫣如道:"我应当明白什么?"傅长天道:"天下又有几个人认得出当今的莫夫人便是曾经的林夫人?"稍稍一顿,又道:"于未田早先藏身少林寺,后来又被谁劫了去?这位云大哥在你那里叫什么我不知道,在我这里,叫作云莫为!"陆嫣如神色间多一丝慌乱,不自觉还是向云莫为所在的方向寻了过去,道:"云大哥,他说的可都是真的?"她若有所悟,又道:"你说彤裳一夕之间离了莫府,再无踪迹,是不是也——不尽不实?"

云莫为双目微闭,却一句话也没有,陆嫣如转而道:"傅教主,你可有小女的消息?"傅长天道:"哪一位?姓莫的那个应该辗转去了临安,姓林的那个——便没有人知道她会在哪里。"陆嫣如道:"微微身边那个叫作范无间的少年,人说是神农教麾下……"傅长天冷笑数声,又大笑数声,不予置答,陆嫣如道:"若是我听到的不差,微微和她爹爹一样聪明绝顶,你傅教主是不是也拿她没有办法?"傅长天道:"我又何必与她相干?"陆嫣如微微一笑,道:"我虽则早已经淡出江湖,但是许多事情还是想得明白,剑无在三十二皇子这件事情上耗费数十年心血,若有什么发现,那世上除了微微,再不会有第二个人知道;再者,陆家尚蒙在鼓里,可实则是在风口浪尖之上,但凡有些机心的,都知道若能借此拿住微微,也就拿住了范无间,社稷神鹿说不定便唾手可得。你傅教主不远万里跑来这里,还不是一样的心思?"

傅长天道:"既如此,想必你也明白为何你会被软禁在这里?"陆嫣如微微一怔,竟像是从来不曾想到过这一层,道:"那傅教主又有何打算?"傅长天道:"你随我回神农谷便好。"陆嫣如不再言语,呆呆站一会儿,才又缓缓抬起头来,微风拂动,衣袂轻扬,她拔下簪子,漫拢秀发,那一瞬婉约娉婷,饶是傅长天,心下也不由得微微一动,可是再一瞬,寒光一闪,她竟然握着簪子直刺自己的咽喉。傅长天不由得大吃一惊,"嗤"地弹出一颗石子射她腕间,而那老仆却抢先一步,劈手夺过簪子,继而大吼一声,低头直撞了过来。

这一撞看似毫无章法,却是由龙泉剑法里威力极大的一招"裂碑式"化来,傅长天猝不及防,却丝毫也不慌乱,使柔术"风摆柳"绕开些许,继而连劈三掌。那老仆抵敌不住,膝下一软,跪倒在地,傅长天单掌凝在他天灵盖之上,他却丝毫不惧,叫道:"可恨,可恨,不能为武林除害!"陆嫣如却更为惊讶,道:"老望叔,你居然会武功?"秦关仔细打量一眼,道:"你称他为老望叔?"继而又不由得哈哈大笑,道:"这就对了,这就对了。"

那老仆昂起头来,大声道:"不错,不错!老子行不更名,坐不改姓，陆望北便是我，我便是陆望北！"陆嫣如脸色苍白，不自觉退开一步，似乎站也站不住了，陆望北嘴唇颤抖，抹去腮边两行浊泪，道："嫣如，千差万错，皆由我一人而起，二十年里，我自怨自责，从不曾释怀。"他继而冲傅长天喝道："有种你便先取了我这条性命！"陆嫣如神色转为木然，道："傅教主，此事与他无关，你放他走，我听你的安排就是。"

傅长天颇为释然，果然收掌退开一步，陆望北再望一眼陆嫣如，忽然涕泗横流，哭了起来。陆嫣如扬起头，缓缓说道："爹爹，我与莫师哥育有一女，名字叫作莫彤裳，和莫师哥一样，她是心静之人，也是心软之人，人缘儿最好不过。我们从不曾让她习武，也是因为江湖险恶，能不涉足，又何苦涉足？如今她孤苦伶仃，也不知道究竟流落在何处，而且身不由己，竟落进这些旋涡之中。爹爹，女儿便求你找到她，若愿意照应，便照应一下，若不愿意，便送她去一个清静平安的地方，好不好？"陆望北一边抹泪，一边答应，道："等我找到那孩儿，便接她回陆府，有爹爹在，她再不会吃亏，再不会吃亏！"陆嫣如款款行了一礼，道："那女儿先行谢过了。"陆望北喉头哽咽，道："她是何种模样？"陆嫣如微微一笑，道："这又从何说起？她是你的外孙女，差不多七分像我，三分像她爹爹。"

陆望北再望一眼陆嫣如，道："那——爹爹先去了？"陆嫣如点点头，却不再言语，陆望北飞身而起，在石壁之上连踩两脚，进了无间所在的洞穴，好在他心神不属，一掠而过，竟不曾察觉到有任何异样。无间抹去额角的汗水，稍稍一等，才从暗影里又探出头来，只是这一望，热血上涌，又几乎一头栽倒；两位女子自枝桠之间飘然落地，白衣者犹似闲花照水，乃是沈颀，蓝衫者梨花带雨，泪痕未干，却是林微。

她手执若木剑，抵在沈颀颈下，双目却望着傅长天，眨也不眨。秦关与任千里同时叫一声"沈姑娘！"，傅长天却只是冷冷地问道:"阁下何人?"林微道:"我是何人你才不需要知道,今日里,我只要这位沈姑娘送一程就好,待我和——这位陆女士下了山,去得远了,你再也瞧不见了,她自然会平平安安地回来。"傅长天道:"如若不然呢?"林微道:"那大家都死在这里好了。"傅长天目光在陆嫣如脸庞稍作停留,再落回到林微那里,不由微微吸了一口气,而沈顾则轻声说道:"爹爹,她便是林微。"

林微离开行易居之后,便直奔神农谷,在秀墨盘桓多时,多次与沈湄擦肩而过,却始终不忍取对方性命。之后秦关等人率先出谷,取道福建,她深恐陆家遭遇不测,便一路尾随,也到了龙泉。而一到龙泉,也才发现一脉闲静之下,无一处不是机关重重,她借神农教耳目寻到观海居,救出莫彤裳,送去潮生岛,之后又从陆府救出欧阳胥,也还送去那里,费皖等人来此间原本是为了欧阳胥,其间全亏她牵针引线,才在鬼门坡救下欧阳青青。之后神农教众人暗算陆府,又随蓝关雀找到青石冈,她暗地里全看在眼里,沈顾吴双等人在原地待命,正好给了她可乘之机,无奈之下孤注一掷,擒住沈顾自树顶一跃而下。

这一瞬陆嫣如再不能淡定,左左右右望了又望,道:"微微,真的是你?"林微咬着嘴唇,一言不发,眼泪却大滴大滴地落了下来,十余年间她一直以为娘早已不在人世,无论梦中怎样千呼万唤,却再不会有任何着落,及至林剑无告诉她陆嫣如依然安在,却一去不返,心头这一番浮浮沉沉的况味,只怕世间再不会有第二个人能够体会。早在临安,她便猜出莫彤裳是她同母异父的妹子,而莫怀刑夫妇双双殒命,于她,心死有之,释然,亦有之,可是这一会儿陆嫣如不仅死而复生,而且就真真切切地站在眼前,那一层悲伤让人无从招架,那一层欢喜却又教人手足无措。

傅长天心中明镜一般,等的正是这心意缭乱的一瞬,指间轻弹,一枚近乎透明的细针飘飞而起。阳光之下,淡蓝色的微芒一闪,林微应当无从察觉才对,只是不知为何,她没来由地滑开数寸，迟得不能再迟，却又快得不能再快，那副情形犹似等着那针姗姗而来，又目送它款款而去。傅长天心下骤然多一份犹疑，可周身真气弥漫，一招"雪漫穹天"还是使了出来。头顶树叶夹裹着雪云掌的层层柔力，利如刀片，漫天飘撒，林微举手投足甚至带着三分慵懒，可一丝一隙，拿捏得分毫不差，落叶纷纷，半片不曾及身，而那一柄若木剑却始终不曾偏离沈顾。她继而轻声一笑，道："你赌我不愿意取她的性命，未尝不可，可她若是落个残疾，或者损伤些花容月貌，我也未尝不可呢！"

傅长天神色间有怒火稍纵即逝，不再言语，陆嫣如则又叫了一声"微微——"林微别开头去，却又不能自已，道："你有何指教？"陆嫣如道："你爹爹……"林微道："他过世了，葬在落雪山庄的暗室之中，那里还有一具石棺，说是留给娘的，可是我才不要，空着就好，身前孤苦，死后清静，又有什么不好？"陆嫣如咽下原本想说的话，转而道："你置自己生死于不顾，有心救我出去，我——感激不尽。"林微道："这与你又有什么干系？我认识一位莫姑娘，才真是命苦得很，我来这里是为了救她的娘出去，若论感激也是她感激我，轮不到别人。"

陆嫣如不知道还能说些什么，惟眼泪扑簌簌流个不住，林微甩手掷出三颗石子，"啪啪啪"撞在潭水后方洞穴的入口之处，道："你可听清了？"陆嫣如点点头，林微又道："你使截云剑法里的那一招'浮光掠影'，踩到石子落下的地方，可做得到？"陆嫣如若有所悟，道："浮光掠影？这一招当年剑无在落雪山庄还真的教过我。"林微道："你忘了他没什么，没忘这一招就好。"陆嫣如道："人说你模样俊俏、聪明伶俐，许多事情即便是少林寺方丈大师也向你求教，你可知道我有多宽慰。"林微道："这当口你说这些做什么？"陆嫣如道："彤裳一片天真，没有你这份心智，而你对她这样眷顾，真是再好不过。"稍稍一顿，又道："那位叫作范无间的少年对你果然是真心真意？"

林微忽然好生着恼,道:"你绝情的时候什么都不在乎,这会儿又扮哪门子的有心人?"陆嫣如却似充耳不闻,道:"我赶来龙泉,原本就不敢求你还认我这个娘,只想着能看你一眼也好,如今看是看不到了,听到你的声音,还是很好。"说着话她飘身而起,空中接连数个转折,果然是那一招"浮光掠影",怎奈到了高处,她身法忽然一变,低头竟冲着石壁直撞了过去。林微这才恍然大悟,又急又恨,一跺脚,凌空去抓她的脚踝,傅长天如何会让这等时机错过?移形换位,揽过沈顾纵身而退,而秦关与任千里则大喝一声,各出一掌,同取林微肋下。林微救下陆嫣如,势必身受重伤,可是当此情形,又怎能不救?可也正是这间不容发的一隙,石壁之上有人一跃而起,半空里挽住陆嫣如一带,送往洞口,继而又抱住林微,背过身受下秦关与任千里两记重击的同时,将她又抛了起来。林微一个翻身,落在陆嫣如一侧,那人则横掠水潭,撞在石壁上弹一下,软塌塌摔在了地上。林微叫一声"无间!",哇的一声哭了出来,无间则欠欠身子又拍拍胸口,道:"不要哭,死不了的。"继而嘿嘿一笑,冲傅长天抱一抱拳,道:"我也参见教主。"

傅长天先是大吃一惊,继而又不由得哈哈大笑。个中利害,林微再明白不过,轻轻叹一口气,道:"咱们后会有期?"无间心有不甘,道:"在平易居,你也忒没心没肺了些,谁说我还活过一年之期?"林微撇撇嘴,差点又哭出来,可随即便决了心意,扶起陆嫣如,行步如风,转瞬间去得远了。

第三十四章
水天两茫茫

无间只觉睡了香甜一觉，再醒过来，耳畔轮声轧轧，原来是在一辆马车之中。他受伤极重，却几乎没有什么不适，想来沈顾伤药与迷药并用，让他身子大好之余，脑中也变得空空荡荡；伸手拍拍篷壁，门帘随之一掀，探头进来的正是秦关；他满脸喜色，道："兄弟，你醒了？"无间道："这是哪里？咱们又要去哪里？"秦关道："这个你不用挂心，教主让你歇着，歇着就好。"说着手上一挥，一股甜香扑来，他便又睡了过去。

迷迷糊糊之中，夜色转沉，耳边不知何时改为舟楫击水之声，想来是到了江上，而他也被移到了一间居室之内，这样又过了不知多久，水流里多一层浩渺，寂静里多一层空旷，原来从江上又到了海上。每日里会有人定点送上些还算可口的饭菜，差不多吃完的时候，一缕斜阳便会透窗而过，将卧榻一侧染成一片金黄。他心思通透些了，也才明白正无休无止地向北行进，既如此，或者傅长天是走水路去落雪山庄？

再数日，沈顾用药起了变化，他增添不少力气，终于能爬下床，走上几步了。又是向晚时候，推门出来，微微一怔的同时也豁然开朗；众人果然是在海上，波光潋滟，风凝天净，一团团水汽里一派溽热，可不时又会有几丝出其不意的清凉。沿船舷走一圈，众水手看他蓬头垢面，满脸胡须，还道是个下人，一来二去便开始戏弄于他，而其中一个叫作王大桨的领班更尤其刻薄；好在他天性豁达，又无意生事，任由他们推推搡搡，半点也不介意。不多时忽然有一支烟花从极远处的海面上升起来，亮亮地冲进漫天云彩里才燃尽了，留下一条直直的烟柱伫立在空中。王大桨神色一凛，转头看到秦关在二层甲板上，便高声叫道："秦先生，这是有人被困住了，海上的规矩，可不能见死不救呢。"

他是一副义不容辞的样子，也不等秦关应承，便指挥众桨手转舵起帆，冲着烟柱行了过去。走有一炷香的工夫，远处浮现出一片海礁，方圆不过十余丈，看情形涨潮时候便会被海水淹没。礁上站着一高一矮两条汉子，看到行船，纵声欢呼，蹦脚跳了起来。王大桨一面吆喝，一面指挥众人将船靠过去，秦关这会儿才"嘿"一声，道："我可曾说过要救他们？"王大桨一怔，皱起眉头，道："这还需要你说么——"秦关道："这船上是谁说了算？"王大桨道："不就是你们那位傅先生么？"秦关道："那他说了要救人没有？"王大桨道："他说不说有什么紧要，规矩便是规矩。"秦关冷笑一声，道："那今日你便改了规矩。"王大桨眼睛一瞪，道："你以为你是皇帝老子？那个姓傅的说了算，还不都是因为我让他说了算！"甲板上一位神农教的随从大声喝道："不要命了么，这等胡说八道！"王大桨有恃无恐，"嗤"地一笑，道："给你们留些面子，倒猖狂起来了！今日里我说怎的就怎的，谁若不服，这就送你下海喂鲨鱼去！"

那随从说一句"不知天高地厚"，不紧不慢走过来，在他左臂上拍了一下。王大桨只觉微微一痛，低头看看，原来被扎了一枚手指肚大小的钉子，不由得勃然大怒，道："也好，也好，给你活路你不走，非要逼我做这些海贼的勾当，今日一不做二不休，男的喂鱼，女的作妾——"说着话，提起拳头便砸了过来。那随从身子一

无间传　463

晃，退开几步，却并不走远，只抱起肩膀，歪头打量他。王大桨伸手指指他，低头去抠那钉子，可不知为何，一股麻溜溜的酥痒顺着手臂爬上来，竟是好一番妙不可言。他耸耸肩膀，来回踱几步，叫道："不错，不错！"便嘿嘿地笑了起来，这样又好一会儿，便成了哈哈大笑，声震云霄，可眼神里分明有些惊慌，努力想停下来，怎奈喉头自顾自抖动，竟完全不由操控。又过片刻，嗓子成了破锣，他也才真正明白过来，"扑通"一声跪倒在地，有心求饶，又弯不下腰，有心说话，却合不拢嘴，便那样虾米一般拧着身子，又滑稽又可怖。

那毒药正是陶不陶曾经用来算计无间的"悄悄笑"，而他这副样子，再拖上一会儿，气息不济，必死无疑。众桨手心惊胆战，齐刷刷跪倒一片，大声告饶，可神农教那位随从始终绷着脸，而秦关则在二层甲板上好整以暇地与吴双说话，甚至不曾转头看一眼。无间终究心下不忍，大声道："秦教主，天后使——"吴双不由得"扑哧"一笑，道："怎么，又看不下去了？这么一个腌臜汉子，就冲他对你那番刻薄劲，也饶不得。"无间道："也不错，他还真不是什么善茬儿。"吴双道："这就对了，一条性命而已，你就当解闷儿罢。"无间不由得呵呵一笑，道："我还没修炼成妖怪呢！"说着话在王大桨臂上一拍，震得那钉子跳起来，"啪"的一声落在甲板上，他则冲那随从伸出手去，道："解药呢？"那人后退一步，道："我奉命行事……"无间叹一口气，忽然伸手点了他的穴道，继而冲秦关说道："秦教主，你可都看清了，作乱犯事的是我，不是他。"

他从那随从怀里翻出解药，喂给王大桨，王大桨止住笑，羞惭得无地自容，恭恭敬敬磕三个头，退到一边去了，那船也便转个弯儿，绕过岛礁，不紧不慢地行了开去。礁上那两位大声求告，只是满船上下再没人胆敢说些什么，无间看船尾挂着一艘小舟，正自琢磨，不想礁上那两位忽然跳脚骂了起来，再一会儿，便立起一张一人多高的铁弓，由那高个儿扶着，矮个儿则取一根碗口粗细的竹筒搭在弦上,"嗖"的一声射了出来。那竹筒飞出数十丈,落进水里,却余势不消,破浪而进,最后"砰"的一声撞在了船身之上。

王大桨等人面面相觑,再不敢怠慢,加好几把力气行船,可礁上那两位并不罢休,接连射出七八根竹筒,直到大船离开射程,才收了手。夜色漫上来,岛礁很快便看不清了,王大桨惴惴不安,着人跳进水里查看究竟,原来竹筒撞上船帮,自行炸开,喷出厚厚一层泥浆,粘得到处都是。取匕首割一块带回船上,是猩红色,又腥又臭,闻之让人作呕,却又黏稠无比,拉开三尺仍然丝丝缕缕,纠结不断。沈顾稍作查看,道:"这是市井上的死鱼烂虾掺着敷罗蚕丝所制。"秦关大为惊讶,道:"死鱼烂虾一文不值,敷罗蚕丝却价值千金,为何混在一起?"沈顾不答,转头去看傅长天,傅长天双眉深锁,却答非所问,道:"秦兄,礁上那两位,功力和你有的一比。"

无间还回舱内歇下,船身颠簸,一起一伏,缓慢柔和却也无休无尽,似睡非睡之间,寂静如同虚空里的一颗水珠,饱满清透,似乎随时会落下来,却又始终不曾落下来。这样不知过了多久,一层古怪的声响自船底泛上来,乍一听似野蜂飞舞,忽远忽近,可其中又夹杂着一层细碎的齿音,低沉而且急躁,咬在人的耳鼓之上,更咬在心弦之上。他再也忍耐不住,忽地坐起身,推门走了出来。月光之下,早有许多人站在围栏边上观望,水里万头攒动,泛着银色的微光,有密密麻麻的一层鱼,王大桨率先明白过来,一拍船舷,大声叫道:"是啮齿鱼!"

那鱼乃此间海域所独有,生利齿,善撕咬,嗜血如命,却又如蝗虫一般成群出没,是以经行处莫说鱼虾,甚至水草都不会留下。无间不由恍然大悟,适才那层齿音原来是啮齿鱼噬咬船木所致,而那层厚厚的泥浆竟然是鱼饵,诱来鱼群,在木板上咬出几个窟窿,船身倾覆,任你武功多高,药道几何,还不一样葬身鱼腹?礁上那两人有此手段,自然断非等闲之辈,而他们更算准了大船的行踪方向，时机钟点，行来环环相扣，几乎滴水不漏。王大桨冷汗涔涔，吩咐众桨手张起大帆，死命划行。傅长天思索片刻，转而望一眼沈顾，而沈顾竟然也有些一筹莫展，道："或者是杯水车薪，但也只能试一试花间散。"

花间散以画眉雪山十四种花草制成，其中既没有特别的变化，也没有独到的手法，只毒得至精至纯，但消一丝一毫，便足以取数十人的性命。到了后梢，吴双命人取来半扇猪肉，弹些药粉上去，随即丢进了水里。啮齿鱼一拥而上，水花翻溅，转眼间偌大一块肉便消失得无影无踪，海面上随之白了一点，继而一片，继而满眼皆是，那些沾染猪肉荤腥的啮齿鱼无一幸免，尽皆肚皮翻转，一命呜呼。大伙儿面露喜色，相继抛了十几扇猪肉入海，死鱼变得俯仰皆是，而大船背后便好似拖起一条白花花的尾巴，衬着清凌凌的月光，好生诡异。

只是那鱼死得多，来得更多，猪肉不多时便投尽了，眼前的情形却不见半点起色，咬噬船木的声音变得更为清晰，听起来整艘船似乎正一层层地剥落，随时便会坍塌崩垮，散为一堆朽木。不多时底舱喊声大作，却是左舷开始进水，再一会儿，右舷又出两个窟窿，那船沉下去不少，可水天茫茫，又哪里有去路可言？傅长天立在甲板之上，既觉悲凉，又觉可笑，叫一声"顾儿"，忽然不知道再说些什么才好，沈顾却微微一笑，道："爹爹，定风谷日复一日，如出一辙，这也没有什么不好。"

傅长天想不到她会说出这种话来，一怔之间，沈顾又道："我只是在想，啮齿鱼嗜血，可花间散抑血闭气，是以鱼死不少，却不见血光……"傅长天双眉一挑，道："顾儿，你想怎样？"沈顾道："爹爹是世间一等一的大高手，今日能否屈尊为女儿杀上几尾鱼？"傅长天略一思索，旋即领会，呵呵一笑，出掌便向水面上拍去。只听"砰"的一声巨响，无数啮齿鱼爆裂开来，化为一块块血淋淋的鱼肉，四面鱼群忽地散开，又忽地被血腥味儿拉回来，片刻间将死鱼吞得半点不剩,而这无异于丢进去一扇新的猪肉,又毒死白花花一片。沈顾神色之间却添一丝从容,道:"谢过爹爹啦!"

她走进舱里,取一只瓷碗,加入四勺花间散,两勺尸味菇,八粒凝气丹,之后加水搅匀,捏起数颗药丸,一扬手,系数抛入海内。尸味菇气息正投啮齿鱼所好,药丸甫一入水,便被就近的几条鱼吞了下去,那凝气丹剂量小时是医药,可以清淤化滞,剂量大时便是毒药,可致肚腹肿胀。沈顾手法巧妙,花间散外抑,凝气丹内胀,二者融汇,冲得那几条鱼在水面上翻滚不休,不多时,传出数声裂帛般的轻响,一个个肚腹开裂,死在一团血污之中。四面鱼群随即一拥而上,将之吃得渣滓不剩,可片刻之后也翻滚起来,弄出更大一团血污,由此十而百,百而千,千而万,同样的情形一再上演,裂帛之声此起彼伏,无休无止地向远处蔓延开去。众人停下手中活计,纷纷到船尾观看,此种景象闻所未闻,既兴奋又惨烈,如释重负之余,又禁不住浑身打颤。

这样有一炷香的工夫,极远处传来最后一声回响,随即坠入一片静寂。死鱼无边无际,随着海浪浮浮沉沉,而那一层血腥气沉甸甸地压在海面上,教人几乎无法呼吸。天际一抖,一束光线破空而出,竟已是黎明时分,不远处多出些模模糊糊的绿荫,看样子像是一片海岛,众人齐声欢呼,待到将船驶上岸边,海水也漫上了甲板。

海潮退去,船身便搁浅在沙滩之上,底舷一目了然,一层层的齿痕密密麻麻,轻轻一按,有些板材便应声而落,看情形再支持一盏茶的工夫,便属侥幸。众桨手大难不死,这一番唏嘘,言之不尽。岛上雾气极大,太阳升起些了,却依旧什么都看不清楚,好不容易一阵风来,视线也才延伸出去一些。沙滩在不远戛然而止,取而代之的是一片横亘东西的峭壁,如同被刀切的一般,齐整且突兀,一挂纤细的瀑布自顶端直落下来,白生生的,像极了一根连系天地的丝带。不等众人完全看清楚,雾气便又扑了回来,可有些桨手分明知道这个地方,大声叫道:"这是缘天岛!"

缘天岛在舟山东北方向,在沿海名气极大,那一挂瀑布称为结天绸,瀑布之上还有一片大湖,名为玄天湖,这一湖一瀑均是世间奇景,仰慕者大有人在,只是这一带雾气苍茫,方位难以把握,久而久之便成了一个谜一样的所在。众桨手饥乏交困,这会儿也放下心来,吃点喝点,倒头睡了过去。傅长天仍然有些不安,带着秦关等人沿海岸走一圈,岛上不乏清水野果,却绝无人迹,而那些云雾像是从海上过来,或浓或淡,浮浮沉沉,却始终没有消散的时候。

众桨手睡到午后才醒过来,砍倒几棵树,劈成木板,开始围着大船修修补补。无间无所事事,便混迹其中,而他是有内力之人,做起活来以一当十,自然大得人心。傍晚时分,西边雾气里透出一层淡淡的橙色,可落日究竟在何处,却无从分辨,众人生起几团火,又从船上搬下几坛好酒,吃喝一阵,也便歇了。怎奈无间内息又不安分起来,无可奈何,再用功完毕,醒着的居然只剩他一个了。海浪声夹杂着零零散散毕剥的火声,依旧不紧不慢,偶有一瞬云雾淡开些许,便有星光直滴下来,让人眼中一亮,心下却微微一凉。

他伸个懒腰,有心再睡,远处却突然传来数声炮响,紧跟着鼓声锣声呐喊声大作,从三面铺天盖地一般直透过来。海上多出不少光亮,一团团的,像是有无数船只密密麻麻围住了缘天岛。继而又有炮响,三支亮亮的烟火刺透浓雾,一为银色的耕犁,一为金色的陶俑,一为紫色的山岳,同时海上有人哈哈大笑,道:"傅长天落魄缘天岛,九死一生,妙哉妙哉!"

傅长天凝目正前方的海滩,一字一句问道:"是三宝会的哪位?"那人毫不含糊,朗声道:"李云阁。"傅长天冷笑一声,道:"尔等一直偷偷摸摸地与我作对,这会儿居然有胆子亮明身份?你去叫张双久与我说话。"李云阁道:"想见我们总舵主?那也容易,俯首系颈,我带你去海棠山便是。"稍稍一顿,又道:"你果然命大得很,啮齿鱼下也能逃生,不过,道高一尺魔高一丈,还不照样落在我的手心里!"傅长天道:"三宝会那点胸襟,历来贻笑大方,今日你想怎样,挑明就好。"李云阁道:"你又何必装聋作哑?先交人出来,嘿嘿,我心情好,说不定会放你一马。"傅长天道:"云莫为是你主子不成,要劳三宝会这般大驾?"李云阁嘿嘿一笑,道:"我知道你视人命如草芥,文教主也好,麒尊者也好,死就死了,不值一提,可是今日,岛上不还有一位天下第一的沈姑娘呢!"

无间似懂非懂,不过听话音,傅长天不仅留了云莫为一条性命,而且他应该就在船上,李云阁这一番布置阵仗极大,用心良苦,也足见他与三宝会渊源还真是非比寻常。傅长天朗声长笑,道:"若不能淡看生死,又入哪一门子的神农教,普通弟子尚且如此,更何况颀儿?你放马过来就好,大不了我父女二人与你同归于尽。"李云阁道:"同归于尽?想得倒美!你死有余辜,早该一刀杀了,可是你那位宝贝闺女,嘿嘿,不死不活地过一阵子,才最教人快意!"

桨声响起,一位赤膊大汉划着木舟出现在火光之中,上来岸边,举起木桨,先"砰"的一声将小舟拍得粉碎,这才转过身来,叫道:"我若打死人了,当然不用回去,若被人打死了,那就更不用回去!"秦关不由呵呵一笑,道:"若你没能打死人,又没有被人打死,可如何是好?"那汉子像是从来不曾想到过这一层,愣了一下,忽然一拍巴掌,道:"那我弄死自己好了!"秦关道:"你现在没有打死人,也没有被人打死,正好,你弄罢!"那汉子这才明白受了愚弄,恶狠狠地瞪一眼,挥拳便打了过来。任千里身形一晃,抢先截住,口中则道:"用不了那么麻烦,我成全你就是。"

神农教武功包罗万象,亦正亦邪,在两大尊者身上多有体现。张何萧走大开大阖的路数,阳刚威猛,比之少林寺降魔掌法亦毫不逊色,而任千里却正好相反;教内有"三尸掌法",本来便阴狠之至，而他将腥风掌融汇其中，两相呼应，尽往恶毒里用心。这会儿他单掌似拍似切，击对方胸口，那汉子不退反进，提起拳头硬生生直砸过来。任千里脚下一绕，转而点他后背，那汉子则呼剌剌转个圈子，踢出一脚。两人旗鼓相当，转瞬间斗过十几个回合，任千里掌力挥洒，阴毒弥漫，便好似结起一张丝网，自四面向中心汇拢，只是这网结一次，对方撞破一次，再结一次，又撞破一次，如此来来回回，难免力不从心。可是在那汉子眼里，又全然是另外一副情形，周遭一点点变得迷离，眼前之人也成了灰蒙蒙的一片，他再也无以为继，大喝一声，集毕生之力一拳打了出去。任千里足尖探出，在对方肋间蹭了一下，可因此也慢半个身位，后肩中招；他"啪"的一声摔在地上，吐出一口鲜血，却又翻身坐了起来，而那汉子仍然是单掌递出的样子，石化一般，早已经气绝身亡。

傅长天转而望向海上，道："死了一个，你还要怎样？"李云阁浑不在意，道："你不也伤了一个？我死得起，你可伤得起？"说话的工夫，又有一艘小舟到了岸边，舟上是一名女子，身形瘦削，看上去年龄不大，只是不知为何，脸上布满皱纹，又好似年过半百。她望一眼傅长天，进而浅浅施了一礼，叫了声"教主"，傅长天颇觉诧异，不待开口，吴双却忽然说道："孙芸——？"

那人抬起头，是一副似笑非笑的样子，道："天后使慧眼，居然还记得我。"吴双道："你怎么会——？"心下一动，随即明白过来，道："你私自取了百草门的如年丹？"孙芸一字一句地道："不错，我是用了如年丹。"吴双道："你花容月貌的年纪，却弄成这副模样，真的不后悔？"孙芸道："我最恨的就是女儿身，现在这副样子，天下男子望也不望我一眼，你可知道省却多少心思？"

如年丹乃是曲关阳在求解海蓝若的时候偶然制成，服用之后，五官六感会变得异常敏锐，相应的，在药理上的体会细致入微，一日几乎可以有常人一年的进境，但是它又霸道伤身，可致人容颜大变，一日便如同老了一年一般，这两层道理均暗合度日如年之意，是以才会有这样一个名目。百草门丢失不少药丸，查探许久，始终不得要领，却原来都是孙芸监守自盗，而且如今来看，白莎镇之后她不曾为相府效力，倒是借着云莫为，转投了三宝会。付青池依旧耿耿于怀，道："当日你在行云楼所作所为，按律当诛。"孙芸道："我好端端地站在这里，你有本事来杀我便是。"吴双道："你偷生一次又怎样，到头来还不照样被送到这里，有去无回？"孙芸道："何事没有苦衷，你还是少说风凉话为妙。"说着摊开右手，掌心里赫然有三支泛着冷光的银针，她端详片刻，道："天后使，今日你我便较量一下暗器上的功夫如何？"

众人均不由得心下一凛，吴双在暗器上的修为出神入化，莫说在神农教，全天下也少有人比肩，孙芸当然是有备而来，可择其长而攻之？若不是自负非凡，便是别有用心。吴双微微一笑，道："好，你要怎样较量？"孙芸捏起一根针，道："今日不比身法手法，不比谁的花样更多，也不比谁更会取巧，咱们就比一比针尖上的这点毒药如何？"说着话伸足在沙滩上画一个圆圆的圈子，又道："我不出圈子，受你三针，相同道理，你也受我三针，活的便活着，死了便死了，简单明了，无欺无诈。"吴双似乎颇为感慨，重复道："活的便活着，死了便死了。"伸足也画一个圈子，道："也好。"

孙芸双手一摊，道："那你来吧。"吴双更感诧异，这种比试，此人居然拱手让出先机？而且服过如年丹又怎样，终究年纪尚轻，又能有多少火候？只是她并不犹豫，道一声"承让"，随即摸出一根银针，弹了出来。孙芸果然不予闪避，伸手迎上去，任它刺入掌心，稍作端详，这才拔出来闻了闻，道："天后使，你用百花针，可真是太小觑我了。"

百花针非同小可，无间有海蓝若护体，在天山吃一针，仍然昏晕多时，而论及用针用药，王小酒又如何能与吴双相比？可是看孙芸那副模样，此针还真是算不上什么。她潜运真气，自伤处逼出几滴黑血，又缓缓敷些药粉上去，继而抬起头微微一笑，道："该我了。"手上一挥,也掷一根针出来。那针走得极为缓慢,衬着火光,一闪一闪的,竟好似没有半点恶意。吴双也学着她的样子伸手受下来,掌心一痛,泛起来一丝麻痒,却又热腾腾的,仿佛攥上一只小火球,不由得"嗯?"了一声,抬头看一眼,这竟然是神农教入门弟子修习的火焰针。

火焰针在教内无人不知无人不晓,便没有什么发射手法可言,而毒性更微乎其微,敷以少许霜蝴蝶的花浆,便能解得。吴双略一思索,忽而有些忐忑,这种当口孙芸如此施为,又是何用意?实在想不出这其中能有什么诡诈,难不成会是悔罪的表示?她拨出银针,用些解药,心思便又转了开去,神农教处境极为不利,又何必如此计较对方的心意?此人罪不容恕,若坦然受死,便赐她一死好了;念及此,再射一针,却是极为难缠的冰火针。

孙芸仍然不动声色地受了,手掌再收回来,一半是红色,另一半却成了蓝色。她一言不发,先吞一颗药丸,继而取匕首在掌上划横三竖四几道口子,放出些黑血,又取银针刺入几处大穴,便开始一丝不苟地敷上各种药粉。她脸色一片赤红,身子却瑟瑟发抖,有一瞬似乎难以为继,可是施针用药一直有条不紊,没有半点犹豫,这样好一会儿,手掌转为肉色,面相转为枯黄,她也才轻轻透出一口气来。

吴双看在眼里,心下忽然起一丝惜才之念,冰火针阴阳交迭,冷热相生,解起来殊为不易,而孙芸删繁就简,直取要害,虽则算不上无微不至,但是此景此境,足可谓游刃有余。再抬头,又一支银针飘了过来,她还伸掌受了,一丝寒气透入肌肤,进而依着经脉缓缓蔓延开去,毫无疑问,是画眉冷叶针;它和火焰针一样,一寒一温,并列为神农教弟子起手必练的入门功夫,相应的,解起来易如反掌,只需要一点点向阳草即可。她手上用药,心中却更为迷惑,看这情形孙芸不仅有悔罪之意,而且还有求死之心?

她愈发拿不定主意,下一针又应当怎样,杀无赦,还是投桃报李？火焰针也好，冷叶针也好，囊中并无贮备，倒是不曾淬药的白针还有不少；再望一眼孙芸，当日彩云谷意气风发的一位妙龄女子，如今满脸皱纹，眼神空洞，亦让人心下不由得一酸。她摇摇头，苦笑一声，指上轻弹，还射一根针出去，孙芸仍旧受了，有一瞬目光凝在掌心，沉思不语，再抬起头，神色却变得阴晴不定，颤声道："这是散骨散？"吴双一怔，不明白这话从何而来，可孙芸再无心等她回话，拔出短刀，手起刀落，竟将整个左掌斩了下来。

吴双又吃一惊，道："你这又是为何？"孙芸却无暇他顾，连点臂上五处大穴，又取出十余种药粉，仔仔细细敷在伤处。饶是她手法独到，用药高明，大颗大颗的血珠仍然滴滴答答流个不住；处置完毕，一张脸冷汗纵横，煞白如纸，目光里充满恶毒，恨恨地道："无形无色无味，无知无觉无命，天后使果然高明，针上都会用散骨散了。"

吴双这才明白过来，忽然间好生无奈，这是罢斗的一针，她何以能误会到这种地步？略感懊悔，轻声道："这一针没有毒。"孙芸似乎并不相信，可稍一回味，又如同被一块大石撞在胸口，一壁摇头，一壁说道："吴双，你果然是傅长天的得意门生，不仅将他的手段学了去，连心计也一并学了去！"吴双道："你射我的两针，难道没有罢斗领罪之意？"孙芸一怔，再一思索，便厉声笑了起来，道："罢斗，罢斗，但教我孙芸活过一日，又如何会与神农教罢斗？！"

说着她右手一引，再射一针，那针刺入吴双掌心，如同蚊子叮了一口，随之却有一股钝痛凿入骨髓，正是"蚀骨针"。这一针比前两针高明不少，可仍然算不上什么上乘的手段，而解药便是神农教弟子常年都会带在身边的九叶昙花。吴双取一点，正要倾在掌上，可目光瞥出去，又被孙芸面上的期待之色刺了一下；早先用的是霜蝴蝶，继而用的是向阳草，现在要用的则是九叶昙花，这三者并入血气，又会怎样？心中由恍惚化为清明，不错的，三者同时入药，制出的只能是雪血散，顾名思义，此药可致人血凝如雪，瞬间毙命，神农教历来讲究一药一解，而此药至今没有正解，制起来又不复杂，所以在神农谷一直有些讳莫如深的意味——只是，制雪血散要以海纹藻为引，而海纹藻又为何物？毒经里的文字在脑海中跳几跳，忽而变得历历在目，"海纹藻源自东海，随波漂浮，喜阳光，生温热，繁盛处海水蒸腾，生氤氲之气"，她望望四周，心中一悚，陡然出一身冷汗，缘天岛源源不断的雾气不正是由此而来？身子颤抖，如梦方醒，孙芸哪里有什么罢斗求和悔罪知错之意，一切原来是如此精致的一个圈套！装有九叶昙花的瓷瓶悬在左掌之上三寸，是她离死刚好三寸，可这会儿蚀骨针的钝痛也到了小臂，如若不作为，再延至心口，同样无药可救，只是这样，她离死稍稍远了些，正好一尺。

第三十五章
扬州城里

  吴双凄然一笑，转而望向傅长天，道："吴双自幼在神农谷长大，又得教主栽培，几乎没有什么不是心想事成，这让我常常感念，更无一日不曾忘怀，我生是神农教的人，死是神农教的鬼，若有来世，还求托生在神农谷。"傅长天还道这一场已经胜了，颇感不解，沈顾若有所悟，却仍然难以相信，道："是雪血散？"吴双点点头，道："一药一解，一解一命，还不都是天定？"沈顾却不住摇头，道："终究不过是一支蚀骨针，你我又如何会受制于一支蚀骨针？"
  她踱开几步，一面思索，一面说出数种药名，可忽然又停住了，凝望夜空，良久不语。吴双思路相随，心下了然，道："还缺一样？"沈顾点点头，道："还缺一样。"吴双神色里添一丝黯然，道："只可恨朱雀使一去不返？"无间脑中却又是一番快马加鞭的阵仗，似懂非懂之间，被这话提示一下，便呵呵地笑了起来；走上几步，自怀里摸出一只怀玉参，道："你要的可是这个？"
  沈顾难掩惊讶，却又喜不自胜，接过那参，稍作推敲，便制出一剂蚀骨针的解药。孙芸神色之间尽是厌憎，忽然间一跃而起，向海面上退去。傅长天双目之中寒光乍现，喝一声"拿命来！"，弹指射出一颗石子。那石子所聚乃是至纯的阳刚指力，在夜幕之下划出一团火光,初时不过核桃大小,越行越炽,待追及孙芸,已是亮亮的一团。这时海雾之中银光一闪,紧跟着一声脆响,有暗器与石子撞在一起,溅出一大片火星。傅长天冷笑一声,隔空再劈一掌,海面上雾气一荡,海浪一般扑出去,却又像是撞上了什么,倒卷而回。有人影随之一闪,颤巍巍地踏上了沙滩,傅长天双掌一错,内力倾吐,沙滩上那人连转数个圈子,看不出用了何种手法,将力道尽数卸在了身后。海面上赫然现出一道凹痕,紧跟着一声闷响,冲起一团大浪,傅长天进而伸指一划,雾气里六条直线一透而过,沙滩上那人随之一跃而起,节节攀升,到了极高处,则又疾坠而下。再落地,她双脚"噗"的一声没入白沙之中,口里则长叹一声,道:"傅长天武功盖世,名不虚传,老妪我是斗不过的。"

她一袭黑衣,身形佝偻,竟然是卢嬷嬷。傅长天道:"李天魅是你什么人?"卢嬷嬷道:"不足与外人道。"傅长天道:"高下已判,你还要执意上岛?"稍稍一顿,长笑声里忽然高声吟道:"'玄都玄都,不见花容,亦有花骨'!"卢嬷嬷神色恶毒,道:"你强又怎样,不见得能保住性命,我弱又怎样,不见得会见阎王。"说着掏出一只哨子,用力一吹,哨音尖锐,破空而起,海面之上随即传来数声炮响,头顶的夜空好似微微一颤,陡然间亮了起来。

几颗火球连珠炮一般呼啸而过,远远的不知落在何处,听声响像是有什么炸开了,却又一片含混。一瞬紧绷的寂静之后,结天稠石壁之间忽然传来数声巨响,喀拉拉好似裂开一道闸门,再一眨眼,天摇地动,乾坤倒位,水流激荡之声,巨石翻滚之声,树木摧折之声呼啸而来。傅长天心头大震,三宝会竟然炸开了玄天湖!大水将至,风行如刀,吹得人几乎站立不住,他起身先找沈顾,不料卢嬷嬷的软鞭亦卷了上来。数招一过,巨浪从天而降,傅长天辗转腾挪,落脚在一段漂浮的树根之上,叫喊声里,火光一团接一团没入黑暗之中,他心急如焚,连叫几声"顾儿",怎奈回音没有半点,卢嬷嬷的长鞭却鬼魅一般随叫随到。

四周影影绰绰，忽然多出不少三宝会的人，无间纵身跃上一棵大树，两只火球亦同时扫上胸口。他手掌一翻，使"潮水平"推得对方直摔了出去，可那人变招神速，单脚挂上枝杈，绕一圈便又兜了回来。那火球原来是两只泼了油燃着的铜锤，这一会儿使开了，砸得枝叶横飞。二人一来一往，斗过十余招，大树却猛地一震，紧跟着轰的一声，被水流连根拔了起来。无间趁机使一招"浮光掠影"，撩起一大片水花，一半浇在那人面上，一半浇在铜锤之上。那人一个趔趄的工夫，被大浪卷起来，抛得无影无踪，无间则攀住树干，再一转眼，便到了海上。

　　眼界里一片漆黑，适才诸多声响都遁去了，有种恍若隔世的意味，秦关吴双沈顾一串儿人影在心头掠过，可是再想回缘天岛，又绝无可能。恍惚间一团白色的影像在水中一闪，他下意识去抓，所触是一段柔软的绸纱，翻腕再扣，落入掌心的是一只凉凉的小手，低呼一声，捞起一具柔若无骨的身子。怀中分明是一位女子，早已经没有呼吸，他轻轻摇一摇，继而单手抵上后心，送了点真气过去。一股淡淡的香气飘入鼻息，清冽如水又飘忽如云，分明是水云草的味道；他不由得低低"呀"了一声，世上水云草只有一株，养在定风谷木屋的纱窗之下，既如此，怀中之人竟然是沈顾不成？

　　烟雾一片片的扑面而来，又扑面而散，可再一转眼，又豁然开朗。几十艘大船一字儿排开，灯火闪耀，照的水面上如同白昼一般，神农教诸人被急流冲到此间，或死或伤，零零散散漂在各处。三宝会有不计其数的小舟逡巡其间，活的点了穴道收押，死的则检视一番，还丢回海里。无间不敢弄出半点声响，揽过沈顾，点了她肺经云门穴，便攀着巨大的树冠向深处潜去。火光隐匿，人声消弭，不多时黑暗开始流动，眼界心界合而为一，如此气息将尽，才又小心翼翼地浮出水面。灯火清透薄脆，已在身后很远的地方，他稍稍透一口气，方才唤醒沈顾。沈顾依旧有些恍惚，轻声道："是范阿七？"无间应一声，道："是，是我。"沈顾道："爹爹呢？爹爹还好?"无间挠挠头,无言以对,沈颐不再说话,别过身子,两行泪水却顺着脸颊直流下来。

不多时便到了黎明时分,一天阳光随着海水漫漫摇曳,却再也无从分辨究竟身在何方。那树犹如一艘巨大的木舟,平稳无比,无间稍作打点,为沈颐在枝杈间清理出一片可以休憩的地方。树头仍有不少果子,黄皮白瓤,叫作黄藤果,那些曝晒在阳光之下的有些干瘪,浸在水中的却依然珠圆玉润。两人吃几个充饥,不知不觉中便睡了过去。再醒来,又是无边的暗夜,雾散尽了,代之以风,墨色长天里起一道闪电,一场大雨便劈头盖脸浇了下来。乌云飘过,眼界里又化为一弯幽蓝的苍穹,而星光也像是被涤荡过一番,变得分外耀眼。旭日东升,几只白色的海鸟也落上树头,起起落落,啄食那些果子。沈颐面向朝霞抱膝而坐,在摇曳的水波云影之间,一份闲静无可凭藉,却依旧那样安之若素。

她看无间醒了,指指那些海鸟,道:"这是银翅江鸥。"无间"哦"一声,并不怎么在意,沈颐又扫他一眼,还想说些什么,却只是摇了摇头。过得半晌,无间忽地跳起身来,叫道:"这是银翅江鸥!"

银翅江鸥出没于江浙一带的江流之上,既如此,他们应该离岸边不远才对!他跃上树头,再望出去,不由哈哈大笑,极远处大江东来,与海水推推搡搡,勾出一条变幻不定的白线,再过去则是数重山影,虽则模模糊糊,却依然将天际勾勒得分外宜人。不多时潮水上涨,推着那树入了江面,无间随即背起沈颐,踩水上到岸边。沿江又走一段儿,方才遇到些人家,打听下来,缘天岛在哪里,无从知晓,此地却离扬州不远。扬州乃是三宝会总舵所在,而李云阁在缘天岛做下这样大的一桩买卖,定当回来复命才对,如此便是一个更合理的去处。沈颐思索片刻,计较已定,拔脚就走,这一行便是一日,她不吃不饮亦不休憩,无间说不上有什么牢骚,但是一肚皮的无趣,也着实无可消遣。

扬州与建康同为繁华形胜之地，却又不尽相同，烟柳画桥，风帘翠幕，数不尽望不竭，实则更多一层精致。个中韵味无间不能体会十一，可思前想后，照旧有一番感慨，而沈颀一言不发，心中有多少波澜，更无从得知。他们走南北大道，不久到了一家酒楼之下，那酒楼名为"向晚居"，样子陈旧朴素，却还不失古雅。楼外当街跪着一位身材干瘦的后生，身前摊开一张白纸，上书"卖身葬父"四个字，身后则有一片草席，底端露出一双草鞋，还真盖着一具尸首。众百姓好奇的不多，心中发毛的不少，躲得远远的，场面上也就更添一份凄怆。这时向晚居的小二跑过来一位，大声叫道："小吴，你当真将你爹的尸首摆出来了？这让我们的生意还怎么做?!"小吴道："我也是走投无路，还求刘大哥担待。"那小二道："我能担待，可我们掌柜的担待不来，便看在咱们相识一场的分上，你换个地方成不成？"小吴眼泪便流了下来，道："我来这里，也是惦摸你们酒楼里那些有身份的主顾，但凡有一位发发善心，也便解了我的燃眉之急。你不让我在这里，那又该去哪里？"

二人你来我往争执半晌，无间也才明白过来，二话不说，从怀里摸出一锭银子递了过去。小吴吃一惊，叫一声"恩人"，这就要跪下，无间道："你爹是怎么死的？"小吴道："胸口发闷，舌头打结，硬生生噎死的。"无间道："我瞧瞧。"小吴横他一眼，便有些不乐意，道："你道他装死骗人不成？"无间不由分说，俯身还是揭开了席子，那老儿脸色乌青，手脚僵直，还真是一副死去多时的样子。他竖起耳朵听听，再摸摸胸口，指尖过处，右边肋骨之下原来有老大一个包，硬硬的，甚是突兀。他药理上不同凡响，医理上却稀松平常，这会儿挠挠脑门，便有些拿不定主意，还望望沈颀，叫了一声"沈姑娘——？"

沈颀于此全不挂心，淡淡地道："一条人命而已，你啰唆什么。"无间听到这话便禁不住冒火，道："难不成还不如定风谷一草一木？"沈颀道："说是草木无情，可是无情才不苟且。"无间琢磨一下这话的意思,道:"说是这么说,可若是不苟且,你我还活着做什么?"继而嘿嘿一笑,道:"你在和融府是不是答应过我一件事情。"沈顾脸色一沉,道:"我不是戏言,你也不要儿戏才好。"无间道:"人命关天,又岂是儿戏,今日里我便求你做一回郎中如何?"

沈顾冷冷地扫他一眼,却没有再说什么,这会儿小吴再也按捺不住,将银子往地上一掷,叫道:"我爹人都死了,还不得安宁?二位的银钱我不要了,大家还各走各的路就是!"无间摆摆手,还扭头去看沈顾,沈顾道:"右肋之下的硬包,刺穿就好。"无间找来一支竹签,径直去扎,起初两下均不能刺入,第三次用些内力,才"噗"的一声戳破了。许多血水跟着喷出来,那老儿喉结随之一动,竟呼噜噜出了些声响,小吴几乎不相信自己的眼睛,叫一声"爹爹",又似乎有些害怕,不敢走上前去。沈顾让无间再浇些滚水在他胸口,那老儿喉咙里便如同吹哨子一般,"哒哒"地响一阵子,忽然打个嗝,便翻身坐了起来。小吴眼睛瞪得浑圆,道:"爹,你没死?!"那老儿望望四周,不明白何以会躺在大街上,喝道:"蠢材,要活埋你老子不成?!"

小吴一面哭,一面笑,转身冲沈顾连磕三个响头,道:"姑娘果真是神仙下凡!神仙下凡!!"沈顾无意受这一拜,移步躲开去,可人群便如同炸了锅一般,哗啦啦跪倒一片,异口同声地叫道:"求神仙姑娘治病!"不等沈顾更有什么反应,早有人搬来一张凳子,一张桌子,更上来一壶茶,伺候她去荫凉处坐了,众人则排成一串儿,挨个儿来求。无间不由得暗叫侥幸,适才糊里糊涂,求的是她当一回郎中,否则又哪里会有眼前这副情形。

沈顾是何等人物,不问不切,望一眼便知端详,疑难杂症也好,陈年痼疾也好,随口便拟出方子,断无半点差错。走的人欢天喜地地去了,新的人得了消息,又源源不断地拥来,如此一坐便是两个时辰,只是等着的人不见减少,反而增多,一支队伍歪歪扭扭,排出去好远。

又过不久，人群之中忽然传来几句喝骂声，两名侍卫模样的汉子大咧咧地走了过来。领头的一位甚是凶恶，上上下下打量沈颃一番，道："你这姑娘哪里来的？叫什么名字？得了准许没有，便在此处贩卖野药？"沈颃不答话，视他浑若不见，无间却笑了起来，道："贩卖野药？此处有神仙下界，你便不能收敛些？"那汉子拧着眉毛瞅他一眼，道："她是神仙，你又是什么？"无间自从青石冈受伤之后便不曾真正打理，如今头发一蓬胡子一蓬，亦是落魄之至，他倒也有自知之明，道："我是神仙妹子的坐骑成不成？"那汉子禁不住哈哈大笑，转而又指指沈颃，道："你跟我走一趟！"无间道："去哪里？"那汉子道："我心意到哪里，便去哪里！"

他见沈颃始终不言不语，分明更来了兴趣，道："此处可是扬州，大户人家多了去了，别动不动就以为自己是个不得了的大小姐！"无间道："你又是什么人？可是大户人家？"那汉子道："你不认得我？你来扬州，居然有胆子不认得我？老子是扬州赵涅恒大人门下的一等侍卫钱式业！"无间摆摆手，道："赵涅恒是谁？"钱式业怒不可遏，拳头一挥，便要打过来。沈颃久居定风谷，于人情世故几乎一窍不通，这会儿只觉此人荒诞到了极处，不禁抬头看了一眼，钱式业像是被什么给叮了一下，忽然间脑袋乱摇，道："这小姑娘不仅天仙一般，还带着刺儿呢！"转而对另外一人道："你说我娶她做个偏房如何？"

沈颃不想他如此放肆，脸色一沉，无间便笑着站起身来，道："你死就死在这根舌头上面，要么，先死了这根舌头，且看人会不会死？"那跟班的有些糊涂，却也知道此人不善，抬起手里的棒子便砸，无间抓住棒头一抖，摔他一个跟头，继而在钱式业肋下一拍，颌下一扫，弄得他半身酸麻不说，舌头也"嘟噜"一下弹了出来。大伙儿恨他平日里欺老凌弱，如今大为痛快，虽是竭力忍着，还是有人叫出好来。无间拿竹签比画两下，继而打横里一扫，仅仅刺一个小口，却弄得血花飞溅，钱式业吓得三魂里面丢了两魂，嗷

无间传　481

一声,竟哭了起来。无间也有些意外,扫了兴一般在他肩上一拍,解开穴道:道:"走吧,走吧。"

钱式业舔舔嘴唇,才明白过来,不过并不走,反而扑通一声跪了下来,道:"我等来这里是请这位神仙姑娘给府上老夫人治病的,事情办成这样,没办法复命。"无间道:"再不走就刺你的眼睛!看不来眼色就做不来走狗,饭碗可就没了!"钱式业无奈,只好灰溜溜地去了。只是过不多久,街口又变得乱哄哄的,一顶二抬小轿一颤一颤地走了过来。轿外随行的有一位书生,一个丫鬟,还有四名侍卫,还是赵府服饰,到了近前,那书生冲沈颅先行一礼,道:"在下赵府蒋师爷,适才多有得罪,还请姑娘多多担待。"沈颅一如既往,头也不抬,蒋师爷略感尴尬,转而向无间拱拱手,道:"这位小哥好身手,敢问高姓大名?"无间也不客气,道:"你们还要怎样?"

蒋师爷"嘿"一声,心下十分恼火,这姑娘医术如神,冷冰冰的也就罢了,这下人又算是什么东西?他耐着性子指指轿子,道:"这是赵府的赵老夫人,腿疼有五六年了,还请这位神医姑娘给看一看。"无间指一指身后的长队,道:"你们去后面排着就好。"蒋师爷咳一声,道:"我再说一遍,这里是赵府的赵夫人,赵老爷本意是请你家小姐到府上走一遭的,现在她亲自来了,可是给足面子了。"无间道:"你找我家小姐看病,你给我们面子做什么?再说了,我要你的面子做什么,黏在竹棍上装鬼吗?"蒋师爷恨不能抽他一个嘴巴,惟面上还是笑呵呵的,道:"小哥的意思我明白,我明白。"

他一招手,一名随从随即端上满满一盘银子,足有数百两之巨。无间道:"你送这银子是为了给赵夫人看病,还是为了先给赵夫人看病?"蒋师爷道:"小哥此言何意?"无间道:"若是为了给赵夫人看病,那就错了,因为沈姑娘不收银子,若是为了先给赵夫人看病,那还是错了。"他伸手一指数十人的长队,又道:"银子该拿给他们啊。"

众人听了这话禁不住要笑，可又不敢笑出声来，蒋师爷气得忍不住哆嗦，隔着布帘和赵夫人商量几句，继而高声道："我家赵夫人先看病，这银子就送给大家如何？"众人轰然答应，不想天下还有这等好事，白看病不说，还能白拿银子。赵夫人随即从轿子里走出来，似乎还有些攀谈的意思，可是沈颀只看一眼，说个方子，就此了事。那老太婆不尴不尬地站一会儿，还回轿子里面，几个人也就一溜烟地去了。

直到暮色初上，人才散了，无间乐呵呵的，还想叨叨几句，看见沈颀的脸色，也便住了嘴。这时候蒋师爷居然又转了出来，还行个礼，道："神医姑娘，我家老爷有请。"无间道："你又打什么鬼主意呢？"蒋师爷道："神医姑娘药到病除，我家老爷感激得紧，在向晚居备了一桌酒席，一直等着呢。"无间瞅一眼沈颀，摆摆手，道："不去。"蒋师爷像是早有准备，道："赵老爷身子也不太好，想让姑娘看一眼，他不愿意添乱，才这样安排。"沈颀仍然充耳不闻，可走出几步，忽然停住脚，问道："你家老爷富甲一方，可认识三宝会的人？"蒋师爷颇为惊讶，忙不迭地道："认的，认的，他可是三宝会的座上贵宾。"

向晚居被赵家包了，没什么人，赵涅恒却动静极大，一路吵着便迎了出来。他脸盘极大，眼睛极小，嘴唇厚得异乎寻常，再加上细皮嫩肉的，像极了一只洗剥干净的猪头；这会儿"扑通"一声跪倒在地，居然冲沈颀磕一个头，道："老母为痼疾折磨多年，那股痛劲儿上来，连寻死的心都有，姑娘真可谓华佗再世，我赵某人感激涕零，感激涕零！"沈颀在神农教身份极高，受人跪拜的时候多了，这会儿也不觉着怎样，点一点头，便入了席。桌上满满的尽是山珍海味，无间风卷残云，大吃一通，沈颀却连筷子都没有摸一下。赵涅恒问东问西，不见什么回应，自顾自饮一杯酒，两行清泪便顺着脸颊流了下来。

无间传　483

无间这才想起来了,道:"赵先生,蒋师爷说你也有病在身。"赵涅恒道:"我的病是心病,医不好的。"叹一口气,又道:"我早先有个儿子,差不多你这般年纪的时候,随镖局的人走了一趟江北,不想路上被山贼伏击,落了个身首异处!"无间吃了一惊,此人一团福相,一面笑脸,不想身世这般可怜。赵涅恒又道:"此外我还有一个女儿,十七岁那年开春,跑去江边观景,感染风寒,众人也没怎么放在心上,都道将养个三两日也就成了,谁承想三日之后——她便过世了!"说到这里,情不能自已,哆哆嗦嗦哭得一塌糊涂。无间心下感慨,伸手拍拍他肩膀,可想来想去,又实在想不出什么有像样的安慰话。

过好一会儿,他才平静些了,又喝一杯酒,道:"我出身贫寒,一生大起大落,费了不知多少心机,才有今日这等局面,如今年过半百,心劲大不如前,再想一想连个继承家业的子嗣都没有,唉,人世黯淡,无过如此!"又长吁短叹一番,这才问道:"你二人可是兄妹?"无间摇摇头,他便又问道:"可是情侣?"无间赶紧摆摆手,道:"不着边际。"他进而又问道:"那可是主仆?"这回无间点点头,沈颀却摇了摇头。赵涅恒"哦"一声,心下虽则糊涂,还是道:"既然如此,在下有心收这位神医姑娘为义女,这位小哥为义子,二位意下如何?"

沈颀是何等身份,纵然赵涅恒一再铺垫,这话听来仍然十分唐突。她摇头说一句"不要",无间却嘿嘿地笑了起来,道:"你这副模样,称她一声娘娘还差不多。"赵涅恒好生尴尬,又恼火不已,他动之以情,晓之以理,明明要以万贯家产相赠,可这两位不仅无动于衷,还是这样一副混蛋样子;只是他面皮上照旧一片颓丧之色,道:"二位不是我等凡夫俗子所能猜度,再纠缠,反倒不识时务了。"转头吩咐几句,又道:"我这里有一坛真正的百年花雕酒,不是夸口,整个扬州城应该也找不出第二坛来,咱们今日便共饮一杯,我赵某人真心谢过二位为老母治病!"

蒋师爷从门外再进来，手里托着一只盘子，盘子里有一只浅蓝色的酒壶，壶颈处镂有一只牡丹，底缘则镂着一株君子兰，晶莹剔透，近乎吹弹可破，一侧还有三只酒杯，也是蓝莹莹的，烛光之下，有些云烟流动的意味，煞是好看。赵涅恒端起一杯，道一声"先干为敬"，一仰脖，喝得一干二净。沈顾稍一犹豫，还是端了起来，无间则赞一句，才伸手取了一杯。那酒浓而不烈，绵远清透，果然是地道的花雕滋味，他禁不住好劲儿嗅一嗅，心下却不由微微一动，醇香的背后分明掩着一丝细腻的甜香，其中还有些若有若无的酸气，与酒道大相径庭——与沈顾对望一眼，便同时放下了酒杯。赵涅恒额头冒汗，小心翼翼地道："怎么，二位这点面子也不给么？"无间嘿嘿一笑，道："你这是什么酒？是不是应当叫作百年失魂花雕酒？"

赵涅恒在酒中用的正是一种称为"失魂散"的蒙汗药，那是麻药中的上上品，味道轻得无从分辨，药效却猛得如狼似虎。赵涅恒后退一步，吃惊之余，好生惶恐，他那失魂散至精至纯，陈年花雕也是名贵之至，而用作障眼法的这一套"蓝烟"更是酒器中的极品，谁承想这两位几乎全无用心，便瞧出他使诈不说，更连蒙汗药的名字也讲得分毫不差。不过他怨只能怨自己命苦，算计来算计去，谁承想会算计到天下第一和天下第三的头上？！他忙不迭地一拍巴掌，几名侍从便拖枪拽棒抢进来，可他们又哪里是无间的对手，不出数合，便被打得哭爹叫娘。无间再瞅一眼赵涅恒，忽然恨得牙根痒痒，拎起门后的扫把，在他脑门上"砰"地一拍，道："你果然死了儿子？"赵涅恒道："不错。"无间抬手又给他一下，道："真的假的？"赵涅恒道："真的！"无间便再给一下，赵涅恒道："假的。"谁承想无间还来一下，道："真的还是假的？"赵涅恒怒道："我说是真的，你要打，说是假的，还要打，你是要真的还是假的？"无间嘿嘿一笑，又是一下，道："真的还是假的？"赵涅恒忽地站起身来，可瞬间又失了底气，垂头道："假的，都是假的。"

无间这回才像是听清了,转而道:"那死了女儿呢?"赵涅恒道:"假的。"无间敲一敲酒壶,"百年花雕?"赵涅恒道:"五十年花雕。"无间道:"那个赵老夫人真的是你娘?"赵涅恒地道:"是我婶婶。"无间又来了气,举起笤帚噼里啪啦连拍十数下,再想问什么,却想不起来了。沈顾忍俊不禁,道:"你何不问问他这个赵涅恒是不是真的?"赵涅恒摸不透这话究竟什么意思,只不住口地道:"这个货真价实,这个货真价实。"无间道:"如何就货真价实?"赵涅恒道:"这又怎能作假?"无间忽然有了主意,从桌上捡起两块排骨肉,塞进他耳朵里,转而问蒋师爷,"你家赵老爷有什么丑事?"蒋师爷好生为难,丑不丑拿捏不准,说不说更拿捏不准,稍一琢磨,避开赵涅恒的目光,道:"他忌讳一个字。"无间道:"什么字?"蒋师爷道:"猪。"无间和沈顾不由得同声笑了起来,沈顾继而问道:"那你们府上说到猪的时候,又怎样称呼?"蒋师爷道:"黑面郎。"

无间也说不上究竟印证了什么,从赵涅恒耳朵里取出排骨肉,道:"老实交代,你究竟打的什么算盘?"赵涅恒道:"我认二位做义子义女,是真心想给你们一个大富大贵,出人头地的机会,怎奈你们不识抬举,没有办法,只好取巧。"无间不想他还这样说话,提起扫把作势又要打,赵涅恒赶紧摆手,道:"二位知不知道三宝会?"无间应一声,赵涅恒接着道:"他们是江南第一大门派,黑白通吃,富甲天下,无所不能,无往不胜——"无间道:"那又怎样?"赵涅恒道:"你可知道三宝会总舵就在扬州?"无间道:"那又怎样?"赵涅恒道:"他们总舵主有个宝贝儿子叫作张五都,现在到了谈婚论嫁的年龄,你说扬州城里的人家,谁不想结这门亲事?一来二去,张府也颇为犯难,便索性摆个'倾城筵',要宴请扬州城上上下下待嫁的姑娘。"无间听个大差不差,道:"这是要挑媳妇儿呢?"赵涅恒道:"可不么!筵席,说说而已,张府借此机会,见见众位姑娘的模样,再考较考较才学,考较考较武功,若有对了眼缘心缘的,我猜着这亲事也就差不多了。"无间算是明白了这一层,还问道:"那又怎样?"赵涅恒眯起眼睛。"我想认你当义子是假,"继而望望沈顾,"想认你当义女是真,姑娘有沉鱼落雁之貌,又是医中圣手,心也善良,脾气还好,莫说张公子,便是当今皇上对你一见倾心,也不稀奇。你若能助我结这门亲事,我赵涅恒平步青云不说,从今之后你也会有享不尽的荣华富贵,再不会弄到流落街头的地步"。

说完了,涎着脸,还是不甘罢休,无间伸手打他一个耳刮子,道:"这个张公子一听便是个纨绔,再说了,三宝会最不地道,便没有一个好东西。"赵涅恒道:"还真不能这么说,五都公子文武双全,人也豪迈,口碑着实不错;你知道临安三大公子?真比起来,叫我说,他们可都娘娘腔了些。"这时沈顾忽然说道:"去张府看一看,也未尝不可。"无间"嘿"一声,转过头来笑呵呵地打量她,道:"沈姑娘也有动凡心的时候?"赵涅恒却心花怒放,道:"这么说姑娘愿意认我做个义父了?"沈顾道:"你说我是你远方亲戚家的女儿,便不成了?"赵涅恒心下嘀咕,装什么不食人间烟火,如今听见张五都的名头,不一样跃跃欲试?不过他面上始终是一副喜滋滋的神情,使劲点点头,道:"退而求其次,当然使得,只要姑娘不嫌委屈,权且当一回赵府的人,事情便行得通。"

扬州城南有大湖名为霖湖,湖西有山名为海棠山,系三宝会总舵所在,湖东有渚,称为天宝渚,便是张双久府邸所在。第二日众人一早启程,到了那里也不过日上三竿,尽管如此,张府却已经门庭若市,满眼望去,尽是马车轿子,而且又岂止是扬州,近至建康临安,远至福建成都都有人家前来相亲。赵涅恒本意要大张旗鼓,弄上百余人吹吹打打,前呼后拥地走一趟,沈顾当然不允,而到了这里,也才发现那不过是个寒酸的小阵仗,没有半点好处。无数佳丽一个个花枝招展,被人簇拥着飘来飘去,唯有沈顾,不仅仍是一袭白衣，面上还遮了一道黑纱，更显得落落寡合。赵涅恒带着蒋师爷进去交涉，想攀个交情却吃个闭门羹，怒气勃发，骂骂咧咧地走了回来。蒋师爷则领了三只信封，说是该打开的时候，自然会知道。他们依着指示，加入人群，徒步走一条宽敞笔直的石径，去霂湖岸边坐船。一路花红柳绿，蜂游蝶舞，甚是香艳，只可惜赵涅恒走得肥膘乱颤，牢骚满腹，煞了一天风景。

众人登上一艘画舫，不多时便到了湖上，江南山水正当灵秀，在天光云影之中，更显得一派旖旎。撑船的小厮叫作庄洛，身材魁梧，满脸胡子，样子有些大大咧咧。他话多，赵涅恒也话多，再加上无间中间掺和，便叨叨个没完没了。他们要行去的地方在霂湖当心，称为锦官岛，那里实则是张府的花园，又分为一十二苑，对应的则是天下十二系花卉，其中曹州苑多种牡丹，武陵苑多种桃花，大理苑多种芍药茶花，江南苑多为桂花水仙，如是种种，不一而足。

上了岛，走游廊小亭，过流水石刻，进了江南苑二楼南面的一间屋子。屋内陈设雅致，面窗而立，沐花香，看一湖天光，还真是别有意兴。蒋师爷依着指示将信封交给沈顾，原来是要她以锦官岛景物为素材为张公子写几个字，画一幅画，或者做一件女红。赵涅恒连问数声"你要做什么？"，沈顾却只看着窗外的景色，不置一词。他难耐清静，拖着蒋师爷便出了门。不多时，庄洛端上一杯香茶，沈顾也有些渴了，便除去面纱，喝了一点水。不想庄洛"呀"一声，盯着她不住点头，道："姑娘一直不愿以真面目示人，但是举手投足，素雅脱尘，如今我可知道了，你真是比神仙还美。"无间探头过来，道："是不是下人没上没下，便不是下人？"庄洛不由哈哈大笑，道："该说的话不说，才是不敬。"沈顾依旧淡淡的，转而问道："你家张公子是什么样的人？"庄洛道："他有些才能，会些武功，算地地道道的性情中人，讲义气，爱结交朋友。"沈顾道："那你可是三宝会的人？"庄洛道："在此当差，又怎能不是？"沈顾道:"近来三宝会可有什么不得了的事情?"庄洛皱起眉头想了想,道:"姑娘想问些什么?"这样一来沈顾反倒问不下去了,转而道:"你可去过海棠山?"庄洛道:"海棠山依托天险,关卡重重,可不是什么人都能去的;那里又分为外山内山,外山容易些,我去过,内山从不曾涉足。"

沈顾不再言语,挥挥手,让他去了,之后又写一个单子,无间捧着,几乎绕岛一圈,才找齐了所列的花卉。再进来江南苑,她正在书案前坐着,案上则摊开一张纸,在右上角写了"槛菊愁烟兰泣露"七个字。无间依着指示,从找来的花卉之中取些芍药花瓣,荷花花蕊和寸丁竹的根茎,混在一起捣烂了,又加些水,取绸子蘸着敷在了纸上。揭过这一页,第二张纸上仍然只有几个字,"罗幕轻寒,燕子双飞去",沈顾让他取一些纳凉草搅碎,还敷上去,自己则将芍药花瓣,山茶树皮和白茸草磨得细细的,混进墨里,之后取画笔一提一顿,在纸张正中勾了几只燕子出来。无间正要开口称赞,她先摇摇头,道:"我比之妹妹可差得太远了。"

说话的工夫,那些燕子越来越淡,相继消失不见了,无间想想其中的道理,不住点头,道:"沈姑娘果然高明。"沈顾道:"没什么,不过是小时候和妹妹常玩的把戏而已。"再掀开到第三页,上面写的是"明月不谙离恨苦,斜光到晓穿朱户",沈顾取一杯清水,滴几滴墨进去,极均匀地浇在纸上,惟在左上角留了圆圆的一小片,之后又取一只极细的竹枝,蘸着墨,在右下角按出了几片竹叶。那些如同先前画好的燕子一样,不多时也淡得看不见了。第四张是最后一张,右上角的字有一串儿,"昨夜西风凋碧树,独上高楼,望尽天涯路。欲寄彩笺兼尺素,山长水阔知何处"。沈顾在墨里溶一点绿芭蕉的汁液,比着室内壁上的一幅水墨画,勾出一道山影,继而加一勺水在墨里,在山影之上又勾出一只大雁,之后再加水,再勾一只,如此七次,一共勾了七只大雁出来。

中国新古典武侠小说

无间传

王新港 著 下

人民文学出版社

讀「無間傳」有感

文辭洗煉　結構謹嚴
張馳有度　敘事得間
踵武前修　增華時賢

辛丑年春辛丑雪於此大

下册

第三十六章
千层洞中

　　无间道："这是为张公子作的？"沈颀摇摇头，道："应景而已。"无间便有些心痒难搔，道："既然这样，我看一看会不会坏事？"看沈颀不说话，便径直走到案边，心下一动，又将断疴木丢在了边上。第一张画泛着淡淡的花香，注视片刻，忽然有泪水泛起来，眼前随之一花，犹如蒙上了一层淡淡的烟云。他只不过粗通文墨，却也明白个中意象正应着"愁烟泣露"四个字，而药理上却是寸丁竹辛涩，气息挥发，致人泪眼婆娑，才有了这等幻象。翻过一页，指尖微微一凉，正是纳凉草的触感，画上那几只燕子依稀透了出来，可定睛再看，又空空如也；他不由得连连点头，所谓"燕子双飞去"，不正是这等情形？翻到第三页，眼前又是一花，纸页影影绰绰浮了起来，却又棱角分明，像是一只盒子，那一层浅浅的灰色如同黯哑的月光，而右下角几片竹叶时隐时现，仿佛也活了过来，再一瞬，左上角那一片圆圆的留白也凹了进去，俨然化为贴在天上的一枚圆月。他不由得"呀"了一声，揉揉眼睛，那份景致随之一扫而空，还原为空荡荡的一张白纸。

　　第四页上，早先勾勒的山影泛出淡淡的绿色，一阵微风透窗而过，将些许凉意扫上脸庞，眼睛里便又噙了些泪花。山色间那一层绿意因此多一层朦胧,可恍惚间又剥落而去,化作淡淡的灰色,与此同时一条弯弯曲曲的小径在山影之间呈现出来,明暗之间宛转着递向天边,而那七只大雁因为墨色不同,近处的淡去了,远处的才显现出来,依稀便成了一只,渐渐消逝在山水之间。尽管体会有限,无间不禁也有些痴然,于花于草于药,个中道理并不玄奥,但是此等心窍,此种意蕴,此等交叠使用的手法,这世上除了沈颀,又还有谁能够做得?

沈颀将纸页装进一只布囊,交由庄洛送了出去,之后众人又歇息一会儿,用些餐饭,才重新上路。船行向东,周围画舫却变得稀稀落落,只剩下二十余艘。赵涅恒大为诧异,道:"那些姑娘都哪里去了?"庄洛道:"一轮比试结束,过关的向东,不过关的打道回府,又有什么不能明白?"赵涅恒得意之余,道:"你们张府办事鬼鬼祟祟,为何便不能明说?"庄洛比画一下,道:"赵大人,这是张府的地盘,你说话可留点神。"赵涅恒"嘿"一声,道:"张舵主势大,连你这个下人说话都底气十足!"

众画舫一字行进,走差不多半个时辰,便到了海棠山脚下。正对着的是一个黑森森的洞口,像是什么怪兽大张的嘴巴,吞没了闪动的波光,显得颇为诡异。赵涅恒率先明白过来,哆嗦一下,道:"这是千层洞的入口?"庄洛没说话,却冲他竖了竖大拇指;那千层洞深入海棠山山底,洞中水路曲曲折折,如同迷宫一样,一旦走失了,万难出来,历来是一个让人胆寒的所在。赵涅恒手上一划拉,道:"这些大家闺秀,在富贵窝里长大,哪一个不是娇滴滴的?你们将人带到这里,究竟打的什么算盘?要是吓坏一两位,弄丢一两位,又怎样交代?"庄洛不答话,伸手一指,却见一艘大船缓缓地从洞中行了出来。

船头立着的一位正是张府的孙管家,他向众人拱拱手,朗声道:"诸位可知,今日来张府应亲的大小姐一共一百三十七位,经过两轮比试,你们是仅余的二十四位?"赵涅恒叫道:"哪里来的两轮？锦官岛是一轮，另一轮又在哪里？"孙管家呵呵一笑，道："另一轮是在走去霖湖的石径上，各位大小姐的体态样貌，谈吐举止，都有人盯着呢。我家公子算不上挑剔，可总也有个好憎，诸位若不是貌美如花，心灵手巧，也不会来到这里！"有人叫道："那张公子呢？我们来半日了，连个人影也没见到呢！"孙管家道："他不现身自有不现身的道理，时候到了，你们想躲都躲不掉哩。"有人又道："这里果然是千层洞？我们来这里做什么？"孙管家道："自己看，自己看，你们手上第二封信里写得明明白白。"

赵涅恒忙不迭地拆开来，大声念道："入千层洞，随灯盏而行，洞内水路错综复杂，切不可乱走，一旦迷失，性命堪忧！"他变得极不自在，不住口地嘟囔："我们是来应亲的，不是来历险的，若有个闪失，你张府可担待得起？"孙管家半点也不客气，道："应亲是你自己要来的，又不是我张府请来的，若害怕丢了性命，这就可以走，我绝不挽留。"赵涅恒耸耸肩膀，又伸手指指庄洛，道："瞧瞧你们张府这些下人，还真是一个比一个横！"

这时孙管家举起一根竹竿，杆上结着一根细绳，绳上穿着一串牡丹花，他继而说道："这个叫作牡丹筅，你挣的牡丹越多，说明我家公子对你越中意，等着比试完了，牡丹最多的一位自然就是他的意中人。接下来还有两轮，我也不多说了，大家心中有数，量力而行便好。"他喊出名字，诸小船依次上前取了牡丹筅，随即向洞内行去。庄洛站在船头，看着那些或欣喜或失落的姑娘们，嘴里啧啧有声，进而拍拍无间的肩膀，道："你觉着那个最好看？"无间与他有些一见如故的意味，也不忌讳，这个那个的，指指点点。过不一会儿，庄洛还拍拍他的肩膀，道："你糊涂到家，咱们船上的沈姑娘才是最好看的！"

话音未落，孙管家高喊一声："华府华姑娘！"一只小船缓缓行过来，船头站着一位粉衣少女，在青山碧水之间如一朵荷花一般，分外养眼。无间一愣，忙不迭便往后躲，那姑娘瞥一眼竹竿上密密的一串牡丹，道："孙管家，牡丹太多，我数不清，你告诉我，一共有几朵？"孙管家道："华姑娘秀外慧中，我家公子格外赏识，这里的牡丹一共有十一朵。"华姑娘"嗯"一声，道："既然我十一朵，那你最多也就给出十一朵了？"孙管家笑了起来，道："差不多，差不多，华姑娘芳华绝代不说，这一股精气神儿更叫人刮目相看。"华姑娘秀眉一蹙，道："你这'差不多'，又是何意？"孙管家道："赵府的沈姑娘有十二朵。"华姑娘惊讶里透出恼火，转脸便望了过来，无间在人后看得清楚，哪里有什么华姑娘，分明是华山派丁姑娘。

赵涅恒哈哈大笑，道："我们沈姑娘不得十二朵，谁还能得十二朵？这位华姑娘——"伸出手，大拇指捏在小指肚上，又道："差那么一点点，就那么一点点，容貌差一点点，才学也差一点点。"丁汀怒道："你是哪门子的赵府？"赵涅恒一拍胸脯，道："扬州赵涅恒便是我，我就不信你没有听说过。"丁汀冷笑一声，道："扬州世家我都熟得很，哪里又有什么姓赵的。你们的沈姑娘又在哪里？既然拿下十二朵牡丹，我也想开开眼，瞧瞧天仙究竟是什么模样。"赵涅恒怒不可遏，可一转念又改了主意，掀开舱篷帘子，探头说道："沈姑娘，你何不现身让这些人瞧瞧？捧场的偏偏不自知，正好让她们醒醒。"沈颀摇摇头，不予置答，赵涅恒明白强求不得，却回转身一瞪小眼，道："不见！"丁汀更为恼火，道："凭什么不见？"赵涅恒道："不见就是不见，我十二朵牡丹的不待见你十一朵牡丹的，又有什么不应该的？"丁汀神色之间略显尴尬，低低喝一声"不识抬举"，抬手竟掷出一支弧光小剑。那小剑在成群的水鸟之间转几个弯，"噗"的一声刺穿其中一只的翅膀，又带着它飞出丈余，"砰"的一下刚好钉在赵涅恒脚下。大湖之上有一瞬鸦雀无声，紧跟着却又扑扑通通响成一片，原来还有七八只水鸟被无声无息地抹断了脖子，这会儿才相继坠入水中。赵涅恒脸色煞白，不由自主退开几步，颤声道："你要做什么？"丁汀道："和几只鸟儿玩玩而已,又关你什么事。"说话声里,她那艘画舫箭一般窜出去,瞬间去得远了。

赵涅恒心有余悸,转头瞅一眼蒋师爷,道:"哪里来的华府?我怎么从来没有听说这样一位华姑娘。"蒋师爷道:"我也不曾听说,不过三宝会势大,许多人不远千里来应亲,有你我不认识的,也算不得意外。"赵涅恒道:"这姑娘好凶,我若是张公子,减她三朵牡丹。"庄洛接口道:"你怎知道我家公子不喜欢这种姑娘?人漂亮,要强,武功也好,做事干净利索,爱憎分明,有什么不好?"无间道:"若是那样,你家公子离火坑不远。"不知道他琢磨些什么,进而又道:"不过他应该也不怎么爽利,躲着不露面,便是工于心计。"庄洛道:"工于心计又有什么不好?"无间道:"工于心计当然不好。"庄洛道:"是你觉着不好还是沈姑娘觉着不好?"无间道:"当然是我觉着不好。"庄洛道:"你又不是沈姑娘,你觉着好不好,又有什么关系。"无间道:"有些事情沈姑娘不会觉着好,也不会觉着不好,可她若是不觉着好也不觉着不好,此事和她又有什么关系。"庄洛分明便有些儿恼火,道:"那教你说来,我们公子配不上沈姑娘还是怎的?"这回轮到无间意味深长地拍拍他的肩膀,道:"你糊涂到家,便没有什么人配得上沈姑娘。"

他二人一问一答,渐渐的没了边际,沈顾听在耳里,不曾用心,却还有些用心,也是哭笑不得。赵涅恒领了牡丹旆,眉飞色舞地支在篷顶,庄洛则撑起篙,向千层洞洞口行去。无间自船舷上摘下那只鸟,用些伤药包扎好,安置在一只竹筐里,心中却起伏不定,想不出丁汀何以会出现在这里,而她在,那丁岸八成也在那艘画舫之上。他和青青在怀玉山撞上这兄妹二人便是奇巧,谁承想在海棠山又会狭路相逢,不过丁汀的确到了待嫁的年龄,或者华山派果然有心和三宝会结亲不成?

这样琢磨着,眼前一暗,小船进了洞口。周遭还算宽敞,借着天光,可以看到洞顶块垒不平的岩石,再走,便暗了许多,庄洛点起两只火把插在船头，沈顾则在舱内点起一支蜡烛，仍旧翻看闲书。这样走出里许，水路一分为二，右边石壁上挂着一盏亮亮的灯笼，指示里既然说"随灯盏而行"，自然要走右边。再一会儿，水路又一分为三，庄洛还循着灯笼，取道中间。这样连过数个路口，空气变得潮乎乎的，沁湿了衣服头发，更将一股凉意直透进心里，赵涅恒不自在起来，道："谁不会闷头跟着灯笼走路，你这一出比试的又是什么？"庄洛道："你可知道三宝会为了摸清千层洞，费了多少工夫？"赵涅恒道："摸那么清楚做什么，不进来岂不是最好？"庄洛道："你是扬州人，总应当听说过乌眼燕窝？"赵涅恒道："那是江南异宝，山珍之珍，我当然知道；不过那玩意儿也没什么大不了的，去赵府，我能给你找十几斤出来。"庄洛道："乌眼燕窝只有千层洞才有，而只有三宝会才进得了千层洞，所以你那些，十有八九都是假的。"赵涅恒便有些着恼，不住口地说道："胡说八道！"无间这会儿记起来"毒经"里的文字，探头问道："这里有乌眼燕子？"庄洛道："乌眼燕子只有这里才有。"顿一顿，却又自言自语一般说道："也不尽然，竹书姐那里有一十二只，养在竹林里做耍。"

那燕子乌眼利爪，长吻细齿，乃是嗜血成性的恶禽，而所谓"乌眼"实则是"无眼"，也就是说那燕子天生就没有眼睛，不过它既然只在一团漆黑的千层洞中出入，有没有眼睛也就无关紧要。无间进而问道："这燕子嗜血？"庄洛道："这燕子吃肉！"赵涅恒像是头一遭听说，吓了一跳，道："肉，哪里来的肉？"庄洛笑道："肉呀，这洞里多的是，在你头顶飞来飞去的全是肉，你行走四方不离不弃的也是肉！"

赵涅恒恨不得伸手扇他一巴掌，道："再胡言乱语，小心吃不了兜着走！"船板一侧有一把木凳，他一屁股坐了下来，可腿脚并不老实，弄得小凳吱呀作响。过不多时，耳边没来由地吹来一阵风，热烘烘的甚是诡异，他本来就有些心神不宁，这会儿扭头喝道:"什么人?开玩笑也看个时候成不成!"说话的工夫,又来一股风,而且后颈像是被什么毛茸茸的物件蹭了一下,他忽地站起身来,又道:"这都是什么古怪?"庄洛呵呵地笑个不住,道:"千层洞里有一尺余,我就不信你没有听说过。"

一尺余却是此间独有的蝙蝠,个头硕大,翅翼展开一尺有余,所以才得了这样一个名字。那蝙蝠最喜吮吸温血,山间走兽若不小心被它们附上身,不出数日,便会化作干尸一具。无间来了兴致,道:"赵大人最要小心才是,你血里一半是油,味道不同凡响,而且你这是半年的餐饭,它们又如何会罢休?"庄洛不由得哈哈大笑,赵涅恒则怒目圆睁,比比拳头,又止不住心中发毛,一边甩动手脚,一边道:"乌眼燕子吃的便是一尺余?"庄洛道:"不错,那燕子大小不过三寸,灵动无比,附在一尺余身上,一点一点地吃,这样吃上个三五日,那蝙蝠实在飞不动了,会掉进水里,它便再去附一只新的,重头来过。"赵涅恒毛骨悚然,嘴上却按捺不住,道:"世间活物还真是都懂得享受个新鲜热辣。"

小船在洞中走走停停,似乎该到尽头了,可转过一个弯,便又无休无止地走了下去。再行一段,脚下忽然一震,庄洛紧跟着叫一声,一篙未能撑住,小船便变了方向,本应走左边的路口,却被一股暗流推向右边,"砰"的一声撞上一块大石,斜刺里溜了出去。庄洛不住口地呼喝,竹篙探出,想借力停下,怎奈小船越行越快,竟完全失了掌控。再一瞬,耳畔一声轻响,他们像是被什么怪兽吐了出来,晃一晃,落上了一片静静的水面。赵涅恒杀猪一般叫得声嘶力竭,道:"这又是什么鬼地方?"庄洛不答,却一口气点起四五只火把,撑船寻了出去;脚下是一方死水,寂静里透着陈腐,周遭却影影绰绰的全是洞口,一座挨一座,通向四面八方。赵涅恒道:"灯呢?为何这里没有灯?"庄洛没有半点好气,道:"我又哪里知道?"赵涅恒怒道:"你如何能不知道?这都是你张府的安排,你如何能不知道?!"庄洛道:"又不是我带你来的这里……"赵涅恒道:

"怎么不是？撑船的谁，领路的又是谁？"庄洛道："我奉命行事而已，谁能料到会出这种意外？"赵涅恒不住地拍打船舷，道："你是行船之人，便想不到水中会有暗流？"庄洛"嗤"地一笑，道："想得到又怎样？想得到也防不到啊。"

蒋师爷赶紧上前打个圆场，道："那现在又如何是好？"庄洛道："还能怎样，找路回去。"蒋师爷道："那路在何处？"庄洛伸手一划拉，道："路在各处。"蒋师爷道："这样说来，你也不知道该往哪里走？"庄洛道："我若知道，又啰唆个什么劲儿？"进而叹一口气，道："可怜我那老娘了，还没来得及向她交托后事呢。"赵涅恒怒火冲天，劈头揪住他的衣领，道："你想死随你的便，我赵涅恒可不能死在这里！"庄洛"嘿"一声，推他一把，自顾自走到后梢去了。

赵涅恒抓耳挠腮地站一会儿，道："这船上可有兵器暗器？"庄洛道："没有。"赵涅恒道："可有干粮酒水？"庄洛道："也没有。"赵涅恒愈发歇斯底里，道："我瞅着都是你三宝会做的局，图谋我赵某人万贯家产！"庄洛不知道从哪里翻出来一只瓷瓶儿，抬手丢给无间，道："你家大小姐有什么要交代的，写在纸上塞进瓶里就好，咱们走不出去，不见得这瓶儿漂不出去。"无间接过来，"嗨"一声，道："这八成还不如托梦来得稳妥。"继而掀开布帘，瞅一眼沈顾，道："沈姑娘，这一趟可是走得冤枉了些。"赵涅恒道："她年纪轻轻，又有什么可交代的？"无间扭头笑呵呵地道："你世间走这一遭，吃了十人份的餐饭，挣了三世的银钱，居然还有的交代？"

这时沈顾提高一点声音，道："这位庄少侠，你适才说三宝会是为了摸清千层洞费了不少周折？"庄洛在她这里倒是一点也不怠慢，道："那都是几十年前的事情了，会里因为采乌眼燕窝死掉很多人，当时的老舵主气不过，便召集千余人一齐进洞，每隔百步留一艘船，举一只火把，这样三天三夜，摸遍了洞里所有的角落，然后画了一幅地图出来，自那以后，千层洞也便没有什么可怕的了。"

沈颀道:"地图你手上没有?"庄洛道:"那哪里是什么人都拿得到的?再说了,你我根本不知道置身何处,有了地图又能怎样?"这会儿赵涅恒伸了脑袋过来,道:"沈姑娘,你是神仙一般的人物,神仙不会死,我跟着你走。"沈颀不由得微微一笑,道:"我是无用之人,又能想出什么办法,诸位若是有本事逃出去,不必挂念我倒是真的。"庄洛这会儿也凑过来,伸出大拇指比了比,道:"姑娘处变不惊,叫人好生相敬。"沈颀道:"真的处变不惊,是因为胸有成竹,而我是束手无策,又有什么可敬的?"庄洛道:"你年纪轻轻,便淡看生死,这等心怀,天下又有几个人做得到?"沈颀却只是轻声说道:"淡看生死又有什么好?"

庄洛还去撑船,嘴里嘀咕着,一个洞一个洞看过来,最终上了一条水路。走出不远,前面又是岔口,他上上下下寻了半晌,连声道:"古怪。"赵涅恒道:"哪里又古怪?"庄洛道:"这里应当有一盏灯才对。"赵涅恒几乎蹦脚跳起来,道:"此话怎讲?"庄洛却不再回答,琢磨好久,沿左边水路走了下去。过不一会儿,又有岔道出现,他模样远不似适才消停,像是有心退回去,可转身瞧瞧,到处都是洞口,竟然连来路也分不清了。这样一犹豫的工夫,不知从哪个方向又过来一股暗流,推着画舫原地转几个圈儿,忽地摆了出去。一荡复一荡,再停下来,四面不仅一片漆黑,洞顶更压着眉毛,促狭得几乎透不过气来。水流从三面聚拢,洄旋一阵子,从另外一面缓缓地去了,庄洛则不停地拍打脑袋,道:"这回可真的走不出了。"

赵涅恒若有所悟,道:"你适才是作戏不成?"庄洛道:"适才那片地方共有十三条水路,称作十三街。"赵涅恒"嘿"一声,道:"你小子还真有两下子,哄得我七荤八素,张府每个月给你多少银子,我翻一番儿,你去伺候我如何?"继而又一拍大腿,道:"是了是了,尔等是想瞧瞧沈姑娘的定力,对不对?"庄洛却叹一口气,道:"出了十三街,应当有灯笼指路,可不知为何,始终找不见。"

赵涅恒道:"你会不会走错?"庄洛道:"不会,早先交代得清清楚楚,走东向第三个洞口就好。"这时蒋师爷冷不丁地说道:"走在咱们前面的是不是那位华姑娘?"庄洛一怔,忽然明白过来,道:"难不成她趁机暗算,弄翻了灯笼,置沈姑娘于死地?"赵涅恒阴阳怪气地道:"你喜欢的不就是她那样的?"继而换做庄洛的口气,道:"'人漂亮,要强,武功也好,做事干净利索,爱憎分明'——"庄洛恨恨地瞪他一眼,道:"这是报应在我身上,还是你身上?!"

水流似有似无,更衬得静寂绵绵密密,偶有滴水之声,"嗒"的一响,犹如弦音,回荡不尽,几乎将虚空也能精致地刻画出来。无间救下的那只水鸟这会儿扑棱棱扇两下翅膀,却又吃疼,跟着"嘎"地叫了一声。赵涅恒道:"这是什么鸟?"无间道:"不认得。"沈顾却说道:"江南河海之界有高崖,崖畔有鸟,长颈如鹅,白羽为雪,喙蓝若靛,掌青似苹——"无间"啊"一声,忽然明白过来,道:"这是知归鸟。"赵涅恒道:"是不是死前还能吃一顿荤的?"无间笑道:"吃顿荤的?等着没了火,先借你肚子上三斤猪油点灯!"赵涅恒莫名地便有些害怕,道:"可说好了,大家同生共死,谁也别算计谁。"

这会儿庄洛变得分外恼火,不停地搓着手,道:"怎么会这样?怎么会这样!"无间道:"天无绝人之路——"沈顾却轻声说道:"那还都是侥幸逃脱的大言不惭,欺负那些赔上性命的再不言语。"赵涅恒更加气馁,道:"沈姑娘都这样说了,你我哪里还有活路?"无间却哈哈一笑,道:"你不是说神仙不死么?"又探头进帘子里面,叫了一声"沈姑娘"。沈顾道:"你怎么会没有脱困的法门?"无间皱着眉头想一想,道:"究竟是谁考校谁呢?"沈顾微微一笑,道:"知归鸟知天时,明地理,行千里不忘归途——"无间"呀"一声,恍然大悟,转身取来一根丝线,缚在那只鸟的脚掌之上,捧着小心翼翼地放进了水里。那鸟翅膀受伤,游起来却无甚大碍,这会儿抖一抖,扎进水里不见了,过了片刻,无间手上一紧,它居然在船尾不远处的水面上浮了出来。庄洛掉转船头跟上去，那鸟便好整以暇地游了起来，有所嬉戏，有所逗留，虽则走走停停，但是一转一折，出洞入洞，并无丝毫犹豫。这样波澜不惊地过了好一会儿，再抬头，竟回到了十三街。

众人兀自惊讶地合不拢嘴，那鸟却径直游进了东向第三个洞口，庄洛心服口服，再撑起船，便有些手舞足蹈的意味。又走不远，他忽然大喊一声，竹篙探出，自水面上挑起一只灯笼。灯笼上破了一个窟窿，另有一块石子嵌在油盏之间，看那情形，还真是被人打下来的。到了下一个岔口，无间跳到石壁之间找一找，灯笼还在，却湿淋淋的，显见有人故意给浇灭了。赵涅恒这会儿再无怀疑，开始破口大骂华府小妖女阴狠毒辣，那画舫在他飞溅的唾沫星子里又走一阵，远处亮光一跳，便看到了洞口。

庄洛欢呼一声，先冲着舱内行了一礼，道："谢过姑娘救命之恩。"赵涅恒跟着也行一礼，道："沈姑娘果然不是凡人。"蒋师爷凑热闹，也行个礼，道："在下可真是长见识了。"无间笑呵呵的，同样拱一拱手，道："天无绝人之路。"沈顾略感无奈，道："解铃还须系铃人，那位华姑娘送你我入绝境，可也送上一只知归鸟。"赵涅恒道："难不成那丫头还功过相抵？"脑袋摇得如同拨浪鼓一般，转而指指庄洛，道："你这小兔崽子给你家公子说清楚了，他若真是娶了那个小妖女，不得好死！"

洞口处四面皆为峭壁，像是在一口深井的井底，不远处泊着二十余只画舫，正是锦官岛上众姑娘所乘。沿着石壁有一圈石阶，始于水面，隐没于崖顶一株大树的树冠之中。众人拾级而上，走到高处，才明白已经是黄昏时分。晚霞妖冶，在湖光里揉进一丝妩媚，海棠山诸峰与之遥相呼应，却又是别一份的清奇，无数索桥出入于淡蓝色的烟雾之间，串起星罗棋布的阁楼，亦玲珑亦浩荡，教人心意曲折之余却又好生服帖。一名侍从疾步赶过来，神色之间颇为释然，口中却埋怨道："怎么这样晚，孙管家都有些坐不住了。"

庄洛算是交托了差事，向众人拱一拱手，告辞而去。那侍从领着他们接连过数座索桥，走到一座八角小楼之外方才停下。楼外有好大一片石台，灯火通明，孙管家等人面南居中而坐，应亲的姑娘们则分居两侧，末端还有一张竹案空着，原是为沈顾而设。这时琴声响起，其中一位姑娘奏起了《百鸟朝凤》，曲调悠悠地过一个段落，另有一位姑娘弹起古琴，加入进来，过不多时，又一位姑娘吹起了笛子。三人即席合奏，略显生涩，但是互为铺垫，互为应答，个中快意亦溢于言表。

丁汀在孙管家左首坐着，脸上神情极为不屑，身后有一位侍从打扮的胖子，果然便是丁岸。无间心下怦怦乱跳，缩着脖子，躲在了赵涅恒背后。丁汀道："孙管家，第三轮不是要比试武功么，这些姑娘们又吹又弹的，折腾些什么？"孙管家道："我家公子专门叮嘱过，会武功最好，真的不会，有些才艺也是好的。"丁汀道："我们来这里一整日了，湖上岸上，洞里洞外地忙活，可是你们张公子连个影子也没有，一个大小伙子，羞于见人不成？"孙管家道："他过会儿就到。"丁汀道："我还真想看看他究竟什么模样，什么德行，他看得上我，我还不见得看得上他呢。"

她言语放肆，倨傲霸道：众姑娘早就有些不满，适才吹笛子的史姑娘这时再也按捺不住，道："你若是看不上他，又何必走这一遭？"丁汀道："你们一厢情愿地跑来，便是不自重，我偏要两相情愿，又哪里不对？"史姑娘道："我们弹个曲儿，你满脸鄙夷，你武功好又怎样，可我不觉着打打杀杀就比音律高明。"丁汀道："武功当然比音律高明，你们那些奇巧淫技，自娱自乐而已，毫无用处。"史姑娘道："你说得轻巧。"丁汀"扑哧"一笑，道："你还不信了？"说着话捡起一根筷子，轻轻敲一下案上的茶盏，道一声，"刚刚好"。茶盏为薄瓷所制，音质清越，袅袅不绝，这会儿她一连串排开五只，一面轻敲，一面各自倾些茶水进去，不多时宫商角徵羽齐备,便挥动筷子,也奏了一段"百鸟朝凤"。那声音懒洋洋的,可又与众不同,更多了一层洒脱的气象。

音律一道:天赋至关重要,而这一手听音辨音的功夫断非史姑娘力所能及,她脸上阴晴不定,沉默半晌,最终轻轻叹一口气,道:"你何苦如此,不留半分余地。"丁汀道:"赢便是赢,输便输是,输得狼狈输得体面都是输,你要这些余地做什么?"说话间抬起头,忽然看到沈顾等人站在索桥之上,神情里便多了一丝酸涩。赵涅恒半点也不含糊,叫道:"你小小年纪,行事却如此阴险,真要弄出人命才肯罢休?"丁汀冷笑一声,道:"阴险?你有什么值得我去算计?"转而提高一些声音问道:"孙管家,千层洞这一轮,沈姑娘得了几朵牡丹?"孙管家道:"我家公子尚未定论,我也说不好。"丁汀道:"那我该得几朵?"孙管家道:"华姑娘该得六朵。"丁汀道:"依着规矩,每一轮最多几朵?"孙管家道:"六朵。"丁汀继而瞪一眼赵涅恒,道:"我又何必暗算于你?"

说着话她手指一弹,身前烛火随之一跳,一朵火苗便缓缓地飞了起来。那火苗看似弱不禁风,却还是飘飘摇摇转到沈顾身前,"啪"地亮一下,方才熄灭了。她继而冷笑一声,道:"都这般时辰了,你还装模作样地带着面纱做什么?"赵涅恒插口道:"不防人,防的是鬼!"丁汀道:"谁是鬼?"赵涅恒道:"弄火的是鬼。"丁汀双眉一扬,"嗤"的一声又弹出一支烛花;那烛花还是慢悠悠的,不像有什么古怪,赵涅恒好生不耐烦,挥袖去拂,可火苗竟一透而过,落上前胸,呲啦啦炙出一个小洞,烧得皮开肉绽。他大叫一声,又拍又打了一番,便又高一嗓子低一嗓子地呻吟起来。

席间有数位姑娘同时站起身来,一位姓蓝的姑娘分外激愤,道:"华姑娘好像真的很喜欢玩火啊。"丁汀瞟她一眼,道:"你要不要也玩一玩?"蓝姑娘道:"谁还不会做些小游戏。"说着伸手在烛火中一捻,一团火光缓缓飘起,依稀便是一朵海棠花的形状。众姑娘叹为观止,不约而同睁大了眼睛,她则跟着再捻一下,送出一只火蝴蝶，翩然追上那朵海棠，便有了些游走相戏的意味，煞是好看。蓝姑娘四面望一望，道："这是谜面，可以打一词牌。"有姑娘反应极快，道："可是《蝶恋花》？"蓝姑娘微微一笑，点头称是。

丁汀望一眼她身后那串密密的牡丹，亦不由得暗暗吃了一惊；能以真气压住火苗，塑出这些形象，并非易事，而且这等活灵活现，历久不散，更可见此人内力不弱。她单掌横扫，烛火忽地散成一片，继而又卷起来，如同浪头一般将那一蝶一花尽皆吞了进去，只是那火并未熄灭，而是悬浮空中，挑衅一般烧得噼啪作响，她也便笑了起来，道："这个谜语打的又该是什么？是一句诗，所谓'野火烧不尽'呢，还是也打一词牌，叫作什么《大浪淘沙》？"

蓝姑娘捻出一蝶一花，手法上有诸多机巧，可这纯粹便是以蛮力压人，她强压怒火，端酒壶斟一杯酒，冲孙管家道："这酒叫什么来着？"孙管家道："出云。"蓝姑娘道："这酒名字好，味道好，劲道也刚刚好！"说着手腕一翻，酒水忽而化作一条白线，扑进那一团火云之中，那一蝶一花被掩住了，却不曾消散，这时在一声轻响里复又现形不说，而且变得分外耀眼，如同在一片橙色的彩云之中翩翩起舞。她继而望一眼丁汀，道："若你的火是浪，我的酒便是云，这样《蝶恋花》岂不也是《水云游》？"

众人感叹蓝姑娘心思灵巧，齐声叫好，丁汀却撇撇嘴，道一句"牵强附会！"，继而双掌一翻，将那团火云直推了过去。蓝姑娘跃起避开，一个翻身落在场地中央，道："华姑娘，你果然要一较高下？"丁汀道："你也配？！"说着连出三指，于烛花之中带出三支火苗，分三路袭向对方。蓝姑娘不敢怠慢，取一个守势，只是那火苗飘行极缓，又不像有伤人的样子。说时迟那时快，丁汀手腕一翻，再出一指，惟这一次火苗疾行如电，直扑面门，蓝姑娘有心躲避，可身形甫动，才发现去路早被先前三支火苗给封死了。她暗叫不妙，身子一缩，想就地滚开，可迎面那支火苗竟又一分为二，罩住了下盘。她哪里见过这种场面，连连后退，不久后背"砰"的一声撞上护栏，再也动弹不得。那五团火苗眼看要扑上身，却又忽然凝住了，燃烧片刻，化作几丝黑烟，再无痕迹。蓝姑娘脸色惨白，低头还回案边坐下，却什么也不想说了。

丁汀甚是得意，眼神亮亮的又环视一圈，其他姑娘多少有些害怕，低着头，再不言语。丁汀继而还望向沈顾，道："沈姑娘，你要不要落座？我还想和你比试比试呢。"沈顾道："我不会武功，也没有什么像样的才艺，不比也罢。"丁汀道："若是比不过，那你想嫁的如意郎君可就不是你的。"沈顾淡淡地道："也好。"丁汀忽然间大为光火，道："这也好，那也好，那你跑来这里做什么？"赵涅恒疼得哼哼唧唧，却依旧管不住嘴，接口道："沈姑娘不与你计较，你就没完没了，你要比，那比什么？比武功？沈姑娘早说了不会武功！比小人伎俩？那个她更不会！比仗势欺人？嘿嘿，人家不屑为之！"丁汀似笑非笑，却并不生气，道："那她会什么，我们便比什么。"赵涅恒道："她会治病救人，谅你没有她三分的本事，更没有她一分的菩萨心肠。"

丁汀忽然间变得颇为好奇，转而又打量沈顾一眼，道："你每日里都做些什么？"沈顾略显无奈，不过还是说道："无非是翻翻书，侍弄些花鸟鱼虫而已。"丁汀道："花鸟鱼虫？那就比一比花鸟鱼虫。"说着伸手一指，道："你认得那是什么？"山影里没来由地亮起一道亮光，瞬间熄灭，沈顾早看在眼里，道："可是流星雀？"丁汀点点头，道："你我今日便比一比，看谁能捉一只流星雀。"赵涅恒连连摇手，抢着道："不比，不比，你这是比武功。"丁汀却充耳不闻，还盯着沈顾，道："比还是不比？"沈顾闭口不言，丁汀却又摘了鬓角珠花下来，道："这上面嵌的是一颗华山紫云珠，价值连城，你若赢了，珠花便归你如何？"沈顾摇摇头，简简单单道一句，"不好。"丁汀道："你果然知道紫云珠为何物？"

她双目之中寒光一闪，却又吸一口气，转头望了望华府的一位随从，那人会意，道："大小姐，当真么？"丁汀全没好气，招招手,那随从只好走上两步,呈过一只盒子。沈顾望一眼,不由得微微一惊,里面是一只怀玉参,差不多七寸有余,而怀玉参长到五寸便是极品,这一只真可谓百年难遇了。丁汀道:"你侍弄花花草草,又会拟方治病,这个总该认得?"沈顾点点头,丁汀又道:"你若是赢了,拿去就好。"沈顾神色之间有些为难,可略一沉吟,竟然道了一声"好"。丁汀似乎颇为意外,转而道:"那我赢了又怎样?"沈顾道:"怎样都好。"丁汀道:"懒得难为你,若是我赢了,你便揭了面纱,教我瞧瞧究竟是人是鬼。"

第三十七章
闲花流水无忌

毒经尝言，海棠山一带有流星雀，昼伏夜出，腹下有七根彩色的火绒羽，飞得疾了会带出火光，如同流星一般，是以得名。不过那雀儿难得一见，更兼灵动异常，说要捉一只，难免有些玩笑的意味。丁汀轻轻一纵，上了平台一侧的围栏，她本就生得明艳，这会儿长发拂动，裙裾飘摇，在夜色烛光之间，更显得不可方物。不多时，耳边似乎有振翅之声掠过，一条银色的丝线自山外引过来，可倏忽间又没了痕迹，丁汀身子一动，最终还是忍住了。再接下来又是许久，夜空中再没有半点动静，有不少姑娘失了耐心，而丁汀却一如既往，似乎连眼睛也不曾眨一下。再一瞬，山影之中"嘎"的一声长鸣，一道闪光直奔头顶，丁汀一跃而起，如同荷花一般旋转着隐入黑暗之中，紧接着"啪"的一响，一条丝带卷上围栏，她坠入空谷，却又借力飘了回来，双足落地，掌中还真抓着一只鸟儿，有鸽子大小，黑羽白尾，似雀似隼，极为英武。她微微一笑，翻过手腕，那鸟肚腹之间果然有几丛紫色的羽毛，映着烛光，亮得几乎不能逼视。

孙管家喝一声彩，拊掌而笑，可心下又好生感慨，丁汀轻身功夫虽然高明，却算不得出类拔萃，这样一击即成，只能说是运气绝佳，可是这一层运气，岂不正意味着她与张公子别有契缘？丁汀甚是得意，仍然握着那只雀儿，道："这便是你们海棠山的圣鸟？"孙管家心下一紧，道："华姑娘，你可千万不要难为它才好。"丁汀"哼"一声，道："既然取之不易，总要留点什么做念想——"说着竟揪住两根火绒羽硬生生拔了下来。那鸟吃疼，扭头在她手背上啄了一口，她勃然大怒，一抬胳膊，眼看要将它摔死在台上，却又止住了，道："逗你们玩呢。"咯咯一笑，放那流星雀去了，再瞥一眼两根血痕俨然的羽毛，竟也兴趣顿失，随手抛在了地上。孙管家一颗心提到嗓子眼，再放下，便多出一层莫名的窝火，而丁汀则拍拍手，转身对沈顾道："该你了。"

桥下生有不少泊弱花，有不少长得好的，直探到围栏一侧。沈顾摘下一片叶子，又走去案几之间取过些许龙井茶，滴入几滴烛泪，用叶子包好。那两支火绒羽依然散在地上，她捡起来，将其中一支插进去，再取蜡烛烤炙片刻，"哧"的一响，便燃了起来。片刻之后，火光尽去，空气之中则多出一股异香，冷冽清透，又浓郁无比。赵涅恒使劲吸吸鼻子，忽而变得分外快活，道："这是什么路数？我平生可从未闻到过这等滋味。"话音未落，一群又一群的细虫儿不知从何处冒了出来，飞蛾扑火一般向那片泊弱香涌去，同时一丝极淡的酒香飘入鼻息，直教孙管家不胜诧异，道："姑娘，这可是醉翁虫？"

醉翁虫剔透如水，飘行如雾，经行处留得酒香，是以得名，只是极少有人亲眼见过，在当地算是一大谜团。沈顾道："这是海棠山的虫儿，你反倒不认得？"丁汀冷笑一声，道："你弄这多玄虚，可还记得咱们比的又是什么？"沈顾不答，只抬头往山影深处望去，夜幕之下银光一闪，一只流星雀倏忽间扑到眼前，在成群的醉翁虫里辗转片刻，复又振翅而去，再一会儿，半空里鸣声大作，数十只流星雀竟然自四面八方一起涌来，弄得平台之上犹如烟花绽放，此起彼伏。沈顾抬步走到近前，伸开手，掌心里正是另外一支火绒羽，银光滑落指间，一只流星雀居然停了上去，叽叽咕咕，不住磨蹭，是一副亲热无比的样子。沈顾叹一口气，轻轻道一声"去罢"，那雀儿便似乎听懂了一样，叼起那支火绒羽，飘然而逝。

孙管家仍然不能相信眼前的情形，道："姑娘是当地人？"沈顾摇摇头，孙管家道："我孙家祖居海棠山，而我也活了这样一把年纪，可是此等手段，莫说没有见过，听都不曾听过。沈姑娘见多识广不说，行事还这等从容细致，在下实在佩服，实在佩服。"赵涅恒不由笑得身子乱颤，道："孙管家，那我们沈姑娘应该得几朵牡丹啊？"孙管家道："这个我一个人说了不算，可也真是没有什么可商议的。"赵涅恒道："那我们沈姑娘岂不就赢了？"丁汀十分恼火，大声说道："我捉一只雀儿，她捉一只雀儿，怎么她就赢了？"赵涅恒道："你就知道蹦蹦跳跳打打杀杀，有什么稀奇？我们沈姑娘这境界，你一辈子也追不上！"继而转向孙管家，又道："你实话实说就好，万事有我赵涅恒做主！"丁汀双目如电，也落在他脸上，道："孙管家，你说谁赢了？"孙管家心下暗叹，这姑娘果然霸道：居然连他也敢威胁，沉吟间索桥之上忽然有人哈哈大笑，道："我是不是迟来一步，错过好戏了？"孙管家不由得长舒一口气，快步离席，冲那人深施一礼，道："公子，你终于到了！"

张五都甚是魁梧，虽则年纪不大，但神情之中自有一份别样的沉稳干练，大踏步走到台上，众姑娘也一起站起身来，忙不迭地躬身行礼。这会儿赵涅恒却"嘿"一声，又"嗯？"一声，叫道："臭小子，怎么是你？"张五都笑个不住，道："不错，是我。"赵涅恒道："你的胡子呢？"张五都道："那是假的。"赵涅恒道："那你以后留胡子吧，这副样子有些娘娘腔。"张五都半点也不着恼，却转而望望沈顾，道："沈姑娘又是什么意见？"沈顾似乎这才明白过来，却只是摇了摇头，道："还好，我不太记得你先前的模样了。"

张五都正是一直为他们撑船的庄洛，这会儿他咬着嘴唇叹一口气，多少有些尴尬。丁汀心下疑云大起，道："这都是什么乱糟糟的？难不成你们本来便是一路的，合伙算计我们这些不知就里的？"赵涅恒道："算计，又有什么可算计的，他上我们的船，自然是因为沈姑娘天生丽质，让人一见倾心。"丁汀充耳不闻，转而道："千层洞一轮，你要给她几朵牡丹？"张五都望一眼孙管家，道："华姑娘是六朵？"孙管家道："不错，审时度势，处变不惊，得六朵牡丹可谓实至名归。"张五都点点头，道："那沈姑娘也六朵好了。"丁汀道："那当下这一轮呢？"孙管家道："若问我，华姑娘胜在武功，当得六朵，沈姑娘让人大开眼界，应该也得六朵才对。"丁汀隐隐然怒火如炽，道："你们处心积虑，就是想让我比她少一朵？"恨恨地再望一眼沈顾，"我比你少一朵，我凭什么要比你少一朵？"

说话间手上一扬，四只弧光小剑激射而出，可半空里又绕个弯儿，竟急袭张五都。张五都大吃一惊，使"旱地拔葱"一跃而起，只是他快，丁汀更快，跟进一招"拨云见日"，将他打横里推了出去。丁岸踏出一步，猿臂一展，接在手里，继而纵身一跃，飘向谷底。丁汀落在围栏之上，咯咯一笑，甩手撒出一把银针，也走得无影无踪。无间就地一滚，抱起沈顾，却想也未想，跟着抢了出去。坡上陡峭至极，又一团乌黑，双足落上实地，却再也收不住步子，一路辗转到谷底，才透出一口气来。夜空沉碧，弯月在山影之后，丁氏兄妹身法极快，淡淡的影子早转过山坳去了。无间挂心张五都，道一声"得罪了"，背起沈顾，紧追不舍。这样走了不知好久，山阴转浓，绵延无尽，眼前渐渐暗得一塌糊涂，终于什么也看不见了。

无间停下步子，懊恼万分，道："他兄妹二人心狠手辣，张公子可凶多吉少。"沈顾颇感好奇，道："你认得他们？"无间大致讲一讲与丁岸丁汀的诸多过节，一来二去，一直说到怀玉山方才住口。他漫空里来了兴致，又不敢太放肆，道："张公子为人磊落，我还真不觉着缘天岛的事情是他的做派。"过得片刻，见沈顾未置一词，便又说道："张公子对你可倾慕得紧。"这样有一会儿，忽然嘿嘿一笑，又道："门当户对，再是冤家，算不算是天造地设？"这一回沈顾终于望他一眼，道："你还算是神农教门下？"无间一怔，道："那是当然。"沈顾道："再见到张五都，杀无赦。"

不远处应该有一条溪流，潺潺的水声在此起彼伏的虫鸣里，听来尤为清楚，高处山坡上应该还有一处宅子，在无尽的夜色里透着几许浅色的烛光。无间清扫出一片颇为平坦的山石，垫些柔软的野草，让沈顾歇下。她自幼与草药相伴，体有异香，不惹蚊虫，无间在边上打坐用功，竟然也不受侵扰。不多时天光大亮，原来他们是在一片绿油油的山谷之中，山坡上的宅院是好大的一片，正门上方有四个紫色的大字，是为"艺药别院"。

院门一响，一男一女两位小僮走了出来，二人俱着紫衣，胸前有一个金色的"药"字。那女僮像是盲了眼睛，由那男僮一半领着，一半扶着，慢慢走下山坡。到了谷底，在溪边坐了，那男僮从怀里取出一只桃子递在女僮手上，道："瑶师妹，这是我从后山坡摘的，你尝尝，甜得很。"瑶师妹道："小郭子，我现在才明白，别院之内只有你真心对我好。"小郭子有些不好意思，呵呵一笑，没有说话。瑶师妹捧着桃子吃一会儿，忽然咿咿呀呀地哭了起来，小郭子有些手忙脚乱，道："师妹，师妹，你又哭什么？"瑶师妹道："我觉着我的眼睛再也好不了了，昨天这个时候还能看到些东西，今天却只有白茫茫的一片，我现在都不敢睡觉，就怕再睁开眼睛，黑漆漆的，什么也看不见了。"小郭子道："不会的，不会的，师父说休养一段就会好的。"瑶师妹道："我不信，她才不在乎我们的死活。"

无间沈顾处身之地颇为隐秘，两位小僮离他们不足数丈，却浑然不觉。小郭子站起身，从包裹里掏出一只陶罐去溪边取水，可刚刚蹲下便开始大声咳嗽，嗽得心肺几乎要吐出来了方才停下，不由叹一口气，自言自语道："怎么这样？"却跟着"哇"地吐了一口鲜血在溪水里。他似乎有些害怕，摇摇晃晃走出几步，脚下一软，扑在地上不动了。瑶师妹一直留神听着,这会儿叫一声"小郭子",摸索着站起身,又摔个跟头,哭两嗓子,声音越来越低,不久也晕了过去。

无间和沈顾在大石之后,看着溪水中一大片紫色的污渍从眼前流过,好生惊讶,小郭子显然中了极为阴损的毒药,他竟然一无所知?无间走过去依次探过脉搏,又仔细看看瑶师妹的眼睛,道:"奇怪,他们中的好像是神农教的毒药。"沈顾道:"小郭子中的是百花针,那位姑娘中的是冰火针。"无间恍然大悟,不住点头,进而又抓起瑶师妹的左手,道:"这又是什么道理?"她的手指均为紫色,其间又泛着一层绿色,而指尖无一例外,各有一个或者几个针孔。沈顾同样颇为不解,道:"她像是每日里会受一支毒针,不知道又是为了什么。"

无间就近取些可用的药材,研磨碎了,喂二人服下,小郭子先醒过来,吃了一惊,想翻身躲开,又摔了回去。无间道:"你不用怕,"继而一指沈顾,"神仙姐姐在这里,她总不会是坏人。"小郭子扭头望一望,低低"呀"一声,转而问道:"瑶师妹她怎样了?"无间道:"和你差不多。"小郭子泪水便溢了出来,道:"还求神仙姐姐救命。"无间道:"你们这是去哪里?"小郭子道:"厚衾峰。"无间道:"这里又是哪里?"小郭子道:"青线谷。"继而大着胆子道:"你们不像是三宝会的人。"无间哈哈一笑,道:"三宝会不地道:哪里会有我这等慈眉善目?"

这会儿瑶师妹醒了过来,小郭子拉着她的手不住安慰,她却仍然流泪不止。沈顾道:"你眼前仅仅是白茫茫一片,还是说白茫茫一片里有五彩斑斓,还是白茫茫一片里有纵横的黑纹?"瑶师妹甚是惊讶,道:"有纵横的黑纹。"沈顾道:"你随身带着针呢?"小郭子从她褡裢里取出一只木盒,里面整整齐齐放着一排银针,却无一例外淬了药物,沈顾道:"这是哪里来的?"瑶师妹道:"师父给的,她让我每日里取一根自刺手指,慢慢的眼睛便会好的。"沈顾摇摇头，道："这些都不好。"

小郭子从自己兜里摸出些钢针，无间接过来闻一闻，其中一支还算干净，沈颀道："你刺她睛明穴和阳白穴便好。"无间一怔，方才明白过来，笑道："难得你不作神仙姐姐，要做菩萨娘娘——"小郭子却跳了起来，大声道："使不得，使不得，睛明穴乃慧经所在，刺一下，她可就真的盲了。"无间嘿嘿一笑，不由分说，一蹴而就，片刻之后，一道发丝一般的黑血顺着瑶师妹的脸颊缓缓流了下来，她则"啊"一声，变得甚是兴奋，道："那些黑线没有了，眼前影影绰绰的，都是绿色。"转过身，伸手去摸小郭子的脸庞，道："你怎么胡子拉碴的。"小郭子眼睛瞪得滚圆，道："你是摸到的，还是看到的？"瑶师妹道："摸到了，也差不多看到了。"继而望一眼沈颀，再望一眼无间，心下有些明白了，忽然跪倒在地，道："多谢好哥哥和好姐姐的救命之恩。"

沈颀思索片刻，给二人各拟一个方子，交代他们一旦出谷，及早服用，四十九日之后可尽除毒质，而瑶师妹也会复明无碍。无间这才问道："你们师父究竟是谁？"小郭子道："她是三宝会的首席药师，统领艺药别院。"沈颀道："可是一位姓孙的女子？"小郭子"嗯"一声，道："孙药师的名头你也知道。"沈颀道："她左掌是不是齐腕断了？"小郭子"啊？"一声，惊讶得无以复加，道："你怎么这也知道？"无间心中则怦地一跳，道："你说的是孙芸？"

他继而问瑶师妹道："你的眼睛是怎样盲的？"瑶师妹道："我也说不好，有一日一早醒来，便什么都看不见了，我去问师父，她说我血脉之内有一温一寒两重气息，失了调理，才会变成这个样子，她还说具体怎样救治，因人而异，所以解药便不是一种，而是十余种，之后便给了我那一盒针，让我自己去试，等着找到适用的那一支，毒也就解了。"无间稍一琢磨，也才明白过来，孙芸在缘天岛坦受一支百花针一支冰火针，而吴双用毒出神入化，即便当时用药，可是不得正解，事后仍然会有万般不是，而她无奈之下，竟然用吴双的银针刺伤小郭子二人，借他们的身子来调试解药。他气得呼呼喘气，道："那你试出来没有？"瑶师妹道："没有，我今日觉着这根针还好，明日又觉着另外一根针也成，越试越没有主意，眼睛却一日不如一日了。"无间道："你师父又怎样说？"瑶师妹道："她每日里要我将体内的诸种变化细细说给她听，只是再没有指点什么。"无间转而望向小郭子，道："那你又是怎么中的毒？"小郭子倒是直截了当，道："师父刺的。"

无间"嘿"一声，道："她便明目张胆地刺你？"小郭子道："这样才能学功夫呀。"无间道："哪有这样学功夫的？"小郭子道："一直就是这样，别院一共有二十四名弟子，十二男僮，十二女僮，我们轮流都要试药的。"叹一口气，又道："说是轮流，也不完全是，我们都要听吴师兄的。"无间皱着眉头道："吴师兄又是谁？"小郭子道："他是我们的大师兄，师父需要人试药，就找他，他心黑得很，那些要好的，每日里巴结着他的，要么根本不用试药，要么就试最普通的，和他不好的，或者他瞧不顺眼的，便总要试一些稀奇古怪的东西。"无间道："这样说来，艺药别院原来是个调理马屁精的所在。"小郭子看一眼瑶师妹，又道："吴师兄在瑶师妹那里总是动手动脚的，瑶师妹气得不得了，可又不敢得罪他，有一日我实在看不过，和他吵了起来，结果却赶上了坏得不能再坏的时候。"吸一口气，似乎仍然有些心有余悸，续道："你可知道师父回来的那一天有多吓人，一身血污，面色蜡黄，还断了一只手掌，一整天便没有半点好气，不停地诅咒一个叫作什么天后使的——"沈顾忽然开口问道："那个天后使可死在她手里了？"小郭子摇摇头，道："我可说不好，她那个样子，没有人敢搭话的。"沈顾道："她还说了些什么？"小郭子犹豫一下，道："她还说了李护法的好多坏话，说他大张旗鼓，自以为是，最终弄得生不见人，死不见尸什么什么的，还说但教大魔头不死，海棠山来日定然白骨累累，万劫不复，听着好生骇人的。"

沈颀像是如释重负，透一口气，眼角忽然多一丝泪花，既然大魔头傅长天生不见人死不见尸，那他九成便安然无恙。她来海棠山走这一遭，却在此处有了这样一个不是机缘的机缘，得到一些不是消息的消息，平添几多宽慰！小郭子又道："那日到了晚间，师父便又叫人试药，吴师哥当然让我去。我挨了一针，之后每日里再去服一碗药，不曾死，却也恍恍惚惚，跟死差不多了。"无间望一眼沈颀，道："她这是有解，还是无解？"沈颀道："无解。"瑶师妹道："她在我们身上下毒，自己却没有解药？"无间道："如果有，你们两位又如何会流落到这里？"瑶师妹道："她让我们下山休养几日，再说其他。"无间道："她那是让你们下山等死，嘿嘿，都是用剩的药渣，该倒掉当然要倒掉。"瑶师妹不由得又哭了起来，道："果然是这样么？吴师哥是个坏蛋，可我一直觉着师父待我们还好。"无间"嗨"一声，道："你受的煎熬你自己还不明白？"

那厚衾峰本是三宝会管理侍从的地方，他二人下山之前先去那里，正是为了换两名僮仆回来。无间啰唆一阵子，一再叮嘱他们这就下山，走得越远越好，而且孙芸以为他们命不久长，才不会追究。就要去了，沈颀忽然道："你说我们两个去别院如何？"无间吓一跳，道："去做什么？"沈颀道："就说我们是厚衾峰派来顶缺的，便——不成了？"无间想一想，竟就变得兴味盎然，道："沈药师要接收艺药别院咯。"瑶师妹却不住地摆手，道："姐姐生的神仙一样，怎么能去做下人！再说了，不定吴师哥会打什么主意呢。"沈颀道："你吴师哥不会打我什么主意。"瑶师妹并不相信，道："要是师父拿你们试药呢？"沈颀道："她看不到我们。"瑶师妹奇道："姐姐你说什么呢？师父不瞎不盲，怎么会看不到你们？"小郭子却一拍巴掌，道："师父盲了。"瑶师妹道："她昨日还在院子里走动，好端端的，怎么会盲？"小郭子道："那是师父要强，不想让你知道。好多日子了，我一直觉着有些奇怪，比如说进门的时候，门明明开着，她还要有意无意地推一下，那一日在药房里，我取完药忘了移开凳子,她居然绊了一跤,后来我抓起一味不搭边的药,远远地问是不是她想要的,她犹豫一下,居然点头说是,嘿嘿,我就知道她眼睛肯定出了问题。"转头再望望沈顾,露出一副钦佩无比的神情,道:"姐姐你怎么什么都知道?"沈顾却答非所问,道:"她医不好你们,自然也就医不好自己。"

小郭子与瑶师妹细细讲明艺药别院的种种规矩,又将身上衣饰换给他们,这才告辞去了。上来山坡,走到艺药别院门外,无间忽然便有些惴惴不安,道:"你果然想明白了?"沈顾微微一笑,道:"我自幼在定风谷,守着万千花草,从不过心江湖上的事情,这次走一走,其实——也还有趣。"无间道:"你从前可从来不说这种话。"沈顾略一迟疑,还是问道:"你,陪着我,是不是闷得很?"无间半点也不客气,道:"有点闷,不过比从前自在了不知道多少呢!"要拍门,又停住了,道:"这一回只看戏不成,还要做戏才行。"沈顾略一沉吟,道:"且行且看。"无间不由得哈哈一笑,道:"这话我爱听,大小姐可不爱听呢。"说着砰砰砰在大门上连捶数下。

应门的是一位眼睛细细的男僮,名字叫作何河,一句话也没有多问,便引着二人往里走。院内一片敞亮,横五纵五,开有二十五块花畦,无间吃了一惊,还道孙芸也要仿一个定风谷花海,再仔细看看,原来各色花草并不相干;有趣的是其中居然还有一畦惘神香,只是又枯又瘦,无精打采,没有半点神农谷的气象。进来正厅,吴师哥正松垮垮地坐着消闲,也就三十多岁年纪,乍一看一张脸上似乎只有两道极浓的眉毛,两撇极黑的八字胡,还有两丛暴露在外的鼻毛,腌臜至极。他跷着二郎腿,似睡非睡,何河唤好几声,才微微睁开眼睛,道:"吵什么?"何河道:"替换小郭子和瑶师妹的人来了。"吴师哥眼睛便又闭上了,道:"报上名来。"无间道:"我姓林,你叫我小林子好了。"沈顾犹豫一下,才道:"我姓沈。"吴师哥懒洋洋地道:"叫什么?"沈顾看一眼无间,并不回答,吴师哥"啪"地一拍扶手,道:"叫什么?"欠起身子,忽然看清了沈颀的模样,眼睛一亮,道:"沈姑娘?"进而变得色眯眯的,涎着脸道:"你多大年纪?"沈颀道:"不便相告。"吴师哥道:"哪里人士?"沈颀仍然道:"不便相告。"吴师哥忽然哈哈大笑,道:"不瞒你说,江南美女我见的多了,可还从不曾见过这么标致的。你说话有模有样,难道还是个富贵出身?嘿嘿,只可惜落在我手里,敢教你命比纸薄!"

他挥一挥手,何河会意,走出门外打一声呼哨,一干花僮便全聚拢了来。他继而瞅一眼无间,道:"你们知道艺药别院是什么地方?"无间道:"不知道。"吴师哥道:"那你可知道别院的主人是谁?"无间道:"孙芸孙药师。"吴师哥道:"你可知道论及制药施药,用毒解毒,她是江南第一?!"无间道:"她人呢?"吴师哥道:"闭关去了,要七日之后才会回来。"无间道:"要么你这么大的派头。"吴师哥不想这小子这样说话,一字一句地道:"你可记住了,孙药师不在,艺药别院就是我的!"像是长不少威风,眯着眼睛又打量一番,续道:"艺药别院的药僮身份非比寻常,不是其他院坊的仆人比得了的,论到底,还都是拜孙药师所赐,所以你们要心头有数才行。既为刚入门的弟子,依着规矩,咱们要玩几个小游戏,一则是欢迎乐呵一下,二则也试一试你们的道行。"他越说越得意,打着手势道:"所谓一虫,一酒,一茶,你们选一样罢。"

说话间,一众药僮在他身前的茶几上摆开许多瓶瓶罐罐酒壶酒盅,而正中间是两个干泥所制的圆球,一尺方圆,顶上开口,塞着些干草。无间认得那是神农教养蜈蚣的门道,称为"蜈蚣球",想来"一虫"应该指的便是这个了。他伸手一指,吴师哥还道选定了,嘿嘿一笑,道:"看清楚了,我做什么,你们也要做什么。"他拨开干草,探手进去,挤眉弄眼一阵子,再缩回手,指间赫然多出一只半尺多长的蜈蚣。那蜈蚣肥嘟嘟的,通体血红,泛着几丝亮光,看得人头皮发麻,吴师哥却若无其事,眉毛耸起,一边逗弄那只蜈蚣,一边偷瞄他二人。这当口,这些新人应该瞠目结舌,浑身发抖才对,只是不知何故,这两位始终淡淡的不以为意。他有些懊恼,道:"你们认得这是什么?"

那蜈蚣称为皮肉蜈蚣,样子可怖,毒性却微乎其微,在神农谷有专人饲养,却是用来投食给其他毒虫的。无间张口要答,又将话咽了回去,只说道:"蜈蚣。"吴师哥一拍桌子,道:"废话,难道还是蛤蟆不成!"无间道:"别的不成,捉蜈蚣的事情还真的做过。"呵呵一笑,走近另外一只蜈蚣球,正要伸手进去,沈颀却摆摆手,捡起桌案上一把鹅毛扇,拔下一根鹅毛递了过来。无间会意,平日里用来喂养皮肉蜈蚣的多是山鸡野鹅一类的飞禽,这支羽毛自然足以当作诱饵;接过来探进蜈蚣球里,不多时指尖微微一坠,再一拉,果然带出一只老大的蜈蚣。众僮仆不约而同"哦"了一声,这道理异常浅显,为何平日里从来无人过心?

吴师哥大为恼火,手掌一震,将指间的蜈蚣甩到空中,继而捡起一只竹签轻轻一刺,不偏不倚,正好从后尾刺进去三寸。那蜈蚣身子不能动弹,脑袋却还摇个不住,一名男僮抢上一步,点起火折子在酒盅前一蹭,轰的一声,酒便着了起来。吴师哥就手凑上去,"呲啦"一响,那蜈蚣被一蓝一红两层火舌裹住,一股怪怪的香气随即弥漫开来。他撒一点盐上去,静等片刻,鼓起腮帮子吹灭了火,张口便咬。那蜈蚣身形巨大,他咂咂舌头,才将两寸多长的尾巴自嘴角吸进去,猛嚼两口之后,又端起那杯兀自燃着的白酒一饮而尽,这才放声大笑,道:"美哉!美哉!该二位了!"

神农谷自有可以食用的蜈蚣,却断非油厚汁腥且带着些臭味的皮肉蜈蚣,这吴师哥不知道从哪里学来这样本事,实在是恶心至极。沈颀唇角带出些浅浅的笑意,无间则咂咂嘴巴,道:"你这道菜又是什么名目?'降龙'还是'吃屎'?"说着话将那只蜈蚣还放回蜈蚣球里,道:"'一虫'我们应付不来,那'一酒'又是什么?"吴师哥说不出心头是何种况味,这"一虫"历来极有震慑之效,他们无从应付，算是对了，可是如此笑嘻嘻的，又叫人好生窝火。他晃晃脑袋，抬手斟两杯酒，有小僮便端上一杯递给无间。酒水清亮亮的，却又密密地浮着许多黑点，一个个比针尖大不了多少，圆头细尾，争相游弋，不断溅起极细的水花，竟然都是活物。无间头皮发麻，望一眼沈颀，又哑然失笑，神农教以画眉雪山的雪水酿画眉清酒，其中有十数种品级，而首屈一指的称为冰荷虫酒。那冰荷生长于雪崖向阳处，形状与香气均与莲花无异，而花叶间生所谓冰荷虫，通体雪白，长不盈寸却细如丝线，入酒数年不死，为大补之物。吴师哥这一杯酒触手冰冷，应当是依着画眉清酒的酿造之法而制，可这些黑乎乎的小虫又是什么，却不得而知。孙芸在神农教时日不多，居然将这些也学了去，果然不是等闲之辈，而她偷梁换柱，能找到冰荷虫的替代之物，想来也费了不少心思。无间皱起眉头，道："这个你也喝得下去？"吴师哥嘿嘿一笑，道："尔等孤陋，可知道此酒蓄天地之精华，不可多得？"说着一仰脖子，真就喝得半滴不剩。无间端着自己那一杯，正自犹豫，沈颀忽然对适才的那位男僮道："你的火折子呢？"

那男僮递上来，沈颀接过点燃了，也在酒杯口一蹭。火苗跳起来，片刻之后，杯子里生出一片轻响，那些虫儿一个个爆裂而死，化为一星星紫黑色的污迹，而一股淡淡的臭味亦随之泛了上来。沈颀心中一动，忽然明白这些都是江南大肚蚊的幼虫，此虫是有滋补之效，可以入酒，可无论怎样，都是荤腥一脉的秽物。无间伸伸舌头，道："难不成都是泥鳅吐的痰？"沈颀不由得"扑哧"一笑，道："是大肚蚊。"无间啐一口，将那杯酒还送回到案上，道："这世上还真是有'恶补'一说，罢了，罢了，我还是试试'一茶'好了。"

吴师哥双眼一瞪，可喉头却又随之一哽，那虫养于酒中，模样生变，他一直想不出究竟是什么，这会儿那股腥味随着酒嗝折回来，让人几乎再也无从怀疑，可不正是大肚蚊！他一张嘴，几乎要呕出来，却又生生忍住了，一张脸随之憋得一片蜡黄；弄这些名堂，本意是给对方一个下马威，谁承想今日反而是这等骑虎难下的况味！只是他心有不甘，一拍桌子，道："我这'一茶'叫作'透心凉'，尔等再没的挑剔，可是不想吃也要吃的！"

沈顾略感意外，却又不由得点了点头，院外有一畦花，紫叶金瓣，名为"缕衣"，乃是取"金缕衣"之意，还有一畦黄叶银瓣，名为"秋烛"，是取"银烛秋光冷画屏"之意。两花由她亲自从画眉雪山移植到神农谷，而花名则是沈湄所取，二者明晃晃的甚为绚烂，实则却都是至阴之物；定风谷常年酷热，众花农取缕衣秋烛各少许分置于双掌掌心，寒气循经脉而走，可致四体清爽，心胸恬淡，也才有了"透心凉"这样一个名目。这虽是把戏，却也不能掉以轻心，用量不当，轻可致人手脚麻痹，重可致人心脉郁结，有性命之忧，而此等法门孙芸习得并不意外，可是将之衍生为茶中一味，亦可谓不拘一格了。案几上有一只瓷盘，盘中有十支缕衣，十支秋烛，吴师哥沏一壶龙井，两色花各取三朵，焖入壶中，继而又拍出两排小杯，一排七只，俨然便是一副斗酒的架势了。

沈顾稍觉诧异，两花与绿茶皆有清透肺腑之效，二者交融，相得益彰，只是吴师哥用量极大，即便是无间也不见得能够消受，或者这其中还有别的猫腻不成？不过略一思索，也便明白过来，此人先用皮肉蜈蚣，再用画眉清酒，这会儿丹田之内一片滚烫，耐寒之力自然非比寻常，既如此，他们还真不见得稳操胜券；心下踌躇，目光还转向瓷盘之内，却又不由得低低"嗯？"了一声，秋烛的根茎之间有几片小指大小的杂草，草分七叶，每叶三节，一顿一展，合在一处便如同扇子一般，正是"火凤凰"。火凤凰属温热一脉，与缕衣秋烛相克，可又最喜欢依托两花而生，此草一经发现，应当立即根除才好，否则三者均难以入药；论及入药，她心中复又一叹，解冰火毒要以秋烛做引，而此处秋烛药性不纯，要么孙芸余毒难祛，以致双目失明，难道根源尽在于此？

她走上一步，揭下一片火凤凰的叶子，半转身，含在了口里。

吴师哥将手一挥，道："这茶若饮得对了，通泰得很，可是既不恶心，也不可怖！"沈颀并不言语，率先端起一只小杯，慢慢喝了下去。那茶入口冰冷，但是一经火凤凰调和，不仅寒气尽去，茶香亦被梳理得异常纯净。她这般悠闲自在，吴师哥心中反而多一层忐忑，琢磨一下，才皱着眉头也喝了一杯。沈颀点点头，不紧不慢地又饮两杯，吴师哥深吸一口气，再陪两杯。他肚腹之间尚没有什么不适，可心下却忽而有些儿害怕，透心凉屡试不爽，从前到了这般时候，这些新人大多发梢带霜，瑟瑟发抖，可今日为何迟迟不见效用？二人又各自再用两杯，沈颀依然一片闲静，吴师哥丹田之内却已是一片冰凉。

　　沈颀用完第六杯，道："你积累的火气也该耗得差不多了？"吴师哥禁不住哆嗦一下，体内这等隐微的变化何以她也能知道？茶水再次入口，可是一触喉咙，便化作一串细小的冰刺，扎得肺腑间千疮万孔；身子早已麻木，可寒气仍然不动声色地向胸口围拢。沈颀用完第七盏，将杯子轻轻置在案上，道："你大可不必因此赔上性命。"吴师哥喝一声"胡说八道"，拼着浑身力气取过茶盏，可是只倒一半茶水进嘴里，人便如同冰柱一般，"砰"的一声砸了下来。

第三十八章
须臾何必计中计

众弟子有不少受够了吴师哥欺负，这一会儿不动声色，心下却着实快活，另外一些与他过往甚密的，则又惊又惧，一句话也不敢说了。大伙儿七手八脚抬起吴师哥，送回房里歇着，不过看那种情形，没有个三五日，他断无可能下地行走。众弟子早先从孙芸那里领了命令，要在七日之内赶制十余种毒药，这会儿看过了热闹，还各回各位，继续忙碌。再接下来几日，静如止水，吴师哥绝不出户，倒是无间优哉游哉的，和众人混得一片熟稔。孙芸要制的药有惘神香、百花针、尸味菇、龙涎草，等等，其中几味烦琐异常，费时费力，一干弟子通宵达旦，不敢稍事休歇。无间想不明白孙芸催命一般弄这些药物做什么，问沈顾，不想她也琢磨不出个所以然来。

再一日，也没有半点征兆，孙芸便出了关，一个人在厅里坐着，呆呆出神。别院氛围为之一变，压抑得让人透不过气来。无间沈顾跨进门才看到她，不约而同住了脚；她比之在缘天岛的时候似乎又老了几岁，神色间混杂着憔悴焦虑，愈发闪烁不定。无间一颗心悬到嗓子眼儿，想低下头，却又情不自禁地盯着她，而她果然盲了，目光自他们脸上滑过，未做丝毫停留，只是耳音因此变得更好，"嗯？"一声，问道："这两位是谁？"无间清清嗓子，何河却抢先应一声,道:"他们是总舵派来替换小郭子和瑶师妹的,一位叫作小林子,另外一位是沈姑娘。"孙芸点点头,却早已经变得心不在焉。

转天绝早,无间还在睡梦中呢,便被何河给拍醒了,到院子里,孙芸吴师哥等人早已经等候多时,还好沈顾也在,让他松好大一口气。一行人出了艺药别院,走青线谷,之后又过十几座索桥,便到了千层洞洞口。孙芸在三宝会果然身份极高,沿途侍卫无不躬身行礼,恭恭敬敬称一声"孙药师"。上了洞口一只小船,孙芸径直去舱内坐了,撑船的则是何河与另外一名叫作王度百的男僮。进洞不久,周遭即变得一团漆黑,但千层洞的路径好像烙在孙芸心里一样,何时直行,何时转弯,她随口指示,分毫不差。无间还道要去霖湖,过一阵子,也才明白是往千层洞最深处行进。

这样走了不知道多久,再进一座山洞,沿途便没了岔口,顺水又行一盏茶的工夫,便依着一块巨石停了船。吴师哥从舱里取出一只二尺长短的木舟,舟上有四只蜡烛,逐一点燃,再盖上一只黑色的罩子,放进了水里。水流推着它,一颠一颠的,转过弯,看不见了,众人又静静地等一阵子,直到孙芸示下,才又重新上路。不久前方即飘起一片灯火,原来岩壁之间有一个巨大的凹槽,便如同嵌进去一座平平整整的小院。院内点十几只油灯,看上去分外清透,除了散放着的椅子板凳,沿墙还有一排木榻,想来是有人在此常年居住。再走近一些,暗哑的水流声里忽然多了忽高忽低的鼾声,原来那些人都睡着了,有两位歪在榻上,一位趴在桌上,还有一位仰天倒在地上。适才吴师哥放出的那只小舟被水流圈在石缝中间,仍然透出微弱的烛光,空中之中则有一层淡淡的香气,正是惘神香。无间这会儿才恍然大悟,原来孙芸在小舟的烛蜡之中做手脚,不着痕迹便迷翻了众人。

吴师哥掷出一块石头,撞翻那只小舟,烛火随之灭了,王度百伸竹篙出去,挑着还收回到船上。吴师哥则跳到石槽之中,摸索一

无间传 525

阵，从其中一人的腰间解下一串钥匙。再前面的水路被几根铁链封死了，吴师哥打开右上方一把拳头大小的铜锁，放小船过去，继而还将铁链锁死，又将钥匙放回原处，这才轻轻一跃，回到船上。这一番布置正可谓神不知鬼不觉，待那几位看守醒过来，只怕做梦也想不到有人已经进了洞中。

再走，洞顶拔高，四周变得极为宽敞，也便开始有些大河行船的意味，只是竹篙出水入水，多出一层莫名的仓促，而吴师哥等人高举火把立在船头，更是一副如临大敌的模样。不多时头顶传来数声尖细的鸟鸣，一团热气扑面而来，却又一掠而过，消失在如墨的黑暗之中。再一眨眼，那团热气又飘了回来，只是这一次猛地一沉，撞上小船，激起噼里啪啦一串碎响。无间稍一琢磨，忽然明白这应该就是所谓的乌眼燕子了，不等伸手护住沈顾，翻动的翅膀便到了眉梢，再一瞬，便好似有无数只锯齿撞在额上腮上脖颈之间，痛得他禁不住大叫一声。孙芸似乎等的便是这一会儿，随即在船舱之内缓缓说了一句"是时候了"。

吴师哥与王度百等人从随身带着的竹筐里掏出一团又一团白花花的物件，向空中掷去，那物件粘在洞顶，并不坠下，而一股尸味菇的气味随即飘散开来。细碎的鸟鸣声开始向高处汇集，一层层一片片，近乎无休无止。无间恍然大悟之余，又有些毛骨悚然，尸味菇味如腐肉，将燕子引向洞顶，众人正可以趁机脱身，而此间燕子数量之巨，几乎密如蝼蚁，真若是成群结队地袭来，管你武功几何，照样会被啄成一具白骨！而这会儿再回想孙芸等人所作所为，如此有条不紊，也该演练过不止一遍了。

小船轻快，转眼间飘出里许，检视伤口，除了无间，其他人竟然毫发无伤。他身上有海蓝若，气息有异于常人，或者正因为此，那些燕子才只向他下嘴？沈顾思索良久，无从猜测，而吴师哥却不住声地奸笑，道："那燕子最喜欢污血腐肉，只咬林师弟，是不是正因为他身上坏水最多？"无间生怕孙芸起疑，咬着嘴唇一声不吭，吴师哥愈发得意，一面说话，一面举着竹竿，一跳又一跳，勾了不少燕窝下来。

山洞越来越窄，水也越来越浅，不久众人便泊了船，改为步行。孙芸眼睛虽然盲了，但是周遭一团黑暗，听着众人的足音，反而更加步履如常。路径蜿蜒向上，走不多远便再没有水迹，岩壁上有不少斧凿的痕迹，显见密道并非纯粹天成，而是借人力才得以贯通。无间走在最后，心头起伏不定，这一行安排周密，什么人在什么当口该做些什么，又应当怎么做，各自心照不宣，没有半点犹豫，而他和沈顾却始终被蒙在鼓里，莫说该作何担当，连去往哪里都无从知道。正这样前思后想，何河忽然大叫一声，抱着脚踝跌在了地上，吴师哥道："怎么了？"何河道："崴了脚。"吴师哥蹲下身推拿一会儿，道："还真是伤了筋骨。"何河站起身一瘸一拐地走了几步，嘴里却道："还好，还好。"

他肩上背着好大一个包裹，随着一震一震的，看上去又吃力又狼狈，无间心下不忍，上前要过来，背在了自己身上，这样一来，他和沈顾便从断后的两位变成了走在最前面的两位。包袱不重，透过来的是龙涎草的气味，临行之前孙芸让众弟子备的许多药，惘神香与尸味菇均派上了用场，只是不知道这又是为了什么。此草生于岭南，气息与爬虫最为相得，在神农教常常被用来诱捕毒蛇，可此间洞里异常干燥，不像是有毒物的样子。思念至此，耳中忽然变得一片空白，身后的脚步声不知为何，如同丝线一般断成了两截，转身看看，沈顾仍在，孙芸等人却驻足在数丈之外，是一副有所期待的样子。他"嗯？"了一声，心意间忽然塌掉一块，而一股凉飕飕的气息也兜头罩了过来；不待他再有别的反应，脚踝上一紧，身子腾空而起，而沈顾亦低呼一声，从身侧一抹而过，消失于黑暗之中。

那力道冷冰冰的，从四面八方挤压过来，他手上一松，火把"啪"的一声落在了地上，火光闪处，鳞光一跳，原来是被一条巨蟒缠上了身。耳边继而传来一串急促的脚步声,孙芸等人一窜而过,而吴师哥还不忘转过身来,得意扬扬地做个仰天大笑的模样。无间恍然大悟,却又徒叹奈何,左臂被托在头顶,右臂则被紧紧压在胸前,连三成力道也使不出来,堪堪推开一丝空当,那蟒便又收紧,推开些许,复又收紧,如此你来我往,他无法逃脱,可那蟒也不能将他怎样。念头转到沈颀那里,陡添一层焦躁,可不知为何,心间又多一丝空明,既然一切都是因为龙涎草而起,或者还应该着落在那里?

他一口真气转到左臂,没头没脑地连拍数掌,头顶一声脆响,有石头松了一块,继而又"咔嚓嚓"塌下一片。那蟒被砸个正着,身子一颤的工夫,无间回手扯下包裹,可劲儿抛了出去。那蟒忽而有些犹疑,无间却知道机不可失,尽集浑身之力,陀螺一般直转起来。那蟒再要收紧,为时已晚,他则越转越快,忽地一下窜起老高;如此不留余力,自然无从把持,钝痛忽然如同铁锅一般兜头罩下来,原来是撞上了洞顶,可那点残存的意识又冷若冰锥,让他在混沌之中一个翻身,贴了石壁之上。身下沙沙声响,那蟒往龙涎草的方向游去,他头顶则生发一般,鼓起一个大包,同时成片的鲜血也顺着鬓角直渗了下来。

他游目四顾,进而大着胆子唤一声"沈姑娘!",漆黑里不应该有人回应才对,可沈颀的声音却明白无误地从不远处传了过来,道:"我在这里。"她历来淡定,惟这简简单单几个字里透着一层异样的欢喜。无间有些心花怒放的意味,再望过去,渐渐分辨出一星蓝莹莹的光芒,沈颀又道:"我身前有一只巨蟒。"无间暗吸一口凉气,道:"你受伤了?"沈颀道:"它伤不到我,可你要多加小心才是。"无间翻身落地,蹑脚走出数步,忽然又有冷风扑来,只是这一次他早有准备,双臂画圆,左掌压右掌,跟着拍出一招"潮水平"。掌到中途,撞上实物,便如同击在一棵大树之上,震得手腕剧痛,可那蟒也被推了出去,"砰"的一下撞在石壁之上。无间看准那点蓝色的光芒，飘身揽过沈颀，展开轻功，发足狂奔。

他走出好远才停下步子，点起火折子，火光一跳，沈颀一张俏脸映入眼帘，她身子仍然微微颤抖，唇角却有一丝苍白的微笑，竟是那样一种教人生怜的弱不禁风。无间心头一热，几乎想伸手抱抱她，却又被这念头吓了一跳，摇摇脑袋，转而问道："你手里蓝莹莹的是什么？"沈颀道："定风瑶。"她伸手向无间递过来，又道："神农教教主历代亲传的宝物有两件，一件是丹雀印，你在和融府见过的，还有一件便是定风瑶。这本应是一对蓝色的玉石，带在身上辟邪去魔，百毒不侵，可不知何故，爹爹继任教主的时候，便剩下一只了。"无间手里摩挲一下，道："那蟒不敢伤你，便是因为这块石头？"沈颀道："正是。"想一想，又道："其实也叫人好生不解，平日里但凡定风瑶出现，毒虫毒物都慌不择路，避得远远的，可那只蟒并不害怕，安安静静伏在地上，好像也没有什么恶意。"无间道："那又是什么蟒？"沈颀却摇摇头，答非所问，道："不应当的。"

孙芸等人早去得远了，不曾留下任何痕迹，不过断无差错，此处通向海棠山内山，正是平素里她也去不了的地方。沈颀道："其实我一直在想，这一切会不会都是为了紫纹绷？"无间"嗯？"了一声，道："孙芸这是去落英峰？"紫纹绷涤垢洗瑕，正本清源，乃天下善草之首，世间一共三株，尽皆生在海棠山落英峰，而这三株又间次开花，每三年才有一朵，更可谓至珍至奇。他想一想又道："她无所不用其极，还都是因为眼疾？"沈颀道："她自负得很，治不好自己的眼睛便以为并非人力可为，这样唯一的办法就是找灵丹妙药。人在海棠山，打这种主意原本也是不错的，紫纹绷的确能解冰火毒。"无间道："说是人力可为，可是她求不到你呢。"沈颀道："用不到我，你也成的，其实也用不到你，她自己力所能及，只是总静不下心来。"无间道："难不成我还是个安心的？"心思转弯，又道："那些弟子，吴师哥他们，何必这样死心塌地跟着她？"沈颀道："那是因为蚀脑丸。"

转过角，眼前一亮，现出一条石阶，灯火成串，一直延伸到极远的高处。走到尽头，迎面是一扇铁门，门下则横七竖八躺着几名三宝会的侍卫，一个个神色恬淡，嘴唇却泛青泛紫，显见死于百花针。有几位罩衫也不见了，想来该是被孙芸他们剥了去，作乔装打扮之用。无间也取两件，和沈颀分别换上，再小心翼翼拉开铁门，却像是一面墙壁的夹层当中，仅容转身。贴着墙皮又走十几步，入眼是一扇木门，天光从周缘空隙里透进来，而说话声也透了进来，道："张总舵主——"

无间大吃一惊，那分明是李云阁的声音，而另外一位难不成便是张双久？张府虽在霖湖西面，可是此人常年留在撷英峰，按照明净大师的说法，搞什么"深居简出，无为而治"。张双久道："孙药师到了没有？"李云阁道："还不曾到。"张双久一拍桌子，道："那我的紫纹缃呢？"李云阁道："待会儿就到。"张双久道："待会儿就到，待会儿就到，说了一上午也没有到，你是三宝会护法，这点屁事是真的吃不准，还是有心拿五都的性命作赌？"李云阁甚是恼火，指节"嗒嗒嗒"地敲击桌面，却不再言语。张双久便又开始絮叨："五都天下招亲，一件好的不能再好的事情，却弄成这样，想一想，我就气得浑身哆嗦。"李云阁若有所思，道："他们果然要你拿紫纹缃在延英峰换人？"张双久极不耐烦，大声道："怎会有错？又怎会有错？白纸黑字写得清清楚楚，又怎会有错？"

沈颀双目之中微微一亮，侧过脸来望一眼无间，华山派那两位居然也是冲着紫纹缃而来？而孙芸这当口来这里，是纯属巧合，还是别有深意？这时脚步声响，有人一溜小跑奔了进来，张双久大为兴奋，道："你拿到了？"那人应一声，却向李云阁交托一阵子，退了出去，张双久干笑两声，道："李护法，你那盒子里便是紫纹缃？"李云阁道："不错。"张双久道："几朵？"李云阁道："还能几朵，一朵还不够么？"张双久道："紫纹缃是天下善药之首，据说服一朵可以增二十年的功力？"李云阁道："那才是讹传。"张双久道:"你能不能打开盒子让我看一看?"李云阁半点儿也不含糊,道:"不能。"张双久似乎也没什么不自在,过一会儿,又道:"你说这些贼人为了一棵草,便跑来三宝会兴风作浪,还真是不要命了。"李云阁道:"这全在个人,你惜命,不见得人人都惜命。"张双久"哼"一声,道:"过会儿你随我去延英峰?"李云阁道:"那是自然。"张双久道:"我要亲自送药上去?"李云阁道:"那倒不见得,你名声在外,武功盖世,他们如何敢让你上峰?"张双久嘿嘿一笑,道:"那谁上去才好?"李云阁道:"延英峰上下只有一条路,武功太强的不让上,太弱的又上不去,到时候相机行事即可。"张双久道:"他们为何要选在那里?别人是上不去,可他们也下不来,岂不是自寻死路?"

无间越听越是奇怪,此人名满天下,为何却如同老妇人一般,半点主见也没有,而且李云阁也真是不客气,似乎从不曾将这位总舵主瞧在眼里。过不一会儿,那两位先后走掉了,无间又等一等,才推门走了出来。那门在身后悄无声息地合上,再看不出一丝痕迹,而他们却置身于一间书房的拐角处,依旧颇为隐秘。走过一排又一排的书架,眼前忽然变得一片开阔,三面为窗,窗外云起云散,如同一幅长卷一般,尽收眼底,既如此,此处应当是撷英峰绝顶,而这书房应当便是闻书房了。便在此时,大门"吱呀"一声打开一扇,一位胖胖的中年人拖着脚走了进来,无间吃一惊,立在当地手足无措,不想那人丝毫不以为意,懒懒地问一句,"你们会不会武功?"

无间这才想起来他们身上是闻书院侍从的服饰,努力淡定又淡定,听声音,这一位居然便是张双久!——于是含含糊糊道:"只懂一些粗浅的拳脚,在总舵主眼里,应该什么都不算。"张双久道:"这样最好。"说着话从架子上取下一把模样厚重的大刀,递给无间,又取一只托盘,放笔墨纸砚和几块颜色各异的令牌进去,递给沈颀,又道:"你们随我走一趟。"无间道:"去哪里?"张双久却自顾自说道："我好像从来没有见过你们呢。"

院外李云阁与数名侍卫正在花坛一侧候着，此人无间在武林大会上见过一面，印象里只有弥勒佛一般的肚子，模样却不怎么记得。众人行在一处，过十几座索桥，也便到了延英峰脚下。那峰细细的，直上直下，峰顶有七棵古树，分别探出到七个不同的方向，乍一看，便如同一只巨大的花朵。山风吹起，烟雾散开，其中一棵古树之下垂下一根绳索，尽头缚着一位，竟然是张五都。这会儿他像是看清楚了，叫一声"爹爹！"。张双久声音颤抖，道："五都，你还好？受伤没有？"张五都颇有豪杰之风，哈哈一笑，道："孩儿还算运气，一则没怎么受伤，二则，不曾讨了这位心狠手辣的华姑娘做媳妇儿！"张双久道："你小命握在别人手里，还是少说几句为妙。"李云阁随即高声叫道："华府的两位，你们放了张公子，我即刻送上紫纹绢就是。"丁汀探出半个身子，嘻嘻一笑，道："东西到了手上，我自会放人。"李云阁道："那我亲自送上去好不好？"丁汀道："想得倒美，哪里轮得到你？"李云阁便指指张双久，道："那他上去成不成？"丁汀"呸"一声，道："休想！"李云阁耸耸肩膀，道："那你下峰来取，如何？"丁汀道："你道我是白痴么——"继而伸手一指，道："张舵主，你身后都是些什么人？"张双久愣一下，回头瞅瞅，道："都是闻书房打杂的——"丁汀道："我要你身后端盘子的那位上来。"张双久瞅一眼沈顾，道："你上去？"无间抢着道："她一点武功也不会，走不了山路。"丁汀似乎听到了一般，道："让扛刀的那小子上来也成。"

无间咧嘴一笑，想不到事情便这样稀里糊涂落在自己头上。张双久只求能顺顺当当地将儿子换下来，这会儿唯恐李云阁还有别的算计，大声道："也好，就让他上去。"李云阁转而瞅瞅无间，道："你既然入了三宝会，生是三宝会的人，死是三宝会的鬼，今日总舵主让你走一趟，解救张公子的性命，你可有这份担当？"无间生怕他认出来，半低着头，道："总舵主，李护法，二位放心便是，我便是拼着性命不要，也会救张大哥下来。"张双久略感惊讶，却未做他想，伸手拍拍他的肩膀，道："我——定然不会相忘。"李云阁递过来一只紫色的盒子，道："上了峰，你将它交给那位姑娘就成，不要多问，也不要有什么临时起意的念头，快去快回。"那盒子长有一尺，宽有三寸，沉甸甸的，古朴精致，无间接在手里，掂一掂，揣在了怀里。李云阁运起内力，单掌抵在他腰间，大喝一声，送他腾云驾雾一般直飞起来，再落地，已在十余丈的高处。他暗暗吃了一惊，只看这一手功夫，李云阁的修为可能还在卢嬷嬷之上；众目睽睽之下，自然不能施展轻身功夫，便抻一抻手脚，一步一步上峰而来。

攀上十几丈，再走过一段弯弯曲曲的石阶，便出了张双久等人的视线，四面变得凉飕飕的，教人莫名的有些不自在。再往前是一座石洞，盘旋而上，可走进去不远，即变得又细又窄，他伏地爬一段，回旋的余地越来越小，再挤过去数尺，别说活动手足，连呼吸都变得困难起来。他忽然有些后怕，若真的卡在这里，进退不能，可是大大的不妙，怎奈这念头还不曾落下，左右肩头微微一麻，竟像是中了两针，紧接着一股甜香飘来，人便有些恍惚——说是不妙，果然不妙。

那味道是回笼针的味道；而此针不痛不痒，甚至算不上是毒针，却可以让人片刻之间睡得天昏地暗。他有海蓝若护体，并未立即失去知觉，迷迷糊糊之中只觉前方有人影一晃，依稀便是王度百，心下禁不住又是一叹，孙芸等人出来闻书房便再不见踪影，原来早早埋伏到了这里。他将脑袋埋进臂弯，再不敢稍动，王度百等一会儿，掷一块石头过来，见他一动不动，还道真的睡死了，便爬过来，从他怀里掏出那只盒子，继而又从身后摸出一模一样的一只，还塞了回来。他进而从无间肩头拔出那两根针，又取一只瓷瓶在他口唇之间一蹭，随即悄无声息地退了回去。一股清凉之气直冲眉心，无间打个激灵，便完全清醒过来，左右看看，又从怀里取出那只盒子瞅瞅，好生茫然。恰在此时，洞口又有人影一晃，肩头紧接着吃一掌，痛入骨髓，手上随之一松，那盒子被抢了去，那人也走得无影无踪。

这一掌力道极大，明摆着要置人死地，好在他内力深厚，真气走一周天，也便缓了过来；缩着身子又爬几步，总算能坐直了，回想适才的情形，忽然再无怀疑那人便是丁岸；不过也渐渐回过味来，孙芸心思果然高妙，王度百守在此处用回笼针，若教常人，还道眼前一黑跌了一跤，断断想不到盒子会被调包，丁岸迎下峰半途截杀，自然也是先下手为强的路子，谁承想还是慢了半步。这时高处忽然飘起一片淡黑色的云雾，李云阁的笑声由远及近，忽然掩了上来；巨岩之间灰影点点，他与数名侍卫竟然施展绝顶轻功抄外围捷径直接奔峰顶而去。那团黑雾大非寻常，莫非丁岸已经被孙芸毒倒？可是那盒子分明被掉了包，李云阁等人又如何知道这时候可以一拥而上？

他展开轻功，还走偏僻处悄悄上峰，峰顶一侧古树根茎虬结，藏身进去，再踮起脚尖，一切便尽收眼底。丁汀立在一块大石之上，长剑递出，距离吊着张五都的长绳不足三寸，丁岸在不远处站着，衣衫之上铺了一层骨灰色的粉尘，看这种情形，盒子之内藏的应该便是"须臾针"了。那针说是针，实则却是须臾花的花片，应风即碎，触手即化，附肌即溶，可以销蚀内息，虚化内力，教人如同烂泥一般，没有一日一夜，功力不能复原。丁岸该是刚刚用过海蓝若，真气鼓荡，发于外，抑住不少粉尘，也才不至于当即瘫软在地。李云阁等人一字儿排开，立于对面一棵大树之下，这时候了，竟仍然不曾发觉盒子被掉了包，而且还油脸含笑，得意扬扬。丁岸仍然觉着一切难以置信，道："你居然拿张五都的性命作赌？！"李云阁眼皮一翻，并不回话，丁汀伸剑在绳上一拍，道："信不信我现在就结果了他？！"张五都目光亮亮的，扫一眼李云阁，又瞅瞅丁汀，便笑了起来，道："瞧瞧，我可是一点都不糊涂，早就知道沈姑娘娶得，你娶不得！只是我一直想着她比你好一点点，那才是错了，她模样比你好看一百倍，才情高你一千倍，性情好过你一万倍！"

丁汀双目之中几乎要喷出火来，轻叱一声，挥剑向长绳上削去，李云阁双掌齐推，居然抢一步先机，逼得她退开半步，而与此同时丁岸使"朗月清风"劈他后背，却又被另外三名侍卫抢上一步，中间截了下来。那三人一位使剑，一位使判官笔，一位使长鞭，一刚一柔一利，合在一处，大有讲究，可丁岸丝毫不惧，清啸一声，掌风浩荡，连同李云阁也一并罩住了。斗不过数合，李云阁圆滚滚的肚腩便瘪下去不少，身法愈发灵动不说，双掌间的威力亦随之大增。无间在神农谷听人说起过天下有一门功夫称为"豚鱼功"，蓄真气于丹田以为内息，蓄真气于肚腹以为外息，内息可修，外息可造，临阵迎敌的时候，以外息济内息，功力倍增，这其中与海蓝若有若干相通之处，却又断断没有用药的痕迹，所以历来颇受推崇。他想不到李云阁还有这等神通，躲在暗处，也是看得瞠目结舌。

不一会儿便斗过二十余招，却没有谁占得半点便宜，丁岸虽则服过海蓝若，可是周身慵懒难当，功力自然大打折扣，而对面四人不仅个个都是高手，更聚精会神且泰然自若，竟像是完全忘了还有张五都这一茬。丁汀立在一侧，也越看越糊涂，数次高声呼喝，又在张五都臂上胸前接连划了几剑，可三宝会这几位依旧充耳不闻。再斗片刻，丁岸愈发狼狈，而海蓝若药效也开始有些潮汐将退的意味；心知大势已去，当断即断，大喝一声，连下三记杀招。李云阁难扼其锋，脚下一个踉跄，向崖下跌去，那使鞭的一位就地一滚，甩鞭子卷住他腰间将人送上一片巨岩，另外两位则各退一步，一左一右守住门户。丁岸凝招不发，望一眼不远处的撷英峰，摇摇头，忽而揽过丁汀，往峰外扑去，人在半空，丁汀却又轻叱一声，掷出一只弧光小剑，系着张五都的那根长绳也便应声而断。

众人不由得大吃一惊,这兄妹二人不能得逞,便自寻短见不成?再一瞬古树一震,枝杈间"喀拉拉"响成一片,原来早有一根长绳结在树根之处,丁岸于峭壁之上挽住绳子又荡了起来,大鸟一般横掠百余丈,踏上斜对面的山崖,再几个起落,也便走得看不见了。李云阁十分恼火,"啪"的一拳砸在身边的大石之上,而这时崖畔忽然传来一阵窸窣的声响,有人紧跟着喝道:"尔等还站着干什么?!"

四人对望一眼,稍一犹豫,才走了过去。说话之人正是张五都,按说他应该直坠峰下才对,可不知为何,居然斜刺里掠开数丈,落到了几块大石的夹缝之中。李云阁"呀"一声,是一副喜出望外的模样,跳过去,搀着他爬了上来。张五都模样狼狈,并无大碍,冷冷地道:"李护法,我是不是应当谢过你的救命之恩?"李云阁干笑一声,道:"公子,这虽说是一步险棋,可也是胸有成竹的一步好棋——"张五都"哼"一声,忽而有些犹疑不定,凑到崖边,伸脖子叫道:"范兄弟——"

雾气之中无间答应一声,手脚并用,慢慢爬上峰来;他半空里将张五都扯回来,自己却摔下去十余丈才攀住一根长藤稳住身子。李云阁忽然间疑窦丛生,道:"你是闻书院的侍从?"无间心头发紧,又不敢抬头看他,正没理会,忽听峰下有人叫道:"李护法,张公子的性命原来尚不值一朵紫纹绸,那——三宝会总舵主的性命呢?"

第三十九章
长生但向斜阳里

雾气时放时收,这会儿淡了一些,再看峰下,一干随从横七竖八倒在地上,张双久则瘫坐在石栏一侧,近旁还有一位长剑抵在他颈下,看模样居然是王度百。李云阁勃然作色,喝道:"尔等大胆包天,果然活得不耐烦了?!"张五都则叫一声"爹爹!",一跺脚,抢步下峰,李云阁恼火之余,却又有些心不在焉,琢磨一会儿,才带着众人追了上去。

不等走到近前,吴师哥便摆摆手,止住了众人。张五都打量一番,道:"你是何人?"吴师哥道:"送上紫纹绡,我自然会饶过你爹爹的性命。"张五都转而向李云阁伸出手去,道:"拿来!"丁岸被蚀形粉所伤,那盒子丢在树下,李云阁轻而易举便捡了回来,这会儿并不犹豫,耸耸肩膀,还递了过去。张五都忽然有些将信将疑,道:"盒子里果然有紫纹绡?"李云阁道:"货真价实,有些人无福消受,又岂是我能左右?"张五都叹一口气,手上一抛,吴师哥接着,转身交给何河,道:"要不要验一验?"何河将盒子丢进一只布袋里面,道:"这是总舵主用来救张公子性命的,又怎会有假?"王度百忽然大声说道:"这些人尔虞我诈,防不胜防,真若是弄错了,在师父那里又如何交代?"何河嘀咕一声,将那盒子又摸了出来，抬手还抛给李云阁，道："你打开给我们看一看。"

李云阁稍一迟疑，最终叹一口气，道："也罢，也罢！"那盒子的开法正所谓"本末倒置"，先掉个个儿，左手捏住底缘，右手在角上一弹，盖儿"咔"的一下便翻了起来。中间铺有一片蓝色的绸缎，中间拢住一支浅黄色的花朵，那花一共七瓣，有不少淡紫色或深紫色的纹路，他"嗯？"一声，也变得颇为惊讶，伸手便拈了起来。一股异香扑面而来，眼前随之变得一片澄澈，而数条青色的纹线从花托处升起来，所到之处，从花茎至花瓣再至花蕊，眨眼间全成了骨灰色。花朵继而微微一颤，瞬间化作一片淡黑色的烟雾，扑了众人一头一脸。李云阁一脸的诧异，却再发不出半点声音，率先直挺挺栽倒在地。身边数名侍卫无一幸免，相继倒下，而即便是无间，逃出几步，也还"砰"的一声，摔了个大马趴。片刻的宁静之后，孙芸缓缓自花丛中站起身来，一脸的恶毒，一脸的得意。

盒中居然还有须臾针，无间有断疴木与海蓝若护体，不多时便清醒不少，可举手投足，依然勉为其难，倒是沈顾，一则有定风瑶在身，二则没有什么内力，中毒最浅。她一双妙目与无间一触，又好似得了答案一般，再没有别的表示。过不多时，吴师哥取出一只生铁制的小瓶，在李云阁鼻尖上一蹭，他打个哆嗦，便醒了过来。孙芸坐在石几一侧，浅浅地品一口香茶，道："李护法，你真真假假的手段可真叫人佩服。"李云阁使劲晃晃脑袋，道："孙芸，难不成一直是你在搞鬼？"

丁氏兄妹擒住张五都，要三宝会拿紫纹绡来换人，张双久为救宝贝儿子的性命，无有不从，只是不曾想李云阁自有算计。他走了一趟艺药别院，本意是想讨一个弄巧用毒的法门，而孙芸眼疾难愈，早就在打紫纹绡的主意，听闻此事，正中下怀。早在神农谷，她便有两只亲手所制的盒子，一只称为紫木，一只称为紫金，外形一模一样，除非她自己，再没有人瞧得出个中差别。她顺水推舟，将紫木交给李云阁，交代他到时候将紫纹绡装进去即可，其中自有机关，到时候扑出须臾针，自然会困住恶贼，而她则精打细算，走千层洞摸上延英峰，在山洞之中偷袭无间，用紫金将紫木换了下来。这一番偷梁换柱不着痕迹且丝丝入扣，容不得半点差池，而实际上也的确没有半点差池，她本以为大功告成，殊不知打开紫木，才发现其中不过是一支神似紫纹缃的紫曼陀；吃惊恼怒之余，却也更明白紫纹缃的分量，而李云阁包藏祸心，胆子也真是大到了极处。一计不成，她再生一计，在峰下用惘神香迷倒张双久，引诱众人下峰；李云阁交出的是紫金，可是经过何河倒一回手，便又换成了紫木。只是此紫木非彼紫木，那一株紫曼陀早已经被孙芸换成了须臾花，李云阁不明就里，还想着浑水摸鱼，殊不知打开盒子，一干人也便齐齐陷入万劫不复之境。

吴师哥又拿那只铁瓶在张双久和张五都的鼻尖各蹭一下，二人也醒转过来。张双久一脸困惑地望望孙芸，忽然间小眼一瞪，道："孙药师，你这是里通外敌，为祸三宝会？！"孙芸淡淡地道："为祸不差，里通外敌算不上。"张双久道："你想要什么我给你就是，何必与大伙儿过不去？"孙芸道："我要紫纹缃，你给得了么？"张双久吸一口气，道："你要紫纹缃做什么？"孙芸道："我眼睛盲了。"张双久道："你好端端的，哪里像个瞎子？"孙芸道："我不过是眼睛瞎了而已，还有的治，不像那些心里瞎的，没的治。"张五都道："李护法的盒子不是让你得了去？"孙芸道："里面没有紫纹缃。"张双久不由得大吃一惊，眼睛瞪得浑圆，道："你说什么？"孙芸道："我说盒子里没有紫纹缃，也就你，以为张五都有些分量。"张双久气得噼噼啪啪乱拍大腿，盯着李云阁，道："她说的可是真的？"

李云阁一脸厌憎，一言不发，张五都有些啼笑皆非，道："紫纹缃在落英峰，有专人看守，即便是爹爹也拿不到；今日你即便将我千刀万剐，交不出还是交不出。"孙芸道："落英峰为三宝会所辖，而你爹爹是总舵主，他拿不到？鬼才相信。"张双久道："我本来便管不着什么，更别说落英峰。"孙芸却取出两只瓷瓶置在桌上，道:"说什么'商不出则三宝绝',还不都是装装样子,乌眼燕窝,醉翁虫浆和紫纹绸,那才是真正的三宝。紫纹绸是至善之物,另外两样却不尽然,可以大补,亦可以大害。西南神农教讲究什么'一药一解,无解无药',嘿嘿,迂腐,迂腐!我倒是想问一问,若解药本身便是毒药,又当如何?"

李云阁等人听得七荤八素,而无间心下一怔,不由得便想到了海蓝若。孙芸继而捏起其中一只瓷瓶,续道:"譬如说乌眼燕窝,所谓'一钱百毒散,二钱身如燕,三钱敢为天下先,四钱通泰入黄泉',这些大补之物,剂量用足了,便都是毒药,更妙的是它无方可解,无方可救,任你是谁,都只有死路一条!"张双久使劲晃晃脑袋,道:"孙芸,你究竟嘀咕些什么?"孙芸道:"这几日诸位殚精竭虑,也该补一补呢,这瓷瓶里是汤,系由乌眼燕窝与醉翁虫浆混在一起熬制而成,唉,也没个像样的名目,你们说应该叫什么?燕醉汤?"

无间沈顾心下着实吃了一惊,乌眼燕窝与醉翁虫浆均为热性大补之物,溶在一处,相互激发,断非人身所能消受,而它们又的确不是毒药,还真是没有像样的解救之法。孙芸一挥手,吴师哥便捏起一只瓷瓶,不由分说给张五都灌了下去。张双久起初大呼小叫,继而软语告饶,最后则涕泗横流,道:"孙芸,你究竟想要怎样?"孙芸道:"这会儿张公子丹田之内应当热浪翻涌,再半个时辰,又会如同慢火温炖,待到经脉焦灼,皮肉枯萎,这条性命也差不多可以交代了。"张双久仍然道:"孙芸,你究竟想要怎样?"孙芸喝一口茶,还淡淡地道:"好在解药离此不远,来回不过两日路程而已,救还是不救,你自己看着办。"张双久这才明白过来,道:"你要我走一趟落英峰?你要我去寻紫纹绸?"孙芸道:"未尝不可。"张五都忽而大声说道:"爹爹,孩儿死便死了,有什么大不了?堂堂三宝会,又岂能受制于这等阴险小人?"张双久那里又来一茬眼泪,瞅瞅孙芸,道:"你可知道桃花仙子李天魅归隐落英峰,并非虚言?"

落英峰在三宝会讳莫如深,算是禁地中的禁地。峰上有树花白如雪,瓣上又有粉色的痕影,花满枝头的时候,随风摇曳,便如同仙女的衣服一般,是以得名仙衣树。那树一共四棵,自山脚向山顶依次而生,山脚一棵三月花开,十月花落,山腰一棵四月花开,九月花落,山顶一棵五月花开,八月花落,山尖一棵六月花开,七月花落,这样一年之中有八个月,层层花开,层层花落,是人间一景,那峰也才得名落英峰。此外,四棵仙衣树之下各有一名奇女子,系姐妹四人,正所谓"仙衣四姝",住在山脚的是四姑娘菊画,擅长养菊作画,住在山腰的是三姑娘竹书,出入于竹林,写得一手好字,住在山顶的是二姑娘兰棋,养有数百种兰花,在黑白子一道上的造诣当世无匹,最后则是大姑娘梅琴,居于梅林,弹的一手好琴。四人每日里看似只做些怡心养性的事情,实则却是为了看护紫纹绷而生,为了看护紫纹绷而在,张双久大致说一说这些,跟着长叹一声,道:"你可知道她们四人都是李天魅的亲传弟子,在武学上修为深不可测?"

这些事情孙芸也并非全都知情,这一会儿若有所思,好半天没有言语。张双久又道:"这些世外闲人,与三宝会历来没有什么瓜葛,你道我总舵主这个虚衔,她们真的会放在眼里?"孙芸指尖在茶盏上轻轻弹几下,忽而站起身,缓缓向闻书房走去。张双久叫道:"你这是去哪里?"孙芸步履如常,充耳不闻,张双久又叫一声,道:"你便不能积点善行,留下五都一条性命?"孙芸止住脚,却没有转过身来,道:"我从无戏言,如今只有紫纹绷能救他的性命。"

张五都脸色赤红,大汗淋漓,还想说些什么,张开嘴,却发不出半点声音,张双久抱着他,又哭了起来。孙芸侧耳倾听片刻,继而迈开步子,真就去得远了,这会儿无间才透出一口气来,忽地直起身,道:"那我去,我去落英峰好了。"

众人再吃一惊,打量打量,又几乎跳起来,吴师哥道:"龙蛇蟒居然咬你不死?"无间道:"龙蛇蟒?"略一思索,不住地点头,那蟒似蟒又似蛇,气象上一派堂皇,叫作龙蛇蟒还真是贴切。吴师哥老大不甘心,道:"奇之怪哉,奇之怪哉。"无间笑道:"有什么可奇怪的,那蟒是嘴馋了些,可还是个吃素的和尚,我送上龙涎草,大家一团和气。"吴师哥"呸"一声,并不相信,转而道:"你跑得快,那沈师妹呢?"嘴上说话,眼睛寻出去,看到沈顾,愈发糊涂,挠挠头,道:"难道须臾针也奈何你不得?"无间道:"要是奈何我不得,这会儿躺着说话的便是你了。"吴师哥凝神想一想,花烬随风而散,有人中毒深些,自然会有人浅些,这小子历来命大,又在外围,落个气息不济,也算正常。他念头转一圈,又道:"张五都是你什么人?"

无间不由得呵呵一笑,道:"他是总舵主的公子,我讨好一二,卖命一二,还不理所当然。"吴师哥"嗤"地一笑,道:"你若是一去不回呢?"无间道:"沈姑娘在这里,又怎能一去不回;不过我若是一命呜呼,回不来了,你可不要难为她才好。"吴师哥道:"你处处回护沈师妹,那她又是你什么人?"无间道:"她是我什么人啊——她爹爹开好大一间草药铺子……"吴师哥道:"怪不得,她算是你家小姐?"无间道:"不止。"忽然又笑了起来,道:"你就当她是我心上人罢,否则也不死心。"吴师哥说不出为什么,便有些抓狂,阴笑一声,在何河耳边嘀咕了两句;何河脸色转白,从案上取下另外一瓶燕醉汤,晃晃悠悠走到了沈顾身边。无间陡然明白过来,不由得叫苦不迭,稀里糊涂的,如何坏事竟报应在她的身上?

何河恨不能跪下来磕个头,沈顾却甚是淡然,拿过瓷瓶,自己便喝了下去。吴师哥这才满意,道:"你想走一遭,我便让你走一遭。"还摸出那只铁瓶儿在他鼻尖一蹭,无间打个激灵,真气忽然便有了归属,点点滴滴还找回经脉之中。站起身,他先探望沈顾,道:"沈姑娘,你可受委屈了。"沈顾道:"或者到头来,我应该谢过你才对。"无间不明白她说些什么,想一想,又走到张五都身边瞧瞧。张五都挤出一丝笑容,道:"好兄弟,你可不要丢了性命。"无间道:"那也由不得我。"张五都道:"我去过一次落英峰,只是,唉,差点没能回来。按照菊画的说法,有情有缘者才上能上落英峰,而我既无缘也无情,只有死路一条,她放我下山,纯属网开一面,所以无论怎样,万万不可提起我的名字。"无间又听到这个"缘"字,心头嘀咕,张五都又道:"菊画的三个姐姐早就断了尘缘,再不会下落英峰,可她却不尽然,人说她肩后有几行字,有缘看到的,便是她的如意郎君。"无间"嗯?"一声,几乎要笑起来,道:"这又是什么乱七八糟的?若有坏人用强擒住她,硬看那些字,又怎样?"张五都道:"那也要嫁啊。"无间道:"若是不想嫁呢?"张五都道:"那就一死了之。"无间道:"若是那人不想娶呢?"张五都道:"更简单,那人一死了之。"无间道:"若那人是个混账王八蛋呢?"张五都道:"这又有什么关系?"无间道:"若他有了妻室呢?"张五都道:"这也没有什么关系。"无间连声道:"岂有此理,岂有此理。"转而又道:"这位菊画姑娘,是不是丑得要命?"

张五都苦楚难当,却仍然禁不住哈哈大笑,道:"非也,非也,不瞒你说,当时我还真对菊画有些念想,嘿嘿,羞煞人也。仙衣四姝不是妖邪之辈,可也不是什么正人君子,桃花仙子何种风骨,她的弟子断不可以常理度之!"继而长叹一声,又道:"我天下招亲,看上去何等风光,谁承想会这样收场?不过话说回来,沈姑娘这等万里挑一,风华绝代的人物,居然有意下嫁我这个凡夫俗子,哈哈,便是死也值了!"

无间边走便采些草药服用,差不多有半个时辰,体内那股倦怠才渐渐散了,算是找回来六七成的功力。越行越快,到落英峰的时候正好是傍晚时分,一条小径蜿蜒而上,穿过高坡,转入一片山阴之中,走到尽头,眼前一亮,落入视野的正是一株仙衣树。枝如垂柳,花若芙蓉,一面清清亮亮,一面又浸染着丝丝缕缕的粉色,如水一般流动不已。四面的石头一丛又一丛，有圆有方，或立或卧，乍一看一派天然，但稍一琢磨，又别具匠心。此外与山石相掩映着的，又有一丛又一丛的菊花，多为黄色，亦有粉色红色与紫色，更间杂着几株闻所未闻的浅绿色与淡蓝色。而且这树这石这菊还不够，背后又有青山晴翠，半天紫霞，好一派人间仙境。

菊花丛里另有一间茅屋，门户未掩，里面陈设素雅，有些桌椅便是浑然天成的石头。他叫几声，不见有人，便又走上一条小径，这样过一片花丛，便到了高崖之畔。崖边有一块平平整整的石头，足有数丈见方，上方悬着四根细绳，系在外围的树干之上，一位淡黄衫子的女子手中握着一根数尺长的竹棍儿，正在绳上来回走动。他不敢打扰，远远地看一会儿，又禁不住好奇，慢慢地越走越近。巨石上铺着一张巨大的画布，而黄衫女子手中的竹棍儿竟然是一支硕大的画笔，她忽进忽退，忽上忽下的，原来是在画画儿。画中一片苍山，数片晚霞，与眼前的景色相比，毫不逊色，而她衣袂飘飘，如同蝴蝶一般在亦真亦幻的两重山水之间游走，好看到极处，也隽妙到了极处。

无间心想此人定是菊画，远远地拱了拱手，菊画视而不见，描出空中一只飞着的雀儿，踩着细绳去水缸里蘸些彩墨，再回来，不知为何，开始怔怔地思量。便是此时，一道霞光刺破云雾，晃她一下，臂上一颤，凝在笔尖的一滴墨便滴了下来；她"呀"一声，花容失色，无间则眼疾手快，抓起手边一块石片掷出来，在离画布不足一寸的地方承起那墨，晃悠悠落在了数丈之外的树丛中间。菊画透出一口气，如释重负，望过来，道："你是谁？"无间正要回答，她画笔却落了下去，人随之腾挪转折，抹出数片山影，一脉氤氲之后，方才收手。她观望片刻，又思索一会儿，再转过头，便笑了起来，道："你是哪里来的傻瓜，话也不会说么？"

她不足二十岁年纪，眼睛亮亮的，牙齿亦亮亮的，甚是乖巧。无间比画一下，道："你弄这么大一幅画，是想换天不成？"菊画扑咮一笑,道:"你既然来这里,便知道我是谁,可你又是谁?"无间不想撒谎,咬咬牙,道:"我叫范无间。"菊画"嗯"一声,丝毫不以为意,显见从来没有听说过他的名号;转而问道:"你要上山?"无间道:"我来找紫纹缃。"菊画道:"你倒什么都不隐瞒。"无间道:"又如何瞒得住?"菊画轻声一笑,道:"按说你救了《落英天下图》我应该让你上去才是,可我偏偏不想。"无间道:"这又是为了什么?"菊画道:"因为我看你还算顺眼。"无间不由得哈哈大笑,道:"顺眼的中饱私囊,不顺眼的扔到山谷里喂狼,敢问菊画姑娘,在此落草几个寒暑了?"

　　无间还道这一路定然凶险无比,不想菊画这样快人快语,全无机心,便如同失散多年的妹子一般。二人一前一后还走回茅屋去,到了菊花丛中,菊画绕到一块大石之下,站着看一会儿,又俯身摆弄一会儿,叹一口气,道:"还是不行啊。"那里有几株橙色的花枝,无间在神农谷见过的,有个好听的名字叫作"秋露斜阳",这在江南绝无仅有,不知菊画又从哪里得了来,种在这里。她指一指,道:"橙色的菊花,我猜你这辈子都没有见过,嗯,是不是想都没有想到过?"无间嘿嘿一笑,秋露斜阳样子与菊花无异,究其实却不是菊花,它偏好阴湿,种在这片通风向阳的山坡上尤其不利,要么费她许多功力,却始终蔫蔫的,无精打采。他四面望望,道:"移到那片大石之后会好一点。"菊画眉头一皱,道:"你道你是谁?说话像个花匠一样。"无间道:"可不就是个花匠。"菊画道:"你哄谁呢,我自小着迷此道:这么多年,还不曾见过谁比我知道得更多。天下菊花一百七十七种,这片山坡上全有,无论它原来生在什么地方,我定然能让它好好长在这里。"无间道:"这就对了。"菊画道:"什么对了?"无间道:"菊花会好好长在这里,可这一株偏偏长不好,又意味着什么?"说话间捡起一只竹棍,往土里扎两下,提起来闻一闻,再一伸手,便将一株秋露斜阳连根拔了起来。

　　菊画吃一惊,便有些恼火,这花在她眼里是天下异宝,可这人胆大包天不说，还粗手粗脚，一点儿不懂得怜香惜玉。无间将那花提得高高的，凑到她眼前，她噘着嘴，老大不情愿，道："做什么？要吃你自己吃，我才不吃。"无间果然撇下一块根茎，剥开来丢进嘴里，道："甘之如饴，你要不要试一试？"菊画看他那模样不像作假，可菊花花根最是苦涩，可以入茶的，这种情形可着实蹊跷。无间嘿嘿一笑，又道："还不见得是吃素呢！"花根有些肿胀，泛着灰白的暗光，上面竟然还有一些灰糊糊的虫儿，小的几乎不能分辨的，不住地来回爬动。菊画变得分外好奇，道："这又是哪里来的虫子？"又盯无间一眼，道："你可恶心死了。"无间不由哈哈大笑，道："这叫作土末虫，最喜欢吃甜，有了它，这花种在哪里都不会好。"说着话连手又拔起几株，每一株都是同样的情形。菊画心中不快，却也不能不服，道："岂有此理，你这个傻瓜真是岂有此理。"无间笑道："论假菊花，我略知一二，论真菊花，我甘拜下风，成不成？"

大石另外一侧种着几簇雪青，他在中间次第挖几个坑儿，又将秋露斜阳在水里浸一会儿，还一株株栽回去。菊画在边上看他清理根茎，施肥，用水，覆土，有条不紊，轻车熟路，心下也啧啧称奇；过不一会儿，又道："我这里花丛花色山石方位都有讲究的，你也不问问，便自作主张。"无间道："雪青花根最苦，土末虫避之不及，这山坡上唯有这里能养秋露斜阳。"菊画知道他所言不差，可不知为何，忽然又恼火得无以复加，伸脚踢开几块碎石，道："既然不是菊花，你种在我这里做什么？！"一拂袖子，自顾自走掉了。

无间挠挠脑门，再跟过去，又似乎有些唐突；这样不知所措一阵子，无所事事一阵子，见不远处放着一把锄头，便捡起来开始刨刨翻翻。再一会儿，菊画托着一只木盘走了回来，上面有四样小菜，一壶茶，一壶酒，和其他一些饭食器皿；在山石之侧坐下来，道："本姑娘以德报怨，气得要死还给你弄好吃的，你先赔个不是吧。"无间躬身行一礼，道："我给姑娘赔个不是。"菊画道："那你错在哪里了?"无间道:"姑娘家的小性儿不能体会,这强求不得,可正因为这个,才更要小心才对。"菊画嘴角含笑,道:"你这些话甜兮兮的,又从哪里学的?"无间指指胸口,道:"我不见得能做到,可心里是这样想的。"菊画道:"你是不是历来讨姑娘家喜欢?"无间道:"好像恨我的姑娘更多几个。"

他早就饿了,坐下来,也不客气,大口小口,先扒一碗饭进肚子里面。菊画撇着嘴道:"弄花的时候井井有条,我还道是个知趣的人,不想是个粗人。"无间道:"这就对了,无心的时候又怎么用心?"菊画还道他有话要说,他却开始扒第二碗饭,不言语了。那四样小菜用的均是菊花的花叶、花瓣、花萼、花茎,等等,不一而足,那酒则是由九种菊花酿成,酒味不重,下咽时颇为苦涩,可余味却犹如浸着花香的秋风,凉凉的还不乏夏日的余温,这之后再辅以一口青涩却空旷,苦中泛甜的菊花茶,个中变化,着实令人陶醉。无间吃喝之间断无仪态可言,可于滋味一道,别有感触,随口一两句置评,偏能敲中人的心坎。菊画有一阵子不说话,定定地瞅着他,无间看一眼,有些奇怪,再一眼,便有些发毛,道:"你看什么?"菊画道:"我看你是人是鬼。"无间道:"那我是人还是鬼?"菊画道:"还算不得鬼。"无间道:"鬼好还是人好?"菊画道:"自然是鬼比人好。"移开目光,又移了回来,道:"你身上有一股子江南柑橘的味道,哪里来的?"

过一阵子,菊画又道:"你与我素不相识,却跑来落英峰这样大咧咧地又吃又喝,便不怕我在饭菜里动些手脚?"无间自然不害怕毒药迷药之类的,不过这话还是让他心下一动,道:"你会么?"菊画道:"为什么不会?"无间道:"我在你眼里都快出落成鬼了,你才不舍得。"菊画眼神一亮,变得笑眯眯的,转而道:"你功夫好不好?"无间道:"怎样才算作好?"菊画道:"江湖上尔虞我诈的事情,你又知道多少?"无间心头跳起一串名字,于未田,丁否,云莫为,王小酒,周案玉,哪里又有一个好人?叹一口气,道:"我见过很多很坏很坏的人。"菊画道:"作好人又有什么好,作坏人又有什么不好?"无间道:"作好人还是坏人,都是性情里带着的呢。"菊画琢磨一下这话的意思,道:"那在你看来,我是好人还是坏人。"无间想起张五都的话来,瞅瞅她,忽然哈哈一笑,道:"你比人好,我也说不清楚。"

菊画一怔,忽然明白这是绕着弯儿骂她是鬼呢,作势要打,却又问道:"你要紫纹缃做什么?"无间道:"我家小姐和我新近认识的一位朋友被人拿住喂了毒药,只有紫纹缃能救他们性命。"菊画道:"什么毒药这等厉害,要用紫纹缃来救。"既然张五都的名字万万提不得,事情想说清楚可不容易,无间正自琢磨,不料菊画完全没有兴趣,道:"来落英峰的人总有各种不得了的理由,不过归根结底,还不都是这个不能死,那个也不能死。"叹一口气,又道:"我指点一条路,你下山去吧。"

无间"嗯?"一声,道:"下山,怎能下山?还求姑娘指点我一条上山的路呢。"菊画道:"我不想让你死,才让你下山。"无间道:"这样死的人可是更多。"菊画冷笑一声,道:"死就死了,就好像真的不好一样。"无间道:"所以呀,我死就死了,你反而不愿意?"菊画忽然将手中茶盏摔在地上,怒道:"谁说我不愿意?"无间嘿嘿一笑,站起身行一礼,道:"多谢姑娘赐饭,在下告辞了。"菊画道:"你要去哪里?"无间道:"上山找死啊。"菊画狠狠地瞪他一眼,道:"你知道怎么走?"无间道:"不知道。不过我不知道怎样来这里,不也来了。"菊画凝视他半晌,忽然说道:"谁说你便过了我菊画这一关?"

说着话,她手掌在石头上一拍,碟子碗筷便一起跳起来,直扑无间。无间纵身一跃,落在数丈之外,回转身,菊画却没了踪影;"哼"一声,摇摇头,抬脚想走,却忽然有些糊涂,山风轻吹,月影漂移,那些山石菊丛便如同活过来一样,影影绰绰地向天际蔓延;心下一动,不由便想到了愁杀荡,莫非这里也有阵法隐匿其中？他走出几步，天地风物似乎也随着飘出几步，可站定了，眼前愈发缭乱，几乎要晕过去了。这会儿念头又转到茶与酒那里，醉是不会醉的，可是种种幻象，定然与之息息相关；他定定心神，深吸一口气，看准月亮所在的方位，纵身一跃，这时却听"嗤嗤"数声轻响，几枚石子从一个匪夷所思的方向直射过来。他斜掠数尺避开，只是双足甫一落地，又有几枚石子射到，万般无奈，还只能跳起躲避，如此连纵七纵，再落下来，脚下却已经空了；暗叫不妙，想提一口真气却力不从心，人也便如石头一般重重地摔了下去。

第四十章
竹林之下

　　无间摔在地上，这才意识到是跌进了一座没来由的深井之中，好在地面还算平坦，也就没怎么受伤。夜色如墨，头顶的天空收束为环状的孔洞，盘旋的风声遥远许多，却也清晰许多。四面光溜溜的，没有半点着力之处，而井口在十几丈的高处，想攀缘而上，也绝无可能。他点亮火折子，叫几声"菊画"，这才发现侧向里还有一座通道，黑漆漆的通向不知名的所在；略感好奇，大着胆子走进去，宁静如同一只古旧的盒子，安然罩上头顶，可片刻之后，种种细密的声响又轰然而至，虫鸣声的背后有轻振的翅翼与摆动的触须，水滴滑过的石壁应当块垒不平，那遥远的裂帛之声该是某一处的蛛丝断了？

　　地上有一片积水，散着一些不知何处飘来的枯叶，石缝中有一片白花花的蛛网，明暗之间一只硕大的蜈蚣稍纵即逝，不知何时，鼻息里多出一丝莫可名状的荤腥之气，没来由，却教他想到了龙蛇蟒，既如此，或者从这里能走到千层洞？空穴转弯，一路向下，肌肤之间的凉意层层叠加，身子似乎也变得又薄又脆。不小心踢起一块石子，细碎的响声向极远处拉扯，久久不散，手中的火折子几乎要灭了，却忽地一跳，一股不祥之感倏然而至。提起的步子不待落下,人便向前猛地一扑,与此同时一股腥风自头顶汹涌而过,"啪"的一响,一只龙蛇蟒扑了个空,正好撞在石壁之上。

　　火折子灭了,再无从分辨方向,无可奈何,他只好展开轻功,往气息清透处奔去。身后游动之声若有若无,那蟒亦紧追不舍,这样走出里许,迎面依稀有一面石壁,急停急转,一跃而起,而身在空中,又一股腥风扑来,腰间被又一只龙蛇蟒缠个正着,打横里直摆了出去,紧接着膝下一紧,脖颈处再一紧,冰凉凉的鳞片压上脸颊,一股黏稠的荤腥之气瞬间淹没口鼻,头顶随之一阵剧痛,小半只脑袋便被那蟒咬进了口中。他大吼一声,想运功相抗,可真气提起一半,却又枯掉一般,无从调动;心下苦笑,说什么有缘人有情人,还不照旧将性命赔在这里,可也正是这一瞬,身上一松,双足落地,那两只蟒竟同时放脱了他。

　　他惊疑不定,不自觉退开几步,有些说不清是醒着还是在做梦,再点起火折子,眼前一晃,渐渐清晰起来。巨蟒居然并未离开,而是一左一右,守在身前;二者一金一银,均一丈有余,碗口粗细,身上泛着微光,还真是有一脉龙骧之气,不仅如此,不愧为海棠山神物,得奇珍灵秀滋养,竟还透着淡淡的草药味道。无间使劲嗅一嗅,其中错综迷离,大非寻常,一时间竟也说不出个所以然来。这时金蟒立起来一些,扬扬脑袋,抵在银蟒颌下,那里肿起来碗口大的一片,它因此不得服帖,或行或卧,都不得不微微仰着头。无间忽然想起来在千层洞有一掌是打实了的,如此这伤还是由他所致,难不成它们这也记着,留他一条活路,正好做个交易?肿块硬得如同石头一般,他稍作推拿,又摸摸怀里,却没有什么利器,那金蟒似乎明白他的心意,摇摇尾巴,引着他向前走去。

　　走出里许,那蟒停下来在无间肩头一蹭,侧向里再望出去,黑暗的尽头居然有一点蓝莹莹的光芒。无间吸一口凉气,却又觉着绝无可能,待走近些了,黯淡的光芒之下有一具白森森的尸骨,倚在石壁之上,左手指间有一束乌黑的长发,右手半拢,握着一块蓝色

无间传　551

的宝石,果不其然,是又一颗定风瑶。此外,那人小腹正中嵌着一只匕首,亮亮的,如同一面镜子,把手顶端则刻着一支桃花,有茎有叶,栩栩如生,而就近的两根肋骨之间还有一个奇怪的缺痕,似乎那里也受过一剑。无间思忖良久,却说不出他究竟是死于腹下之伤,还是肋下之伤。

脑中乱哄哄的,实在想不出神农教与海棠山会有什么瓜葛,而那一束头发应该便是什么青丝一缕,想来此人为情所困,因此赔上了性命?他手上并不犹豫,拔下那支匕首,剖开银蟒伤处的外皮,挑出死肉,敷些药上去,再想一想,从尸骨手掌中间取几根头发,结成线,用小郭子早先给的钢针缝好了伤口。纵是他手法精妙,那银蟒仍然受了不少苦楚,可它始终一动不动,没有半点异样的表示。待一切收拾停当,两只蟒像是感激不尽,身前身后围着绕几圈,引着他上了一条新路。又走一炷香的工夫,远远便看到了洞口,两只蟒停下来,是作别之意,他心中多一分不舍,又为银蟒检视一遍伤口,才由着它们去了。

路径倾斜向上,越来越窄,半走半爬才得以通过,洞口不过两尺见方,开在一片峭壁之上,近旁的石片之间有一丛厚厚的茅草,中间伏着几颗青色的鸟蛋。洞外云雾弥漫,却又似曾相识,依稀便是菊画画中的光景,头顶有一只苍鹰盘旋,这时忽然长鸣一声,直扑了过来。他腕上一翻擒住了,一手握住它利爪,一手捏住它脖颈,小心翼翼放在鸟蛋之侧,随即闪出洞口,攀缘而上。走没一会儿,几乎可以看清崖上那棵巨树的枝叶了,菊画的说话声却一字一句传了过来。

她道:"你们弄死我好多菊花,又穷追不舍到这里,究竟想要什么?"回话之人却又教无间心下一跳,竟然是丁汀,她呵呵一笑,道:"人说落英峰四姑娘的菊花阵变幻无方,无论是谁,进去便只有死路一条,唉,谁承想这样不堪一击。"菊画道:"你那个矮胖子兄长仗着内力深厚,又撞又顶,硬生生弄毁阵法,作不得数的。"

丁汀道："作不得数？你那些玩意儿出奇弄巧，都是花拳绣腿，真遇到高手，不合着你的心意出招，便作不得数了？"菊画道："牛嚼牡丹，和你才说不通。"这时丁岸忽然问道："这里便是雾满峡？"菊画道："是又怎样，不是又怎样？"丁岸道："你告诉我上峰的口诀，我放你一条生路。"菊画道："我不会告诉你口诀，也不需要你放我什么生路。"丁汀笑了起来，道："听说你肩上有几个字，只有意中人看得？"菊画道："与你何干？"丁汀道："我只是奇怪，若看了字的人是个混蛋流氓叫花子，你也要嫁？"菊画冷笑一声，道："你以为谁想看谁就能看？"丁汀却笑得更为欢畅，道："我哥哥尚未成家呢，正好看一看，你做我嫂子好不好？"菊画道："白日做梦，大不了一死，才不要嫁他这个死猪头矮胖子。"丁汀道："也好，今日我便瞧瞧你说的这些话有几句当真。"手上一抖，刷地射出两枚弧光小剑，菊画像是已经受了伤，居然不能避开，"啊"一声，衣袖被消掉一片。丁汀又道："哥哥，你可瞧见了？"

话音未落，无间眼前一花，菊画竟已经一跃而下。他不及细想，斜掠而起，半空里揽住人，返身落向峭壁上一块凸起的大石，与此同时丁岸也扑了出来，本意想抓她脚踝，看到崖边居然伏得有人，不由得也大吃一惊，变爪为掌，率先拍出一掌。无间没有回旋的余地，只能深吸一口气，硬碰硬还一招"天行健"；双掌一撞，丁岸冲天而起，还翻身落回崖上，无间与菊画则坠入一片白茫茫的烟雾之中，径直向谷底冲去。

可是再一转瞬，脚下一震，一股钝力没来由地直顶了上来，他惨叫一声，只觉骨头应该断成一截截的才对，可剧痛过后，并没有什么不适，而双足竟已经踏上实地。目力所及依旧只有无尽的浓雾，丁氏兄妹是看不到了，而菊画则伏在胸前，晕了过去。他仍然懵懵懂懂，可目光垂下，不由得又吓一大跳，菊画肩头衣衫被削去半边，露出一片雪白的肌肤，其上则是一行细如发丝的小字；他明白这一看非同小可，可想撇开头，又如何能够？而这犹豫的一瞬，那些字也如同活过来一样，一齐跳入眼帘——原来是一首小诗。"青丝弄风影，愁长秋水中。一朝一暮一袖风，一念一暗一壶冰。凭谁知，私语留香，冷誓成霜，惟到绝迹才成空？"

他隐约能体会其中的万千缱绻，但具体说的是什么，又完全不能明白；除下长衫，为菊画披上，又推拿片刻，她才"嘤"的一声醒了过来。又过好一会儿，她也才认出来眼前之人究竟是谁，一瞬诧异，可随即又变得喜不自胜，道："又撞上你个死鬼，难不成我真的死了？"无间不由得哈哈大笑，道："你这样一说，我也有些弄不清呢，咱们是人还是鬼？"菊画道："我就说嘛，做鬼不见得是坏事。"无间看她笑意盈盈，犹如小鸟依人一般，心下不由得一荡，道："谁说只羡鸳鸯不羡仙，我瞧着做一对鬼鸳鸯就好。"

菊画眉尖一蹙，却又莫名地添一丝欢喜，道："早先你掉进洞里的时候，我还真的有点拿不定主意，想不清你该死还是不该死。"无间指指头顶龙蛇蟒的齿痕，道："瞧瞧，半只脑袋差点没了。"菊画吓一跳，道："怎么会？"无间道："什么怎么会？！就好像你不知道洞里有龙蛇蟒一样。"菊画笑道："我当然知道：它们吃了那么多人，凭什么要留你一条活口？"身子忽然又哆嗦一下，道："难不成你将它们弄死了？"

无间将事情稍稍讲一遍，菊画诧异至极，却也说不出个所以然来。他转而问道："这是哪里，咱们又该去哪里？"菊画道："你信不信我？"无间道："信你什么？"菊画向左侧一指，道："闭上眼睛，跟我从这里跳下去。"无间道："死一次不够，你还上瘾了不成？"菊画头一歪，笑道："对啊，我最喜欢和你一起死。"

此处称为雾满峡，乃是上峰的必经之地，顾名思义，谷内一年四季雾气蒙蒙，什么也看不清的。不过两岸之间有七根天成的石柱，与之相应的又有七首歌诀，依着可以推算出下一根石柱所在的方位，如此轻功再有一定的火候，过雾满峡其实并非难事。菊画适才纵身一跃，于落脚之处早有估算，倒是无间半空里拦一下，却又落在第一根石柱之上，才是幸之又幸。这会儿菊画手指捏在一起，口中轻唱，忽前忽后地走几步，最后站定了，拉起无间的手，纵身便跳了下去。迷雾郁结，如同棉絮一般，教人一无所见，可是衣襟带风，飘飘摇摇，不多时双脚一顿，便又踏上了实地。

数起数落，上到对岸，而菊画本就有伤，精疲力竭，又睡了过去。无间为她调理好经脉，背起来，顺着依稀的路径，大踏步往山上而来。再过一片奇峰，也就是一愣神的工夫，缭乱的烟雾便一洗而空，幻化为海一般的一片竹林，青翠剔透，纤尘不染，又一棵仙衣树出现在远处，仿似碧海中的一叶扁舟，沉静而飘逸，淡然却醒目。他感慨一番，顺着林边走出里许，却始终不见有像样的路径，这样来回兜一阵子，菊画便醒了过来，看清了所在，轻声道："去三姐那里要走竹林空径——不是空荡荡的空，是空中的空。"

无间依着指点，走不多远，便找到一只淡紫色的竹子，踩着竹节上到高处，再顺着菊画手指的方向望出去，本来密密层层的竹林似乎翻转一下，透出一条纤细的长廊。他"呀"了一声，飘身而入，眼前随之变得万分清澈，仿佛落进一块水晶之中。这样踩着竹枝走有一炷香的工夫，一间淡青色的竹屋出现在空径的尽头；那竹屋由四根长索吊在竹林之间，随着山风微微摇动，而又一棵仙衣树就在不远处的山坡之上。

菊画在山石上坐下，轻声叫道："阿姐！"竹屋的窗户"吱呀"一声开了，竹书探出头来；模样与菊画有三分相似，却没有半点妹妹的俏皮活泼，尤其眉目间那一份怠倦，冷冷的足以拒人千里之外。她分明吃了一惊，道："你来这里做什么？"不待菊画回答，她又道："你受伤了？"菊画道："有人要上落英峰，破了我的菊花阵，还打了我一掌。"竹书目光落在无间身上，道："便是这臭小子？"菊画道："不是，不是，他救了我一命倒是真的。"

竹书飘然而下，可人在半空突然变了方向，伸指扫向无间。无间不想她这样全无来由，就地一滚避开，怒道："你做什么？"竹书置之不理，拉起菊画的手腕探探脉象，道："他是你什么人？"菊画面上忽然微微一红，道："横竖他不算坏人。"竹书道："来落英峰的又哪里有好人？再说，你偏心偏信，又哪里分得清好人坏人？"继而又"嗯？"了一声，道："打伤你的人武功可高明得很。"菊画道："那是兄妹两个，妹子花枝招展，说话也尖刻，出手也狠辣，哥哥是个矮胖子，看面相挺憨厚，谁承想比他妹子还坏。他们进了菊花阵走不出来，那胖子便使蛮力，将巨石一块块推开了，弄得乱七八糟。"竹书神色微微一变，道："他居然有那份功力？"菊画道："说的是呢，还真是有些吓人，我与他们理论，中了一掌。"继而一指无间。"多亏他呢，否则你可再也见不到我了"。

竹书冷冷的目光扫过来，却仍然是一副万分厌憎的样子，道："既然这样，算你功过相抵，这就滚吧。"无间好生恼火，道："我又不曾得罪你，无缘无故地凶我做什么。"竹书道："你来落英峰就是得罪我，这会儿我还有心饶你性命，待会儿改了主意，菊画也救不了你。"菊画道："他上山还真不是为自己，是为了救别的什么人的性命。"竹书道："那还不都是嘴上说说，一肚子坏水的人都喜欢装成厚道的样子，殊不知人不为己天诛地灭，又有几个例外？！"

无间盯着她，忽然间又宽了心，道："你对人不厚道，又何必对自己不厚道？"转而向菊画拱拱手，道："那咱们就此别过。"菊画道："你去哪里？"无间道："上山啊。"菊画道："不过三阿姐这一关，你又怎么上山？"竹书则俯身抱她起来，道："你个冰清玉洁的姑娘，非弄个臭男人臭烘烘的袍子在身上做什么？"伸手一扯，菊画藕节一般光溜溜的手臂便露了出来，她不由得大吃一惊，厉声道："妹子！"菊画一直昏昏沉沉的，这一会儿才意识到了，脸色转白，不由自主便向无间望去。无间退开一步，摆摆手，却说不出话来。竹书道："她肩上的字你看到了？"无间不能抵赖，只好说，"看到了。"竹书道："你知道她肩上的字看不得？"无间道："知道。"竹书道："那你便是有心娶她为妻了？"无间迟疑一下，老实说道:"没有。"

竹书气得浑身发抖,转头又问菊画,道:"他是你想嫁的人么?"菊画嘴角瘪下来,是一副要放声大哭的样子,却不说话。竹书心下了然,还恶狠狠地盯着无间,道:"你来落英峰究竟是为了什么?"无间道:"张大哥和沈姑娘中了毒,只有紫纹绷能救他们的性命。"竹书道:"哪里来的张大哥?"无间暗叹一声,不过还是说道:"是三宝会张五都公子。"竹书眉峰一蹙,跟着冷笑一声,道:"那这位沈姑娘便是你的意中人了?"无间道:"这话又从何说起?"竹书道:"张五都那小子自命不凡,如何会与你称兄道弟?你是不是以为提起他的名号,我便会网开一面?"无间道:"非也非也,他说万万不能提起他的名字,否则便上不了山呢。"竹书略感惊讶,转而道:"横竖你的意中人便是那位沈姑娘!来这里是为了她,拼着性命不要也是为了她,对不对?!"无间摇摇头,可想一想,又点点头,他的意中人当然不是沈姑娘,可若是真的因此赔上性命,似乎也无不可。可竹书看在眼里,只愈发怒不可遏,森然道:"我妹子立下的毒誓又岂是儿戏?!"

她手腕一翻,半空里倏然飘起两片竹叶,虽则轻如鸿毛,飘忽不定,却划出两道迥异的弧线,直取无间双鬓。无间拿捏不准,只好纵身而退,脚下却"咔嚓"一响,落入一丛竹子当中。地面传来一串密密的细响,百余支竹箭随之激射而出,他一跃而起,落向高处的竹枝,只是脚底刚刚蹭到竹叶,一张大网便又兜头直罩了下来;硬生生换一口气,使"千斤坠"扑在竹茎之上,可身子不等稳住,臂上微微一凉,袖口居然钻进来数只小蛇。他吸一口凉气,这才发现竹节上原来密密麻麻爬满了竹叶青;双臂展开,腾空而起,如同大陀螺一般连转十数个圈子,甩出身上十余条小蛇,再落地,竹书的身影却又稀奇古怪地升了起来。他"啊呀"叫一声,才意识到脚下的一片碧草正无声无息地向深处塌陷;四周随即变得一团漆黑,有绳索自四面八方围拢,继而收紧,耳际一声脆响,青天翻转，人也便如同一颗弹丸一般一冲而起。

再停下来，他脑袋冲下，悬在半空，身子则被一张细丝结成的渔网裹着，再也动弹不得。竹书是一副十分恼火的样子，道："臭小子还真是有些手段，竹林七陷让你毁了五陷！"提起一根竹棍狠命抽他几下，这才抱起菊画，回了竹屋。无间试着挣挣，那网反而越收越紧，也就再不敢动了。这样又过好一阵子，四周依旧没有半点动静，叫几声，也便死了心；阳光暖暖的，细风轻吹，心头没有浮起什么脱身之计，却多出些昏昏欲睡的意味。脑中似乎有些混沌，可继之而来的是一阵尖锐的刺痛，他大叫一声，睁开眼睛，竹书不知何时走了回来，正拿着一根尖尖的竹棍刺他肩头。

无间怒道："有话说话，为何非要这般歹毒！"竹书道："你欺辱我妹子在先，这是恶有恶报。"脸上现出若干狰狞之色，又道："你究竟娶不娶菊画？"无间道："你早知道我有心上人，还要我娶她？"竹书道："有心上人又有什么大不了，你们这种轻浮浪子，还不是一天一个念头，再说了，我妹子这样好，凭什么就不能是你的心上人？"无间不由得哈哈大笑，道："心上人难不成是一把交椅，谁都能坐坐？"竹书不料此人这关口还这等放肆，抬手又刺他一下，道："菊画才不稀坐你的什么狗屁交椅，是你，要将她供起来才对。"无间道："你说供，我便要供？"竹书道："那是当然！"无间道："你困得住我手脚，还拿捏得住我想些什么？"竹书道："你不能变身，便只好变心。"

说着话，她手腕一抖，连刺无间督脉七处大穴；血花绽开，剧痛亦相继炸开，他大叫一声，忽而像虾米一样缩成了一团。竹书明白其中的苦楚，冷冷地看一会儿，抬手又刺他任脉五处穴道。这次是数股奇痒袭来，与原来的痛楚一呼一应，翻翻滚滚，弄得他恨不能剜出一颗心，又恨不能脱掉一张皮。这样足有一刻钟的工夫，他哇哇乱叫，一头大汗，好不容易稳住些心神，又道："你究竟要怎样？"竹书好生纳罕，"阴阳交剪手"非同小可，这少年居然能受下这一番煎熬，内力还真是不容小觑。她"哼"一声，道："你娶了菊画就好。"无间道："你这样苦苦相逼，就不怕我用些口是心非的伎俩？"竹书道："菊画会看上你这种癞蛤蟆，才是倒了八辈子霉了，不出几日，她自己明白过来，便一刀杀了你，谁又在意你口是还是心是！"无间禁不住苦笑，道："既如此，那我还心非口也非好了。"

竹书恶狠狠瞪他一眼，抬手撒出一把竹枝，一群飞鸟迎头赶上，尽皆被刺穿肚腹，噼里啪啦摔在地上。她捡起一只死鸟，振臂抛向高处的一只苍鹰，那鹰戾鸣一声，俯冲扣住了，落在近旁的竹枝之上。如法炮制，不多时便又招来七八只，她则冷笑一声，踱出竹林去了。那些鹰顿时大胆许多，一哄而上，先将地上的死鸟撕碎吞了，稍作逡巡，忽而抬头向无间打量过来。无间恍然大悟，叫一声"不得了"，一只鹰便跳起来啄他脸颊；缩头避开，髻绳却被抓开了，头发散得如同茅草一般。其他鹰仿佛得了鼓励，一只接一只高高跃起，左一口、右一口，转瞬间撕得他衣不蔽体，鲜血淋漓，没奈何，他先叫几声菊画，继而又叫开了竹书。

又过好一会儿，竹书才迈步走回来，无间道："肠子就要出来了！"竹书道："那又怎样？我还想看看你有没有心肺呢。"无间道："你这样相逼，便是要我松口答应一回？可那样子，菊画就真的会答应，真的会快活？"竹书道："那与我无关。"无间"嘿"一声，肚腹之间紧跟着一阵剧痛，一只鹰攀住网绳，鸟喙刺入皮肉，真的叨住了肠子。他叹一口气，道："罢了，罢了。"竹书还道他服软，可等一会儿，他又一声不吭了。竹书好生抓狂，却再也无法耽搁，抬手射出一支竹针，取了那鹰的性命，继而又补上一掌，扇在了无间脑门之上。

再醒过来，他是在一张竹榻之上，正对着的是一扇两尺见方的小窗，有绿竹密密地压在窗棂之上。放眼望去，四壁、屋顶、地板，一桌一椅，一器一具，均是竹子所制，看样子应该是竹书的竹屋之内。肚腹之间伤口仍在，只是不那么痛了，身上长袍不知何时换过一件，头发也扎了起来，而且像是洗过，透着淡淡的皂荚香气。他满腹狐疑，想坐起来，勉为其难，便先翻个身；眼前影像由模糊转为清晰，同时一股温热的香气扑入鼻息，原来边上还有一位女子，秀发摊在枕边，一呼一吸，睡得正熟。他稍稍一愣，心神之间又好似被浇了一盆冷水，忽地坐起来，进而又"砰"的一声，摔到了地上。

那女子眉目如画，正是菊画，无间轻轻唤一声，想爬开一些，可身子软软的，又不听使唤。山风扫过竹叶，绕过檐角，弄出种种声响，凌乱却又温和，一股燥热自丹田之内浮起来，缓缓地向全身发散，再看一眼菊画，便多了些古怪的念想。她仍然睡着，可是樱唇微张，腮边红扑扑的，是那样一种暖暖的明艳。他伸手想摸一摸，又停下，再伸手，触触对方嘴唇，脑中却轰地一响，变得羞惭难当；不知从哪里来了些力气，就地一滚，到了屋角。

竹墙清凉，让人消停不少，盘腿坐下，想用一会儿功，可不管怎样努力，却总像是坐在一团火上，不得片刻安宁。林微沈顾欧阳青青等人的影子这会儿也泛了上来，灯笼一般在脑海之中打转，可心神又像是被细绳系着，一扯一扯要拉他回到榻上去。竹屋本就没有门，四壁的小窗也尽皆锁死了，惟就近的墙角透出些许额外的亮光。他爬过去瞅瞅，原来缚住竹屋的长索下方有一条剖开的竹筒，雨水因此得以汇集，再经屋角的空隙一点点滴入下方的竹桶之中，以作做制茶之用；相应的一片竹板是活的，他掀开来凑上去，屋外小雨下得正紧，雨丝凉凉地扫上额头，多少让人清醒了一些。

他姿态怪异，不久之后脖子便酸软难当，四面望望，换下来的那件长袍被弃在窗下的竹篓当中，便扯过来，通过那一方空洞，搭在了屋外长索之上，再过一会儿浸湿了，刚好可以蒙在头上。不多时榻上窸窣声响，菊画坐起身来，她满脸不解，眼睛却亮亮的，最终还盯住无间，道："你在做什么？"无间哈哈一笑，说不出话，可望过去的目光便有些痴然。菊画扑哧一笑，道："你傻乎乎的，又琢磨什么呢？"咳两声，去竹案边给自己倾一杯清茶，招招手，道："你坐不坐？"无间摇摇头，口上却道："我一直没有留意，你原来这样好看。"菊画少女情怀，心中甜甜的，道："三姐说，男人嘴上说好听的，还都是因为肚子里有鬼主意，你又打什么鬼主意呢？"无间却转而问道："你为什么要立这样一个奇怪的规矩？"

菊画明白他说的是什么，眼神一暗，轻声道："师父让我们终生在此看护紫纹绱，不能嫁人的。"无间道："你师父真的便是李天魅？"菊画道："是啊，名分上一直就是这样定的，可是我从来没有见过她。我的功夫，还有二姐三姐的功夫，都是大阿姐教的，所以真的追究起来，只有她才真的是师父的弟子。"无间道："她可真是不近情理。"菊画道："可她是桃花仙子啊，才不要讲什么情理，小时候我一直不觉着什么，可是后来长大些，有了这样那样的念想，便不安分起来，和大阿姐闹得不可开交，有一次她差点废了我的武功，逐我下山呢。"她轻声一笑，又道："再后来也不知道为什么，她就改了主意，说师父是性情中人，若是在天之灵知道她的关门小弟子是这样的，一定会给我一次机会的，所以她也才答应，若是我真的能找到自己的如意郎君，和他一起下山就好。"无间"哦"一声，道："那你又何必在肩后刺那些字？"

菊画道："是大阿姐刺的，她说那是师父早年写下的一首遣怀诗，刺在肩后是不想让我看到，唉，其实我才不想去看。"无间并不明白，道："那又是什么道理？"菊画瞥他一眼，道："你怎么呆成这样？"措辞一下，才道："若是有人看到那些字，那和看到我的——身子有什么区别？"无间仍然似懂非懂，道："那又怎样？"菊画便有些恼火，道："那就说明他是我铁了心要嫁的人啊！到时候他只要到大阿姐那里将那首诗一字一句地背出来，就可以带我下山了。"说到这里，有些害羞，不由得低下头去。无间"哦"一声，道："可我看到你肩上的字既不是你有心，也不是我有意，这岂不就乱了套?"菊画缓步走到他身边,盘腿坐下,道:"你宁可被海棠鹰开膛破肚也不愿意娶我的,是么?"无间似乎这会儿才想起来,垂下头,不再言语。菊画又道:"你有意也好,无意也好,我被你拥过抱过,衣衫不整的样子被你看过,你若还是不愿意娶我,又教我何去何从?"无间咬咬嘴唇,却转而问道:"竹书呢?"

菊画摇摇头,眼泪却夺眶而出,无间低头又抬头,低头又抬头,目光还是落上她圆圆的小脸;近在咫尺,星眸流彩,吹气如兰,身上淡淡的香气混着些慵懒的缱绻,再加上那一层未加掩饰的期待,是那样地动人心魄。一股热流自心头涌过,他不由自主便握住了菊画的小手,菊画身子一颤,道:"你要做什么?"无间又像是被惊醒了一般,松开手,挣扎着退开一些,道:"不知道,我什么都不知道。"过得片刻,忽然又道:"我只想抱着你,那样——没有比那样更好的了。"菊画忽然间再不想计较,身子一软,倒进了他的怀中。

她继而轻声道:"你傻乎乎的,我也说不上你有什么好,可就是觉着你好,我在仙衣树边上看见你第一眼,便知道你与众不同,等你救了我的一画一花,更觉着你就是我等的人呢。"她抓起无间的手,拢在自己的双掌之间,又道:"你愿意抱抱就抱抱,可是再不能做别的。"无间身子烫得像火一样,忽然再不能自持,低头去吻菊画双唇,菊画在泪花里绽开笑容,婉转相就,可四唇将触未触之际,只听"砰"的一声巨响,乾坤颠倒,天旋地转,二人一起摔了出去。

屋子里的陈设刹那间全乱了套,飞起到空中,又噼里啪啦落在地上,却仍然不住地四处翻滚。菊画被无间护着,并无大碍,他自己却一头撞上床脚,鲜血长流,血水流进眼里,一团模糊,可那股疼痛却凉凉的,直刺心扉。他羞愧难当,轻轻放脱菊画,就地一滚,远远地躲了开去。原来固定竹屋的绳索不知何故断了一根,屋子也便自空中直砸下来,撞上一块山石,又甩出去好远,方才停住。西面壁上破了一个大洞,有细雨飘进来,他则跌跌撞撞爬了出去,再回过头,菊画正怔怔地望着他,是一副要放声大哭的样子。他心中不安,轻声道:"菊画姑娘,我可是得罪了,真是得罪了。"菊画道:"你,不要我了?"无间低下头来,着实不知该如何作答,菊画又道:"你为何这样的铁石心肠?"无间道:"我铁石心肠么?"菊画却又凄然一笑,道:"是了,你不是铁石心肠,是你心中早就有人了。"无间使劲摆摆手,道:"沈姑娘?不是的,不是的。"可与此同时,他心中又好似被什么给狠狠地叮了一下,为什么是这样,为什么总是这样的风轻云淡?是沈顾?当然不是沈顾,是殷茵?可又分明不是殷茵——继而倒吸一口凉气,难不成,难不成?难不成!

他连滚带爬又摸出去好远,才敢回过头来再瞧一眼。向晚时候,雨丝轻扫竹叶,那声响如同细碎的齿音,隐隐约约有菊画的哭声传过来,可是竖起耳朵,又什么都听不到了。半空里有一群灰沉沉的影子,原来是十数只乌眼燕子在檐角忽聚忽散,他心下一动,不由得恍然大悟;他体内有海蓝若,血气大非寻常,是以在千层洞,那些燕子只叮住他噬咬不休,现如今他将血衣挂在屋外的绳索之上,自然轻而易举便将它们招了来。乌眼燕子细齿长吻,如凿如刀,噬咬血衣,进而啮断长绳,也才终致竹屋坠毁,这时他不由又想起张五都的话来,养什么不好,偏要在竹林里养这些燕子作耍?一切看似随意,原来自有因果,而心思到了这一层,怅惘忽然变得无可阻挡,一浪接一浪,几乎要将他完全吞没了。

第四十一章
离弦之陷

　　无间走出好远，恢复些力气，心中也才有些头绪；江南有所谓痴花散，算不得毒药，也算不得春药，只会让人身体绵软，心思慵懒，因此多情善感，难免会做出怜香惜玉的事情，而竹书趁他熟睡之际，给他服的正是此药。竹屋之内淡雅温馨，菊画俊俏可人，而自己血气方刚，一时迷乱在所难免，而他是厚道之人，若真的做出不可挽回之事，定然不会相负。这些算计深思熟虑，而且恰到好处，只是谁曾想最后会因为几只乌眼燕子坏了大事？

　　又行一阵，雨收云散，太阳尚未升起，天际泛着一抹橙色，山脊参差，树头一枝一叶毫发毕现，勾出一道精致无比的轮廓。竹书仍然不知所踪，没有追来，无间虽则惦念菊画，可还是透出一口气来，这算不算又过了一关？迎面扑来一阵山风，清新之余，还夹杂着一丝腥腐之气，他微觉诧异，放慢些脚步，忽而看到石缝之中有一只小貂，正抱着一条死蛇啃噬。那蛇两尺有余，小指粗细，身上有青白相间的圆环，正是瓷花蛇，此蛇算不得剧毒，属性情温和一类，多生于岭南高山之间，与一种称为荷鼎兰的兰花同栖共生，而它既然出现在此处，那该是离兰棋的地界不远了。小貂通体雪白，有一些零星的黑斑，眼睛大得异乎寻常，鼻尖又有一点淡蓝，尤为可人。无间不禁莞尔,这是雪花貂,机敏异常又颇通人性,在神农谷常有人养来作宠物的。

他轻手轻脚地坐下,那小貂看一眼,丝毫不以为意,照样咯咯吱吱大嚼不已。又过一阵子,爪子探入蛇腹之内,将蛇胆血淋淋地勾了出来。普通蛇胆为大补之物,但瓷花蛇蛇胆却是极寒之物,最忌生食,无间冲那小貂摆摆手,道:"吃不得。"那小貂看他一眼,有意挑衅一般,一口咬了下去。蛇胆爆裂,"噗"的一声轻响,有黑色的汁液从口中流出来,渗入脖颈之间,它晃一晃脑袋,像是倒了胃口,丢在一旁,还继续吃那蛇肉。无间看它无碍,松一口气,刚想站起身来,小貂却一头栽倒在地,再也不动了。他叹一口气,捧起来稍作探视,便揣进了怀里;荷鼎兰花根可解蛇毒,既然要去兰棋那里,找来一株应该不是什么难事。这样加快脚步又走里许,眼前一亮,山影里又现出一棵仙衣树。

那树是在一片缓坡之上,坡下则是一块四四方方的花圃,纵横各有二十余丈,其间又分成一块块或长或短或宽或窄的格子,每一格种一种兰花。绿叶铺陈之下,花色或清淡或明艳或斑驳,不一而足,花形有如荷花者,如梅花者,如牡丹者,林林总总。放眼望去,规整之中有一份天成的散淡,绚烂之后又有一份内敛的素雅,动人之处,韵味悠悠。那荷鼎兰是兰中极品,种在中间,花开五朵,白色之中带一丝嫩黄一丝靓紫,分外别致。无间不敢唐突,先向四面各行一礼,道:"兰棋先生,范无间这厢有礼了。"

是处静悄悄的,无人搭理,他再不想耽搁,轻轻纵到荷鼎兰一侧,俯身拔一株出来,削下一片花根,又摸出雪花貂,稍运内力,送进它肚腹之内。便在此时,空中"嗤"的一声细响,一粒石子破空袭来,他斜纵三步避开,目光则循着声音向对面山坡上望去,再转念,背上却微微一麻,人便直挺挺摔在了地上。原来那颗石子撞上身后大树,又折回来,无声无息还封了他的穴道。他恼火自己太过大意,可对方这一掷当中诸般力道也是妙到了极致,而且于他最后的落脚之处更估得分毫不差。

空中探过一根长索，卷住脚踝一荡，他便腾空而起，再停下来，脑袋冲下，又被吊在了一棵大树之上。那是一株老树，枝桠间挂着一只三尺见方的棋盘，纵横各有一十九根钢丝，棋盘之间稀稀落落嵌着些棋子，右上角却还有八个字，"一兰一命，一局一生"。树下不知何时多了一位书生，着蓝袍带灰帽，模样分外的疏落懒散。无间有些糊涂，迟疑一下，道："兰棋——？"那书生一开口，果然是女子的声音，道："一兰一命，你偷我荷鼎兰，该如何偿命？"无间托起雪花貂给她看看，道："我取你一株兰花，救它一条性命，算不算是'一兰一命'？"兰棋"嘿"一声，哈哈大笑，可转眼间又换上一副认认真真的神情，道："为何我要赔上这株兰花的性命，来救你那只小貂的性命？"无间道："花花草草能为所用，方值得采种，即为所用，能入药，为上品，能制毒，为上上品，若非如此，则不值一提，不值一种！"

这是《陶不陶曰》里不断出现的论调，话说到这里，他自然而然脱口而出。兰棋上上下下又打量他一番，道："不通，不通，一命便是一命，有用无用皆为一命。"无间道："不通，不通，荷鼎兰百无一用，分量轻些，雪花貂殷勤通灵，分量重些，不过在你看来，是不是人命也顶不过你这些兰花？"兰棋道："那是当然，庸碌之辈，浮生一世，死便死了，不留痕迹，哪里有我这些兰花的风骨。"无间道："花是花，草是草，无知无觉，又哪里有什么风骨？还不都是你自作多情。"兰棋道："无知无觉？你说得轻巧——"伸手一指花圃正当心的一格，道："那些你可认得？"

那一丛兰花颇为矮小，花为血色，每一朵形状均不相同，开在一处，如云似纱，煞是好看，可不知为什么，又透着一层蚀骨的寒意，让人不得自在。无间摇摇头，道："不认得。"兰棋道："前朝北疆有一位商贾大富之人叫作王缇，身居苦寒之地，却痴迷兰花，于是不惜血本，收尽天下珍品异种，养在一间温室之内。后来他家道中落,花也跟着一株株死光了,那温室逐渐被风沙淹没,成了一座废墟,被人称为'兰花塚'。塚上有七年的工夫光秃秃的别无一物,可是到了第八年,却忽而长出七株兰花,世人说那是由数千兰花的冤魂聚灵而生,所以称为'兰魂'。嘿嘿,无知无觉,又如何还魂?"无间只觉此人无可理喻,却又分外好奇,道:"难不成你这花便是兰魂?"兰棋道:"不错。"无间道:"你说天下只有七株。"兰棋道:"只有七株。"无间道:"你这里有三株。"兰棋道:"我这里有三株。"无间道:"你是如何得来的?"兰棋道:"一株买来的,一株偷来的,一株抢来的。"买的也还罢了,那一偷一抢亏她说得这般大言不惭,无间"嗨"一声,道:"说什么一兰一命,你为这三株兰花又弄出多少人命?"

兰棋不再理他,移步去查看那一株荷鼎兰,它本就名贵,又殊难养护,这会儿失了鲜润,是一副蔫蔫的样子,她心头恼火,道:"一命换一命,你既然不舍得小貂,那就拿你做花肥好了。"又整治一阵子,便转身去了。无间有点哭笑不得,昨日里被吊许久,谁承想转天又重新来过,他是宽心之人,加之一夜不曾安息,空中荡一会儿,便又迷迷糊糊地睡了过去。再睁开眼睛,兰棋已经回来了,正在树下的石几前坐着,石上刻有一张棋盘,棋形俨然,正是树头铁棋盘上的光景,此外两边各有一个凹槽,内里均是天成的石子,一边为白色,另一边为黑色。无间于此一窍不通,却还是禁不住问道:"你看的是什么?"过了好久,兰棋才道:"离弦。"无间一怔,想起少林寺老方丈的话来,道:"那你解开没有?"兰棋摇摇头,道:"师父不让我解,只让我守。"无间"哦"一声,又道:"你那些是棋子,还是石子?"

有阳光透过枝叶,刚好落在棋子之上,其间线纹流溢,温润如玉,像极了他在骆家祖坟捡来的那颗珠子。兰棋道:"是棋子,也是石子。"无间道:"流云珠?"兰棋抬头看他一眼,道:"你居然也知道流云珠?"无间道:"很不得了么?"兰棋道:"流云珠是石中极品,这些品相要次一些,称为留云珠,逗留的留。"无间"哦"一声,忽觉肩头有些异样,侧过脸,原来雪花貂醒了,从他怀里钻了出来。

他变得快活许多,口中"嘘嘘"有声,逗弄小貂作耍。兰棋又看他一眼,心道此人死到临头,居然还有这等心情;忽而又道:"你说两个数给我听。"无间道:"什么数?"兰棋道:"什么数都成。"无间道:"做什么?"兰棋道:"解闷。"无间只觉她说话自己有一大半儿听不懂,听懂的一小半儿却又不近情理,也懒得追究了,放眼望去,山坡上那几丛荷鼎兰还是别样地引人注目,所在的格子从左往右是第十二,从下向上则是第九,心下数一数,道:"一十二,九。"棋盘上纵十二横九的点刚好空着,兰棋落上一颗白子,不由得哈哈大笑,道:"蠢材,蠢材。"无间道:"谁蠢?"兰棋道:"你蠢。"无间道:"我又不会下棋,何蠢之有?"兰棋道:"这一子是你落的,蠢的还是我不成?"无间道:"那我不和你下了。"兰棋道:"你已经下了一子,不下也得下。"

"离弦"中黑棋占尽胜机,对白棋是瓮中捉鳖,围而未打之势,无间落子之处早是一片死地,其结果不啻下一步废棋,与再让一子无异。兰棋伸手去收那枚棋子,心中却又一动,黑棋下一子又该当落在何处?再一思索,不由得又倒吸一口凉气。她曾经乔装入临安,在北望楼摆此局与天下高手过招;对阵之人执白先行,无一不是孤注一掷,放手一搏,可如今白子自弃先手,却是她从未经历过的局面——转而夹起一颗黑子,心头却忽然没了主意。

过了良久,她才将黑子缓缓落下,口中则轻轻念了一句"一山四季半点星"。无间"嗯?"一声,道:"你说什么?"兰棋道:"师父留在棋谱里的一句话而已,说了你也不懂。"无间并不罢休,道:"一山是什么?"兰棋头也不抬,答道:"纵一。"无间道:"四季呢?"兰棋道:"横四。"无间道:"半点星呢?"兰棋不再理他,无间却神思颤动,《明空指》经书里那一篇奇奇怪怪的口诀刹那间映上心头；复又问道："下一句是什么？"兰棋神不守舍，直到无间又问一遍，方才说道："只有这一句，没有下句。"

无间却知道下一句是什么"四更茶，五更钟，七夕一望十年空"，看一眼棋盘，张口道："白棋下一子在纵三横四的点上。"兰棋皱着眉头看他一眼，依言落子，身子随之一颤，脸色转为肃然，厉声道："你不是说你不会下棋么！"想一会儿，再落一子，无间却惊得合不拢嘴巴——竟然是在纵七横十的点上！他依着口诀再下一子，兰棋长考半日，偏偏还下在口诀指示的地方，如此连走四十余步，而四十余子竟至始至终与口诀没有半点出入！

无间只觉一切匪夷所思，却又有趣得很，兰棋心中则如惊涛骇浪一般，几乎无法自持；这少年不假思索，却无一子不是妙招，此等修为，世所罕见，这会儿两片原本占尽地利的黑子相互掣制，优势荡然无存，而白子则左右逢源，一点点成了气候。行棋至此，白棋脱困毋庸置疑，她不至于推盘认输，再往下却是旗鼓相当的较量了。制胜之道：原在于如何将胜势化为胜局，黑棋原本立于不败之地，只是真要胜出，仍需一战，而如何战，才是"离弦"布局的关键。白棋本没有喘息之地，若以小博大强行突围，黑棋反而得了便利，见招拆招，以守为攻，凭棋形之利便可取胜，可如今无间自弃先手，诱使兰棋来攻，而为攻之道多多，反而成就一场迷局。纵一横四一子看似顺理成章，却是弱手，之后白棋步步跟进，竟再不容她有翻身的机会；念及此，兰棋忽然解开了心头多年的疑问，这一局棋称为"离弦"，岂不正因为此？黑棋一击不慎，优势坍塌如离弦之箭，覆水难收，而棋谱之上那一句"一山四季"的口诀，却原来是如此精致的一个圈套。

这一盘棋已经没有再下的必要，兰棋闭上眼睛，回顾适才一番缠斗，冷冷地道："你究竟是谁？黑白子之道又从何处习得？"无间兀自浑浑噩噩，道："这又是怎样一种道理，是我赢了，还是你赢了？"这话问得老老实实，在兰棋听来却极尽刻薄之能事，她转而

无间传

道:"你不要以为解开离弦,我便会饶过你的性命。"无间道:"你还会饶过我的性命?"兰棋道:"教你下棋的是谁?"无间道:"我不会下棋,只不过侥幸看到过一首歌诀,依着摆放棋子,不想你便成了这样一副苦大仇深的模样。"说着他还背诵一遍,兰棋却越听越是心惊,越听越是黯然;口诀朗朗上口,断非一时所能杜撰,足见他所言不虚,而她自诩兰棋双绝,睥睨天下,不想这局棋一思一念一进一退,未有半步逃脱前人估算,这其中的差距,又岂可以道里计!过得良久,她长叹一声,道:"是有缘者糊涂,还是糊涂者有缘?是无心人有情,还是有情人无心?"说着弹出两颗棋子,一颗划断长绳,一颗解了无间的穴道:他重重摔在地上,又翻身坐起来,道:"你要怎样?"兰棋道:"你由不得我来处置,还是自己上山去吧。"

  无间大喜过望,想不到稀里糊涂竟然又过一关,无意深究,更不敢逗留,深施一礼,招呼雪花貂爬上肩头,转身就走。这一阵疾奔,直到天色将暮,才又收住脚,眼前景物转换,化为一片又一片的石柱,密林一般一直绵延到迷离的天际。那些石柱像是被冲蚀而成,线条柔和,有流水之意,虽则顶端齐平,形状却各不相同。石柱中间路径盘绕,几乎与迷宫无异,风过空径,此一声彼一声,高一声低一声,又莫名地添一层阴森。他摸黑再走一阵子,一根根石柱变得狰狞许多,眼前景象翻新却又似曾相识,让他总怀疑转回了从前到过的地方。夜色转深,看情形今晚再没有走出去的希望,也便放宽心,寻一处干燥的所在歇了下来。

  又是一个七日之期,他只能服些海蓝若打坐用功,这样过了不知多久,似睡非睡之间,隐隐约约又有声音传了过来,似乎近在咫尺,却又遥不可及,软软地拨弄耳鼓,像是菊画温存呢喃,又像是林微轻声细语。说不上为什么,他变得分外快活,跟着笑几声,可漫空里来一股冷风,一切便又散得干干净净;轻轻唤一声"微微",睁开眼睛,缠绕的风声轰然转上耳际,又轰然消退,四周空荡荡的,依然一团浑噩。睡眠如一层浮冰,薄脆却连绵不断,手尖足尖多了些麻麻的痛感,微乎其微却又无可阻挡地向体内蔓延,身子还在,却再不听使唤,无论使出多大的力气,人却依然瘫在那里。他"哼"一声,便又醒了过来,风声飘摇,一如既往,他有些后怕,想站起身,可不知为何,又沉入更深的梦境。这一次便如同跌入巨浪之中,忽地被抛向青天,哗啦一声又被扯入水中,这一瞬眼界里是微茫的星光,下一瞬却又在万劫不复的深渊触底。一片死寂当中,又有一丝声响自天际袅袅而来,到了近前,陡然间涨成庞然大物,硬生生要挤进耳朵里面。他头疼欲裂,忽地一下再坐起身来,那游丝一般的声响原来是琴音,这会儿在巨石空洞之间一撞一荡,一升一涨,盘旋数次,直扑了过来。

他忽然明白那是十分高明的内家功夫,可是这会儿内息沸腾,经脉巨震,便如同要炸开一样,再也无路可逃;恰在此时,背上一麻,便被人点了穴道,脑中随之变得一团漆黑,耳际亦化为一片喑哑,那琴声随即一触而退,竟然再没有半点痕迹。他后腰一紧,被人提了起来,高高低低走一阵子,进而脑门冲下被重重掷在了地上,耳边响起的分明是竹书恨恨的声音:"不知天高地厚,连雷音谷也敢闯!"

那些深沟浅壑连绵十余里,直通梅琴所居的梅瓣林,梅琴在林中抚琴,内力渗入琴音,撞进谷内,再经过几次回响,便会变得雷声一样,足以取人性命。无间糊里糊涂,全然不明白其中的险恶,若不是关键时候被竹书封了穴道,闭了耳音,又哪里还有命在?他脑门鲜血直流,心下却不着恼,可竹书仍然没有半点好气,接二连三又踢好几脚,才点了他哑穴,走开了。

她拢些枯枝,升起一团火,可是又不得安宁,来来回回走几趟,一直嘀咕什么"但求没有闯祸就好";过不一会儿,忽然又回到无间身侧,盘腿坐了下来,道:"你家小姐果然是个神仙一样的人物。"无间大吃一惊,眼睛瞪得浑圆,却一个字也说不出来,竹书又道:"你若是对你家小姐有意,倒也情有可原,不过她和张五都那小子还真是般配得很。"无间双眉一皱,不置不否,竹书又道:"按理她也该嫁给张五都才对,至少他还有几分风雅,你这癞蛤蟆,想也不要想。"无间哭笑不得,却又禁不住点点头,竹书变得颇为好奇,道:"你也知道我说得不错?"无间这回学了乖,连眼睛也不眨一下,竹书伸手给他一个耳刮子,想一想,声音又柔和下来,道:"今日便由我做主,让他们结为夫妻如何?"见无间没有反应,居然又多了些苦口婆心的意味,道:"用不着我做主,你来做主如何?你愿意不愿意让你家小姐嫁给张公子?"

无间想不明白她究竟图谋些什么,而且这些事情又哪里轮得到他来做主?竹书忽然压低些声音,又道:"他们两位都中了毒,论下来也没有多少时日可活了,你今日里点点头,明日我便去求大阿姐,说不准真能拿到些紫纹绸,救他们性命呢。"无间眼神为之一亮,禁不住便点点头,竹书甚是满意,笑生双颊,伸手解开他哑穴,复又大声说道:"今日便由你来做主,让沈姑娘嫁给张公子如何?"无间却又绕了回来,道:"为何是我做主?"竹书眼神之中怒火一闪,硬生生按住了,道:"他们算不算是郎才女貌,门当户对?"无间早就想到过这一层,撇开三宝会和神农教的纠结不说,他二人论样貌论谈吐论举止还真是般配;想点点头,结果却摇了摇头,道:"沈姑娘高兴就嫁,不高兴就不嫁,一切由着她才好。"竹书忽然间恨得几近抓狂,左右开弓,连扇他几个耳光,道:"让你点个头怎么就这么难?你们主仆两个莫非暗地里早有私情?"

无间气得直打哆嗦,道:"不错,不错呢,我上辈子就恋上我家大小姐了,她是神仙一般的人物,我心里有她,眼里更只有她,除她之外,谁都看不入眼!"竹书怒火如炽,似乎想踢他一脚,却又改了主意,道:"我问过大阿姐了——"无间道:"你问她什么?"竹书道:"还能是什么,自然是你和菊画的事情。"她坐下来,又道:"虽说武林中人不必太过拘泥,但是你们有了夫妻之实,便不能没有一个交代。"无间眼睛又瞪得浑圆,可竹书不给他说话的机会,手指一拂,还封了哑穴,续道:"不过阿姐也说了,这其中有误打误撞的一面,所以要公平公正才好,所以她给你两条路,其一,"伸手在颈下一划,"你自刎谢罪,大伙儿自然也再不能埋怨什么。"说到这里,伸手居然又解开了无间的穴道,这一回他正如所愿,问道:"其二呢?"竹书道:"你好好地娶菊画为妻,她便收你进玄都派,做个关门弟子。"

无间"啊?"一声,不由得怔住了,玄都派傲世出尘,梅琴有这样的表示,可是天大的机缘。竹书还道他喜不自胜,不知所措,孰料二人心意便格格不入,无间话锋一转,道:"谁说我和菊画有夫妻之实?"竹书再也按捺不住,飞出一脚,踢他一个跟头。他鼻青脸肿,勉为其难再抬起头,又不由地惊喜交集,竹书从不远处的大石之后提了两个人出来,一个是若有所思的沈顾,另外一个则是神色激昂的张五都。

早先竹书一去不回,实则是走了一趟撷英峰,他原本是想探探无间的底细,最后却一不做二不休,将沈张二人一并掳了来。按照她的算盘,无间对沈顾只能是一厢情愿,让沈顾嫁给张五都,他定然会死心塌地与菊花相守,不过话说回来,若是这位大小姐果然对那傻小子有些心意,这会儿诱他说几句凉薄的话出来,也足以断了这份孽缘。她一番布置,费不少口舌,更费不少心机,谁承想无间始终搭不上这一茬。这会儿他呵呵直笑,道:"张大哥,沈姑娘,你们还好?"自顾自叹一口气,又道:"说是来寻紫纹绸,却弄成这等光景,真是对不住。"念头一转,又道:"孙芸呢?"

张五都和沈顾均被点了穴道:发不出半点声音,竹书道:"孙芸是谁?"无间道:"你们三宝会的孙药师啊,你去撷英峰,便没有见到她?"竹书指一指张五都,道:"只有他们在闻书院,其他没有什么人了。"无间道:"那吴师哥呢?"竹书略一思索,道:"你说的可是被阻在雾满峡的一男一女?"无间道:"他们是华山派的。"竹书甚是恼火，道："张双久李云阁百无一用，弄的海棠山与市井无异，三教九流都能混进来。"

她还是一副心事重重的样子，却忽然伸手解了沈顾的穴道：旧事重提，道："这位张公子一表人才，而且在三宝会身份显赫，今日便由我做主，你嫁给他好不好？"沈顾摇摇头，不言语，竹书又道："你嫁给谁我其实不在乎，可若是不嫁，范无间那小子便不会老老实实娶我妹子。"沈顾道："我嫁不嫁人与他何干？"竹书嗤地一笑，道："你这等容貌，这等谈吐，这等举止，那小子不敢喜欢你是真的，不喜欢？鬼才相信！"眯起眼睛又瞄瞄沈顾，忽然道："莫非你对那个傻瓜也动了凡心？"

沈顾面上一寒，轻声喝道："胡说八道！"可竹书丝毫不为所动，忽然抽出一把亮亮的小剑，抵在她颈下，转而还瞅瞅无间，道："你今日要么心甘情愿和菊画成亲，要么你这神仙妹子便真的升天做神仙去！"无间怒道："娶就娶，为何非要心甘情愿？"竹书道："你不心甘情愿，菊画凭什么要嫁给你！"无间哭笑不得，却也懒得再做纠缠，瞅瞅沈顾，不由得长长叹了一口气，沈顾道："你我虽则走在一处，但是心中各行陌路，大可不必介怀。"无间皱着眉头想一想，道："你半真半假的，可知道有时候也扫兴得很呢。"这时竹书匕首又递上半寸，道："你娶还是不娶！？"

可这会儿夜空里忽然现出一道银光，绕过不远处的一大片石柱，又变得异常响亮，泼剌剌直取竹书后心。竹书轻叱一声，移步避开，不想那银光一晃，转个弯儿，又取沈顾。张五都在沈顾身侧，想也未想，使出浑身力气狠命一扑，"噗"的一响，被小剑刺中后背，瘫在了地上。沈顾微微吸一口气，似乎才明白发生了什么，低头看一眼，又有些手足无措，轻声道："山野女子，如何当得你这份心意？"张五都说不出话，神情里却颇为释然，惨然一笑，缓缓闭上了眼睛。

无间知道这是丁汀到了，可穴道被点，动弹不得，叫一声"张大哥"，眼泪便几乎要流出来。丁汀笑嘻嘻地步入火光之中，紧随其后的一位是丁岸，再后面却是孙芸吴师哥与何河等人，而其中杏黄衫子的一位竟然是菊画。她嘴角有一丝血痕，走路也一瘸一拐的，显见受伤不轻。竹书强自镇定，一一打量过来，道："尔等是什么人，敢到落英峰作乱！"菊画想哭却又忍住了，只叫了一声"阿姐！"竹书神情之间分明有些不耐，道："总是你，没完没了地招惹事端。"菊画嘴角一瘪，无限委屈地道："阿姐，你记不记得我从前说过，三宝会有一位妇人常来帮我料理菊花，说话解闷儿？"竹书"嗯？"一声，菊画指一指孙芸，道："那人便是她，她原来是三宝会的孙药师。"竹书道："我早就告诉你不要轻信于人，你全做耳旁风。"进而紧盯孙芸，又道："你在三宝会也算是有头脸的人物，鬼鬼祟祟跑来落英峰哄骗我小妹，又是何居心？"孙芸一言不发，丁汀却笑了起来，道："你说是何居心？自然是为了紫纹绷啊。"竹书却还是说道："三宝会与落英峰比邻而居，依着祖上的规矩，平安时两不相犯，有难时偕同御敌，你如此行径，罪不容赦！"

孙芸自然不是盲了眼睛之后才想到的紫纹绷，到海棠山不久，她便不时乔装打扮，来落英峰打探内情。她知花知草，知肥知药，勤快至极又恭顺至极，久而久之，菊画对她深信不疑，竟然将过雾满峡与绿竹林的法门也如实相告。无间先行一步，孙芸则随后跟进，本意是谋一个渔翁之利，不想刚到雾满峡，便迎头撞上了丁岸、丁汀。那两位正一筹莫展，自然话不投机，不多时便斗在一处。丁汀身中剧毒，可孙芸也被丁岸擒住，双方僵持不下，也才发现可以互补所需，如此便约定功成之后平分紫纹绷，之后放人的放人，祛毒的祛毒，合在一处，过雾满峡，走竹林空径，再一日也便到了此间。这时竹书脆喝一声"还我妹子！"擎匕首直刺丁汀，丁汀武功相差太远，有意使一招"落日衔山"，只是长剑不等出鞘，匕首已到眉尖。而竹书只觉微风拂面，另有一股真气袭来，一面懒洋洋的，不过是要将她推开些许而已，另一面又不由分说，没有半点可以抗衡的余地。这稍稍一滞,却足够丁汀从容走脱,她回过身使一招"冷云抱石",扫向竹书下盘。竹书连拨四剑,自对方头顶一跃而过,可双脚不能落地,又一股微风袭来,竟几乎将她硬生生托在空中。丁汀嘿嘿一笑,长剑回锋,一下刺中竹书手腕,教那匕首"铛"的一声落在地上,再一下刺中小腿,她也便脚下一软,瘫倒在地上。她心下骇然,目光扫过一圈,最终还落在丁岸身上,问道:"阁下究竟是谁?"

此人一直神定气闲地站着,衣袖一荡,即生出此等力道:这份修为,正可谓惊世骇俗。只是丁岸并不理会,丁汀则欺身而上,笑呵呵地点了竹书的穴道:再转身看一眼沈顾,又看一眼张五都,好不得意,而目光瞥过,又不禁"咦?"了一声,忽然蹲下来,开始审视无间。无间"嘿嘿"笑一声,道:"丁姑娘,别来无恙?"丁汀先狠命踢他一脚,便笑了起来,道:"哥哥,你可无论如何也猜不到呢。"丁岸目光跟过来,惊讶之余,不住地摇头,丁汀道:"你范无间在这里,那——"这时孙芸眼中放光,道:"范无间?哪里来的范无间!?"无间道:"秀墨孙芸,你说哪里来的范无间?"孙芸一字一句地道:"那便是范阿七了?"叨叨一句"怪不得",忽而又有些后怕一样,道:"和你在一起的姑娘又是谁?"无间道:"她姓沈,你说她是谁?"

孙芸脸色一片苍白,一霎时几乎站也站不住了,丁汀大为好奇,道:"沈姑娘是谁?"无间笑道:"天下第一的沈姑娘,你可知道是谁?"丁汀咬着嘴唇再瞅瞅沈顾,竟然也低低说了一句"怪不得"。沈顾这才望一眼孙芸,道:"你虽说盲了,可眼前不过是一团浑浊而已,每日里凌晨时候好些,午时坏些,过了未时又会好一些;再者,到了申时,听会、鱼腰、曲差三穴剧痛,可过后还是能看到些影像的,是不是?"过得良久,孙芸才抬起头来,道:"你说得不错,那又怎样?"沈顾道:"你的眼睛不用紫纹缃也能治好。"孙芸道:"可是我能想到的,只有紫纹缃。"沈顾道:"将功折罪就好。"

　　孙芸是何等精明之人，当然明白话里的意思；一过绿竹林，她便变得可有可无，而且现如今丁岸、丁汀又擒住了竹书菊画，更立于不败之地，再说什么平分紫纹缃，可愈发有些与虎谋皮的意味。而丁岸又好似看穿了她的心思，忽然点一点头，道："一个不留。"丁汀等的便是这句话，长剑寒光一闪，率先刺向无间。

第四十二章
谁解桃花仙子

剑光之中一团白色的影子一掠而过，雪花貂不知从何处扑出来，转瞬间攀上了丁汀袖口。有一瞬二者四目相对，丁汀吓得花容失色，回剑去斩，那小貂又不见了踪影。她耳边发际领口腰衿接连被毛茸茸的尾巴扫过，数声尖叫之后，再安静下来，双手手背之上各多出两排细细的齿痕，起初是白色，不久转为乌色，血水缓缓地渗出来，只是不等流过手掌，便又成了紫色。那小貂光影一般跳进长草，再无迹可寻，丁汀则"铛"的一声丢掉长剑，带着哭腔叫了声"哥哥"。丁岸脸色凝重，先出手点她腕上两处穴道，转而向孙芸行了一礼，道："还请孙药师救治。"无间则眉飞色舞地瞅瞅沈顾，道："我得了一只雪花貂。"

沈顾却望一眼丁岸，道："你妹子体内有揉心草。"丁岸大吃一惊，道："哪里来的揉心草？"无间皱着眉头想想，忽然也明白过来，丁汀为雪花貂所伤，应当血色如墨才对，可伤口隐而不发，是这样不伦不类的紫色，正该是揉心草所致。他禁不住冲孙芸一挑大拇指，道："孙药师果然高明！"丁岸这时也恍然大悟，在雾满峡罢斗之后，孙芸为丁汀解毒，却趁机瞒天过海，骗她将揉心草一并服了下去，这本是一招极为隐秘的后手，谁承想沈顾张口便揭了出来。他拔剑指上无间胸口,转而对沈顾道:"你救我妹子性命。"沈顾目光垂下,再不言语,无间"嗨"一声,道:"你以为她在乎我是死是活?"丁岸道:"你死了,她也活不成!"无间笑道:"你以为她在乎自己是死是活?"丁岸怒不可遏,手上一送,无间胸口鲜血迸流,不多时殷红一片。沈顾这才看了一眼,道:"若有人救你的妹子,只会是他,不会是我。"

丁汀坐在地上,神采失了大半,手背上血流不大,却滴滴答答不像有停止的样子。丁岸痴迷武学,无妻无子,唯对这个妹子钟爱有加;这么多年行走江湖,少有惊慌失措的时候,这一会儿竟有些六神无主。他撤开一步,长剑又递到菊画颈下,道:"那我先杀了她如何?"菊画并不害怕,道:"你杀了我也好。"顿一顿,又道:"其实你杀了我才是最好。"无间忙不迭地大声道:"杀不得,万万杀不得。"菊画冷笑一声,道:"我和你范无间又有什么干系!我宁可死,也不要欠你什么人情!"无间道:"你什么都不欠我,倒是我欠你不少。"神情里添一丝黯然,转而冲丁岸道:"罢了,罢了,我给你妹子治伤便是。"

丁岸半信半疑,手上却不犹豫,上前解了他的穴道。无间站起身,先为张五都拔出那只小剑,又包扎好伤口,这才转头去探丁汀脉象,想一想,道:"那小貂惯常以毒物为食,所以这毒只有它的胃液解得。"丁岸道:"将小貂倒吊起来,再取茶盏之类的采些口水,也就成了?"无间道:"凭什么?你妹子不招人待见,受点亏欠天经地义,那小貂又招惹谁了,要受你这般欺负?"丁岸勃然大怒,不等发作,沈顾忽然说道:"那小貂一直捧着一样东西,你可曾留意?"无间道:"铁甲果?"

铁甲果生于石缝之中,坚如铁甲,锤不可破,果仁却香沉味远,久食多食,可御百毒。雪花貂牙齿利而不坚,每吃一只铁甲果,都要抱在口唇之间摩挲数日,待口水将果壳浸软了,才能吃到果仁。沈顾道:"你何不向你的小朋友讨那颗果子用用?"无间心下明白,不由得呵呵一笑,走到草丛边伸出手,轻轻叫了声,"小貂兄弟——"

脚边长草一动,白影一闪,那雪花貂便真的到了掌上。他似乎也有些意外,却又喜不自胜,指指对方小爪之中的铁甲果,做了个手势。那小貂并不情愿,犹豫一会儿,忽然将果子往他掌心里一掷,跳脚走掉了。那果子沉甸甸湿漉漉的,已经颇为柔软,无间取一节竹筒烧些水,待开得差不多了,丢了果子进去,之后又依着沈顾的指示,依次加入几味草药。过不多时"嗒"的一声轻响,果壳裂开,一颗青灰色的果仁缓缓浮上了水面。丁汀喝半筒水,再洗洗伤处,立竿见影,脉搏平实许多,血也渐渐止住了。无间继而走开几步,离得丁岸远远的,这才摊开手掌,露出那颗圆滚滚的果仁,道:"毒解了一层,可还有揉心草一层,不吃这个,嘿嘿,她照样死路一条。"

丁岸全不料到他会有这等心思,脸色赤红,却不敢稍动。无间双眼不离丁岸,依次解开沈顾竹书的穴道;可到了菊画身侧,她却冷冷地说一句:"我用不着你来救。"无间道:"这也由得了你?"菊画道:"但教我得了自由,信不信第一个便取你的性命!"竹书心下一酸,叫一声"妹子",上前亲自给她解了穴道。菊画欲哭无泪,俯身捡起丁汀丢下的长剑,刷的一声,果然刺向无间。无间又是着急,又是无奈,又不能真的与她过招,一时间手忙脚乱,连连后退,而菊画却忽然立住脚,长剑一转,凝在了沈顾脸庞一侧,道:"她究竟是你什么人?"无间道:"她是沈姑娘,不是任何人的什么人。"菊画怅然若失,目光落在沈顾那里,依稀又含了泪花,可沈顾神色之间冷得异乎寻常,道:"你若受不了这份煎熬,自刺一剑岂不最好?"

菊画手上一颤,长剑随之一抖,竟然在沈顾面上刺了一下。这一下刺得极浅,日后即便有伤痕,也应当无从分辨,可尽管如此,仍有一滴殷红的血珠渗了出来。菊画泪花迸流,倒转剑柄,果然往自己脖颈之间抹去，这时只听"叮"的一声脆响，一颗棋子疾飞而至，撞开长剑的同时，兰棋也到了近前。她抱起菊画，晃几晃，向雷音谷深处飘去，竹书叫一声"阿姐"，提步跟上，而她们走出去好远了，兰棋的声音才又传了回来，道："无间小友，你那颗果子暂且借我一用！"

无间吓一跳，这才发现铁甲果被她顺了去，丁岸暗骂一声，背起丁汀提气疾追，再一瞬同样脚步杳然。沈顾目光在张五都身上稍作停留，轻声叫道："孙芸。"孙芸应一声，分明有些诚惶诚恐，沈顾道："你这就带张公子下山，治好他的伤，还送回霂湖张府。"孙芸道："属下照办就是。"沈顾道："若张公子无碍，你自会知道眼睛复明的方子。"孙芸竟似有几分欢喜，恭恭敬敬行了一礼，道："属下谢过沈姑娘。"无间探头过来，道："燕醉汤有解？"沈顾道："那不过是虚张声势而已，可即便是我，也是两个时辰之后才明白其中有诈。"

吴师哥等人抬起张五都，随着孙芸快步而去，无间只觉万事大吉，不想沈顾提步径直往雷音谷深处走去。他追问两句，不见回音，无可奈何，还只能跟在身后。过了头一日他被琴音所困的地段，差不多已是日上三竿，山谷变得越来越窄，最后则化为一隙狭长的小径，足音一串串的，能激起回声，绵绵不断地向身后传递。再走，竟然又有了琴音，若有若无的在高处盘旋，无间有些胆寒，可沈顾步履如常，竟丝毫没有放在心上。小径蜿蜒，归结一串还算规整的石阶，踩着再走几步，零散的山风便拂上了脸颊。天空澄澈，却一触即退，压入眼帘的是无穷无尽的梅树，原来那小径的尽头是在梅瓣林的中央。

周围有五片梅林，每一片均是花瓣的形状，合在一处，正如一朵梅花。最后一棵仙衣树伫立于正前方的梅丛之中，因为剔透的寒意，更添一分冰肌玉骨般的疏离。琴声响亮了许多，也变得更为激越，是一天辽阔、大江奔涌的气象，而抚琴之人正是梅琴，一副道姑打扮,端坐在仙衣树前的石台之上,兰棋竹书与菊画则侍立在侧,神色之间甚是肃穆。再过来的一棵梅树之下却是丁岸盘膝而坐,正努力与琴音抗衡。他脸色赤红,抖个不住,似乎再也无以为继,忽然间大喝一声,一跃而起。梅琴五指横扫,七弦齐震,卷起无数梅花直扫了过来。丁岸迎着拍出一掌,那些梅花却在几声柔和的琴音里一收一放,如霁云倒卷,转而袭他后背。他递出一招"盘古托天","砰"的一声,那些梅花看似被打散了,却又在一声轰鸣的乐音里,凝在了空中。琴音再起,多了金戈铁马之声,漫天梅花一颤,如密雨一般直砸下来,丁岸回天乏力,接连中招,一跤跌坐在地,再也不动了。

无间想不到武学里还能有这等瑰丽的化境,连连点头,便有些手舞足蹈的意味。琴音漫射,可真气自有所指,梅琴指上微动,乐声再起的同时,他身前梅枝轻轻一颤,一团空明的力道直扑面门。他不忘赞一句,这才揽过沈顾飘身而起,远远地落了开去。梅琴道:"你来此处可是为了紫纹缃?"无间道:"适才想要来着,现在不想了,就算是误会一场,我们这就下山,成不成?"可沈顾却浅浅行了一礼,道:"梅先生,沈顾求赠一支紫纹缃。"

梅琴道:"你要紫纹缃作何之用?"沈顾道:"救一个人的性命。"梅琴道:"他是何人,又受的什么伤?"沈顾道:"他中了一种极难缠的毒药。"梅琴道:"你是药中圣手,若依然无能为力,那紫纹缃也不会有多少裨益。"沈顾道:"可是不试一试,终究不会知道。"梅琴道:"你说的人又是谁?这世上绝少有人值得用紫纹缃去救。"顿一顿,又道:"应该更少有人当得你这一番苦心。"沈顾道:"不便相告。"梅琴道:"那人居然能让你走出定风谷,可见在你心里,也一定非比寻常了?"沈顾神色之间莫可名状,过了好一会儿,才低声道:"他于神农教有莫大的恩情,我不过是投桃报李而已。"

梅琴轻轻叹一口气,道:"你下山去吧。"无间不由得喜出望外,躬身行一礼,道:"那咱们就此别过。"梅琴道:"她可以走,我没有说你也可以走。"无间道:"我又不要你的紫纹绸,为何不能走?"梅琴饶有兴趣地扫他一眼,琴音再起,两朵淡蓝色的梅花自枝头跌落,缓缓飘了过来。无间稍作端详,拍出一招"旷日引月",力道蓄而未发,那梅花也便被托在了空中,片刻之后,在微风里微微一颤,相继落在了地上。弦音再响,又有四朵梅花鱼贯而来,无间折下一段梅枝,使一招"蹑云逐月",挑落两朵梅花,拨转两朵梅花,继而一个转身落回原地,伸手一指,想说些什么,可挠挠头,又呆住了。

那四朵梅花中的意象无迹可寻,可说不出为什么,又似曾相识。琴音再起,心弦随之又是一颤,一行歌诀忽然落上心头,"弹指空空,雅音淙淙,心意明明,刀剑弥形",再一思索,脑中轰鸣,一切忽而如同秋日斜阳里的归鸟,无尽渺茫却又无尽真切——梅琴用的竟然是明空指!六朵梅花如同绣球一般盘旋而至,而经书里的文字亦像画卷一般在心头展开,两相印证,漫空里那些飘忽不定的力道刹那间清晰可辨,他跃起空中,一肩耸,一肩沉,一腿蹬,一腿收,朵朵梅花倏然绽开,似乎将他围得无路可去,却又如同生了眼睛一样,贴着他一抹而过。梅琴微微吸一口气,琴音转疾,九朵梅花接续而来,真气则层层叠加,如高墙一般压向头顶。天和掌法批亢捣虚,明空指则寓实于虚,此等虚实之辨,已入武学至高至微的妙境,无间心有所悟,面露微笑,不慌不忙一纵而起,而落足之处,正是梅花之间力道承启的空当,如此连跨九步,越行越高,跨过最后一朵梅花,飘然落地。

先前他那一招姿势古怪,难以卒视,可这一招却衣袂飘飘,与仙人无异。明空指向细腻处求变,的确有弄巧之嫌,但是寓于抚琴的指法,又可谓珠联璧合,这是灵光乍现一般的奇思妙想,可真的要做到不着痕迹,梅琴内力精深是一层,琴艺精绝是一层,秉性落拓雅致实则又是一层。无间越想越是钦佩,躬身又行一礼,道:"我也算是半个少林寺的弟子,即有渊源,总有契缘,幸会,幸会。"

梅琴难掩讶异,半晌说不出话来,不过他自曝是少林寺弟子,又教人略感释然。无间并不罢休,道:"梅前辈的明空指又是跟谁学的?"梅琴道:"哪里来的明空指?"无间道:"你琴上的指法难道不是明空指?"梅琴忽而觉着此人无可理喻,叱道:"少林武功又如何能与我玄都派相比,那是先师所创的心魔指。"无间却丝毫不为所动,道:"不对,不对,亏了你琴弹得好,否则难免矫情呢。"

梅琴不由得勃然大怒,手上一捺一挑,乐音又轰然而起。无间心下咯噔一声,不明白她何以会恼成这个样子,而发髻随之一扬,更多出些直面一江大潮的意味。他不敢有丝毫怠慢,双掌一划,使一招"潮水平"推了出去。这一招的情形又不尽相同,内力滚滚,却如同撞上一块软软的绸缎,无可着力又无处可去,便如水花一般飞溅开来。四周梅树随之一震,花片扬起,一如漫天大雪,而一口真气挫在胸口,教他膝下一软,"扑通"一声,坐在了地上。

梅琴说不出心头是何种滋味,怔怔的有些出神,乐音回旋,终于还向平和里淡去,可转瞬之后,兰棋与竹书却齐齐叫了声"阿姐——!"。再抬起头,无间势如雷霆,一路摧折大片大片的梅枝,竟然自空中直撞了过来。她单掌拍出,有心取他性命,可内息一触,那股力道竟大得不可思议!一切再无可掌控,无间闷哼一声,斜飞而起,"喀嚓"一下撞进仙衣树的树冠之中,而直到此时,梅琴也才看清他身后居然还有一人;那人双掌亦分亦合,赫然是"落雁掌法"中的一招"捧月轮",只是她再也无能为力,肋下中掌,"哇"的一声喷出一大口鲜血。

偷袭之人正是丁岸;他急追兰棋,未出山谷,已入梅林,为琴音所困,竟然无暇再续一丸海蓝若,而他所受本是极重的内伤,早该是废人一个,是以梅琴再不曾放在心上。无间和沈颀到的正是时候,他佯装昏迷不醒,却趁机服下数粒海蓝若,药效上来,真气澎湃,行走一周天,伤也就好了大半。无间受伤倒地,他则乘虚而入，抓起来掷向梅琴，同时隐身其后，一击而中。这一会儿他也是得意扬扬，仰望仙衣树，一面哈哈大笑，一面再使一招"秋风无绪"，掌力盘绞，竟将兰棋与竹书射过来的两颗棋子与两只竹针硬生生封在了空中。姐妹二人脸色苍白，无论如何不能相信虚空之力能到这种火候，而丁岸指尖轻弹，引棋子射穿竹书双肩，再引竹针射入兰棋肋下，继而抓起菊画，"喀喇"一声还丢进了仙衣树中。

那一枚铁甲果就在梅琴的石案之上，丁岸取来喂丁汀服下，这才站起身，冲沈顾行了一礼，道："华山派丁岸见过沈姑娘。"沈顾立于梅林之间，一直若有所思，这时点点头，道："你被海蓝若所困，想来也受了不少煎熬。"丁岸道："姑娘所言极是，若能重新来过，在下断不会走上这一条绝路，可是事已至此，还请姑娘赐教一二。"沈顾道："你取了紫纹缃，又能怎样？"丁岸道："不曾想过。"沈顾道："那你又是何必？"丁岸略一沉吟，还是道："其实——这还都是怀玉山葫芦大仙的指点。"沈顾眉尖微微一蹙，丁岸则继续说道："说来可笑，人在落英峰，身在仙衣树下，可紫纹缃究竟在哪里，我依然一无所知。"

沈顾道："范无间，他果然死了？"适才一掷之力绝无仅有，梅琴虽则拦了一下，可他仍然应该摔得脑浆迸裂才对。丁岸望一眼仙衣树，道："可叫姑娘难过了。"沈顾半晌不语，可眼睛里还是泛起一丝泪花；她是淡泊之人，从来算不上有什么念想，可是经意不经意的，又总挥之不去。求解海蓝若，绕不过紫纹缃，正因为此，她才会随爹爹北上，而缘天岛脱困之后，有无间一路相伴，不知不觉之中，心中竟结起一层浅浅的欢喜。这欢喜来得薄脆，去的时候却不见得了无痕迹，只教她常常暗自着恼；这一会儿说不上悲伤，却分明有一丝孤单，更多的，又似乎是一层释然。丁岸又施一礼，道："还请姑娘告知紫纹缃究竟在什么地方。"沈顾道："你难道不应该问一问梅琴？"丁岸道："有沈姑娘在，又何必舍近求远？"沈顾四面望望，轻声道："紫纹缃喜风纳凉，多生于高崖之畔。"说着迈开步子，绕过仙衣树，踩着岩缝间的小径上向高处走去；景物交叠，晴山滴翠，雷音谷似远还近，又不动声色地呈现在眼前，而脚底直下千仞，谷底有一片碧草和几束白花，竟是那样一脉别样的安详。

淡蓝色的天幕之下，她裙裾随风摆动，长发也被撩起来，拂上腮边，而她手边不知何时又多了一株绿草，每一只叶片均不相同，望过去朦朦胧胧，仿佛在流动一般。丁岸望着她，心下一动，不由得也有些痴然。她继而转过身，望一眼仙衣树，忽然微微一笑，丁岸是何等心机，陡然醒悟，身形一晃，便跨了过来。可与此同时仙衣树中灰影一闪，有人抢一瞬之先，抱起她如转蓬一般直升数丈，晃晃悠悠落在不远处的一块大石之上；他手里仍旧却攥着一根树枝，神色之间又是迷惑，又是恼火，却明明白白，正是范无间。

他跌入仙衣树中，未曾撞得脑浆迸裂，实属万幸，及待菊画被扔进去，又正好撞在他肚腹之间，而这一撞，却仿佛将他推进一个梦一般的所在，暖风荡漾，桃花满目，周身暖洋洋的，瞬间清醒不少。向外一瞥，适逢沈顾将那一株水云草凑向口边；那草有旷世之香，却也有旷世之毒，他不及细想，抓起一根断枝飞身而起，拨开水云草的同时，又抱起她躲过了丁岸一击。这一会儿他仍然懵懵懂懂，可是乾坤朗朗，清风拂体，心意间又说不出的澄澈静好，再望一眼丁岸，更不由得好生厌恶；此人蝇营狗苟，无所不用其极，实在是罪不容恕，而他用过海蓝若也好，没用过也好，竟都变得不足与惧；念及此，手中树枝儿一晃，径直便攻了上来。

数招一过，丁岸周身上下忽然再无一丝妥帖；海蓝若药效未过，这一会儿应该真气鼓荡，挥洒自如才对，可不知为何，一切竟都是若有若无，进退失据的景象。一招"朗月清风"使到中途，气息如同枯草，萎落得无从梳理，肩头随之一麻，被无间拂中，仰天跌了开去。沈顾忽而说道："这个时候，你仍然不明白？"丁岸心有不甘，道："我应当明白什么？！"沈顾道："有仙衣树和紫纹缃的地方，又怎容得下海蓝若？"

此话究竟是何种道理，他并不清楚，但毋庸置疑，海蓝若早已经没有效用；站起身，稍作打量，忽然间便有些害怕。无间双眉一挑，作势又要打，道："活捉最好，着你爹爹拿一万粒海蓝若来换！"丁岸后退一步，强自镇定，忽然身形一晃，揽过丁汀，拔腿就走。无间始料未及，想追，又害怕其中有什么诡诈，而这一犹豫的当口，二人也去得远了。他不知想到些什么，忽而又变得喜不自胜，"啪"的一声丢掉树枝，奔过来拉起沈顾的双手上上下下打量一番，道："你，还好？"沈顾面上一红，却没有挣脱，道："刚刚救过这么多人性命的宝贝，便这样丢了？"无间道："什么宝贝？"嘴上这样说，眼睛还是不由自主寻了出去。地上那一段树枝是淡淡的银灰色，表面平滑洁净，几乎与丝绸无异，顶端有几片圆圆的叶子，翠绿之中泛着几丝紫色的浅纹，中段则有一块圆圆的凸起，非花非果，透出淡淡的粉色，不是桃子，却又让人不由自主会想到桃子。沈顾道："大补而温，浩荡而和，去奇除异，返璞归真，这便是紫纹缃。"

世间极少有人知道，紫纹缃只能依托仙衣树而生，前者花似桃实，后者花若桃花，这其中浑然天成，才是它得尽天地灵秀之处。无间被掷入仙衣树，再经菊画一撞，正好落入紫纹缃丛中，那奇花因此断了一支，而他内伤也得以不治而愈。而他抢出仙衣树，抓在手里的正是一支紫纹缃，如此再与丁岸过招，气息挥散，如细雨润物，化尽海蓝若种种异变，也才得以轻易胜出。无间不由得喜笑颜开，道："如此说来，紫纹缃果然能解海蓝若？"沈顾摇摇头，道："紫纹缃能化海蓝若之异，可你毒入肌理，浸染经脉，若要清源，又谈何容易？"无间颇感失落，想一想，道："那无论如何，总该谢过沈姑娘惦记？"可沈顾还是摇摇头，道："神农教一药一解，无解无药，我求解海蓝若，说是与你相关，其实又与你何干？"

梅琴四人本来受伤极重，不过有沈顾无间二人救治，不多时即无大碍。竹书菊画无心逗留,当即下山去了,兰棋则煮一壶清茶,治数碟野果,以尽待客之道。说一会儿话,梅琴忽而道:"我重伤未愈,行动不便,烦请沈姑娘移步过来。"沈顾见她神色平和,未做它想,可真的走近了,梅琴却手腕一翻,顺势点了她穴道,拉她坐到了身前。无间吃一惊,可不等说出话来,梅琴先摆摆手,道:"范少侠,我有事相求。"无间心中有气,道:"那我不答应好不好?"梅琴道:"你自己掂量。"说着话,从沈顾身上取过手帕,解开来,捏起那一朵紫纹缃凑近烛火,又道:"此花一共三株,间次开花,三年一朵,九年一个轮回,若是这一支烧掉了,你可有耐心再等三年?"

无间并不怎么在意,道:"我睡棺材,别说三年,三十年也等得。"沈顾却摇摇头,道:"你究竟何意?"梅琴道:"紫纹缃乃玄都派至宝,但教我姐妹四人有一口气在,不离,不弃。"无间还惦记着适才的话,指指沈顾,道:"你有求于她,还是有求于我?"梅琴道:"有求于你。"无间道:"有求于我,却要挟沈姑娘?"梅琴道:"不错。"无间道:"我若是答应了,她便可以带紫纹缃下山?"梅琴道:"那是当然。"无间终究无可无不可,道:"罢了,罢了,你说怎样就怎样。"梅琴道:"第一件,你要拜入先师门下。"

无间还道没有听清楚,指指自己胸口,一字一句道:"你要我拜入玄都派?"梅琴道:"有何不可?"无间不敢再提明空指的事情,转而道:"我又有什么道行,入得了你们神仙一派?"梅琴道:"你解得离弦,救下紫纹缃,还要怎样?"无间道:"那可都是误打误撞。"梅琴道:"既是有缘人,自当随缘去,你为何还不明白?"无间拧着眉头笑了起来,道:"这个'缘'字历来自圆其说,恭敬不如从命,我从命就是。"

北离南魅一昇一明,是何等声名,若没有天大的机缘,谁又能拜入玄都派门下?可是这少年不仅没有半点欣喜若狂的表示,反而是一幅勉为其难的样子,还真叫人颇为懊恼。兰棋道:"你可想清楚了,一旦拜入玄都派,你便不再是少林寺弟子。"无间像是有些犯难,可忽然间又摆摆手,"扑通"一声跪倒在地,冲梅琴磕个头,叫了声"师父"。梅琴却微微一笑,道:"我当不了你师父。"无间道:"难不成要拜菊画?"梅琴道:"你拜入先师门下。"无间一脸愕然,道:"李天魅?"梅琴道:"她的名号又岂是你随便叫的?"无间嘿嘿一笑,道:"你一口一个先师,难道她不是已经——仙逝了?"梅琴道:"不错。"无间道:"那她又如何收我为徒?"梅琴道:"阴阳相隔而已,又有什么大不了的?"

她继而伸手一指,道:"你拜仙衣树就好。"无间哭笑不得,却还是半转身,老老实实磕下头去。梅琴朗声道:"玄都派第十三代弟子梅琴代先师李天魅收第六位弟子范无间。"无间拜三拜,站起身来,笑呵呵地道:"我要改口叫你师姐?"梅琴道:"这又有什么好笑的?"无间不敢放肆,冲梅琴兰棋各行一礼,转而道:"师父有六位弟子,那除了四位师姐之外,还有谁?"梅琴不予置答,只递上一只木盒,道:"师父要传你的是这一套内功心法。"

木盒上有"玄都心法"四个字,笔锋温软,一望便知是女子所书。无间接过来,道:"这是玄都派的入门功夫?"梅琴道:"这是玄都派的至高心法。"无间道:"我一窍不通,又如何修习?"梅琴道:"看你自己的造化。"无间道:"若有疑难之处,总还可以向师姐讨教?"梅琴道:"这套心法断非普通心智所能掌控,师父不许我修习。"无间眼睛瞪得浑圆,道:"这又是什么道理?"梅琴摇摇头,不像有说下去的意思,无间稍稍一等,将木盒揣进怀里,道:"这是一件,还有没有第二件?"

梅琴道:"我有一段旧事要说给你听。"无间道一声"好",径直去下首坐好,给自己倾了一杯茶。梅琴所述,正是李天魅与虞念离之间的旧事,无间早先听明净与林微多次提及,如今再行印证,江湖传言还真是大差不差。东海琼花岛一战,虞念离呕血数升,心脉俱损,必死无疑,而李天魅能将人救回来,靠的正是紫纹绡。无间道:"这么说,师父还真是喜欢人家?"梅琴道:"二人相互倾慕,绕不过的,还都是那些傲气与傲骨,可无论怎样,事情算是有了一个不错的交代,他们平心静气,还是过了一段神仙眷属般的日子。"无间道:"之后虞念离便不辞而别?"梅琴道:"不错。"无间道:"师父便开始胡乱杀人?"梅琴道:"世上又有几个人明白为情所困的苦衷?"无间道:"虞念离宁可负天下人也不能辜负自己,也好不到哪里去。"梅琴道:"可他若是归隐山林,于此全不知情呢?"无间还是不以为然,道:"那后来呢?她是天下第一,如此为所欲为,又怎生收场?"梅琴道:"这还多亏了骆雨痕。"

无间心下一跳,忽而又想起骆家的那颗流云珠,道:"骆雨痕是谁?"梅琴道:"虞念离的弟子。"无间道:"河南有个骆家,她可是骆家的后人?"这话听来全然不着边际,梅琴置之不理,道:"她约了师父在泰山绝顶会面,本意是劝她手下留情,谁承想二人言语不和,最终动起手来。骆雨痕武功相差甚远,还好师父网开一面,只挑断她左腿脚筋,留而未杀,只是再回来落英峰,师父便变了一个人一样,心灰意冷,郁郁寡欢,不足一个月,一头青丝全成了白发,而且自那之后,她再没有出过海棠山。"无间这时又想起林微的话来,道:"骆雨痕究竟是虞念离的什么人?"梅琴苦笑一声,忽而轻声吟道:"娉步淡云影,浅妆细雨痕。"

她翻开手掌,掌心里暗光流动,如日间云影,竟然是又一颗流云珠。无间咬住嘴唇,目不转睛,汗水却顺着脊背直流了下来,梅琴又道:"这珠子上有'云影'两个字,如果师父所料不差,世间应当还有一颗一模一样的珠子,上面刻有'雨痕'二字。你要做的第二件事情,便是找到那颗珠子,问问它的主人,这一句'娉步淡云影,浅妆细雨痕',究竟是何人所作?"无间越想越糊涂,道:"那然后呢?"梅琴道:"若是虞念离所作,则荒唐归荒唐,还算不得虚妄——"无间道:"若不是呢?"梅琴道:"自作孽。"无间道:"谁自作孽?"梅琴道:"那个你无须知道。"无间道:"那然后呢?"

梅琴道:"没有然后,问好了,也就成了,谁都不用告诉,我也不必知道。"

梅琴解开沈颀的穴道:将紫纹绡一并送上,道:"二位自便,若想下山,下山就好。"沈颀点头谢过,转而望一眼无间,道:"咱们就此别过?"无间一怔,指指她,又指指自己,道:"就此别过?"沈颀冲梅琴道:"既然他是玄都派的弟子,落英峰应该来去自由?"梅琴微微一笑,道:"不错。"沈颀又道:"若是他从此就在仙衣树下侍弄梅林,帮你刨刨种种,也无不可?"梅琴道:"是无不可。"沈颀继而还望向无间,道:"求解海蓝若,不算完满,可也不失完满,你守住仙衣树就好,得其沁润,自会无虞。"无间这才明白过来,道:"守住仙衣树就好,不用每日里炼丹煎药?"沈颀道:"守着就好。"无间有所思,再抬起头,却又变得笑眯眯的,冲梅琴道:"师姐吃素?"梅琴道:"落英峰只有素食。"无间道:"不能喝酒吃肉?"梅琴道:"不能喝酒吃肉。"无间哈哈一笑,冲沈湄道:"好些事情我早就想清楚了,短命若斯,总要有所成全,即便是谁都成全不来,还可以成全自己呢——我,跟你走。"

沈颀好一会儿没有言语,再提步,便向梅林之外走去。无间抢步跟上,她却又转过身来,冲梅琴道:"先师可认得神农教教主曲关阳?"梅琴一怔,道:"不曾听说,姑娘何以有此一问?"沈颀道:"没有什么,他们同为一代人杰,而且年纪相仿,若是相识,应该算不得意外。"梅琴摇摇头,道:"我对曲教主没有不敬之意,但道不同不相为谋,他偏居西南,乃是药中圣手,而先师生前莫说从不碰毒,更痛恨天下所有的毒物毒药,二人又如何会有瓜葛?"

第四十三章
浮生若似烟花雨

　　下了峰,无间才想起来那本《玄都心法》,打开盒子,最先看到的是一只淡蓝色的贝壳,两寸长短,依稀是长剑的形状,右下角刻着一朵精致的桃花,当中则有"范无间"三个小字。他明白这是玄都派的信物,揣进怀里收好,再翻开经书看几行,先是大呼"不懂",继而大呼"不通",便丢在了一旁。经中文字晦涩是一层,所讲驭气之道偏偏又和天和掌法格格不入,在他看来,向奇诡里用心,便不是什么正经的路数。沈顾道:"你入了神农教,却又拜入少林寺门下,明净方丈不曾答应呢,又高攀上李天魅,这是什么做派?"她这样说话着实少见,无间不由得哈哈大笑,道:"不信不义?寡廉鲜耻?不过玄都派最做不得数,改日我再向虚空里一拜,让李天魅将我逐出门墙便是。"

　　沈顾捡起那本经书,信手翻开,刚好是中间一章的起始,讲的是所谓"青梅针"。她瞥一眼,再看一眼,忽而生出些兴趣,便一段接一段地读了下去。无间百无聊赖,还摆弄那只盒子,底面贴脚的地方竟还藏着一只小小的布囊,摸一摸,倒出来,是一只小指大小的药丸,不知道放了多久,乌溜溜的,早没了光泽。他嗅了嗅,也说不出个所以然来,看沈顾仍是一幅心无旁骛的样子,便还丢回原处。又过好一会儿,沈顾忽然抬起头来,轻声道:"好奇怪。"无间道:"奇怪什么?"沈顾道:"我不懂武功,看明白的不过是些经络上的道理;天和掌法刚猛无俦,玄都心法天下至柔,二者说是不能兼容,可不要忘了,你体内有子非鱼呢。"无间眯起眼睛想一想,似有所悟,最终却还是一无所悟。

他去怀里掏一掏,翻出当日在固安得来的那片地图,道:"这个给你爹爹。"沈顾道:"这是何物?"无间道:"在听天石,我答应他要找回云莫为带走的地图,这不是骆家那一片,可也胜似骆家那一片,姑且算我完成一桩差事。"沈顾了无兴趣,道:"这是你和他之间的事情,日后你亲自交托好了。"继而轻声一叹,道:"当时你比谁都着急,非要坏了神农教的规矩,可是,黄麻紫根本就伤不了殷姑娘。"无间道:"你怎知道?"沈顾道:"爹爹可是到殷姑娘身边说过几句话?"无间道:"不错。"细细回想,又道:"好像还在肩上拍了拍,"忽而又恍然大悟,"难不成留了些素丹粉?"素丹粉无色无味,是镇定毒虫的奇药,若果真如此,别说黄麻紫,再性烈十倍的毒蛇也不会将殷茵怎样。沈顾不置不否,却转了话题,道:"你无缘无故为何会想起地图?"无间道:"我只是想,是不是该送你回神农谷了?"

二人从西面出海棠山,走不多时,便进了一座镇子。街边有一棵梧桐,样貌平平无奇,只是不知何处来了几只蜜蜂,绕着树干嗡嗡飞舞。沈顾略感惊讶,走近一些,一股丹阳花的味道便透了过来;手边并没有冷雨木,她略一思索,让无间去街边药店里讨了几片寒水石。寒水石有清心冰目之效,在眼睛上敷一会儿,再拿开,一团模糊之中,树干上却有字迹一点点突显出来。那是些弯弯曲曲的符号,无间半个也不认得,可沈顾脸色却变得颇为凝重。她当前引路,又走不远,路边出现好大一座宅子,称为"清议会馆"。无间道:"神农教的人来了这里?"沈顾道:"这是三宝会淮南分舵的所在。"无间吓一跳,道:"难不成你爹爹寻仇来了?"沈顾道:"早有缘天岛一战,爹爹又怎会善罢甘休?树上那些符号是三日之前所留,教内高手曾经尽集于此,不久之后又走得干干净净;这最像爹爹的手笔,干净利索,径取所需。"无间道:"可是杀人来了?"沈顾道:"三宝会不能取他的性命,如今便只好赔上更多性命,而且于他而言,我仍然生死不明,与三宝会的这一场干戈又岂是一朝一夕所能化解?"轻轻叹一口气,又道:"这样说来,我还真是应当尽快回神农谷才对。"

有半日的工夫,会馆不见有人出来,也不见有人进去,天光亮堂堂的,可不知道为什么,总透着些怪怪的气息,而那些过路的也一脸惶恐,恨不能一溜烟跑过去才好。夜幕降临,无间看看四面无人,便揽过沈顾,越墙而入。双脚踩上地面,一股沉淀许久的血腥气便被搅了起来,隐隐约约依然有些刺鼻,进来客厅,就手点着案上的油灯,火光亮起,却衬得空间脏兮兮的,似乎总有一块块的暗色,凝结在各处,而墙上地上桌上椅上的污血渐渐也显露出来,一摊摊的,与骆家好有一比。无间道:"这般血腥,又怎会是神农教所为?"沈顾指一指油灯,张口吹灭了,道:"这里的人中昏天散在先,被诛杀在后。"无间凝神一想,也才明白过来,昏天散在油里过些时日会被溶掉,不留半点痕迹,只是灯亮不起来,总像是包在一层灰韵之内,正是适才所见的情形。

这时院门处忽然有说话声传了过来,无间略感慌乱,在或逃或躲之间犹豫几个来回,再想走,已绝无可能。屋子里空荡荡的,大得从容,他揽着沈顾刚刚跃上房梁,一行人便进了客厅。火折子一闪,油灯便又亮了起来;来者四人,当先一位三宝会头目打扮,是江南分舵舵主苗苍颜,另外三位无间都认识,一位是丐帮帮主叶乘宗,一位是崆峒派段开德,还有一位竟然是少林寺觉尘。叶乘宗道:"苗舵主,尸首是什么时候收的?"苗苍颜道:"昨日早间,我有心等一等,让你们亲眼看看,可恨天气太热,生好多蛆,实在留不下。"觉尘道:"一共死了多少人?"苗苍颜道:"一共抬出去五十二具尸首；事发当天淮南分舵议事，大大小小的头领都在——"长叹一声，又道："淮南分舵这一回算是全军覆没，比潼川分舵与夔州分舵还要惨，神农教穷凶极恶，这一口气教人如何咽得下？"

叶乘宗道："这场景与洛阳骆家如出一辙，难道不会有人栽赃？"苗苍颜道："叶帮主，这才几天的工夫，能接连灭我三大分舵，若不是神农教，谁还有这等手段？"段开德道："三宝会行事也不怎么地道：我就不信你们没有别的仇家。"苗苍颜道："偌大一个帮会，得罪人在所难免，可三宝会讲商道重于讲武道，也就没有什么不能通融的事情，说有谁和我们势不两立，非要弄出这么多人命，我还真是不信。"顿一顿，又道："因为骆家命案，武林上上下下都说什么神农教杀人不见血，我瞧着，他们将计就计，偏偏极尽血腥之能事！"觉尘应一声，道："苗舵主之言不无道理。"叶乘宗道："云莫为和三宝会究竟有什么关联？"苗苍颜"嗨"一声，道："叶帮主，江湖上那些传言你还真信？我三宝会再不济，也不至于和他那种罪大恶极的贼人搅在一处。"

四人又说几句话，挥挥手，熄灯走了出去。无间拍拍胸口，一口气不等透出来，前后两扇窗"砰"的一声同时震开来，叶乘宗与觉尘一左一右双双抢上，带起一股疾风，径直劈他肋下。他无可周旋，只好揽着沈顾一跃而下，不等双脚落地，再强使一招"天雨潇潇"，拨开段天德的迎面一拳，借势荡开丈余，落脚在暗影里。对面三人不再进招，站位却是掎角之势，叶乘宗拱一拱手，道："尊驾武功不弱，但是想护着你的朋友走脱，也绝无可能，我劝你好自为之，还是束手就擒为妙。"稍稍一等，又道："我等都是正派中人，你若不曾做什么亏心事，自然不会难为你。"这些话句句说在无间心坎之上，他想一想，忽而呵呵一笑，转圈各行一礼，道："阴差阳错呢。"

诸人又惊又喜，觉尘更一把抱住了他，道："师弟，果然是你?!"继而又冲沈颀双手合十,道:"林姑娘,贫僧见礼了。"无间道:"她不是微微。"说话的工夫,段开德"嗤"的一声又点着了油灯,稍作打量,疑心大起,道:"你小子和林家那丫头闹翻了?"无间叹一口气,不知该从何说起,段开德却口没遮拦,继续唠叨,"人傻不愣登的,桃花运倒是不浅,有一个天下无双的还不够,居然还能再换一个天下无双的。"无间怕沈颀着恼,赶紧道:"你们又如何知道我在梁上?"叶乘宗道:"室内有油烟气,自然是因为有人刚刚来过。"继而望一眼沈颀,又道:"这位姑娘应当不会什么武功,一呼一吸,听来清楚得很。"复又拱拱手。"敢问姑娘尊姓大名?"沈颀这次没有置之不理,简简单单答道:"沈颀。"

那四位大吃一惊,叶乘宗稍一犹豫,还是问道:"姑娘与神农教有何渊源?"沈颀道:"我姓沈,名颀,你说有何渊源?"段开德"嘿"一声,转而冲无间竖竖大拇指,道:"还真是,大魔头,小妖精,照单全收。"觉尘心下怦怦直跳,道:"林姑娘可好?"无间道:"应该好得很,可我找不到她。"觉尘道:"那你和这位女施主是——结伴赶路?"段开德道:"结伴赶路?这小子糊迷心窍,你瞧不出么?神农教尽些神神鬼鬼的手段,而这姑娘又是神神鬼鬼的头儿,摄走这小子的魂魄,他都不自知哩!"叶乘宗摆摆手,道:"沈姑娘,既然你在这里,那就容在下斗胆问一句,清议会馆的命案可是神农教所为?"沈颀道:"无可奉告。"叶乘宗道:"那依姑娘之见,这些人又是怎么死的?"沈颀仍然道:"无可奉告。"苗苍颜道:"叶帮主,这种事情没有人愿意往自己头上扣,她没说不是,也就够了。"沈颀忽然说道:"那缘天岛的事情是不是你三宝会所为?"

觉尘等人分明知道缘天岛的事情,却依旧大为诧异,同声问道:"那是三宝会所为?"段开德进而又道:"你苗苍颜可一直说你们与神农教并无过节。"苗苍颜略显尴尬,道:"傅长天狼子野心,为害武林,三宝会既然有机缘将他们一举歼灭,当然不会手软。"叶乘宗道:"傅长天可死在你们手里?"苗苍颜耸耸肩膀,没有说话，叶乘宗忽而变得有些恼火，道："若你早提这一节，我们又何必没日没夜地议来议去？傅长天多行不义是不错，可这些若都是冤冤相报的江湖仇杀，便应该另当别论。"

段开德道："既如此，那这些人理所当然是神农教所杀！"口中啧啧有声，还瞅瞅沈顾，道："有理没理的，这位小魔头横竖脱不了干系，若没有她制出那些千奇百怪的毒药，又如何会死那么多人？"沈顾道："若这样理论，那少林寺的武功又杀死过多少人？"段开德小眼一瞪，道："你还有脸自比少林寺？"觉尘却像是受了触动，道："阿弥陀佛，沈姑娘之言原是有些道理的。"段开德气得不住跺脚，道："迂腐，迂腐！你们寺里老和尚糊涂，中和尚也糊涂！"转而拍拍无间后背，道："你算半个小和尚，我倒要看看糊涂不糊涂。"无间道："糊涂怎样，不糊涂又怎样？"段开德道："若是不糊涂，便将这小魔头绑起来，有理没理的，到少林寺说说清楚。"无间道："绑不得。"段开德道："为何绑不得？"无间道："我糊迷心窍，而且魂魄不全，她绑我还差不多。"段开德怒火中烧，道："你哪里是糊迷心窍？是色迷心窍！林家妹子到底怎样了？你——"觉尘不想让他再说下去，插口道："阿弥陀佛，沈姑娘可否随我走一趟少林寺？"沈顾却是一副若有所思的样子，冲无间说道："你送我也不止一程了，咱们就此别过。"说话间径直迈开步子，向门外走去。

苗苍颜喝一声，"想走？说得容易！"一拳便打了过去。无间跨上几步，单掌架开，道："沈姑娘不会武功。"苗苍颜不依不饶，跟着又是三拳，无间有些着恼，再出一掌便多三分力道：推他一个趔趄。苗苍颜气得哇哇大叫，冲觉尘叫道："大和尚，你少林寺是不是也该清理门户了？"觉尘也颇为头疼，稍一犹豫，还是说道："师弟，你且退下，大是大非的事情万万糊涂不得。"无间不知想到些什么，转而对沈顾道："你要不要随我去少林寺见见师父？"沈顾神色冰冷，迈步从他身侧绕了过去，段开德随即使一招四方拳中的

"风卷残云",去拿她手腕。无间不得已,还挡下来,只是半招"潮水平"余势不消,震的段开德一屁股坐在了地上。他脸涨得通红,叫道:"反了天了,反了天了,糊涂一窝,糊涂一窝,觉尘,你若是不闻不问,可别怪我多管闲事!"

他大喝一声,又砸过来一拳,而苗苍颜跟着也拍出一掌,无间使一招"参回斗转",借着二人掌风,揽起沈颉,还往门外走。觉尘最后关头一咬牙,抢出一步,一招"铁臂伏虎"使到一半,却又心下一软,便想收势。无间身法里夹裹着苗苍颜与段开德的诸多力道:受一拳并无大碍,可他内力一收,情形便大不相同,众人只听"砰"的一声,人被撞得飞起老高,再落地,断了数根肋骨,便晕了过去。

无间大呼不妙,连叫数声"师兄",可苗苍颜与段开德紧追不舍,开始一招接一招地往沈颉身上招呼。他大为被动,再不能逗留,越墙跳出会馆,越行越快,不多时便将那两位远远地甩在了后面。再停下来,沈颉静静地站一会儿,忽然道:"也好,你这就去吧。"无间道:"你去哪里?我又去哪里?"沈颉道:"你去找你师父师兄,还做回名门正派的弟子,我自去找我的大魔头爹爹。"无间听得出这话里的意味,不由得笑了起来,道:"心正为正,你管他们说什么呢?"沈颉道:"清议会馆的人的确是神农教所杀,而且他们说的也不错,爹爹就是杀人不眨眼,若问我,死几个人而已,又有什么大不了?"抬起头,又道:"依着你范无间,这可是心正?既然你心正,难道我不应该刀剑伺候?"

无间"嗨"一声,忽然不知道再说什么才好,沈颉稍稍一等,转身就走。耳畔无间的脚步声响起又断开,终于再没有半点动静,而她越走越快,忽而便噙了一眼的泪花。那一点期待越扯越细,几乎再也无以为继,身后那人却又长叹一声,转瞬间跳到了身侧。沈颉忽地立住脚,望定天际的月牙儿,泪水如断了线的珠子一般,流了一脸。无间登时慌得手足无措,想走近一些不是,躲远一些也不是，只好连声问道："你这是怎么了？"过了好久，沈颀才道："我要去风寒山。"无间小心翼翼地道："风寒山又是什么地方？"沈颀道："那是三宝会荆湖分舵所在，依着丹阳花的指示，清议会馆之后便是风寒山。"

风寒山在湖北境内，是一座不大的山包，背靠一面称为镜水的大湖，再过去便是闻名天下的武当山。二人在山下稍事休整，待天色转暗，才又重新上路。走不多时便下起雨来，清冷里弥漫起一层萧索，等过来山腰，前方忽然传来一片马蹄声。他们隐身树后，侧耳倾听；那马应该有七八匹，走得甚是消停，有人道："尤兄不同凡响，居然能识破神农教的手段。"另外一人道："我进进出出神农谷多少次！他们那点儿伎俩，如何瞒得过我？！"先前一人道："这下神农教自投罗网，定然全军覆没，咱们连折三个分舵，也该捞回一阵，嘿嘿，若是运气好，将傅长天一并捉了，岂不大快人心！"另外一人却恨恨地道："可恼少林寺那老和尚自作聪明，非要我下山不可，这类事情不能亲眼见证，实在不爽！"先前那人又道："明易大师也不见得没有道理罢，府衙牢里关的都是寻常百姓，那些衙役唬得住他们，又如何唬得住这些大魔头？你我援个手，也说得过去。"另外一人道："那是匹夫之见，兵法上所谓虚虚实实，他懂得什么？人都道他们定然被囚在隐秘的不能再隐秘的地方，我偏偏不要！什么地方最稳妥？傅长天想不到的地方最稳妥！什么地方他想不到？光天化日之下的地方他想不到！将他们下在府衙大牢里，正是这一层道理，再说了，傅长天本事通天，若真的找了来，说什么你我去援个手，即便是他老和尚带着少林寺一窝和尚去援个手，又管个屁用！"

这人说话的声音在无间那里铭心刻骨，正是太阴使尤渊；当天他在武林大会上暗算明净，李云阁却胡搅蛮缠，混了过去，如今来看果然不差，真就是三宝会的人。听他们话里的意思，三宝会像是看透了神农教的布置，以逸待劳，在此专候傅长天；不过囚在府衙大牢里的又是些什么人？即为大魔头，便与神农教大有渊源，又或者是在缘天岛失散的秦关等人？正这样琢磨，又有十余人大踏步走上山来，领先一位大大咧咧的，正是泰山派洪方虬。

尤渊小心翼翼地道："又是哪一路的英雄？"洪方虬似乎也松一口气，报上姓名，道："我等奉明净大师号令，星夜驰援三宝会，可是给足了你们面子。"尤渊赶紧施一礼，道："泰山派大仁大义，我等感激不尽。"洪方虬道："还有谁到了？"尤渊道："少林寺明易大师，武当派寻了道长和峨眉派了寂师太；丐帮叶帮主还未上山，不过许多兄弟已经到了。"又寒暄几句，各自道别而去，无间便六神无主，而沈顾却早有计较，道："咱们下山。"

他们尾随尤渊等人，走不多时，便到了府衙，尤渊无所顾忌，长驱直入，无间迟疑片刻，忽然记起来怀里还揣着青青那块通行无禁的令牌，绷起脸，不等侍卫询问，便忙不迭地举起来晃了晃。众衙役忽然间脸色发白，一个个恭恭敬敬站得笔直，道："大人稍候，我们这就进去通报。"无间一面大喜过望，一面忍俊不禁，还好尚能装模作样，一字一句地道："不必了，你带我去牢里看一看。"一干衙役异常不安，却又不敢违抗，其中领头的一位便引着他们往里走。无间道："适才进来的都是些什么人？"那衙役道："你说的是尤大人？他是三宝会荆湖分舵舵主罗铁音的亲信，我家老爷和罗舵主交情极好，自然和尤大人也熟得很。"无间道："他来这里做什么？"那衙役道："死牢里关了些不得了的江洋大盗，他要盘查一下。"又走几步，那衙役大着胆子问道："大人是宫里来的？"无间道："不错。"那衙役又道："二位是有身份的人，老爷要是怪罪下来，小的可怎生担待？"无间道："你不告诉他不就成了。"那衙役有些摸不着头脑，可心思还算灵通，转而问道："莫非上头对我家老爷有什么不待见的地方？"无间琢磨一下这话的意思，道："这个不能告诉你。"那衙役扭头瞅他一眼，更添一层忐忑。

他这样有问必答的，是迟早露馅的阵势，好在大牢不远，转几个弯也便到了。沿着石阶走到地下,又过两道铁门,便又听到了尤渊说话的声音。四面昏昏沉沉,又有些影影绰绰,迎面壁上两盏油灯还算是明亮,墙边一位女子抱膝而坐,似睡非睡,竟然是吴双。无间低呼一声,不由得心花怒放,再耐不住那衙役唠叨,先伸手点了他的穴道,继而又笑呵呵地叫了声"太阴使"。尤渊身子凝固了一般,不想转过身,可又不得不转过身,目光扫过无间,似乎没有认出来,可一落在沈颅面上,脚下发软,看着就要摔倒。无间欺身而上,先拍晕了他,继而左右开弓,将数位随从也尽数打倒在地。

　　一长串牢房里面,秦关张何萧无不在列,正是在缘天岛失散的一干人等。他们被冲进海里,为三宝会生擒,之后又中了一种称为虚筋散的毒药,真气涣散,而且极少有清醒的时候。而李云阁等人不远千里,送他们来这里囚禁,这一番心机,又断非常人所能揣摩了。沈颅用断疴木作引,将众人一一唤醒,而他们中毒日久,想恢复功力无论如何也要到七日之后,别无良策,无间只好挨个背起来,带出府衙。待一切安置妥当,已是两个时辰之后,他和沈颅便还投风寒山而来。

　　夜色漆黑,细雨仍然下个不住,刚走到山腰,便听"砰"的一声巨响,一团烟火腾空而起,紫色里透着星星点点的绿色,照亮几朵残破的乌云,正是"九薇"。九薇以九叶蔷薇混合着十余种毒草制成,遇水而溶,消肌蚀骨,乃是极毒之物,它随烟火升入高空,也便将绵绵细雨化为漫天毒水,背后的心思可谓狠辣至极,而看这情形,神农教的人还真是到了。无间揽过沈颅,展开轻功,再疾行片刻,便到了山顶。不远处一座庭院灯火通明,一片又一片的火苗游龙一般窜到空中,继而化成斑斑点点的火星,经久不散。看了片刻,他忽然明白这是有人将酒花喷至空中,继而射出火箭将之点燃,如此一茬接一茬,便如同在庭院上方结起一张火网;九薇遇火而消,不等落地,即化为乌有,自然也就再无效用。此等手法简单实用，看来三宝会不仅有备而来，更应该得了高人指点才对。

过不多时，院门打开，一行人鱼贯而出，居中三位分别是少林寺明易大师，武当派寻了道长与荆湖分舵舵主韦伯仁。明易朗声道："阿弥陀佛，敢问是神农教的哪位？"院外有一会儿没有半点声响，紧接着却有人扑嗤一笑，十余名黑衣人自林中同时走了出来。她们身形瘦削，分明是一群女子，接话之人声音更尤其悦耳，道："你这老和尚又是哪里来的？"明易道："贫僧少林寺明易。"那女子道："不好好修佛，来这里做什么？"明易道："女施主要来，贫僧才不得不来。"

无间脑中有一瞬一片空白，可转眼间欢喜又如同雨丝下的涟漪，点点绽放开来，这声音再熟悉不过，竟然是殷茵！明易忽然也有些举棋不定，韦伯仁修书明净，说什么神农教大举来袭，意欲血洗荆湖分舵，可这里不过区区数人，为首的还是一位似乎并不更事的年轻女子，这是三宝会虚张声势，还是傅长天兵不厌诈？他清清嗓子，又道："贵教傅教主何在？"殷茵笑道："哪门子的贵教？你好像真的知道我是谁一样。"这时明易身后有人轻轻咳一声，道："殷姑娘——？"殷茵吃了一惊，目光亮亮地寻过去，却不接话。那人又道："殷姑娘贵人多忘事，这才几日，便想不起我了？"殷茵摇摇头，还是说道："王小酒？"那人哈哈一笑，道："不是冤家不聚头——"殷茵道："也好，你欠着我一条命呢，我正好来取。"明易像是颇感恼火，道："如此说来，这位姑娘果然是神农教门下？"殷茵道："自然是神农教门下，你这般喋喋不休的做什么？"

韦伯仁冷笑一声，道："说什么血洗我荆湖分舵，就靠你这个乳臭未干的丫头？"殷茵道："又哪里不对了？这些和尚道士尼姑的，便是你搬来的救星？"明易道："阿弥陀佛，敢问女施主，三宝会潼川分舵夔州分舵与淮南分舵三桩血案，可是尔等所为？"殷茵嘻嘻一笑，道："那个不告诉你。他们三宝会是不是死了很多人？这就对了，两面三刀，卑鄙无耻的事情做多了，总会有个报应。"

明易长叹一声,道:"老衲有一言与女施主相商。"殷茵道:"你要商量什么?"明易道:"若真的刀兵相见,只怕诸位谁也活不过今日,不过,你若愿意随我去少林寺面见方丈大师,老衲自可以居中调停,保你毫发无伤。"殷茵道:"说来说去,你以为我人手不够,便应该怕着你?"说着话手上一抖,"嗤"的一声轻响,一只小炮擦出若干火光,冲天而起。

那小炮称为"烟花雨",本是神农教各部之间相互呼应求援所用,在空中炸开恍若漫天星雨,隔着数十里也能看到。殊不料三宝会于此也有准备,寻了不动声色地掷出一颗石子,压住那只小炮,直接向深谷之中坠去。殷茵心下恼火,骂一句"臭道士",接连又掷起几支,可寻了如法炮制,不紧不慢地还一一打了下来。王小酒不由哈哈大笑,道:"殷茵,今日我等瓮中捉鳖,即便是傅长天也休想走脱。你若有自知之明,还是束手就擒为妙!"说着打一声呼哨,屋脊之上,高墙之后,草丛之间,山石之侧忽然站起来许多人,从四面慢慢围拢。殷茵依旧不动声色,可无间已经急得手足失措,他若现身,不见得能救下殷茵,只怕沈顾同样无幸,可是不现身,又如何能够?转头望一望,不想沈顾无名指与拇指扣在胸前,轻声说一句"烟花雨下,生死同舟",竟率先自隐身之处走了出去。

第四十四章
囹圄亦可归如意

场上忽然间静得只剩下沙沙的细雨声，众人吃惊之余，目光齐刷刷寻了过来。殷茵凝神片刻，似乎才认出眼前之人，颤声道："沈姑娘？"沈顾微微一笑，点了点头，神农教十余人唱一声"烟花雨下，生死同舟"，同样将无名指与拇指扣在胸前，便一起跪了下来。而这正是教内的规矩，烟花雨等同于教主征召，无论是谁，无论何种身份地位，即便于事无补，也要务必驰援；殷茵手中的烟花雨并无炸开，可沈顾亲眼看见，自然也要现身。殷茵道："你缘天岛全身而退？"继而又破涕为笑，道："这就好，教主他老人家找你找得好苦。"沈顾道："爹爹还好？"殷茵道："太多人生死不明，他忧心如焚，不过你安然无恙，总可以松一口气了。"而这时王小酒忽然又笑了起来，道："总算没有枉费我这一番布置，明易大师，寻了道长，此人是傅长天爱女，定风谷沈顾！"

明易震惊之余，心下亦好生感慨，此女名动江湖，叫无数汉子谈之色变，谁承想竟是这样一位闲花照水般的姑娘。王小酒道："傅长天视她为掌上明珠，嘿嘿，擒住她，更胜过擒住傅长天本人，说不定你我从此便可以将神农教玩于股掌之上！"殷茵上前护住沈顾，道："你如何会在这里？烟花雨不曾落下，你又何必现身？"沈顾道:"你可有脱身之计?"殷茵苦笑一声,道:"全身而退只怕不能,不过——"抬头望一眼韦伯仁,"他们也会死很多人的。"沈顾转而望向明易,道:"我可以随你回少林寺。"

明易想不到她这样说话,一怔之间,殷茵大声道:"沈姑娘千万不要这样想,大不了都死在这里,才不要去那些臭和尚们假惺惺念经的地方。"顿一顿,又道:"再说了,若真是那样,回去神农谷,我们还不一样死路一条?"沈顾道:"神农谷的事情我尽可以做主,没有人会治你们的罪。"殷茵仍然不住摇头,道:"风雨同舟,风雨同舟,要么一起下山,要么一起死,谁也不要有别的念头。"话说到这里,树林之间又走出来一位,有些六神无主,又有些勉为其难,先冲着明易行一礼,叫一声"师叔",再转过身来,嘿嘿一笑,叫了一声"殷姑娘"。

殷茵身子一颤,张张嘴,眼泪先夺眶而出;众人又难免纳罕,此人倒是有些路子,竟像是与所有人都攀得上交情。明易脸上陡然罩一层寒霜,紧盯无间,道:"你还是少林寺弟子?"无间心中忐忑,点头不是,摇头也不是,明易又道:"你打伤觉尘,该当何罪?"无间并不辩解,老老实实说道:"该当何罪,我领罪就是。"一脸的关切甚是真挚,又道:"他可好些了?"明易道:"领罪?你可知道同门相残是废去武功,逐出门墙的重罪?"无间道:"要废去武功?虽说事情怪我,可是误打误撞,便不能算是无心之过?"

这时洪方虬走上几步,阴阳怪气地道:"可叹觉尘那和尚,被自家师弟暴揍一顿,是所谓身死,又难过得无以复加,是所谓心死,活成这样,还有什么趣味?"无间本就极为自责,听不出话里的玄虚,愈发懊丧不已,洪方虬又道:"和你成双入对的不是那个林姑娘么,什么时候又换作了沈姑娘?他傅长天究竟给了什么好处,让你这般死心塌——啧啧,莫非是要将宝贝闺女许配给你?"越说越有兴致,开始涎着脸打量沈顾,"人都说你如何如何,是视人命如草芥的小魔头,不想是一位国色天香的美人儿!我就说江湖传言信不得,别说范无间会动心,即便是我,早二十年,骨头也会酥的。"

群豪不料这老儿说话这般不堪,不由暗暗皱眉,沈顾望他一眼,道:"你是泰山派的?"洪方虬道:"不错,老子是泰山派洪方虬!"沈顾道:"你偷吃了多少十九花果?"洪方虬脑中"嗡"的一声,不敢确定是不是听清了,喝道:"你说什么呢?"沈顾道:"是谁印堂时不时便汗津津的,人中穴一早一晚发青泛紫,肋下京门穴却又常常发痒发麻?"洪方虬瞪大了眼睛,一张老脸顷刻间涨成了猪肝色;十九花果是泰山派祖传秘制的药丸,适当服用对内功修行大有裨益,可是制起来十分烦琐,是以年复一年攒不下几颗,而洪方虬凭着长辈的身份,弄出种种或明或暗的手段,一直没少偷食。殊不知那药丸是两面刃,一旦过量,内力长进不能匹配,反而抑气伤身,有诸多坏处,正因为此,近年来他体内有种种不适,只是心中糊涂,还道是真气岔了经脉,反而变本加厉地打起十九花果的主意。他中毒已深,气色有异,沈顾一望便知,这会儿心下稍稍一算,道:"你或者还有三年的性命。"洪方虬满头大汗,颤声道:"这果然与十九花果有关?"沈顾道:"你们泰山派自己的《药经》上说的又是什么?'十九花,唯一果,修其行,十九月',每十九个月服食一粒才是正理,为何你偏偏不听?"

泰山派不断丢失药丸,本是一大悬疑,谁承想是掌门人监守自盗?洪方虬羞愧难当,恨不能找个地缝儿钻进去,可另外一面,那《药经》乃是泰山派的不传之秘,何以这姑娘竟是了如指掌?他深知自己所受的煎熬,更明白这是千载难逢的机会,也顾不得颜面了,"扑通"一声跪在了地上,道:"还求姑娘赐一个救命的法门!"

群豪不由得一片哗然,这其中的道理极少有人明白,可堂堂泰山派掌门节操若斯,也真是教人大开眼界。了寂师太高声斥道:"洪方虬,你好歹也是一派宗师,便不怕被天下人耻笑?!"洪方虬无暇争辩,甚至无心回头看一眼,只盯着沈顾,又拱一拱手。明易道:"洪施主,此事稍后再议。"洪方虬道:"说得轻巧,性命难保的可不是你!这姑娘一走,谁还能——"毕竟没有底气,撞上明易的目光,剩下的话便咽了回去。无间却像是得了机缘一样,道:"信不信我也能治你的伤?"洪方虬皱着眉头看他一眼,道:"你算什么东西?"无间哈哈一笑,道:"天下第一麾下,天下第三!说什么来着,'果若火,叶若波,扬其气,合其血',你说我算什么东西?"

这同样是《药经》里的文字,洪方虬只听得额头愈发汗津津的,偌大泰山派,在这些人眼里何以便好似纸糊的一般,没有半点私密可言?他冲无间也拱拱手,"嗨"一声,道:"求神仙求不着,就求你好了。"无间道:"神仙不做买卖,我这里可是一分钱一分货。"洪方虬道:"你想要怎样?"无间道:"你劝劝和,让沈姑娘和殷姑娘她们走路,我想办法让你老而不死就是。"了寂怒气勃发,冲明易道:"你们方丈是非不分,收的这是一个什么糊涂弟子!若在我峨眉派,杖责一百,这就打下山去!"无间使劲摆摆手,道:"她们走了,我跟你们回少林寺成不成?"这时殷茵接过话来,道:"他入神农教在先,自然要回护神农教,谁稀罕做破烂少林弟子!"

她全无顾忌,这话火上浇油不说,还又捅破一层窗户纸。明易身子微微颤抖,道:"这位女施主所言不差,你果然是神农教的人?"无间没奈何,只好点一点头,明易道:"那方丈他知不知道?"无间道:"我也不知道他知不知道。"明易气往上撞,道:"你说与他,他便知道;不说,他便不知道:这又有什么可含糊的?"无间道:"我不曾向他说起过。"明易道:"如此说来,你还有一桩欺师的大罪。"无间无法争辩,又好生不甘,当日给明净一跪,如何会弄得自己这般十恶不赦?明易又道:"方丈提起来,总说你是有善缘之人,也好,今日我便问一句,范无间,你究竟是神农教弟子,还是少林寺弟子?"

无间愣住了,拍拍胸口,却说不出话来,而这一瞬迟疑,明易也过了忍耐的极限,大踏步走上前,喝道:"够了,够了,今日少林寺先清理门户，再说其他！"他脚下快，手上更快，人在一丈之外，降魔掌法中的"佛手"便拍到了无间胸口。无间终究不能与他拳脚相见，更何况对方这一掌虚力为引，多的还是试探之意；他咬咬牙，动也未动，被推了个趔趄，可缩着肩膀龇牙咧嘴半响，便又站直了身子。明易心下一惊，不明白这少年是愚不可及还是大智若愚，再起掌，却是一招"空台"。这一招力如山岳，势如大浪，既无半分雕饰，亦无半点机巧，无间意念空空，待掌风拂体，猛地吸了一口气。有一瞬二人如同石化一般凝在了当地，再一眨眼无间却又如同柳絮一般荡开丈余，敲敲胸口，"噗"地吐出一口血水。

这一招明易用了八成功力，其中六分落入虚空，余下二分却如鞭梢之末，结结实实抽在了无间身上，而他心下却再也无法淡定；这少年不曾移动半步，坦然受下两掌，样子虽则狼狈，可是隐微之间动静相随，那一份受力卸力之道妙不可言，即便是他，也多有不如。他思之不解，转念间却变得暴怒不已，喝道："范无间，你拒不还手，是辱我老僧无能？"无间道："这又是哪里话？真的还手，可就是铁板钉钉，再也做不成少林弟子了呢。"明易"嘿"一声，说不上是欣慰还是恼火，起手正要再拍一掌，身后忽然有人叫道："明易大师——"

说话之人是武当派阵中的一位俗家弟子，他走上两步，不声不响地递过来一串念珠。明易伸手接着，又好生诧异，不过道家有"善捻若安"一说，想来他也该是一番好意了；点点头，接过来揣进怀里，回看无间，双掌一错，又拍出一招"千层浪"。这一招乃是降魔掌法中的绝学，力道回转，一层层前赴后继，无休无止，无间再没有周旋的余地，以攻代守，跟着推出一招"潮水平"。"砰"的一声巨响之后，他双脚在地面上拖出两道一丈多长的深痕，继而硬生生撞在了树上，而明易动也不曾动一下，神色之间却变得困惑不已；低头看看手掌，身子却如同一团烂泥一般缓缓瘫在了地上。一干少林弟子大吃一惊，同时抢上，他睁一睁眼睛，似乎还想说些什么，却只叹一口气，头一偏，就此身亡。

无间受伤极重，"哇"地吐出一口鲜血，眼前变得影影绰绰，几乎什么都看不见了。群豪这才像是明白过来，发一声喊："范无间欺师灭祖，杀无赦！"各执枪棒攻了上来。殷茵等人长剑出鞘，每九名弟子一组，相互接应，压住阵脚，护着无间和沈顾向斜坡上退去。再斗片刻，她从褡裢里取出一只小香炉，用火折子一撩，一团紫色的烟雾蒸腾而起，借着山风，越滚越浓，不多时便覆盖了整片山坡。群豪害怕其中有毒，相互叫几声，还退了回去。沈顾探一探无间脉搏，似乎也颇为无奈，思索片刻，最终摸出半粒海蓝若喂给了他。不多时他便睁开了眼睛，翻身爬起来，道："我死了没有？"可膝下一软，又跌坐在地。沈顾道："离死不远。"无间道："明易师叔还是高我一筹——"沈顾却盯住他，道："明易死了。"无间"啊？"一声，道："我没有死，他又如何会死？"沈顾沉吟不语，殷茵则一字一句说道："他明明白白死在你的掌下，大家有目共睹。"

山坡三面为崖，直下百丈，落入一条大河，不折不扣是一片死地。群豪不知在计议些什么，好一阵子，没有半点动静。殷茵则立在一棵枯树之下，好生为难；她适才所用系掺有惘神香的落尘烟，借雨成雾，应该还能再支持一刻钟，可是一刻钟之后又会怎样？烟花炮早已用尽，救兵无可指望，幸好身边这二十七人还没有太多折损——雨丝密密地洒在脸上，分明又像是一场梦一样，教她难过之余，又有些欢喜，又有些疏远。这时山腰处亮光一闪，烟火味便漫了上来，原来三宝会放火烧山，要逼众人突围；她仰天望望，似乎又添一丝释然，拔剑出鞘的同时，耳际忽然传来一声爆响，扭头再望过去，不由"呀"的一声，愣住了。

空谷之上银光闪闪，一霎时仿似有万千朵霜蝴蝶款款飘落，正是神农教的烟花雨。她不由得惊喜交集，紧走几步赶到崖畔，大河之上不知何时多出一艘灯火通明的大船，一条长索自船上斜斜升起，结在对面石壁的一棵大树之上。树头站着一位中年男子，神定气闲，正是任千里。殷茵拱一拱手，道："麒尊者，你怎么在这里？"任千里道："难道不是你传书让我来此接应？"殷茵道："哪有此事？"心下纳闷，却无暇细问，转而道："沈姑娘在这里。"任千里吃了一惊，进而又变得喜不自胜，道："怎么会？！这回教主他终于可以放心了！"

殷茵招呼一声，神农教众人依次跳下，任千里在树头接应，助他们踏上长索，轻飘飘地向大船上滑去。火势熊熊，渐渐烧到山顶，烟雾之间人影闪动，却是数位峨眉派与少林寺弟子率先攻了上来。无间内息烦乱，却又因为海蓝若激荡不已，拍出数掌，迫他们退开几步，再回头，崖畔只剩下殷茵与沈顾二人。他高声叫道："殷姑娘带沈姑娘先走！"殷茵道："你不走她也不走。"无间道："那你先走。"殷茵撇撇嘴，道："她不走我也不走！"无间"嗨"一声，大踏步赶过来，双掌在殷茵腰间一托，不由分说将她先送了出去。任千里接过来人，叫道："范公子近来可好？"无间笑道："多谢麒尊者惦记！"捡起殷茵的小香炉着力一抛，一霎时紫烟大盛，逼的群雄又退开不少。他继而立定在沈顾一侧，挠了挠头，沈顾心下一沉，颤声道："你要做什么？"无间道："事情乱七八糟，总不能便这样走掉。"沈顾仍然道："你要做什么？"无间打横里抱她起来，心中忽然有些不舍，臂上紧一紧，继而又哈哈一笑，道："代我问教主他老人家好，咱们就此别过！"手上一推，将她稳稳地送向任千里的同时，自己则转过身来，望着渐成气候的火海长长叹了一口气；进而踏上几步，双膝跪地，朗声道："范无间愿回少林寺面见明净师父！"

天光随着水光摇曳，晃得人无法睁开眼睛，似乎过了好久，无间才终于看清楚周围的情形。四面为湖，无边无际，唯西边极远处有一片模糊的苍翠，依稀是一座山，身下是一座方圆十余丈的小渚，一脉碧草茵茵，可岸边不远的地方不知为何秃了一片，显得颇为突兀。他慢慢坐起来，心下也渐渐清醒了一些；在风寒山最后是了寂拍了自己一掌，之后便什么都记不得了，按理应该被送往少林寺才对，可这里又是什么地方？日头高照，身上暖洋洋的，可渚上分明荡着一层沉甸甸的死气，即便是那些水鸟，也避得远远的。他伸个懒腰，肚中跟着咕噜叫一声，原来早已经饿得前心贴肚皮了。

又过一会儿，一只小舟仿佛自天水交界处拨开一个口子，钻了进来，不紧不慢地行一阵子，在距离小渚十余丈的地方停住了。船头是一位老仆，头发花白，一身黑衣，他一言不发，从船舱之内抱出一只两尺余长的小船儿，置于水中，小船上了发条，缓缓行到小渚岸边，方才停下。无间走到近前抄在手里，里面原来有一大碗饭，一大碗菜，和一只装满了清水的葫芦。他欢呼一声，冲着那老仆不停地喊叫比画，不想对方只是摆手，不像有说话的兴趣。他懒得纠缠，老实不客气地饱餐一顿，将碗筷还放进船里，又上紧发条送了回去。那老仆收拾了，还是不言语，摇着小舟自顾自去了。

无间受伤极重，如今百无聊赖，正好打坐用功，真气运行几个周天，也便到了夜幕合拢的时分。星光剔透，一弯新月自水际浮现出来，远处的湖水沉沉似墨，但小渚周缘却银光粼粼，闪烁不定，以至于手心里的纹线也看得清清楚楚。他愈发好奇，去岸边查看究竟，可是手掌甫一入水，便如同被烫到一样，火辣辣生疼，收回来，竟然也银亮亮的，再一思索，忽然记起来荆湖一带有所谓"夜明藻"，白日里了无痕迹，入夜之后却漫生粼光，貌似平和，却断非善物，繁生处鱼虾绝迹，若侵入肌体，足可致人气息衰竭而死。这时他也不由得生出一身冷汗，幸亏日间不曾想过涉水去难为那位老仆，否则哪里还有命在？既然如此，这小渚看似不设防护，实则比铜墙铁壁来得还要稳妥。

他绝了念想，便安心养伤，如此一连数日，内息渐趋平稳，差不多好了大半。那老仆每日送一餐饭过来，每次情形一模一样，自始至终也不说一句话。再一日，无间忽然想起那本玄都心法，实在无所事事，便取出来读了一阵子。文字依旧没有一丝合契，不到一刻钟的工夫，又一肚皮窝火，还丢到了一旁。早些时候餐饭里不过是一堆白菜叶子，没有半点油水，这天还没有黑呢，便又饿得不成样子；那老仆每次都停得那样远，自然是提防他心存不轨，可恨天下没有水上漂的功夫——这样想着，心法里一些似懂非懂的文字忽然跳进脑中，天和掌法凝气于丹田，以意念御天下，批亢捣虚，玄都心法则正好相反，讲究所谓"虚己"，散真气与四体，身似浮萍，不着一物，正因为此，外力可为因，内力可为应，相应相生，可以"御风"。这自然不是单一的轻身功夫，可施展开来，又何尝不是一种轻身功夫？想到这一层，依稀有所悟，便又翻开了经书；真气因为子非鱼亦刚亦柔，个中体味不能寓于言，却在意念之间留下不少痕迹，如今交相印证，再一思索，隐隐然便脱出了天和掌法的桎梏。湖风荡漾，吹动书页，一行字落进眼里，"念由心生，气由风引，如花如梦，飘若浮萍"，琢磨琢磨，又有大悟，忽地站起身来，手舞足蹈，乐不可支。

夜幕降临，可是因为夜明藻的缘故，文字依然清晰可见。身畔细草衬着银光，泛出浅浅一层紫色，而秃了那一片也就变得更加醒目，轮廓被烘托出来，竟活脱脱像个人形。他心下好生纳闷儿，难不成有人死在此处？走近摸一摸，沙土冷硬，如同铁砂一般，中间还透着一股极淡的酸气；这气息似曾相识，搜肠刮肚地想一会儿，脑中电光一闪，忽然记起来在和融府青心玛瑙之下找到的那把药锄，好像也是这般味道！手掌一霎时变得汗津津的，难道死在这里的是勾陈使？！沈顾说他死于清静散，而清静散化尸销骨，血水渗透之处寸草难生，这一片地方光秃秃的，岂不又是一层佐证？想一想，便依着那轮廓的形状躺了下来，双臂展开，右手手腕被一块尖尖的石块刺一下，指间则撞上一只圆圆的物件，摸索着抓在手心里，再点起火折子看一看，竟是一只绿莹莹的玉葫芦。那葫芦品相低劣，甚至算不上是玉器，正面有"招财进宝"四个字，底座上则刻有一个"樊"字。这会儿他反倒松了一口气，这葫芦的主人姓樊，而勾陈使姓章，二者应该并无关联，清静散在神农教非比寻常，普通人绝难得到，或者这位姓樊的是被勾陈使毒死的？转念又想，一切又何必要和勾陈使相关？

　　第二天仍然风和日丽，无间练功时候却有些心神不属，午间吃过饭，将碗筷送回去的时候，心念一动，举起那只小葫芦摇一摇，一并也放进了小船里。那老仆收拾到最后，才终于看到了，身子打晃儿，抬头不住打量；他没有内力，话音不能及远，扯着嗓子叫两声，无间却听不清楚，没办法，一咬牙撑船靠过来一些，又大声问道："你这葫芦是从哪里得来的？"无间伸手一指，道："就这坡上，你可认得？"那老仆低头不语，过了一会儿，忽然流了一腮的眼泪，道："我便姓樊，单名一个旺字，不过这葫芦不是我的，是我兄弟的，他名字叫作樊盛。"指指小渚，又道："这里绿草如茵，得了个名字叫作如意渚，但它孤零零的在大湖之中，四面又有这些夜明藻，实则是个天然的囚牢。往些时候，被困在这里的都是些大魔头——"无间只觉着分外有趣，道："那我也是个大魔头？"樊旺道："说老实话，你面善，与从前那些人一点也不像，但是他们说你杀人不眨眼的，比那些人还要坏不少。"

　　无间不由得哈哈大笑，道："你别怕，算下来我是半个少林弟子，少林弟子慈悲为怀，怎么能胡乱杀人。"樊旺一直哆哆嗦嗦的，这会儿更多一分好奇，道："你是少林寺的？"无间道："按说他们应当带我去见明净师父才对，可不知怎么，到了这里。"樊旺道："明净方丈是你师父？"无间道："他不曾真的教过我武功，但师徒名分还是在的。"樊旺"哦"一声，似乎更放心了些，又道："我胆敢撑船过来，也是拼着不要这条命的，不过你要真的与我为难，夺我的木舟，也不必等到此时。"无间道："那葫芦又是怎么回事？"樊旺叹一口气，道："在你之前，这渚上被困的是名道士。"无间道:"哪里来的道士?"樊旺指指远处那片青山,道:"武当。"无间大为惊奇,道:"那风寒山又在何处?"樊旺指指自己的来路,道:"我便是从风寒山过来,这里说窄了是三宝会荆湖分舵的地方,说宽了,可以算是武当山的地盘。"又指指正北方的天边,道:"往那个方向走,便是让人谈之色变的愁杀荡。"

无间心上一跳,想不到如意渚居然是这样一个所在,而愁杀荡里的那一具尸首,八成真是武当山的?进而道:"那道士又是何人?"樊旺道:"我也说不清,他差不多有四十多岁年纪,白白的面皮,早先像是被打断了肋骨,总歪着身子,一呼一吸龇牙咧嘴的。后来我感染风寒,卧床不起,樊盛便替我当差,每日送一餐饭过来,再后来,弟媳妇找上门,急得什么似的,说他走了一日一夜,还不见回家,我一路寻过来,人说头一日明明看见他撑船回的风寒山,一个人上岸走掉了。"无间道:"他去了哪里?"樊旺道:"所有能去的地方我都找遍了,又哪里有他的影子,不过——"皱起眉头,是一副不胜后怕的样子,"蹊跷的还在后面,这渚上的道士死了!"无间道:"他又是怎么死的?"樊旺道:"被发现的时候,他该是死了不少时日了,瘫在那里,虽说衣帽还在,可面目全非,皮肉几乎烂成了一摊血水。"

无间心中发紧,道:"你兄弟会不会武功?"樊旺"嗨"一声,道:"我就知道是人都这样想,你以为那道士是他杀的?"叹一口气,又道:"其实也难怪,三宝会还抓我过去问过好几次,可是每一次我的话都一样,他只不过会耍几下三脚猫的把式而已,又哪里有什么武功?再说了,他也没有手段将人化为血水啊!"分明有些心神不宁,自顾自又道:"如今回头想想,要么他总是恍恍惚惚,一副魂不守舍的模样,原来都是兆头。"无间道:"依你之见,渚上的道士又是谁杀的?"樊旺巴掌一摊,道:"我哪里知道?"可是又有些心虚一般左右望望,道:"那些日子还有一位道士总是在左近转悠,瘦瘦的,自称是武当山的,可说话却带着云南大理一带的口音,横竖有些不对劲。"无间道:"人是他杀的?"樊旺忙不迭地道:"我可没有说。"无间道:"那他去了哪里?"樊旺道:"来的没什么缘由,抬脚走了,也没有什么缘由,反正不见了,好像从来没有过这个人一样。"

无间心上一面乱哄哄的,一面却又有了些模模糊糊的念头,傅长天运筹帷幄,便如同贵人使去天山,朱雀使去洛阳一样,勾陈使章寒溪来了武当,可也正如同在天山有王小酒暗算殷茵,在洛阳有骆家灭门惨案一样,勾陈使则被人拿住囚在了如意渚。由此推算,或者这也是云莫为黄雀在后使的诡计?又或者那位大理口音的瘦子便是云莫为的人?他以清静散毒杀勾陈使,夺走地图,之后又驾船进了愁杀荡,谁承想那地图是假,路线图也是假,欢喜不成,反而搭进去一条性命?琢磨到这里,忽然变得大为兴奋,只觉一切圆融通透,没有半点破绽,而他无意间破解了这样大的一个谜团,林微却不在身边,可恨也没有个见证!樊旺于此浑然不觉,还继续唠叨。"既然玉葫芦在渚上,那樊盛还真是上来过。"发一会儿呆,又有些懊丧,叹一声,道:"罢了,罢了,若人真是他杀的,也没有什么说不过去的。"无间道:"他无缘无故地杀人做什么?"樊旺迟疑一下才道:"不瞒你说,我这位兄弟欠下不少赌债,若他瞅着那道士文弱,便上渚做些图财害命的勾当,也还真是他的秉性。"说着去怀里掏一把,摸出一只亮亮的物件,道:"你看这个。"

他抬手一丢,无间接过来,那竟然是一只耳坠,赤橙黄绿青蓝紫七色交织,内里则嵌着一只琉璃做的蝴蝶,小如米粒,栩栩如生,与他和林微在愁杀荡找到的那一只是一对儿,自然便与殷茵的那只珠花同属一套!樊旺道:"这耳坠非比寻常,我估摸着应当值不少银钱。"无间道:"这又是从哪里得来的?"樊旺道:"船上,樊盛走了人,船还泊在原处,第二日我上船,踩在碎冰上,摔了个跟头,结果在甲板缝里捡到了这个。后来人说那道士死了,我就猜着八成是他上渚干了杀人越货的勾当,之后则逃之夭夭,唉,若耳坠还算不得佐证，再加上这只玉葫芦，可真是板上钉钉了。"无间自然半点也不相信，道："如意渚上的是位道士，如何会有耳坠这种饰物？"樊旺"哼"一声，道："这些和尚道士的，谁又说得清楚？"

樊旺又叹一口气，道："这耳坠我丢了不是，藏着也不是，据为己有更不是，真是日夜扰心。"抬起头，试探着道："你要不要？"无间正求之不得呢，道："你若愿意给我，我保你物归原主便是。"樊旺分明觉着这话古怪，抬起头又打量一眼，无间则嘿嘿一笑，身形一晃便上了船。樊旺一愣，随即明白过来，道："我早知道便是这等结局，这渚上囚的都是大魔头，你也一般无异。"无间道："可不么，我另外还有一个师父，她可是杀人不眨眼的。"樊旺涕泗横流，哭道："我上有八十岁——"无间拍拍他肩膀，道："不用怕，送我到岸上，不杀你便是。"樊旺道："你走丢了，他们又如何饶得过我？"号啕一声，又道："那道士走丢了，我头上便已经记了一笔账，你再走了，可就真的活不成了！"无间眯着眼睛看他一会儿，当真无奈，心下一软，终于又跳回到了渚上。

之后数日，送饭的换成了一位年轻后生，樊旺却再不曾出现。无间一心研读玄都心法，于身心意念相应相生的道理，领会一日多于一日。再转过天，雷电交加，直到傍晚时分雨才住了，可是那风却愈来愈烈，吹得人几乎站立不住，湖水卷起数尺，一浪接一浪，不时能掩过小渚。无间立于长风水天之间，起初还有些无处容身的感慨，可是少年心性，有意作耍，慢慢地居然琢磨出一些法门，将自己如同风筝一般放了起来。这样起起落落玩一阵子，再一片风来，出其不意，竟卷着他向水面上落去，吓好大一跳，逆转内息，疾坠而下，而双足落地的同时，亦不由一声欢呼，这一瞬真气由至柔转为至刚，心意之间跌宕纷呈，真是妙不可言。望着风来的方向，他心下忽而又是一动，若是借准了风力能不能飘到夜明藻之外？

空中乌云狰狞，流走不息，那月亮则如同一颗偌大的扁豆，时隐时现。夜明藻依然亮亮的,延伸到三十丈之外,适才他横跨小渚,走了差不多十丈,若是听之任之,应当能再走十丈,可若是风再大些,借力再准些,能不能再走十丈?这一跃弄不好会丢了性命,可是胸中激越,再难自已,伫立片刻,默念玄都心法口诀,陡然间借一股大风拔地而起。风行如渡,心行如水,这一飘走出二十余丈,才开始缓缓下坠,而他"嘿"一声,不由大失所望,糟糕糟糕,脚下仍然是明晃晃的夜明藻,这条性命可真要交代在这里了。可与此同时,湖水猛地一荡,激起一层大浪,他漫空里一扑,足尖在浪头一蹴,忽而如水鸟一般贴着夜明藻掠了出去,再"扑通"一声跌进水里,走了又何止十丈!他抹掉满脸的水花,一霎时有些如梦如幻的意味,这一下身法还在意念之先,正所谓"念由心生,形由风引",玄都心法的至高境界,原来尽在这一隙之间!

第四十五章
真作假时

　　他在水中亦行亦游，时不时借浪花一跃而起，海鱼一般窜出数丈，才又落回水面。风越来越大，正好是吹往武当山方向，也便将人顺顺当当送到了山脚下。双足踏上实地，已是深夜时分，着眼处古树参天，长风之下一如海浪，滔滔不绝地向天际翻涌而去。他也是累了，气喘吁吁，找隐蔽处打坐好一会儿，才缓过劲来。不多时天光放亮，风也住了，他伸个懒腰，正琢磨着该何去何从，远处忽然有"砰砰"的斫木之声传了过来。

　　循着声音绕过一座陡坡，眼前化为一片浅浅的水湾，山阴里有一座圆木搭成架子，上面是一只未曾完工的木舟，一位精壮汉子拎着大锤，咬着铁钉，正在装龙骨。此处是武当山，正气浩然，自然无所顾虑，他径直便走了过去，那汉子瞥见了，并不惊讶，点点头，道："可是迷了路？"无间答应一声，摸摸肚子，道："是啊，饿得快走不动了。"那汉子呵呵一笑，叫一声"阿福——"一位男童随即从林间棚子里奔出来，问几句，继而取了几块饼子出来。无间老实不客气地大嚼一阵，心下感激，道："我能帮这位大哥做点什么？"

　　那汉子笑道："这点小事，不足挂齿，你一个人可走得出去？"

无间有些拿不定主意，道："这里果然是武当？"那汉子指指身前大山，道："这是武当又后山，过去之后是后山，再过去便是武当；又后山有一十二峰，形状一模一样，加之林木绝好，密密层层，人走进去，不迷路才怪，待我忙完这一阵子，再告诉你如何走湖边出去。"无间谢一句，看那汉子量量画画，目光忽而落在船帮接缝的一侧，那里有四个不大的刻字，"周记制舟"。

他心下一动，愁杀荡里那艘弃船之上刻的不也是这四个字！稍作斟酌，这才小心翼翼地问道："在下孤陋，斗胆打听一句，周家的船——名气是不是很大？"那汉子瞥他一眼，道："周家制舟闻名遐迩，乃是荆湖一绝，"手上一划拉，"你可知道武当又后山的妙处？"不待无间回答，又道："整个江南唯有此山生铁翎木，质如铁却轻如翎，乃是制舟绝好的材料。周家的船全用此木，货真价实，从不苟且，因为这个，我等过了阳春三月才会进山，冬至时候就会出山，算下来，一年也制不了几艘呢。"无间琢磨一下，道："可有道士买你的船？"那汉子有些糊涂，道："道观里要船做什么？！"无间记着愁杀荡里那船是不曾完工的，便还问道："若没有完工，你会不会卖？"那汉子愈发摸不着头脑，道："船没造完如何能卖！"无间心思转一个大大的弯，道："那有没有人偷？"

那汉子眯起眼睛打量他一会儿，不过还是耐心答道："这倒是有，不过只有一回，是去年晚些时候，我一觉睡倒，再醒来船便不见了，按说将偌大一只船壳子弄下架子，动静肯定不小，可我硬是什么都没有听到。"这话正中无间下怀，"嗯"一声，连连点头，那道士是神农教的人也好，云莫为的人也好，莫说弄走一艘船你听不到，挖你的心掘你的肺你也听不到。心上更加欲罢不能，那道士在此间偷了木舟，依着路线图撞进愁杀荡，万劫不复，再不能出来，这样论下来，制图之人才是真正的十恶不赦，可那人又是谁，而武当山这样一个清静方正的去处，也会有坏人不成？而那道士在如意渚毒杀勾陈使之后，又何以会绕到这里？心中忽而又是一亮，会不会那图系勾陈使所制？人死了，却留一招后手，最终还是赚了那道士的性命？他皱着眉头，发半天呆，最后忽然又回过神来，向那汉子拱一拱手，迈步向山上走去。

又后山巨树葱葱茏茏，遮天蔽日，无论站在何处，放眼望去，远处山影，近处草木，几乎总是一模一样。到了此时，他也才明白那汉子所言究竟何意，琢磨一阵子，再走，便开始在树干上做些记号，如此转了足有半个时辰，左首一棵大树的树干之上忽而跳出来一横一竖两道划痕，正是他早先所刻；"嗯？"一声，又"嗨"一声，看这情形，应该是绕了一圈。好在他并不着急，吃些野果，喝点溪水，跃到高处勘察一番，再重头来过。这一回曲曲折折走了不知道多远，前方现出一棵浅灰色的巨树，耳畔一声唳鸣，一只苍鹰收翅进了枝头的鸟窝。他走近一些，有心画个记号，眼光落下，忽然间又疑窦丛生；树皮之上俨然有四道曲折的斜线，已经结为灰色的疤痕，这在普通人看来平平无奇，可它勾勒的是画眉雪山的轮廓，正是神农教的标示之一。

他盯着看半晌，心思又转到勾陈使那里，这可算是一层佐证，神农教的人果然到过武当？而那些线别有讲究，两条标明来路，两条指示去路，既如此，回溯路径，总应该有所收获才对。他辨明方向，再走不远，不由得低低欢呼一声，同样的符号果然在另外一棵树上复又出现。这样走走停停，不知不觉便到了黄昏时分，留下那记号的无论是谁，原来也是一头雾水，弯弯绕绕，有些路径又踩过何止一次？他在树头歇息一晚，第二日又走几个时辰，林木渐显稀疏，脚下花草也多了起来，再过一座山头，眼前一亮，一条小径出现在林间，蜿蜒着翻过山岭，向南而去。上来小径，山风里依稀有了飘荡的钟声，渐渐地眼前开始有屋宇出现，起初不过孤零零的一间两间，悬于绿树之间，巨石之侧，后来则鳞次栉比，成了好大一片道观；武当派与少林寺并称中原武林之泰山北斗，气势上果然不同凡响。他不敢大意，弃了轻功身法，老老实实徒步而行，这样又走一阵子，路边忽而冒出一位道童。

那道童背着一大捆树枝，走得正起劲，却不知怎的绊了一下，摔倒在地，抱着脚踝嘀嘀大叫起来。无间赶过去招呼一声，蹲下身察看片刻，原来崴了脚，便握住踝骨，"喀"的一下给掰正了。那道童疼痛立减，呼出一大口气，道："看不出来，你竟然有些手段。"无间道："老走山路，总该学些应急的法门才好。"那道童道："你是哪里人士？跑来这里做什么？"无间硬着头皮道："过路。"那道童"哦"一声，居然并不怎么在意。

干柴散得到处都是，无间帮着拢好，搀着他一起上路。那道童道号清溪，是武当派末辈弟子，刚入门不久，孤零零一个人在后院照看柴房。回到住处，他炕上一躺，便开始长吁短叹，道："我好不容易才进来武当，想着先打个下手，做点杂事，等着和各位道兄混个眼熟了，看能不能学点武功，唉，谁承想没几天便成了废物。"无间道："你莫要胡思乱想，我帮你砍几天柴就是。"清溪有些求之不得，道："我每日里要送两次柴禾前面灶间。"无间道："那我就送两次。"清溪灵机一动，又道："若委屈你一下，你可愿意担待？"无间道："怎样委屈？"清溪道："你扮作我的样子去送柴禾如何？我来这里不久，没人待见，也没什么人真的认识，你快去快回，放下东西就走，才不会有人留意。"无间毫不犹豫，道："这有何难？"可禁不住又笑了起来，道："障眼法攒下的可还算作眼缘？"

他与清溪年纪相仿，只是更结实一些，扎起发髻，再穿上道袍，便有三分相像。清溪入门三日，师父朴心便奔丧回家，至今未归，而这位当师父的就微不足道，收的弟子也就愈发无人在意，他打理柴房一个多月，唯一叫得出他名字的是正心阁行云。行云年事极高，辈分也高，清溪该叫他一声太师叔祖才对。老道士身体欠佳，卧床不起，清溪承师父叮嘱，不时过去照看一下，这样走动几次，才算有了一位相识之人。无间依着指示，走差不多一炷香的工夫到前山灶间，安置好柴禾，再烧一大锅热水，分置在十二只铜

无间传　621

壶里，也便完成了差事。之后他应该再去正心阁扫扫屋子，只是自己心虚，而且清溪也颇为含糊，所以能省则省，莫节外生枝。如此一连两日，波澜不惊，连个人影也不曾撞见，第三日上，他正烧着水，有人走进门，吩咐道："清溪，你提两壶热水，随我去迎客居。"无间应一声，也不敢抬头，提着壶随那人走后门进了一间院子，客厅里正有人说话，偷偷扫一眼，赶紧躲到门边，里面坐着几位少林寺的和尚，为首一位竟是觉尘。

领他过来的道士接过水壶走了进去，他则在门外候着听差，只听觉尘道："依道长之见，三宝会究竟是何打算？范无间明明是为了面见明净大师才束手就擒，他们凭什么拿了人不交出来？"陪他说话的道士叫作寻俨，道："贫道起初也颇为不解，不过他们传书武林六大门派，要在落雪山庄公开处置范无间，仔细想想，也不能算是坏事。范无间误入歧途，沉迷邪教，先打伤你觉尘，之后又打死明易大师，按理的确是少林寺派内的事情，可是你也知道，因为社稷神鹿一节，他身份特殊，江湖上下三教九流都盯着呢，所以大伙儿聚在一处做个了断，我看也行得通，而他们地方选在落雪山庄，也是别有苦心。再者，话说回来，他若真的回了少林寺，天下群魔虎视眈眈，你那里又如何能有片刻安宁？"觉尘依然有些愤忿，道："我瞧着尔等便是信不过少林寺！"寻俨道："不是信不过，可明净大师对范无间历来高看一眼，他若是自作主张，又网开一面，在群雄那里是不是也有些说不过去？"觉尘"哼"一声，想一想，道："听这话头，你们是不是与三宝会早就合计好了？"寻俨微微一笑，道："凭心而论，他们扣住范无间，也不见得没有私心，不过这样处置，是是非非都摆在台面上，让那些有心的无心的一并绝了念头，也的确不是坏事——我们寻一道长看重的，正是这一层。"觉尘道："那他要亲赴落雪山庄？"寻俨叹一口气，道："道长身体不好，可是有些时日了，我揣摩着走这一遭的八成还是贫道。不过，怎样将范无间平平安安押到落雪山庄，也颇费思量，三宝会还指望少林寺与武当派个援手呢。"觉尘极不情愿，过好一阵子，才又问道："寻一道长不会有什么大碍吧。"寻俨语气里添三分无奈，道："他自己闭口不提，贫道也不便多问，不过此事的确教人分外不安。"

无间算是明白了自己何以会流落到如意渚上，不过他已经走脱多日，难不成三宝会仍然毫无察觉？这时廊外一位年轻道士疾步走到近前，看见他，略作端详，又瞅一眼腰间名牌，道："你便是清溪？"无间看他腰牌上是"朴林"二字，赶紧行个礼，叫了声"师伯。"朴林道："你师父还没有回来？"无间道："没有。"朴林道："他好像说起过，你无父无母，孤身一人？"无间记着清溪的交代，点头称是，朴林又道："过几日我等要出一趟远门，至少要一个月才能回来，我有心带你一同前往，你愿不愿意？"无间心中犹豫，道："若师父回来，找不见我，会不会怪罪？再有，我走了，那砍柴烧水的事情又交给谁？"朴林道："那些你不用操心，我来安排就是。"无间道："这究竟要去哪里？"朴林道："那个你更不需要知道。"再一琢磨，便好似下定了决心，道："三日之后卯时，你到云飞院即可。"走出两步，又回过身来，道："带上棉衣，我们要去的是酷寒之地。"

无间心下一声脆响，难不成是要去落雪山庄？这一会儿觉尘等人已经去了，只剩他一个在廊下前思后想。天色阴沉，又飘起雨来，时辰尚早，可院子里早已是黑蒙蒙的，清溪要他去探望行云，他一再拖延，如今要走了，便不能不去，而这会儿也算是天公作美，正可以浑水摸鱼，于是辨明方位，直奔正心阁而来。

正心阁是存放武当历代弟子遗物的地方，本就人迹罕至，这时节更冷清得让人心酸。一进院子，一股药味儿先扑面而来，廊下泥炉上砂锅开得正欢，咕咕嘟嘟响成一片，内里却不过是几味寻常的补药。他进到房内，站在暗影里，压着嗓子叫了一声"太师叔祖"。行云咳嗽一声，微微睁开眼睛，道："清溪——？你可是有日子不曾过来了。"无间无可作答,闭口不言,行云又道:"你可有行木的消息?"无间不知这一问从何而来,不过听话头,行字辈除了他之外该是还有一位叫作行木的依然健在,他摇一摇头,行云则叹一口气,又咳嗽一声,道:"我煎了药,该差不多了,你帮我端进来吧。"

行云枕边点着一根蜡烛,火苗小如黄豆。他须发尽白,双颊深陷,是一副病入膏肓的样子,无间走近一些,他才又张了张满是血丝的眼睛,浑浊的目光在火苗里稍稍亮了些许,透出一层古怪的墨蓝色。无间好生诧异,将煎好的药置在近旁,借机嗅了嗅;行云身上的气息非比寻常,断非普通伤病所致,目光再寻出去,不自觉便落到榻边。他右手摊在那里,如同数段枯枝,指甲根处有一层莫可名状的青紫色,这在普通人眼里不算什么,在无间那里却触目惊心,老道士原来中了毒,而那毒却是神农教的绕指香!

神农教毒药各有归类,海蓝若与散骨散归入奇毒一类,世所罕见,绕指香则与清静散不相上下,均归入极毒一类,药性诡异,质材难觅,配制更需要非比寻常的手法。它状如微尘,香气沁人,可随呼吸侵入肺腑,而中毒之人脱力困顿,昏昏沉沉,不时会有极痛刺入脑骨,可是此种情形又类似练功差了经脉,或者风寒侵入肌理,可以拖拖拉拉数年,直到一命呜呼,都不见得明白究竟发生了什么。无间使劲摇摇头,想不出神农教何以要和这位与世无争的老道士过不去,不过心上随之又转个弯,既然正心阁是存放历代道士遗物的地方,那行易的地图会不会就在这里?若勾陈使因此对他下手,岂不也就顺理成章了?

他暗暗吸一口气,越想越觉着入理,而且绕指香极难掌控,教内能够运用自如的寥寥无几,可勾陈使正是其中之一;低头再看一眼行云,心中不忍,便返身退了出来。武当山有不少药草,他一边走一边想,因地制宜,好歹拟出一个方子,虽则不能尽解绕指香,可保全行云的性命却绰绰有余,而且调理得当,月余之后,老道士应该能下地行走的。他配好药，碾碎了混进行云的药囊之中，之后则拎起笤帚，进了正心阁。室内一排排的尽是架子，盖着薄薄一层灰尘，遗物按照辈分归拢，"清"字辈的架子在最前面，几乎空空如也，"朴"字辈是后面几排，稀稀落落放着些杂物，再往里是"寻"字辈，架子满了一小半，待"行"字映入眼帘，他手掌还是变得汗津津的，难不成行易的遗物真的就在这里？

架子横板上贴有名字，"行易"二字是在近墙的高处，相应的地方放着一只布囊，解开来，里面有一本薄薄的册子，封皮上是"降心真经"四个字。不曾听说武当派还有这样一门武功，他看了几段，文字艰涩，可含含糊糊又能领会不少，这样翻过几页，纸张忽然捻不开了，伸手去唇边蘸些口水，而一缕暗香亦随之飘入鼻息。那香气柔顺可人，几不可辨，可是于正心阁一脉陈腐之中，自有一份安之若素；心中一寒，指尖凝在口边一寸，忽然明白这正是绕指香的源头所在，而烛光之下，那书页似是笼在一层淡淡的烟尘之中，却也是笼在一层致命的毒雾之中。他虽则有海蓝若护体，却仍然禁不住冷汗涔涔，潜运真气，于经脉间探索一遍，也才稍稍松了一口气。

他屏住呼吸，取竹签剖开书页，几行大字随即跳入眼帘："武当山藏垢纳污，如意渚天光数度，闻书香魂飘一缕，神农教一统江湖！"那些字直接涂在经文之上，张牙舞爪，一望即知是任性之人所为。第一句应当没有什么，神农教的人对武当派不敬，毫不稀奇，第二句却着实让人思量，何以就扯出了如意渚？第三句洋洋得意，自然是说经书里暗藏的玄机，而第四句却又叫人糊涂，这样口出狂言，岂不等同于大咧咧地留下名号？他不敢大意，更不愿意别的什么人无缘无故地赔上性命，便找来一张油纸，将经书小心翼翼包好，揣进了怀里；之后清扫一遍，又为行云煎一服药，连药方也一并写好留下，这才告辞而去。

回到柴房，讲一遍自己所历，清溪又是忐忑，又是后怕，而知道他要远行，则又多了些羡慕。再接下来两日里波澜不惊，无间将一切收拾停当，又取了清溪仅存的另一件道袍，结成了一只小包袱。再一觉睡倒，醒来天已破晓，不知为何，和陶不陶去寻冰花蜻蜓的情形忽而映上心头，让他不由又好一阵子唏嘘。

赶到云飞院，十余名弟子正在墙边候着，院子中间停着一辆马车，车上有一只四四方方的木笼，罩在一块灰布之下，看不出里面究竟藏着什么。过不多久，人说是到齐了，却又不见朴林，无间也不敢询问，只道他临时变卦，不能成行。一行人出侧门，不声不响地往山下走去，当前引路的是寻俨，之后便是那辆马车，再接下来又有八名弟子，最后才是无间和一名叫作清月的道童。他们是打杂的两位，背上的笋筐硕大无比又极为沉重，装的尽是锅碗瓢盆之类的杂物。无间还好，清月走不多久，便累得气喘吁吁。

众道士向西走了两日，继而取道向北。已是深秋季节，寒气一日重似一日，及到关外，风中便飘起了零星的雪花。无间再无怀疑，三宝会召集六大门派赴落雪山庄，武当山派出的正是他们一行，可另外一面又愈发摸不着头脑，难不成依旧没有人发觉他早就不在如意渚了？往事如景，因为长长的跋涉在脑海里舒缓地展开，而天边的老树山峦，脚下的枯草黄沙，又似乎原封未动地从记忆里搬到了视野里。他心意散漫，思绪却走投无路，而这大段大段的空当，复又滋生出一重又一重的惦念；殷茵在何处，青青又在何处，不知沈顾是否已经回到了定风谷，而林微——心思转个弯，六大门派拿自己这样大张旗鼓，她会不会也去一探究竟？想到此间，心意间似乎没来由地断了一截，再没有从前的那一片平安静好。

这一日天空清朗，可日头绵软无力，一层淡淡的暖意落在身上，似乎伸手便可以拭去。上来一片山冈，稍作休憩，一干道士平日里便寡言少语，这一会儿各自打坐，更没有半点动静。过不多时，有零星的马蹄声传了过来，渐行渐近，山脊之上随之浮现出一队人马。为首的是一位五大三粗的汉子，眼若铜铃，满面黑须，穿一件裘皮袍子，看上去三分像个猎户，三分像个山贼。众人观望片刻，这才呼哨一声，围了过来。一干道士并不慌乱，相继站起身，而脚下各有所据，护在当心的正是那一辆马车以及清月与无间二人。

那大汉勒住马，喝道："尔等可是武当派的？"寻俨淡淡地说道："诸位有何贵干？"那汉子道："废话少说，我只问你是不是武当派的！"寻俨道："是又怎样，不是又怎样？"那大汉道："是便将人留下，不是便将钱财留下。"寻俨道："诸位敢情是在此专候武当派？"那汉子道："你这便是认了？"说着话从马上一跃而起，巴掌如同蒲扇一般，径直抓向寻俨头顶。

寻俨使太极拳里的"云手"顺势一带，那汉子"哎哟"一声，一头栽在了地上；他心下好生纳罕，此人这等不济，却又这等明目张胆地找上门，玩的又是什么把戏？那汉子爬起身，抹一抹满头满脸的鲜血和沙子，道："还真是不错。"他大手一挥，众山贼便一窝蜂攻了上来。诸道士无可奈何，拔剑抵御，可是斗了没一会儿，反倒是山贼变得手足无措起来。

众贼人武功低微，即便是十人围斗一人，仍然落进下风，可是不知为何，他们又如同喝醉了一般，挨一刀也好，吃一剑也好，照样死缠烂打，没有半点退缩的意思。一干道士慈悲为怀，无心杀生，如此反倒添一层制掣，左右为难。那大汉与寻俨相斗，断了腕骨臂骨，便又铆足劲直撞过来，寻俨无奈，使"揽雀尾"一兜一转，顺势点肋下穴道，才将人制住了。他四面望一望，心下有了计较，使出"携云纵"绝技，左一绕右一绕，不多时便将一干贼人尽皆点倒在地。他们神色萎靡，再也动弹不得，可眼神之中依旧闪着一层亮亮的光芒，教人看一眼便禁不住脊背发冷。

无间又糊涂，又诧异，不知为何便想到了求鱼草；人若食了那草，生而不觉，死而不僵，可不就是这种情形？既如此，难不成左近有神农教的人？寻俨分明也瞧出了蹊跷，脸色凝重，再行上路，却改道向西，带着众人疾步走一个多时辰，才稍事歇息。脚下现出一条河道，蜿蜒着向北伸展，他稍作考虑，便又沿着河道走了下去。河边有树，但没有接续成林，此一丛彼一丛地点缀各处，河里早断了水，黄沙成片，踏在脚下软软的，甚是舒适，可是那辆车因此慢下来不少，两匹马累得口吐白沫，不多时便难以为继。这时风里忽然多出一股味道，似肉香又似油香，几乎浓得化不开，众道士大多吃素，闻着这香气便如同吃肉一般，变得局促不安。再抬眼望出去，撞进视野的是一棵矮墩墩的怪树，不过一人多高，却粗得异乎寻常，即使两人也不能合抱，树皮亮亮的，枝杈只有光秃秃的几根，中间挂着不少拳头大小黄澄澄的果子，而那股味道正是由此而来。

　　无间记着《毒经》的文字，知道这便是所谓的火油果。那果子生在塞北，色泽如火，果浆如肉，长得好了，揭开皮便能倒出油来，本是绝佳的口福之物。众人之中有一位叫作朴初的老道居然也认得，是一副喜不自胜的样子，摘一只下来，在果皮上戳几个窟窿，点起火折子便蹭了上去。手间轰的一声，果子瞬间成了一颗火球，他揭开皮，不等火熄灭，便三两口吞了进去，之后则摸着肚皮，眯着眼睛，笑呵呵地道："便是这样，火油果火里吃！"

　　果子数量不少，论资排辈分下来，无间和清月也得了两三个。众人在野地里走得太久，口中寡淡，这一餐算是非比寻常，尽管不能吃饱肚皮，可也正因为意犹未尽，反而更长几分精神。寻俨看看天色差不多，索性就地歇了，那火油果弄得他们口干舌燥，便商议着要煮茶来吃。武当派有所谓"苦锈茶"，喝在口中如同生铁一般，又苦又涩，却极具清热之效。河道里有零星的水洼，大多小而浅，结了一层薄冰，唯有一处水深半尺，还算得清冽。众人就近坐了，清月支起大灶，无间取些水，便烧了起来。过好一阵子，锅里白汽氤氲，可不知为何，却始终没有要开的样子。众道士等不及，还是各自用了一点儿。苦锈茶过喉咙的那一下尤为生涩，本来就不是什么好滋味，不想这水却带一丝甘甜，极为受用。日头偏西，是置身事外的冷淡，众道士却一个个浑身通透，如此惬意散开，荡漾成一片又一片的慵懒，差不多尽皆昏昏欲睡了。

　　寻俨靠着一棵老树，望一眼斜阳，心头不由又"咯噔"一声，此种关口，又如何能如此大意？深吸一口气，可周身内息似乎都凉了下来，若有若无，竟然有几分中毒的症状。他吃了一惊，意识里忽地一下坐了起来，可身子却依旧懒懒地赖在那里，而张开嘴，喉咙又好似塞住了，发不出半点声响。再想一想，他还是不明白何以会是这种情形：早先所用干粮乃是自带，苦锈茶则是他在武当山亲手晾制，火油果是大补之物，饮水亦是天然的河水，更何况这些都拿银针试过，又怎会有错？周围的道士一个接一个睡了过去，他心有不甘，怎奈困倦如同蚂蚁啃咬，不紧不慢地浸过残存的一星儿意识，而恍恍惚惚之中，又有蹄音自远处传来，同样不紧不慢，却一声声如同砸在心坎之上。他慢慢张开眼睛，一匹瘦驴正缓缓行来，驴背上是一位年轻姑娘，着一袭绿裙，肤色甚白，眼睛极大，唇边带一丝浅笑，正可谓"巧笑倩兮，美目盼兮"——又是一怔，此人分明在哪里见过的，不错，在风寒山，她可不正是王小酒口中的那位"殷姑娘"？

　　无间浑身上下同样没有半点力气，可心头却全然另外一番滋味：火油果是热性，而心脉属火，众人心智恍惚却神智不失，显见是有火气郁结心脉，而火气所以郁结，只能是性寒之物冲逆所致，再回头想想，要么河水总也烧不开呢，八成是因为里面有"秋烛"之类的草药，再溶入苦锈茶，岂不正是这种效果？个中手法妙不可言，不曾用毒，却胜过用毒，饶是他有海蓝若护体，也同样不能幸免。这一会儿殷茵的身影飘入眼帘，教他恍然大悟之余又有一怀欣喜，可欣喜之余，又有些坐卧不安。犹豫片刻，终于叫出一声"殷姑娘"，可是又禁不住一怔，为何声音只在心里回响？再一琢磨，原来嗓子被火气塞住了，竟不能发出半点声响。这时殷茵跳下驴背,走近马车呆呆地站了一会儿,忽而轻声说道:"那又怎样?"

她长剑刺出,斩断绳结,罩着笼子的灰布也便缓缓落了下来。笼子之中居然还有一人,一身青衣,蜷缩在一角,手足皆被铁索铐着,头脸却无法分辨。殷茵身子微微颤抖,轻轻唤了一声"范无间!"无间脑中轰响,还道被她认了出来,可勉力抬起头,殷茵盯着的分明是笼子里的那一位。她又叫一声,稍作观望,继而削断围栏,跳了进去。那人依旧一动不动,看不出是睡着,还是昏迷不醒,殷茵犹豫一下,俯身去拍他肩膀,可指间尚未触及衣衫,他却突然转过身来。殷茵大吃一惊,再想后退,为时已晚,但听"砰"的一声,身子飞起,撞破木笼,跌在了黄沙之中。笼中之人随即站起身,脸色惨白,神情冷峻,模样之中有几分释然,又有几分后怕,竟然是朴林。他跳下马车,先去探视寻俨,可叫两声"师父",膝下一软,也歪在了地上。河道之内变得一片寂静,冷风吹送,水汪里些许薄冰碰在一处,竟而带出一丝脆响。

无间心急如焚,却又束手无策,这会儿眼睛睁开闭合,头顶的火油果树隐了又现,让他忽然想起来有所谓以毒攻毒一说;若再服上几枚火油果,那情形便如火上浇油,经脉定然会受不小的损伤,可是火气如大江漫堤,旁逸斜出,又足可冲淡苦锈茶的效用。火油果早被吃得一个不剩,可怀里的华灵丹是热性之物,他摸出数颗,一并塞进了嘴里。华灵丹乃是灵药,这般服用,便和孙芸捏造的燕醉汤好有一比,肚腹之间不久即变得一团火烫,热血上涌,弄的头发根根直竖,而牙齿间麻溜溜的,几乎要爆裂开来。再一会儿,脑中一团乌黑,似乎要晕过去了,可是再睁开眼睛,人又变得极为清醒;内息汩汩,已经恢复无碍,而脸上湿漉漉的,竟渗出来不少血水。他疾步走到殷茵身边,探一探脉搏,她气若游丝,一条性命早去了九成,想来朴林那一掌拼尽全力,结结实实全卸在了她的身上。他叫苦不迭,却也再不敢逗留,抱她上车,马背上一拍,便走了下去;行经朴林,禁不住望一眼,原来那道士中了冰火针,面目乌黑，早已经死去多时了。

　　无间运起玄都心法，在殷茵经脉间一点一点梳理过来，忙了足有一个时辰，她也才有了些安稳的迹象。一切仍在未定之天，可他已经累得筋疲力尽，而且因为华灵丹的缘故，身子便如同裹在一层纸壳里面，说不出的别扭。夜已深，那马信步由缰走了许久，早已经不知道身在何处。天边升起一轮圆月，便如同一面古铜色的镜子，光芒若有若无，却还是将山峦树丛梳理得井井有条。殷茵低低"哼"了一声，无间心中升起一团脆弱的欢喜，想安慰几句，可喉咙间依旧如同被火炙过一样，没有半点声音。殷茵忽而说道："你可知道我想你想得有多苦，找你找得有多苦？！"无间知道她说的是自己，心下惭愧，再打量一眼，她一呼一吸一如既往，原来并未醒转。过了一会儿，她嘴角又绽开一丝笑容，道："好啊，好啊，我什么都答应你，你傻乎乎的，又能有什么坏主意？"无间明白这是在说梦话，不由摇摇头，握住了她的手，她的脸色却随之一变，道："你可知道沈姑娘对你情有独钟呢！"无间好生诧异——原来她说的不是自己！而殷茵又长长叹一口气，道："其实在天山，死了也便死了。"

第四十六章
真情无计可消受

殷茵伤情起伏不定，数次岌岌可危，无间几乎真气耗竭，才总算保住她一条性命。天明时分他也昏昏沉沉睡了过去，再一睁眼，颈下凉飕飕的，殷茵早醒了过来，手握一把匕首抵住了他。他咧嘴笑笑，想说"是我"，可喉咙里一塌糊涂，还是没有半点声音。殷茵低声喝道："你究竟是谁？要将我挟持到什么地方？"无间随即明白过来，华灵丹弄得他口眼肿胀，面目全非，再加上这一身道袍，难怪她认不出了；接连咳几声，嗓子听起来愈发钝哑，殷茵眼神里却闪过一丝诧异，道："是个哑巴？"

她十分虚弱，摇摇欲坠，却又像是记起了什么，放下匕首，咿咿呀呀哭了一会儿，道："难不成是你救了我的性命？"无间点点头，说不上为什么，心下又多一层难言的滋味，认不出便认不出，似乎也没有什么不好，而且——而且，既然不能逃之夭夭，难道这样不是最好？殷茵目光柔和了许多，又瞥他一眼，自言自语一般轻声说道："原来真的是个哑巴。"

无间稍稍透出一口气，不料她手腕一翻，又刺了过来，道："我与武当派作对，你应当杀了我才对，可假惺惺地冒充好人，又有何图谋？"无间抬起双手，再不敢稍动，可片刻之后，她又拿开匕首,道:"武当派一行一十七人,你又是哪一个?你们这些臭道士闷得很,我还道不想说话,原来不会说话。"

无间生起一团火,抱她过去取暖,又打几只野兔,洗剥干净,烤些肉喂给她吃。他手段非比寻常,饶是殷茵胃口不佳,还是多吃了几块。看看差不多了,他才风卷残云,将剩余的兔肉一扫而光,咂咂嘴,忽而觉着有些不堪,偷眼去瞧,殷茵却从未理会,正托着腮凝望远方。过不一会儿,她忽然似有心似无心地说了一句,"你这小道士,行事这等放肆"。无间拍拍脑袋,暗叫惭愧,殷茵却又问道:"你成家没有?"无间摇摇头,算是否认,殷茵道:"那你心上可有喜欢的姑娘?"无间吸一口凉气,低下头去,殷茵目光转向远方,悠悠地道:"你可知道喜欢一个人是何种滋味?"

她自然并不在意无间会说些什么,过得片刻,轻声续道:"我心上想着一个人,可他其实一点也不挂念我,他说不上无情无义,不过是有些儿没心没肺,可是我不知道他是因为不喜欢我才没心没肺,还是生来就没心没肺。"发一会儿呆,又道:"没心没肺算是无心的无情无义,这和有心的无情无义原是不同的。"可终于还是不能说服自己,变得眼泪汪汪,又道:"我总是胡思乱想,乱找借口,其实哪里又有什么区别,无情无义就是无情无义。"

无间知道她说的正是自己,万事不萦于怀,原来便是所谓的无情无义,瞅着殷茵,心头酸酸的,便有些伤感,无情无义,又岂止是无情无义?眼前这位女子又有什么不好——可是意中人,又怎样才算是意中人?殷茵抹掉眼泪,又道:"我喋喋不休,你是不是早就烦了?"无间认真地摇摇头,殷茵却又说道:"我才不管别人怎么想,他无情无义是他的事,我想他念他是我的事;来找他,是为了他,更是为了我自己,若不这样,活着又有什么好?"

无间心弦齐鸣,抬起头来盯着她,一时间几乎流出泪来。殷茵神色憔悴,眼睛失了那一层水灵灵的光泽,可也正因为此,在长长的睫毛之下,反而多出一分掩映的凄美。她自顾自摇摇头,自万千思绪里挣脱出来,道:"明日,咱们去弯水镇。"

就地歇一晚,第二日果然便投弯水镇而来。到了城西河堤之外,迎面斜坡上有三棵突兀的老树,中间那一棵像是被雷劈到过,主干之上有一道触目惊心的裂缝。殷茵指一指树杈高处的一只鸟窝,道:"那里应该有一只布囊,你取来给我。"无间手脚并用爬上去,伸手一摸,果不其然;交给殷茵,里面却是一封短信,写道:"海路为虚,掩人耳目而已,中路所用旗号为'塞北盐行',不日便到弯水镇。"她思索片刻,改走向南的官道;无间想不出这背后究竟是何种安排,傅长天行事缜密,万事必有接应,她不是一个人,倒是对了,可早先单挑武当,还是说不过去,而且海路中路的,又是哪一套玄虚?

殷茵似乎早有计较,扎起发髻,又翻出无间的另一件道袍穿上身,也扮成了一位小道士。那袍子肥肥大大,分外滑稽却也分外有趣,让她没来由地快活许多。夜幕时分,大雪纷纷扬扬,四野阴沉,显得愈发荒凉。眼前渐渐只剩下白茫茫一片,连道路也分辨不出了,只是殷茵一心赶路,走了不知道多久,还是没有歇脚的意思。不多时远处忽然透出一星灯火,竟然有一家酒馆,无间心下欢呼一声,到近前,忙不迭地停下马车,扶着殷茵走了进去。酒馆之内并无他人,那小二招呼几句,端上几样小菜,便退到后面去了。二人刚喝点茶水,窗外忽然传来一片脚步声,门帘一翻,依次进来七条汉子。他们个个都是单衫,显见内功不弱,头上则无一例外带着老大一顶帽子,遮着半张脸;大呼小叫地冲小二交代几句,便选敞亮处坐了下来。马匹进了马棚,好大一辆马车却留在院子里,上面堆着大大小小的袋子,看上去沉重无比,车头小旗蔫蔫地垂着,这时被风一吹,"啪"的一下展开了,雪光之下清清楚楚地透出四个小字,正是塞北盐行。

无间眼前一亮,瞅瞅殷茵,她却始终淡淡地不以为意。那几位除下帽子,开始要酒要菜,无间又瞥一眼,几乎要溜到桌子下面——断无差错,为首的一位竟然是王小酒。他同样有意无意地打量几回,好在殷茵背对着他,无间又面目全非,也就未起丝毫疑心。不多时,几个人吃喝起来,到畅快处,连长衫也脱了,开始高声猜拳行令。

这时门帘一挑,又走进来一条汉子,一身黑衣,戴一顶毡帽,脸上却贴着一张硬邦邦的人皮面具,看上去如同僵尸一般。他望一圈,径直走到另一面的墙角坐下,点些素菜馒头,吃得一声不响。王小酒等人起初还有些拘谨,过不多时便又放肆起来。他猜拳输了一回,饮尽一碗白酒,咂咂嘴,端起茶水想喝一口,却"嗯?"一声,捡起筷子,挑出一朵白色的花片,端详片刻,忽然问道:"这是什么?"身边一位胖子道:"茉莉花?"王小酒道:"这里是塞外,哪里会有茉莉?"将花片摊开在桌面上,冷笑一声,招呼小二过来,还问,"这是什么?"那小二伸脖子看一眼,也道:"茉莉花?"不过又挠挠头,道:"哪里来的?我们店里用的是塞北巨木茶,从来不放茉莉。"王小酒摆摆手,让他去了,而那胖子这才明白过来,惊呼一声,道:"这是一只虫!"

无间一怔,随即了然;神农谷有所谓茉莉虫,翅分六页,通体雪白,扑入热水之中与茉莉花一般无异,若是被人误饮了,足可致死。这该是殷茵动的手脚,可她照旧是一副若无其事的样子,连眼皮也不曾翻一下。王小酒目光亮亮地扫一圈,忽而冲那位黑衣汉子拱了拱手,道:"天寒地冻的,大家在这里歇脚,也是个缘分,这位兄台愿不愿意与我等共饮一杯,也认识认识?"那黑衣汉子自顾自掰下一块馒头塞进嘴里,充耳不闻,那胖子先不耐烦起来,一拍桌子,喝道:"你不人不鬼,带一张假面子,便给面子不要面子了!"说着一抬手,将吃剩的鸡骨头掷了过去。

那骨头夹着风声,眼看要撞上那人,却又莫名其妙地缓了下来,那汉子不紧不慢转过身,反转筷子将之拨在了地上。无间瞪圆了眼睛,一时间好生钦佩;此人真气盈于身溢于外,衣角不见半分鼓动，却能将破空之物阻断，此等内力足可以与明净大师一较高下。那胖子却没有这等见识，还道是手劲错了，"嗯？"一声，伸掌又在酒壶上猛地拍了一把。一道酒线自壶嘴里激射而出，穿过烛火，又化为一条火线，直逼了过去，那黑衣汉子依然是若无其事的样子，而那条火线也同样不能及身，凝在一尺之外，便再也不动了。那胖子这回看出些苗头，嘀咕一声的工夫，那火线一跳，竟折回来直扑面门，情急之下他抓起茶杯一挡，"嗤"的一声，火线灭了，茶水则尽数扑在了地上。

王小酒眯起眼睛，又细细打量他一番，道："阁下是神农教的哪位？"那汉子还是不说话，站起身，出门去了。塞北盐行的那辆马车晾在院子里，已经落了厚厚一层雪花，他像是在寻找什么，伸手在盐袋之间拍了几下。王小酒等人跟出来，其中一位瘦子喝道："你做什么？光天化日的，抢劫不成！"那黑衣汉子头也不抬，依旧旁若无人地扒拉那些袋子，那瘦子十分恼怒，伸手捡起一根枯木，望空一丢，继而给了一拳，"咔嚓"一声将之化为无数碎片，急雨一般直扫了过去。那黑衣人似乎不曾料到他有这等手段，一怔之下，身子一晃，避是避开了，可胸前肋下的衣衫还是给划开了几道口子。

无间眼前一花，似乎有什么物件从他怀里掉了出来，可仔细看看雪地上，又一无所见。那汉子分明有些恼火，如法炮制，抛起一只盐袋，也一拳打了上去。袋子在空中迸裂，盐粒子则如同冰雹一般兜头砸向王小酒等人，众人惊呼一声，还躲进酒馆之内藏身，可那汉子并没有罢手的意思，仍旧将其余的盐袋一只接一只掷了过来。马车上差不多空了，露出的却是一具黑乎乎的木棺，那汉子略感释然，伸手在棺盖上拍了几下。这一边殷茵眼神微微一亮，有些似笑非笑的意味，可也正是这一瞬，那汉子忽然如同离弦之箭一般向后退去，再住脚，身子摇摇欲坠，不得不靠着一棵大树坐了下来。长笑声里，王小酒一步三摇地自酒馆之内又走了出来，道：

"你既然是神农教的,那告诉我你中的究竟是什么毒,好不好?"

原来木棺之内暗藏机关,那汉子毫无防备,掀起棺盖,腹下同时吃了十余只毒针。殷茵刹那间神情大变,跳过窗户,向他奔去,可她重伤未愈,走未几步,便一跤跌在了地上。那汉子这时也认了出来,吃一惊,叫道:"小茵,你怎么在这里?受了伤不成?"殷茵吐出一口鲜血,缓缓坐起身,转而问道:"老潘,你还好?"那汉子咳一声,道:"中了毒,眼前五颜六色,乱哄哄的。"殷茵对王小酒的手段极为熟悉,一猜即知是百花针,摸出解药使力一掷,可她十分虚弱,药丸飞出不过数尺,便落在了雪里。这时王小酒"哎呦"叫了一声,道:"这不是殷姑娘吗,你若有心出家也该做个尼姑才对,怎么成了一个不伦不类的道士?"

殷茵"哼"一声,扭头向着不远处的空地叫了一声"傅教主——"王小酒身子一颤,脸色忽然变得一片蜡黄,殷茵却笑了起来,道:"你怕了?想跑,现在还来得及!"王小酒略显尴尬,却还是自在许多,道:"这老家伙是谁?你串通了来救你的小相好——"忽然住了口,皱着眉头想一想,又道:"我明白了,这些见不得光的,是不是傅长天也不知道你在做些什么?"干笑两声,又道:"我倒想知道现在是我怕他多些,还是你怕他多些。"继而又变得洋洋得意,道:"殷姑娘,你费这样多的心思,这样大的周折,可若是范无间根本就不在我这里,你——会不会想死的心都有了?"

殷茵摇摇头,语气异常坚定,道:"三宝会的那些小算盘又如何瞒得了我?尔等擒住范无间也就罢了,还非要将六大门派召来落雪山庄,这便是唯恐天下不乱。为了押他北上,还要虚虚实实地兵分三路,可我知道他不在西路武当派手里,也不在海路丐帮手里,这样便只能在中路三宝会手里,唉,也是我自己糊涂,依着你的做派,又怎会放心将他交给别人?"无间一头雾水,无论如何想不明白这一切又从何而来,如果不是子虚乌有,那天下还另有一个范无间不成?!

无间传　637

王小酒走上几步，拍拍那具木棺，道："你以为心上人在这里面？要不要我打开给你看一眼？"他笑呵呵的，满脸尽是扭曲的快意，可再一瞬，竟忽地掷出一支匕首，直刺殷茵心口。无间早有准备，先掷一颗雪球撞开匕首，再掷出数颗分袭众人，与此同时一跃抱起殷茵，再跃揽过那位黑衣汉子，撒腿向漫漫雪野里奔去。王小酒身边有人发一声喊，抢上几步，隔空连拍三掌，掌力澎湃，推起雪花如同海浪一般直压过来，无间使出玄都心法，头也不回，借着力道一荡，脚下反而又快了几分。身后接连炮响，几团黄色的烟火腾空而起，片刻之间，左首夜空中升起一团蓝色的烟火，右首则升起一团橙色的烟火，原来王小酒早有接应，正该是崆峒派与峨眉派到了。无间愈发不敢怠慢，越行越快；那汉子服了殷茵递过来的解药，专心用功，不发一言，殷茵却惊讶得无以复加，道："你这小道士居然有这等功力，为何我不曾看出来？"

　　崆峒派与峨眉派各有数十人，与王小酒合在一处，紧追不舍。那汉子真气运行一周天，伤势无碍，腿脚之间长些力气，迈开步子自行奔了起来；长叹一声，道："自古英雄出少年，这位小道兄神功盖世，在下当真佩服得紧。"殷茵扑哧一笑，道："老潘，他救你一命，你便说话讨他高兴，武当派的一个小道士而已，你真好意思说什么神功盖世。"老潘哈哈一笑，道："原来如此。"殷茵道："原来如哪里的此？"老潘道："我还道我不认得他，原来你也不认得他。"殷茵道："我是不认得他。"继而一拍无间肩膀，道："喂，你姓什么叫什么？"

　　她忽而又转过味来，道："他是个哑巴。"老潘一怔，没来由地说了一句"善哉善哉"，继而也拍拍无间肩膀，道："在下谢过救命之恩，咱们就此别过。"殷茵道："你要去哪里？你功夫那样高明，难道不护着我了？"老潘道："你与这位小道兄在一起，比和我在一起稳妥十倍。"殷茵道："我才不信，你的功夫和我们傅教主差不多，这道士小小年纪，如何能与你相比？"老潘笑道："我比不得你们傅教主,他可比得上你们傅教主。"继而在无间肩膀上又拍一把,算是感谢,转而大踏步斜刺里行去。走出十余步,他头一扬,忽然间开始纵声长啸,那声音似龙吟似虎啸,震得就近树头的雪花扑簌簌落在地上,殷茵叫一声"老潘",旋即明白过来,不由得长长叹了一口气。

老潘毒伤未愈,于无间而言实则是一层拖累,三人一起走脱,断非易事,而他如此高歌而去,不仅无间少一层顾虑,若能引开一队人马,更是一举两得。身后众人吆喝几声,崆峒派果然顺着他的足迹追了下去。殷茵揪着一颗心,有些闷闷不乐,可无间脚下轻快许多,不多时便将王小酒等人远远地抛在了后面。再行一段,前面现出一棵亭亭如盖的大树,居然到了范家庄庄口,无间心弦轻颤,不由放慢些脚步,伸头向山洼里望去,恰在此时,雪花里银光闪动,十余只弧光小剑自四面八方同时袭来。他明白这是华山派到了,无暇细想,抱着殷茵就地一滚,溜进了那棵大树的树洞之中。小剑接连钉在树干之上,砰砰作响,头顶一大片枝桠也被削了下来,混着积雪,扑在地上。丁汀的声音随即响起,道:"此人是谁,武功不错么!"丁岸应一声,手上一拍,射出一支绿色的烟火,片刻之后,王小酒与峨眉派等人便一起围拢过来。

树洞之内甚是狭窄,无间抱着殷茵,没有松开的意思,殷茵心下大窘,在他面颊上轻轻一拍,挣一挣,站起身走了出去。无间犹豫一下,终究没有自信在丁氏兄妹面前现身,反而往洞内又缩了缩。丁岸向峨眉派了境施了一礼,道:"丁岸见过师太。"武林大会之后,了境对华山派便颇为不齿,这会儿不过微微点一下头,并不回礼。丁岸毫不在意,道:"师太追逐的是什么人?他们被舍妹逼进了树洞之内。"王小酒接口道:"他们是神农教的人,扮成武当派的道士掩人耳目。"丁汀皱着眉头打量殷茵一番,道:"原来是个假道士,告诉我叫什么名字,改日见到傅长天,也好让他知道你对神农教忠心耿耿,死而后已呢。"殷茵"哼"一声,无心接话,丁汀

无间传 639

却"咦?"一声,道:"原来是个姑娘家!"继而弄出一副鄙夷的嘴脸,又道:"那另外一位小道士呢,也是个姑娘家?你们这些邪教弟子,若不是男盗女娼,便是不男不女,当真让人长见识呢。"殷茵不想她说话这样不堪,气往上撞,道:"你又是谁,说话不入流,听着就没什么教养,便瞅着罢,一辈子也找不到婆家。"

她与人斗气,偏偏自己还心事重重,不自觉话到这里,歪打正着,刚好说中对方心事。丁汀早已经是当嫁的年纪,可她脾气暴躁,人又骄傲,说媒高不成低不就,事情一拖再拖,始终没个了断。她私下里烦恼无比,被这话一激,怒不可遏,踏上几步,牙齿咬得咯咯作响,道:"至少我一辈子还长着呢,不像你——"说着话手上一抬,又射出两支小剑。殷茵本就没有什么拳脚功夫,"啊"了一声,不由自主向后退去,无间在树洞里看得一清二楚,随即伸出手掌,贴在了她后背之上。殷茵身子稳住不说,气海穴上又如同多了一座小火炉,暖洋洋的,一股十分柔和的内力汩汩然透过来,便如同她自己的一般,分外服帖。她"哼"一声,突发奇想,望空一抓,竟然将两支小剑都捏在了手里。

她自己也有些惊讶,低眉瞅一眼,甩手丢在地上,笑道:"好俊的功夫!"这话是说给无间听的,但听在丁汀耳朵里,却完全是另外一番滋味。她连连跺脚,带着哭腔叫了一声"哥哥!"。丁岸心下忽而也有些惊疑不定,弧光小剑飘忽难测,即便是他,徒手去抓也要掂量掂量,可眼前这位姑娘便如同做耍一般,当真不容小觑。他不敢怠慢,双掌一拢,使出一招"紫气东来";这一招系由两仪之道所化,一掌为实,一掌为虚,搅得头顶方圆丈余的雪花如同太极一般,纷纷向中心聚拢,不一会儿便攒成一只硕大的雪球,猛地一窜,兜头砸向殷茵。殷茵面上一紧,几乎不能透过气来,可无间的真气源源而来,教人心意之间又仿似天高野旷,没有半点挂碍。似有意又似无意,她左手低探,拢一方至刚至阳的厚重,右手高举,蓄一弯至阴至柔的虚空,进而双手一送,那雪球应声而起,咔啦啦一路撞开树杈，在极高处"砰"的一声散成片片鹅毛，洋洋洒洒还飘了下来。

殷茵畅快无比，禁不住咯咯而笑，了境诧异无比，森然道："你果然是神农教的人？"殷茵道："你不信你的丁世侄，反倒来问我？"了境道："峨眉派与邪魔歪道历来势不两立，但勇而不乱，问你一句，一是审慎，一是慈悲为怀，你不领情也就罢了。"殷茵道："我便是邪魔歪道，邪魔歪道便是我，你要杀人，放马过来就好，便是你这等半吊子门派，成事不足，败了事情还受不得埋怨，人云亦云也就罢了，还非要弄得冠冕堂皇，嘿嘿，我神农教最不待见。"了境气得身子发抖，道："傅长天满江湖兴风作浪，到头来还不都是你这等虾兵蟹将赔上性命？"殷茵道："我自己愿意，又关你什么事？"

了境双目之中寒光乍现，骤然起一分杀机，丁岸便好似看透了一般，插口道："师太万万不可轻敌，此人年纪轻轻，可功力不容小觑，依在下之见，你可以用峨嵋七相功与她周旋。"了境鼻孔里直喷冷气，道："我峨眉派如何拒敌，还需要你华山派指手画脚？"丁岸道："在下直言无忌，还请多多担待，平心而论，师太你——不见得能制住她。"了境越发恼火，道："你如何会来到此处？"丁岸道："我奉爹爹指令，接应押解范无间的三宝会一行。"了境指一指王小酒等人，道："他们都是三宝会的，范无间便在那具棺材里面。"适才众人走得急了，王小酒等人来不及骑马，那瘦子居然扛着棺材跟了过来。丁岸眼中一亮，又拱一拱手，道："既然师太在此，我也就没有什么可担心的了，在下先行一步，就此告辞。"

他来得突兀，如今要走，同样突兀，只是了境全无心思与他交道：道一声"自便"，再不理会。丁岸亦毫不犹豫，转过身，带着华山派一行拔腿就走。了境刷的一声拔剑出鞘，道："西南蛮夷心思鲁钝，再有傅长天蛊惑，便入了异类，阿弥陀佛，了境今日不得不开杀戒了。"殷茵"呸"一声，除掉帽子，抬手将结了道髻的簪子也拔了下来；她本就花容月貌，这会儿长发轻扬，映着雪光，更显得绰约多姿。她进而指指自己脸颊,道:"这便是异类,这便是心思鲁钝?哈哈,我可比你们这些无情无欲的秃头们强多了!"了境再不答言,剑尖斜挑,使一招峨嵋剑法中的"云拥雪",直刺了过来。殷茵心头没有半点主意,可半点也不着急,只呵呵一笑,作个了鬼脸。这时只听"嗤"的一声细响,一枚石子从她袖口之下射出来,走得不紧不慢,却又巧得不能再巧,若了境收剑,则近乎全不相干,可若直刺到底,肩井穴便刚刚好会撞上去。她心下纳罕,变一招,转身将石子摘了下来,可心下又不禁微微一怔,石子之上居然没有半点力道,即如此,这丫头口上凶恶,难道却没有伤人之意?再者,她自负这一剑足可以让明净自顾不暇,谁承想此人单凭对时机与方位的拿捏,便逼得她半途而废?

她略一思忖,身法一变,素衣飘飘,化为一片暗影,长剑寒光点点,化为一片亮影,正是峨嵋剑法中至快至繁的一招"雯月雨影"。无间心下明了,谨依虚实之辨,攒起一串雪球弹了出去。了境跨上一步,那雪球便逼她退开一步,上一步,又退一步,如此七上七下,竟一式也不能递出。殷茵口中跟着数数儿,渐渐笑得不能自已,道:"再退一步,可就七上八下了!"话音未落,两颗雪球一左一右,果然逼得了境又退一步。

了境凝住长剑,道:"这不是神农教的武功,你究竟是什么人?"殷茵笑道:"西南蛮夷之人!"了境欲言又止,心下却好生黯然,这女子嘴上不留半点余地,可招式之间有容有度,否则她哪里还有命在?便在此时,远处忽然传来"喀拉拉"数声闷响,一只一人多高的雪球从斜坡上直滚下来。那雪球越滚越快,越滚越大,碾过几棵枯树,夹裹着风声,径直撞向峨嵋群尼。众人惊疑不定,四散躲避,而雪球之后暗影一闪,竟然还藏着一位,身法如风,直取那瘦子。那瘦子大吃一惊,纵身疾退,那人却一个转身,捞起杵在雪地里的棺材,复又跳上雪球,向坡下逃去。了境与王小酒等人如梦方醒,一挥手,带着人马提气急追,殷茵刹那间也明白过来，抢出几步，可是身子一旦离开无间手掌，便再也支持不住，脚下一软，跌倒在雪地里。这时她这才回头看一眼，叫了一声，"小道士——！"

她忧心如焚，可不知为何，又多了些怪怪的念头；这小道士不声不响，看似傻乎乎的，可那一层宽厚润物细无声，可以让人如此放肆，又如此放心。她伸出手去，又叫一声"小道士"，无间这才走出来，望着她禁不住呵呵一笑。雪光掩映，亦明亦暗，模样模糊了些，轮廓却清楚了些，殷茵心弦轻颤，忽然间变得十分恍惚，一字一句地问道："你究竟是谁？"无间咳一声，这才意识到火油果的火气早过去了，自己反而不好意思起来，先行一礼，又道："还不都是你那火油果弄的，我可不是有意逗你玩儿。"殷茵挣扎着想站起来，却又摔了下去，无间走过去扶住她，她却身子一歪，倒在他怀中，放声大哭。

风寒山脱困之后，她护着沈顾南归神农谷，之后不久，便传出三宝会要在落雪山庄处置范无间的消息。她不明白傅长天究竟盘算些什么，可也无心等待，便孤身北上，一心一意要救无间出来。只是她人生地不熟，对各门各派的安排又一无所知，是以在范家庄左近徘徊数日，始终不知道该何去何从，而再一日，便撞上了那位叫作老潘的汉子。那人行止古怪，不论走到何处，都戴着一顶老大的帽子，可又慈眉善目，不仅对殷茵言听计从，更似乎连她的心事也一清二楚。三宝会分三路押解无间北上，正是由他打探出来；计议许久，最后由老潘去海路探查丐帮虚实，殷茵则走西路探查武当派虚实，若均无所获，便来中路会合，与三宝会一较高下，而她能撞上无间，正是由此而起。

她这会儿又开始挂牵老潘，无间便背着她，沿来路又找了回去。雪又下了薄薄一层，但是崆峒派人数众多，足迹交叠，并不曾被完全覆盖。这样走出有一炷香的工夫，到了河边，逆流又行不远，河道便窄了许多。崆峒派的足印忽然乱成一片，中间还夹杂着不少湿泥碎冰，看样子是过河不成，又退了回来。放眼望出去，对岸的枯草歪倒不少，十有八九，老潘还真是逃了过去。这等天气，河水奇寒刺骨，而且衣衫一旦浸湿，再经冷风一吹，更甚于坠入冰窖，崆峒派众人不敢贸然去追，情有可原，亦是明智之举，而无间又想起和鹿无间舍命逃生的情形，心中掂量一下老潘的内力与内伤，忽然也有些忐忑不安。

崆峒派足印转向树林之中，想来就此作罢，还奔大道而去。二人松一口气，想一想，也进了林子。风小了一些，殷茵困乏至极，还嘀嘀咕咕说着话，便沉入了梦乡。无间也有些累了，打横里抱起她，轻轻一纵，上了一棵大树。枝桠密密层层，足可以挡风避寒，寻一处妥帖的所在坐下，一缕晨曦刺破朝云，刚好温和地照在胸前。目光所及，不远处枝干的积雪之上赫然有一只足印，这一惊非同小可，他忽地站起身来，可是细风吹送，雪末清扬，四面静悄悄的，又再没有半点声响。

再寻出去，一丈开外的地方还有一只足印，过去的梢头，积雪则少了一片。他若有所悟，或者老潘过河不过是虚晃一枪，实际上展开轻功，走树头逃了开去？顺着足印走出一段，到空旷处，那人落了地，改为向南行进，这样追着又走半个时辰，转向东，再走，便入了一条大道。大道笔直向北，探入荒野，正是中原武林各大门派去落雪山庄的必经之地，雪地上新痕旧迹一片凌乱，再无从分辨那人的足印，而无间也因此透出一口气，放心不少。再寻隐蔽处歇下来，生起一团火，又铺下厚厚一层干草，服侍殷茵舒展身子躺好，她分明已经睡着了，可握着他的手始终不曾松开，一张俏脸在火光之下多出几分明艳，而甜甜的笑容依然留在唇角。无间身上暖暖的，心中忽然泛起一层温适的快活，这样便很好，这样实在没有什么不好；抬头再望一眼亮蓝色的苍穹，不知从何处飘来些许雪花，落在脸颊之上，凉凉的，又莫名地让人有些惆怅。

第四十七章
梦明梦灭

　　三宝会邀集少林武当峨嵋崆峒华山丐帮六大门派处置范无间，而实际上闻风而动，跑来这里的大小帮派又何止六十。无间与殷茵还是道士打扮，混进大道上络绎不绝的行人之中，又走快一个时辰，便到了落雪山庄。群豪在南山脚下的一片空地之上搭起一座高台，权作议事之用，明净寻俨等人早已经到了，正聚在一起，不知在商量些什么，而三宝会领衔的居然是张双久，一个人孤零零地坐在外围，是一副事不关己的模样，没有半点不自在。

　　过不多时，段开德忽而开口问道："张舵主，范无间那小子究竟什么时候到？"张双久道："该到的时候自然会到。"段开德双手一摊，道："现今几百人都到了，他还没有到，你三宝会这一番运筹，未免也太懈怠了些。"张双久像是有些不耐烦，道："你万事不操心，单说风凉话，这其中头绪多多，你又能体会几分？"段开德"嘿"一声，还想再说些什么，目光却被引了开去；雪原之上两匹骏马疾驰而来，马上二人是少林僧人打扮，却浑身是血，而后面一位肩头之上竟然还插着一把匕首，在阳光下一闪一闪的，分外耀眼。明净认得那正是觉难与慧月，心思起伏，自高台上一跃而下，迎了上去，那两位则滚鞍下马，同时叫一声"方丈大师"，便开始放声大哭。觉难好不容易才透出一口气来，大声道："我等受神农教伏击，丢了范无间，少林寺一十二名僧人，只有我二人侥幸逃生！"

明净脸色苍白，声音微微颤抖，道："少林寺折损十名弟子？"觉难点点头，道："不知为何，今日早间我等进了三元谷，便觉着有些不对劲，迈不开步子，而且累得要命。觉尘只说有些蹊跷，犹豫着该不该退回去，神农教的人便杀了出来，我们始终恍恍惚惚的，没几个回合，便败下阵来。"明净道："你又如何知道他们是神农教的？"觉难道："觉尘说其中两人用的是鸩锋剑，再者，回头想想，我们该是一入山谷便中了迷药，否则又怎会如此不堪一击？"明净愈发思之不解，道："尔等一行是绝密中的绝密，他们又何以知道？"觉难噙着满眼的泪水，似乎下了极大的决心，才哆哆嗦嗦地自怀里掏出一只蓝莹莹的物件，单手高举，目光却向明净身后望了过去。

他手中所持原来是一只手镯，看不出是何种质材所制，剔透温润，内里嵌着许多小如米粒的蝴蝶，在阳光之下更多出一层绚烂的流动之意。无间满心疑惑，扭头去看殷茵，这与她的珠花珠联璧合，该当属于同一套件才对，而殷茵则咬着嘴唇，目光亮亮的，紧张到极处，却也茫然到了极处。无间心上又有电光一闪，老潘在小酒馆之外为碎木划破衣衫，自怀中掉出来的似乎便是此物，不过若有人捡了去，也应当在王小酒手中才对，又如何会落到觉难那里？明净神色之间陡然多出一丝不安，想转身，却双眼微闭，低下头来，觉难道："方丈大师，你认得这个？"明净道："你又是从何处得来？"觉难道："觉尘以无相掌与其中一位汉子过招，震松那人胸前衣襟，这手镯便掉了出来——"略显哽咽，又好一会儿才道："觉尘死前一句话也说不出了，却一直握着它，不肯放手。"

无间心头如同被利刃搅了一下，只觉天光也好，山风也好，一霎时都清冷得难以承受，左右望望，无论如何也不能相信这是真的。明净叹一声"阿弥陀佛",泪水还是流了出来,段开德有些忐忑,却终究按捺不住,小心翼翼地道:"老方丈,你们少林寺搞什么鬼?不是说只有三路人马押解范无间么,西路武当,海路丐帮,中路便是他们三宝会,这觉尘一行又是从何而来?"明净道:"他们是第四路,其他三路都是虚晃一枪,真正护着无间北上的是觉尘他们。"段开德"哦"一声,举起大拇指,嘟囔一句"高明",随即又"嗨"一声,道:"即便如此,范无间还是被人劫了去?不过这应该没有什么难查的,既然知道这一番安排的少之又少,叫出来,岂不一问便知?"明净沉吟不语,而觉难却面向群豪跪了下来,以头抢地,高声道:"是明灭。"

群豪面面相觑,没有一个人明白他究竟说些什么,明灭系达摩院首席,武学上算是少林寺第一人,而且他和光同尘,与时舒卷,早便是得道高僧,又如何会与此事有所牵连?段开德脖子好似忽然长了一截,道:"明灭大师?你说走漏消息的是明灭大师?"觉难还举着那只手镯,道:"方丈大师,你知道我所言不虚。"目光扫过少林众僧,又道:"我不止一次看见师父手里拿着这只手镯,忧世伤生,自怜自哀,不会错的!若还有谁也见过,还有些血性,有些正气,这就大胆说话好了!"

少林寺阵中鸦雀无声,再一瞬,有人长叹一声,自高台之上飘然而下,走上几步,从觉难手中取过手镯端详片刻,如同自言自语一般说道:"这镯子不翼而飞,却原来早有定数,这就对了,这就对了。"他神色之间痴然与释然交织,似有心又似无心,向着殷茵所在的方向望了过来,而殷茵早已经泪流满面,走上两步,颤声问道:"你究竟是谁?"那人微微一笑,道:"贫僧明灭。"

殷茵道:"你便是老潘,是不是?"明灭柔声道:"小茵——"殷茵却哭了起来,道:"可你是少林寺明灭!"明灭走上几步,将手镯套在她的腕上,道:"这个你可认得?"殷茵怅然若失,点点头,又摇了摇头。明灭道:"天下饰品之中有一套奇珍,称为'三梦'……"殷茵道:"那是从前大理皇宫段王妃的饰物,指的是鬓边珠花,发际耳坠,腕间手镯……"双目之中一亮,便怔住了,明灭道:"你珠花还在?"殷茵道:"失而复得,还算完好。"明灭道:"这三件饰物上雕琢的均是彩云谷的蝴蝶,青天之下是一种样子,烛光之下是一种样子,雨露之下是一种样子,斜阳之下又是一种样子,更可谓如梦如幻,更兼古人有'庄生晓梦迷蝴蝶'之句,是以它们被称为'三梦'",继而轻拍殷茵的手背,道:"如今三梦中的两梦可都在你的手上了。"

群豪一面如梦方醒,一面又如同坠入五里雾中,最终开腔的还是段开德,高声叫道:"大和尚,这小姑娘究竟是谁?"人群中有声音远远地答道:"那是神农教的殷茵。"而殷茵扯下布帽儿,真的便取出珠花,戴在了鬓角之上;她自小无父无母,孤身一人在神农谷长大,从记事的时候起,那支珠花就在身边,说是娘留下来的,她历来钟爱,也多少明白那断非俗物,可究竟价值几何,却从未深究。这会儿明灭望着她,定定的有些痴然,殷茵心下一动,道:"你认得我娘?"明灭道:"她姓沈,单名一个'霜'字,人静似水,心慧如蝶,本就是彩云谷霜蝴蝶的花神。"殷茵仍然有些意外,道:"你是少林寺的和尚,如何会知道这些?"明灭道:"我身在佛门,心在尘缘,本就不配做一名少林弟子。"

他是不羁之人,这一会儿视数百群豪直若不见,缓缓说道:"那一年我云游四海,到彩云谷的时候,适逢你娘百里招亲。她本来就是出了名的美女,招亲的消息传出来,莫说百里,有男子甚至不远千里赶了来。我一时好奇,也随着大伙儿去看个热闹,不想只见她一眼,唉,在佛门积攒的那点道行便烟消云散!我出寺已久,头发长到可以挽成发髻,而且身上是一件化缘讨来的长衫,完全没有僧人的样子,如此糊里糊涂之中,也便成了求亲之人,与人比武功,比文采,比手艺,三日下来,百余人里只剩下两位,一位是我,另外一位……"有所思,禁不住望空一叹,殷茵不禁问道:

"谁?"明灭道:"傅长天。"

群雄难掩讶异,惟他嘿嘿一笑,又道:"我与傅长天斗了三百余招,不分胜败,便议定隔日再战,可是我浮躁轻狂,只道自己智谋武略无人能及,便私下提议与他赌一场一决胜负,胜了的留下,输了的隐退,他毫不犹豫,当即答应,这一场赌,嘿嘿,赌的便是'三梦'!当时三梦是在大理皇宫之内,而大理段氏武学博大精深,足可以与少林武当比肩,所以只偷入皇宫一件,便与赌命无异,而另外一面,它本是段王妃的爱物,她时常佩戴,就寝时候必置于枕边,如此想偷她的饰物,不仅要潜入内宫,而且要潜入寝宫方可。我费尽心机,几乎搭上一条命,却只能取回一只手镯,而傅长天……"苦笑一声,"此时高我一筹,彼时亦高我一筹,竟然同时拿到了三梦中的珠花与耳坠!"

他陷入沉思,不再开言,段开德有些心急火燎,道:"这样说是你老和尚输了?"明灭道:"不错,是我输了。"段开德道:"如此你只好一走了之,将那姑娘拱手让与傅长天?"明灭道:"不错,她是嫁了傅长天。"段开德又道:"你不能忘情,便揣着这镯子,一揣几十年?"明灭摇摇头,道:"不能忘情是真的,不过那镯子还是送给了沈姑娘,并不在我手上。"段开德道:"那你自家弟子如何会看到你摩摩挲挲,长吁短叹?"明灭避而不答,却望向明净,道:"师兄,当时我回来寺里,黯然神伤,有许多年静不下心来,之后多次云游,可每次去的都是彩云谷,在霜蝴蝶树下喋喋不休自怨自艾,嘿嘿,可笑,可笑至极!"

他目光还转回到殷茵那里,又道:"之后又一年,我自以为开解些了,便想着再去最后一次,不想却在铭心馆遇到了沈姑娘。她看到我眼泪便流了出来,说一会儿话,我也才知道当年她一直属意于我;她本想着第二日便要我和傅长天罢斗,谁胜谁负她不在乎,要嫁,非我不嫁!而我不辞而别,她一直耿耿于怀,还道我轻狂傲物,存心戏弄于她,可恨我无知无聊,赌来赌去,两手空空!"

无间传 649

他呆立半晌，又道："那时候她已经是两个孩子的娘，此生无缘，她教我再不要来彩云谷。我告诉她我原本是少林寺的和尚，她又惊讶，又生气，又有些感动，却也更不想再见到我。我留了那只手镯给她，再回来寺里，不知为何，于这一个'缘'字忽然领悟不少，心思也便开阔许多。一晃十几年，旧事在心底，不曾淡忘，却也再未起波澜，谁承想三年前，忽然有神农教的人找上门来……"明净倍感诧异，道："此事我居然不知道？"明灭道："自作孽，又如何能让师兄知道？那人见到我，先取了那只镯子出来，我便明白事情定然与沈姑娘有关。世人都知道傅长天有两个女儿，但是教主夫人究竟是谁，却绝少有人提及。"出一会儿神，才又一字一句地说道："早先我以为那是沈姑娘心性所致，甘居幕后，不愿意抛头露面，谁又能想到，十几年前她便已经过世了。"

此言一出，众人不由得又吃一惊，殷茵道："教主夫人难道不是一直隐居于画眉雪山砚池峰？"明灭缓缓摇头，道："她究竟是自尽而死，还是被傅长天赐死，还是为人所杀，这世上除了神农教教主，再不会有第二个人知道。"殷茵并不相信，道："教主又怎会杀死自己心爱的妻子？"明灭道："若是她铸就大错呢？"殷茵道："又能有什么错，错可致死？"明灭道："她死前不久诞下一名女婴。"殷茵道："湄姐姐？"明灭道："不是，那孩子并非傅长天亲生。"

群雄脑中轰鸣，殷茵却仍然似懂非懂，道："那还能是谁？"明灭望定殷茵，道："这一切我也是三年前才知道，傅长天历来心狠手辣，可不知为何，还是将这婴孩留在了世间。她的名字系母亲所取，是一个'茵'字，原因是她父母二人初次见面是在彩云谷华茵亭下，而她的姓则跟了父亲的俗家姓氏，乃是一个'殷'字。"殷茵陡然间神色大变，踉踉跄跄跌出几步，颤声道："你究竟在说些什么？"明灭道："那孩儿——便是你。"殷茵却无论如何也不能相信，刷的一声拔出长剑，抵在明灭前胸，道："你一番胡言乱语，究竟又所为何来？你姓殷，难道你俗家姓氏是殷？你若姓殷，我便一剑刺死你!"

她手臂颤抖,不能自持,长剑刺过衣衫,明灭肩头瞬间红了一片,他却只是柔声说道:"小茵,过去这些年我陪你走了好多地方,你可知道有多快活?"殷茵心下电光一闪,诸多疑团迎刃而解,在去往天山的路上也好,在风寒山也好,许多关头总能转危为安,原来是因为明灭一直守在身边!她手上一松,长剑"当"的一声落在地上,人则晃一晃,掩面哭了起来。

明灭还望向明净,道:"师兄,押解范无间北上的布置,的确是我透漏给了神农教,可是这第四路人马,我也是今日方才知道。不过傅长天心计至深,若因此查出觉尘等人的行踪,原也不为过,十余名少林弟子的性命记在我头上,本是不错的。"苦笑一声,又道:"你还记得林微林女士曾经说起过少林寺有神农教的内应?那姑娘一片冰雪聪明,才真的叫人胆寒。"他合十躬身,又道:"偷了思明的亲笔信送去神农谷的,也是我。"

明净神色黯然,道:"阿弥陀佛,师弟,你这样做,都是因为傅长天拿殷姑娘胁迫于你?"明灭道:"授人以柄,错终究在我。神农教不时有书信过来,但凡有所质询,我便不能不答。师兄说我这两年太过于置身事外,原因正在于此,有些事情不知道才是干净。"他兀自深吸一口气,又道:"师兄,这些日子我自念自责,度日如年,本想弃寺而去,可又修为不足,难以割舍;错便错了,可又一错再错,以至今日,终于搭上许多弟子的性命!罪不容赦,罪不容赦!"整一整衣衫,双膝跪地,道:"明灭破荤戒,破淫戒,加之里通外敌,依律该当何罪?"明净双目含泪,缓缓答道:"废去武功,除名灭迹。"明灭恭恭敬敬磕下头去,身上随即传出骨骼爆裂之声,再一转瞬,脸色惨白,瘫倒在地,一身内力竟就废了。殷茵眼含泪花,想扶他起来,可又好似难以自主一般,忽然退开了一步。明灭缓缓睁开眼睛,神色转为淡然,道:"方丈大师,我还有一事求你成全。"明净道:"师弟明言便是。"明灭道:"我武功已废,而小女

无间传 651

却是魔道中人,今日这等情形,还求方丈护她周全。"明净忽然明白过来,颤声道:"师弟,当罪受罪,承罪消罪,算不得完满,又何必完满?你——不可多虑。"明灭微微一笑,又磕一个头,道:"方丈大师一怀慈悲,贫僧谢过了。"

他转而盘膝坐好,轻声道:"罪是空,孽是空,生是空,死亦是空。来如风,去绝踪,菩提空台,寥然一灯……"声音越来越小,待断了偈语,竟然也断了呼吸。数名少林弟子再也支持不住,伏地大哭,明净双目之中泪光闪烁,长叹一声,道:"何谓无忧,去者无忧。"

殷茵似乎这才明白过来,踉踉跄跄抢上几步,却又一跤跌倒在地;世事离奇,诡变在天,想什么或者不想什么,做什么或者不做什么,难道真的会有什么相干?她想哭,又哭不出来,只捧起明灭手掌贴在腮边,轻声道:"爹爹,你这样去找我娘也好,坦坦荡荡最好,坦坦荡荡才是最好。"她念叨一会儿,望一眼天,望一眼地,又望一眼明灭,似乎一切都深印在心了,便缓缓站起身来,继而又从怀里摸出一只瓷瓶,挑些许药粉,分置于明灭头顶百汇、肩头肩井与双膝血海穴之上,复又退开半步——惟这一瞬心痛如潮,让她终于放声大哭。

明灭的尸身晃了晃,眼看着瘪了下去,不多时竟然化为一摊灰烬,随风散得干干净净,殷茵声音也越来越低,最后身子一软,晕了过去。明净袍袖拂出,卷起她送到一块大石之上歇下,人却立定了,再不知道该说些什么才好。这时群豪之中忽然有人冷笑一声,道:"荒唐,荒唐,说什么豪杰,道什么胸襟,尔等一个个的这般儿女情怀,当真笑煞人也。不过这也罢了,你明净枉为少林寺方丈,天天念叨什么四大皆空,这会儿便全丢在脑后了?!"

这声音群雄再熟悉不过,正是华山派丁否,他进而问道:"你要如何处置这位邪教妖女?"明净修养绝佳,虽则心头火起,却只轻轻咳嗽一声,道:"少林寺自会从长计议。"丁否道:"从长计议？又有什么需要从长计议的？其一，她罪不容赦，本就应当一死以谢少林众僧；二则，你明净就不应当走一遭神农谷，与傅长天当面对质？"段开德心下不忍，道："丁老儿，你又何必如此铁石心肠，不留半分情面？"丁否道："我留情面，傅长天可给你我留情面？"段开德道："话是这样说，不过你不择手段，假公济私，若还在做总盟主的梦，我劝你还是免了吧。"丁否不由勃然大怒，道："我倒要听听你的意思，这位殷姑娘该杀还是不该杀。"段开德道："老方丈要从长计议，那就是他们少林寺的事情，与你何干，与我何干？"丁否悍然道："今日不杀此女，谁也别想离开！"段开德仰天打个哈哈，道："你小小华山派的掌门，居然要挟持天下英豪？"继而抬起腿，噼噼啪啪拍拍鞋子，道："我现在就一步一步走下山去，你还敢杀了我不成？"丁否道："取你这条性命，天下便少一位饶舌之人，也算是造福武林呢！不过今日我且问一问，你有没有胆量与我赌一局？"段开德半点不惧，道："赌什么？"丁否道："我用你崆峒派五行拳中的'迎面锤'打你一拳，你若避得开，我打马南下，再不回头！不过若是避不开，你可要亲手刺死那小妖女才好！"

五行拳乃是崆峒派的入门功夫，那"迎面锤"更是简单得很，一腿弓，一腿蹬，收左拳，出右拳，即便是五岁孩童，也能使个八九不离十。段开德走上两步，左左右右打量丁否，道："丁老儿，你没有吃错药罢？"丁否冷笑一声，道："赌还是不赌？"段开德道："要赌，要赌，不赌才是丢煞人呢！"丁否再不耽搁，踏上几步，果然中规中矩地打出一拳，段开德等他拳头到了眼前，似乎才真的信了，哈哈一笑，使一招"覆水弃舟"，不慌不忙地向后退去。

可这一退，也才明白事情远不是料想的那样简单，他退一丈，丁否进一丈，退两丈，丁否进两丈，而且姿势一模一样，拳头只在胸前数寸的地方摇摆不住。他暗叫不妙，转而使一招"翻山炮"，晃晃悠悠升起数丈，可双足落地，丁否居然还在身前。既然避之不得，他深吸一口气，忽地拍出一掌"天雷震松"，可眼前一黑，人便飞了出去,"砰"的一声撞上一棵大树,才又翻身落地。他展展手脚,居然并无损伤,不由万分茫然,"哼"一声,道:"丁老儿,你捣什么鬼?"

话音未落,身后传出一声脆响,那棵树居然如同木棍儿一般齐齐断成两截,轰然倒了下来。段开德叫一声"不得了——",跳了开去,既如此,丁否力道该是从他身上一透而过,尽数卸在了树干之上,而这分明便是手下留情,否则他哪里还有命在?骇然之余,闷头站一会儿,转而向明净道:"老方丈,神农教的小姑娘,你果然不杀?"明净道:"阿弥陀佛,世间孽障多起于冤冤相报,因果早定,又何必纠结于此人一念之差,或者他人一念之仁?殷姑娘即便罪大当诛,可现今手无缚鸡之力,你仍然要取她的性命?"丁否冷笑一声,道:"教你这言下之意,走丢了范无间,乃是天定,少林寺死这十余名弟子,也只能怪他们前世未积善行,说来说去,还不就是稀里糊涂就好,若再能找一个皆大欢喜的理由,就更十分圆满!"明净苦笑一声,不再回话,段开德却冲他深深行了一礼:"老方丈,对不住,君子一诺,快马一鞭,我今日可也是骑虎难下。"明净明白他究竟何指,缓缓走上一步,段开德却"咦?"一声,道:"人呢?"

众人再望过去,石台之上干干净净,哪里还有殷茵的影子?而不远处另有一位小道士,打横里抱着她,上蹿下跳,风驰电掣一般走得正疾。丁否大喝一声"什么人!",一掠而过,尚在十余丈之外,一掌便拍了出去。那小道士叹一口气,明白不能取巧,乖乖放下人,回转身使"天行健"硬接了一掌。这一撞气势惊人,树杈间的积雪如同炸开一般漫天飞扬,丁否则倒吸一口凉气,惊讶与懊恼交加,不是冤家不聚头,难不成又是范无间?

无间心思简单,既然局面棘手,带着殷茵溜之大吉想当然是上上策,如此蹑手蹑脚走出去好远,几乎要大功告成,不想还是晚了一步。丁否心思极快,忽然明白此乃杀人灭口的天赐良机,掌上一紧，使出十成功力，一招接一招递了过去。无间如今兼容天和掌法与玄都心法，功力又不可同日而语，虽则仍旧不能直撄其锋，但是身法飘忽不定，再周旋起来，便从容许多。斗得片刻，丁否内力越来越盛，仿似疾风骤雨，震得众人耳鼓隐隐生痛，无间身上长袍被掌风割得丝丝缕缕，狼狈是狼狈，却也不露败相。场面上如此，二人心中念头却又大相径庭，丁否焦躁不安，想不出这小子武功何以进境到这种地步，再拖延一会儿，海蓝若药效一过，后果不堪设想，而无间却渐渐淡定下来，对方趋近强弩之末，转机随时可能出现。

殷茵躺在雪地之中，似醒非醒之间轻轻咳了一下，声音不大，可丁否听在耳中，犹如一道闪电划过心头，再劈一掌，三分力道便奔她而去。无间骂一声"王八蛋"，转而使"一马平川"袭他后背，丁否回转身，再使"捧月轮"，可其中两分力道还是向着殷茵招呼。无间就地一滚，架开这一掌，人也被拉进到一丈之内，而他不能在外围游斗，玄都心法的威力随之减弱不少，登时变得大为被动。丁否则愈发肆无忌惮，渐渐每三招里便有一招直接劈向殷茵，无间兼顾不暇，不多时便手忙脚乱，丁否进而大喝一声，使一招"拨云见日"强压而来。无间真气转换不及，脚下踉跄，无奈之下，向前一扑，还想护住殷茵，余光瞥见青天，心下不由得一声长叹，这一番阅历始于落雪山庄，终于落雪山庄，倒也算得完满。便在此时，衣领处猛地一紧，身子腾空而起，冷风拂体，雪花扑面，竟就到了树梢之上。一缕淡淡的清香透入鼻息，如冰却温，微甜而透，陌生至极却又熟稔至极，他不由得"呀"了一声，刹那间心花怒放；那些飘忽不定的念想在目光里忽而沉淀为触手可及的一张俏脸，美目流盼，清秀无方，正是林微。

他不知不觉之中牢牢抱定她手臂，半点没有松开的意思，林微脸上飞红，道："大庭广众的，你做什么？"无间道："就这样，就这样，你再不能走，死也不能走。"林微轻笑一声，眼泪却几乎流出来，道："你怎么这副模样？"无间道："说来话长，说来话长，稀里糊涂，稀里糊涂。"林微道："他们这些大门派、小门派的糊涂虫聚在这里商量怎么处置你这只糊涂虫，你却不来了，苦了我在这里等了又等。"这会儿段开德先走到树下，指着无间端详片刻，"嘿"了一声，道："你这小道士，便是范无间？"明净则高声问道："可是林姑娘到了？"

二人呵呵一笑，翻身落地，无间还又跪下磕个头，老老实实叫了声"师父"。少林寺阵中有人勃然大怒，道："是谁在风寒山欺师灭祖，还有脸叫老方丈师父！"段开德却摆摆手，指着范无间，转而冲觉难道："你不是说他被神农教劫走了么？"继而又瞪一眼张双久，道："你三宝会究竟搞的什么玄虚？"

林微却拍拍无间肩膀，道："他们说你被一位神农教的姑娘迷了心窍，做尽坏事，打伤觉尘，打死明易，可是真的？"无间道："那是沈姑娘！"林微道："说的就是沈姑娘！"无间道："那我也要得她垂青才成啊！"神色间添一层无奈，又道："打伤觉尘是一场误会，可明易，唉，我也想不清楚。"林微道："他是不是你打死的，你还不知道？"无间道："他死在我掌下是真的，可我总觉着不是我杀的。"这话听起来匪夷所思，林微却丝毫不以为异，转而向明净道："老方丈，你听见了？他说明易不是他杀的。"明净有些哭笑不得，道："可他也没有说不是他杀的。"林微道："杀了人自然知道，既然想不清楚，那肯定就不是他杀的；他是你的徒弟，何种为人你最清楚，天下人都不信他，你也要信他。"

无间抹一把脸，忽然有些热泪盈眶的意味，这一怀心绪无可自遣，亦无可他遣，却原来如此委屈。明净淡淡一笑，心底着实不觉着这话有什么不对，略一思索，道："林姑娘有何建言？"林微道："你给他几个月去查一查，若什么都查不出来，只好认命，回去领罪就是。"群豪之中有数十人同声大笑，道："你这小姑娘真的当少林寺方丈是个傻子？"林微嘴角一撇，道："你们这些人心思阴暗，才不会明白，我问老方丈呢，你们少掺和。"明净白眉一扬，转而望向无间，道："你要多少时日？"无间道："我也不知道，成不成的，等着差不多了，总要去见师父的。"觉难忽而低低吼一声，道："方丈大师，你为何这般糊涂！范无间众目睽睽之下手弑明易师叔，铁板钉钉，无可置疑，又有什么可查的？此仇不报，我少林寺又有何颜面立足江湖？"林微却扑哧一笑，盯着他打量一会儿，道："你是觉难？"觉难道："怎样？"林微道："明灭是你师父？"觉难道："不错。"林微道："那你是慧通的师父？"觉难恶狠狠地道："也不错！你究竟要问些什么？"

去年武林大会，慧通身份被揭，之后却神不知鬼不觉地逃下少室山，至今没有下落。她如此一问，教人心下一凛，刹那间疑云大起。林微指指无间，道："真的范无间在这里，也就是说尔等押送的，后来又被人劫走的，便不是范无间，不过，你没死，觉尘却死了。"觉难道："富贵由命，生死在天，你这话又是何意？"林微道："这笔账你不同三宝会好好算一算，却冲着老方丈大呼小叫，可是越听越像个吃里爬外的家伙。"继而望望张双久，道："张舵主，他范无间不在你手里，你却将六大门派都弄来落雪山庄，葫芦里卖的又是什么药？"叶乘宗心思一贯与林微合契，稍一琢磨，道："若不是无间本人出现在这里，我等白走一趟不说，还会一心一意以为他被神农教劫了去，此等居心绵绵密密，可是阴险得很呢。"张双久双手一摊，道："我怎知道范无间不在三宝会手里？"叶乘宗变得有些恼火，道："你是三宝会总舵主，你不知道还有谁知道？"张双久道："我奉命行事，在此等候范无间，除此之外，一无所知。"叶乘宗道："奉命行事，你又奉谁的命行事？"张双久样子略显尴尬，道："这是三宝会自己的事情，用不到你来操心！"

林微走到近前，开始上上下下打量他，张双久愈发不自在，气呼呼地道："你看什么看！？"林微撇撇嘴，又望向觉难，道："你张口闭口要打要杀的，可我的话还没有问完呢，为什么觉尘他们会死,你却没有死?"觉难怒道:"刀剑不长眼睛,神农教用毒又不分青红皂白,你问我,我问谁去?"林微道:"难道不是你让谁死,谁便死,让谁活着,谁便活着?"觉难脸上现出一丝狰狞之色,道:"胡说八道!"林微道:"你若不认识范无间,便有些蹊跷,不过也还罢了,可觉尘又怎么会不认识?既如此……"随即轻叹一声,"他便不能不死?"觉难脸色转为赤红,不知不觉中退开两步,林微却紧追不舍,道:"你一起始便知道范无间是假,又或者,三宝会压根就没有打算让他来落雪山庄,所以呀,他被人劫走云云便是虚晃一枪,却又一箭双雕,一则可以栽赃给神农教,二则,他三宝会从此也就撇清了这件事情,嘿嘿,什么是做戏?这便是做戏,那些没有办法和你一道演戏的,便只有死路一条!不过我还是要问你,觉尘他们究竟是怎么死的?"

觉难怒目圆睁,不住地大口喘气,再一瞬,身影一晃,拔匕首直刺林微。明净道一声"阿弥陀佛",凌空拍出一掌,觉难荡出丈余,重重摔在地上,而那支匕首深入左胸,竟然已自尽身亡。众人吃惊之余,再去寻慧月,不想他早已经踪迹全无,明净难按怒火,向张双久道:"张舵主,老衲不得不向你三宝会讨一个交代。"

张双久却依然是一副懵懵懂懂的样子,道:"你要我交代什么?"明净道:"觉难究竟是什么人?你三宝会在少林寺安插人手,又居心何在?"张双久道:"我与少林寺无冤无仇,何必要安插人手?"明净语气失了些淡定,道:"你是装聋作哑,还是毫无用处?"张双久忽而也变得怒气勃发,道:"我敬你这老和尚在江湖之上有些辈份、有些威望,才这样客气,你自重些个,少来指手画脚!"不等说完,一拂袖子,大踏步向场外走去,而三宝会数十名随从旋即跟上,片刻间竟就走得干干净净。

数百豪杰一片愕然,相互望望,不知该作何理会,段开德则使劲摇摇脑袋,瞅瞅明净,又瞅瞅叶乘宗,道:"你们这些主事的,如今要怎样才好?"丁否冷笑一声,道:"你们不是要处置范无间么?他好端端地站在那里,还要怎样?"林微笑吟吟地道:"丁老儿,你不说话便会闷死不成?这样冠冕堂皇的,倒也好玩得紧,不过也正好提醒了我,人说华山派制了一些轻身补气延年益寿的药丸,你便赠几丸给我尝尝好不好?"

丁否兀自不能相信她能将无间从他掌下救出去,这一会儿回过神来,又好生懊恼。他自然明白林微所指为何,无由发作,只好黑着脸点了点头。丁岸会意,一声不响地走过来,从怀里取出一只小葫芦,倒几颗海蓝若在她掌心里,林微道:"还要——"丁岸皱着眉头,又倒几丸,不想林微劈手将葫芦夺了去,道:"堂堂华山派,怎么这等小里小气的,都送了我罢。"丁岸十分恼火,可是抬头望一眼丁否,终于未置一词。群雄不由得啧啧称奇,段开德道:"丁老儿,这又是什么把戏,那药丸也分给我几颗尝尝如何?"丁否一腔怒火无可发泄,这会儿打雷一般暴喝一声,道:"再多嘴多舌,今日我便灭了崆峒派!"

段开德吐吐舌头,道:"几枚狗屁药丸而已,你道我真的稀罕。"忽而吸吸鼻子,道:"好臭好臭,哪里来的味道?"这样一说,群雄嗡的一声嘟囔开了,再抬头,空中不知何时多出两只巨大的蜈蚣风筝,张牙舞爪,极是可怖。接下来又是几声爆响,那蜈蚣一节节断开,相继自空中坠了下来,地面上浓烟泛起,那一股臭味变得愈发浓郁。众人忽然明白正该是神农教的人到了,呼喝几声,协同向坡下退去。无间身有断疴木,并无大碍,只是他挂念的人极多,刚刚叫一声"殷姑娘",不想劲风扑面,丁否与丁岸联手借着浓雾又攻了过来。

林微轻轻一扯,带着无间提步向北奔去,二人一个兼修玄都心法,一个有平易居那婆婆所授的身法,论及轻捷灵动,比之丁否丁岸胜出何止一筹,只是那父子二人早服了海蓝若,内力浑厚,一味穷追,想要摆脱,又谈何容易?过了落雪山庄,丁否更不由得心下窃喜,积雪厚了不少,地面上足印也便愈发清晰,今日天赐良机,即便不得不再服十粒海蓝若，也定当作个了断。前方不远处多出一株亦枯亦荣的老树，而那一高一矮两个身影也变得清晰可见，他愈发成竹在胸，闷头又追一段儿，眼前一花，雪地上赫然成了四串足印！刹那间疑云大起，举目四顾，不远处竟然又是那棵老树，原来绕一圈，又回了适才到过的地方。此处或彼处有树皮剥落，此时或彼时有草茎折断，一切声响清晰可辨，惟无间林微私语一般的踏雪之声不复得闻，丁否陡然间变得怒不可遏，在树干上猛拍一掌，翻身上了树顶；林木层层，一片清透，可眼界里除了一片松涛一抹斜阳，又哪里有半个人影？

第四十八章
旧恨添新仇

　　这一片树林正是落雪山庄密道的出口所在，林微与无间还从那株老树的树顶进入，直落十余丈，此刻早已经到了地下。密室之中灯火依然，原来林微在此已经住了不少时候。无间拉她到灯光之下，打量一番，心头一热，不禁抱起来转了一圈，林微拍他一把，道："你还记着我呢？"无间道："可不么！你没心没肺地一走了之，倒是让我想明白了一些事情。"林微道："你还会想事情呢？"无间道："那是当然。"林微道："那你明白了什么？"无间道："好像形单影只也没有什么，可是有你在身边，什么什么都才是对的。"林微道："若是有朝一日我嫁了人，你又怎样？"无间道："不怎样，还这样。"林微道："还这样，那你怎么对得起你的……"刹住话头，转而笑嘻嘻地道："那我嫁给你罢。"无间颇为警惕地打量她一回，道："好像也不成。"

　　自青石冈走脱之后，林微先将陆嫣如送去潮生岛，之后则循着傅长天等人的踪迹追到海边，才终于断了线索。再后来三宝会处置范无间的事情传出来，她立即打马北上，早早便到了落雪山庄。武林人士纷沓而至，传言莫衷一是，她听得多了、见得多了，却越想越觉着不对，几乎便要南下探一探风寒山，而无间最终现身，于她也是莫大的惊讶。二人从前不分你我，想什么说什么，没有半点顾忌，经过这一番别离，似乎疏远了些，又似乎亲近了些，而无论怎样，能将彼此看在眼里听在耳里，又是难得的圆满。无间憋着许多话，如今算是遂了心愿，将自己所历一五一十还原出来，林微听得兴趣盎然，可哈哈大笑之余，又分明多了些说不清道不明的滋味。

最终还说到勾陈使那里；依着无间的推算，章寒溪扮作道士潜入武当派，没费多少力气，便在正心阁拿到了所谓的地图，只是云莫为黄雀在后，最终在如意渚将他毁尸灭迹。林微并不信服，道："你怎知道从行云阁偷走地图的便是勾陈使？"无间道："因为绕指香啊，你道天下有几个人用得了绕指香？"感慨一番，又道："你们这些聪明人最居心叵测，取了地图还不够，还要下个套暗算后人。"林微道："他既然被困在如意渚上，便是万无一失，云莫为又何必取他的性命？"无间拍拍自己胸口，道："若是万无一失，我会活灵活现地站在这里？横竖将人化了去，才最干净。"林微却又绕了回来，道："那你怎知道死在如意渚的就是勾陈使？"无间道："我在和融府见过小药锄，早就知道他死于清静散，再有……"这会儿忽然得了新的提示，道："傅长天借三梦拿捏住明灭，要么勾陈使手里有珠花呢！"林微"哼"一声，忽然伸出手来，道："那只耳坠儿呢，我要瞧瞧。"无间嘿嘿一笑，道："我送给殷姑娘了。"林微撇撇嘴，道："说你糊涂，偏偏在她那里，一点儿也不糊涂。"

她转而道："依你之见，杀勾陈使的是樊盛，樊盛是云莫为的人？"无间道："樊盛哪里有这等本事！樊旺说起过一个大理口音的道士，当时总是和樊盛嘀嘀咕咕的，叫我猜，杀人的便是那个道士。"林微道："那樊盛又是做什么的？"无间道："同谋而已，那道士收买他，这才找上如意渚。"林微道："那樊盛又去了哪里？"无间道："卸磨杀驴，八成被那道士给弄死了。"林微道："那死在愁杀荡的便是这位道士？"无间道："那是当然。"林微道："他无缘无故地进愁杀荡做什么？"无间道："勾陈使在正心阁不仅得了地图，还得了愁杀荡的路线图，我猜着那道士看着好奇，或者是有事情要办，便走了进去。唉，都是细枝末节，你又何必纠结？"不过话说到这里，他忽然又搓搓手掌，道："走愁杀荡不是去少林寺的捷径么？少林寺有慧通，有觉难，他大功告成，找他们碰头，难道说不过去？"

通过密室的镜子仍然能看到外面的情形，头几日还不时有人来往，渐渐的又门可罗雀，想来江湖群豪也走得差不多了。再一日一直静悄悄的，到傍晚时分，忽然有脚步声传了过来，无间凑过去瞅一眼，不由又惊又喜，镜子里一位胖胖大大的汉子赫然便是李实。他前前后后看一圈，忽然冲着厅堂行了一礼，道："林前辈，在下多有叨扰。"这样若有所失地站一会儿，又道："无间兄弟，可恨哥哥来迟一步！"无间着急忙慌，正要抢出去相见，墙头传来一片碎响，又有三人进了院子；当前一位一袭黑衣，身形佝偻，显见是卢嬷嬷，旁边瘦高的一位是普乐，可另外一位却并非普明；无间只觉着他样貌身形十分熟悉，正思之不得，林微在耳边轻轻说道："云莫为。"

早先傅长天等人走海路赴落雪山庄，云莫为一直被囚在船底牢笼之中，如此看来，在缘天岛还是被李云阁救了出去。无间道："人都走干净了，他们却来了？"林微道："这些都是有心机的，早就到了，只是不曾现身而已。"这时李实向卢嬷嬷等人拱拱手，转身要走，卢嬷嬷咳一声，道："听说你与范无间林微二人交情不浅？"李实不动声色，道："敢问阁下是哪一位？"话音未落，普乐忽然走上两步，忽的一拳便砸了过来。

李实颇感恼火，伸臂隔开，道："这又是何意？"普乐还是不言不语，接连又是两拳，将他逼到了墙角。李实不再客气，手掌一翻，出幻蝶指扫他眉心，普乐像是有些意外，退开一步，可膝下一软，竟就缓缓倒了下去。与此同时大笑声自四面响起，又有数人自屋顶一跃而下，为首一人乃是傅长天，身后四位却是文教主秦关，麒尊者任千里，麟尊者张何萧与天后使吴双。

卢嬷嬷脸色煞白，紧赶两步，向普乐走去，傅长天却凌空连出三指，逼得她一退再退。立定脚，她厉声叫道："普乐，你若不曾死，便言语一声。"可普乐蜷在墙角，始终没有半点动静。傅长天转而望一眼李实，道："你与范无间是何种交情？"李实道："阁下又是何人？"傅长天道："我姓傅，名字是长天二字。"李实心下大震，却又不禁热血上涌，大声道："你便是傅长天？你便是傅长天？！我正想问一问，神农教为何要杀我师父？！"

傅长天颇感诧异，道："你师父又是何人？"李实道："虚怀谷虚怀子。"傅长天稍一思索，忽然间食指一捻，"嗤"的一声，一股真气直撞李实胸口。李实不敢怠慢，先用"醉仙步"滑开数尺，继而使一招"漫卷诗书"，十指亦放亦收，将后续诸种力道一一拨开。傅长天双眉一扬，不禁笑了起来，道："于弱云是你什么人？于弱风又是你什么人？"李实反问道："他们都是些什么人？"傅长天不屑置答，却无声无息地再出一指，而这一次李实竟全无招架之功，闷哼一声，摔在地上晕了过去。

这时傅长天才像是看见了云莫为，道："三宝会为了你在缘天岛与我大动干戈，还真是蹊跷，你与张双久究竟是什么交情？"云莫为嘿嘿一笑，道："他们还是冲着教主你去的，在下微不足道，能够走脱，纯属侥幸。"傅长天道："尔等在风寒山不是擒住了范无间么，又如何会让他逃脱？"云莫为并不隐瞒，道："囚禁他的地方原本稳妥之至，他何以能走脱，我也想不明白。"傅长天道："那你虚晃一枪，将六大门派尽数诱到此间，打的又是什么算盘？"云莫为轻轻咳一声，道："依教主之见呢？"傅长天道："少林武当后方空虚，正可以乘虚而入？"云莫为居然躬身行了一礼，道："教主英明，教主英明。"

他继而跨上一步，恭恭敬敬还磕一个头，傅长天看戏一般冷冷地瞅着他，道："你这又是哪一出？"云莫为道："求教主放属下一条生路。"傅长天道："你在我这里早就绝了生路。"云莫为略一沉吟，像是下了极大的决心，才又说道："属下今非昔比，实在是有一个人，教我割舍不下。"傅长天声音里多了一丝调笑的意味，道："谁？"云莫为道："陆嫣如。"

傅长天像是没有听清楚一样，"嗯？"一声，忽然间放声大笑，林微一怔，再回味，不由得也"扑哧"一声笑了出来。无间问道："你娘在哪里？"林微道："一苇寺。"无间道："莫姑娘那里？"林微撇撇嘴，道："我自然要送她去和亲生女儿团圆。"继而又做个鬼脸，"云莫为这个丑八怪，居然会看上我娘！"可云莫为神色郑重，直视傅长天，缓缓说道："我无妻无子，也从未打算娶妻生子，所以便从不曾正眼瞧过天下的女子，可是后来，陆嫣如被囚在龙泉青石冈……唉，谁承想一颦一笑看得多了，会教人这样欲罢不能！心中开始有这样那样的念头，我便知道错了，大错特错，更何况她从头至尾便不曾正眼瞧过我！"傅长天丝毫不为所动，道："你要苟全性命，又与她何干？"云莫为道："她芳华绝代，又怎会与我有什么瓜葛？只是多了这一层念想，人难免恋世。"

傅长天似笑非笑，只觉此人心思荒诞至极，可不知为何，正因为这一层荒诞，又莫名地多了几分可信之处。云莫为又磕一个头，道："教主，属下什么都明白，我犯的是重罪，十恶不赦，依律令正应当'明心、断臂、立功、抛身'，此事我思量许久，不想今日便是机缘"，说着身形一晃，单掌递出，竟直取卢嬷嬷后心。卢嬷嬷没有半点防备，结结实实吃这一下，怒目圆睁，没等叫出声，便倒了下去。云莫为继而深吸一口气，出右掌切在左肩，骨骼间"咔"的一声脆响，胳膊便软软地垂了下来。他强自忍着，并不点穴止痛，只片刻的工夫，大颗大颗的汗珠便布满了额头。这时他又从怀里掏出一只紫色的匣子，置在身前地面上，道："教主，种种缘由，骆家的那片地图我找不回来了，这是于弱云的一片，取自相府；我弄丢一片，理应再找回来一片，算不算'立功'，全由您老人家定夺。"

他盘腿坐好,双眼一闭,身子猛地震几下,扑地而倒;脸色一片蜡黄,衣衫亦被冷汗浸透,显见一身武功也已经废了。傅长天心下终于泛起一丝犹疑,道:"你想要些什么?"云莫为道:"属下求教主带我回神农谷,即便是受汪福差遣,在修竹院种种花草,也心满意足。"

傅长天手臂探出,地上的紫匣子"啪"的一声跳进掌心,翻开盒盖,入眼的是一本古旧的册子,正是曲关阳《毒经》的手稿。它原本藏于鬼见愁之中,如今既无缺损,亦无污迹,算是完璧归赵。再下面压着一片锦缎,颜色质地与骆家那一片殊无二致,捏起来轻轻一抖,摊在掌心之上;表面纹线曲曲折折,标注着山川河流方向方位,毫无疑问,果然是又一片地图。傅长天"嗯"一声,心中生出一丝快意,却也升起一丝恶意,再冷冷地打量一眼云莫为,话到口边,忽然又顿住了。冷风轻吹,一股极淡的茶香飘入鼻息,让他不由自主深深吸了一口,胸中随之变得一片清凉,可不知为何,丹田之内却隐隐约约响了一声,汩汩流动的真气似乎凝住了,静如止水;随之而来的是一股寒气,宛若冰花在死寂的湖面上蔓延,整个人忽而变得薄脆如纸,心头则清凌凌地泛起三个字,散骨散。

他强自镇定,可手上还是微微一抖,那匣子便"啪"的一声落在了地上。云莫为委顿不堪,却歇斯底里地笑了起来,道:"傅长天,冰花蜻蜓不能取你的性命,那就再试一试这一剂毒药如何?"秦关率先明白过来,单掌递出,拍在他天灵盖上,当即取了他的性命,吴双则扶住傅长天,叫了声:"教主?"傅长天道:"是散骨散。"吴双道:"哪里来的散骨散?"傅长天道:"锦缎之中暗藏散骨散。"吴双道:"散骨散入水为毒,无色无味,如何会是走肺腑伤人的粉尘?"傅长天道:"那是今日……"吴双抬起头来,神情里焦灼与不解交织,道:"教主中的是旧制散骨散?"

傅长天呼出一口气,轻轻点了点头。散骨散销蚀内力,腐蚀筋骨,可中毒者大多浑然不觉,若这时再与人过招,经脉震荡,顷刻间便会土崩瓦解。他久习雪云掌,又常年饮用冰荷虫酒,真气属至寒一脉,在药理上与散骨散有若干相通之处,正因为这一层,也才得以体会丹田内一些细致入微的变化,进而安然自守,再不敢稍动。秦关等人远没有这等见识,小心翼翼地问道:"旧制散骨散有什么不同?"吴双道:"如今的散骨散状如细砂,旧制却与粉尘无异,而且有一股极淡的茶香,入水可化,迎风可散,循热息扑人口鼻,实则更为防不胜防,再有,中毒之人死后与常人无异,不似今日,尸骨迟迟不会腐烂。"她颇有感触,轻叹一声,又道:"'一药一解,无解无药',正因为此,散骨散也几乎失传。早先它不仅没有解药,配制起来更难如登天,说什么社稷神鹿,唉,其实咱们神农教与之早有渊源——旧制散骨散配药四十七味,其中一味便是神鹿鹿茸。"

饶是秦关似乎也颇为意外,凝神思索,而无间脑中则噏的一声,一颗心渐渐地越跳越快。吴双嘴上说话,手上不停,还是找出数颗药丸,先喂傅长天服了下去,继而又道:"早先教内每年会派人赴西南番国寻找鹿茸,可是每十年八年,才会有运气极好的几位带少许回来,正因为此,散骨散少之又少,算是稀世之宝。曲老教主接掌神农教之后,数次亲赴番国,可大多时候同样无功而返,不过后来他北上江南,反而找到了颇为稳定的供给,也才得以放开些手脚调制尝试,最终用十八味草药换掉鹿茸,进而制出解药。如今散骨散依旧难为,可是有矩可依,人力可行,不似从前,大多有依赖于时运。"任千里道:"曲老教主已经死了几十年了,若旧制散骨散本就凤毛麟角,居然还会存世?而且即便有,也应当在教主手里,云莫为又从何处得来?"想一想,又道:"莫非鬼见愁里就有,被他一并劫了去?又或者——曲老教主手稿里有旧制散骨散的配方,毒药是他新近所制?"吴双摇摇头,道:"即便能寻来神鹿鹿茸,个中繁复,他依旧不能胜任。"秦关道:"当年曲教主屡试屡验,该是制出不少散骨散,那些又流落何处?难不成阴差阳错,都被云莫为得了去?"顿一顿又道:"那今日的解药,便没有半点用处?"

吴双适才给傅长天所用,正是当下的解药,效用虽则不大,但是药性契合,多少会有所助益。她又好一番思索,进而道:"教主,要不要叫顾姑娘过来?"傅长天微微叹一口气,竟然点了点头。众人稍作计议,小心翼翼地护着他去了,可不久之后,吴双又一个人走了回来。她拍开李实穴道,未置一词,复飘身而退。李实大为惶惑,却再也不敢逗留,走另外一个方向,瞬间也没了踪影。

夜色转浓,一轮圆月搭上东面的山脊,密室的镜子随之泛出一层淡淡的铜灰色。林微呆呆地不发一言,心中却异样地不安;虚怀子死状与骆澎坤无异,却尸骨尽烂,莫非是死于旧制散骨散?若真是那样,那他也是被云莫为所杀?而且听傅长天的话音,早先他似乎并不知道虚怀子究竟是何许人也。再一层,曲关阳为了神鹿鹿茸南下藩国,无功而返,待到北上江南,反倒大有收获,而藩国进贡给大宋的社稷神鹿会不会就养在平川谷?若真是那样,在残屋之中留下药方残谱的难不成便是曲关阳?又或者那药方便是散骨散?!当时的情形可想而知,他该是扮作养马或者养鹿之人,封了门窗,以丹阳花汁在木板上写写画画,日复一日,如琢如磨——念头一转,不由得又吸了一口凉气,既然他在平川谷与社稷神鹿朝夕相伴,那三十二皇子北上的事情又怎能不知?傅长天在这件事情上洞悉诸多内幕,其根源正在于此?

二人又稍稍一等,才扳开机栝走了出来。云莫为手足冰冷,早已死去多时,而卢嬷嬷靠在墙根,居然一息尚存。无间心下不忍,度一点真气过去,又过好一会儿,她似乎才认出眼前之人是谁,神色间带出一丝宿命般的无奈,道:"我那孩儿可死绝了?"普乐身中吴双的冰火针,早已经没有呼吸,无间叹一口气,只能点点头。卢嬷嬷道:"也好,死在一处也好。"双目之中忽而又多出一层亮光,道:"你师父究竟是谁?"无间道:"明净大师。"卢嬷嬷冷笑一声,道:"老和尚那点道行,数不着的,你玄都派的功夫又是何人所授?"无间大为惊讶,道:"你又如何知道?"卢嬷嬷道:"你在山下与丁老贼过招,还道我看不出么?"说着忽而左手虚拢,置于腮边,道:"人面桃花,以礼相见。"

她阴森凄惨,死鬼一般,那副样子真是又诡异又滑稽,林微在背后不由便笑了起来,道:"艳若桃李卢嬷嬷!"可无间认得那是玄都派弟子见礼的规矩,抹抹眼睛,又是纳罕,又是不解,道:"卢嬷嬷,你是玄都派?"卢嬷嬷仍然问道:"你师父究竟是谁?"无间老老实实答道:"李天魅。"卢嬷嬷不由勃然大怒,道:"再胡说八道:信不信我还是能一掌毙了你!"无间道:"你不信我也没有办法,梅师姐代师收徒,让我拜的那棵仙衣树,她还说这都是师父的意思,我还能怎样。"卢嬷嬷道:"哪里来的梅师姐?"无间道:"落英峰梅琴。"

卢嬷嬷神色变得异常凝重,却依稀又有些感伤,一字一句地道:"这便是造化。"无间道:"谁的造化?"卢嬷嬷摊开五指,道:"把手腕给我。"无间脱口而出"要不得",反而退开一步。卢嬷嬷道:"你我同门,我如何还能暗算于你?再说了……"咬咬牙,"我该叫你一声师叔才是。"无间瞪圆眼睛,憋住一脸的笑意,道:"那你师父是梅师姐?"卢嬷嬷不答,只是手又探出来一些,无间不再躲避,腕上一凉,便被扣住了穴道。卢嬷嬷阴笑一声,道:"你怕不怕?"无间道:"你说呢,又岂止是背后有鬼?"卢嬷嬷道:"我死不足惜,若搭上你,还真是划算得很!"她这样说着,无间腕间内关穴却微微一热,一股真气直透了过来,他吃了一惊,道:"你这是做什么?"卢嬷嬷怒道:"玄都派人散功不散,这都不明白,你又做哪一门的弟子!"

无间这才记起心法中的文字,玄都派内功独树一帜,圆通中正,绝无一歧一异,正因为此,一名弟子的功力轻而易举便可以被另外一位融会，取为己用，而所谓"人散功不散"，背后既有苦心，亦有野心，又断非一言一语说得清楚了。这一会儿卢嬷嬷真气在他经脉间冲出一片虚空，一面若决堤之水，越流越快，一面却又如大川入海，坦坦荡荡尽入丹田。无间动于衷，知道她是将一身功力倾囊相授，可胸中五味杂陈，又说不出有多少感激，再抬头，卢嬷嬷扬手给了他一记耳光，头一歪，就此身亡。

接下来数日，落雪山庄寂寂无声，再没有人迹，而大雪下个不住，眼看就要封山。林微知道再也耽搁不得，和无间稍作打点，随即启程南下。二人还经密道从北山出来，绕一个不小的圈子，才走上向南的大道。他们轻功今非昔比，脚程也就快得非比寻常，不足半日的工夫，便又到了范家庄左近。庄外那条大河烟雾腾腾，搅入低垂的乌云，转弯处不知为何有几面灰色的帐子，在风里摇摇欲坠；早先北上，有不少门派在此安营驻脚，可是过去那么多日子了，居然还有人逗留不去？

营帐之间又透着一层别样的冷清，不像有人出入；掀开其中一座的门帘，地面上有两排铺被，散放着几件袈裟，几双僧鞋，一望即知是少林弟子的安歇之处。聚会之日神农教施放毒雾，可地方空旷，各大门派也便全身而退；少林众僧南归，走到这里安营再正常不过，只是这等情形，更像是睡着觉呢，便被人一股脑掠了去。细细想来，世上能有这等胆量这等手段的，只有神农教，可这又不太像是傅长天的做派，而且他命悬一线，居然还会有暇他顾？河边有一只大灶，灶下尚有几根未曾燃尽的柴火，周围又有许多脚印，混在泥沙与碎冰之间。林微四面望一圈，继而踩着浮冰跳到了河对面；岸边枯草齐刷刷歪倒几丛，被碾入泥中，越看越像是有牛车轧过，揣摩着走出几步，看方向该是冲西北去了。无间并不信服，道："他们被扔上车拉走了不成？这么多人，又如何过河？"林微道："此处河道弯曲，水流最慢，入夜之后会结一层浮冰，虽然承不得多少重量，但是将人抛上冰面，滑到对岸应该不是什么难事。"

她一面说，一面找，着眼之处一片茫茫，可此处或者彼处，又总有一些模糊的痕迹，如此或紧或慢地寻出一段，便到了黑水沼。那本是一片方圆百余里的沼泽，虽说难走，却并非没有路径可循，只是这会儿雪又下得一片苍茫，没奈何，只好歇下脚来。沼泽中有不少火油果树，果子无人采摘，许多落在地上，一团团如同烂泥一般。无间在干燥处升起一团火，又跳上树头，寻几只饱满圆润的，烧来吃了消遣。他寻乐子，点着枯枝去撩地上的烂果子，红色的火轰的一声蹿起来，继而又有一层蓝色的火铺开去，掠过好大一片枯草湿泥，才渐渐散了。他吃一惊，凝神想一想，也便明白过来：沼泽之上结有一层薄冰，冰下渗进去不少火油果的汁浆，触火即燃，蔓延开去，可不正是此等星火燎原的景象。林微童心大起，点起一根根枯枝掷出去，那火如同云彩一般，在四面一丛丛地绽开，煞是好看。玩够了，她拍拍手，却又不禁一怔，不远处赫然有两道车辙的深痕，混在或深或浅的几行足印之中，转向南面去了。

她略一思索，不由得一声欢呼：塞外冷冬，那些痕迹被雪花覆盖，复又被严寒冻住，是以过去不少时日，仍然完好无损，如今覆在上面的一层积雪被火融掉了，也便一一显露出来。二人循着车印从南面出黑水沼，又行不远，便到了延平，算一算，几乎向西绕出来两百余里，才行入关。延平系晋北快刀帮总舵所在，有不少江湖人士，而且还是一座知名的酒镇，有所谓"延平三酿"。那酒口味刚猛，入腹似火，暖心却不醉心，在寒冬腊月里品来，别有一番滋味。二人在街巷间穿行一阵，酒香或浓或淡，却绵绵不绝，让人不由馋虫大动，正思量着，前面不远处忽然传来一阵哄闹声，原来街边有人正在斗酒。

左边的一位身材魁梧，足有八尺多高，天气虽冷，依然光着膀子，露出一身虬结的筋肉，一脸黑须，鼻孔朝天，再配上一双铜铃一般的眼睛，看着便有些吓人。右边的却是一位怯生生的后生，不算矮，却瘦得皮包骨头，裹在数层棉衣之内，仍然不停地哆嗦。那大汉端起一碗酒，一饮而尽，"啪"的一声将酒碗摔得粉碎，继而举起手，问道："几碗了？"四面围观的百余人跟着起哄，一齐叫道："八碗！"那后生随即也取一碗，凑到嘴边，虽说分三气儿，也还喝光了，冲众人亮一亮碗底，置在桌上，还一声不响地缩回到棉衣里面。如此你来我往，不一会儿的工夫，两人各喝一十二碗。无不啧啧称奇，可打听下来，更奇的还在后面——原来这大汉是打擂的，坐庄的竟然是那位后生！他在此与人比酒，半个多月了，从无失手。

喝完第十八碗，那大汉肚皮涨得如同皮球一般，动一动便哗啦啦作响，神情之间则添一丝迷离，远不似当初那般神采奕奕。那后生拨开人群去屋后撒一泡尿，回来之后往桌边一坐，还是一副穷酸相。二人继续你来我往，不多时居然喝到了第三十二碗，此前从未有人喝过二十五碗，这会儿四邻里听到风声，都跑了来，哄叫之声震耳欲聋。那大汉摇摇晃晃地再端起一碗，凑到嘴边，却又"啪"的一声放回桌上，指指那后生，道："你使诈！"那后生道："众目睽睽的，如何使诈？"那汉子道："我说不出，但是你定然使诈！"那后生撇撇嘴，转而道："你要怎样？"那汉子道："这次你先喝！"那后生无可无不可，端起碗凑到嘴边，可那汉子忽地一跳，劈手抢了过去，道："这次我喝你的，你喝我的！"

他还道是酒水有诈，可尝一口，又实在没什么两样，有些恼火，仰脖子喝光，双腿打颤，便有些站不住了。那后生哆哆嗦嗦，说醉了不像醉了，说害怕又不像害怕，可一碗酒照样喝得实实在在。那汉子忽而伸手在脑门上连拍三下，大吼一声，一口气连干三碗，那后生耸耸肩膀，虽说慢悠悠的，可同样也喝了三碗。那汉子愈发怒不可遏，揪着衣领将他提了起来，道："我关某喝遍晋北，尚没有碰到酒量及我一半的，你究竟使了什么花招，给我从实招来。"那后生挣了挣，实在没有办法，腕子一翻，将手中酒碗按在了他脸上；酒气盖住鼻息，终于化去最后一点支撑，他身子一软，歪倒在地，竟就打起了呼噜。那后生跟着也摔了个跟头，却又坐起身，拍拍那汉子的脸颊，道："你该叫我叔叔了。"

众人像是大失所望，轰的一下便散了，林微大为好奇，道："他为什么要叫你叔叔？"那后生道："我们赌的便是这个，他输了，要叫我一声叔叔。"林微道："那他赢了呢？"那后生道："那他便可以去和我大伯去比试比试。"林微道："你大伯是谁？"那后生道："是我大伯啊。"林微哭笑不得，道："他人在哪里？"那后生伸手一指不远处的延平塔，道："那里！"

延平塔乃是延平的一座高塔，共有一十三层，算是闻名一方的古迹。林微望一眼，愈发觉着这个大伯不伦不类，道："他是你亲伯父？"那后生道："我不认识他，但是他非要我叫他大伯不可；说什么若是叫大哥，他有失身份，叫爹爹，我不配，叫爷爷，他又不可以有我这样的不肖子孙，所以只好叫大伯，而且，他兄弟完全可以有我这样的不肖子孙。"林微禁不住哈哈大笑，指一指那醉倒的汉子，道："那他叫你叔叔又是怎样的讲究？"那后生道："他说网开一面，他兄弟也不必有比我还不肖的不肖儿孙。"林微道："你这位大伯可是姓陶？"那后生摇摇头，道："我哪里知道。"无间不由得眼前一亮，林微却转而冲着他笑了起来，道："这些不肖子孙，哈哈，可都是你的！"

第四十九章
相知对筹

那后生乃是延平塔看门的小僮,名字叫作张革,他那所谓的大伯正是陶不陶。陶不陶不知道与什么人打赌,若想赢,必须看住院子,三十日内不许人进塔,也不能有人出塔。那塔本是一些乡绅名流凭吊怀古、附庸风雅的所在,众人进不了门,上前理论,反被打得屁滚尿流,无奈之下,便找快刀帮出头。快刀帮尚武尚酒,虽说世代相传的"晋北快刀"稀松平常,一帮汉子酒量恢宏倒是货真价实。他们比武胜不了陶不陶,便转而比酒,陶不陶一听便来了兴致,嘻嘻哈哈,却将十余名汉子喝得七荤八素。快刀帮快刀不济,已经颜面扫地,斗酒再不济,那就真的沦为笑柄了,他们不肯罢休也不能罢休,便每日里轮番前来叫阵,陶不陶起初还愿意应付,后来不胜其烦,便收张革做个不伦不类亲戚,代他出马。张革形容羸弱,可照旧无往不胜,正因为此,今日才轮到这位大汉上阵,而他本是快刀帮的副帮主,名字叫作关丰。

关丰天生酒量惊人,与人斗酒,几十年未有败绩,加之横练一身外家硬功,在当地百姓看来,乃是酒神兼武神之类的角色。他到了延平塔,不能见到正主儿,便大为扫兴,再输给这样一位猥琐的后生,又情何以堪。这时小二从近旁酒馆里走了出来,向众人讨一圈赏钱，说是要补贴这些日子白白奉上的酒水。无间好奇，去桌边端起一碗尝了一口，那酒如同一串火苗从口边烧到肚腹，拿捏得他哆嗦一下，但片刻之后一股郁香反折回来，又变得暖烘烘的，甚是受用。他揣摩这酒他顶多能喝十碗，关丰喝三十多碗，可谓天赋异禀，而张革既然得陶不陶唆使，定然有诈——这会儿他诚惶诚恐地向四面作几个揖，转身要走，林微忽然道："你和我比过怎么样？"

大伙儿本来散个差不多了，哗啦一下又聚了回来。张革打量她一眼，道："姑娘说笑了，斗酒是我们这些粗人做的事情，你又如何使得？有什么需要，吩咐就好。"林微道："我要进你大伯的塔里走一走。"张革道："那个不是我不让，是他不让。"林微道："那我只好赢了你再说其他。"张革道："烈酒伤身，姑娘还是好自为之。"林微嘻嘻一笑，道："言之有理，再说我本来就酒量不济，咱们只赌一碗好了。"

找人斗酒却又自称酒量不济的，便绝无仅有，而且这还是一位天仙一般的小姑娘，众人愈发好奇，又开始高一声低一声地起哄。张革道："只喝一碗，又如何能定输赢？"林微道："这有什么难的，你喝了不醉，自然就赢了。"继而拍拍无间肩膀，道："既然你大哥可以让他喝而不醉，你自然也能让他一喝就醉了？"无间摆摆手，认认真真瞅她一眼，道："莫要乱来，哪里有这般容易。"

这样说着，他走上两步，瞧瞧那一桌子酒碗，捧起几只嗅一嗅，之后便去桌子下面摩挲那几只酒坛子。一群人不明白他在做什么，忍一会儿，又开始吆喝，轰他走开。无间面不改色，走到张革身边，还嗅一嗅，张革心中发毛，道："你装神弄鬼的，做什么？"一开口，一丝凉凉的雨腥气直透过来，无间一怔，继而一拍双掌，也便明白过来。定风谷有透心凉，内服可灭肺腑间的火气，用来散酒自然不在话下，而张革一直哆哆嗦嗦，由内而外的冷，原来是因为这个！他不由得哈哈一笑，这等主意荒诞不经却又曲尽其妙，最是陶不陶的手笔，他还道出来定风谷再无缘透心凉，谁承想在海棠

无间传　675

山艺药别院见识一次,在不着边际的延平竟然又见识一次。

他从怀里摸出一锭银子,丢给那小二,道:"我家大小姐有些娇贵,只喝酒会伤身子,万万要不得,你去切一盘五花肉出来。"那小二被那样大的一块银子弄得眼花,晃悠悠地去了,不一会儿便端回一盘子好肉。无间许久不食荤腥,这会儿先捏一块吃了,那肉入口即化,香透肚肠,想收手,又忍不住,便再吃一块。如此这般,风卷残云,盘子里不久便只剩下孤零零的一片,林微忍俊不禁,一群看客却铺天盖地得起哄。他这才托起盘子,递到张革面前,道:"你吃一块。"张革一脸茫然,道:"你做什么?"无间道:"喝酒吃肉才最香,难道不是么?"张革指指林微,道:"这肉不是给你家大小姐的?只剩一块,再让我吃了,她呢?"无间嘿嘿一笑,道:"她可以不吃,你不能不吃。"

张革不明白这话究竟何意,不过斗酒半日,早就饥肠辘辘,这会儿馋虫大动,终于还是捏起那片肉丢进了嘴里。林微心下明白,往桌前一站,对张革道:"你喝罢。"她笑靥如花,张革看得有些颠倒,跟着也笑,道:"好,就依大小姐。"心思不在酒上,端起碗喝了两口,才陡然发觉不对,之前那酒一入口便没了味道,灌进肚腹的不过是一些清水,如今却生猛火辣,弄得喉咙如同刀割一般。他本就不胜酒力,勉强又喝两口,再也支持不住,鼻涕眼泪流一脸,"哇啦啦"地吐了起来。

由浊入清不易,由清入浊却只要一滴油花即可,那五花肉是浊物中的浊物,入体便如同淤泥一般,教那透心凉全没了用处。林微笑道:"你可就输啦!"张革无心争辩,自言自语道:"怎么会这样,不是说申时之前无碍么?"拿袖子擦一把脸,又道:"我要合计合计。"林微问道:"你要合计什么?"他不回答,转身往延平塔方向走去,有人叫道:"张革,你输了抵赖不成?"林微笑道:"他这是去找大伯支招呢,今日正好瞧瞧是天下第三高明些,还是天下第二高明些。"

过不一会儿，张革果然走了回来，只是脸上多出一只红色的手印，显见被陶不陶打了一巴掌。他冲林微拱拱手，道："你我再行比过。"有人又道："输了便是输了，凭什么再行比过？"张革眉毛一扬，眼睛一瞪，道："我和这位大小姐说话呢，关你屁事！"林微笑道："你这样说话，也是你大伯教的？"张革"嘿"一声，又"唉"一声，继而又施一礼，道："大小姐，你我重新比过。"林微上上下下打量他一番，想不出陶不陶究竟教了什么法门，便道："你不胜酒力，这次也别一碗一碗地比了，一口一口地比，如何？"张革有些意外，想一想，道："也好，那就一口一口地比。"

他端起一碗酒，定定地等一会儿，才"咕咚"喝一口，再放下酒碗，似乎也释然不少。林微看他偷偷将右手收到胸前护着，拇指还湿淋淋的，便明白了七八分；上面定然涂有药物，浸在碗里，借之化去酒劲，便道："你鬼鬼祟祟的，让人不能信任，我也喝你碗中的酒好不好？"张革吃一惊，连连摆手，道："不成，不成，姑娘天仙一般，如何能用我这粗人用过的酒？"林微伸伸舌头，道："不错，你倒是有自知之明。"继而端起另外一碗酒，浅浅地喝一口，递给无间，同时还望望张革，道："那你喝我这一碗好不好？"

这明摆着要他动些手脚，却只给转手递酒的一瞬，无间嘀咕一句，可心思随即转了开去；张革拇指上的伎俩显而易见，而烈酒可燃，燃尽了不过是一杯清水，是以化酒之物多为火性，而这其中剂量又至关重要，稍浸为水，再浸——可就为毒了，想到这里，他不禁眉开眼笑。只是在别人看来，他呆子一般端着一酒碗，着实教人不耐，正要吃喝，他却耸耸肩膀，再行一步，竟一个趔趄跌了出去，惊呼声里"砰"的一声撞上桌沿，看似狼狈不堪，却巧使玄都心法，神不知鬼不觉地将张革那酒碗换到了手上；退开两步，道一句"对不住"，复又笑呵呵地递上酒碗。张革接过来，还浸拇指进去，眼睛却禁不住去偷瞄林微，她依旧笑吟吟的，清秀里透着顽皮，顽皮里又透一丝妩媚，直叫人心也化了。张革莫名地便有些飘飘欲仙的味道，道一句"谢过大小姐赐酒"，跟着猛喝一口。殊不知这一次化水为毒，其中的火性比之原来的白酒烈了何止十倍，一霎时便如同吞了上百只小刀，口唇之间剧痛难当，"哇"的一下，又吐了起来。

林微笑道："还去找你大伯罢，待会儿你我再行比过？"张革倒也不客气，答应一声，拔腿就走。再回来，他另外一边腮帮子也肿起老高，显见又吃一记耳光，不过神情之间又好似成竹在胸，拎着一只葫芦，一甩一甩走得大步流星。到近前，他先从怀里取出两只酒杯置在桌上，又忙不迭地倾葫芦倒些酒进去，端起来一饮而尽，这才道："姑娘像是画里的人物一般，即便是斗酒，也要讲究个雅致才好。"

林微想不出他葫芦里卖的又是什么药，拎起另外一只杯子扫一眼，居然是玉石所制，绿莹莹的，像一片卷起的荷叶，一看便是名贵之物。她不由"呀"一声，道："这些玉器价值连城，你从哪里弄来的？"张革竟然也吃一惊，道："价值连城？值多少银子？"林微道："这一对儿怎么也要一千两纹银呢。"张革瞪大了眼睛，道："真的？"捡起自己那只摩挲一番，道："适才揣在怀里，一路走得叮当乱响，可不要有什么损毁才好。"林微道："你要个雅致的比法，可二话不说自己先干一杯，又雅在哪里？"张革道："那是先干为敬，算不得不妥。"想一想，又道："我若是想将这杯子换成银子，又该去哪里？"林微想不到他较起真来，道："那要去江南，临安也好，建康也好，大户人家想要这些玉器的多着呢。"张革道："姑娘说得再详细些，我又去哪里找这些大户人家？"林微道："建康府有一个叫作茶画相如的地方，你可以去碰碰运气。"张革道："这茶话相如又是怎样一个所在？"人群之中有的早就不耐烦了，叫道："你啰唆什么，究竟还要不要比？"张革不慌不忙地道："当然要比，当然要比。"

说着话，他伸手去取那只葫芦，可半途又缩了回来，道："姑娘在茶画相如有认识的人么，可否为我引见一下？"林微心下生疑，撇着嘴角，道："你啰唆什么？"张革道："我啰唆？我哪里啰唆了？"林微道："你又在打什么鬼主意？"张革咧嘴一笑，道："我一举一动都被你看在眼里，又能打什么鬼主意？"林微道："你就是在打鬼主意。"张革道："我鬼主意再多，也不及姑娘一成。"林微"哼"一声，道："你倒酒罢。"张革道："姑娘果然要比？这酒非比寻常，真若是醉了，三日三夜醒不来呢。"林微有些着恼，道："再啰唆，吃了苦头，可别怪我不客气。"张革哈哈一笑，道："要不得要不得，不啰唆不啰唆。"再伸手去抓葫芦，却抓个空，无间抢先给拎了起来。

那葫芦底缘有一块紫瘢，无间一直觉着似曾相识，这一会儿忽然记起来它早先一直挂在陶不陶茅屋的东窗之下。葫芦里是蜜，名字叫作"口剑腹"，是为"口剑腹蜜"。那蜜不是蜂蜜，而是由画眉山的冷风蛛所酿，系剧毒之物，厚重黏稠，沉于底端，而葫芦大肚处为"腹"，是为"腹蜜"。可此蜜味道之美比蜂蜜犹胜十倍，陶不陶是好甜之人，为这一道口福，不惮其烦，在其中加入画眉清酒以及九种奇花异草，将之转为大补之物。而那酒与花汁草汁质轻，浮于葫芦上端小肚出口之处，加之味道清冽如剑，也才有了"口剑"。这口剑腹蜜的要旨自然是摇匀了才能饮用，否则口剑为一毒，腹蜜又为一毒，两毒交攻，片刻便可取人性命。张革走回来的时候大摇大摆，当然是为了晃动葫芦，之后忙不迭给自己斟一杯喝下，再啰里啰唆，东拉西扯，只待腹蜜沉淀，便可用口剑来算计林微，这会儿他不由大为光火，冲无间道："还我葫芦！"

无间当然不会放手，道："你这葫芦哪里来的？"然后又问林微："这葫芦可也是价值连城之物？"林微道："一个破葫芦而已，怎么会价值连城？"无间忽地将葫芦翻过来，拍拍底儿，道："好好的，哪里又破了？"林微眯着眼睛瞅他一眼，道："你怎么也变得这般啰唆？"无间便将葫芦又掉过来，瞄一瞄，掂一掂，在腰间作势挂一挂，然后冲张革道："这个大小正好，你卖于我吧。"张革心急如焚，可又抢不过来，气得脸色赤红，道："不卖，还我葫芦！"无间心道差不多了，嘿嘿一笑，亲自给林微倒了一杯，道："我家小姐说这葫芦一钱不值，你想卖，我还不买呢！"

林微端起来闻一闻，花香酒香蜜香一层层缜缜密密，非同凡响，一饮而尽，口中快意妙不可言，不由得说道："这个好，我还要。"无间笑道："无妨，无妨。"再斟一杯，又瞅瞅张革，道："是不是该你了？"张革口上不言，心中却着实留恋适才那一口；陶不陶言之凿凿，说什么用不着第二口便能赢这一场，是以只许他喝一口，可当此情形，而且无间又稀里糊涂地摇匀了葫芦，再喝一口也便顺理成章了。他一推杯子，道："谁还怕了不成？"无间闻言，呵呵一笑，右掌贴上葫芦底，内力微微一放。蛛蜜黏稠，沉积在下面，所谓摇匀，不过是上面浅浅的一层混入清酒而已，可这会儿尽数被搅起来，再倒一杯，其中蛛蜜的剂量又多了何止十倍。张革浑然不觉，还是一口倒进嘴里，杯中之物分明黏了些，与上一次不尽相同，可又甜丝丝的更为受用；正眯着眼睛享受，酒过喉咙却忽地一沉，如铁块一般紧绷绷的堵上了胸口。他心知不妙，却话也说不出了，向后便倒，林微呵呵一笑，道："你输啦！"话音未落，灰影一闪，有人从无间手里一把夺过葫芦，一屁股坐到了桌子上，喝道："谁说的？！"

那人白发白眉，红光满面，正是陶不陶，他这时看清了无间的模样，忽地跳起来，一把抱住，道："好兄弟，你怎么在这里？"继而眯起眼睛打量林微一番，道："你便是微微？"林微道："你怎知道我便是微微？"陶不陶指指无间，道："他在神农谷常常躲起来偷看一幅小画儿，嘴里还'微微'长、'微微'短的，画上那姑娘便是你这副模样。"无间不由得哈哈大笑，道："若画中人知道，那就不是偷。"陶不陶转而道："你水灵灵的一位小姑娘，如何会看上这个傻小子？"林微道："谁说我看上他了？"陶不陶道："没有么？若是那样,你来看上我罢!"林微道:"他傻不愣登的,可不讨人厌,你活这样一把年纪,是不是从来不招姑娘待见。"陶不陶笑得更响了,道:"我为什么要讨姑娘待见?"林微道:"你为什么不要讨姑娘待见?"陶不陶眼珠子转了转,道:"你比我这兄弟有意思多了,咱们拜把子,你做我妹子罢!"林微道:"你这样老,我才不要做你妹子。"陶不陶道:"我老,不见得我妹子也老,再说,我看起来有些老而已,实际上一点儿也不老。"

他二人甚为相得,你一言我一语说个不住,无间反而有些无所事事,救醒张革,又遣散众人,这才掰着陶不陶肩膀大声问道:"大哥,你在这里做什么?"陶不陶道:"看院子。"无间道:"哪里的院子?"陶不陶指一指延平塔,道:"破塔的院子。"无间道:"那塔里有什么古怪,要劳烦你在这里守着?"陶不陶食指压在口上,"嘘——"一声,道:"说不得。"林微道:"有什么说不得的?是不是塔里押着些老和尚中和尚小和尚什么什么的?"陶不陶道:"你怎知道?"无间道:"他们还好?"陶不陶洋洋得意,道:"他们都中了你陶大哥的昏天散,不死不活的,是一群废物!"

林微道:"他们如何会中你的昏天散?堂堂天下第二,会鬼鬼祟祟溜进和尚堆里下药?"陶不陶哈哈大笑,道:"那是江湖宵小干的事情,我神农教历来从容不迫,因地制宜,滴水不漏。"卖关子一般按住话头,瞅瞅二人,又道:"这些人总是宿在河边,入夜之后用一点毒药,结在冰里,待他们取冰煮水,喝进肚里,不就成了?"无间恍然大悟,使劲点头,林微则道:"你兄弟要救塔里的那些人出来。"陶不陶甚为警觉,退开几步,道:"不成,不成。"无间道:"他们可都是好人。"陶不陶丝毫不为所动,道:"那又怎样?你不仁不义不会怎样,我赌输了可不得了。"无间道:"这是和谁作赌?"陶不陶道:"说不得。"无间道:"赌什么?"陶不陶道:"说不得。"无间道:"赢了怎样,输了又怎样?"陶不陶道:"赢了怎样,还值得一问,输了怎样,便是一句屁话。"无间于是道:"赢了怎样?"陶不陶声音忽然压低一些,道:"我能得到一种天下奇毒的配方。"

无间双眉紧皱,想不出这世间又有何种毒药能让他如此屈尊就卑,道:"什么毒?"陶不陶道:"说不得。"无间便还绕回来,道:"那究竟是和谁赌?"陶不陶仍然道:"说不得。"林微笑道:"还能有谁,不就是云莫为么?"陶不陶大吃一惊,伸手捂住嘴巴,道:"你怎知道?"可又胸脯一挺,眉毛一竖,道:"胡说八道!哪里来的云莫为?你可不要以为你猜对了,我没有说你猜对了,便是不对,不仅不对,还大错特错。"林微不依不饶,道:"你这样大的神通,为何心甘情愿任他拿捏?"陶不陶样子有些恼火,道:"他拿捏我?我拿捏他还差不多!"

林微提及云莫为不过是灵光一闪,不过看他这副样子,还真是猜得不差。无间道:"云莫为在落雪山庄暗算傅教主,死在秦教主手下了。"陶不陶指着他呵呵大笑,道:"你逗谁玩呢,傅长天待云莫为如同兄弟一般,他二人怎会为敌?"无间忽然间大彻大悟,不住摇头,道:"这就对了,你原来什么都不知道!?"陶不陶道:"我应该知道什么?"无间将冰花蜻蜓的事情极其简约地讲一遍,陶不陶眼睛瞪得滚圆,一字一句地道:"兄弟,你不要胡言乱语,这种事情可不能胡言乱语。"无间道:"你多久没回神农谷了?"陶不陶掰着手指头算算,道:"没有多久,不过我都是悄悄地回。"嘿嘿笑两声,又道:"万灵府笨蛋一窝,他们以为我死了,所以每次回去都如同闹鬼一样,好玩得很,好玩得很。"

无间叹一口气,继而将落雪山庄的事情再讲一遍,陶不陶越听越焦躁,一张脸憋得通红,扯着胡子不停地道:"糟糕,糟糕!"林微心思极快,道:"你糊里糊涂,可是帮着云莫为做了不少坏事?"陶不陶口上想逞强,却分明有些六神无主,林微又道:"他能有什么你不知道的毒药?"眼神一亮,"他取走了曲关阳的手稿,啊,是不是拿散骨散来赚你?"陶不陶更显慌乱,道:"哪里来的散骨散？"林微道："曲关阳的散骨散，手稿里的散骨散，旧制散骨散。"

　　林微所猜丝毫不差，曲关阳手稿之中于散骨散的衍变记述甚详，一稿又一稿，足有七八种不同的配方。神农教受"一药一解"所限，不能怎样，而云莫却丝毫也不在乎，参详许久，从其中挑出两稿，还真是有心一试。其中所用草药极尽繁杂，那些生于南方温湿之地的，他交由卢嬷嬷打理，如此才有了栖梧山庄的花圃，而另外那些生于画眉雪山的，便只好去有"小画眉"之称的怀玉山做些文章，谁承想天意眷顾，一进山便撞上了陶不陶。那老儿坠下仙界崖，不过受了点轻伤，而他心思散漫，竟就游山玩水，越走越远，及至江南，走一趟怀玉山天经地义，而山上风物甚合脾性，喜欢得不行，便索性搭个棚子做起了葫芦大仙。见到云莫为，他先装神弄鬼一阵子，再勾肩搭背嘻嘻哈哈一阵子，云莫为何等心机，旋即猜出他对和融府的事情一无所知，而这其中既然有机可乘，自然要大乘特乘。他熟知对方脾性，言谈之间似有意似无意地提起曲关阳的手稿，弄得那老儿心痒难搔，不仅答应为他种上几味药材，更答应试制秋花露的解药。只是人算不如天算，一切几乎大功告成，无间与欧阳青青却鬼使神差地找上门来，坐收渔利，弄得云莫为两手空空。再后来三宝会在落雪山庄召集六大门派，江湖之上尽人皆知，陶不陶自然要来，撞上云莫为，上前一把揪住，索要散骨散，一番对质，才明白事情完全不是他料想的样子。云莫为当仁不让，还欺负他糊涂，一面讨来主意，用昏天散暗算少林众僧，一面又留他入毂中，在此老老实实看守延平塔。

　　这些事情在他心中一掠而过，虽则脸面上依旧逞强，可冷汗却顺着脊背直流了下来。无间探头过来，道："陶大哥，你秋花露的解药不是留了一丸么，送与我好不好？"陶不陶正没好气，头一晃，道："不好。"林微道："那是自然，你留着便可以继续拿捏云莫为，运气好了，还可以换散骨散呢。"陶不陶瞪她一眼，愈发恼火，道：

"这是我和我兄弟之间的事情,与外人无关,你自作聪明,以为我不会给,嘿嘿,我偏要给!"去怀里摸索一会儿,取出一只拇指大小的瓷瓶儿,置在无间掌上,假惺惺地道:"你是我的好兄弟,你要,我当然会给,不过,你要它做什么?"林微笑呵呵地道:"这也要问,他自然有他要讨好的人。"

无间将药丸收好,喜不自胜,道:"咱们走吧。"陶不陶道:"走去哪里?"无间道:"去救人啊。"让陶不陶承认被云莫为哄得团团转,可比登天还难,他眉毛一挑,道:"谁说你能去延平塔?"无间道:"云莫为已经不在人世了!"陶不掏吹吹胡子,道:"你又懂得什么叫作'君子一诺'!"闷头想一想,竟然又变得乐不可支,道:"好兄弟,咱们比一比?"无间道:"比什么?"陶不陶道:"你想比什么就比什么。"无间忽然明白过来,道:"难不成输了比错了更有面子?不过若是我赢了,那些和尚便可以走人了?"陶不陶道:"那是当然,我陶不陶不管对谁都言而有信,不欺童,不欺叟,不欺天地。"无间道:"那比什么?"陶不陶眼珠儿转几圈,自怀里掏出一只瘾君子,掰开机括,"噼里啪啦"倒出七条小蛇。那小蛇均是两寸多长,每条一种颜色,异常光鲜,正好是赤橙黄绿青蓝紫,分别落进七只陶碗里面,在酒水之中缓缓游动,依然舒服自在。

那蛇名为草叶蛇,原本通体雪白,而且不是毒蛇,只是它以毒物为食,久而久之,毒素渗透,颜色会相应地发生变化,此外,它还有"从一而终"一说,意即一旦开始食用某一种毒物,则终生不会改变,因为这一层,神农教的人常用它来分解不知名的丸药,每条蛇析出一种毒素,丸药是怎样制成的,也便一目了然。陶不陶在碗里面各自点些药粉,那小蛇便开始不住扭动,毒素发散,酒水渐渐也成了相应的颜色。他得意扬扬,道:"这虽说是七碗毒酒,可若是调配得当,合在一处还可以是一种不得了的补药,你便配一碗出来给我尝尝,我喝了死了,便是我赢了,我喝了不死,便是你赢了。"无间一头雾水,还自琢磨,陶不陶忙不迭地又道:"你调配得当，毒药变成补药，当然是你赢了，如此我当然不爽，可是我却活着，这就叫快活得要命，若是你配不出呢，那毒药还是毒药，你便输了，如此我便死了，可我却赢了，这就是要命的快活。哈哈哈，好兄弟比试不就应该这样么！"

他摇头晃脑，从中剥离出无穷无尽的趣味，无间却老老实实地道："我配不出，更赌不得。"陶不陶伸手在他后脑勺上拍一下，道："你配不出也要配，这样好玩的事情又怎能不玩？"说着话，端起那只有赤色小蛇的酒碗，直送到他鼻子下面。酒香之下，气味极难分辨，可有这等颜色的毒物也不多见，他难捺好奇，依着毒经数一遍，约略有些眉目了，情不自禁地便开始琢磨第二只酒碗。如此这般，足足有一炷香的工夫，上百种药草在心中组合推翻，推翻组合，头大无比，却还是没有半点头绪。这时林微忽然招招手，张口闭口，没有出声，却明明白白说了"海蓝若"四个字。

无间摇摇头，海蓝若在神农教失传已久，陶不陶又如何能够得到？可心思转到怀玉山那里，又像是被一根丝线给牵住了，清清嗓子，道："大哥？"陶不陶要来一盘五花肉，正吃得不亦乐乎，道："你输了？"继而大放悲声，道："你输了！"无间道："你为何会离开怀玉山？"陶不陶道："你问这些陈谷子烂芝麻的旧事做什么？"无间道："你前脚刚走，我后脚便到，所以老是惦记着。"陶不陶眼珠子转几转，道："有人得了病，专程上门请我，盛情难却，只好去医一下。"无间道："上门的可是一男一女，男的胖乎乎，女的凶巴巴？"陶不陶"咦？"一声，道："这你也知道。"林微又好似眼前一亮，道："那病人又是什么模样？"陶不陶道："他躲在帐子里，我看不到脸面，不过从脉象上猜八成是个老糊涂。"林微笑嘻嘻地道："那你治好他没有？"陶不陶忽而涨得脸色通红，道："关你什么事？！"林微道："居然有天下第二看不好的病，还不能大惊小怪一下？你没有本事，便给人家出馊主意，去找什么紫纹绡？"陶不陶一张脸瞬间成了猪肝色，一把扯过无间，道："你这个小相好是个妖怪,非常可恼,非常可恼!"无间却有恍然大悟之慨,道:"他们又许给什么好处,你才心甘情愿为他治病?"陶不陶怒道:"我慈悲为怀,与人为善,便不成了?"林微道:"我才不信,教我猜,肯定又是什么药啊,丸啊之类的,"口中啧啧响两声,忽而伸手一指,"那酒碗之中的丸药便是他们所赐?"

无间禁不住哈哈大笑,但教丁岸掏出蓝若晃一晃,便足以让陶不陶俯首帖耳!而实际情形正是如此,当日丁氏兄妹上来怀玉山,不多时便被陶不陶拿住,可丁岸心机至深,转弯抹角问几句,便拿捏住了对方的心思。他进而掏出一粒海蓝若,说是先人所留的大补之物,一共两粒,他爹爹服了一粒,可不仅没能补着什么,却像是中毒一样,经脉被弄得乱七八糟,怎么也不见好,进而又以语言相激,说世间虽大,再不会有什么人认得此药,也就不会有人能治好爹爹的病。陶不陶自然嗤之以鼻,可取过药丸嗅一嗅,又惊得几乎跌一个跟头。丁岸心下清楚,由此顺水推舟,引着他为丁否诊一次脉不说,更借机讨教了不少医理药理上的疑难之处。而陶不陶自然再不肯归还药丸,取来草叶蛇将之析释为七色花毒,每日里费不少心思,还是不得其门而入。无间笑够了,与烂熟于胸的海蓝心经稍作印证,继而将七色酒水各取若干,量一量,搅一搅,拌一拌,复倾在一处。碗中赤橙黄绿青蓝紫交相渗透,渐渐化为一片澄澈的天蓝色,刚好是一剂极淡的海蓝若。陶不陶看得目瞪口呆,接过那碗,不自觉哆嗦了一下,道:"我会不会死?"无间道:"你飘飘欲仙还差不多。"陶不陶"哼"一声,一仰头,一饮而尽。一开始他一言不发,潜心体会经脉间的诸多变化,过不一会儿,呼出一口气,开始瞅着无间不住点头,再一瞬,忽然"扑通"一声跪倒在地,磕了一个响头,道:"你是天下第一,我去给沈家妹子说,你是天下第一!"哈哈大笑声里,扑过来满满地抱了无间一把,继而转过身,扬长而去。

第五十章
相思难绸缪

　　陶不陶在延平塔四周种了几株寒噤草，味道凉飕飕的还带一丝血腥气，让人浑身不自在，恨不能躲得越远越好。无间除了草，和林微上到塔内第五层，才看到一干少林僧人。众僧在河边被人生擒，连夜带到此处，之后被数名蒙着面目的黑衣人吊起来严刑拷打，追问三十二皇子地图的下落，他们本就一无所知，自然交代不出什么，数日下来，一个个轻则皮开肉绽，重则伤筋断骨，还有几位挨不过的，竟就一命呜呼了。再一日，那些黑衣人忽然间走得干干净净，众僧再无人问津，只是昏天散药劲迟迟不去，也就一直似睡非睡，全然不分昼夜晨昏。无间进进出出，驱毒疗伤，被眼前惨状触动，一怀愤怒又一怀悲悯，而众僧看在眼里，也倍感茫然，在风寒山手刃明易大师的果然便是此人？

　　明净一人被关在顶层，同样伤痕累累，好在他内力深厚，服过解药，不久便恢复许多。无间外出抓药，林微陪着说一会儿话，他忽然下了好大的决心一般，道："林姑娘，有几句话老衲不知当讲不当讲。"林微道："你在我这里又有什么可顾忌的？"明净道："无间掌毙明易大师，无论怎样不可思议，都是许多少林弟子亲眼所见，既如此，老衲便不能不信。"林微道："这的确也怨不得你。"

明净又道："他为人耿直厚道：但论及洞悉世事，察知人心，终究稍欠一筹，所以，难免会一时糊涂。"林微笑呵呵地道："你啰里啰唆，话只说一半，他怎么就一时糊涂了？"明净道："你可知道在风寒山他身边另有一位姑娘？"林微道："定风谷沈姑娘？"明净字斟句酌地道："休怪老衲碎言碎语，他与那姑娘很是默契，相互之间颇多呵护，看起来更像———一对情侣。"

林微"嗯"一声，说不上在意，可不知道为什么，心头又有些乱乱的。明净续道："当天在风寒山，神农教的人得以从江上走脱，还是因为三宝会一方没有穷追不舍，否则的话，我等固然会有死伤，可神农教只会折损更多。他舍身之举，依叶帮主之见，说不上对神农教忠心耿耿，却有可能——是为了那位姑娘。"林微轻咬嘴唇，一言不发，明净反而有些困窘，轻轻咳一声，又道："少林寺历来慈悲为怀，而他是老衲的弟子，又与觉尘等人交好，所以即便犯下滔天大错，也不会丢了性命。他那样做看似磊落，实则却是一步稳妥无虞的好棋，一箭数雕，面面俱到。"林微这时忽然"扑哧"一声笑了起来，道："这就对了。"明净愈发不安，道："林姑娘，你果然明白？"林微道："你这样说话，我便想着还是我对了，他范无间又如何会有这些曲曲折折的算计？束手就擒不过是有愧于心，再没有别的什么。"明净"哦"一声，稍一思索，又道："不过叶帮主等人还有一层担心，那位沈姑娘手段非比寻常，即便无间不被情色所迷，也难保不被药物所迷。明易明明死在他的掌下，他却一直糊里糊涂，这会不会是心思恍惚所致？而另外一面，明易大师一死，他势必成为武林公敌，于神农教有百利而无一害，再深一层，于那姑娘一己情愫，也是好一番成全。"林微一仰头，道："一己情愫？"明净道："那位沈姑娘好像对无间情有独钟。"

林微不知在想些什么，再开口却换了话题，道："他在风寒山束手被擒，本意是要见你老方丈，又如何会落在三宝会手里？"明净道："风寒山是三宝会的地盘，他们要留人，原也说得过去，再加上明易一死，众人有些六神无主，也便答应下来。只是后来少林寺再去要人，他们却含糊其词，一拖再拖，再转过天，则送上一封英雄帖，邀我来落雪山庄。此外李护法还亲自登门，与老衲合计许久，拟定了押解无间北来此处的诸种布置。我当时也多有不解，但转念想想，这样做倒也不无道理。"林微道："若无间没有自如意渚逃脱，现今又是怎样一种情形？"明净长叹一声，道："各大门派该摩拳擦掌，准备围剿神农教了。不瞒林姑娘，过去几日老衲一直想的便是这些，中原武林历来视神农教为头号劲敌，可三宝会居心叵测，更教人防不胜防，而我等甚至说不清他们究竟图谋些什么。"林微道："图谋什么呀，你老方丈来了这里，在少林寺看家的又是谁？"明净凝神一想，忽然有些不能自持，道："难不成其中还有一层调虎离山之意？"

明净忧心如焚，再无意耽搁，第二日便带着一些手脚无碍的弟子先行南下，无间与林微则在延平塔为其余人又调理数日，才启程往少林寺而来。再上少室山，正是萧条时节，望一眼漫山遍野的枯枝败叶，再想一想觉尘等人，难免一番隔世之慨。平日里寺内香火极好，即便是寒冬腊月，也有不少前来拜佛的百姓，可他们一直走到山腰，仍然不见什么行人。又走不远，一位老汉带着一儿一女急慌慌地奔了过来，看到他们，高声叫道："吃了豹子胆么，还要上山？"无间道："山上怎么了？"那老汉道："来了好多官兵，封了少林寺，我等被困在里面，央告半日，才得以放行。"无间道："哪里来的官兵？"那老汉神色之间更显仓皇，道："说不准，一个个紫衣黄襟，非比寻常，叫我看，像是宫里的人！"他不愿多费口舌，忙不迭地去了，无间与林微满心疑窦，却也不敢再走，等到夜色转浓，才展开轻功直奔后山。

距离塔林尚远，便有铁链撞击之声传过来，叮叮当当不绝于耳。月色透亮，看得清地面上坐着上百名僧人，均被铁索锁着。过不多久，忽然有人叫道："师叔，师叔！"一个厚重的声音随即答道:"慧末,你好些了?"慧末像是身受重伤,躺在地上,被数名僧人围着,这时又道:"师叔,我喘不过气,浑身上下冷得很,是不是就要死了?"其中一位僧人答道:"你莫胡思乱想,安心静养就是,年纪轻轻的,岂能说死就死?"慧末却哭了起来,不过很快又止住了,道:"师父回来了没有?"那位师叔叹一口气,道:"我又哪里知道。"慧末道:"我八成见不到他了,你便替我传一句话,他的恩情,我至死感念在心!"声音低下去,渐渐没了声响,众人又叫两声,有些哽咽,再一会儿,便念起了超度亡灵的经义。那位师叔轻声道一句"入土为安",抱起慧末,递给下首的一位僧人,依次传递到塔林之外,安置在一片洼地里,才退了回去。

  无间记着他是觉尘的亲随弟子,好生难过,却并不死心,展开轻功,悄悄摸到近前。慧末受伤极重,脉象已无,惟胸口尚有一丝余温,他抱起来退到暗处,喂一颗华灵丹,又度了些真气过去。好一会儿,他喉头一颤,竟然醒了过来,无间怕他声张,悄声道:"慧末莫怕,我是无间。"慧末盯着看半晌,似乎才明白过来,叫一声"小师叔!"可那一层兴奋随即为惶恐取代,转而道:"明易师祖果然是你杀的?"无间一时语塞,林微却接口道:"你说他会么?"慧末道:"我一直都不信的,可是师父也有些吃不准,我就糊涂了。"眯起眼睛,又道:"他们说你将师父也打伤了。"无间有些黯然,道:"说来话长,那才是误会。"林微随即问道:"你见到明净大师了?"慧末愈发惊讶,道:"他回来了?"林微多一丝忐忑,道:"官兵又是哪里来的?"慧末道:"宫里的,都是六皇子派来的,数千人一起上山,阵势着实吓人。藏经阁明名大师有些六神无主,只说寺里和宫里没有什么嫌隙,不让起冲突,听从差遣就是,我们被带到这里,上了铁镣,这都三日了,虽说不死,可也如同被蒙在鼓里一般,一无所知。"无间道:"你又如何会伤成这个样子?"慧末道:"这里都是些文僧,不会武功的,日间那些官兵又打又骂,我回几句嘴,结果被围殴一场,成了这副模样。"顿一顿,又道:"方丈大师果然回寺了？"林微道："按理早该到了。"慧末道："那就好，方丈回来了，我等便不怕青青大小姐了。"无间心下怦地一跳，道："哪里来的青青大小姐？"慧末道："欧阳丞相的千金大小姐啊，带三千侍卫上山的就是她。"

无间愣在当地，再也说不出话来，林微瞅他一眼，还问慧末，"她来这里做什么？"慧末道："说是要找思明从北疆带回来的地图。"林微道："那找到没有？"慧末道："他们掘地三尺，但凡人迹可至的地方都翻了个遍，可哪里又有什么地图？！可是她还不罢休，扣住明名师叔祖几个人严刑拷问，不知道折腾成什么样子。"林微道："老方丈不过出个远门而已，你少林寺为何这等不济。"慧末道："岂止是方丈不在，罗汉堂的人也走光了。"无间倍感诧异，道："他们去了哪里？"慧末道："被方丈大师召去了啊。"无间道："召去哪里？"慧末道："落雪山庄啊，总是有飞鸽传书回来，一来二去，寺里便没剩下什么人。明名大师不问俗事，但教我师父在，也不会出来主事的。"林微想一想，忽然明白应该还是三宝会作祟，道："青青大小姐来这里之前，寺里又是怎样一种情形？"慧末叹一声，道："憋屈得很呢！罗汉堂的人走得差不多了，便来了一群挂单的僧人，说是普陀山普济寺的。几十人一住十余日，每日里鬼鬼祟祟到处乱走，好像也在找什么东西，而且无礼得很，一言不合便出手伤人，一点儿不像佛家弟子。"无间道："找的又是什么？"慧末道："我哪里知道。"无间道："他们可如愿以偿？"慧末道："说不准，反正青青大小姐的人一到，他们便走光了。"

说了这多话，他变得疲倦不堪，一歪头睡了过去。无间背着他下山投客栈歇一晚，转天早间还不等起身，街头便变得闹哄哄的，不知从哪里涌来许多平头百姓，说什么青青大小姐有令，要与民同乐，安排御前侍卫与少林众僧演练武功，招呼大伙儿上山瞧热闹。林微无间满腹狐疑，却也乐得混入人群，不着痕迹地又回了少林寺。

山门外的空地上一片肃穆,众侍卫站成两排,后一排百余人,一个个银盔银袍,前一排数十人,清一色的紫袍金带,居中而坐的果然是欧阳青青,还是一身红裙,飒爽之余,却又难掩一丝倦怠。她身边两位分别是费皖与柳先生,而明净则引着数百僧人挤在西北一隅。青青一直似笑非笑的,过好一会儿,才叫一声"老方丈——"。明净合十行一礼,道:"大小姐有何指教?"青青道:"我不久前来过这里,你还记得?"明净有些摸不着头脑,道:"老衲糊涂,没有半点印象,若有失礼之处,大小姐可包容些才好。"青青笑道:"你不记得我,总该记得沧浪峡十八岛岛主罢。"明净"啊?"一声,打量一眼,又低下头去,道:"阿弥陀佛,既然如此,那少林寺的确失礼了。"青青道:"倒也算不上,只是我相府与你比试武功,还没结论呢,便被人搅了局,才真的叫我耿耿于怀。"明净明白她指的是无间,小心翼翼地道:"武功一道与修身相比,终归是末节,少林寺最忌争强好胜,而相府又藏龙卧虎,我等甘拜下风。"青青道:"老方丈又在说笑,若武功真是末节,那少林寺麻烦可就大了。"伸手一划,又道:"不过今日与你一较高下的,是九州派的这些侍卫。"

九州派绝少现身江湖,但是数百年一脉传承,奇人辈出,而"一昇一明"中的莫禾昇更是与思明李天魅虞念离比肩的大高手,实力不仅不能小觑,更有可能还在少林武当之上。明净心下明了,苦笑一声,道:"九州派博大精深,老衲历来佩服,只是我少林寺颇为凋零,思明之后再没有什么像样的人才,今日不比也罢,少林寺认输便是。"青青道:"你堂堂少林寺方丈,又领衔中原武林,这一个'输'字倒是认得利索。不过我可没有问你行还是不行,你想比,自然最好,不想比?也还是要比。"明净略一迟疑,道:"也好,大家便切磋一下,点到为止,不伤和气。"青青道:"不伤和气又如何一较高下?"明净道:"少林弟子竭尽全力便是。"青青道:"竭尽全力?若不置之死地,才不会竭尽全力。"左右望望,又道:

"你给我叫两名武功还过得去的和尚出来。"明净略感不安,不过还是回头叫道:"觉厄,觉度。"两位僧人闻言走上前,双手合十,叫了一声"方丈大师"。

此等关头,输赢无关大碍,平平安安过这一关才是要紧,明净让觉厄觉度出战,一则二人内力浑厚,武功不弱,二则,二人佛学修为极高,冲和坦荡,轻易不会失去平常心。青青道:"你们可会点穴功夫?"觉厄道:"略知一二。"青青道:"那你演给我看看。"觉厄道:"这又如何演练?"青青道:"你们是两个人,一个点穴,一个受着,又有什么不能明白?"那二人对望一眼,并不置辩,觉度盘膝坐好,点点头,觉厄遂伸指点了他肩前穴。他仍然端坐,可手足再也动弹不得,这时一名紫衣侍卫忽然走上前来,搬起人,放到了场边一棵苍松之下。放眼望过去,松枝之间藏有一块巨石,缚在一根长绳的末端,那绳子绕出来,结在另外一株大树的树根处。觉厄隐隐感到不妙,道:"大小姐此举究竟何意?"青青笑而不答,那紫衣侍卫却从树后摸出一盏油灯点燃了,置在绳子下方。火苗翻动,刚好舔到长绳,过一会儿烧断了,那石头非当场将觉度压成肉饼不可。觉厄修为再好,也禁不住勃然大怒,喝一声"无耻",飞身要拉觉度出来。那侍卫伸臂拦住,左一掌,右一掌,上一掌,下一掌,连出四招,竟逼得他连退四步。青青则轻声一笑,道:"何为置之死地,这回你可明白了?"

觉厄精研三十六式龙爪手,此刻再无保留,双掌一合,使"飞龙在天",取对方头顶。那侍卫一掌虚一掌实,将力道拨开去,用的正是九州派的"秋风掌"。二人一个质朴,一个机巧,瞬间斗过十余招,觉厄占尽优势,只是无从胜出,那侍卫被逼得不住倒退,却又不失从容。烛火摇摇曳曳,舔在绳捻之上,炙黑了好大一片,觉厄偷眼望见,忧心如焚,接下来几招真气不能通融,反而差点被对方偷袭得手。觉度看在眼里,长出一口气,道:"阿弥陀佛,师弟,生死之间的一线虚妄,这会儿你反倒看不透了?"觉厄一怔,略显茫然，可随即还是被一股血性攫取，使"九龙戏珠"，连下重手。那侍卫使出"落梅风"的身法，避得飘飘摇摇，接下来一兜一转，居然反客为主，使一招"将进酒"拍觉厄中路。觉厄大喝一声，不退反进，挺胸受这一掌的同时，左手一翻，以一招"捋龙须"切住了对方手腕；口中鲜血狂喷，可手上一引一带，还是将那侍卫放倒在地。众百姓不由齐声高呼，这一阵却是少林寺胜了。

　　觉厄抹掉嘴边鲜血，望一眼青青，道："高下已判，还请女施主放过觉度。"青青却格格一笑，越众而出，伸手在他肩上拍了一下。觉厄早已是强弩之末，这时再也无力支撑，脚下一软，摔倒在地，青青道："明明打了个平手，怎么就高下已判？"

　　少林众僧早已怒火中烧，此时更忍不住大声呵斥起来。高手之间较量，胜负常在一息一隙之间，觉厄站立不倒，便是毫不含糊地胜了，青青纵然没有什么内力，拍他一下，亦算得以二敌一，破了武林规矩。明净再不犹豫，迈开步子，径直向觉度走去。两名紫衣侍卫随即扑出来，一左一右抓他肩膀，他视若不见，步点几乎没有任何变化，竟就从从容容抹了过去。又两名侍卫接踵而至，仍然一左一右，出拳击向腰眼，他甩开袍袖，将对方震开数尺，再抬头，九州派又有八人挡在身前。当先两位伸臂一拦，他则拔地而起，不料后面二人快得不可思议，抢先一步站上前面两人的肩膀，仍然伸臂要拦，他真气流转，半空续力，再纵，又起一丈，不料对方如法炮制，又起一层人墙，不得已，再纵，再过一层人墙，才得以向地面落去。而那八人向后疾倒，与先前四人并在一处，化作长蛇之阵，又卷了过来。

　　明净人在空中，劈出一招无相掌中的"劈空见月"，与对方掌力一撞，心下不由得大吃一惊；那一十二人手肩相连，而经脉亦随之贯通，力道合而为一，大得异乎寻常。他早先听人说过九州派有一门绝技称为"九川"，既是心法，亦是阵法，数人以致十数人内息相通，依五行之变而变，人人可以为首，亦可以为尾，变幻无方,十分难缠——心下急转,不等落地,再使绝顶轻功"明镜台",化作一团灰影,仿佛向七个方向同时扑了出去。九州派众人接连跃起,后者握住前者脚踝,漫空里结成一根长绳,几乎围住了四面八方。这时便听"啪"的一声轻响,无数布片飘扬,而明净已经抢到大树之下,伸手将觉度拉了出来。

九州派众人立在当地,神色之间大为沮丧,还道可以一举拿住明净,不想对方抛出袈裟作障眼法,便这样脱阵而去。青青却丝毫不以为意,轻拍双掌,道:"老方丈武功高强,还真是名不虚传。这当口最是机缘,我便讨教一下,你们佛家有一句话叫作'我不入地狱谁入地狱',又作何解?"明净淡淡地答道:"地狱不空,誓不成佛,众生度尽,方证菩提,依老衲之见,说的还是'担当'二字。"青青道:"这就对了,如今江湖之上风谲云诡,有不少人说你这位总盟主难辞其咎,其实仔细想想,是不是也有些道理?你挂在口边的不过是慈悲二字,可远不能以有道治武林,以致邪魔放任,正气羸弱,近不能以清净治少林,以至于进退失据,枉送了许多弟子的性命。你要担当,我还真想看看该怎样担当。"明净神色里多一丝颓然,过得良久,道:"若真能还少林寺清白,也不失为一个办法。"青青道:"不错,你说思明的地图不在寺里,若以死为鉴,我便信了你。"

明净目光缓缓掠过一干少林弟子,道一声"阿弥陀佛",趋前一步,竟然盘膝坐在了大石之下。众僧大吃一惊,有数人抢出,而九川阵法旋即启动,将他们尽皆截在了外围。青青愈发好整以暇,从侍从手里接过香茶,不紧不慢啜一口的同时,长绳"啪"的一声断开了,枝桠间喀拉拉一片脆响,那大石果然便压了下来。一片惊呼声里,一道灰影自众百姓之中倏然闪出,到树下拉开明净,看着那块巨石轰然砸进地面,才转过身来。怒火稍纵即逝,化为一脸的无奈,他指指青青,却没能说出话来,而青青则冷冷地望一眼,道:"阁下何人?"

无间叹一口气,道:"你说何人?"青青似乎这才正眼打量一回,道:"原来是欺师灭祖,弑杀同门的邪教中人。"无间并不着恼,道:"你凶就凶,又何必不厚道:龙泉一别,可有些日子,身子好些了?"这时林微口中啧啧两声,道:"还真是卿卿我我。"无间道:"谁跟谁卿卿我我?"林微道:"你从你大哥那里讨来药丸,等的不就是这一会儿?"继而望一眼青青,"这一位大张旗鼓,又冠冕堂皇的,找的究竟是地图还是范无间?"青青冷笑一声,道:"我找范无间,又何错之有?到时候一并送去宫里,是死是活,与我无关。"林微一指无间,道:"亏你对她还有什么救命之恩,无时无刻不惦记着。"无间道:"谁惦记着?"青青却道:"他于我有救命之恩?"林微道:"若不是他,你孤坟之上早不知生多少黄花了,又怎会神气活现地坐在这里?"青青道:"他那是无心之举。"林微道:"有心无心你又如何知道:而且有心无心又有何异?"青青道:"若是有心,我自然感念,既然无心,那还是我生来命好而已。"林微气往上撞,无间却走前几步,从怀里掏出陶不陶给的那只瓷瓶儿,道:"我见到葫芦大仙了。"青青道:"那又怎样?"无间道:"他有秋花露最后一颗解药啊。"说着手上一抬,抛了瓷瓶过去,又道:"再有十余日,药丸也该服完了,过后等上七日,再用这个即可。"

青青接在手里,半响不语,林微瞅她一眼,再望望无间,道:"你四处留情,究竟是喜欢殷姑娘多些,还是大小姐多些?"无间道:"为何你今日总说这些不着边际的话。"想一想,又觉着分外好笑。"四处留情?那可是天生的本事。"林微道:"还要看你留的是谁的情呢。"看青青依旧一言不发,她转而道:"你又何必介怀,还不都是命好而已。"

青青一扬头,冲明净缓缓说道:"当年随同三十二皇子北上的侍卫有六位还回了中原,而且每人带有一片地图,于弱云的那一片辗转到三宝会手里,可张双久还不照样给我乖乖地送了回来,于弱风终究是宫里的人,落脚在何处,别人不知道,宫里能不知道?至于武当的那一片，寻一还算明白，早早奉上，老方丈，今日我取你少林寺一片，明日再取天山一片，最后骆家的一片不是被傅长天劫了去么？也好，大家正好神农谷刀兵相见。"

林微明白她行事历来霸道：可数落武林秘事，这样毫无保留，也未免太过托大，不过再一琢磨，借皇室之威，舍我其谁，敲山震虎，倒也不为过。只是这些话也不尽不实，于弱云的地图被云莫为拿去暗算傅长天，又如何会在她的手上？而骆家的地图哪里还在神农谷？于弱风在虚怀谷的种种布置，宫里明白又怎样，那片地图可正揣在无间怀里呢，再就是天山那一片，说得好像唾手可得一样！张双久究竟交出些什么，难以索解，而寻一如此行事，在意料之外，可说不出为什么，好像也在意料之中。

这些念头一掠而过，她转而摇了摇头，道："当年思明随皇子北上，也算是有功于朝廷，现今你如此相逼，是不是太绝情了些？"青青道："思明北上，乃是分内之事，而他既然带地图回来，少林寺便应当妥善保管，弄成这样，即为失职。"冷冷地扫一眼场上，又道："老方丈，你师徒二人一个要死，却刚刚不会死，一个踪影全无，该现身的时候却不早不晚，这台戏，究竟演给谁看呢？"明净声音里添一丝悲愤，道："大小姐何意，还请明言。"青青道："一个月之后，你带地图去相府见我，便算是将功折罪，其他概不追究。"明净道："老衲尽力便是，只是谋事在人，成事在天。"青青道："既如此，人头落地，你就怪天好了。"这时林微忽然问道："谁的人头落地？"青青放下茶盏，目光转而落在了无间身上。

无间道："我人头落地？我凭什么人头落地？"林微道："大小姐要抓你去临安呢。"无间道："大小姐为什么抓我去临安？"林微道："假公济私，一续前缘，"眼睛眨一眨，变得笑吟吟的，"难道你不想么？"青青神色不见半点异常，道："再摆弄这些小儿女性情，小心今日里你与他一并死无葬身之地！"话音未落，九州派又七人仗剑而出，如同棋子一般，散落各处，再一转瞬，又仿佛被丝线轻轻一牵，骤然收拢，便将林微围在了中心。她浑不在意，道："大小姐反倒恨我入骨？"口上说话，脚下没有半点犹疑，向东面倏然跨了出去。那七人随之转动，乍一看慢着半拍，可步法妙到巅毫，从一个古怪的方位绕过来，一实两虚，同时刺出三剑。林微心下一惊，退回几步，对方长剑凝而未发，而她也不多不少，还回到适才站立的地方；"哼"一声，明白小瞧了对方，再一晃，又化为一片淡影，教人几乎无从分辨她究竟要走往哪里。那七位却不慌不忙，甚至不曾看她一眼，只是依着口诀不时刺出一剑，看似慢吞吞的，却交相呼应，滴水不漏，林微数次险些撞在剑刃之上，全仗着平易居那位婆婆所授的身法，才勉力逃生。再斗数合，那七人又凝而不发，而林微立在原地，若有所思，那情形竟然与起手时候没有半点差别。

九州派有风云七星阵，恢宏缜密，境界还在"九川"之上。阵中七人，各守七星中的一位，而阵法中的招式朴素到极处，也严谨到了极处，一放俱放，一收俱收，几乎没有破绽可言。林微不动，那七人也便安守生门，绝不相扰，过得片刻，她终于还是没有办法，摇摇头，不自觉缓缓跨出来一步。那七人相互望一眼，略显迟疑，不过还是跟出一步，林微心下起一道转折，索性再走三步，对方这一次并不犹豫，协同划一，各自转了半个圈子。她有所试探，忽而向前走两步，又退回一步，那七人脚下没有半点动作，惟剑尖摆过来差不多一尺。林微有所悟，忽然笑了起来，道："你们可看好了？"跨出两步，跟上半步，继而翻一个不伦不类的跟头，落地之后，前行三步，又对角走出两步。那七人亦步亦趋，初时并不犹豫，但最后一步，脸上忽然现出一丝难以置信的神情，有五人立定未动，另外两人却向着同一方位跨了出去；他们警觉不对，为时已晚，林微身子一晃，已经到了阵法之外。

七星阵法以守为攻，以慢打快，要旨在于一个"封"字；人即动，便有势，有起势自然就有余势，是以收势从来不是那样简单，其中道理就好比一个人铆足力气向远处一跳，双脚一旦离地，便为起势所控，再想收回来，几乎万万不能。七星阵料敌机先，便如同将剑尖布于对方胸口，只等他纵身一跃，是为不攻，却又远胜于攻。可是另外一面，既然要守，对方要攻才好，既然要封，对方要动才好，而林微当心一站，不攻不守，也便不输不赢，两相安然。她明白了这一层，再稍加推演，那似攻似守又会怎样？若对方看不出她意图所在，意念上起了分歧，自然会有破绽。她慢悠悠走出那几步，看似不经意，却大有讲究，以至于有五人以为她虚张声势，另外两人却以为她会抢攻生门，如此错了不过一瞬，却足够她从容走脱。

　　微风轻吹，黄衫拂动，她笑吟吟的，更显得钟灵毓秀，一派轻盈。无间似懂非懂，却看得出那虚虚实实的几步有弱云三式的影子，更不由哈哈大笑，竟比她还要得意。笑完了，九川阵法也摆了过来，他半点也不慌张，记着明净适才破阵的情形，脱下长袍，望空一抛。对方一十二人只觉此人无可理喻到了极点，神情古怪，却没有一位移动半步。那袍子慢悠悠扑在地上，唯有他自己笑得不能自已，可与此同时又豪气顿生，清啸一声，泼剌剌使出一招"天行健"。

　　那十二人化为一字长蛇，六人续力，接下这一掌，另外六人却斜刺里摆了过来，无间使玄都心法，抢出三个身位，进而连劈三掌，对方忽而合拢为一片月牙的形状，依着掌风，一起一伏，仍然从容化解。瞬间双方斗过十几个回合，一十三人忽聚忽散，场面上煞是好看，却没有哪一方占得半分便宜。再一招，无间忽进忽退，又转半个圈子，抱拳站定了，对方十二人则如两朵梅花一般，似合似拢，依旧是围而未打之势。无间挠挠脑门，似有所思，林微道："你可明白了？"无间道："不甚明白。"林微道："若是闭上眼睛，会不会明白得多一些？"无间应一声，不住地点头，竟然真的扯下一片长衫蒙在了双眼之上。

这一问一答耸人听闻，让少林众僧一片哗然，而九州派诸人心下却为之一紧，九川阵法花团锦簇，蒙上眼睛少一层虚实之辨，实则并不是什么坏事。这会儿林微掰着手指头，左一步右一步走几个来回，忽而眉开眼笑，道："我说你做，一点也不能错，好不好？"无间只觉有趣得很，不住地点头，林微道："左一步，右三步，空翻向西。"无间蒙着眼睛比画一遍，道："记下啦！"林微道："后半步，左前四步，半转身，再退两步半。"如此一个说，一个做，演示完一十九步，无间还回到早先起步的地方，林微继而道："这时候你左手使'纤云弄月'，右手使'天行健'。"无间便又比画一下，道："便是这样？"林微道："就是这样，能多快便多快，可记住啦？"无间默想一遍，哈哈一笑，道："那是当然，那是当然！"

第五十一章
着心迹

　　无间咳咳嗓子，又竖起耳朵，似模似样地听了听，脚下甫动，便已化作一片清风；身形不似林微那般灵动，但是清奇俊逸，似乎又胜半筹。那一十二人知道他会快得非比寻常，却不曾料到会快得这般不可思议，略一迟疑的工夫，他清啸一声，双掌便拍了出去。"纤云弄月"乃是截云剑法中至为轻灵的一招，而"天行健"却是天和掌法中至为厚重的一招，两招同使，子非鱼刚柔之道随之应和，个中情形正好比花好月圆对一江滔滔流水，几乎没有人猜得出他究竟用意何在。九川阵法应之而生，却也应之而惘，有六人取意于攻，另有六人取意于守，无间乘虚而入，不等对方明白过来，竟已经嵌入对方内息流转的通道之上。他内力本就为高，如今拿捏住一十二人的脉息，或进或退，俨然成了坐镇枢纽的一个。即便是他，也过了片刻方才明白过来，不由得哈哈大笑，一众侍卫则目瞪口呆，"九川"何等精绝，可这少年破了阵法不说，此一番作为又与折辱九州派何异？

　　九川阵要旨在于一个"变"字，任何一人可以为首，可以为尾，可以为启，可以为继，进时为攻亦为守，退时为守亦为攻，环环相扣，便如同结起一张大网，直到将对手困死在网中。林微教给无间的步法看似繁复,却不过是原地大兜圈子,似为变,实为无变,相应的,阵法岿然不动,以逸待劳即可。但林微赌的一则是九川行阵之人机心极重,瞧不透这层道理,二则无间久习天和掌法,自有君临之气,若布局,当局者不迷也难。众人意念稍乱,自然有可乘之机,而无间居然能这样反客为主,纵是她也不曾料到。这其中有障眼之法,有时机巧合,有一念之差,更有无间兼修天和掌法截云剑法与玄都心法,数者缺一不可,若再重头来过,结局可就不得而知了。长笑声里,无间身子急转,拔地而起,搅得那一十二人踉踉跄跄,他则美滋滋地向林微身侧落去。可恰在此时,两位胖墩墩的侍卫自青青身侧闪出来,在十数丈之外便拍出一掌,之后一步一掌,连拍十掌。场上尘沙飞扬,劲风激荡,无间不能直撄其锋,只能运起玄都心法,不断向远处荡去,待双足再行坠地,长叹一声,原来不多不少,又回到了九川阵中。

他心下惊骇,此二人合力,武功远较明净为高,老方丈说九州派人才济济,果然不差。林微好生着恼,道:"这是耍赖。"青青道:"胜者为王,输了才讲这样那样的规矩,再者,即便是耍赖,你又能怎样?"说着手上一挥,九州派侍卫卷土重来,林微即已看透七星阵法,走脱不难,想要制胜,却仍非易事,而九川阵中一十二人吃过一次亏,再不会犯错,心神合一,将阵法的威力一点点使到了极致。无间内力虽然深厚,可如此缠斗,终究会难以为继,他倒是不糊涂,叫道:"微微,留不得,你先走一步如何?"

林微心下一叹,权且走脱,再图长远,的确是上策,而且退一万步,还有社稷神鹿这一层,青青也就不会真的将无间怎样;计较已定,叫道:"欧阳青青,你护着范无间周全才好,否则我随时可以拿你抵命!"青青冷笑一声,道:"自身难保,难得还这样嘴硬。"林微身形疾晃,如光影一般脱出七星阵,同时手上一抖,射出一串暗器,费皖上前一步,长剑疾刺,叮叮当当打落五只铜钱,可继之又是一声细响,第六枚铜钱居然顺着剑身滚下来,无声无息地跳上了青青肩头。费皖心弦巨震，但凡这一枚铜钱里有些力道，后果不堪设想。林微一掠而过，径直向场外掠去，青青像是恼火到了极处，挥挥手，七星阵七人便抢步直追了出来。林微踩着枯藤老树，一口气下了少室山，可身后脚步声不远不近，断断没有罢休的意思。她无心恋战，只好再走，如此又奔一个多时辰，才总算得了自由；日影西斜，远山萧疏，忽然间又大为懊恼，无缘无故的，何以便到了这样一个不知名的所在？

再折回少林寺，已是深夜时分，是处黑漆漆沉甸甸的，与日间那一番阵仗一番喧扰竟好似没有半点关联。她心下有些委屈，走到山门之外，一位知客僧正守着一支昏昏的油灯打盹儿，看到她，像是认得一样，忙不迭站起身来行个礼。林微道："人呢？"那和尚道："走了。"林微道："走去哪里？"那和尚道："姑娘刚走不久，大小姐便一番调兵遣将，一路人马向西，一路向北，还有一路向东，具体去什么地方，我可说不好。"林微道："那方丈大师呢？"那僧人道："都下山去了，明净和罗汉堂的许多和尚在一起，不知道会走哪一路。"林微道："如今寺里还有谁？"那和尚道："原来被囚在塔林的那些弟子刚得自由。"林微忽然再添一层恼火，那七人穷追不舍，原来还有这样一层用意。

下了山，好生举棋不定，向东的自然是回临安，向西的应该是去虚怀谷或者天山，那向北的一路呢？青青要取于弱风与方闻松的地图，应该西行才对，可无间呢？带在身边，还是先送回临安？又或者北上的一路是押他去落雪山庄寻社稷神鹿？转而又想，依着青青的性情，又怎会将无间交给他人？而且无论怎样，天山派都难免大祸临头！念及此，她也就不再犹豫，置一匹马，星夜向西而来。

只是追到第二日午间，又没了主意；青青一行数百人，动静肯定不小，可这一路便没有人见过官兵模样的阵仗；心中越来越没有底，可是既然走这样远了，便咬咬牙，还是直下虚怀谷。到了那里，正当日暮，残阳无力，冷风无意，虚竹居荒草重生，唯有草叶摇曳的碎响反复升起又反复消散。这样她便想起来李嵩的那幅梅花，走进院子，又不由得长叹一声，天知道多少三教九流造访过此地，屋内屋外早被洗劫一空，甚至不少青石板也被撬了起来。单看此等情形，青青便不可能来过这里，可再转念，她又何必找来这里？即为"御赐拂衣"，一切自然早有安排，宫里又怎会不知道于弱风那片地图的下落？

这样复又打马去了固安；冬日里市井间少几分喧嚣，却依旧人来人往，只是仍然不曾见官兵出现，一晃经年，城墙之上的青苔多几分古旧之色，那几块城砖却一如既往，还是她和无间推回去的样子。这时候她也才明白，根本就没有什么人走西路而来，再思索，少林寺那名知客僧的话又落上心头；他自称为"我"，称她为"姑娘"，还直呼老方丈为"明净"，这哪里像个和尚说话？而小小一位知客僧，又如何能将大小姐的布置说得这般清楚？不由得苦笑一声，或者那本就是青青安插的人手？更进一步，数百人又如何能片刻间走得干干净净？忽然间更恼火得无以复加，那时候青青应当就在少林寺里安坐，却不费吹灰之力便打发她远走高飞！

她索性直奔临安；这一路披星戴月，又是别一番风尘仆仆。进了城，先投客栈，小睡到中夜时分，还奔相府而来。她轻功今非昔比，进出自由，无所顾忌，只是寻了又寻，找了又找，莫说不见欧阳青青的影子，连欧阳泊亦不知所踪；思绪转到欧阳胥那里，依旧有些莫可名状，拿捏着心意再兜几个圈子，照旧一无所获。一怀缭乱，天明之后再去北望庭；北望楼前人声鼎沸，临安六社又开始了新一轮的比试，蒋济在，施鼎声也在，唯独欧阳胥不在；她说不上释然还是失落，四面望一望，莫非来临安还是错了？

不多时蒋济带着一行人醉醺醺地走出来，闹哄哄地向南而去，她无所着落，跟上去，转弯抹角，一直走到一座红色的宅子之外才停下来。门内扑出十几名浓妆艳抹的女子，嘻嘻哈哈地簇拥着他们进去了，她若有所悟，抬头瞧瞧，门匾上赫然是"燕春园"三个字，撇撇嘴想走开，又难捺好奇，便转身进了就近的一家铺子，再出来，换为一身极昂贵的公子行头，燕春园门口一站，一位手脚利索的婆子便抢了出来，笑嘻嘻地道："呿，哪里冒出来这等标致的一位小哥啊，让我亲一口，今日做什么都好，不要你一钱银子。"周围许多姑娘听了，笑得花枝乱颤。林微摸出一块碎银子丢给她，哑着嗓子道："你陪我转一转，我也瞧瞧临安城色艺俱佳的女子是何种货色。"那婆子欢喜得不得了，道："天底下模样俊俏的多是穷鬼，那些有钱的公子哥一大半儿都是凶神恶煞，公子你可真是不得了，生成这样，出手还这样大方！"

那婆子姓陈，众人都称作陈嬷嬷，林微便顺着她的话道："你们临安不是有三大公子么？"陈嬷嬷压低些声音，道："我看只有欧阳公子和你有一比。"林微道："欧阳公子也来这里？"陈嬷嬷连连点头，道："常来常来，临安城青楼数不胜数，但欧阳公子只来我燕春园一家！"林微心头怦怦乱跳，道："那他上次来是什么时候？"陈嬷嬷变得有些沮丧，道："可是有些日子了，唉，其他倒没什么，只可怜我们春红姑娘。"林微道："春红又是谁？"陈嬷嬷一脸惊讶，道："你居然不知道春红姑娘？"林微道："我又不是临安人士，谁说一定要知道春红？"陈嬷嬷一面点头称是，一面引着林微走到一面屏风前面，屏风上面密密麻麻写着不少名字，最高处的四人均有金花环绕，首当其冲的正是春红。

林微道："她是你们燕春园当家头牌？"陈嬷嬷道："她是欧阳公子的红人。"林微心下有些儿乱，可还听得出话里的意味，道："我要见见她。"陈嬷嬷笑道："公子果然不是本地人，春红姑娘哪里是想见就能见的。"林微道："因为她是欧阳公子的人？"陈嬷嬷道："正是。"林微道："那我只看一眼如何？"陈嬷嬷道："一眼也不成，你可知道临安城有多少人想看她一眼呢！更何况欧阳公子也不让她抛头露面。"林微随即递上一张一百两的银票，道："这些够不够？"陈嬷嬷吃了一惊，有些不敢相信自己的眼睛；她常去各个院子问讯，不时地也拉着春红闲聊几句，顺带着让客人悄悄看一眼，从来不是什么难事，从前有人求他，即便是极有钱的主顾，也不过出个十两二十两的，这一位居然出手就是一百两！她哆哆嗦嗦地接过来，禁不住验一遍，咽一口吐沫，道："你这不像是只看一眼的阵势。"林微笑道："只看一眼就好，带我去，这银子便是你的，你不愿意呢，还给我好了。"陈嬷嬷挠挠脑门，道："可说好了，只看一眼，不要胡乱说话。"

陈嬷嬷引着林微往内宅走，这一路大红大紫，奢华馥郁，香艳得让人忐忑不安，但是廊角风铃，檐下纱窗却又有一份意外的古雅，让人不由自主多几分念想。又走不远，到了所谓芳心苑，不等进门呢，便有女子喝骂的声音传了过来。陈嬷嬷哂然一笑，指一指前面，院内一览无余，绿树之下有一张石几，边上坐着一位面目姣好的女子，正大声训斥一位丫鬟。那丫鬟也就十来岁年纪，跪在地上，一面哭，一面扇自己嘴巴，道："小姐，不是我拿的就不是我拿的，嘴掌烂了，也还不是我拿的。"那小姐道："那就先掌烂了再说。"那丫鬟道："那你怎样才能信我？"那小姐却自顾自唠叨，道："你一张脸算什么？烂了便烂了，烂了也是你拿的。"

陈嬷嬷在边上等一会儿，实在看不下去了，道："春红姑娘，又怎地了，非要这样难为一个丫头。"林微一怔，大为纳罕，此人便是春红？欧阳胥中意的姑娘竟是这样一个泼皮狠辣的角色？春红白了那婆子一眼，道："吆，陈嬷嬷，你没事晃到我芳心苑做什么？"陈嬷嬷嘿嘿一笑，道："过路，过路而已。"春红道："过路？那你身后那个女里女气，衰了吧唧的小子是做什么的？"陈嬷嬷颇为尴尬，冲林微笑一笑，继而转过头怒冲冲地道："春红，你这样久不见客人，楼里哪里能就这样养着你？上次他留赏钱是几个月之前的事情，若是再也不来了，你又怎样？"春红柳眉一竖，道："你胡说些什么，凭什么他就不来了？！"陈嬷嬷道："这些公子哥，哪一个不是风月场上的高手，今日怜惜你，捧你在手心里，转天睡一觉便全忘个一干二净！那欧阳公子久不露面，你以为真是公务缠身不成？"春红这话听得多了，一点儿也不害怕，道："好啊，你要我接客，可你陈嬷嬷算个屁，有胆量先去欧阳公子那里讨个话，看他会不会治死你！"陈嬷嬷摆摆手，道："罢了，罢了，是我今日多嘴，这就走便是，你想怎地便怎地，就当我没有来过！"春红冷笑一声，道："我又没请你来，你自己寻上门讲一筐没人待见的废话，反倒成我的不是了！"

这会儿她忽然对林微生了兴趣，侧过脸来看一眼，道："你姓什么？叫什么？又从哪里来？"林微道："在下姓陆，名字是无间二字。"春红一幅充耳不闻的样子，道："出二百两银子，我让你在院子里坐一会儿。"林微道："只坐着不成，还要姑娘陪着才好。"春红鼻孔直喷冷气，道："你要知道在我这院子里面听听看看都是要钱的！"林微道："那姑娘定个价码。"春红道："我陪你说一句话就该算一两银子，这瞎扯半日，分文未取，便宜你了！"

陈嬷嬷皱着眉头，有些后怕，这就想走，可林微又递一张银票给她，道："这是一千两，你便替春红姑娘算着，话说多了，再补，少了，也不用退给我。"陈嬷嬷眼睛一亮，满脸堆笑地接过去，又转过来狠狠地瞪春红一眼。林微指指那位丫鬟，道："她又损坏你什么了？"春红忽然规矩了许多，道："她弄丢了欧阳公子送我的一支簪子。"林微道："价值几何？"春红咬咬牙，道："五百两银子。"林微笑道："只值五百两，好说。"随即又摸出一张银票给了陈嬷嬷。

陈嬷嬷拉起那丫鬟，让她过来磕个头，打发去了。春红这会儿早换上一张笑脸，道："陆公子哪里人士？"林微道："福建。"春红道："你与我们临安三大公子可有什么交情？"林微道："我不认得蒋公子与施公子，只和那位欧阳公子有过数面之缘，他倒是有心巴结，只是不怎么招人待见。"这其中没有半句虚言，可另外两位听来便如同惊雷一般，春红道："公子是宫里的人？"林微摇摇头，

无间传　707

淡淡地道："不是，宫里那些人一个个装模作样的，一点不讨人喜欢。"陈嬷嬷这会儿又放心不少，既然此人来头这样大，欧阳公子有朝一日怪罪下来，可也有的交代了。林微似乎看透了她的心思，道："陈嬷嬷不用揪心，我说一会儿话，便要告退，你若有其他紧要的事情，也不用陪着。"

陈嬷嬷嘴上道："还好，还好。"并不移动步子，这是什么地方，孤男寡女在一起什么事情做不出来？即便这位公子彬彬有礼，那春红可是个愣头青。林微心中则越来越糊涂，这燕春园头牌容貌还算出众，可是谈吐之间没有半点可取之处，欧阳胥无论怎样也算是风雅之人，何以会对她如此着迷？想一想，转而问道："你那欧阳公子来这里都做些什么？"春红眼睛一蹬，道："你居然问这个？"继而叹一口气，又道："可真羞煞人了！"

林微面上飞红，忽然意识到这一问极为不妥，正害怕春红会说些见不得人的话，她却身子一扭，进了屋子，继而招招手，道："你进来！"陈嬷嬷一溜烟儿先抢一步，道："春红，你可不能做对不住欧阳公子的事情！"林微稍一犹豫，踏进门槛，春红原来在榻边坐着，道："他便让我这样。"林微好生纳闷，道："做什么？"春红脸上多几分幽怨，道："没什么，就这样坐着，你想啊，我一个貌美如花的姑娘，想怎样都由得他，他却只让我这样坐着，这人是不是有点——呆？"林微道："那他呢？"春红指指不远处的一张茶几，道："他便在那里，眼睛眨也不眨地瞅着我。"林微走过去坐下来，道："便是这样？"春红道："也不尽然。"手脚麻利，将四面帘幕都拉下来，又点着榻边案几上的一支蜡烛，再坐好，道："就是这样。"

林微又是不解，又是好笑，再望过去，心中却咯噔一声；屋内暗了许多，春红是一个侧影，五官的轮廓在烛光下多出一层含蓄，再加上她双眉微皱，嘴角轻抿，依稀之间竟然有三分自己的样子。她不自觉捂住了嘴巴，再打量四面的情形，此等床帏，此等衾帐，此等屏风，此等案几，种种布置，竟与相府玉衡院殊无二致！声音微微颤抖，道："那你房里的摆设又是怎样一种讲究？"春红道："这些都是他派人搬来的，这个在这里，那个在那里，都是他的主意，我不能移动一寸的！"

林微说不上欣喜还是怅然，不由轻轻叹一口气，春红道："这就更像了，更像了！他就那样坐在那里，长吁短叹，嘀嘀咕咕，什么天仙地仙因缘业障的，我也听不懂。"林微道："他不来，你怎么不去找他？"春红道："你道我是什么人？再说了，想出这园子，又谈何容易？！"林微道："那哪里能见到他，我帮你去找一找好了。"春红眼神一亮，道："此话当真？"忽地站起身，看样子是想过来抱住她亲一口，而陈嬷嬷跟着也站起来，叉着腰虎视眈眈。林微道："我无缘无故骗你做什么？"春红道："他八成会在踏枝会馆。"林微道："那又是个什么样的所在？"春红道："这你都不知道：又如何找得到他！那是临安第一会馆，他们那些酸文假醋的公子哥们有事没事的常泡在那里胡说八道。"林微眉头一皱，忽然有了主意，站起身来，抬脚就走。

她弃了男装，也换作一身红裙，穿街走巷，直奔踏枝会馆。她人秀而不艳，平日里不爱大红大紫，可这会儿刻意学着春红的派头，走路带风，如同一朵红云一般，引得无数行人侧目。那会馆是一座三层的阁楼，守门的老儿看见了，脸色一沉，喝道："做什么的？"林微道："找人啊，你凶什么凶！"那老儿道："找谁？"林微道："关你屁事。"那老儿腾的一下站起身，双臂一拦，道："进不得。"林微道："怎么就进不得？"那老头道："这里是文人墨客进出的所在，你又是做什么的？"林微扑哧一笑，道："我是燕春园春红。"

那老儿不由得大吃一惊，这是一名青楼女子，按理断断进不得会馆，可近来在欧阳胥那里得宠的便是这一位，又万万得罪不得！一犹豫的工夫，林微推他一个趔趄，径直往里便走。那老儿一路追,一路不住口地叫道:"春红姑娘停步,春红姑娘停步!"他不叫还好,这样一叫,可就炸了锅;厅里有百余人在听一名老者讲经,这会儿全伸着脖子望过来,指指点点,那讲经的老朽高一声低一声地正自消受,睁开眼睛,大为光火,目光飘到林微那里,一脸诧异又一脸嫌弃,皱着眉头道:"天下无道:天下无道:踏枝会馆这种地方原来也不干净!"林微本就是来生事的,立住脚,问道:"怎么就不干净了?"那老者道:"此处远可忧天下,近可忧身世,议画品茶以清心,谈酒论诗以涤性,所以是个诚心正意的所在,你入会馆没一会儿,四面便全换作了色气戾气欲气,可恼,可恼,可恼!"林微笑道:"那你知道我是谁了?"那老者道:"老朽不知道你是谁。"林微道:"我还道临安城有心胸有情趣的都知道我是谁。"周围有人低声道:"姑娘不得无礼,这一位可是临安第一学士邱似丘先生。"

林微不由得哈哈大笑,道:"似丘不是丘,画虎偏类狗,邱不丘先生,我且问你,牡丹花欲滴,行人欲折之,是谁之过?"邱似丘冷笑一声,道:"若非牡丹花欲滴,行人如何欲折之,这自然是牡丹之过,你一介青楼女子,也有胆量与我邱学士一辩?"林微道:"我输了还做回我的青楼女子,可你要是输了,那又怎样?"嘻嘻一笑,又道:"天生丽质,何罪之有?"邱似丘道:"致人心生不义之念,罪莫大焉。"林微道:"那要怎么办才好?"邱似丘却转而对众人道:"自古红颜多祸水,尔等牢记,务必谨慎修身,方可坐怀不乱。"林微不由得又笑了起来,道:"你说你不知道我是谁,为何一口一个青楼女子的称呼我?再者,牡丹罪莫大焉,却无可改之,一众行人不曾犯错,却要弄什么正意修身,这都是什么乱七八糟的?"

邱似丘一时语塞,却又怒不可遏,拍着桌子大声喝道:"岂有此理,不可教也,不可教也!"林微又道:"正因为你总有折花之念,才看什么都是脏的,若真的心怀方正,堂堂一座会馆又如何会被一介小女子沾染?你每日论道:那我来问你,'危邦不入,乱邦不居,天下有道则见,无道则隐',是对还是错?"邱似丘道:"这是孔夫子的原话,又何错之有?"林微道:"还有呢,'贤哉回也!一箪食,一瓢饮,在陋巷,人不堪其忧,回也不改其乐,贤哉回也!'是对还是错?"邱似丘道:"又何错之有?"林微道:"他颜回无病无灾,却在陋巷里待着,便是所谓'天下无道而隐'?"邱似丘从未想到过这一层,一时间没了主意,可仔细想想,似乎也没有什么差错,便小心翼翼地道:"是又怎样?"林微道:"'君子忧道不忧贫',他无衣无食,不忧也就罢了,天下无道:却没心没肺地自己乐呵,又何贤之有?"

　　林微年幼时候初读论语,随兴致乱翻乱看,便有许多这样那样古怪的疑问,去问爹爹,林剑无哈哈一笑,不以为意,可邱似丘又哪里有这等心胸?他双眉深锁,汗水直流,渐渐变得面红耳赤,忽然号啕大哭起来,道:"论语乃我立身之本,颜回系吾垂范之源,此何以堪,何以堪!"林微却笑眯眯地望一望众人,道:"我来找欧阳公子,欧阳公子可在这里?"

　　春红声名在外,但是真正见过她的少之又少,如今这样现身,芳华绝代不说,三言两语便难倒邱学士,真真让人刮目相看。人群中有位书生道:"欧阳公子有些时日不曾露面了。"跨前一步,行一礼,又道:"春红姑娘果然名不虚传,欧阳公子雅量高致,临安万千佳丽看不入眼,独独喜欢姑娘一人,个中缘由,今日真是见识了!"林微道:"你们这些人说话绕来绕去,听着好听,却全无用处,你让欧阳公子来见我才好,其他都是废话。"那书生有些尴尬,道:"欧阳公子神龙见首不见尾,在下也无能为力啊。"忽而一拍脑袋,又道:"你既然来了这里,这个要看一看。"

　　一群人听经的也不听了,论画的也不论了,吟诗的也不吟了,前呼后拥都随他上了二楼。楼梯口两侧各有一张书案,上面笔墨齐备,专供人写字作画,正面的墙上则挂着一副对子,只是其中缺了几个字,那书生指着道:"这是欧阳公子寻人用的,他说若是知己,定然知道该怎样填这副对子,到时候他不远千里也会前来相见。"

无间传　711

那对子上联写道:"情思似□花千树,花□嗟怨□,空期许,两茫茫",下联写道:"梦境如□月几层,月□缱绻□,尽痴狂,独惶惶。"那书生又指一指书案上一张白纸,道:"你若是他想见的人,自然会填他钟意的字,填了他钟意的字,自然能明白他的心,明白他的心,也就能画出他的心境。"林微不由得微微一笑,道:"那他可找到所谓的知己了?"那书生又伸手一指右首墙上,道:"迄今为止,欧阳公子颇为中意的便是这两幅,可都算不得完满。"

右边一幅画里是一天月色,几枝梳梅,完整的对子写在右上角,"情思似梅花千树,花淡嗟怨浓,空期许,两茫茫。梦境如水月几层,月明缱绻重,尽痴狂,独惶惶"。左边一副则画着数只彩蝶,许多枯枝,那对联则是"情思似蝶花千树,花枯嗟怨荣,空期许,两茫茫。梦境如冰月几层,月冷缱绻暖,尽痴狂,独惶惶"。林微笑道:"你们临安这些读书人当真无所事事,费尽心机猜他的心事做什么?"这话听来分外刺耳,不知是谁冷笑道:"春红姑娘,论理你便是欧阳公子的红颜知己,这副对子是不是应当填一填?"林微道:"这些哼哼唧唧的调调,你道真难得倒我?"想一想,提起笔,径直往那副对子走去。有人喝道:"那是欧阳公子手迹,岂能随意涂抹?"林微丝毫不以为意,一边写,一边笑,道:"我不稀罕,是他求之不得呢。"

有人随之轻声念道:"情思似林花千树,花微嗟怨著,空期许,两茫茫。梦境如心月几层,月无缱绻惆,尽痴狂,独惶惶。"不少人高声叫好,道:"春红姑娘几个字,意境果然不同凡响!"林微道:"乱拍马屁,欧阳胥立意不高,我胡乱填几个字,又能高到哪里去?!"说着话,忽然叹一口气,好一会儿一言不发。有人叫道:"画呢?春红姑娘是不是该作一幅画让我们瞧瞧?"林微道:"我不会画画儿,不过——"沈湄为她勾的那副小像被无间落在定风谷,沈颀取来送还给他,林微却又讨了回来;这会儿取出来置在案上,道:"这个只有欧阳公子能看,你们统统看不得。"

左首窗下挂着一只鸟笼，里面有一只鸟儿，白羽银首，极为英武。林微走过去逗弄一会儿，问道："这是什么雀儿？"有人道："姑娘不认识么？金盔雀，银盔雀，赐食一日不相忘，不是儿郎胜儿郎。"林微很是快活，笑个不住，道："若喂点吃的，它便认我做娘了？"想一想，又道："那现在它又是谁的儿郎？"有人道："这鸟欧阳公子亲自养了三个月才移到这里，现在馆内专有小厮照料。"林微忽然间有些害羞，拧开笼门，伸手进去，那鸟便跳上指间，叽叽喳喳叫个不住。有人着急忙慌地道："春红姑娘，玩不得，玩不得，这鸟价值连城，若是丢了，我踏枝会馆可担待不起。"林微反而来了兴致，手一缩，将那鸟也带了出来。会馆的一位小厮脸色发白，道："姑娘，姑娘，这鸟价值纹银八百八十八两，还求你赶紧放回去。"林微目光亮亮地扫一圈，道："还真是不错，此间便没有他的知己，说什么不远千里也能找来，呵呵，没有这雀儿，又如何能够？"说着她手上轻轻一振，那鸟"扑棱"一下飞起来，绕一圈，直向远处去了。她则微微一笑，自窗口一跃而下；红裙似火，长袖飘飘，正如风中仙子一般，直看得楼上一众闲人与楼下一众行人如醉如痴，一个字也说不出了。

第五十二章
痴情化酒

　　夜色初上时候，林微换作丫鬟打扮，还悄悄回到燕春园。芳心苑外的小径上落了许多叶子，她佯装清扫一阵子，忽然有脚步声传了过来；来者一共五位，领路的是两位婆子，断后的是两名侍卫，居中一位戴着一顶斗笠，压得极低，可长身玉立，一望便知是欧阳胥。林微心头乱乱的，让到路边，看他们疾步走了进去，过不一会儿，又不出所料地走了出来。其中一位婆子甚是不安，不住口地赔不是，可欧阳胥一言不发，径直出了燕春园，林微随即展开轻功，悄悄跟了上去。

　　一行人出城门，一路向西，又走差不多半个时辰，上了一条山路。两侧的杂草足有一人多高，这一瞬还走得好好的，一拨马头的工夫，便都消失不见了。林微稍稍一等，仔细看过来，野草中间原来有一条几乎不能分辨的小径，蜿蜒而下，通向不知名的暗处。摸索着走一段，穿过一座山洞，再穿过一片密林，眼前忽然跳出几片灯火，开朗许多。一幢又一幢的小楼坐落在层林之间，轮廓舒朗，一派悠闲，所谓的曲径通幽，应该便是这等境界了。

　　她使出轻功身法，悄无声息地自几名侍卫身侧抹过，脚下化为鹅卵石铺就的小道，随着地势稍稍一沉，一座小院便呈现出来。院门处的灯光里站着四位手持长枪的侍卫，一动不动，如同石刻一般。她在黑暗处候一阵子，正自思量，树头一只老鸹扑剌剌飞起来，叫几声，好整以暇地落在了其中一位的肩上——那岂止像石刻，本来就是石刻。

她再不犹豫，越墙而入，屋内烛光明亮，将窗纸染成了极服帖的暗黄色，淡淡的月光流过一丛窸窣的竹子，投些几乎不能分辨的暗影在窗棂之间。走近些，侧耳听听，再抬头，廊下分明垂着一条布幅，上面简简单单写有四个字"进来就好"，她不由得微微一怔，叹一口气，推门而入。书案之后坐着的一位显见吃了一惊，猛地抬起头，正是欧阳青青。林微恨不得打自己一下，这等小伎俩，竟然不能识破。青青神色转为释然，道："能这样撩动我哥哥的，除了你，天下再没有第二个。"林微道："他本不必如此。"青青道："他痴不痴，是他的事，你待他怎样，却不见得是他的事。"林微道："若这也能自得其乐，岂不更教人心伤？"青青道："谁陪着你才是最好，你应该再清楚不过。"林微不愿意再说，转而问道："范无间在哪里？"

青青道："我不能告诉你，也不会告诉你。"林微道："你真要逼我用强不成？"青青道："你自己明白，你不会取我的性命，更不会伤我哥哥。再说了，范无间好得很，衣食无忧，性命无虞，你又何必做违心之事？"林微道："那依着你，此事又该如何了断？"青青道："我放了范无间，易如反掌，但是你要答应我一件事才好。"林微道："何事？"青青道："陪我哥哥一日。"林微一怔，道："这又算是什么？"青青道："又有什么不能明白的？"林微道："我不明白。"青青道："你陪他一日，过后再来找我就好。"挥挥手，止住林微要说的话，又道："此处是临安城西雪亦山，你明日午时去山顶舒臆亭即可。"

白瑾花花开似雪，一层铺满山野，一层随风飞舞，让人眼界里添一层飘逸，心下却添一层柔婉。林微踏着花瓣拾级而上，距离舒臆亭尚远,欧阳胥便风一般奔过来,深施一礼,道:"林姑娘,你我玉衡院一别,一共一百六十七日,我只道此生无缘,不想终见仙颜!"再抬起眼睛,目光之中深情款款,又喜不自胜,便有些手舞足蹈的意味。林微不由得扑哧一笑,道:"你想见的人果然是我?"欧阳胥道:"天地可鉴。"林微道:"你怎知道我便是我?"欧阳胥自怀里掏出那幅小画,道:"因为你便是她,她便是你。"林微道:"这画你还给我,好不好?"欧阳胥小心翼翼卷起来,收进怀里,又按一按,才道:"不好,非常不好。"

进来舒臆亭,石几之上早有人备了四样小菜,林微道:"上次在玉衡院,你胡乱送礼,可怜了那三张价值连城的画儿。"欧阳胥道:"今日我请姑娘饮酒。"林微道:"饮酒一道我可一窍不通。"欧阳胥道:"这就对了,这就对了,作画有丹青一道,写字有书法一道,练剑有剑道,练拳有拳道,这些都好,可说什么品茶有茶道、饮酒有酒道,便都是胡说八道!口中滋味,心中快意,双目一闭,我即便是一介白丁,也可以快活似神仙,若叫我看来,这便是得道:可这若是得道:又何道之有?"林微道:"正所谓,'胸中无丘壑,方知真滋味'?"欧阳胥道:"姑娘说的是,姑娘说的是,我就知道和姑娘说话,嘿嘿,其实最不用说话!"

林微道:"也好,那你这酒又是什么酒?"欧阳胥道:"杜康。"林微不由得微微一怔,杜康虽则驰名天下,在临安却算不上什么罕物,寻常街巷中的酒馆亦多有供应。欧阳胥又道:"杜康成名数百年,一代复一代,手艺上精益求精,到了极处,再无可挑剔,这便是第一层,没有手艺上的缺憾。"林微点点头,道:"第二层呢?"欧阳胥道:"五谷,绍兴谷阳山你可知道?"林微道:"可是你们这些弄蛐蛐的公子哥们朝圣的地方?"欧阳胥哈哈一笑,道:"不错,谷阳山生虎背蟋,虎背蟋铜头铁额,有熊虎之相,系众蟀之王,价值连城。而所以如此,是因为它依鸣明草以养气,食蚌心谷以生力,嘿嘿,世间绝少有人知道,谷中极品正是这蚌心谷,而真正的蚌心谷只生在谷阳山山尖四方一分田里。"说着话,他从怀里摸出一只手环,为林微戴在腕上。那手环是银灰色,有一丝淡淡的清香,乍一看十分普通,可欧阳胥双手拢过来,却在阴影里生出一层浅浅的光晕,林微忽然明白过来,道:"这是鸣明草所制?"欧阳胥道:"不错,鸣明草草木之躯,金玉之辉,可以益气清心,算是难得的养人之物。我去找蚌心谷,找到七株鸣明草,便取了其中两株。"

欧阳胥继而道:"这第三层,是水。"双眉一挑,又道:"便是因为这水,我这杜康天下再不会有第二坛。"林微道:"你便这样自负?"欧阳胥道:"浙江七脉山你可知道?"林微道:"略有耳闻。"欧阳胥道:"七脉山有纤花崖,崖顶有一棵杏树,含苞欲放的时候,花瓣将展未展,如同杯子一般。这时候若有一场雨,水便会积在花苞里面,如此过上一夜,会多一层甜香,再一日,花瓣展开,水流出来,会落入树下清骨岩。清骨岩接地寒,水在其中三日三夜,会多一层冰魄之气,再之后慢慢渗出来,经岩尖跌至崖下,崖下有一棵佛掌树,叶如佛掌,能蓄二两清水,而那水滴反反复复砸下来,能浸出叶脉中的温润。"林微叹道:"又哪里去凑这多天时,这多机缘?"欧阳胥呵呵一笑,道:"还有一道呢,清水漫出佛掌叶,会落入树下的荷花瓣中,在荷花瓣中再一日一夜,不仅会多出一层极清透的苦涩,还会染上一层淡淡的红色。"林微道:"那你这酒岂不是红的?"欧阳胥道:"不错,是粉红色。"

林微道:"为了这水,你耗了多少时日?"欧阳胥道:"七七四十九日,不过这还不成,我还与人赌了一场,才凑够这一坛酒需要的清水。"林微饶有兴趣,道:"赌什么?"欧阳胥道:"走神。"林微秀眉一蹙,道:"那又是什么?"欧阳胥道:"善赌,可谓赌神,善酒,可谓酒神,善于弄花,可谓花神,若是善于走路,可叫作什么?"林微不由得哈哈大笑,答道:"走神!"欧阳胥道:"我跑去集水,不想一位老汉先我一步,他占尽地利,最后集了六杯,我却只有三杯。我比他的少,自然想要他的,他比我的多,但是人之为人,贪得无厌,所以想要我的。我两个争执不下,便只好赌一场。"林微忍俊不禁,道:"赌走路么?"欧阳胥道:"正是!纤花崖有一条石径,绕绕绕,绕到山顶,再绕绕绕,绕到山脚,那老儿说他知道一共有多少阶,要我去走一遍,若是数对了,他那六杯水便是我的,若是数错了,我这三杯水便是他的。"林微道:"你便去数了?"欧阳胥道:"那是当然。"

欧阳胥变得乐呵呵的,又道:"我数了快一日,一共走了三万七百六十八阶石阶,回来告诉他,他说非也非也,一共是三万七百六十九阶,我俩又吵了一通,没有办法,只好由他再去数一遍。"林微笑个不住,道:"他又数出什么了?"欧阳胥道:"数来数去,还是三万七百六十九,我也没了办法,只好再去数一遍,嘿嘿,结果还是三万七百六十八。我们实在争不出个所以然了,他忽然问我:'你是谁?'我说:'欧阳胥。'他道:'哪里的欧阳胥,临安的欧阳胥?'我说:'除了临安有个欧阳胥,哪里还有欧阳胥?'他说:'欧阳泊是你老子?'我说:'不错。'他说:'你怎么一个人?你想要多少走狗便可以有多少走狗,你怎么一个人?'我说:'我就是想自己来,关你屁事。'"欧阳胥目光亮亮的,又望一眼林微,道:"再说啊,采那水是为了酿酒给你喝的,我又怎能不亲自去呢?再后来那老头儿又问:'你为什么不抢?'我说:'我为什么要抢?'他说:'你是公子哥,官儿大大的,打手多多的,自然可以抢。'我于是起手给了他一巴掌,道:'我抢了,你给我么?'那老汉哈哈大笑,居然真将他的水葫芦给我了,道:'我敬你一分,所以让你一步,三万七百六十八便三万七百六十八,虽然实际上是三万七百六十九。'我接过葫芦,道:'三万七百六十八。'他笑个不住,道:'不赌了,也不走了,再走就真的成走神了。'"欧阳胥说着又不禁哈哈大笑,道:"走神便是这样来的,这水也是这样来的。"

他继而为林微斟了一杯,道:"请姑娘慢用。"那杯子为白玉所制，酒色澄澈，内里果然有一层极淡的粉色，如云烟一般游走不定。林微笑道："此酒这等宝贝，要不要先拜谢天地，才能享用？"欧阳胥道："心无杂尘就好。"林微轻轻叹一口气，继而深吸一口气，浅饮半杯；舌尖微微一麻，凉凉的清透如同涟漪一般润过口唇，润过喉咙，润过肺腑，诸般滋味如同风中竹叶，一丝丝自舌边掠过，醇厚却又条分缕析，澄澈却还绵绵无尽。她心弦震颤，便有些痴然，眼睛里不知何时早泛起一层泪花，欧阳胥满怀期待，道："好么？可好么？"林微道："好，好得很。"顿一顿，又道："谢谢你啦！"她说完拭一拭眼睛，"你看，我都平白无故地落泪了。"

又说一会儿话，欧阳胥率先站起身来，道："我带你去花林里走走。"出来亭子，石径颇为陡峭，欧阳胥眼神里全是呵护，回过身，拉住了林微的手。林微终于不忍挣脱，可心头酸酸甜甜，又实在说不出是何种况味——不用说话有不用说话的快活，可是言之不尽，又何尝不是一种快活？一丛丛白槿花密不透风，脚下通道犹如一条雕琢而出的长廊，私语呢喃着向漫天花海中伸展。再行不远，花丛中忽然现出一幅画，画中之人正是林微，低眉垂目，右手握一捧裙裾，正是上山时候的情形，再数步，又有一幅画呈现出来，却是她在舒臆亭前小伫的模样。之后每隔几步便有一幅画儿，写尽林微品酒时候的一颦一笑，一嗔一叹，最后一幅则正是欧阳胥扶着她走下舒臆亭的样子，虽只寥寥数笔，但一个霞姿月韵，一个风采俊逸，真如神仙眷属一般。

林微早就察觉周围影影绰绰有不少人，谁承想竟都是笔法一流的画工，而行走于此间，又是行走在几层画中？花廊尽头是一条山谷，一天风光扑面而来，青山委婉，绿树层层，碧空之中有两只鹰结伴而飞，雄鹰流光溢彩，神骏异常，雌鹰柔顺体贴，亦步亦趋。林微望一阵子，轻声道："你又何必如此？"欧阳胥握着她双手，道："便由我来陪着你，好不好？从今以后，一生一世。"林微似乎等的便是这一瞬，可害怕的也正是这一瞬，垂下头，半响不语。欧

无间传　719

阳胥指指她，又指指自己，道："你知道的，我是为你而生，你也是为我而生。"林微点点头，却又摇摇头，道："我——不知道。"

她叹一口气，又道："近来，我也说不上为什么。"欧阳胥道："那便是你变了心？"林微忽而失笑，指指胸口，道："心在这里，可有时候我也说不清，好像不全是我的。"欧阳胥怔怔地望着她，忽然间有泪光泛了上来，退开一步，道："我明白了。"林微道："我尚且不明白，你又能明白什么？"欧阳胥脸上绽出一丝笑容，道："也好，也好，这辈子你可无论如何也忘不了我的。"林微道："你怎知道？"欧阳胥道："我知道是因为你知道。"

林微心下一痛，这些话偏偏就能明白，欧阳胥又道："无论怎样我都会陪着你的，走到花花世界也好，天涯海角也好，高兴得不得了也好，难过得不得了也好，我都会在你心里；你知道也好，不知道也好，我都在，乐意也好，不乐意也好，也还在。"林微摇摇头，道："不好，不好，我又何苦，你又何苦？"欧阳胥道："那也由不得你。"复又哈哈一笑，道："因为心，不全是你的。"

说话的工夫，那只雄鹰一个转折，飞了过来。林微略感惊讶，道："它认得你？"欧阳胥抬起右臂，道："它们是蒙古国公子送给我妹子的生日礼物，已经养了好多年了。"那鹰双翅振动，似乎要落下来，可"嗤"的一声细响，一支小箭自翅下激射而出。林微心意未平，急转身躲避，终于还是慢着半拍，衣领间被划出一道口子，那雄鹰唳鸣一声，振翅而起，眼前一会儿的工夫，雌鹰居然就在咫尺之外，再一声细响，又一支小箭便射了过来。

那雌鹰身形小出许多，跟在雄鹰之后，竟然完全隐匿不见，林微避开适才一击，已属万幸，如今一怔之间，几乎再没有回旋的余地。可与此同时，那婆婆所授的身法与子非鱼之道同时生发，身子如同丝弦一颤，撇开半寸，颈下被划出一道血痕，人却安然无恙。她心中气苦，手上不停，接连点欧阳胥三处穴道，火辣辣的目光便向对面寻去。欧阳胥神色颓丧，不住口地说道："错了，错了，可全都错了!"林微道:"错了,又哪里错了?"欧阳胥苦笑一声,道:"妹子说打伤你,你便哪里都去不了了,会乖乖让我陪着的。"林微却再不想听下去,伸手点了他哑穴,继而拔出若木剑,指在他颈下,提高些声音道:"还是现身最好。"

身后不知何时多出一十二名紫衣侍卫,依九川阵法分散而立,封住了去路,而对面山坡上有数人同时站起身来,为首一位正是欧阳青青。林微道:"你想让我死,又何必打他的幌子?"青青道:"不错,是不用打他的幌子。"手上一挥,祝不夷自山阴里提出一个人来,着力一抛,他也便横跨空谷,头冲下挂在了一棵老树之上。那人被捆得如同粽子一般,头发乱蓬蓬,盖着半张脸,正是无间。青青弯弓搭箭,道:"放过我哥哥。"林微道:"你不是自信我不会伤他么?"青青不答,还是道:"放过我哥哥。"林微轻轻叹一口气,道:"也就是你——可你知道,天下再没有有第二个人会像他那样对你好。"青青答非所问,道:"你死,是为了断,他死,同样也是了断。"林微道:"他死了,又是谁的了断?"青青面上阴晴不定,林微却不禁淡淡一笑,道:"这些小女儿情怀,你不自知,也不为过。"

无间在空中转来转去,这会儿才像是回过味来,叫了一声"微微!"林微道:"欧阳大小姐只要你和我当中的一个活着,你说怎么办才好?"无间道:"那就一起死啊。"青青道:"林家那丫头我不见得能够成全,你?易如反掌。"说话间指尖一松,那支箭"嗖"的一声直插进无间肩头。他大叫一声,又哼哼唧唧一会儿,不知想到些什么,转而道:"微微,这些日子我总会想起殷姑娘。"林微不由得失笑,道:"那就对了。"无间却跟着说道:"可我还想着你和欧阳公子才真的是天作之合。"林微道:"你不是一直就这样以为么?"无间道:"所以我死就死了,早一日晚一日的。再说了,有所辜负,嘿嘿,总是不太厚道。"叹一口气,又道:"说是这样说,可短命若斯,在谁那里又不是辜负,所以我有时候想着殷姑娘不当真才是最好。"林微又是惊奇,又是好笑,道:"你果然这样想?四处留情,还胆敢奢谈'辜负'二字,你且问问大小姐,你辜负她没有?"无间却笑得甚是欢畅,道:"又胡说八道什么呢,我辜负她?她砍我脑袋,辜负我还差不多!"林微摇摇头,道:"她不懂自己的心事,可恨还偏偏碰上一个没心没肺的,你二人在怀玉山卿卿我我,在龙泉不离不弃,算不算得铭心刻骨?"无间却"嘿"一声,道:"清清白白的事情你为何总说得这般不堪?"

可青青刹那间脸色变得一片苍白,忽而再不能把持,右手一松,弓弦随之"铮"的一响——声音清越而锋利,响在耳畔,更响在心弦之上,断非有意,却也无能为力,臂上微微一抬,那箭终于还是偏出少许,"砰"的一下钉进那棵老树的枝干之中。树枝本就脆弱,承起无间便勉为其难,这时闷响几声,便有些摇摇欲坠的意味。林微目光寻出去,谷底是一汪深蓝色的水潭,天光之下,一派幽静,忽然也便有了主意,接连几纵,也上了那棵老树的树头,继而冲青青呵呵一笑,道:"且看能不能帮你一了百了!"

说着脚下一跺,那树枝也便到了极限,"啪"的一声断开了,扯着无间直坠谷底。林微身如白驹过隙,空中抱住他,一起向潭水之中扎去。冷水兜头压过来,原本明晃晃的日头忽而化作一只不动声色的琉璃球儿,瞬间远去。她扯一扯无间身上的铁链,忽而大叫不妙,他被层层捆缚,可远比料想的结实;若木剑连斩两下,可恨不能吃力,人却一味地沉向更深处,而一股疾流不知从何处而来,裹住他们,更不停歇地向未知的所在涌去。眼前化为一团深湛的黑暗,教人忽然有些恐惧,她紧一紧胳膊,靠在无间肩上,一口真气几乎用到尽头,耳畔却一声轰响,复出落为一派轻松,人竟然已经被推出了水面。

四周仍然一团漆黑,但水流潺潺,气息通透,分明是在一座山洞之中。二人欢呼一声,摸索着游一阵子,脚下踩到石子,再走,也便上了岸。无间所受箭伤颇深,真气不能通融,吐半肚皮的水出来，才终于透出一口气。他兀自不能相信这是真的，道："便是这样？"林微道："便是哪样？"无间道："你历来是妙计安天下的阵仗，今日还真是找死？"林微"呸"一声，道："你死了没有？"无间道："我历来离死不远，无关紧要，可是你会死的。"林微道："真的陪你死，你倒怕了？"无间不由哈哈大笑，道："弄得殉情一般，问心有愧呢！"

林微作势扇一巴掌，道："鬼才和你殉情。"还继续为他清理好箭伤，包扎得妥妥帖帖。无间瞅着她，忽而心头一热，这一会儿暖暖的，还真是不曾体会过的滋味。二人顺着流水声走出里许，远处的暗夜里忽然飘起来几缕灯火，灯火之下看得清一块巨大的鹅卵石，如同一张浅灰色的卧榻，周围又有几根顶天立地的石柱，仍然有铁索绕在上面。无间好生纳闷儿，道："我早先就是被囚在此处。"不过这样一来，他也就变得熟门熟路，引着林微过一座山洞，复沿着一条石阶蜿蜒而上；石阶一侧有一条流水，时而是涓涓的小溪，时而化为一方玲珑的瀑布，时而又没入石隙之中，几乎完全没了踪迹。

不久即看到一道铁栅门，嵌在两块巨石之间，从外面锁住了，门外是一片平地，墙角有两张竹榻，有两名看守正坐着聊天。通道极为狭窄，又隔着铁门，想制住他们不难，可是不发出半点声响，断非易事。无间停下步子，回身做了个请示的手势；肩头齐平的石壁上有一个碗口大小的窟窿，里面有水流过，水花不时溅出来，零零星星落在林微脸上，她不知想到些什么，捡起一块石头便塞了进去。四面飘动的水声一下子闷住了，再没有从前的节奏，而人心也似乎被什么拿捏着，一点点悬了起来；再一会儿，"哗啦"一声，水从门外洞顶溢出来，尽数浇在了那两张竹榻之上。林微不想会是这等结果，捂着嘴，不敢出声，却依然笑得十分欢畅。那两名看守大为光火，骂骂咧咧地移开竹榻，其中一位卷起铺盖，抱着走了出去，另外一位则望着水流，凝神听听，慢慢往铁门这边寻了过来。

无间候个正着，忽地站起身，隔着栅栏便点了他的穴道。

他从那看守腰间解下钥匙，开了铁门，二人又走不久，便看到了先前那一位，跟着再行一段，又现出一道铁门，那人和外面的看守说几句话，门便"哐"的一声打开了。无间掩上去，左右开弓，将数人尽皆封了穴道，便又过了一关。再走不远，还有一道铁门，门外四人正聚在一起吃喝，说一些街巷间的琐事，满嘴污言秽语。水自洞顶一块状如鸟嘴的石头里流出来，落入下方的石槽之中，继而隐入地面，却在铁门之内还原为一道小溪。无间想一想，伸手冲着溪流猛地拍出一掌；力道不小，激得溪水倒流，石槽之内跟着发出一片咕咕嘟嘟的声响。那几位吃一惊，丢开酒碗，一起凑过来查看究竟，无间不由得哈哈一笑，加三分内力又是一掌，这一回流水自石槽之内喷薄而出，犹如万箭齐发，将那几位撞得登时闭过气去。无间甩出长袍，将他们一个个拖至门边，找到钥匙，还开了铁门。

那些人腰间各有一块银灿灿的牌子，上面有"洞庭行走"四个字；洞庭洞庭，洞内庭堂，此处倒果然当得这两个字。二人各取一块，也挂在腰间，又走一盏茶的工夫，边边角角的地方便开始有天光透进来。石阶一分为二，左边一条直直地通向高处，右边一条却曲曲折折，盘旋着向暗处伸展。林微想一想，折而向右，转十几个弯儿，便又有说话声传了过来。

这回是两个汉子，一个嗓门粗些，一个嗓门细些，分外聒噪，说的多是乾坎艮震等等五行方位，无间半点也不明白，林微却知道他们是在玩一种所谓"华容道"的游戏。那游戏藉八卦衍生，借的是三国时候曹操败走赤壁的故事，对弈二人各有七枚棋子，一方为守，所谓要"困曹贼"，另一方为攻，所谓要"羞关羽"，林微幼时常和爹爹玩耍，耳熟能详，听了片刻，不由惊讶不已。这两位言语粗俗，斤斤计较，断非谦恭之辈，但进退之间，有理有据又别出心裁，足见在奇门遁甲之上造诣非同小可，既如此，他们该是九州派的？她屏住呼吸，探头瞅一眼，却又笑生双颊，几乎不能自控。

高处石几两侧各有一位肥头大耳的侍卫，长相几乎一模一样，只是左边一位一头白发，鬓角有一缕黑线，右边一位一头黑发，鬓角有一缕白线。二人脑袋相抵，各不相让，是一副肥猪争相拱食的模样，左边那位"哼"了一声，右边那位道："怎的？"左边那位道："你输了。"右边那位道："你放屁！"左边那位抬起胳膊想要理论，却忽然意识到什么，低头不说话了。又过半晌，右边那位"哈"一声，左边那位道："怎的？"右边那位道："你输了，千真万确！"左边那位抱头想一阵子，骂一句，继而伸出胳膊，道："你来！"右边那位遂出单掌与他相抵，同时闭上眼睛，过得片刻，右边那位嘿嘿笑几声，似乎爽快无比，而左边那位则骂骂咧咧，叫道："再来，再来。"遂又重新来过。

　　二人你一步我一步，又念叨半晌，右边那位道："哼，你又输了！"左边那位道："谁说的？"但气势明显不济。右边那位再走一步，道："现在明白了？"左边那位叹一口气，像是要推盘认输了，林微却忽然站起身来，道："不急，不急，青子走艮四位即可。"那两位吃了一惊，嘴上喝呼"什么人？！"眼睛却始终没有离开棋盘。左边那位想一想，依言落子，口中"咦？"了一声，变得乐不可支，叫道："羞关羽，羞关羽！"右边那位一张肥脸越涨越红，叫道："不通，不通！"左面那位道："哪里不通？哪里都通，比我午后大便还通！"右边那位勉力又走两步，终于无可奈何，"砰"地一拍棋盘，转头去打量林微，道："你这小妖女哪里来的？胆子不小！"

　　另外一位却对她颇为袒护，笑嘻嘻地道："这位美貌小姑娘，你是干什么的？"林微踏上两步，腰牌晃动，一亮一亮的甚是耀眼；那输棋的一位忽的一拳打了过来，道："快说你是谁！"林微早有计较，使弱云三式中的"宓妃醉酒"，斜走数步避了开去。那人"咦？"了一声，道："这个你也会？"林微笑吟吟地道："这又有什么大不了？"那人喝道："那我看看是真会还是假会！"身形一晃，轻飘飘又打出一拳；拳到中途，忽而化为四拳，再行数寸，恍然又

无间传

变为一十六拳，林微转而使弱云三式中的"伏羲种田"，走出几个十分古怪的步子，从从容容还落在外围。这一攻攻得精绝，这一避避得奇诡，九州派武功种种妙境，几乎呈现得淋漓尽致。赢棋的那位道："哈，这是御阶系的功夫。"输棋的那位道："哼，我自然知道是御阶系的功夫。"赢棋的那位道："那你还不放尊重些。"输棋的那位皱着眉头，道："你师父是谁？"林微道："不告诉你！"那一位伸伸舌头，居然有几分毕恭毕敬的意味，道："问不得，也不问了！"

　　宫廷内族氏衍生，钩心斗角，而九州派弟子各有依附，久而久之变得支派林立，有七系之分，相同原因，尽管武学同宗，他们系与系之间秩序森然，极少有切磋交流的时候。而另外一面，九州派又同其他江湖门派一样，严禁同门相残，而皇家高祖为了使宫廷之争少一层血光，亦颁下圣旨，不许他们在宫墙之内介入任何争斗。林微于此早有耳闻，所以料定但凡使出弱云三式，不仅平安无事，八成还能套一个同门的近乎，不过这其中居然还得一层震慑之威，饶是她，也颇为意外。再一思索，弱云弱风是皇上身边的人，当属至高的"御阶"一系，身份自然要比眼前这两位为高。那赢棋的一位变得更加和善，道："小师妹怎么称呼？"林微道："你叫我林师妹就好。"那人道："我二人是亲兄弟，我姓朱，单名一个哼字，我兄弟当然也姓朱，只不过单名是一个哈字。"二人话中的许多古怪迎刃而解，林微不能怎样，无间却再也忍耐不住，捧着肚子笑倒在大石之后。

　　只是不等抬起头来，朱哼朱哈的掌风也到了面门；他修习天和掌法已久，以己为尊，或攻或守从不犹豫，可是这一次对方力道闪烁不定，飘飘然竟没有什么方位可言。他一时间也没了主意，无奈之下提气疾纵，却又忘了是在山洞之中，"砰"的一下撞上洞顶，眼前一黑，登时晕了过去。朱哈探左手拎住衣领，另外一只手便去扇他后脑，林微大声道："杀不得！"朱哈道："怎么就杀不得？难道他也是九州派的？"朱哼道："蠢材放屁，他适才乱窜乱跳，全无章法，与自寻死路无异，我九州派哪里有这样不济。"朱哈双眼一瞪，道："谁放屁？"朱哼道："蠢材放屁！"朱哈道："谁是蠢材？"朱哼道："放屁的是蠢材。"朱哈道："说我放屁的才是放屁。"朱哼道："那说你蠢材的是不是蠢才？"二人你来我往地争执半天，朱哼变得老大不耐烦，抬手将无间扔了出来，林微走上几步，半空里接下来，道："他若摔个脑浆崩裂，你们可吃不了兜着走。"兄弟二人对望一眼，忽然生出新一轮的兴趣，道："这小子究竟是谁？"林微明白这当口冒不得半点风险，一咬牙，道："他是你们欧阳大小姐的心上人。"

第五十三章
相离胜相守

朱哈不由得哈哈大笑，道："这小子蠢得像猪，黑得像碳，如何会是青青大小姐的心上人！"朱哼却伸手在无间人中穴上一按，唤醒他，问道："你是范无间？"无间不明所以，却也只好点点头，道："我是范无间。"朱哈道："谁是范无间？"朱哼道："青青大小姐的心上人是范无间。"无间先哈哈地笑了起来，道："青青大小姐的心上人如何会是范无间？！"朱哈也道："就是，就是，青青大小姐的心上人如何会是范无间！"朱哼道："我哪里像你们这等蠢货，每日里只知道像猪一样吃了睡，睡了吃。"无间又得了笑料，捧肚子弯腰乐得如同虾米一样；此二人均猪头猪脑，却又喜欢骂别人是猪，滑稽之处，无可言传。朱哼瞪着一双三角眼，道："你这人该死，若不是瞧在青青大小姐的薄面上，死过不知道多少次了。"朱哈道："我就知道你怕大小姐怕得要死。"朱哼摇头晃脑，道："非也，非也，瞧在青青大小姐的薄面上，他不是不死，而是不得好死，这个要费些心思去琢磨的，你又懂个屁。"

朱哈绕了回来："他怎么就是大小姐的心上人？"朱哼道："大小姐心有城府，不让须眉，咱们六皇子对她青眼有加，你道仅仅是因为她模样标致？不过这几日在洞庭居，她人前没有什么，人后却总是闷闷不乐，还老盯着一只瓷瓶儿发呆，有一日她与费侍卫说话，被我听了一耳朵，才知道那瓶瓶儿是范无间送的，他二人乱七八糟，有不少旧事呢。"说完伸手指戳戳无间脑门，又道："说，你是不是送给大小姐一个瓶瓶儿当定情信物。"无间忽然明白他指的是秋花露最后一颗解药，不由得点点头，又赶紧摇摇头，可朱哼照旧变得洋洋得意，道："我心中有数，又怎会有错？不过这事情棘手得很，咱们六皇子文韬武略，一表人才，而且对大小姐这样眷顾，谁承想她只念念不忘这个百无一用的王八蛋？！"

无间越听越糊涂，抬头去瞅林微，林微却道："哪里来的六皇子？"朱哈怒道："你是九州派的，你不知道六皇子？"林微暗骂自己大意，伸伸舌头，道："我当然知道：只是没想到他和青青大小姐还有一节。"朱哼道："他向欧阳丞相求亲呢，要娶大小姐，丞相大人倒没什么，不过他也不敢不答应，可是到了大小姐那里，她说什么前朝地图的事情没有下落，无心它顾，还是等到大功告成之后再议。可是六皇子不愿意，一来二去，最后说是待大小姐找到于弱云于弱风的地图，便与六皇子成亲。"林微笑吟吟地道："原来这样。"无间心头怪怪的，正自琢磨，朱哼却伸手在他脑门上又戳一下，道："小子，下盘棋怎么样？"

无间如梦方醒，道："什么棋？"朱哼道："自然是华容道。"无间道："我不会。"朱哼道："这就对了，你和我们下棋，赌一条命，结果下输了，愿赌服输，奉上性命一条，我们也就没有不收的道理，是不是？"朱哈笑得浑身乱颤，道："青青大小姐若怪罪下来，咱们也没有什么办法啊，是他自己找我们下棋，也是他自己要赌命的，劝也劝不住啊。"二人于是乎你一言我一语地开始描，便如同事情真的发生过一样。无间道："岂有此理，我才不与你们下棋。"朱哼道："那个由不得你。"无间道："怎么就由不得我？"朱哼朱哈对视一眼，又笑得浑身乱颤，道："你想不想死？"无间道："当然不想。"朱哼道："可是你就要死了，你说由得你，还是由不得你？"

无间传　729

说着话，他提起手便要往无间天灵盖上拍落。林微明白这兄弟二人武功太高，强取不得，还只能打岔，道："可他若是赢了呢？"朱哼停住手，道："放屁，他怎么能赢？"朱哈道："就是，他若是能赢，我兄弟二人为何要与他下棋？"林微道："你们适才手掌相抵，弄的又是什么古怪？"朱哼得意扬扬地道："那是内力传递之法，小师妹你修为尚浅，是不是从来没有听说过？"朱哈道："就是就是，我们这些高人，下棋有讲究，作赌更有讲究，谁输了，是要让对方吸三息内力的。"林微秀眉一蹙，忽而若有所悟。

便如同九川阵法一样，九州派弟子既然可以内息相联，别人的内力自然便可以据为己有，而这正是他们武功独树一帜的地方。此二人赌的所谓三息，便是吐纳三次的意思，败者由着胜者吐纳三次，能吸走多少内力便是多少，不得运功抗衡。适才兄弟二人互有胜败，吸来吸去，实则两两相抵，谁也不曾捞得什么便宜。林微继而问道："你们两位若一个总是赢，另外一个总是输，又会怎样？"朱哼指一指朱哈，道："他内力会被吸光，变成一摊软塌塌的死肉。"朱哈怒道："凭什么是我？凭什么便不是你？适才那一盘谁赢谁输来着？"朱哼道："这半天了，谁赢得多，谁赢得少？"朱哈道："自然是我赢得多。"朱哼道："放屁，我赢得比你多得多。"二人互不相让，吵一阵，居然开始一盘一盘地往回数，啰唆一阵子，不想朱哼真的多赢一盘。朱哈满面赤红，十分恼火，一拍石几，转而向无间道："小子，咱们下棋！到时候我要先吸光你内力，再弄死你。"

无间看半日笑话，刚回过味来，转念想想，又有些好奇，他自从得了卢嬷嬷的内力，真气充盈，自觉无所不能，若真是内息相抗，短兵相接，还真怕了他们不成？林微心有灵犀，转而道："我这哥哥没什么内力，你要是什么也吸不到，可别埋怨。"朱哈道："不埋怨，不埋怨，最差不过捏死他，愿赌服输么，便是这样，我没有办法，青青大小姐也没有办法。"这一番话全无道理，也便唯有他能说得这般头头是道，摆好棋盘，向无间一摊手，道："你来吧。"

无间看一眼弯弯曲曲的棋线，道："我不懂，认输便是。"朱哈"啪"地一拍石几，道："你欺人太甚！"朱哼跟着吆喝，道："就是，欺人太甚！"朱哈道："你没下棋便输棋，自然不是真的输棋，不是真的输棋反而输了棋便是让棋，你不会下棋，却还要让棋，自然是说我们更不会下棋，乃是一窍不通的两个蠢货，呸呸呸，气死我也，气死我也！"林微不由哈哈大笑，无间却知道再无计较的必要，捏起棋子随便往棋盘上一置，道："该你了。"朱哈抖着肩膀嘿嘿大乐，跟着落一子，口上则道："见过蠢的，没有见过这样蠢的。"无间并不争辩，跟着再下一子，那兄弟二人你指着我，我指着你，又笑作一团。林微在边上看得明白，道："我帮他下一子如何？"朱哼脑袋摇得如同拨浪鼓一般，道："你是九州派的，与我兄弟二人是一家人，胳膊肘子怎么能向外拐？！"林微道："我与你二人相识不足半个时辰，反而是一家人，和我这哥哥相识多年，反倒不是一家人？"朱哼压低声音，道："聪明人是一家人，蠢货是一家人，这个你懂的，你天生便和我们是一家人。"

林微哭笑不得，而这一会儿，无间棋盘上自绝生路，已经死得不能再死。朱哈忽地跳到身前，抓起手掌，道："你输了？"无间道："若是大家都说我输了，我便输了。"朱哈道："你忍一会儿就好，没什么的，像手上破个口儿流点血一样，不疼的。"说话间无间左手合谷穴微微一麻，一股丝线一般的真气便透了过来，那真气在经脉之间走走停停，像只虫儿一般不住摸索，用的正是所谓的牵引之法，而脉息一旦被它挂上，内力倾泻而出，非同小可。他心下明白，运起子非鱼柔劲，更借助玄都心法，蓄起老大一片虚空，朱哈摸索半日，一无所获，却又欲罢不能，急得抓耳挠腮。朱哼在一旁看着好奇，道："怎样？"朱哈道："此人外强中干，是个废物，一点儿内力也没有。"朱哼道："捣什么鬼？即便是种地的老汉也会有一分内力，他一个大小伙子怎么会虚成这样？我来试试。"

说着话一把抓起无间右腕，真气随即也透了过来。无间忽而记起来在少林寺破九川阵法的情景，心下一动，丹田之中似收似纵，将那兄弟二人的内息搭在了一起。朱哈正百思不得其解，忽然有力道相应，大喜之下，不遗余力便贴了上去。朱哼隐隐约约感到不对，想要罢手，可一则朱哈正全力施为，二则无间内力本来就较他们任何一人为高，这一会儿四两拨千斤，推波助澜，又哪里还有回旋的余地？再一瞬的工夫，兄弟二人的内息便完全贯通，朱哼真气奔流如决堤之水，收之不及，眼看着如烂泥一般瘫了下去，而朱哈却正好相反，丹田膨胀，整个人几乎就要飘起来了。无间无意取他们性命，看看差不多，嘿嘿一笑，手上一拂，退了开去。

那兄弟二人兀自不能相信发生了什么，带着一脸惶恐，同时晕了过去。无间低头瞅着双掌，甚是得意，林微则在他肩膀上一拍，迈步便往里走。迎面是一堵墙，明晃晃的，有些荡漾不定的意味，右侧顶角则刻有"洞庭居"三个篆字。无间难捺好奇，盯着瞅瞅，眼前一花，竟然现出几尾细鱼，他吓一大跳，再想一想，也才恍然大悟，原来洞庭居修在水底，这一面墙竟然是潭水之一壁！

又流连一会儿，他才移开步子，进到室内。当庭屏风，壁上书画，案头摆设，不过寥寥数件，却别具韵味，而且无一不是价值连城。林微饶有兴趣，一一看过来，慢慢便踱到了书案一侧。案上有一只蓝色的小香炉，白烟若有若无，个中香气却有几分秋花露的神韵；香炉一侧是一只卷轴，摊开了一半，无间看一眼，又吓一跳——所绘竟然是画眉雪山与神农三谷。他指一指，道："大小姐要做什么？"林微道："她在少林寺不早就说过么，骆家的地图在神农谷。"无间道："她要去神农谷？"林微道："去神农谷的可不止她一个，神农教有大兵压境呢。"

她一边说话，一边拆开案上几封散落的信件，信中内容相近，多是各大门派掌门人所书，大意是愿听奉差遣，赴神农谷剿灭邪教云云。其中除了泰山派、华山派、恒山派、崆峒派、丐帮、三宝会，云云，另有一封却是武当山寻一道长亲笔所书。林微读一遍，说不出心头是何种滋味，那老道与少林寺明净方丈齐名，可早先置身事外，如今又俯首帖耳，此等做派，又何必领那总盟主一衔？

东面墙整个儿便是一张书架，散放着几件盆栽，书却没有几本。架子正中摆有六只锦缎贴面的盒子，无间扫一眼，又半天合不拢嘴巴。每只盒子正面各有两个字，自右向左分别是"弱云""弱风""天山""骆氏""少林"与"武当"，他伸手打开写有"弱云"二字的盒子，里面是一片梨形的长生叶；那叶子食之可驻颜，留之可定香，百虫不近，诸味不侵，原本便是罕物，而这一片呈深绿色，有纵横的紫纹，干而不枯，手触同锦，又是上品中的上品了；伸手捏起来，一颗心却也像是被什么给捏住了，下面黄澄澄的，果然有一片地图。

无间好生不解，弱云的那一片地图由欧阳泊从宫里带回相府，之后被卢嬷嬷劫走，再后来却被云莫为拿去暗算傅长天，既如此，它就应该在神农谷才对，又如何会出现在这里？林微明白他的心思，捏起来摩挲一下，道："既然这一片是真的，那一片便只能是假的。"无间依旧颇为感慨，道："大小姐一声令下，三宝会还真的乖乖给送了来？"

再打开弱风的盒子，内里空空如也，天山，骆氏与少林寺的盒子同样如此，直到最后，武当派的盒子里才又有一片锦缎——青青在少林寺所言不虚，老道士果然恭顺。这一片林微没有见过，捧在掌心里审视半晌，才连同弱云的那一片一起叠好，交给无间收在了怀里。她若有所思，叹一口气的工夫，脸颊上又好似被若有若无的凉风地扫了一下，微微一惊，再寻出去，原来顶壁折角的地方有一个不起眼的凹槽，风正是从那里透过来，而从这个方向望过去，就近的一排书架又越看越像是一座梯子了。她难耐好奇，攀缘而上，再轻轻一跃，便没了踪影；那凹槽原来是一个浑圆的窟窿，再上面居然还有一片石洞。

周遭颇为黑暗,二人摸索着走出十几丈,过转角,眼前才亮起一盏油灯。脚下有一道两尺多宽的沟渠,渠内有水,缓缓流动,不远处系着一只木舟,被水流推着,撞在壁上砰砰作响。他们跳上去,解开缆绳,小舟便顺水行了起来,一起初石壁上还有些灯火,渐渐却只剩下密致的暗夜,水花翻涌,风声有条不紊,两人从忐忑变得淡然,又从淡然变得忐忑,洞内才慢慢又亮堂起来。那小舟像是过一个坎儿,忽然间便轻快许多,再一眨眼,天光轰然而至,竟已经飘在白瑾花掩映的溪水之上。暖风轻吹,花落如雨,无间惊讶不已,禁不住低低欢呼一声,而林微却心上一痛,不由又想到了欧阳胥。

洞庭宫依山傍水,一面可进可退,一面又不着痕迹,实则是皇室的行宫,正因为此,他们可以来得出其不意,也同样可以走得出其不意。出来雪亦山,无间半点也不耽搁,换乘马匹,恨不能插翅飞到神农谷才好。林微跟在后面,却自有一番难言的滋味;无间近来总说脉息里多了些乱象丛生的意味,思之不解,又无所适从,她起初还以为是海蓝若所致,再一日忽然想起平易居那婆婆,也才意识到应该是那颗药丸所致。当时她答应下来的事情仍然没有着落,现如今却可以假青青之手除去傅长天父女三人,或者听之任之就好?可她又始终不能说服自己,更何况沈顾不在了,海蓝若的解药又该向哪里着落?思绪翻转,便铤而走险,将一切向沈顾和盘托出呢?只是那样,心头又说不出的烦乱,更何况凡事总有"一旦"二字,若这一味毒药沈顾同样解不了呢?再说了,傅长天命悬一线,她又如何有暇它顾?这时候再看一眼无间心急火燎的样子,忽然间就变得好生恼火。

再一日便到了秀墨,无间丹田之内又有不适,无奈何,只好在客栈闭门用功。林微心事重重,便一个人踱了出来;亮亮的日光里,铭心馆淡泊如旧,进去坐了,要几样点心,茶却只点了一杯

"沉碧"。那小二居然还记着她,立在边上陪着说话,林微道:"沈姑娘还来这里么?"那小二道:"有些日子不曾露面了。人说教主他老人家身子不太好,谷里的人都惴惴不安,弄得这镇上也有些垂头丧气。"林微道:"定风谷沈姑娘药道天下第一,居然治不好你们教主?"那小二摇摇头,道:"神农谷的事情我可说不清楚。"林微道:"我想见见那位画画的沈姑娘,你可有什么法子?"那小二道:"可以让我们掌柜的传个话儿,但有用没用可没准儿。"

她挥挥手,让那小二去了,目光又被窗外两个放风筝的孩子牵了过去。这时光影一暗,一位神农教的侍从走进门来,到近前行一礼,道:"林姑娘近来还好?我等没有及时招呼,可真是失礼了。"林微算不上惊讶,可想到无间,心下又有些发紧;那人呈上一封书信,道:"沈姑娘命我将这封信亲自交在你手里。"林微道:"哪位沈姑娘?"那人道:"定风谷沈姑娘。"林微"嗯"一声,拆开来,上面却只有寥寥数字:"烦请林姑娘至彩云谷蝶馨居小叙"。

她便随着那位侍从往彩云谷而来。霜蝴蝶又一回绽满枝头,只衬的青天更清,雪山更冷,就近山坡上一片片的碧草更多一份盎然的暖意。二人曲曲折折走好一阵子,进了一幢孤零零的茅屋,窗边茶几一侧坐着一位女子,白衣素颜,淡然无意,看见他们,稍稍点了点头。林微仍然问道:"是哪一位沈姑娘?"那女子微微一笑,道:"沈颀。"示意她落座,又亲自沏了一杯新茶。林微轻轻啜一口,茶水微烫,却又洁净异常,心意沉浮其中,仿佛飘行于溪水中的一片浮冰,禁不住赞一句,道:"铭心馆好像没有这一道茶。"沈颀道:"是没有,这一味茶是我妹子所制,水里有雪山深谷中的五种冰花,个中意境正所谓'身在画眉'。"林微道:"沈姑娘知草知药,触类旁通,是不是茶道也称得上天下第一?"

她望着窗外,油然多出一丝神往,沈颀道:"林姑娘与范公子来神农谷有何贵干?"林微终于还是说道:"欧阳青青纠集诸大武林门派不日南下,要剿灭神农教,你那位范公子本就是神农教的人,又岂能坐视?"沈顾并不惊讶,道:"我早就有所耳闻。"林微道:"既然如此,也该未雨绸缪了?"沈顾摇摇头,道:"小小神农教又如何能挡朝廷大势,严阵以待,尽心随缘就好。"林微一字一句地道:"尽心随缘?"沈顾道:"欧阳青青要的是前朝皇子的地图,我将之奉上,她还要怎样?所谓匡扶正义,剿灭邪教云云,你道又有几分认真?"林微道:"若你手中一片地图也没有呢?"沈顾不禁吃了一惊,道:"林姑娘何出此言?"林微道:"云莫为在落雪山庄给你爹爹的那一片是假的,真的早已经在洞庭宫了。"

她将个中情由稍稍讲一讲,沈顾低头思索,半晌不语。林微转而道:"你爹爹伤势如何?"沈顾道:"不好,也还是尽心随缘而已。"林微道:"你让我来这里,又是为了什么?"沈顾忽然盯住她,缓缓说道:"要你远走高飞。"这话断非林微所料,错愕的一瞬,万千种滋味同时涌上心头,沈顾又道:"此生此世,范无间再不要见到你才好。"林微只觉着一切难以置信,凝望沈顾,只说一个"你"字,眼泪便刷的一下流了出来。沈顾神情之间依然没有半点痕迹可寻,还淡淡地道:"你让他留在神农谷,我尽心竭力,救他性命便是。"

林微想放声大哭,却只望着窗外啜泣一会儿,便拭干了眼泪,道:"在天籁山他还服过一味毒药,算下来再有几个月,也该发作了。他深受其害,却并不知情,也要沈姑娘出手相助才好。"沈顾颇为意外,细细问一问当日的情形,好一阵子沉思不语。林微凄然一笑,道:"你若不能救他的性命,我又何必弃他而去?"沈顾双目之中寒光一闪,道:"我便从来不曾说过一定能救下他的性命。"

一觉醒来,日头暖暖的,风里又是十分熟稔的花香,琴声淙淙,这时忽然住了,似乎在等他说些什么。无间还以为置身梦里,可坐起身来,千真万确,眼前真的就是定风谷;花海一如既往,绚烂亦规整,纤细亦浩荡,而廊下鸟鸣清越,还是那两只蓝关雀。他有些喜不自胜,站起身先冲着纱窗之内行了一礼,道:"沈姑娘,久违了。"沈顾道:"你还好?"无间呵呵一笑,道:"还能怎样?未死便是快活之人。"继而问道:"我如何会在这里?微微又在哪里?"沈顾道:"林姑娘要你在神农谷好好休养,日后自会回来与你会合。"无间"啊?"一声,刹那间变得无限失落,道:"又是这样。"过好一会儿,又行一礼,道:"那你我后会有期?"沈顾道:"你要去哪里?"无间道:"去找微微啊。"沈顾略一犹豫,道:"她交代过,要你在此处等她就好。"无间想一想,转而问道:"你爹爹可好些了?"沈顾声音里多一丝黯然,道:"他在画眉山长生洞。"

长生洞在画眉山绝顶,本是酷寒之地,可天地间鬼斧神工,又让一支温润的地气辗转流到洞内,滋生九花九草,不弃生机;人在其中五感塞痹长眠不醒,可得其滋润,又可驻身定颜,有长生一说。傅长天既然去到那里,可见沈顾于旧制散骨散同样束手无策,只能拖延些时日,才作计议。无间心下感慨,道:"那现今教内是谁主事?"沈顾道:"湄儿。"无间道:"铭心馆沈姑娘?"皱眉想一想,又道:"我以为她只有心画画喝茶,真看不出还有这样能耐。"沈顾道:"她自有随和之处,也有任性之处,你可要明白才好。"无间心下辗转,又道:"殷姑娘?"沈顾道:"秦叔叔等人在落雪山庄救下她,她却再不想回神农谷,一个人便去了,如今在哪里,我也无从知道。"

无间望天叹一声,好半天不言语。沈顾道:"你何以会中散骨散?"无间却又惊得差点跳起来,道:"哪里来的散骨散?"沈顾道:"若不是爹爹中毒在先,我本是猜不出的,林姑娘说你在临安天籁山为一位婆婆所迫,服过一粒药丸,可有此事?"无间还是一脸茫然,道:"若微微说有,那便有,我当时受了伤,一无所知。"这时才像是回过味来,道:"你说那药丸是散骨散?"继而又连连摆手,道:"若是那样,我如何能活到今日?"沈顾道:"你身上的毒奇诡之至,又高明之至,教我推想,那药丸本来是一颗秋花露,只是有人移花接木，将内里的药粉换成了散骨散，正因为此，你服了之后一开始浑然不觉，可假以时日，毒质蔓入经脉，终究还是会取你性命。"无间道："平易居那婆婆有这等手段？"沈颀道："普天之下有这等手段的只有一位。"无间道："沈姑娘？"沈颀道："曲关阳。"

无间使劲晃晃脑袋，道："你是说曲老教主制出药丸，转手送给那婆婆，那婆婆再转手……"自己禁不住呵呵笑了起来，像是这话荒诞到再没有说下去的必要。可沈颀神色郑重，道："所以这样说，其实还有一层原因——你和爹爹一样，中的都是旧制散骨散。"无间又吓一跳，闷头想想，心思飘移，从怀里翻出来虚怀子的那片骨头，递给了沈颀。沈颀只看一眼，神色里添一丝凝重，道："这又是从何处得来？"

无间于是将他与林微在虚怀谷所历讲了一遍，沈颀潜心思索，良久不语。无间道："这样说，虚怀子也是死于旧制散骨散？"沈颀点点头，无间又道："毒药依然存世，那婆婆手里有，云莫为手里也有，神农谷却没有。"沈颀露出一丝苦笑，道："林姑娘说那位婆婆是有解药的。"无间道："她既然这样说，就不会有错。"沈颀却好似明知故问一般，又道："那婆婆果然在临安天籁山？"无间道："这个更错不了。"沈颀稍一犹豫，道："我有一事相求。"无间笑道："沈姑娘有事相求，才是求之不得。"等一会儿，见沈颀不说话，复又问道："何事？"沈颀道："试药。"

无间一怔，随即明了，求解散骨散，个中变化玄繁到极处，即便是沈颀，也并非尽在掌握，傅长天筋骨薄脆，再承不起半点差错，可鬼使神差，那毒药同样找上他不说，还用了这样一种慢条斯理的法门。如此一来，他体会不仅从容，而且细致入微，再试解药，心得自然不可同日而语，更何况他同样精通药理，又耐得折腾，如是种种，踏遍天下，再寻不出第二个来。这会儿他又想起从前试解海蓝若的情形，盘腿一坐，笑呵呵地便答应了下来。

二人再无耽搁，一个想，一个做，一个慎施，一个坦受，其间有皓首穷经之苦,亦有不能言传之乐,如此忽忽月余,沈顾心中有了轮廓,虽则远远算不上大功告成,却多了些章法,多了些依循。无间起初忧心忡忡,还道青青转眼便会杀到,可日复一日,风平浪静,让他也变得有些将信将疑,不过这时候再回头想想,林微让他留在定风谷,终究还是有道理的。

这一日午后无缘无故起一层阴云,过不多久,雨竟淅淅沥沥下了起来。众花农惴惴不安,好在没有起风,也还能按部就班。雨脚时放时收,这样到第二日,又到第三日,依旧不见放晴,隐隐然便有了些江南梅雨的意味,在定风谷数十年也难得一见。无间在檐下盘膝坐好,接过沈顾递上的茶盏一饮而尽,咂咂嘴,又"嗯?"一声,居然不是药剂,而是一杯清茶。他得了便宜一般,笑道:"无药可试了?"沈顾道:"我有些坐立难安,众人都道定风谷忌风,却甚少有人知道彩云谷忌雨。"无间道:"这又是何道理?"沈顾道:"除了谷口的惘神香,神农教不设屏障,这其中的道理你应该明白,彩云谷有霜蝴蝶不假,可漫山遍野还有一层枯尘草……"无间应一声,这才恍然大悟,那霜蝴蝶并非善物,只花香一层,便可致人头晕目眩,内息失序,而枯尘草色枯叶微,状如粉尘,生于绿草之下,若非特别留意,断不能分辨,而它与霜蝴蝶生在一处,涤其毒留其香,是以常人行走其间才会安然无恙。沈顾又道:"这一半出自天然,一半出自人为,看上去不着痕迹,其实还是因为一直有人用心维系。枯尘草遇火生烟,而那烟是剧毒,霜蝴蝶因此失去抑制,再与之交相生发,顷刻间便可取人性命,所以说只消一支烟火,彩云谷便可以化为天下最难缠的毒阵,千军万马也不足惧的。"

无间心下叹服,不住点头,问道:"那彩云谷不应当忌火么?"沈顾道:"不然,此种烟火要有神农教的独门手法才好,断非常人所能为,其实……"抬头望一眼廊下的蓝关雀,"最要不得的是鸟,霜蝴蝶有异香,普通燕雀趋之若鹜,可若是食了花瓣,又不耐其毒,会成群结队地死在树下,此等情形,与飞蛾扑火如出一辙。只是这还罢了,死鸟堆积,堙窒枯尘草,那才是要不得的,所以彩云谷四面也才遍种四季傀,这,你可留意到了?"那四季傀高不过两尺,一蓬蓬的,散在山坡之上,其中味道常人不能识辨,却为鸟禽一类痛恨,要么彩云谷四季清寂,不闻鸟鸣,原因竟在于此。无间心下却又随之一紧,四季傀叶肥如棉,好天光,好天水,吸饱雨汁之后,气味内抑,可就再也防不住飞鸟了,而沈顾担心的原来是这一层。他抬头望一望蒙蒙雨云,道:"那些鸟啊雀啊的也并非召之即到,沈姑娘是不是多虑了?"

话音未落,天际忽而现出一抹变幻不定的黑云,不多时头顶一暗,翅翼扇动之声如雨点一般铺开去,竟然飞来无数只灰色的雀儿,到了彩云谷上方,却又如同被丝线牵住了一样,稍稍一滞,便一片片摔了下去。眼界里又只剩密密的细雨,便好似鸟群从不曾出现过一样,可这寂静持续了也就一炷香的工夫,便又有新的一群雀儿直扑彩云谷,如此一而再,再而三,源源不断,竟不见穷尽的迹象。二人上到北面的高坡,再望彩云谷,霜蝴蝶原本如烟似雾,如今被群鸟扑散,已经颇为凌乱,树下死鸟堆起厚厚一层,看得人心下发冷。无间道:"这是什么鸟?"沈顾道:"青岚山竹花雀。"无间道:"川南青岚山?五百里外的青岚山?"沈顾道:"不错,此鸟每年秋寒时节到青岚山,要第二年开春之后才会北去,它以竹叶为食,翻飞于竹林之间,是川南一景,按理,的确不应当出现在这里。"又望一眼天际雨云,道:"这雨是天算,这鸟却只能是人为。"无间稍一琢磨,道:"是有人故意将竹花雀引到了这里?"

说话间又一群竹花雀飞了过来,惟这一次山坡上炮声齐鸣,百余只雄鹰腾空而起。众鹰口咬爪撕,不久便将竹花雀冲散,逼得它们转而向东飞去。无间笑道:"是铁羽鹰?这层层设防,密如针线。"说着行了一礼,道:"沈姑娘不作女红,却绣出一座彩云谷呢。"沈顾微微一笑,道:"这些鹰驯养数代十几年,不想今日真的派上用场,其实不是我,是爹爹心思缜密……"只是话不曾说完,头顶又传来数声嘶鸣，十余只乌黑的大鸟劈开雨雾，从天而降。那鸟体型巨大，双翼展开足有丈余，截住铁羽鹰，随即斗在一处。乌云之下鸣声凄厉，皮肉撕裂与翅翼折断之声清晰可闻，残羽飘摇，一股血腥气亦随之蔓延开来。大鸟数量虽少，却以一当十，不多时便将铁羽鹰啄得死伤殆尽，继而又追上竹花雀，兜几个圈子，押着还投彩云谷而来。沈颀愈发惊讶，转而望向北面的天际，道："明鹞似兽非兽，非鸟实鸟，凶猛异常，可与狮虎相争，人说早就死绝了，不想还在。"无间更为诧异，道："这真的是明鹞？"沈颀却答非所问，道："它们进退有据，该是有人遥加掌控才对，此等手段，足可与万灵门一较高下。"无间脑中不由得轰的一响，道："是欧阳青青，是大小姐到了。"

第五十四章
彩云失色

这一晚辗转反侧，再无安宁，黎明时分，一片橙色的阳光扑到榻上，天色竟然已经晴了。窗外有脚步声响起，却是两名神农教的侍从直奔定风居而去。无间悄悄跟在后面，听他们隔窗和沈顾寒暄几句，其中年长的一位随即说道："湄姑娘让顾姑娘这就上山。"沈顾道："是欧阳青青与中原武林各大门派到了？"那侍从道："她没有说。"沈顾稍一犹豫，道："我知道了，你们去吧。"那侍从并不动身，却自怀中掏出一件绿油油的玉器交由丫鬟递了进去。无间认得是丹雀印，既如此，这便如同教主亲命，沈顾断断推却不得。有好一会儿她一言不发，那侍从又道："顾姑娘可明白，这不只是为了你自己，也是为了教主他老人家？"沈顾道："我上山就是。"那侍从道："湄姑娘让我们务必送你一程。"沈顾道："我这里有人，用不到你们。"那侍从道："姑娘说的可是范无间？湄姑娘交代了，要你带他同行。"沈顾道："他去还是不去，我不做主。"那侍从道："他是神农教的人，湄姑娘有命，又怎能违抗？"

沈顾又等一会儿，道："你们还不走？"那侍卫道："姑娘不走，我们便不能走。"沈顾语气忽然坚定了许多，道："我现在不走。"那侍从道："姑娘不走，我二人便是死罪。"沈顾道："也好，大家都是死罪。"两位侍从对望一眼，似乎终于下定了决心，那年轻的一位就地一滚，到檐下拉开窗户，另外一位则道："顾姑娘，如今可要得罪了。"单指探出，凌空要点沈顾穴道。无间道一声"要不得"，身形一晃，出手先制住了他，那年轻的一位似乎认得无间，双手一摊，无心反抗，由着他点了穴道。沈顾随即站起身来，道："咱们去彩云谷。"

彩云谷幽花暗影与茵茵碧草早已经荡然无存，地上死鸟堆起厚厚一层，触目惊心。神农四门门下千余人，在谷口站成黑压压一片，居中领衔的正是沈湄与文武两位教主。沈顾与无间不敢大意，远远便站住了，隐身在一块大石之后。不多时有马蹄声传来，越来越响，到最后整座山谷都随着微微颤抖。人马源源不断地拥进谷内，当心被簇拥着的一位白马红衣，英姿飒爽，正是欧阳青青。她身边有费皖等人，身后是九州派一众侍卫，再其后则是少林武当一干武林门派，明净、寻俨、丁否、孟开悟、段开德、了境、叶乘宗、李云阁等无不在列，而最后面又有上千兵士，一个个黑马黑鞍，银盔银甲，气势着实惊人。

青青催马走前几步，笑道："是哪位沈姑娘？"沈湄道："沈湄。"青青道："你爹爹何在？"沈湄道："家父身体欠佳，不便相见。"青青道："我人都到彩云谷了，他居然不迎出来，我倒要听听是怎样一个'欠佳'。"沈湄道："他为宵小所算，极有可能命不久长。"青青似乎颇为意外，道："神农教教主神通广大，又如何会被宵小所算？"沈湄道："你可以问问李云阁。"李云阁"嘿"一声，连连摆手，道："此事我全不知情，你不尽不实的，莫要挑拨我与大小姐的交情。"沈湄道："论及挑拨是非，谁又比得过三宝会？相府不也有一片地图么，又让谁巧取豪夺了去？你大小姐当初被哄得团团转，还差点赔上一条性命，如今倒是厚道：不计前嫌了？"李云阁道："同为武林中人，有心找到'长乘'秘籍，又有什么说不过去的？我三宝会自有对不住大小姐的地方，可朝廷一声令下，该搁下的过节不还都得搁下。"沈湄似乎充耳不闻,道:"大小姐,你这一遭会不会又是与虎谋皮?"青青不由微微一笑,道:"我还真的一直以为你是个作画品茶的闲人。"

沈湄转而望向明净,道:"天心至仁,正道不孤,老方丈身体力行,我可敬佩得很呢。"明净合十道:"阿弥陀佛,沈姑娘可是谬赞了。"沈湄道:"三宝会哄你去落雪山庄处置什么范无间,却趁后方空虚,将少林寺翻个底朝天,这些,你也学大小姐,都一笔勾销了?"不等明净开口,李云阁先抢着道:"落雪山庄一事失算之处甚多,可我等也是受人利用,有苦说不出呢,不过说什么三宝会去少林寺翻个底朝天,你又有何凭证?我即便是有对不住武林同道的地方,也轮不到你来血口喷人!"沈湄似笑非笑,打量他片刻,没有说话,明净却轻叹一声,叫道:"觉休——"

一名中年僧人应一声,跨上来两步,他模样颇为憔悴,众目睽睽之下,更显得分外忐忑。李云阁面上一寒,道:"你我远道而来,务必勠力同心,铲除邪教才对,老方丈,你这又是何意?"明净是一副若有所思的样子,最终却只淡淡地说了一句"阿弥陀佛"。觉休像是得了鼓励,咽一口唾沫,道:"方丈大师启程去落雪山庄之后,陆续又有许多飞鸽传书回来,将罗汉堂众僧也叫走了。之后便来了一群挂单的和尚,自称是普济寺的,嘴上说从来没有到过中原,可对少林寺分明了如指掌,马不停蹄将空明院、藏经阁、罗汉堂与后山一花洞细细搜了个遍。"青青摆摆手,像是有话要说,却又咽了回去,觉休望她一眼,才又说道:"要知道当年思明休寝在空明院,读经在藏经阁,练功在罗汉堂,自北疆回来之后,则独居一花洞,要我说,他们便是寻地图来的。"李云阁有些心急火燎,高声道:"大小姐,这是中原武林的事情,又何必议在此时?"青青不动声色,觉休也便无所顾忌,又道:"有一日我气不过,上前理论,不想他们说动手便动手,我打不过,只好逃,可他们竟然一直追到后山,将我踢下山谷才扬长而去。我命大,不曾坠亡,却岔了真气，困在一块石头之上动弹不得，到第五日上，饿得只剩一口气，可恨修为不够，一心求生，便掷石子打下一只鸽子充饥——可巧那居然是一只信鸽！信筒中有一封短信，大意是说地图仍然没有下落，不过有消息说宫里的人马即刻就要，权宜之计是避避风头，再说其他，"说着转而望望李云阁，"李护法，那封信可是写给你的。"

明净会意，自怀中摸出一页纸，觉休接过来，紧走几步，交给了青青。青青低头扫一眼，叹一口气，道："人早说中原武林尔虞我诈、钩心斗角，果然不差，你李护法老谋深算，处处高人一招，为何不弄个武林总盟主来做一做？"李云阁面色尴尬，闷头一抱拳，道："此事有许多曲折，还请在下来日禀明。"

各大门派心下冒火，可是大敌在前，又实在不好说些什么。欧阳青青藉皇室之威与九州派之利驾驭武林，众人不得不从，可并不信服，而她如此说话，竟还有一丝看戏作乐的意思，也当真可恼。青青心下一清二楚，转而道："你们这笔糊涂账，留待来日清算好了，闹出多少人命都成，今日有神农教看着呢，莫要贻笑大方。"

沈湄道："大小姐，你口口声声要诛灭邪教，可真正想要的不过是爹爹手里的一张地图，二者又何必要有关联？神农三谷，方圆千里，画眉雪山，高有万仞，若是我想藏起巴掌大的一片锦缎，你即便将此地杀得鸡犬不留，也不见得能够找到，所以呀，直话直说就好，我不是我爹爹，他不给你，不见得我不给你。"青青目光闪烁，道："我说了，你便双手奉上？"沈湄望一望四周，道："好好一座彩云谷，被你弄成这样，我更在意此间的万千生灵与绝佳景致，若不必如此，又何必如此？"

这话说得波澜不惊，却又无异于釜底抽薪，让青青几乎不得不答应，却又无从答应。她正自恼火，头顶一暗，一股劲风拂来，竟是一群明鹞飞到了阵前。那领头的一只爪下还扣着一人，"啪"的一声丢在地上，而他早已经不省人事，瘫在那里，动也不动，紧跟着又有人"哈哈"一笑,从领头的那只明鹮双翅之间跳了下来,摇头晃脑,好不得意。神农教众人一时间喜不自胜,同声叫道:"陶大哥——!"

来人正是陶不陶,他晃到沈湄身边打量一番,道:"哪个沈姑娘?"沈湄笑道:"你说呢?"陶不陶道:"你不在铭心馆画画,跑来这里做什么?花容月貌的,和这些只知道打打杀杀的恶俗汉子混在一起,万一受些折损,可怎么得了!"沈湄假意脸色一沉,道:"若是我姐姐,你也这样胡言乱语?"陶不陶嘿嘿一笑,道:"她是天下第一,我自然要规矩些,你历来好说话,为何脾气忽然变得这样大!"秦关道:"陶不陶,你在外面逍遥快活,居然还记得神农谷?"陶不陶伸手一指青青,道:"他们来这里生事,我当然要回来瞧瞧。"继而唤过一只明鹮,搂着它走出两步,道:"湄姑娘,我可是立了奇功一件,你有什么好处给我?"

他矮墩墩的,却趾高气扬,明鹮一只只身形巨大,却俯首帖耳,这情形真是又滑稽又诡异,而且名扬天下的陶不陶居然是这副模样、这等做派,也真是让人长见识了。可那些明鹮明明受青青座下之人操控,如何便到了他的手里,而且还成了他的坐骑?摔在地上的那一位这会儿醒了过来,浑身哆嗦,恨不能找个地缝儿钻进去才好,陶不陶上前踢他一脚,再转头瞧瞧沈湄,道:"你知道他是什么人?"沈湄道:"毁我彩云谷的便是他了?"陶不陶道:"不错,不错,湄姑娘可听说过川南杜家?"沈湄道:"都说他们懂得鸟语,可是真的?"陶不陶道:"不错,不错,这个王八蛋便是他们杜家三十五代传人,叫作杜香。他走到哪里,那些大鸟便傻乎乎地跟到哪里,哈哈哈,抓他可真是易如反掌!"说着手上一划拉,又道:"这便是明鹮,按说早就死绝了,不想杜家还圈养着许多,而且召之即来挥之即去的,像一群奴才。"说到这里,又回身冲青青吆喝一声,道:"大小姐,你心机可深得很哪,这个与我神农教作对的法门,是谁给你出的?"青青道:"我破你彩云谷可谓应天时、得人力，若非神农教应得天谴，如何会有这般机缘？"陶不陶"呸！"一声，却话锋一转，笑呵呵地道："你可知道这些大鸟如今都是我的了？"

陶不陶何等手段，驯服这几只明鹞自然不在话下，这会儿清啸一声，一干明鹞"扑棱棱"翅翼伸展，腾空而起。他继而怪声怪气地道："大小姐，你模样比我们湄姑娘差一星，待会儿臭不可闻，差的就不止一星了。"长笑声里，再打一声呼哨，中原群豪忽觉有凉丝丝的水汽拂在脸上，继之大摊大摊的鸟屎便兜头砸了下来。费皖抢上一步，取披风护住青青，群豪则辗转腾挪，各自闪避，只可怜那许多官兵，为军法所限，动弹不得，银盔银甲之上生受这多腌臜之物，变得一片狼藉。陶不陶笑得打跌，高声道："大小姐带的好兵，屎盔屎甲臭烘烘！"青青冷笑一声，手上一挥，那一千兵士齐刷刷挽弓在手，领头一人高声吟道："一箭百鸟噤。"众军士同时举弓，继而吟道："二箭万兽卑。"众军士同时搭箭，再而吟道："三箭气吞云与月。"众军士同时引弓，最后又大喝一声："舍我当其谁！"话音一落，千支羽箭冲天而起，就近的几只明鹞躲闪不及，刹那间被扎得如同柴草一般，虽然并不就死，可也再不敢逗留，凄鸣数声，振翅而去。

群豪行走江湖，哪里见过这等阵势，相互望一望，各自心惊。陶不陶冲着明鹞遁去的方向连打数声呼哨，继而一屁股坐在地上，号啕大哭。洪方虬被那鸟屎淋在头上，正自恼火，这会儿抬手掷出三枚透骨钉，喝道："你这疯子，越看越像个妖怪！"那透骨钉系黄金打造，明晃晃的甚是耀眼，再加上忽忽的破空之声，倒还真算不上是偷袭。陶不陶"嘿"一声，骂一句"王八蛋"，身子一缩，可不知为何，那透骨钉便慢了下来，他好整以暇地伸出胳膊，尽皆摘在手里，低头瞅瞅，又好似眼中一亮，道："足赤真金？"洪方虬有些忐忑，却并不惧怕，昂然道："当然足赤真金！"陶不陶掂一掂，道："一个一两？"洪方虬道："一两三钱！"陶不陶道："你掷上二百钉,若还是钉不死我,岂不就折损二百两金子?"忽然间来了兴趣,掰着手指头一边算一边说道:"你我可以来来回回打上一个月,那你便折损——六千两金子,哈哈哈,哈哈哈,你这是打架,还是赌钱,还是送钱?"洪方虬脸色赤红,道:"两百钉?再三钉便钉死你!"陶不陶满脸不屑,抬手将暗器扔了回来,道:"今日老子心情好,这赌资便还给你!"

那透骨钉造价不菲,洪方虬历来在乎,这会儿捡了便宜一样,赶紧接在手里。陶不陶笑眯眯地道:"你泰山派一个穷酸,装什么有钱人?这些破钉子都发霉长虫了,还说什么足赤真金?!"洪方虬正要回嘴,右掌却微微一凉,透进来一丝麻痒,低头再看,掌心竟然成了猪肝色。他大吃一惊,甩手丢开,可骨节之间变得麻麻的,俨然钻进来一只小虫儿,正一点点向上蠕动。陶不陶双手一扇,继而又一扇,叫道:"我游——"洪方虬只觉那股麻痒一下长出半尺,窜到小臂上来了,陶不陶复又张大嘴巴,叫道:"我吃——"洪方虬随即大叫一声,臂上竟好似有半片筋骨真的被生生咬了下来。

那虫名为六脉虫,比针眼略大,依手纹钻入血脉,嗜血啮筋,十分难缠。洪方虬的确太过大意,不过话说回来,六脉虫须臾上身,慎之又慎又怎样,照样不见得能够防住,不过这也罢了,那虫儿噬入筋骨,却仍然与陶不陶遥相呼应,才是真的匪夷所思。洪方虬汗水淋漓,嘴上却不服软,道:"你这老儿,究竟使的什么妖法?!傅长天不得好死,尔等这些业障也该天诛地灭,一个不留!"

这话反倒提醒了陶不陶,转头瞅瞅沈湄,道:"你爹爹好些了?"沈湄道:"他在画眉长生洞。"陶不陶"哦"一声,皱眉不语,沈湄又道:"姐姐让我问你,云莫为手中如何会有散骨散?"陶不陶身子发紧,脸色转红,道:"我又哪里知道?"他被云莫为所赚,接连吃了几个哑巴亏,又恼又羞,如今有人提起,心虚不说,更要使劲撇清,着急忙慌地续道:"我好兄弟可是一把火将怀玉山的什么什么都烧了。"

这话丁否听在耳朵里，心下不由得一亮，他是何等老辣，清清嗓子，道："你冒充葫芦大仙，在怀玉山又是种花又是种草的，究竟弄的什么名堂？"陶不陶忙不迭回身瞪一眼，道："关你屁事！"继而又小心翼翼地瞅瞅沈湄，道："你管它什么花、什么草，横竖我兄弟一把火都烧了！"沈湄道："那些花草是为云莫为所种？"陶不陶不能抵赖，咬咬牙，道："他骗我在先。"沈湄道："是制散骨散之用？"陶不陶仍然道："他骗我在先！"这时丁否却忍不住大笑起来，道："追本溯源，他傅长天是被自己人所害？恶有恶报，嘿嘿，果然屡试不爽！"

陶不陶怒不可遏，手上一挥，道："真是作死不成？"话音不落，丁否背后有人长剑出鞘，踏上几步，连挽数个剑花，凝在了当空。清风拂动，剑尖处微微一闪，竟然挂着一缕透明的蛛丝。那蛛丝名为蝎尾丝，本是剧毒之物，一经沾身，剧痛难当，陶不陶偷施暗算，几乎无迹可寻，可是丁岸一直严阵以待，日光下瞥见些许亮光，当即出手。他深知个中厉害，手上一掷，长剑飞出去，"砰"的一声钉进了树干之中，陶不陶盯着他上上下下打量一番，忽然一拍脑袋，道："你是谁？我可在什么地方见过你？"

丁岸一直藏身华山派阵之中，这时却变得无所遁形，陶不陶眼珠转一圈，待找到丁汀，"哈"一声，道："这就对了！"又想一想，拧着眉毛道："你这胖子为何是华山派的？"秦关听出些蹊跷，道："你与他们打过交道？"陶不陶道："怀玉山不是叫作小画眉么，我去那里游山玩水，不想撞见了云莫为，他说教主有令，让我在那里种些花草，方便将来在中原行事，我陶不陶虽然清高，教主的面子不能不给，便做了一阵子快活自在的葫芦大仙。再后来，我那好兄弟来了葫芦谷，给他的一个小情人讨什么什么的方子，嘿嘿，我料事如神，除了他还有谁能进葫芦居？"这时又瞅瞅沈颀，道："当然你姐姐也进得了，不过她去那种鬼地方做什么？"

沈湄微微一笑，道："那后来呢？"陶不陶伸手一指丁岸丁汀，道："那一日我正在山顶修真炼性，他们便来了，那女娃子凶得很，一上来便弄死了赵大胖子，后来我给了她一点颜色，她才老实些了。不过这个当哥哥的从一开始便开窍得很，满口甜言蜜语地向我请教药道，最后还掏了一颗药丸出来，说他爹爹服过一回，弄得不死不活的，求我给医上一医。我说你爹爹是死是活关葫芦大仙屁事，他不肯罢休，便和我打赌，我若是能说出那药丸是什么，便送与我，若说不出呢，便要想个法子治好他爹爹。"段开德半日里一直糊里糊涂，这会儿却禁不住哈哈大笑，道："这是什么狗屁赌法？你若说得出，又要它做什么，若说都说不出，又如何救得了他爹爹？"

陶不陶横他一眼，道："你懂个屁！一则，天下便没有我不认得的药丸，二则，我若真的认不得那药丸，那此事要多好玩儿便有多好玩儿！"段开德道："那你不就输了？"陶不陶道："好玩可比输了好玩。"段开德琢磨一回，道："那你们赌个屁——"沈湄打断他二人，道："那药丸你可认得？"陶不陶居然老实答道："不认得。"段开德道："你不认得，却仍然有解救之法？啊，是了，所谓庸——医——？"陶不陶嗤地一笑，懒得辩解，转而道："我告诉他们去海棠山寻紫纹绡。"

这些话乱七八糟，惟无间听得明明白白，李云阁便有些如梦方醒的味道：道："你兄妹二人被这老儿当猴耍，觊觎紫纹绡，借五都公子招亲大闹海棠山？"丁岸却知道事情说下去断无挽回的余地，长剑斜指，向陶不陶道："你原来是邪教之中不得了的角色，正邪不两立，今日正好一并了断！"陶不陶道："正邪不两立？谁正？谁邪？"沈湄忽然道："陶大哥，你果然不知道那药丸是什么？"陶不陶伸长脖子，道："我不知道，难道你知道？"沈湄道："你心中想的是什么，它便是什么。"陶不陶眼睛瞪得大大的，道："怎么会？又怎么会？！"搓搓手，又打量丁否一眼，道："那个脉象怪怪的糟老头子是你所扮?"再瞅瞅丁岸,忽而大声说道:"我神农教的海蓝若如何会在你华山派手里?"

丁岸却再不容他多说一句,双掌一错,使一招"朗月清风"径直拍了过来。陶不陶滑开三尺,口上则不住大呼小叫:"杀人灭口!杀人灭口啦!"丁岸一言不发,使一招"捧月轮",再续一招"弄辰星",陶不陶上蹿下跳,看似手忙脚乱,却在转身之间,笑呵呵地伸掌划了一把。丁岸陡然间神色大变,跌出几步,一头栽到地上,身子再抽搐两下,竟就不动了。丁汀尖叫一声,抢过去稍作查看,一瘪嘴哭了起来,丁否强自镇定,探探儿子脉搏,再抬头,竟也潸然泪下,进而抱起人,一步一步向华山派阵中走去,陶不陶却一脸茫然,道:"丁老儿,他死了不成?"

他那一划融合了腥风掌与推云手,精妙是精妙,却算不上是杀招,这会儿再瞧瞧手掌,忽然也有些疑神疑鬼,难不成真的用错了毒药?他暗自嘀咕,而群豪心中却上天入地一般,一霎时转了不知道多少圈子。论武学华山派不过尔尔,可是丁否不仅胜了玉龙子,和明净相较也毫不逊色,若这些真是拜海蓝若所赐,一切可就顺理成章了,不过话又说回来,若真的如此,丁岸又何以如此不济,走没三招呢,便一命呜呼了?而丁否心中又是别一番计较,普通毒药当然奈何不得丁岸,他不过是使鬼息之法闭气,佯装身亡而已,而如此施为,一则可以撇清华山派与海蓝若的关联,二则足证神农教心狠手辣、十恶不赦,而群豪若因此同仇敌忾,则算得上一举三得了。他极擅做戏,一脸肃穆,高声道:"海蓝若,海蓝若,若真的在华山派手里,我拼着万劫不复也要服了,正好一举荡平神农邪教!"

陶不陶丝毫不为所动,道:"你那脓包儿子是忘了吃药,还是怎的?"丁否双掌一错,还使丁岸适才用过的那招"朗月清风",直取中路。陶不陶使推云掌中的"雪拥蓝关",七分为守,三分为攻,稳稳当当接下来,继而身法一变,左手使"弥天大荒",搅起一团黄色的烟雾,右手使"蜂蜇指",戳丁否颈下。他第一招严谨恢宏,尽显神农教武功干净阳光的一面,可第二招阴狠毒辣,为江湖宵小不屑为之事,只教人点头不是,摇头也不是。丁否冷笑一声,掌上一抬,化为一招"捧月轮",那一团毒雾瞬间散得干干净净,而一股盘根错节的力道亦同时绕上了陶不陶手臂。众人耳际多一串瓷片坠地般的裂骨之声,陶不陶眼睛瞪得浑圆,大叫一声,扑地而倒,而胳膊松垮垮落在一旁,竟已经废了。

张何萧暗叫不妙,长剑出鞘,疾刺丁否咽喉,丁否袖子一拂,连劈三掌,正是丁岸适才所用的第三招"弄辰星"。张何萧借势急转,使"无根蓬"冲天而起,只是他升起一丈,丁否升起两丈,他升起两丈,丁否升起三丈,进而化为一招"鹰心雁爪",疾扑而下。半空里血珠飞散,张何萧身子一挫,向地面坠去,而丁否却未有丝毫停顿,一个转折,径直抓向沈湄。

一怔之间,疾风扑面,沈湄衣襟一荡,长发也扬了起来。吴双轻叱一声,手上似按似挑,接连射出数枚银针,丁否右掌斜挥,扫落七枚,左掌再挥,又扫落七枚,可未及前进一尺,又有七枚射到。他又惊又怒,身子一拧,向高空里遁去,而这时耳畔起一片鸟鸣之声,身侧竟多出十几只雀儿,颈上进而微微一痛,竟被啄了一口;心知不妙,复行急坠,又一枚银针一掠而过,还是在颊上刺出一丝血痕。神农教用药何等神奇,不待他双足落地,颈上面上均变得硬邦邦的,早已经没有知觉。

这几下兔起鹘落,惊心动魄,似乎过了许久,实则却不过一瞬。神农教暗器之道出神入化,群雄早有耳闻,如今亲眼见识,神韵目眩之余,亦不由得心下骇然。殊不知吴双所用乃是和融门的"落雀针",其中兼容尚武门百草门与万灵门的诸般绝技,在教内也绝无仅有。神农教有人抢出来,抬起陶不陶与张何萧回去救治,丁否则盘腿打坐,再不敢轻举妄动。青青举目望去,心下忽而多一分忐忑,彩云谷已毁,中原群豪应当立于不败之地才对,谁承想半日下来，竟不曾占得半点便宜？轻咬嘴唇，正自思量，忽然间座下骏马一震，天旋地转，竟就跌了下去。

周围地面土崩瓦解，顷刻间化为方圆十余丈的一座大坑，坑底密密麻麻地挤满一种黑黢黢的怪兽，像猪，可身形小了不止一倍，鼻子却大了不止一倍。此兽名为"土豚"，居于地下，极善打洞，出没之处往往能有长达数里的暗道，万灵门捉来加以驯化，得以成群圈养，如今大敌压境，便用它作一支奇兵，自下而上掏空地面，正好活捉欧阳青青。中原群豪还好，青青周围众侍卫人仰马翻，跌进去又何止数十人，青青人在半空，脑中几乎一片空白，可身子一紧，又腾空而起，再回过神，竟已经稳稳地落上了实地。

她心下一痛，明白是费皖舍身将她托了出来，再抬头，神农教身后一声轰响，一群土豚破土而出，拖出不少人，一转身，又没入地道中去了。费皖仰天而卧，满身都是污血泥浆，显见受伤不轻。任千里刷的一声抽出长剑，抵在他颔下，道："我倒要看看这些奴才在主子心里到底有多少分量，大小姐，你这就退兵如何？"

费皖挣扎着坐起身，眼望青青，苦笑一声，道："费皖得以侍奉相爷与大小姐，也是三生有幸，今日死就死了，死而无憾！"任千里道："你倒是有情，她可不见得有义呢！"费皖像是有所嘱托，道："大小姐大局为重，又何必在乎他人妄议？"青青喃喃地说一句："又何必在乎他人妄议？"抬头望向沈湄，道："沈姑娘，我这里也有一个人，我同样也想问一问，他在你心中又有多少分量？"

她身后人马分开一条路，一位九州派的侍卫驾着一辆马车不紧不慢地走了出来。车头竖有一面青旗，上书"威远镖局"四个字，车上则载着老大一口精钢打造的箱子，一看便极有分量。再后面又有一辆囚车，车里是一位满脸血污的汉子，手脚皆被铁索锁住，丝毫也动弹不得。青青望他一眼，进而指指神农教阵中，道："这些人，你都认得？"那汉子大声道："一个也不认得！"青青道："若真是那样，你便毫无用处。"那汉子明白她的意思，反而伸长了脖子，道:"来,斩我一刀就好,碗大的疤而已,非要这等啰唆。"青青冷笑一声,那位九州派侍卫拔出腰刀,刷的一声,果然要斩下去,这时沈湄低低叫一声"慢着!",随即摆摆手,向那汉子道:"白虎使,你可受苦了。"

那汉子正是白虎使魏山谷,他低头又抬头,禁不住热泪盈眶,道:"属下办事不力,惭愧得紧,死不足惧,却要连累大伙儿,又如何说得过去。"青青道:"沈姑娘,你让费侍卫回来,我便放了你的白虎使。"沈湄半点也不犹豫,淡淡地道:"也好。"再接下来一瞬静悄悄的,青青没有半点表示,沈湄也同样没有半点表示。青青忽而笑了起来,"你神农教信不过我?"沈湄道:"你到神农谷为的是什么,还教我信你不成?"青青道:"也是,也好。"拉过一匹骏马,套上囚车,随即一扯缰绳,亲自走了出来。

相府与九州派诸人大吃一惊,同声呼道:"大小姐,使不得!"青青置若罔闻,不疾不徐走到空地中央方才停住,伸出手,道:"沈姑娘,咱们便在此处交接如何?你送费侍卫过来,我这一匹骏马归了你就是。"沈湄似乎也有些意外,正自沉吟,秦关低声道:"我去就好。"扶起费皖,慢慢走了出来。

青青阵中许多人连连摆手,叫道:"我们大小姐不会武功,你们应当让沈姑娘过来才对!"青青却丝毫不以为意,伫立原处,一言不发。费皖一面走,一面泪水直流,道:"大小姐,你又何必如此?"青青却只盯着秦关,道:"秦教主,你让他走,我这条性命在你掌心里,不会有人轻举妄动的。"秦关想一想,手上一推,送费皖飘出丈余,进而一转身,似有意似无意,完全截住了青青的退路。费皖受伤颇重,也明白再无纠缠的必要,深吸一口气,拔腿还往前走。青青伸手将缰绳递给秦关,道:"君子一言,快马一鞭。"秦关呵呵一笑,道:"背信弃义,的确令人不齿,可若是无信可背,无义可弃,又会怎样?"青青道:"那骨子里便穷凶极恶,你小心,会万劫不复的。"秦关道:"我生一世活在人间天上,死一世入十八层地狱,两两相抵,嘿嘿,也无不可。大小姐,在下想请你去神农府坐一坐,喝杯清茶,待中原武林那些头头脑脑与九州派的兵兵将将各回各家了,我再亲自护送你回临安如何?"说话间身动如风,径直向青青肩上抓来。

第五十五章
执心如昨

青青轻声一笑,斜斜走出三尺,竟然轻轻巧巧避了过去。秦关大吃一惊,连出两招,看似将四面全罩住了,她滑开两步,再转半个圈子,居然又逃了开去。群雄看得目瞪口呆,九州派却有不少人认得那正是本门武功。这时费皖回过身来,啜食指打一声呼哨,拉着囚车的那匹马随即拉开蹄子,往回便走。秦关神色大变,拔剑直刺,青青再使"紫光抛砖",袖口被刺一个窟窿,人却又走出一丈有余,再一瞬朱哼朱哈齐齐赶到,大喝一声,携手拍出一掌。秦关呼吸为之一窒,心知不敌,长剑横扫,纵身疾退,朱哼朱哈并不追赶,护着青青,还退回阵中。

青青率中原群豪来到此处,落尽下风,惟这一回合剑走偏峰,险到极处,大胆到极处,却也算计的准到了极处,称得上是完胜。她迎风而立,多少有些得意,道:"沈姑娘,你堂堂白虎使扮作什么威远镖局的人,押着一只古里古怪的箱子南下,究竟又为了什么?"

她一路走来,路上行人避之不及,白虎使魏山谷一行恭立路边,也没有什么不当之举,只是心下担忧,不自觉多打量几回,可巧不巧,偏偏和王小酒盯一个对眼。神农教在云南地界说一不二,而魏山谷这样鬼鬼祟祟，定然有不可告人之处，青青折损不少人，才将他拿下，可他极为硬气，吃尽苦头，什么也没有交代。而那口箱子更是古怪得很，刀劈斧斫不能损毁，有几名侍从不过摆弄几下，竟就一命呜呼了。这会儿魏山谷也不由得苦笑，抬起头来，道："沈姑娘，你交托的事情，我没有办成。"沈湄丝毫也不惊讶，道："办不成理所当然，办成了才是意外。"话音未落，朱哼忽地跳上囚车，捏住魏山谷的后颈，道："沈姑娘，我们大小姐想知道的事情，你最好老老实实交代为妙。"

沈湄神色平和，道："你想要知道什么？"青青道："白虎使究竟去了什么地方？"沈湄道："临安天籁山。"青青微微一惊，道："所为何来？"沈湄道："我爹爹中了毒，天籁山有一位婆婆，或者有解药能救他的性命，我差白虎使走这一遭，若能带药回来，自然最好，如若不能，便带人回来，再作计较。"青青道："你神农教药道独步天下，居然还有束手无策的时候？"沈湄道："万灵万物相生相克，变化万千，断非人心所能穷尽，我神农教不过管中窥豹，自然有力所不能及的地方。"青青望一眼魏山谷，道："既如此，你这是带了人回来？"魏山谷"哼"一声，还是不说话，沈湄却冲他点点头，道："但说无妨。"魏山谷仍然有些不情愿，呼出一口气，才道："我们到了那里，始终没见着什么婆婆，进进出出的，不过是一位小姑娘而已。沈姑娘有交代，我们也不敢无礼，这样守了七日七夜，实在等不下去了……"叹一口气，又道："兄弟们商量着，空手而归终究不是个道理，而那小姑娘熟门熟路，肯定是那婆婆身边的人，一不做二不休，我们便将她迷倒丢进箱子里带了回来。"沈湄低眉思索，沉吟不决，魏山谷续道："我留了一封书信在平易居，告诉那婆婆若要找人，来神农谷就好。"

无间这才恍然大悟，既然他和傅长天一样中的是散骨散，那神农教打那婆婆的主意，也就理所当然。青青还是将信将疑，冲魏山谷道："你打开箱子，我倒要看看里面是不是真的有位姑娘。"魏山谷道："我说我打不开，你总是不信，如今沈姑娘在场，还是那句话，打不开就是打不开。"沈湄道："箱子里的机关是我姐姐所制，打开是没有那么容易。"青青道："那你找她来好了。"沈湄道："她不见外人。"朱哼道："她宁可白虎使被拧断脖子，也不肯露面？"魏山谷丝毫不惧，道："有种你这就下手！"朱哼并不糊涂，手上层层加劲，魏山谷一张脸渐渐成了猪肝色，再也说不出话来。吴双却明白沈湄的心思，摆摆手，道："顾姑娘向我说起过这箱子的诀窍，我来试试好了。"

她是一副无所挂碍的样子，径直走过来，轻轻一纵，上了车子，略一思索，讨来一碗清水，溶些白色的粉末进去，撒在了箱面之上。不多时箱面透出一层蓝色，她便又敷些绿色的药粉上去，及至箱面转为湛蓝，许多弯弯绕绕的纹线也便呈现出来，竟然是五片霜蝴蝶的花瓣。神农教手段可以奇诡毒辣，也可以巧夺天工，果然教人叹为观止。吴双取下簪子，依次敲过花瓣，继而回头望一眼，道："湄姑娘，我要黄钟宫音。"沈湄道："那便是第三片。"吴双点点头，出三根手指，运起内力，一触即收，但听"嗒"的一声轻响，机关松动，盖子便缓缓地翻开了。箱子内层是淡黄色的缎面，缎面之上果然半坐半卧睡着一位女子，一身淡蓝衫子，也就十七八岁年纪，容颜俏丽，不可方物，直教神农教上下中原武林上下与九州派上下尽皆大吃一惊——那竟然是林微！

林微在彩云谷将无间交托给沈顾，心中惆怅无限，思来想去，解铃还须系铃人，许多事情还只能着落在那婆婆身上，既然她杀不了傅长天父女，论理那婆婆便不会赠以解药，可成与不成，不试一次，又如何知道？再者，她实则与那婆婆甚为相得，若动之以情，便真的求不来一念成全？这样想着，便又找回了天籁山。平易居流水依旧，却空无一人，她徘徊多时，始终不见那婆婆的踪迹，可既然无处可去，便安心小住了几日。绿竹源与世外桃源无异，出入其中，又哪里会有防人之心，更何况她心事重重，神不守舍，才也会给魏山谷等人以可乘之机，不过他们得沈顾授意，在泉水之中做手脚，也的确防不胜防。箱子之内别有设计，她无知无觉，一睡数日，这一会儿凉风轻吹，也慢慢清醒过来，再看看四周，不由一片茫然。

只是不等青青与沈湄说出话来，稚嫩的的嗓音率先划破寂静，两位孩童同声叫道："林姑姑？真的是林姑姑！"他们撒欢儿一般自少林寺阵中直奔到林微身侧才停了下来，林微一怔，继而眼前一亮，道："小缨小红？"

那两位正是骆缨骆红，他们一人拉住林微一只手，一时间亲热得不知该如何是好。彩云谷一直剑拔弩张，惟这一会儿多出一层无忌的开朗与薄脆的温和，林微道："你们怎么来了这里？"骆缨道："是慧末师父带我们来的，他说欧阳大小姐要替骆家报仇雪恨，主持公道，我们也正好可以讨回那些坏人抢走的东西。"林微明白这话的涵义，望一眼欧阳青青，又望一眼明净与叶乘宗等人，苦笑道："大家伙都来了？"明净道："林姑娘别来无恙？"林微道："两个孩子尚未成年，你便忍心要他们做这种担当？"明净心中有愧，道一句"阿弥陀佛"，再不言语。

骆缨骆红身世凄苦，又小小年纪，来此间索回骆家旧物，名正言顺不说，又还有一份悲天悯人之处，这其中用意极深，也甚是冷酷，林微叹道："说什么名门正派，官府堂皇，还不都是一样的心狠手辣？"青青冷笑一声，不置一词，可目光又被什么牵住了，向不远处的山坡上望去。一位黑面妇人推着一辆四轮车，正不疾不徐地走过来，车上坐着一位婆婆，头发花白，身材瘦削，裹在一袭黑衣之下，似睡非睡。林微唇边泛起一丝微笑，如同自言自语一般轻轻叫一声"婆婆"，沈湄与欧阳青青等人心下忐忑，凝目打量，而段开德却大咧咧地先喝呼起来，道："哪里的婆子，不要命么，来这里晒太阳！"

辚辚的车轮声越来越刺耳，而她二人依旧步履如常，视天下群雄只若不见。林微道："婆婆，你怎么找到这里来啦？"那婆婆冷冰

无间传

冰地道:"他神农教留了书信让我来,我怎能不来?"顿一顿,又道:"你回了平易居?"林微应一声,点点头,那婆婆道:"那我让你做的事情都做好了?"林微道:"我在平易居等了好久,就是想让你知道那些事情我做不到。"那婆婆声音顿时尖利了许多,道:"做不到?那你的小朋友便只有死路一条!"林微道:"那些事情我去做,他会死,不去做,还是会死,所以我才去找婆婆,看还有别的法子没有。"那婆婆道:"没有别的法子。"林微说不出是失落还是委屈,叹一口气,道:"那我就随他一起死好了。"

那婆婆却转向青青,道:"你们和神农教又有什么过节?"青青道:"我中原武林秉圣上旨意荡平神农教,你山野闲人,孤陋无知,还是走你的路为好。"那婆婆"嗯?"一声,变得快活许多,道:"皇帝老儿也瞧傅长天不顺眼么?嘿嘿,既如此,你要拿他怎样?"青青道:"碎尸万段。"那婆婆道:"那你对面这位沈姑娘呢?"青青道:"格杀勿论。"那婆婆甚为满意,道:"也好,既然赶上一场好戏,便先看戏好了。"继而向林微一招手,道:"你还不过来?"

林微道:"我中了毒,腿脚不能行动。"朱哈却瞪那婆婆一眼,道:"这位姑娘是我们大小姐的人,她哪里都不去!"那婆婆道:"她如何会是欧阳青青的人?说神农教有手段毒到她,我还相信,你九州派那点道行,又哪里困得住她?"朱哈勃然大怒,道:"你这婆子不知好歹,我可没有大小姐那般肚量,再胡说八道,让你这老不死变成这就死。"那婆婆摇摇头,再没有搭理他的兴致,而身后那位妇人却如同领了命令一般,缓步走了过来。她头也不抬,抬脚落脚,平平无奇,可不知怎的,眨眼间便到了近前,朱哈伸手去拦,指间微风扫过,对方早不紧不慢地绕了过去。朱哼明白这是十分高明的轻功身法,身子一晃,跟着伸手再拦一道:那妇人仍然不抬头,却没有由地矮一截,又避了过去。兄弟二人来了兴致,一面大呼小叫,一面穿花一般游走不定,一下跟一下还是要拦,可那妇人不早不晚,每一步都踏在节点之上,始终牢牢地占着一瞬先机。

转瞬间她便到了马车一侧，背起林微，转身还走来路回去，可这样一来，哼哈二人严阵以待，情形便大不相同。朱哼居前，忽地拍出一掌，那妇人几乎要躲过去了，朱哈却抢先凌空一指，迫得她收回半步。这时朱哼便又转上来，双掌齐出，拍她中路，那妇人无奈，侧向里走一步，可朱哈又抢她第二步的身位，出指如钩，划向咽喉，那妇人无奈，只好双足一顿，荡了开去。三人倏进倏退，如皮筋儿一般瞬间兜三个圈子，兄弟二人不能怎样，可那妇人也无法走脱，如此周而复始，又三个圈子，那妇人变得颇为恼火，而兄弟二人却嘿嘿哈哈，愈发地兴味盎然。

　　林微身在其中，看得最为清楚，兄弟二人起承转合，走的是四象阵法，这样耗下去，那妇人内力不支，终究会有落败的时候。她呵呵一笑，道："猪头猪脑，我也是九州派的，为何你们总与我作对？"朱哼道："你若真是九州派的，也是九州派的叛徒。"朱哈赶紧道："是啊，是啊，你在她背上，若真是九州派的，一掌拍死她，不就万事大吉了？"林微道："你们这是阵法啊，还是武功啊？"朱哈变得洋洋得意，道："既是阵法，也是武功，境界高得离谱，你可领悟不到。"林微笑道："谁说我领会不到？哼，你要走艮位，是不是？"过得一瞬，又道："哈，你要走乾位，对不对？"她信口而说，却也并全无道理，朱哼朱哈虽说明白，却依旧不得安宁，接连错两步，差点让她们逃了开去，而林微也才恍然大悟，原来那妇人脱困本不在话下，只是因为负着自己，脚下慢了些许，才会落入此种窘境当中。

　　她嘻嘻一笑，又道："他们这破烂阵法，我只要六步便可以脱困。"哼哈二人大呼"胡扯"，那妇人却暗中吃了一惊，心中所想也是六步，分毫不差。林微又道："前些日子我在平易居多吃了几个果子，重了些斤两，否则又如何走不出去？"哼哈二人更是山崩海啸一般嗤之以鼻，可那妇人却忽然有了灵犀之慨。林微继续唠叨，道："六步么，需要四瞬……"掰着手指煞有其事地算一算，"既如此,将人抛起两丈,御风一丈,再滑行四丈,岂不刚刚好?"继而目光亮亮地瞅一眼哼哈二人,笑道:"你们说是不是?"那妇人却再不犹豫,忽的一下果然将人抛了起来,她格格轻笑,声如银铃,唱道:"猪头猪脑肥嘟嘟,吃饱就睡呼噜噜。"那兄弟二人这才明白她并非玩笑,猝不及防,反而被那妇人再抢一分先机,轻轻巧巧走出六步,待张开双手,接下林微,早掠出去一丈有余,再也追不上了。

骆家两位孩童兀自站在马车一旁,眼泪流了一脸,齐声道:"林姑姑,你不要我们了?"青青冷笑一声,道:"你们林姑姑只在乎自己的安危,才顾不上你们。"骆缨皱起眉头,道:"可林姑姑是好人。"青青道:"她若是好人,又怎么会丢下你们不管?"骆缨摇摇头,道:"不会,才不会。"青青道:"也好,那你们叫她回来好了。"姐弟俩对望一眼,真的又叫一声,骆缨道:"你若是不愿意回来,那就带我们一起走,好不好?"林微好生恼火,道:"欧阳青青,他骆家在朝中好歹也有个名分,这两个孩子又是仅存的骨肉,你便全不顾惜……"那婆婆却分明吃了一惊,道:"他们是骆家的人?"

不待林微回答,她进而又道:"骆家惨遭神农教灭门,又如何会有两位后人?"林微颇感意外,道:"几乎被灭门,只剩下这两个孩子,再者,神农教杀了骆澎坤不假,可制造灭门一案的另有其人。"那婆婆声音忽然又尖利起来,道:"你又如何知道?"林微道:"此事江湖上无人不晓,婆婆你不知道,才真的教人奇怪。"那婆婆道:"我在平易居,不听江湖人言。"林微道:"那你又如何知道此事是神农教所为?"那婆婆道:"我亲自去过骆家。"林微一怔,刹那间疑云大起,那婆婆又道:"既如此,那骆家命案又是谁人所为?"林微伸手一指李云阁,道:"你问他们三宝会好了。"

那婆婆单手一扬,一段红绸冲天而起,越过中间一株霜蝴蝶,居高临下径取青青。朱哼朱哈"啊呀"一声,抢上同时拍出一掌,红绸"啪"的一声,将兄弟二人震开数尺,而那婆婆双手一按,腾空而起，掠过树头，竟沿着红绸滑了过来。阵前一串侍卫兵器"噼噼啪啪"落了一地，而骆缨骆红则惊呼一声，被那婆婆揽在怀里，转而向树头飘去。九州派高手林立，虽则被攻一个措手不及，阵脚不乱，朱哼朱哈各自捡起一只长剑，脱手掷出，"嗤嗤"两声，将红绸断为三截。那婆婆失了依据，飘身落地，再抬头，人影晃动，竟已在九川阵法之中。

她虽则站着，但身子微微倾斜，一条腿不能吃力，显见是跛了。九州派众人似乎颇为意外，稍一犹豫，阵法方才启动。那婆婆一起始并未将他们放在眼里，可数次突围均无功而返，而那两个孩子在她怀里浑身发抖，吓得几乎要哭出声来。九川阵一十二人却也瞧出了端倪，有意无意地开始向孩子身上招呼，她更为被动，不多时右肩中了一掌，几乎跌倒在地。那黑面妇人颇显惊惶，数次抢上，均被哼哈兄弟逼了回来，而林微手脚仍然不能自主，空自着急，眼泪汪汪。再斗数回，骆红被拳风扫中，"哇"的一声大哭起来，那婆婆方寸略失，又将骆缨摆到了对方掌风之下。她不由长叹一声，数十年无情无欲，孤苦飘零，不想今日就此了结，闪念间身子一拧，竟有意代受这一掌。与此同时半空里风声乍起，紧接着噗噗噗一串闷响，一只黑幽幽的珠子不知从何处飞来，在九川阵十二人布帽之上一一弹过，继而嗖的一声向天上飞去。那婆婆要的便是这一隙空当，身动似蝶，刹那间掠出九川阵法，而那颗珠子也刚好落了下来，骆缨一抬手接住了，又是惊讶，又是兴奋，叫道："婆婆，天上掉下来一颗珠子！"

那珠子清润剔透，纹线流溢，正是一颗流云珠。那婆婆瞥见上面的"云影"二字，身子巨震，目光流动，最终落在不远处那块石头之侧。不多时有人慢吞吞地站起身来，笑呵呵的，正是她在平易居救治过的少年。她眉头一皱，返身坐回四轮车的同时，又一段红绸直卷了过去，无间好生恼火，揽着沈顾斜走几步避开，道："你这婆子，还真是不分青红皂白！"

无间传　763

林微现身之后,他便一直颤颤悠悠的,好不容易才忍住不曾跳出来,而他数次出入九川阵法,极有领悟,危急关头不假思索,从怀里摸出一件硬物便掷了出去。这一掷亦刚亦柔,妙到毫巅,否则也绝无可能救那婆婆脱困。这一会儿才他意识到丢了流云珠,心下忐忑,正要开口去讨,那婆婆却森然道:"你这颗珠子又从何处得来?"无间道:"海棠山梅师姐送的,你还给我吧。"那婆婆道:"哪里来的梅师姐?"无间道:"人在海棠山,又姓一个'梅'字,你说是谁?"那婆婆道:"你称她为师姐?"无间哈哈一笑,道:"可不么,荒唐归荒唐,可也由不得我计较荒唐不荒唐。"那婆婆鼻孔之中直冒冷气,道:"如此你便是那狐媚子的徒儿?"无间道:"哪里来的狐媚子?"继而明白过来,"你是说李天魅?"随即又一拍胸脯,端正些颜色,道:"不错,我师父正是李天魅。"

　　群雄面面相觑,几乎不相信自己的耳朵,那婆婆却毫不惊讶,道:"狐媚子行事乖张,死了也不罢休,笼络了你来生事。"无间还伸出手,道:"还我珠子。"那婆婆道:"还你?这本就是骆家旧物,为何要还给你?"无间"哼"一声,又"嗯?"一声,脑中跟着又"嗡"的一声,皱着眉头使劲想一想,才问出一句,"你怎知道是骆家旧物?"那婆婆冷笑一声,不屑置答,目光却带出一丝神伤,扭头向天际望去。无间伸手到怀里使劲掏一掏,将另外一颗流云珠也摸了出来,道:"既然如此,那这个也是骆家旧物了?"倒是大方,一抬手还抛了过来。那婆婆伸手接了,望一眼,脸色变得一片苍白,颤声道:"这又是从何处得来?"无间道:"骆家祖坟,骆澎坤老爷子死了,手里还攥着它呢。"

　　那婆婆像是有千言万语要问,却都噎住了;碧空如洗,白云粘连,她转而长长叹了一口气,轻声吟道:"娉步淡云影,浅妆细雨痕。"无间像是被刺了一下,眼睛瞪得老大,问道:"这句诗是谁人所做?"那婆婆道:"这与你又有什么相干?"无间老实答道:"师父遗命,让我查查清楚。"那婆婆便有些啼笑皆非的意味,道:"查什么?"无间道:"说什么若是虞念离所作,那荒唐归荒唐,还算不得虚妄,若不是,可就是自作孽。"这句话不伦不类,连他自己也不知所云,可那婆婆一怔之间,忽然放声笑了起来,如是良久,才又一字一句地说道:"也好,也好,这诗是骆——建安写给穆小婉的,嘿嘿,哈哈,自作孽,可不就是自作孽!"

她断断续续,还是笑个不住,似乎生平快意,尽在其中,可众人听在耳里,唯有一腔幽怨,又哪里有半点欢喜可言?林微稍稍一等,才轻声道:"婆婆,你是骆家人,叫我猜,你该称骆建安一声爹爹,称骆澎坤一声阿弟,你,便是骆雨痕,对不对?"

群雄愕然动容,却又恍然大悟,如此就对了,一切才顺理成章!江湖上尽人皆知骆雨痕对虞念离一往情深,可虞念离对她怎样,始终扑朔迷离,而他自落英峰不辞而别,李天魅心中郁郁,捕风捉影,最终还是疑心到这一节上。后来为了逼虞念离现身,她大开杀戒,因此才引出骆雨痕,与她约在泰山峰顶相见。江湖人士都说骆雨痕为了消弭武林中这一道无妄之灾,不惜赔上个人性命,可究其实,个中算计层层叠叠,又岂是外人所能度?她被李天魅挑断左腿脚筋,又连中数掌,垂危之际,偏偏握着那颗流云珠和一方手帕,坦然受死,既如此,那珠子李天魅便不能不取,那题诗,便不能不读。那珠子原本是骆建安为穆小婉所制,而"娉步淡云影,浅妆细雨痕"正是帕子上题诗中的一句,只是在她读来,一切便都成了虞念离与骆雨痕两情相悦的信物,又怎不让人心死如灰?她就此绝尘而去,而骆雨痕做下的节也便结在了心里;多年之后,若有所悟,一面耿耿于怀,一面又觉索然无味,两相纠结,便成了留给无间的这条不伦不类的遗命。那婆婆这会儿转过头来,看林微一眼,像是自言自语一般问道:"骆雨痕?骆雨痕又是谁?"

这时沈颀忽然轻声说道:"骆前辈,让范无间服用散骨散的便是你?"骆雨痕微微一怔,打量她一眼,又转头望望沈湄,道:"你便是沈颀?"继而冷笑一声,道:"哪里有什么散骨散?神农教的邪药又如何会污了我的手？"沈顾道："范无间服的药丸便是散骨散。"骆雨痕依然半信半疑，可是思绪荡开去，竟又恶狠狠地笑了起来，道："那狐媚子果然无所不用其极！"无间便有些不忿，道："这也要怪在我师父头上？"沈顾道："也罢，可解药你总该有吧？"骆雨痕头也不抬，道："我没有解药。"这正应着林微最苍白的猜测，她颤声道："婆婆，不早就说好了么，我做好你要我做的事情，你为他解毒……"骆雨痕道："那事情你做好了没有？"林微声音低了一些，道："没有。"骆雨痕嗤地一笑，道："那你又要哪门子的解药？"目光还转向无间，又道："当初我救他一命，如今他还我一命，两不相欠，合情合理。"

她面上一寒，又盯住沈湄，道："骆澎坤果然是神农教所杀？"沈湄无意隐瞒，点了点头，骆雨痕又道："这种场合为何主事的是你？傅长天呢？他也有做缩头乌龟的时候？"沈湄道："爹爹中了毒，命不久长。"骆雨痕脸上绽开一丝笑容，道："中毒？中的什么毒？"沈湄道："散骨散。"骆雨痕道："那可是你神农教的毒药！尔等不是讲究什么一药一解么，又有什么可作难的？"沈湄道："爹爹与范无间一样，中的是旧制散骨散，现今的解药并不对症。"骆雨痕略一思索，也才明白过来，禁不住又放声大笑，道："你派人去平易居扰我清静，为的便是这个？傅长天死于神农教镇教之宝，李天魅毒药毒死自家弟子，嘿嘿，天地良心，因果报应，快活，实在是快活！"

神农教众人怒不可遏，同声呵斥，可这话却让无间心下一动，道："那药丸是我师父的？"骆雨痕道："不错，是那狐媚子的。"无间道："那又如何落在了你的手里？"骆雨痕道："她害人不成，反被识破，落在我手里，还不理所当然。"无间愈发欲罢不能，道："她如何会有散骨散？"骆雨痕道："你问你师父好了，问我做什么？"无间"嗨"一声，道："若问得着她，又何必问你？"骆雨痕道："你自刺一剑，下到第十八层地狱，不就问着了？"无间笑道：

"若自刺一剑，可就飞天成仙，更问不着呢。"骆雨痕道："那你先做几件黑心事，比如杀了你这个小相好，或者杀了少林寺那个老和尚，不就成了？"这时沈顾问道："她原本想在谁身上用药？"骆雨痕冷冷地瞅她一眼，嘴角却牵出一丝意味深长的微笑，道："还能是谁？当然是虞念离。"

沈顾有所思，良久不语，无间却又伸手进怀里摸索，道："师父的药丸，我这里也有一颗呢。"他掏出玄都心法木盒里夹带的那只布囊，捏一捏，将那颗古旧的药丸倒在了沈顾掌心里。沈顾略作端详，道："这是一颗秋花露。"可心下不由得一跳，便怔住了；清亮亮的阳光之下，药丸在手心里有一份别样的踏实，模模糊糊，上面竟还有一个一横两竖的符号。傅长天说过，曲关阳亲手所制的解药大多会有这样一个标识，而对应的毒药则会画上一个方格，二者合在一处是一个"曲"字，除此之外又还有一层有心无心的寓意。脑海中涟漪泛起，又一层层地荡开去，无间服过的药丸取秋花露之形，行散骨散之实，个中手法妙绝今古，实难想象除了曲关阳，还有谁能够做到，而手中这颗药丸寓解于题，似毒非毒，与前者遥相呼应，又岂能仅仅是巧合？忽然间她再无怀疑，这只能是散骨散的解药，以此为引，傅长天也好，范无间也好，尽皆可以治愈。再抬起头，她已是泪光闪闪，转而敛衽向无间行了一礼，道："范少侠，沈顾先行谢过了。"

林微凝目望着她，若有所悟，道："沈姑娘，范无间的性命……"沈顾没有说话，却笑着点了点头。林微轻轻叹出一口气，想笑，却哭了起来，可她分明又从对方笑意里觉察到些许异样，心弦微震，不由伸手指了指自己的脸颊。沈顾在落英峰为菊画所伤，面上留下极淡的一道伤痕，可她于粉黛妆容本就不太过心，又因为散骨散心无旁骛，是以一直听之任之，未作任何处置。她有些好奇林微这时候会问起这个，轻声道："不妨，数月前为人所伤……"林微道："数月前？可是姑娘和我在蝶馨居……"话到此处，戛然而止，转头再望一眼沈湄，再不置一词。

　　骆雨痕早已经变得极不耐烦，望一眼青青阵中，道："哪一位是张双久？"李云阁道："张总舵主不能前来，你有何指教？"骆雨痕道："骆家一族数十条人命记在他身上，你说我有何指教？"李云阁道："三宝会亦是被人嫁祸，行凶者另有其人。"骆雨痕冷笑一声，道："何人？"李云阁道："云莫为。"骆雨痕道："那他人在何处？"李云阁道："在下不知。"骆雨痕道："你推得倒是干净。"说话间手上一抖，红绸探出，直取李云阁胸口。李云阁低头避过，那绸子却势头不减，撞上他身后一名随从，"砰"的一下展开了，平平的宛若刀刃，向人群之中扫去。血花四溅，三宝会随从齐刷刷歪倒一片，李云阁大喝一声，挥掌拍向绸身，不料那绸子刷的一声复又合拢，如铁链一般倒卷回来，直击面门。李云阁身材胖大，却极为灵动，转眼间连变数个方位，可那红绸如影随影，交错穿插，如同长了眼睛一般，还是绕上了他的脖颈。他顿时再不敢稍动，但叫骆雨痕内力一收，项上人头即刻落地。

　　明净一直无话，这会儿走上一步，道："阿弥陀佛，还请施主手下留情。"骆雨痕道："你便是明净？"明净道："贫僧明净。"骆雨痕道："那思明是你什么人？"明净道："是贫僧师叔。"骆雨痕神色间阴晴不定，转而还望一眼李云阁，道："一个月之后你带云莫为去平易居见我，不然的话，休怪我扫平你海棠山！"说话间手上一抖，收了红绸，那黑面妇人会意，随即推转木轮车，向山坡上走去。骆缨骆红略显迟疑，扭头望望林微，哇的一声哭开了。林微走过去，拉着他们的手柔声安慰，那妇人也便停住脚，转身望了过来。骆雨痕不紧不慢地道："走你的路，你道他们真有胆量不过来么？"骆缨骆红说不上是听到还是没有听到，闭了嘴，相继抱一抱林微，便亦步亦趋跟了过去。行迈靡靡，如此两大两小四条背影翻过山坡，终于还是远远地去了。

第五十六章
似与似夺

无间这才走上两步，向青青行了一礼，道："大小姐，你我也是相识一场，看在旧事的分上，今日可有罢斗的余地？"青青目光从他脸上掠过，却不作停留，冷冷地道："旧事？你我之间又有什么旧事？"无间叹一口气，道："你来这里是为了骆家的地图，若是……"扭头去看林微，可林微似笑非笑，偏偏不给他任何暗示；不得已，无间咬咬牙，继续道："今日双方罢斗，那些地图我还给你就是。"青青道："还我，你能还我什么？"无间略感惊讶，还去怀里摸索一阵子，翻出自洞庭宫得来的锦缎，一手捏一片，抖一抖，道："你若退兵，当即奉上。"青青仍然不明所以，道："你手中是什么？"无间风轻云淡，抬手将其中一片抛了过来，青青扫一眼，隐隐然怒火如炽，目光亮亮地冲着哼哈二人望去。朱哼硬着头皮道："大小姐有何吩咐？"青青道："这是洞庭居的藏品，如何会被人取了去？"

兄弟二人自从看到林微开始，心中便一直嘀咕；那一日他们栽老大一个跟头，面上无光，自然要当一切都没有发生过，而且洞庭居里究竟藏着些什么，两位并不知晓，而当时醒过来，周遭不见半点异常，自欺欺人，也就无可深究，更进一步，无间林微有这等神通，便只能是九州派的，穷极无聊开个玩笑，也不必深究。这会儿二位终于明白纸包不住火，两张肥脸涨得通红，吭哧半天，说不出话来。无间笑道："大小姐，你最不喜欢公平交易，也顶讨厌两厢情愿，今日我还给你一片地图，再送给你一片地图，可还说得过去？"

青青当然不相信无间和林微会葬身深潭，今日相见，并不奇怪，可是地图又何以会落到他的手里？她智谋过人，与林微相较亦不落下风，可此人稀里糊涂，为何又总占一分先机？这一瞬似乎再也无以自持，脆喝一声，长剑出鞘，直刺无间胸口。她剑上没有半点章法可言，可脚下使的是"宓妃醉酒"的步子，一劈一刺之间也便多一分出其不意。无间攻也不是，守也不是，没办法，只好连连后退。吴双看得似懂非懂，却对此女厌憎到了极处，抬手便射出两枚银针，无间余光瞥见，叫一声"使不得"，强使玄都心法兜个圈子，自青青脸颊之侧将毒针摘了下来。青青一怔，却没有丝毫感念，借机长剑斜挑，几乎砍掉他半只胳膊。无间心头火起，"嘿"一声，正想说句什么，青青长剑一收，嫣然一笑，道："你好自为之吧。"

无间四面望望，不由得长叹一声，周遭一十二人星罗棋布，一面杀机无痕，一面又有虎啸龙吟之势，原来青青亦拙亦巧，将他又逼进了九川阵中。他在少林寺得林微指点，取巧逃出过一次，可后来再落入其中，周旋许久，无以为继，只好认输。不过他又早有体会，即为阵，便为设，说到底都应变之道，而非生变之道，脱困不易，就擒却不至于，若是不守不攻不逃不走，那阵法还真是不会拿他怎样。想到这里，他比画一下，索性一屁股坐了下来，朱哼朱哈一个"哼"一声，一个"哈"一声，道："这小子倒是知趣，既然不敌，便老实认输，还算是厚道。"无间道："谁说我认输了？"朱哼道："大家都是厚道之人，心照不宣，心照不宣！不过，你要坐到什么时候？"朱哈忙不迭地道："就是就是，你要是想出恭可怎么办?"朱哼连连摆手,道:"屎尿事小,人命关天,他当然要出在这里。"朱哈道:"他出恭,你我便眼睁睁看着?"朱哼"呸"一声,道:"这等腌臜之事,老子可不看!"两位越说越不堪,越说越带劲,嘻嘻哈哈,不像有住嘴的时候,无间却糊里糊涂受了启发,伸手一划拉,哈哈地笑了起来,道:"我憋不住会输,可若是他们也憋不住呢?"

哼哈二人像是从不曾想到过这一层,倒吸一口凉气,同时捂住了嘴巴。青青冷冷地道:"范无间,你居然也会做缩头乌龟?"无间道:"我席地一坐,镇住大小姐千军万马,待会儿憋不住的人多了,你可也有个调遣?"哈哈一笑,端正些颜色,又道:"今日里你怎样才会退兵?"青青道:"今日里我要取三片地图,一条性命。"无间道:"谁的性命?"青青道:"你的性命。"无间道:"我早便是挂在半空里的吊死鬼,居然还有这等分量?"稍一思量,摸出另外一片地图,轻轻一掷,还送了过来,道:"这就还差沈姑娘手里的一片,不过,咱们便赌一场如何?"青青接在手里,说不出心中是何种况味,道:"你要赌什么?"无间道:"今日我便和九川阵法再较量一回,若是赢了,你即刻退兵……"青青道:"若是输了呢?"无间道:"我这条性命你不正好取了去?"说着又望望沈湄,道:"沈姑娘,你手里那片地图就给了大小姐如何?"

沈湄半点也不犹豫,道:"一片地图而已,何足挂齿?"青青道:"也罢,难得你对神农教这般忠心耿耿,我不成全,是不是太煞风景?"这时林微接一句:"你还真是舍得。"不待青青回话,又笑嘻嘻地转向无间,道:"我说你呢!"无间道:"我有什么不舍得的?"林微道:"舍得地图,舍得人颜面无光,舍得人伤心断肠,你有什么不舍得?"无间皱眉琢磨这话的意思,林微又道:"你这种没心没肺的,用哪门子的玄都心法?"

她继而望向明净,道:"武功或为阳刚,或为阴柔,或为大气,或为精巧,能够用得尽心如意,一半在武功,一半在天性,可是有此一说?"明净道:"不错,豪迈之人绝少能用好尔虞我诈的小擒拿手法,而机变百出之人绝少能用好大开大阖的长枪铜锤,只是这些道理说起来浅显,真能明白的却少之又少。"林微道:"你这个傻徒儿,最近很着迷那个妖里妖气的玄都心法。"明净不由得淡淡一笑,冲无间道:"你耿直快活,无半分心机,和早先常用的那一套掌法分外契合,和玄都派……"略一沉吟,转而道:"不役于物,才是最好。"

无间与天和掌法一脉相承,即为天性肆意,那玄都心法便应当为属为从才对,可是他近来极为推崇心法,心中有所畏,为之所役,无形之中掌法竟也打了折扣。他半晌不语,再回味在当初与九川阵法周旋的一招一式,有所悟,说不上豁然开朗,只愈发心痒难搔;再仰望天际,乾坤明晃晃,倒映心间,不由清啸一声,站起身来,进而双掌一封,一招"天行健"便拍了出去。这一次九州派十二人长剑齐出,点点寒光之下,西南巽位二人一封,继而各拍一掌,引着他向剑刃上撞去。他模样几乎失控,可最后一瞬力道斜生,如同陀螺一般转至半空,转而向北面连拍六掌。北面六人同时起手,协力卸下,南向二人则长剑斜指,刺向半空。无间大喝一声,使"天雨潇潇"将长剑震开些许,就地翻个跟头,转而以"潮水平"击向东面。东向二人各自滑开半尺,与侧面四人同时拍出一招"蚕丝手";那力道丝丝缕缕,细到极处,却也韧到极处,如同皮筋儿一般抻出去,稍稍一滞,旋即弹了回来。无间数次吃亏,明白这是十分高明的借力打力之法,无奈之下,只能还续一掌"潮水平","砰"的一响,诸般力道消耗殆尽,九川阵法与无间一如既往,还维持一个不胜不败的局面。

他略感沮丧,行于阵中,便如同行于刀刃之上,自己力道去而复归,除了迎面消解,再无良策,可如此反反复复,与自耗无异,九川众人作壁上观,也就立于不败之地。可是另外一面,天和掌法心意高绝,出尘忘我,繁复之下,一切又历历在目,对方坎水西位分明有一个大非寻常的空当，又或者足可逃身？目光寻出去，那里是一个瘦子，比其他人矮着三寸，那空当正是由此而来？这一会儿又被袖口一丝细细的光亮晃了一下，适才自空中摘下吴双射向青青的银针，无处安置，便别在了袖管之上——心中转念，忽而道："可以一试。"林微似乎明白他想些什么，道："试试可以，可不要弄一地残肢剩体，收敛起来麻烦死了。"无间不由哈哈大笑，同时向北跨出三步，又拍出一招"天行健"。

他心界苍临，心意入微，不知不觉之中捕捉到的正是九川阵法的破绽所在。九川成阵之难断非常人所能想象，试想找齐身形相当，功力相当，再心意相当的一十二人又谈何容易？九州派耗时五年，凑齐了十一人，唯坎水东位始终没有着落，不得已求其次，那位瘦子才得以入阵。他矮三寸，手臂也就短三寸，长剑挥起，会有一个九寸的空当，这自然算不得完满，可纵观天下，又有谁能于电光石火的一瞬从那里逃脱？这一次对面六人还使"蚕丝手"，将偌大一份力道原封不动地兜了回来，而无间身子一缩，将掌风尽数引向袖口，那两枚银针随之一震，激飞而起。身后六人无论如何想不到他会攻出这等奇诡的一招，一动皆动，两枚长剑偏出数寸，叮叮两声将银针拨了下来，惟这一丝变化，带得那九寸的空当稍稍一偏，无间再使玄都心法，自六片寒冷冷的剑尖之间一抹而过，逃了开去。那六位几乎不能相信自己的眼睛，可倒卷而来的掌力泼刺如潮，又半点也不含糊，只这一瞬，形势急转直下，九川阵无异于同室操戈，无间却成了作壁上观的一位。那六人无可奈何，撤开数步，由着它向虚空里散去，可是这一撤，阵法亦散，无间随即轻轻一纵，飘身而出。

他身法奇骏，宛若天人，群豪看得似懂非懂，却仍然禁不住高声喝彩，而经此一役，心意转换，真气冲折，于掌法心法又多了一层体味。他心中欢喜，先冲林微呵呵一乐，转而向欧阳青青拱拱手，道："大小姐，咱们可一言为定。"

青青怅然若失，忽然间再不想说话，拨转马头，提缰便走。林微也颇感意外，叫一声"大小姐"，只是青青充耳不闻，而座下骏马分明走得更快了些。林微道："我这里还有一片地图，你要不要？"数百英豪再吃一惊，几乎同时停下了步子，唯青青又走出数丈，方立定了，回转身懒懒地望一眼，并不开口相询。林微笑道："于弱风的地图你要不要？"青青眉目之间掠过一丝懊恼，拨马又走，林微道："你是不想要，还是不敢要？找齐了弱风弱云的地图是不是大事不好？"青青胯下一紧，那马甩开蹄子，跑了起来，林微随之长叹一声，道："你虽说算不上耗时费力，可终究白走了固安城头这一遭？"

青青座下骏马嘶鸣一声，忽地又停住了，她转过身，一字一句地道："难不成你到过固安？"林微道："虚怀谷虚竹居又岂是毫无因由？"青青依旧不动声色，可手心里已全是冷汗，于弱风得御批归隐虚怀谷，继而辗转将地图藏在了固安城头，这些都是宫里的不传之秘，她又何以知道？这会儿无间居然真的将地图取了出来，托在手心里，道："果然要给大小姐？"林微道："你不舍得了？"无间道："不是不舍得，只是那样一来，她岂不要嫁给六皇子了？"林微略咯一笑，仍然道："我就说你不舍得。"无间"嗨"一声，道："大小姐总要心甘情愿才好。"

他臂上一展，还送地图过来，青青摊开右手，锦缎款款落上掌心，竟还透着些许暖意。她被千人环绕，可感觉里空空荡荡，似乎只有一个人孑然而立；万千滋味在心头辗转，混杂交错却又泾渭分明，一如大江之水，缓缓去得远了。再抬头，望一眼天际的雪山，舌底忽而泛起一丝苦涩，隐隐然竟有泪水要夺眶而出，她不由深吸一口气，只轻声说一句"也好"，复又拨转马头，快步而去。

之后三日，沈颀以无间所赠药丸为引，制出散骨散的解药，一剂送上画眉雪山给傅长天，他中毒日久，没有一年不能复原，可假以时日便好，再没有其他顾虑，另一剂则由无间服了，由此终于了却好大一桩心事。再一日天湛云浓，沈颀还请无间和林微到定风居小坐，三人在廊下喝一会儿茶，她取出一本册子，翻到其中一页，道："我今日向二位请教。"

册子中的文字无间耳熟能详，正是《毒经》"华灵丹"一节，再瞅瞅字里行间批改的痕迹，道："这是曲老教主的手稿？"沈颀道："不错，云莫为在落雪山庄暗算爹爹，那一片地图是假，《毒经》却是早先藏在鬼见愁之中的原稿。"林微瞥一眼，目光落上夹角处一行小诗，轻声念道："星天月半弯，紫魅一线牵。离乱数青丝，怅怀泪潸然。"颇感惊讶，道："这是曲关阳所作？"沈颀点点头，道："曲老教主嗜药如痴，而且这是'毒经'，字字句句与药有关，所以这一首诗也就尤其突兀。"林微道："人说他生性落拓，了无牵挂，可单看这个，心境可缱绻得很。"再读一遍，双目之中微微一亮，道："他属意于李天魅？"沈颀道："桃花仙子手中有曲老教主亲手所制的药丸，二人之间有些纠结，理所当然。"无间一头雾水，使劲摆摆手，道："你忘了不成，在落英峰你问过梅师姐的，他二人井水不犯河水，从无瓜葛。"林微说一句"木头脑袋"，手点在那首诗上，每一句的第二个字凑在一起，正是"天魅乱怀"。

沈颀道："你还记得海棠山千层洞里的那一具尸首？"无间点点头，心中下跟着"扑通"一跳，道："那便是曲老教主？"沈颀道："他身上有定风瑶，又怎会有错？再者，手里的那一缕头发，可不正应着'离乱数青丝'一句？"继而望一眼林微，"从前我一直想不明白他何以会落脚到落英峰，所以才不愿意相信。"无间心下依旧挣扎，道："你怎知道那是师父的头发？"这时林微忽然站起身来，缓缓踱出几步，道："你还记得咱们离开倚天居的情形？"无间点点头，道："那又怎样？"林微道："那算不算是'星天月半弯，紫魅一线牵'？"

彼时天色如同画儿一般映上心头，无间"呀"一声，几乎从座位上掉下来,道:"曲老教主这首诗说的是华山?"林微道:"天象之中有所谓'日月拱',大约每十七年在重阳节左右出现一次,彼时一日一月一星交相呼应,呈拱桥之状,而这'拱'字还取'譬如北辰,众星拱之'之意,是说太金星为日月环伺,有帝王之气。"转而望向沈颀,又道:"我们在玉女峰下南望一线峡,因为方位特殊,看上去两侧陡崖几乎合拢,中间那一丝空隙衬以漫天紫霞,便如同一条丝线一般,绕上太金星。"沈颀道:"那该是华山独有的景象?"林微道:"即便是在华山,也只有在一线峡才能看到,这样说来,数十年前,曲关阳应当和我们站在相同的一块大石之上南望天际……"

她忽而安静了下来,可分明又有些慌乱,过了好一会儿,才又说道:"又能有几个十七年?虞念离与李天魅在华山有一场比试,是在什么时候?"无间道:"你不是说是重阳节么?"话一出口,心下跟着一跳,林微则道:"李天魅再输一阵,自玉女峰一跃而下,按说断无生还的希望,却得以不死,众人只道鬼使神差,命大过天,却原来既不是鬼,也不是神,而是因为谷底有一位比鬼神还要高明的曲关阳!"沈颀神色里同样微微一亮,道:"她应当受伤极重,曲老教主也无力回天,便只好带去海棠山,用紫纹缃救下一条性命,不过这就对了,她落脚在落英峰,亦非偶然。"

林微这时又记起吴双在落雪山庄说过的话来,道:"曲老教主去过临安平川谷?"沈颀微微一怔,道:"你又何以知道?"林微进而将在平川谷所见细细讲了一遍,沈颀道:"为了改制散骨散,他在藏阿国耗过一年,却只得了数钱社稷神鹿的鹿茸,再后来与当地人攀谈,知道了向大宋进贡神鹿的事情,也才去了临安。那神鹿是灵物不假,可也并非什么人都养得了镇得住的,而曲老教主对它们的性情了如指掌,再加上知草知药,没费什么力气,便成了钦定的养鹿之人。其实神鹿被养在平川谷,也还是他的主意,说到底,方便的是自己。"说话间翻开手稿,散骨散的每一道衍变均有记载,而早先的一稿与平川谷木板上所写几乎完全一致,林微道:"那他当时该是制了许多散骨散出来?"沈顾道:"不错,如琢如磨,一变复一变,应该制了许多出来。爹爹说他历来谨慎,可不知何故,那些药粉竟然没有被带回神农谷,如今来看,一丸给了李天魅,其他的却阴差阳错,最终落在了云莫为手里。"

她有所思,半晌不语,继而取出一只紫色的布囊,道:"我推研许久,本以为以紫纹缃为引可得海蓝若正解,不想还是错了,海蓝若是毒非毒,向善不善,又岂是一草一花所能涤尽?"微微叹一口气,望向无间,又道:"若非得你相助,我也拿不到紫纹缃,而其中有多一半还被我用来为爹爹续命,剩下的便只够制出四颗药丸;你每三个月服一粒,差不多可以续一年的性命。"无间老老实实收好,笑道:"你送我一年性命,可要怎样谢过才好?"林微难掩失落,道:"那然后呢?"沈顾摇摇头,道:"没有然后。"

有一瞬静悄悄的,无人言语,再抬起头,林微竟噙了一眼的泪水,沈顾道:"他是李天魅的弟子,又与梅琴别有契缘,我早先提过,他可以去海棠山,便守着紫纹缃度过余生,也未尝不可。"无间笑道:"不去,不去,闷也闷死了。"瞅瞅林微,又道:"咱们回揽月峰罢,等着我死了,便葬在玉烟泉边,算是天上人间,之后你再回江南,过过人间天上的日子。"林微不理他,还问沈顾,"如今他活蹦乱跳,便再不能做些什么?"沈顾稍一犹豫,才又说道:"倚天居的花圃断非丁否之力所能为,教我猜应该还是曲老教主所制。他于医于药,造诣均较我为高,我力所不能及的事情,他不见得不能做到,而他既然在华山之巅制出花圃,那便是心中有所想,手间有所试才对。这么多年过去了,不知道还会有多少线索留下,但去看一看,总是应当的。"林微轻叹一声,道:"那我们就去华山好了。"

无间、林微不作耽搁,第二日便辞别众人,打马北上。这一行多为山路,虽说崎岖,却也僻静清幽。第三日上登临高处,二人忽然便想到了天山；无间对陈歧和颇为挂念，林微却自有一层忧虑，江湖之上风言风语，却极少有天山派的消息，这像是好事，却也不见得是好事，更何况青青还惦记着方闻松的地图。是处离天山不远，二人遂拨转马头，投西路而来。

陈歧和在廊下看到二人，喜出望外，这一番久别重逢，诸多唏嘘，亦是言之不尽。戚忘言心思更趋淡泊，久居天问峰，几乎再不过问日常事物，而歧和深负众望，最终还是继承了掌门之位。自那之后，天山上下一脉平和，与中原武林几乎完全断了瓜葛，而这也正是林微的不解之处，三十二皇子的事情引出这样多的灾祸，而当年方闻松又明明带了一片地图回来，天山派又何以能置身事外？歧和道："或者不是无人相扰，而是尚未有人相扰？"说着自书案之内取出一封信，又道："前些日子欧阳大小姐写信过来，询问方师伯的下落。他老人家生前独居天意峰，后来云游四海，客死他乡，连尸骨在何处都无从知道；我回了一封信，如实相告，之后有几日坐卧不安，可事情却再没有后文了。"

林微扫一眼，那信果然出自青青之手，寥寥数句，措辞还算客气。歧和又道："过去这一段时间天山祸事没有，怪事是有一桩。"无间林微同声问道："何事？"歧和道："褚师叔身子不太好，一直在瀚海院静养，有一日夜间，被窗外声响惊动，出门一看，院子里站着一位蒙面人。那人一言不发，上来便与他过招，而且明明轻易便可以胜出，可不知为什么，又始终不下杀手。这样斗有一百余招，小师叔体力不支，虚脱在地，那人也便走掉了。"无间道："褚前辈没有大碍？"歧和道："他几乎油尽灯枯，之后一直休养，至今不曾复原。"无间道："那后来呢？"歧和道："我不敢大意，严令天山上下昼警夕惕，严阵以待，可忽忽月余，半点风吹草动也没有，可是心思放松些了，他便又找上门来，与歧茵斗了一场。"无间道："他可是歧茵的对手？"歧和道："师妹武学修为突飞猛进，论下来称得上天山第一人，那人周旋两百余招，抽身而退，又没了踪影，不过依着她的判断，对方似乎并无恶意，不过是想探一探她的武学根底而已。自那之后，我反倒放松了一些，再说了，他武功高得异乎寻常，无论如何防范，均形同虚设，没有半点用处。"

无间依旧问道："那后来呢？"歧和道："后来数日，那人分别又与歧林、歧雯和我本人较量了一番，我追问他究竟想要些什么，若是无心为害，天山派助他一臂之力就是。只是他自始至终不发一言，斗了不过五十回合便飘身而去，嘿嘿，若歧茵所言不差，我这等身手，也着实令人汗颜。"无间还问："那后来呢？"歧和苦笑道："便是这样，又过去两个多月了，他再不曾现身。"

林微琢磨一会儿，转而将她与无间如何找到无忧树，如何习得天和掌法，又如何找到地图的经过讲了一遍，之后拉无间站起身来，又行一礼，道："陈大哥，这些事情应该早些让你知道，再则，天和掌法也好，地图也好，均是方老前辈所留，系天山派之物，我等擅取，无论如何都是一桩罪过。"歧和兀自感慨，这会儿却笑了起来，道："方师伯既然说过有缘者自取，那它便不是天山派的，二位有缘随缘，又何罪之有？"无间呈上地图，他却坚辞不受，更笑言派内平安无事，或者正因为这片地图不在天山？

三人用些斋饭，便来瀚海院看望褚忘尘。过午时分，敞庭清冷，安静得有些落寞。忘尘在卧房里正昏昏欲睡，待看清来人是谁，眼神一亮，也是喜不自胜。无间为他把把脉，想一想，写几剂药方出来，该如何调制，如何服用，如何吐纳，等等，又一一交代清楚。歧和在一旁听得目瞪口呆且口服心服，道："兄弟，你什么时候学得这样本事？"

四人又说了一会儿话，林微目光落在窗边一幅山水画上，画中正是天意峰，一脉舒缓，一片青葱，让人不知不觉之中心意便平和不少。她端详片刻，道："这是谁人所画？"忘尘道："我也说不清楚，画是二师哥的，前些日子翻看旧物，找见了，便挂在这里。这一阵子总是昏昏沉沉的，盯着看一会儿，会舒服许多。"无间也似模似样地瞅瞅，道："画得很好么？"林微道："你还记得骆建安的铁骨扇？"无间点点头，却又像是吓一跳，道："难不成是行易所画？"林微道："单论画笔，构架奇俊，淋漓尽致，与铁骨扇应该出自一人之手。"忘尘好生惊讶，道："你们如何会知道行易？这幅画还真有可能是他画的。"

林微变得专注许多，道："你认得行易？"歧和也问道："行易前辈来过天山？"忘尘道："他和二师哥是过命的朋友，常常走动，我去天意峰找二师哥说话，见过不止一次。他丹青是一绝，品酒又是一绝，论下来真不应当作个道士。每次来，他都会带着六只葫芦，里面分装六种好酒，尽是天下极品，我有幸喝过几杯，至今念念不忘呢。我向他讨画，他呵呵一笑，没有答应，也没有不答应，我不好总是追着，这事情也就搁下了。再后来师哥外出云游，我替他收捡杂物。"又指一指墙上。"看到这画，便收了起来，我猜该是行易所作，可是他人早就不在了，也就没的求证。"

林微道："他们除了喝酒聊天儿，还做些什么？"忘尘道："切磋武功啊，不过行易身子不太好，那情状一年不如一年，再后来不过几个月不见面，便如同老了好几岁一般，眼看着要萎下去。他酒喝不动了，过好半天才敢啜一小口，可兴致不改，依然是快活无比的模样。"说着望一眼无间，笑道："和你有三分相像呢。"林微想一想，道："你可曾听他们说起过天和掌法？"忘尘道："那是天山派的武功？"林微道："那是你二师哥创的掌法。"忘尘道："他二人倒的确常常演练掌法，你来我往的，探讨什么虚实之道。我听过几耳朵，只是那时候武学修为极为粗浅，十成里面懂不了一成，不过他若真的由此创了什么武功出来，也正常不过。"说着忽而又叹一口气，道："行易死在天意峰。"

众人又吃一惊，歧和道："他是武当派，却死在这里？"忘尘道："他是无牵无挂之人，死在何处又有什么要紧？二师哥是天山派的，可他的尸骨又在何处？"歧和道："武当派可知道此事？"忘尘道:"二师哥叮嘱我不要乱说,若他也不曾提起过,那应该没有别人知道了。"林微道:"人就葬在天意峰?"忘尘道:"当时还是因为我问起行易,师哥才提及此事,只说行易死在了那里,不过依着他们的脾性,尸骨随风化了,一把火烧了,或者喂了鸟禽走兽,都算不得什么。"这时无间忽然说道:"我知道行易葬在何处。"在众人惊讶的目光里又变得有些忐忑,转而道:"或者也不是,那人是被毒死的。"

天色已晚,众人第二日才奔天意峰而来。相隔日久,可山上风物没有任何变化,惟那棵无忧树更添一分庄严,叶片亮亮的,有些耀眼。无间指着树下光秃秃的一个土包,道:"便是这里。"歧和有些摸不到头脑,道:"你是说行易便葬在这里?"无间自草丛中间捡起一根木棍,弯腰在土包上敲打几下,可忽然间又站起身行个礼,道:"且不论是不是行易前辈,在下可打扰了。"

他内力深厚,再敲几下,土便松了,将土推开,又找来一片薄薄的石头,便一点点挖了起来。过不多久,黄土之间居然真的露出几块骨头,长的一根像是胫骨,细碎一些的分明是手骨。忘尘、歧和对望一眼,心下有些发紧,无间却若无其事,找些水将那根胫骨冲洗干净,端详片刻,递给林微,道:"神农教用毒无痕,相调相容,这些药平和到极处,却也毒到了极处,要么此处寸草不生呢。"继而抬头望望,又道:"连飞禽走兽也不曾相扰。"歧和愈发不解,道:"神农教?行易是神农教所害?"无间转而还瞅瞅林微,道:"你还记得虚怀子的那一片骨头?"

这一根胫骨同样白中泛乌,带一丝淡淡的紫色,林微道:"行易也死于散骨散?"歧和大吃一惊,道:"神农教镇教之宝散骨散?"林微道:"而且该是旧制的散不散?"无间点点头,再点点头,歧和前后走一圈,道:"这肯定是行易的尸骨?"无间道:"我不知道。"忘尘道:"若真是这样,行易久病,会不会是散骨散所致?"继而又不住摇头,道:"不会,不会,那毒药应当顷刻间取人性命才对。"

无间道:"也不尽然,若不动真气,不与人交手,内力慢慢销蚀,是可以支撑一些时候的。"忘尘道:"一些时候是多久,会是数年?"这回轮到无间一再摇头,道:"不会,不会。"

他琢磨好久,依旧了无头绪,便取一片碎骨揣进怀里,还将黄土归拢,还原为一个土包,继而又指指头顶,飞身而起,再手脚并用爬一会儿,便又到了树洞一侧。歧和和忘尘明白他寻的是天和掌法,屏住一口气,只静静地望着。早先那里有一只鸟窝,如今不见了,只散着几根枯枝秸草,他伸胳膊进去摸索一会儿,继而歪着身子一脸惶惑地望了下来,道:"没有了。"林微并不相信,道:"那铁盒儿是你亲自放回去的,又怎会没有?"他便又摸索一会儿,转过头,还是道:"没有了。"林微满腹狐疑,跃上去,点起火折子探进去照一照,空空荡荡,又哪里有经书可言?歧和道:"会不会被松鼠老鸹之类的拖了去?"无间拼命摇头,道:"不会。"林微转而问道:"天山派有什么人来过这里?"歧和道:"我没有来过,不过山上山下数百人,有来过的,也无须让我知道。"

无间林微心下惴惴,可四面望望,天地无声,再没有什么踪迹可寻。四人又逗留一会儿,还走原路下峰,可忘尘仍然不能释怀,自言自语道:"这果然便是行易?"林微回望一眼,心下一动,道:"若土包是坟冢,那棵无忧树岂不就是墓碑了?"转身又走回去,绕到大树的另外一面,上上下下打量了一番。树皮洁净,唯有距离地面两尺的地方略显粗糙,有些年深日久的疤痕;凝视之下,那些疤痕却又渐渐收束,进而化为一个又一个字符——她随即轻声念道:"世间我行,行之且易,世间我弃,弃之不易。"

第五十七章
都道机心难卜

到了华山，二人走背阴里的捷径，一口气上到玉女峰才停下脚步。斜阳有一半坠下山峦去了，光线仍在，却被树梢的长枝短权隔离，显得乱乱的，多了些弱不禁风的意味。偶有飞鸟在苍松与长天之间掠过，与其说是添几分生气，不如说是添几分落寞。倚天居探出到高崖之外，隔着很远便能够看到，可这一刻却笼罩在一片苍黑色的烟雾之中，隐隐然还不时有火光跳起。二人四面望望，惊疑不定，此处是华山派禁地，寻常弟子绝少涉足，倚天居被烧成一片瓦砾，也不会有人知道，既如此，难不成丁否仍然没有回来？落雀针非同小可，他即便有海蓝若护体，也应该静心修养才好，若真是随着青青回了临安，可未免有些托大。

观望许久，他们才悄悄走近一些，地道入口处的铁链被拧断了，铁门虚掩，一推即开，通道尽头的梯子烧得只剩一半，上方则露出一个圆圆的窟窿。跃上去，余火未熄，依旧热腾腾的，四壁之中塌掉两壁，屋顶也只剩一小半，星光在浓烟里乍隐乍现，却亮得异乎寻常。早先存放《海蓝心经》的书案一团焦黑，却还保留着原来的形状，可那些架子都塌掉了，瓷片陶片碎了一地。林微暗叫不妙，心中不情愿，可目光还只能寻出去——跳动的火光里赫然有两具尸首，门边的是丁否，廊下的是丁岸。

丁岸烧得与一块焦炭无异，丁否衣服头发胡须被灼去大半，其他还算完好，一段手臂从黑乎乎的袖口伸出来，却又是触目惊心的乌青色，无间查看片刻，伸出手摩挲一下，竟从腕间捏出一根发丝一般的银针。林微大为惊讶，道："他们是被毒死的？"无间凑在针上闻一闻，道："这是百花针。"林微道："百花针奈何你不得，又如何能取他们的性命？"无间道："应该是中毒在先，之后才被人下的杀手。"林微道："那这是神农教所为？"

可是傅长天远未复原，彩云谷一片狼藉，这等关头沈湄何必与华山派计较？而且真是那样，沈颀又何必要他们来这里？放眼望出去，七片海蓝花圃也已是一团乌黑，荡然无存，瀑布仍在，水声清亮，可潭水里满是黑色的灰烬。林微驻足沉思，心下却突然添一些蛛丝般的惶恐，再抬头，不远处"砰"的一响，一根房梁砸了下来，火光为之一暗，又跟着一跳，廊下便飘过来一团黑影，恍恍惚惚得无法分辨，却又冷冰冰地不容置辩。她刷的一声拔剑在手，断无差错，那里还有一个人。

那人身材高瘦，一身灰衣，面上掩着一块黑巾，但亮亮的目光扫过来，又教人禁不住打个寒噤。无间喝道："什么人！"对方却身形一动，挥掌先劈了过来。无间深吸一口气，双掌擎天，一合一分，使一招"天行健"，直攫其锋。内力相撞，"砰"的一响，他退开数步，气血翻涌，眼中一片恍惚，那人却一动未动，眼神里掠过一丝讶异，低低道一声"好"，跟上数步，使相同一掌又劈了过来。林微短剑出手，刺出一招"裂石穿云"，那人在剑刃几乎及身的一瞬沉肩晃开，而手上竟未受丝毫阻碍。无间无可奈何，只能咬牙再续一掌"潮水平"，心知无幸，还道不死也要重伤，孰料对方收了三分力气，"砰"的一响之后，居然依旧好端端地站着。

他好生惊讶，只是那人再不给他任何思索的余地，一掌紧似一掌，转瞬间连撞一十三掌，而林微却始终被逼在外围，无论使出何种招数，那人信手化解，竟连正眼也不曾瞧过她。无间摆摆手，大声咳了起来，一口鲜血哽在喉边，咽不下又吐不出，实在是难受至极，低头再看看双掌，心下又是一跳，并未受制，却又甚于受制，有意无意之间，竟然将天和掌法从头至尾使了一遍。那人冷笑一声，忽而双掌一分，竟然也劈出一招"天行健"，无间林微大吃一惊，有心闪避却又身不由己，被掌风推出去一丈有余，双双摔在花圃之间。那人踏上几步，先点林微哑穴，继而单掌凝在她头顶一尺之处，道："方闻松的地图在哪里？"无间只觉一切如同梦里一般，道："你究竟是谁？"那人不答，掌心却向林微靠近半尺，又道："方闻松的地图在哪里？"无间再不犹豫，自怀里摸出那片锦缎丢过去，那人展开扫一眼，点点头，转身就走。

一切旋即恢复如旧，似乎从没有什么人来过，更不曾有任何事情发生过。无间拍开林微穴道：抱她在怀里，心头冷颤，脑中却一片空白。林微道："他那一招果然是天行健？"无间道："不会错的。"林微道："那你可明白了？"无间道："明白什么？"林微道："自天意峰取走方闻松遗物的便是此人。"无间不能相信却又不得不信，张张口，说不出话来，林微又道："他本意是杀你我灭口，可一经认出你的身手，便缓了下来，一招接一招，让你将天和掌法从头到尾使了一遍。"想一想，又道："在你之前，这套掌法可从未现身江湖，所以连明净大师都不认得……"无间道："那他又是何意？"林微道："会使天和掌法的人便是捷足先登拿到方闻松遗物的人，自然也是取走地图的人。"眼中微微一亮，又道："在天山派与陈大哥他们交手的应当也是此人，如此来看，他遍试所有人的武功，找的便是天和掌法。"继而又摇摇头。"可他为何要烧掉倚天居，杀死丁氏父子？可他为何又留下你我不杀？"

便在此时，砰的一声巨响，又一根梁木滚了下来，火光之中灰影一晃，居然又有人进了院子。无间林微心下同时站起身来，不想那人抢先拔剑出鞘，喝道："什么人？！"火光之下，眉目分明，竟然是费皖。

费皖退开一步，又走前一步，待看清二人的模样，喜出望外，恨不能上前来抱上一抱；寒暄几句，便有些急不可耐，道："地图可在你们手里？"无间道："什么地图？"费皖道："丁氏父子是你们所杀？这一把火也是你们所放？"林微道："我们到这里的时候，倚天居已经烧得差不多了。"无间仍然问道："什么地图？"费皖却只盯着林微，道："那杀人放火的是谁？"林微道："若你早一刻钟到这里，会迎头撞见他。"

林微将适才的情形简略地说一遍，费皖脸色一片惨淡，道："这样说地图被那人取走了？"无间不得不继续问道："什么地图？"费皖忽然退后一步，深施一礼，道："还请二位解救我家大小姐。"无间一脸茫然，林微则笑了起来，道："你家大小姐从神农谷带回去三份地图，立下大功一件，春风得意还来不及呢，如何会有麻烦上身？"费皖长叹一声，道："林姑娘心思机巧，什么都明白，我家大小姐命悬一线，林姑娘就宽宥一些？"无间道："她怎么就命悬一线了？"费皖还是答非所问，道："她可从来没有想过要嫁六皇子。"无间道："不乐意嫁便不嫁，还有人逼她不成？再说了，她历来我行我素的，谁还逼得了她？"费皖道："六皇子向相爷求亲，已经是屈尊，可相府竟然没有立即答应，便有些不自知，大小姐与他击掌为誓，说取到弱云弱风的地图，便结秦晋之好，唉，也就是她，换做别人，便是不自重。林姑娘送弱风的地图给我家小姐，唉，也是不给人留活路呢。"

他不住摇头，续道："大小姐得了地图，若回临安，便只能嫁人，可临安又不能不回；于公，奉旨行事，大功告成，当然要回去复旨，于私，若真是一去不回，六皇子怪罪下来，相爷与欧阳公子又如何能够幸免？她前思后想，既然人不得不回，那便只能想个办法……"林微道："不让地图回去？"费皖道："正是，正是，可是这个说着容易，真做起来又谈何容易？她走这一趟神农谷，内有九州派一干侍卫，外有中原武林一干高手，说是不能保护地图周全，谁又相信？这样便只能内部出点纰漏，比如说，一时疏忽弄丢了……"林微道："可她名声在外，又岂是疏忽之人？再则，疏忽大意，不照样要被治罪？"费皖道："林姑娘说的一点儿不错，既然丢不得，没有办法，那就只好……"挠挠头，"设个局，让人来……"林微笑道："偷？"无间不住摇头，道："这都是些什么乱七八糟的。"

费皖道："可是又有谁会偷？想都不用想，九州派的人断断不会，其余呢？少林寺德高望重，不屑为之，武当派置身事外，无意为之，三宝会则是一副断无二心的样子，我猜着也不敢为之，其他诸如崆峒峨眉等等，既没有心机，也没有担当……"林微道："算来算去便只剩下丁老骗子？"费皖又不住点头，道："正是，正是，此人有机心，有野心，锲而不舍，又无所不用其极，否则在武林之中也不会有这等地位……"这时林微来了兴致，笑呵呵就着树根盘腿一坐，俨然是一副听人说书的模样。费皖略感无奈，还只能继续说道："那一日大小姐叫他进帐子里面说话，佯装不小心，碰掉了一本书，弱云的地图夹在中间，也就掉了出来，这时我便依着吩咐，从帐子外面叫大小姐，她一边答应，一边将地图还放回去，收进箱子里面，出来佯装和我说了几句话，再回去，便问丁否要不要出营打猎，他说不去，也就告辞而去，大小姐随即带上人马，闹哄哄地出去转一圈，再回来，地图真的便没了。"

无间道："坏事找上门，和有心做坏事，是不是还不尽相同？"像是颇为感慨，又道："那果然是丁老骗子偷的？"费皖道："自然是他偷的，再说了，只要有人偷就成，大小姐才不在乎究竟是谁。她佯装什么事情都没有发生，第二天照旧赶路，午间时候，丁否便上门告辞，说他在神农谷受伤极重，要回华山休养，大小姐假意挽留一阵，也便由他去了。这样开一个头，其他门派便都动了心思，一路走一路散，大小姐口上惋惜，心下正巴不得呢。等着到了临安,人也走光了,她才'啊呀'一声,大事不好,说地图丢了一份。九州派自然怀疑中原武林有人动过手脚,可人都不在了,你又能找谁去。大家乱哄哄地查一阵子,动静闹得不小,结果却可想而知,唉,真是可怜我们老相爷了。"林微呵呵一笑,道:"大小姐以为六皇子对她用情颇深,所以即便有天大的过错,也不会真的怎样。"费皖连连点头,道:"说的是呢,可宫里的事情真真假假,谁又说得清楚!再后来,她便一个人带着两片地图进了宫,那情形多少有些负荆请罪的意思,既然六皇子对她一片痴心,两两相抵,这一关也就过去了。"继而长叹一声,续道:"我就说六皇子忽然要找前朝的地图,这背后的文章非比寻常,我们大小姐未免看得太轻了。果不其然,他勃然大怒,当下便将大小姐押下,命相爷三十日之内务必找地图回来。相爷知道六皇子的脾气,明白此事非同小可,可漫空里接盘,焦头烂额,委实不知该如何起手,更何况这里面有许多小儿女性情,我不便也不太敢说给他听;思来想去,实在没有办法,便请命到中原武林探探虚实,可一出相府,便直奔华山而来。"他左右望望,又手上一摊,道:"他丁家父子就这样一命呜呼了,你说我可如何是好?"

　　无间听得似懂非懂,道:"若他二人安然无恙,你便知道该如何是好?"林微思绪却跳转开来,道:"丁氏父子死在这当口,会不会正是因为这片地图?"费皖不由得倒吸一口凉气,道:"这个我却不曾想到,难道还有别的什么人知道大小姐故意做局——又或者丁否偷取地图的时候被什么人撞到了?"又不住摇头,不住口地道:"怎么会?又怎么会?"

　　三人离了倚天居,过来山腰,那小径一分为二,一条向东,一条向西。林微向费皖拱拱手,道:"费侍卫,咱们就此别过,你家大小姐命中尊贵,定然能逢凶化吉,不会有事的。"费皖慌了神,可不等说出话来,无间先道:"你要去哪里?"林微道:"想去哪里便去哪里。"无间道:"你不管大小姐了?"林微道:"她在神农谷恨不能将我生吞活剥的,我管她呢。"费皖道:"林姑娘,除了你和范兄弟,这世上再没有人救得了她,还请你看在……"叹一口气,将剩下的话咽了回去,转而道:"还求林姑娘一念之仁,出手相助。"林微道:"别说我救不出来,即便是救出来,她也不会有半分感念,说不好会再设个局,置我于死地。"费皖也不争辩,只一揖到底,道:"还请林姑娘出手相救。"林微道:"还有一层,她好端端的,你救她做什么?"费皖道:"她生死系于一线,如何能说是好端端的。"林微道:"六皇子生气是生气,又不曾变了心,她如今应该是有人伺候着,吃得好,用得好,顶多不能到处乱走乱逛而已,再说了,转转心思,人家便是万人之上的皇子妃。费侍卫,你这是想救她,还是想害她?"

费皖怔怔地想一会儿,道:"林姑娘果然什么都明白,只是——大小姐断断不会嫁给六皇子。"林微道:"你怕什么,怕她自己了断?"这话刚好敲中费皖心坎,他是一副欲哭无泪的样子,道:"别人不明白,可大小姐自己心知肚明,陷入这等不忠不孝的境地,还都是自己弄巧成拙,若真是一死了之,一则在六皇子那里有了交代,二则,也解脱了相爷和欧阳公子,我真心害怕她心头一热,做出傻事来。"无间不住点头,道:"那可是大大的不妙。"林微扭头盯他一眼,道:"你也这样想?那你随费侍卫回临安好不好?"无间道:"我跟着你。"林微道:"若我不救,你也就不救了?"无间道:"大小姐横竖是要救的。"林微道:"那你去吧。"无间道:"我百无一用。"林微道:"你是李天魅的高徒,明净老和尚的高足,堂堂天下第三,怎么就百无一用了?再说了,大小姐又对谁青眼有加?她若真的寻死,嘿嘿,为的又是从谁那里解脱?"无间便有些着恼,道:"你总含沙射影,便好像大小姐真的对我有什么心意一样,她高高在上,又怎会把我放在眼里?"林微道:"我一介民女,不照样还属意过欧阳公子?你四处留情,还总装作一副浑然不觉的样子,鬼知道成全的是谁!"无间气得身子打颤,却转而哈哈一笑,道:

"也好，也好，我便是个花花公子，见一个爱一个呢。"林微道："花花公子？你也配！人家花花公子至少还懂得'辜负'二字，你这种，坏事做尽还不留痕迹！舍不得大小姐，你自己送命去好了，大不了双双殉情，拉着我作什么！"

说着话，一跺脚，转身就走，晃得几晃，便看不见了。费皖叫几声，回转身，一脸的尴尬，道："兄弟，做哥哥的可对不住呢。"无间有些儿丧气，道："成不成的，我跟你回临安就是。"想一想又叹一口气："成不成的，你可别让大小姐知道我帮忙了就是。"

二人快马加鞭，还奔临安而来。无间心头忐忑，却又不相信林微这样决绝，时不时便喝住马，左左右右地观望一阵子，三两日下来，才终于死了心。回到相府，柳先生三步并作两步迎出来，拉着费皖的手，眼圈一红，便落下泪来。费皖苦笑道："柳先生，我力有不逮，可是没能将地图找回来。"柳先生道："那个押后再说，今日午间大小姐从宫里传话出来给老夫人，说要和六皇子择日成亲呢。"费皖惊得连退数步，道："怎么会？"柳先生道："这也没有什么不好，老夫人让收拾些衣饰器物，算是嫁妆，这就送进宫里去。"费皖道："相爷又怎样说？"柳先生摆摆手，道："相爷不见了。"费皖又吃一惊，再追问一遍，柳先生道："前日夜间他还在书房，之后便没了踪影，门口侍卫不曾见他出去，可府内上上下下找多少遍了，又哪里有他的影子？"费皖道："他不曾去宫里？"柳先生道："问过了，圣上并无召见。"无间道："洞庭宫呢？"柳先生摇摇头，道："洞庭宫哪里是说去就能去的？"

无间不由得插口问道："大小姐传话给谁，给老夫人？"柳先生眉头一皱，道："是给老夫人，这事又有什么要紧？"费皖道："宫里没有旨意下来？"柳先生道："没有，不过我琢磨是因为不到时候。"无间道："结皇亲这样大的事情，大小姐居然不先捎话给相爷？"柳先生道："这是要收拾女儿家的细软器物，让老娘亲置办不是理所当然？"他印象里不曾见过费侍卫身边这位随从，这小子没上没下的，话倒是不少。

　　这时书房里的瑞宝抬脚走进来，看到无间，微微一怔，不由眯着眼睛多瞅一眼。柳先生指一指，道："前日夜间伺候相爷的便是他。"费皖道："那你便说一说当时的情形。"瑞宝道："费侍卫知道相爷的习惯，若是过了酉时还不来书房，大抵便不会来了，可那一日都戌时了，我正想歇下，他却走了进来。我给他泡一壶茶，便在门外廊下候着，他让大小姐的事情弄得心绪不宁，一直长吁短叹。打三更的时候，我进去续一回水，添一次灯油，之后他嘱托我去睡，我口里答应着，还回门廊里坐着，再后来好像打一个小盹儿，醒过来，相爷便已经走了。"无间道："那之后呢？"瑞宝道："之后？之后没有什么了，我清扫清扫，倒掉旧墨，洗洗笔，收拾收拾茶壶茶碗，也就睡了，都是些寻常杂务。"费皖道："这样说，相爷写了字？"瑞宝道："写了有半页纸。"费皖道："写的是什么，你可曾留意？"瑞宝道："我是瞅了一眼，都是些蝇头小楷，可是看相爷写的东西就不应该，再加上屋子里黑乎乎的，也就没留下什么印象。"无间忽然问道："屋子里黑乎乎的？"瑞宝道："两只油灯，一只灭了，另外一只灯油也见了底。"无间道："你不是刚添过灯油么？"瑞宝从来没想到过这一层，微微一怔，道："是有些奇怪，相爷的茶水是冷的，而且变了颜色，我收拾的时候，还有些纳闷呢。"费皖神色里添一层郑重，道："新添的灯油尽了，新续的茶水变了颜色，那你打的可不是一个小盹儿。"

　　瑞宝分明吓了一跳，道："怎么会？！"费皖道："你最后歇下又是什么时辰？"瑞宝摇摇头，道："我可真是记不得了，那一日也说不出为什么，乏得很，腿都站不直，该是不等躺下便睡着了。"瞅一眼众人，又道："这两日也是，像得了风寒，没有半点力气，"勉力抬抬胳膊，"肩膀痛得厉害。"费皖有所思，上前摸一下，将衣衫扒开些许，众人扫一眼，又吃一惊，他后背一片淤青，隐隐然有一个老大手印儿，瑞宝在镜子里瞥见，脸都绿了，道："我还道是因为在廊下垂头睡着,伤了筋骨!"费皖转而望望无间,道:"他该是被人重手拍得晕了过去?"无间道:"既然这样,老相爷是被人掳走了?"

柳先生颤声道:"那他会不会有性命之忧?"费皖道:"对方若真要取他性命,前日夜间便可动手,全无必要将人带走。"柳先生道:"我相府如何便由得他来去自由?而且既然这样,便不能向寻常街巷里去寻,临安城进进出出的武林人士是不是都要盘查一下?再者,相府也该加一层戒备才好。"无间便嘿嘿地笑了起来,道:"纸糊的院墙坏了还会嘶啦一声,可你相府八面透风,窟窿摞窟窿,还是窟窿。"柳先生面色一沉,费皖赶紧圆场,道:"他们既然留了相爷不杀,那就是别有所求,终究会找上门来,咱们按兵不动就好。"柳先生清清嗓子,转而道:"既然不见了相爷,六皇子那三十日的期限便不是期限,地图的事情是不是可以放一放?"望望费皖,又道:"待大小姐的器物收拾好了,宫里这一趟,还请贤弟走一遭?"这时无间却一拍双掌,道:"正愁进不了宫呢,可好一个机缘!"

无间也说不上有什么主意,可是能进宫,自然要先进宫,费皖分明更为忐忑,可瞧瞧他无挂碍的样子,话还都咽了回去。第二日凌晨,府里收拾出十余只大箱子,才算备得差不多了。无间便扮作小厮,与他人合抬一口箱子,随着费皖直奔宫中。那皇宫正所谓形胜之所,相土尝水,象天法地,远远地望过去,堂皇瑰丽里又透着一脉纤柔。护城河庄严无声,三座拱桥横跨其上,晨辉澄澈,惟将一层金箔照得熠熠生辉。费皖递上名册,有侍卫挨个儿对过一遍,又打开几只箱子查检一番,方才放行。众人横跨百余丈的空地,一直走到丽正门,再过一道关卡,也就正经儿进了宫。宽阶长廊,敞庭广院,让人心下一亮,而紫柱金梁,屋宇森森,又让人心下一寒。两位太监引着他们连过数重门,进乾宁宫,到了一个称为养心轩的所在。众人将箱子留在厅堂一侧,又赶紧随着费皖退了出去,而无间则趁人不备,闪到屏风之后藏了起来。

太阳尚未攀过檐角,四面透着一层洁净的清凉,一干人脚步声去得远了,耳际又变得空空荡荡。探头出来,除了对面宫门处两位哈欠连天的太监,再看不见一个人影。他找出早先准备好的衣服换上,也扮成太监模样,摸一摸头顶的小帽,便有些忍俊不禁。这样便想起来林微在周府说过的心虚不心虚,胆大不胆大的话来,挺挺胸,硬给自己长三分精神。此外费皖交代过太监说话都跟鸭子一样,可究竟为什么,却不曾明说,无论怎样,横竖不开口为妙。正这样想着,七八名太监迎面走了过来,他心下一再疾呼"淡定!",可身子发紧,脸色照样涨得一片赤红,那领头的一位看一眼,有些儿纳闷,道:"是哪一门?"

宫内太监有两位主管,内宫为习公公,外宫为祁公公,这些费皖也有交代,怎奈这会儿他半点线索也没有,只好含糊道:"是七——夕公公手下,他让我来打点欧阳大小姐的器物。"说话间屋脊上忽然飞起一群老鸹,嘎嘎地叫几声,横穿庭院而去,那几位听得不清不楚,也懒得追问,转而道:"也好,正好做个帮手。"

一众太监抬着箱子,曲曲折折走好一会儿,过偏门进了福宁宫。周围一下子多了不少人,有许多妃子或者公主模样的人走动,再加上簇拥着的宫女太监,乱哄哄的。阶边另有七八个孩童玩耍,一个个衣饰华贵,镶金带银,叫喊声尖利快活,在风里飘出去好远。众人进了一座名为"慧心斋"的院子,院内有绿竹一片,清水一池,檐角挂着几只风铃,叮咚作响;廊下还有一只不小的香炉,烟雾正浓,一片片地荡开来。领头的太监走到房门之外,大声道:"大小姐,府上的器物送到了。"里面有人简单地答应了一句,却叫无间心下好一番欢喜,正是青青的声音。

众太监安置好,告退而去;内宫严禁刀枪,莫说侍卫,九州派的人亦极少涉足,无间无所顾忌,先好整以暇地在福宁宫走了一圈。花香丝丝缕缕,引着他进了后花园,虽则早春未到,园中依然花团锦簇，再间以小桥流水，茂林修竹，亦是别一番的趣味。一群小太监正自刨刨种种，他凑上去佯装补缺，小孩子们全无机心，不多久便处在了一起，再不久，他俨然便成了主事之人，率领一群小跟班，该种什么，种在哪里，又怎么种，弄得井井有条。

夜幕降临，风里寒意转浓，人渐渐散了，灯火则一片片地亮了起来。残月半片，落在细密的树梢头，似乎带出些窸窣的声响，流水暗咽，又给无尽的静谧添一丝恍惚。无间自暗影里转出来，正想走去慧心斋再探究竟，园门处却传来一串细碎的脚步声。看门的太监高声问道："哪一位？"接话之人声音甚轻，却毫无疑问是"欧阳青青"四个字，那太监一下子变得恭敬许多，道："夜深风寒，大小姐还是回去安歇吧。"青青漫不经心地道："我独自走走。"脚步声复又响起，便进了院子。

她仍然是一袭红裙，只是更显高挑，转过一片竹子，四面再无人迹，步子忽然快了许多，到西面墙下，侧耳听一会儿，随即轻轻一跃，翻墙而过。无间心下疑云大起，她何时有了这等上佳的轻身功夫？悄悄跟上去，再过几道高墙，便到了外宫。夜色里多了飘动的灯火，院角门边，不时有一队队巡夜的侍卫走动。可青青不仅洞悉宫里的长弄短巷，于众侍卫轮岗的钟点与路线似乎也了如指掌，如此行走于灯火与暗影之间，异样的飘忽，却也异样的有条不紊。

这样走有一刻钟的工夫，到了一座灯火通明的阁楼之外。门外有四名侍卫，一个个挺胸拔背地站着，可青青并不停步，径直走了过去。无间好生惊讶，恭敬与否，对大小姐总不至于是这等视而不见的样子。犹豫一会儿，却听"啪"的一响，墙瓦掉下来一片，碎屑四散，噼里啪啦直滚到那些人脚下，可他们却依旧无动于衷。无间心知有异，跨前几步，抱抱拳，佯装问个讯，随即又闭了口；那四位脸色灰白，嘴角眉心各有一丝血痕，原来早已经死去多时。他凑上前，伸手在其中一人面门上摸索一下，继而在脑后轻轻一拍，暗光闪处，眉心里跳出来半寸长的一截钢针；捏起来略作端详，忽然明白那是十分厉害的暗器，直插入脑，人死了，血气还在，便是这种样子，既如此，那女子定然不是欧阳青青；这会儿再望望一地的瓦片，心下忽然有些疑神疑鬼。

他继而纵身一跃，手搭檐角上了屋顶，高处有一扇通风的纱窗，里面的情形一览无余；这阁楼原来是储物之用，一排排的全是架子，摆的多是些珍玩古董。那女子站住阁楼远端，正抬头打量极高处从墙里探出来的一只鹿角挂饰。那鹿角高有数尺，枝节横生，两厢交错在一起，内里则扣着一只黑色的木盒。她飞身而起，一手在鹿头上扶一下，另外一只手便去取那盒子，只是手臂短着些许，摸得到却拿不到，而她又生怕被鹿角卡住，浅浅一试，便还落回地面。这样一连三次，均无功而返，第四次再行跃起，却听"砰"的一声，左边墙皮里探出一根白色的长索，冲腰间直兜过来。她身子一缩，疾坠而下，可不等落地，又有一根长索击向肋下，她漫空里荡开些许，避是避开了，可"嗤"的一声，肩头衣衫竟被扯下来半片。再接下来"嗒嗒"两声响，两根绳子接入对面墙上，晃晃悠悠亘在了半空，原来上面覆有厚厚一层乳胶，十分黏稠，所以能扯破衣衫，原因正在于此。

她静静地等一会儿，掂量一下，才又一跃而起；这一次伸脚在就近的架子上踩一下，横掠丈余，扑向鹿头。那长索又探出两根，取她腰间，她早有防备，身子一拧，再升数尺，可是这一次"砰砰"之声如同鞭炮一般不绝于耳，十余根长索相继探出，纵横交错，在身下结起一张大网。她无可奈何，再行落下，便踩上其中一根，双脚因此被粘住了，无法移动，颤几下，向后便倒，一霎时如同一只坠入蛛网的虫儿一般，再也动弹不得。与此同时窗外喊声大作，一群侍卫手执刀剑涌闹哄哄地拥了进来，那女子下巴一扬，有意无意往纱窗方向望了一眼，也就正好给了无间一个自下而上的正脸——浓眉细目，尖腮厚唇，原来是不多见的一位丑女。

可是再一转瞬，她却随着那些长索晃了起来，起初不过微微颤动，渐渐越来越快，幅度亦越来越大。众侍卫还道可以瓮中捉鳖，这会儿看得目瞪口呆，全没了主意。有些机灵的一咬牙，举枪去刺，而一片裂帛之声响起，她便如同一只肉球儿一般脱颖而出，"砰"的一声撞破屋脊，直飞了出去。身上长裙十之六七留在了绳索之上，人也就凌乱得很，但是她身法不乱，数纵数落，不多时便去得远了。众侍卫仿佛这才醒悟过来，发一声喊，又乱哄哄地追了出去。

第五十八章
戏手足亦能反目

　　无间不敢逗留,循着来路,还回福宁宫花园。侍卫骤然多出不少,一个个神色惶急,反而更没有人留意他这个小太监。从角门进去,走没几步,忽而听到一声浅浅的叹息,教他心下不由得一叹,真正的欧阳青青原来在这里。夜色正浓,花阴黯淡,她独自站在小亭里,正望着残月发呆。再一瞬,园外忽然传来一片脚步声,紧接着院门"砰"的一响,一群侍卫手执火把拥了进来。花园里刹那间亮得如同白昼一般,青青颇为惊讶,正要开口相询,朱哼朱哈引着一位五短身材的胖子疾步走上前来,她神色间肃穆不少,敛衽行礼,轻声道:"青青见过六皇子。"

　　六皇子声音颇为冷淡,道:"都这般时候了还不歇下,在这里做什么?"青青道:"心绪不宁,难以安枕,出来走一走。"六皇子道:"便只是走一走这般简单?"青青听得出话中有话,道:"殿下有事明言就好,不需要这样绕圈子。"六皇子道:"这等寒夜,我日间送你的那一件红线蚕丝衣呢,岂不正好派上用场?"青青道:"那毕竟是罕物,我不过是在花园里散散心,没想着要穿上身。"六皇子"哼"了一声,道:"我只奇怪那件袍子是不是仍然完好如初。"青青双眉一蹙,道:"殿下究竟何意?"六皇子一挥手,一位太监紧赶数步，呈上一叠布片。她捏起来打量一眼，手中之物薄若蝉翼，柔若无物，那一层云霞般的红色重而不艳，浓而不媚，正是红线蚕丝所制，只是不知为何，都碎成这个样子，而且黏糊糊的，透着一丝淡淡的臭气。

红线蚕乃番国奇物，长不盈寸，一生吐丝少之又少，但每一根皆为心血浸染，天然便带一层亮红色，那件红裙仅取材便耗时十年，算是难得一见的异宝，而青青爱红装，尽人皆知，六皇子以之相送，正可谓红粉赠佳人，恰如其分。她有所悟，道："那件衣服我留在卧榻一侧的衣橱里，难不成被人偷去毁了？殿下何意，便不能直言相告？"六皇子脸色转为赤红，喝道："欧阳青青，我早知道你私念极多，办事半心半意，今日午间假意殷勤，追问那两片地图的下落，心中一番小算盘，还道我真的瞧不出来？！我说地图在灵秀宫鹿角盒里……"青青道："难道不是么？"她心思极快，瞬间明白过来，道："是有人要取那只盒子？"六皇子道："你做戏还要做到什么时候？你真的以为能瞒得住我？"青青道："我没有去灵秀宫。"六皇子道："那红线蚕丝衣何以会毁在那里？"青青道："那便是被人偷了去。"六皇子道："欧阳青青，你知道我对你一直颇为眷顾，可恃宠轻狂，总还要有个分寸，这一件事情人证物证俱在，即便是我想放你一马，也不见得力所能及！"青青叹一口气，无心置辩，取出一封信递了过去。

六皇子扫一眼，神色间难掩愕然，声音亦干涩了许多，道："这是何人所书？"青青道："殿下不认得当朝丞相的笔迹？这是爹爹亲手所书。"六皇子道："他被人掳走了不成？"青青道："他们要我拿地图去换他的性命，所以午间才会问起灵秀宫的事情……"六皇子道："堂堂相府戒备森严，更何况还有费皖等一干武功不错的侍卫，又怎会出这种事情？"青青道："江湖水深，人外有人，九重宫墙，三千侍卫，不见得能挡住想来此间的人，更何况区区相府？"六皇子道："你为何隐瞒不报？"青青道："我猜不透殿下的心思，不敢相告,再说了,福宁宫隔墙有耳,许多话也不是想说便可以说的。"六皇子冷笑一声,道:"我福宁宫会有贼人的耳目?"青青道:"我虽在宫里,却无时无刻不在他人窥视之下,从来不能自在;殿下午间说的话,听到的可不止我一个。"转而望一眼朱哼朱哈,又道:"二位熟知我的根底,以我的武功,果然进得了灵秀宫,又全身而退,再跑来这里好整以暇地站着?"那两位对望一眼,同时摇摇头,朱哈又道:"还真是有人窃取蚕丝衣,扮作大小姐的模样从中嫁祸?"

青青望一眼六皇子,道:"事情到了这种地步,我不得不问一句,是天朝的丞相重要,还是那几片地图重要?"六皇子略一沉吟,并无回答,青青凄然一笑,又道:"或者是我重要,还是那几片地图重要?"六皇子道:"我何必要做此等取舍?"青青道:"前朝宝物干系重大,殿下心怀社稷,于你而言自然非同小可,可大宋丞相再加上我欧阳青青一条性命,于国于家,于公于私,在你那里又是何种分量?"说着话腕子一翻,手里多出一把匕首,抵在自己颈下,道:"殿下不是对青青心仪已久么?若你能够舍弃地图,救爹爹性命,青青感激不尽,这一生定当尽心侍奉,白首不渝,若殿下置之不理,爹爹一条性命,青青一条性命,今日便一并交托了,也落得干净。"六皇子像是颇为恼火,道:"我一朝皇子,岂能为他人胁迫?"青青道:"成与不成,殿下均毫发无伤,又如何算得上胁迫?这,不过是我舍命相求而已。"

毕剥的声响极偶尔地从火把中间弹出来,听来异样的唐突,六皇子抿着嘴唇,眉头紧锁,好半天没有半点表示。无间身上发毛,手中扣着一颗石子,不得已便只好打落青青的匕首,再说其他。朱哼朱哈左望一眼,右望一眼,急得抓耳挠腮,却始终不敢说话。剑尖刺入肌肤,鲜血早无声无息地洇透了衣领,青青秀眉间依旧是一层薄薄的英气,可其中又透着几分凄苦,几分小女儿的无助与期待,六皇子终于长叹一声,道:"放下匕首,此事我为你做主便是。"青青道："你又如何做主？"六皇子道："我自会保你爹爹平安无事。"青青道："可你甚至不知道他身在何处，又在谁的手中。"六皇子明白她的心思，略一迟疑，终于还是说道："若地图不得不送出去……"苦笑一声，"那就送出去好了。"

青青眼泪随之流了出来，放下匕首，缓缓跪倒，道："殿下若能救出爹爹，青青知恩图报，粉身碎骨，在所不辞。"六皇子道："信上给了七日期限，你若真的拿到地图，又该怎样？"青青道："我也不知道。"六皇子道："你又怎会不知道？"青青道："殿下今日午间说及灵秀宫，入夜之后就有人去了灵秀宫，一样的道理，若地图真的落到我的手上，他们自然也会知道。"六皇子"啪"地一拍横栏，想说什么，又忍住了，转而道："今日是第几日？"青青道："第四日。"六皇子冲哼哈二人道："那你们明日便先去无念宫将地图取回来。"朱哈有些惴惴不安，道："要去见莫师伯？"六皇子道："事关重大，我会有一封亲笔信让你带上。"转而又望一眼朱哼，道："延麟令还在？"朱哼道："那是当然。"六皇子道："我与你们莫师伯早有交代，他知道该如何行事。"朱哈掰着手指头算一算，道："明日不成，莫师伯闭关，最早也要后日。"六皇子略一沉吟，道："那就后日。"

人散尽了，四周又归为一片静寂，无间琢磨半晌，难不成自己也该走一趟无念宫？而这位莫师伯会不会就是"一昇一明"中的莫禾昇？若真是那样，事情可不是一般二般的棘手——或者可以浑水摸鱼，打着那兄弟二人的旗号走一遭？只是不知这延麟令又是什么东西——不过听话音，应该在朱哼的手上？可是好像还要有六皇子的亲笔信才好，这又该向哪里着落？便这样思前想后，踱好多圈，再抬头，晨曦初照，天又亮了起来。

四周人渐渐多了起来，他拿一把笤帚，装模作样地清扫清扫，不多时又到了慧心斋门口。房门大开，他左右望望，抬腿便走了进去。迎面是偌大一排屏风，画着几朵荷花，点缀着许多蜻蜓，转过去的墙边有一张梳妆台，窗下则有一张书案。书案之上纤尘不染，微风透过来，笔架上一排毛笔随着微微摇动，此外左首边还堆着几本书，最上面又有一支摊开的卷轴，红底黄衬，写着一首诗，"纤树立斜阳，影长情更长。缱绻愁何在，碎语抚红装。为伊白发生，为伊弯弓藏。何当花前月，一酹笑痴狂"。他小声儿读一遍，看这样子，该是六皇子写给青青的，好坏不说，这份心意还真是难得。

　　再踱过去几步便是卧房，侧耳听听，没有半点声响，想探头瞅一眼，又不好意思细作端详，再退回来，一股淡淡的熏香也似乎被搅了起来，大差不差，还是秋花露的味道。这时廊上脚步声响，他赶紧闪身到屏风之后，可是那脚步声不过在门口一驻，便又去得远了。闪身出来，再望一圈，书案上那支卷轴明明在笔架一侧，这会儿居然不见了，正捉摸不定，又有脚步声传了过来，他紧赶一步，抢出门外，余光瞥见，这次疾步走来的正是欧阳青青。

　　回到花园里，那几位小太监正玩得不亦乐乎，看到他，一起喊道："别闲着，快来帮忙！"这时一个叫作小冯子的忽然单手高举，大声笑了起来；他半身泥巴半身灰尘，耳梢发际尽是枯枝败叶，手里却攥着一只硕大无朋的蟋蟀，光可鉴人，英武无比，一看便不是凡品。他将之送进一只竹笼里，便与早先捉到的一只凑成了一对儿，另有一位小太监取一片菜叶丢进去，不住口地道："恭喜，恭喜。"小冯子得意洋洋，道："喂饱这一顿，过午再饿一饿，咱们便找哼哈二猪去。"无间被勾起了兴味，道："找他们做什么？"小冯子道："斗蛐蛐儿啊！"无间道："为什么找他们？他们很不得了么？"小冯子道："绿杨红杏当然不得了！"

　　一点点问下来，原来朱哼朱哈于斗蛐蛐一道极为痴迷，可着迷此道并不见得擅长此道，那兄弟二人多年来花了好些银子，更费了许多工夫，只是所养蛐蛐儿大多属于银样镴枪头之列，与人交手，输多赢少不说，还落下许多笑柄。他们随青青走一趟神农谷，不知道是受了谁的蛊惑，花大价钱买回一对蟋蟀，一只翅膀是淡绿色，一只翅膀是淡红色，也才有了绿杨、红杏两个芳名。二者生猛嗜杀，灵动异常，不足一个月的工夫，扫荡宫廷上下，这一番扬眉吐气，惊天动地，直教兄弟二走着路便能飘起来。众人合计一番，差不多过午时分，便闹哄哄地出了福宁宫，再抬头，朱哼朱哈正一摇一晃地横穿庭院，不知要去哪里。小冯子大声喊道："朱爷，朱爷！"朱哼道："你嚷嚷什么？！"小冯子高举竹笼，道："我们得了两只蛐蛐儿，有心和朱爷朱爷斗一斗。"兄弟二人一起摆摆手，道："没空，没空，有正事，忙着呢！"大踏步走出丈余，又不约而同折回来，再一眨眼，竟就到了近前。朱哼拿过小冯子的竹笼端详一番，道："这是从哪里得的？"小冯子道："福宁宫花园。"朱哈道："宫里居然能生出这等虫儿？"小冯子眉毛一挑，道："若不是我有些手段，又哪里抓得住它们。"兄弟二人对望一眼，点点头，便与一群小太监前呼后拥地往花园深处走去。

无间尾随在后，心下怦怦直跳，趁人不备，赶紧抹了些泥巴草汁在脸上，好在朱哼朱哈眼里只有那一对蛐蛐儿，连小冯子都不曾正经瞧过，更别说这些跟班看热闹的小太监了。到了一片树荫之下，兄弟二人掀开长衫，各自从腰间解下一只拳头大小的木笼，笼里各有一只蛐蛐儿，这会儿见了光，上蹿下跳，弄得小笼不住晃动。朱哼道："赌什么？"小冯子道："朱爷朱爷要赌什么？"朱哼道："还和从前一样，你赢了，我送你五两银子，输了，还给我扫一个月的屋子。"说话间从怀里取出一块白纱，又从腰里解下两根竹篾，继而用竹篾抵住纱布四角，"砰"的一下，便在地面上撑起一只罩子。他们先将绿杨红杏放进去，再向小冯子一伸手，道："来吧。"

绿杨红杏战无不胜，却没有什么孔武健硕的个头，实则比小冯子手里的蟋蟀还小了一半。无间一怔，差点笑出声来；那虫儿像极了蟋蟀，却并非蟋蟀，而是一种蜘蛛，称为蟋蛛。蟋蛛敏捷异常，却又生性残暴，常能附在其他虫子的后颈之上，生生吸尽对方体液，而有些小蛇被附了身，亦同样不能幸免。它归入毒物之属，算不得剧毒，却难缠得很，在神农谷大伙儿看见了大多会一脚踩死，显而易见，朱哼朱哈被人捉弄，掏好多银子不说，还将恶俗之物奉为至宝，贻笑大方，而他们日夜与之为伴，居然没有被叮到，也真是难得一见。小冯子心头发颤，重重咽一口吐沫，掀开罩子，将那两只蟋蟀也放了进去，哼哈二人盘腿一坐，笑眯眯的，说是成竹在胸，又掩不住那一丝儿宿命般的忐忑。

无间心中暗叹，莫说是两只蛐蛐儿，便是十只二十只，亦同样不是蟋蛛的对手。罩子之下有几根枯草、几块碎石和一节凸起的树根，那两只油光锃亮的蟋蟀如同公子哥儿一般踱出几步，忽而停住脚，"唧唧"叫几声，触须便耷了起来。红杏依旧伏在树根之后，绿杨却扑棱棱跳上纱布，缓缓地向高处爬去。有一会儿四只虫都僵住了，一动不动，而阳光也如同凝住了一般，脆生生的，似乎一触即碎。再一瞬，其中一只蟋蟀猛地一跳，扑向绿杨，绿杨一缩，再翻个身，不知为何便骑在了它的背上。两者一起落地，"啪"的一响，另外一只蟋蟀跟着一扑，去咬绿杨头顶，可身子甫一离地，红杏便窜起来，凌空攫住它大腿，斜刺里摔了出去。

先前那只蛐蛐儿被绿杨长吻刺入后背，疼得扑腾好一阵子，忽然跳起来，仰天向那块树根砸去。绿杨双翅一振逃开了，那蟋蟀弹起来老高，再落地，却得以翻过身来。毒汁起了效用，拿捏得它疯子一般对着树根好一阵扑咬，继而滚落在草根之间，再也不动了。另外一只蟋蟀丢掉一根大腿，却也被激起野性，翻翻滚滚，与红杏斗得不可开交。不多时绿杨凑过来，往里一扑，三只虫儿攒成一只球儿，四处乱滚。利齿厮磨与翅翼扑动之声清晰可辨，残肢断体随之散了一地，片刻之后寂静还原，那只蟋蟀还不曾死，却只剩下一截光秃秃的躯干，红杏伏在背上，绿杨则叮在腹下，一起一伏，吸吮得滋咋有声。

这不过是几只虫儿相斗，但其中又透着几分难言的诡异，几位小太监面色苍白，撇开头，居然再也不敢看了。那蟋蟀原本油光光的,眼看着暗下来,不一会儿便成了一具干枯的空壳。绿杨红杏将另外一只也享用了,肚腹膨胀,转而踱到树根中间歇了下来。小冯子垂头丧气,嘟囔一句:"这也太碜得慌,那玩意儿果然是蛐蛐儿?"朱哼笑道:"不是蛐蛐儿还是什么?这是云南的蛐蛐儿,又岂是江南这些羸弱之辈所能比拟!"小冯子道:"说对吧,又觉着不对,说不对吧,又说不出哪里不对,横竖是有些不对。"朱哈道:"你输了,便这样那样瞎疑心,要知道绿杨红杏乃天下灵物,莫说两只破蟋蟀斗不过,你即便拎一只公鸡过来,也不见得能赢!"说着掀起罩子一角,将小笼向前一凑,红杏便如同得了召唤一般,乖乖地跳了进去。他得意扬扬,举起小笼,在小冯子脸前一晃,跟着又是一晃,一股淡淡的腐臭之气飘起,正如无间所料,小笼是由尸味菇的根茎制成,而尸味菇与蟋蟀从气味上讲算是沉瀣一气,两相得宜,要么那虫儿招之即来,原因正在于此。朱哼哼着小曲儿,弯腰去取绿杨,不想"啪"的一声,一只红色的卷轴从怀里掉了出来。

那卷轴与无间在慧心斋所见的那一支一般无异,让他心上突地一跳,挠挠头,莫名地有些懊丧。这时身后有人忽然开口说道:道:"我也有只虫儿,不知二位敢不敢再斗一场。"无间几乎从地面上弹起来,忽地转过身,却又好似做梦一般,断无差错,那笑吟吟的一个小太监竟然是林微所扮。哼哈兄弟瞥一眼,这一位脏兮兮的,从未见过,不过那一对招子亮亮的,异样地养眼。小冯子接口道:"你有只虫儿?什么虫儿,我怎么不知道?"林微道:"你不曾问起,我便不曾说起。"小冯子道:"是蛐蛐儿?"林微意味深长地看无间一眼,道:"横竖是只虫儿。"

无间硬生生按住一怀狂喜,摄住万千思绪,忽然明白她是要讨一只虫儿,可光天化日之下,又哪里寻去?而且蟋蟀好勇斗狠,胡搅蛮缠,又岂是随随便便一只虫儿便能应付的?尽管如此,他不由自主还是乐呵呵地凑上去一步,可林微眉尖一蹙,躲开一步,便开始东拉西扯,道:"那虫儿我祖上便开始养,这都几十年了,你说你那蛐蛐儿是天下灵物，可我这个饮朝露，食绿竹，吐纳四季长风，也是不可多得的稀罕物呢。"朱哼道："你这小太监舌头灵光，耸人听闻，说了半日，究竟是什么虫？不过你那个听着像是大补之物，用来吃的……"与朱哈抱着肚子哈哈地笑一阵，又眉飞色舞地道："只是不知道是给人补的，还是给绿柳红杏补的？"林微道："这两只蛐蛐儿生猛泼辣，为何取这样两个不相干的名字？"朱哈一扬头，道："其中自有典故，才不是你们这些目不识丁的小孩子能够明白，且说，你那究竟是什么虫？"林微故作沉吟，自言自语一般说道："便让这两位开开眼界好了。"似模似样地点点头，又道："可丑话说在前头，我这虫儿若见光，便只能见了血光才能收回去，若绿杨红杏因此搭上小命……"朱哼摇摇手，耸着肩膀乐开了，道："这是要斗一场？"林微道："你可舍得斗一场？"

她啰唆到这会儿，也有些无以为继，可无间绞尽脑汁，始终没个主意。朱哼朱哈将绿柳红杏还放出来，道："是骡子是马，遛一圈！"林微道："那咱们赌什么？"朱哼道："赌什么，你又有什么？"林微心下一动，又扯开去，道："天下蛐蛐儿的极品是什么？"朱哈道："这个谁不知道：当然要数谷阳山的虎背蟋，你这小太监，说这话又是何意？"林微嘿嘿一笑，取出欧阳胥所赠的手环，道："若二位果然是道上高手，这个总该认得？"朱哼朱哈伸长脖子打量一会儿，却说不出什么名堂，林微甚是不屑，叹口气，转转身子，用袖子遮住了日头，那手环一入暗影，一层银色的光晕便透了出来，哼哈二人不由齐声惊呼，道："这是鸣明草？"林微道："其中的讲究你可明白？"朱哼道："有了鸣明草，不见得能捉到虎背蟋，可没有鸣明草，万万捉不到虎背蟋。"林微道："对了，二位若是赢了，这一只手环便送给你们如何？"那兄弟二人同时点点头，却又同时摇摇头，朱哼道："若你那虫儿是虎背蟋，我不和你斗。"林微道："与你二人相斗，哪里用得着虎背蟋？"

朱哈面色赤红，分外恼火，道："你个小屁太监，莫要猖狂，待会儿输了,别反悔就成。"林微道:"若是我赢了呢?"朱哼道:"你想要什么?"林微道:"二位这等寒碜,又能有什么像样的东西?"朱哼呼呼直喘,道:"胡说八道,我堂堂九州派弟子,皇上身边的人,还能没有一两样你想要的东西?"林微道:"那就这样,待会儿我赢了,你们便将身上的物件取出来让我瞧瞧,有好玩的,我拿上一样两样,若没有,你们走人便是。"兄弟二人不约而同摸摸怀里,除了那只卷轴,其他还真是无关紧要,再说了,这小太监又见过什么世面,横竖几块碎银子也该打发了;对望一眼,再耸耸肩膀,同声道:"一言为定!"林微应一声,却冲着无间一伸手,道:"我的虫儿呢?"

无间急得满头大汗,可这会儿再没有延宕的余地,伸伸手,缩回来,再低头,赫然发现脚边有一只毛毛虫,也顾不得了,弯腰取一片树叶托了起来。那兄弟二人眼睛瞪得滚圆,似乎要被笑意胀裂,他却道一声"不对",又蹲下身,取一片梧桐叶,一瓣暮琳花,揉在一处再着力一捏,淋些浆汁上去,才又递了过来。林微泰然自若地接了,那兄弟二人则排山倒海一般大笑起来,道:"这是毛虫。"林微道:"毛虫怎么了?"朱哼道:"你祖传三代的绝活便是养毛毛虫?"林微道:"那又怎样?"小冯子实在看不下去,道:"小林子,你莫跟朱爷玩笑,他们真的生了气,你可吃不了兜着走。"林微嘿嘿一笑,道:"今日就要用这毛虫与那两只疲赖蟋蟀斗一斗。"

梧桐叶与暮琳花俱是偏冷之物,加之气息温吞如水,神农教弟子涂在手掌之上再去侍弄毒虫,便极难被察觉;无间如此施为,盖住那只毛虫的气息,好歹先拖延些时辰,再说其他,可林微又哪里明白这一层?只笑嘻嘻地揭开罩子,将它也放了进去。那毛虫甫一落地便察知有异,夺命一般爬到树根之下,藏了起来。绿杨红杏仍旧是一副酒足饭饱的样子,来回溜达几圈,数次与那毛虫擦肩而过,却视而不见,嗅而无觉。那兄弟二人好生奇怪,又是呼喝又是央告,怎奈那虫儿不仅不为所动,反而伏下来,打开了瞌睡。

朱哼眼睛一瞪，道："这算什么？"林微道："哪里不对？"朱哼道："你倒是斗啊？"林微道："我又没有拦着你家绿杨红杏，它们没有胆量邀战，你凶我做什么？"朱哈道："我等有要事在身，若还这样延宕，才懒得陪你。"林微道："我早说了，这虫儿不见血光，不得收场，你若这样一走了之，便是输了。"兄弟二人嘿嘿一笑，忽而一屁股坐在地上，道："比定力？谁还怕了不成！且瞅着，待会儿吃你个片甲不留！"

　　林微转过头来望望无间，眼神里又是恼火，又是疑问，无间嘴巴一咧，也不知该如何是好。又过片刻，日影漂移，几个人原本都在树荫里，慢慢地却到了日头之下，那毛虫依然一动不动，而绿杨红杏却挤到罩子一角一片残留的阴影中去了，触须柔软了许多，翅膀也失了鲜亮，化为一层淡淡的褐色。无间看在眼里，心头忽然一动，蟋蟀乃是喜阴纳凉之物，当下时令日头算不得火辣，可如此曝晒，它们应该是吃不消的。罩子之内那一片阴影越来越小，两只虫儿也愈发烦躁不安，开始推推搡搡，无间则瞪大了眼睛，微微吸了一口气——蟋蟀暴躁狠辣，惯常里一棵树上容不得两只，这等情形，又能维系多久？这念头还不曾落下，却听"啪啪"两声轻响，绿杨红杏便斗在了一处。

　　朱哼、朱哈大吃一惊，高声呼喝，怎奈两只虫儿全不理会，翻翻滚滚，斗得不亦乐乎。朱哼掀起罩子，想将绿杨收回去，林微却甩树枝儿在他手上打了一下，道："你认输了？"朱哼道："输在哪里了？这和你那虫儿没有半点干系！"林微道："斗蛐蛐儿，死的输，活的赢，自古如此，又有什么可含糊的？"朱哼"嘿"一声，怒冲冲的，可终究有些理亏，硬生生收了手。再一瞬，又一声轻响，红杏摔在树根一侧，伸伸翅膀，再也不动了，绿杨则断了一根大腿，有黄白之物拖曳在肚腹之间，可并未就死，一瘸一拐还躲到那点阴影里。哼哈二人又是心疼，又是恼火，可将这笔账算到林微头上，又有些说不过去。几位小太监看他们那种样子，有些害怕，不住脚地后退,林微却依旧笑眯眯地问道:"你们输了?"朱哼怒道:"这不架也打了,血光也见了,你那虫儿半死不活,我这虫儿将死未死,顶多是个平手,为什么我便输了?"

林微点一点头,道:"也是。"还转过头去看无间。无间这会儿心思通透许多,想一想,从就近的水缸里取一点水,浇在了那只毛虫身上。花汁被洗去大半,它也便无所遁形,绿杨忽地一下立起身,勉为其难却又弃之不舍,便那样摇摇晃晃,一步一步凑了上来。那毛虫打个哆嗦,吃了药一般,卯足劲爬了开去。两只虫儿一个死命脱逃,一个死命穷追,不多时在罩子里绕了两圈。众人又好奇又紧张,随着大声鼓噪,跺脚拍手,吵成一片。那毛虫体力不支,渐渐慢了下来,绿杨越追越近,忽地一窜,攀住了它的后尾,那毛虫陡长三分精神,一拱一拱地又开始爬,绿杨不能翻上后背,却也不甘松开,如此被拖着又走一段儿,忽听"波"的一声轻响,身下爆出一片浓汤,歪着摔到了一旁。朱哈满脸大汗,舔一舔嘴唇,再打量一回,原来它肚腹之间被磨得破烂不堪,却又赶巧挂上一丝极细的草根,竟就硬生生给扯开肚肠,一命呜呼!而那毛虫得了自由,一股烟还溜去树根之后藏了起来。

林微笑眯眯地道:"这次我可是不折不扣地赢了!"哼哈二人仍然不能相信眼前的情景,气急败坏,抬脚便向那只毛虫踩去,林微道:"我这虫儿价值连城,真弄死了,你可赔不起!男子汉大丈夫,输就输了,这等没出息。"那两位脸色赤红,就着怀里一扒,那只卷轴连同碎银子、旧纸片、骰子、木刻之类,乱乱地散了一地。林微偏拎起那卷轴,道:"这是什么?"朱哼恶狠狠地道:"那个不能给你。"林微道:"不是说好了,我想拿什么便拿什么?"朱哼道:"那是六皇子的手谕,要带去无念宫的,你拿走了全无用处,我二人可是会掉脑袋的。"继而又一瞪小眼。"若我们掉了脑袋,你也要掉脑袋!"林微伸伸舌头,丢开了,道:"我若是想拿却没拿,岂不相当于救了你二人的性命?"那两位一面觉着此话甚是有理,一面觉着十分不通，只恶狠狠地说一句，"小兔崽子"。林微续道："我又何必要你们的性命？！这样，我什么都不取，你们答应我一件事情，如何？"哼哈二人齐声问道："何事？"林微冲朱哼道："你教我三招武功。"朱哼大摇其头，道："我九州派的武功岂是说教便能教的？"林微道："我只要你教我三招而已，又没说一定要九州派的武功。"她指一指周遭的小太监，又道："我个子小，与人打架总受欺负，你教会我如何欺负他们就成。"朱哼不由得哈哈大笑，道："这个也好，这个容易。"林微道："我就一直觉着你比你兄弟高一筹，这算不上拜个正儿八经的师父，可还是不错的。"朱哈却不由"嗯？"了一声，伸长脖子，道："你说什么？"

这两位皆是好胜之人，虽则武学上相辅相成，私下里却无一日不在较劲，这一层林微在洞庭宫便瞧出来了，今日正好搅和一番，浑水摸鱼。朱哼甚是得意，道："你没听清楚么？我帮你重复一遍，她说我比你高——上————筹。"朱哈盯着林微，道："凭什么他比我高一筹？"林微道："近看仪态，远看神采，你兄长平和中正，韬光内敛，和你还是有些不同的。"朱哈道："平和中正，韬光内敛是什么玩意儿？都是虚的，有个屁用。"朱哼道："你修为不到，自然不能领会个中要义，要么说你比我差一点点，差的就是这一点儿。"朱哈越发恼火，气得哇哇大叫，道："今日我要与你比一比。"朱哼道："比什么？文韬武略，内功外功，肉掌兵械，你想比什么，我便奉陪什么。"朱哈道："比什么都成，我要这小太监亲眼看一看，究竟谁更胜一筹。"林微摆摆手，道："不成，不成，我一个小太监，如何能让你们失了和气，再说了，做哥哥的比做兄弟的高明一些，不是理所应当？"朱哼笑道："就是，就是，理所应当！"朱哈却伸手指住朱哼的鼻子，道："你比还是不比？"朱哼道："我本来就高明一些，当然可以比。"二人随即一同转向林微，道："你要我们比什么？"

第五十九章
花明柳暗前设

　　林微道："比什么呀？"眼珠儿一转，又道："总之你们不能伤了和气。"朱哈道："伤了和气也没有什么大不了！"林微佯装想一想，道："这样，你们各自说一样自己武功中的高明之处，算是出题，另外一位便来解题，能解开，便是平手，解不开呢，当然就输了。"一霎时兄弟二人算盘打得几乎响透肚皮，相互瞅瞅，却又一脸不屑一脸警惕；朱哼转身向花园西侧走去，道："不能当面说给他，怕他难堪，你这小屁太监就当个传话筒好了。"朱哈也是一般心思，撩开步子，向花园东侧走去。

　　这一下正中林微下怀，喜不自胜，便先投朱哼这边而来。那老兄来回走好几趟，这才神秘兮兮地道："'望云振乾步，倒三十六，坤影挂角，震行无妄'，你替我问问他，可参透了？"林微明白这是武功歌诀，想一想，居然也不能尽解。朱哼逼着她记诵无误了，忙不迭便赶了出来。朱哈正等得不耐烦，看到她，居然有些讨好的意味，听完歌诀，"嘿嘿"笑两声，又"嘻嘻"笑两声，继而捧着肚子"哈哈"再笑两声，不待林微说话，忽然翻身拿个大顶，以手代步走了一圈，道："好啦，该我问他了。"林微道："这便成了？"朱哈道："那是当然，待会儿他若是痛哭流涕，寻死觅活的，你可要劝劝才好。"

朱哼所述是九州派问鼎拳法歌诀的最后一句,这句话突如其来,全无道理,真若是依法修习,会有走火入魔之虞,可若是置之不理,又算不上功行圆满。这其中至为关键的是一个"倒"字,望文生义,应该是退身之法才对,可究其实,却是让人哭笑不得的"倒立"之意。兄弟二人一度被卡在这里,如鲠在喉,难受至极,可他们并不交流,而是关起门来潜心琢磨,各自悟透了,又想悄悄留一手,也就秘而不宣。今日朱哼用这个做题目,正好似落入朱哈彀中,个中快意无可言传,怨不得会嘟瑟成那个样子。说着话他又折了一根树枝下来,前前后后比画一堆圈子,然后耸起肩膀,道:"你看好了?"林微道:"不就是画来画去么?"朱哼道:"你懂个屁。"又演示几遍,看林微模仿得差不多了,转而又一左一右一前一后地迈开了步子。林微依葫芦画瓢,不想他甚是满意,道:"小兔崽子还真不算笨。"林微愈发不解,道:"我这样比画比画就成了?"朱哈弄出一副高深莫测的神情,道:"那是当然,那是当然。"

回到朱哼这边,林微先说说朱哈拿大顶的模样,朱哼拧着眉头听完,大为光火,道:"这王八蛋居然瞒着我!"林微进而又划一番圈子,迈一番步子,朱哼一起始还是满不在乎的样子,可没多久脸色便沉了下来,一边琢磨,一边走动,虽则还是依样子比画,手上脚上却合在了一处。林微看一会儿,也才恍然大悟,那居然是一套左右逢源、没有半点破绽的剑法。

这剑法却是莫禾昇所创。早年他通读周易,为其中生生不息的道理触动,也才起了心思,要创这样一套武功出来,只是攻守之间时与势消消涨涨,瞬息万变,要想没有半点破绽,又谈何容易?他在其中浸淫多年,写写画画,留下不少歌诀文字,最后却进退失据,终于明白世上便不可能有这种剑法,沮丧之余却又触类旁通,悟透了"道法可循,人心叵测"的道理,是以也算不上一无所获。多年之后,朱哈跑来无念宫当差,阴差阳错,居然看到了早年残留下来的若干歌诀,其中立意奇绝高绝,一读之下,颇有浴火重生之慨,又如何还能放手?如此一晃数年,他武学上未得裨益,心思却被搅入桎梏之中,懊丧无比,又欲罢不能,今日与自家兄弟争锋,心思转到这里,再正常不过,而搬出这一式,实则又是出其不意的一招好棋。朱哼比画许久,发呆许久,又懊恼许久,终于长叹一声,道:"罢了,罢了,今日便输了,你去对那小子说,老子输了,唉,输了又能怎样,横竖是输了。"

他口唇干燥,面色通红,忽然"嗷"地叫一声,开始拿脑袋去撞身边那棵大树。林微略感不忍,轻声道:"那我真的去啦?"朱哼道:"我还道师父高看我一眼,不想私下里对我兄弟这般眷顾,这套剑法便从来不曾向我提起!"林微佯装要走,却又低低叹口气,道:"搞什么名堂,老道士画符一般,也能叫剑法?有题方有解,这就毫无用处,解它做什么?横竖待会儿别教我这个就成。"

话音飘飘摇摇,从朱哼耳边掠过,他思绪甩出去,抓住咀嚼一下,小眼不住打量林微,可又目光空洞,心思分明不在此处;不多时,一丝浅浅的笑爬上嘴角,他点点头,眨眨眼,又点点头,人几乎要飘起来了,道:"旁观者清,旁观者清,我堂堂朱哼,居然还不如一个一窍不通的小太监!"林微道:"你又怎地了?"朱哼一边手舞足蹈,一边哈哈大笑,道:"你去告诉我兄弟,这套臭屁剑法我自然解得,非常解得,轻松解得。"林微道:"你要怎样解得?"朱哼一边比画一边道:"讨一张凳子,一壶好酒,坐在边上就解得。"林微道:"这又算是什么?"朱哼道:"他不攻,我守个屁,他不立,我又破个屁。"

林微脸上懵懂,心下却也暗叹朱哼一点即透;攻即有隙,有隙即可破,所以这几招剑法始终游离于进退之间,看似引而未发,实则是只引不发,看似寓攻于守,实则是不攻不守,可如此一来,它便如同自娱自乐一般,无以为益亦无以为害,自然全没有拆解的必要。朱哈听林微传话,一起始还是一副不胜鄙夷的样子,可片刻之后,汗水便顺着脸膛滴滴答答直流了下来,他管中窥豹,殷切太过,最终深陷其中,不能自拔,这会儿犹如醍醐灌顶,幡然而悟的同时却也失落得无以复加。

这兄弟二人无论资质还是修为,包括那一点小算盘都是半斤八两,无论比多少轮,应该都差不到哪里去。林微唯恐天下不乱,也好有个取巧的机会,不过看这等情形,还真不像是有什么希望。朱哼见她走回来,细细问一遍朱哈的情状,继而又飘飘地飞一通,方才一字一句地道:"你且去问他,'菱蹑望天玄,爻玲且九乾',又做何解?"

这回倒是林微变得极为诧异,这明明是弱云三式中的歌诀,他何以会知道?她说不出究竟摸索到什么,隐约有所计较,实则又全无计较,而朱哈看见她,又欢喜又忐忑,再听完这两句歌诀,眉头一皱,便不吭声了。他念叨一会儿,站起来,脚下一转一转的,依稀有点青青的样子,却又全然不对,转而捏着腮帮子又想一通,道:"这像是御阶系的武功。"林微"哼"一声,一颗心便缓缓地给吊了起来——朱哼朱哈可并非御阶系。

九州派不得涉宫廷之乱,却又难脱宫廷之乱,久而久之,派内分支林立,有七系之分,于弱云于弱风系皇上亲信,当属御阶,而朱哼朱哈追随六皇子,当属锦衣,二者之间身份上要差出不少。此外他们还有"下行为令,上行为禁"的规矩,也就是说高一系可以参详低一系的武功,可低一系不能参详高一系的武功,否则便是僭越的重罪,要断一手一脚逐出宫墙的,既如此,兄弟二人可断断学不得弱云三式,而朱哼居然背得出其中的口诀,这又是何道理?

朱哈闷头琢磨,林微却悄悄走回到朱哼那里,一咬牙,大着胆子说道:"你兄弟说这是弱云三式。"朱哼正哼着小曲儿来回溜达,听见这话脚下趔趄,差点摔个跟头,道:"他如何知道是弱云三式?"林微察言观色,心下急转,道:"他还要我问你呢,这口诀你又是从何处习得?"朱哼脸色发白,张张嘴没有说话,林微又道:

"他说你是偷来的。"朱哼道:"胡说八道:我堂堂朱哼,位高望尊,如何会偷?"林微道:"他说欧阳大小姐会弱云三式,你肯定是从她那里偷来的。"朱哼道:"大小姐高看我一眼,便不能有心相赠?"林微道:"不成。"朱哼咽一口唾沫,忽然有些害怕眼前这位小太监,道:"你个臭太监,这关你什么事?"林微道:"他说你犯了师门大忌。"

这弱云三式的口诀倒的确是欧阳青青所赠,回来临安的路上,某一晚她浅饮了几杯,心中烦乱,信手写写画画,竟满篇都是"范无间"三个字。朱哼进帐子议事,刚好看在眼里,青青当时不怎么在意,酒醒之后却追悔莫及;自己待嫁六皇子,却这样心猿意马,若传出去,又如何得了?再一日,她假意向朱哼求教功夫,却有一句没一句地将"宓妃醉酒"的口诀授给了他。朱哈当然知道弱云三式万万修习不得,可那步法妙绝天下,谁又耐得住个中诱惑?而青青略施笼络的同时,又抓住了他的把柄,由此心照不宣,自然更多一层默契。今日他与朱哈较量,心思用到极处,铤而走险,不曾想却弄到这步田地;这会儿摆摆手,满脸沮丧,道:"罢了,罢了,我输了就是。"说着话,抬腿就走。林微道:"你去哪里?"朱哼道:"去见我兄弟。"林微道:"他不见你……"顿一顿,又道:"他说不知道该怎么见你,不想见你,也不能见你。"朱哼停下步子,不由得长叹一声,依戒律朱哈应当即刻拿了他去无念宫领罪才是,而自家兄弟这样说话,显见有心放他一马。他懊恼不已,又无可奈何,小眼睛眨了又眨,忽然流下泪来,继而向林微拱拱手,道:"那你给我兄弟说一声,我这就去了。"林微道:"去哪里?"朱哼道:"天无绝人之路,走到哪里便是哪里。"说话间身形一晃,便到了十余丈之外。林微心道延麟令还在你那里呢,可万万走不得,而他忽然间竟又回过身来,高声叫道:"你说与我兄弟,延麟令在我枕头上方的蒲团里面,究竟该如何处置,他自己看着办罢。"

林微不由心花怒放,说什么"踏破铁鞋无觅处,得来全不费功夫"。与哼哈兄弟啰唆半日，走一步，看一步，结果峰回路转，居然是这样一个妙不可言的结局。她又转过身去找朱哈，道："你兄长等得不耐烦，先走了。"朱哈正绞尽脑汁地想呢，随口敷衍一句："去哪里？"林微道："建康。"朱哈吓了一跳，道："好端端的，跑去那里做什么？"林微道："建康不是有一座水月楼么，他说你若想知道口诀的意思，可以去那里找他，那酒楼别有讲究，与武学也息息相关呢。"这话教一般人如何能信，可那兄弟两个均是乖张之人，偏就信得妥帖踏实。他露出一副心痒难挠的神情，掰着手指头算了算，道："脚程快了，明日午间便能打个来回，什么都不耽搁！"说话间抬腿就走，身影晃几晃，也便不见了。

哼哈兄弟独居威和宫青鹤院，无间林微走到的时候，天刚擦黑，院门虚掩，一位婆子加完灯油刚好出来。她面上裹着一条毛巾，只露出一双眼睛，抬头看到他们，大为惊讶，惯常里这些小太监们大都横冲直撞，而这两位却乖乖地给让开了路；于是问道："做什么来了？"林微道："给两位朱爷扫扫屋子。"那婆子道："又输了蛐蛐儿？"林微嘿嘿一笑，那婆子却眉毛一挑，道："别给我呕在屋里就成！"

进来院门，走没几步，一股臭气便扑面而来，那臭气浓重也还罢了，却又似乎年深日久而且色彩斑斓，有一份别样的恶毒。二人屏住呼吸，走近厅堂，昏暗的灯光之下，里面好一番氤氲蒸腾；便没有一件摆设是在该在的地方，石头块儿木头棍儿树墩子破水缸均堂皇地占据一隅，而墙角窗下还堆着许多鸡骨头干馒头酒葫芦之类的破烂，引来一群苍蝇，嗡嗡飞舞。林微捂着口鼻笑个不住，无间则讪讪地道："这两只朱爷还真是属猪的。"在门边探头探脑张望一会儿，确信没有人，抬脚便进了门槛。地面油腻不堪，深一脚浅一脚，见缝插针一般跨出十几步，再抬头，眼前站着一位，一脸冷笑，竟然是林微。他吓好大一跳，道："你弄鬼也不看个地方！"林微道："就这点道行，还叫嚣什么救大小姐，真是情到深处，全无顾忌。"无间咬咬牙，咽下想说的话，转身瞧瞧，他从左边门框进去，绕一圈，竟到了右边门框，再走一步，也便跨出来了。

屋内垃圾成堆，却是依五行之变而置，正是那兄弟二人用来推研阵法的。无间埋头向空当处下脚，糊里糊涂被纳入阵中，再被吐出到阵外，正所谓"不得其门而入"。这一回他留了心，忽然觉着气象阴森森的，好生不自在，索性一跃而起，横跨厅堂，直接进了内室。好一会儿没有半点声响，林微一颗心几乎要捏起来了，门帘一动，他又跳了出来；左手间是一只黑乎乎的布袋，右手间是一只金灿灿的蒲团，中间则有一根近乎透明的细绳儿，将二者连在一起。他将那只布袋丢在地上，道："这是枕头。"长吁一口气，又道："里面无一处不在生长，都论坨的。"继而又指指蒲团："这个在木榻后面的木凳上，纤尘不染，都晃人眼睛。"

他摸一摸蒲团，取匕首剖开，里面果然有一块令牌，外缘镶一层黄金，中间嵌一块蓝玉，一面有一个"延"字，另外一面则有一个"麟"字，所谓"延麟现，天下先"，那毕竟是皇室信物，即便朱哼朱哈邋遢成这样，也还是不敢亵渎。他摩挲一会儿，又瞅瞅林微，道："这个瞒天过海的门道我也想过，可是六皇子的亲笔信又向哪里着落？"林微若有所思，却答非所问，道："到时候弄出人命，你不要后悔就成。"

那无念宫乃是九州派总坛所在，虽说不在皇城之内，但是从宫里过去有直达的路径；一路上看到不少巡逻的侍卫，不过只须晃一晃延麟令，便再没有人多问一个字。到了那里已是深夜时分，满满一庭院的月光，荡漾在稀稀落落的几棵老树之间。宫门便如同普通小庙的山门，毫不起眼，"无念宫"三个大字瘦如朽木，占据着一块灰溜溜的木匾；两侧柱子上又有一副对联，"残阳盈小窗，弦月渡荷塘"，林微轻声念一遍，心下有些儿纳闷，堂堂九州派，这又是哪一门子的格调？

走上石阶，跨过门槛，又不由一怔，眼前不是院子，而是一池静水，月光与水波纠缠，朦胧之下有一层喑哑的光芒。水面上有不少荷叶，探出来一尺有余，却各自孤零零的，是一副若有所思的样子。池上不见有桥，池边则紧贴院墙，不见路径，二人倍感蹊跷，退回来又勘察一番，才又走了回去。林微心思转到那副对子上面，有所悟，目光向西面墙上搜索，居中的地方果然有一扇圆圆的窗子。她点点头，再打量就近的一片荷叶，它边缘缩起，耷拉在水面之上，像是已经枯萎多时，伸手摸一摸，指尖冰冷，原来是金属所制；心下不由得一动，再想一想，便大着胆子点起一支火折子。荷叶随之一亮，似乎将火苗吸了进去，叶片中间随之变得红彤彤的，好似点起来一只小火炉，她大为好奇，吹熄了火折子，那荷叶也便黯了下去，无间笑道："原来是个省灯油的法门，点一盏，便送你一盏。"

这话却在林微心上轻轻点了一下，她抬头望一望当天明月，伸手捏住荷叶向上拗了拗，周缘的月光随之一颤，忽而如同蚕丝一般流了进去，那荷叶也便越来越亮，最后竟如同拢着一颗夜明珠，熠熠生辉。林微笑呵呵的，将叶面稍稍再摆过去一点，照向不远处的另外一支枯荷。月光自天而降，由第一只叶片里溢出来，缓缓流向第二只，继而第三只、第四只、第五只，一盏盏递向对岸，而那光晕曲曲折折，竟好似在池面之上结起一道银色的丝绸。这一池荷叶看似随意，方位上却两两辉映，而所谓的"弦月渡荷塘"，原来是这样一层寓意。

林微再无怀疑，沿着银光踏出一步，水波颤动，落脚之处果然隐藏着一只木桩。二人一前一后，不多时便上了对岸，迎面屋子里随之"嗤"的一声轻响，燃起一支火折子。火苗移到一支蜡烛的顶端，光芒一暗，继而一亮，一位老者干瘦的脸庞便呈现出来。他声音颇为尖利，缓缓问道："来者何人？"林微道："我二人奉六皇子之命来取一样东西。"说着话先递上延麟令，再递上一只卷轴。无间在一旁瞅着，不由得眼睛放光；殊不知林微尾随他多时，先从青青房中偷出那支卷轴，及至后来毛虫胜了蟋蟀，迫得那兄弟二人将怀里的东西一股脑扯到地上，她捡起六皇子的卷轴看一眼的时候，又悄悄掉了包。

那老者这才看清二人的模样，像是有些惊讶，道："你们不是九州派的？"林微道："不是。"那老者道："朱哼朱哈呢？"林微摇摇头，道："不知道。"那老者沉吟一下，又道："他们可曾说起过，莫大人尚未出关？"林微道："我等奉命行事，其他不敢知道。"那老者"嗯"一声，展开卷轴读一遍，继而又审视一番延麟令，站起身，道："随我来。"

后院更为开阔，四四方方，纵横足有十余丈。那老者引着他们穿庭而过，进来书房，示意二人在两张太师椅上坐下，他则坐在正对面的书案之后，开始提笔写字。过好一会儿，林微渐感不安，数次想问一问，还都咽了回去。窗下有两只花架，左边是一株醉菊，右边则是一株殊梦兰，二者皆是富贵之花，味道馥郁，再经透窗而过的夜风一吹，厅堂之内便多出一分不合时宜的香艳。林微正这样琢磨，那老者捡起一支卷轴，向着二人展开，道："我老眼昏花，力有不逮，这上面几个字，你们可看得清楚？"那像是一块画板，涂着厚厚一层颜料，花花绿绿一片斑驳，可是当中几个字并不难分辨，林微望一眼，轻声念道："'桃花应笑客，无酒到愁边'？"那老者却摇摇头，道："为何有人告诉我是'淹泊真衰矣，登临独惘然'呢？"

林微略感好奇，又看一看，道："怎么会？"可无间心下却怦地一跳，隐隐然只觉大事不好；当日沈顾在锦官岛以寸丁竹入墨，致人眼神恍惚，进而化出一片幻境，而醉菊与殊梦兰花香胜酒，药效犹胜十倍，若教常人坐这么一阵子，不晕倒才怪，而他们浑然不觉，自然还是拜断疴木所赐——目光落在那老者手中的画板之上，不由又打一个激灵，这岂不正是神农谷众弟子嬉闹饮酒时候常用的手段？那画清醒时去看是一副情形，昏花时去看是另外一副情形，而他和林微不受花香侵扰，所见自然有异于常人。

那老者不住摇头，慢慢将画收起来，继而"啪"的一声拍在了案上，与此同时梁间一声轻响，一片钢针兜头撒了下来。无间隐约之中等的便是这一瞬，抢一隙先机，揽起林微越窗而出；立足未稳，那老者的掌风也到了面门，他使"潮水平"硬接一掌，退出丈余，那老者却身子一荡，摆拳击向林微，林微则转半个圈子，轻轻巧巧避了开去。那老者甚是惊讶，稳住身形，肃然道："二位究竟是谁？"林微好生懊恼，道："我们是谁？我们是六皇子身边的人啊！你抗命不说，还出手伤人，小心治你的死罪。"

那老者目光清冷，转而道："朱哼朱哈又在哪里？"林微道："延麟令都在我手里了，你说朱哼朱哈在哪里？"那老者像是哆嗦了一下，再不答言，脚踩八卦方位，又攻了回来。无间双掌上扬，使一招"参会斗转"，那老者应一掌，荡开去，只是不等双足落地，林微从一个不相干的方向抢过来，脚尖上扬，去绊他双足。他"嘿"了一声，几乎跌一跤，转身再攻，可两招之后，同样的情形复又出现，小个儿太监又抢先机，几乎踢中他太溪穴。如此几个来回，他场面上尚可支撑，心底却一片颓然，大个子强则强矣，尚有矩可循，这小太监于他的身法套路好似未卜先知一般，又是哪一门子的能耐？

便在此时，前院忽然传来一片噼噼啪啪的踩水之声，继而有人高声叫道："老何子，老何子，你死了没有？"眨眼间两只肉球滚进院子里，正是朱哼朱哈到了。他们拍拍手，像是十分欢喜，同声道："还好，还好，我就说老何子死不了，当然死不了。"老何子没有半点好气，道："是尚不曾死而已。"朱哼道："你让他们骗过没有？"老何子怒道："若是让他们骗了，还要你们来这里做什么！"

哼哈二人哈哈大笑，竟然是一副得意非凡的模样，道："我二人来这里是因为我们精明至极，机敏至极，料敌先机至极，又岂是得了你的召唤！"林微"呸"一声，做个鬼脸，道："建康的月色比之临安好些，还是差些？"朱哼耸耸肩膀，瞅瞅自家兄弟，道："建康？谁去建康了？我不曾去建康，难道你去了？"朱哈道："脑子里有屎的人才会以为我们去了建康。"朱哼道："就是，就是，我们脑子里又没有屎，又如何会去建康？"林微道："二位这等英明，应该是走出去没多远，便明白了？"朱哈道："就是，就是，我们脑子这样快，自然走没多远。"朱哼却推他一把，道："走没多远？我们压根儿就没想过去建康！"继而晃晃脑袋，如同炫耀一般续道："我就想，我兄弟如何会知道那是弱云三式？他若知道那是弱云三式，我俩岂不是彼此彼此？我老人家当断即断，风行雷厉找回宫里，结果那群小太监居然说他去了建康，嘿嘿，我便知道其中有鬼——想骗我兄弟二人，谈何容易！"说着脸色一变，厉声道："你究竟是谁？"

林微"扑哧"一笑，摘了帽子，发髻散开，秀发便垂了下来，她也不再撮着嗓子说话，道："你们说我是谁？"哼哈二人凑着月光瞅瞅，忽而同时跳了起来，道："是你这小妖女！"朱哈又耸耸肩膀，道："也好，也好。"朱哼道："好什么好？"朱哈捏着两个手指头比一比，道："你我都知道这小妖女聪明得很，比我二人只差那么一点点。"朱哼不住点头，道："所以也就她几乎骗得了我们，可是鉴于比我们差了那么一点点，所以到头来还是骗不了我们。"二人对所受的这一番愚弄耿耿于怀，这一会儿忽然变得不可收拾，你一言，我一语，开始拼命往脸上贴金。

他们目光渐渐转到无间那里，一个"哼"一声，一个"哈"一声，道："你这块木头原来也在这里。"无间哈哈一笑，道："呆则呆矣，我行我素，不至于把蜘蛛当蟋蟀，也不至于唧唧歪歪跑建康。"朱哈道："那天你在神农谷，装模作样的，这片地图给大小姐，那片地图也给大小姐，转过头来又不舍得了？"无间道："我来宫里才不是为了地图——"，朱哼忽然弄出一副颇为高深的样子，道："我知道你为什么来宫里。"林微笑呵呵地道："为什么？"朱哼道："当然是因为青青大小姐。"朱哈道："这关欧阳大小姐屁事？"

朱哼道："他和大小姐在神农谷眉来眼去的，别人看不出，我还看不出么。"朱哈大摇其头，道："他和这个古怪精灵的小姑娘成双入对的，怎么会和大小姐有一腿！"朱哼道："这个小丫头标致是标致，比之大小姐还差了点风韵。"朱哈道："大小姐凶巴巴的，人见人怕，不像这个小姑娘，可恼是可恼，也可人着呢，要我，我娶这个小丫头。"朱哼道："你算个屁，这种事情什么时候轮得到你！"朱哈一指无间，道："这个臭小子也不怎么地啊，呆了吧唧的，哪里有我的风骨。"朱哼道："这个叫作桃花运，命里带的，你没有，你我二人都风度翩翩，可惜命里没有这个。"

二人啰里啰唆，越说越不堪，老何子率先忍不住了，怒道："大小姐是六皇子的人，你们嘴巴再不放干净一些，小心掉脑袋！"朱哼嘿嘿一笑，转而问道："你又如何识破他二人使诈？"老何子道："他们在醉兰居不为花香所困，自然有鬼。"朱哼一指无间，道："这小子是神农教的人。"老何子一怔，又点点头，道："怨不得，怨不得。"无间道："那你与神农教又有何渊源？"老何子怒道："我堂堂九州派怎会和那西南邪教有瓜葛？"无间道："那这些花花草草的手段，又是哪里学来的？"老何子道："醉兰居历来便是这样布置，几十年，上百年了，和你们神农教没有半点干系！"

无间还要再问，朱哈却伸脑袋过来，冲林微道："我收你做徒弟怎么样？"林微道："我凭什么要拜你为师啊？"朱哈道："你们糊里糊涂走进无念宫，可无念宫哪里是说来就能来的，若不是九州派弟子，便只有死路一条。这傻小子死就死了，死得其所，死得其理，死个铁板钉钉，你这小丫头我还怪舍不得，没有办法，只好收你做个徒弟。"无间却不知在想些什么，道："凭什么她就比大小姐少一分风韵？"朱哈眉毛一挑，道："你不乐意？你不服气？"朱哼道："他与那小丫头卿卿我我，自然会见识你我见识不到的风韵。"林微"呸"一声，道："谁和他卿卿我我！你们要是想将他大卸八块，巴不得呢，免得污我的手。"朱哈道："臭小子红粉堆里一大忽悠，在大小姐那里，便是负心薄幸。"无间笑道："若非负心薄幸，又如何能走在红粉堆里？"说完这话，心头忽然变得好生古怪，可这会儿朱哼又绕了回来，道："我还没有说要收那小丫头作徒弟呢，如何就轮到你了？"朱哈道："又没有人拦着你，你晚一步你怪谁？"朱哼道："我晚一步，可是我是兄长，所以是兄长，是因为早你一步，如此便扯平了，我照样可以收她作弟子。"

他二人你一言我一语，又吵在一处，老何子变得更为不耐，道："两个都杀，两个都杀，谁说了要留活口？"那兄弟二人皱着眉头瞅他一眼，道："这会儿你要和我们讲规矩了？"老何子怒道："我什么时候没讲过规矩，再胡说八道，我让莫大人亲自收拾你们！"朱哈伸伸舌头，向林微一摊手，道："没有办法，我神通虽大，也救不了你。"林微嘻嘻一笑，道："谁说要你救？我们进的无念宫，当然也出得无念宫。"朱哈双眼一瞪，道："我哼哈兄弟联手，便已经天下无敌，再加上老何子，便是举世无双的'无缺阵道'！'无——缺——阵——道'，你可知道？"林微摇摇头，道："九州派这些神神怪怪的阵法大多是自吹自擂，名不副实。"

她口上这样说，心下却着实吃了一惊；"无缺阵道"乃是九州派绝顶神功，林剑无提起来的时候，也极为推崇。自古以来阵法如棋，个中变化繁杂也好，简单也好，都是事前设定好的，这就如同一个人学会一门武功，临阵时候可以用这一招，也可以用那一招，但无论哪一招，招式都是既定的。而无缺阵道独辟蹊径，讲究的是"无方"二字，施为者心意相应，随机起变，随机应变，绵绵相生，幻化无穷。林微的目光从对方三人面上掠过，还有些将信将疑，这老何子与他兄弟二人能有何渊源，可以布成此等独一无二的阵法？正自琢磨，远远的忽然有马蹄声传了过来，朱哼颇为着恼，瞅瞅朱哈，道："是你走漏了风声？"朱哈眼睛一瞪，道："难道不是你走漏了风声？"朱哼道："万事尽在掌握，为何要走漏风声？"老何子"哑"一声，道："你二人弄丢延麟令，又弄丢六皇子的手谕，还胡说什么尽在掌握？"朱哈仍旧颇为不屑，道："那这些人是你招来的？"老何子道："废话，大祸临头，再不通报给六皇子，果然不想要脑袋了？！"

　　说话间马蹄声连成一片，似有千军万马从四面八方一起聚拢而来，只一会儿的工夫，无念宫已经被围得密不透风。

第六十章
宿缘轮回过

　　林微一直留意着老何子一举一动,不想他不着半点痕迹,还是通报到了宫里。他向院门口走出几步,躬身大声说道:"何铁律恭迎殿下!"话音未落,一行人鱼贯而入,当前一位白衣白帽,月光之下,尤其醒目,正是六皇子。欧阳青青在他身侧,披一件红色的斗篷,目光从林微转到无间再转回林微那里,好生惊讶,想说什么,又咽了回去。朱哼朱哈有些儿忐忑,抱拳行个礼,不自觉地往老何子身后躲。六皇子冷冷地道:"你二人丢了延麟令?"朱哼哂然一笑,道:"差点儿,这不已经追回来了。"继而一指林微,道:"她是落雪山庄林剑无的宝贝闺女。"又一指无间,"这傻小子便是范无间。"

　　六皇子目光亮亮地打量过来,林微笑道:"六皇子,都说你胸怀天下,志在千里,谁承想照样难过美人关——你为大小姐抛得下江山社稷,她可不见得领情呢。"六皇子的声音里忽然多出一丝兴味,道:"都说你这丫头聪明绝顶,换作是你,又该如何处置?"林微道:"于公,她不曾找回来一份像样的地图,却丢了不止一份,于私,六皇子这份眷顾,也就只有她,消受得风轻云淡;若是我啊,无毒不丈夫,一刀杀了才好。"众人均暗暗吃了一惊,可六皇子依旧似笑非笑，道："杀了她，解脱的又是谁？"林微道："你是一朝皇子，又何必解脱？"进而指指青青，道："若是没有她在中间搅和，事情不知道会简单多少呢。"

六皇子纵声笑了起来，道："小妖女鸥鹞弄舌，心思奸诈，果然不差！"朱哈在一旁连连拍手，道："殿下英明，英明无比，她的话最不能听，让你往东，你往西才对，让你往西，你可一定往东才好。"朱哼跟着也道："就是，就是，殿下若是晚到一会儿，我们八成已经将这两个小王八蛋擒到手了！"说话间二人单手各画一个弧线，忽地拍出一招"旋风卷"，无间林微只觉四面八方风生水起，呼吸为之一窒，不得已，同时推一掌"潮水平"。而他们动，老何子也动，漫空里一扫，一股阴风撩上来，如同锲子一般拨开一隙，那兄弟二人的真气便直灌进来，推着他们向两侧跌去。无间林微惊讶之余，移形换位，借子非鱼的柔劲各自荡一个不是圈子的圈子，还在一处。老何子却更为诧异，低低嘀咕一句："搞什么鬼？"

他与哼哈兄弟性情上极为相得，这一会儿收摄心神，不多时便入了通融之境。无缺阵道如月之清辉，不着一物，却又如水银泻地，无孔不入，无间林微周旋其中，便如同周旋在刀刃之上，种种轻灵细腻无可描摹，种种凶险又防不胜防。再斗片刻，老何子连点三指，朱哈继之以三指，六番力道冲折几个来回，直取无间，而朱哼则双手一抱，俨然送出老大一个破绽。无间想也未想，脚下一转，搭掌风长驱直入，不料右脚猛地一沉，一块方砖竟然陷了下去。他猝不及防，几乎跌倒在地，"啊呀"一声的工夫，林微抢上数步，拨开老何子迎面一拳，卸掉哼哈兄弟肋下两掌，继而脚下一蹴，将他往半空送去。他翻身落地，却听"噗"的一声，脚下的砖块居然又是虚的，膝盖之下也便齐齐没进了地面。

无缺阵道盘根错节，转眼间掩了回来，他连试数次，始终脱身不得，而林微护在中间，几乎再没有回旋的余地。不出数回，她率先中掌，跌出去好远，无间急火攻心，没头没脑猛地一窜，可身上一紧，竟撞进一张细网之中。老何子三人各自捏着丝网的一端，长笑声里猛地一抖，他也便直接摔在了地上。

林微吐出一口鲜血，缓缓坐起身来，望一眼哼哈二人，道："你们也赢一回了？"朱哼道："何止赢一回，今日你这条小命送在这里，再没有翻身的机会，我等便是赢了一千回，一万回！"无间被那丝网捆得结结实实，大为不忿，道："这便是无缺阵道？地上捅窟窿，天上罩罩子，教我说，便是缺德阵道。"朱哈丝毫不以为意，笑眯眯地瞅着林微，道："他这根木头瞧不出梅花之数，你可明白？"

林微略一思索，忽然明白过来：地面上石砖有虚有实，却是依着梅花阵法而设，而无间两次踏空，均是在真气接续的当口，这其中的衔接又与无缺阵道环环相扣，大非寻常。这时六皇子"刷"的一声拔出长剑，倒转剑柄，递到了青青身前。青青微微一怔，又不敢不接，道："殿下何意？"朱哈这会儿也敢多嘴，笑呵呵地道："大小姐，这还不明白么，皇爷是要你在那小子心口搠个窟窿。"青青道："殿下果有此意？"六皇子道："也未尝不可。"青青道："殿下知道他是何人？"这回轮到朱哼插嘴，道："他若是死了，八成可就再也找不到社稷神鹿咯。"老何子万分恼火，在他肩上猛拍一掌，道："少说两句！"

青青再望一眼六皇子，还道此人万事不萦于怀，不想一切的一切，还都切切在心；踏上两步，长剑递到无间颈下，那剑沾染了月色，明晃晃的泛着一层苍穹般的光芒，直教人心下也凉飕飕的。无间叹一口气，道："大小姐，你是不是也挺作难？"青青说不出为什么便受了触动，眼泪竟夺眶而出，无间便有些手足无措，道："无妨，无妨，我现今活一日，便赊一日的账，作个了断，岂不正好？"思绪飘开去，转而问道："你哥哥好些了？"青青似是有些恼火，道："这与他有什么相干？"无间转而望望林微，道："你要不要嫁他?"林微心头同样窜起无名火,道:"谁说我要嫁给他?"无间道:"你二人般配得很呢。"林微道:"那你娶不娶殷姑娘?"无间不由得哈哈大笑,道:"今日里一命呜呼,正可以堂而皇之地溜之大吉。"林微道:"早就没冤枉你,从前没心没肺,如今变本加厉,便是负心薄幸!"

无间转而长叹一声,只这一会儿的工夫,忽然就难过得不能自已,林微冷冷地瞧着,道:"怎么,今日终于又开了一窍?"无间道:"在宫里看到你,你可知道我有多高兴!"林微道:"多一个人为你的大小姐卖命,你当然高兴!"无间摇摇头,神色间多一分郑重,道:"你嘴上这样那样的,可真是好得很呢。"林微不禁微微一怔,眯着眼睛再打量他,他却转而说道:"所以我更惭愧得很,拖你进是非窝里。"林微又像是颇为无奈,道:"你还在乎我呢?不是要救你的大小姐么,如今又是谁会在你心口捅个窟窿?"无间望望青青,道:"大小姐,这件事情和微微全无关系,你可有法子让她出去?"青青神色木然,道:"放她出去?难不成我欠她一个人情?难不成我还欠你一个人情?"林微道:"你当然欠他一个人情,又何止是一个人情!"青青道:"他还真懂得什么是人情?"林微道:"也好,都由你那待嫁的郎君做主就好,你还等什么?"青青道:"你道我真的不会?"林微声音里忽然多一丝寒意,道:"你本来不会,可现在不正好有六皇子给你个台阶么?再说了,自己不能解脱,正好借机一了百了!"

青青身子微微一颤,神色间忽然泛起一丝凄然;日复一日,那些记忆渐行渐远,可即便细微到无法把握,一情一景依旧毫发毕现,不曾损失一丝一痕。不知何时又一颗圆圆的泪珠顺着俏脸滚落下来,她呆呆地望一眼长空,心头竟然再没有什么知觉;欧阳泊依旧杳然无踪,欧阳胥依旧莫可名状,在无间那里无能为力,在六皇子那里又无可奈何,种种凄苦,又岂是常人所能消受?解脱,解脱,心力交瘁若斯,又有什么不能解脱?朱哼分明瞧出些许苗头,大声道："大小姐，这小妖女神神道道：你可别受她蛊惑才好。"朱哈也道："对啊，对啊，先了结了这小子，咱们还要想法子去救老丞相呢。"

　　青青像是听到了，又像是充耳不闻，长剑一挥，搭上无间肩头，轻声道："你来此间，果然是为了救我出去？"无间道："地图不地图的，哪有你要紧。"青青道："等你拿到地图，还请——救我爹爹出来？"无间好生惊讶，道："此话怎讲？"青青轻轻叹一口气，长剑刺出，却在网上一划而过。那丝网非比寻常，可这口长剑亦是天下至宝，但听"嗤"的一声轻响，一捻松，万捻松，无间双臂一震，已然脱困而出，而青青则长剑回收，径直向自己颈下抹去。

　　老何子似是早有准备，延麟令脱手而出，撞得那柄长剑斜着直飞而起，无间纵身一跃，半空里抓下来，剑花飞散，跟着刺出一招"浮光掠影"。这一回他以一敌三，脚下又多有顾忌，过不多久，复又落尽下风。林微仍然不能起身，可心头有所计较，再看老何子三人的步点，奇诡之下，果然暗合五五梅花之变。她说不出究竟把握到什么，摸出一枚铜钱，向院角那棵木棉花掷去，无数殷红色的花朵飘然而起，又被她内力牵引，线路清奇，扑簌簌落下来，各有所归。老何子三人心下一惊，同时停手，林微却豁然开朗，冲无间呵呵一笑，道："有花片的地方石砖是虚的，你可不要踩到才好。"

　　月色如水，青石板上泛着一层淡淡的光芒，落花如棋，其间线路隐隐约约，却又精致绝伦。无间扫一眼，胸臆间登时舒展不少，再使一招"天雨潇潇"，泼刺刺陡添几分神威，可另外一面，满地落花又好似沉入心底，即便是闭上眼睛，还依然清晰之至。思绪杂沓，无可阻挡，为何这一切似曾相识？虚空里似乎有一帧往昔与之息息相关，可伸手出去，又无从捕捉。数招一过，不少花瓣被掌风带得漫天飞舞，而地面上已是一片狼藉；一脉深红色的凌乱之中，丝丝缕缕的痕迹揉起复又散开，而脑中一声轰鸣，不是有"梅花一缕香"之么？那些散落的木棉花竟然与鬼见愁顶层的星星点点殊无二致！

　　念及此，灵光一闪，他从怀里摸出一把碎银子，当空砸了下去。那些银子承着内力，正如当日殷茵轻轻一按，打在如梅花一般分布的五块石砖之上。但听"咔嚓"一声响，石砖陷了进去，地面则微微一颤，多出些摇摆不定的意味。老何子三人大吃一惊，发一声喊，护着六皇子向门边疾退，而不远处的地面上则无声无息地敞开一方黑黝黝的洞口。这多少正应着无间心中所想，他没有半点犹豫，就地一滚，相继揽过青青与林微，一跃而下。头顶一暗，洞口旋即合拢，林微学着老何子的调调说道："搞什么鬼！"无间却明白这一刻三人身处奇险之境，稍不留神，便会尸骨无存；再说话，声音不由微微颤抖，道："鬼见愁，这是偌大一只鬼见愁。"

　　眼前景象果然与鬼见愁第二层如出一辙，有边有顶，如同一只四四方方的匣子，飘荡其中的是一股年深日久的陈腐之气，惟屋角点着一盏油灯，在沉沉的黯淡里攒出一团昏黄的光晕。地面上有沟渠数道，四横两竖，正是一个"目"字，渠内又有一层液浆，较水为稠，透着暗旧的青色。当日沈顾让殷茵取清水注满槽线，解开这一关，可此处并没有蓄水之物，而即便是有，又如何能贯通这些沟渠？林微这时也明白过来，道："这一句便是什么'把盏泪两行'了？"无间一面点头，一面四处搜索，可青青却身子一软，倒了下去。

　　无间颇为不解，探探她的脉搏，又取出自己的那一片断疴木塞在她手里，道："在怀玉山你得的那片木头呢？"青青道："扔了。"又像是疲惫至极，便闭上了眼睛。这时林微竟也靠着墙角坐了下来，盯着那盏油灯，幽幽地道："我有些想我爹爹。"无间"嗯？"了一声，扭头打量，而她却是一副神不守舍的样子，又道："你说我娘是不是很坏？"无间依旧实在，道："你不要那样想就好。"林微并不正眼看他，抱住膝盖，又道："是殷姑娘待你好些，还是我待你好些？"无间心中发毛，道："你说什么呢？"

无间传

他走过去，抱着林微的肩膀使劲摇一摇，林微呵呵一笑，摸摸他的脸颊，道："你说咱们这样奔波又为着什么？世间又哪里有海蓝若的解药？你去日无多，想一想，又怎不让人万念俱灰？"说不上为什么，无间忽然也变得空落落的，叹一口气，挨着她坐了下来。暗影浊重，压得人难以呼吸，或者这样睡过去就好，再也不必醒来；他双手抱着脑袋，这般心境，这般心境，岂不正应着林微刚刚说过的"万念俱灰"四个字？可思绪的尽头又因此轻轻一颤，神农教不是有所谓"灰念散"么？那是由怀玉山的青根草与画眉山的黑血莓混合制成，色青质浊，遇水而凝……再望一眼沟渠中的暗青之物，不由自主便站了起来。

灰念散生陈腐之气，人浸沐其中，神思灰败，有求死之心，青青殚精竭虑，尤为脆弱，而林微看似无意，却万事在心，所以也好不到哪里去，想到此间，他忽然再无怀疑，渠中所蓄只能是此物。"灰飞烟灭，灰飞烟灭"，他一面念叨，一面拖着脚步向墙角走去——灰念散遇火即沸，答案应该在这一盏油灯里才对——取下来着力一抛，丢进了渠里。一道极亮的火光延展开去，紧接着轰的一声，液浆升起数尺，随即又化为无数泡沫，散得干干净净。陈腐之气一扫而光，代之以一层淡淡的花香，北面墙根之下则"吱呀"一响，又露出一方洞口。无间透出一口气，抹掉额头的汗水，也才忽然明白"把盏"二字原来还有这样一层寓意。

他扶起二女，过洞口再下一层。这一层又低又矮，教人甚至不能直不起身来，地面上直线纵横，画着一副棋盘，而东面墙上却有一副规规矩矩的九宫格。歌诀第三句是"暮鼓催寒鸦"，在和融府他与殷茵联手敲击木盒上的黑点过关，可是眼前的情形似乎与之并不相干；他心下思量，踱出几步，不知不觉便踩到了棋盘之上。这时西面墙上忽然"嗒"地传来一声鼓响，他暗叫不妙，不等移步，一团黑雾扑面而来，转瞬间又散成点点微芒，一掠而过，袖口处随之微微一痛，钉上一支黑色的羽毛，根处则是一枚淬了剧毒的银针，正是神农教的"鸦羽针"。

西面为暮，鼓声得闻，而银器属寒，这羽毛又是鸦毛，此等情形与"暮鼓催寒鸦"一句还真是对应得十分妥帖。他拔下那根羽毛，心下也禁不住感慨，鸦羽针线路诡异，而此处又极为促狭，两相呼应，直教玄都心法也无从施展，若是机关再被触发一次，后果可不堪设想。这时林微指指地面，道："当时你和殷姑娘是不是敲了一十七下？这棋盘横向正好有十七个格子。"

无间若有所悟，莫非彼时一十七点对应的是此时的一十七步？投射到棋盘之上，便应该是一十七只格子？而适才鸦羽针漫射而出，正是因为他错踩了方格？依着记忆里的影像，顺着边线寻出去几步，又一只方格的角上多出一只影影绰绰的圆环，他心知不差，望望林微，抬脚踏了上去，西墙之内隐约传来一声闷响，可除此之外，再没有半点异常。

当日在和融府一番阅历驰魂夺魄，鬼见愁上的斑斑点点也便深印在心，此刻他再不犹豫，一口气走出九步方才稍稍一伫。四周还是同样的情形，只是安静得愈发可怕，不知何时额上有汗水滑落，心弦儿则绷得几乎有了袅袅的回音；终究没有什么章法可循，神思一颤的空当，本应该更清醒一些，却不知为何变得一片恍惚，他低低说一句"糟糕"，忽然再不知道下一步该向何处落脚。

与此同时西面墙内一声闷响，一大片鸦羽针又撒了下来，他不由得"嘿"了一声，不想这其中还有一道时不我待的布置；这会儿能躲也不敢躲，只能咬着牙生受，后背挨了不少，其余则贴身而过，落在东面墙上，更有几只兜过来，几乎刺中青青和林微。刺痛如同冰面上的裂纹，瞬间漫过全身，脑中一沉，摇摇晃晃便要栽倒，而这一倒，鬼见愁本末倒置，可就入了万劫不复之境。他深吸一口气，睁大了眼睛，可落入眼帘的只有一团团沉甸甸的暗黑，也正是这一瞬，耳畔脚步声宛转而来，又一掠而过，西面墙内诸多声响一触即收，忽而又只剩下一片死寂。

他轰然倒地，却神智未失，视线里飘过的是欧阳青青，一转一折走过一十七只方格，赫然是一招中规中矩的"宓妃醉酒"！愕然之余，欢喜无限，欢喜之余，恍然大悟，而恍然大悟之余，又笑骂自己糊涂——他与林微于"弱云三式"的体会远较青青为高，意念先行，当然不拘一格，而青青只懂得照本宣科，反而更早看出了他步子中的诀窍。这会儿她独自站在远端，神色里带一丝疏远，一丝厌憎，却始终未置一词。

无间服一颗华灵丹，真气走过一个周天，也便再无大碍。墙角处又翻起一块钢板，三人复又走下台阶。这一层空无一物，惟顶角处有两盏跳跃不定的灯火，正自观望，脚下一颤，传出一片轰隆隆的声响，北面那堵墙竟慢慢地移动起来。那墙系生铁所制，上面有许多门钉一般的凸起，一个个足有拳头大小，而南面墙上又有许多凹槽，同样也是拳头大小，看样子二者可以完全合拢，而到那个时候，他们可就真的化为一摊肉泥了。歌诀最后一句"淡影入宫墙"，考校的是上一层一十七点投射下来的方位，可此种布置分明与之并无关联。无间运起内力推一推，正好似蚍蜉撼树，而手上一松，那墙竟加快了许多，逼着他们不住倒退，直到剩下宽不盈尺的一隙空间，却又骤然间停住了。胸中怦怦的心跳声隐去一些，继之而来的是一股低沉的轰鸣之声，一如弓弦绷紧，再一瞬血肉横飞，势必极为惨烈。无间心头乱哄哄的，道："宫墙，宫墙，这算不算冤死在宫门之外？"

这话却在林微心头带起一串火花，她依次摸过那些凸起，道："是了，是了，这岂止是像门钉，原本就是门钉，而且横九纵九，可不就是一扇宫门！"说话声里一跃而起，按住其中一颗门钉稍稍一推，但听"咔"的一响，门钉缩进去些许，铁墙竟随之退回去一尺。她欢呼一声，如蝴蝶一般上下翻飞，时按时收，那铁墙也便节节后退，最后则"嗒"的一声，就此定住了。

上一层鸦羽针自西面墙上扑出，有不少落入东面墙上的九宫格之中，而"淡影入宫墙"，取的正是这一层寓意；方格与门钉对应，哪一格里有针，按相应的门钉就好，这在道理上异常浅显，可试问天下，又有谁能在一瞥间记住那些疏影浅痕？纵是无间，也恨不能将林微供起来拜上一拜才好，手舞足蹈一番，才又当前引路，沿着墙根处的石阶盘旋而下。落脚处是一间暗室，墙根处堆着不少杂物，小山一般，味道陈旧不说，还夹杂着丝丝缕缕的恶臭。无间又乐得不能自已，道："原来九州派的腌臜也是祖传的。"说着捡起脚边的册子扫一眼，不由得又吓一跳，封皮上四个小字，赫然是"奇脉心法"。他好奇心大起，蹲下身再翻一翻，更变得瞠目结舌，那堆杂物几乎囊括中原各大门派的武学典籍，兵器暗器，中间还散落着各种奇珍异宝，无一不是贵重之物；正自忐忑，忽听有人说道："好大的胆子！"

那声音忽高忽低，如同山路上年久失修的车辙，十分刺耳。三人吃了一惊，循着望过去，侧面墙壁凹进去一块，一位瘦如纸鸢的老头儿端坐其中，脸面衣服与墙皮的颜色相差无几，若不留意还真是无法分辨。林微道："你是谁，躲在这里做什么？"那老者道："没有人躲在这里。"林微道："那你是谁？"那老者道："你来无念宫，倒要问我是谁？难道不应当由我来问问你是谁？"林微道："我们是你们六皇子的客人。"那老者道："哪一门子的客人？"林微道："你管呢，你是六皇子的下人，好好伺候着就成。"那老者不由哈哈大笑，道："不错，说的是呢。"

他一双小眼睛扫一圈，忽然道："林剑无是你爹爹？"林微暗自心惊，稍一思量，道："你怎知道？"那老者道："你爹爹独辟蹊径，一个人跑到北疆去寻什么前朝宝藏，好不容易折腾出一点儿名堂，却死于宵小之手，嘿嘿，这算不算个天大的笑话？"林微心下着恼，道："一起初江湖上传言纷纷，莫衷一是，就他一个人断定三十二皇子去了北疆，错了没有？所以落脚在落雪山庄，还是因为他相信社稷神鹿就在附近，这又错了没有？他还说若有了社稷神鹿，不用地图也能找到前朝宝藏，你爱信不信，反正我是信的，这些，怎的就是个笑话？"那老者"哼"一声，懒得置辩，转而瞅瞅无间，道："你以为凭这小子，就能找到《长乘真经》？"林微道："那你放我们出去试一试好了。"那老者向后一倒，靠在墙上呵呵大笑，道："只可惜我才不在乎什么狗屁真经！"眼皮一翻，又开始打量青青，道："六皇子果然看上你了？"青青不置可否，也不说话，那老者话锋一转，"可你偏偏对这个范无间青眼有加？"青青又是惊奇，又是恼火，道："你究竟是谁？"那老者耸耸肩膀，道："莫禾昇。"

三人这一惊可非同小可，这糟老头儿便是"一昇一明"中的莫禾昇？无间却远没有什么恭敬之意，道："原来九州派祖传的不只是腌臜，还有嚼舌根儿。"莫禾昇半点也不恼，道："这就对了，这就对了，我历来婆婆妈妈，还醉心于成人之美呢。"他笑眯眯地打量他一番，又道："你不喜欢这位大小姐？"无间头皮发麻，道："这都什么乱七八糟的？"莫禾昇道："如果我成全这位青青姑娘，让你娶了她，你这个姓林的小相好会不会寻死？"莫禾昇眼睛一眨一眨的，便又去瞅林微，林微"呸"一声，道："便好像我真的在乎一样！"莫禾昇道："你不在乎？人家有了妻室，与你再无瓜葛……"胳膊展开，两只手伸得远远的，又重复道："再——无——瓜——葛！"林微道："这关你什么事！你是莫禾昇又怎样，你让谁嫁谁谁就嫁谁，谁娶谁谁便娶谁？"

莫禾昇皱起眉头，扳着手指头谁谁谁的核对一番，放声大笑，继而从身后摸出一包瓜子，一面嗑得"咔咔"作响，一面问道："'一入鬼见愁，命断九番九'，你三个人怎的毫发无损？"林微道："鬼见愁是何人所制？"莫禾昇道："关取扬。"林微心下微动，道："哪里来的关取扬？"莫禾昇道："自然是宫里的。"林微道："他是木匠？"莫禾昇道："岂止是木匠！？他自小精通'备城门'，是天下首屈一指的木匠！"林微道："教我猜，该是云南人氏？"莫禾昇道：

834

"凭什么是云南人氏?"林微道:"宫里这种不人不鬼的地方,又如何能笼络这样的人才?"莫禾昇嗤地一笑,道:"我等要建无念宫,是他带着模型,自荐而来呢。"林微道:"他真的叫作关取扬?"莫禾昇眉毛一挑,道:"又怎会有错?!"林微道:"那后来呢?修完鬼见愁,他去了哪里?"莫禾昇笑道:"你说呢?"林微道:"死了?"莫禾昇道:"那是当然。"林微道:"无念宫是清修之所,为何非要他死?"莫禾昇道:"你们来这里是为了什么?"忽然间又笑得前仰后合,"你还说无念宫是什么清修之所?"无间插口问道:"他是怎么死的?"莫禾昇道:"病死的。"无间道:"你们让他死,他还会得病而死?"莫禾昇道:"蠢材,蠢材,我便不能让他病死?"

无间隐隐约约听出些苗头,而林微心下却一团雪亮;此鬼见愁与彼鬼见愁一脉相通,只能出自一人之手,如此关取扬便只能是曲关阳,而九州派又哪里有能耐让曲关阳病死,所以他定然使了什么障眼法一走了之而已。不过话说回来,他是何等人物,为何会屈尊就卑,跑来这里做一个受人指使的匠人?她斟酌一下,又道:"藏在无念宫里的宝贝,真的便万无一失?"莫禾昇眯起眼睛,道:"在你们之前,还没有人能进了鬼见愁。"林微有所思,道:"这不相干,我问的是宝贝周不周全。"莫禾昇不知从何处又摸出一只紫砂壶,给自个儿倒一杯茶水,啜一口,转而道:"你这丫头聪明伶俐,很合我的胃口。"林微道:"我聪明伶俐,合许多人的胃口。"莫禾昇道:"待那傻小子娶了这位大小姐,你无可着落,来这里给我当个弟子如何?"林微笑道:"才不要,这里暗无天日,闷也闷死了,不过你若是有什么像样的宝贝、好玩的宝贝,我来陪你几天倒也无妨。"莫禾昇道:"这里无奇不有,无珍不藏。"林微话锋一转,道:"那你们弄丢了的,又是什么?"

莫禾昇"嘿"一声,道:"谁说无念宫丢过东西?"林微道:"你说的。"莫禾昇道:"我不曾说。"林微道:"你不曾明说而已。"莫禾昇忽而又笑得浑身乱颤,道:"顶多是有些蹊跷,才算不上丢,再说了，也不是什么宝物，一些藏阿国进贡的破烂而已。"这话圆圆满满落在心上，林微不由呵呵一笑，道："你丢的是社稷神鹿的鹿茸。"莫禾昇忽地一下坐直不少，道："你怎知道？"林微却又绕了开去，道："藏阿国穷乡僻壤，也就只有社稷神鹿拿得出手，又有什么值得大惊小怪的？"

当年曲关阳为了改良散骨散，北来宫中寻找神鹿鹿茸，而那些鹿茸虽则算不上至宝，若要盗取，仍然断非易事。时值九州派为了修建无念宫，满天下招募能工巧匠，曲关阳也便想出一条釜底抽薪之计，化名关取扬，捧着鬼见愁找上门来。九州派诸人一见之下，大为折服，交由他亲手打造这四道机关，也便给了他一条大大方方进出自由的蹊径。无念宫修毕，九州派设计药杀曲关阳，而他正求之不得，佯装一命呜呼，也便了无痕迹地脱身而去。之后他数次潜回偷取鹿茸，可每次都取一些、留一些，似是而非，弄得九州派疑神疑鬼，却又始终查无实据；再后来他落脚在平川谷，好整以暇地当起了养鹿之人，从此绝足无念宫，这一桩悬案也才不了了之。林微不至于明白其中每一层曲折，可大的枝节却猜得大差不差，进而笑呵呵地道："我知道你的鹿茸是如何丢的。"莫禾昇好奇心大起，搓搓双手，道："说来听听。"林微道："说给你听，又有什么好处？"莫禾昇道："你想要什么？"林微道："六皇子的那两片地图。"莫禾昇道："那些对你毫无用处。"林微道："等着六片都找齐了，寻到宝藏，我也学学'长乘'，弄个天下第一当当。"莫禾昇不由得哈哈大笑，道："你俏生生的，原来也是个有野心的——"话音未落，竟然提掌便向青青劈去。

无间"嘿"一声，大家一团和气的，如此又是为了哪般？就地一滚，使一招"潮水平"拦了下来。莫禾昇啧啧两声，像是颇为赞许，继而"砰砰砰"连劈三掌。无间接一掌退一步，到墙根处，"扑通"一声坐倒在一块蒲团之上。莫禾昇道："你小子和天山派有什么瓜葛？方闻松又是你什么人？"林微叹服多于惊讶，道："他算是方闻松的徒弟。"莫禾昇道:"这个'算'字又从何说起?"林微道:"我二人在天山天意峰偶然得到方闻松留下的掌法,学了一些,算不算拜在了他的门下?"莫禾昇道:"这便是什么天和掌法?"无间不住点头,道:"这个你也知道。"莫禾昇道:"当时他们几个人在平川谷还不时找我切磋一下,没有我的提示,又哪里悟得出这一番'内圣外王'的道理?"

林微心上一动,一面有些无所适从,一面又有些山雨欲来的味道,强自镇定,道:"他们?他们是谁?他们在平川谷做什么?"莫禾昇道:"他们要带社稷神鹿北上,自然要走平川谷。"林微道:"你是说护着三十二皇子北上的那些人?"莫禾昇道:"我什么时候又说别的人了?"林微想不出怎样才算是不着痕迹,只好硬着头皮道:"那宫里的人舍得神鹿离开?"莫禾昇分明觉着这话不着边际,拧着眉头瞅她一眼,道:"那鹿甚是倨傲,没有办法,他们只好带着那位养鹿之人一起上路。"林微耳中轰鸣,一颗心几乎要跳出胸膛,道:"你是说那位养鹿之人也去了北疆?"莫禾昇耸耸肩膀,道:"出宫的一十三位,出关的只有一十二位。"林微随即明白过来,道:"修完无念宫要弄死关取扬,与神鹿混个脸熟,便要弄死那位养鹿之人?"莫禾昇道:"那是当然,那是当然。"

林微心中翻翻滚滚,再不能消停,谁又能想到三十二皇子北上,曲关阳竟然也在偕行之列?!她忽而起一丝玩笑之心,道:"我说那位关取扬便是神农教教主曲关阳,你信不信?"莫禾昇一怔,随即哈哈大笑,可笑着笑着声音又哑了下去,皱起眉头,道:"胡说八道,胡说八道,你这小姑娘妖言惑众,果然不错。"说话间手上一挥,一股蚕丝一般的力道便缓缓地绕了上来。林微并非避之不及,却被其中若有若无的意象晃了一下,再回过神,竟已经被拂中穴道,跌在了无间对面一张软椅之上。无间想站起身,莫禾昇却望空虚拍一下,道:"坐好,坐好,若不想你这小相好血溅当场,就乖乖坐好。"无间有心相抗,可那股柔力黏黏连连,几乎全无方位可言，拿捏得他半点动弹不得。莫禾昇进而指指头顶，他顺着望过去，心下不由得"咯噔"一声；梁间有两点淡蓝色的微芒，正是两只匕首，原来此处早有机关，若他离开蒲团，利刃便会激射而出，到时候取的却是林微的性命。

第六十一章
香魂一缕断心结

　　无间怒道:"这都是什么把戏!?"莫禾昇道:"不急,不急,你既然是神农教的,自然有派上用场的时候。"说话间青青忽然"嗯?"一声,也缓缓坐了下来。无间心中着慌,叫一声"大小姐!",青青抬起头,可那一双眸子眼看着便失了神采,她指指臂上,道:"这里像是有一根针,凉凉的,游走不定,像是小鱼儿一般。"无间声音抖得厉害,手指颈下,道:"这里可有什么异样?"青青略感茫然,可是手摸上去,竟然从天鼎穴捏出一根针来,不足一寸,细如牛毛,泛着淡淡的青晕。无间脸涨得通红,怒冲冲地对莫禾昇道:"你在她身上用妃心针?!你神通再大,也还是一介侍卫,可她是堂堂丞相之女,你居然在她身上用妃心针?!"

　　那针是九州派的不传之秘,在江湖上名气不大,在神农教却颇受推崇。针上所淬之毒随阳维脉游走,每过一周天便附一层寒气在体内,如蚁噬蝼咬,细密难缠,令人痛不欲生,三周天之后,中毒之人骨寒如铁,几乎再无药可救。至于解毒,则要走冲脉入手,以温热内力经十二处穴道将寒毒一点点拔除,耗时耗力也还罢了,其中多有肌肤之亲,若非夫妻,断不能行。无间身子抖个不住,却又不能离开蒲团,一时间心神溃乱,难能自已,只觉平生跌宕,却从未如此肝胆欲裂。

他望望林微,道:"微微,再晚一会儿,沈姑娘也救不了大小姐的。"林微与莫禾昇东拉西扯,心下又好笑又好奇,一时疏忽,竟全忘了这老儿乃是旷世难遇的狠辣之徒。她心下烦乱,可看着无间那副神情,又有些气不过,道:"她一而再再而三要置我于死地,也没见你怎样。"无间道:"那作不得数的。"林微愈发恼火,道:"作不得数?作数一次,人就没了,这也能作不得数?"无间道:"可你是知道的。"林微道:"我知道什么?你说我应当知道什么?!"无间一时语塞,便又别过头去看青青。青青目光里却忽然蓄起一款柔情,道:"无间哥哥,怀玉山一抱,青青铭心刻骨,你救我好不好?我不要嫁什么六皇子,便随你行走江湖就好,你想去大漠,咱们便去大漠,想去塞外,咱们便去塞外,想去海上,咱们就去海上,从今以后,我只想寸步不离地陪着你。"

她红衣摄人,星目流盼,神色里添一层迷离与妩媚,愈发地勾魂摄魄。无间有些糊涂,摆摆手,道:"大小姐——"青青又道:"我最看不惯的就是你身边这个姓林的丫头——"说话间身子微微一颤,口边有鲜血流了出来。无间心下一惊,脑中一热,竟差点站起身来,而青青神色一变,冷冷地道:"这可作得数?"

无间惊出一身冷汗,这才明白过来,林微却撇撇嘴,道:"你们在怀玉山做什么了?"青青道:"你以为他果然是个正人君子?"莫禾昇则哈哈大笑,又倾一杯茶出来,道:"还真是人不可貌相,我这里无风无浪数十年,偏好来你们三个,还偏好就是一台戏。"

妃心针之痛蚀骨摧心,青青强行忍受,脸色煞白,几乎坐也坐不住了,她勉力抬起头,一字一句说道:"范无间,我欧阳青青阴差阳错与你相逢一场,到头来还都是害人害己,我生,与你无涉,死,与你无关,你好自为之,大可不必自作多情。"无间苦笑一声,想说些什么,又无从说起,过好一会儿,抹掉眼角的泪水,转而望望林微,道:"我想不明白,更说不明白,这样也好,那样也好,但是有你在身边，才是最好。"林微道："你便这样说罢了，我不在的时候，不照样过得好好的？"无间道："不一样的，不一样的，我知道总有一天还是会找到你的。"犹豫一下，又道："若咱们三人只有一个活着，你说应该怎样？"林微一怔，忽然明白他这是要救欧阳青青的性命，再一死追随自己而去；心中难过，却又有些甜丝丝的，点点头，泪水则夺眶而出。

　　无间呵呵一笑，二人历来心心相印，可这一刻至纯至切，再无一丝隔阂。他深吸一口气，果然便要站起身来，莫禾昇却摆摆手，道："慢着！这又算什么？你想着对大小姐上下其手，然后再为你这位小相好殉情不成？若是那样，大小姐又有何脸面再嫁六皇子，嘿嘿，且不说那个，又有何脸面活在世上？"林微和青青好生不解，无间甚是无奈，稍一措辞，才道："解妃心针，要走冲脉十二处穴道。"青青竟而扑哧一笑，道："我本就无意让你施救，如今更不允你施救，你和你这妹子卿卿我我便好，何必要捎带上我？"

　　无间心乱如麻，又一次无言以对。暗室之内还变得静悄悄的，唯有莫禾昇啜茶品茗，咂嘴弄舌，好不得意。妃心针行入第二个周天，奇寒彻骨，青青一呼一吸之间渐渐带出一团又一团的白气。林微有好一会儿怔怔地望着她，渐渐的目光又转到无间那里，道："对她的那些牵挂，你果然便说得清楚？便娶她为妻，又有什么不好？其实日子久了，都会好的，只是你现在不知道罢了。"无间不住摇头，道："不是的，不是的。"林微却又想起欧阳胥来，泪光之下甜甜地笑了起来，道："我总是在你心里，是不是？你走到花花世界也好，天涯海角也好，高兴得不得了也好，难过得不得了也好，你我在一起也好，不在一起也好，我都陪着你呢。这，又有什么不好？"无间却也笑了起来，道："短命若斯，哪里会有这些长远的念头？你每日里思前想后的，待我真的死了，你又怎样？"林微又好似有些神往，道："我呀，横竖先要葬你在玉烟泉边，可是，葬了你，也就好像葬了我自己一样，余生不过是时日叠加，应该也

无间传　841

再没有什么大不了的。"无间又似有些神往,道:"沈姑娘也说过同样的话。"林微轻轻叹一口气,道:"你这木头脑袋,是因此明白她多一些,还是明白我多一些?"无间却忽然间泪水盈眶,道:"我惭愧得紧。"

青青缓缓抬起头,眼神里多出一丝亮亮的光芒,那光芒似乎随时都会燃尽,可正因为此,又灼得人好生不安。她望定无间,轻声道:"我好冷,身上好痛。"无间道:"大小姐,你忍一忍,忍一忍就好。"青青道:"你骗我,忍一忍才不会好。"继而又笑一笑,道:"我明白了,再忍一忍便死了,死了当然就好了,是不是?"

她与无间相识日久,一直颐指气使,咄咄逼人,唯这一会儿大限将至,万千情愫,再无一丝掩饰;叹一口气,又缓缓说道:"我也不知道为什么,那么多人都说我倾心与你,起初我也又恨又恼,可是后来想想,我是女儿之身又怎样,贵为丞相之女又怎样,心中有你就是心中有你,又有什么可害羞的?再说了,你心里没有我便没有我,我贵为丞相之女又怎样,能统领万千兵马又怎样,你也不会因此多一分眷顾,多一分念想。"继而她还望望林微,道:"可恨偏偏是这样一个绝世无双的妹子,你可知道于我又是怎样的无助与无奈?"说话间身子一震,哇地吐出一口鲜血。无间明白妃心针行入了第三个周天,再不施救,再没有挽回的余地,他抹掉满眼的泪水,冲林微道:"微微,你明白,你明白的。"说着话双手一撑,果然便站起身来,与此同时梁上"咔"的一声轻响,两片寒光亦激射而出。

林微眼前一黑,陡然间又清亮得难以逼视;身上依然暖暖的,没有一丝痛感,但怀中多出一具微温的身子。似乎过了很久,她才终于明白过来,青青竟然拼尽最后一点力气,使弱云三式抢出一步,替她挡下了那两只匕首。她又是茫然,又是感激,又是气苦,不由得大声哭了起来,道:"大小姐,大小姐,这又是何必?"青青凄然一笑,道:"我也不知道:现在果然有些后悔呢——你可知道我有多想让你死?"无间抢上一步抱起她来,怎奈脉象已如风中断裂的枯枝,冷冷的再没有什么像样的回应。她缩缩身子,靠上无间胸口,继而抱起他一只手,拢在怀里;有好一会儿一言不发,可眉目婉转,又好似有着无限温暖,无限快意。她手上又紧一紧,便如同要睡过去一般,轻声道:"这样就好,当日从栖梧山庄出来便是这个样子,这样就好。"说着话嫣然一笑,缓缓地闭上了眼睛。

无间泪水迸流,一颗心几乎要呕出胸膛,低吼一声,转身使一招"一马平川"向莫禾昇劈去。莫禾昇依然是一副浑不在意的样子,手上拨拨弄弄,将诸种力道尽数卸在一旁。如此一掌复一掌,无间势如疯虎,始终没有罢手的意思,再一招,莫禾昇身后轰的一声,墙皮塌掉一片,露出一个黑漆漆的洞口,他瞪一眼,忽然间大为光火,身形一晃,便攻了上来。无间登感被动,只觉四面八方都是他的影子,再抢不到半点先机,又数合,眼前益发模糊,天和掌法则一点点失去了回旋的余地。他心知大势已去,叫一声"微微",猱身再上,已是舍命相拼的打法。莫禾昇冷笑一声,硬碰硬与他连撞三掌,继而双指成勾,划他咽喉,无间气血两竭,动弹不得,而颈下一凉,似乎有血水便要喷涌而出,可与此同时,莫禾昇忽然"嘿"了一声,脚下一拧,鬼魅一般退到了屋角。

凉凉的静寂扑面而来,可片刻之后,一息复一息的呼吸之声又无可压制地荡漾开来。无间只觉一切如同在梦里一般,可颈下血肉模糊,又痛得不容置疑。莫禾昇始终一动不动,蜷缩在墙角大口吞气,竟然是中毒至深的模样。林微低声道:"你不应该给大小姐报仇么,还等什么?"无间满心困惑,却再不犹豫,汇起所余之力,拍出一掌"一马平川"。莫禾昇心口中招,却又好似解脱了一般,低低哼一声,伏地而亡。

莫禾昇终究是九州派,身法无论怎样变幻莫测,还是由五行之变衍生而来。自弱云三式至九川阵法与七星阵法,再至无缺阵道;林微与九州派多有交手,亦多有体会,她心神趋近枯竭,可生死关

无间传 843

头，又变得出奇地沉静敏锐，这样观望莫禾昇与无间相斗，十余招之后，终于有所领会。在鬼见愁之内，一支鸦羽针钉上红裙，被青青收在袖口，刚好与适才取下来的妃心针并排别在一起，而林微虽则穴道未解，手上还有自由，间不容发之际，同时射出两针。那针上几乎没有什么内力，但是一偏一正，料敌机先，再加上莫禾昇全无防范，竟而一进之间撞上鸦羽针，一退之间撞上妃心针。两种剧毒交相发作，即便无间不出手，他也必死无疑，而林微孤注一掷，却一击而成，这一瞬喜出望外，不由放声哭了起来。无间抱住她，一个啜泣，一个神伤，良久良久，再无一言一语。

莫禾昇身后那堵破墙原来是两扇向外鼓起的小门，关闭之后了无痕迹，要么受不住无间掌力，原因正在于此。门外一片漆黑，但是气息干燥，回音荡出去好远，像是一个空旷的所在。逡巡片刻，别无选择，无间遂抱起青青，与林微跨了出来。脚下极为陡峭又极为光滑，几乎无可立足，半行半滑，又走了不知道多久，才终于踩上平地。不远处有一支油灯，灯芯足有手腕粗细，摇摇晃晃地燃在一口巨大的铜缸之内。那缸高不过三尺，口径却足有一丈，内里灯油剩有七成，依旧清透无比。六条小径从油灯所在之处发散出去，有的长些，有的短些，但无一例外，均终结于两根顶天立地的石柱之间，再往前，则是山洞的入口，高有数丈，黑漆漆的，也阴森森的。

信步走进迎面的石洞，入口处的墙壁上挂着十余只灯笼，下方摞起两层木箱，里面码放着许多白色的蜡烛。林微点起一只装进灯笼里，当前引着，一路又走了下去。地面异常平坦，两侧堆满大大小小的箱子，随手翻看，内里要么是大锭的金银，要么是瓷器玉器，古玩字画，每一件均价值不菲。洞穴极深，却千篇一律，除了宝物还是宝物，几乎没有任何变化。无间心中伤痛，却始终不肯放脱青青身子，这样走了不知道多久，终于不能支撑，脚下一软，坐了下来。林微没有说话，只张口吹熄了灯笼里的蜡烛，黑暗的纹理瞬间密致了许多，却也变得纯净清澈，无间抱紧青青，忽然间再不能自已,泪水一如决堤之水,恣意奔涌。

再睁开眼睛,不远处多了一层朦胧的光晕,林微摸索着走过去,端详片刻,不由得低低"呀"了一声。那是一口石棺,棺盖中央有一颗拳头大小的珠子,早先该是吸纳了灯笼里的火光,这会儿款款地亮了起来。整座石棺因此多出一层剔透,柔和淡雅,便如同一朵与世无争的白莲花,在无际的黑暗之中悠然绽放。林微回头望一眼,道:"这里或者是让大小姐安息的去处?"过了半晌,无间似乎才终于明白了"安息"二字的涵义,喃喃说道:"还真是我害了你。"她缓缓站起身,将青青放进石棺,整理好衣衫头饰,再擦去嘴角的几丝血痕,淡淡的光晕拢住脸庞,那顾盼神飞的神情竟又变得呼之欲出。无间双眼闭合,复又睁开,闭合,复又睁开,这本是何等轻而易举的事情,可在青青那里,又如此遥不可及。过往一如潮水,去而复还,还而复往,扯得胸口轮番钝痛,一层又一层,沉淀为厚厚的怅惘,却再不会有一个可以触摸的答案。

六座山洞互不交叠,各自远远地延展开去,里面珍宝无尽,浩如烟海,看得林微也有些舌拵不下,而行走其中,竟不见一丝尘灰一片蛛网,甚至听不到一星虫鸣之声,个中情形,尤胜于置身青天丽日之下,心下坦然,再不设防。林微越想越觉着蹊跷,道:"难不成这也是你们老教主的神通?"无间指着石壁上的一束干草,道:"那草……"摇摇头,"由六草七花结在一起,相互生发,即便是世上最难缠的十三种虫子都不能靠近,所以神农教有一个有趣的名字。"林微笑道:"十三不靠?"无间应一声,想笑,却又噙一眼的泪水,不过心思从青青身上终究开解一些,道:"那两片地图应该在这里?"林微点点头,他则四面望望,道:"这里的哪里?"

转过角,他又有所悟,道:"十三不靠仍是毒药,闻多了,人会睡过去的,还好,你我有断疴木。"林微略感惊讶,道:"那宫里的人又怎么办,他们可没有断疴木。"无间想一想,目光落向那只灯笼,提起来闻一闻,道:"这蜡里有清茉莉。"紧接着又摇摇头。

"还是不对，清茉莉与冷雨木混在一处，才解得十三不靠的淤气。"林微道："那冷雨木又在哪里？"无间挠挠头，回头一直走到洞口，还去翻看那些蜡烛，打开新的一箱，忽然轻呼一声，道："这里呢！"

那一箱蜡烛也是白色，看上去毫无二致，可一经点燃，烛身上便透出一层紫红色，甜香飘散，再与清茉莉一触，一股春雨般的酥润之气便荡漾开来。林微好生感慨，在洞中行走只要点起两支不同的蜡烛即可，这平平无奇，却又玲珑精致，曲关阳心思当真妙不可言；心下转个弯，又提步向别的洞口走去，那里都有些不曾燃尽的残烛，寻到第三座，灯笼里面的一支却透着淡淡的粉色。无间道："这些蜡烛别有讲究，遇火会转为紫色，火熄了，再过些日子，还会变成白色。"林微道："过些日子，多少日子？"无间道："看这一支的颜色，该是二十余日之前有人用过。"林微道："那点这只灯笼的人会不会便是送地图的人？"

无间"呀"一声，忽然明白了她究竟何指，她继而伸手比比蜡烛的长度，道："烧掉这样一段儿，需要多少时候？"想一想，又道："姑且算那人新取一支，走进去再走回来，便只剩这些了。"说着话点起一支新的，抬脚往里走。无间道："你知道那人走得是慢些还是快些？"林微道："不论是谁，进到这种山洞里面都会小心翼翼，不会太快，也不会太慢，平常心就好。"这样盯着灯笼，走了差不多一炷香的工夫，二人方停下步子，无间有些莫名的兴奋，林微却叹一口气，变得好生失落；周遭大大小小的箱子仍然堆积如山，不见任何特别之处，亦没有半点人迹可寻。

她并不甘心，就近翻翻找找，又一个时辰，方才停手，就着台阶一坐，发了一会儿呆，又道："若是你，该怎么办？"无间道："就是这样办。"林微有些哭笑不得，道："你神农教便没有什么出其不意的手段？"无间这才明白过来，想一想，道："在洞庭宫，锦缎中间夹着些冰草，冰草凝气沉香，防腐防蛀。"语调里带出一丝温淡的兴奋,又道:"冷雨木与冰草同属寒柔一脉,气息相合,融在一处,还是有些不同的。"林微不由站起身来,道:"那然后呢?"无间却又摇摇头,道:"这些变化微乎其微,都是道理上的,有些故弄玄虚。"

他口上这样说,可还是提起那只冷雨木的灯笼走了一圈;或者正因为用心太过,没多久便头晕眼花,反而什么也闻不到了。他终于泄了气,还就着台阶坐下,灯笼放在脚边,不想地面并不妥帖,"嗒"的一声歪在一旁,烛火舔上笼纱,一下子烧了起来。林微有些恼火,伸腿再踢一脚,那灯笼滚出去好远才停下来,而地面上好似有什么随之闪了一下。无间有些纳闷,走过去瞧瞧,俯身自石缝之间捡起一根羽毛。那羽毛通体白色,周缘有一圈银色的光泽,他几乎不敢相信自己的眼睛,凑到烛火前再端详一遍,不错的,的确是知归鸟的尾翅。

知归鸟生于霂湖与海棠山一带,断无可能出现在这里,再则,那鸟流连于通风向阳之处,而此间暗无天日不说,更连一只飞虫也没有,它又何以为生,何以为食?他再不能释怀,索性点起一只灯笼,展开轻功沿洞顶走了一遭。石壁浑然天成,一片光滑,连缝隙也不多见,又哪里有知归鸟的栖息之处?林微让他再讲一遍沈顾借知归鸟出千层洞的经过,他也才恍然大悟,难不成有人想用同样的手法出无念宫?而天下又有几人有这等心窍,又有几人能经鬼见愁进来这里?既如此,这依旧只能是曲关阳所为?他捏着那支羽毛在指间转动,手背上却像是被什么蹭到了,痒一下又痒一下;再作端详,原来绒羽之间还缠着一根丝线,细如针尖,纯净剔透,原本不过数寸,可是扯开到一尺有余,仍然颤悠悠的并不断裂。他忽地立起身来,道:"这是神农教的无影线!"

无影线系由水蚕蚕丝制成,至柔至韧,无色无痕,也算是天下一宝。林微若有所思,望望洞顶,道:"若至柔至韧,又如何会断?"无间道:"拉扯到极致……"林微却无心听他说下去,道:

"这是断了的一截,那另外一截呢?"无间道:"青天白日的这线都看不到,更别说这里。"林微目光掠过灯笼,道:"那它怕不怕火?"无间从不曾想到过这一层,道:"总该烧得断的。"林微道:"那它怕不怕水?"无间不由得微微一笑,道:"无影线神奇之至,虽则细若游丝,可中间是空的,吸了水,珠圆玉润,好看得很。在神农谷,大伙儿用这线的时候,会在花浆里浸一浸,上一层颜色。"林微嘴角翘起,变得更为好奇,道:"这里可有酒?"无间不明白她想些什么,心上却多一层逸兴,道:"有,而且有不少好酒。"

他走出不过十几步,掀开一只木箱,果然便托出一只酒坛。那酒坛封存得十分妥帖,可些许飘香,又如何能逃过他的鼻息?林微就手取一只翡翠碗,无间倒满,满脸好奇,她却递过来,道:"你喝。"无间道:"醉生梦死,又何必舍近求远?"浅饮一口,唇齿飘香,心神如沐,不由便赞了一声。林微笑道:"那准你喝三口罢。"无间呵呵一笑,连喝三口,林微随即递上一支蜡烛,道:"街头卖艺耍把式常弄的那些喷火之术,你会不会?"无间道:"那个不难。"林微笑道:"说得容易,此间珍宝无数,若是弄坏了,即便是皇帝老儿不晓得,也要遭天谴呢!横竖酒花要吹得越细越好,火也要散得越开越好。"

无间再喝一口酒,运起些许内力,"噗"的一下向着烛火喷去。那酒似雾似气,化作一天细如牛毛的火花,洋洋洒洒地飘了起来。林微拍手而笑,一霎时快活如街头巷尾童心无忌的孩子。这样每隔十余步便喷一口,走出去不远,坛子里的酒去了一小半,一条亮亮的丝线忽然自暗夜里透了出来。线上附着的酒花尚有一层蛋黄一般的火色,黏黏连连,延入不知名的所在,无间伸手一拨,明白正是无影线,不由"呀"了一声。

丝线越过壁上探出的一块石头,落下来,搭上一只瘦高的柜子,消失不见了。那柜子通体黑色,有一层内敛的暗光,正面刻着一只怪兽,蛇身凤头,自底端盘旋而上,收于顶层。林微道:"这是藏阿国的云水兽。"无间一怔，一颗心忽然怦怦地跳了起来，走上去握住把手稍稍一拉，木门便应声而开。内里一共有四层抽屉，每一层均塞满冰草，而夹裹其中的却是社稷神鹿的鹿茸。无间难掩欣喜，转过脸来问道："你怎知道找到无影线便能找到这个？"林微取出一只鹿角把玩一会儿，"啪"的一下还丢回去，道："我不知道：只是奇怪当时曲关阳会怎样脱身而已。"无间道："他为何不曾盗光所有的鹿茸？"林微笑道："藏阿国的供应源源不断，自然要作长远的打算，再说了，费这样大的工夫才可以从容做贼，自然不能让九州派知道宫里有贼，这便是，哈哈，盗亦有道：不能不偷，却也不能全偷。"

无间拉开最下面的抽屉，不由又"咦？"了一声；落入眼帘的是一只精致的木盒，共有六层，每一层均有一只玲珑的手柄，小心翼翼打开最上面一格，里面铺着一层红色的丝绸，空无一物，惟角上明明白白标有"少林"两个小字，再拉开一层，二人不由同声欢呼，内里是一片黄色的锦缎，角上则注有"武当"二字。林微展开来扫一眼，道："不错，这个我们在洞庭宫见过。"

二人不禁相视而笑，片刻之前了无头绪，可转身的工夫，竟就是这样一幅柳暗花明的光景。烛火在灯笼里跳一下，林微手里的那片地图似乎也微微一抖，无间看在眼里，微觉诧异，凑上去再仔细瞅瞅，便开始不住摇头，道："这果然是武当派的地图？你在洞庭宫见到的果然是这一幅？"林微道："我闭上眼睛能画出来，又如何会错？"无间伸出手，指指地图的尖角处——那里画的是山，一条平的，一条斜着，在断痕处相交，又有一个歪歪扭扭的圈儿，似圆似方，像是一片湖泊——咽一口唾沫，道："在洞庭宫不曾留意，可这片地图，我在神农谷和融府见过的。"林微稍感慌乱，目光亮亮地盯他一眼，道："你果然记得？"无间再端详一阵子，又眯着眼睛想一想，道："没错的，这是河南骆家的地图，云莫为从傅长天手里劫走的便是这一片。"

林微逼着无间将当时的情形又细细讲一遍，却坐也不是，站也不是，几乎完全没了主意。盒子里再没有别的意外，"天山"一层与"骆家"一层都是空的，"九州-弱云"亦是相同的情形，而弱风那片锦缎则静静地躺在最下面的格子里。无间思绪飘开去，一时间好生感慨；弱云那片地图由欧阳泊带回相府，之后多次转手，最终被丁否取走，如今是在那位灰衣人手里，还是毁于倚天居大火，不得而知，而弱风这一片自固安城头得来，便一直在他怀里，经过一番辗转竟这样回到眼前，算不算是世事离奇？这样想着，青青的模样便又画儿一般投上心头，离开神农谷的时候，她是那样一种神情，那样一种身影——怅然之余，又不禁悲从中来。

林微明白他的心思，并不多言，拉起他的手，循着无影线还走了下去。那线时断时续，却义无反顾地一再向深处延展。这样又是好久，无间跃上一块横亘洞顶的巨石，再喷一次酒花，却见那条亮黄色的丝线沿着石壁蜿蜒向上而去，不久便断在了两块巨岩的夹缝之中。他展开轻功前前后后又寻一阵子，却一无所获，恼火之余又心有不甘，便循着丝线往回找。如此又有半个时辰，再折返到夹缝之中，便有些丧气，而且也是累了，顺势便躺了下来。脸颊贴上石块，耳际却忽然多出些声响，吸一口气，再听，林微却如同明白他的心思一样，道："是流水声？"

循着水声再找，石缝曲曲折折，不止一次像是无路可去，却又总会在一个全无预料的所在呈上一条空隙，或者一个缺口。周围渐渐宽敞起来，湿气渐重，水流无所见，但哗哗的水声逼真得几乎能刻画出来。再走一段，脚下一滑，二人相继溜了出去，一段如墨的黑暗疾掠而过，再一瞬天光闪耀，脚下竟已是一条大河。欢呼声中，他们一跃而下，顺水又飘出里许，方才重又上岸。

临安皇城依凤凰山而建，而凤凰山山底天然便有这六条暗洞，曲关阳奇思妙想，借地利辅人工，稍加雕琢，再置鬼见愁于其上，修成无念宫。天下之大，都道它深藏不露且固若金汤，谁承想曲关阳移花接木，实则开了大宋朝一个偌大的玩笑？！可另外一面，为了神鹿鹿茸能如此不惮其烦，四海之内，亦唯有他一个人做得出来。早先时候他走鬼见愁暗道入宫，再走鬼见愁出宫，轻车熟路不假，还是颇费周折，又一日在凤凰山坐观地理，将那一峰一脉一河一瀑环环扣进心里，再与六条暗洞比照，才忽然想到这其中定有文章可做。如此入无念宫，便带了一只知归鸟，而个中用意与沈顾在千层洞所为如出一辙！那鸟牵着无影线在洞中盘旋往复，丝线断了又续，续了又断，费了不知道多少周折，最终竟真的在洞顶石缝之间找到一条出路。此等心窍诡奇灵透，旷世难匹，而留在洞中的那些不是痕迹的痕迹，竟然数十年后又给了无间林微一条生路；此等奇遇说是偶然亦可，说是隔世的一丝灵犀，亦未尝不可。

　　二人稍事歇息，待夜幕降临之后，才直奔相府。费皖正一个人发呆，看到他们，欢喜地几乎流下泪来。二人将宫中所历一五一十讲一遍，无间呈上地图，费皖脸色苍白，大哭数声，道："我看着大小姐自小长大，谁承想她竟然这样去了，救出来老相爷又怎样，他又如何承受得住？"林微轻声道："你不需要将地图送去什么地方么？"费皖道："哪里都不用去，但凡它到了相府，自然会有人来取。"林微悚然一惊，游目四顾，便再也不说话了。

　　月色正浓，庭前亮亮的，没有半点声响，寂静为清寒束裹，多一层憔悴，有弹唱之声隐隐传来，带出一丝风的气息，她不能消受亦无意耽搁，拉着无间当即告退。接下来数日，二人乔装打扮，在相府周缘观望，却始终不见什么异常。再一日，有两位衙役抬着一顶小轿远远地走来，领头的小厮还不曾到门口，便忙不迭地喊道："相爷回来了！相爷回来了！"林微在街角听到，轻轻叹一口气，道："咱们走罢。"无间道："难不成地图已经被人取走了？"林微道："你说呢？"无间道："那咱们又该去哪里？"林微转而望一眼天际浮云，低声道："武当。"

第六十二章
青灯一盏淡离别

再入两湖，二人取风寒山愁杀荡一线，不日便到了如意渚。正值向晚时节，夜明藻与天际一轮红日遥相呼应，隐隐生辉；春寒料峭，渚上青草颜色略显陈旧，而早先清静散浸染的地方终于生出了几片羸弱的草叶。他们在渚上逗留一会儿，再跃回船上，脚下"啪"的一响，踩碎了甲板上凝起的一片薄冰。林微思绪被轻轻扯一下，道："你还记得樊旺捡到的那只耳环？"无间道："你说的是三梦？"林微道："他是在船板夹缝里找到的？"无间点点头，道："又哪里不对？"林微"嗯"一声，却不再言语。

在武当又后山上岸，已是月上梢头，古树参天，于流动的清晖里更添一层冷寂。林微四面望望，道："那什么'周记制舟'便在左近了？"无间伸手一指浅水湾里一些残存的木桩，道："那里。"林微道："人呢？"无间道："那汉子说他们要阳春三月间才会进山。"林微想了想，道："你说勾陈使取了地图，经由武当又后山逃走，在此处偷了周家的船，想走愁杀荡去少林寺……"无间不住地点头，道："对啊，对啊，怎奈云莫为的心腹黄雀在后，中途截杀，抓住他因在了如意渚。"林微道："你还说因为船底结冰，樊旺不小心摔了一跤，才捡到三梦中的那只耳环？"无间还是点头，道："哪里不对?"林微道:"若周家的人三月之后才进山,那等船修得差不多,可以入水,无论如何也要四月间,既如此,勾陈使被困如意渚便应该是四月或者四月之后的事情,可江南四月天,船上又怎会结冰?"无间吸一口气,一时间并不能完全领会,林微又道:"船上水能成冰,那就不应当晚于现今这个时候,是一二月间或者更早,断断不会是三月之后。"

无间抓耳挠腮,却并不信服,林微想一想,又道:"你还记得勾陈使在'降心真经'里写些什么?'武当山藏垢纳污,如意渚天光数度,闻书香魂飘一缕,神农教一统江湖',这'天光数度'四个字又作何解?难道他偷地图的时候便知道日后会被困上如意渚?"无间道:"难不成勾陈使受困如意渚在先,盗取地图在后?"又不禁大摇其头,道:"说不通的,勾陈使死在如意渚,又如何能再上武当山?"说着眼前又是一亮,"或者偷地图的另有其人?"林微道:"可偷地图的人会用绕指香,而你又说过这样的人寥寥无几……"琢磨一下,又道:"权且算他死而复生,自如意渚走脱,之后在武当山逡巡许久,终于拿到地图,再其后,偷了周家小舟撞进愁杀荡,却再也没能走出来,这样想,是不是也说得过去?"无间道:"说是说得过去,可是,他——死——在——如——意——渚——了!"

林微不由得笑了起来,道:"他死不得,也不能死,死了一切便都不对了。"无间道:"这个也能你说了算?"林微眼神亮亮的,一歪头,道:"那是当然。"略一思索,又道:"人中了清静散,会是何种症状?"无间道:"你亲眼见过的,殷姑娘用以化去明灭大师尸身的,便是清静散。"林微稍一措辞,换一种问法,道:"有没有什么手段可以让尸身烂得面目全非,如同死了好几日一样,可实际上只死了一会儿?"无间道:"清静散便可以,但要剂量得当,手法精准,可不是随便什么人能做得到的。"林微道:"勾陈使做得到么?"无间道:"那是当然。"林微道:"这就对了。"无间道:"哪里对了？"林微道："死的人是樊盛。"

无间吓一跳，仔细想想，又好生不以为然，道："樊盛撑船回到岸上，乃是许多人亲眼所见。"林微道："那是勾陈使扮作他的模样，虚晃一枪而已。你在渚上找到樊盛的玉葫芦，按照他哥哥的说法，是他欺负那道士文弱，上岛干劫财害命的勾当，不小心弄丢的。"无间道："这显然不对，一百个樊盛也不是勾陈使的对手。"林微道："所以你以为是云莫为的人上岛杀了勾陈使，可若是那样，此事便与樊盛毫无干系，他的玉葫芦又何以会丢在岛上？"无间眉头一皱，忽然间变得无言以对，林微又道："如意渚的那具尸首的确死于清静散，不会有错？"无间重重地点点头，道："错不了的。"林微道："若那真是勾陈使，而且真的是云莫为的人所害，那凶手应该将尸身化掉才对，简单直接，而且不留痕迹，樊旺说什么来着，'他瘫在这里，衣帽还在，可人已经烂得面目全非，死了不知道多少时日'，所以，死者面目无从分辨，说那人是勾陈使，靠的不过是衣衫而已。那樊盛是个嗜赌之人，欠一屁股的债，勾陈使诱他上岛，定然不是什么难事；之后他杀死樊盛，调换衣衫，再以清静散将人弄得面目全非，此举可谓一箭双雕，一则就此夺了樊盛的船，逃出如意渚，二则，他大模大样撑船回去，再溜之大吉，众人只道那道士死了，樊盛跑了，无可对证，天衣无缝呢。"略一沉吟，又道："或者一箭三雕——他将自己的药锄丢在尸体血肉当中，实则还赚了一个人。"无间道："谁？"林微道："云莫为啊，樊旺不是说有个大理口音的瘦子么，那人与樊盛说熟不熟，可还是厮混了不少日子，叫我猜，他倒有可能是云莫为的人，而取了药锄送回神农谷的，应该就是他。这样一来，云莫为也被蒙在了鼓里，还以为勾陈使真的死于非命了。"她望天发了一会儿呆，又道："你还说过，若不是沈姑娘，再不会有人看出那药锄上沾染的是什么，是以这一招，的确行得通的。"

无间皱着眉头想了又想，所能明白的还只是一个大概，转而道："那然后呢？"林微道："他逃出如意渚，上了武当山，偷了行易的地图，不想竟还得了愁杀荡的线路图；被那路线图所诱，摸索着走出武当又后山，偷了周家木舟，一头扎进愁杀荡，嘿嘿，只可惜再也不能出来。"叹一口气，又道："他算是绝顶聪明之人，却落得这样下场，正可谓聪明反被聪明误。"无间道："他不回神农谷，进去愁杀荡做什么？"林微道："你不是说他要去少林寺么？二喜不是说走愁杀荡本是去少林寺的一条捷径么？"无间道："他若是云莫为的人，去寻慧通他们，才说得过去！"林微笑眯眯地道："可三梦里的手镯在一位老和尚手里——"无间道："他去找明灭？为何要找明灭？"林微道："明灭被傅长天捏在掌心里，可靠得很，为何不能找他？再者，勾陈使受伤在先，千里迢迢回神农谷勉为其难。"无间道："你怎知道他受了伤？"林微道："愁杀荡那具死尸不是断了两根肋骨？"摇摇头，叹道："'武当山藏污纳垢'原来是这层意思——"无间道："神农教的人对中原武林又能有什么好话，他不过这样说说而已。"林微道："云莫为的人可以出入武当，暗伺左右，那武当山算不算得藏污纳垢？那地图是假的，进愁杀荡的所谓路线图更将人引入死地，又算不算？"无间道："可勾陈使写下那句话的时候尚不知道地图是假的。"林微呵呵一笑，道："这倒是不错。"无间道："那片假地图又从何而来？他又如何会被囚上如意渚？"林微沉吟不语，再望一眼黑压压的又后山，心中却骤然多出一丝难言的寒意。

二人还循着勾陈使所作的记号翻过又后山，待看到后山柴房，无间忽然兴奋许多，推门而入，连叫数声"清溪！"。院子里空空荡荡，半个人影也没有，他正感茫然，一位小道童背着好大一捆干柴挤进门来，"扑通"一下坐在地上，开始大口大口地喘气。无间还想叫"清溪——"又捂住了嘴，那道童像是吓了一跳，喝道："你们是什么人？"无间一门儿心思，转而问道："清溪呢？"那道童道："你们若是观里的香客，还请回观里去，这里可不是你们该来的地方。"林微道:"我是清溪的远房表妹,娘让我来看看他。"那道童打量她一眼,很是诧异,道:"他原来还有亲戚?这倒好,我正想问问,清溪呢?"林微道:"他是武当山的人,这话该我问你才对。"那道童道:"我们找不到他,都道他私自下山回乡去了,难道不是?"无间眼睛瞪得老大,道:"他不见了?"那道童道:"按说他该走一趟北疆,可是不知为何,有人在柴房撞见他,才知道没有去。他每日里应该送些干柴去前面灶间才对,却一连好几天没有露面,我等还以为他病了,或者砍柴伤到筋骨,或者糊里糊涂晃到又后山回不来了,谁承想里里外外山上山下寻了多少遍,始终不见他的影子。"叹一口气,捏着手指头算一算,又道:"这都多少日子了——他真的不曾回乡?"说着又进到屋里拎出一只布袋丢给林微,道:"这是清溪的东西,我等找不见他,便还给你吧。"

出得门来,无间检视那只口袋,里面有一身道袍、两双鞋子、一只瓷碗、一个泥人儿和一些零散的杂物。他扯起那件道袍,想起旧事,叹道:"他总共不过两身道袍,还被我穿走一身。"林微道:"他又有几双鞋子?"无间道:"两双,他的鞋子不合我的脚,所以我在山上扮道士的时候,只好穿一双草鞋,不伦不类的。"林微道:"你离开武当的时候,清溪仍然卧床不起?"无间道:"他伤了脚,下不来床的。"林微道:"你不觉着蹊跷?"无间道:"凭空人就没了,当然蹊跷。"林微道:"我是说他只剩一身道袍,那一身道袍在这里,只有两双鞋子,两双鞋子也在这里,可人却没了……"无间心上突地一跳,道:"这话又是何意?"林微道:"既然你走的时候他便卧床不起,我猜着——该是再没有从床上下来过。"无间心中发毛,道:"你是说他已经死了?可他不过是个砍柴的小道童,又有谁会和他过不去?"咽一口吐沫,又道:"若真是那样,尸首又在哪里?"

林微又折回去,趁那小道童不备偷出两身道袍,和无间分别换上,想一想,还去正心阁。二人进门,一位头发花白的老道士出门，背着一只药囊，神色凝重，看到他们像是松了一口气，道："也好，你们两位小辈既然来了，便派个用场。"无间瞅一眼名牌，恭恭敬敬叫一声师伯，那老道又道："行云不成了，至多不过几个时辰的命，你们照料一下，也送送终。"无间心下一惊，转身抢进禅房；他早先为行云制出几副药剂，方子也留了下来，若老道士坚持用药，即便毒素不能尽解，也应该无甚大碍才对，而如今这副情形，又是从何而起？

行云躺在木榻之上，双目紧闭，脸色蜡黄，胸口起伏不定，唇边白须上沾染着不少血丝；再探脉象，绕指香缠入肺腑，还真是到了病入膏肓的境地。无间先度些真气内行缓释，又就地取材，制一剂药喂给他。半个时辰之后，他忽然咳了起来，咳得面色赤红，几乎要背过气去了，又哇的一声吐出好大一块黑血。无间心下稍宽，再服侍着躺好，他呼吸便均匀不少，同时手脚转暖，脉象也变得颇为平和。

这时院外脚步声响，竟然是两位小道童抬着一张竹板收尸来了；到了门口，探头探脑，有些不敢进来。无间道："师叔祖扛过来了，你们去罢。"其中一位道童道："不是还魂么？"林微呵呵一笑，忽然直直地抬起胳膊，道："若是还魂，便是附在你们背上找回来的。"那道童"哎呀"一声，脸色发绿，不住手地拍打肩膀，另外一位胆子大些，进来瞧一眼，一面有些糊涂，一面又如释重负，商量一下，也就相携去了。

有无间与林微照料，情状大不相同，到第三日上，行云便已经能够坐起身来。他年事极高，在正心阁冷冷清清数十年，如今有两个小道童呵前护后，心中大为温暖。这一日过午，服完药，丹田之内暖暖的，人便清醒许多，于是问道："二位是何法号？"林微指指无间，道："他叫作清木。"又指指自己，道："我叫作清扬。"行云道："你们是在何人门下？我怎么一点印象也没有。"林微生怕露馅儿，却又有所探询，道："我们叫清溪一声师哥呢。"行云道："哦，

无间传　857

清溪，我可是有日子没有见过他了。"透出一口气，又道："你们可有行木的消息？"

无间记起上次扮清溪来这里，他便问起这个行木，过去这么多日子了，居然还惦记着。林微摇摇头，道："不曾听说。"转而又道："清溪也找不见了。"行云吃了一惊，道："怎么就找不见了？"林微道："反正就没这个人了，前山，后山，又后山，找多少遍了，生不见人，死不见尸，谁也不知道去了哪里。"行云颇为茫然，道："上次他来，帮我清扫半日正心阁，还熬了些药才走的。"无间明白他说的正是自己，如此便又添一层佐证，清溪果然脚伤未愈便失了踪影。行云又道："我身上这病来得毫无理由，却又十分难缠，无可消脱，那小子不知请教了哪一家的郎中，药用得还真有些道理，我服过之后，有不少起色呢。"无间道："那你怎么不吃了？"行云道："药没了。"无间道："吃光了？"行云道："我也说不清，横竖有一日醒过来，药便不见了。按说山上不会有人偷，所以我总想是让老鼠什么的给拖走了。"林微道："还有偷药的老鼠？"行云道："是有些说不通，可是没了就是没了，我也没有办法。"无间道："他不是写药方给你么？"行云丝毫未察觉这话里的破绽，道："那个也没了。"林微道："也让老鼠拖了去？你们武当山不仅有吃药的老鼠，还有煎药的老鼠，由此类推，还应该有照方抓药的老鼠？"

行云没有多少力气，却还是哈哈一笑，盯她一眼，道："什么叫'你们山上'？你这小道童，上山多久了？"林微伸伸舌头，道："一个多月。"行云道："你们好像懂些医理？"林微道："我二人出身大理，在云南边界长大，那里是人都明白三分药理，你这病，嗨，都算不得疑难杂症。"行云"哦"一声，道："你们是大理人士？"林微却转而问道："你有没有向人说起过清溪抓药的事情？"行云道："当然说起过。"林微心下一跳，道："和谁说起过？"行云道："但凡有人到我这里，问起病情，我便夸一夸清溪呢。"林微思绪扯开，好半天收不回来，无间则趁机问起在心中纠结许久的旧事，道："你可记得是怎么病倒的？"行云叹一口气，却答非所问，道："有人动了行易师兄的遗物。"

无间林微不由得对视一眼，行云则自顾自说道："对先人这样不敬，总教人不忿，可具体是谁干的，我也查不出个所以然来。"林微依然问道："你的病和行易的遗物又有什么干系？"行云道："我有些疑神疑鬼，总觉着这病便是因此落下的；那一日他的东西被人弄得乱七八糟，我将一切归并好，不知为何，身上便有些不对，等着睡过一晚，就更不对了，那之后一日不如一日，到最后莫说走路，连榻也下不来了。"

二人出来在阶上坐着，无间拼命琢磨，拍得脑袋"啪啪"作响，林微道："你想什么？"无间道："我在想那药里有什么会真的招来老鼠野兔老鸹之类的。"林微扑哧一笑，道："你真的和他一般糊涂不成？！那药当然是被人偷了去。"无间道："不会，不会，无论是谁，要这药又有何用？若真想置他于死地，法门多的是，何必费这些周折？"林微道："你说这些药又有何用？"无间不太明白，可还是掰着手指头答道："药里有三秋草，按说能发发汗，治体虚之症。"林微摆摆手，道："你说绕指香的解药治什么？"无间道："除了绕指香，治不了什么……"心头却"咯噔"一声，忽地一下站起身来，道："你的意思——难道，难道，武当山还有人中了绕指香？"

林微眼神亮亮的，道："既然行云可以，为什么别人不可以？勾陈使有害人之心，但凡去正心阁查看过行易遗物的，都有可能被他算计，再说了，你不也差点儿着了道么？"无间点点头，又摇摇头，道："既然这样，山上应该无缘无故死不少人才对……"继而又好似恍然大悟，道："清溪？"林微道："其实我一直在想，你那天找到行易的遗物，相较于咱们在天意峰找到方闻松的遗物，相较于在固安城头找到于弱风的遗物，是不是也太容易了些？"无间道："说的是呢，我也一直有些奇怪；到了武当，人说有这样一座正心阁,到了正心阁,只看见一个病恹恹的行云,即没有什么人打点,也没有什么戒备,行易的遗物就那样白纸黑字地标着——",这时忽然抬起头来,"难不成都是个圈套?"林微道:"别人不知道:你还不知道?若你早于勾陈使找到正心阁,那怀揣地图死在愁杀荡的会不会是范无间?只是你们这位勾陈使也不是省油的灯,偷了人家的东西,还要写首破诗抒一抒胸臆,做套儿再杀几个闲人,唉,尔虞我诈,可不就是这种样子?"无间像是有些明白,可随即又变得糊涂万分,道:"你是说还有别人中毒?偷走行云解药的便是他?"琢磨一下,又开始摇头,"绕指香非比寻常,许多人至死都不知道中了毒呢,行云便是这样,他难道例外?"林微道:"这就对了。"无间道:"哪里对了?"林微道:"他知道自己中了毒,是因为——早先设计陷害勾陈使的便是他!"无间心头狂跳,道:"你是说绕指香毒到了最早设套的人?!"林微笑道:"打猎的时候做过陷阱,你会不会回去看看?"无间眼睛瞪得浑圆,道:"那偷行云解药的也是此人?!"

林微道:"你说绕指香极为难缠,想来那人也备受煎熬,而行云卧床不起,武当上下都以为他得的是病,唯有此人疑心他中的是毒。行云用过你的药,有所好转,于他而言是不得了的事情,所以务必会来看一看,顺手牵羊取走解药,也就理所当然,其实……"摇摇头,又道:"或者直到这时候,他才确认自己中了毒?"继而叹一口气,"还真是可怜清溪了。"无间道:"清溪?这与清溪又有何关联?"林微道:"行云逢人便讲药是清溪所煎,你说他会怎样?"无间脑中嗡的一声,道:"清溪——是那人所杀?"林微道:"只是我想不出你与清溪之间的事情,那人又问出来多少。"仰天望望,又道:"你给行云拟的药方只可以暂时保全性命,算不上真正的解药?"无间道:"不错,我一直惦记着再来这里一趟给他祛毒呢。"继而又低呼一声:"既如此,那大坏人身上的毒也不曾解呢。"林微道:"你帮我拟一个有模有样的方子,似乎能解绕指香,实则又解不了，除此之外，那方子若是被什么人偷了去，你要有法子知道才好。"无间应一声，道："这个要费些思量。"

他来来回回踱了半天，才写好方子，林微拍拍他脑袋以示嘉许，转而装进信封，投进了行云的药筐里面。之后又是七日，无间妙手回春，行云痊愈得极快，不仅下得床来，而且开始晃晃悠悠地走来走去。林微便告诉他每日里要去云高气爽处走动一千九百九十九步才好，无间眉头紧皱，不明白这是哪门子的道理，可那老道士分明更喜爱这位眉目如画的小道士，言听计从，每日午后果然就去各院各观走动一遭。他辈分最高，人又平易，啰唆起来没完没了，这一趟莫说一千九百九十九步，两千九百九十九步也有了。

这一日渐渐沥沥下起雨来，未及傍晚，天便黑得不成样子。行云房里只点着一支蜡烛，昏黄如豆，反而趁得暗影更深了许多。他日间路走了不少，困顿不已，早早便睡熟了，鼾声一起一落，甚是滋润。不多时房门无声无息地敞开一些，有黑影一晃而入，那人身材高瘦，着一袭黑衣，蒙着脸面，只露出一双精光四射的眼睛，先去书案一侧，将药筐里的草药尽数倒进一只口袋里面，返身往门口走几步，又退回来，走近木榻去探行云的脉搏。指间欲触未触之际，行云手腕忽然一翻，伸指点他肘间穴道。这一招精妙无比却又出其不意，无论是谁，都应该无从招架才对，可那人却如蜻蜓振翅一般微微一晃，移开数寸，避了开去。他神色之间甚是恼火，小指一拂，一道真气直逼行云胸口，行云伸手在榻上一拍，腾空而起，双掌交错，忽地拍出一掌"天雨潇潇"。

榻上之人并非行云，却是无间所扮。那人眉目间添一层惊讶，身子一转，如离弦之箭一般向门外滑去，而这时门后无声无息地探出一只短剑，方位与时机均妙到毫巅，眼见那人无可遏制地要撞上去，可不知为何，他衣衫触及剑尖的一瞬竟凝住了，继而荡秋千一般从下方一荡而过。偷袭之人正是林微，她这一惊也非同小可，世间借力之道千差万别，可拙也好，巧也好，总要向厚重之处求取凭借,而此人居然依承剑尖巧得旋绕之力,此等修为,匪夷所思。那人空中一拧,竟还有暇伸指在剑身上弹了一下,林微半身酸麻,再不敢拿捏,撤剑的同时使出骆雨痕所授的心法,翩然而退。无间在她腰间一托,相携站定,继而同时推出一招"潮水平"。自从在榻上占得一瞬先机,这几招环环相扣,而这一掌更尽显子非鱼之力,虚实相继,直取对方胸口。那人身在廊下,退无可退,右手平平一划,硬碰硬接了下来;诸般力道如暗流一般横走斜生,推着他曲曲折折,连跨数步,自忖站定了,长袍一震,又莫名地扬了起来,一样硬硬的物件从腰间甩出去,"啪"的一下撞在房门之上,而那门竟随之"吱呀"一声开了,行云一脸茫然地走了出来。他问一声"出了何事?",俯身便去捡地上的东西,不想那黑衣人抢他一步,率先取在手里,随即鬼魅一般掠上屋脊,走得无影无踪。

无间与林微对望一眼,心下骇然;他们精心设伏,还道是神仙也不能脱逃,不想那人未取半分机巧,见招拆招,有变应变,便这样硬生生脱壳而去。此人无论内力还是轻功,均高得难以想象,而个中体味,竟与华山倚天居一战有若干相似之处。行云脸上依然是一副难以置信的神情,叹一口气,缓缓坐了下来。林微暗叫不妙,揭开衣衫,他锁骨之下赫然有三道兰花形状指痕,每一道泛着淡淡的紫色。无间不由得倒吸一口凉气,那人自行云身边掠过的一瞬痛下杀手,所用竟然是玄都心法里摧人心脉的"兰花指"!

无间取出心法研读片刻,依着其中的变化,开始为行云运气疗伤。如此足有半个时辰,他才咳一声,缓缓睁开了眼睛;望着无间,似乎有些认不出了,好半晌,才勉力指指房顶,道:"你帮我看看东西还在不在。"无间道:"什么东西?"行云道:"从东面数,第九根梁,再从北面起,走五步,应该有一个窟窿,你看看里面的布囊还在不在。"无间跃上房梁,仔仔细细寻过来,窟窿确如所言,里面却一无所有,行云神色黯然,自言自语道:"果然如此。"

林微轻声问道:"布囊里有些什么?"行云道:"那是行易师兄

自北疆带回来的布囊。"林微吃了一惊,道:"便一直藏在这里?"行云道:"有何不可?难道不应该放在这里?"透一口气,有所思,又道:"我在行字辈当中排行最末,加之资质平庸,不是习武的料,所以历来不怎么受人待见,若非如此,看守正心阁的差事也不会落在我的头上。行易师兄大我许多,看我瘦小,年纪又轻,对我一直颇为眷顾。他从北疆南归,最先来的地方便是正心阁,亲手将那布囊交给我,还说里面的秘密一旦泄露,八成会搅得天下不宁,死很多人的,我说既然如此重要,我这点微末功夫,如何看管得来,再说正心阁本就是一个大杂物间,大家来去自由,怎么能存放这种东西?他哈哈大笑,说那东西不得不带回武当,可武当山有它不如没有它,让人取了便取了,说不定会少一道无妄之灾;此外他还说什么大隐隐于市,这些所谓的宝贝若是随手丢在平常的地方,肯定无人留意,郑重其事,反而要露出马脚。这样我才想起梁上那个窟窿,他上去试试,说是天造地设的合契,便将布囊藏了进去。"无间还问一遍:"布囊里是些什么?"行云道:"我不曾问,他也不曾说,但里面有一些药是真的。"无间好生诧异,道:"药,什么药?"

林微这会儿想起褚忘尘的话来,道:"他身子一直不好,是么?"行云道:"是不好,很不好,回来之后,人便没有爽利过,有的时候咳得站都站不起来。那只布囊再没有别人问起过,唯有他自己时不时来一趟,从里面取一些药粉。我问他都是些什么,他说他也不知道,还说若是不用,不得好死,可用了,照样不得好死。那种情形在我看来有点类似于饮鸩止渴,不过依着他的性情,也没有什么奇怪的。"无间道:"他是中了毒,还是受了内伤?"行云道:"我也这样问过,可他同样说不出个所以然,他们走那一趟北疆,虽则路途遥远,但是行踪极为隐秘,便从未与什么人交过手,他说长剑出鞘不过一次,还是去杀一个不会什么武功,而且手无寸铁的养马打杂之人。"

无间与林微心头巨震,有一瞬脑中几乎一片空白,那养马打杂之人乃是神农教教主曲关阳,又哪里"不会什么武功,而且手无寸铁"?莫禾昇提及三十二皇子等人北上出关以后,要杀随行的养鹿之人,原来这差事竟落在了行易头上!即如此,他最终死于散骨散,还都是因此而起?无间问道:"他杀了那人没有?"行云道:"那是当然,一剑刺入心口,取了他的性命。"无间"哦"一声,不由得又想到了海棠山千层洞里的那一具尸身;曲关阳若想杀死行易,断非难事,可这样一来,身份泄露,后果不堪设想,无奈之下他铤而走险,一面坦然受下一剑,一面又以散骨散悄悄地伤了对方,这一切不着痕迹,又惊心动魄,想一想,手心里便沁出汗来。行云又道:"师哥自己也说不清楚,总之他消耗极大,之后便痼疾缠身,再没有消停过。"林微道:"他取走那些药粉不就成了,干净利索,为何偏要放在正心阁?"行云道:"他说那些药粉大非寻常,多有邪魔之性,而他为人落拓,定力不足,受不了个中诱惑,再说了,正心阁之为正心阁,自有束慑之意,用来存放这些东西,最好不过。"说着又叹一口气:"这话究竟何意,至今我也不甚明白。"

他忽然间又猛咳一阵,再透出一口气,脸色蜡黄,额头上也已经全是冷汗。无间明白他大限将至,泪水不由得夺眶而出,想一想,还是问道:"适才那人落在院子里的,可是腰间的名牌?"行云嘴角牵动,苦笑一下,微微点了点头,无间又道:"那你看清了?你知道那人究竟是谁?"行云缓缓闭上双眼,分明不愿作答。无间欲罢不能,还问一遍,"他究竟是谁?"林微道:"你若害怕我二人是小辈担待不起,我们去找寻一道长如何?"行云身子一颤,睁开眼睛,使劲摇了摇头,进而望定二人,道:"你们又究竟是谁?"无间瞅瞅林微,再低头,行云双手自腰际垂了下来,呼吸渐渐变得平稳,却也越来越弱,终于再没有半点声息。

第六十三章
心着无影有痕些

　　早春时节，寒暖不定，再一日却是一个绝好的天气，眼界里虽则仍是衰草枯杨，但和风荡漾，自有一股盎然之意。二人拜别行云遗体，走出正心阁，院外空地上有数十名道士盘膝打坐，俨然恭候多时的架势。林微心知有异，向众人拱一拱手，拉着无间，沿着墙根快步要走，前排一位唤作朴澈的中年道士率先站起身来，道："二位且留步。"说话的工夫，两位小道士快步走进正心阁，又一溜烟跑了出来，大声喊道："行云师叔祖果然死了！"
　　众道士并不吃惊，高声颂一段经文，便相继站了起来。朴澈道："行云武功低微，年事又高，二位竟然连他也不肯放过！"无间一愣，这才明白过来，道："你以为行云是我二人所杀？"林微道："他病重之时，你们不管不问，就知道派人收尸，如今人不在了，反倒有心主持公正？再说了，尔等既然知道我们来正心阁行凶，早不进去救人，在这里弄什么玄虚？"朴澈冷笑一声，道："我等领命守在此处，无论是谁，休想出正心阁！"林微道："你领谁的命令？"朴澈避而不答，一字一句地道："你们不是武当派的。"林微呵呵一笑，道："行云临死前刻意收我二人做弟子，我唤做寻扬，他唤做寻习。"他捏着手指头装模作样地算一回，又道："你该叫我一声师叔，还是师祖？早早认个错，或者我心情好，今日便从轻发落你以下犯上的罪过。"

朴澈极为恼怒，道："也好，你们既然是武当派的，那便由我来考校一下如何？"林微道："你又能考校出什么？再说了，哪里有徒孙考校师祖的道理？"朴澈仰天打个哈哈，道："你可记住了，今日过招，只能用武当派的功夫。"林微心道此人借风转舵，倒并不糊涂，转而望望无间，道："你可会他们的功夫？"无间随一众武当派弟子走一趟落雪山庄，沿途看他们练功，多少记住了几招，心中温习一遍，笑道："咱们辈分虽高，怎奈师父不济，只好会一点入门功夫。"林微道："也好，你就与他们走两招试试。"

朴澈有些急不可耐，踏上几步，使"云掌"中的一招"江天霁"，拍向无间胸口。云掌意蕴柔韧，取守势的时候滴水不漏，取攻势的时候出其不意，如此施为，有一层缠斗不休的用意，也算是谨慎起见。无间正担心他上手抢攻，不由松一口气，手上斜着一划，使出一招武当长拳里的"高四平"。武当长拳自然算不上微末功夫，不过它内向修身为用，从来没有什么杀伤力，如此应对，当然不成章法。几位年轻道士不由拊掌大笑，而朴澈心下也为之一松，身子接连晃几晃，围着他转开了圈子，松云掌诸般力道由此生发，也便一层层地洒了过来。

不多时二人斗过三十余招，朴澈脚下越走越快，无间却还是一副神定气闲的架势，将长拳打完一遍，有些无所适从，便重新再来一遍。这会儿有些武当弟子看出些苗头，伸长脖子，再发不出半点声响。松云掌使到这种火候，如烟似雾，应该制得这少年束手束脚才对，可不知为何，他举手投足，照旧风轻云淡。朴澈人在局中，心下明镜儿一般，强行按下漫生的怯意，身法一变，长驱直入，改为了贴身短打的松果擒拿法。这一套武功系武当派前辈看到松鼠在枝头抢夺松果，心有所悟而创，其中多为锁喉敲骨，切腕断筋的缜密招式，而朴澈一招"松风过山"使得极为到位，眼见无间腕骨肘节肩周尽皆落在他拿捏之下，可不知为何"砰"的一响，他便如同皮球一般滴溜溜滚了出来，直到撞上一棵大树，方才停下，而直到这时无间一招"鬼蹴"才慢吞吞使完，收脚抱拳，一脸的笑意。

武当长拳居然可以胜出松果擒拿法，这几乎是闻所未闻之事，众道士凝神思索，也才明白了其中的道理；武当长拳不攻不守，自成一统，而朴澈早先在四周游斗，正如同置身事外，胜不了却也败不了，待到他合身贴上来，激得长拳外向生发，胜负也便一蹴而就。这少年无心为攻，掌上却有这等威力，想当然断非等闲之辈；他们相互瞅瞅，又不约而同望向一位头发斑白的老道。那老道甚是淡定，踏上一步，复又躬身行了一礼，道："寻成讨教二位高招。"林微道："你也是寻字辈，那寻一老道士是你什么人？"寻成道："是贫道师哥。"无间道："既然是寻字辈，武当长拳可不顶用。"林微道："那你还会些什么？"自顾自扑哧一笑，清清嗓子，又道："错了，师父还教过你什么？"不待无间回答，又心头一亮，道："你不是在正心阁得了一本经书么？"

无间摸摸胸口，明白她指的正是那本降心真经；那经书被绕指香浸染，是剧毒之物，本应烧掉才好，只是他总觉着可惜，便一直用油纸包着揣在怀里。这会儿取出来置在地上，又捡起一根树枝，挑开包裹，道："那我瞅瞅有什么可以现学现用的？"寻成不懂他搞些什么名堂，可目光垂下，瞥到封皮上"降心真经"四个字，又不由吓了一跳，道："这本经书你是从何处得来？"林微道："行云师父所授啊。"寻成道："降心真经是何种武功，你果然知道？"林微道："我猜这个算是武当绝学？比起那个毫无用处的长拳，乱兜圈圈的掌法，还有那个抓耳挠腮的擒拿法，应当强一点点？"

寻成不由勃然大怒，江湖上说起武当派，哪一位不是推崇备至？而这一位伶牙俐齿，将本门武功说得如此不堪，是可忍又孰不可忍？好在他年事不小，阅历极丰，恼火之余，心中依旧好一番算计；按理，降心真经断断不应该出现在正心阁，而此处忽然有贼人出入，或者正是因此而起？不过话说回来，即便是寻字辈弟子当中，也绝少有人修习这门功夫，一则它至艰至深，内力不到极高的火候，不得其门而入，二则其中有诸多虚实之辨，奇巧诡异，略有入魔障之嫌，若道学修为不够，极容易被引入歧途，眼前这两位年纪轻轻，说是懂得降心真经，未免耸人听闻，而这浓眉大眼的一位拿着树枝儿摆弄来摆弄去，又是什么讲究？

无间翻到经书第一页，大声念一段，转头瞅瞅林微，道："这是什么道理？"林微道："开宗明义，都是废话。"无间道："我一直奇怪呢，为何所有经书都这般开篇？写这些话的人绞尽脑汁，可看这些话的人丝毫不觉着有什么用处。"林微不由呵呵一笑，道："若能悟到废话之为废话，废话也就算不得废话了。"

无间将这话咀嚼一遍，嘿嘿一笑，翻到第二页又开始念，只是没一会儿，忽然挠挠脑门，真的便埋头读了起来。寻成又是好奇，又是不耐，道："二位要啰唆到什么时候？"林微撮起口唇"嘘"一声，道："不要嚷嚷，这里有位武当弟子学功夫呢。"寻成道："这是学功夫？！这副模样，是修习降心真经？！"林微："鲁钝之人才郑重其事，我这哥哥有绝顶之智，翻翻看看，便大差不差。"

说是这样说，可无间盘膝而坐，不一会儿真就到了物我两忘的境地。那些文字落在眼里，似懂非懂，他能领会的不足五层，可个中变化，简单也好，曲折也好，又总能毫不费力地做到。过好一阵子，他忽然意识到他的驭气之法是玄都心法，与真经并不相干，可为何会是这样一种殊途同归的情形，又教人难以索解。心下蹊跷，经书却越翻越快，不一会儿便到了最后一页，真气在体内走过三个周天，种种变化了然于胸，可人也愈发茫然，这算是修成了降心真经，还是虚有其表？

寻成同样一头雾水，不过他终究是向善之人，转而道："这位少年，降心真经虽然是武当派的功夫，可亦正亦邪，多有魔障，你修为不够，岔了真气也还罢了，乱了心性可一世不得解脱，我劝你还是好自为之。"无间颇有感悟，道："多谢道长指点。"寻成又道："你二人不知天高地厚，混入武当，害死行云，罪不容赦，好在这里是清静慈悲之地，若能真心悔过，在山上修行一段时间，去些心间戾气，我留你性命便是。"无间道："你这样说话，还真不像个坏人，为何一口咬定是我们害死行云？"寻成伸手一指摊在地上的经书，道："这算不算是人赃俱在？"无间道："我会为这个害死行云？如今经书我看过读过，也修习个大差不差，好像没有什么大不了。"

寻成诚心正意修身数十年，才获准修习降心真经，如今一晃七年，只能算是中成，而且越修习，越能体会其中博大精深之处，心存敬畏，也便愈发战战兢兢。无间如此说话，在他听来十分刺耳，不由冷笑一声，道："想来你颇有心得？"无间道："有些不太明白，不过还好。"寻成道："既然如此，你我切磋一下如何？"无间道："你要比什么？"寻成略一思索，道："莫须剑！"

莫须剑是降心真经开篇一章，名为剑，实则是一种指法，御气为剑，伤人无形，寻成在其中浸淫三年，最有心得。无间道："这个防不胜防的，你我乱刺一番，在身上弄几个窟窿，可不得了。"寻成颇感好笑，不过还是点点头，叫道："清仪何在？"一位小道士答应一声，快步奔了出来。他平日里便追随寻成，这时心中会意，俯身捡起七块石子，抬手向天上抛去。寻成左前走三步，右前走三步，继而翻一个跟头，待双足落地，膝盖微曲，手掌自丹田上引，望空一挽，食指跟着连点数下。那一串石子飞得正紧，这时却如同撞在了一堵无形的墙上，噼里啪啦落了一地。一干武当弟子轰然叫好，有人更指着无间大声说道："你小小年纪，今日可开了眼界？武当派与少林寺平起平坐，又岂是浪得虚名？"

清仪望一眼寻成，又捡数枚石子，还抛起来。他为人机灵，这一次手法稍加变化，石子看上去同样慢悠悠的，可高处稍稍一滞，便多出一股横生的力道：冲无间直砸过来。无间半点也不介意，巴掌摊开，不慌不忙地一探，没有半点花哨，可六脉真气同时刺出，将石子各自推开些许，一块块刚好落在他身外一尺的地方。一众武当弟子一时间都愣住了，说此人功力不济罢，他分明以虚空之力移开了石子，说他功力精湛罢，这一下看上去又好生拙劣，而寻成双眉紧锁，心下又是另一番况味；这少年有些似是而非，可是删繁就简，所用的确是莫须剑，而且数指为剑比一指为剑高明许多，若真的是现学现卖，这背后的文章不仅教人忐忑，更教人后背发凉了。

紧贴院墙的地方种着几丛山茶花，开得正好，一团团如同绣球一般，清仪走过去摘下一朵，点点头，随即又高高抛了起来。寻成抬臂展腕，压住小指，望空一按，但听"嗤"的一声轻响，那朵茶花被削成了两半儿，他随即横扫一剑，茶花便又成了四块，同时花托破碎，花瓣散开，洋洋洒洒飘了一天。众人喝彩声震天价响成一片，教寻成多少也有些得意，无间竟好似也颇为钦佩，冲他竖了竖大拇指，继而又伸出三根手指，如同跟人讨价还价一般望天比画了一下。山风荡漾，花片儿飞得到处都是，可其中几片在空中一顿，眨眼间裂成无数碎屑，再一扬，散得无影无踪。寻成胸口如同吃了一记重锤，望望他，忽然再也说不出话来了。

莫须剑境界有三，第一层所谓"如斫"，隔空见力，化虚为实，适才二人打落石子，彰显的正是这等功力，第二层所谓"如剑"，真气凝练，利如锋刃，这其中又以削沉重有形之物为易，削轻薄无形之物为难；那山茶花介于有形与无形之间，寻成可以削断，差不多是他修为的极致，而无间信手挥来，却一式三剑，剑剑摧毁柔软无骨的花瓣，这境界上的差距又岂可以道里计！寻成心中慨叹，正无所适从，忽听有人叫道："也好，二位便再斩一剑给我看看！"

话音未落，两只鸡蛋大小的圆球夹裹着风声直飞了过来。寻成被那声响所慑，不敢怠慢，大拇指重重一捺，飞向他的那只小球"砰"的一下便炸开了，一股果仁香气飘入鼻息，让人不由得啼笑皆非——原来是一只山核桃。无间稍稍一怔才明白过来，可仍旧不慌不忙，手指捻动，望空一拂；真气柔韧，挥洒如一张大网，那核桃渐行渐慢，有一瞬似乎凝在了空中，如此又缓缓落在青石板上，陀螺一般转好一阵子，方才停住。众人屏住的一口气刚呼出来，核桃外壳上竟裂出几丝细纹，继而在一声纤细而清澈的脆响里，绽放开来；圆圆的果仁儿慢悠悠地滚到无间脚边，他伸手捡起来，笑呵呵地望一眼林微，道："你要不要？"

寻成神色之间又是不安，又是颓丧，又是钦敬，怔怔地说不出话来；莫须剑第三层境界所谓"如无"，真气寓浩荡于缥缈，寓锐利于绵密，无坚不摧又无迹可寻，而无间卸下那只核桃的疾飞之势，着力之巧无以复加，而果壳被摧于外却未形内外，更是精致入微，实难想象此乃人力可为，他再望一眼无间，一边摇头一边问道："阁下究竟何人？"

这时武当弟子当中忽然有人接口说道："师叔，这其中尽是些虚虚实实，以假乱真的勾当，大可不必太过当真。"寻成转脸望望，认得是寻一道长唯一的俗家弟子卢火纯，他戴一顶帽子，几乎盖住半张脸，而且穿着一袭农家老汉的布衣，更添几分风霜之色。寻成道："适才那两只核桃是你所掷？"卢火纯点点头，道："正好试一试他的功夫。"林微不由得扑哧一笑，道："你师叔都甘拜下风呢，你一位小辈，还这么老，还是个俗家弟子，又胡乱凑什么热闹。"卢火纯道："辈份高低与修为高下无关，修为高下与孰胜孰败无关。"林微口中"啧"一声，道："你这羞辱的是谁？"卢火纯嘿嘿一笑，道："临阵应敌，近了讲要懂得随机应变，远了讲要懂得如何以己之长攻彼之短，可从根本的精气神上讲，要相信邪不压正！"林微道："谁邪？"卢火纯胸脯一挺，道："我武当沛然天地间，你说谁邪？"

说话间他身影一晃，左手虚抱，右手横扫，使一招太极拳中的"揽雀尾"，直攻了上来。太极拳法亦虚亦实，并无定式，饶是无间也不敢大意，取"斫"字诀，以攻代守，拇指一按，刺出一剑。二人翻翻滚滚，不多时便斗了二十余招，无间意念间渐渐再无拘束，玄都心法中诸般空灵一如水银泻地，身法上不仅从容，而且愈发飘逸。再一招，卢火纯双臂为拢，虚己以待，可无间似攻非攻，一掌拍过来，又似空空荡荡，又似浩浩荡荡。卢火纯脚下一拧，身法之中平添一丝鬼魅之气，再转半个圈子，居然抢出一步，横着击出一拳。无间略感诧异，转而迎一招"天行健"——罡风扑面而来，一片雄浑之下又一脉平和，武当派内功意蕴绵绵，果然不差，只是这一层体味尚在意念之间，一股莫须剑的力道伴着淡淡的茉莉香气又冷不丁地一透而过，那香气细腻到极处又清新到极处，让人心神一振的同时，又起一层密密的寒意，服帖到极处，却也阴森到了极处。他脑中惊雷一般"咔嚓"一响，强使玄都心法，逆势疾退，继而双手一挥，将林微向着数丈之外的空地上送去。

　　林微连退数步，方才站定，不等问出话，无间却盘膝坐了下来，同时挥挥手，示意她即刻就走。卢火纯神色颇为古怪，道："你居然明白？"狞笑一声，又道："既如此，那就老实一点儿，莫枉送了性命！"说话间飘身而上，连点无间哑穴与周身七处大穴。林微心知有异，却又一派茫然，适才难道不是稳操胜券，何以眨眼之间便落入此等境地？十几名武当弟子发一声喊，结阵围了上来；太极剑阵虽则远不及九川阵法精奇，可也正因为这一层朴素，取守势以相持，依自律以应变，反而更为难缠。她打点精神应付几招，忽然明白今日里想带走无间绝无可能，如此在进退之间又犹豫几个来回，又变得极为恼火，指着卢火纯叫道："你若敢弄伤他一些，瞧我叫寻一那老道士打断你脚筋！"武当派众人便如同受了挑衅一般，一霎时剑光密如疾雨，一片片洒了过来，她转而使一招"伏羲种田"，歪歪斜斜走几个古怪的步子，不等众人明白过来，竟已经到了剑阵之外。她撇撇嘴似乎还想说些什么，却又一跺脚，瞬间走得看不见了。

　　无间这才呼出一口气来；内息之间似乎并无异样，可隐隐然又乱象丛生，此种滋味如履薄冰，虚幻至极又熟稔至极，一如骆雨痕那颗药丸带来的种种变化，既如此，卢火纯借莫须剑来暗算他的，正该是旧制散骨散了。他不敢稍动，而穴道被封，真气不能运行，这时反而成了一层助益。卢火纯嘿嘿一笑，踢他一脚，继而低下头来细细打量；无间仰天倒在地上，自下而上将一张尖腮厚唇，鹰鼻阔口的脸面瞧在眼里，心下又不由一动，这副尊容难不成是在哪里见过？朴澈问道："此人究竟是谁？"卢火纯笑得意味深长，道："不认得。"朴澈道："又怎生处置？"卢火纯道："我要带他去见寻一道长。"说着伸脚一蹴，踢得无间眼前一黑，晕了过去。

　　山风呼啸，阵阵松涛如同潮水一般，不绝于耳。无间漂浮于似醒非醒之间，脸颊上寒意点点，无休无止却又一触即收；睁开眼睛，长空无尽，是淡淡的灰色，无数雪粒儿划过，依稀留下些凌乱的痕迹，便又簌簌地扑向各处去了。坐起身来，眼前一暗，差点撞上一块石头，再四面望望，也才明白是在一片扁平的岩缝之中；开口处嵌有数根手臂粗细的铁棍儿，如同圈起一座天然的牢笼，牢笼之外莽莽苍苍的尽是云雾，竟原来还是在万丈高崖之上。再看一圈周遭滑溜溜的石壁，实在想不出卢火纯究竟用了何种法门，才将他弄到这里，相同道理，即便无拘无束，他也没有逃脱的可能，而这些铁梲子，几乎算是纯粹多余了。

　　小心探索，丹田之内真气含蓄，督脉与阳维脉平稳踏实，所中散骨散竟然差不多去了九成，他更感困惑，若卢火纯有心取他性命，又会有谁好心为他解毒？而此人无论是谁，又如何会有旧制散骨散的解药？可另外一面，一切又有些似是而非，经脉之间不时有寒气掠过，针一般刺他一下，尤其肺脉一支更说不出的别扭，一旦咳起来，肝胆欲裂，可是无论怎样，真气运行无碍，也便多了许多自由。

　　转眼间到了傍晚时分，天青风冷，红日只剩若干余晖，有飞鸟一掠而过，定睛去看，却又无迹可寻。他叹一口气，正愁着辘辘

无间传　873

饥肠无可打发，铁栏杆之外忽然探进来一只毛茸茸的脑袋。他吓一大跳，退开一步，才看清那是一只猴子；高不足一尺，一身青灰皮毛，脸面不过桃子大小，可一双眼睛占了足有一半，可人之余，又透着几分诡异。它似乎也有些害怕，爬到石洞一角，从肩上摘下一只布包丢了过来。无间打开瞅一眼，不由欢呼一声，里面居然是两只白面馒头！也不作他想，三两口吞下肚，抹抹嘴巴，心下才又跟着一叹，这等狼狈，竟全忘了给小猴留一块享用。那猴子像是什么都明白，吱吱再叫数声，神色之间便变得颇为不屑，无间更觉愧疚，作个揖，伸出手想和它温存一下，不料那猴子嗖的一下从指间窜了过去，竟而还在掌缘上咬了一口。

因为社稷神鹿，无间身上气息非比寻常，与各类走兽尤其容易接近，此种情形，还真是前所未有。掌上火辣辣的，不多时便有鲜血渗了出来，再看一眼那两排齿痕，心下也不禁感慨，他作不作提防无关紧要，这猴子能伤到他便大非寻常；再一思索，忽然记起来两湖地界的深山之中有所谓石火猴，毛色如石，大眼如炬，疾似电光，快若石火，莫非就是此类？那猴子素无天敌，乃是我行我素，顽劣泼辣之辈，万灵门试过多次，始终不能捉到一只，更有人被它戏弄，差点失足跌下山崖，而这只小猴若真是山上的道士驯养，那武当派还真是有不少出人意料的手段。

第二日依然如此，那小猴还是在日暮时分找过来，送上两只馒头，无间得了记性，留一小半给它享用，那猴子果然懂得感激，一面大嚼，一面伸出小爪儿与他握了一下。如此日复一日，每日里均是相同的情形，他两个渐渐熟稔，而那猴子也露出泼皮本性，每次送饭上来，老实不客气地中饱私囊。不过它对无间也生出许多眷恋，总是流连不肯离去，可又像是被什么拿捏着，不得不走。而无间又是另外一番心思，这猴子灵性若斯，或者能帮他找到林微？只是不论他怎样比画，怎样交待，它始终是一副事不关己的样子，丝毫不为所动。断了念想，光阴也便如同在原地打转，翻来覆去，打发不尽,他每日里修习玄都心法之余,看尽种种天光云影,发呆的本领同样突飞猛进。如此又是十余日,渐渐的暖风如潮,而春意亦如同被煦日催动的花骨朵,夹裹不住,时不时便从谷底腾地一下泛了上来。他一无所见,心头却一片盎然,闭上眼睛,一番姹紫嫣红,彩蝶翻飞的景象便在脑海里荡漾开来。

这一日,那猴儿捧着一只馒头,吃桃子一般啃一圈,抬爪将剩下的芯儿丢了过来。无间接过来,拧着眉毛瞪它一眼,向晚斜阳里,那猴子拢在一层橘黄色的光晕之中,分明又有什么无端地闪了一下。他不由得"嗯?"了一声,唤它跳在掌上,脑中随之一声轰响,几乎跳起身来;它后腿之间结着一根丝线,若有若无,细不可辨,却断无差错,正是无影线!当初在无念宫林微专门收起来一些——这莫非是她所系?再转念,又或者送馒头过来的也是她?可自己又禁不住笑了起来,若真是那样,馒头又怎会只有两个?!他转而捏住那根线扯了扯,那猴儿忽然间变得恼火万分,上蹿下跳,开始不住地指手画脚。

无间却又得了启示,伸手将自己怀里的一束无影线也掏了出来,那猴子一惊,翻身跳到铁棍子之外,这就要逃。无间比画一阵子,又作几个揖,央告半晌,那猴儿才慢吞吞地走回来,由着他同样将丝线结在后腿之上,便起身而去。那线随之一圈圈展开,渐渐越拉越紧,到最后绷得如同琴弦儿一般了,又隐约带出一声细响,便软软地垂了下来。无间明白它终于还是断了,心下怅然,抬眼望出去,斜阳打在峭壁之上,无影线居然清晰可辨,如同一道橘色的蛛丝,款款地向右上方延展而去。有些念头来得出其不意,做的时候亦毫不犹豫,这会儿他忽然又有些恍惚,不明白这究竟都是为了什么。

这一夜睡得尤其不得安稳,身子像是被一些模模糊糊的念头拿捏着,飞起来落下,飞起来又落下,不得片刻安宁。破晓时分,晨光自山谷另外一面照过来,无影线转为淡淡的紫色,纤弱异常,却依然安在，他张望一会儿，暗笑自己痴妄，叹一口气，便又睡了过去。这一回倒是梦得欢快，艳阳高照，野花遍地，一只虫儿不知道从哪里钻了出来，绕着鬓角乱飞，打走了，又回来，打走了，复又回来，弄得耳边嘤嘤嗡嗡，麻痒难当。他不由自主喝一声"哪里走!"，伸手去抓，掌心里一震，竟多出一根硬硬的树枝儿，"嗯?"一声，翻身坐起来，身前景象自朦胧里缓缓沉淀，待到清晰到不能逼视，却又多出一层梦一般的恍惚——洞外有一位黄衫少女，眉目如画，笑吟吟的，可不正是林微!他大叫一声，想爬起身，脑袋却"砰"的一声撞上洞顶，瞬间鼓起好大一个包。林微哭笑不得，伸手进来摸一摸，目光再寻出去，却在靠角的地方瞥见一只奇怪的铜环；挥若木剑斩断了，"嗒"的一响，再试就近的一根铁棂子，居然提起来一尺，无间伸手将她揽进洞内，好一番欢喜，自不待言。

当日林微离开武当，不多时便寻了回来，只是正心阁空空荡荡，再没有一个人影。之后数日，山上山下，观里观外，她找了一遍又一遍，却始终查不出卢火纯究竟带无间去了哪里。再一日，又在后山别院之间徘徊，武当山一株芍药也没有，可清风里不知为何总荡漾着一股芍药花的异香；上到高处举目四顾，飞涧别院之内有一条淡紫色的烟柱袅袅升起，正是香气的源头所在。她心头警醒，暗叫一声侥幸，早先让无间写了一剂绕指香的解药方子，留在行云禅房的药筐之内，那方子似是而非，却加了紫芋与万户氤，一经煎熬，便会出现这等"紫烟如柱，香飘十里"的情形，既如此，那偷药之人应当就在别院之内了?她猜不出此人和卢火纯究竟有何关联，但无论如何，飞涧别院肯定大有文章!她在院外守了整整一日，直到傍晚时候，才有一位小道士开门出来；那小道士拎着一只笼子，笼子里则莫名其妙地装着一只猴子，这样走走停停一直上到观止峰，又捏着嗓子叫几声，居然又招来一只小猴。新一只显见是公猴，与笼子里的母猴该是一对儿，被那小道士要挟，俯首帖耳，背上一只布包攀过悬崖而去。林微明白这其中定有蹊跷,只是无论如何也不曾想到,那布包里面正是无间每日里充饥的白面馒头!

之后每一日相同时候,那小道士都要上峰走一遭,林微越想越觉着这与无间难脱干系,又一日,便藏身高崖一侧,追着那猴子走了出去。只是石火猴灵动如电,峭壁上又无以立足,饶是她轻功绝顶,最终还是难以为继,而懊恼之余却又灵光一闪,想起无影线来。那小猴每日在同一地点与小道士相见,之后则走同一块巨岩离开,她于是在巨岩之上用无影线挽一个结,再置上几只松子,做成了一个陷阱。这样连试好几次,那猴儿才终于踩上圈套,牵着丝线走了下去。之后林微则结一根草绳在腰间,循着丝线在崖间飘荡半日,最终落脚在一棵老树之上;云海茫茫,空山荡荡,无影线长度不及,断在那里,而无间究竟在何处,还是没有半点头绪。她又是失落,又是忐忑,真心害怕误入歧途,无缘无故和那猴子较劲,白白浪费了好几日的光阴,可另外一面,经过这许多周折,真的就此放弃,又总是不甘;她只想着第二日再去断线之处探查一番,若仍然一无所获,便索性闯一闯飞涧别院。不过这一回无间心照不宣,让石火猴带着无影线往回走,而那线竟然断在同样一棵老树之上。晨光熹微,却又浓墨重彩,林微正在树杈间一筹莫展,眼角余光里忽而又有一根紫水晶般的丝线随风扬了起来——那一刻灵犀一点,心花怒放,只觉天地雄浑,却原来还可以有这样一份甜丝丝的眷顾!

第六十四章
登高绝岂止望眼阔

  二人在洞中又说半日话，方才离去，再回到崖上，又是日头偏西，那只石火猴立在高处，正向着飞涧别院的方向翘首观望。无间低低打声呼哨，小猴吃一惊，瞬间消失得无影无踪，可是再一眨眼，便又回到脚边，三窜两跳上了他的肩膀。过不多时，那小道士又拎着笼子一摇一摆走了上来，林微躲在暗处，悄悄弹出一颗石子，正中膝下阴灵穴，他摔个跟头，还道被什么绊了脚，正没好气，肩头一麻，又中一颗石子，旋即晕了过去。那公猴"吱吱"叫了几声，急不可耐地抢出来，待小笼笼门打开，孰料那只母猴了无兴趣，缩在笼底，仍然是一副恢恢欲睡的样子。公猴扑在笼子上，不住催促，终于有些扫兴，可怜巴巴地冲着无间望过来。

  石火猴远比普通猴子来得焦躁，而这一只被圈在笼底，却并不抓狂，已经毫无道理，如今有路可走，还是不为所动，则更是咄咄怪事。无间伸手托它出来，摸一摸颔下，又翻开爪子看一看，不住摇头，武当山还真是处处出人意表，居然会给猴子喂迷药。他一面说给林微，一面四面张望，想寻些野草作解，可那"药"字落进公猴的耳朵里，它忽然立起身来，拉拉无间的袖子，纵身一跳，率先上了绝壁。

无间想置之不理,可那猴子心意已决,上蹿下跳,竟由不得拒绝。他多出一丝好奇,将母猴揣进怀里,便与林微一起跟了上来。这一行方向与囚禁他的地方正好相反,路途却更为凶险,二人展开绝顶轻功,相互借力,一跌一纵之间,却也别有一番兴味。及至最后,不见山峦,而云海也坠到了脚下极遥远的地方,如此又走好一会儿,那猴子才停下来,指一指峭壁上一棵斜生的松树,率先爬了过去。那树探入长空,骨骼清奇且枝繁叶茂,其中影影绰绰,居然隐着一幢木屋。无间和林微不由得暗暗吃惊,他二人轻功独步天下,还是要互为依托,才勉强来到这里,那久居在此的这一位武功会高到何种境地?

这会儿那猴子口里叼着一只白色的袋子,从木屋里跳了出来,林微稍稍松一口气,看这情形,不像是有其他人的样子。无间接过袋子,不由失笑,袋子里居然是药,可紫芊与万户氪的香气扑面而来,又教他打个冷战——那正是依着他在正心阁拟就的药方制成!既然如此,那借行云遗物布下陷阱,复又被勾陈使以绕指香毒到的便是这木屋的主人了?二人手心浸汗,心绪重重,可那公猴又吱吱地叫了起来。无间不忍辜负它这份心意,自袋子中挑出一毫粉末,又取一片树皮揉碎了,就着石缝中的滴水攒成一颗药丸,喂给了母猴。它再睡一会儿,药劲也差不多过去了,如今被寒气一刺,随即醒转,伸伸手脚,翻身窜到了树头之上。那公猴欢呼雀跃,与它亲热一阵子,便相偕寻果子去了。

木屋门边上有"星宿阁"三个小字,无间稍一琢磨,笑道:"这里是星宿之阁,还是星星睡大觉的地方?"屋内仅容二人转身,有蒲团一只,矮几一张,另有泥炉一座,茶具一套,此外小窗之下还有一只竹制的小柜,一共三层,每层又各有三只抽屉,其中一只并无合拢,石火猴正是从中取了绕指香的解药。无间随手再拉开一只,不由便怔住了,里面有两只淡蓝色的贝壳,均是长剑形状,两寸长短,贝壳的左上角与右下角各有一朵精致的桃花,上面的刻字一个是"云莫为",另外一个则是"卢岸花"。

林微瞟一眼,道:"这女里女气的贝壳,你不是也……"忽而明白过来,"呀"一声,道:"云莫为与卢嬷嬷与你是同门?"无间道:"这位星宿阁的主人是玄都派传人,而且还是云莫为与卢嬷嬷的师父。"林微道:"这又是何讲究?"无间道:"这些贝壳源自东海桃花岛的青蓝牡,少之又少,所以玄都派才会用作本门弟子的信物;它一式两份,一片由师父保存,一片由弟子携带,这上面有两朵梅花,正说明云莫为与卢嬷嬷是李天魅的隔代弟子。"说着又禁不住得意。"论下来,我老人家可是他们的师叔!"林微仍然难以相信,道:"那处心积虑算计傅长天的原来是玄都派?"无间双眉一皱,道:"不通,不通,要问一问梅师姐才好。"林微道:"你怎知道星宿阁的主人便不是你梅师姐?"无间想一想,只连声道:"不会,不会。"林微道:"你师姐说你行六,是六师弟,可仙衣四姝不过四位,所以应该还有一位师兄或者师姐才对,应当就是他了?"

无间拍拍脑袋,却答非所问,道:"当日我和陶大哥出来画眉雪山,在仙界峡被云莫为偷袭——他用的是玄都派的落英剑法!"林微将贝壳还放回去,道:"不过有一件事情总算是水落石出呢;傅长天暗遣勾陈使来武当山,结果他一到这里便被人制住,囚在如意渚,究其根本,那时候云莫为仍然是你们教主的亲信,只消一封书信到这里,勾陈使便如同自投罗网,如何会有活路?只不过他也不是等闲之辈,还是从如意渚脱身而去,可大坏蛋也当真了得,居然能在正心阁设计再害他一次,送他进了愁杀荡。"

天光已暗,无间点起一盏油灯,火苗如同黄豆,微微摇曳,一股淡淡的烟火气随之蔓延开来。再一只抽屉装有暗锁,他摆弄一会儿,方才打开。里面是一只四四方方的盒子,古旧却洁净,盒面一角有手书的一首小诗,"暮云收尽溢清寒,银汉无声转玉盘。此生此夜不长好,明月明年何处看?"他一边念,一边手上摩挲,那分明是用画眉雪山的千零木制成,而千零木非比寻常,柔韧密实不说,更有驻味留香之效——心下忽然有些发紧,小心翼翼地闻一闻,这才掀开盒面,里面横三竖四,共有十二只小格,而每一格又各有一只小盖;一颗心越跳越快,开了窗,又让林微退开几步,这才取出一支银针,屏住呼吸,轻轻拨开了左上角的盖子。入眼是一层极细的粉末,同时透出来的是一股若有若无的茶香,他说不上惊讶,可更说不上释然,再检视几格,额头汗水还是涔涔而下,回头望一眼,再张口,嗓子却干得如同破锣一般,道:"这是散骨散。"

一切又似乎尽在意料之中,林微点点头,道:"曲关阳的散骨散?"无间道:"不错,第一格里是原制散骨散,之后每一格有少许变化,该是社稷神鹿鹿茸的用量越来越少,差不多到第六格,便与现今的配方颇为神似了。"林微道:"那剩余的六格呢?"无间道:"对应的六种解药。"林微道:"为何最后两格是空的?"无间道:"或者用掉了,或者便没有解药。"林微道:"那卢火纯用来暗算你的又是哪一格?"无间道:"第三格。"嘿嘿一笑,又道:"有缘人,有缘人,命大才能有缘,他们不想我死,倒是真心为我解毒,虽说用药不对,好在对的就在盒子里面。"林微道:"若咱们不曾找到这里,结果又会怎样?"无间道:"得以不死,却也活不利索,其中肺脉最受煎熬,咳起来,生不如死。"林微道:"那这些药粉可算得魔性之物?"无间道:"那是当然,其实毒药也还罢了,这四味解药之中均有苛恪散,用一点神清志明,用多了心魔难收,真的成瘾,更不可收拾。"话到这里,心上一跳,道:"你说行易呢?"林微道:"这应当便是他托付给行云保存,却最终从正心阁丢失的药粉了?"

曲关阳行事滴水不漏,在雁门关外一面由着行易一剑穿心,似乎死得毋庸置疑,另外一面却浅用散骨散,意在三十日之后再教对方离奇毙命。他自己受伤不轻,再无力取回藏在社稷神鹿身上的药粉,那些也便随着三十二皇子出关而去。数日之后,行易体内开始有百般不是,莫可名状又焚心蚀骨,有意寻些草药,鬼使神差竟找到了那只盒子。他说不出那些药粉是作何之用,但是其中一些隐隐然与体内怪相相应相生，另外一些则与之相抵相克；犹豫多时，一咬牙，吞了些第十二格中的药粉。殊不知曲关阳在他身上用的是原制散骨散，正解就在第七格当中，他豪赌一场，不曾完全赌对，但是六味毒药均以神鹿鹿茸为用，偏解亦为解，体内异状十成里面还是去了九成，人也就活了下来。只是可自那之后，那一分余毒化为痼疾，每隔数十日发作一番，直教他求生不得，求死不能，实在受不住，便只能再吞些药粉以为缓释。如此年复一年，直到殒命天意峰，他也差不多用尽了最后两格里的解药，而正因为此，第五味与第六味散骨散也就再无正解。

　　林微转而道："在你们神农教看来，卢火纯用毒的手段可算得高明？"无间笑道："若是在神农教，才轮不到他用散骨散，在正心阁不曾当场毒死我，是我命大，没有稀里糊涂弄死自己，命可是更大呢。"林微有所求证，道："虚怀子之死会不会是他一时失手？"无间一怔，道："虚怀子是他所杀？"林微道："李大哥说早先有一位农夫模样的人上门拜访，之后虚怀子抱恙，及至捉子非鱼的当口，便为人所杀，这一前一后，我总觉着是同一个人，而且天下又有几位农夫模样的人能拿到旧制散骨散？"无间略一思索，眼前又是一亮，道："那个宫女，那个宫女也是卢火纯。"林微道："哪里来的宫女？"无间道："在宫里，假扮青青去灵秀宫的也是他。"

　　他随即又绕了回来，道："他去虚怀谷是为了地图，何以什么都没有拿到呢，便杀人灭口？"林微道："这也是我百思不得其解的地方，若教我猜，先一次拜访，应该使了什么手段，虚怀子若想活命，必须交出地图，第二次再去，有可能便动起手来，而且事情到了那种地步，只好杀人灭口，散骨散也就派上了用场。"无间还是不能完全信服，道："他如何识得散骨散？又如何会用散骨散？"林微道："你不是有一位反出神农教的师侄么，他在药学上总不至于一窍不通罢。"

　　接下来的两只抽屉之内有几本无关紧要的武当秘笈，再下面则有一只古旧的布囊，污迹层层，可袋口处的"行易"二字依旧清晰可辨。无间拎起来掂一掂，道："行云说的布囊，便是这个？"将里面的东西一样样取出来，依次是一件还算洁净的道袍，一本破烂不堪的拳谱，几只毛笔，几盒颜料，还有四幅小画。那些画均是行易所作，笔锋笔意与骆建安的铁骨扇没有半点差别，其中三幅是江南山水，第四幅则是天山天意峰；苍天寥落，淡云无形，高峰兀立，落雁斜飞，而那棵无忧树也隐约可辨，此外边角还有数行题句，写道："天意无忧，我心何忧，天和无忌，我心何忌。"林微审视良久，竟而有些伤感，轻叹一声，道："收起来吧。"

无间答应一声，伸手进布囊里，又捏出一只一寸见方的油纸包，凑在鼻子上闻一闻，再小心解开，里面却是许多紫红色的粉末；伸手捻一捻，道："这是丹阳花粉，当然，泡在水中，便是丹阳花汁。"林微笑道："这不是你们神农教画符专用的么？"无间道："行易手里如何会有这个？"林微道："当年曲关阳修无念宫，留下许多神农谷的雕虫小技，教我猜，这八成是于弱云或者于弱风的。"

最后一只抽屉又有暗锁扣着，无间手上使劲，直接拧开了。里面又是一只木盒，盒面上嵌有一块龙形的白玉，一望即知是贵重之物，掀起盖子，有一本鼓鼓囊囊的册子，再翻开，入眼的是两片锦缎和"河南骆家"四个小字。他不由得哈哈一笑，道："这地图与鹿无间好有一比，不离不弃。"分别拎起来，两片图案却一模一样，看不出半点差别。林微指指右边那一片，道："这是咱们从无念宫里带出来的。"无间道："你怎知道？"林微指尖落上断痕处的几根丝线，嘻嘻一笑，道："这里有我浸的一星儿胭脂。"无间道："为何是两份？"林微道："一真一假。"无间道："哪个是真的，哪个又是假的？"林微道："这又有什么紧要，但凡地图是对的，又何必一定要当年那片锦缎。"说着话又细细端详一阵子，道："大坏蛋拿河南骆家的地图去冒充武当派的地图，是为假，可交给大小姐的一片却并非赝品，还真是亦真亦假。"

无间好生不解，道："这又何必？"林微道："这样一来，天下便不会有人知道武当派还有一片地图，也才真正万无一失，而且，世人都道骆家的地图在傅长天手里，神农教背上这个黑锅，也就再没有洗清的机会。"叹一口气，又道："此人无论是谁，这等心机，天下可再没有第二个可以与之比肩，若说李天魅是个大魔头，她这位传人也不遑多让。"无间道："既然咱们从无念宫带出来的地图在这里，那从相府劫走欧阳泊的，也该是同一个人？"可随即又摇摇头，道："不通，不通的，他早先送这片地图给大小姐，而且还复制一份留在这里，这片锦缎对他便毫无用处，又何必动这一番干戈？"林微道："木头脑袋，他要的是于弱风的地图。"

边说便翻过书页，页角是"于弱云"三个字，只是中间夹着的锦缎只有一片，林微颇感诧异，捏起来端详好久，不再言语。无间道："这一片可是真的？"林微将骆家那一片也拎起来，比着又看一会儿，道："我说不好——依着大坏蛋的思路，他给大小姐的那一片应该也是真的，地图被华山派老骗子偷了去，可转天他们父子二人便横死倚天居。"无间道："那在玉女峰与你我交手的便是此人？"林微道："不错，不错，只能是他，我还道他得了风声，为了那片地图找上华山，如今来看，又全然不对，且不说就没有所谓的风声，再一层……"又摩挲一下那片锦缎，"他这里早就有一份了，全无必要再费什么工夫。"无间却揪着一颗心，道："那他去华山又为了什么？若地图真的在倚天居，岂不已经被大火烧掉了？"林微唇边浮起一丝苦笑，道："不过不论怎样，相府经历这一份劫难，最终将你的大小姐逼上绝路的。"忽而变得眼泪汪汪。"还都是因为你，不，因为我，送了于弱风的那片地图给她。"

再翻过一页，中间夹着的正是于弱风的那一片，同骆家的一样，边痕处也有林微用胭脂做的一星记号。再翻过来，纸页上注有"天山"二字，地图也正是无间在倚天居外交出去的那一片。林微思绪荡开来，道："大坏蛋赴天山去寻方闻松的遗物，不想被你我捷足先登，没有办法，只好开始苦寻天和掌法的传人，而找到你，果然也就找到了地图。可我一直在想，天意峰无忧树何等隐秘，他又何以知道？"无间道："他也是个有缘之人？"林微撇撇嘴，道："他不是有缘之人，却是有心之人；你可记得方闻松与谁最为交好？又是谁死在无忧树下？大坏蛋虽则出身你们玄都派，可在武当山也是一位不得了的人物，他既然可以拿到行易的地图，拿到行易的散骨散，那从行易那里探听出方闻松的藏宝之处，或者也不为过？"无间道："那他是行易身边的人？"林微道："你果然忘了卢火纯的师父是谁？"无间身子一紧，忽然有些透不过气来，道："寻一道长？"林微道："那一日行云无论如何也说不出偷袭正心阁的究竟是谁，原因不正在于此？"

无间还是不住摇头，道："怎么会？他和明净大师一样，心怀仁厚，德高望重，才不会是这种人。"林微道："你见都没有见过，便一厢情愿说他心怀仁厚？"无间道："江湖口碑，总不至于都是一派胡言。"林微叹一口气，道："丁老骗子的口碑也不算差呀。过去这两年，江湖之中出了这么多风波，寻一身为武林总盟主，却从不露面，现今想一想，他离间江湖，想乱中渔利，能不现身自然不会现身。"忽而又微微吸一口气，道："武当派不是一直说他练功岔了经脉，自顾不暇，闭关难出么？嘿嘿，或者也不是虚言，只不过不是岔了经脉，而是被你们勾陈使的绕指香弄坏了经脉！"

无间恍然大悟，过好半晌才道："那毒药难缠得很，他日子可一点儿都不好过。"摇摇头又道："按说他应当静养才对，而且飞涧别院的小道士不正在熬药么，你说他又去了哪里？"这会儿忽然起一丝后怕，"他会不会就在来这里的路上？"

再翻过一页，中间夹着的锦缎二人从未见过，才真正是武当的一片，林微取在手上，端详好一会儿，方又放回去。最后一页纸面上有"少林"两个字，却什么也没有。无间好生感慨，这一片真好似镜花水月，傅长天也好，欧阳青青也好，寻一也好，费尽心力，还都是一场空,林微却道:"只苦了老方丈,不知道什么时候才是个尽头。"

二人不敢多作逗留,这就想走,可无间丹田中一痛,海蓝若居然又要发作。他没有别的办法,只好盘起腿来就地用功,可种种念想走马灯一样在心头转悠,好半天,还是难入忘我之境。林微看在眼里,道:"还有多少药丸?"无间道:"再过些日子便只剩沈姑娘所赠的紫纹绹了。"进而又呵呵地笑了起来。"丁老骗子和我是一根绳上的蚱蜢,他一命呜呼,我这条命也赔个差不多。"林微有些难过,轻声道:"天无绝人之路。"无间道:"人能走得天路?"林微明白他的意思,靠着他坐下,柔声道:"什么破烂地图啊、秘笈啊,与你我本来就没有什么干系,这些闲事不管也罢,咱们这就回揽月峰,好不好?"无间口中啧啧有声,道:"说得好像要嫁给我一样。"林微"呸"一声,却又转了口气,道:"嫁给你也无妨,反正你命不久长。"作势在他脸上拍一下,又道:"在落雪山庄还真没看出来,你居然有到处留情的本事。"无间道:"你不用四处留情,只把那个四处留情的欧阳公子弄得神魂颠倒。"林微依旧有些伤感,道:"你又懂些什么?我和他或者真的般配得紧,可是心里有着别的惦记,便再也说服不了自己呢。"无间琢磨一下,似有所悟,又不敢有所悟,嘀咕半晌,转而道:"我其实也不是那么呆……"林微笑道:"是么?"无间道:"天生的呆才真是呆,我好像不是不明白,只是心里有着别的惦记,所以才总是不能体会。"林微却完全明白他的意思,歪着头,笑嘻嘻地望着他,无间嘿嘿一笑,忽然又道:"江湖上邪气太盛,可不能没有你。"

不多时天色破晓,长风劲吹,霞光沛然,一碧长天平添一分可人的剔透。此等风物,无一处不透着与世无争的恬淡,实难想象竟是天下绝无仅有的奇险之地。鸟鸣声时断时续啾唧一夜,这会儿二人才看清树杈间有一只淡青色的鸟窝,林微说不出哪里不对,轻轻一纵,跳了过去。鸟窝里面蓬蓬松松的一团居然并非枯草,而是一柄拂尘的马尾束，木柄则被一根细绳结在树枝之上，顶风接雨，不知过了多久，黑乎乎的，但底端两个小篆仍然可以分辨，乃是"行木"二字。无间"嗯?"一声，道："行木? 行云反复念叨的不就是行木?"

林微想不出这究竟是何道理，便将拂尘拆下来，与地图散骨散等等一并归入行易的布囊，交给无间背上身，还回观止峰。他们仍然是道童打扮，沿着石径低头走路，却也无人留意。到了玉虚观，正是众道士做功课的时辰，不想那里聚着百余人，正围着一棵孤零零的老树高一声低一声地起哄。树头一只猴子来回奔走，躲避雨点一般抛上来的石子，树下则有几个人扯起一张大网，只待那猴子体力不支撑下来，便可生擒。二人驻脚望一眼，不由暗叹一声，那猴子竟然是他们在观止峰救下来的母猴。

而那只公猴儿立在大殿檐角，正急得吱吱乱叫；檐角距离老树一丈有余，想来它跃了上去，那母猴儿却没有足够的力气，便被困在了树头。再一转眼，母猴被两块石子同时击中，惨叫一声，直摔了下来，那公猴也顾不得了，跟着一扑，半空里扯住母猴的尾巴，再挣一挣，几乎攀住一根垂下来的树杈，可爪上一滑，便拉扯着一起向网中坠去。无间早捡起一只瓦片，这时抬手掷出来，如同盘子一般半空里托住两只猴子，晃晃悠悠还转上檐角。石火猴绝处逢生，惊喜交集，飞身扑下来，一前一后上了他的肩头。

众人目光随之追过来，一个个变得惊讶无比，石火猴顽劣不驯，居然可以与人如此亲近，真是咄咄怪事。有人叫道："两位师兄是哪一门的弟子?"可随即又有人惊叫一声，道："他二人是杀害行云的凶手!"众人呼啦一下围了上来，又有人道："这傻大个儿不是被卢火纯擒住了么，怎么又晃到这里来了?"

林微笑吟吟的，似乎并不打算脱身，指一指无间，道："是行木老道长放他出来的。"众人再吃一惊，相互望一望，居然变得有些无所适从，这时一位浓眉细目的中年道士从大殿之内走过来，打量他们一眼,道:"你们果然是武当派弟子?"林微瞅瞅他腰间名牌,道:"你是寻勤?寻一的师弟?"寻勤点点头,林微道:"那行木是你什么人?"寻勤道:"是我师父,授业恩师。"林微道:"那正好,行木老道长看不惯卢火纯那小子胡作非为,亲自放了我们出来,你们这些小辈反倒要拦着不成?"寻勤道:"二位见过我师父?"林微道:"那是当然。"寻勤道:"在何处?"林微道:"观止峰。"寻勤眉头一皱,道:"他在南岩宫闭关,又如何会去观止峰?"无间道:"他闭关多久了?行云生前还一直念叨他呢。"寻勤道:"一年多了。"叹一口气,又道:"别说行云师叔,我这位亲随弟子也见不到他。"转而还是盯住林微,道:"你们既然见过他,那他如今是何种形容?"林微道:"心事重重。"寻勤不知为何便受了触动,眉目间多些凄然,道:"不错,不错,他闭关不出,也是无可奈何。"林微随即从无间腰后拔出那只拂尘,道:"这个你可认得?"

　　寻勤接过来扫一眼,神色大变,道:"这又是从何处得来?"林微道:"你师父送的。"寻勤道:"我师父会以拂尘相赠?"林微道:"做个信物,省得你们生事。"寻勤深吸一口气,道:"二位可知道,在武当山望重者执拂尘,所谓'拂尘在手,道德在心,永生不离,万死不弃'?"无间暗叫不妙,道:"此话怎讲?"寻勤道:"你信口开河,还道我真的瞧不出来?他老人家究竟怎样,二位还是老实交代为妙!"无间伸长了脖子,道:"他会不会已经不在人世了?"寻勤愈发悲愤难抑,道:"这话你来问我,还是应当我来问你?二位与我武当派究竟有何过节,弄死行云不够,还要对我师父痛下杀手?"踏上一步,又道:"这位小哥适才那一手莫须剑使得有模有样,便容贫道讨教一下如何?!"

　　无间适才掷出瓦片,用的还真是莫须剑的手法,这人瞧得出来,也当真了得。只是寻勤再不容他说什么,袍袖荡开,拂起树下一只斗笠,翻着个儿直撞过来。无间拇指伸出,一按一捻,继而食指一挑,两股巧力一拢,便将之定在了半空。山风一片一片的,向不知名的方向拉扯，而他手指翻动，力道收放，便如同牵着数根无形的丝线，护着那斗笠纹丝不动。寻勤全神贯注地看一会儿，忽而探手入怀，摸出六颗红枣望天一抛，无间指上一弹，那斗笠转着圈飞起来，一荡又一荡，将之悉数接了过去。众人看得啧啧称奇，而那只公猴儿更是一副乐不可支的样子，"吱"地叫一声，扑了上去。

那斗笠承不住它的重量，猛的一沉，无间随即踏上一步，轻飘飘拍出一掌。斗笠随之一荡，那猴子则借机跃起，安安稳稳地落在帽圈之内，倒是消停，捡起红枣好整以暇地吃了起来。寻勤脸上神情又是惊讶，又是不屑，稍一犹豫，从怀里取出一本册子，置在石几之上，道："你可有胆量与我参研一下武当武学？"

册子白底蓝皮，明明白白写着"梯云纵"三个字，那可是武当派轻功中的绝学，即便是本门颇有资历的弟子也难得一见，而他居然要和无间参详参详？！不远处一位老道一直袖手站着，这时长叹一声，道："师弟，你怎么就糊涂到这种境地！且不说此二人是敌非友，我武当派绝技又岂可随意供人赏摩？"林微与无间望过去，认得他是寻了，寻勤则拱拱手，道："师兄，你久习梯云纵，应该最清楚不过，它独辟蹊径，若没有本门心法作为根基，万难贯通，这小子若没有造化，别说看上一时半会儿，即便是看上三日两日，也不见得怎样。"林微笑道："若是他得以贯通呢？你可就泄漏了本门的不传之秘，小心治你个重罪。"寻勤苦笑一声，道："若得以贯通，那他原本就是世间一等一的高手，会不会梯云无关紧要，学不学梯云纵更无关紧要。"

他再不犹豫，翻开经书，道："你读一页，我翻一页。"无间没有半点兴趣，道："我路不拾遗，白花花的银子都不捡，更别说这些无缘无故的功夫。"寻勤闭口不答，只伸掌做个"请"的架势。无间颇感为难，可好奇心驱使，目光还是落在了书页之上；入眼的语句寥寥几行，但是文字流动，意念跟随，体内真气似乎也得了感应,随之微微一动。他不由得"哼"了一声,好生诧异,此种情形竟与修习莫须剑如出一辙;不再言语,可也无力移开目光,如此读一页,寻勤便翻一页,不足一炷香的工夫,经书也便到了尽头。寻勤望他一眼,深吸一口气,脚下一跺,腾空而起,到极高处,看似要坠下来了,身子翻花,竟又升起数丈,如此一而再,再而三,轻飘飘越过那棵大树的树头,伸手折一根枝条,才缓缓落了下来。他继而冲无间一抱拳,仍旧做个"请"的姿势,无间略显无奈,叹一声,也一跃而起;他无心卖弄,中规中矩连升七节,同样越过树头,还落回原来的立足之处。众道士大惊失色,相互望一望,愈发手足无措,而寻勤却神色肃穆,一字一句地道:"敢问阁下是玄都派的哪一位?"

无间瞪大了眼睛,道:"你又如何知道?"寻勤道:"这样说来,我猜得不错?"林微道:"他没说你对,只不过好奇你有此一问而已。"寻勤不为所动,目光炯炯,只盯着无间。无间不由哈哈一笑,道:"我拜在李天魅门下,算不算德高望重?"寻勤冷笑一声,道:"李天魅也好,梅琴也好,阁下以假乱真,可骗过不知多少人呢!"

第六十五章
花烬不解蹉跎

　　这话毫无来由,却偏偏敲中无间心中模模糊糊的念头,他挠挠脑袋,欲言又止。林微道:"你说他的武功是假的?"寻勤道:"他武当派的武功是假的。"林微道:"武学一道不是古玩器物,会便是会,不会便不会,如何又能有真有假?他读你的经书,才有你的身法,你眼睁睁看着,又怎会有诈?"寻勤却转头望向寻了,道:"师兄,这件事情知道的人不多,可也不是什么秘密,我在此处说出来,应当算不得违背武当戒律。"寻了不住地摇头,道:"师弟,我明白你的心思,不过此事还是不要提起为妙。"寻勤神情却异常果决,望着无间,道:"我武当派祖师张三丰原本出自少林,可种种缘由,不能全身于少室山,也才来到武当山,不过他在武学上大彻大悟,仍然得益于少林寺的一本武学真经,而武当派的内功心法均是以此为根基生发而成。"

　　林微"嗯"一声,这话的确听人提起过,难得武当派并不避讳。寻勤又道:"只是当年自那本真经之中获益的,除了张祖师,还有一位女子。虽则同为武学奇才,她却秉性迥异,再加上心有魔障,不能解脱,延衍数十年,派内终于出了一位弟子,杀人无数,横行无忌,搅得江湖上下一片腥风血雨。"无间一拍巴掌,道:"李天魅？"寻勤道："正是李天魅。"林微道："那位心有魔障的女子便是玄都派的开山祖师？也就是说，玄都派与武当派在武学上是同源而生？"寻勤道："正是，只不过武当派走的是至正至清之道，而玄都派走的是阴晦邪魔之道。"

无间默想玄都心法，其中微妙之处或可称为奇诡，可说是阴晦未免太过。寻勤又道："玄都派内功弄巧图便，若以之为根基修习武当派武学，看似触类旁通，进境一日千里，但究其实，徒具其形而已。以莫须剑正阳指为例，真气应当走手太阴，过太渊、鱼际，至纯至刚，沛然无两。"说话间拇指探出，一顿一抐，树头一根手腕粗细的枝条如同被利刃削断一般，咔啦啦直落了下来。无间有所悟，同样伸出手，也削一段树枝下来，寻勤道："这就对了，依经书所述，这一招手掌微合，似握实虚，可是你却紧握拳头，不得不引阳明与少阴两脉真气走旁支助力，对不对？"无间看一眼手掌，不住点头，道："也不是有意为之，顺其自然而已，不过你这样一说，是让人明白不少。"寻勤道："那我说的不错？"无间笑道："不错，不错，一点儿也不错。"

寻勤颇感意外，这少年坦然得无所顾忌，越看越不像是奸邪之辈。他良久无言，最终又像是下了极大的决心，叫一声："我心昭昭，日月可鉴！"进而转向一众武当弟子，大声说道："我武当山不是也有一人，修习莫须剑、梯云纵、太极拳、太极剑，进境之快令人瞠目结舌，被不少人视为不世出的奇才么？！"这话在众人耳边滚过，一半不明所以，却还有一半在心头炸开一声惊雷，有数人勃然作色，齐声喝道："寻勤，你莫要妖言惑众！"寻了则长叹一声，道："师弟，再多说一个字，可就万劫不复，谁也救不了你了！"寻勤大笑三声，举起行木的那柄拂尘，道："既然师父已经不在人世，不拼个鱼死网破，又如何能死得瞑目？"

她走上数步，又缓缓说道："此人拜入武当门下，三年之内贯通三十六艺，再三年，在江湖上声名鹊起，又三年，逆袭我武当派掌门之位,领武林总盟主之衔。"群道一片哗然,有人高声叫道:"师叔,你说的是寻一道长?"又有人道:"难不成我武当派的掌门人竟然不是武当派的?"还有人道:"寻勤,你耸人听闻,究竟是何居心?!"寻了面色赤红,振臂一呼,"剑阵何在?"十余名黑衣弟子移形换位,长剑齐出,眨眼间将寻勤围在了当心,寻了略一犹豫,终于还是说道:"拿下!"

长剑刺出,寻勤却面不改色,胸脯一挺,坦然受之,众人终究不忍下手,剑尖触及衣衫,又一同收住了。寻勤又缓缓说道:"武当派行字辈不过九人,最为凋零,行易师伯走后,山上便只剩下师父与行云两位。师叔他独居正心阁,于武功一道极少用心,这样武学传承偌大一份担当几乎便全落在师父一个人身上。而他为人至为严谨,单是降心真经莫须剑一节,便逐句揣摩,耗时四年才得以贯通,也正因为此,再与寻一切磋功夫,招式上没有什么,意念上的隔膜却教他尤其难以释怀,由此再回想寻一身法手法之间诸种模棱两可之处,也才渐渐起了疑心。只是这些差别微乎其微,多可意会,不能言传,他琢磨许久,始终不能确定是不是自己无中生有,无奈之下,索性闭关十八个月,将三丰祖师爷留下的拳经手稿逐字逐句通读了一遍,由此,他对武当心法多一层体会的同时,于玄都派的内功也多有感悟,而他早年曾目睹李天魅与虞念离一较高下,再交相印证,几乎可以断定,寻一在入山之前便身负玄都派的武功!"

寻了长叹一声,道:"师弟,这些话传出去,又教我武当在江湖之上如何立足?"寻勤道:"师兄,师父拂尘在此,人却不知去向,你道他真的还在南岩宫?"望一眼众弟子,又道:"诸位记得师父和寻一在天柱峰曾经切磋过一次莫须剑?他心中有所求证,所以一招一式,均有旁敲侧击之意,下峰之后,他便有些惴惴不安,担心用意太过明显,会被寻一瞧出端倪,他甚至说他极有可能命不久长,若果然如此,我切切不可声张,找个理由即刻下山,还俗也好，云游也好，再不要回来。我当时只想着他有些草木皆兵，那样说话，也未免太高估寻一了。之后又七日，我采药回来，他便没了踪影，小僮说他去了南岩宫，我一时间也未作他想，之后又数日，才意识到有些不对，悄悄找过去一次，又哪里有他的影子！"继而一扬头，厉声冲无间说道："他是不是早就中了你二人的毒手？！"

无间不想事情又扯回到这里，道："若你说的都不差，凶手也该是寻一才对，我好心好意送拂尘给你，你倒没完没了，倒打一耙。"寻勤道："难道你师父不是寻一？"无间不由得哈哈大笑，道："我在玄都派德高望重，可不是虚言。"寻勤怫然道："此种关口，我无意与你玩笑。"无间道："谁还逗你取乐不成？再说了，你这般苦大仇深的，为何不去找寻一理论？"寻勤道："也好，那我问你，这一柄拂尘又从何而来？"无间道："星宿阁。"寻了是一副怒火如炽的样子，大声道："你二人去过星宿阁？"林微道："不能去么？那里没有篱笆没有门，谁说不能去？"寻了转而冷笑一声，道："尔等年纪轻轻，轻功再好，又能好到哪里去？我不信你上得了星宿阁！"无间自背上取下行易的布囊，拎在手里，道："你不信呀？可你们掌门人的宝贝都在这里呢。"他扒开皱褶，指着袋口的"行易"二字，又道："瞧瞧，这里还有你师伯的名字呢。"

林微转而望向寻勤，道："你师父猜的不错，寻一本来就是玄都派，不过你猜的也不错，行木那老道士八成已经不在人世，而且八成就死在寻一手上，人说守得云开见月明，你便将就着再活几日，去瞧瞧今年的武林大会如何？"寻勤一怔，有些儿糊涂，林微却格格一笑，身形晃动，早踏入剑阵之中。不见她用什么高明的招式，左边拍一下，右边推一下，可众弟子便如同被细绳儿拿捏着，束手无策。她继而单掌递出，一把拍在寻勤背上，寻勤全不料这小姑娘武功高得这样离谱，而一股柔力袭来，连推带扯，迫得他跌出几步，再转身，竟就到了剑阵之外。这一下不仅是他，众弟子也惊得目瞪口呆，武当剑阵绵绵无极，又如何会有这样大的空当？可寻勤背上那股力道并未减弱，依旧一张一弛，有所指，有所取，他不能停下步子，踉跄着跳过几块大石，继而身子一坠，沿着斜坡一路溜了下去。林微笑呵呵目送他去得远了，这才向寻了说道："你带个话给寻一，若想讨回藏在星宿阁的宝贝，来武林大会找范无间与林微就好！"轻笑声里，飘然出阵，再一转眼，便与无间走得踪影全无。

　　二人不敢大意，展开轻功，一直走到午后方才松一口气。林微有心去少林寺找明净大师，无间却更想投东路去海棠山寻梅琴，正犹豫的当口，一辆驴车远远地奔了过来。蹄声杂沓，略显急促，赶驴的却是一位年轻和尚，他一晃而过，可又像受了触动，歪着身子回头张望，再一瞬，忽然"扑通"一声跳下来，扯着嗓子叫了一声"小师叔——！"无间"嗯？"一声，这样称呼他的人只有一个，再打量，果不其然，那竟是觉尘的亲随弟子慧末。慧末变得欢天喜地，一路小跑奔过来，先磕一个头，道："小师叔救命，林姑娘救命。"无间道："救谁的命？"

　　慧末引着二人回到驴车一侧，掀开帘子，里面原来还有一个和尚，却是与他们在罗汉堂有过一面之缘的慧清。他盘腿而坐，脸色蜡黄，僧袍斜披着，露出左肩，肩井处居然立着一朵菊花。那花有叶有茎，断非假造，花盘一寸大小，是绚烂的黄色，可花瓣之间又有一层血色，平添三分阴森，花茎透过一个一寸长的伤口探入皮肉之内，竟就盘根错节地蔓生出去，汲取血水，长得有滋有味。

　　那花稍稍震动，慧清即疼得龇牙咧嘴，无间小心翼翼，捏住花茎，真气游丝一般递了出去；那一息感触一分二，二分四，四分八，弯弯绕绕走出半尺有余，方才到了尽头。花根与筋骨纠结，自然硬拔不得，而慧清受些痛楚也还罢了，若留些残余在体内，后果不得而知，可若是听之任之，再过几日，花根探入心室，又足可取了他的性命。此花并非毒花，却有这般恶邪之性，饶是无间，一时间也没了主意。林微道："你这是从哪里来？"慧末道："海棠山。"无间吃了一惊，道："去海棠山做什么？"慧末道："方丈大师要我二人送一封信给梅琴女士。"无间忽然明白过来，道："慧清是被落英峰山脚处那位姑娘所伤？"慧末忙不迭地道："不错，不错，方丈大师说她的名字叫作菊画；模样俏生生的，谁承想出手这等歹毒。"

林微道："江湖险恶，落英峰又是莫测之地，老方丈也狠得下心，让你们小辈走这一遭。"慧末道："他说我二人武功低微，正好可以向梅施主表明心迹，少林寺并无恶意。"叹一口气，又道："再说了，过去两年寺里死了那么多人，很是凋零，他无人可用，也是没有办法。"无间道："你们又如何过的三宝会这一关？"慧末道："方丈让我们走西面山路，崎岖是崎岖，可并没有别的麻烦；等着到了落英峰，也真是开了眼界，世上居然有这等菊花，这等树木！后来那位姑娘来了，听说我们是少林寺的，不知怎地，就问起小师叔你来了。"无间心上一跳一跳的，有些不自在，林微却笑嘻嘻地道："真的么？你们这位小师叔看似木讷，实则风流倜傥，到处留情呢。"慧末皱着眉头看无间一眼，道："有林姑娘在身边，你为何还不安分？"无间哈哈一笑，道："她心里也要有我才行啊。"慧末一本正经地道："你不安分，她心里也没办法有你。"无间愈发哭笑不得，摆摆手，道："后来呢？"慧末道："菊画姑娘让我们说你在少林寺的事情给她听，听完了，一会儿哭，一会儿笑的，叫人一点儿摸不着头脑。慧清有些自作聪明，说小师叔和我们是同门，总会见得着面的，问那姑娘要不要传个话，还说若是我二人开口相求，小师叔说不定会给个面子，来落英峰看看她。谁承想她听了这话勃然大怒，将我二人噼里啪啦暴打一顿，给丢下山来了。"

无间不住摇头，心下却丝毫不觉着意外，林微却笑得不能自已，道："里外里的不解风情，不热闹才怪呢。"转而又道："你们少林寺无缘无故和玄都派打什么交道？信呢，递上去了？"慧末不胜沮丧，摆摆手，道："菊画姑娘说落英峰不想和少林寺有任何瓜葛，她不取我们性命，我等自然什么也不能留下。"去怀里掏掏，果然取出一封信,捏在手里,有些不知所措。林微劈手抓过去,扯去封印,笑道:"你们老方丈可巴不得我来看一看呢。"

信笺之上笔迹温和,正是明净所书,言道:

> 梅琴梅施主,见字如晤。卿乃世外闲人,老衲打扰清修,实属无奈。近来少林寺多历磨难,老衲琐务缠身,不能亲自前往,还祈体谅。如今敝寺之内有一位施主身负重伤,命悬一线,老衲束手无策,斗胆向梅女士求取些许紫纹缃。落英峰与少林寺素无瓜葛,此正所谓不情之请,惟愿梅女士一念之仁,并迁就薄面,赐予所愿。
>
> 顿首谨启,
> 少林寺明净

林微只觉难以置信,将信递给无间,又道:"又是什么人,受了何种伤,值得你们老方丈这般求到玄都派头上?"慧末望无间一眼,欲言又止,转而道:"我们这些小辈也说不清楚,横竖都是老方丈极为在意的人和事。"

这样说着话,进了一座小镇,镇上只有一家酒馆,酒保当街支起一口大锅,正在煮牛肉。肉香四溢,弄得整条街上行人都有些不自在。慧末无处躲藏,不住口地念叨"阿弥陀佛",无间却盯着那咕咕嘟嘟的肉汤,再也移不开步子。林微心下好笑,再一转念,问道:"菊花性寒,喜阴好酸,而僧人食素,血气清淡平和,二者可算得相宜相生?"无间点点头,道:"道理上不错。"林微笑道:"那菊画是考校老方丈呢。"慧末道:"考校什么?"林微道:"一面是生死,一面是戒律,又看他怎样取舍。"望一眼无间,又道:"你若有法门让慧清血气之中多一层火热浑浊,自根处透入花茎,由内而外,会不会将那菊花灼得干干净净?"无间双目放光,恍然大悟,道:"明净大师自然要救人。"林微道:"你怎知道?"无间嘿嘿一笑,道:"这个不是因为然所以然,我知道然便是知道然。"

他忽而变得乐不可支,给那酒保一大锭银子,将一锅肉全买了下来,之后则煽风添火,又加几味药剂,熬得那肉汤浓极肥极香极郁极,进而又盛出满满一海碗,不由分说,全喂给了慧清。那一层荤气搅入血脉,只片刻的工夫,肩上的菊花便有些儿打蔫儿,他疼痛立减,精神一振,待认出无间,更喜上眉梢,只是他远不如慧末机灵,叫一声"小师叔!"转而又道:"菊画姑娘有一幅画给你,你可看到了?"

慧末"嗨"一声,有些尴尬,避开林微的目光,果然从怀里摸出一支卷轴。无间心中发毛,却也无可奈何,硬着头皮接过去展开来,心下不由得一声长叹;画中景象与"落英天下图"一般无异,只是小了何止十几倍,左上角有几抹浮云,写的正是菊画肩头那首小诗,"青丝弄风影,愁长秋水中。一朝一暮一袖风,一念一暗一壶冰。凭谁知,私语留香,冷誓成霜,惟到绝迹才成空"。林微望着无间,目光变得闪烁不定,道:"这又是何意?"

无间在落雪山庄与林微重逢,将自己所历事无巨细通通说了一遍,只是落英峰与菊画这一节,说不上是尴尬还是不忍,始终避而未提。如今事情这样给揭出来,他即便没有什么愧怍,也还是有些无地自容。林微忽而退开几步,上上下下打量他一番,道:"我只道范无间就是范无间,或者你从来便不是我认识的范无间。"无间似懂非懂,自然不知该如何置辩,只能说道:"在我身上,你又有什么不能明白。"林微道:"和殷姑娘可算是婚约未解呢,如今又有菊画以身相许,此外再算上什么大小姐,什么沈姑娘,嘿嘿,这算不得风流,什么才是风流?!"无间听来觉着好笑,双臂一展:"风流?若这也算风流,欧阳公子就成仙了!"依然甚是忐忑,转而道:"你生气就生气好了,全无必要说这些不相干的话。"林微冷笑一声,道:"不相干,不相干?你又懂得什么相干,什么不相干!"

说话间欺身而上,作势要扇他一巴掌,道:"有缘,有缘,你可知道虞念离就是思明，思明就是虞念离！？"无间一时间愣住了，与梅琴在梅林之中交手的情形流水一般掠过心头，进而化作千头万绪，一面依旧不明所以，一面却知道这话没有半点差错。林微横他一眼，道："木头脑袋，可恨不足，可恼有余！"说话间身子一晃，几个箭步，竟就去得远了。无间略一迟疑，举步要追，慧末忽而叫一声"小师叔——"顿一顿，又道："方丈大师要救的人是殷姑娘。"

无间脑中嗡地一响，道："殷姑娘？哪里的殷姑娘？"慧末道："就是明灭大师的——殷姑娘。"无间一颗心怦怦乱跳，道："她又如何会流落到少林寺？"慧末道："我也只一知半解，你还是去问方丈好了；他让我们去落英峰，一则是送信给梅琴，二则还想看看你会不会在那里，还说或者你有手段能够救殷姑娘一命——即便不能，也该回少林寺见她最后一面。"无间身子抖个不住，回头望望林微消失的方向，一咬牙，道："也好，先走一趟少林寺也好。"

慧末与慧清留在原处等待林微，他则觅一匹马，火速奔少室山而来。进了山门，又是夜幕初上，他轻车熟路，又无意声张，展开轻功，直奔方丈禅房。明净正在灯下读经，听见声响，抬头一望，微微一笑之余，神色间好生惨淡。他并不多话，招招手，率先走了出去，无间紧随其后，过院门，经藏经阁，从偏门出少林寺，再过塔林，便上了一条羊肠小道。渐行渐高，他则越走越是心惊，殷茵不在寺内，并不意外，可总不至于落脚在这等人迹罕至的所在，上了峰顶，松柏掩映，月光澄澈，厚重的山影之间平添一分轩疏，一株清奇的古树之下赫然有一座新置的坟冢，凄凉而平和，平淡到极处却也醒目到了极处。这一刻终于再没有自欺的余地，无间双膝一软，伏地哭了起来。

明净低声诵一会儿经，看他平静一些了，才道："这里是明灭从前练功的地方，嵩山灵秀尽收眼底，唉，阅尽峥嵘，才好心平气和。"无间道："殷姑娘何以会来到少林寺？"明净道："她在落雪山庄被神农教救下来，却无意再回神农谷，还是一个人走掉了；天下虽大，却没有她的容身之地……"无间心头愧怍，张张嘴，说不出话来，明净又道："再后来，欧阳大小姐纠集中原各大门派围剿神农教，她实则一直在少林寺阵中，大小姐在彩云谷能够有所斩获，间接里还都是因为她通过老衲出谋划策。"无间又是一怔，也才明白过来。

彩云谷寓玄机于平实，布局之巧，当世无匹，即便是神农教教内，真正懂得的人也寥寥无几，而且懂得是一层，能够破解又是一层。青青所能仰仗的不过是王小酒等人，按说无力摧毁彩云谷，这一层疑问在无间心头盘桓多时，今日才算水落石出，而当时沈颀在定风谷避而未提，原因竟然在这里。明净又道："再后来欧阳大小姐率众北归，殷姑娘却先走一步，直到前些日子，我才知道她去了华山。"无间脑海之中思绪奔流，道："为何去华山？"明净道："她说她早就应该知道：你从来不会撒谎，还说算准了，丁掌门应该二十日之后才会回去……"说到这里，无间心头轰然塌掉一块，颤声道："可是丁老骗子早早便回了倚天居。"明净道："不错，不错，一场恶战在所难免，她用暗器毒倒丁氏父子，自己也身受重伤，挣扎着来到少林寺，已是奄奄一息。"

无间自然知道丁否何以未到临安便折回华山，自然也知道殷茵去倚天居是为了什么，说不出话，又流下泪来。明净引着他走出几步，伸手一指，不远处山石间滴水不绝，汇成一股涓涓细流，其间漂着一只细长的小舟。那小舟乃是木刻，极为精致，泉水自船头流入，顺着一条槽线曲曲折折绕过七只方格，又自船尾流出，而方格之内各有一株小苗，不过寸许，却自有一股瑰丽掩映其中，正是海蓝若。无间胸口如同被铁锤重重撞一下，跪了下来，明净又道："她说沈姑娘不屑为之事，在她，却无有不可，尘世孤苦，却也快活，活着就好，又何必在意许多。"

无间自然明白，守住海蓝若，再辅以海蓝心经，他即便不得长生，也不见得短期内就死；都道倚天居一场大火，七花已经不再存世，谁承想殷茵竟为他留下了七株！再者，丁否丁岸均是难得一见的大高手，再辅以海蓝若，当世断无敌手，若非早先伤在百花针之下，他们又怎会命丧寻一之手？他不能想象殷茵与丁氏父子对峙是怎样一种情形，只觉一切黑蒙蒙、阴森森，几乎能呕出一颗心来。明净又道："你若早几日回来，或者能救她性命，可恨老衲修为不够，无力回天，辜负明灭所托，实在惭愧之至。"再念一句"阿弥陀佛"，也是泪光潸然。

　　过了良久，他才又继续说道："可叹殷姑娘年纪轻轻，却生无所眷，才最叫人心中不忍。"说着话摊开手掌，掌心里却是三梦中的那支珠花。无间接过来端详片刻，按在胸口，眼中一花，泪水又淹了上来。明净道："她让我留给你，却又不让你带走，还说你若是不乐意，便还给她好了。"无间心下颤抖，说不上为什么，又似乎明白究竟是为了什么；他捧起那只珠花在口边轻轻吻一下，继而扒开坟前一片黄土，放进去，静静发一会儿呆，又从怀里取出一颗沈顾所赠的紫纹绸，一并埋了进去。

　　如此又是良久，惟一老一少再无一言一语，明净念珠转到最后一颗，心底一部地藏经也念到了结尾，拍拍无间肩膀，道："你若愿意，尽可以在此多逗留一会儿，寻一道长在寺里，老衲还有事情与他相商，便先走一步。"无间一惊，忽然间清醒不少，道："他来少林寺做什么？"明净道："他闭关日久，疏远了武林事务，如今身子好些了，自然要找老衲商议商议。此外，思明的那一片地图始终没有半点踪迹，我也有心向他讨个主意。"无间犹豫一下，还是说道："微微说思明便是虞念离，虞念离便是思明。"明净一怔，思索片刻，忽然间神色大变，道："这又从何说起？"

　　与此同时，不远处的山石之间"咔嚓"一声响，像是有枯枝断开了，明净目光寻过去，喝道："什么人！"半空中风声乍起，一块巨石从天而降，"砰"的一下正好砸在泉水之间。流水与木屑飞溅，那小舟与世间仅存的七株海蓝若竟就此化为一摊泥浆！四面草木近乎凝滞，旋即又失去根蒂一般齐刷刷倒了下去，而一股摧枯拉朽般的大力亦扑面而来。明净大喝一声，连跨数步，接一招"大象无形"，掌风一撞，却并未分开，有人疾进一丈，明净却疾退一丈。无间再无顾忌，左掌压右掌，跟着拍出一招"潮水平"，那人终究难敌世间两大绝顶高手合击，借掌风柳絮一般荡出丈许，继而晃几晃，去得远了。无间叫一声"师父"，扶明净缓缓坐下来，他脸色蜡黄，喘个不住，过了许久，才缓缓说道："想不到世间竟有这等身手。"无间道："我和微微在倚天居外撞上的便是此人。"似乎这才想起来了，道："那是寻一！"

明净愈发茫然，道："你说的都是什么？"无间深吸一口气，将他与林微自从离开神农谷之后所经历的诸多曲折，尤其是在武当山星宿阁的诸多发现一五一十讲了一遍。明净越听越是心惊，及至后来，一身大汗，几乎再无力起身。他沉思许久，依旧不胜其负，道："你在这里，那林姑娘又在何处？"无间于是又将在半途中遇到慧末慧清的事情讲一遍，继而取出菊画的那幅画，道："微微看见这个，便说思明就是虞念离。"

明净展开来读一遍，叹一声，又读一遍，又叹一声，再读一遍，仰天道一声"阿弥陀佛"，站起来坐下，坐下又站起来，最终像是精疲力竭一般，又坐下来，道："一年多之前，你和林姑娘在寺里找到过一本'明空指'，后来觉尘拿来给我看，老衲的想法与林姑娘不谋而合，论意气，论脾性，论悟性，追溯百年，少林寺之内只有思明写得出那些文字，可是那字迹与他后来写给我师父的书信截然不同，所以我始终难下结论……"似乎乱了思绪，过好一会儿，忽然又一遍遍地说道："如此才是对的，如此才是对的。"无间道："哪里是对的？"明净道："东海琼花岛一战，李天魅斩断虞念离右臂，也就断了思明右臂，他晚年左手执笔，笔迹当然不尽相同！"转而问道："你还记得思明当时写在经书里面的几句话？"无间当即答道："身在佛门中，心头百丈冰。不入尘缘不临风，怎言皆是空。"明净道："这就对了，菊画信中的这一首诗正是依着同样的韵脚而作。"

虞念离横空出世,笑傲江湖,不久之后又绝尘而去,踪迹全无,数十年来众说纷纭,却谁也说不清他究竟何去何从,殊不料,他的真实身份正是少林寺思明。当年身在佛门,他却一直心神不属,修习明空指的时候也才会写下那些字句,而且也正是相同时候,触类旁通,借指法虚实之辨悟透"离弦",顺便将棋局的解法写在了拳经之中。后来他随三十二皇子北上塞外,待回来中原,终于还是脱身少林,化名"虞念离",提携红颜,睥睨天下,一圆尘缘之念。而他与李天魅一面缠斗不休,一面又暗生情愫,东海琼花岛一战,命断九分九,却又被李天魅带到落英峰用紫纹缃救了下来。之后二人在海棠山小居,也算尘埃落定,过了一段神仙眷属般的日子。李天魅本来极善抚琴,虞念离为她琴音所动,忽而想到早年修习过的明空指,其中轻拢慢捻,亦抹复挑,本就有相通之处,于是略加变通,化为"心魔指"传给了她,而正是这一番异曲同工,数十年之后,才有了无间意念间的好一番体味。再后来虞念离不辞而别,李天魅苦寻不见,惆怅成痴,缱绻而伤,才依着那首小诗写下"青丝弄风影"之句;它被刻上菊画肩头,既是有意,亦是无意,而菊画对无间思念成疾,这一番心境又与数十年前的李天魅如出一辙,也正因为此,同样的字句才会出现在《落英天下图》的淡云之间。无间这会儿将两首诗各自默念一遍,恍然大悟,继而问道:"那虞念离最终又死在何处?"明净道:"这个或者要问骆雨痕骆施主,或者梅琴梅施主。"说着话忽地又站起身来,道:"既如此,老衲便应当亲自走一趟落英峰才好。"无间道:"寻一便是玄都派,这一去岂不是自投罗网?"明净微微吸一口凉气,思索片刻,还只能道一声"阿弥陀佛"。

第六十六章
都付与浮云烟波

　　下了少室山，天色破晓，无间还往回走，差不多午时，便又到了早先那座小镇，可这一路莫说林微，连慧末慧清也不曾见到。他心下恍惚，还道是错过了，便转身再往少林寺走，寻一阵子，依旧一无所获，无奈何，只好还回镇上。那位煮肉的酒保看见他，一溜烟迎上来，道："有人让我给你带个话，那两名僧人在普济庙呢。"

　　普济庙是官道南面不远处的一座小庙，从这里去少林寺，正好是个歇脚的所在。无间暗骂自己糊涂，调转马头，便又赶了过去。那小庙前不着村，后不着店，孤零零的矗在一片空地之上，他走进寺门，唤两声，也不见什么人出来招呼，探头进正殿瞅一眼，心上狂跳，地面上一横一竖躺着两个和尚，正是慧末与慧清；紧两步赶过去，再行察看，二人胸口各中一掌，受伤不轻，却没有性命之忧。

　　他们各服一丸华灵丹，慢慢也便清醒过来，慧末看到无间，眼前一亮的同时涕泗横流，道："林姑娘，林姑娘被他们带走了。"无间道："被谁带走了？"慧末道："不认得，我和慧清遭他们暗算，各中一掌，再后来，我悄悄醒转，那些坏人却没有发现，所以他们商量的事情，也就听了一耳朵。"无间道："他们什么模样？"慧末道:"一共两位,那老一点的我说不好,年轻一点的么,是一副农人打扮。"无间"哦"一声,心知是卢火纯,慧末又道:"他们商量着要将林姑娘带去什么地方,嘀嘀咕咕好久,最后就说到了落雪山庄。"无间好生惊讶,道:"他们去了落雪山庄?"慧末道:"听口风,应该是不错的,还说什么社稷神鹿就在左近,押林姑娘过去,你就会寻过去,到时候一并捉了,大功告成。"

无间心乱如麻,不过林微性命无忧,总叫人松一口气。他将慧末与慧清安置好,随即打马北上,如此一路疾行,不到傍晚时分,那马先吃不消了,口吐白沫,摇摇晃晃便要摔倒。他心中过意不去,就着路边歇一会儿;天色愈发阴沉,风再起时,夹裹着稀稀落落的雨滴,飘得到处都是,那条官道笔直地探入苍茫之中,又让人多一丝惶惑,林微真的便去了落雪山庄?而北上的大道不止一条,这样追,算不算慌不择路?

如此风尘仆仆,差不多第二日晚间,一人一骑便到了檀州地界。街上人来人往,还颇为热闹,他饿得前心贴肚皮,便进一家酒馆,要些饭菜吃了起来;坐在靠窗敞亮处,又加之吃得香甜,一如既往,引得不少行人侧目,只是这一回有些变本加厉,几位嘴长胆大的居然走到近前,对着他指指点点。过不多时,门口处起一片脚步声,一群衙役吵吵嚷嚷地拥进来,摆开阵仗,将他围了个严严实实。领头的一位生得五大三粗,甚是凶恶,刷的一声拔出腰刀,明晃晃地摇几下,道:"你这小贼便是范阿七了?"无间有心要走,又不由一怔,坐回来,小心翼翼地道:"是又怎样?"那衙役"哗啦"一声抖开一纸公文,道:"那就对了,找的就是你。"

公文顶上是八个大字"缉拿凶嫌,罪大恶极",中间画着一张男子的脸面,活脱脱便是他的模样。无间道:"我可犯了什么案子?"那衙役眼睛一瞪,道:"你问我,我还想还问你呢!"将那公告凑在面前,一字一句读了起来。"兹缉拿嫌犯范阿七,此人身高八尺,面如黑炭,喜肉好酒,吃相不堪,过去数月间,有两位女子惨死,均与他有重大干系。无心为害,多为至害,无意为恶,恶无可报,天下之大,论及庸而无惧,蠢而无畏者,无人能出其右。此人武功不弱,但属于鲁钝一脉,当面宣讲罪状,可致其戚戚然,束手就擒。"

无间"啊?"了一声,一面觉着蹊跷之至,一面又越来越难过,及至"无心为害,多为至害,无意为恶,恶无可报"几个字落入耳中,悲从中来,几乎要落下眼泪。众衙役一拥而上,结结实实捆了人,一路推推搡搡,便到了府衙。大门之外有一座高台,台上架起一根横木,那领头的吆喝一声,便将他吊了上去。台下不久便聚起不少百姓,而那一张缉拿公告就贴在后面的墙上,大伙儿读一读,有些不明所以,但是不知怎的便来了一个自作聪明的,叫道:"这便是一个无情无义,负心薄幸的王八蛋!"人群随着轰叫一声,烂菜叶子,鸡骨头,臭鸡蛋等等便兜头盖脸丢了过来。

和风轻吹,日头偏西去了,街上行人渐少,那几位衙役也走得不知去向。无间依稀睡了一觉,再睁眼,天色全黑,四面寂寥,冷清得不成样子。便在此时,忽听有人"扑哧"一笑,心下打个激灵,四面里望一圈,不自觉便开始哆嗦。台前灰影一晃,果然是林微走到近前,似笑非笑地拍拍他的脸颊,道:"听人说府衙外吊着一个负心薄幸的,便是你了?"无间欢喜得无以复加,可眼泪却哗啦啦流了一脸,林微吓了一跳,道:"你这又是哪一出啊?"无间道:"没心没肺算是无心的无情无义,可无情无义就是无情无义,谁还管是有心还是无心?"林微一怔,抬头看一眼,忽而摸摸他的脸颊,道:"或者是我,有些过了。"

她将无间放下来,为他推拿推拿酸麻的筋骨,又道:"也就是你,被人捉弄成这个样子,只知道风风火火地乱跑,追都追不上。"无间道:"你从寻一手里逃了出来?"林微道:"前些日子天天看见你,早就看得烦了,我不过是随便走走散散心而已,再回来,你便不见了踪影。我找去少林寺,依着他们的指点……"却将后半句话咽了回去,转而道:"总之还是一无所获,再走回来,便撞上了慧末和慧清两个,他们惊得什么似的,我才知道你奔落雪山庄而去。"无间道:"他们说你被寻一拿住,押去了落雪山庄的。"林微道:"他们说什么你就信什么?"无间道:"慧末才不会骗我。"林微道:"他们被人捉弄,赚的便是你这个呆子;你也不想一想,若是卢火纯和寻一想杀人灭口,又如何能叫他二人留一口气,还将这等不得了的机密给听了去?"伸手在他脑门上打一下,又道:"我想不清楚你会走哪条路北上,而且即便想得清楚,你心急火燎的,八成也追不上;那天在路边正自犹豫,刚好撞上两位北上的公差,都是一副十万火急的样子,便将他们点倒,翻了翻他们的公文。"说到这里,变得笑眯眯的,抱住膝盖,续道:"原来他们是要抓捕一群江洋大盗,一个个画有画像,各州各县都要临摹张贴,再日夜兼程,一站站地递出去,于是我给你也做一纸文告塞了进去,他们也真是快,这不足一日的工夫,消息便返到州衙,说是拿到范阿七了。啊,这个姓范的大盗可真是窝囊,几个小小的衙役就能拿住,吊在这里示众。"无间不由得哈哈大笑,道:"你怎么不说我心有灵犀?"

过一阵子,他转而说道:"我做事由着性情,好像不怎么过心,可是这一回一路走来,从没有这样心慌,也才教我想明白许多事情。"林微笑道:"你会想?而且想得明白?"无间嘿嘿一笑,道:"短命若斯,有时候心中真的没底,可是有你在身边,一切就好像都没有什么大不了;时间久些短些,都不害怕的,死了就死了,也没有什么可遗憾的。"林微叹一口气,抓起他的手,再想一想,忽然间泪如泉涌。

又过好一会儿,她才又说道:"寻一心机真是深得很,他哄你去落雪山庄,又岂是随口说说。"无间道:"那师父给你提过寻一的事情了?"林微道:"我到少林寺的时候,他已经下山去了。"无间"哼"一声,道:"早先寻一也在山上呢。"林微大吃一惊,忽地一下站起身来,道:"那你见到他了?"无间摇摇头,转而将少林寺所历讲了一遍，林微脸色苍白，越听越是慌乱，道："那寻一知道虞念离就是思明？"无间想一想，道："应该吧。"林微身子抖得厉害，道："他不知道思明死在何处，可不见得不知道虞念离葬身何处。"无间琢磨一下才明白过来，道："那又怎样？"林微却只是来回踱步，不再言语，无间便有些着慌，道："微微，你在想些什么？"林微道："我害怕他会去潮生岛。"无间道："潮生岛？福建的潮生岛，那个有一苇寺的潮生岛？"林微点点头，无间道："他去那里做什么？"继而又恍然大悟一般，道："你妹子，还有你娘不都在那里么？"

又过半晌，林微才轻声说道："李天魅与虞念离一念成痴，岂是说断便能断的？若她知道虞念离死在何处，我猜，寻一也会知道。"无间道："这样一来，也就知道少林寺的那片地图最终流落何处？"心思随即又转回来，道："这和潮生岛有什么干系？"林微道："思明死在潮生岛。"无间眼睛瞪得浑圆，道："你怎知道？"林微轻声一笑，道："我便是这样想，说真的知道，不见得，说不知道呢，可比知道了还要清楚。"

当时林微从云莫为手中救下莫彤裳，曾在沿海盘桓多时；思明死前写给思慎的信中有"天净沙白，樱花满山"之句，而就近海上岛屿星罗棋布，满山樱花者有之，白沙如素者有之，可二者兼有的，只有潮生岛。这与信中的意象遥相呼应，再辅以一座一苇寺，让林微几乎再无怀疑，那便是思明的圆寂之地。莫彤裳心死如灰，无意离岛，便在潮花山留了下来，再后来林微救出陆嫣如，还送她来此间与女儿团圆；那一次她在岛上与瓜果和尚谈天说地，虽不曾提及思明，但是二人心照不宣，又胜似提及思明，而在她心中，这又是一层无须言明的佐证。这会儿无间愈发糊涂，而她却跳下高台，打马便走。

星夜兼程，到了龙泉，已是十余日之后。二人上来潮生岛，暖风荡漾，旖旎里带着些慵懒，更衬得那沙滩素洁适意。山坡之上樱花一片片的，于氤氲之中填一层缥缈，甚至有些海市蜃楼的意味。进来一苇寺，四壁无人，林微接连叫两声"老瓜果"，便走后门直上潮花山。山顶那间茅屋在云影里一派恬淡，只是安静到极处，反而生出一层莫名的不安。林微走近一些，又叫几声"莫姑娘"，声音在风里散成薄薄的碎片，飘出去好远，却还是无人应答。屋门洞开，室内有一张方桌，桌上有两只竹篮，内里有不少剥开的松子，果壳却散得满地都是。林微又叫一声"莫姑娘"，心思却如同弓弦一般倏然绷了起来；拔剑出鞘，跨过门槛，落脚之处不知为何多出一只活动的竹片，"啪"的一响，那张木桌随之一震，四颗弹珠自桌面之下激射而出。她见机极快，使出骆雨痕所授的心法，足下连点，如一朵轻云一般御风而退，同时短剑斜挥，将四颗弹珠一一拨了开去。

这时忽听树下有人"啧啧"两声，道："不错，不错，好俊的功夫。"无间林微回过身，这才看到树根之间半躺着一位，正是瓜果和尚。他脸色乌黑，衣色也乌黑，整个人是灰蒙蒙的一团，与树皮的颜色相差无几；唇角有几丝干涸的血痕，胸前衣襟上更有好大一片血渍，一望即知受了致命的内伤。林微抱住他肩膀，眼泪先流了出来，道："老瓜果，我们是不是晚来一步？"瓜果和尚道："我不能护着陆莫二位施主周全，可是叫你这丫头失望了，嘿嘿，老和尚归西，居然还有你们送一程，倒也不坏。"

他心脉已碎，所余不过胸口的一息真气，臂上腿上的筋骨亦被人重手捏断，瘫在地上如同烂泥一般，也便只有他，剧痛彻骨，还照旧谈笑风生。无间喂他一把丸药，又输些真气过去，忙碌好一会儿，终究无可奈何；心头颓然，缓缓坐倒，却又像是想起来什么，取出数根银针，依次刺了下去。瓜果和尚好似分外享受，"嗯！"一声，又"嗯？"一声，道："这小子居然大有来头——曲关阳是你什么人？"林微一怔，道："那是他们老教主。"瓜果和尚道："那李天魅又是他什么人？"

无间心下十分叹服,这老和尚通过药丸知道他是神农教的人也还罢了,靠着递过去的些许真气便猜出他是玄都派,也当真了得。他咧嘴一笑,道:"说了你也不信,她是我师父。"瓜果和尚稍稍一愣,忽而哈哈大笑,道:"她这搞的又是什么名堂?"无间道:"那谁又知道,我冲着仙衣树拜几拜,便成了她的弟子。"瓜果和尚仍然笑个不住,道:"成事的是她,坏事的还是她,这不是报应,什么才是报应?!"

他继而望一眼林微,道:"骆雨痕是你什么人?"林微道:"她在天籁山平易居授过我几日功夫。"瓜果和尚道:"虞念离胜出一筹,嘿嘿,死了以后再比,还是胜出一筹。"无间越发糊涂,可林微偏就一清二楚,道:"也就是你,高看我一眼。"瓜果和尚道:"上次来这里,我可没瞧出来你们一个个有这等神通。"林微道:"我也不曾瞧出你的神通呢。"瓜果和尚道:"你这丫头,精灵古怪,一点就透,许多事在心在意不在口,你避而不提,老和尚我其实感激得很。"林微道:"有些事情我不在意听不听,有些事情你无所谓讲不讲,没说是没说的缘分,说了是说了的缘分。"瓜果和尚竟似乎又快活得无以复加,笑好一会儿,方才止住了。

无间这才问道:"打伤你的是谁,掳走她们母女二人的又是谁?"瓜果和尚横他一眼,道:"就好像你不知道一样!"无间道:"那他是武当派,还是玄都派?"瓜果和尚全没有好气,道:"这两者又有什么区别?"林微继而问道:"虞念离死在这里?"瓜果和尚道:"思明死在这里。"林微道:"他不是你师父?"瓜果和尚道:"我拜他为师,才是他的弟子,他求我学艺,又谁是谁的弟子?"无间瞪圆了眼睛,道:"这又是何道理?"瓜果和尚指一指身后的大树,道:"譬如说这棵树,他让我砍掉,我说要一日,他说半个时辰便好,我说我只知道砍一日的法门,不懂什么砍半个时辰的法门,他没有法子,只好求我去学他那些砍半个时辰的法门,你说谁是谁的弟子?"无间被绕了进去,琢磨好一会儿,又变得分外好奇,道:"那你称呼他什么?"瓜果和尚道:"我唤他作思明。"无间道:"那你每日里都做些什么?"瓜果和尚道:"这你也要问,侍弄侍弄瓜果,扫扫地做做饭,闲暇时候打打坐,念念经。"无间道:"那他都做些什么?"瓜果和尚道:"他每日里长吁短叹,叽叽歪歪,闲暇时候也装模做样地打打坐,念念经。"

林微轻叹一声,转而道:"这样说,他从北疆带回来的那片地图就在岛上?"瓜果和尚道:"不曾听说。"林微道:"他便从不曾提起过?"瓜果和尚道:"你道这些事情他会说给我听?"林微道:"那他又说起过什么?"瓜果和尚道:"还不都是些恶行业障,爱恨情仇,枉他还有脸冒充和尚,真真笑煞人也。"林微道:"那他念念不忘的人究竟是谁,李天魅还是骆雨痕?"瓜果和尚道:"你这丫头想什么呢?骆雨痕是一厢情愿,如何能与李天魅相比。"林微道:"那他为何要离开海棠山?"瓜果和尚道:"嘿嘿,红颜傲骨,却绕不过一个'骗'字。"林微道:"那是李天魅骗他,还是他骗了李天魅?"瓜果和尚道:"他是个大骗子,不作小骗子的勾当,自然是李天魅骗了他。"林微仔细琢磨这话里的含义,又道:"那李天魅又怎样骗了他?"瓜果和尚道:"他自己也百思不得其解,我又如何知道。"林微道:"他不知道李天魅怎样骗了他,却知道李天魅骗了他。"瓜果和尚道:"又有什么不对?"林微道:"当然不对。"无间却忽然想起曲关阳,小心翼翼地问道:"会不会李天魅心上还有别的什么人?"瓜果和尚又横他一眼,道:"这世上,李天魅只能中意于虞念离,虞念离只能中意于李天魅,此所谓天造地设,哪里会有别的什么人?"

林微略感无奈,道:"那思明来这里,是真心想做个和尚,还是赌气要做个和尚?"瓜果和尚道:"剃了头便是和尚,你管他是真心还是假意。头几年他忽忽如狂,极少有淡定的时候,嘿嘿,自己和自己过不去,自己拿自己当仇人,便是他那副样子。"无间道:"李天魅为了找他,在江湖上大开杀戒,他真的不知道?"瓜果和尚道:"不知道:再说了,知道又怎样,武林之中多死几个人,少死几个人,你道他真的在乎?"无间道:"那后来呢?"瓜果和尚道:"后来?后来他长进些了,虽则还是那个样子,可不再总是那个样子。再后来,他老态龙钟将死未死的时候,又忽然顿悟一样,写下一封信,让我送去海棠山,我到了那里,也才知道李天魅早已经死去多年了,回来说给他听,他像个高僧一样念叨几句偈语,之后便又写一封信,让我送去少林寺,等我走这一趟再回来,他便圆寂归西了。"无间仍然不能回过味来,道:"便这样死了?"瓜果和尚道:"有什么不对?"无间道:"那他又葬在何处?"瓜果和尚向茅屋方向扬扬下巴,道:"过了茅屋不远便是万仞陡崖,直插入海,海里有许多大白鲨,终年在此嬉戏,他早就说好了,过世之后,尸身丢进海里喂鲨鱼即可。"无间心下不忍,道:"你还真的照做?"瓜果和尚道:"为什么不照做?再说了,他那把老骨头生涩硌牙,我猜那些鲨鱼了无兴趣,应该直沉海底喂了虾米还差不多。"

无间却又意犹未尽,道:"他便什么都没有留下?纸片,佛经,木鱼,僧袍,什么什么的,都没有留下?"瓜果和尚道:"他有两件僧袍,我凑合穿了几年,补丁摞补丁,再也没有办法补丁了,只好扔掉,还有几卷经书,我凑合翻几年,书页掉光了,也就没了。此外他还有一些零碎器物,都让我一把火烧了,嘿嘿,若真的有什么地图,正好灰飞烟灭。"无间叹一口气,没来由地多一丝失落,瓜果和尚却转而笑道:"你丸药里有紫纹绸不成?让我这死人凭空长这么多精神!"

无间点点头,还真是用了一颗沈顾所赠的药丸,瓜果和尚转而瞧瞧林微,道:"不错,不错,这小子是不错。"林微心下明白,眼圈先红了,却听他复又说道:"待我死了,你们将我也抛下崖喂鲨鱼就好。"他手足俱断,再想盘膝坐好已无可能,林微为他整理好僧袍,他睁开眼睛,微微一笑,又闭上了。似乎有一股温热之气自体内飞升而起,在树杈间稍作徘徊,随即散了,化入一天碧蓝之中。二人一声不响地守一会儿,无间才抱起尸身,向崖边走去。海天相依,白云慵懒,许多飞鸟上下盘旋,这一派清透的祥和与心头的浊重未免隔膜太多。他运起一口真气,手上一推,瓜果和尚僧袍兜风,摇摇荡荡,便如仙人一般,逝向云水之间。

　　林微心中难过,回来在树下坐着,呆呆地出神。无间道:"你娘和你妹子,会不会有什么意外?"林微道:"寻一掳走她二人,还是为了要挟我,进而要挟你,要你交出你的鹿兄弟,按理,应该不会难为她们才对。"无间道:"他再得到思明这一片,地图齐全完满,又何必在鹿无间那里费这些工夫?"林微道:"谁说他便能找到思明的那一片?若问我,爹爹才是对的,有社稷神鹿就好,其他全都毫无必要,不过在寻一那里,当然要二者兼得,万无一失,再说了……"忽然又似笑非笑地摇摇头,道:"等着寻一知道星宿阁里的宝贝被你我取走了,也就更不敢为难我娘了。他殚精竭虑,最后却被咱们拿捏在手里,可真要气死呢。"无间还是心有不甘,道:"思明真的死在这里?便真的什么都没有留下?这种时候你总喜欢走一走,看一看,这一次反倒死心了?"林微道:"老瓜果说什么都没有留下,那就是什么都没有留下,再说了,寻一应该每一寸地方都找过了,若是有,也是他捷足先登。"

　　她叹一口气,转而望向海天之际;斜阳一抹,苍穹之下弥漫着一层淡红色的轻雾,一群水鸟不知从何处飞来,叽叽喳喳地叫成一片。无边的宁静随之一颤,林微也好似清醒过来一般,道:"咱们走罢。"无间应一声,站起身,脚尖却在树根上绊一下,"啪"的一声将一根木棍踢了起来;瞅一眼,捡起来递给林微,道:"这是瓜果和尚的手杖,你要不要留着?"林微摇摇头,目光垂下,却正好落在木棍的底缘,那是一个斜斜的削面,年深日久,早磨得秃了,可一圈圈的年轮还是隐约可辨。她心上像是被撩一下,"哼"一声,接过来,走去茅屋一侧就着水缸里的清水仔细擦洗一番,再审视片刻,换为一副难以置信的神情,转而将它递到无间眼前,道:"这个，你可记得？"

木棍不过一寸粗细，但内里年轮极为细密，一圈又一圈，足有十几层，其中接近外缘的一圈又颇为奇特，两边各凹进去一些，依稀是一只蝴蝶的形状。无间眼前一亮，道："这个我们见过的，是在哪里？"林微道："揽月峰。"无间脑中轰鸣，道："不错，不错，那根全无来由的短棒。"林微道："一样的斜角，一样的断面，那该是从这根手杖上削下去的一截。"无间一颗心怦怦乱跳，道："这又意味着什么？难不成瓜果和尚去过揽月峰？"林微摇摇头，道："不是老瓜果，是思明，这一根木棒应该是思明的。"

她略一沉思，又道："这是何木所制？"无间摩挲一下，又嗅一嗅，道："像是间水木。"林微道："何为间水木？"无间道："这木棒只有一寸粗细，可里面年轮一圈又一圈，多得数不清，乍一看，就好像是一棵树长了十几年，还如同树苗一般，实则不然——"，伸手比画一下，又道："这本应该有一尺粗细才对，间水木多水多汁多瓤，柔软无比，但是晾晒三年，去掉汁水，十寸便缩得只有寸余，而且结实密致，韧而不屈，是绝好的兵器。"林微道："那此木生于何处？"无间自己先"哦——"一声，道："河南嵩山。"

他似乎仍然不能相信，使劲摇摇头，道："思明去过揽月峰？他去揽月峰做什么？"林微呵呵一笑，道："揽月峰远在北疆之北，你说他去那里做什么？"无间皱眉思索，忽然打个哆嗦，道："三十二皇子最终的落脚之处便是揽月峰？！"林微道："那里是极北极寒之地，又是极灵极秀之地，难道不是一个绝佳的去处？"无间道："可你爹爹去过揽月峰，他那样聪明，便什么都没有发现？"林微道："若要有所推想，总要有些蛛丝马迹才行，而他和莫行徊到那里的时候正值隆冬，一片白雪茫茫，一无所见，再正常不过。"无间道："不是啊，我是说三十二皇子和许多侍卫不是留在那里么，你爹爹到的时候，他们便都老死了，再没有人活着？再说了，一住数十年，即便是不在了，也总该留下些什么罢，比如说——墓碑？

或者三两间茅屋？或者耕过的几分田地？"

林微眉尖一蹙，不由微微吸一口凉气，想一想，又掐着手指算一算，道："不应该的。"无间道："什么不应该？"林微道："早先我只是猜着这根木棍是思明的，可它既然出自嵩山，又是作兵器之用，那也就无可置疑；又如你所言，间水木韧而不屈，那它这样断一截，又意味着什么？"无间道："应该是被兵刃削掉的才对。"琢磨一下，又道："难不成揽月峰上还有别的人？又或者大金国有人追到那里，他们经过一番厮杀才安顿下来？"林微摇摇头，道："你忘了行云说过的话？三十二皇子这一遭走得无惊无险，行易唯一长剑出鞘的一次，还不过是去杀那个养鹿之人。"思绪荡开，便有些不能自持，道："你还记得思明写给思慎方丈的那一封信？说什么'不能戒杀，不能戒盗，终与佛法擦肩而过'，这'不能戒杀'也还罢了，虞念离纵横江湖，天知道杀了多少人，可是'不能戒盗'，又是何指？他是思明，他是虞念离，天下万物唾手可得，又有什么值得他去偷？"

无间口唇发干，脑中更乱作一团，小心翼翼地道："偷，是偷在揽月峰？"林微道："玄都派的轻身功夫如何？"无间道："灵动清奇，妙绝天下。"林微道："可思明的轻功还在李天魅之上……"无间忽地一下站起身来，有些语无伦次，道："你是说——他偷了'长乘'？！"林微道："明净大师说过，当年众侍卫南归，思明是最后一个回来的，这断非无心，亦非无奈，实则是殚精竭虑，有意为之。揽月峰本就是一个天造地设的杀人之所，而那时候去者去之，逝者逝之，若有心盗物，机会千载难逢，更何况……"长叹一声，又话锋一转，"所以，寻一也好，傅长天也好，机关算尽，却谁也找不到少林寺的那一片地图，究其根本，它几乎从未存世！"无间心神激荡，也差不多明白过来，林微又道："思明恨不得早早付之一炬，又如何会带它回来？如此，世上便再不会有人能找到三十二皇子的落脚之处，这一番罪过也就再不会有人知道：嘿嘿，一切只在一人心中,只要他不开口,永生永世也不会被人识破。"无间声音微微颤抖,道:"难不成三十二皇子,还有那些不曾南归的侍卫,都被他杀了?"林微道:"既然拿到长乘,那就一个活口也不能留下。"她思绪连绵,也有些不寒而栗,过了许久,掌缘一震,将木棍在指间转了一圈,叹道:"或者说事情做绝,真是没那么容易呢。"

便是这一转,木棍之上有亮光微微一闪,原来适才无间在瓜果和尚身上用过的两根钢针,不知何故粘了上去。林微颇为惊讶,伸手捏起一支,再松开,那针便如同被磁石吸着,还落回棒身之上,她道:"是这针古怪,还是木棍古怪?"无间道:"这针是沈姑娘亲手所赠,乃是精钢与白银相融,又加了画眉雪山的发尖磁制成,这个样子,该是木棒之中有铁石之物。"

间水木柔绵多汁,少林僧人加以晾晒的时候,时常置入铁石之物,一则作平衡之用,再则干了之后嵌在一处,浑然一体,无形之中木器也便成了铁器,威力大增。无间用针一寸寸试下来,木棍顶端约有半尺的一段果然有些异样;潜运内力,握住稍稍一拧,力道不着棒身,却透入肌理,"嚓"的一声轻响,顶端的内芯竟然跳起来半寸。他低呼一声,捏住了,缓缓拉出来一只精钢打造的细管,严丝合缝,十分精致,一端扣在一起,分明有个盖儿;伸手弹开,掌心翻转,倒出来一片黄色的卷轴。他目光亮亮地瞅一眼林微,道:"谁说没有地图,又怎会没有地图?"林微撇撇嘴,捡起卷轴缓缓展开来,布片系蚕丝所制,薄如蝉翼,虽不过细细的一卷,却足有三尺多长,上面密密麻麻,写满蝇头小楷,林微读几行,万千神情在脸庞掠过,最终竟又化作一丝苦笑;抬头望望无间,又长长地叹一口气,道:"在天籁山平易居,那婆婆,骆雨痕,教给我的便是长乘。"

第六十七章
秋水如天

　　无间心中千头万绪，过好半晌，才差不多一环环扣上了，又不住点头，道："我从前还没有觉着，如今修习玄都心法日久，可是越有进境，越能体会你身法之中别有一层境界，不可同日而语。"转念一想，又变得眉飞色舞，道："你若是想做天下第一，岂不是易如反掌？"林微道："何以那婆婆要我日后务必废去武功，原来是这样一层道理。"无间道："她知道教给你的便是长乘？"林微想一想，道："也不一定。"继而叹道："此前说思明便是虞念离，虞念离便是思明，无论怎样，都是推断，今日才算是无可置辩。"说着眼中多一层泪花，道："我想起爹爹来啦，他才没有兴趣做什么天下第一，在这件事上耗费半生，还是因为自负自傲，好奇好胜，碰上这种迷局，当然不能自拔。他一无所获，还无缘无故赔上一条性命，可是兜一个圈子，这武功又阴差阳错找到我身上，唉，世事无方，或者随波逐流也不见得有什么坏处？"

　　骆雨痕所授不足《长乘真经》的五成，林微窥其境界，却始终不得圆满，这时将经文通读一遍，虽则并未如何用心，可门径既得，人又聪明，加之心法随心，真气有道，不知不觉中便有许多贯通。经文展开到最后，一根筷子粗细的木棍儿落进掌心，无间又满怀好奇地捏了起来；那该是思明随手捡来做卷轴之用的，可断无差错，是一段冷雨木。林微略一思索，道："这就对了，既然行易那里有丹阳花粉，那便应该还有冷雨木才对。"

她让无间取出那些锦缎，拼在一起，地图四边完满，唯右上方多一方空洞，所缺正是思明的那一片，可与记忆印证，图中标记的正是揽月峰群山。无间点起冷雨木，蓝烟徐徐散开，过不多时，锦缎背面居然有图案透了出来；丹阳花汁纹线清晰，一幅山水画呼之欲出，当心处山峦清俊，云雾婉转，所绘乃是玉烟泉周边的景象，缺失的一片抹去了泉水上方的瀑布，而于弱云那一片则始终是一片空白，又抹去一片远山。无间好生不解，道："这一片是假的？那真的又在何处？"林微只摇摇头，道："他还真是舍得。"

那画架构端方，又意蕴如水，二人见识数次，一望即知出自行易之手。林微不由想起莫行徊的那一幅《陈年梦境图》，论气象之远，境界之透，画圣更胜一筹，但是行易笔锋里别有一分温适，反而更切合着揽月峰的意向。画幅一侧还有许多小字，起首处写道："拥雪峰参会斗转，云起云收，俯仰间万变，转眸间隔世，欲寻此峰，当于月圆之日，望北斗一线……"再后面的文字落在缺失的锦缎之上，但不难猜测，讲的该是如何依据天象判断路径云云。这样林微又记起爹爹的话来，揽月峰林剑无只到过一次，之后再去，却又不得其径而入了，而她与无间当时有一阵也如堕烟海，全然不辨方位，由此可见揽月峰亦真亦幻，即便近在咫尺，也不见得会有缘上峰，而这一幅画有图有字，不厌其详，将一切讲得清清楚楚，足见当时北上诸人果然神通广大。她目光收回来，空洞左侧还有几个字，像是结语，写的却是"社稷神鹿自可为引"。

林微揣摩许久，道："即便没有你我从中作梗，寻一机关算尽，照样是白忙活一场。"无间道："作梗的岂止是你我，还有思明呢。"林微笑道："寻一以为地图复制下来，也便足够了，为了不留破绽，还真的将真迹给了大小姐，殊不知锦缎背后还有这样一层玄机，仿是万万仿不来的。"想一想,又像是自言自语一般说道:"那他去华山又是因为什么?难不成于弱云那一片真的便付之一炬了?"

　　林微在武当山留话要寻一来武林大会,这不是约定,又胜似约定,而在那之前,陆嫣如与莫彤裳便应当平安无虞才对,既如此,二人便索性安下心来,在潮花山小住了一阵子。林微将长乘经文细细参详一遍,融会贯通,武功进境一日千里,而除此之外,她每日里有所思,有所想,写写画画,积累起厚厚一摞纸片。转眼又是四月天,是年武林大会在嘉兴秋水台,走海路便可抵达,临行之日,无间将所有的地图连同长乘经文都装进行易的布囊之中,封存妥帖,埋在了瓜果和尚圆寂的古树之下。

　　上了船,破浪而行,林微在船尾看着无间划桨,却总有些心不在焉。她好久不作声,无间变得有些忐忑,道:"你在想些什么?"林微道:"你说李大哥会不会来?"无间一怔,道:"怎么想起他来了?"林微道:"是他的,不予不取,不是他的,予而不取,天下又有几人有这等胸怀?"

　　四月江南,处处是一片精致的姹紫嫣红,迷离烟雨添一份朦胧,更显得意蕴悠悠。风物美到极处,便如酒香,即便行者无心,不知不觉仍然会陶醉其中,所以即便是无间,也不住口地感慨起来。由水路入嘉兴,一靠岸,二人先投了一家不起眼的客栈。码头之上尤为热闹,人声鼎沸,熙熙攘攘,一直持续到深夜方才散去。再一日大清早,林微沏一杯清茶,开一扇窗,居高临下,好整以暇地看人看景。市面上佩剑执棒的武林人士极多,其中尤以三宝会与丐帮弟子为众,许多人像是无所事事,却周而复始地一再出现,林微看得多了,忽然明白他们该是各帮各派的便衣暗探才对。过不多时,对面包子铺里忽然起一阵喧闹,却是小二与一位老者吵了起来。

　　那老者身材干瘦,尖嘴猴腮,一双三角眼昏暗无神且眼白极多,一看便不是省事之人。他吃饱喝足,抬脚就走,不想被抓个正着,这会儿先喝骂小二凌霸老弱,挣几挣,不能走脱,便换上一副可怜模样,改口说什么妻离子散,老无所依,讨口饭吃,还要受这等欺侮。那小二见得多了,根本不吃这一套,只拖住人讨要饭钱。不多时周围聚了数十人,异口同声指责小二不够厚道,他半点也不惧怕,眼睛一瞪,道:"你们懂个屁!这老儿讨便宜,又不是一次两次了,你们看不透他的嘴脸,反倒说我的不是!"这样一来,人群里竟然有人附和,说什么前些日子见过这老儿在西面街上白吃白拿,上次说是有个不孝的儿子,如今忽然变成被女儿弃而不顾了。一群人话锋一转,开始骂那老儿无耻,他也是怕了,坐倒在地,又是讨饶,又是哭号,弄得一把鼻涕一把泪。

这样僵持一阵子,怎奈那小二软硬不吃,只一门心思讨要饭钱。这时候忽然有人问道:"他欠你多少银子?"众人顺着声音瞅过去,说话的是一位大汉,正一个人坐在铺子深处吃馄饨,戴老大一顶斗笠,遮住半边脸面,不过看五大三粗的身材,应该是一位武林人士。那小二捏着手指头算算,道:"一来二去,连蒙带骗,还我三钱银子差不多。"那汉子一抬手,抛过来一小块银子,小二接住掂一掂,又张口咬一下,道:"你这是做什么?这老儿是个货真价实的骗子。"那汉子摆摆手,道:"被他骗了,不过折三钱银子,我赌他真的有些苦衷。"那小二张张嘴,没说话,收起银子,干活去了。众人一哄而散,那老儿也不再言语,冲那汉子远远地行个礼,一溜烟走掉了。无间在林微身边便有些乐不可支,道:"那不是你念叨的人么?那不是李大哥么?"林微连声道:"天助我也,天助我也!"

她继而在纸上飞快地写下几行字,之后还一派安闲地托着腮帮子看景致。无间这就要下去相见,林微道:"他戴那样一顶帽子,自然是不想让人认出来,你跑下去,不出半个时辰,全嘉兴都知道范无间大驾光临呢。"无间将信将疑,却也不敢大意,还凑在窗口向外打量。不多时李实吃饱喝足,招呼小二过去说了几句什么,那小二忽然高声叫了起来，道："什么，你没钱？你有钱打发那位老骗子，自己却没钱？！"

李实不慌不忙地道："我挑明了告诉你，又没想骗你什么，权且赊着，明日还你便是。"那小二道："你挑明便有理了？不挑明是骗，挑明了便是抢，哪样的我没见过！"李实道："横竖没钱，你说怎么办吧。"那小二呼呼喘气，看样子想打一拳，可又心下生怯，瞪圆了眼睛，不能下手。李实好生无奈，双臂一摊，有心要走，可掌心里一沉，没来由地多出一样冷冰冰的东西，低头瞅一眼，吓好大一跳，竟然是好一大锭银子。他双目如电，四面扫一圈，却瞧不出什么异样，那小二被银子晃一下，"嘿"一声，嘴上依然怒气冲冲，脸上却早换成一副笑模样，道："你这人，没事找事，开哪门子的玩笑！"

李实将银子抛给小二，心下却着实嘀咕，不自觉地还像刚才一样双手一摊；这回更惊得要跳起来，左手间沉甸甸的，多一根木棒儿，右手边则满满的，多出一只鼓鼓囊囊的布囊，上面另有一行小字，"李大哥速离此地"——世上这样称呼他的只有两位，心下不由一阵狂喜，又深知个中利害，只似有意似无意地向林微所在的窗口望一眼，还低头迈开腿，大踏步去了。

到了武林大会那一日，林微忽然便生出许多乐子，弄来一艘篷船，插上一面小旗，自称什么"煞漠帮"，扬起帆，煞有其事地混入一干不入流的帮派之中，向秋水台拥去。那秋水台坐落在太湖之上，系由晋水石搭建而成，通体雪白，台面如波浪一般上下起伏，而且向一角微微倾斜。人站在低处，视线由台面至湖面再至天际，水波天光与石台上的波纹相互呼应，颇有些茫茫苍苍，不见水端的意向，而"秋水"二字正是由此而来。这会儿高台周围密密麻麻地聚起数百艘船只，少林、武当、天山、峨眉、崆峒、丐帮、三宝会等尽皆在列，各派领衔的均是掌门人，唯有武当派是寻了立在船头。这些大门派的弟子能占满数艘大船，而那些名不见经传的小帮派至多来两艘小船，还有一些存心看热闹的，不过一艘孤零零的木舟，甚至连旗子也懒得挂。

午时刚过，秋水台上灰影一闪，明净飞身站了上去，扫一眼天光，望一眼群豪，心头感慨，早先准备好的说辞便哽住了，良久不语。群豪等了一会儿，有人叫道："老方丈，你还好？"明净苦笑一声，道："老衲枉在佛门，却忧世伤生，不能超脱，实在是不堪哪。"段开德接话头过去，道："老方丈，你且放宽心，不是许多事情也由不得你么！就说寻一老道士吧，堂堂武当派的掌门人居然不是武当派的。"哈哈哈笑几声，才又续道："我就说他这武林盟主做的，总是病恹恹，一年到头也不露个面，原来是生怕露出马脚，不敢现身啊。"

消息走得飞快，看这情形，寻勤的事情还是尽人皆知了。寻了脸上变色，喝道："道听途说，起哄闹场，江湖上若没有你这类闲人，不知道会省多少是非！"段开德道："允你弄出这样多的笑料，便不允天下人笑得？你凶我做什么？！"寻了道："一则，这是我武当派内务，二则，此事远不曾有定论，再则，寻勤蛊惑人心，早已经被逐出师门，再不是我武当派的人！你崆峒派好自为之，若是万事出头，指手画脚，到头来吃不了兜着走，可休怪我丑话没有说在前头。"段开德仰天打个哈哈，道："武林大会不就是彼此指手画脚一番么，若这几句话都受不了，你来秋水台做什么？"寻了道："我等来这里至少捧个人场，武当不到，又有哪门子的武林大会？"段开德"嘿"一声，有心打趣，叶乘宗却冲着寻了一抱拳，道："寻勤在我这里。"

寻了脸色忽然涨得通红，道："叶帮主，他是武当派逆徒，我等遍寻无着，贵帮却将他藏了起来，这不明摆着是和我们过不去？"叶乘宗道："寻勤之言或许失之偏颇，可他并无恶意，而且也并非全无道理，再说，其中还牵扯着行木前辈的一条性命——"抬头望一望明净，又道："既然武当派襟怀坦荡，今日便正好议一议？"寻了道:"叶帮主,我敬你三分,可你也要有自知之明才好,寻一道长清誉岂能任人亵渎?你这样行事,又与羞辱我武当派何异?"

说话的工夫,寻勤从丐帮大船的舱篷之内走了出来,在船头双膝一跪,高高举起那支拂尘,大声道:"家师被寻一所害,还请明净大师秉公查办。"明净叹一声"阿弥陀佛",又道:"你师父可是行木?"寻勤道:"不错。"明净道:"你怎知他已经不在人世了?"寻勤手上又举一举,道:"方丈大师应该明白这一柄拂尘的分量,若家师真的还在,它断断不会被丢弃在观止峰星宿阁。"这时峨眉派了境说道:"这柄拂尘又是谁找到的?星宿阁是武当派掌门人独善其身的地方,而且也不是谁都上得去的。"寻勤道:"我上不去星宿阁,这柄拂尘乃是林微与范无间所赠。"

群豪轰的一声炸了锅,陈歧和道:"无间与林姑娘去了武当?"寻勤道:"林姑娘救我出武当剑阵,否则,今日我也不会站在这里。"寻了冷笑一声,道:"你怎知不是他二人害死行木,再嫁祸给寻一道长?"明净望他一眼,淡淡地道:"不会,无间与林姑娘不会加害行木道长。"

这话轻描淡写,却又不容置辩,寻了张张嘴,再没有说话。明净又道:"老衲也认为行木凶多吉少,可说他是寻一道长所害,还要有理有据才好。"寻勤道:"不错,是要有理有据才好。"缓缓站起身,四面望一圈,又道:"既然这一柄拂尘出现在星宿阁,那师父他老人家定然死在左近,而星宿阁是在万仞高崖之上,尸骨八成会落到谷底,所以前些日子,我悄悄潜回过一次武当,从观止峰下崖,摸索着走了一日一夜,果不其然,在相应的地方找到一块头骨,两根腿骨,和一根手骨。"说话间又捧起一只木盒,道:"方丈大师尽可查看。"

丐帮有人撑起一艘小船,将那盒子送了过来,明净仔仔细细打量一番,道:"你如何知道这是行木的尸骨?"寻勤道:"师父早年伤过左腿,有数年不能起身,后来得高人眷顾,接回断骨,才重又

无间传 923

下地行走。"明净又低头看一眼,一时间有些沉吟不决,这时寻了大声说道:"既如此,行木去了星宿阁?你知道武当戒律,私入禁地,便是死罪,若真的因此被掌门人毙于掌下,不也理所当然?不过话又说回来,星宿阁是何等去处,天下又有几个人能上到那里,行木本就不擅轻功,再加上腿脚不便,自己失足摔死了,也说不定呢!"寻勤道:"我不知道师父为何会去星宿阁,也不敢说他不是失足落下高崖,其实今日里我还想问一问,那卢火纯又是何许人也?寻一做了掌门人之后,他才拜入武当,而且也只是一名俗家弟子,可尽管如此,自从上山第一日起,他便是寻一的心腹,许多事情,合规矩也好,不合规矩也好,统统由他打点,如果传言不差,你寻了不也同样倍感恼火么?"寻了不住地摇头,连声道:"可笑,可笑!"寻勤又道:"我武当山多的是修道之人,是以八成弟子不以为意,敬而远之,不过偏偏还有另外两成,一脸谄笑地贴上去,也好,你既然这般回护于他,也不枉他厚待你一场,或者还传授些玄都派的门道:让你在武学上也顿悟一番?"

明净一挥手,道:"行木大师怀疑寻一道长是玄都派?"寻勤斩钉截铁地道:"不错,若非如此,他也不会冤死!"四面望一圈,又道:"其实,还有一个人可以作证的。"明净不言,段开德却张嘴问道:"何人?"寻勤道:"范无间。"段开德道:"江湖上都说武当派与玄都派武功同源,果然不假?"又瞅瞅明净,"而且都源出你少林派,也不假?"明净道:"不假是不假,可二者早脱桎梏,今非昔比。"段开德还冲寻了说道:"寻一老道士呢?你们在这里纠缠不休,为何不让他出来对质一番?"寻了道:"师兄了无牵挂,无人知道究竟身在何处,再说了,他心思淡泊,更不会纠结于这等琐事,清者自清,又何必自证?"段开德转头冲叶乘宗点点头,道:"我看还是老方丈最好,要寻一这等没心没肺的做个武林盟主,管什么鸟用,"转回来还盯着寻了,"什么清者自清,狗屁不通,他是武林盟主,要那么淡泊做什么?自证一下,免难消灾,还真委屈他不成?

若他和那个丁老儿一样也是个居心叵测的骗子，我崆峒派第一个和他过不去！"

寻了勃然大怒，看样子就要发作，这时群豪之中忽然有人叫道："让老道士现身又有何难！投其所好，他自然会现身。"说话声里，一艘小舟缓缓划到湖心，船头站着一位汉子，一身黑衣，满脸胡须，正是李实。段开德拧着眉毛瞅瞅，道："我认得你。"李实笑道："我也认得你。"段开德道："他一个道士，清心寡欲的，能有什么想要的？"李实道："话说了这么多，你还以为他是个道士？我手头有一样东西，天下人都想要，我就不信他不想要。"转而向明净拱拱手，道："老方丈，这本来是你们少林寺的，我受人所托，给你送回来了。"

明净心下震颤，摄住万千念想，道："可是李施主？"李实叹一声，道："方丈大师还真是记得我。"转而向群雄抱一抱拳，续道："前些日子我在福建游山玩水，沿岸海岛真可谓美不胜收，这一日海上风大浪急，我懒得与之相抗，随波漂流半日，稀里糊涂靠上一座小岛。那岛名为潮生岛，一半是山，山上满是樱花，一半是沙，白生生的十分可人——"明净脑中有所思，心中有所感，叹道："正所谓'天净沙白，樱花满山'？"李实连连点头，道："不错，不错，便是这等景象。那沙滩与樱花交界的地方有一座寺院，称作一苇寺，老方丈可曾听说过？"明净后背冷汗涔涔，神色间却依旧平静，道："不曾听说。"李实道："我肚子饿得咕咕直叫，便进去讨些斋饭，那寺院好生古怪，迎面一座佛堂，堂前却是偌大一片菜地，香炉里还有些残香燃着，只是看不见一个和尚。我找好一阵子，没有办法，见后门有小径通往山顶，便走了上去。山上有一间茅屋，茅屋对面有一棵大树，那树下么，躺着一个和尚。"段开德听得津津有味，接口道："是一苇寺的和尚？"李实道："不错，他自称什么瓜果和尚，只是不知道为何，身受重伤，一条命去了九成，只剩一口气。我忙活半日，好不容易将他救醒，他却抢着先问我一堆废话,我是谁,做什么的,又从哪里来,要到哪里去,云云。我一一作答。他便说:'你听着像是一个好人。'我说:'还好,我不做坏事。'他便说:'我不过一时三刻的命,便赌你是好人,你帮我做一件事情如何?'我便问他究竟何事,他却要我送一样东西给你老方丈。"

段开德心痒难搔,抢着问道:"什么东西?"李实摆摆手,道:"不急,不急,我可没有即刻答应他,我说,'少林寺这些时日总被人算计,弄得惨不可言,你可以赌我是好人,我又凭什么赌你是好人?老方丈善念天下,德高望重,我如何知道你是要帮他,还是要害他?'他说,'我自然是好人,否则孤零零的在这孤零零的岛上做什么?'我说,'这岛孤零零的是不假,你是不是孤零零的,在岛上又待了多久,我又从何知道?'我要他把事情说说清楚,否则才不帮这个忙。他想一想,道:'也好,既然要赌,那就将宝全都押上。'"李实抬头再望一眼明净,道:"老方丈,你猜得出那和尚是谁?"明净道:"阿弥陀佛,如果老衲所料不差,他应该与思明有些干系,或者——便是师伯的弟子?"

此言一出,群雄相顾失色,却又尽皆竖起耳朵,等着他继续说下去。李实道:"大差不差,他追随思明,算是个侍从,可从来不曾拜师,亦从未真的剃度,所以弟子是算不上的。"段开德道:"这么说是个假和尚。"继而自顾自呵呵地笑了起来,道:"若一苇寺当家之人是个假和尚,那这寺还算不算个寺?"李实道:"有佛心就好,你管他真假呢。"段开德道:"他有佛心?听这人说话的架势,他若有佛心,我就是个真和尚了。"

李实不再理他,转而道:"他说当年思明自北疆回来,在少林寺住了一阵子,终于不耐清修,便以云游为名,逃了出来,再后来,嘿嘿,又摇身一变,做起了虞念离!"明净早听无间说及此事,心下感慨,却并不惊讶,道一声"阿弥陀佛",垂下头去。可这话在群豪耳中如同晴天霹雳,有人大声叫道:"你休要胡说八道!思明是一代佛学大师,护送三十二皇子北上避祸,立下大功,此等操守,与那虞念离相比,一个天上,一个地下。你说他两位是同一个人,打死我也不信!"段开德也不住摇头,道:"那假和尚信口开河,你便来这里以讹传讹,还真是唯恐天下不乱!"李实"嗨"一声,道:"我不过是个传话之人,我不评判,你们埋怨我作甚?"转头还望望明净,道:"这事儿是真是假,老方丈没出声呢,你们胡乱掺和个什么劲?"明净苦笑一声,又长叹一声,道:"瓜果和尚所言不差,虞念离正是思明。"

群雄轰的一下又炸了锅,段开德禁不住大声道:"那个无法无天的虞念离是你少林寺的和尚?和李天魅勾勾搭搭,挟持武林上下的王八蛋是你少林寺的和尚?"明净低头不语,叶乘宗则接过话来,道:"思明既然有心做虞念离,便不再是思明,这账如何能算在少林寺头上?"段开德道:"你说得轻松,若他不是少林寺弟子,又哪里有本事兴风作浪?再者,这些老和尚口口声声普度这个,普度那个的,他思明进去少林寺,又出了少林寺,度来度去,渡成了一个大魔头,真是羞煞人也。"明净略显惭愧,道:"段施主教训的极是。"段开德点点头,跟着也叹一口气,道:"你这老方丈还是不错。"

他继而望望李实,道:"那后来呢?"李实哈哈一笑,道:"你鼓噪完了?我可以说后来了?后来么,虞念离心思萧索,还想做回思明,可他没有面目再回少林寺,便上了潮生岛做起了一苇寺的思明。这样一晃数十年,倒也逍遥,可说是和少林寺撇清了,又不尽然。"段开德伸着脑袋,道:"谁欠谁?我猜是他欠着少林寺呢!"李实道:"不错,不错,他从少林寺出来的时候,带了一样不该带的东西,那东西事关重大,原本就不是他的私人物品,可是难捺一己私念,还是带在了身上。"群豪隐隐约约明白他说的是什么,忽然间变得鸦雀无声,段开德便又小心翼翼地道:"你说的是三十二皇子的地图?"李实道:"不错,是一片地图,他死的时候交托给瓜果和尚，而瓜果和尚要死了，无人可以托付，便只好托付给我。"说话间从怀里摸出一只数寸长的竹筒，向明净道："老方丈，便在这里了。"

所有人均屏住呼吸，视线齐刷刷的几乎带着声响，一起落在了那只竹筒之上。叶乘宗却摇摇头，一伸手，道："慢着，阁下这一番话乍一听顺理成章，可仔细想一想，又荒诞不经到了极处，我等又如何知道是真是假？"李实嘿嘿一笑，道："所料果然不差。"叶乘宗愣了一下，道："瓜果和尚是何人所伤？"李实道："他不曾说。"叶乘宗道："可是有人为了地图上岛行凶？"李实道："我又如何知道？"段开德道："他不说你便不问？"李实道："他不说我又何必要问，再说了，还不等我问呢，他便一命呜呼了，又如何问？"说着话弯腰自船板上捡起一根木棍儿，忽的一下掷向明净，道："老方丈，那瓜果和尚说这是思明当年用过的兵器，你瞧瞧是真是假。"

明净再吃一惊，伸手接了，指尖搭上棒身，不由又是一声长叹。那木棍纹理密致到极处，也坚韧到了极处，正是嵩山间水木，而且这等质感，这等磨砺，正该是数十年甚至上百年前的旧物。李实又道："他还说那地图原本藏在棒内的一只铁匣子里面的。"明净不住点头，更觉他没有半句虚言；间水木之内嵌入铁管或者铁砂，本是少林寺的独门手艺，只是这件事情做起来不仅需要匠心，而且费时费力，是以这么多年下来，寺内已经极少有人精于此道；思明当年对兵器的讲究到了吹毛求疵的地步，而手上这一根木棍朴质之下细致入微，正该是他亲手制成，只是何以会断了一截，则不得而知了。

叶乘宗见他半晌不语，低低叫了声，"明净大师——"明净这才抬起头来，道："不错，若由老衲推算，这极有可能是思明的兵器。"叶乘宗仍然将信将疑，道："思明死了有多久了？"明净掐指算一算，又放弃了一般，道："可是不少年头了。"叶乘宗还望向李实，道："思明死的时候将地图托付给瓜果和尚，而瓜果和尚这么多年不来少林寺，临死了却鬼使神差地找到了你的头上？"李实不住点头，道："料事如神，真是料事如神。"段开德拧着眉毛，道："谁料事如神？"李实不答，只望着叶乘宗，道："你奇怪，我也奇怪呢，我就问那老和尚，思明交托的事情，他一拖再拖，早做什么去了？他嘿嘿一笑，说什么这件事情他想做就做，不想做就不做，早做不见得是好事，晚做不见得是坏事，说到底，还都是缘法。"段开德道："那后来呢？"李实道："没有后来，他腿一蹬，死翘翘了。"

叶乘宗仍然不能信服，道："方丈大师，此事可疑之处甚多，信不得。"李实哈哈一笑，道："我是传话之人，尔等爱信不信，你信了，我不会多一分好处，不信，也不会多一分坏处。"说着话手上一抬，将竹筒抛了过来。明净接了，犹豫一下，终于还是拔下了盖子，在众人密密的目光里稍稍一倾，倒出来一只黄色的布卷，再打开，清亮亮的阳光之下，那锦缎更为醒目，果然是一片地图。端详片刻，他不由长叹一声，道："阿弥陀佛，这份虚妄究竟要搭上多少人命，才会消停？"继而向李实深施一礼，道："老衲代少林寺谢过李施主。"李实摆摆手，道："不谢，不谢，不值一提，你们且计较着，我从哪里来，还回哪里去。"段开德却依然觉着如同做梦一般，道："老方丈，那果然是你少林寺的地图，不会有假？"明净道："不会有假。"段开德转而向李实竖了竖大拇指，道："李兄弟，你揣着天下所有人都想要的宝贝，却丝毫不为所动，这份心胸，我段开德拜服一个！"

李实哈哈一笑，抱一抱拳，撑起小船，不多时便去得远了。众人各怀心事，湖面上有一会儿变得安静至极，再一瞬，人群之中忽然有一位女子怯生生地叫一声"方丈大师——"顿一顿，才又鼓足勇气，道："既然你感念天下，慈悲为怀，再不愿意因为这片地图搭上无辜的性命，那，便将它赠与我，如何？"

第六十八章
引青梅蜂舞蓝关雀

　　明净循着声音望过去，不远处有一艘青色的篷船，船头站着一位淡绿衫子的女子，身子单薄，脸色苍白，眼神里满是忐忑，却又难掩一份清丽，让人不由便心下一动。明净只觉她面目异常熟悉，可仔细打量，分明又不认识，那女子欠身行一礼，道："方丈大师，小女子莫彤裳。"

　　明净若有所悟，道："姑娘可是早先三宝会两浙分舵莫副舵主之女？"莫彤裳点点头，道："我爹爹正是莫怀刑。"莫怀刑便是莫行徊，此事早已经传遍武林，众人忽然意识到眼前之人乃是画圣之女，一时间也是好生唏嘘。叶乘宗道："你并非武林中人，何必要来凑这个热闹？再说了，你要那地图又有何用？"莫彤裳道："我娘被人劫持，命悬一线，能救她的，只有方丈大师手中的那片地图。"段开德"嗯？"一声，道："你这小姑娘看面相挺无辜的，居然也跑出来骗人。"莫彤裳大为局促，一张俏脸涨得通红，道："你——你为何说我骗人？"段开德道："老方丈拿到那片锦缎还不足一盏茶的工夫，你娘忽然间便命悬一线了？那些劫匪难道未卜先知，算准了思明的地图今日要重见天日？嘿嘿，不信，打死我也不信！"莫彤裳变得更加手足无措，眼泪也流了下来，道："我娘的确命悬一线，我也不知道该如何是好……"

无间又惊又喜,只是脑中一片混沌,而林微念想一层层一重重,却远为纠结;她在潮生岛便开始揣摩李实这一番说辞,信稿写了一遍又一遍,真实之处没有半句虚言,虚妄之处则是顺着寻一的思路捏造,可谓滴水不漏,而自从李实现身,直到他扬长而去,一切不着半点痕迹,将天下群豪悉数引入彀中,亦可谓水到渠成。她原本想着这足以诱得寻一现身,谁承想对方轻轻巧巧,只借莫彤裳一人便反客为主,心头懊丧,不自觉地竟还有些手足无措。叶乘宗冲着段开德摇一摇手,继而颇为温和地叫一声"莫姑娘",又道:"你不必担心,出了事情,老方丈给你做主就是。你且说说,劫持你娘的又是何人?今日是武林大会,他如此行事,明摆着便是向天下群豪叫板。"莫彤裳道:"那人武功高得很,我便从不曾看清楚他的模样。"叶乘宗道:"那你又如何来到此间?"莫彤裳道:"我被人点了穴道,在船里一直昏昏沉沉地睡着,也就是适才不久,才有人唤醒我,教我向方丈大师索要地图。"叶乘宗道:"他人呢?"莫彤裳左右望望,道:"我也不知道。"叶乘宗道:"船上只有你一个?"莫彤裳迟疑一下,还是点了点头,叶乘宗又道:"你可知道那片地图究竟是何物?"莫彤裳道:"我不知道,大家这样郑重其事,想来它应当非同小可。"神情里泛起一丝黯然,望一眼明净,又道:"既然这样,那方丈大师定然不肯相赠了?"

明净道一声"阿弥陀佛",忽然不知道再说些什么才好,叶乘宗道:"令尊乃是一代画圣莫行徊,系暮山派传人,而你却不会武功?"莫彤裳神色凄然,低声道:"爹爹过世之后我才知道他的身份,也才知道他是这样了不起的一个人物。"叶乘宗道:"方丈大师是当今武林盟主,德高望重,地图在他手里落一个平安,江湖之上也就落一个平安,这,你可明白?"莫彤裳不说话,却望着明净哭了起来,叶乘宗又道:"他即便真的送给你,你又能怎样?且不说日后,今日你能平安走出这片湖面,便断非易事。"莫彤裳道:"那人要我求方丈大师派慧洞送我一程。"

少林群僧一怔，继而一片哗然，慧洞忠厚木讷，且武功极好，做此等差事，最合适不过，那人究竟是谁，居然对寺里的小辈也了如指掌？叶乘宗道："慧洞修为有限，而且孤身一人，不足成事。"莫彤裳道："他说只要慧洞撑船即可，若有人动武，自会有其他高手护着我。"叶乘宗有些哭笑不得，道："哪里来的高手？"莫彤裳却又哭了起来，继而向着明净跪了下去，道："还求方丈大师救我娘性命。"

她年纪尚小，却经历了世人难以想象的变故，那一份凄苦便教人不忍，如今泪水正如断了线的珠子，则更让人悲从中来了。明净沉思良久，终于长叹一声，唤道："慧洞——"慧洞走上几步，明净便递了地图过去，道："你送莫姑娘一程好了。"慧洞似乎也颇为惊讶，伸出手，又有些不敢去接。峨眉派了境师太正好似到了忍无可忍的当口，大声问道："阿弥陀佛，方丈师兄，你心中究竟是何计较，可否指点一二？"明净道："陆女士性命危在旦夕，老衲又岂能坐视？"了境道："如今胁迫这位莫姑娘的人究竟是谁，你我一无所知，而他既然使得出这等下三烂的手段，可想而知便不是光明正大之辈。若他真的找齐六片地图，拿到《长乘真经》，进而为祸武林，天知道会有多少人赔上性命，师兄，你好好想一想，这样做算不算是助纣为虐？"明净道："尽得六片地图，也要有缘法才好，又岂是人力可为？"段开德"嗨"一声，道："老方丈，你这就是一个随缘的意思，爱怎地便怎地？"明净叹道："段施主若真要这样说，也由得你。"段开德不由得大摇其头，道："不成，不成，这又算是什么？你少林寺若守不住这片地图，那我崆峒派接手好了，说什么也不能这样不痛不痒地给出去。"叶乘宗哈哈一笑，道："段兄，你这又是何意？老方丈不曾给你，你又怎么接手？"段开德道："他不是要将地图送出去么，那它便不再是少林寺的。"叶乘宗道："你这是要从莫姑娘手中抢了？"段开德跟着也哈哈一笑，道："给大家打过招呼了，就算不得抢。"

他二人一问一答之间，慧洇跳上莫彤裳的小舟，捡起竹篙，将船撑了出来。走出十余丈，忽听有人打一声呼哨，就近船上一位灰衣汉子高高跃起，便向莫彤裳船头扑来。慧洇明白来者不善，竹篙探出，搭在那人脚踝上打横里一拨，将他带进了水里，可与此同时另有一名汉子抢到后艄，再一窜，便到了三尺之内。慧洇手中的竹篙忽然变得全无用处，只好改为贴身短打，一时间与他斗了个难分难解。

了境师太似是十分恼火，道一声"罢了，罢了"，一跃而起，在水面上踩出一串水花，转眼间也上了小舟。她探出手去，看似不紧不慢，那灰衣汉子却无所遁形，被拎住后领，一把丢进了水里。她立在船头，余怒难消，喝道："这是什么场合，什么当口，也由得你乌鲸帮撒野！"那落水的汉子正是乌鲸帮帮主阮六安，这会儿抹掉满脸的水花，道："我乌鲸帮怎地了？你名门正派又怎地了？在座哪一位不是心痒难挠，想瞧瞧那地图究竟是什么样子？"

了境不再理他，转而望一眼莫彤裳，道："姑娘莫怪老尼无情，今日这片地图你不能带走。"莫彤裳样子甚是决绝，道："没有这片地图，我娘活不过今日，师太若执意不允，先取我的性命好了。"了境转而冲慧洇道："你且退下。"慧洇道："师太，方丈大师命贫僧护送莫姑娘，他不曾收回成命，我无处可退。"了境双眉一耸，喝一声"糊涂！"，提掌劈了过去。慧洇不敢还手，连连后退，到船尾无可再退，忽地一下跳起来，将手中竹篙往水底一插，人就在顶端晃晃悠悠地立住了。了境站定了，冷冷地瞅一眼，转身往回走，慧洇悄悄透出一口气，可是再抹一把汗的工夫，了境的袍袖便又扫了过来。他大叫一声，水面上随之传来一片脆响，那竹篙便如同炸开一般，刹那间碎成了一条条的竹篾，而他也随之"扑通"一声落进了水里。

峨眉派武功以轻灵飘逸见长，而了境这一招用的却是至纯的阳刚之力，其中敲山震虎之意，不言自明。莫彤裳有些害怕，叫一声"师太"，不由自主退开了几步。再一瞬，湖面上忽然传来一串长笑之声，招摇至极却也沛然至极，继之而起的则是震耳欲聋的呐喊声、鼓声、桨橹声，七艘大船齐头并进，俨然是俯瞰的阵仗，一直走到不能再走，方才停下来；船上紫旗密密麻麻，迎风飘扬，旗上一圆三隔，想当然是三宝会到了。又过好一会儿，李云阁才懒洋洋地站起身，自船头探出脑袋，冲了境道："老师太，你以大欺小，未免说不过去吧，再说了，这些事情武林盟主都不管，你个尼姑头儿又费什么劲儿？"

明净双眉一皱，道："可是三宝会李护法？"李云阁拱拱手，道："老方丈，多日不见，你还安好——"段开德截断他的话头，道："他安不安好你不知道？三宝会乘间投隙，四处煽风点火，从头到尾便不是什么好货色，那个云莫为呢，你叫他出来，我还有话想问一问呢。"李云阁冷笑一声，道："论名声，崆峒派虽则比不上少林武当，可也差不了多少，可是论做派，怎地如此唠唠叨叨，碎嘴碎舌，教人瞧不入眼呢。"段开德哈哈大笑，道："你瞧我不入眼？你也不用瞧我入眼！我且问你，我中原武林议事，你着急忙慌地跑来作什么？你以为你肚子滚圆皮糙肉厚，大家伙儿便瞧不透里面噼里啪啦的小算盘？！"李云阁甚是不屑，耸耸肩膀，道："尔等钩心斗角一台戏，我还不能来瞧个热闹？"继而小眼一瞪，又道："今日这等情形，嘿嘿，我还要打抱不平呢！"

他换上一副慈和的神情，瞅一眼莫彤裳，又道："你便是莫副舵主的千金？"莫彤裳道："阁下何人？"李云阁道："我和你爹爹同在三宝会，是多年旧交，他高情远致，智圆行方，叫人好生相敬的。"转而长叹一声，又道："人有旦夕祸福，许多事情过去就过去了，你也要放得下才好，不过话说回来，若有什么为难之处，叔叔我为你做主便是。"莫彤裳半信半疑，回头看一眼明净，想说些什么，又分明觉着不妥，李云阁似乎看穿了她的心思，大手一挥，道:"他们中原武林这些人,口上一套,心中一套,凡事不过做做样子而已,最不足惧。今日你想去哪里,只管言声,这水面上,便没有人拦得住你李叔叔。"了境冷冷地道:"她走人可以,地图要留下。"李云阁道:"老方丈既然送了地图给她,那做主的便是她,与你峨眉派没有半点干系!"

说着话,身子一晃,便跳了起来;他体形硕大,如同一头灰熊一般,几乎遮得日影一暗,待到"砰"的一声落上莫彤裳的小船,水面上轰的一响,船尾便翘起来不少。了境师太不动声色,只伸手出去搭上莫彤裳的肩头,二人脚跟如同粘在甲板上一般,缓缓升起,又晃悠悠地还落回去,了境随即袍袖拂出,兜起一团水花,甩向李云阁。李云阁叫一声"来得好!",却并不闪避,而是双掌一合,向水面上击去。只听又一声巨响,一条水柱如同白龙一般一跃而起,半空里吞掉那团水花,却余势不减,化作一只水球,碾向了境。了境双手一拢,虚实相继,将那水球截在了空中,继而单指点出,真气一透而过,在水球上刺了一个窟窿。有细流涓涓涌出,相应的,那水球越变越小,最后便如同鸡蛋一般,"噗"的一下扑在了船板之上。群雄不由地高声喝彩,李云阁功力惊人不假,而峨嵋群尼韬光养晦,在武学上居然有这等既精巧又雄浑的境界,也着实让人折服。

李云阁哈哈一笑,进而足下一顿,震得船板上一片片的积水同时跳了起来,他继而手指轻捻,攒起五颗水珠,一一弹了出来。了境单掌立起,真气涌动,推的那几颗水珠滴溜溜乱转,越走越慢,李云阁点点头,嘿嘿一笑的工夫,水珠微微一暗,瞬间竟化成了一串冰珠。水系无形,冰却有形,这一变出其不意,而力道上的差别又何止数倍!了境稍稍一怔,那些弹丸也扑到了面门,她暗叫不妙,足下一点,飞身向水面上飘去,而与此同时心神不乱,踢起船板上一根缆绳,绕过莫彤裳腰间,再接过兜回来的另一端猛地一抖,莫彤裳也便拔地而起,向着丐帮的大船飞去。叶乘宗心领神会,踏上一步,几乎要将人接在手里了,三宝会大船上却倏然探出一根长索,卷住她的脚踝向回扯去。了境自顾不暇,叫苦声中眼看着要摔进水里,可脚下又微微一震,多出一根承力之物;提气旋足,堪堪站稳,叹一口气,还向明净望去;关键时候正是他掷出一支木桨,助她化解了好一番困窘。

只是群豪的目光却全在莫彤裳身上,三宝会那七首大船居高临下不说,更互成掎角之势,她一旦上船,再想救下来几乎绝无可能。恰在此时,一根竹篙不知从何处飞了过来,挂上长索却势头不减,还往高空里飞去,莫彤裳身子随之一荡,转而跌向湖面,而众人眼角处又是一花,一位灰衣少年如白驹过隙一般踩着水将人抄起来,顺势又兜一个圈子,轻轻巧巧还跳回到小舟之上。莫彤裳在空中急停急转,受了惊吓,这会儿战战兢兢地睁开眼睛,看清楚来人,不由哇的一声哭了起来。

救人者正是无间,他心下不忍,拍拍莫彤裳后背,道:"都还好,都还好。"莫彤裳闭起眼睛,泪水却如决堤之水一般,流得更凶了。无间道:"没有什么可怕的,没有什么可怕的,咱们去救你娘出来,好不好?"莫彤裳道:"姐姐还好?"无间道:"好,她好得很。"莫彤裳再看他一眼,不知为何竟然又放声哭了起来,道:"那人说到时候自会有高手相助,可我无论如何也没有想到竟然是你。"

无间"嗯?"一声,忽然有些摸不到头脑,而林微心下却微微一凉,瞬间结起一层冰花。莫彤裳退了开去,哽咽着说道:"我对不住你,也对不住姐姐⋯⋯"同时一件尖尖的器物自手中滑出来,"啪"的一声落在了船板之上。无间一脸茫然,可脚下一软,坐到了地上;丹田之内不知何时多出一缕火苗,却又阴森森的全是寒气,呼吸间漫过奇经八脉,让人无所适从,又几近抓狂。他目光缓缓落在船板之上,那器物是由青铜打造,顶端纤细,有两叶一果,分明是一枝青梅的形状;心下不由得再打一个冷战,玄都心法有暗器一章名为"青梅针",而那针实则是烈酒冷凝结成的冰刺,一旦刺入丹田,寒气郁结酒气,蔓入经脉,足可一丝丝化掉人的内力;青梅针隐入青梅果,接入青梅座,经由顶端小孔射出,无声无息,防不胜防,既然落在船板上的是一只青梅座,那莫彤裳正该是刺了他一支青梅针。

无间现身令群豪大为振奋,明净叶乘宗等人更是长舒一口气,他在,林微定然也在,事情再棘手,也不难找到一个解决的办法。这会儿众人相互望一望,一头雾水,好好说着话呢,何以他便成了一副身受重伤的样子?湖面上又有灰影一晃,林微不知从何处绕了出来,跃上小舟,抱住无间,轻声道:"你这是怎么了?"

无间出生入死,却从未感到如此虚弱,咧嘴一笑,道:"这针不得了,八成要没命。"林微扫一眼青梅座,再扫一眼莫彤裳,也便猜个大差不差,莫彤裳却哭得更凶了,道:"是我对不住姐姐,对不住范大哥,可是不这样,娘便活不成了。"林微心中气苦,道:"你心里便只有你娘,别人的命便都不是命么?"莫彤裳道:"她难道不是你娘?"林微冷冷地道:"你记住了,陆女士只有一个女儿,与我无关。"

她转而握住无间的手,试着探探脉搏,又说不出究竟摸索到什么,咬着嘴唇,看着便要哭出来。无间拍拍她的手臂,还想说话,却牵动内息,眼前灰蒙蒙的,便有些糊涂。林微唤他两声,又懊悔,又着恼,膝下一软,也坐了下来。恰在此时,却听"砰"的一声脆响,无间身下的船板裂开,内里探出一只手掌,直拍林微面门。这一击绝无半点征兆,饶是她一时间也愣在了当地,可心意凝滞,长乘心法依旧绵绵无息,一隙空当里,推着她身子宛如蜻蜓一般掠开半尺,依旧避了过去。怎奈那人掌风之后又有一股力道,弱不禁风又棱角分明,带着一股淡淡的茶香,直扑鼻息。林微眼前一花,有一瞬心旷神怡,有万种平和,可身子也因此变得空空荡荡,犹如柳絮一般,几乎要飘飞而起;一切难以置信,却又毋庸置疑,她心下不由得苦笑，原来自己命里也有散骨散这一劫。

一名黑衣人急转升空，又缓缓落回到小舟之上，他戴一块黑巾，遮住口鼻，得意之下，禁不住纵声长笑。明净飘身而起，双掌齐推，使出一招"大象无形"，那人大喝一声，硬碰硬接下来，逼得明净空中连翻数个跟头，还只能退回去。他足尖在少林寺大船上一点，再劈一掌，那人则冷笑一声，照样还顶回来。如此一来一往，连过八招，明净八进八退，始终不能登上小舟，他心知无益，终于凝招不发，转而问道："阁下究竟是谁？"

船身震荡，无间清醒不少，再望望林微，依旧颇感困惑。林微盘腿坐好，人却淡定了许多，叹一口气，道："算来算去，满盘皆输。"冲着黑衣人稍稍一扬下巴，道："又是他。"无间伸手在林微腕间脉搏轻轻一按，有所领会，道："还好，咱们有行易的解药，实在不成，沈姑娘也能医好你。"林微道："我等不得她从天边赶过来。"无间道："那就让李大哥走一趟潮生岛好了。"林微呵呵一笑，道："傻瓜，那也快不了多少。"无间不知想到些什么，使出好大的力气，一寸寸挪到她身边，林微颇感好笑，道："你做什么？"无间笑道："既然成仙，顺便做对鸳鸯。"林微道："有你在，我便全没有用处，今日里成仙的是我，才轮不到你。"无间道："青梅针非毒非药，沈姑娘也无可奈何，我天下第三，还没有这点计较？"林微却并不相信，转而看一眼那位黑衣人，道："你师父不知道此人是谁。"无间提高些声音，先冲明净叫一声"师父"，又道："此人便是卢火纯。"明净道："二位可受了伤？"无间"嗨"一声，道："微微中了散骨散。"

此言一出，群豪无不动容，卢火纯却也知道再没有隐瞒的必要，缓缓摘下面巾，冲明净拱了拱手，道："老方丈，你好自为之，否则今日船上三个小贼一个都活不成！"说话间捡起脚边竹篙，一篙撑下去，那小舟便箭一般行了起来。而这时漫空里忽然传来数声鸟鸣，两只淡蓝色的雀儿不知从何处飞了过来，盘旋到卢火纯头顶，叽叽喳喳，居然再不离开。卢火纯大为恼火，伸手去抓，不想那雀儿十分灵动，倏进倏退，不着半点痕迹。不多时水面上十余只小舟同步扯开，一艘稍大一些的舫船行到近前，船头站着一位白衣女子，眉目如画，青丝如瀑，是一副若有所思的样子，无间望一眼，不由大喜过望，道："沈姑娘？"

那女子道："是沈姑娘，不过不是你想要的沈姑娘。"无间明白这一位乃是沈湄，嘿嘿一笑，道："若是两位沈姑娘都想要呢？"沈湄冷冷地盯他一眼，道："你这位天下无双的妹子中了散骨散？"无间道："还求神农教赐药。"沈湄道："求神农教赐药？你便不是神农教的人？"无间笑道："还求沈姑娘赐药。"沈湄不再理他，转而望向明净，道："老方丈，多日不见，你可愈发一副苦大仇深的样子了。"明净摇头苦笑，道："阿弥陀佛，老衲还真是度日如年。"段开德伸巴掌左左右右挥一挥，道："还真是无法无天了，中原武林议事，神农教也来凑个热闹？"沈湄道："你中原武林一脉萧条，能热闹到哪里去？我自来办我的事情，与你又有什么瓜葛？"

无间凝目望去，沈湄身旁那些舫公桨夫，尽是神农教高手所扮，秦关、张何萧、吴双、付青池等人无不在列。众人向他或者注目，或者点头，或者拱一拱手，神色间既恭敬又亲近，他若有所悟，道："卢火纯坏事做到神农谷去了？"沈湄道："前些日子，有人混进杵声谷，偷走绕指香不说，还拿住不少弟子索要解药。那人武功足够高明，也有些智谋，此外还应当熟知教里内情，总之，他虽则不曾遂心所愿找到解药，可还是全身而退，而那之后，有人清点藏药，也才发现万户氤也丢了不少。"无间心上如同被人点一下，不由瞪大眼睛向林微望去。

当初在武当山正心阁，他留下一剂似是而非的解药方子，其中有万户氤与紫芊相合，后来飞涧别院也才会出现"紫烟如柱，香飘十里"的情形。其实紫芊也还罢了，万户氤却是神农谷所独有，无间在行云的药筐之内只留下少许，想来该是寻一用尽了，不得不找去杵声谷？沈湄又道："这件事情太常使追查许久，始终不得要领，后来有一日我去定风谷，便问了问姐姐，她说万户氤之类的香料都在暮光阁存放，那里香气过盛，断非常人所能消受，所以阁内的蜡油之中有七夕草。"无间略一思索，随即明白过来；七夕草至清至透，能消解普通香料中的秽气浊气，而它本身历久弥香，漫入衣衫发丝，经月不褪，而此处是在大湖之上，天净风清，但凡有些许七夕草余香，又如何能逃掉蓝关雀的鼻息？而它们既然认定卢火纯，那偷入杵声谷的便只能是他了。这时沈湄亦微微一笑，道："姐姐便借我那两只雀儿，到武林大会来试试运气。"

这阵子李云阁早变得坐立不安，冲明净一摊手，道："老方丈，这究竟是什么场合？对的错的，正的邪的，有关的无关的都来走一遭，还有没有规矩了？！"沈湄目光亮亮地望他一眼，道："李护法说的是呢，你三宝会无缘无故地走这一遭为的又是什么？尔等一再与神农教作对，这笔账是咱们自己算呢，还是也让老方丈来主持一下？"李云阁道："我与你神农教往日无怨近日无仇，历来便没有什么瓜葛；不过你若受人蛊惑，非要与三宝会过不去，我奉陪便是。"沈湄笑道："这一阵子张大舵主领衔，一番装聋作哑的功夫还真是修炼得炉火纯青。不过你奉陪就好，待我和姓卢的这一位清算完毕，咱们再好好合计。"李云阁道："如果我知道的不差，这位卢兄也是武当派的人，对的错的，都有人家武当派罩着呢，也轮不到你神农教指手画脚！"沈湄秀眉一蹙，道："也好，那我自来放我的蜂儿，看我的景儿，总该与你无关罢。"

说着话素手轻挥，舱篷之下忽然响起一片嗡嗡之声，飞出几只细如蚊蝇的蜜蜂；她轻拢秀发，一派闲静地站着，那蜂却源源不断，渐渐汇成了黑压压一片，盘旋在帆桅之间。群雄听着那声音便有些胆颤，可段开德照旧管不住口舌，笑呵呵地道："沈姑娘，你模样这等摄人，又会作法，便是仙，可是这也太瘆得慌，所以我瞅着，便是个妖仙。"沈湄扑哧一笑，声音里却添一丝寒意，道："你崆峒派这副德行，看上去还像波心飘荡的一群野鬼呢！"段开德不由打个哆嗦，咂咂嘴，还想说些什么，却听轰的一声，头顶一暗，蜂群直撞了过来，犹如黑云一般，几乎要压着眉毛。孟开悟赶紧上前一步，拱拱手，道："沈姑娘有备而来，还是莫要意气用事；若你真的瞧着崆峒派不顺眼，日后我等舍命奉陪就是。"沈湄微微一笑，道："孟掌门说得不错，我此行是为神农教枉死的冤魂索命来着，还真是不想节外生枝。"

说话间，蜂群如同野火燎原，直扑卢火纯，他连拍数掌，怎奈那蜂数量众多，又岂是一双肉掌所能应付？只片刻工夫，呼喝声便哑了下来，他则被厚厚一层黄蜂裹着，再也挣扎不得。不多时神农教船上有尖利的哨音响起，那蜂也便一哄而散，而他却兀自站着，从头到脚一片赤红；血水流在甲板之上，滴答有声，渐渐汇成数条细流，向湖面上泅去，这时他喉咙里才发出低低一声嘶吼，进而双膝一软，栽进湖里去了。

那蜂名为蚊头蜂，毒性甚微却喜欢嚼嗜血肉，卢火纯死前所历便如同千刀万剐，痛不可当，而他始终不发一言，亦是硬气得很。吴双跃上小舟，喂林微服下数颗散骨散解药，指尖再搭上无间脉搏，双眉一蹙，竟全没了半点主意。无间道："青梅针非毒非药，我便非伤非病，无方可治。"吴双并不甘心，思索片刻，还喂给他两颗药丸，而这时林微丹田回暖，双手一按，站起身来，先望望明净，道："老方丈，武当派那个叫作寻了的老道士又势利，又糊涂，最讨人嫌，你便帮我问一问，那天他们偕同明易大师在风寒山围堵神农教，卢火纯是不是也去了？"明净稍感尴尬，可心弦又被这话拨得回音袅袅，沉吟间寻了先大声说道："他是去了，那又怎样？"林微道："尔等总是将明易那条命算在范无间头上，可那老和尚是中散骨散而死。"

无间半躺半卧在舱篷一侧，听到这话，几乎跳起身来。这时少林寺船上一位小沙弥忽然怯生生地道："那天我一直侍奉在明易大师左右……"望一眼明净,似乎有些害怕,话便吞了回去。明净语气添一分温和,道:"当初在寺里,你可是没有说过什么。"那小沙弥道:"其实即便是现在,我还是想不清楚;这类事情说出来便是捕风捉影,可真要作罢,又心有不甘,总之那天,卢——卢火纯一直是和我们在一起的。后来师祖和无间小师叔说着说着便动起手来,而他的武功要高出许多,轻而易举便打得小师叔吐了不少血。就是那当口,卢师伯将我手里的念珠要过去,又转手给了师祖,我至今不明白那是为了什么,而师祖那一会儿的神情便如同烙在人心里一样,想忘都忘不掉——有点力不从心,还有点儿无所适从,横竖不太对。当时我心中就堵得难受,结果再一招,他……"瘪着嘴巴,是欲哭无泪的样子,转而又望望林微,道:"你说这些都是疑神疑鬼么?"无间却"啪"地一拍舱篷,道:"是他借机用散骨散暗算明易!"

叶乘宗略一沉吟,率先问道:"散骨散是神农教的镇教之宝,又如何会落在卢火纯手里?"林微道:"这个说来话长,改日你可以问一问老方丈。"段开德则大声叫道:"明易大师没了,卢火纯也没了,这便是死无对证,你这小姑娘还真是聪明得很,即便一口咬定《长乘真经》在卢火纯手里,他也说不来一个'不'字。"林微有些恼火,想凶他一句,心思转折,望望无间,道:"虚怀子的那一片尸骨你还收着?"无间应一声,自怀里摸出来,林微接着,抬手抛给明净,道:"老方丈若是不甘心,可以去验一验明易的尸骨,若是同样颜色,同样情状,那他只能死于散骨散,唯此,你这好徒儿的名声……"说到这里,又双眉一蹙,道:"李大哥说,他师父受伤的那一日是什么人上门看病来着?"无间道:"一位农夫模样的外乡人。"忽而若有所悟,望望湖面上那一摊血水,道:"难道那也是卢火纯所为?"

这时便听"嚯"的一声,三宝会号角齐鸣,七艘大船同时挂起帆来,李云阁向明净拱一拱手,道:"老方丈,你我就此别过。"明净颇感意外,道:"李护法,这就要走?"李云阁道:"我来这里瞧瞧热闹,热闹瞧过了,自然要走。"林微道:"你不是要为你们莫副舵主的遗孤保个平安么,这么快就改主意了?"李云阁道:"不是我改主意……"转而还瞅瞅莫彤裳,道:"莫姑娘,你要不要跟你李叔叔走?"莫彤裳有些害怕,坚决地摇了摇头,李云阁嘿嘿一笑,道:"是不是有你亲姐姐在,便不认我这个叔叔了?"说着哈哈一笑,手上一挥,便要启航。林微却忽然间疑云大起,道:"你如何知道我是她的亲姐姐?"李云阁甚是不屑,摆摆手,转身还往船舱里走去,林微又道:"这可是云莫为和你交心的时候说的?其实我也一直想知道,云莫为究竟是你三宝会的什么人?"这时沈湄提高些声音,道:"李护法,既然大家好不容易见一次面,咱们先算一笔旧账如何?"李云阁极不情愿,却还是立定脚,道:"算哪一笔账?"沈湄道:"缘天岛。"

第六十九章
迷乱还因多傲骨

三宝会来得蹊跷,如今要走,同样颇为蹊跷,而神农教不像是兴师动众的样子,可这时候偏偏提起这一茬,又让人着实猜不透在想些什么,而这两大帮派若真的一较高下,今日太湖之上势必有一场浩劫。李云阁冷笑一声,道:"你想要怎样?"沈湄道:"在缘天岛你便不曾想过,若是不成功,又会怎样?"李云阁道:"今日你挨个儿比试也好,一拥而上也好,将你那些毒虫毒兽一股脑全放出来也好,我三宝会奉陪到底就是!"明净道:"阿弥陀佛,老衲明白这其中有许多恩怨纠结,断非三言两语说得清楚,可大家既然聚在此处,便依着武林大会的规矩,由少林寺主持,心平气和做个了断如何?"沈湄道:"我向李护法讨些人命,他乐意送上些人命,这其中并无分歧,老方丈要主持些什么?"明净道:"老衲还求姑娘慈悲为怀,善念为先。"沈湄道:"也好,那你便替我问一句,云莫为的主子究竟是谁?"李云阁当即接口,道:"三宝会没有此人。"沈湄微微一笑,道:"我等来嘉兴的路上,撞上一位公子哥儿欺凌弱小,文教主瞧不过眼,顺手抓了过来,这两日接连打几顿,骂几顿,人就老实多了,所以啊,老方丈,心平气和好像从来没有什么用处呢。"

说话间两位侍从推着一位年轻公子到了船头，不少江湖人士不由吃了一惊，同声叫道："张公子？"无间受了触动，费好大力气才转过头去，跟着嘀咕了一句"张大哥"。那人正是张五都，看样子该是被喂了迷药，这等场合却依旧垂着头，盯着水面发呆。李云阁眯起眼睛打量一通，道："沈姑娘，这又是何意？"沈湄道："你这一问又是何意？难不成我这里还有你感兴趣的人和事？"李云阁"嘿"一声，冲明净作了一揖，道："方丈大师，你应当认得我们张大公子，他走失多日，我等遍寻无着，原来是被神农教拿了去！"沈湄道："他是你家公子？那你叫一声，看他答应还是不答应？"李云阁却还盯着明净，道："老方丈，你不是主持公正么，今日便主持主持？再说了，这当口他们这样行事，折辱的是我三宝会，还是你中原武林？"段开德道："这会儿要人替你出头，想起老方丈来了？若问我，都是你三宝会的臭事，与中原武林扯个什么屁关系。"叶乘宗跟着呵呵一笑，道："李护法，我保你家公子平安无虞便是。"李云阁怒道："你保我家公子无虞？你以为你有几钱分量？！"

　　神农教拿住张五都，自然早有预谋，他们筹划许久，可真的来到霂湖，才发现事情意想不到的容易。张五都外出打猎，却只带着两名功夫稀松的小厮，三人在小酒馆里被吴双一杯酒麻翻过去，手到擒来。他们还以为三宝会因此会兴师动众，搅得江湖上下不得安宁，谁承想一路走来，竟不见半点风吹草动。这会儿一条小蛇不知从何处迤迤然游到甲板之上，四尺多长，五彩斑斓，脑袋小得异乎寻常，可眼睛里一层绿光又亮得异乎寻常，在张五都脚边盘桓一阵，再一转眼，竟钻进袖口里去了。群豪齐声惊呼，李云阁一张脸也成了赤红色，不住口地喝道："无耻之尤，无耻之尤！"沈湄却笑呵呵的，道："天后使，这蛇可有什么讲究？"吴双道："你应当问问李护法，那是他们江南的虫儿，叫作什么析骨蛇。"

　　她说的波澜不惊，群豪却听得头皮发麻；析骨蛇乃是两浙第一毒蛇，人一旦被咬中，皮肉会一层层烂掉，可即便只剩下骨头，还不见得就死，惨不可言。沈湄又道："你是弄蛇的高手，可别让它咬着张公子才好。"吴双道："这些野物儿说听话的时候听话，说不听话的时候谁又管得住，再说了，人不是咱们的人，蛇也不是咱们的蛇，我可也做不了主呢。"说话的工夫，那蛇从张五都衣领间钻出来，信子伸缩，在眉眼耳际磨蹭开了。张五都依然似睡非睡，浑然不觉，李云阁盯着看一会儿，忽然间一拍巴掌，恶狠狠地道："沈湄，今日这笔账我且记下，来日还你的时候，莫怪我心狠手辣！"转而望望明净，又望望叶乘宗，"呸"一声，道："说什么持正不阿，都是扯淡！"，进而右手一挥，高声叫道："我们走！"

群豪愈发摸不着头脑，此人打的究竟是什么算盘，再有器量，又如何能拿总舵主独生爱子的性命作赌？三宝会风帆一展，大船缓缓掉头，还真的要走，饶是沈湄也颇感意外，冷笑一声，道："也好，也好。"吴双会意，噘起嘴唇，只消轻轻一声呼哨，那蛇立时便能取了张五都的性命，可这会儿无间再也担待不住，摇摇晃晃站起身来，道："使不得，使不得！"

与此同时三宝会大船之上却有人大喝一声"休伤我儿性命！"一名厨子模样的胖子疾奔船头，挥拳打倒数人，"扑通"一声跳进了水里。秦关心思极快，不待三宝会侍卫有所动作，抛出一根缆绳，再一抖，便将他拉出水面，"砰"的一声卸在了甲板之上。那人一身灰衣，裹着一块白色的头巾，哇啦啦吐出几口水，继而赶上两步，一伸手，竟然将析骨蛇从张五都衣领间扯出来，丢进了湖里。沈湄难掩诧异，道："你是何人？"他却回身抱住张五都，唤两声，开始号啕大哭，道："你若要杀五都孩儿，便先取了我这条老命再说！"沈颀愈发惊疑不定，道："张双久是你什么人？"

他充耳不闻，只抱着张五都不住摇晃，道："孩儿啊，这是怎么了，果然不认得老父了？"吴双道："他神智有些糊涂而已，并无大碍，你先好好回沈姑娘的话。"他似有所悟，抬头瞅瞅沈湄，分明又有些胆怯，低声道："你想知道些什么？"沈湄道："张双久……"那胖子道:"我便是张双久。"

不过他又走开几步,指指李云阁,大声道:"其实我才不是什么张双久,我本是霖湖南面石碣庄酒馆里的厨子,名字叫作石琮,十多年前李云阁擒我上海棠山,说他们总舵主得了暴病,一命呜呼,三宝会群龙无首,定然会有人作乱,而我模样与他有七分相似,便要我以假乱真,冒充总舵主,保个平安局面。一家人性命都拿捏在他手里,我只能答应下来,谁承想一晃这么多年,再没有脱身的机会!"沈湄只觉一切匪夷所思,道:"你不过是个厨子,摇身一变成为江南第一大帮会的总舵主,便不曾露出马脚?"石琮道:"他们那个张舵主中年丧偶,这就少了许多顾虑,再演一场续弦生子的戏,其他地方修修补补,遮遮掩掩,也就过来了。再说了,有人疑心又怎样,谁又能过李云阁这一关!"沈湄道:"三宝会究竟是谁主事?"石琮道:"万事有李云阁遮挡,我只管含糊其辞、装聋作哑就成。"

当年张双久在江湖之上人脉极广,可接任总舵主之后,便不再与人来往;众人只道他平步青云,变得自负孤傲,谁承想背后居然有这些文章。三宝会大船之上众人再望望李云阁,便有些手足无措,石琮又道:"五都自小在海棠山长大,还真的把自己当作公子哥了,还好,他不像我这般窝囊,有些本事,也便有些威望,得不少人拥戴。前些日子他忽然间没了踪影,我忧心如焚,一再向李云阁求告,可他始终不怎么放在心上,我一筹莫展,才想到来嘉兴武林大会,当面求一求明净大师,看有没有什么法子。在海棠山日久,许多门道我当然心知肚明,没费什么周折,便混到了李云阁的大船之上,而且这些年无所事事,只能做做饭菜自娱自乐,厨艺长进不少,所以在船上,我顺理成章还做回厨子。还好,还好,不枉这些日子战战兢兢,真的就找到了我的五都孩儿!"

说到这里,他又一番老泪纵横,开始絮叨起在海棠山如何如何度日如年。秦关再没有听下去的耐心,道:"你在船上一共几日?"

石琮道："七日。"秦关道："一直躲在厨房里？"石琮道："不错，不错，有我掌勺，那些舟子一个个吃得眉开眼笑的。"他意犹未尽，又开始唠叨："船上这一日三餐，说起来容易，背后可麻烦着呢，只那些舟子便有数十人，一个个膀大腰圆，吃饭论斤，吃肉也论斤，给他们制一餐饭，连切带炒，少说也要两个时辰！我还道小炒难为，原来大锅菜才是难上加难，不信你便用铁锹整个咕咾肉试试？这其中的火候又如何掌握？不过这还罢了，他李护法每日里还有四餐饭，才是真正讲究呢！"

吴双有心让他住嘴，可听到最后一句，又生出几分好奇，道："李护法要四餐饭？"石琮道："他和我一样，都是爱享口福之人，嘿嘿，说白了就是馋得要命，不过若问我，这也是娘胎里带来的福气呢！他每日午间先要两个荤菜，过半个时辰再要两个精致的素菜，到晚间又是两个荤菜，过半个时辰，再上两个素菜。荤菜也还罢了，那素菜才尤其讲究，嘿嘿，好在我早年去过闽南，对那里的水土滋味最有心得，调整的菜品，哪怕只是一盘凉拌白菜，也是地道得不能再地道呢！"吴双一面苦笑，一面连连摆手，林微却不由心下一动，接口道："他要你烧制的是闽南菜品？"石琮道："他不曾说，但是清蒸鲈鱼、面线糊、石狮甜果、炸枣云云，谁还看不出是哪里的滋味？"林微道："那他最赏识的又是哪一样？"石琮道："应该还是金瓜小米粥，每次要放三粒冰糖，七颗橙果，按说偏好此粥的人大多口味清淡，他一个大胖子居然也着迷此道，奇怪着呢。"林微声音里凭空填一丝干涩，道："那他每次都吃得一干二净了？"

石琮叹一口气，脸上颇有些悲愤之气，道："这个最叫人想不通！我做的这些菜品，敢和宫里的御厨比过，他李云阁却不怎么待见，每次至多吃三分，便给我端了回来。我心道你先吃一通荤的，又何必再折腾一通素的，费人费事，还不正经享用，所为何来？"李云阁不由哈哈大笑，向沈湄一摊手，道："沈姑娘妙计安天下，他父子二人便皈依你神农教如何？"说着手上一拍，大船又要转舵。明净忽而高声问道："张总舵主果然不在人世了？"李云阁道："都是多年前的事情，他刚刚继任总舵主，有一晚练功叉了经脉，吐了足有一脸盆的血，再没能缓过来。唉，我找这厨子做替身也是迫不得已，不过事后看看，也算不得失策，三宝会这些年顺风顺水，也不曾错过什么。"林微却话锋一转，道："人说你在海棠山中了须臾针，如今好就了？"李云阁一怔，盯她一眼，有所顾忌，闭口不答，林微又道："我这里有绕指香的解药，你要不要？"李云阁双目之中冷光一闪，却还是不说话，林微继而从莫彤裳手里取过那只竹筒，道："李护法，我再问你几件事情，若如实相告，这地图便赠与你，如何？"

李云阁变得犹豫不决，挥挥手，大船便止住了。三宝会弄舟天下一绝，这些船均是庞然大物，可说停便停，说走便走，整齐划一，着实令人叹服。林微呵呵一笑，道："李护法是哪里人士？"李云阁眉头一皱，不明白为何会有此一问，不过此女防不胜防，断不会在这关口攀什么交情，能少说一字自然少说一字，便淡淡地道："两湖。"林微道："可有妻小？"李云阁道："没有。"林微道："三宝会大船之上可容得女眷？"李云阁道："不容。"林微语气里多一些唏嘘，悠悠地道："你可知道云莫为对陆——嫣如也是一番痴情呢。"李云阁忽然间大为恼火，道："你又胡说些什么？"林微道："她喜欢吃什么、不喜欢吃什么，口味重一些、淡一些，是不是早就有过交代？"李云阁双目一瞪，喝道："荒唐，荒唐！"林微道："我是不是该谢谢你，待我娘还算不错？"

李云阁脸色赤红，"啪"地一拍舷边，示意即刻行船，林微却转头望向明净，道："三宝会劫持陆嫣如，她此刻就在李云阁船上。"明净一头雾水，道："你又如何知道？"林微道："她是我娘，我自然知道。"明净愈发不解，不过还是望一眼李云阁，道："陆女士果然在贵派船上？"李云阁道："亏你老方丈有此一问，她信口雌黄,你就偏听偏信?!"林微道:"既然如此,我到你船上找一找如何?"李云阁道:"三宝雄船,容不得女眷。"林微扑哧一笑,道:"这话明明是假,亏你说得这般堂皇!既然容不得女眷,那老方丈替我上去瞧瞧如何?"

三宝会与云莫为不清不楚,自然与寻一的关系非比寻常,而李云阁早先一门心思想接走莫彤裳,后来又暗助卢火纯,口上虽则堂皇其词,个中居心着实耐人寻味。石琮絮絮叨叨,可细细想来,船上有人食量甚浅,惯常吃素,而且又是闽南口味,教林微自然而然便想到了陆嫣如;她心中并没有什么明确的念头,不过这关口搅起一摊浑水,当然不会是坏事。明净略一沉吟,道:"李护法,可容老衲去贵派船上走一遭?"李云阁道:"不是我对老方丈不敬,只是无缘无故,不敢答应。"段开德咧嘴一笑,道:"他是少林寺方丈,去你船上走走是瞧得起你!"转而向明净做个请的手势,道:"老方丈,你什么时候有兴致来崆峒派船上转一圈?教我也荣幸荣幸。"李云阁大为恼火,道:"崆峒派爱怎样怎样,我三宝会不需要你来指指点点。"段开德道:"教我来看,不让老方丈上船便是心中有鬼。"李云阁"嘿"一声,再望出去,又不由得心下一惊,丐帮数艘大船一字排开,居然封住了他的去路。

他仰天打个哈哈,道:"叶帮主,你这又是何意?"叶乘宗心思与林微最为相得,今日她即便是顽皮胡闹,也毫不介意奉陪到底;他微微一笑,道:"这位林姑娘有根有据也好,胡搅蛮缠也好,这等劫持女眷的恶名,无论是谁,都应当避之不及。如今有少林寺方丈愿意为你洗脱,我还真是想不通你为何拒而不纳。"李云阁道:"哪一日又没有人折腾些花样,若每一桩每一件都要洗脱洗脱,我还活不活了?"叶乘宗道:"不见得,不见得,今日里有天下群豪耳闻目睹,你依旧宁可被淋一头脏水?"李云阁怒气勃发,大声道:"中原武林心思阴暗,今日也算是见识了!叶帮主,你这些船再不退下,三宝会伤及无辜,休怪我无情无义!"叶乘宗道:"我早就听说尔等水上套路非同凡响,今日正好见识一下。"段开德接口道:"我也想见识一下!"了境师太居然也道:"李云阁,今日峨眉派也无心放你走脱呢。"

李云阁气得浑身哆嗦,四周望一圈,还盯住明净,道:"老方丈,今日非有一战,我李云阁便不能脱身?"明净道:"若天下群豪都是这般心思,老衲也无可奈何。"李云阁冷笑一声,道:"既然如此,我便奉陪你三战如何?三战之中你胜两场,莫说上来探看究竟,便是拆了这艘大船,我也没有半个不字!不过——若是我胜了两场,尔等便乖乖让开,三宝会从此绝足中原,你我再无瓜葛!"明净道:"阿弥陀佛,免伤无辜,也不失为一个解决办法。"李云阁胸脯一挺,道:"那好,老方丈,你我便打第一阵如何?"

三宝会雄霸江南水路,但武学上并没有多少过人之处,说什么要与中原武林三战,便有些托大,如今公然叫板明净,更有些自不量力的意味。说话间有侍从抬出一捆竹篙,李云阁拎起来,一根接一根向天上抛去。那竹篙飞起十余丈,一根根如羽箭一般直插入水,只留下一尺有余的一段在湖面之上;而每五支又相互呼应,凑成一朵梅花,二十五支入水,也便布起一座梅花大阵。李云阁纵身跃起,落在其中一只竹篙的顶端,道:"方丈大师,梅花桩布得仓促了些,你我便将就将就。"

明净看在眼里,心下也颇为叹服;李云阁一投一掷之间,力道拿捏之沉之稳之准之巧,极为难得,能有这等修为,在中原武林也不遑多让。他不敢大意,飘身踩上一根竹篙,道:"李护法韬光养晦,深藏不露,时至今日,老衲才有缘大开眼界,实在是佩服之至。"李云阁不由哈哈一笑,道:"难得,恭维话也能说得这等圆满!"

水波荡漾,竹篙轻颤,二人亦随之微微摇摆。明净做一个请的手势,李云阁道一声"不客气了",率先拍出一掌;只是这一掌是冲着湖面而去,湖水被搅起来,俨然生出五条游龙,一起一伏,蜿

无间传 951

蜓而进,到了明净近前忽而又暴起数尺,化作大浪直扑了过来。明净叫一声"好",双手抱圆,使无相掌中的"蓄"字诀,在面前筑起一道无形的屏障;那水花这一瞬还来势汹汹,下一瞬便如同浇在一团棉花之上,再没有半点声息。

李云阁道一声"承让",转而化作一团黑影直取中宫,明净不慌不忙,两招为守,一招为攻,脚下则三步一进,七步一转,步步谨守梅花之变。二人势均力敌,不久便斗过了五十余招;明净无相掌使到极处,一派祥和之下,风起云涌,无所不至,而李云阁虽则身形硕大,在宽不盈寸的竹篙杆头却又尽显灵动,自有一派说不出的朴素简约。七十招一过,他忽然做个手势,双臂内拢,俨然有罢斗之意,明净略感惊诧,勉力收式,可不等开口相询,李云阁嘿嘿一笑,提掌又劈了过来。

明净略感恼火,还使一招"大象无形",五分却敌,五分蓄势,向侧面滑去。他从容依旧,不见半点仓促,可不知为何,脚下"啪啪"有声,竹篙竟同时断了两根;这一惊可非同小可,逆运真气,使"翩"字诀伸足在水面上一点,荡起五尺,可李云阁又一掌"乾坤雨"也拍到了胸前。无奈之下,他再使"弥"字诀,双臂一展,将扑面而来的诸多力化入虚空,可身子也再不能控制,终于"扑通"一声摔进了湖里。

群雄不由得一片哗然,单看场上局面,明净不见半点劣势,谁承想顷刻间高下已判,而且还输得这般狼狈。人在水中,稍一思索,他也便明白过来;李云阁以内力带动湖水,盘旋搅动,久而久之,足以蚀断竹篙,而这寓于梅花之变,与身法招式相辅相成,可谓积羽沉舟,不着半点痕迹。这样当然说不上地道;可也说不上取巧,算是胜得不折不扣。他跃回大船,长叹一声,道:"李护法技高一筹,老衲甘拜下风。"李云阁难掩心中得意,呵呵干笑两声,只是他真气消耗极大,再跳回大船,身法亦远不如适才从容。

中原武林以明净为尊,李云阁偏偏铤而走险与他过招,而这一战胜出，个中震慑之威，无可衡量。他心思老辣，站在船头，依次打量过各大门派，却并不说话。群豪相互望望，好生举棋不定，林微难掩一丝烦躁，怎奈真气虚浮不定，真要出战，凶险之至。无间心下明白，深吸一口气，竟摇摇晃晃站起身来；青梅针杀人便如同抽丝剥茧，丹田之内纵有万般不是，却还不至于寸步难行，只是他刚刚说出一句"我来——"便又不由自主地咳了起来，而且愈演愈烈，最后竟"哇"的一声吐出老大一口鲜血。林微摇摇头，道："不要。"无间却笑了起来，道："不人不鬼，便是半人半鬼，多一样索命的本事。"李云阁不由得哈哈大笑，道："既如此，我这就送你去见阎王，好不好？"林微道："还是我来好了。"无间道："如果你会死，我也会死，你说是先死的快活，还是后死的快活？"林微笑道："活着等死和死了等死，你说谁更快活？"

无间还摆摆手，丹田之内一面冷若冰川，一面又炙若火海，弄得他再挺不起身，像只虾米一般伫在船头。沈湄眉尖微蹙，饶有兴味地望着他，过好一会儿，忽然问道："你中了青梅针？"无间踢一脚青梅座，道："你说呢？"沈湄道："你还真是不曾读过玄都心法那一节？"无间道："这玩意儿阴险之至，不读也罢，再说了，哈哈，也读不懂。"沈湄道："姐姐专门叮嘱过，说你若不曾读过，要即刻读一读才好。"无间伸手四面画一个圈，道："这当口，你要我读一读？"沈湄道："我替姐姐传话，你爱读不读。"无间伸手再指指李云阁，道："那他怎么办？"沈湄道："他等着。"李云阁嗤地一笑，道："你让我等着我便等着？"沈湄道："中原这些人迂腐至极，一拥而上，倚多为胜就好，却非要假模假式地比上三阵，你得了便宜，那就自觉一点，真乱了套，大家乐得不认账。"

无间盘腿坐下，摸出"玄都心法"翻到"青梅针"一节，瞅瞅林微，想讨个示下，却又转了念头，便摊开在膝盖上读了起来。这半日体内受尽煎熬，便如同一层印证，那些文字落进眼里，感同身受，忽然间竟变得深入浅出；一目十行，片刻间读到最后，不禁挠挠头，道："读过了，又怎样？"沈湄道："你问我，姐姐还要我问你呢！她说个中滋味，你应该似曾相识。"无间道："似曾相识？我又不曾中过青梅针……"说话间脑中轰响，不由得又愣住了；青梅针入体，他一直想的是如何遏制、如何抗衡，如今明白了背后的道理，心意遂顺相就，诸多变化瞬间清晰了许多，再闭目沉思，汗水更涔涔而下，脉络间那一缕柔婉的真气浮浮沉沉，另辟蹊径，个中意象竟与海蓝若何其相似！沈湄看在眼里，又道："姐姐还说，心经最后一章你若不曾读过，不妨服上半颗药丸，试上一回。"

那一章文字玄虚空灵，与呓语妄言无异，无间用过一些心思，始终不得其门而入，慢慢也就变得全无兴趣。这一会儿他心意震颤，摸出半颗海蓝若吞下肚，片刻之间真气如同高峡蓄水，进而猛地一荡，如江流一般喷涌而出；目光再落回经书，一字一句隐隐然与内息相合相应，竟再没有半点疑难之处。他深吸一口气，望天琢磨一会儿，忽然间明白过来；经书晦涩原来是因为其中所述断非人力可为，如今内力陡增数倍，信手拈过，个中道理也便如雪后初晴的山色，一层层透了出来。不多时真气运行三个周天，心间一片澄澈，脑中却一团惘然；如果这一章藉海蓝若之力才能贯通，那所谓贯通也便如登高远望，心境为之一展，心意为之一醉，可药效一过，无可企及的照旧无可企及。他望一眼沈湄，不知道这些感触该如何诉诸言辞，惟内息汩汩，丹田内竟已是一片平和；惊讶之余，转而指指肚皮，道："这能治青梅针？"

沈湄微笑不语，李云阁却已经忍到了极限，高声叫道："范无间，你到底比还是不比？"无间道："要比，要比，谁说不能临时抱佛脚？佛脚一抱，心高气傲！"说着话双臂一振，站起身来。李云阁心下一串闷雷滚过，忽然便多一层忐忑，这小子明明是一副死多活少的样子，何以装模作样地看一会子经书，就变得这般鲜活？他念头一转，道："你蠢不可及，可小相好换了一个又一个，还真是桃花运不浅。"继而弄出一副困惑不解的样子，打量打量沈湄，又道："沈姑娘，在海棠山与他成双入队的又是谁来着？对了对了，不就是你沈姑娘么?！"沈湄却笑了起来，道："你眼神不错，只是心思糊涂。"林微跟着也笑，道："你不解风情，偏偏拿这些事情做文章，难为的又是谁？"

无间跟着哈哈一笑，飞身飘向梅花阵，只是足尖一触，"咔"的又一声轻响，竹篙居然又断一支。他心下惊讶，却并不慌乱，伸足水面上一蹬，飘起半尺，复向下一根踩去，可是这一回还是相同的情形，第二支也应声而断。他断无喘息之机，转瞬间七起七落，而竹篙竟然也连断七支，群豪瞧得神晕目眩，却也恍然大悟，这些竹篙看似毫无损伤，却被李云阁内力消磨，于朽木无异，再承不起半点重量。饶是无间内息悠长，这样在水面上踩踩踏踏，终究也难以为继，再一脚只听"扑通"一声，小腿已尽皆没入水中。众人只道这一次再也无可幸免，不料他身子一缩，又如皮球一般贴着水面滚了出去，再一展身，竟然晃晃悠悠就着一根漂浮的木桨立住了。他衣衫尽湿，狼狈之至，令人忍俊不禁，可这一滚一立又精妙绝伦，教人眼界大开。

李云阁却明白这一瞬契机稍纵即逝，大喝一声，又掷出一只竹篙，无间单足一点，飞身而起，而李云阁却不停手，十余支竹篙追着他直上高空。无间还只能向篙身上借力，一纵接一纵，如同踩着天梯一般节节拔高。李云阁冷笑一声，双掌一拢一放，又一支竹篙根在霍霍的风声里冲天而起，却又"啪"地一分为二，继而二分为四，再升数丈，更化为十六支竹箭，完全罩住了无间下盘。无间一口真气苦熬至今，早已是穷途末路，这一会儿心知无幸，不由暗暗叫苦；可漫空里长风一震，自如意渚逃生的情形又如同画儿一般映上心头，而海蓝若余效未消，适才读到的几句经文亦如花瓣一般落入意念之间，"神思坦荡荡，物我两相忘"，刹那间他说不上是大彻大悟还是有如神助，便如同草芥一般飘摇而起，借风斜掠数十丈，避开十六支竹箭不说，再一翻身，竟就上了三宝会的大船。天下群豪看得目瞪口呆，李云阁更如梦方醒，吼一声，挥掌又劈了过来，无间脚下何等精妙，转得几转，绕过十数名侍从，一跃而下，直奔底舱。

眼前为之一暗，似乎过了好一会儿，方才又清晰起来；通道还算宽敞，正对着的则是一扇木门，窗棂虚掩，透着些淡淡的香气。他心中几乎没有任何念头，推门便走了进去；案上的小香炉燃得正好，飘着淡紫色的烟雾，再后面则是一张木榻，一位白衣女子仰卧其上，睡得正沉，面容之间既有林微之秀，又有莫彤裳之柔，正是陆嫣如。他轻轻叫一声"伯母"，再伸手搭她脉搏，可不知为什么，意识里又好似断开了一片空当——何以李云阁没有追来？何以没有半点呐喊呼喝之声？一切落入死寂，又不安得让人颤抖，下意识地微微吸一口气，一股冷风亦无声无息地扫到了耳后。他暗叫不妙，尽展玄都心法绝学连跨七步，可那一丝冷风不离左右，似飞虫震翼，又似蛛丝漂移，将一股寒意顺着脊背直送上发梢。有一瞬他竟然手足无措，还想使一招"参会斗转"，肋下却微微一痛，人也便直挺挺栽倒在地上。

第七十章
浪影且行歌

　　大湖之上静悄悄的，群豪盯着李云阁的大船，再无人言语。林微一颗心越跳越快，接连叫两声"无间"，不闻回应，再抬头，便向明净望去，道："老方丈，别人都不舍得，你也应当舍得。"说着点起一支火折子，继而将地图从竹筒里倒了出来。明净稍稍一怔，也便明白过来，道："阿弥陀佛，林姑娘请便，此物不善，若可以从世间化去，也不是坏事。"段开德恍然大悟，"哎呀"叫一声，道："真是不得了！"

　　林微指上轻弹，那片锦缎率先飘了起来，掌上再一送，火折子便款款地追了上去。湖风荡漾，火苗一跳又一跳，眼看着便要舔上那片地图，这时空中忽然传来数声脆响，七颗弹丸自三宝会大船之上激射而出，而林微早有防备，摘下鬓边珠花，跟着还抛出去。那珠花在阳光之下是一团淡淡的蓝色，于七颗弹丸之间一抹而过，轻之又轻，却又巧之又巧，带得它们相继失去了准星，扑通扑通，尽皆落进了湖里，而那一星火苗未受丝毫阻碍，摇摇晃晃，还追着地图向高空里飘去。这时三宝会船头又黑影一晃，有人一跃而起，而李云阁也转了出来，嗖的一声，又掷出一只竹篙。那人这一纵高得难以想象，而力道将尽未尽之际，竹篙也到了脚下，他伸足一点，又掠起数丈,半空里摘下地图,借风一荡,还向船头落去。

林微低低叫一声"好",捡起手边竹篙也掷了出来;这一掷方位古怪,全无来由,那竹篙转着圈儿,"啪"的一声摔在一片空荡荡的水面之上,只是不知为何,其中又有一层刁钻至极的力道:带出一股轻风,扯得那黑衣人偏出数尺,向船身上撞去。他低哼一声,伸手在船舷上搭一下,再翻身,方落回到甲板之上。这一丝耽搁微不足道,却足以让他无所遁形,明净不由得长叹一声,道:"果然是寻一道兄?"

那人背对群豪,仰面向天,过得许久,才缓缓转过身来;长眉细目,安闲俊朗,果然是武当派寻一道长的模样。段开德道:"阁下究竟何人?"那人却冲明净拱了拱手,道:"老方丈别来无恙?"明净道:"李天魅生前有一徒四侍,梅兰竹菊与仙衣树比邻而居,终身不得下海棠山,而这'一徒'名为周知涯,才是玄都派真正的传人。人说他鹭朋鸥侣,遁世离俗,究竟所言不虚,还是一派虚言?"那人似笑非笑,长眉一扬,道:"老方丈殚见洽闻,名不虚传,不错,在下正是周知涯。"

二人一问一答,淡定如水,而在武林群豪听来,却又与惊天巨雷无异。寻勤厉声喝道:"周知涯,我师父可是你亲手所杀?"周知涯道:"行木,行木,行将就木,他死而无怨,你又何必斤斤计较?"寻勤仍然道:"他是不是你亲手所杀?!"周知涯道:"他窃入观止峰星宿阁,依戒律本来就是死罪,你若愿意算在我的头上,亦无不可。"明净还接过话来,道:"周施主,先师是一代奇人,你亦资质高俊,旷世难匹,那几片地图庸笃之辈念念不忘也就罢了,难道你还瞧不透其中的虚妄么?"周知涯道:"若万事皆为虚妄,又何苦在人间立足?况且这是先师遗愿,我责无旁贷。"明净略感诧异,道:"这是李前辈的遗愿?"不由又摇了摇头,道:"当年她在东海琼花岛完胜虞念离,武学上便是无可争议的天下第一,莫说《长乘真经》不见得比玄都心法高明,即便如此,她早已经一败难求,又何苦偏执于这一节?"段开德道:"不是说琼花岛那一战是虞念离心生情愫,有意相让么?"明净道:"他二人一胜一败,黑白分明,世人臆测,自娱娱人而已。"段开德不由得哈哈大笑,道:"老方丈,你身在佛门,心地清静,浊世间的一个'情'字,又能明白几分?"明净微微一笑,道:"老衲不敢妄言,但是虞念离出身少林,论下来老衲要称他一声师叔才对。依着他的心气性情,说什么一百个回合里不能攻出一招,便只能是完败,断非相让。"

段开德"嘿"一声,还是半信半疑,而林微眼神亮亮地望定周知涯,道:"你杀死丁否,取他的地图也就罢了,又何必要烧掉倚天居?"周知涯难掩一丝诧异,道:"哪里来的地图?"段开德又吃一惊,大声道:"丁老儿是你所杀?"林微心中种种念想翻来覆去,略一沉吟,才又问道:"难道不是因为于弱云的那片地图,你才找上华山?"周知涯冷笑一声,不予置答,林微却依旧无法释怀,道:"那又是因为什么?玄都派与华山派又能有什么宿怨?"周知涯却转头望向沈湄,道:"先师一生最恨毒药,若教她还在世上,又如何容得神农教这等邪物猖狂!"林微愈发不解,道:"你去倚天居,难不成是为了海蓝若?既然李天魅恨极了毒药,七花便不得不除?"心下悚然,转而问道:"范无间呢?"

李云阁嘿嘿一笑,道:"他被师父震断经脉,早一命呜呼了。"林微指指周知涯,道:"你称他为师父?那云莫为是你的师兄还是师弟?"转而又笑呵呵地道:"你们用心良苦,才舍不得杀了范无间;有些道理他有切肤之痛,最明白不过……"他还望一眼周知涯,道:"如此看来,李天魅早就知道虞念离在潮生岛?正因为她知道,你才知道?老瓜果是遁世之人,也便只有你,下得了毒手。"周知涯道:"他自不量力,非要护着那母女二人,死有余辜。"林微道:"你找到潮生岛又怎样,还不一样两手空空?你以为拿住她们,就能要挟范无间?你教我妹子诱他现身,再用青梅针伤他,可也真是坏到了极处。"这样说着,心中推想,忽而又话锋一转,道:"也好,如今我正想问你一问,范无间中了青梅针,你并未施救,何以他装模作样地打一会儿坐,养一会儿神,便又活蹦乱跳了?再有,玄都心法最后一章,你练啊练,练啊练,却为何始终没有半点进境?"

周知涯不动声色,可这话又句句说到了心坎之上;青梅针非毒非药,中针者若生若死,范无间何以会安然无恙,的确教人不解,而李天魅称心法最后一章为"痴妄之言",读来可作消遣,万万修习不得,只是他心痒难搔,在其中下了又何止一番工夫!经文字里行间意向奇绝高绝,可细细想来,一切又如同镜花水月一般,断非人力所能企及——林微便如同看透了他的心思一般,又道:"范无间有解青梅针的法子,要不要让他说给你听听?再有,他可悟透了心法最后一章,功行圆满,是不是也可以指点你一二?怪不得李天魅死了那么多年,还非要收他做个弟子,这岂止是契缘,是早有安排!嘿嘿,论下来他该叫你一声师哥,可是教我说呀,他才更像是玄都派真正的传人!"

周知涯目光之中寒光一闪,可面上依旧淡淡的,道:"那五片地图究竟在何处?"林微嘻嘻一笑,道:"范无间在何处?"说话的工夫,李云阁拖着无间从船舱之内走了出来,到船舷一侧,伸展胳膊,他也便脑袋冲下,悬在了半空——看样子该是被点了穴道;身子硬得像一截木头,唯眼皮一眨一眨的,几乎能撞出声响。李云阁道:"你道我真舍不得他死?"哈哈一笑,伸手又点他小腿间几处穴道;一股剧痛刺入骨髓,无间出声不得,汗珠子却如同从抹布里拧出的水,滴滴答答向湖面落去。李云阁又道:"林姑娘是聪明之人,孰重孰轻,有些事情值得还是不值得,应当比谁都明白。"

林微轻叹一声,道:"玄都派还真是无法无天,你若是少林弟子,这样吊打师叔,看看老方丈怎么处置你!"周知涯仍然道:"星宿阁的地图究竟在哪里?"林微道:"我说给你不妨事,可是大湖之上,群豪都听了去,可不要埋怨我。"周知涯抬手抛一截竹片过来,道:"写下来就好。"而李云阁也拎起无间,拍开他手上的穴道,也递同样一只竹片过去,道:"若是小相好写的和你不一样,剁你一只手。"

林微这才明白过来,却也再无良策,摇摇头,只好取短剑在竹片上刻下"潮生岛"三个字。无间心下恼火,提起笔,却写不下去,林微道:"你实话实说就好。"无间看她一眼,咬咬牙,终于也写下"潮生岛"三个字。周知涯瞥一眼,再接过林微丢过来的竹片稍加端详,转而道:"具体何处?"无间于是提笔写道:"瓜果和尚圆寂处的树洞之中。"林微则写道:"潮花山峰顶茅屋庭院,古树树洞。"

周知涯不由得哈哈大笑,那笑声犹如潮水,层层叠叠向天际荡去;众人耳中震颤,心中也震颤,此人内力之高,世所罕见,而心思之深,更教人战战兢兢了。李云阁似乎也心满意得,走进舱内,打横里端出一张竹塌;榻上躺着一位女子,双目紧闭,兀自沉睡,而莫彤裳则身子一颤,叫了声"娘!"。

陆嫣如似是有所感应,睁开眼睛,可又像是无所用心,只呆呆地出神。群豪目光落在她身上,有一瞬几乎透不过气来,世间居然有这等女子,美貌若斯,却又凄然若斯,直教烟波绿水都添了一层淡淡的怅惘。周知涯拍开无间哑穴,道:"人不说你是什么天下第三么,这位陆女士身子不好,你且为她诊一诊如何?"无间伸手探探陆嫣如脉搏,苦笑一声,转头望望林微,又望望沈湄,道:"她中了绕指香。"

一切再无从惊讶,林微只摇了摇头,冲沈湄说道:"你可知道这个姓周的假道士总是与绕指香纠缠不休,还是拜你们勾陈使所赐?"沈湄道:"这话又从何说起?勾陈使该是被云莫为所害,可是神农教费好多工夫,却连他的尸骨都不曾找到。"林微于是将勾陈使何以被囚上如意渚,何以借樊盛肉身金蝉脱壳,何以再潜入武当山,又何以被赚入愁杀荡讲了一遍。她虽然说得十分简约,但是提纲挈领，剥开一重重钩心斗角，仍让人听得心下发冷，而周知涯胸中翻翻滚滚，同样极不平定，这其中许多曲折，他也是直到此时才算是完全明白。这会儿无间忽然扒着船舷冲沈湄招了招手，道："沈姑娘，求你赐一剂解药。"

沈湄冷冷地望他一眼，道："你可知道周知涯不能不死？"无间挠挠头，还想说话，林微却道："那你借我一份可好？"沈湄道："借？你是要借一味解药，还是要借周知涯一条性命？"林微道："无论借的是什么，都取来还你就是。"沈湄道："若是还不上呢？"林微道："你一直有意让我远走高飞，那我就再答应你一遍如何？"沈湄一怔，不由得微微一笑，竟然点了点头。吴双略一思索，取几种药粉混在一处，封进一只布囊里递了过来，林微半点也不犹豫，接过来便掷给了周知涯，无间反而吃了一惊，道："真的就给他了？"林微道："这解药是给我娘的，又不是给他的。"周知涯同样将信将疑，问道："又该怎么用？"吴双道："你问范无间好了，其他人是不会告诉你的。"

周知涯却取出一只小碟，倒少许药粉进去，递给无间，又道："医好你这位陆伯母，我便放她下船。"那药粉色彩斑驳，夹杂着大大小小的颗粒，即便无间也有些不解，可他望一眼吴双，又将嘴边的话吞了回去。身上穴道未解，只有手臂能移动少许，他便教人搬来一张两尺多高的桌子，撑着靠到近前；先点起一支蜡烛，又取一张信笺覆在碟子上面，凑在火上稍稍一烤，再揭开，纸上便挂了些黑色的粉末，他置在一侧，再取一张纸盖上去，如此一而再再而三，一共五次，析出五种不同颜色的粉末，方才收手。他继而凑近陆嫣如，把一回脉，先喂一些黄色的药粉，之后再探脉搏，再想一想，又喂一色粉末。这中间停顿的时间有长有短，有的时候药粉还不是一次用尽，而是闻问望切多次，方行施用。如此差不多有一刻钟的工夫，药喂完了，陆嫣如亦缓缓睁开了眼睛，她四面望一望，像是不胜惊讶，轻声问道："这是什么地方？"

周知涯的目光一直在无间手上，这会儿则走上两步去探陆嫣如脉搏；一切温淡安稳，果然是毒质尽除的迹象。林微道："你这下可满意了？君子一诺，快马一鞭，这就放我妈妈下来罢。"周知涯道："我留她毫无用处，该放的时候自然会放。"林微撇撇嘴，道："你看了许久可看出什么名堂？这其中变化多多，你有解药又怎样，不明白怎样用药，照样死路一条。我若是你，便先放了这位陆——女士，再好声好气地求范无间赏脸，救我一命呢。"周知涯冷笑一声，心中盘算，一言不发；无间这一番施为，还真是远比料想的复杂，而他没有自信可以胜任，也就要从头计议才好。群豪虽则努力遏制，可嘘声还是断断续续响了起来，段开德又像是比谁的火气都大，叫道："周知涯，万事总要讲究一个'信'字，你前脚满口答应，后脚便不认账，真也丢死人了。"

说话的工夫，无间一点点蹭到船帮一侧，开始扒着舷边向外张望；瞅一眼吴双，再瞅一眼林微，忽然间同声笑了起来。周知涯像是被什么叮了一下，暗叫不妙，而身后微风拂动，竟有人出掌径直拍了过来。他滑开半步，再转身，赫然发现那人竟然是陆嫣如，而疾风扑面，无间一招"潮水平"也到了身前。他想不出事情何以急转直下到这等境地，却于间不容发的一瞬冲天而起，无间就地一滚，揽过陆嫣如的同时出掌撞开李云阁，继而飞身向湖面扑去。周知涯变招神速，箭一般疾冲而下，挥掌劈他后背，而林微衣袂飘动，在水面上踩出一串涟漪，竟抢一步将这一掌接了下来。再一转眼，二人在空中连过三招，周知涯随即高高荡起，还往大船上退去，林微却像是在水波之间小伫片刻，这才身子一晃，还上了小船。

三人在水面之上倏进倏退，似光似影，看得人舌挢不下，可无间与陆嫣如同时脱困，亦教群雄欢声雷动。吴双虽则不得不交出绕指香的解药，却悄悄加了一味通透散进去，而那原是神农教疏通经脉的灵药；无间拿在手上，一闻便知，借着摆弄药粉的工夫，从从容容吸入肺腑，也便不着痕迹地冲开了穴道。另外一面，尽管绕指香纠结难缠，解起来却没有这样多的玄虚，而吴双将诸多药粉混在一处，迫使无间不得不一一分离出来，他不觉着怎样，却足以让周知涯坠入五里雾中。陆嫣如神思昏昏，心下却并不糊涂，能出手时当即出手，几乎做得天衣无缝，这会儿她看一眼莫彤裳，再看一眼林微，释然之余，泪水夺眶而出。林微却退后一步，站到无间身后，进而冲周知涯一伸手，道："你还我罢。"周知涯道："还你什么？"林微道："绕指香的解药啊。"

说话间一群水鸟自大船之侧掠过，周知涯飘身而起，伸足在其中一只的双翅间轻轻一点，宛如翻飞其中，再一转眼，便到了小舟一侧，进而挥掌直拍了过来。无间林微心意相通，同时接一招"潮水平"；二人内力今非昔比，子非鱼之道虚实相济更细致入微，真气似收似放，变幻无方，饶是周知涯也不能自主，身子一荡复一荡，如羽毛一般飘了开去。他忽然明白有此二人，今日的事情便用强不得，这一番筹划不能尽如人意，却也尽可以知足了；当断即断，清啸一声，在又一只水鸟背上轻轻一踏，升起丈余，再借一只水鸟，又升丈余，进而款款向高处一只雄鹰背上落去。群雄忽然明白他是要脱围而去，惊呼声里，林微一跃而起，连踏数只水鸟，径直追了上去。

她身法不似周知涯那般飘逸，可正因为朴素到了极致，也轻灵到了极致。无间灵机一动，从怀里摸出一块碎银子，着力一掷，抢先打在那只雄鹰的翅翼之间；它嘶鸣一声，身子一挫，斜刺里滑了开去，周知涯忽然再没有落足之处，身子荡起，却又双掌一封，使"天行健"劈向林微。林微不撄其锋，转而飘向水面，借着左脚点出的一圈涟漪，身形一错，右足又踏上一只飞鸟，逆折而起。周知涯掌力尽数卸在湖面之上，"砰"的一声，激起一天浪花，而他在浪尖一蹴，也踩上一只飞鸟，返身又赶了上来。二人起起落落，辗转腾挪，相携一群水鸟在大湖之上往复盘旋，不多时便连过数十招。

再斗片刻,周知涯连出三掌,掌掌刚猛无俦,将林微身边的水鸟一片片扫落,紧接着凌空一跃,还使"天雨潇潇"劈她头顶。林微一怔之间,四面早已是空空荡荡,又哪里还有借力之处?二人一个疾坠,一个急追,一前一后,越来越快,如同羽箭一般直插水面;无间心下一动的当口,林微忽然叫一声"参会斗转——"这多少也应着他脑中所想,清啸一声,进而聚起十成功力,径直拍了出去。水波之间轰然起一层大浪,浪身翻卷,护住林微,浪头向天,则泼剌剌向周知涯撞去。林微团身在浪影里滑出一段,再轻轻一跃,还落回船头,而周知涯心知不妙,可是为俯冲之势与滔天掌力两相夹击,再想变招,又如何能够?有一瞬他几乎凝在空中,待"啪"的一声拍上水面,早已经骨骼寸断,再也动弹不得了。

无间竹篙探出,挑他起来,心下忽然有些不忍,还轻轻置在船头。周知涯脸死如灰,却依旧紧盯林微,道:"你的武功果然是骆雨痕所授?"林微道:"若是那样,我便是虞念离的传人,可虞念离是李天魅的手下败将,所以我也应当是你的手下败将才对。"转头望望明净,嘻嘻一笑,道:"老方丈,思明的那片地图是我画的。"明净大吃一惊,道:"阿弥陀佛,还请林姑娘赐教。"林微道:"若非如此,周知涯又如何会现身?"

她望一眼天际,又像是多一丝神往,道:"其实他不论使多少诡计,打多少算盘,都找不到少林寺的那片地图。"明净似乎早就想到过这一层,微微吸一口气,道:"莫非——"林微点点头,道:"不错,世间本来就没有那一片地图;思明再不想回到那个地方,也不想再有人去那个地方,又何必带劳什子地图回来?"周知涯神情里添一丝歇斯底里,厉声道:"你究竟胡说八道些什么?"林微道:"思明,他自己取了长乘真经。"

周知涯是何等睿智之人,万千思绪在脑中轰然流过,答案如此苍白,如此清晰,如此残酷,却也如此不容置疑。他惊怒交集,既恨且痛，连咳数声，哇的一下吐出好大一口鲜血。林微又道："虞念离横空出世，自然是得《长乘真经》成全，而玄都心法本就略逊一筹，所以无论李天魅如何修习，始终难逃一败。"段开德连连摆手，道："错了错了，林姑娘，东海琼花岛一战，天下有目共睹，是李天魅完胜虞念离。"这时沈湄微微一笑，指指无间，道："那个你要问他。"无间一脸茫然，道："问我什么？"沈湄道："青梅针。"无间道："青梅针又怎样？"沈湄道："你身中青梅针，为何不死？"无间挠头想一想，道："我早先服过海蓝若，青梅针好像有相通之处，玄都心法最后一章断非人力可为……"

这几句话不伦不类，群豪听得一头雾水，他却脚下一个踉跄，扶住篷舱站稳了，又开始发呆；这样过好一阵子，是一副透不过气的模样，望望沈湄，道："李天魅服过海蓝若？难不成李天魅服过海蓝若？"沈湄笑道："你说呢？"无间摇摇头，却又点点头，咬着嘴唇，忽然间便笑了起来。周知涯早已经怒不可遏，道："先师清奇自傲，一生从不碰毒，又怎会服食海蓝若？！"林微还望望明净，道："老方丈，你所料果然不差，哪里又有什么解风情的奇男子？比武那一日，李天魅功力震古烁今，莫说一个虞念离，再加上一个，依然不是她的对手。"叶乘宗道："李天魅是冷若冰霜的桃仙子，而海蓝若乃是西南神农教镇教之宝，二者又如何会搅在一处？"林微道："先前李天魅在华山再负虞念离，纵身跳下玉女峰，身受重伤，九死一生……"她自顾自摇摇头，又道："一生，一生也没有，她本来稳稳妥妥会死，谁承想世事便这样巧之又巧，普天之下只有一个人能救她的性命，而那人偏偏就在一线峡采药呢。"叶乘宗道："神农教教主曲关阳？"林微道："不错，他救下李天魅一条性命也就罢了，不料一念成痴，从此不能忘情。"段开德不由大摇其头，道："邪教教主喜欢上了李天魅？"林微道："不可以么？"段开德道："离谱，离谱！你胡编乱造，也要有个分寸。"林微不说话，还向叶乘宗望去，叶乘宗若有所思，道："曲关阳极少现身江湖，有人说他乖张孤僻、阴鸷冷酷，可也有人说他不拘一格、雅量高致，乃是性情中人。桃花仙子风华绝代，任何男子对她倾心都不为过，只是……"他还是摇摇头，"这些太过耸人听闻，林姑娘可有什么证据没有？"林微道："曲关阳置神农教禁令不顾，在华山绝顶再植海蓝若，之后不久，桃花仙子功力突飞猛进，最终完胜虞念离，这其中的关联，你信了便是证据，不信，便是一场笑谈，自己定夺好了。"

沈湄进而又道："姐姐有缘在海棠山翻看玄都心法青梅针一节，当时便觉着分外蹊跷，苦思许久，也才明白了其中的道理。李天魅不服海蓝若，断断悟不出青梅针，而心法最后一章瑰异谲诡，不知所云，实则对应的正是海蓝若入体之后乱象丛生的内息之境。"林微心下一动，道："李天魅后来归隐海棠山，守着紫纹缃度过余生，原因也正在于此？"沈湄道："自那之后她若真的再未碰毒，再未服海蓝若抑毒，那世上能续她性命的也便只有紫纹缃。"林微道："虞念离出走海棠山，是不是正因为这一层？"沈湄道："痴男怨女这些纠结，又岂是我姐妹二人所能明白，不过姐姐倒是说过，若真要探究，线索总是有一些的。"林微变得极为好奇，道："真的么？"沈湄道："骆雨痕让范无间服下的那颗散骨散，乃是依着秋花露的手法制成，世间有此手段的只有曲老教主一人，所以那颗药丸应当是经虞念离之手辗转到她那里才对，你总该知道，秋花露是做什么用的。"林微"呀"一声，道："李天魅是想将虞念离终生留在自己身边？"沈湄道："虞念离不辞而别是一层，最终不曾服用那颗药丸又是一层，所以姐姐说，李天魅的用心他是识破了的，可又是怎样识破的，无从得知。"犹豫一下，又道："其实曲老教主在秋花露里用散骨散，李天魅是否知道，姐姐也猜不出——这一层用心其实曲折得很。"林微不由得微微吸一口凉气，道："那他死于桃花剑之下，便是由此而起？"段开德不住摆手，连声道："曲关阳是李天魅所杀？曲关阳是李天魅所杀？你这小姑娘越来越不像话，早先说她性命是曲关阳所赐,能胜过虞念离也是得那位痴情教主所赐,再转过头,她便一剑将人家给杀了?"林微笑道:"桃花仙子一生最恨之人若不是虞念离便是曲关阳,这,你是不是更想不明白?"

夕阳西下,水波柔媚,湛蓝的天色与湖水交相辉映,又脉脉含情地隐入线条分明的紫霞之中。林微向明净拱一拱手,道:"老方丈,周知涯便交给少林寺看管,好不好?"明净合十行了一礼,道:"老衲从命。"林微不由得扑哧一笑,道:"那我和无间先走一步啦?"明净心下不舍,道:"老衲还盼着能与二位促膝长谈呢。"无间也向明净行一礼,道:"师父,弟子来日无多,若是无缘再见,你可要多加保重。"明净心下添一层悲悯,道:"老衲幸之又幸,有你这样一位弟子……"他还想说些什么,却忽然有些泪水潸然的意味,只摇摇头,叹了一声"阿弥陀佛"。无间转而向陈歧和叶乘宗段开德等人一一道别,复又向神农教一行深施一礼,道:"沈姑娘,我可让你姐姐费了不少心思,咱们就此别过。"沈湄若有所思,盯住他好一会儿一言不发,无间话又重复一遍,见她还是毫无反应,低声唱一句"揽月且行乐,谁为座上客",俯身捡起竹篙,就要行船。这时沈湄这才叹出一口气,道:"姐姐让我问你,画眉山有一种蓄药的灵物,你可知道?"无间略一思索,道:"你说的可是妙足蛇?"

那妙足蛇生于雪峰深涧之中,颌下有肉囊名为"丹兜",种种毒药经它反刍再储蓄其中,经年不化,恒定如初。神农教制药繁复到极处,许多变化稍纵即逝,他们便常常用妙足蛇将须臾之态锁定下来,再行慢慢推演。沈湄又道:"海蓝若花分七色,每一色又有七层纹理,如此是七七四十九种变化,环环相扣,若要解药,自然要将这四十九环一环一环解开才好,所以无论怎样,妙足蛇是绕不过的。"无间不明白她为何这时候会说起这个,想一想,又行一礼,道:"多谢沈姑娘与沈姑娘指点。"沈湄神色之间略显无奈,叹道:"妙足蛇何状?"无间道:"我不曾见过。"沈湄道:"那毒经之中又是何述?"无间拍拍脑袋,转而诵道:"妙足蛇蛇身龙象,长可余丈,过百岁或有巨蟒之形……"忽而"啊!"一声,便怔住了。沈湄道:"这便是姐姐叮嘱我告诉你的,可也是我最不想告诉你的,现在可明白了,海棠山哪里又有什么龙蛇蟒?"无间仍然有些将信将疑,道:"那是妙足蛇?那是曲老教主的妙足蛇?"沈湄道:"他不远万里带着两条妙足蛇去海棠山,又为了什么?"

曲关阳皓首穷经,尽采天下草木奇珍,终于借妙足蛇丹兜为李天魅养出海蓝若的解药,怎奈再上海棠山,桃花仙子却心魔乱性,不由分说,一剑将他刺死在千层洞中。不过,那两条蛇还是留了下来,而且得奇药滋养,命过百年而无衰迟之象。无间一直想不明白,千层洞中龙蛇蟒何以会放他逃生,而其中许多似曾相识,欲拒还迎的意味,则更教人挥之不去,殊不知,那两条妙足蛇生而为生,便是要解救身中海蓝若之人,又怎会取他的性命?经年累月,他难脱生死之辨,无论是谁,亦无论天性怎样豁达,这终究是一层难遣的阴霾。这一会儿他只觉如同梦中一般,怔怔地站立半晌,再望望林微,唇角绽开,便笑了起来。林微拭去眼角的泪花,向沈湄浅浅行过一礼,一字一句道:"谢过沈姑娘——和沈姑娘。"沈湄转过身,并不接受,道:"于我姐姐而言,范无间终究不算是神农教的人,她这样做不过是投桃报李,又何谢之有?"她摇摇头,又叹一口气,道:"于我而言……"林微不由得呵呵一笑,接过话去,道:"他死了才是最好,是不是?"